中華傳統文化核心讀本

余秋雨 題

传承中华文化精髓

建构国人精神家园

隋唐演义

［清］褚人获 ／ 著

图书在版编目（CIP）数据

隋唐演义 /（清）褚人获著. —成都：天地出版社，
2019.9
（中华传统文化核心读本：精选插图版）
ISBN 978-7-5455-4854-9

Ⅰ.①隋… Ⅱ.①褚… Ⅲ.①章回小说－中国－清代
Ⅳ.①I242.4

中国版本图书馆CIP数据核字（2019）第076164号

SUITANG YANYI

隋唐演义

出 品 人	杨　政
作　　者	[清]褚人获
责任编辑	孟令爽
装帧设计	思想工社
责任印制	葛红梅

出版发行	天地出版社
	（成都市槐树街2号 邮政编码：610014）
	（北京市方庄芳群园3区3号 邮政编码：100078）
网　　址	http://www.tiandiph.com
电子邮箱	tianditg@163.com
经　　销	新华文轩出版传媒股份有限公司
印　　刷	河北鹏润印刷有限公司
版　　次	2019年9月第1版
印　　次	2019年9月第1次印刷
开　　本	710mm×1000mm 1/16
印　　张	40
字　　数	807千字
定　　价	49.80元
书　　号	ISBN 978-7-5455-4854-9

版权所有◆违者必究

咨询电话：(028) 87734639（总编室）
购书热线：(010) 67693207（营销中心）

本版图书凡印刷、装订错误，可及时向我社营销中心调换

隋炀帝

朱贵儿

李世民

独孤后

出版说明

中华文明历史悠久，源远流长。五千年的中华文明光辉灿烂，硕果累累，对后世产生了积极而深远的影响。作为华夏儿女，这是值得我们每一个人骄傲和自豪的地方。

中华传统文化，是中华文明在五千年的发展历程中诞生的成果之一，它以儒、道文化为主体，包含政治、经济、思想、艺术等各类物质和非物质文化。具体而言，中华传统文化包括诗、词、曲、赋、古文、书法、对联、灯谜、成语、中医、国画、传统节日、民族音乐等等，可谓博大精深，形式多样。

习近平总书记指出，中华优秀传统文化是我们最深厚的文化软实力，也是中国特色社会主义植根的文化沃土。中华优秀传统文化，滋养了中华民族的民族精神，赋予了中华民族伟大的生命力和凝聚力，是中华文明成果的创造力源泉。继承和发展中华优秀传统文化，学习、掌握其中的各种思想精华，不仅对我们树立正确的世界观、人生观、价值观大有裨益，而且也能为我们处理各种社会事务提供有益的启发和指导。

为弘扬中华优秀传统文化，满足广大读者对优秀传统文化的阅读需求，我们遴选了这套"中华传统文化核心读本·精选插图版"丛书。本丛书分"贤哲经典""历史民俗""文学菁华"三个系列，每个系列精选代表性的书目若干，基本涵盖了传统文化的各个类别。

为便于广大读者对传统经典的学习和吸收，本丛书对涉及古文的品种基本采用了注译和白话两种处理方式,以消除读者阅读的障碍。另外,本丛书每个品种都配有大量精美的古画插图,这些插图与内容互为补充,相得益彰,让读者在阅读中获得艺术的享受。

前言

　　《隋唐演义》是隋唐历史小说集大成之作，也是清代历史演义小说中最优秀的一部。

　　《隋唐演义》作者褚人获，字稼轩，又字学稼，号石农，江苏长洲（今江苏苏州）人。生卒年不详。终身不仕，文名甚高，能诗善文。他交游广泛，与尤侗、洪昇、顾贞观、毛宗岗等清初著名作家过从甚密。尤喜涉猎历代稗史逸闻，著作颇多，《隋唐演义》为其代表作。另外还有《读史随笔》《坚瓠集》《退佳琐录》等诸多著述。

　　《隋唐演义》成书于康熙年间，根据明代的《隋唐志传》《隋炀帝艳史》和《隋史遗文》等前人旧作及民间传说加工改写而成。全书整体结构以史为经，以人物事件为纬，以隋朝的灭亡、唐朝的兴衰为主线，以隋炀帝、朱贵儿和唐明皇、杨玉环的"两世姻缘"为框架，描写了自隋文帝起兵伐陈，到唐明皇从四川还都去世，隋唐170多年的历史，涵盖了两朝的兴亡与变迁。"两世姻缘"带有转世轮回的神话色彩：隋炀帝杨广前世，乃终南山一壮硕怪鼠，窃食九华宫皇甫真君之丹药，潜修为人身，旋即被真君发觉缚之石室1300年。适逢唐明皇玄宗李隆基前世元始孔升真人做客九华宫，劝真君放之人世，遂为炀帝；元始孔升真人因在太极宫与蕊珠宫仙女调笑，降谪人世为炀帝妃朱贵儿；仙女为炀帝之侯夫人。隋之将亡，炀帝与朱贵儿约定来世仍为夫妻。朱贵儿女投男胎，乃转生为大唐玄宗李隆基。隋炀帝白绢系颈而死，转生为女子，仍以杨姓，乃玄宗贵妃玉环，此所以完结炀帝与贵儿的孽缘。杨贵妃天定仍为白绢绕颈而死，所以胎带脖颈白如玉环，故名玉环。侯夫人则转为玄宗之梅妃，此所以完结前世真人与仙女在太极宫一笑之缘。

《隋唐演义》在内容上侧重描写宫闱生活和乱世英雄的侠义传奇故事，情节生动有趣，极具吸引力。

小说歌颂了农民英雄的勇敢和义气。在草莽英雄的侠义传奇故事中，每个人物虽然遭遇不同，但都对贪官污吏有刻骨仇恨，对被压迫人民深表同情。窦建德说，要把天下的赃官都杀尽，罗士信则把贪官的财产分发给饥饿的人民。他们还拘捕了奉旨点选绣女和诈人财物的宦官，杀死凌辱民女的权家宇文公子。在反隋英雄中，秦琼一生的经历最为典型。秦琼曾充任过地方上的"捕盗都头"，对造反的"勾当"几度迟疑。当"盗贼"程咬金、王伯当等人以拜寿为名在家聚义时，他出于江湖义气，毅然冒着生命危险放走了众人。在亲眼看到麻叔谋深夜吃人等一系列惊心动魄的事件，彻底认清了隋王朝的极端腐败本质后，他主动走上了反抗道路。参加起义队伍后，他利用自己在江湖上的声望，为壮大农民起义队伍做出了有益的贡献。在瓦岗寨，他成了翟让军事集团的中坚力量之一。

《隋唐演义》在人物的塑造方面也比较成功，像富于反抗精神的秦琼，鲁莽而风趣坦率的程咬金，足智多谋的徐茂公，耿直淳厚而自视甚高的单雄信，勇猛而少年气盛的罗成等，都描写得生动逼真、活灵活现。这些人物，既有传奇色彩，又是生活中活生生的个性不同的人。作者不但注意从重大的事件、情节中写人，还通过细节描写表现人物细微的感情和心理。同时，全书语言精练，形象生动，用笔粗豪，并具有民间说唱文学的格调。

《隋唐演义》事件众多，人物迭出，头绪庞杂，线索歧出，历史跨度长，但作者精心组织，全书脉络清晰，穿插巧妙，重点突出，把纷繁的历史事件、趣闻逸说融为一体，细致地展现了当时的宫廷生活及一系列的农民革命运动。

《隋唐演义》问世后，广为流传，成为同类小说中颇具影响的传世佳作，深受广大人民群众的喜爱和欢迎。

本书编排严谨，校点精当，完整地保留了原著的风貌，并配有精美的绣像插图。这些版画、插图，不但和作品中的情节、人物相互对应以达到图文并茂、生动形象的效果，而且也能够反映出中国古代版刻艺术和绘画艺术的发展、演变与继承关系，具有很高的艺术价值和欣赏价值。此外，余秋雨、朱永新、钱文忠力荐这套丛书，且版式设计考究，双色印刷，装帧精美，除供广大读者阅读欣赏外，更具有极高的研究、收藏价值。

目 录

第 一 回 / 隋主起兵伐陈 晋王树功夺嫡 …………………… 001

第 二 回 / 杨广施谗谋易位 独孤逞妒杀宫妃 ………………… 007

第 三 回 / 逞雄心李靖诉西岳 造谶语张衡危李渊 ……………… 012

第 四 回 / 齐州城豪杰奋身 楂树岗唐公遇盗 ………………… 018

第 五 回 / 秦叔宝途次救唐公 窦夫人寺中生世子 ……………… 024

第 六 回 / 五花阵柴嗣昌山寺定姻 一蹇囊秦叔宝穷途落魄 …… 028

第 七 回 / 蔡太守随时行赏罚 王小二转面起炎凉 ……………… 035

第 八 回 / 三义坊当铜受腌臜 二贤庄卖马识豪杰 ……………… 041

第 九 回 / 入酒肆蓦逢旧识人 还饭钱径取回乡路 ……………… 046

第 十 回 / 东岳庙英雄染疴 二贤庄知己谈心 ………………… 051

第 十一 回 / 冒风雪樊建威访朋 乞灵丹单雄信生女 ……………… 057

第 十二 回 / 皂角林财物露遭殃 顺义村擂台逢敌手 ……………… 063

第 十三 回 / 张公谨仗义全朋友 秦叔宝带罪见姑娘 ……………… 070

第 十四 回 / 勇秦琼舞铜服三军 贤柳氏收金获一报 ……………… 076

第 十五 回 / 秦叔宝归家侍母 齐国远截路迎朋 ………………… 081

第 十六 回 / 报德祠酬恩塑像 西明巷易服从夫 ………………… 087

第 十 七 回 / 齐国远漫兴立球场　柴郡马挟伴游灯市 …………… 094

第 十 八 回 / 王婉儿观灯起衅　宇文子贪色亡身 ………………… 099

第 十 九 回 / 恣蒸淫赐盒结同心　逞弑逆扶王升御座 …………… 104

第 二 十 回 / 皇后假宫娥贪欢博宠　权臣说鬼话阴报身亡 ……… 109

第二十一回 / 借酒肆初结金兰　通姓名自显豪杰 ………………… 114

第二十二回 / 驰令箭雄信传名　屈官刑叔宝受责 ………………… 121

第二十三回 / 酒筵供盗状生死无辞　灯前焚捕批古今罕见 ……… 128

第二十四回 / 豪杰庆千秋冰霜寿母　罡星祝一夕虎豹佳儿 ……… 134

第二十五回 / 李玄邃关节全知己　柴嗣昌请托浼赃官 …………… 140

第二十六回 / 窦小姐易服走他乡　许太监空身入虎穴 …………… 145

第二十七回 / 穷土木炀帝逞豪华　思净身王义得佳偶 …………… 151

第二十八回 / 众娇娃剪彩为花　侯妃子题诗自缢 ………………… 157

第二十九回 / 隋炀帝两院观花　众夫人同舟游海 ………………… 164

第 三 十 回 / 赌新歌宝儿博宠　观图画萧后思游 ………………… 170

第三十一回 / 薛冶儿舞剑分欢　众夫人题诗邀宠 ………………… 177

第三十二回 / 狄去邪入深穴　皇甫君击大鼠 ……………………… 184

第三十三回 / 睢阳界触忌被斥　齐州城卜居迎养 ………………… 189

第三十四回 / 洒桃花流水寻欢　割玉腕真心报宠 ………………… 195

第三十五回 / 乐永夕大士奇观　清夜游昭君泪塞 ………………… 201

第三十六回 / 观文殿虞世南草诏　爱莲亭袁宝儿轻生 …………… 208

第三十七回 / 孙安祖走说窦建德　徐懋功初交秦叔宝 …………… 213

| 第三十八回 / 杨义臣出师破贼　王伯当施计全交 …………………… 220
| 第三十九回 / 陈隋两主说幽情　张尹二妃重贬谪 …………………… 226
| 第 四 十 回 / 汴堤上绿柳御题赐姓　龙舟内绛仙艳色沾恩 ………… 231
| 第四十一回 / 李玄邃穷途定偶　秦叔宝脱陷荣归 …………………… 237
| 第四十二回 / 贪赏银詹气先丧命　施绝计单雄信无家 ……………… 243
| 第四十三回 / 连巨真设计赚贾柳　张须陀具疏救秦琼 ……………… 250
| 第四十四回 / 宁夫人路途脱陷　罗士信黑夜报仇 …………………… 257
| 第四十五回 / 平原县秦叔宝逃生　大海寺唐万仞徇义 ……………… 263
| 第四十六回 / 杀翟让李密负友　乱宫妃唐公起兵 …………………… 270
| 第四十七回 / 看琼花乐尽隋终　殉死节香销烈见 …………………… 277
| 第四十八回 / 遗巧计一良友归唐　破花容四夫人守志 ……………… 284
| 第四十九回 / 舟中歌词句敌国暂许君臣　马上缔姻缘吴越反成秦晋 … 290
| 第 五 十 回 / 借寇兵义臣灭叛臣　设宫宴曹后辱萧后 ……………… 296
| 第五十一回 / 真命主南牢身陷　奇女子巧计龙飞 …………………… 304
| 第五十二回 / 李世民感恩劫友母　宁夫人惑计走他乡 ……………… 312
| 第五十三回 / 梦周公王世充绝魏　弃徐勣李玄邃归唐 ……………… 318
| 第五十四回 / 释前仇程咬金见母受恩　践死誓王伯当为友捐躯 …… 323
| 第五十五回 / 徐世勣一恸成丧礼　唐秦王亲啖服军心 ……………… 330
| 第五十六回 / 啖活人朱粲兽心　代从军木兰孝父 …………………… 339
| 第五十七回 / 改书柬窦公主辞姻　割袍襟单雄信断义 ……………… 345
| 第五十八回 / 窦建德谷口被擒　徐懋功草庐订约 …………………… 352

| 第五十九回 / 狠英雄犴牢聚首　奇女子凤阁沾恩 …………… 360
| 第 六 十 回 / 出图圄英雄惨戮　走天涯淑女传书 …………… 367
| 第六十一回 / 花又兰忍爱守身　窦线娘飞章弄美 …………… 376
| 第六十二回 / 众娇娃全名全美　各公卿宜室宜家 …………… 384
| 第六十三回 / 王世充忘恩复叛　秦怀玉剪寇建功 …………… 392
| 第六十四回 / 小秦王宫门挂带　宇文妃龙案解诗 …………… 400
| 第六十五回 / 赵王雄踞龙虎关　周喜霸占鸳鸯镇 …………… 406
| 第六十六回 / 丹霄宫嫔妃交谮　玄武门兄弟相残 …………… 412
| 第六十七回 / 女贞庵妃主焚修　雷塘墓夫妇殉节 …………… 419
| 第六十八回 / 成后志怨女出宫　证前盟阴司定案 …………… 425
| 第六十九回 / 马宾王香醪濯足　隋萧后夜宴观灯 …………… 432
| 第 七 十 回 / 隋萧后遗榇归坟　武媚娘披缁入寺 …………… 436
| 第七十一回 / 武才人蓄发还宫　秦郡君建坊邀宠 …………… 441
| 第七十二回 / 张昌宗行傩幸太后　冯怀义建节抚硕贞 …………… 447
| 第七十三回 / 安金藏剖腹鸣冤　骆宾王草檄讨罪 …………… 452
| 第七十四回 / 改国号女主称尊　闯宾筵小人怀肉 …………… 458
| 第七十五回 / 释情痴夫妇感恩　伸义讨兄弟被戮 …………… 463
| 第七十六回 / 结彩楼嫔御评诗　游灯市帝后行乐 …………… 470
| 第七十七回 / 鹓昏主竟同儿戏　斩逆后大快人心 …………… 476
| 第七十八回 / 慈上皇难庇恶公主　生张说不及死姚崇 …………… 481
| 第七十九回 / 江采苹恃爱追欢　杨玉环承恩夺宠 …………… 487

| 第 八 十 回 | 安禄山入宫见妃子　高力士沿街觅状元 …………… 493
| 第八十一回 | 纵嬖宠洗儿赐钱　惑君王对使剪发 ………………… 500
| 第八十二回 | 李谪仙应诏答番书　高力士进谀议雅调 …………… 504
| 第八十三回 | 施青目学士识英雄　信赤心番人作藩镇 …………… 511
| 第八十四回 | 幻作戏屏上婵娟　小游仙空中音乐 ………………… 517
| 第八十五回 | 罗公远预寄蜀当归　安禄山请用番将士 …………… 523
| 第八十六回 | 长生殿半夜私盟　勤政楼通宵欢宴 ………………… 531
| 第八十七回 | 雪衣女诵经得度　赤心儿欺主作威 ………………… 536
| 第八十八回 | 安禄山范阳造反　封常清东京募兵 ………………… 542
| 第八十九回 | 唐明皇梦中见鬼　雷万春都下寻兄 ………………… 547
| 第 九 十 回 | 矢忠贞颜真卿起义　遭妒忌哥舒翰丧师 …………… 553
| 第九十一回 | 延秋门君臣奔窜　马嵬驿兄妹伏诛 ………………… 559
| 第九十二回 | 留灵武储君即位　陷长安逆贼肆凶 ………………… 564
| 第九十三回 | 凝碧池雷海青殉节　普施寺王摩诘吟诗 …………… 570
| 第九十四回 | 安禄山屠肠殒命　南霁云啮指乞师 ………………… 575
| 第九十五回 | 李乐工吹笛遇仙翁　王供奉听棋谒神女 …………… 581
| 第九十六回 | 拚百口郭令公报恩　复两京广平王奏绩 …………… 587
| 第九十七回 | 达奚女钟情续旧好　采苹妃全躯返故宫 …………… 593
| 第九十八回 | 遗锦袜老妪获钱　听雨铃乐工度曲 ………………… 600
| 第九十九回 | 赦反侧君念臣恩　了前缘人同花谢 ………………… 605
| 第 一 百 回 | 迁西内离间父子情　遣鸿都结证隋唐事 …………… 610

第一回

隋主起兵伐陈　晋王树功夺嫡

诗曰：

　　繁华消歇似轻云，不朽还须建大勋。壮略欲扶天日坠，雄心岂入驽骀群。

　　时危俊杰姑埋迹，运启英雄早致君。怪是史书收不尽，故将彩笔谱奇文。

从来极富、极贵、极畅适田地，说来也使人心快，听来也使人耳快，看来也使人眼快；只是一场冷落败坏根基，都藏在里边，不做千古骂名，定是一番笑话。馆娃宫、铜雀台，惹了多少词人墨客，嗟呀嘲诮。止有草泽英雄，他不在酒色上安身立命，受尽的都是落寞凄其，倒会把这干人弄出来的败局，或是收拾，或是更新，这名姓可留存天地。但他名姓虽是后来彰显，他骨格却也平时定了。譬如日月：他本体自是光明，撞在轻烟薄雾中，毕竟光芒射出，苦是人不识得；就到后来称颂他的，形之纸笔，总只说得他建功立业的事情，说不到他微时光景。不知松柏，生来便有参天形势；虎豹小时，便有食牛气概。说来反觉新奇。我未题这人，且把他当日遭际的时节，略一铺排。这番勾引那人出来，成一本史书，写不到人间并不曾知得的一种奇谈。可是：

　　器当盘错方知利，刃解宽髀始觉神。由来人定天能胜，为借奇才一起屯。

从古相沿，剥中有复：虞，夏，商，周，秦，汉，三国、两晋。晋自五马渡江，天下分而为二，这叫作南北朝。南朝刘裕篡晋称宋；萧道成篡宋称齐；肃衍篡齐称梁；陈霸先篡梁称陈。虽然各有国号，绍袭正统，名为天子，其实天下微弱，偏安江左。北朝在晋时，中原一带地方，到被汉主刘渊、赵主石勒、秦主苻坚、燕主慕容廆、魏主拓跋珪诸胡人据了，叫做五胡乱华，是为北朝。魏之后乱离，又分东西。东西二魏，一边为高欢之子高洋篡夺，改国号曰齐；一边被宇文泰篡夺，改国号曰周。周又灭齐，江北方成一统。这时周又生出一个杨坚，小字那罗延，弘农郡华阴人也，汉太尉震八代孙。乃父杨忠，从宇文泰起兵，赐姓普六茹氏，以战功封隋公。生坚时，母亲吕氏梦苍龙踞腹而生，生得目如曙星，手有奇文，俨成王字。杨忠夫妻知为异相。后来有一老尼

对他母亲道："此儿贵不可言，但须离父母方得长大，贫尼愿为抚视。"其母便托老尼抚育。奈这老尼，止是单身住庵，出外必托邻人看视。这日老尼他出，一个邻媪进庵，正将杨坚抱弄，忽见他头出双角，满身隐起鳞甲，宛如龙形，邻媪吃了一惊，叫声"怪物"，向地下一丢。恰好老尼归来，连忙抱起，惋惜道："惊了我儿，迟他几年皇帝！"总是天将混一天下，毕竟产一真人。

自此数年，杨坚长成。老尼将来，送还杨家，未几，老尼物故。后来杨忠亦病亡，杨坚遂袭了他职，为隋公。其时，周武帝见他相貌魁奇，好生猜忌，累次着人相他。相者知他后有大福，都为他周旋。他也知道周武帝相疑，将一女夤缘做了太子妃，以固宠。直至周武帝晏驾，太子即位，是为宣帝。宣帝每有巡幸，以后父故，恒委坚以居守。宣帝庸懦，杨坚羽翼已成，竟篡夺了周国，国仍号隋，改年号为开皇元年。正是：

莽因后父移刘祚，操纳娇儿覆汉家。自古奸雄同一辙，莫将邦国易如花！

隋主初即位，立独孤氏为皇后，世子勇为太子，次子广封为晋王。打起一番精神，早朝晏罢。又因独孤皇后悍妒非常，成全他不近女色。更是在朝将相，文有李德林、高颎、苏威，武有杨素、李渊、贺若弼、韩擒虎。君明臣良，渐有拓土开疆、混一江表意思。

若使江南人主，也能励精图治，任用贤才，未知鹿死谁手。无奈创业之君多勤，守成之君多逸。创业之君亲正直，远奸谀；守成之君恶老成，喜年少。更是中材之君，还受人挟持；小有才之君，便不由人驾驭。

这陈主叔宝，也是一个聪明颖异之人；奈是生在南朝，沿袭文弱艳丽的气习，故此好作诗赋。又撞着两个东宫官：一个是孔范，一个是江总，又乃薄有才华、没些骨鲠的人。自古道："诗为酒友，酒是色媒。"清闲无事，诗赋之余，不过酒杯中快活，被窝里欢娱，台池的点缀，打点一段风流性格，及时取乐。始得即位，不说换出他一副肝肠，到底畅快了许多志气，升江总为仆射，用孔范作都官尚书。君臣都不理政务，只是陪宴、和诗过了日子。陈主又在龚贵嫔位下，寻出一个美人，姓张，名丽华，发长七尺，光可鉴物；更是性格敏慧，举止娴雅，浅笑微颦，丰华入目；承颜顺意，婉娈快心。还有一种妙处：肯荐引后宫嫔御。一时龚、孔二贵嫔，王、李二美人，张、薛二淑媛，袁昭仪、何婕妤、江修容，并得贯鱼承宠。陈主那有闲暇理论朝廷机事？就有时披览百官章奏，毕竟自倚着隐囊，把张丽华放在膝上，两人商议断决。妇人有甚远见？这里不免内侍乘机关节，纳贿擅权；又且孔范与孔贵嫔，结为兄妹，固宠专政。当时只晓有江、孔，不知有陈主了。

　　檀口歌声香，金樽酒痕绿。一派绮罗筵，障却光明烛。

　　况是有了一干娇艳，须得珠玑玉佩，方称着蝤首蛾眉；翠繻锦衾，方称着柳腰桃脸。山珍海错、金杯玉斝，方称他舞妙清讴；瑶室琼台、绣屏象榻，方称他花营柳阵；不免取用民间。这番便惹出一班残刻小人：施文庆、沈客卿、阳惠朗、徐哲、暨慧景，替他采山探海，剥众害民。在光昭殿前起临春、结绮、望仙三座大阁，都高数十丈，开广数十间。栏槛窗牖，都是沉香做就；还镶嵌上金玉珠翠，外布珠帘。里边列的是宝床玉几，锦帐翠帷。且是一时风流士女，绝会妆点。在太湖、灵壁、两广，购取奇石，叠作蓬莱，山边引水为池，文石为岸，白石为桥；杂植奇花异卉。正是：

　　直须阆苑还堪比，便是阿房也不如。

　　陈主自住临春阁，张丽华住结绮阁，龚、孔二贵嫔住望仙阁。三阁都是复道回廊，委宛相通，无日不游宴。外边孔范、江总，还有文士常侍王瑳等；里边女学士袁大舍等，都是陪从。酒酣，命诸妃嫔及女学士江、孔诸人，赋诗赠答，陈主与张丽华品题，各有赏赐；把极艳丽的，谱在乐中。每宴，选宫女数千人，分番歌咏，焚膏继晷，辄为长夜之饮。说不尽繁华的景象、风流的态度。正是：

　　费辄千万钱，供得一时乐。杯浮赤子膏，筵列苍生膜。

　　宫庭日欢娱，闾里日萧索。犹嫌白日短，醉舞银蟾落。

　　消息传入隋朝，隋主便起伐陈之意。高颎、杨素、贺若弼，都上平陈之策。正在议论之间，忽然晋王广请领兵伐陈，道：“叔宝无道，涂炭生民。天兵南征，势同压卵；若或迁延，叔宝殒灭，嗣以令主，恐难为功，臣请及时率兵讨罪，执取暴君，混一天下。”看官们，你道征伐是一刀一枪事业，胜负未分，晋王乃隋亲王，高爵重禄，有甚不安逸，却要做此事？只为晋王乃隋主次子，与太子勇俱是独孤皇后所生。皇后生晋王时，朦胧之中，只见红光满室，腹中一声响亮，就像雷鸣一般，一条金龙突然从自家身子里飞将出来。初时觉小，渐飞渐大，直飞到半空中，足有十余里远近，张牙舞爪，盘旋不已。正觉好看，忽然一阵狂风骤起，那条金龙不知怎么竟坠下地来，把个尾掉了几掉，便缩做一团。细细再一看时，却不是条金龙，倒像一个牛一般大的老鼠模样。独孤后着了一惊，猛然醒来，随即生下晋王。隋主闻知皇后梦见金龙摩天，故晋王小名叫做阿摩。独孤后大喜道："小名佳矣！何不并赐一个大名？"隋主道："为君须要英明，就叫作杨英罢。"又想道："创业虽须英明，守成还须宽广，不如叫杨广。"正是：

　　元鸟赤龙曾降兆，绕星贯月不虚生。虽然德去三皇远，也有红光满禁城。

只因独孤后爱子之心甚切，时常在晋王面前说那生时的异兆；晋王却即不甘为人下，因自忖道："我与太子一样弟兄，他却是个皇帝，我却是个臣子。日后他登了九五，我却要山呼万岁去朝他。这也还是小事。倘有毫厘失误，他就可以害得我性命。我只管战战兢兢去奉承他，我平生之欲，如何得遂？除非设一计策，谋夺了东宫，方遂我一生快乐。只是没有些功劳于社稷，怎得到这个地位？"左思右想，想得独孤最妒，朝臣中有蓄妾生子的，都劝隋主废斥。太子因宠爱姬妾云昭训，失了皇后的欢心。晋王乘机，阳为孝谨，阴布腹心，说他过失，称己贤孝。到此又要谋统伐陈兵马，贪图可以立功；且又总握兵权，还得结交外臣，以为羽翼。

却喜隋主素是个猜疑的人，正不肯把大兵尽托臣下。就命晋王为行军兵马大元帅，杨素为行军兵马副元帅，高颎为晋王元帅府长史，李渊为元帅府司马。这高颎是渤海人，字昭玄；生来足智多谋，长于兵事。李渊，成纪人，字叔德，胸有三乳；曾在龙门破贼，发七十二箭，杀七十二人。更有两个总管：韩擒虎、贺若弼——都是杀人不眨眼的魔君——为先锋，自六合县出兵；杨素由永安出兵，自上流而下。一行总管九十员，胜兵六十万，俱听晋王节制。各路进发，东连沧海，西接川蜀，旌旗舟楫，连接千里。

陈国屯守将士，雪片告急。施文庆与沈客卿遏住不奏。及至仆射袁宪陈奏，要于京口、采石两处添兵把守，江总又行阻挠。这陈主也不能决断，道："王气在此，齐兵三来，周师再来，无不涣败，彼何为者耶！"孔范连忙献谄说："长江天堑，天限南北，人马怎能飞渡？总是边将要作功劳，妄言事急。臣每患官卑，隋兵若来，臣定作太尉公矣！"施文庆道："天寒人马冻死，如何能来？"孔范又道："可惜冻死了我家兵马。"陈主大笑，叫袁宪众臣无可用力。这便是陈国御敌的议论了。饮酒奏乐，依然如故。

　　北来烽火照长江，血战将军气未降。赢得深宫明日月，银筝檀板度新腔。

到了祯明二年正月元旦，群臣毕聚。陈主夜间纵饮，一睡不醒，直到日暮方觉。不期这日贺若弼领兵，已自广陵悄悄渡江；韩擒虎又带精兵五百，自横江直犯采石。守将徐子建一面奏报，一面要率兵迎敌。元旦各兵都醉，没一个抬得枪棒的。子建只得弃了兵士，单舸赶至石头。又值陈主已醉，自早候至晚，才得引见。回道："明日会议出兵。"

次日鬼混了一日。到初四日，分遣萧摩诃、鲁广达等出兵拒战。内中萧摩诃，要乘贺若弼初至钟山，击其未备；任忠要精兵一万，金翅三百艘，截其后路。都是奇策，陈主都不肯听。到了初八日，督各将鏖战。其时，止得一个鲁广达竭力死斗，也杀贺若弼部下三百余人。孔范兵一交就走。萧摩诃被擒。任忠逃回，陈主也不责他，与他两柜金银，叫他募人出战。谁知他到石子冈，撞着擒虎，便率兵投降，反引他进城。这时城中士庶乱窜，莫不逃生。陈主还呆呆坐在殿上，等诸将报捷。及至听得北兵进城，跳下御座便走。袁宪一把扯住道："陛下尊重，衣冠御殿，料他不敢加害。"陈主道："兵马杀来，不是耍处！"挣脱飞走，赶入后宫，寻了张贵妃、孔贵嫔，道："北兵已来，我们须向一处躲，不可相失！"左手绾了贵妃，右手绾了贵嫔，走将出来。行到景阳井边，只听得军声鼎沸，道："罢，罢，去不得了，同一处死罢！"将自投于井。后阁舍人夏侯公韵以身蔽井，陈主与争久之，乃一齐跳入井中。喜是冬尽春初，井中水涸，不大沾湿，后主道："纵使躲得过，也怎生出得去？"

　　凯歌换却后庭花，箫鼓番成羯鼓挝。王气六朝今日歇，却怜竟作井中蛙！

　　三人躲了许久，只听得人声喧闹，却是隋兵搜求珠宝宫女。只见正宫沈后，端处宫中；太子深闭阁而坐。单不见了陈主。众军四下搜寻。有宫人道："曾见跑到井边的，莫不投水死了？"众军闻得，都来井中探望。井中深黑，微见有人，忙下挠钩去搭。陈主躲过，钩搭不着。众军无计，遂将石块投井中，试看深浅，好下井找寻。陈主见飞下石子，大喊起来道："不要打我！快把绳子抛下，扯了我起来！"众兵急取长绳，抛钩数十丈。又等半日，听得陈主道："你等用力扯，我有金宝赏你，切不可扯不牢跌坏我！"初时两人扯，扯不动；又加两人，也扯不动。这些人道："毕竟他是个皇帝，所以骨头重。"一个道："毕竟是个蠢物！"及至发声喊，扯得起来，却是三个人，与张贵妃、孔贵嫔同束而上，故这等沉重。众人一齐笑将起来。宋王元甫有诗曰：

　　　　隋兵动地来，君王尚晏安。须知天下窄，不及井中宽。
　　　　楼外烽交白，溪边血染丹。无情是残月，依旧凭栏干。

　　众人簇拥了陈主，去见韩擒虎。陈主倒也官样相见，一揖。晚来，贺若弼自外掠门入城，呼后主相见。后主见他威风凛凛，不觉汗流股战。贺若弼看了笑道："不必恐惧，不失作一归命侯！"着他领了宫人，暂住德教殿，外边分兵围守。这时晋王率兵在后，先着高颎、李渊抚安百姓，禁止焚掠。驰入建康，两人正在省中，出来晓谕黎庶，禁约士卒，拘拿陈国乱政众臣。

　　只见晋王向来矫情镇物，不近酒色。此时他远离京师，且又闻得张丽华妖艳，着高颎之子记室高德弘驰到建康，来取张丽华。高颎道："晋王身为元帅，伐暴救民，岂可先以女色为事？"不肯发遣。高德弘道："大人，晋王兵权在手，取一女子，抗不肯与，恐至触怒。"李渊便道："高大人，张、孔狐媚迷君，窃权乱政；以国覆灭，本于二人。岂容留此祸本，再秽隋氏？不如杀却,以绝晋王邪念。"高颎点头道:"正是昔日太公蒙面斩妲己,恐留倾国更迷君也。今日岂可容留丽华,以惑晋王哉!"便吩咐并孔贵嫔取来,斩于清溪。高德弘苦苦争阻,不听。

秋水丰神冰玉肤,等闲一笑国成芜。却怜血染清溪草,不及西施泛五湖。

张、孔二美人既斩,弄得个高德弘索兴而回。回至行营参谒,那晋王笑容可掬道:"丽华到了么?"高德弘恐怕晋王见怪,把这事都推在李渊身上,道:"下官承命去取,父亲不敢怠慢,着备香车细辇,还选美貌嫔御十人,陪送军前。"晋王笑道:"非着记室往取,高长史也未必如此知趣。"高德弘道:"只是可奈李渊,他言祸水不可容留,连孔贵嫔都斩了!"晋王听了失惊,道:"你父亲怎不作主?"德弘道:"臣与父亲再三阻挡,必不肯听,还责下官父子做美人局,愚弄大王。"晋王大怒道:"可恶这厮!他是酒色之徒,一定看上这两个美人,怪我去取,他故此捻酸杀害。"却又叹息道:"这也是我一时性急,再停两日,到了建康,只说取陈叔宝一干家属起解,那时留下,谁人阻挡?就李渊来劝谏,只是不从,也没奈我何。这便是我失算,害了两个丽人。"临后恨恨的道:"我虽不杀丽华,丽华由我而死。毕竟杀此贼子,与二姬报仇!"当下一场懊恼散了,早已种下祸根。

头愚白下惩亡陈,谁解匡君是忤君?羡是鸱夷东海畔,智全越国又全身。

晋王因此一恼,到勉强做个好人。一到建康,拿过施文庆,道他受委不忠,曲为谄佞;沈客卿重敛逢君;阳惠朗、徐哲、暨慧景,侮法害民;时为五佞,都将来斩在石关前。又把孔范、王瑳等投于边裔,以息三吴民怨。使元帅府记室裴矩,收图籍,封府库,一无所取,以博贤声。又道贺若弼先期失战,有违重责;李渊怠惰不修职事,上疏纠劾,请拘拿问。隋主知平陈,若弼首功,渊居官忠直,俱免罪。还先召回若弼,赐绢万段。

其时各处未定州郡,分遣各总兵督兵征服;川蜀、荆楚、吴越、云贵,皆归版图,天下复统于一。惟岭南未有所附,数郡共奉高凉郡石龙夫人冼氏为主。夫人,陈阳春太守冯宝之妻,冯仆之母也。闻隋破陈,夫人亲自起兵,保全四境,筑城拒守,众号圣母,谓其城曰"夫人城"。隋遣柱国韦洸,安抚岭外。夫人拒之,洸不得进。晋王遣陈主遗夫人书,谕以国亡,使之归隋。夫人得书,集首领数千人,尽日恸哭,北面拜谢后,始遣其孙盎,率众迎洸入广州。夫人亲披甲冑,乘介马,张锦伞,引彀骑卫从,载诏书称使者,宣谕朝廷德意,历十余州,所至皆降。凡得州三十,郡一百,县四百。封盎为仪同三司,册夫人为宋康郡太夫人,赐临振县为汤沐邑;一年一贡献,三年一朝觐。时人作诗,以美其事,有"锦车朝促侯,刁斗夜传呼",及"云摇锦车节,月照角端弓"之句。智勇福寿,四者俱全。年八十余而终,称古今女将第一。

不说那谯国夫人之事。却说是年三月，晋王留王韶镇守建康，自督大军，与陈主与他宗室嫔御文武百司，发建康。四月至长安，献俘太庙。拜晋王为太尉，赐辂车衮冕之服、玄圭白璧。杨素封越公，贺若弼、韩擒虎并进上柱国。若弼封宋公。擒虎因放纵士卒，淫污陈宫，不与爵邑。高颎加上柱国，进爵齐公。李渊升卫尉少卿，因是晋王恼他，不与叙功，反劾他，故此他封赏极薄。李渊也不介意。喜是晋王复奉旨出镇扬州，不得频加谮害，但是晋王威权日盛，名望日增，奇谋秘计之士，多入幕府。他图谋非望之心越急了。

　　四皓招来羽翼成，雄心岂肯老公卿。直教豆向釜中泣，宁论豆其一体生。

况且内有独孤后为之护持，外有宇文述为之计画，那有图谋不遂的理？但未知隋主意下如何，且听下回分解。

第二回

杨广施谗谋易位　独孤逞妒杀宫妃

诗曰：
　　人谓骨肉亲，我谓谗间神。嫌疑乍开衅，宵小争狺狺。
　　戈矛生笑底，欢爱成怨嗔。能令忠孝者，衔愤不得伸。
　　巧言固如簧，萋菲成贝锦。此中偶蒙蔽，觌面犹重阃。
　　心似光明烛，人言自不侵。家国同一理，君子其敬听。

常言木有蠹，虫生之。心中一有爱憎，受者便十分倾轧。隋自独孤皇后有不喜太子勇的念头，被晋王窥见，故意相形，知他怪的是宠妾，他便故意与萧妃相爱，把平日一段好色的心肠，暂时打叠。知他喜的是俭朴，他便故意饰为节俭模样，把平日一般奢华的意气，暂时收拾。不觉把独孤皇后爱太子的心，都移在他身上。这些宦官宫妾，见皇后有些偏向，自然偷寒送暖，添嘴捌舌。循规蹈矩的事体，不与他传闻；有一不好，便为他张扬起来。晋王宫中有些劣处，都与他掩饰；略有好处，一分增作十分，与他传播。况且又当不得晋王与萧妃把皇后宫中亲信的异常款待，就是平常间，皇后宫人内竖往来，尽皆赏赐。谁不与他在皇后前称赞？

此时晋王已知事有七八分就了。他又在平陈时结识下一个安州总管宇文述，因他足智多谋，人叫做小陈平。晋王在扬州便荐他做寿州刺史，得以时相

往来。一日与他商议夺嫡之事。宇文述道:"大王既得皇后欢心,不患没有内主了。但下官看来,还有三件事:一件皇后虽然恶太子,爱大王,却也恶之不深,爱也不甚。此行入朝,大王须做一苦肉计,动皇后之怜,激皇后之怒,以坚其心。这在大王还有一件,外边得一位亲信大臣,言语足以取信圣上,平日进些谗言,当机力为撺掇;这便是中外夹攻,万无一失了。但只是废斥易位,须有大罪,这须买得他一个亲信,把他首发。无事认作有,小事认作大,做了一个狠证见,他自然展辩不得。这番举动不怕不废,以次来大王不怕不立,况有皇后作主。这两件下官做得来。只是要费金珠宝玉数万金,下官不惜破家,还恐不敷。"晋王道:"这我自备。只要足下为我,计在必成,他时富贵同享。"其年恰值朝觐,两个一路而来,分头作事。

巧计欲移云蔽日,深谋拟令腊回春。

一边晋王自朝见隋主及皇后;朝中宰执,下至僚属,皆有赠遗;宫中宦官姬侍,皆有赏赐。在朝各官,只有李渊,虽为旧属,但人臣不敢私交,不肯收晋王礼物。这边宇文述参谒大臣,拜望知己之后,来见大理寺少卿杨约。这杨约是越公杨素之弟。素位为尚书左仆射,威倾人主。只是地尊位绝,且自平陈之后,陈宫佳丽,半入后房;颇耽声色,不大接见人,故人有干求,都向杨约关节。他门庭如市,宇文述外官,等了许久,方得相见。送了百余金厚礼,一茶而退。

但是宇文述与杨约是平日忘形旧交,因此却来答拜。宇文述早在寓等候,延进客坐。只见四壁排列的都是周彝商鼎,奇巧顽物,辉煌夺目。杨约不住睛观看。宇文述道:"这都是晋王见惠。兄善赏鉴,幸一指示。"杨约道:"小弟家下金宝颇多,此类甚少,尝从家兄宅中见来,觉兄所有更胜。"见侧首排有白玉棋枰、碧玉棋子,杨约道:"久不与兄交手矣!兄在此与何人手谈?"宇文述道:"是随行小妾。"杨约道:"是扬州娶来的了。扬州女子多长技艺。"宇文述道:"棋枰在此,与兄一局何如?"便以几上商鼎为彩。宇文述故意连输了几局,把珍顽输去强半。及酒至,席上陈设,又都是三代古器,间着金杯玉斝。杨约道:"这些金酒器,一定也是扬州来的。我北边无此精工。"宇文述道:"兄若赏他,便以相送。"便教另具一桌盒与杨爷畅饮;这些顽器,都送到杨爷宅中。手下早已收拾送去了。

杨约还再三谦让道:"这断不敢收。这是见财起意了,岂可无功食禄!"宇文述道:"杨兄,小弟向为总管,武官所得不够馈送上司;及转寿州,止吃得一口水,如何有得送兄?这是晋王有求于兄,托弟转送。"杨约道:"但是兄之赐,已不敢当;若是晋王的,如何可受?"宇文述道:"这些须小物,何足希罕!小弟还送一场永远大富贵与贤昆玉。"杨约道:"譬如小弟,果不可言富贵;若说家兄,他富贵已极,何劳人送?"宇文述笑道:"兄家富贵,可云盛,不可云永。兄知东宫以所欲不遂,切齿于令兄乎?他一旦得志,至亲自有云定兴等,宫僚自有唐令则等,能专有令兄乎?况权召嫉,势召潜,今之屈首居昆季下者,安知他日不危昆季,思蹑其上也?今幸太子失德,晋王素溺爱于中宫,主上又有易储之心,兄昆季能赞成之,则援立之功,晋王当铭于骨髓。这才算永远悠久的富贵。是去累卵之危,成泰山之安,兄以为何如?"杨约点头道:"兄言良是。只是废立大事,未易轻诺,容与家兄图之。"两人痛饮,至夜而散。

二五方成耦,中宫有骊姬。势看俱集菀,鹤禁顿生危。

次日宇文述又打听得东宫有个幸臣姬威,与宇文述友人段达相厚。宇文述便持金宝,托段达贿赂姬威,伺太子动静。又授段达密计道:"临期如此如此。"且许他日后富贵。段达应允,为他留心。

及至晋王将要回任扬州,又依了宇文述计较,去辞皇后,伏地流涕道:"臣性愚蠢,不识忌讳;因念亲恩难报,时时遣人问安。东宫说儿觊觎大位,恒蓄盛怒,欲加屠陷;每恐谗生投杼,鸩遇杯酌,是用忧惶,不知终得侍娘娘否?"言罢鸣咽失声。皇后闻言曰:"睍地伐(太子小字)渐不可耐,我为娶元氏女,竟不以夫妇礼待之,专宠阿云!使有如许豚犬,我在汝便为所凌,倘千秋万岁后,自然是他口中鱼肉。使汝向阿云儿前,稽首称臣讨生活耶!"晋王闻皇后言,叩首大哭。皇后安慰一番,叫他安心回去,非密诏不可进京;不得轻过东宫,停数月,我自有主意。晋王含泪而出。宇文述道:"这三计早已成了!"

柳迎征骑邗沟近,日掩京城帝里遥。八鸟已看成六翮,一飞直欲薄云霄!

一废一兴,自有天数。这杨约得了晋王贿赂,要为他转达杨素。每值相见,故作愁态。一日杨素问他:"因甚怏怏?"杨约道:"前日兄长外转,东宫卫率苏孝慈,似乎过执,闻太子道:'会须杀此老贼!'老贼非兄而谁?愁兄白首,履此危机。"杨素笑道:"太子亦无如我何!"杨约道:"这却不然。太子乃将来人主。倘主上一旦弃群臣,太子即位,便是我家举族所系,岂可不深虑?"杨素道:"据你意,还是谢位避他,还是如今改心顺他?"杨约道:"避位失势;

纵顺，他也不能释怨。只有废得他，更立一人，不惟免患，还有大功。"杨素抚掌道："不料你有这智谋，出我意外！"杨约道："这还在速，若迟疑，一旦太子用事，祸无日矣！"杨素道："我知道。还须皇后为内主。"

杨素知隋主最惧内，最听妇人言的，每每乘内宴时，称扬晋王贤孝，挑拨独孤皇后。妇人心肠褊窄浅露，便把晋王好、太子歹，一齐搬将出来。杨素又加上些冷言热语。皇后知他是外廷最信任的，便托他赞成废立，暗地将金宝送来嘱他。杨素初时还望皇后助他；这时皇后反要他相帮，知事必成。于是不时在隋主前搬斗是非；又日令宦官宫妾，乘隙进谗，冷一句，热一句，说他不好的去处。

正是积毁成山，三人成虎。到开皇二十年十月，隋主御武德殿，宣诏废勇为庶人。其子长宁王俨，上疏求宿卫，隋主甚有怜悯之意，却又为杨素阻住。还有一个五原公元旻直谏，一个文林郎杨孝政上书，隋主听信杨素，俱遭刑戮。杨素却快自己的富贵可以长久。到了十一月，撺掇隋主立晋王为太子，以宇文述为东宫左卫率。晋王接着旨意，先具表奏谢，随择吉同萧妃朝见，移居禁苑，侍奉父母，十分孝敬。隋主见他如此，也自欢喜，且按下不题。

却说独孤后的性儿，天生成的奇妒，宫中虽有这宫妃彩女，花一团，锦一簇，隋主只落得好看，那一个得能与他宠幸？不期一日，独孤后偶染些微疾，在宫调理。隋主因得了这一个空儿，带了小内侍，私自到各宫闲耍。在鸣鹊楼前，步了一回，又到临芳殿上，立了半晌。见那些才人、世妇、婕妤、妃嫔，成行作队，虽都是锦装绣裹，玉映金围；然承恩不在貌，桃花嫌红，李花怪白。看过多时，并无一人当意。信着步儿，走到仁寿宫来。也是天缘凑巧，只见一个少年宫女，在那里卷珠帘，见了隋主来，慌忙把钩儿放下，似垂柳般磕了一个头，立将起来，低了眼，斜傍着锦屏风站住。隋主仔细一看，只见那宫女生得花容月貌，百媚千娇，正是：

笑春风三尺花，骄白雪一团玉。痴疑秋水为神，瘦认梨云是骨。

碧月充作明珰，轻烟剪成罗縠。不须淡抹浓描，别是内家装束。

隋主问道："你是几时进宫的，怎么再不见承应？"那宫女见隋主问他，因跪道："贱婢乃尉迟迥的孙女，自投入宫，即蒙娘娘发在此处，不许擅自出入，故未曾承应皇爷。"隋主笑道："你且起来，今日娘娘不在，便擅自出入也不妨。"正说间，只见近侍们请回宫进晚膳。隋主道："就在此吃罢！"不多时，排上宴来，隋主就叫尉迟氏侍立同饮。尉迟氏酒量原浅，因隋主十分见爱，勉强吃了几杯，遂留在仁寿宫中宿了。次日隋主早起临朝，满心畅意道："今日方知为天子的快活！但只怕皇后得知，怎生区处？"

却说独孤后虽然有病，那里放心得下，不时差心腹宫人打听。早有人来报知这个消息。独孤后听了，怒从心上起，也顾不得自家的身体，带了几十个宫人，恶狠狠的走到仁寿宫来。此时尉迟氏梳洗毕，正在那里验臂上的蜂黄，退了多少。猛看见皇后与一队宫女，蜂拥而来，吓得他面如土色，扑碌碌的小鹿儿在心头乱撞，急忙跪下在地。

独孤后进得宫来，脚也不曾站稳，便叫："揣过这个妖狐来。"众宫人那管他柳腰轻脆，花貌娇羞；横拖的乱挽乌云，倒拽的斜牵锦带，生辣辣扯到面前。便骂道："你这妖奴，有何狐媚伎俩，辄敢蛊惑君心，乱我宫中雅化！"尉迟氏战兢兢答道："奴婢乃下贱之人，岂不知娘娘法度，焉敢上希宠幸？也是命合该死，昨晚不期万岁爷忽然到宫吃夜膳，醉了，就要在宫中留幸。贱婢再三推却，万岁爷只不肯听，没奈何只得从顺。这是万岁爷的意思，与贱婢无干，望娘娘哀怜免死。"独孤后说道："你这个妖奴，昨夜快活！不知怎样装娇做俏，哄骗那没廉耻的皇帝。今日却花言巧语，推得这般干净！"喝宫人："与我痛打！"尉迟氏叩头："望娘娘饶命！"独孤后道："万岁爷既这般爱你，你就该求他饶命，为何昨夜不顾性命的受用，今日却来求我？你这样妖奴，我只提防疏了半点，就被你哄骗到手。今日就将你打死，已悔恨迟了，不能泄我胸中之气！怎肯又留一个祸根，为心腹之害？左右，为我快快结果他性命！"众宫人听了，一齐下手。可怜尉迟氏娇怯怯身儿，能经甚么摧残？不须利剑钢刀，早已香销玉碎。正是：

　　入宫得宠亦堪哀，今日残花昨日开。一夜恩波留不住，早随白骨到泉台！

却说隋主早朝罢，满心想着昨夜的快活，巴不得一步就走到仁寿宫来，与尉迟氏欢聚。及进得宫，那晓得独孤后愁眉怒目，恶刹刹站在一边，尉迟氏花残月缺，血淋淋横在地下。猛然看见，吃了一惊，心中大怒，更不发言，往外便走。恰遇一小黄门牵马而过，隋主便跨上马，从永巷中一直径奔出朝门，逞一愤然之气，欲抛弃天下，奔入山谷中去。幸值高颎出朝见了，抵死上前阻住，叩问何故。隋主只得回马，仍至大殿，召集各官，将独孤后打死尉迟氏女说了一遍，要草诏废斥那老妇。高颎奏道："陛下差矣。陛下焦心劳思，入虎穴，探龙珠，不知费了多少刀兵，方能统一天下，正宜励精图治，以遗子孙，岂可以一妇人而轻视天下乎？"隋主怒犹未息。颎等再三申劝，方始回宫。

独孤后病中着恼，又因这一惊，病体愈加沉重；合眼只见尉迟女为厉，遂成惊痫之疾，日甚一日，不数月而崩。免不得颁诏天下，命所司议定丧葬仪制，一一如礼。后人有诗，专道独孤后之妒云：

　　夫婴儿兮子奇货，以爱易储移帝座。莫言身死妒根亡，妒已酿成天下祸。

隋主自独孤后死后，宫帏寂寞，遂传旨于后宫嫔妃才人中选择美丽者进御。自有此旨，宫中人人望幸，个个思恩。谁知三千宠幸，只在一身，如何选得许多？选遍六宫，仅仅选得两个：一个是陈氏，一个是蔡氏。陈氏乃陈宣帝的女儿，生得性格温柔，丰姿窈窕，真个有沉鱼落雁之容、闭月羞花之貌。蔡氏乃丹阳人也，一样风流娇媚。隋主见了，喜不自胜，因说道："朕老矣！情无所适。今得二卿，足为晚景之娱。"随封陈氏为宣华夫人，蔡氏为容华夫人。二人虽并承雨露，而宣华夫人宠爱尤甚。隋主自此以后，日日欢宴，比独孤后在日，更觉适意。

那隋主到底是个创业皇帝，有些正经；宫中虽然欢乐，而外廷政事，无不关心，百官章奏，一一详览，常至夜分而寝。一夜正在灯下披阅本章，不觉困倦，隐几而卧。内侍们不敢惊动，屏息以待。隋主朦胧之间，梦见已身独立于京城之上，四远瞻眺，见河山绵邈，心甚畅快。又见城上三株大树，树头结果累累。正看间，耳边忽闻有水声，俯视城下，只见水流汹汹，波涛滚滚，看看高与城齐。隋主梦中吃惊不小，急急下城奔走。回头看时，水势滔天而来。隋主心下着忙，大叫一声，猛然惊醒。左右忙献上茶汤。隋主饮了一杯茶，方才拭目凝神，细想梦中光景：大非佳兆，乃洪水淹没都城之象，须要加意防河，浚治水道，以备不虞。又想此处如何便有水灾？或者人姓名中，有水傍之字的，将来为祸国家，亦未可知；须存心觉察驱除，方保无患。

梦中景象费推求，疑有疑无事可忧。天下滔滔皆祸水，行看大业付东流！

隋主本是好察礼祥小数、心多嫌忌的。今得此梦，愈加猜疑了。究竟未知此梦主何吉凶，且听下回分解。

第三回

逞雄心李靖诉西岳　造谶语张衡危李渊

词曰：

英雄气傲，硬向神灵求吉兆。行雨空中，不是真龙也学龙。流言增忌，危矣唐公偏姓李。仙李盘根，却笑枯杨稊不生。

调寄《减字木兰花》

从来国家吉凶祸福，虽系天命，多因人事；既有定数，必有预兆。于此若能恐惧修省，便可转灾为祥。所谓妖由人兴，亦由人灭。若但心怀猜忌，欲遏乱萌,好行诛杀,因而奸佞乘机,设谋害人,此非但不足以弭灾,且适足以酿祸。

却说隋主,因梦洪水淹城,心疑有个水傍名姓之人为祸。时朝中有老臣郕国公李浑,原系陈朝勋旧,陈亡而降隋,仍其旧爵为郕公。隋主猛然想得:"浑字军傍着水,其封爵为郕公,郕者城也,正合水淹城之梦。且军乃兵象,莫非此人便是个祸胎也?但其人已老,又不掌兵权,干不得甚事,除非应在他子孙身上。"因问左右:"李浑有几子,其子何名?"左右奏道:"李浑长子已亡,止存幼子,小名洪儿。"隋主闻洪儿两字,一发惊疑,想道:"我梦中曾见城上有树,树上有果。树乃木也,

树上果是木之子也,木子二字,合来正是个李字。今李家儿子的小名,恰好是洪水的洪字,更合我之所梦。此子将来必不利于国家,当即除之。"遂令内侍赍手敕至李浑家,将洪儿赐死。李浑逼于君命,不得不从。可怜洪儿无端殒命,举家号哭。后人有诗叹云:

　　殷高与文王,因梦得良相。楚襄风流梦,感得神女降。
　　堪叹隋高祖,恶梦添魔障。杀人当禳梦,举动殊孟浪。

隋主以疑心杀了李家之子,此事传播,早惊动了一个姓李的,陡起一片雄心。那人姓李,名靖,字药师,三原人氏,足智多谋,深通兵法,且又弓马娴熟,真个能文能武。幼丧父母,育于外家,其舅即韩擒虎也。擒虎常与他谈兵,赞叹道:"可与谈孙吴者,非此子而谁?"时年方弱冠,却负大志。见隋朝用法太峻,料他国脉必不长久。闻知隋主以梦杀人,暗笑道:"王者不死,杀人何益?"又想道:"据梦树木生子,固当是个'李'字;洪水滔天,乃天下混一也。将来有天下者,必是个姓李之人。"因便想到自己身上。

一日,偶有事到华州,路经华山,闻说山神西岳大王,甚有灵应。遂具香烛,到庙瞻拜,具疏默祷道:

　　布衣李靖,不揆狂简,献疏西岳大王殿下。靖闻上清下浊,爰分天地之仪;昼明夜昏,乃著神人之道。又闻聪明正直,依人而行,至诚感神,位不虚矣。伏惟大王嵯峨擅德,肃爽凝威;为灵术制百神,配位名雄四岳;是以立像清庙,作镇金方。邈观历代哲

王，莫不顺时禋祀。兴云致雨，天实肯从；转孽为祥，何有不赖？于乎靖也，一丈夫尔，何乃进不偶用，退不获安，呼吸若穷池之鱼，行止比失林之鸟，忧伤之心，不能已已！社稷凌迟，宇宙倾覆，奸雄竞逐，郡县土崩。兹欲建义横行，云飞电扫，斩鲸鲵而清海岳，氛祲以辟山河。俾万姓昭苏，庶物昌运，即应天顺时之作也。若大宝不可以据望，思欲仗剑调节，俟飞龙在天，捧忠义之心，倾身济世，吐肝胆于阶下，惟神降鉴。愿示进退之机，以决平生之用。有赛德之时，终陈击鼓。若三问不对，亦何神之有灵？靖当斩大王之头，焚其庙宇，建纵横之略，未为晚也。惟神裁之。

祷罢，试卜一筶，暗祝道："我李靖若有天子之分，乞即赐一圣筶。"将筶掷下。却也作怪，那两片筶儿，都直立于地。李靖心疑，拾起再一掷，却又依然直立。李靖见了，不觉怒从心起，挺立神前，厉声用力击桌道："我李靖若无非常之福，天生我身，亦复何用？惟神聪明，有问必答，何故两次问筶，阴阳不分？今我更卜，若不显应明示，定当斩头焚庙。"祝毕再将筶掷下。那筶在地盘旋半晌方定，看时却是个阳筶。李靖暗想道："阳为君象，亦吉兆也。"遂收筶长揖而去。一时在庙之人，见他口出狂言，也有说他亵渎神明的，也有疑他是痴呆的。正是：

燕雀安知鸿鹄志，任他肉眼笑英雄。

且说李靖是夜宿于客店，梦一神人，幞头象简，乌袍角带，手持一黄纸，对李靖道："我乃西岳判官，奉大王之命，与你这一纸。你一生之事都在上。"李靖接来展看，只见上写道：

南国休嗟流落，西方自得奇逢。红丝系足有人同，越府一时跨凤。道地须寻金卯，成家全赖长弓。一盘棋局识真龙，好把尧天日捧。

李靖梦中看了一遍，牢记在心。那判官道："凡事自有命数，不可奢望，亦不须性急，待时而动，择主而事，不愁不富贵也。"言讫不见。李靖醒来，一一记得明白，想道："据此看来，我无天子之分，只好做个辅佐真主之人了。那神道所言，后来自有应验。"自此息了图王夺霸的念头，只好安心待时。正是：

今日且须安蠖屈，他年自必奋鹏抟。

一日偶因访友于渭南，寓居旅舍，乘着闲暇，独自骑马，到郊外射猎游戏。时值春末夏初，见村农在田耕种，却因久旱，田土干硬，甚是吃力。李靖走得困倦，下马向一老农告乞茶汤解渴。那老农见是个过往客官，不敢怠慢，忙唤农妇去草屋中，煎出一瓯茶来，奉与李靖吃了。李靖称谢毕，仍上马前行。忽见山岩边走出一个兔儿。李靖纵马逐之。那兔东跑西走，只在前面，却赶他不着；发箭射之，那兔便带着箭儿奔走。李靖只顾赶去，不知赶过了多少路，兔儿却不见了。回马转看，不记来路，只得垂鞭信马而行。看看红日沉西,李靖心焦道:"日暮途歧,何处歇宿哩?"举目四望,遥见前面林子里有高楼大厦。李靖道:"那边既有人家,且去投宿则个。"遂策马前往。

到得那里看时,乃是一所大宅院。此时已是掌灯时候,其门已闭。李靖下马扣门。有一老苍头出问是谁。李靖道:"山行迷路,日暮途穷,求借一宿。"苍头道:"我家郎君他出,只有老夫人在宅,待我入内禀知,肯留便留。"李靖将所骑之马,系于门前树上,拱立门外待之。少顷,内边传呼:"老夫人请客登堂相见。"李靖整衣而入。里面灯烛辉煌,堂宇深邃。但见:

  画栋雕梁,珠帘翠箔。堂中罗列,无一非眩目的奇珍;案上铺排,想多是赏心的宝顽。苍头并赤足,一行行阶下趋承;紫袖与青衣,一对对庭前侍立。主人有礼,晋接处自然肃肃雍雍;客子何来?投止时不妨信信宿宿。正是潭潭堪羡王侯府,滚滚应惭尘俗身。

那老夫人年可五十余,绿裙素襦,举止端雅,立于堂上。左右女婢数人,也有执巾栉的,也有擎香炉的,也有捧如意的,也有持拂子的,两边侍立。李靖登堂鞠躬晋谒。老夫人从容答礼:"请问,尊客姓氏,因何至此?"李靖通名道姓,具述射猎迷路、冒昧投宿之意,且问:"此间是何家宅院?"老夫人道:"此处乃龙氏别宅。老身偶与小儿居此。今夜儿辈俱不在舍,本不当遽留外客。但郎君迷路来投,若不相留,昏夜安往?暂淹尊驾,勿嫌慢亵。"遂顾侍婢,命具酒肴款客。李靖方逊谢间,酒肴早已陈设,杯盘罗列,皆非常品。夫人拱客就席,自己却另坐一边,命侍婢酌酒相劝。李靖见夫人端庄,侍婢恭敬,恐酒后失礼,不敢多饮,数杯之后,即起身告退。老夫人道:"郎君尊骑,已暂养厩中。前厅左厢,薄设卧榻,但请安寝。倘夜深时,或者儿辈归来,人马喧杂,不必惊疑。"言讫而入。苍头引李靖到前厅卧所,只见床帐衾褥,俱极华美。李靖暗想:"这龙氏是何贵族?却这等丰富,且是待客有礼!"又想:"他家儿子若归来,闻知有客在此,或者要请相见,我且不可便睡。"于是闭户秉烛,独坐以待。因见壁边书架上,堆满书籍,便去随手取几本观看消闲。原来那书上记载的,都是些河神海若,及水族怪异之事,俱目所未睹者。李靖看了一回。

约二更以后,忽听得大门外喧传:"有行雨天符到。"又闻里边喧传:"老夫人迎接天符。"李靖骇然道:"如何行雨天符,却到他家来?难道此处不是人间么?"正疑惑间,苍头叩户,传言老夫人有事相求,请客出见。李靖忙出至堂上。老夫人敛衽而言道:"郎君休惊。此处实系龙宫,老身即龙母也。两儿俱名隶天曹,有行雨之责。适奉天符:自此而西,自西而南,五百里内,限于今夜三更行雨,黎明而止,时刻不得少违。怎奈大小儿送妹远嫁,次儿方就婚洞庭,一时传呼无及;老身既系女流,奴辈又不可专主。郎君贵人,幸适寓宿于此,敢屈台驾,暂代一行;事竣之后,当有薄酬,万勿见拒。"

李靖本是个少年英锐、胆粗气豪的人,闻了此言,略无疑畏,但道:"我乃凡人，如何可代龙神行雨？"老夫人道："君若肯代行，自有行雨之法。"李靖道："既如此，何妨相代。"老夫人大喜，即命取一杯酒来。须臾酒至，老夫人递与李靖道："饮此可以御风雷，且可壮胆。"李靖接酒在手，香味扑鼻，遂一饮而尽，顿觉神气健旺倍常。老夫人道："门外已备下龙马，郎君乘之，任其腾空而起，必不至于倾跌。马鞍上系一小琉璃瓶儿，瓶中满注清水，此为水母。瓶口边悬着一个小金匙，郎君但遇龙马跳跃之处，即将金匙于瓶中取水一滴，滴于马鬃之上，不可多，不可少。此便是行雨之法，牢记勿误！雨行既毕，龙马自能回走，不必顾虑。"

李靖一一领诺，随即出门上马。那马极高大，毛色甚异。行不数步，即腾起空中，御风而驰，且是平稳，渐行渐高。一霎时间，雷声电光，起于马足之下。李靖全不惧怯，依着夫人言语，凡遇马跃处，即以滴水滴在马鬃上。也不知滴过了几处，天色渐次将明，来到一处，那马又复跳跃。李靖恰待取水滴下，却从曙光中看下面时，正是日间歇马吃茶的所在，因想道："我亲见此处田土干枯，这一滴水济得甚事？今行雨之权在我，何不广施惠泽？况我受村农一茶之敬，正须多以甘霖报之。"遂一连约滴下二十余滴。

少顷事竣，那马跑回，到得门首，从空而下。李靖下马入门，只见老夫人蓬首素服，满面愁惨之容，迎着李靖说道："郎君何误我之甚也！此瓶中水一滴，乃人间一尺雨；本约止下一滴，何独于此一方连下二十滴？今此方平地水高二丈，田禾屋舍人民，都被淹没。老身因轻于托人，已遭天罚：鞭背一百，小儿辈俱当获谴矣！"李靖闻言大惊，一时愧悔踟蹰，无地自容。老夫人道："此亦当有数存，焉敢相怨？有劳尊客，仍须奉酬；但珠玉金宝之物，必非君子所尚，当另有以相赠。"乃唤出两个青衣女子来，貌俱极美，但一个满面笑容，一个微有怒色。老夫人道："此一文婢，一武婢，惟郎君择取其一，或尽取亦可。"李靖逊谢道："靖有负委托，以致相累，方自惭恨，得不见罪足矣，岂敢复叨隆惠？"老夫人道："郎君勿辞，可速取而去。少顷儿辈归来，恐多未便。"李靖想道："我若尽取二婢，则似乎贪；若专取文婢，又似乎懦。"因指着那武婢对老人道："若必欲见惠，愿得此人。"老夫人即命苍头，牵还了李靖所骑之马，又另备一马，与女子乘坐，相随而行。

李靖谢了夫人，出门上马，与女子同行。行不数步，回头看时，那所宅院已不见了。又行数里，那女子道："方才郎君若并取二女，则文武全备，后当出将入相。今舍文而取武，异日可为一名将耳！"遂于袖中取出一书，付与李靖道："熟此可临敌制胜，辅主成功。"举鞭指着前面道："此去不远，便达尊寓。郎君前途保重。老夫人遣妾随行，非真以妾赠君，正欲使妾以此书相授也。郎君日后自有佳人遇合。妾非世间女子，难以侍奉箕帚，请从此辞。"李靖正欲挽留，只见那女子拨转马头，那马即腾空而起，倏忽不见。李靖十分惊疑，策马前行，见昨日所过之处，一派大水汪洋，绝无人迹，不胜咨嗟懊悔。

寻路回寓，将所赠之书展看，却都是些行兵要诀及造作兵器车甲的式样与方法。正是：

> 龙神行雨人权代，赢得滔天水势高。鞭背天刑甘自受，还将兵法作酬劳。

李靖自得此书之后，兵法愈精，不在话下。

且说那些被大雨淹没的地方，有司申报上官，具本奏闻朝廷。隋主览奏降旨，着所司设法治水，一面赈济被灾的百姓，因想："我曾梦洪水为灾，如今果然近京的地方，多有水患，我梦应矣！"自此倒释了些疑心。

仁寿元年六月，隋主第三子蜀王秀，因晋王广为太子，心怀不平。太子恐其为患，暗嘱杨素求其过端而谮之。隋主信了逸言，乃召秀还京，即命杨素推治。杨素诬其酷虐害民，奉旨废为庶人，幽之于别宫。那不怕事的唐公李渊，又上本切谏，且请将已废太子勇及蜀王秀，俱降封小国，不可便斥为庶人。隋主虽不准奏，却也不罪他。只是愈为太子所忌，遂与张衡、宇文述等商议，问他："有何妙计，除却此人？我的东宫安稳，你们富贵可保。"宇文述道："太子若早说要处李渊，可把他嵌在两个庶人党中，少不得一个族灭。如今圣上久知他忠直，一时恐动摇他不得。"张衡道："这却何难！主上素性猜嫌，尝梦洪水淹没都城，心中不悦。前日郕公李浑之子洪儿，圣上疑他名应图谶，暗叫他自行杀害。今日下官学北齐祖珽杀斛律光故事，布散谣言：浑、渊都从水傍，能不动疑？恐难免破家杀身之害。"太子点头称妙。

> 谋奸险似蜮，暗里欲飞沙。世乱忠贞厄，无端履祸芽。

张衡出来暗布流言。起初是乡村乱说，后来街市喧传；先止是小儿胡言，渐至大人传播，都道："桃李子，有天下。"又道是："杨氏灭，李氏兴。"街坊上不知是那里起的，巡捕官禁约不住，渐渐的传入禁中。晋王故意启奏道："里巷妖言不祥，乞行禁止。"隋主听了，甚是不悦。连李渊也担了一身干系，坐立不安。但隋主已是先有疑在心了，只思量那李浑身上。

其时，朝中有那诬陷人的小人、中郎将裴仁基上前道："郕公李浑，名应图谶。近因陛下赐死其子，心怀怨恨，图谋不轨。"圣旨发将下来勘问，自有一班附和的人，可怜把郕公李浑强做了谋逆，一门三十二口，尽付市曹。

> 诚心修德可祈天，信谶淫刑总枉然。晋鸩牛金秦御扊，山河谁解暗中迁。

李渊却因此略放了心。

那张衡用计更狠，又贿赂一个隋主听信的方士安伽陀，道李氏当为天子，劝隋主尽杀天下姓李的。亏得尚书右丞高颎奏道："这谣言有无关系的，有有关系的，有真的，有假的。无关系的，天将雨商羊起舞是了；有关系的，檿弧箕服实亡周国是了。有真的，楚虽三户亡秦必楚，后来楚霸王果亡了秦是了；有假的，高山不推自倒，明月不扶自上，祖珽伪造害了斛律光，遂至亡国是了。更有信谗言的秦始皇，亡秦者胡，不知却是胡亥。晋宣帝牛易马，却是小吏牛与琅琊王妃子私通生元帝。天道隐微，难以意测。且要挽回天意，只在修德，不在用刑，反致人心动摇。圣上有疑，将一应姓李的，不得在朝，不得管兵用事便了。"

此时蒲山公子李密，位为千牛。隋主道他有反相，心也疑他。他却与杨素交厚，杨素要保全李密，遂赞高颎之言，暗令李密辞了官。其时在朝姓李的，多有乞归田的，乞辞兵柄的。李渊也趁这个势，乞归太原养病。圣旨准行，还令他为太原府通守，节制西京。这高颎一疏，单救了李渊，也只是个王者不死。

猛虎方逃柙，饥鹰得解绦。惊心辞凤阙，匿迹向林皋。

此时是仁寿元年七月了。太子闻得李渊辞任，对宇文述道："张麻子这计极妙，只是枉害了李浑，反替这厮保全身家回去。"宇文述道："太子若饶得过这厮罢了；若放他不下，下官一计，定教杀却李渊全家性命。"太子笑道："早有此计，却不消费这许多心思。"宇文述道："这计只是如今可行。"因附太子耳边说了几句。太子拊掌道："妙计！事成后将他女口囊橐尽以赐卿。只是他也是员战将，未易翦除。"宇文述道："以下官之计，定不辱命。纵使不能尽结果他，也叫他吃此一吓，再不思量出来做官了。"两人定下计策，要害李渊。不知性命何如，且听下回分解。

第四回

齐州城豪杰奋身　楂树岗唐公遇盗

诗曰：

知己无人奈若何？斗牛空见气嵯峨。黯生霜刃奇光隐，尘锁星文晦色多。

匣底铦锋悲自扃，水中清影倩谁磨？华阴奇士难相值，只伴高人客舍歌。

这首诗名为《宝剑篇》，单说贤才埋没，拂拭无人，总为天下无道，豪杰难容。便是有才如李渊，尚且不容于朝廷，那草泽英雄，谁人鉴赏？也只得混迹尘埃，待时而动了。况且上天既要兴唐灭隋，自藏下一干亡杨广的杀手，辅李渊的功臣，不惟在沙场上一刀一枪，开他的基业，还在无心遇合处，救他的贴危。这英雄是谁？姓秦，名琼，字叔宝，山东历城人。乃祖是北齐领军大将秦旭，父是北齐武卫大将军秦彝,母亲宁氏。生他时,秦旭道:"如今齐国南逼陈朝,西连周境,兵争不已,要使我祖孙父子同建太平。"因取一个乳名,叫作太平郎。

却说太平郎,方才三岁时,齐主差秦彝领兵把守齐州。秦彝挈家在任,秦旭护驾在晋阳。不意齐主任用非人,政残民叛。周主出兵伐齐,齐兵大溃。齐主逃向齐州,留秦旭、高延宗把守晋阳,相持许久,延宗城破被擒,秦旭力战死节。史臣有诗赞之曰:

苦战阵云昏,轻生报国恩。吞吴空有恨,厉鬼誓犹存。

及至齐主到齐州,惧周兵日逼,着丞相高阿那肱协同秦彝坚守,自己驾幸汾州。不数日,周兵追至,高阿那肱便欲开门迎降。秦彝道:"朝廷恐秦彝兵力单弱,故令丞相同守。如今守逸攻劳,正宜坚拒,以挫敌锋。丞相国之大臣,岂可辄生二志?"那肱道:"将军好不见机!周兵之来,势如破竹,并州、邺下多少坚城不能持久,况此一壁?我受国厚恩,尚且从权,将军何必悻悻?"秦彝道:"秦彝父子,誓死国家!"盼咐部下把守城门,自己入见夫人道:"主上差高阿那肱助我,不意反掣我肘,势大败矣!我誓以死守,图见先人于地下。秦氏一脉托于你。"说未毕,外边报道:"高丞相已开关放周兵入了!"秦彝忙提浑铁枪赶出来,只见周兵似河决一般涌来。秦彝领军,虽有数百精锐,如何抵当得住?杀得血透重袍,疮痍遍体,部下十不存一。秦领军大叫一声道:"臣力竭矣!"手掣短刀,复杀数人,自刎而死。

重关百二片时陨,血战将军志不灰。城郭可倾心愈劲,化云飞上白云堆。

此时宁夫人收拾了些家资,逃出官衙。乱兵已是填塞街巷,使婢家奴,俱各惊散。领了这太平郎,正没摆划,转到一条静僻小巷,家家俱是关着。听得一家有小儿哭声,知道有人在内,只得扣门,却是一个妇人,和一个两三岁小孩子在内。说起是个寡妇,姓程,这小孩子叫做一郎,止母子二口,别无他人。就借他权住。乱定了,将出些随身金宝腾换,在程家对近一条小巷中,觅下一所宅子,两家通家往来。此时齐国沦亡,齐国死节之臣,谁来旌表?也只得混在齐民之中。且喜两家生的孩子,却是一对顽皮,到十二三岁时,便会打断街、闹

断巷生事。到后程一郎母子，因年荒回到东阿旧居，宁夫人自与叔宝住在历城。

这秦琼长大，生得身长一丈，腰大十围，河目海口，燕颔虎头；最懒读书，只好轮枪弄棍，厮打使拳。在街坊市上，好事打抱不平，与人出力，便死不顾。宁夫人常常泣对他道："秦氏三世，只你一身，拈枪拽棒，你原是将种，我不禁你；但不可做轻生负气的事，好奉养老身，接续秦家血脉。"故此秦琼在街坊生事，闻母亲叫唤，便丢了回家。人见他有勇仗义，又听母亲训诲，似吴国专诸的为人，就叫他做赛专诸。更喜新娶妻张氏，家中颇有积蓄，得以散财结交，济弱扶危。

初时交结附近的豪杰：一个是齐州捕盗都头樊虎，字建威；一个是州中秀才房彦藻；一个是王伯当；还有一个开鞭仗行贾润甫。时常遇着，不拈枪弄棒，便讲些兵法。还有过往好汉遇着，彼此通知接待，不止一个。大凡人没些本领，一身把这两个铜钱结识人，人看他做耍子，不肯抬举他；虽有些本领，却好高自大，把些手段压伏人，人又笑他是鲁莽，不肯敬服他，所以名就不起。秦琼若论他本领，使得枪射得箭，还有一样独脚武艺：他祖传有两条流金熟铜锏，称来可有一百三十斤。他舞得来，初时两条怪蟒翻波，后来一片雪花坠地，是数一数二的。若论他交结，莫说他怜悯着失路英雄，交结是一时豪杰；只他母亲宁夫人，他娘子张氏，也都有截发留宾、剉荐供马的气概。故此江北地方，说一个秦琼的武艺，也都咬指头；说一个秦琼的做人，心花都开。正是：

才奇海宇惊，谊重世人倾。莫恨无知己，天涯尽弟兄。

一日，樊虎来见秦琼道："近来齐鲁地面凶荒，贼盗生发，官司捕捉，都不能了事。昨日本州刺史，叫我招募几个了得的人，在本郡缉捕。小弟说及哥哥，道哥哥武艺绝人，英雄盖世；情愿让哥哥做都头，小弟作副。刺史欣然，着小弟请哥哥出去。"秦琼道："兄弟，一身不属官为贵。我累代将家，若得志，为国家提一枝兵马，斩将搴旗，开疆展土，博一个荣封父母，荫子封妻；若不得志，有这几亩薄田，几树梨枣，尽可以供养老母，抚育妻儿。这几间破屋，中间村酒雏鸡，尽可以知己谈笑；一段雄心，没按捺处，不会吟诗作赋，鼓瑟弹琴，拈一回枪棒，也足以消耗他，怎低头向这些赃官府下，听他指挥？拿得贼是他的功，起来赃是他的钱。还有咱们费尽心力，拿得几个强盗，他得了钱，放了去，还道咱们诬盗。若要咱和同水密，反害良民，满他饭碗，咱心上也过不去，做他甚么？咱不去！"樊虎道："哥，官从小大来，功从细积起。当初韩信也只是行伍起身。你不会拈这枝笔，做些甚文字出身，又亡故了先前老人家，又靠不得他门荫，只有这一刀一枪事业，可以做些营生，还是去做的是。"

惭无彩笔夜生花，恃有戈矛可起家。璞隐荆山人莫识，利锥须自出囊纱。

说话间，只见秦琼母亲走将出来，与樊虎道了万福道："我儿，你的志气极大；但樊家哥哥说得也有理。你终日游手好闲，也不是了期，一进公门，身子便有些牵系，不敢胡为；倘然捕盗立得些功，干得些事出来也好。我听得你家公公，也是东宫卫士出身，你也不可胶执了。"秦琼是个孝顺人，听了母亲一席话，也不敢言语。

次日两个一同去见刺史。这刺史姓刘，名芳声，见了秦琼：

轩轩云霞气色，凛凛霜雪威凌。熊腰虎背势嶙嶒，燕颔虎头雄俊。声动三春雷震，髯飘五绺风生。双眸朗朗炯疏星，一似白描关圣。

刘刺史道："你是秦琼么？你这职事，也要论功叙补。如今樊虎情愿让你，想你也是个了得的人，我就将你两个，都补了都头。你须是用心干办。"两个谢了出来。樊虎道："哥，齐州地面盗贼，都是响马，全要在脚力可以追赶，这须要得匹好马才好。"秦琼道："咱明日和你到贾润甫家去看。"次日，秦琼袖了银子，同樊虎到城西。却值贾润甫在家，相见了。樊虎道："叔宝兄新做了捕盗的都头，特来寻个脚力。"贾润甫对叔宝道："恭喜兄补这职事，是个扯钱庄儿，也是个干事堆儿。只恐怕捉生替死，诬盗扳赃，这些勾当，叔宝兄不肯做；若肯做，怕不起一个铜斗般家私？"叔宝道："这亏心事，咱家不做。不知兄家可有好马么？"贾润甫道："昨日正到了些。"两个携手到后槽，只见青骢、紫骝、赤兔、乌骓、黄骠、白骥，斑的五花虬，长的一丈乌，嘶的、跳的、伏的、滚的、吃草的、咬蚤的，云锦似一片，那一匹不是：

竹披耳峻，风入轻蹄；死生堪托，万里横行。

那建威看了这些，只拣高大肥壮的道："这匹好，那匹好。"拣定一匹枣骝。叔宝却拣定一匹黄骠。润甫道："且试二兄的眼力。"牵出后槽，建威便跳上枣骝，叔宝跳上黄骠，一辔头放开，烟也似去了。那枣骝去势极猛，黄骠似不经意；及到回来，枣骝觉钝了些，脚下有尘；黄骠快，脚下无尘，且又驯良。贾润甫道："原是黄骠好。"叔宝就买黄骠。贩子要一百两，叔宝还了七十两。贾润甫主张是八十两。贩子不肯，润甫把自己用钱贴去，方买得成，立了契。同在贾润甫家，吃得半酣回家。以后却是亏这黄骠马的力。

一日忽然发下一干人犯，是已行未得财的强盗，律该充军，要发往平阳府泽州、潞州着伍。这刘刺史恐有失误，差着樊虎与秦琼二人，分头管解：建威往泽州，叔宝往潞州，俱是山西地方，同路进发。叔宝只得束装行李，拜辞母亲、妻子，同建威先往长安兵部挂了号，然后往山西。

游子天涯路，高堂万里心。临行频把袂，鱼雁莫浮沉。

不说叔宝解军之事。

再说那李渊，见准了这道本，着他做河北道行台太原郡守，便似得了一道赦书，急忙叫收拾起身，先发放门下一干人。这日月台丹墀仪门外，若大若小，男男女女，挨肩擦背，屁都挤将出来。唐公坐在滴水檐前，看着这些手下人，怜惜他效劳日久，十分动念，目中垂泪道："我实指望长安做官，扶持你们终身遭际。不料逼于民谣，挂冠回去。众人在我门下的，都不要随我去了。"唐公平昔待人有恩，众人一闻此言，放声大哭，个个十分苦楚。

唐公见他们哭得苦楚，眼泪越发滚出来，将袖拂面忍泪道："你们不必啼哭，难道我今日不做官，将你这些众人，赶逐去不成？我有两说在此：有领我田畴耕种的，有店房生意容身的，有在我门下效劳、得一官半职的，有长安脚下有甚么亲故的，这几项人，都不要随我去了。若没有田畴耕种、店房生理，长安中又举目无亲，这种人留在京中，也没有用处，都跟我到太原去，将高就低，也还过了日子。"这些手下人内，有情愿跟去的，即忙答应："小的们愿随老爷。"人多得紧，到底不知是那个肯去那个不肯去。唐公毕竟有经纬，吩咐下边众人："与我分做两班：太原去的，在东边丹墀；长安住的，在西边丹墀。分定立了，我还有话。"唐公口里吩咐，心中暗想道："情愿去的，毕竟不多。"谁料这干人略可抽身的，都愿跟归太原；有立在西丹墀的，还复转到东边去；一立立开，东西两丹墀，约莫各有一半。那些众人在下边纷纷私议：在长安住下的，舍不得老爷知遇之恩；要去时，奈长安城中，沾亲有故，大小有前程羁绊，生意牵缠，不得跟去。故此同是一样手下人，那西边人羡东边人，好像即刻登仙的一般。

唐公问西丹墀："都是长安住下么？"有几员官上来禀谢道："小人蒙老爷抬举，也有金带前程。"有几个道："小人领老爷钱本房屋。"有几个禀道："小的领老爷田畴耕种，这项钱粮花利，每年赍解到老爷府中公用。"唐公听毕，吩咐把卷箱抬出来，不拘男妇老幼，有一名人与他棉布二匹、银子一锭。赏毕又吩咐道："我不在长安为官，你众人越该收敛形迹，守我法度。都要留心切记！"众人叩头去了。唐公又向东边的道："你们这干是随去的了么？"众人都上前道："小的们妻孥儿辈了，情愿跟了老爷太原去。"唐公吩咐开一个花名簿，给与行粮银两，不许骚扰一路经过地方，细微物件，都要平买平卖，强取民间分文，责究不恕。吩咐了，退入后堂少息。

只见夫人窦氏向前道："今日得回故里，甚是好事；只是妾身身怀六甲，此去陆路，不胜车马劳顿；况分娩将及，不若且俄延半月起程。"李渊道："夫人，主上多疑，更有奸人造谤，要尽杀姓李的人，在此一刻，如在虎穴龙潭。今幸得请，死还归故乡死。你不晓得李浑么？他全家要望回去是登天了！"窦夫人默默无言，自行准备行李。李渊一面辞了同僚亲故，一面辞了朝，自与窦夫人、一个十六岁千金小姐，坐了软舆；族弟道宗与长子建成骑了马，随从了四十余个彪形虎体的家丁，都是关西大汉，弓上弦刀出鞘，簇拥了出离长安。

　　回首长安日远，惊心客路云横。渺渺尘随征骑，飘飘风弄行旌。

此时中秋天气，唐公趁晴霁出门得早；送的也不多，只有几个相知郊饯。唐公也不敢道及国家之事，略致感谢之意，作别起程。人轻马快，一走早已离京二十余里，人烟稀少。忽见前面陡起一岗，簇着黑丛丛许多树木，颇是险恶：

高岗连野起，古木带云阴。红绣天孙锦，黄飘佛国金。
　　林深鸟自乐，风紧叶常吟。萧瑟生秋意，征人恐不禁。

这地名叫做楂树岗。唐公夫妇坐着轿，行得缓，三四十家丁慢带马，前后左右，不敢轻离。只有道宗与建成赶着几个前站家丁，先行有一二里多路。建成是紫金冠红锦袍，道宗是绿扎巾，面前绣着一朵大牡丹花，玄纻袍，腰上缠有一条大剥古龙金鹋兔带，粉底皂靴。向前走一个落山健，赶入林子里来。若是没有这两个先来，唐公家眷一齐进到林子内，一来不曾准备，二来一边要顾行李，一边要顾家眷，也不能两全，少不得也中宇文述之计；喜是这几个先来，打着马儿正走。

这边宇文述差遣扮作响马的人，黉夜出京，等了半日，远远望见一行人入林：一个蟒衣，是个官员模样；一个小哥儿，也是公子模样，断然道是唐公家眷，发一声喊，抢将出来。都是白布盘头，粉墨涂脸，人强马壮，持着长枪大刀，口里乱呓喝道："无须儿拿卖路钱来！"建成此时见了，吃了一吓，踢转马便跑。道宗虽然吃了一惊，还胆大，便骂道："这厮吃了大虫心狮子胆来哩，是罐子也有两个耳朵，不知道洒家是陇西李府里，来阻截道路么？"说罢，拔出腰刀便砍，这几个家丁是短刀相帮。

这边建成吓得抱了鞍鞒，凭着这马倒跑回来，见了唐公轿子，忙道："不好了，不好了！前面强盗，把叔爷围在林子里面了！"

　　喜是翻身离虎穴，谁知失足在龙潭！

唐公听了道："怎辇毂之下，也有强盗？"使跳下轿来吩咐道："家丁了得的，分一半去接应；一半可护着家眷车辆，退到后面有人烟处驻扎。"自己除去忠靖冠，换了扎巾，脱去行衣，换了一件箭袖的纻袄；左插弓，右带箭，手中提一枝画杆方天戟，骑了白龙马，带领二十余个家丁，也赶进林子里来。早望见四五十强人，都执器械，围住着道宗。道宗与家丁们，都拿的是短刀，甚是抵敌不住。唐公欲待放箭，又恐怕伤了自己的人，便纵一纵马，赶上前来，大喝一声道："何处强人，不知死活，敢来拦截我官员过往么？"这一喝，这干强盗也吃了一惊，一闪向两下一分。被唐公带领家丁，直冲了进来，与道宗合在一处。这些强人，看有后兵接应，初时也觉惊心；及至来不过二十余人，遂欺他人少；况且来时，原是要害唐公，怎见了唐公反行退去？仍旧拈枪弄棒的，团团围将拢来，把唐公并家丁围在垓心。正是：

　　九里山前列阵图，征尘荡漾日模糊。项王有力能扛鼎，得脱乌江厄也无？

不知唐公也能挣得出这重围么，且听下回分解。

第五回

秦叔宝途次救唐公　窦夫人寺中生世子

词曰：

　　天地无心，男儿有意，壮怀欲补乾坤缺。鹰鹯何事奋云霄？鸾凤垂翅荆榛里。情脉脉，恨悠悠，发双指。

　　热心肯为艰危止，微躯拼为他人死。横尸何惜咸阳市，解纷岂博世间名？不平聊雪胸中事，愤方休，气方消，心方已！

调寄《千秋岁引》

天地间死生利害，莫非天数。只是天有理而无形，电雷之怒，也有一时来不及的，不得不借一个补天的手段，代天济弱扶危。唐公初时，也只道是寻常盗寇，见他到来，自然惊散。不料这些都是宇文述遣的东宫卫士，都是挑选来的精勇。且寻常盗贼，不得手便可漫散，这干人遵了宇文述吩咐，不杀得唐公并他家眷，怎么回话！所以都拼命来杀。况是他的人，比唐公家丁多了一倍，一个圈把唐公与家丁圈在里边，直杀得：

　　四野愁云曖䧲，满空冷雾飘扬。扑通通鼓炮驱雷，明晃晃枪刀簇浪。将对将，如天神地鬼争功；马邀马，似海兽山彪夺食。骑着的紫叱拨、五花骢、银狮豸、火龙驹、绿骓骢、流金骆、照夜白、玉骢骏、满梢马、的卢马，匹匹是如龙骄骑，飞兔神驹。白色的浪滚万朵梨花，赤色的霞卷千围杏蕊；青色的晓雾连山，黄色的浮云闪日。舞着的松纹刀、桑门剑、火尖枪、方天戟、五明铲、宣花斧、镵金锤、必彦挝、流金锐、倒马毒，件件是凌霜利刃，赛雪新锋。飘飘絮舞，万点枪刀；滚滚杨花，一团刀影。虹飞电闪，剑戟横空；月转星奔，戈矛耀目。何殊海覆天翻，成个你赢我负。

战够一个时辰，日已沉西。唐公一心念着家眷，要杀出围来。杀到东，这干强盗便卷到东来；战到西，这干强盗便拥到西了。虽不被伤，却也不得脱身。留下家丁，又以家眷为重，不敢轻易来接应。这唐公早已在危急的时候了。

这也是数该有救。秦叔宝与樊建威自长安解军挂号出来，也到临潼山下，槿树岗边经过。听得林中喊杀连天，便跳上高岗一望，见五七十强盗，围住似一起官兵在内。叔宝对建威道："可见天下大荒，山东、河南一望无际，盗贼生发也便罢了。你看都门外，不上数十里之地，怎容得响马猖獗？"樊建威指定唐公道："那一簇困在当中的，不是响马，是捕盗官兵，众寡不敌，被他围在此处，看他势已狼狈了。兄在山东六府，称扬你是赛专诸，难道只在本地方抱不平，今路见不平之事，如何看得过？兄仗平生本领，助他一阵，也见得兄是豪杰大丈夫。"

叔宝道："贤弟，我倒有此意，但恐你不肯成全我这件事。"樊建威道："小弟撺掇兄去，甚么反说我不肯成全？"叔宝道："贤弟既如此，你把这几名军犯先下山去，赶到关外，寻下处等我。"樊建威道："小弟在此，还可帮扶兄长，怎到教小弟先去？"叔宝道："小弟一身，尽够开除这伙盗贼。你在此帮扶，这几名军犯，谁人管领？"樊建威道："这等，仁兄保重。"便领了这几个军犯先去了。

叔宝按一按范阳毡笠，扣紧了铤带，提着金锏，跨上黄骠马，借山势冲将下来，好似：

猛虎初离穴，咆哮百兽惊。

大喊一声道："响马不要无礼，我来也！"只这一声，好似牙缝里迸出春雷，舌尖上震起霹雳。只是人见他一人一骑，也不慌忙，就是唐公见了，也不信他济得事来。故此这干假强盗，还迷恋着唐公厮杀，眼界中那有一个捕盗公人在黑珠子上？直待秦叔宝到了战场上，才有一二人来支架。战乏的人，遇到了一个生力之人，人既猛勇，器械又重，才交手早把两个打落马下。这番众强盗发一声喊，只得丢了李渊，来战叔宝。这叔宝不慌不忙，舞起这两条锏来：

单举处一行白鹭，双呈时两道飞泉。飘飘密雪向空旋，凛凛寒涛风卷。马到也，强徒辟易；锏来也，山岳皆寒。战酣尘雾欲遮天，蛟龙离陷井，狐兔遁荒阡。

前时这干强徒倚着人多，把一个唐公与这些家丁逼来逼去，甚是威风。这番遇了秦叔宝，里外夹攻，杀得东躲西跑，南奔北窜；也有逃入深山里去的，也有闪在林子里的。唐公勒着马，在空处指挥家丁，助叔宝攻击。识势的走得快，逃了性命；不识势的，少不得折臂伤身。弄得这干人：

犹如落叶遭风卷，一似轻冰见日消。

早有一个着了铜坠马的，被家丁一簇，抓到唐公面前。唐公道："你这厮怎敢聚集狐群狗党，惊我过路官员？拿去砍了罢！"这人战战兢兢道："小人不是强盗，是东宫护卫，奉宇文爷将令，道爷与东宫有仇，叫小人们打劫爷。上命差遣，原不干小人们事。"唐公道："我与东宫有何仇？你把来搪塞，希图脱死？本待砍你狗头，怜你也是贫民，出于无奈，饶你去罢！"这人得了命，飞走而去。

唐公看那壮士时，还在那厢恶狠狠觅人厮杀。唐公道："快去请那壮士来相见！"只见一个家丁，一骑赶到道："家爷请相见！"叔宝道："你家是谁？"家丁道："是唐公李爷。"叔宝兜住马，正在踌躇，只见又是一个家丁赶到道："壮士快去，咱家爷必有重谢哩！"叔宝听了一个"谢"字，笑了一笑道："咱也只是路见不平，也不为你家爷，也不图你家谢。"说罢带转马，向大道便走。

生平负侠气，排难不留名。生死鸿毛似，千金一诺轻。

唐公见家丁请不来壮士，忙道："这原该我去谢他，怎反去请他？这还是我不是了！"吩咐家丁："你们且去趱家眷上来，我自赶上谢他罢！"忙忙带紧丝缰，随叔宝后边赶来道："壮士且住马，受我李渊一礼。"叔宝只是不理。唐公连叫几声，见他不肯住足，只得又赶道："壮士，我全家受你活命之恩，便等我识一识姓名，报德俟异日何妨？"此时已赶下有十余里。叔宝想："樊建威在前，赶上时，少不得问出姓字，不如对他说了，省得他追赶。"只得回头道："李爷不要追赶了！小人姓秦名琼便是。"连把手摆上两摆，把马加上一鞭，箭也似一般去了。正是：

山色不能传侠气，溪流不尽泻雄心。功勋未得铭钟鼎，姓字居然照古今。

唐公欲待再追，战久马力已乏，又且一人一骑，在道儿上跑，倘有不尽余党，乘隙生变，那里更讨壮士出来？只得歇马。但是顺风，加上马鋬铃响，刚听得一个琼字，又见他摇手，错认作五行，生生地把一个琼五，牢牢刻在心里，不知何日是报恩之日。

放马正要走回，却见尘头起处，一马飞来。唐公道："不好了！这厮们又来了！且莫与他近前，看我手段。"轻拽雕弓，射一箭去，早见那人落马。再看尘头到处，正是自己家眷。唐公正在叙说，得琼五救应，杀散贼，这真是大恩人，两两慰谕。只见几个脚夫，与村庄农夫，赶到唐公马前，哭哭啼啼道："不知小人家主何事触犯老爷，被老爷射死？"唐公道："我不曾射死你甚主人！"众人哭道："适才拔下喉间箭，见有老爷名字。"唐公道："哦，适才我与一干强盗相杀方散，恰遇着一人飞马而来，我道是响马余党，曾发一箭，不料就射死是你主人，这也是我误伤。你主人叫甚名字？是何处人？"众人道："小人主人，乃潞州二贤庄上人。姓单名道，表字雄忠，在长安贩缎回来到此。"唐公道："死者不能复生，叫我也无可奈何了。便到官司也是误伤，不过与些埋葬。你家还有甚人？"众人道："还有二员外单通，表字雄信。"唐公道："这等你回家，对你二员外说：我因剿盗，误伤你主人，实是错误。我如今与你银子五十两，你从厚棺殓，送回乡去。待我回籍时，还差官到潞州，登堂吊孝。"安慰了一番。自古道："穷不与富斗，富不与官斗。"况在途路之中，众人只得隐忍，自行收拾。

唐公说便如此说，却十分过意不去，心灰意懒，又与这干人说了半晌；却因此耽延，不得出关。离长安六十里之地，没有驿递，只有一座大寺，名叫永福寺。唐公看家眷众多，非民间小户可留，只得差人到寺中，说要暂借安歇。本寺住持名为五空，闻知忙忙撞钟摇鼓，聚集众僧，山门外迎接。一边着行童打扫方丈，收拾厨房；一面着了袈裟，手执信香，率领合寺僧众，出寺迎接。唐公吩咐家眷车辆，暂停寺外，自己先入寺来。但见：

千年坚固台基，万岁峥嵘殿宇。山门左右，那风调雨顺四天王；佛殿居中，坐过去未来三大士。绮丽朱牖，雕刻成细巧葵榴；赤壁银墙，彩画就浓山淡水。观音堂内，古铜瓶插朵朵金莲；罗汉殿中，白玉盏盛莹莹净水。山猿献果，闻金经尽得超升；野鹿衔花，听法语脱离业障。金光万道侵云汉，瑞气千条锁太空。

后人有诗赞之曰：

佛殿龙宫碧玉幢，人间故号作清凉。台前瑞结三千丈，室内常浮百万光。

劫火炼时难毁坏，罡风吹处更无伤。自从开辟乾坤后，累劫常留在下方。

走至殿上，左右放下胡床，僧人参谒了唐公。着令引领家丁，向方丈相视，附近僧房，俱着暂行移开，然后打发家眷进来，封锁了中门。自己在禅堂坐住，因想："若是强人，既经挫折，不复敢来。恐果是东宫所遣，倘或不肯甘心，未免再至。"故此吩咐家丁，内外巡哨，以防不虞。自己便服带剑，在灯下观书。不知这干人在山林里，抹去粉墨，改换装束，会得齐，傍晚进城，如何能复来？就是宇文述与太子，一计不成，已是乏趣；喜得李渊不知，不成笑话。况且这干人回话，说杀伤他多少家丁，杀得李渊如何狼狈；道把他奚落这一场，也可消恨，把这事也竟丢开。但唐公是惊弦之鸟，犹自不敢放胆。

坐到二更时候，欠伸之际，忽闻得异香扑鼻。忙看几上博山炉中，已烟消火灭。奇是始初还觉得微有氤氲，到后越觉得满堂馥郁。着人去看佛殿上，回报炉中并不曾有香。唐公觉是奇异，步出天井；只见景星庆云，粲然于天；祥霞烁绕，瑞雾盘旋。在禅堂后面，原来是紫微临凡，未离兜率，香气满天，已透出母胎来了。正仰面观看时，忽守中门家丁报，夫人分娩二世子了。时仁寿元年,八月十六日子时也。

　　唐公忙着隔门传语问安否时,回复是因途中闻有强人阻截,不免惊心;后来因遇强人,吩咐退回有人烟处驻扎,行急了不免又行震动,遂致分娩。喜得身子平安,唐公放了心。

　　捱到天明,唐公进殿参礼如来。家丁都进禅堂,回风叩头问安。住持率僧人,具红手本贺喜。唐公道:"寄居分娩,污秽如来清净道场,罪归下官,何喜可贺?"随命家丁取银十两,给与住持,着多买沉檀速降诸香,各殿焚烧,解除血光污秽。又对住持道:"我本待即行起身,怎奈夫人初分娩,不耐途路辛苦,欲待借你寺中再住几时,何如?"住持禀道:"敝寺荒陋,不堪贵人居止,喜是宽敞。若老爷居住,不妨待夫人满月。"唐公道:"只恐取扰不当。"吩咐家丁,不得出外生事及在寺骚扰。又对住持道:"我观此寺,虽然壮丽,但不免坍颓处多,我意欲行整理。"住持道:"僧人久有此意,但小修也得千金,重整不下万两,急切不得大施主,就是常蒙来往老爷,写有缘簿,一时僧人不敢去催逼,以此不敢兴工。"唐公道:"我便做你个大施主,也不必你来催我,一到太原,即着人送来。"随即研墨,饱渗霜毫。住持忙送上一个大红织金纻丝面的册页。唐公展开,写上一行道:"信官李渊,喜助银一万两,重建永福寺,再塑合殿金身。"

　　这些和尚伸头一张,莫不咬指吐舌,在那边想:"不知是那一个买办木料,那个监工,少可有加一二头除。"有的道:"你看如今一厘不出的,偏会开缘簿,整百千写下,那曾见拿一钱来?到兴建时寻护法,还要大块拱他,陪堂管家,都有需索。莫说一万,便拿这五百来,那个敢去催他找足?"胡猜了一会。次早寻了四盘香,请唐公各殿焚香;撞钟擂鼓,好不奉承。自此唐公每日在寺中住坐,只待夫人满月启行。未知后事如何,且听下回分解。

第六回

五花阵柴嗣昌山寺定姻　一蹇囊秦叔宝穷途落魄

诗曰:
　　沦落不须哀,才奇自有媒。屏联孔雀侣,箫筑凤凰台。
　　种玉成佳偶,排琴是异材。雌雄终会合,龙剑跃波来。

　　世间遇合,极有机缘,故有意之希求,偏不如无心之契合。唐公是隋室虎臣，窦夫人乃周朝甥女。隋主篡周之时，夫人只得七岁，曾自投床下道："恨不生为男子，救舅氏之难。"原是一对奇夫妇，定然产下英物。他生下一位小姐，年当十六岁，恰似三国时孙权的妹子刘玄德夫人，不喜弄线拈针，偏喜的开弓舞剑。故此唐公夫妇也奇他。要为他得一良婿。当时求者颇多，唐公都道庸流俗子，不轻应允，却也时时留心。

松柏成操冰玉姿，金闺有女恰当时。鸾凤不入寻常队，肯逐长安轻薄儿？

此时在寺中，也念不及此，但只是终日闲坐，又无正事关心，更没个僚友攀话，止有个道宗说些家常话，甚觉寂寞。况且是个尊官，一举一动，家丁便来伺候，和尚都来打听，甚是拘束。耐了两日，只得就僧寮香积随喜一随喜，欲待看他僧人多少、房屋多少、禅规严不严、功课勤不勤的意思。不料篱笆榥扇缝中，不时有个小沙弥，窥觑唐公举动。唐公才向回廊步去，密报与住持五空知道。五空轻步，随着唐公后边，以备答问。转到厨房对面，有手下道人，大呼小叫，住持远远摇手。唐公行到一所在，问："此处庭院委曲，廊庑洁净，是甚么去处？"住持道："这是小僧的房，敢请老爷进内献茶。"唐公见和尚曲致殷勤，不觉的步进清舍，却不是僧人的卧房，乃一净室去处，窗明几净，果然一尘不染，万缘俱寂。五空献过了茶，推开榥子，紧对着舍利塔，光芒耀目，真乃奇观，复转身看屏门上，有一联对句：

宝塔凌云一目江天这般清净；金灯代月十方世界何等虚明。

侧边写着"汾河柴绍熏沐手拜书"。唐公见词气高朗，笔法雄劲，点头会心，问住持道："这柴绍是甚么人？"住持道："是汾河县礼部柴老爷的公子，表字嗣昌。在寺内看书，见僧人建得这两个小房，书此一联，以赠小僧，贴在屏门上。来往官府，多有称赞这对联的。"唐公点头而去，对住持道："长老且自便。"

唐公回到禅堂。是晚月明如昼，唐公又有心事的人，停留在寺，原非得已，那里便肯安息？因步松阴，又到僧房，问："住持曾睡也未？"五空急趋应道："老爷尚未安置，小僧焉敢就寝？"唐公道："月色甚好，不忍辜负清光。"住持道："寺旁有一条平冈，可以顽月。请老爷一步何如？"唐公道："这却甚妙。"住持叫小厮掌灯前走。唐公道："如此好月，灯可不必。"住持道："怕竹径崎岖，不便行走。"唐公道："我们为将出征，黑地里常行山径。这尺来多路，便有花阴竹影，何须用灯？只烦长老引路，不必下人随从。"住持奉命，引领行走。唐公不往日间献茶去处，出了旁边小门，打从竹径幽静所在，步上土冈。见一月当空，片云不染，殿角插天，塔影倒地。又见远山隐隐，野树蒙蒙，人寂皆空，村犬交吠，点缀着一派夜景。

　　唐公观看一会，正欲下冈，只见竹林对过，灯火微红，有吟诵之声。唐公问道："长老诵晚功课么？"住持道："因夫人分娩，恐贵体虚弱，传香与徒子法孙，暂停晚间功课。"唐公点头。步转冈湾，却又敞轩几间。唐公便站住了脚，问道："这声音又不是念经了？"住持道："这就是柴公子看书之所。老爷日间所见的对联，就是他写的。"唐公听他声音洪亮，携了住持的手，轻轻举步，直到读书之所。窗隙中窥视，只见灯下坐着一个美少年，面如傅粉，唇若涂朱；横宝剑于文几，琅琅含诵，却不是孔孟儒书，乃是孙吴兵法。念罢拔剑起舞，有旁若无人之状。舞罢按剑在几，叫声："小厮柴豹，取茶来！"

　　　　一片英雄气，幽居欲问谁？青萍是知己，弹铗寄离奇。

　　唐公听见，即便回身下阶，暗喜道："时平尚文，世乱用武。当此世界，念这几句诗云子曰，当得甚事？必如这等兼才，上马击贼盗，下马草露布，方雅称吾女。且我有缓急，亦可相助。"走过廊庭，随对住持道："吾观此子，一貌非凡，他日必有大就。我有一女，年已及笄，端重寡言，未得佳婿，欲烦长者权为媒妁，与此子结二姓之好。"住持恭身答道："老爷吩咐，僧人当执伐柯之斧。明早请柴公子来见老爷，老爷看他谈吐便知。"唐公道："这却极妙。"唐公回到禅堂，僧亦辞别回去。

　　明日清晨，五空和尚有事在心，急忙爬起，洗面披衣，步到柴嗣昌书房里来。公子道："长老，连日少会。"住持道："小僧连日陪侍唐公李老爷，疏失了公子。"柴公子道："李公到此何事？"住持道："李老爷奉圣旨钦赐驰驿回乡。十五日到寺，因夫人分娩在方丈，故此暂时住下，候夫人身体康健，才好起马。"公子道："我闻唐公素有贤名，为人果是如何？"住持道："贫僧见千见万，再不见李老爷这样好人。因夫人生产在此，血光触污净地，先发十两银子，吩咐买香，各殿焚烧。又取缘簿，施银万两，重建寺院，再整山门。昨日午间，到小僧净室献茶，见相公所书对联，赞不绝口；晚间同小僧步月，听得相公读书，直到窗外看相公一会。"公子道："甚么时候了？"住持道："是公子看书将罢、拔剑起舞的时节。"公子道："那时有一更了。"住持道："是时有一鼓了。"公子道："李公说甚么来？"住持道："小僧特来报喜。"公子道："甚么喜事？"住持道："李老爷有郡主，说是一十六岁了，端重寡言，未得佳婿。教小僧执伐柯之斧，情愿与公子谐二姓之好。"公子笑道："婚姻大事，未可轻谈。但我久仰李将军高名，若在门下，却也得时时亲近请教,必有所益,也是美事。"住持道:"如今李老爷,急欲得公子一见,就请到佛殿上,见他一面如何?"公子道:"他是个大人长者,怎好轻率求见?明日备一副贽礼,才好进拜。"住持道:"他渴慕相公,不消贽礼,小僧就此奉陪相公一往。"公子道:"既如此,我就同你去。"公子换了大衣,住持引到佛殿,拜见了唐公。

唐公见了公子,果然生得:

　　　　眉飘偃月,目炯曙星。鼻若胆悬,齿如贝列。神爽朗,冰心玉骨;气轩昂,虎步龙行。锋藏锷敛,真未遇之公卿;善武能文,乃将来之英俊。

唐公要待以宾礼,柴嗣昌再三谦让,照师生礼坐了。唐公叩他家世,叙些寒温。嗣昌娓娓清谈,如声赴响。唐公见了,不胜欣喜。留茶而出,遂至方丈与夫人说知。夫人道:"此子虽你我中意,但婚姻系百年大事,须与女儿说知方妥。"唐公道:"此事父母主之,女孩儿家,何得专主?"夫人道:"非也!知子莫若父,知女莫若母。我这女儿,不比寻常女儿。我看他往常间,每事有一番见识,有一番作用,与众不同。我如今去与他说明,看他的意思。他若无言心允,你便聘定他便了;若女儿稍有勉强,且自消停几时。量此子亦未必就有人家招他为婿,且到太原再处。"唐公道:"既如此说,你且去问他,我外边去来。"说了走出方丈外去了。

夫人走进明间里来,小姐看见接住了。夫人将唐公要招柴公子的话,细细与小姐说了一遍。小姐停了半晌,正容答道:"母亲在上,若说此事,本不该女儿家多口;只是百年配合,荣辱相关,倘或草草,贻悔何及?今据父亲说,貌是好的,才是美的;但如今世界只凭才貌,不足以勘平祸乱,如遇患难,此辈咬文嚼字之人,只好坐以待毙,何足为用?"夫人接口道:"正是你父亲说,公子舞得好剑。月下看他,竟似白雪一团,滚上滚下,量他也有些本领。"小姐见说,微微笑道:"既如此说,待孩儿慢慢商酌,且不必回他,俟两日后定议何如?"夫人见说,出来回复了唐公。

小姐见夫人去了,左思右想,欲要自己去偷看此生一面,又无此礼;欲要不看,又恐失身匪偶,心上狐疑不决。只见保姆许氏,走到面前说道:"刚才夫人所言,小姐主意若何?"小姐道:"我正在这里想。"许氏道:"此事何难?只消如此如此,赚他来较试一番,才能便见了。"小姐点头色喜。正是:

　　　　银烛有光通宿燕,玉箫声叶彩鸾歌。

却说柴公子自日间见唐公之后,想唐公待他礼貌谦恭,情意款洽,心中甚喜。想到婚姻上边,因不知小姐的才貌,又未知成与不成,到付之度外。其时正在灯下看书,只见房门呀的一声,推进门来。公子抬头一看,却是一个眼大眉粗身长足大的半老妇人。公子立起身来问道:"你是何人?到此何干?"妇人答道:"我是李府中小姐的保姆,因老爷夫人,要聘公子东床坦腹;但我家小姐，不特才貌双绝，且喜读孙吴兵法，六韬三略，无不深究其奥，誓愿嫁一个善武能文、足智多谋的奇男子。日间老爷甚称公子的才貌，又说公子舞得好剑，故着老身出来，致意公子：如果有意求凰，不妨定更之后，到回廊转西观音阁后，菜园上边，看小姐排成一阵。如公子识得此阵，方许谐秦晋。"公子见说，欣然答道："既如此说，你且去，到更余之后，你来引我去看阵何如？"许氏见说，即便出门。

公子用过夜膳后，听街上的巡兵起了更筹。庭中月色，比别夜更加皎洁。读了一回兵书，又到庭前来看月，不觉更筹已交二鼓。公子见婆子之言，或未必真，欲要进去就枕，蓦地里咳嗽一声，刚才来的保姆，远远站立，把手来招。公子叫柴豹箧中取出一副绣龙扎袖穿好，把腰间丝绦收紧，带了宝剑。叫柴豹锁上了门，跟了保姆到菜园中来。原来观音阁后，有绝大一块荒芜空地，尽头一个土山，紧靠着阁后粉墙，旁有一小门出入。

公子看了一回，就要走进去。许氏止住道："小姐吩咐这两竿竹枝，是算比试的辕门。公子且稍停站在此间，待他们摆出阵来，公子看便了。"公子应允，向柴豹附耳说了几句。只见走出一个女子来，乌云高耸，绣袄短衣；头上凤钗一枝，珠悬罩额，臂穿窄袖；执着小小令旗一面，立在土山之上。公子问道："这不是小姐么？"许氏道："小姐岂是轻易见的？这不过小姐身边侍儿女教师，差他出来摆阵的。"话未说完，只见那女子把令旗一招，引出一队女子来：一个穿红的，夹着一个穿白的；一个穿青的，夹着一个穿黄的。俱是包巾扎袖，手执着明晃晃的单刀，共有一二十个妇女。左盘一转，右旋一回，一字儿的排着。许氏道："公子识此阵否？"公子道："此是长蛇阵，何足为奇！"

只见那女子又把令旗一翻，众妇女又四方兜转，变成五堆，一堆妇女四个，持刀相背而立。公子仔细一看，只见：

红一簇，白一簇，好似红白雪花乱舞玉。青一团，黄一团，好似青黄莺燕翅翩跹。错认孙武子教演女兵，还疑顾夫人排成御寇。

公子见妇女一字儿站定。许氏道："公子识此阵否？"公子看了笑道："如今又是五花阵了。"许氏道："公子既识此阵，敢进去破得阵，走得出，方见你的本事。"公子道："这又何难？"忙把衣襟束起，擎开宝剑杀进去。两旁女子看见，如飞的六口刀，光闪闪的砍将下来。公子疾忙把剑招架。那五团妇女，见公子投东，那些女子即便挡住，裹到东来；投西，他们也就拥着，止住去路。论起柴公子的本领，这一二十个妇女，何难杀退？一来刀剑锋芒，恐伤损了他们，不好意思；二来一队中有一个女子，执着红丝锦索，看将要退时，即便将锦索掷起空中，拦头的套将下来，险些儿被他们拖翻，故此只好招架，未能出围。

公子站定一望，只见阁下窗外，挂着两盏红灯，中间一个玉面观音，露着半截身儿站着。那土山上女子，只顾把令旗展动。公子擎开宝剑，直抢上土山来。那女子忙将令旗往后一招，后边钻出四五个皂衣妇女，持刀直滚出来，五花变为六花。公子忙舞手中剑，遮护身体，且走且退，将到竹枝边出围。那五团女子，如飞的又裹上来，四五条红锦套索，半空中盘起。公子正在危急之时，只得叫："柴豹那里？"柴豹听见，忙在袖中取出一个花爆，点着火向妇人头上悬空抛去。众女只听得头上一声炮响，星火满天。公子忙转身看时，只听得飕的一声，正中柴公子巾帻。公子取来月下一看，却是一枝没镞的花翎箭，箭上系着一个小小的彩珠。公子看内时，不特阁上美人已去，窗棂紧闭，那些妇人形影俱无。听那更筹，已打四鼓。主仆二人，疾忙归到书斋安寝。

不多时鸡声唱晓，红日东升。柴公子正在酣睡之中，只听得叩门声响。柴豹开门看时，却是五空长老，引到榻前，对公子说："今早李老爷传我进殿去，说要择吉日，将金币聘公子为婿。"柴嗣昌父母早亡，便将家园交与得力家人，就随唐公回至太原就亲。后来唐公起兵伐长安时，有娘子军一支，便是柴绍夫妻两个，人马早已从今日打点下了。

云簇蛟龙奋远扬，风资虎豹啸林廊。天为唐家开帝业，故教豪杰作东床。

不题唐公回至太原。却说叔宝自十五日，就出关赶到樊建威下处。建威就问："抱不平的事，却如何结局了？"叔宝一一回答，建威不胜惊愕。次日早饭过，匆匆的分了行李，各带犯人二名，分路前去。樊建威投泽州，秦叔宝进潞州。到州前见公文下处，门首有系马桩，拴了坐下黄骠马，将两名人犯带进店来。主人接住，叔宝道："主人家，这两名人犯是我解来的，有谨慎的去处，替我关锁好了。"店主答道："爷若有紧要事，吩咐小人，都在小人身上。"秦叔宝堂前坐下，吩咐："店主，着人将马上行李搬将来了。马拆鞍辔，不要揭去那软替；走热了的马，带了槽头去吃些细料。干净些的客房，出一间与我安顿。"店主摊浪道："老爷，这几间房，只有一间是小的的门面，容易不开；只等下县的官员府中公干，才开这房与他居住。爷要洁净，开上房与爷安息罢。"叔宝道："好。"

主人掌灯搬行李进房，摆下茶汤酒饭。主人尽殷勤之礼，立在膝旁斟酒，笑堆满面："请问相公爷高姓，小的好写帐。"叔宝道："你问我么？我姓秦，山东济南府公干，到你府里投文。主人家你姓甚么？"主人道："秦爷，你不曾见我小店门外招牌？是'太原王店'。小人贱名，就叫做王示，告示的示字。"秦叔宝道："我与你宾主之间，也不好叫你的名讳。"店主笑道："往来老爷们，把我示字颠倒过了，叫我做王小二。"叔宝道："这也是通套的话儿。但是开店的，就叫作小二；但是做媒的，就叫做王婆。这等我就叫你是小二哥罢！我问你，蔡太爷领文投文有几日耽搁？"小二道："秦爷没有耽搁。我们这里，蔡太爷是一个才子，明日早堂投文，后日早堂就领文。爷在小店，止有两日停留。怕秦爷要拜望朋友，或是买些甚物土仪人事，这便是私事耽搁，与衙门没有相干。"叔宝问了这些细底，吃过了晚饭，便闭门睡了。

明日绝早起来，洗面裹巾，收拾文书，到府前把来文挂号。蔡刺史升堂投文，人犯带见，书吏把文书拆于公案上。蔡刺史看了来文，吩咐禁子松了刑具，叫解户领刑具，于明日早堂候领回批。蔡刺史将两名人犯，发在监中收管，这是八月十七日早堂的事。叔宝领刑具，到下处吃饭，往街坊宫观寺院顽了一日。

十八日侵早，要进州中领文。日上三竿，巳牌时候，衙门还不曾开，出入并无一人，街坊静悄。这许多大酒肆，昨日何等热闹，今日却都关了；吊闸板不曾挂起，门却半开在那里。

叔宝进店，见柜栏里面几个少年顽耍。叔宝举手问道："列位老哥，蔡太爷怎么这早晚不坐堂？"内中有一个少年问道："兄不是我们潞州声口？"叔宝道："小可是山东公干来的。"少年道："兄这等不知太爷公干出去了？"叔宝道："那里去了？"少年道："并州太原去了。"叔宝道："为甚么事到太原去？"少年道："为唐国公李老爷，奉圣旨钦赐驰驿还乡，做河北道行台，节制河北州县。太原有文书，知会属下府州县道首领官员。太爷三更天闻报，公出太原去贺李老爷了。"叔宝心中了然明白："就是我临潼山救他的那李老爷了。"再问："老兄，太爷几时才得回来？"少年道："还早。李老爷是个仁厚的勋爵，大小官员去贺他，少不得待酒。相知的老爷们遇在一处，还要会酒。路程又远，多则二十日，少要半个月才得回来。"叔宝得了这个信，再不必问人；回到寓中，一日三餐，死心塌地，等着太守回来。

出外的人，下处就是家里一般，日间无事，只好吃饭而已。但叔宝是山东豪杰，顿餐斗米，饭店上能得多少钱粮与他吃？一连十日，把王小二一副本钱，都吃在秦琼肚里了。王小二的店，原是公文下处，官不在家，没人来往，招牌灯笼都不挂出去。王小二在家中，与妻计较道："娘子，秦客人是个退财白虎星。自从他进门，一个官就出门去了，几两银子本钱，都葬在他肚皮里了。昨日家来吃些中饭，菜蔬不中用，就摇盘掷盏起来。我要开口问他取几两银子，你又时常埋怨我不会说话，把客人都恶失到别人家去了。如今到是你开口问他要几两银子。女人家的说话就重些，他也担待得了。"王小二的妻柳氏，最是贤能，对丈夫道："你不要开口。入门休问荣枯事，观着容颜便得知。看秦爷也不是少饭钱的人。是我们潞州人，或者少得银子。他是山东人，等官回来，领了批文，少不得算还你店帐。"

又捱了两日难过了，王小二只得自家开口。正直秦叔宝来家吃中饭。小二不摆饭，自己送一钟暖茶到房内，走出门外，傍着窗边，对着叔宝陪笑道："小的有句话说，怕秦爷见怪。"叔宝道："我与你宾主之间，一句话怎么就怪起来。"小二道："连日店中没生意，本钱短少，菜蔬都是不敷的。意思要与秦爷预支几两银子儿用用，不知使得也使不得？"叔宝道："这是正理，怎么要你这等虚心下气？是我忽略了，不曾取银子与你，不然那里有这长本钱供给得我来？你跟我进房去，取银子与你。"王小二连声答应，欢天喜地，做两步走进房里。叔宝床头取皮挂箱开了，伸手进去拿银子，一只手就像泰山压住的一般，再拔不出了。正是：

床头黄金尽，壮士无颜色。

叔宝心中暗道："富贵不离其身，这句话原不差的。如今几两盘费银子，一时失记，被樊建威带往泽州去了，却怎么处？"叔宝的银子，为何被樊建威带去了呢？秦叔宝、樊建威两人，都是齐州公门豪杰；点他二人解四名军犯，往泽州、潞州充伍。那时解军盘费银两，出在本州库吏人手的，晓得他二人平素交厚，又是同路差使。二来又图天平法码讨些便宜，一处给发下来，放在樊建威身边用。长安又耽搁了两日；及至关外，匆匆的分路。他两个都不是寻常的小人，把这几两银子放在心上的。行李文书件色分开，只有银子不曾分开，故此盘费银两，都被樊建威带往泽州去了。连秦叔宝还只道在自己身边一般，总是两个忘形之极，不分你我，有这等事体出来。一时许了王小二饭银，没有得还的，好生局促！一个脸登时胀红了。

那王小二见叔宝只管在挂箱内摸，心上也有些疑惑："不知还是多在里头，要拣成块头与我？不知还是少在里头，只管摸了去？"不知此时叔宝实难区处。毕竟如何回答王小二，且听下回分解。

第七回

蔡太守随时行赏罚　王小二转面起炎凉

诗曰：

金风瑟瑟客衣单，秋蛩唧唧夜生寒。一灯影影焰欲残，清宵耿耿心几剜。

天涯游子惨不欢，高堂垂白空倚阑。囊无一钱羞自看，知己何人惜羽翰？

东望关山泪雨弹，壮士悲歌行路难。

常言道："家贫不是贫，路贫愁煞人。"叔宝一时忘怀，应了小二；及至取银，已为樊建威带去。汉子家怎么复得个没有？正在着急，且喜摸到箱角里头，还有一包银子。这银子又是那里来的？却是叔宝的母亲，要买潞州绸做寿衣，临行时付与叔宝的，所以不在朋友身边。叔宝只得取将出来，交与王小二道："这是四两银子在这里，且不要算帐，写了收帐罢。"王小二道："爷又不去，算帐怎的？写收帐就是了。"王小二得了这四两银子，笑容满面，拿进房去，说与妻子知道，还照旧服侍。只是秦叔宝的怀抱，那得开畅？囊橐已尽，批文未领，倘官府再有几日不回，莫说家去欠缺盘缠，王小二又要银子，却把甚么与他？口中不言，心里焦闷，也没有情绪到各处顽耍，吃饱了饭，镇日靠着炕睡儿呆呆的望。正是：

　　人逢喜事精神爽，闷向心来瞌睡多。

　　又等了两三日，蔡刺史到了。本州堂官摆道，大堂传鼓下，四衙与本州应役人员，都出郭迎接。叔宝是公门中当差的人，也跟着众人出去。到十里长亭，各官都相见，各项人都见过了。蔡太守一路辛苦，乘暖轿进城门。叔宝跟进城门，事急无君子，当街跪下禀道："小的是山东济南府解户，伺候老爷领回批。"刺史陆路远来，轿内半眠半坐，那里去答应领批之人？轿夫皂快狐假虎威，喝道："快不起来！我们老爷没有衙门的，你在这里领批？"叔宝只得起来了，轿夫一发走得快了。叔宝暗想道："在此一日，连马料盘费要用两方银子。官是辛苦了来的，倘有几日不坐堂，怎么了得？"做一步赶上前去，意思要求轿上人慢走，跪过去禀官。自己不晓得力大，用左手在轿杠上一拖，轿子拖了一侧，四个抬轿的，四个扶轿的，都一闪支撑不住。还是刺史睡在轿里，若是坐着，就一交跌将出来。那时官就发怒道："这等无礼！难道我没有衙门的？"叫皂隶扯下去打。叔宝理屈词穷，府前当街褪裤，重责十板。若是本地衙门里人，皂隶自然用情；叔宝是别处人，没人照顾，打得皮开肉绽，鲜血迸流。正是：

　　文王也受羁囚累，孙膑难逃刖足灾。

　　王小二在门首先看见了，对妻子道："这姓秦的，也是个没来历的人，住我家有个把月了，身上还是那件衣服。在公门中走动的人，不晓得礼仪？今日惹了官，拿到州门前，打了十板来了。"官进府去，叔宝回店。王小二迎住，口里便叫："你老人家！"不像平日的和颜悦色，就有些讥讪意思："秦大爷，你却不像公门的豪杰，官府的喜怒你也不知道？还是我们蔡老爷宽厚，若是别位老爷，还不放哩！"叔宝那里容得，喝道："关你甚么事？"小二道："打在你老人家身上，干我甚么事？我说的是好话，拿饭与你吃罢。"叔宝包着一肚皮的气，道："不吃饭，拿热水来！"小二道："有热水在此。"秦叔宝将热水洗了杖疮去睡，巴明不明，盼晓不晓。

　　次日负痛到府中来领文，正是在他矮檐下，怎敢不低头？蔡刺史果然是个贤能的官府，离家日久，早出升堂。文书案积甚多，赏罚极明，人人感戴。秦叔宝只等公务将完，方才跪将下去禀道："小的是齐州刘爷差人，伺候老爷领批。"叔宝今日怎么说个齐州刘爷差人？因腿疼心闷，一夜不曾睡着，想道本州刘爷，与蔡太爷是同年好友，说个刘爷差人，使蔡太爷有屋乌之爱。果中其言，蔡刺史回嗔作喜道："你就是那刘爷的差人么？"秦叔宝道："小的是刘爷的差人。"刺史道："你昨日鲁莽得紧，故此府前责你那十板，以儆将来。"秦琼道："老爷打的不差。"经承吏将批取过来，蔡刺史取笔签押，不即发下去。想："这刘年兄，不知此人扛了我的轿子，只说我年家情薄，千里路程把他差人又打了。"叫库吏动支本州名下公费银三两，也不必包封，赏刘爷差人秦琼为路费。少顷库吏取了银来，将批文发直堂吏，叫："刘爷差人领批，老爷赏盘费银三两。"秦琼叩谢，接了批文，拿了赏银，出府回店。

王小二在柜上结帐，见叔宝回来，问道："领了批回来了，饯行酒还不曾齐备，却怎么好？"叔宝道："这酒定不消了。"小二道："闲坐着且把帐算起了何如？"叔宝道："拿帐过来算。"小二道："相公爷是八月十六日到小店的，今日是九月十八日了；八月大，共计三十二日。小店有规矩，来的一日，去的一日，不算饭钱，折接风送行。三十个整日子，马是细料，连爷三顿荤饭，一日该时银一两七折算，净该纹银二十一两。收过四两银子，准少十七两。"叔宝道："这三两银子，是蔡太爷赏的，却是好的。"小二道："净欠十四两。事体又小，秦爷也不消写帐，兑银子就是了，待我去取天平过来。"叔宝道："二哥且慢着，我还不去。"小二道："秦爷领了批文，如今也没有甚么事了。"叔宝道："我有一个樊朋友，赶泽州投文，有些盘费的银子，都在他身边。想是泽州的马太爷，也往太原公贺李老爷去了。官回来领了文，少不得来会我，才有银子还你。"小二道："小人是个开饭店的，你老人家住一年，才是好生意哩。"叔宝写帐，九月十八日结算，除收净欠纹银一十四两无零。

王小二口里虽说秦客人住着好，肚里打稿：见那几件行李，值不多银子。有一匹马，又是张口货，他骑了饮水去，怎好拦住他？就到齐州府，寻着公门中的豪杰，那里替他缠得清？倒要折了盘费，丢了工夫，去讨饭帐不成？这叫个见钟不打，反去铸铜了。我想那批回，是要紧的文书，没有此物去，见不得本官；不如拿了他的，倒是绝稳的上策。这些话，都是王小二肚里踌躇，不曾明言出来。将批文拿在手内看，还放在柜上，便叫妻子："把这个文书，是要紧的东西。秦爷若放在房内，他要耍子，常锁了门出去。深秋时候，连阴又雨，屋漏水下，万一打湿了，是我开店的干系。你收拾好放在箱笼里面，等秦爷起身时，我交付明白与他。"秦叔宝心中便晓得王小二扳作当头，假小心的说话，只得随口答应道："这却极好。"话也不曾说完，小二已把文书递与妻子手内，拿进房去了。正是：

　　　　无情便摘神仙佩，计巧生留卿相貂。

　　小二又叫手下的："那饯行酒不要摆将过来。秦爷又不去，若说饯行，就是速客起身的意思了，径拿便饭来请爷吃。"手下知道主人的口气，便饭二字，就是将就的意思了。小菜碟儿，都减少了两个，收家伙的筛碗顿盏，光景甚是可恶；早晨面汤也是冷的。叔宝吃眉高眼低的茶饭，又没处去，终日出城到官路，望樊建威到来，正是：

　　　　闷是一囊如水洗，妄思千里故人来。

　　自古道："嫌人易丑，等人易久。"望到夕阳时候，见金风送暑，树叶飘黄。河桥官路，多少来车去马，那里有樊建威的影儿？等了一日，在树林中急得双脚只是跳，叫道："樊建威，樊建威！你今日再不来，我也无面目进店，受小人的闲气。"等到晚只得回来。那樊建威原不曾约在潞州相会，只是叔宝痴心想着，有几两银子在他身边。这个念头撑在肚里，怎么等得他来？暗里摇桩，越摇越深了。明日早晨又去，"今日再不来，到晚我就在这树林中，寻一条没结果的事罢"。等到傍晚又不见樊建威来；乌鸦归宿，喳喳的叫。叔宝正在踌躇，猛然想起家中有老母，只得又回来。脚步移徙艰难，一步一叹，直待上灯后，方才进门。

　　叔宝房内已点了灯。叔宝见了灯光，心下怪道："为甚今夜这般殷勤起来，老早点火在内了？"驻步一看，只见有人在内呼幺喝六，掷色饮酒。王小二在内，跑将出来，叫一声："爷，不是我有心得罪。今日到了一起客人，他是贩甚么金珠宝顽的，古怪得紧，独独里只要爷这间房。早知有这样事体，爷出去锁了房门，倒也不见得这事出来。我打帐要与他争论，他又道：'主人家只管房钱，张客人住，李客人也是住得的；我与多些房钱就是了。'我们这样人，说了银子两字，只恐怕又冲断了好主顾。"口角略顿了一顿，"这些人竟走进去坐，倒不肯出来。我怕行李拌差了，就把爷的行李，搬在后边幽静些的去处。因秦爷在舍下日久，就是自家人一般。这一班人，我要多赚他些银子，只得从权了；爷不要见怪，才是海量宽洪。"叔宝好几日不得见王小二这等和颜悦色，只因倒出他的房来，故此说这些好话儿。秦叔宝英雄气概，那里忍得小人的气过；只因少了饭钱，自揣一揣，只得随机迁就道："小二哥，屋随主便，但是有房与我安身就罢，我也不论好歹。"

王小二点灯引路，叔宝跟随。转弯抹角，到后面去。小二一路做不安的光景，走到一个所在，指道："就是这里。"叔宝定睛一看，不是客房，却是靠厨房一间破屋：半边露了天，堆着一堆糯糯秸。叔宝的行李，都堆在上面。半边又把柴草打个地铺，四面风来，灯挂儿也没处施设，就地放下了；拿一片破缸片，挡着壁缝里风。又对叔宝道："秦爷只好权住住儿，等他们去了，仍旧到内房里住。"叔宝也不答应他。小二带上门竟走去了。叔宝坐在草铺上，把金装锏按在自己膝上，用手指弹锏，口内作歌：

　　旅舍荒凉雨又风，苍天着意困英雄。欲知未了生平事，尽在一声长叹中。

正吟之间，忽闻脚步响声；渐到门口，将门上枭吊儿倒叩了。叔宝也是个宠辱无惊的豪杰，到此时也容纳不住，问道："是那一个叩门？你这小人，你却不识得我秦叔宝的人哩！我来时明白，去时焉肯不明白？况有文书鞍马行李，俱在你家中，难道我就走了不成？"外边道："秦爷不要高声，我是王小二的媳妇。"叔宝道："闻你素有贤名，夜晚黄昏，来此何干？"妇人道："我那拙夫，是个小人的见识，见秦爷少几两银子，出言不逊。秦爷是大丈夫，把他海涵了。我常时劝他不要这等炎凉，他还有几句秽污言语，把恶水泼在我身上来。我这几日不好亲近得秦爷，适才打发我丈夫睡了，存得有晚饭送在此间。"

　　萧萧囊橐已成空，谁复留心恤困穷？一饭淮阴遗国士，却输妇女识英雄。

叔宝闻言，眼中落泪道："贤人，你就是淮阴的漂母，哀王孙而进食，恨秦琼他日不能封三齐而报千金耳！"柳氏道："我是小人之妻，不敢自比于君子，何敢望报？只是秦爷暂处落寞，我见你老人家，衣服还是夏衣，如今深秋时候，我这潞州风高气冷，脊背上吹了这两条裂缝，露出尊体，却不像模样。饭盘边有一索线，线头上有一个针子，爷明日到避风的去处，且缝一缝，遮了身体，等泽州樊爷到来，有银子换衣服，便不打紧了。明日早晨，若厌听我拙夫琐碎，不吃早饭出门，媳妇倒趱得有几文皮钱，也在盘内，爷买得些粗糙点心充饭；晚间早些回来。"说完这些言语，把那枭吊儿放了，自去了。

叔宝开门，将饭盘掇进。又见青布条捻成钱串，拢着三百文皮钱；一索线，线头上一个针子。都取来安在草铺头边。热汤汤一碗肉羹。叔宝初到他店中说这肉羹好吃，顿顿要这碗下饭。自算帐之后，菜饭也是不周全的，那里有这样汤吃？因今日下了这样富客，做这肉汤，留得这一碗。叔宝欲待不吃，熬不得肚中饥馁，只得将肉羹连气吃下。秋宵耿耿，且是难得成梦，翻翻覆覆，睡得一觉。醒了天尚未明。且喜这间破屋，处处透进残月之光，他果然把身上这件夏衣，乘月色，将绽处胡乱揪来一缝，披在身上，趁早出来。

　　补衮奇才识者稀，鹑悬百结事多违。缝时惊见慈亲线，惹得征人泪满衣。

带了这三百钱，就觉胆壮；待要做盘缠，赶到泽州，又恐遇不着樊建威，那时怎回？且小二又疑我没行止，私自去。不若且买些冷馍馍火烧，怀着在官道上坐等。

走来走去，日已西斜。远远望见一个穿青衣的人，头带范阳毡笠，腰跨短刀，肩上负着挂箱，好似樊建威模样；及至近前，却又不是。接踵就是几个骑马打猎的人冲过。叔宝把身子一让，一只脚跨进人家大门，不防地上一个火盆，几乎踹翻。只见一个五十多岁的妇人，手执着一串素珠，在那里向火；见这光景，即便把叔宝上下一看，便道："汉子看仔细，想是你身上寒冷，不妨坐在此烤一烤火。"叔宝见说，道声："有罪了。"即便坐下。

妇人道："吾看你好一条汉子，为怎么身上这般光景？想不是这里人？"叔宝道："我是山东人。因等一个朋友不至，把盘缠用尽，回去不得。"妇人道："既如此，你随口说一个时辰来，我替你占一个小课，看这朋友来不来？"叔宝便说个申时。妇人捻指一算，便道："卦名速喜。书上说得好：'速喜心偏急，来人不肯忙。'来是一定来的，只是尚早哩。待出月将终，方有消息。"叔宝道："老奶奶声口，也像不是这里人，姓甚么？"妇人道："我姓高，是沧州人。因前年我们当家的去世，便同儿子迁到这里来倚傍一个亲戚。"叔宝道："你家儿子叫甚号？多少年纪？做甚么生意？"妇人道："只有一个儿子，号叫开道。因他有些膂力，好的是使枪弄棍，所以不事生业，常不在家。"说完，立起身对叔宝道："想你还未午膳，我有现成面饭在此。"说完进去，托出热腾腾的一大碗面、一碟蒜泥、一双竹箸，放在桌上，请叔宝吃。叔宝等了这一日，又说了许多的话，此时肚子里也空虚，并不推却，即便吃完了，说道："蒙老奶奶一饭之德，未知我秦琼可有相报的日子？"那妇人道："看你这样一条汉子，将来决不是落寞之人，怎么说恁话来？杀人救人方叫做报，这样口食之事，说甚么报？"其时街上已举灯火。叔宝点头唯唯，谢别出门，一路里想道："惭愧我秦琼出门，不曾撞着一个有意思的朋友，反遇着两个贤明的妇人，消释胸中抑郁。"一头想，一头走。正是：

　　漂母非易得，千金曾掷水。

却说王小二因叔宝不回店中，就动起疑来，对妻子道："难道姓秦的，成了仙不成？没钱还我，难道有钱在别处吃不成？"妻子道："人能变财，或者撞见了甚么熟识的朋友，带挈他吃两日，也未可知。"小二道："既如此，我央人问他讨饭钱。"一日清早，叔宝刚欲出门，只见外边两个穿青的少年，迎着进来。不知为何事，且听下回分解。

第八回

三义坊当锏受腌臜　二贤庄卖马识豪杰

词曰：

牝牡骊黄，区区岂是英雄相？没个孙阳，骏骨谁相赏？伏枥悲鸣，气吐青云漾。多惆怅，盐车踯躅，太行道上。

调寄《点绛唇》

宝刀虽利，不动文士之心。骏马虽良，不中农夫之用。英雄虽有掀天揭地手段，那个识他、重他？还要奚落他。

那两个少年与王小二拱手，就问道："这位就是秦爷么？"小二道："正是。"二人道："秦大哥请了。"叔宝不知其故，到堂前叙揖。二人上坐，叔宝主席相陪。王小二看三杯茶来。茶罢，叔宝开言道："二兄有何见教？"二人答道："小的们也在本州当个小差使。闻秦兄是个方家，特来说分上。"叔宝道："有甚见教？"二人道："这王小二在敝衙门前开饭店多年，倒也负个忠厚之名。不知怎么千日之长、一日之短，得罪于秦兄？说你怪他，小的们特来陪罪。"叔宝道："并没有这话，这却从何而来？"二人道："都说兄怪他，有些店帐不肯还他。若果然怪他，索性还了他银子，摆布他一场，却是不难的。若不还他银子，使小人得以借口。"

叔宝何等男子，受他颠簸，早知是王小二央来会说话的高人了。"我只把直言相告二兄：我并不怪他夫妇，只因我囊橐罄空，有些盘费银两，在一个樊朋友身边。他往泽州投文，只在早晚来，算还他店帐。"二人道："兄山东朋友，大抵任性的多。等见那个朋友，也要吃饱了饭，才好等得；叫他开饭店的也难服事。若要照旧管顾，本钱不敷；若简慢了兄，就说开饭店的炎凉，厌常喜新。客人如虎居山，传将出去，鬼也没得上门，饭店都开不成了。常言道：'求人不如求己。'假若樊朋友一年不来，也等一年不成？兄本衙门，不见兄回也要捉比，宅上免不得惊天动地。凡事要自己活变。"叔宝如酒醉方醒，对二人道："承兄指教，我也不等那樊朋友来了。有两根金装锏，将他卖了算还店帐，余下的做回乡路费。"二人叫王小二道："小二哥，秦爷并不怪你。倒要把金装锏卖了，还你饭钱。你须照旧服侍。"也不通姓名，举手作别而去。

好似：

在笼鹁鸽能调舌，去水蛟龙未得飞。

叔宝到后边收拾金装锏。王小二忽起奸心："这个姓秦的奸诈，倒有两根甚么金装锏，不肯早卖，直等我央人说许多闲话，方才出手。不要叫他卖，恐别人讨了便宜去。我哄他当在潞州，算还我银子，打发他起身；加些利钱儿，赎将出来。剥金子打首饰，与老婆带将起来。多的金子，剩下拿去兑与人，夫妻发迹，都在这金装锏上了。"笑容满面，走到后边来。

叔宝坐在草铺上，将两条锏横在自己膝上，上面有些铜青了。他这锏原不是纯金的，原是熟铜流金在上面。从祖秦旭传父秦彝，传到他已经三世了。挂在鞍旁，那铜楞上的金都磨去了，只是槽凹里有些金气。放在草铺上，地湿发了铜青。叔宝自觉没有看相，只得拿一把穰草，将铜青擦去，耀目争光。王小二只道上边有多少金子，朦着眼道："秦爷，这个锏不要卖。"叔宝道："为何不要卖？"小二道："我这潞州有个隆茂号当铺，专当人甚么短脚货。秦爷将这锏抵当几两银子，买些柴米，将高就低，我伏事你老人家。待平阳府樊爷来到，加些利钱，赎去就是了。"叔宝也舍不得两条金锏卖与他人，情愿去当，回答小二道："你的所见，正合我意，同去当了罢！"

同王小二走到三义坊一个大姓人家，门旁黑直棂内，门挂"隆茂号当"字牌。径走进去，将锏在柜上一放，放得重了些，主人就有些恨嫌之意。"呀！不要打坏了我的柜桌！"叔宝道："要当银子。"主人道："这样东西，只好算废铜。"叔宝道："是我用的兵器，怎么叫做废铜呢？"主人道："你便拿得他动，叫做兵器。我们当久了，没用他处，只好熔做家伙卖，却不是废铜？"叔宝道："就是废铜罢了。"拿大称来称斤两，那两根铜重一百二十八斤。主人道："朋友，还要除些折耗。"叔宝道："上面金子也不算，有甚么折耗？"主人道："不过是金子的光景，那里作得帐！况且那两个把子，算不得铜价，化铜时就烧成灰了。如今是铁枥木的，觉重。"叔宝却慷慨道："把那八斤零头除去，作一百二十斤实数。"主人道："这是潞州出产的去处，好铜当价是四分一斤，该五两短二钱，多一分也不当。"叔宝算四五两银子，几日又吃在肚里，又不得回乡，仍然拿回去。小二已有些不悦之色。叔宝回店，坐在房中纳闷。

举世尽肉眼，谁能别奇珍？所以英雄士，碌碌多湮沦。

王小二就是逼命一般，又走将进来，向叔宝道："你老人家再寻些甚么值钱的东西当罢！"叔宝道："小二哥，你好呆！我公门中道路，除了随身兵器，难道带甚么金宝顽物不成？"小二道："顾不的你老人家。"叔宝道："我骑这匹黄骠马，可有人要？"小二道："秦爷在我家住有好几时，再不曾说这句，说甚么金装锏，我这潞州人，真金子还认做假的，那晓得有用的兵器！若说起马来，我们这里是旱地，若大若小人家，都有脚力。我看秦爷这匹黄骠，倒有几步好走,若是肯卖,早先回家,公事都完了。"叔宝道:"这是就有银子的?"小二道:"马出门就有银子进门。"叔宝道:"这里的马市,在怎么所在?"小二道:"就在西门里大街上。"叔宝道:"甚么时候去?"小二道:"五更时开市,天明就散市了。"小二叫妻子收拾晚饭与秦爷吃了,明日五更天,要去卖马。

叔宝这一夜好难过,生怕错过了马市,又是一日,如坐针毡。盼到交五更时候起来,将些冷汤洗了脸,梳了头。小二掌灯牵马出槽。叔宝将马一看,叫声嗳呀道:"马都饿坏在这里了!"人被他炎凉到这等田地,那个马一发可知了。自从算帐之后,不要说细料,连粗料也没有得与他吃了,饿得那马在槽头嘶喊。妇人心慈,又不会铡草,瞒了丈夫,偷两束长头草,丢在槽里,凭那马吃也得,不吃也得。把一匹千里神驹,弄得蹄穿鼻摆,肚大毛长。叔宝敢怒而不敢言。要说饿坏了我的马,恐那小人不知高低,就道连人也没有得吃,那在马乎?只得接扯拢头,牵马外走。王小二开门,叔宝先出门外,马却不肯出门,径晓得主人要卖他的意思。马便如何晓得卖他呢?此龙驹神马,乃是灵兽,晓得才交五更,若是回家,就是三更天也鞴鞍辔、捎行李了。牵栈马出门,除非是饮水龁青,没有五更天牵他饮水的理。马把两只前腿蹬定这门槛,两只后腿倒坐将下去。若论叔宝气力,不要说这病马,就是猛虎,也拖出去了。因见那马尪瘦得紧,不忍加勇力去扯他,只是调息绵绵的唤。王小二却是狠心的人,见那马不肯出门,拿起一根门闩来,照那瘦马的后腿上,两三门闩,打得那马护疼扑地跳将出去。小二把门一关道:"卖不得,再不要回来!"

却说叔宝牵马到西营市来。马市已开,买马与卖马的王孙公子,往来络绎不绝。看马的驰骤杂遝,不计其数。有几个人看见叔宝牵着一匹马来,都叫:"列位让开些,穷汉子牵了一匹病马来了!不要挨倒了他。"合唇合舌的淘气。叔宝牵着马在市里,颠倒走了几回,问也没人问一声,对马叹道:"马,你在山东捕盗时,何等精壮!怎么今日就垂头丧气到这般光景!叫我怎么怨你,我是何等的人?为少了几两店帐,也弄得垂头丧气,何况于你!"常言道得好:

人当贫贱语声低，马瘦毛长不显肥。得食猫儿强似虎，败翎鹦鹉不如鸡。

　　先时还是人牵马，后来到是马带着人走。一夜不曾睡得，五更天起来，空肚里出门，马市里没人瞅睬，走着路都是打盹睡着的。天色已明，走过了马市，城门大开，乡下农夫挑柴进城来卖。潞州即今山西地方，秋收都是那茹茹秸儿。若是别的粮食，收拾起来枯槁了，独有这一种气旺，秋收之后，还有青叶在上。马是饿极的了，见了青叶，一口扑去，将卖柴的老庄家一交扑倒。叔宝如梦中惊觉，急去搀扶。那人老当益壮，翻身跳起道："朋友，不要着忙，不曾跌坏我那里。"那时马嚼青柴，不得溜缰。老者道："你这匹马牵着不骑，慢慢的走，敢是要卖的么？"叔宝道："便是要卖他，在这里撞个主顾。"老者道："马膘虽是跌了，缰口倒还好哩！"叔宝正在懊闷之际，见老者之言，反欢喜起来了。

　　喜逢伯乐顾，冀北始空群。

　　问老者道："你是鞭杖行，还是兽医出身？"老者道："我也不是鞭杖行，也不是兽医。老汉今年六十岁了，离城十五里居住。这四束柴有一百多斤，我挑进城来，肩也不曾换一换，你这马轻轻的扑了一口青柴，我便跌了一交，就知这马缰口还好。只可惜你头路不熟，走到这马市里来。这马市里买马的，都是那等不得穷的人。"叔宝笑道："怎么叫做等不得穷的人？"老者道："但凡富贵子弟，未曾买马，先叫手下人拿着一副鞍辔跟着走。看中了马的毛片，搭上自己的鞍辔，放个辔头，中意方才肯买。他怎肯买你的病马培养？自古道：'买金须向识金家。'怎么在这个所在出脱病马来？你便走上几日，也没有人瞧着哩！"叔宝道："据你说起来，还是牵到甚么所在卖呢？"老者道："只是我要卖柴，若是不卖柴，引你到一个去处，这马就有人买了。"叔宝道："你卖柴的小事。你若引我去卖了这匹马，事成之后，送你一两银子牙钱。"老者听说，大喜道："这里出西门去十五里地，有个主人姓单，双名雄信，排行第二，我们都称他做二员外。他结交豪杰，买好马送朋友。"

　　叔宝如酒醉方醒，大梦初觉的一般，暗暗自悔："我失了检点。在家时常闻朋友说：'潞州二贤庄单雄信，是个延纳的豪杰。'我怎么到此，就不去拜他？如今弄得衣衫褴褛，鹄面鸠形一般，却去拜他，岂不是迟了！正是临渴掘井，悔之无及。若不往二贤庄去，过了此渡，又无船了，却怎么处？也罢，只是卖马，不要认慕名的朋友就是了。老人家，你引我前去；果然卖了此马，实送你一两银子。"老者贪了厚谢，将四束柴寄在豆腐店门口，叫卖豆腐的："替我照管一照管。"扁担头上，有一个青布口袋儿，袋了一升黄豆，进城来换茶叶的。见马饿得狠，把豆儿倒在个深坑塘里面，扯些青柴，拌了与那马且吃了。老庄家拿扁担儿引路，叔宝牵马竟出西门。约十数里之地，果然一所大庄，怎见得？但见：

碧流萦绕，古木阴森。碧流萦绕，往来鱼腾纵横；古木阴森，上下鸟声稠杂。小桥虹跨，景色清幽；高厦云连，规模齐整。若非旧阀，定是名门。

　　老庄家持扁挑过桥入庄。叔宝在桥南树下拴马，见那马瘦得不像模样，心中暗道："己所不欲，勿施于人。我也看不上，教他人怎么肯买？"因连日没心绪，不曾牵去饮水哨青刷鲍，鬃尾都结在一处。叔宝只得将左手衣袖卷起，按着马鞍，右手五指，将马领鬃往下分理。那马怕疼，就掉过头来，望着主人将鼻息乱扭，眼中就滚下泪来。叔宝心酸，也不去理他领鬃，用手掌在他项上，拍了这两掌道："马耶，马耶！你就是我的童仆一般。在山东六府驰名，也仗你一背之力。今日我月建不利，把你卖在这庄上，你回头有恋恋不舍之意，我却忍心卖你，我反不如你也！"马见主人拍项盼咐，有欲言之状：四蹄踢跳，嘶喊连声。叔宝在树下长叹不绝。正是：

　　咸负空群志，还余历块才。惭无人剪拂，昂首一悲哀。

　　却说雄信富厚之家，秋收事毕，闲坐厅前。见老人家竖扁担于窗扇门外边，进门垂手，对员外道："老汉进城卖柴，见个山东人牵匹黄骠马要卖；那马虽跌落膘，缰口还硬。如今领着马在庄外，请员外看看。"雄信道："可是黄骠马？"老汉道："正是黄骠马。"雄信起身，从人跟随出庄。

　　叔宝隔溪一望，见雄信身高一丈，貌若灵官，戴万字顶皂莢包巾，穿寒罗细褶，粉底皂鞋。叔宝自家看着身上，不像模样得紧，躲在大树背后解净手，抖下衣袖，揩了面上泪痕。雄信过桥，只去看马，不去问人。雄信善识良马。把衣袖撩起，用左手在马腰中一按。雄信膂力最狠，那马虽筋骨崚嶒，却也分毫不动。托一托头至尾，准长丈余，蹄至鬃，准高八尺；遍体黄毛，如金丝细卷，并无半点杂色。此马妙处，正是：

　　奔腾千里荡尘埃，神骏能空冀北胎。蹬断丝缰摇玉辔，金龙飞下九天来。

　　雄信看罢了马，才与叔宝相见道："马是你卖的么？"单员外只道是贩马的汉子，不以礼貌相待，只把你我相称。叔宝却认卖马，不认贩马，答道："小可也不是贩马的人；自己的脚力，穷途货于宝庄。"雄信道："也不管你买来的、自骑的，竟说价罢了。"叔宝道："人贫物贱，不敢言价；只赐五十两，充前途盘费足矣。"雄信道："这马讨五十两银子也不多；只是膘跌重了，若是上得细料，用些工本，还养得起来。若不吃细料，这马就是废物了。今见你说得可怜，我与你三十两银子，只当送兄路费罢了。"雄信还了三十两银子，转身过桥，往里就走，也不十分勤力要买。叔宝只得跟过桥来道："凭员外赐多少罢了。"

　　雄信进庄来，立在大厅滴水檐前。叔宝见主人立在檐前，只得站立于月台旁边。雄信叫手下人，牵马到槽头去，上些细料来回话。不多时，手下向主人耳边低声回覆道:"这马狠得紧,把老爷胭脂马的耳朵,都咬坏了。吃下一斗蒸热绿豆,还在槽里面抢水草吃,不曾住口。"雄信暗喜,乔做人情道:"朋友,我们手下人说,马不吃细料的了。只是我说出与你三十两银子,不好失信。"叔宝也不知马吃料不吃料,随口应道:"但凭尊赐。"雄信进去取马价银。叔宝却不是阶下伺候的人,进厅坐下。雄信三十两银子,得了千里龙驹,捧着马价银出来,喜容可掬。叔宝久不见银,见雄信捧着一包银子出来,比他得马的欢喜,却也半斤八两。叔宝难道这等局量褊浅?他却是个孝子,久居旅邸,思想老母,昼夜熬煎。今见此银,得以回家,就如见母的一般,不觉:

  欢从眉角至,笑向颊边生。

叔宝双手来接银子。雄信料已买成,银子不过手,用好言问叔宝道:"兄是山东,贵府是那一府?"叔宝道:"就是齐州。"雄信把银子向衣袖里一笼,叔宝大惊,想是不买了,心中好生捉摸不着。正是:

  隔面难知心腹事,黄金到手怕成空。

未知雄信袖银的意思如何,且听下回分解。

第九回

入酒肆蓦逢旧识人　还饭钱径取回乡路

诗曰:

  乞食吹竽骨相癯,一腔英气未全除。其妻不识友人识,容貌似殊人不殊。

  函谷绨袍怜范叔,临邛杯酒醉相知。丈夫交谊同金石,肯为贫穷便欲疏?

结交不在家资。若靠这些家资,引惹这干蝇营狗苟之徒,有钱时,便做出拆屋斧头;没钱时,便做出浮云薄态。毕竟靠声名可以动得隔地知交,靠眼力方结得困穷兄弟。

单雄信为何把银子袖去?只因说起齐州二字,便打动他一点结交的想头,向叔宝道:"兄长请坐。"命下人看茶过。那挑柴的老儿,看见留坐要讲话,靠在窗外呆呆听着。雄信道:"动问仁兄,济南有个慕名的朋友,兄可相认否?"叔宝问:"是何人?"雄信道:"此兄姓秦,我不好称他名讳;他的表字叫做叔宝，山东六府驰名，称他为赛专诸，在济南府当差。"叔宝因衣衫褴褛，丑得紧，不好答应"是我"，却随口应道："就是小弟同衙门朋友。"雄信道："失瞻了，原来是叔宝的同袍。请问老兄高姓？"叔宝道："在下姓王。"他因心上只为王小二饭钱要还，故随口就是王字。雄信道："王兄请略坐小饭。学生还要烦兄寄信与秦兄。"叔宝道："饭是不领了，有书作速付去。"雄信复进书房去封程仪三两，潞绸二匹，至厅前殷勤致礼道："要修一封书，托兄寄与秦兄；只是不曾相会的朋友，恐称呼不便，烦兄道意罢！容日小弟登堂拜望。这是马价银三十两，银皆

足色；外具程仪三两，不在马价数内；舍下本机上绸二匹送兄，推叔宝同袍分上，勿嫌菲薄。"叔宝见如此相待，不肯久坐等饭，恐怕口气中间露出马脚来不好意思，告辞起身。

良马伏枥日，英雄晦运时。热衷虽想慕，对面不相知。

雄信友道已尽，也不十分相留，送出庄门，举手作别。叔宝径奔西门。老庄家尚在窗外瞌睡，挂下一条涎唾，倒有尺把长。只见单员外走进大门，对老儿道："你还在这里？"老儿道："听员外讲话久了，不觉打盹起来；那卖马的敢是去了？"雄信道："即才别去。"言罢径步入内。老庄家急拿扁挑，做两步赶上叔宝，因听见说姓王，就叫："王老爷，原许牙钱与我便好！"叔宝是个慷慨的人，就把这三两程仪拆开，取出一锭，多少些也就罢了。老儿喜容满面，拱手作谢，往豆腐店取柴去了，不题。

却说叔宝进西门，已是上午时候，马市都散了，人家都开了店。新开的酒店门首，堆积的熏烧下饭，喷鼻馨香。叔宝却也是吃惯了的人，这些时熬得牙清口淡，适才雄信庄上又不曾吃得饭，腹中饥饿，暗想道："如今到小二家中，又要吃他的腌臜东西，不如在这店中过了午去，还了饭钱，讨了行李起身。"径进店来。那些走堂的人，见叔宝将两匹潞绸打了卷，夹在衣服底下，认了他是打渔鼓唱道情的，把门拦住道："才开市的酒店，不知趣，乱往里走！"叔宝把双手一分，四五个人都跌倒在地。"我买酒吃，你们如何拦阻？"

世情看冷暖，人面逐高低。

内中一人跳起身来道："你买酒吃到柜上称银子，怎么乱往里走？"叔宝道："怎么要我先称银子？"酒保道："你要先吃酒后称银子，你到贵地方去吃。我这潞州有个旧规：新开市的酒店，恐怕酒后不好算帐，却要先交银子，然后吃酒。"叔宝暗想："强汉不掠市。"只得到柜上来把潞绸放下，袖内取出银子来，把打乱的程仪，总包在马价银一处，却要称酒钱。口里喃喃的道："银子便先称把你，只是别位客人来，我却要问他店规，果然如此，再不消提起。"柜里主人却知事，赔着笑脸道："朋友，请收起银子。天下书同文，行同伦，再没有先称银子后吃酒的道理。手下人不识好歹，只道兄别处客人性格不同，酒后难于算帐，故意歪缠，要先称银子。殊不知我们开店生理，正要延纳四方君子，况客长又不是不修边幅的人，出言唐突，但看我薄面，勿深计较，请收起银子里面请坐，我叫他暖酒来与客长吃便了。"叔宝见他言词委曲，回嗔作喜道："主人贤慧，不必再提了。"袖了银子，拿了潞绸，往里走进二门。三间大厅，齐整得紧。厅上摆的都是条桌交椅，满堂四景，诗画挂屏。柱上一联对句，名人标题，赞美这酒馆的好处：

　　槽滴珍珠漏泄乾坤一团和气；杯浮琥珀陶熔肺腑万种风情。

叔宝看看厅上光景，又瞧瞧自己身上褴褛缕缕，原怪不得这些狗才拦阻。见如今坐在上面自觉不像模样，又想一想："难道他店中的酒，只卖与富贵人吃，不卖与穷人吃！"又想一想："想次些的人，都不在这厅上饮酒。"定睛一看，两带琵琶栏杆的外边，都是厢房，厢房内都是条桌懒凳。叔宝素位而行，微笑道："这是我们穷打扮的席面了。"走向东厢房第一张条桌上，放下潞绸坐下。正是：

　　花因风雨难为色，人为贫寒气不扬。

酒保取酒到来，却换了一个老儿，不是推他那些人了。又不是熏烧的下饭，却是一碗冷牛肉，一碗冻鱼，瓦钵磁器，酒又不热。老儿摆在桌上就走去了。叔宝恼将起来："难道我秦叔宝天生定该吃这等冷东西的？我要把他家私打做齑粉，房子拖坍他的。不过一翻掌间，却是一庄没要紧的事，明日传到家里，朋友们知道了：'叔宝在潞州，不过少了几两银子饭钱，又不疯不颠，上店吃酒打了两次，又不曾吃得成。'总来为了口腹，惹人做了话柄，熬了气吃他的去罢。"这也是肚里饥饿，恕却小人，未免自伤落寞。才吃了一碗酒，用了些冷牛肉。正是：

　　土块调重耳，芜亭困汉光。

听得店门外面喧嚷起来，店主人高叫："二位老爷在小店打中火去！"两个豪杰在店门首下马，四五个部下人推着两辆小车子，进店解面衣拂灰尘。主人引着路进二门来，先走的戴进士巾，穿红；后走的戴皂荚巾，穿紫。叔宝看见先走的不认得，后走的却是故人王伯当。两个：

　　肥马轻裘意气扬，匣中长剑吐寒芒。有才不向污时屈，聊寄雄心侠少肠。

主人家到厅上拖椅拂桌，像安席的一般虚景："二位爷就在这头桌上坐罢！"吩咐手下人："另烹好茶，取小菜前边烹炮精洁的肴撰，开陈酒与二位爷用。"言罢自己去了。只见他手下人掇两盆热水，二位爷洗手。叔宝在东厢房，恐被伯当看见了，却坐不住，拿了潞绸起身要走，不得出去。进来时不打紧，他那栏杆围绕，要打甬道才出去得。二人却坐在中间。叔宝又不好在栏杆上跨过去，只得背着脸又坐下了。他若顺倒头竟吃酒，倒也没人去看他；因他起起欠欠的，王伯当就看见了，叫跟随："你转身看东厢房第一张条桌上，这个人像着谁来？"跟随的转身回头道："到像历城秦爷的模样。"正是：

轩昂自是鸡群鹤，锐利终为露颖锥。

叔宝闻言，暗道："呀，看见我了！"伯当道："仲尼、阳货面庞相似的正多，叔宝乃人中之龙，龙到处自然有水，他怎么得一寒至此？"叔宝见伯当说不是，心中又安下些。那跟随的却是个少年眼快的人，要实这句言语，转过身紧看着叔宝。吓得叔宝头也不抬，箸也不动，缩劲低坐，像伏虎一般。这跟随的越看越觉像了，总道："他见我们在此，声色不动，天下也没这个吃酒的光景。"便道："我看来便像得紧，待我下去瞧瞧不是就罢了。"叔宝见从人要走来，等他看出却没趣了；只得自己招架道："王兄，是不才秦琼落难在此。"伯当见是叔宝，慌忙起身离坐，急解身上紫衣下东厢房，将叔宝虎躯裹定，拉上厅来，抱头而哭。主人家着忙都来陪话，三个人有一个哭，两个不哭。王伯当见叔宝如此狼狈，伤感凄凉，这人乍相见，无甚关系。叔室却没有因处穷困中就哭起来的理。总是：

知己虽存矜恤心，丈夫不落穷途泪。

叔宝见伯当伤感，反以美言劝慰："仁兄不必堕泪，小弟虽说落难，原没有甚么大事。只因守批在下处日久，欠下些店帐，以致流落在此。"就问这位朋友是谁。伯当道："这位是我旧相结的弟兄，姓李名密，字玄邃，世袭蒲山郡公，家长安。曾与弟同为殿前左亲侍千牛之职，与弟往来情厚。他因姓应图谶，为圣上所忌，弃官同游。小弟因杨素擅权，国政日非，也就一同避位。"叔宝又重新与李玄邃揖了。伯当又问："兄在此曾会单二哥么？怎么不往单二哥处去？"叔宝道："小弟时当偃蹇，再不曾想起单二哥；今日事出无奈，到二贤庄去，把坐马卖与单二哥了。"伯当道："兄坐的黄骠马卖与单二哥了？得了多少银子？"叔宝道："却因马膘跌重了，讨五十两银子，实得三十两，就卖了。"伯当且惊且笑道："单二哥是有名豪杰，难道与兄做交易，讨便宜？这也不成个单雄信了。如今同去，原马少不得奉还，还要取笑他几句。"叔宝道："贤弟，我不好同去。到潞州不拜雄信，是我的缺典。适才卖马，问及贱名，我又假说姓王。他问起历城秦叔宝，我只得说是相熟朋友，他又送潞绸二四、程仪三两。我如今同二位去，岂不是个踪迹变幻？二位到二贤庄去，替我委曲道意，说卖马的就是秦琼。先因未曾奉拜得罪，后因赧颜不好相见，故假托姓王；殷勤之意，已铭肺腑，异日再到潞州，登堂拜谢。"

玄邃道："我们在此与单二哥四人相聚，正好盘桓。兄有心久客，不在一两日为朋友羁留。我们明日拉单二哥来，欢聚两日才好话别。吾兄尊寓在于何处？"叔宝道："我久客念母，又有批回在身。明日把单二哥所赠程仪，收拾两件衣服，即欲还家。二位也不必同单二哥来看我。"伯当、玄邃道："下处须要说知，那有好弟兄不知下处的道理？"叔宝道："实在府西首斜对门王小二店里。"伯当道："那王小二第一炎凉，江湖上有名的王老虎，在兄分上可有不到之处？"叔宝感柳氏之贤，不好在两个劣性朋友面前说王小二的过失处。道："二位贤弟，那王小二虽是炎凉，到还有些眼力，他夫妇二人在我面上，甚是周到。"这叫做：

　　小人行短终须短，君子情长到底长。

柳氏贤慧，连丈夫都带得好了；妻贤夫祸少，信不虚言也。

三人饮到深黄昏后，伯当连叔宝先吃的酒帐，都算还了店主。向叔宝道："今夜暂别，明日决要相会。吾兄落寞在此，吾辈决不忍遽别。明日见了单二哥，还要设处些盘缠，送与吾兄，切勿径去。"叔宝唯唯，出店作别。王、李二人别了叔宝上马，径出西门，往二贤庄。

叔宝却将紫衣裹着潞绸一处，径回王小二店来，因朋友不舍，来得迟了。王小二见午后不归，料绝他不曾卖马，心上愈加厌贱，不等叔宝来家，径把门扇关锁了。叔宝到店来扣门，小二冷声扬气道："你老人家早些来家便好。今日留得客人又多，怕门户不谨慎锁了门。钥匙是客人拿在房中去了。恐怕你没处睡，外面那木柜上，是我揩抹干净的，你老人家将就睡睡。五更天起来煮饭，打发客人开门时，你老人家来多睡一回就是了。"叔宝牙关一咬，眼内火星直爆，拳头一举，心中怒气横飞："这个门不消我两个指头就推掉了，打了他一场，少不得惊官动府，又要羁身在此，打怎么紧？况单雄信是个好客的朋友，王、李二兄说起卖马的，来朝不等红日东升，就来拜我；我却与主人结打见官，可是豪杰的举动？这样小人藉口就说我欠了许多饭钱，图赖他的，又打坏他的门面。适来又在王伯当面前，说他做人好，怎么朝更夕改，又说他不好？我转是不妥当的人了。小不忍则乱大谋，忍到如今已是塔尖了，不久开交，熬也熬得他起了。这样小人，说有银子还他，必就开门了。

　　笑是小人能好利，谁知君子自容人。

叔宝踌躇了这一会，只得把气平了，叫道："小二哥，我的马卖了，有银子在此还你。在外边睡，我却放心不下，万有差池，不干我事。"此时王小二听见言词热闹，想是果然卖马回来了。在门缝里张着，没有了马，毕竟有了银子，喜得笑将起来："秦爷，我和你说笑话儿耍子，难道我开店的人，不知事体，这样下霜的天气，好叫你老人家在露天里睡不成？我家媳妇往客房讨钥匙去了。"柳氏拿着钥匙在旁，不得丈夫之言，不敢开门。听得小二要开，说道："钥匙来了。"

小二开门，叔宝进店，把紫衣潞绸柜上放下。王小二道："这是马价里搭来的么？不要他的货便好。"叔宝道："这却不是马价里来的。有银子在此。"袖中取出银子来。小二见了银子道："秦爷财帛要仔细，夜晚间不要弄他，收拾起了；且将就吃些晚饭，我明日替你老人家送行。"叔宝道："饭不要吃了，竟拿帐来算罢。"小二递过帐簿道："秦爷，你是不亏人的，但凭你算罢了。"叔宝看后边日子倒住得多，随茶粥饭又有几日不曾吃饭，马又饿坏了，不曾上得马料。叔宝却慷慨，把蔡太守这三两银子不要算数，一总平兑十七两银子，付与小二。对柳氏道："我匆匆起身，不能相谢，容日奉酬娘子。"柳氏道："秦爷在此，款待不周，不罪我们，已见宽洪海量，还敢望谢？"叔宝道："我的回批快拿与我。"柳氏道："秦爷此时往那里去？"叔宝道："此时城门还未关，我归心如箭，赶出东门再作区处。"小二也略留了一回，就把批文交与叔宝。叔宝取双铜行李，作别出店，径奔东门长行而去。未知后事如何，且听下回分解。

第十回

东岳庙英雄染疴　二贤庄知己谈心

诗曰：
　　困厄识天心，题撕意正深。琢磨成美玉，锻炼出良金。
　　骨为穷愁老，谋因艰苦沉。莫缘频失意，黯黯泪沾襟。

如今人，小小不得意便怨天；不知天要成就这人，偏似困苦这人一般。越是人扶扶不起，莫说穷愁，便病也与他一场，直到绝处逢生，还像不肯放舍他的。

王伯当、李玄邃为叔宝急出城西，比及到二贤庄，已是深黄昏时候。此时雄信庄门早已闭上了。闻门外犬吠甚急，雄信命开了庄门，看有何人在我庄前走动。做两步走出庄来，定睛一看，却是王、李二友。三人携手进庄，马卸了鞍，在槽头上料，手下都到耳房中去住了。雄信手下取拜毡过来，与二友顶礼相拜坐下。雄信命点茶摆酒。

叙罢了契阔，伯当开言："闻知兄长今日恭喜得一良马。"雄信道："不瞒贤弟说，今日三十两银子，买了一匹千里龙驹。"伯当道："马是我们预先晓得是一匹良马，只是为人再不要讨了小便宜，讨了小便宜，就要吃大亏。"雄信道："这马敢是偷来的么？"伯当道："马倒不是偷来的，且问卖马的你道是何人？"雄信道："山东人姓王，我因欢喜得紧，不曾与他细盘桓。二兄怎知此事？敢是与那姓王的相熟。"伯当道："我们倒不与姓王的相熟，那姓王的倒与老哥相熟了。巧言不如直道，那卖马的就是秦叔宝，适在西门市店中相遇，道及厚情，又有所赠。"雄信点头咨嗟："我说这个人，怎么有个欲言又止之意？原来就是叔宝，如今往那里去了？"伯当道："下处在府西王小二店内，不久就还济南去矣。"雄信道："我们也不必睡了，借此酒便可坐以待旦。"王、李齐道："便是。"这等三人直饮到五更时候。正是：

　　酣歌忘旦暮，寤寐在英雄。

　　把马都备停当，又牵着一匹空马，要与叔宝骑。三人赶进西门，到王小二店前，寻问叔宝。叔宝却已去了。王小二怕他好朋友赶上，说出他的是非来，不说叔宝步行，说："秦爷要紧回去，偶有回头差马连夜回山东去了。"就是有马，那雄信放开千里龙驹也赶上了。忽然家中有个凶信到：雄信的亲兄出长安，被钦赐驰驿唐公发箭射死，手下护送丧车回来。雄信欲奔兄丧，不得追赶朋友。王、李二友因见雄信有事，把这追赶叔宝的念头，亦就中止，各散去讫。

　　单题叔宝自昨晚黄昏深后，一夜走到天亮，只走得五里路儿。福无双至，祸不单行。如叔宝要走，一百里也走到了。他卖了马，又受着王小二的暗气，背着包儿，想着平日用马惯的人，今日黑暗里徒步，越发着恼，闯入山坳里去，迷了路头。及至行到天明，上了官路，回头一看，潞州城墙还在背后，却只好五里之遥。

　　富贵贫穷命里该，皆因年月日时排。胸中有志休言志，腹内怀才莫论才。

　　庸劣乘时偏得意，英雄遭困有余灾。饶君纵有冲天气，难敌平生运未来。

　　却说叔宝，穷不打紧，又穷出一场病来。只因市店里吃了一碗冷牛肉，初见王、李二友，心中又着实不自在，又是连夜赶路，天寒霜露太重，内伤饮食，外边感了寒气。天明是十月初二日，耳红面热，浑身似火，头重眼昏，寸步难行，还是禀气旺，又捱下五里路来。离城十里，地名十里店，有二三百户人家，入街头就是一座大庙，乃东岳行宫。叔宝见庙宇轩昂，且到里面晒晒日头再走。进三天门，上东岳殿前一层阶级，就像上一个山头，巴到殿上，指望叩拜神明，求阴空庇护。不想四肢无力，抬不起脚来，一个头眩，被门槛绊倒在香炉脚下。那一声响跌，好像共工奋怒，撞倒不周山；力士施椎，击破始皇辇。论叔宝跌倒，也不该这等大响，因有这两条金装锏，背在背后，跌倒掼去，将磨砖打碎七八块。守庙的香火，搀扶不动，急往鹤轩中，报与观主知道。

　　这观主却不是等闲之人，他姓魏，名征，字玄成，乃魏州曲城人氏。少年孤贫,却又不肯事生业,一味好的是读书。以此无书不读,莫说三坟五典、八索九丘、诸子百家、天文地理、韬略诸书,无不精熟,就是诗词、歌赋、小技,却也曲尽其妙。且又素有大志,遇着英雄豪杰,倾心结纳。因是隋时重门荫,薄孤寒,一时当国的卿相,下至守令,都是一干武臣,重的是膂力,薄的是文墨。自叹生不遇时,隐居华山,做了道士。

后遇一个道友,姓徐名洪客,与他意气相投,道:"隋主猜忌,诸子擅兵,自今一统,也只是为真人扫除,却不能享用。我观天象,真人已生。大乱将起,子相带贵气,有公卿之骨,无神仙之分。可预先打点一个王佐,应时而起。"朝夕只与他讲些天文,说些地理、帷幄奇谋、疆场神策。忽一日对魏征道:"昨观王气,起于参井之分,应是真人已生。罡星复入赵魏分野,应时佐命已出,王气犹未王,其人尚未得志。罡星色多沉晦,其人应罹困厄。不若你我分投求访,交结于未遇之先,异日再与子相会。"洪客遂入太原,魏征却在潞州。他见单雄信英雄好客,是一个做得开国功臣的,因此借寓东岳庙中,图与交往,且更要困厄中寻几个豪杰出来,以为后日帮手。

这日正在鹤轩内看诵黄庭。正是:

　　无心求羽化,有意学鹰扬。

香火进报道:"有个酒醉汉,跌倒在东岳殿上。随身兵器,将磨细方砖,打碎了好几块,搀又搀他不动,来报老爷知道。"魏玄成想:"昨夜仰观天象,有罡临于本地,必此人也。待我自家出去。"离了鹤轩,径到殿上来,见叔宝那狼狈的景象:行李掼在一边,也没人照管,一只臂膊屈起,做了枕头,一手瘸着,把破衣袖盖了自己的面貌。香火道:"方才那只脚还绊在门槛上,如今又缩下来了。"

魏玄成上前把手揭开衣袖,定睛一看,见满面通红。他得的阳症,类于酒醉,不能开言,但睁着两个大眼。魏征点头叹道:"兄在穷途,也不该这等过饮。"叔宝心里明白,喉中咽塞,讲不出话来。挨了半日,把右手伸将出来,在方砖上写"有病"两字。那方砖虽净,未免有些灰尘,这两字倒也看得清楚。魏玄成道:"兄不是酒困,原来是有恙。"叔宝把头点一点。玄成道:

"不打紧。"叫道人："房中取我的棕团过来。"放在叔宝面前，盘膝坐下，取叔宝的手，放在自己膝上。寸关尺三脉一呼四至，一吸四至，少阳经受症，内伤饮食，外感风寒，还是表症，不打紧。却只是大殿上风头里睡不得，后面又没有空闲的房屋，叫道人就扶在殿上左首堆木料家伙的一间耳房里去。虽非精室，却无风雨来侵。地上铺些稻草，把棕团盖上，放叔宝睡下，双铜因众人拿不起，仍留在殿角。

玄成把叔宝被囊打开，内有两匹潞绸，紫衣一件，一张公文批回，又有十数两银子，就对叔宝道："这几件东西，恐兄病中不能照顾，待贫道收在房中，待兄病体痊可，交付还兄何如？那双铜，我叫道人搓两条粗壮草绳，捆束在一处，就放在殿角耳门首，量人也偷不动，好借他来辟去些阴气虚邪。"叔宝听说，伏地叩首。玄成把紫衣潞绸等件，收拾进房，在鹤轩中撮一帖疏风表汗的药儿，煎与叔宝吃了，出了一身大汗。次日就神思清爽，便能开言，玄成不住的煎药与叔宝吃，常来草铺头边坐倒，与叔宝盘桓，渐将米汤调理，病亦逐渐安妥。

不觉二七一十四日，是日是十月十五日，却是三元寿诞。近边居民，在东岳庙里做会。五更天就开大门，殿上撞钟擂鼓。叔宝身子虚弱，怎么当得？虽有玄成盘桓，却无亲人看管，垢面蓬头，身上未免有些龌龊，气息难当。这些做会的人，个个憎嫌，七嘴八舌。正是：

　　身居卵壳谁知凤，迹混鲸鲵孰辨龙？

大凡僧道住庵，必得一两个有势力的富户作护法，又常把些酒食、餍足这些地方无赖破落户，方得住身安稳。魏玄成虽做黄冠，高岸气骨还在，如何肯俯仰大户，结识无赖？所以众人都埋怨魏道士可恶，容留无籍之人，秽污圣殿。叔宝听见，又恼又愧。正无存身之地，恰凑着单员外来了。

雄信带领手下人到东岳庙来，要与故兄打亡醮。众会首迎出三天门来道："单员外来得正好。"雄信道："有甚说话么？"众人道："东岳庙是我潞州求福之地，魏道主妄自擅专，容留无赖异乡之人，秽污圣殿，不堪瞻仰。单员外须要着实处他。"雄信是个有意思的人，不作福首，不为祸先，缓言笑道："列位且住，待我对他讲，自有道理。"说了自上殿来，叫手下去请魏法师出来，自己走到两旁游顽。只见钟架后尽头黑暗里铜光射出，雄信上前仔细一看，却是一对双铜，草绳捆倒在地。雄信定睛看了，默然半响，便问众人道："这兵器是那里来的？"众道人齐声答道："这就是那个患病的汉子背来的。"

雄信忙欲再问，只见魏玄成笑容满面，踱将出来，向雄信作了揖。雄信便问道："魏先生，舍亲们都在这里，谈论这座东岳庙，乃是潞州求福之地，须要庄严洁净，以便瞻仰。今闻先生容留甚么人住在庙中，作践秽污，众心甚是不喜，故此特问先生，端的不知何等样人？"玄成从容道："小道出家人，岂敢擅专？只因见这个病夫，不是个寻常之人，故此小道也未便打发他去。又况客中患病，跌倒殿上，小道只得把药石调治，才得痊安。出于一念恻隐，望员外原情恕罪，致意列位施主。"雄信忙问道："殿角的双铜，就是那人的兵器么？是那里人氏？"玄成道："山东齐州人。"雄信为叔宝留心，听见"山东齐州"四字，吓了一跳，急问道："姓甚么？"玄成道："那月初二日，跌倒在殿，病中不能开言，有一张公文的批回上，写单名叫秦琼。及至次日清楚，与他盘桓问及，表字叫做叔宝，乃北齐功勋苗裔。"雄信忙止住接口问道："如今在那里？"玄成把手一指道："就在这间耳房里住下。"雄信挽着玄成的手，推进侧门里来，忙叫手下人："快扶秦爷起来相见。"手下人三四个在铺上抓寻，影儿也没有一个。雄信焦躁道："难道晓得我来，躲在别处去了不成？"一个香火道："我刚才见他出殿去小解，如今想在后边轩子里。"雄信见说，疾忙同玄成走出殿来。

原来叔宝亏了魏玄成的药石，调理了十四五日，身中病势已退，神气渐觉疏爽。是日因天气和暖，又见殿上热闹，故走出来。小解过，就坐在后轩里，避一避众人憎恶。只见一个火工，衣兜里盛着几升米，手里托着几扎干菜走出。叔宝问道："你拿到那里去？"火工道："干你甚事？我因老娘身子不好，刚才向管库的讨几升小米，几把干菜，回家去等他熬口粥儿将息将息。"叔宝见说，猛省道："小人尚思孝母，我秦琼空有一身本事，不与孝养，反抛母亲在家，累他倚闾而望。"想到其间，止不住双泪流落。见桌上有记帐的秃笔一枝在案，忙取在手。他虽在公门中当差，还粗知文墨，向粉壁上题着几句道：

　　咒虎驱驰，甚来由，天涯循辙？白云里，凝眸盼望，征衣滴血。沟洫岂容鱼泳跃，鼠狐安识鹏程翼？问天心何事阻归期，情呜咽。七尺躯，空生杰；三尺剑，光生箧。说甚擎天捧日名留册，霜毫点染老青山，满腔热血何时泻；恐等闲白了少年头，谁知得？

　　　　　　　　　　调寄《满江红》

叔宝正写完，只听见闹烘烘的一行人走进来。叔宝仔细一看，见有雄信在内，吃了一惊，避又无处避得，只得低着头，伏在栏杆上。只听见魏玄成喊道："原来在这里！"此时单雄信紧上一步，忙抢上来，双手捧住叔宝，将身伏倒道："吾兄在潞州地方，受如此凄惶，单雄信不能为地主，羞见天下豪杰朋友！"叔宝到此，难道还不好认？只得连忙跪下，以头触地叩拜道："兄长请起，恐贱躯污秽，触了仁兄贵体。"雄信流泪道："为朋友者死。若是替得吾兄，雄信不惜以身相代，何秽污之有？"正是：

　　已成兰臭合，何问迹云泥。

回顾魏玄成道："先生，先兄亡醮之事，且暂停几日。叔宝兄零丁如此，学生不得在此拈香，把香仪礼物先生都收下了，我与叔宝兄回家。待此兄身体康健，即到宝观来还愿，就与先兄打亡醮，却不是一举而两得？"吩咐手下："秦爷骑不得马，看一乘暖轿来。"

其时外边众施主,听见说是单员外的朋友,尽皆无言散去了。魏玄成转到鹤轩中去,将叔宝衣服取出,两匹潞绸,一件紫衣,一张批回,十数两银子,当了雄信面前,交与叔宝。雄信心中暗道:"这还是我家的马价银子哩。"叔宝举手相谢,别了玄成,同雄信回到二贤庄。自此魏玄成、秦叔宝、单雄信三人,都成了知己。

到书房,雄信替叔宝沐浴更衣,设重裀叠褥,雄信与叔宝同榻而睡,将言语开阔他的胸襟,病体十分痊妥。日日有养胃的东西供给叔宝,还邀魏玄成来与他盘桓,正赛过父子家人。正是:

莫恋异乡生处好,受恩深处便为家。

只是山东叔宝的老母,爱子之心无所不至,朝夕悬望,眼都望花了。又常闻得官府要拿他家属,又不知生死存亡,求签问卜,越望越不回来,忧出一场大病,卧在床上,起身不动。正是:

心随千里远,病逐一愁来。

还亏得叔宝平日善于交几个通家的厚友,晓得叔宝在外日久,老母有病。众人约会齐了,馈送些甘供之费,又兼省问秦老伯母。秦母道:"通家子侄,都来相看,这也难得,都请进内房中来。"坐到榻前,共是四人:西门外异姓同居,今开鞭仗行的贾润甫;齐州城里与叔宝同当差的三人,唐万仞、连明,同差出去的樊建威。秦母坐于床上,叔宝的娘子张氏,立在卧榻之后,以幔帐遮体。

秦母见儿子这一班朋友,都坐在床前,观景伤情,不觉滚下泪来道:"列位贤侄,不弃老朽,特来看我,足见厚情。但不知我儿秦琼如何下落?一去不回,好教我肝肠都断。"贾润甫等对道:"大哥一去不回,真好奇怪。老伯母且放心,吉人天相,料无十分大虑,不争早晚多应到家。"秦母埋怨樊建威道:"我儿六月里与你同差出门,烧脚步纸起身,你便九月里回来了。如今隆冬天气,吾儿音信全无,多应不在人世了。"媳妇听得婆婆一句话儿,幼妇不敢高声,在帷帐中啾啾唧唧,也啼哭起来。众人异口同声,都埋怨樊建威道:"樊建威,你干的甚么事?常言道:'同行无疏伴。'一齐出门,难道不知秦大哥路上为何耽搁,端的几时就该回来,如今为何还不到家?老伯母止生得大哥一人,久不回家,举目无亲,叫他怎不牵挂?"

樊建威道:"诸兄在上,老伯母与秦大嫂埋怨小弟,不敢分辩。诸兄是做豪杰的人,岂不知在家千日好,出门一时难?六月里山东赶到长安,兵部衙门挂号守批回,就耽误了两个月。到八月十五,才领了批。秦大哥到临潼山,适遇唐国公遇了强盗,正在厮杀之际,大哥抱不平起来,救了唐公,出得关外,匆匆的分了行李,他往潞州,我往泽州。不想盘缠银子,总放在我的箱内。及至分路之后,方才晓得,途中也用尽了。如今等不得他回来,也补送在此。"把一包银子放在榻前。秦母道:"我有四两银子,叫他买潞绸的,想必他也拿来盘缠了。"樊建威道:"我到泽州的时节,马刺史又往太原恭贺唐公李爷去了。两个犯人养在下处，却又柴荒米贵。及至官回投文领批，盘费俱无了。"

秦母道："这都是你的事，你此后可晓得吾儿的消息呢？"樊建威道："若算起路程日子，唐公李爷到太原时，秦大哥已该到潞州了。那时蔡刺史还不会出门，是断乎先投过文了。我晓得秦大哥是个躁性的人，难道为了批回，耽误在潞州不成？我若是有盘费，也枉道到潞州寻他，讨个的信。因没了盘费，径自回来，那里晓得秦大哥还不到家？"众友道："这个也难怪你，只是如今你却辞不得劳苦，还往潞州找寻叔宝兄回来，才是道理。"

樊建威道："老伯母不必烦恼，写一封书起来，待小侄拿了到潞州去，找寻大哥回来便了。"秦母命丫环取文房四宝，呵开冻笔，写几个字封将起来，把樊建威补还的解军银子，一同付与樊建威道："这银子你原拿去盘费，寻他回来却不是好！"樊建威道："小侄自盘缠去，见了大哥，也就盘缠他回来了，何必要动他前日的银子？"秦母道："你还是拿去，只觉两便。"众人道："如今只要急寻大哥回来，你便多带些盘缠去也好，不如从了老伯母之命。"樊建威道："如此，小侄就此告别，去寻大哥了。"秦母道："远劳你，却是不当。"众人将送来的银钱，都安在秦母榻前，各散去讫。

樊建威回家，收拾包里行囊，离了齐州，竟奔河东潞州一路，来寻叔宝。不知可寻得着否，且听下回分解。

第十一回

冒风雪樊建威访朋　乞灵丹单雄信生女

诗曰：

　　雪压关山惨不收，朔风吹送白蒙头。身忙不作洛阳卧，谊密时移剡水舟。

　　怪杀颠狂如落絮，生增轻薄似浮沤。谁知一夕蓝关路，得与知心少逗留。

这一首雪诗，单说这雪是高人的清事、豪客的酒筹、行旅的愁媒，却又在无意中使人会合。樊建威自离山东，一日到了河东，进潞州府前，挨查了几个公文下处，寻到王小二店，问道："借问一声，有个山东济南府人，姓秦号叫做叔宝，曾在你家作寓么？"小二道："是有个秦客人，在我家作寓。十月初一日，卖了马做路费，星夜回去了。"樊建威闻言，长叹流泪。王小二店里有客，一阵大呼小叫，转身走进去了。

　　柳氏听见关心，走近前问道："尊客高姓？"樊建威道："在下姓樊。"柳氏道："就是樊建威么？"樊建威道："你怎么便知我叫樊建威？"柳氏道："秦客人在我家蹉跎许久，日日在这里望樊爷来。我们又伏侍他不周，十月初一黄昏时候起身的，难道还不曾到家么？"樊建威道："正为没有回家，我特来寻他。"心中想道："如今是腊月初旬，难道路上就行两个多月？此人中途失所了，在此无益。"吃了一餐午饭，还了饭钱，闷闷的出东门，赶回山东。

　　天寒风大，刮下一场大雪来。樊建威冒雪冲风，耳朵里颈窝里，都钻了雪进去，冷气又来得利害，口也开不得。只见：

　　　　乱飘来燕塞边，密洒向孤城外，却飞还梁苑去，又回转灞桥来。攘攘挨挨，颠倒把乾坤压，分明将造化埋。荡摩得红日无光，威逼得青山失色。长江上冻得鱼沉雁杳，空林中饿得虎啸猿哀。不成祥瑞反成害，侵伤了垄麦，压损了庭槐。暗昏柳眼，勒绽梅腮，填蔽了锦重重禁阙宫阶，遮掩了绿沉沉舞榭歌台。哀哉苦哉，河东贫士愁无奈。猛惊猜，忒奇怪，这的是天上飞来冷祸胎，教人遍地下生灾。几时守得个赫威威太阳真火当头晒，暖溶溶和气春风滚地来。扫彤云四开，现青天一块，依旧祥光瑞烟霭。

　　樊建威寒颤颤熬过了十里村镇，天色又晚，没有下处，只得投东岳庙来宿。那座庙就是秦叔宝得病的所在，若不是这场大雪，怎么得樊建威刚刚在此歇宿？这叫做：

　　　　踏破铁鞋无觅处，得来全不费工夫。

　　东岳香火正在关门，只见一人捱将进来投宿。道人到鹤轩中报与魏观主。观主乃是极有人情的，即便延纳樊建威到后轩中，放下行李，抖去雪水，与观主施礼。观主道："贵处那里？"樊建威道：'小弟姓樊，山东齐州人，往潞州找寻朋友，遇此大雪，暂停宝宫借宿一宵，明日重酬。"观主道："足下是樊先生，尊字可是樊建威么？"樊建威吓了一跳，答道："仙长何以知我贱字？"观主道："叔宝兄曾道及尊字。"樊建威大喜道："那个叔宝？"观主道："先生又多问了，秦叔宝能有得几个？"樊建威忙问："在那里？"观主道："十月初二日，有病到敝观中来。"樊建威顿足道："想是此兄不在了，且说如今怎么样了？"观主道："十月十五日，二贤庄单员外邀回家去，与他养病。前日十一月十五日，病体全愈，在敝宫还愿。因天寒留住在家，不曾打发他回去，见在二贤庄上。"樊建威一闻此言，却像甚么光景？就像是：

　　　　穷士获金千两，寒儒连中高魁。洞房花烛喜难挨，久别亲人重会。困虎肋添双翅，蛰龙角奋春雷。农夫苦旱遇淋漓，暮景得生骐骥。

　　　　　　　　　　　　　　　　　　　　调寄《西江月》

观主收拾果酒，陪建威夜坐。樊建威因雪里受些寒气，身子困倦，到也放量多饮几杯热酒。暂且睡过一宵，才见天明，即便起身，封一封谢仪，送与观主。这观主知是秦叔宝的朋友，死也不肯受他的，留住樊建威吃了早饭，送出东岳庙来，指示二贤庄路径。樊建威竟投雄信庄上来。

　　此时雄信与叔宝，书房中拥炉饮酒赏雪，倒也有兴。正是：

　　　　　对梅发清兴，倩酒敌寒威。

手下庄客来报，山东秦太太央一个樊老爷寄家书在外。叔宝喜道："单二哥，家母托樊建威寄家书来了。"二人出庄迎接。叔宝笑道："果然是你。"建威道："前日分行李时，银子却在弟处，不曾分得。回去送与伯母，伯母定要小弟做盘缠，寻觅吾兄回去。"叔宝道："为盘缠不会带得，担搁出无数事来。"雄信道："前话慢题，且请进去。"雄信叫手下人，接了樊老爷的行李，一直引到书房暖处。雄信先与建威施宾主之礼，叔宝又拜谢建威风雪寒苦之劳。雄信吩咐手下重新摆酒。

　　叔宝问道："家母好么？"建威道："有书在此，请看。"叔宝开缄和泪读罢，就去收拾行李。

　　　　　一封书寄思儿泪，千里能牵游子心。

雄信看见，微微暗笑。酒席完备了，三人促膝坐下。雄信问："叔宝兄，令堂老夫人安否？"叔宝道："家母多病。"雄信道："我见兄急急装束，似有归意。"叔宝眼中垂泪道："不是小弟无情，饱则扬去。奈家母病重，暂别仁兄，来年登堂拜谢仁兄活命之恩。"雄信道："兄要归去，小弟也不敢拦阻。但朋友有责善之道，忠臣孝子，何代无之？要做便做个实在的人，不要做沽名钓誉的人。"叔宝道："请兄见教，怎么是真孝？怎么是假孝？"雄信道："大孝为真，小孝为假。徇情遂意，故名为假。兄如今星夜回去，恰像是孝，实非真孝。"叔宝眼泪都住了，不觉笑将起来道："小弟贫病流落，久隔慈颜，实非得已。今闻母病，星夜还家，乃人子至情，怎么呼为小孝？"樊建威道："秦大哥一闻母病，二奉母命，作急还家，还是大孝。"雄信道："你们只知其一，不知其二。令先君北齐为将，北齐国破身亡，全其大节，乃亡国之臣，不得与图存。天不忍忠臣绝后，存下兄长

这一筹英雄，正当保身待用，克光前烈。你如今星夜回去，寒天大雪，贵恙新愈，倘途中复病，元气不能接济，万一三长两短，绝了秦氏之后，失了令堂老伯母终身之望，虽出至情，不合孝道。岂不闻君子道而不径，舟而不游，跬步之间，不敢忘孝。冒寒而去，吾不敢闻命。"

叔宝道："然则小弟不去，反为孝么？"雄信笑道："难道教兄终于不去么？只是迟早之间，自有道理。况令堂老伯母是个贤母，又不是不达道理的。今日托建威兄来找寻，只为爱子之心，不知下落，放你不下。兄如今写一封回书，说领文耽搁日久，正待还家，忽染大病。今虽痊愈，不能任劳。闻命急欲归家定省，径说小弟苦留，略待身子劳碌得起，新年头上便得回家。令堂得兄下落所在，忧病自然痊可，晓得尊恙新痊，也定不要你冒寒而去。我与兄长既有一拜，即如我母一般，收拾些微礼，作甘旨之费，寄与令堂，且安了宅眷。再托樊兄把潞州解军的批回，往齐州府禀明了刘老爷，说兄卧病在潞州，尚未回来，注消完了衙门的公事，公私两全。待来春日暖风和，小弟还要替兄设处些微本钱，劝兄此番回去，不要在齐州当差。求荣不在朱门下，倘奉公差遣，由不得自己。使令堂老伯母倚门悬望，非人子事亲之道。迟去些时，难道就是不孝了？"叔宝见雄信讲得理长情切，又自揣怯寒不能远涉，对樊建威道："我却怎么处？还是同兄回去，还是先写书回去？"樊建威道："单二哥极讲得有理。令堂老伯母，得知你的下落，自然病好；晓得你在病后，也不急你回家了。"叔宝向雄信道："这等说，小弟且写书安家母之心。"叔宝就写完了书，取批回出来，付与樊建威，嘱托他完纳衙门中之事。

雄信回后房取潞绸四匹，碎银三十两，寄秦母为甘旨之费。又取潞绸二匹，银十两，送樊建威为赆敬。建威当日别去，回到山东，把书信银两交与秦母，又往衙门中完了所托之事。雄信依旧留叔宝在家。

一日叔宝闲着，正在书房中看花遣兴。雄信进来说了几句闲话，双眉微蹙，默然无语，斜立苍苔。叔宝见他这个模样，只道他有厌客之意，耐不住问道："二哥平日胸襟洒落，笑傲生风，今日何故似有忧疑之色？"雄信道："兄长不知，小弟平生再不喜愁。前日亡兄被人射死，小弟气闷了三四日，因这桩事，急切难以摆布，且把丢开。如今只因弟妇有恙，无法可以调治，故此忧形于色。"叔宝道："正是我忘了问兄，尊嫂是谁氏之女？完姻几年了？"雄信道："弟妇就是前都督崔长仁的孙女，当年岳父与弟父有交。不道不多几时，父母双亡，家业漂零，故此其女即归于弟处。且喜贤而有智，只是结褵以来，六七年了尚未生产。喜得今春怀孕，迄今十一月尚未产下，故此弟忧疑在心。"叔宝道："弟闻自古虎子麟儿，必不容易出胎。况吉人天相，自然瓜熟蒂落，何须过虑？"正闲话间，只听见手下人嘈嘈的进来报道："外边有个番国僧人在门首，强要化斋，再回他不去。"雄信听说，便同叔宝出来。只见一个番僧，身披着花色绒绣禅衣，肩挑拐杖，那面貌生得：

>一双怪眼，两道拳眉。鼻尖高耸，恍如鹰爪钩镰，须鬓蓬松，却似狮张海口，嘴里念着番经罗喃，手里摇着铜磬琅珰。只道达摩乘苇渡，还疑铁拐降山庄。

雄信问道："你化的是素斋荤斋？"那番僧道："我不吃素。"雄信见说，叫手下的切一盘牛肉，一盘馍馍，放在他面前。雄信与叔宝坐着看他。那番僧双手扯来，不多几时，两盘东西吃得罄尽。雄信见他吃完，就问他道："师父如今往那里去？"那番僧道："如今要往太原，一路转到西京去走走。"雄信道："西京乃辇毂之下，你出家人去做甚么？"番僧道："闻当今主上倦于政事，一切庶务，俱着太子掌管。那太子是个好顽不耐静的人，所以咱这里修合几颗耍药，要去进奉他受用。"叔宝道："你的身边只有耍药，没有别的药么？"番僧道："诸病都有。"雄信道："可有催产调经的丸药，乞赐些。"番僧道："有。"向袖中摸出一个葫芦，倾出豌豆大一粒药来，把黄纸包好，递与雄信道："拿去等定更时，用沉香汤送下。如吃下去就产是女胎；如隔一日产，便是个男胎了。"说完立起身来，也不谢声，竟自扬长去了。

雄信携着叔宝的手，向书房中来。叔宝叹息道："主上怠政卸权，四海又盗贼蜂起，致使外国番隅，多已知道。将来吾辈不知作何结果？"雄信道："愁他则甚？若有变动，吾与兄正好扬眉吐气，干一番事业。难道还要庸庸碌碌的过活？"说罢进去。

其夜，雄信将番僧的药，与崔夫人服下。交夜半子时，但闻满室莲花香，即养下一个女孩儿来，取名爱莲。夫妻二人喜之不胜。正是：

>明珠方吐艳，兰苗尚无芽。

叔宝闻知，不胜欣喜。

倏忽间不多几日，已到了除夕，雄信陪叔宝饮到天明，拥炉谈笑，却忘了身在客乡。叔宝又想着功名未遂，踪迹飘零，离母抛妻，却又愀然不乐。天明又是仁寿二年正月，年酒热闹。叔宝席席有分，吃得一个不耐烦起来。一个新年里，弄得昏头搭脑，没些清楚。

>将酒滴愁肠，愁重酒无力。

又接了赏灯的酒，主人也困倦了。雄信十八日晚间，回到后房中去睡了。叔宝自己牵挂老母，再不得睡下，只管在灯底下走来走去。

那些手下人见他不睡，问道："秦爷，这早晚如何还不睡？"叔宝道："我要回山东之心久矣，奈你员外情厚，我要辞他，却开不得口，列位可好让我去，我留书一封，谢你员外罢。"因主人好客，手下人个个是殷勤的人，众人道："秦爷在此，正好多住住儿去，小的们怎么敢放秦爷回去？"叔宝道："若如此我更有处。"又在那厢点头指手，似有别思。众人恐怕一时照顾不迭，被他走去，主人毕竟见怪。一边与叔宝讲话，一边就有人往后边报与主人道："秦大爷要去了。"雄信闻言，披衣靸履而出道："秦大哥为何陡发归兴？莫不是小弟简慢不周，有些见罪么？"叔宝道："小弟归心，无日不有，奈兄情重，不好开言。如今归念一动，时刻难留，梦魂颠倒，怕着枕席。"言罢流下泪来。有集唐诗道：

    愁里看春不当春，每逢佳节倍思亲。谁堪登眺烟云里，水远山长愁杀人。

雄信道："吾兄不必伤感。即如此，天明就打发吾兄长行便了。今晚倒稳睡一觉，以便早起。"叔宝道："已是许下了呢！"雄信道："我一世不曾换口，难道欺兄不成？"转身走进去了。叔宝积下一向熬煎，顿觉宽慰。手下人道："秦爷听得员外许了明日还家，笑颜便增了许多。"叔宝上床，伸脚畅睡不题。

  你道雄信为何直要留到此时，才放他回去？自从那十月初一日，买了叔宝的黄骠马下来，伯当与李玄邃说知了，就叫巧手匠人，象马身躯，做一副熔金鞍辔，正月十五日方完。异常细巧，耀眼争光。欲以厚赠叔宝，又恐他多心不受，做一副新铺盖起来。将白银打扁，缝在铺盖里，把铺盖打卷，马鞴了鞍辔，捎在马鞍鞒后，只说是铺盖，不讲里面有银子。方才把那黄骠马牵将出来，又自有当面的贽礼。叔宝要向东岳庙去谢魏玄成，雄信又着人去请了来。宾主是一桌酒奉饯。旁边桌子上，摆五色潞绸十匹，做就的寒衣四套，盘费银五十两。

  雄信与叔宝把盏饮酒，指桌上礼物向叔宝道："些微薄敬，望兄哂纳。往日叮咛求荣不在朱门下，这句话说，兄当牢记，不可忘了。"魏玄成道："叔宝兄低头人下，易短英雄之气；况弟曾遇异人，道真主已出，隋祚不长。似兄英勇，怕不做他时佐命功臣？就是小弟托迹黄冠，亦是待时而动。兄可依员外之言，天生我材，断不沦落。"叔宝心中暗道："玄成此言，殊似有理。但雄信把我看小了。这叫做久处令人贱，赆送了几十两银子，他就叫我不要入公门。他把我当在家常是少了饭钱卖马的人。不知我虽在公门，上下往来朋友，赆礼路费，费几百金不能过一年，他就说许多闲话。"只得口里答谢道："兄长金石之言，小弟当铭刻肺腑。归心如箭，酒不能多。"雄信取大杯对饮三杯，玄成也陪饮了三杯。叔宝告辞，把许多物件，都捎在马鞍鞒后，举手作别。正是：

    挥手别知己，有酒不尽倾。只因乡思急，顿使别离轻。

  出庄上马，紧纵一辔，那黄骠马见了故主，马健人强，一口气跑了三十里路，才收得住。捎的那铺盖拖下半边来。这马若叔宝自己鞴的，便有筋节，捎的行李，就不得拖将下来；却是单家庄上手下人的捎的，一顿顿松了皮条，马走一步踢一脚。叔宝回头看道："这行李捎得不好，朋友送的东西，若失落了，辜负他的好意。耽迟不耽错，前边有一村镇，且暂停一晚，到明日五更天，自己鞴马，行李就不得差错了。"径投店来。

  此处地方名皂角林，也是叔宝时运不利，又遭出一场大祸来，未知性命如何，且听下回分解。

第十二回

皂角林财物露遭殃　顺义村擂台逢敌手

诗曰：

英雄作事颇皦皦，谗夫何故轻淄涅。积猜惑信不易明，黑白妍媸难解辨。

雉网鸿罹未足悲，从来财货每基危。石崇金谷空遗恨，奴守利财能尔为。

堪悲自是运途蹇，干戈匝地无由免。昂首嗟嘘只问天，纷纷肉眼何须谴。

凡人无钱气不扬，到得多财，却也为累。若土著之民，富有资财先得了一个守财虏的名头，又免不得个有司看想、亲友妒嫉。若在外囊橐沉重了些，便有劫掠之虞。迹涉可疑，又有意外之变，怕不福中有祸，弄到杀身地位？

说话秦叔宝未到皂角林时，那皂角林夜间有响马，割了客人的包去。这店主张奇，是一方的保正，同十一个人，在潞州递失状去，还不曾回来。妇人在柜里面招呼，叫手下搬行李进客房，牵马槽头上料，点灯摆酒饭，已是黄昏深后。张奇被蔡太守责了十板，发下广捕，批着落在他身上，要捉割包响马，着众捕盗人押张奇往皂角林捉拿。晓得响马与客店都是合伙的多，故此蔡太守着在他身上。叔宝在客房中，闻外面喧嚷，又认是投宿的人，也不在话下。

且说张奇进门，对妻子道："响马得财漏网，瘟太守面糊盆，不知苦辣，倒着落在我身上，要捕风弄月，教我那里去追寻？"妇人点头，引丈夫进房去。众捕盗亦跟在后边，听他夫妻有甚说话。张奇的妻子对丈夫道："有个来历不明的长大汉子，刚才来家里下着。"众捕盗闻言，都进房来道："娘子你不要回避，都是大家身上的干系。"妇人道："列位不要高声，是有个人在我家里。"众人道："怎么就晓得他是来历不明？"妇人道："这个人浑身都是新衣服，铺盖齐整，随身有兵器，骑的是高头大马。说是做武官的，毕竟有手下仪从；说是做客商的，有附搭的伙计。这样齐整人，独自个投宿，就是个来历不明的了。"众人道："这话讲得有理，我们先去看他的马。"手下掌灯，往后槽来看。却不是潞州的马，像是外路的马，想是拒捕官兵追下来失落了，单问："如今在那个房里？"妇人指道："就是这里。"众人把堂前灯，都吹灭了，房里却还有灯。众人在避缝外，往里窥看。

叔宝此时晚饭吃过，家伙都收拾，出去把房门拴上，打开铺盖要睡。只见褥子重很紧，捏去有硬东西在内，又睡不得；只得拆开了线，把手伸进去摸将出来。原来是马蹄银，用铁锤打扁斫方的，好像砖头一般，堆了一桌子。叔宝又惊又喜，心中暗道："单雄信，单雄信，怪道你教我回山东，不要当差。原来有这等厚赠，就是掘藏，也还要费些力气，怎有这现成的造化。他想是怕我推辞，暗藏在铺盖里边。单二哥真正有心人也。"只不知每块有多少重，把银子逐块拿在手里掂一掂，试一试。那晓得：

　　隔墙须有耳，窗外岂无人？

众捕盗看他暗喜的光景，对众人道："是真正响马。若是买货的客人，自己家里带来的本钱，多少轻重，自然晓得。若是卖货的客人，主人家自有发帐法码，交兑明白，从没有不知数目的。怎么拿在饭店里，掂斤播两。这个银子难道不是打劫来的么？决是响马无疑。"常言道："缚虎休宽。"先去后边把他的马牵来藏过了，众捕盗腰间解下十来条索子，在他房门外边，柜栏柱磉门房楣子，做起软绊地绷来，绊他的脚步。捡一个有胆量的，先进去引他出来。

店主张奇，先瞧见他这一桌子的银子，就留了心，想："这东西是没处查考的，待我先进房去，掳他几块，怕他怎的？"对众人道："列位老兄，你们不知我家门户出入，待我先进去引他出来何如？"众捕人晓得利害的，随口应道："便等你进去。"张奇一口气吃了两三碗热酒，用脚将门一蹬，那门闩是日夜开闭，年深月久，滑溜异常，一脚激动，便跳将出来。张奇赶进房去，竟抢银子。叔宝为这几两银子，手脚都乱了。若空身坐在房里，人打进来招架住了，问个明白，就问出理来了。因有满桌子的银子，不道人来拿他，只道歹人进来抢劫，怒火直冲，动手就打。一掌去，逼的一声响，把张奇打来撞在墙上，脑浆喷出，唉呀一声，气绝身亡。正是：

　　妄想黄金入袖，先教一命归泉。

外面齐声呐喊："响马拒捕伤人。"张奇妻子举家号啕痛哭。

叔宝在房里着忙起来："就是误伤人命，进城到官，也不知累到几时。我又不曾通名，弃了行囊走脱了罢。"泄开脚步，往外就走。不想脚下密布软绊，轻轻跌倒。众捕盗把挠钩将秦琼搭住，五六根水火棍一起一落。叔宝伏在地绷上，用膀臂护了自己头脑，任凭他攒打，把拳头一锛，短棍俱折。众人又添换短的兵器，铁鞭拐子、流星铁尺、金刚箍、铁如意，乒乓劈拍乱打。正是：

　　虎陷深坑难展爪，龙遭铁网怎腾空。

四肢都打伤了。众人将叔宝跣剥衣裳，绳穿索绑取笔砚来写响马的口词。叔宝道："列位，我不是响马，是山东齐州府刘爷差人。去年八月间，在你本府投文，曾解军犯，久病在此，因朋友赠金还乡，不知列位将我错认为盗，误伤人命,见官自有明白。"众人那里听他的言语,把地下银子都拾将起来,赃物开了数目,马牵到门首抬这秦琼。张奇妻子叫村中人写了状子,一同离了皂角林,往潞州城来。这却是秦琼二进潞州。

到城门首时,三更时候,对城上叫喊守城的人:"皂角林拿住割包响马,拒捕又伤了人命,可到州中报太爷知道。"众人以讹传讹,击鼓报与太爷。蔡刺史即时吩咐巡逻官员开城门,将这一干人押进府来,发法曹参军勘问。那巡逻官员开了城门,放进这一干人到参军厅。这参军姓斛斯名宽,辽西人氏;梦中唤起,腹中酒尚未醒。灯下先叫捕人录了口词,听得说道:"获得赃银四百余两,有马有器械,响马无疑。"便叫:"响马你唤甚名字?那里人?"叔宝忙叫道:"老爷,小的不是响马,是齐州解军公差秦琼。八月间到此,蒙本府刘爷给过批回。"那斛参军道:"你八月给批,缘何如今还在此处,这一定近处还有窝家。"叔宝道:"小的因病在此耽延。"斛参军道:"这银子是那里来的?"叔宝道:"是友人赠的。"斛参军道:"胡说,如今人一个钱也舍不得,怎有许多银子赠你?明日拿出窝家党羽,就知强盗地方与失主姓名了。怎又拒捕打死张奇?"叔宝道:"小的十九日黄昏时候,在张奇家投歇,忽然张奇带领多人,抢入小的房来。小的疑是强盗,失手打去,他自撞墙身死。"斛参军道:"这拒捕杀人,情也真了。你那批回在何处?"叔宝道:"已托友人寄回。"斛参军道:"这一发胡说。你且将投文时,在那家歇宿,病时在谁家将养,一一说来,我好唤齐对证,还可出豁你。"叔宝只得报出王小二、魏玄成、单雄信等人。斛参军听了一本的帐,叫且将赃物点明,响马收监,明日拘齐窝主再审。可怜将叔宝推下监来。正是:

　　平空身陷遭罗网,百口难明飞祸殃。

次日,斛参军见蔡刺史道:"昨蒙老大人发下人犯,内中拒捕杀人的叫做秦琼,称系齐州解军公人,却无批文可据。且带有多银,有马有器械,事俱可疑。至于张奇身死是实,但未曾查有窝家失主党羽,及检验尸伤,未敢据复。"蔡刺史道:"这事也大,烦该厅细心鞫审解来。"斛参军回到厅,便出牌拘唤王小二、魏玄成、单雄信一干人。

　　王小二是州前人,央个州前人来烧了香,说是他公差饭店,并不知情,歇了。魏玄成被差人说强盗专在庵观寺院歇宿，百方刁揸，诈了一大块银子。雄信也用几两，随即收拾千金，带从人到府前，自己有一所下处。唤手下人去请府中童老爹与金老爹来。原来这两个，一个叫做童环，字佩之；一个叫做金甲，字国俊。俱是府中捕盗快手，与雄信通家相处。雄信见金、童二人到下处来，便将千金交与他，凭他使用。两人停妥了监中，去见叔宝，与他同了声口。斛参军处贴肉摁，魏玄成也是雄信为他使用得免。及至皂角林去检验尸伤，金、童二人买嘱了仵作，把张奇致命处，做了砖石撞伤。捕人也是金、童周全，不来苦执复审，把银子说是友人蒲山公李密与王伯当相赠的，不做盗贼。不打不夹，出一道审语解堂道：

  审得秦琼以齐州公差至潞州，批虽寄回，而历历居停有主，不得以盗疑也。张奇以金多致猜，率众掩之。秦琼以仓猝之中，极力推殴，使张奇触墙而死。律以故杀，不大苛乎？宜以误伤末减，一戍何辞。其银两据称李密、王伯当赠与，合无俟李密等到官质明给发。

论起做了误伤，也不合充军，这也是各朝律法不同。既非盗赃，自应给还，却将来贮库，这是衙门讨好的意思，干没以肥上官。捕人诬盗也该处置，却把事都推在已死张奇身上。解堂时，斛参军先面讲了，蔡刺史处关节又通，也只是个依拟。叔宝此时得了命，还敢来讨鞍马器械银两？凭他贮库。问了一个幽州总管下充军，金解起发。

  雄信恐叔宝前途没伴，兵房用些钱钞，托童佩之、金国俊押解，一路相伴。批上就佥了童环、金甲名字，当差领文，将叔宝扭锁出府大门外，松了刑具，同到雄信下处，拜谢活命之恩。雄信道："倒是小弟遗累了兄，何谢之有？"叔宝道："这是小弟运途淹蹇，至有此祸，若非兄全始全终，已作囹圄之鬼。"雄信就替佩之、国俊安家，邀叔宝到二贤庄来，沐浴更衣，换了一身布衣服，又收拾百金盘费，壮叔宝行色，摆酒饯别告辞。雄信临分别，取出一封书来道："童佩之，叔宝在山东、河南交友甚多，就是不曾相会的，慕他名也少不得接待。这幽州是我们河北地方，叔宝却没有朋友，恐前途举目无亲，把这封书到了涿郡地方，叫做顺义村，也是该处有名的一个豪杰，姓张名公谨，与我通家有八拜之交；你投他引进幽州，转达公门中当道朋友，好亲目叔宝。"佩之道："小弟晓得。"辞了雄信，三人上路。正是：

  春日阳和天气好，柳垂金线透长堤。

  三人在路上说些自己本领，及公门中事业，彼此相敬相爱。不觉数日之间，到了涿郡。巳牌时候，来至顺义村。一条街道，倒有四五百户人家，入街头第二家就是一个饭店。叔宝站住道："贤弟，这就是顺义村，要投张朋友处下书；初会面的朋友，肚中饥饿，不好就取饭食。常言说：'投亲不如落店。'我们且上饭店中打个中火，然后投书未迟。"童、金二人道："秦大哥讲得有理。"三人进店，酒保引进坐头，点下茶汤，摆酒饭。才吃罢，叔宝同国俊、佩之出店观看。

只见街坊上无数少年，各执齐眉短棍，摆将过去。中军鼓乐簇拥。马上一人，貌若灵官，戴万字顶包巾，插两朵金花，补服挺带，彩缎横披；马后又是许多刀枪簇拥，迎将过去。叔宝问店家："迎送的这个好汉，是甚么人？"主人道："我们顺义村，今日迎太岁爷。"叔宝道："怎么叫这等一个凶名？"店主道："这位爷姓史，双名大奈，原是番将，迷失在中原。近日谋干在幽州罗老爷标下，授旗牌官。罗老爷选中了史爷人材，不知胸中实授本领，发在我们顺义村，打三个月擂台；三个月没有敌手，实授旗牌官。旧岁冬间立起，今日是清明佳节。起先有几个附近好汉，后边是远方豪杰，打过几十场。莫说赢得他的没有，便是跌得平交的也没见，如今又迎到擂台上去。"叔宝问道："今日可打了么？"店家道："今日还打一日，明日就不打了。"叔宝道："我们可去看得么？"店家笑道："老爷不要说看，有本事也凭老爷去打。"叔宝道："店家替我们把行李收下，看打擂台回来，算还你饭钱。"叫佩之、国俊把盘费的银子，谨慎在腰间。

三人出得店门。后边看打擂台的百姓，络绎不绝。走尽北街，就是一所灵官庙，庙前有几亩荒地，地上筑起擂台来，有九尺高，方圆阔二十四丈。台下有数千人围绕争看。史大奈吹打迎上擂台。叔宝弟兄三人，捱将进去，上擂台马头边，看可有人上去打还没有人？只见那马头左首，两扇朱红栏杆，方方的一个拐角儿。栏杆里面设着柜，柜台上面天平法码支架停当。又有几个少年掌银柜。

三人到栏杆边，叔宝问："列位，打擂是个比武的去处，设这柜栏天平何用？"内中一人道："朋友，你不知道，我们史爷是个卖博打。"叔宝道："原来是为利。"那人道："你不晓得，始初时没有这个意思。立起擂台来，一个雷声天下响，五湖四海尽皆闻，英雄豪杰群聚于台下。我们史爷为人谨慎，恐武不善作打伤了人，没有凭据，有一个人上去打，要写一张认状。如要上去的，本人姓名乡贯年庚，设个誓要写在认状上，见得打死勿论。这个认状却雷同不得，有一个人要写一张。争强不伏弱，那人肯落后，都要争先，为写这个认状，几日不得清白。故此史爷说不要写认状了，设下这柜栏天平，财与命相连；好事的朋友都到柜上来交银子。"叔宝道："交多少？"那人道："不多。有一个人交五两银子，不拘多少人，银子交完了，史爷发号令上来打。有一个先往上走，第二个豪杰赶上一步，拖将下来，拖下的就不得上去，就是第三个上去了。当场时有本事打我史爷一拳，以一博十，赢我史爷五十两银子，踢一脚一百两银子，跌一交赢一百五十两银子，买一顿拳头打残疾回去怨命就罢了。起先聚二三十人上台去，被史爷纷纷的都掼将下来，一月之间，赢了千金。但有银子本领不如的，不敢到柜上来交，有本领没有银子的也打不成。故此后来这两个月上去打的人甚少。今日做圆满，只得将柜栏天平布置在此，不知道可有做圆满的豪杰来？"叔宝对佩之、国俊笑道："这倒也是豪杰干的事。"

佩之就撺掇叔宝道："兄上去。官事后中途发一个财。兄的本领，是我们知道的，一百五十两手到取来，幽州衙门中用也是好的。"叔宝道："贤弟，命不如人说也闲，我的时运不好。雄信送几两银子，没有福受用，皂角林惹官事，来潞州受了许多坎坷。这里打人又想赢得银子，莫说上去，只好看看罢。"佩之就要上去道："这个机会不要蹉了，小弟上去耍耍罢。"这个童佩之、金国俊不是无名之人，潞州府堂上当差有名的两个豪杰。叔宝与他不是久交，因遭官事，雄信引首，得以识荆，又不曾与他比过手段，见他高兴要上去耍耍，叔宝却也奉承道："贤弟逢场作戏，你要上去，我替你兑五两银子。"叔宝交银子在柜里，童佩之上擂台来打。

那擂台马头是九尺高，有十八层疆刹。才走到半中间，围绕看的几千人，一声喝彩，把童佩之吓得骨软筋酥。这几千人是为许久没有人上去，今日又有人上去做圆满，众人呐喊助他的威。却不晓得他没来历的吓软了，却又不好回来，只得往上走，走便往上走，却不像先前本来面目了，做出许多张致来：咬牙切齿，怒目睁眉，揎拳裸袖，绰步撩衣，发狠上前。下边看的人赞道："好汉发狠上去了。"

却说史大奈在擂台上，三月不曾遇着敌手，旁若无人。见来人脚步嚣虚，却也不在他腔子里面。狮子大开口，做一个门户势子，等候来人，上中下三路，皆不能出其匡郭。童环到擂台上，见史大奈身躯高大，压伏不下，他轻身一纵，飞仙踹双脚挂面落将下来。史大奈用个万敌推魔势，将童环脚拿落在擂台上。童环站下，左手撩阴，右手使个高头马势，来伏史大奈。史大奈做个织女穿梭，从右肋下攒在童环背后，揸住衣服鸾带，叫道："我也不打你了，窜下去罢！"把手一撑，从擂台上窜将下来，下边看的一让，掼了个燕子衔泥，拍拓跌了一脸灰沙。把一个童佩之，弄得满面羞惭。

一个秦叔宝急得火星爆散，喝道："待我上去！"就往前走。掌柜的拦住道："上去要重兑银子，前边五两银子已输绝了。"叔宝不得工夫兑，取一大锭银子，丢在柜上道："这银子多在这里，打了下来与你算罢。"也不从马头上上擂台去，平地九尺高一窜，就跳上擂台来，竟奔史大奈。史大奈招架，秦琼好打。

拽开四平拳，踢起双飞脚。一个韬肋劈胸敦，一个剜心侧胆着。一个青狮张口来，一个鲤鱼跌子跃。一个饿虎扑食最伤人，一个蛟龙戏子能凶恶。一个忙举观音掌，一个急起罗汉脚。长拳架势自然凶，怎比这回短打多掠削？

也不像两个人打，就如一对猛虎争餐，擂台上滚做一团。牡丹虽好，全凭绿叶扶持。难道史大奈在顺义村打了三个月擂台，也不曾有敌手，孤身就做了这一个好汉。一个山头一只虎，也亏了顺义村的张公谨做了主人，就是叔宝有书投他，尚未相会的。

此时张公谨在灵官庙，叫庖人整治酒席，伺候贺喜。又邀一个本村豪杰白显道。他二人是酒友，等不得安席，先将几样果菜在大殿上，取坛冷酒试尝。只见两个后生慌忙的走将进来道："二位老爷，史老爷官星还不现。"公谨道："今日做圆满，怎么说这话？"来人道："擂台上史爷倒先把一个攒将下来，得了胜，后跳一个大汉上去，打了三四十合不分胜败。小的们擂台底下观看，史爷手脚都乱了，打不过这个人。"张公谨道："有这样事？可可做圆满，就逢这个敌手。"叫："白贤弟，我们且不要吃酒，大家去看看。"出得庙来，分开众人，擂台底下看上边还打哩，打得愁云怨雾，遮天盖地。正是：

   黑虎金锤降下方，斜行耍步鬼神忙。
   劈面掌参勾就打，短簇赚掌破撩裆。

张公谨见打得凶，不好上去，问底下看的人："这个豪杰，从那一条路上来的？"底下看的人，就指着童佩之、金国俊二人道："那个鬓脚里有些沙灰的，是先攒下来的了。那个衣冠整齐的，是不曾上去打的。问这两个人，就知道上头打的那个人了。"张公谨却是本方土主，喜孜孜一团和气，对佩之举手道："朋友，上面打擂的是谁？"童佩之跌恼了，脸上便拂干净了，鬓脚还有些沙灰，见叔宝打赢了，没好气答应道："朋友，你管他闲事怎么？凭他打罢了！"公谨道："四海之内，皆兄弟也。恐怕是道中朋友，不好挽回。"金国俊却不恼他，不曾上去打，上前来招架道："朋友，我们不是没来历的人，要打便一个对一个打就是了，不要讲打攒盘的话。就是打输了，这顺义村还认得本地方几个朋友。"公谨道："兄认得本地方何人？"国俊道："潞州二贤庄单二哥有书，到顺义村投公谨张大哥，还不曾到他庄上下书。"公谨大笑。白显道指定公谨道："这就是张大哥了。"国俊道："原来就是张兄，得罪了。"公谨道："兄是何人？"国俊道："小弟是金甲，此位童环。"公谨道："原来是潞州的豪杰。上边打擂的是何人？"国俊道："这就是山东历城秦叔宝大哥。"

张公谨摇手大叫："史贤弟不要动手，此乃素常闻名秦叔宝兄长。"史大奈与叔宝二人收住拳。张公谨挽住童佩之，白显道拖着金国俊四人笑上台来，六友相逢，彼此陪罪。公谨叫道："台下看擂的列位都散了罢！不是外人来比试，乃是自己朋友访贤到此的。"命手下将柜台往灵官庙中去。邀叔宝下擂台，进灵官庙铺拜毡顶礼相拜，鼓手吹打安席。公谨席上举手道："行李在于何处？"叔宝道："在街头上第二家店内。"公谨命手下将秦爷行李取来，把那柜里大小二锭银子返璧于叔宝。叔宝就席间打开包裹，取雄信的荐书，递与公谨拆开观看道："嗄！原来兄有难在幽州。不打紧，都在小弟身上。此席酒不过是郊外小酌，与史大哥贺喜，还要屈驾到小庄去一坐。"六人匆匆几杯，不觉已是黄昏时候。公谨邀众友到庄。大厅秉烛焚香，邀叔宝诸友八拜为交，拜罢摆酒过来，直饮到五更时候。史大奈也要到帅府回话，白显道也要相陪。张公谨备六骑马，带从者十余人，齐进幽州投文。不知后事如何，且听下回分解。

第十三回
张公谨仗义全朋友　秦叔宝带罪见姑娘

词曰：
　　云翻雨覆，交情几动穷途哭。惟有英雄，意气相孚自不同。鱼书一纸，为人便欲拚生死。拯厄扶危，管鲍清风尚可追。
　　　　　　　　　　　　　　　调寄《减字木兰花》

　　交情薄的固多，厚的也不少。薄的人富贵时密如胶漆，患难时却似团沙，不肯拢来。若侠士有心人，莫不极力援引，一纸书奉如诰敕，这便是当今陈雷，先时管鲍。

　　顺义村到幽州只三十里路，五更起身，平明就到了。公谨在帅府西首安顿行李，一面整饭，就叫手下西辕门外班房中，把二位尉迟老爷请来。这个尉迟，不是那个尉迟恭，乃周相州总管尉迟迥之族侄，兄弟二人，哥哥叫尉迟南，兄弟叫尉迟北，向来与张公谨通家相好，现充罗公标下，有权衡的两员旗牌官。帅府东辕门外是文官的官厅，西辕门外是武弁的官厅，旗牌听用等官，只等辕门里掌号奏乐三次，中军官进辕门扯旗放炮，帅府才开门。尉迟南、尉迟北戎服伺候，两个后生走进来叫："二位爷，家老爷有请。"尉迟南道："你是张家庄上来的么？"后生道："是。"尉迟南道："你们老爷在城中么？"后生道："就在辕门西首下处，请二位老爷相会。"

　　尉迟南吩咐手下看班房，竟往公谨下处来。公谨因尉迟南兄弟是两个金带前程的，不便与他抗礼，把叔宝、金、童藏在客房内，待公谨引首，道达过客相见，才好来请。张公谨、史大奈、白显道三人正坐，只见尉迟兄弟来到，各各相见，分宾主坐下。尉迟南见史大奈在坐，便开言道："张兄今日进城这等早，想为史同袍打擂台日期已完，要参谒本官了？"公谨道："此事亦有之，还有一事奉闻。"尉迟南道："还有甚么见教？"公谨衣袖里取出一封书来，递与尉迟昆玉，接将过来拆开了。

　　兄弟二人看毕，道："啊，原来是潞州二贤庄单二哥的华翰，举荐秦朋友到敝衙门投文，托兄引首。秦朋友如今在那里？请相见罢了。"公谨向客房里叫："秦大哥出来罢！"豁琅琅的响将出来。童环奉文书，金甲带铁绳，叔宝矬着虎躯，扭锁出来。尉迟兄弟勃然变色道："张大哥，你小觑我。四海之内，皆兄弟也。单二哥的华翰到兄长处，因亲及亲，都是朋友，怎么这等相待？"公谨陪笑道："实不相瞒，这刑具原是做成的活扣儿，恐贤昆玉责备，所以如此相见；倘推薄分，取掉了就是。"尉迟兄弟亲手上前，替叔宝疏了刑具，教取拜毡过来，相拜道："久闻兄大名，如春雷轰耳，无处不闻，恨山水迢遥，不能相会。今日得兄到此，

三生有幸。"叔宝道："门下军犯，倘蒙提携，再造之恩不浅。"尉迟南道："兄诸事放心，都在愚弟身上。此二位就是童佩之、金国俊了。"二人道："小的就是童环、金甲。"尉迟南道："皆不必太谦，适见单员外华翰上亦有尊字，都是个中的朋友。"都请来对拜了。

尉迟南叫："佩之，桌上放的可就是本官解文么？"佩之答道："就是。"尉迟南道："借重把文书取出来，待愚兄弟看里边的事故。待本官升堂问及，小弟们方好答应。"童环假小心道："这是本官钤印弥封，不敢擅开。"尉迟南道："不妨。就是钉封文书，也还要动了手。不过是个解文，打开不妨。少不得堂上官府，要拆出必得愚兄弟的手，何足介意。"公谨命手下取火酒半杯，将弥封润透，轻轻揭开，把文书取出。尉迟兄弟开看了，递还童环，吩咐照旧弥封。

只见尉迟南嘿然无语。公谨道："兄长看了文书，怎生嘿嘿沉思？"尉迟南道："久闻潞州单二哥高情厚谊，恨不能相见，今日这桩事，却为人谋而不忠。"秦叔宝感雄信活命之恩，见朋友说他不是，顾不得是初相会，只得向前分辩："二位大人，秦琼在潞州，与雄信不是故交，邂逅一面，拯我于危病之中，复赠金五百还乡。秦琼命蹇，皂角林中误伤人命，被太守问成重辟；又得雄信尽友道，不惜千金救秦琼，真有再造之恩。二位大人怎么嫌他为人谋而不忠？"尉迟南道："正为此事。看雄信来书，把兄荐到张仁兄处，单员外友道已尽。但看文书，兄在皂角林打死张奇，问定重罪，雄信有回天手段，能使

改重从轻，发配到敝衙门来。吾想普天下许多福境的卫所，怎么不拣个鱼米之乡，偏发到敝地来？兄不知我们本官的利害，我不说不知。他原是北齐驾下勋爵，姓罗名艺，见北齐国破，不肯臣隋，统兵一枝，杀到幽州，结连突厥可汗反叛。皇家累战不克，只得颁诏招安，将幽州割与本官，自收租税养老，统雄兵十万镇守幽州。本官自恃武勇，举动任性，凡解进府去的人，恐怕行伍中顽劣不遵约束，见面时要打一百棍，名杀威棒。十人解进，九死一生。兄到此间难处之中。如今设个机变：叫佩之把文书封了，待小弟拿到挂号房中去，吩咐挂号官，将别衙门文书掣起，只把潞州解文挂号，独解秦大哥进去。"

众朋友闻尉迟之言，俱吐舌吃惊。张公谨道："尉迟兄怎么独解秦大哥进去？"尉迟南道："兄却有所不知。里边太太最是好善，每遇初一月半，必持斋念佛，老爷坐堂，屡次叮嘱不要打人。秦大哥恭喜，今日恰是三月十五日。倘解进去的人多了，触动本官之怒，或发下来打，就不好亲目了。如今秦大哥暂把巾儿取起，将头发蓬松，用无名异涂搽面庞，假托有病。童佩之二位典守者，辞不得责，进帅府报禀，本人途中有病。或者本官喜怒之间，着愚兄下来验看，上去回复果然有病，得本官发放，讨收管。秦大哥行伍中，岂不能一枪一刀，博一个衣锦还乡？只是如今早堂，投文最难，却与性命相关，你们速速收拾，我先去把文书挂号。"

尉迟二人到挂号房中，吩咐挂号官："将今日各衙门的解文都掣起了，只将这潞州一角文书挂号罢。"挂号官不敢违命，应道："小官知道了。"此时掌号官奏乐三次，中军官已进辕门。叔宝收拾停当，在西辕门伺候，尉迟二人将挂过号的文书，交与童环，自进辕门。随班放大炮三声，帅府开门。中军官、领班、旗鼓官、旗牌官、听用官、令旗手、捆绑手、刀斧手，一班班，一对对，一层层，都进帅府参见毕，各归班侍立府门首。报门官报门："边关夜不收马兵官将巡逻回风人役进。"这一起出来了。第二次就是供给官，送进日用心红纸札饮食等物。第三次就是挂号官，捧号簿进帅府，规矩解了犯人，就带进辕门里伺候。挂号官出来，却就利害了：两丹墀有二十四面金锣，一齐响起。一面虎头牌，两面令字旗，押着挂号官出西首角门，到大门外街台上。执旗官叫投文人犯，跟此牌进。童环捧文书，金甲带铁绳，将叔宝扭锁带进大门，还不打紧；只是进仪门，那东角门钻在刀枪林内。到月台下，执牌官叫跪下。东角门到丹墀，也只有半箭路远，就像爬了几十里峭壁，喘气不定。

秦叔宝身高丈余，一个豪杰困在威严之下，只觉的身子都小了，跪伏在地，偷眼看公坐上这位官员：

　　玉立封侯骨，金坚致主心。发因忧早白，谋以老能沉。
　　塞外威声远，帷中感士深。雄边来李牧，烽火绝遥岑。

须发斑白，一品服，端坐如泰山，巍巍不动。罗公叫中军，将解文取上来。中军官下月台取了文书，到滴水檐前，双膝跪下。帐上官将接去，公座旁验吏拆了弥封，铺文书于公座上。罗公看潞州刺史解军的解文，若是别衙门解来的，打也不打也就发落了。潞州的刺史蔡建德，是罗公得意门生。这罗公是武弁的勋卫，怎么有蔡建德方印文官门生？原来当年蔡建德曾解押幽州军粮违限，据军法就该重处，罗公见他青年进士，法外施仁，不曾见罪。蔡建德知恩，就拜在罗公门下。今罗公见门生问成的一个犯人，将文书看到底，看蔡建德才思何如，问成的这个人，可惜真罪当。亲看"军犯一名秦琼，历城人"，触目惊心，停了一时，将文书就掩过了，叫验吏将文书收去，誊写入册备查，吩咐中军官："叫解子将本犯带回，午堂后听审。"童环、金甲，听得叫他下去，也没有这等走得爽利了，下月台带铁绳往下就走。

此时张公谨、史大奈、白显道，都在西辕门外伺候，问尉迟道："怎么样了？"尉迟道："午堂后听审。"公谨道："审甚么事？"尉迟南道："从来不会有这等事，打与不打就发落了，不知审甚么事？"公谨道："甚么时候？"尉迟南道："还早。如今闭门退堂，昼寝午膳，然后升堂问事，放炮升旗，与早堂一般规矩。"公谨道："这等尚早，我们且到下处去饮酒压惊。出了辕门，卸去刑具，到下处安心。只听放炮，方来伺候未迟。"

却说罗公发完堂事，退到后堂，不回内衙。叫手下除了冠带，戴诸葛巾，穿小行衣，悬玉面铤带，小公座坐下。命家将问验吏房中适才潞州解军文书，取将进来，到后堂公座上展开，从头阅一遍，将文书掩过。唤家将击云板，开宅门请老夫人秦氏出后堂议事。秦氏夫人，携了十一岁的公子罗成，管家婆丫环相随出后堂。老夫人见礼坐下，公子侍立。夫人开言道："老爷今日退堂，为何不回内衙？唤老身后堂商议何事？"罗公叹道："当年遭国难，令先兄武卫将军弃世，可有后人么？"夫人闻言，就落下泪来道："先兄秦彝，闻在齐州战死。嫂嫂宁氏，止生个太平郎，年方三岁，随任在彼。今经二十余年，天各一方，朝代也不同了，存亡未保。不知老爷为何问及？"罗公道："我适才升堂，河东解来一名军犯。夫人你不要见怪，到与夫人同姓。"夫人道："河东可就是山东么？"罗公笑道："真是妇人家说话，河东与山东相去有千里之遥，怎么河东就是山东起来？"夫人道："既不是山东，天下同姓者有之，断不是我那山东一秦了。"罗公道："方才那文书上，却说这个姓秦的，正是山东历城人，齐州奉差到河东潞州。"夫人道："既是山东人，或者是太平郎有之。他面貌我虽不能记忆，家世彼此皆知，老身如今要见这姓秦的一面，问他行藏，看他是否。"罗公道："这个也不难。夫人乃内室，与配军觌面，恐失了我官体，必须还要垂帘，才好唤他进来。"

罗公叫家将垂帘，传令出去，小开门唤："潞州解人带军犯秦琼进见。"他这班朋友，在下处饮酒压惊。止有叔宝要防听审，不敢纵饮，只等放炮开门，才上刑具来听审，那里想到是小开门，那辕门内监旗官，地覆天翻喊叫："老爷坐后堂审事，叫潞州解子带军犯秦琼听审！"那里找寻？直叫到尉迟下处门首,方才知道,慌忙把刑具套上。尉迟南、尉迟北是本衙门官,童环、金甲带着叔宝,同进帅府大门。张公谨三人,只在外面伺候消息。

这五人进了大门、仪门,上月台,到堂上,将近后堂,屏门后转出两员家将,叫:"潞州解子不要进来了。"接了铁绳,将叔宝带进后堂,阶下跪着。叔宝偷眼往上看,不像早堂有这些刀斧威仪。罗公素衣打扮,后面立青衣大帽六人,尽皆垂手,台下家将八员,都是包巾扎袖。叔宝见了,心上宽了些。罗公叫:"秦琼上来些。"叔宝装病怕打,做俯伏爬不上来。罗公叫家将:"把秦琼刑具疏了。"两员家将下来,把那刑具疏了。罗公叫:"再上来些。"叔宝又肘膝往上,捱那几步。罗公问道:"山东齐州似你姓秦的有几户?"秦琼道:"齐州历城县,养马当差姓秦的甚多,军丁只有秦琼一户。"罗公道:"这等你是武弁了。"秦琼道:"是军丁。"罗公道:"且住,你又来欺诳下官了。你在齐州当差,奉那刘刺史差遣公干河东潞州,既是军丁,怎么又在齐州当那家的差?"秦琼叩首道:"老爷,因山东盗贼生发,本州招募,有能拘盗者重赏。秦琼原是军丁,因捕盗有功,刘刺史赏小的兵马捕盗都头,奉本官差遣公干河东潞州,误伤人命,发在老爷案下。"罗公道:"你原是军丁,补县当差。我再问你,当年有个事北齐主尽忠的武卫将军秦彝,闻他家属流落在山东,你可晓得么?"叔宝闻父名,泪滴阶下道:"武卫将军,就是秦琼的父亲,望老爷推先人薄面,笔下超生。"罗公就立起来,道:"你就是武卫将军之子?"

那时却是一齐说话,老夫人在朱帘里也等不得,就叫:"那姓秦的,你的母亲姓甚么?"秦琼道:"小的母亲是宁氏。"夫人道:"呀,太平郎是那个?"秦琼道:"就是小人的乳名。"老夫人见他的亲侄儿伶仃如此,也等不得手下卷帘,自己伸手揭开,走出后堂,抱头而哭,秦琼却不敢就认,哭拜在地。罗公也顿足长叹道:"你既是我的内亲,起来相见。"公子在旁,见母亲悲泪,也哭起来。手下家将早已把刑具拿了,到大堂外面叫:"潞州解子,这刑具你拿了去。秦大叔是老爷的内侄,老夫人是他的嫡亲姑母,后堂认了亲了,领批回不打紧,明日金押送出来与你。"尉迟南兄弟二人鼓掌大笑出府。张公谨等众朋友都在外面等候,见尉迟兄弟笑出来,问道:"怎么两位喜容满面?"尉迟南道:"列位放心,秦大哥原是有根本的人。罗老爷就是他嫡亲姑爷,老太太就是姑母,已认做一家了。我们且到下处去饮酒贺喜。"

却说罗公携叔宝进宅门,到内衙,吩咐公子道:"你可陪了表兄,到书房沐浴更衣,取我现成衣服与秦大哥换上。"叔宝梳篦整齐,洗去面上无名异;随即出来拜见姑爷、姑母,与公子也拜了四拜。即便问表弟取柬帖二副,写两封书:一封书求罗公金押了批回,发将出来,付与童佩之,潞州谢雄信报喜音;一封书付尉迟兄弟,转达谢张公谨三友。

此时后堂摆酒已是完备,罗公老夫妇上坐,叔宝与表弟列位左右。酒行二巡，罗公开言："贤侄，我看你一貌堂堂，必有兼人之勇。令先君弃世太早，令堂又寡居异乡，可曾习学些武艺？"叔宝道："小侄会用双锏。"罗公道："正是令先君遗下这两根金装锏，可曾带到幽州来？"叔宝道："小侄在潞州为事，蔡刺史将这两根金装锏作为凶器，还有鞍马行囊，尽皆贮库。"罗公道："这不打紧，蔡刺史就是老夫的门生，容日差官去取就是。只是目今有句话，要与贤侄讲：老夫镇守幽州，有十余万雄兵，千员官将，都是论功行赏，法不好施于亲爱。我如今要把贤侄补在标下为官，恐营伍员中有官将议论，使贤侄无颜。老夫的意思，来日要往演武厅去，当面比试武艺。你果然弓马熟娴，就补在标下为官，也使众将箝口。"叔宝躬身道："若蒙姑父提拔，小侄终身遭际，恩同再造。"罗公吩咐家将，传兵符出去，晓谕中军官，来日尽起幽州人马出城，往教军场操演。

明早五更天，罗公就放炮开门。中军簇拥，史大奈在大堂参谒，回打擂台事，补了旗牌。一行将士都戎装贯束，随罗公驷马车拥出帅府。

　　　十万貔貅镇北畿，斗悬金印月同辉。旗飘易水云初起，枪簇燕台霜乱飞。

叔宝那时没有金带银带前程，也只好像罗公本府的家将一般打扮：头上金顶缠骔大帽，穿猱头补服、银面䩞带、粉底皂靴，上马跟罗公出东郭教军场去了。

公子带四员家将，随后也出帅府，奈守辕门的旗牌官拦住，叩头哀求，不肯放公子出去。原来是罗公将令：平昔吩咐手下的，公子虽十一岁，膂力过人，骑劣马，扯硬弓，常领家将在郊外打围。罗公为官廉洁，恐公子膏粱之气，蹋踏百姓田苗，故戒下守门官不许放公子出帅府。公子只得命家将牵马进府，回后堂老母跟前，拿出孩童的景象，啼哭起来，说要往演武厅去看表兄比试，守门官不肯放出。老夫人因叔宝是自己面上的瓜葛，不知他武艺如何，要公子去看着，先回来说与他知道，开自己怀抱。唤四个掌家过来。四人俱皆皓然白须，跟罗公从北齐到今，同荣辱，共休戚，都是金带前程，称为掌家。老夫人道："你四人还知事，可同公子往演武厅去看秦大叔比试。说那守门官有拦阻之意，你说我叫公子去的，只是瞒着老爷一人就是。"四人道："知道了。"公子见母亲吩咐，欢喜不胜。忙向书房中收拾一张花梢的小弩，锦囊中带几十枝软翎的竹箭，看表兄比试回家，就荒郊野外射些飞禽走兽耍子。

五人上马，将出帅府，守门官依旧拦住。掌家道："老太太着公子去看秦大叔比试，只瞒着老爷一时。"守门官道："求小爷速些回来，不要与老爷知道。"公子大喝一声："不要多言！"五骑马出辕门，来到东郭教军场。此时教场中已放炮升旗，五骑马竟奔东辕门来，下马瞧操演。那四个掌家，恐老爷帐上看见公子，着两个在前，两个在后，把公子夹在中间，东辕门来观看。毕竟不知如何，且听下回分解。

第十四回
勇秦琼舞锏服三军　贤柳氏收金获一报

诗曰：

　　沙中金子石中玉，干将埋没丰城狱。有时拂拭遇良工，精光直向苍天烛。

　　丈夫踪迹类如此，倏而云泥倏虎鼠。汉王高筑惊一军，淮阴固是绛灌信。

　　困穷拂抑君莫嗟，赳赳干城在兔罝。但教有宝怀间蕴，终见鸣珂入帝里。

　　俗语道得好：运去黄金减价，时来顽铁生光。叔宝在山东也做了些事，一到潞州，吃了许多波浪，只是一个时运未到。一旦遇了罗公，怕不平地登天，显出平生本领？罗公要扶持叔宝，大操三军。罗公坐帐中，十万雄兵，画地为式，用兵之法，井井有条。帐前大小官将头目，全装披挂，各持锋利器械，排班左右。叔宝在左班中观看，暗暗点头："我是井底之蛙，不知天地之大，枉在山东自负。你看我这姑爷五旬以外，须发皓然，着一品服，掌生杀之权，一呼百诺，大丈夫定当如此。"要知罗公心却不要看操，只留心于叔宝。见秦琼点头有嗟咨之意，唤将过来，叫："秦琼。"叔宝跪应道："有。"罗公问："你可会甚么武艺？"秦琼道："会用双锏。"罗公昨日帅府家宴问过，今日如何又问？因知他双锏在潞州贮库，不好就取锏与他舞。罗公命家将："将我的银锏取下去。"罗公这两条锏连金镶靶子，共重六十余斤，比叔宝锏长短尺寸也差不多；只是用过重锏的手，用这罗公的轻锏越觉松健。两个家将，捧将下来。叔宝跪在地下，挥手取银锏，尽身法跳将起来。轮动那两条锏，就是银龙护体，玉蟒缠腰。罗公在座上自己喝彩："舞得好！"难道罗公的标下，就没有舞锏的人，独喝彩秦琼么？罗公却要座前诸将钦服之意。诸将却也解本官的意思，两班齐声喝彩道："好！"

　　公子在辕门外，爬在掌家肩背上，见表兄的锏，舞到好处，连身子多不看见，就是一道月光罩住，不敢高声喝彩，暗喜道："果然好。"叔宝舞罢锏，捧将上来。罗公又问道："还会甚么武艺？"叔宝道："枪也晓得些。"罗公叫取枪上来。两班官将奉承叔宝，拣绝好的枪，取将上来。枪杆也有一二十斤重，铁条牛筋缠绕，生漆漆过。叔宝接在手中，把虎身一㨮，右手一迎，牛筋都迸断，攒打粉碎，一连使折两根枪。秦琼跪下道："小将用的是浑铁枪。"罗公点头道："真将门之子。"命家将："枪架上把我的缠杆矛抬下与秦琼舞。"两员家将抬将下来。重一百二十斤，长一丈八尺。秦琼接在手中，打一个转身，把枪收将回来，觉道有些拖带。罗公暗暗点头道："枪法不如。此子还可教。"这里隐着个罗府传枪的根脚。罗公为何说叔宝枪法不如？因他没有传授。秦琼在齐州当差时，不过是江湖上行教的把势，野战之法却怎么当得罗公的法眼？恰将就称赞几声。这些军

官见舞得这重枪也吃惊，看他舞得簌簌，不辨好歹，也随着罗公喝彩，连叔宝心中未必不自道好哩！

  叔宝舞罢枪，罗公即便传令开操。只听得教场中炮声一响，正是：

    阵按八方，旗分五色，龙虎奋翼，旗帜迷天。横空黑雾，皂纛标坎北之兵；彻汉朱霞，赤帜识南离之象。平野满梁园之雪，旌按庚辛；乱山回寒谷之春，色分甲乙。顽愚不似江陵石，雄武原称幽冀军。

  操事已完，中军官请号令："诸将三军操毕，禀老爷比试弓矢。"罗公叫秦琼问道："你可会射箭？"罗公所问，有会射就射、不会射就罢的意思。秦琼此时得意之秋，只道自己的锏与枪舞得好，便随便答应："会射箭。"那知罗公标下一千员官将，止有三百名弓箭手，短中取长，挑选六十员骑射官员，都是矢不虚发的，若射金刚腿枪杆，就算不会射的了。罗公晓得秦琼力大，将自己用的一张弓、九枝箭，付与秦琼。军政司将秦琼名字续上，上台跪禀道："老爷，众将射何物为奇？"罗公知有秦琼在内，便道："射枪杆罢。"这枪杆是奇射中最易的，不是阵上的枪杆，却是后帐发出一扛木头枪杆来，九尺长，到一百八十步弓基址所在，却插一根木枪，将令字蓝旗换去。此时军政司卯簿上唱名点将。那知这些将官，俱是平昔间练就，连新牌官史大奈，有五七人射去，并不曾有一矢落地。叔宝因是续上的在后面，看见这些官将射中枪杆，心中着忙："我也不该说过头话，方才我姑爷问我道：'会射箭么？'我就该答

应道：'不会。'也罢了，他也不怪我。却怎么答应会射？"心上自悔。

罗公是有心人，却不要看众将射箭，单为叔宝。见秦琼精神恍惚，就知道他弓矢不济，令他过来。叔宝跪下。罗公道："你见我标下这些将官，都是奇射。"罗公是个有意思的人，只要秦琼谦让，罗公就好免他射箭。何知叔宝不解其意，少年人出言不逊道："诸将射枪杆是死物，不足为奇。"罗公道："你还有恁奇射？"叔宝道："小侄会射天边不停翅的飞鸟。"罗公年高任性，晓他射不得枪杆，定要他射个飞鸟看看，吩咐中军官，诸将暂停弓矢，着秦琼射空中飞鸟。军政司将卯簿掩了，众将官都停住了弓矢，秦琼张弓搭箭，立于月台，候天边飞鸟。青天白日望得眼酸，并无鸟飞。此时十万雄兵，摇旗擂鼓的演操，急切那有飞禽下来？罗公便道："叫供给官取生牛肉二方，挂在大纛旗上。"只见血淋淋挂在虚空里荡着，把那山中叼鸡的饿鹰，引了几个来叼那牛肉。

正是当局者迷，旁观者清。公子在东辕门外，替叔宝着忙："我这表兄，今日定要出丑。诸般雀鸟好射，惟有鹰射不得。尘不迷人眼，水不迷鱼眼，草不迷鹰眼。鹰有滚豆之睛。鹰飞霄汉之上，山坡下草中豆滚，他还看见，你这箭射不下鹰来，言过其实，我父亲就不肯重用你了。可怜他也是英雄，千里来奔，我助他一枝箭吧。"撩开衣服，取出花梢小弩，把弦拽满了，锦囊中取一枝软翎竹箭，放在弩上，隐在怀中。那些官将头目十万人马，都看秦大叔射鹰，却不知公子在辕门外发弩。就是跟公子的四个掌家，也不知道，前边两个不消说是不知道了，后边两个在他面前，向西站立，夕阳时候，日光射目，用手搭凉棚，遮那日色，往上看叔宝射鸟。公子弩硬箭又不响，故此不知。公子却又不好把箭就放了去。叔宝不射，他射下鹰来，算那一个的帐？可怜叔宝见鹰下来叼肉，刚要扯弓，那鹰又飞开去了。众人又催逼，叔宝没奈何，只扯满弓弦，发一箭去。弓弦响动，鹰先知觉。看见箭来，鹞子翻身，用折叠翅把叔宝这枝箭裹在硬翎底下，却不曾伤得性命。秦琼心上着忙，只见那鹰翩翩趔趔，裹着叔宝那一枝箭，落将下来。五营四哨，大小官将头目人等，一齐喝彩。

　　旁观赞叹一齐起，当局精神百倍增。

连叔宝也不知这个鹰怎么射下来的，公子急藏弩撼掩袍服，领四员家将上马，先回帅府。中军官取鹰来献上。罗公自有为叔宝的私情，亲自下帐替叔宝簪花挂红。动鼓乐迎回帅府。吩咐其余诸将，不必射箭，一概有赏，赏劳三军。罗公也自回府。公子先回府内，此事不曾对老母说，恐表兄面上无颜。

罗公回到府中家宴上，对夫人道："令侄双锏绝伦，弓矢尤妙，只是枪法欠了传授。"向秦琼道："府中有个射圃，贤侄可与汝表弟习学枪法。"秦琼道："极感成就之恩。"自此表兄弟二人，日在射圃中走马使枪。罗公暇日自来指拨教导，叫他使独门枪。

光阴荏苒，因循半载有余。叔宝是个孝子，当初奉差潞州，只道月余便可回家，不意千态万状，逼出许多事来。今已年半有余，老母在山东不能回家侍养，难道在帅府就乐而忘返，把老母就置之度外？可怜他思母之心，无时不有。只因晓得一分道理，想道："我若是到幽州来探亲，住的日久，说家母年迈，就好告辞。我却是问罪来的人，幸遇姑爷在此为官提拔，若要告辞，我又晓得这个老人家任性，肯放我去得满心愿？他若道：'今日我老夫在此为官，你回去也罢了，若不是我老夫为官，你也回去么？'那时归又归不成，又失了他的爱。"这个话不是今日才想，自到幽州就筹算到今。却与表弟厚了，时常央公子对姑母说，姑爷面前方便我回去罢。可知公子的性儿，他若不喜欢这个人，在他府中时刻难容他；与表兄英雄相聚，意气符合，舍不得表兄去，就是父母要打发他，还要在中间阻挠，怎么肯替他方便？不过随口说谎道："前日晚间已对家母说，父亲说只在几日打发兄长回去。"没处对问，不觉又因循几个月日，只管迁延过去。

直到仁寿三年八月间，一日罗公在书房中考较二人学问。此时公子还不曾梳洗。罗公忽然抬头，见粉墙上题四句诗，罗公认得秦琼的笔迹。原来叔宝因思家念切，一日酒后，偶然写这几句于壁上。罗公认是秦琼心上所发，见了诗怫然不快。

这几句怎么道？

　　一日离家一日深，犹如孤鸟宿寒林。纵然此地风光好，还有思乡一片心。

罗公不等二子相见，转进后堂。老夫人迎着道："老爷书房考较孩儿学问，怎么匆匆进来？"罗公叹道："他儿不自养，养煞是他儿。"夫人道："老爷何发此言？"罗公道："夫人，自从令侄到幽州，老夫看待他，与吾儿一般，并无亲疏。我意思等待边廷有事，着他出马立功，表奏朝廷，封他一官半职，衣锦还乡。不想令侄却不以老夫为恩，反以为怨。适才到书房中去，壁上写着四句，总是思乡意思，这等反是老夫稽留他在此不是。"夫人闻言，眼中落泪道："先兄弃世太早，家嫂寡居异乡，止有此子，出外多年，举目无亲。老爷如今扶持，舍侄就是一品服还乡，不如叫他归家看母。"罗公道："夫人意思，也要令侄回去？"老夫人道："老身怀此念久矣，不敢多言。"罗公道："不要伤感，今日就打发令侄回去。"叫备饯行酒，传令出去。营中要一匹好马，用长路的鞍辔，进帅府公用。罗公到自己书房，叫童儿前边书房里，与秦大叔讲："叫秦大叔把上年潞州贮库物件，开个细帐来，我好修书。"那时蔡建德还复任在潞州，正好打发秦琼，到彼处自去取罢。

童儿到书房中道："大叔，老爷的意思，打发秦大叔往山东去。教把潞州贮库物件，开一细帐，老爷修书。"公子进里边来对叔宝说了，叔宝欢喜无限。公子道："快把潞州贮库的东西开了细帐，叫兄长自去取。"叔宝忙取金笺简，细开明白。童儿取回。罗公写两封书：一封是潞州蔡刺史处取行李，一封是举荐山东道行台来总管衙门的荐书。酒席完备，叫童儿："请大叔，陪秦大叔出来饮酒。"老夫人指着酒席道："这是你姑爷替你饯行的酒。"叔宝哭拜于地。罗公用手相挽道："不是老夫屈留你在此，我欲待你边廷立功，得一官半职回乡，以继你先人之后。不想边廷宁息，不得如我之意。令姑母道令堂年高，我如今打发你回去。这两封书，一封书到潞州蔡建德取鞍马行李，一封书你到山东投与山东大行台兼青州总管，姓来名护儿。我是他父辈。如今分符各镇一方，举荐你到他标下，去做个旗牌官。日后有功，也还图个进步。"叔宝叩谢。拜罢姑母，与表弟罗成对拜四拜。入席饮酒数巡，告辞起射。此时鞍马行囊，已捎搭停当。出帅府，尉迟昆玉晓得了，俱备酒留饮。叔宝略领其情，连夜赶到涿州辞别。张公谨要留叔宝在家几日，因叔宝急归，不得十分相强。张公谨写书附复单雄信，相送分手。

叔宝归心如箭，马不停蹄，两三日间，竟奔河东潞州。入城到府前饭店，王小二先看见了，往家飞跑，叫："婆娘不好了！"柳氏道："为甚么？"小二道："当初在我家少饭钱的秦客人，为人命官司，问罪往幽州去了。一二年到挣了一个官来，缠骔大帽，骑着马往府前来。想他恼得我紧，却怎么处？"柳氏道："古人说尽了：'去时留人情，转来好相见。'当初我叫你不要这等炎凉，你不肯听。如今没面目见他，你躲了罢。"小二道："我躲不得。"柳氏道："你怎么躲不得？"小二道："我是饭店，倘他说我住住儿等他相见，我怎么躲得这些时？"柳氏道："怎么样？"小二道："只说我死了罢。人死不记冤，打发他去了，我才出来。"王小二着了忙，出这一个题目与妻子，忙走开了。柳氏是个贤妻，只得依了丈夫，在家下假做哭哭啼啼。叔宝到店门外下马，柳氏迎道："秦爷来了。"叔宝道："贤人，我还不曾进来拜谢你。叫手下看了马上行李，待我到府中投文书来。"取罗公书，竟往府中去。

此时蔡公正坐堂上，守门人报幽州罗老爷差官下书。蔡公吩咐着他进来。叔宝是个有意思的人，到那得意之时，愈加谨慎，进东角门捧着书走将上来。蔡刺史公座上，就认得是秦琼，走下滴水檐来，优待以礼。叔宝上月台庭参拜见。蔡公先问罗公起居，然后说到就是仁寿二年皂角林那桩事，我也从宽发落。叔宝道："蒙老大人提拔，秦琼感恩不浅。"蔡公道："那童环、金甲幽州回来，道及罗老将军是令亲，我十分欢喜，反指示足下到幽州与令亲相会了。"叔宝道："家姑父罗公有书在此。"蔡公叫接上来。蔡公见书封上，是罗公亲笔，不回公座开缄，就立着开看毕道："秦壮士，罗老将军这封书，没有别说，只是取昔年在我潞州的物件。"叔宝道："是。"蔡刺史叫库吏取仁寿二年寄库赃罚簿。库吏与库书，除旧管新收，开除实在，将赃罚簿呈现到公座上。蔡刺史用珠笔对那银子。当日皂角林捕人进房已失了些，又加参军厅乘机干没，不符前数。止有碎银五十两，贮封未动。那黄骠马一匹，已发去官卖了，马价银三十两贮库。五色潞绸十匹，做就寒复衣四套，缎帛铺盖一副，枕顶俱在，熔金马鞍辔一副，镫扎俱全，金装锏二根，一一点过，叫库吏查将出来，月台上交付秦琼。叔宝一个人也拿不得许多东西，解他的那童环、金甲见了，却帮扶他拿这些东西。蔡刺史又吩咐库吏："动本府项下公费银一百两包封，送罗老将军令亲秦壮士为路费。"这是：

  时来易觅金千两，运去难赊酒一壶。

  叔宝拜谢蔡公，拿着这一百两银子，佩之、国俊替他搬了许多行李，竟往王小二店中。叔宝正与佩之、国俊见礼叙话，只见柳氏哭拜于地道："上年拙夫不是，多少炎凉，得罪秦爷。原来是作死。自秦爷为事，参军厅拘拿窝家，用了几两银子，心中不快，得病就亡故了。"叔宝道："昔年也不干你丈夫事。我囊橐空虚，使你丈夫下眼相看，世态炎凉，古今如此。只是你那一针一线之恩，至今铭刻于心。今日既是你丈夫亡故，你也是寡妇孤儿了。我曾有言在此，你可比淮阴漂母，今权以百金为寿。"柳氏拜谢。叔宝暂留佩之、国俊在店少待，却往南门外去探望高开道的母亲，不想高母半年前已迁往他处去了。正是：

  富来报德易，困日施恩难。所以韩王孙，千金酬一餐。

  叔宝回到王小二店中，把领出来的那些物件，捎在马鞍鞒旁，马就压趄了，难驼这些重物。佩之道："小弟二人且牵了马，陪兄到二贤庄单二哥处，重借马匹回乡。"辞别柳氏，三人出西门往二贤庄去了。毕竟不知何如，且听下回分解。

第十五回

秦叔宝归家侍母　齐国远截路迎朋

诗曰：
  友谊虽云重，亲恩自不轻。鸡坛堪系念，鹤发更萦情。
  心逐行云乱，思随春草生。倚门方念切，遮莫滞行旌。

  五伦之中，生我者亲，知我者友；若友亦不能成人之孝，也不可称相知。叔宝在罗府时，只为思亲一念，无虑功名，原是能孝的，不知在那要全他孝的朋友，其心更切。如那单雄信，因爱惜叔宝身体，不使同樊建威还乡，后边惹出皂角林事来，发配幽州，使他母子隔绝，心甚不安。但配在幽州，行止又由不得，雄信真有力没着处。及至有人报知叔宝回潞州搬取行囊，雄信心中快

然，忖道："此番必来看我！"办酒倚门等候。因想三人步行迟缓，等到月上东山，花枝乱影，忽闻林中马嘶。雄信高言问："可是叔宝兄来了？"佩之答道："正是。"雄信鼓掌大笑，真是月明千里故人来。到庄相见携手，喜动颜色。得佩之、国俊陪来最好。到庄下马卸鞍，搬行李人书房，取拜毡与叔宝顶礼相拜。家僮抬过酒来，四人入席坐下。

叔宝取出张公谨回书，送雄信看了。雄信道："上年兄到幽州，行色匆匆，就有书来，不曾写得详细与罗令亲相会情由。今日愿闻在令亲府中，二载有余，所作何事？"叔宝停杯道："小弟有千言万语，要与兄讲，及至相逢，一句都无。待等与兄抵足，细诉衷肠。"雄信把杯放下了道："不是小弟今日不能延纳，有逐客之意，杯酌之后，就欲兄行，不敢久留。"叔宝道："为何？"雄信道："自兄去幽州二载，令堂老夫人有十三封书到寒庄；前边十二封书，都是令堂写来的，小弟有薄具甘旨，回书安慰令堂。只今一个月之内，第十三封书，却不是令堂写来的，乃是尊正也能书。书中言令堂有恙，不能执笔修书。小弟如今欲兄速速回去，与令堂相见，全人间母子之情。"叔宝闻言，五内皆裂，泪如雨下道："单二哥，若是这等，小弟时刻难容；只是幽州来马被我骑坏了，程途遥远，心急马行迟，怎么了得？"雄信道："自兄幽州去后，潞州府将兄的黄骠马，发出官卖。小弟即将银三十两，纳在库中，买回养在寒舍。我但是想兄，就到槽头去看马，睹物思人。昨日到槽头，那良马知道故主回来，喊嘶踢跳，有人言之状。今日恰好足下到此。"叫手下将秦爷的黄骠马牵出来。

叔宝拜谢雄信，就将府里领出来的鞍辔，原是雄信按这个马的身躯做下的，擦抹干净，鞴将起来，把那重行李捎上，不复入席吃酒，辞别三友，骑马出庄。衣不解带，纵辔加鞭，如逐电追风，十分迅捷。

及第思乡马，张帆下水船。旋里不落地，弩箭乍离弦。

那马四蹄跑发。耳内只闻风吼。逢州过县，一夜天明，走一千三百里路。日当中午，已到齐州地面。叔宝在外首尾三年还可，只到本地，看见城墙，恨不能肋生两翅，飞到堂前，反焦躁起来。将入街道，翻然下马，牵着步行。把缠骔大帽，往下按一按，但有朋友人家门首，遮着自己的面貌，低头急走。

转进城来,绕着城脚下,到自己住宅后门。可怜当家人三年出外,门垣颓败。叔宝一手牵马,一手敲门。他娘子张氏,在里面问道:"呀,我儿夫几年在外,是甚么人击我家后门?"叔宝听得妻子说这几句,早已泪落心酸,出声急问道:"娘子,我母亲病好了么?我回来了!"娘子听见丈夫回来,便接应道:"还不得好。"急急开门,叔宝牵进马来。娘子关门,叔宝拴马。娘子是妇道家,见丈夫回来,这等打扮,不知做了多大的官来了,心中又悲又喜。叔宝与娘子见礼,张氏道:"奶奶吃了药,方才得睡。虚弱得紧,你缓着些进去。"

叔宝蹑足潜踪,进老母卧房来,只见有两个丫头,三年内都已长大。叔宝伏在床边,见老母面向里床,鼻息中止有一线游气,摸摸膀臂身躯,像枯柴一般。叔宝自知手重,只得住手,摸椅子在床边上叩首,低低道:"母亲醒醒罢!"那老母游魂复返,身体沉重,翻不过身来;朝里床还如梦中,叫媳妇。媳妇站在床前道:"媳妇在此。"秦母道:"我那儿,你的丈夫想已不在人世了。我才瞑目,略睡一睡,只听得他床面前,絮絮叨叨的叫我,想已是为泉下之人,千里还魂来家见母了。"媳妇便道:"婆婆,那不孝顺的儿子回来了,跪在这里。"叔宝叩首道:"太平郎回来了。"秦母原有病,因想儿子,想得这般模样。听见儿子回来,病就去了一半。平常起来解溲,媳妇同两个丫头,搀半日还搀不起来。今听见儿子回来,就爬起了坐在床上,忙扯住叔宝手。老人家哭不出眼泪来,张着口只是喊,将秦琼膀臂上下乱捏。秦琼就叩拜老母。老母吩咐:"你不要拜我,拜你的媳妇。你三载在外,若不是媳妇孩儿能尽孝道,我死也久矣,也不得与你相会了。"叔宝遵母命,转身拜张氏。张氏跪倒道:"侍姑乃妇道之当然,何劳丈夫拜谢?"夫妻对拜四拜,起来坐于老母卧榻之前。

秦母便问在外的事。秦琼将潞州颠沛,远戍遇姑始末,一一说与母亲。老母道:"你姑爷做甚官?你姑母可曾生子?可好么?"叔宝道:"姑爷现为幽州大行台,姑母已生表弟罗成,今年已十三矣。"秦母道:"且喜你姑母已有后了。"遂挣起穿衣,命丫头取水净手。叫媳妇拈香,要望西北下拜,谢潞州单员外,救吾儿活命之恩。儿子媳妇一齐搀住道:"病体怎生劳动得?"老母道:"今日得母子团圆,夫妻完聚,皆此人大恩,怎不容我拜谢?"叔宝道:"待孩儿媳妇代拜了,母亲改日身子强健,再拜不迟。"秦母只得住了。

次日有诸友拜访,叔宝接待叙话。就收拾那罗公的荐书,自己开过脚色手本,戎服打扮,往来总管帅府投书。这来总管是江都人氏,原是世荫,因平陈有功,封黄县公,开府仪同三司、山东大行台,兼齐州总管。是日正放炮开门,升帐坐下。叔宝遂投文入进帅府。来公看了罗公荐书,又看了秦琼的手本,叫秦琼上来。叔宝答应:"有。"这一声答应,似牙缝里进出春雷,舌尖上跳起霹雳。来公抬头一看:秦琼跪在月台上,身高八尺,两根金装锏悬于腕下,身材凛凛,相貌堂堂,一双眼光射寒星,两道眉黑如刷漆,是一个好汉子。来公甚喜，叫："秦琼，你在罗爷标下，是个列名旗牌；我衙门中官将，却是论功行赏，法不可私亲。权补你做个实受的旗牌，日后有功，再行升赏。"秦琼叩首道："蒙老爷收录于帐下，感知遇大恩不浅。"来公吩咐中军，给付秦琼本衙门旗牌官的服色，点鼓闭门。

叔宝回家，取礼物馈送中军，遍拜同僚。叔宝管二十五名军汉，都来叩见。叔宝却是有作用的人，将幽州带回来的千金囊橐，改换门闾。在行台府中，做了旗牌三个月。是日隆冬天气，叔宝在帅府，伺候本官堂事已完。来公叫秦琼不要出去，去到后堂伺候。秦琼随至后堂跪下。来公道："你在我标下，为官三月，并不曾重用。来年正月十五，长安越公杨爷，六旬寿诞。我已差官往江南，织造一品服色，昨日方回，欲差官赍礼前去，天下荒乱，盗贼生发，恐中途疏虞。你却有兼人之勇，可当此任么？"叔宝叩首道："老爷养军千日，用在一时，既蒙老爷差遣，秦琼不敢辞劳。"来爷吩咐家将，开宅门传礼出来。卷箱封锁，另取两个大红皮包。座上有发单，开卷箱照单检点，付秦琼入包。计开：

圈金一品服五色甚套、玲珑白玉带一围、光白玉带一围、明珠八颗、玉顽十件、马蹄金一千两、寿图一轴、寿表一道。

说话那越公杨素的寿诞，外京藩镇官将就谦卑，不过官衔礼单，怎么用个寿表？他也不是上位文皇帝之弟，乃突厥可汗一种，在隋有战功，赐御姓为杨。他出为大将，曾平江南，入为丞相，官居仆射，宠冠百僚，权倾中外。文帝与他言听计从。因他废了太子，囚了蜀王，在朝文武，在外藩镇，半出他门。以此天下官员，以王侯尊之，差官赍礼，俱用寿表。

来公赏秦琼马牌令箭，并安家盘费银两，传令中军官：营中发马三匹，两匹背马引马，一匹差官坐马。因叔宝虎躯大，折一匹草料银两，又选二名健步背包。叔宝命健步背包，归家烧脚步纸起身，进内拜辞老母。老夫人见秦琼行色匆匆，跪于膝下，就眼中落下泪来道："我儿，我残年暮景，喜的是相逢，怕的是离别。在外三年，归家不久，目下又要远行，莫似当年使老身倚门而望。"秦琼道："儿今非昔比。奉本官马牌，驰驿往还，来年正月十五，赍过寿礼，只在二月初旬，准拜膝下。"吩咐张氏晨昏定省。张氏道："不必吩咐。"叔宝令健步背包，上了黄骠马长行。

离了山东，过河南，进潼关渭南三县，到华州华阴县少华山地方，远望一山，势甚险恶，吩咐两名健步："缓行，待我自己当先。"那二人道："秦爷正欲赶路，怎么传叫缓将下来？"叔宝道："你二人不知，此间山势险恶，恐有歹人潜藏，待我自己当先。"二人见说，就不敢往先，让叔宝领紫丝缰纵黄骠马。三个人挷马相揎，趱出谷口。

只见前面簇拥着一俦英俊，貌若灵官，横刀跃马，拦住去路，叫："留下买路钱来！"这个就见得秦叔宝勇者不惧，见了许多喽罗，付之一笑道："离乡三步远，别是一家风。在山东河南，绿林响马闻我姓名，皆抱头鼠窜，今日进了关中地方，盗贼反来问我讨买路钱？我如今不要通名道姓，恐吓走了这个强人。"叔宝把双锏纵马，照此人顶梁门打将下来，此人举金背刀招架，双锏打在刀背上，火星乱爆，放开坐下马，杀个一团。刀来锏架，锏去刀迎，约斗有三十余合，不分胜败。原来山中还有两个豪杰。倒有一个与叔宝通家，就是王伯当，因别了李玄邃，打此山经过，也因遇了寨主，战他不过，知是豪杰，留他入寨。那拦住叔宝讨常例的，叫做齐国远，上边陪王伯当饮酒的，叫做李如珪。

饮酒之间，喽罗传报上聚礼厅来："二位爷，齐爷巡山，遇公门官将，讨常例，不料那人不服，就杀将起来，三四十回合，不分胜败。小的们旁观，见齐爷刀法散乱，敌不过此人，请二位爷早早策应。"这班英雄义气相尚的，闻齐国远不能取胜他人，忙叫手下看马，取了器械，下山关来，遥见平地人赌斗。伯当在马上看那下面交战的，好像秦叔宝模样，相厚的朋友，恐怕损伤，半山中高叫道："齐国远，不要动手了！"此山路高，下来还有十余里，怎么叫得应？况空谷传声，山鸣水应，此时齐国远正斗，也不知叫谁，也不知谁叫，见尘头起处，二骑马簌的一响，已到平地。伯当道："果然是叔宝兄！"二人都丢兵器，解鞍下马，上前陪罪。伯当要邀归山寨，叔宝此时恐惊坏了两名背包健步，忙叫近前道："你们不要着忙，不是外人，乃相知朋友，相聚在此。"两个健步方才放心。

李如珪吩咐手下，抬秦爷行李上山。众豪杰各上马，邀叔宝同上少华山。入关到厅叙礼，伯当即引手陪罪，摆酒与叔宝接风洗尘。叔宝与伯当叙阔别寒温，叔宝将皂角林伤人问罪，远戍幽州，遇亲提拔帅府至回乡，承罗公荐在来公标下为旗牌官，细细备说。"今奉本官差遣，赍送礼物，赶来年正月十五长安杨越公府中拜寿。适才齐兄见教，得会诸兄，实三生之幸。"因问李玄邃踪迹。伯当道："他因杨越公公子相招而去，想也在长安。"叔宝又问道："伯当，你缘何在此？"伯当道："小弟因此山经过，蒙齐、李二弟相留。已修书雄信，要去过节盘桓。今日遇见兄长进长安公干，却就鼓起小弟这个兴来，不往单二哥处去了，陪兄长安赍贺，就去看灯，兼访玄邃。"叔宝是个多情的人，道："兄长有此高兴，同行极妙。"

齐国远、李如珪开言道："王兄同行，小弟愿随鞭镫。"叔宝却不敢遽然招架，心中暗想："王伯当偶在绿林中走动，却是个斯文人，进长安没有渗漏处。这齐国远、李如珪，却是两个卤莽灭裂之人；若同他到长安，定要惹出一场不轨的事来，定然波及于我。"却又不好当面说他两个去不得，只得用粉饰之语，对齐、李二人道："二位贤弟不要去。王兄他是不爱功名富贵的人，弃了前程，浪游湖海。我看此山关隘，城垣房屋殿宇，规矩森雄，仓廪富足，又兼二兄本领高强，人丁壮健。隋朝将乱之秋，举少华之众，则隋家疆土可分；事即不果，退居此山，足以养老。若与我同进长安看灯，不过是儿戏的小事。京行要一个月方回，众人散去，二位回来，将何为根本？那时却归怨于秦琼。"齐国远以叔宝为诚实之意，却也迟疑。李如珪却大笑道："秦兄小觑我与兄弟，难道我们自幼习武艺时节，就要落草为寇？也只为粗鄙，不能习文，只得习武。近因奸臣当道，我们没奈何，同这班人啸聚此山，待时而动。兄倒说我二人在此打家劫舍，养成野性，进长安恐怕不遵兄长约束，若出祸来，贻害仁兄。不领我们去是正理，若说恐小弟们无所归着，只是小觑我二人了，是要把绿林做终身了。"把个叔宝说个透心凉，只得改口道："二位贤弟，若是这等多心，大家同去便罢了。"齐国远道："同去再也无疑。"吩咐喽啰收拾战马，选了二十名壮健喽啰，背负包裹行李，带盘费银两。吩咐山上其余喽啰，不许擅自下山。秦叔宝也去扎缚那两个健步，不可泄漏，大家有祸。

三更时候，四友六骑马，手下众人，离了少华山，取路奔陕西。约离长安有六十里之地，是日夕阳时候，王伯当与李如珪连辔而行，远望一座旧寺鼎新，殿脊上现出一座流金宝瓶，被夕阳照射。伯当在马上道："李贤弟，可见得世事，忽成忽败：当年我进长安时候，这座寺已颓败了，却又是甚么人发心，修得这种齐整？"如珪道："我们如今且在山门下，只当歇歇脚步，进去瞻仰瞻仰，便晓得是何人修建。"

叔宝自下少华山，不敢离齐、李二人左右。官道行商，过客最多，恐二人放枝响箭，吓下人的行李来，贻祸不小。筹算这两个人到长安，只暂住两三日便好；若住得日子多了，少不得有一桩大祸。今日才十二月十五日，到正月十五，还有一个足月，倒不如在前边修的这个寺里，问长老借僧房权住。过了残年，灯节前进城，三五日，好拘管他。又不好上前明言，把马一夹，对齐、李二人道："二位贤弟，今年长安城下处却贵哩！"齐国远笑道："秦兄也不像个大丈夫，下处贵多用几两银子罢了，也拿在口里说。"叔宝道："贤弟有所不知，长安歇家房屋，都是有数的。每年房价，行商过客，如旧停歇。今年却多了我们这辈朋友。我一人带两名健步，会见列位，就是二三十人。难道就是我秦琼有朋友。这些差来贺寿的官，那一个没个朋友？高兴到长安看灯，人多屋少，挤塞一块，受许多拘束，却不是有银子没处用？"他两个却是养成的野性，怕的是拘束，回道："秦兄，若是这等，怎样的便好？"叔宝道："我的意思，要在前边修的寺里借僧房权住。你看这荒郊野外，走马射箭，舞剑抡枪，无束无拘，多少快活。住过残年，到来春灯节前，我便进城送礼，列位却好看灯。"

王伯当也会意，也便极力撺掇，说话之间，已到山门首下马。命手下看了行囊马匹，四人整衣进了山寺二门，过韦驮殿，走甬道上大雄宝殿。那甬道也好远，这望上去，四角还不曾修得。佛殿的屋脊便画了，檐前还未收拾。月台下搭了高架，匠人收拾檐口。架木外设一张公座，张的黄罗伞。伞下公座上坐一紫衣少年，旁站五六人，各青衣大帽垂手侍立，甚有规矩。月台下竖两面虎头硬牌，用朱笔标点，还有刑具排列。这官儿不知是何人，叔宝众人不知进去不进去。且听下回分解。

第十六回

报德祠酬恩塑像　西明巷易服从夫

诗曰：

　　侠士不矜功，仁人岂昧德。置璧感负羁，范金酬少伯。恩深自合肝胆镂，肯同世俗心悠悠。君不见报德祠宇揭天起，报德酬恩类如此。

信陵君魏无忌，因妹夫平原君为秦国所围，亏如姬窃了兵符与信陵君，率兵十万，大破秦将蒙骜，救全赵国。他门客有人对信陵君道："德有可忘者，有不可忘者：人有德于我，是不可忘；我有德于人，这不可不忘。"总之，施恩的断不可望报，受恩的断不可忘人。

话说王伯当乃弃隋的名公，眼空四海，他那里看得上那黄伞下的紫衣少年，齐国远、李如珪，青天白日，放火杀人，那里怕那个打黄伞的尊官？秦叔宝却委身公门，知高识下，赶在甬道中间，将三友拦住道："贤弟们不要上去，那黄伞底下，坐的少年人，就是修寺的施主。"伯当道："施主罢了，怎么就不走？"叔宝道："不是这等说，是个现任的官员。"李如珪道："兄怎么知道？"叔宝道："用这两面虎头硬牌，想是现任官员。今我兄弟四人走上去，与他见礼好，还是不见礼好？"伯当道："兄讲得有理。"

四人齐走小甬道，至大雄宝殿，见许多的匠作，在那里做工。叔宝叫了一声。众人近前道："老爷们有甚么话吩咐？"叔宝道："借问一声，这寺院是何人修建得这等齐整？"匠人道："是并州太原府唐国公李老爷修盖的。"叔宝道："他留守太原，怎么又到此间来干此功德？"匠人道："因仁寿元年八月十五日，李老爷奉圣恩钦赐回乡，晚间寺内权住，窦夫人分娩了第二位世子，李爷怕秽污了清净地土，发心布施，重新修建。那殿上坐着打黄伞的，就是他的郡马，姓柴名绍，字嗣昌。"叔宝心中就知是那日在临潼山，助他那一阵，晚间到此来了。

弟兄四人，进东角门就是方丈。见东边新起一座门楼，悬红牌，书金字，写"报德祠"三字。伯当道："我们看报甚么德的？"四人齐进，见三间殿宇，居中一座神龛，高有丈余。里边塑了一尊神道，却是立身，戴一顶荷叶檐粉青色的范阳毡笠，着皂布海衫，盖上黄罩甲，熟皮鞓带，挂牙牌解刀，穿黄

麂皮的战靴。向前竖一面红牌，楷书六个大金字："恩公琼五生位。"旁边又是几个小字儿："信官李渊沐手奉祀。"原来当年叔宝在临潼山，打败假强盗时，李公问叔宝姓名，叔宝不敢通名，放马奔潼关道上。李公不舍，追赶十余里路，叔宝只得通名秦琼。李公见叔宝摇手，听了名，转不曾听姓，误书在此。叔宝暗暗点头："那一年我在潞州怎么颠沛在那样田地，原来是李老爷折得我这样嘴脸。我是个布衣，怎么当得勋卫塑像，焚香作念。"暗自感叹咨嗟。

那三个人都看那像儿，齐国远连那六个金字都认不得，问："伯当兄，这可是韦驮天尊么？"伯当笑道："适才二山门里面朱红龛内，捧降魔杵，那便是韦驮。这个生位，其人还在，唐公曾受这人恩惠，故此建这个报德祠。"众人听见伯当说个"在"字，都惊诧起来，看看这个像，又瞧瞧叔宝的脸。那个神龛左右塑着四个人，左首二人，带一匹黄骠马。右首二人，捧两根金装锏。伯当近叔宝附耳低言："往年兄长出外远行，就是这等打扮？"叔宝暗暗摇手，叫："贤弟低声说，这就是我了。"伯当道："怎么是兄？"叔宝道："那仁寿元年，潞州相遇贤弟时，我与樊建威长安挂号出来，正是八月十五。唐公回乡，到临潼山，被盗围杀，樊建威撺掇我向前助唐公一阵，打退强贼。那时我放马就走，唐公追赶来问我姓名。我没奈何，只得通名秦琼，摇手叫他不要赶，不知他怎么仓猝时错记琼五，这话一些说不得。"伯当笑道："只因他认你做琼将军，所以折得将军在潞州这样穷了。"两边说笑，不期那柴嗣昌坐在月台下，望见四人雄赳赳的进去，不知甚么人，吩咐家将，暗暗打听。家将们就随在后边，看他举动。

叔宝们在祠堂内说话时，外面早有人听见，上月台来报郡马爷："那四位老爷里面，有太老爷的恩人在内。"柴嗣昌听了，整衣下月台进报德祠，着地打一躬道："那位是妻父活命的恩公？"四人答礼，伯当指着叔宝道："此兄就是李老大人临潼山相会的故人，姓秦名琼，李大人当年仓猝错记琼五。郡马如不信，双锏马匹现在在山门外面。"嗣昌道："四位杰士，料不相欺，请到方丈。"命手下铺拜毡，顶礼相拜，各问姓名。齐国远、李如珪，都通了实在的姓名。郡马叫人山门外牵马，搬行李到僧房中打叠。就吩咐摆酒，接风洗尘。那夜就修书差人往太原，通报唐公。将他兄弟四人，挽留寺内，饮酒作乐。

倏忽数日，又是新年，接连灯节相近。叔宝与伯当商议道："来日向晚，就是正月十四，进长安还要收拾表章礼物，十五日绝早进礼。"伯当道："也只是明日早行就罢了。"叔宝早晨吩咐健步，收拾鞍马进城。柴嗣昌晓得他有公务，不好阻挠；只是太原的回书不到，心内踌躇，暗想："叔宝进长安，赍过了寿礼，径自回去了，决不肯重到寺中来。倘岳父有回书来请，此人去了，我前书岂不谬报？今我陪他进长安去看看灯，也就完了他的公事，邀回寺来，好候我的岳父的回书。"嗣昌对叔宝道："小生也要回长安看灯，陪恩公一行何如？"叔宝因搭班有些不妥当，也要借他势头进长安去，连声道好。嗣昌便吩咐手下收拾鞍马，着众将督工修寺。命随身二人，带了包匣，多带些银钱，陪同秦爷进京送礼。

饭后起身，共是五俦英俊、七骑马、两名背包健步，从者二十二人，离永福寺进长安。叔宝等从到寺至今，才过半月，路上景色，又已一变：

　　柳含金粟拂征鞍，草吐青芽媚远滩。春气着山萌秀色，和风沾水弄微澜。

虽是六十里路，起身迟了些，到长安时，日已沉西。叔宝留心不进城中安下处，恐出人不便。离明德门还有八里路远，见一大姓人家，房屋高大，挂一个招牌，写"陶家店"。叔宝就道："人多日晚，怕城中热闹，寻不出大店来，且在此歇下罢。"催趱行囊马匹进店，各人下马，到主人大厅上来，上边挂许多不曾点的珠灯。主人见众豪杰行李铺陈仆从，知是有势力的人，即忙笑脸殷勤道："列位老爷，不嫌菲肴薄酒，今晚就在小店，看了几盏粗灯，权为接风洗尘之意。到明日城中方才灯市整齐，进去畅观，岂不是好？"叔宝是个有意思的人，心中是有个主意：今日才十四，恐怕朋友们进城没事干，街坊顽耍，惹出事来，况他公干还未完，正好趁主人酒席，挽留诸友。到五更天，赍过了寿礼，却得这个闲身子，陪他们看灯。叔宝见说，便道："即承贤主人盛情，我们总允就是了。"于是众友开怀痛饮，三更时尽欢而散，各归房安歇。

叔宝却不睡，立身庭前，主人督率手下收拾家伙，见叔宝立在面前，问："公贵衙门？"叔宝道："山东行台来爷标下，奉官赍寿礼与杨爷上大寿，正有一事奉求。"店主道："甚么见教？"叔宝道："长安经行几遍，街道衙门日间好认。如今我不等天明，要到明德门去，宝店可有识路的尊使，借一位去引路？"主人指着收家伙一人道："这个老仆，名叫陶容，不要说路径，连礼貌称呼，都是知道的。陶容过来！这位山东秦爷，要进明德门，往越府拜寿去，你可引路。"陶容道："秦爷若带得人少，老汉还有个兄弟陶化，一发跟秦爷拿拿礼物。"叔宝道："这个管家，果然来得。"回房中叫健步取两串皮钱，赏了陶容、陶化，就打开皮包，照单顺号，分做四个毡包，两名健步，与陶容弟兄两个拿着，跟随在后。叔宝乘众友昏睡中，不与说知，竟出陶家，进明德门去了，不题。

却说越公乃朝廷元辅，文帝隆宠已极。当陈亡之时，将陈宫妃姜女官百员赐与越公为晚年娱景。越公虽是爵尊望重的大臣，也是一个奸雄汉子。一日因西堂丹桂齐开，治酒请幕僚宴饮，众人无不谀辞迎合，独李玄邃道："明公齿爵俱尊，名震天下，所欠者惟老君丹一耳。"越公会意，即知玄邃道他后庭幸宠，恐不能长久的意思，即便道："老夫老君丹也不用，自有法以处之。"到明日越公出来，坐在内院，将内外锦屏大开，即叫人传旨与众姬妾道："老爷念你们在此供奉日久，辛勤已著，恐怕误了你们青春。今老爷在后院中，着你们众姬妾出去。如众女子中，有愿去择配者立左，不愿去者立右。"众女子见说，如开笼放鸟，群然蜂拥奔出来，见越公端坐在后院。

越公道："我刚才叫人传谕你们，多知道了么？如今各出己见站定，我自有处。"众女子虽在府中受用，每想单夫独妻，怎的快乐。准百女子，倒有大半跪在左边。越公蓦转头来，只见还有两个美人：一个捧剑的乐昌公主，陈主之妹，一个是执拂美人，是姓张名出尘，颜色过人，聪颖出众，是个义侠的奇女子。越公向他两个说道："你二人亦该下来，或左或右，亦该有处。"二人见说，走下来跪在面前。那个捧剑的涕泣不言，只有那执拂的独开言道："老爷隆恩旷典，着众婢子出来择配，以了终身，也是千古奇逢，难得的快事。但婢子在府，耳目口鼻，皆是豪华受用，怎肯出去，与瓮牖绳枢之子，举案终身？古人云：'受恩深处便为家。'况婢子不但无家，视天下并无人。"越公见说，点头称善。又问捧剑的："你何故只顾悲泣？"乐昌公主便将昔曾配徐德言破镜分离之事，一一陈说。后得徐德言为门下幕宾，夫妻再合是后话。当时越公见说，也不嗟叹，便叫二美人起来站后，随吩咐总管领官，开了内宅门。那些站左的女子四五十人，俱令出外归家，自择夫婿。凡有衣饰私蓄，悉听取去。于是众女子各各感恩叩首，泣谢而出。越公见那些粉黛娇娥，拥挤出门，反觉心中爽快。自此将乐昌公主与执拂张氏，另眼眷宠为女官，领左右两班金钗。

光阴荏苒。那年上元十五，又值越公寿诞，天下文武大小官员，无不赍礼上表，到府称贺。其时李靖恰在长安，闻知越公寿诞，即具揭上谒，欲献奇策。未及到府，门吏把揭拿去。时越公尚未开门，只得走进侧室班房里伺候。那些差官将吏，俱亦在内忙乱。西边坐着一个虎背熊腰、仪表不凡的大汉。李靖定睛一看，便举手道："兄是那里人氏？"那大汉亦起身举手道："弟是山东人。"李靖道："兄尊姓大名？"那人道："弟姓秦名琼。"李靖道："原来是历城叔宝兄。"叔宝道："敢问兄长上姓何名？"李靖道："弟即是三原李靖。"叔宝道："就是药师兄，久仰。"两人重新叙礼，握手就坐，各问来因。叔宝问李靖所寓，靖答道："寓在府前西明巷，第三家。"

两人正在叙话得浓，忽听得府内奏乐开门，有一官吏进来喊道："那个是三原李老爷，有旨请进去相见。"李靖对叔宝道："弟此刻要进府去相见，不及奉陪。但弟有一要紧话，欲与兄说。见若不弃，千万到弟寓所细谈片响。"叔宝唯唯。李靖即同那官儿进府。越公本是尊荣得紧，文武官僚尚不轻见，缘何独见李靖？因李靖之父李受，生时与越公同仕于隋，靖乃通家子侄，久闻李靖之才名，故此愿见。

其时那官儿引了李靖，不由仪门而走，乃从右手甬道中进去，到西厅院子内报名。李靖往上一望，见越公据胡床，戴七宝如意冠，披暗龙银裘褐，执如意，床后立着翡翠珠冠袍带女冠十二员，以下群妾甚众，列为锦屏。李靖昂然向前揖道："天下方乱，英雄竞起。公为帝室重臣，当以收罗豪杰为心，不宜踞见宾客。"越公敛容起谢，与靖寒温叙语，随问随答，娓娓无穷。越公大悦，欲留为记室，因是初会，未便即言。时有执拂美人，数目李靖。靖是个天挺英雄，怎比纨袴之子，见妇人注目偷视，就认做有顾盼小生之意，便想去调戏他？时已将午，李靖只得拜辞而出。越公曰通家子侄，即命执拂张美人送靖。张美人临轩对吏道："主公问去的李生行第几，寓何处？可即他往否？"吏往外问明，进来回复，张美人归内。

如今且慢题李靖回寓。再说秦叔宝押着礼物，进越公府中来。原来天下藩镇官将，差遣赍礼官吏，俱各派在各幕僚处收礼物。那些收礼的官，有许多难为人处：凡赍礼官员，除表章外，各具花名手本，将彼处土产礼物相送。稍不如意，这些收礼官苛刻起来，受许多的波累。那山东一路礼物，却派在李玄邃记室厅交收。是时秦琼到来，玄邃看见，慌忙降阶迎接，喜出意外。叔宝呈上表章礼仪，玄邃一览，叫人尽收，私礼尽璧。遂留叔宝到后轩取酒款待，细谈别后踪迹。叔宝把遇见王伯当同来的事，说了一遍，"但恐兄长事冗，不能出去一会。"并说："遇见李靖，姿貌不凡，丰神卓荦。适才府门外倾慕，如同凤契。小弟出去，就要到他寓所一叙。回书回批，乞兄作速打发。"玄邃见说，命青衣斟酒，自己却在案旁挥写回书回批，顷刻而就，付与叔宝。分手时，玄邃嘱托致意伯当，不得一面为恨。

叔宝别了玄邃，竟到西明巷来，李靖接见，喜道："兄真信人也。"坐定便问："兄年齿多少？"叔宝道："二十有四。"又问道："兄入长安时，可有同伴否？"叔宝隐却下处四个朋友，便说："奉本官差遣赍礼，只有健步两名，并无他人。兄长为何问及？"李靖道："小弟身虽湖海飘蓬，凡诸子百家，九流异术，无不留心探讨。最喜的却是风鉴。兄今年正值印堂管事，眼下有些黑气侵入，怕有惊恐之灾，不敢不言。然他日必为国家股肱，每事还当仔细。小弟前日夜观乾象，正月十五三更时候，彗星过度，民间主有刀兵火盗之灾。兄长倘同朋友到京，切不可贪耍观灯游顽。既批回已有，不如速返山东为妙。"一番言语，说得叔宝毛骨悚然，念着齐国远在下处，恐怕惹出事来，慌忙谢别了李靖，要紧回下处。

今再说张美人，得了官吏回复明白，进内自思道："我张出尘在府中，阅人多矣，未有如此子之少年英俊者，真人杰也。他日功名，断不在越公之下。刚才听他言语，已知他未有家室。想我在此奉侍，终非了局；若舍此人，而欲留心再访，天下更无其人。若此人不是我张出尘为配，恐彼终身亦难定偶。趁此今夜，非我该班，又兼府中演戏开宴之时，我私自到他寓所一会，岂不是好？"主意已定，把室中箱笼封锁，开一细帐。又写一个禀帖，押在案上。又恐街上巡兵拦阻，转到内院去，把兵符窃了。改装做后堂官儿，提着一个灯笼，便大模大样，走出府门。未有里许，见三四个巡兵问道："爷是往那里去的？"张氏道："我是越府太老爷有紧要公干，差往兵马司去的。你们问我则甚？"那巡兵道："小的问一声儿何碍？"说罢，大家鸣锣击梆的去了。不移时，已到府前西明巷口。张美人数着第三家，见有个大门楼，即便叩门。主人家出来看了，问："是会那个爷的？"张氏道："三原李爷，可是寓在此？"主人道："进门东首那间房里。"张氏见说，忙走进来。

其时李靖夜膳过后，坐在房中，灯下看那龙母所赠之书。只听见敲门，忙开门出来一看：

乌纱帽，翠眉束鬟光含貌。光含貌，紫袍软带，新装偏巧。粉痕隐映樱桃小，兵符手握殷勤道。殷勤道，疑城难破，令人思杳。

张美人走进，将兵符供在桌上，便与李靖叙礼坐定。李靖问道："足下何处来的，到此何干？"张氏道："小弟是越府中的内官姓张，奉敝主之命差来。"李靖道："有甚见教？"张氏道："适间敝主传弟进去，当面嘱咐许多话，如今且慢说。先生是识见高广、颖悟非常的人，试猜一猜。若是猜得着，乃见先生是奇男子，真豪杰。"李靖见说："这又奇了，怎么要弟猜起来？"低头一想便道："弟日间到府拜公之时，承他屈尊优待，殷勤款洽，莫非要弟为其入幕之宾否？"张氏道："敝府虽簿书繁冗，然幕僚共有一二十人，皆是多材多艺之士，身任其责。不要说敝主不敢有屈高才，设有此意，先生断不肯在杨府作幕，请再猜之。"李靖道："这个不是，莫非越公要弟往他处作一说客，为国家未雨绸缪之意？"

张氏道："非也，实对先生说罢了。越公因有一继女，才貌双绝，年纪及笄，越公爱之，不啻己出。今见先生是个英奇卓荦，思天下佳婿，未有如先生者，故传旨与弟，欲弟与先生为氤氲使耳。"李靖见说道："这那里说起！弟一身四海为家，迹同萍梗；况所志未遂，何暇议及室家之事？虽承越公高谊，然门楣不敌，尊卑有袭，此事断乎不可。烦兄为我婉言辞之。"张氏道："先生何其迂也！敝主乃皇家重臣，一言之间，能使人荣辱。倘若先生赘入豪门，将来富贵未可量，何乃守经而遽绝之？先生还宜三思。"李靖道："富贵人所自有，姻缘亦断非逆旅论及，容以异日。如再相逼，弟即此刻起身，浪游齐楚间矣！"张氏正容道："先生不要把这事看轻了；倘弟归府，将尊意述之，设敝主一时震怒，先生虽有双翅，亦不能飞出长安，那时就有性命之忧了。"李靖变了颜色，立起身来道："你这官儿，好不恼人！我李靖岂是怕人的？随你声高势重，我视之如同傀儡。此事头可断，决不敢从。"

两人正在房里乱嚷，只听见间壁寓的一人，推门进来，是武卫打扮，问道："那位是药师兄？"李靖此时气得呆了，随口应道："小弟便是。"张氏注目，把那人一看，忙举手道："尊兄上姓？"那人道："我姓张。"张氏道："妾亦……"说了两个字，缩住了，忙改口道："这小弟亦姓张，如若不弃，愿为昆仲。"那人见说，复仔细一认，哈哈大笑道："你与我结弟兄甚妙。"那时李靖方问道："张兄尊字？"那人道："我字仲坚。"李靖上前执手道："莫非虬髯公么？"那人道："然也。我刚才下寓在间壁，听见你们谈论，知是药师兄，故此走来。前言我已听得；但此位贤弟，并不是为兄执柯者。细详张贤弟的心事，莫若弟爽利，待弟说了出来，到与二位执柯何如？"张氏道："我的行藏，既是张兄识破，我可不便隐瞒了。"走去把房门闩上，即把乌纱除下，卸去官装，便道："妾乃越府中女子。因见李爷眉宇不凡，愿托终身，不以自荐为愧，故而乘夜来奔。"仲坚见说大笑称快。李靖道："莫非就是日间执拂的美人么？既贤卿有此美意，何不早早明言，免我许多回肠？"张氏道："郎君法眼不精。若我张兄，早已认出，不烦贱妾饶舌了。"仲坚笑道："你夫妇原非等闲之人，快快拜谢了天地，待我去取现成酒肴来，权当花烛，畅饮了三杯，何如？"两人见说，欣然对天拜谢了。

张氏复把官裳穿好，戴上乌纱。李靖道："贤卿为何还要这等装束？"张氏道："刚才进店来，是差官打扮；今见我是个妇人，反有许多不妥了。"李靖忖道："好一个精细女子！"仲坚叫手下移了酒肴进来。大家举杯畅谈。酒过三杯，张氏问仲坚道："大哥几时起身？"仲坚道："心事已完，明日就走。"张氏见说，立起身来道："李郎陪我张哥畅饮，我到一个所在去，如飞的就来。"李靖道："这又奇了，还要到那里去？"张氏道："郎君不必猜疑，少刻便知分晓。"说完点灯竟出房门。李靖见此光景，老大狐疑。仲坚道："此女子行止非常，亦人中龙虎，少顷必来。"两人又说了些心事，只听得门外马嘶声响，张氏早已走到面前。仲坚道："贤妹又往何处去了来？"张氏道："妾逢李郎，终身有托，原非贪男女之欢。今夜趁此兵符在手，刚才到中军厅里去，讨了三匹好马。我们吃完了酒，大家收拾上马出门。料有兵符在此，城门上亦不敢拦阻，即借此脚力，以游太原，岂非两便？"两人见说，称奇赞叹。吃完了酒，即便收拾行装，谢别主人，三人上马，扬长的去了。

越公到明日，因不见张美人进内来伺候，即差人查看。来回复道："房门封锁，人影俱无。"越公猛省道："我失检点，此女必归李靖矣！"叫人开了房门，室中衣饰细软，纤毫不动，开载明白，同一禀帖留于案上，取来呈上。上写道：

　　越国府红拂侍儿张出尘，叩首上禀：妾以蒲柳贱质，得傍华桐，虽不及金屋阿娇，亦可作玉盘小秀。有何不满，遽起离心？妾缘幼受许君之术，暂施慧眼，聊识英雄，所谓弱草附兰、嫩萝依竹而已,敢为张耳之妻、庸奴其夫哉!临去朗然,不学儿女淫奔之态。谨禀。

越公看罢,心中了然。又晓得李靖也是个英雄,戒谕下人不许声扬,把这事儿丢开不题。但未知后事如何,且听下回分解。

第十七回
齐国远漫兴立球场　柴郡马挟伴游灯市

诗曰:

玉宇晚苍茫,河星耿异铓。中天悬玉镜,大地满金光。

人影蹁鸾鹤,箫声咽凤凰。百年能底事,作戏且逢场。

常言道:顽耍无益。我想:人在少小时,顽耍尽得些趣,却不知是趣。一到大来,或是求名,或是觅利,将一个身子,弄得忙忙碌碌,那里去偷得一时一刻的闲?直到功名成遂,那时须鬓幡然,要顽耍却没了兴致。还有那不得成遂一命先亡的,这便干干的忙了一生。善于逢场作戏,也是一句至语。但要识得个悲欢,相为倚伏,不得流而忘返。

却说秦叔宝见了李靖,忙赶回下处。这班朋友,用过了酒饭,只等叔宝回来,才算还了店帐。见叔宝来了,众人齐声道:"兄长怎么不带我们进城去?"叔宝道:"五鼓进城,干甚么事?如今正好进城耍子。"王伯当问起李玄邃,叔宝道:"所赍礼物,恰好拨在玄邃记室厅收。但彼事冗,不及细谈,闻知兄长在此,托弟多多致意。"因对众人道:"我们如今收拾进城去罢。"

于是众豪杰多上马,共七骑马,三十多人,别了陶翁,离了店门。伯当在马上,回头笑将起来道:"秦大哥,丑都是我们这些朋友装尽了。"叔宝道:"怎么?"伯当指众人道:"我们七个,骑在七匹马上,背后二十余人,背负包裹,如今进城,只得穿城走过去,行长路的到北方转来。人就说了,这些人路也认不得,错了路回来了。如今我们进城,却要在街道市井热闹去处,酒肆茶坊,取乐顽耍,带这些人,可像个模样?"叔宝此时又想:"李药师的言语,不可全信,也不可不信。如今进城,倘有些不美的事务,跨上马就走了。若依伯当,他只要步行顽耍,恐有不便,怎处?"伯当与叔宝,只管争这骑马不骑马的话,李如珪道:"二兄不要相争,莫若依我小弟。马只骑到城门口就罢了,这许多手下人,带他进城,管甚么事?就城门外边,寻个小下处,把这些行李，都安顿在店。马卸了鞍鞯，牵在城河饮水，众人轮流吃饭。柴郡马两员家将甚有规矩，叫他带了毡包拜匣，并金银钱钞，跟进城去，以供杖头之用。其外面手下，到黄昏时候，将马紧辔整鞍，等候我们出城。"众朋友齐道："说得有理。"

说话之间，已到城门口。叔宝吩咐两名健步："我比众老爷不同，有公务在身。把回书与回批，可用毡袋随身带了，这都是性命相关的事。黄昏时候，我的马却要多加一条肚带，小心牢记。"叔宝同诸友，各带随身暗器，领两员家将进城。

那六街三市勋卫宰臣，黎民百姓，奉天子之命，与民同乐。家家结彩，户户铺毡，收拾灯棚。这班豪杰，都看到司马门来，却是宇文述的衙门，那扎彩匠扎缚灯楼。他却是个兵部尚书府，照墙后有个射圃，天下武职官的升袭比试弓马的去处，又叫做小教场。怎么有许多人喝彩？乃是圆情的抛声。谁人敢在兵部射圃圆情？就是宇文述的公子宇文惠及。宇文述有四子：长曰化及，官拜治书侍御史；次曰士及，尚晋阳公主，官拜驸马都尉；三曰智及，将作少监；惠及是他最小儿子，倚着门荫，少不得做了官。目不识丁，胸无点墨，穿了绫锦，吃了珍馐，随从的无非是一干游食游手、谗谄面谀的光棍，帮闲他使酒渔色顽耍游荡。这圆情一节，不曾踢得一两脚，就赞他在行，他也自说在行，是以行天下圆情的把持，打听得长安赏灯，都赶到长安来，在宇文公子门下。公子把父亲的射圃讨了，改做个球场。正月初一，踢到这灯节下来，把月台上用五彩装花缎匹，搭起漫天帐来，遮了日色，正面结五彩球门，书"官球台"三字。公子上坐，左右坐二个美人，是长安城平康巷聘来的。因圆情无出其右，绰号金凤舞、彩霞飞。月台东西两旁，扎两座小牌楼。天下的这些圆情把持，两个一伙，吊顶行头，辅行头，雁翅排于左右，不下二百多人。射圃上有一二十处抛场，有一处两根单柱，颗扎起一座小牌楼来。牌楼上扎个圈儿，有斗来大，号为彩门。江湖上的豪杰朋友，不拘锁腰、单枪、对拐、肩妆、杂踢，踢过彩门，公子月台上就送彩缎一匹、银花一封、银牌一面。凭那人有多少谢意，都是这两个圆情的得了。也有踢过彩门，赢了彩门银花去的；也有踢不过，贻笑于人的。正是：

　　　材在骨中踢不去，俏从胎里带将来。

　　却说叔宝同众友，捱挤到这个热闹的所在，又想起李药师的话来，对伯当道："凡事不要与人争竞，以忍耐为先。必要忍到不能忍处，才为好汉。"王伯当与柴嗣昌，听了叔宝言语，一个个收敛形迹。只是齐国远、李如珪两个粗人，旧态复萌，以膂力方刚，把些人都挨倒，挤将进去，看圆情顽耍。李如珪出自富家，还晓得圆情。这齐国远自幼落草，惟风高放火，月黑杀人，他那里晓得甚么圆情顽耍的事？看着人圆情，大睁着两眼，连行头也不认得，对李如珪附耳道："李贤弟，圆骨碌的东西，叫做甚么？"如珪戏答道："叫做皮包铅，按八卦之数，灌六十四斤冷铅造就。"国远道："三个人的力也大着呢，把脚略抬一抬，就踢那么样高。踢过圈儿，就赢一匹缎彩、一对银花，我可踢得动么？"

　　这些话不过二人附耳低言，却被那圆情的听得，捧行头下来道："那位爷请行头？"李如珪拍齐国远肩背道："这位爷要逢场作戏。"圆情近前道："请老爷过论，小弟丢头，伙家张泛伏侍你老人家。"齐国远了忙，暗想："我只是尽力踢就罢了。"那个丢头的伙家，弄他技艺粗巧，使个悬腿的勾子，拿个燕衔珠出海，送与子弟朦心里来。齐国远见球来，眼花撩乱，又恐怕踢不动，用尽平生气力，赶上前一脚，兀的响一声，把那球踢在青天云里，被风吹不见了。那圆情的见行头不见了，只得上前来，喜孜孜满面春风道："我两小人又不曾有甚么得罪处，老爷怎么取笑，把小人的本钱都费了？"齐国远已自没趣，要动手撒野。李如珪见事不谐，只得来解围道："他们这些六艺中朋友，也不知有多少见过。刚才来圆情，你也该问一声：'老爷高姓贵处那里？荣任何所？'今日在京都相会，他日相逢，就是故人了。怪你两个没有情理，故把你行头踢掉了，我这里赏你罢。"就在袖里取出五两银子，赏了圆情的，拉着国远道："和你吃酒去罢。"分开众人，齐往外去，见秦叔宝兄弟三人，从外进来，领两员家将，好好央人开路，人再不肯让路。只见纷纷的人都跌倒了，原来是齐国远、李如珪，挤将出来。

　　叔宝看见道："二位贤弟那里去？还同我们进去耍子。"却又一同裹将进来。这四个人却都是会踢球的。叔宝虽是一身武艺，圆情是最有勋节的。王伯当却是弃隋的名公，博艺皆精，只是让柴郡马青年飘逸，推他上来。柴绍道："小弟不敢。还是诸兄内那一位上去，小弟过论。"叔宝道："圆情虽会，未免有粗鄙之态。此间乃十目所视的去处，郡马斯文，全无渗漏。"

　　柴嗣昌少年乐于顽耍，接口道："小弟放肆，容日陪罪罢。"那该伏侍的两个圆情捧行头上来："那位相公，请行头。"郡马道："二位把持，公子旁边两个美女，可会圆情？"圆情的道："是公子平康巷聘来的，惯会圆情，绰号金凤舞、彩霞飞。"郡马道："我欲相攀，不知可否？"圆情的道："只是要相公破格的搭合。"郡马道："我也不惜缠头之赠，烦二位爷通禀一声，尽今朝一日之欢，我也重重的挂落。"圆情的道："原来是个中的相公。"上月台来禀少爷："江湖上有一位豪杰的相公，要请二位美人见行头。"公子却也只是要顽耍，吩咐两个美人好好下去，后边随着四个丫环，捧两轴五彩行头，下月台来与柴郡马相见施礼。各依方位站下，却起那五彩行头。公子也离了座位，立到牌楼下来观论。那座下各处抛场子弟，把持行头，尽来看美人圆情。柴郡马却拿出平生博艺的手段，用肩装杂踢，从彩门里就如穿梭一船，踢将过去。月台上家将，把彩缎银花抛将下来。跟随二人，往毡包里，只管收起。齐国远喜得手舞足蹈："郡马不要住脚，踢到晚才好！"那两个美人卖弄精神：

> 这个飘扬翠袖，那个摇拽湘裙。飘扬翠袖，轻笼玉手纤纤；摇拽湘裙，半露金莲窄窄。这个丢头过论有高低，那个张泛送来真又稳。踢个明珠上佛头，实踢埋尖拐；接来倒膝弄轻佻，错认多摇摆。踢到眉心处，千人齐喝采。汗流粉面湿罗衫，兴尽情疏方叫海。

后人有诗赞道：

> 美女当场簇绣团，仙风吹下两婵娟。汗流粉面花含露，尘染蛾眉柳带烟。

> 翠袖低垂笼玉笋，湘裙斜曳露金莲。几回踢罢娇无力，云鬟蓬松宝髻偏。

此时踢罢行头，叔宝取白银二十两、彩缎四匹，搭合两位圆情的美女；金扇二柄，白银五两，谢两个监论圆情的朋友。此时公子也待打发圆情的美女，各归院落，自家要往街市闲游了。

叔宝一班，别了公子，出打球场，上了蓝轿，只见街坊上灯烛辉煌。正是：

> 四围玛瑙城，五色琉璃洞。千寻云母塔，万座水晶宫。珠缨密密，锦绣重重。影晃得乾坤动，光摇得世界红。半空中火树花开，平地上金莲瓣涌。活泼泼神鳌出海，舞飘飘彩凤腾空。更兼天时地利相扶从。笑翻娇艳，走困儿童。彩楼中，词括尽万古风流；画桥边，谜打破千人懵懂。碧天外，灯照彻四海玲珑。花容女容，灯光月色，争明莹。车马迎，笙歌送，端的彻夜连宵兴不穷。管甚么漏尽铜壶，太平年岁，元宵佳节，乐与民同。

叔宝盼咐找熟路看灯，就到司马门前来，看灯棚多齐备了。那个灯楼不过一时光景，也只是芦棚席殿搭在霄汉之间，下边却有彩缎装成那些富贵，居中挂这一盏麒麟灯。麒麟灯上，挂着四个金字扁，写着"万兽齐朝"。牌楼上一对灯联，左首一句：周祚呈祥，贤圣降凡邦有道；右首一句：隋朝献瑞，仁君治世寿无疆。麒麟灯下，有各样兽灯围绕：

> 獬豸灯，张牙舞爪。狮子灯，睁眼团毛。白泽灯，光辉灿烂。青熊灯，形相蹊跷。猛虎灯，虚张声势。锦豹灯，活像咆哮。老鼠灯，偷瓜抱蔓。山猴灯，上树摘桃。骆驼灯，不堪载辇。白象灯，俨似随朝。麋鹿灯，衔花朵朵。狡兔灯，带草飘飘。走马灯，跃力驰骋。斗羊灯，随势低高。

各色兽灯，无不备具，不能尽数。有两个古人，骑两盏兽灯：左首是梓潼帝君骑白骡灯，下临凡世；右首是玉清老子跨青牛灯，西出阳关。有诗四句：

兽灯无数彩光摇，整整齐齐下复高。麒麟乃是毛虫长，故引千群猛兽朝。

众人看了麒麟灯，过兵部衙门，跟了叔宝，奔杨越公府中而来。这些宰臣勋卫在于门首，搭起个过街灯楼。那百姓人家，也搭个小灯棚儿。设天子牌位，点烛焚香，如同白昼。不移时已到越公门首。那灯楼挂的是一碗凤凰灯，上面牌匾四个金字：天朝仪凤。牌楼上一对金字联：

凤翅展南山天下咸欣兆瑞；龙髯扬北海人间尽得沾恩。

凤凰灯下，有各色鸟灯悬挂：

仙鹤灯，身栖松柏。锦鸡灯，毛映云霞。黄鹂灯，欲鸣翠柳。孔雀灯，回看丹花。野鸭灯，口衔苻藻。宾鸿灯，足带芦葭。鹈鸪灯，似来桑柘。鹨鹨灯，隐卧汀沙。鹭鸶灯，窥鱼有势。鹞鹰灯，扑兔堪夸。鹦鹉灯，骂杀俗鸟。喜鹊灯，占尽鸣鸦。鹈鹈灯，缠绵倩主。鸳鸯灯，欢喜冤家。

各色鸟灯，无不俱备，也不能尽数。左右有两个古人，乘两碗鸟灯。因越公寿诞，左手是西池王母，乘青鸾瑶池赴宴；右手是南极寿星，跨白鹤海屋添筹。有诗四句：

鸟灯千万集鳌山，生动浑如试羽还。因有羽王高伫立，纷纷群鸟尽随班。

众朋友看了越公杨府门首凤凰灯，已是初鼓了，却奔东长安门来。那齐国远自幼落草，不曾到得帝都。今日又是个上元佳节，灯明月灿，锣鼓喧天；他也没有一句好话对朋友讲，扭捏这个粗笨身子，在人丛中捱来挤去，欢喜得紧，只是头摇眼转，乱叫乱跳，按捺他不住。

叔宝道："我们进长安门，穿皇城，看看内里灯去。"到五凤楼前，人烟挤塞的紧。那五凤楼前，却设一座御灯楼。有两个大太监，都坐在银花交椅上，左手是司礼监裴寂，右手是内检点宗庆，带五百净军，都穿着团花锦袄，每人执齐眉红棍，把守着御灯楼。这座灯楼却不是纸绢颜料扎缚的，都是海外异香，宫中宝顽，砌就这一座灯楼，却又叫做御灯楼。上面悬一面牌匾，径寸宝珠，穿就四个字道"光照天下"。玉嵌金镶的一对联句道：

三千世界笙歌里，十二都城锦绣中。

御灯景致，大是不同。王伯当、柴嗣昌、齐国远、李如珪一班人看了御灯楼，东奔西走，时聚时散，或在茶坊，或在酒肆，或在戏馆，那里思量回寓？叔宝屡次催他们出城，只是不听。未知后事如何，且听下文分解。

第十八回
王婉儿观灯起衅　宇文子贪色亡身

诗曰：

　　自是英雄胆智奇，捐躯何必为自知？秦庭欲碎荆卿首，韩市曾横聂政尸。

　　气断香魂寒粉骨，剑飞霜雪绝妖魈。为君扫尽不平事，肯学长安轻薄儿？

夫天下尽多无益之事，尽多不平之事。无益之事不过是游顽戏耍，不平之事，一时奋怒，拔刀相向。要晓得不平之气，常从无益里边寻出来。世人看了，眼珠中火生，听了心胸中怒发。这不平之气，个个有的。若没个济弱锄强的手段，也只干着恼一番。若逞着一勇到底，制服他不来，反惹出祸患，也不是英雄知彼知己的伎俩。果是英雄，凭着自己本领，怕甚王孙公子，又怕甚后拥前遮？小试着百万军中，取上将头的光景，怕不似斩狐击兔，除却一时大憨，却也是作淫恶的无不报之理。所谓：

　　祸淫原是天心，惟向英雄假手。

且说那些长安的妇人，生在富贵之家，衣丰食足，外面景致，也不大动他心里。偏是小户人家，巴巴急急，过了一年，又喜遇着个闲月，见外边满街灯火，连陌笙歌。时人有诗，以道灯月交辉之盛：

　　月正圆时灯正新，满城灯月白如银。团团月下灯千盏，灼灼灯中月一轮。

　　月下看灯灯富贵，灯前赏月月精神。今宵月色灯光内，尽是观灯顽月人。

其时若老若少，若男若女，往来游顽；凭你极老诚、极贞节的妇女，不由心神荡漾，一双脚头，只管要妆扮的出来。走桥步月，张家妹子搭了李店姨婆，赵氏亲娘约了钱铺妈妈，嘻嘻哈哈，按捺不住，做出许多风流波俏。惹得长安城中王孙公子、游侠少年，丢眉做眼，轻嘴薄舌的，都在灯市里穿来插去，寻香哄气，追踪觅影，调情绰趣，何尝真心看灯？

因这走桥步月，惹出一段事来。有一个孀居的王老妪，领了一个十八岁老大的女儿，小名婉儿，一时高兴也出去看起灯来。你道那王老娘的女儿，生得如何？

  腰似三春杨柳，脸如二月桃花。冰肌玉骨占精华，况在灯前月下？

母女二人，留着小厮看了家，走出大街看灯。走出大门，便有一班游荡子弟，跟随在后，挨上闪下，瞧着婉儿。一到大街，蜂攒蚁拥，身不由己。不但婉儿惊慌，连老娘也着忙得没法。

  正在那里懊悔出来看这灯，不料宇文公子的门下游棍，在外寻绰，飞去报知公子。公子闻了美女在前，急忙追上。见了婉儿容貌，魂消魄散。见止有老妇同走，越道可欺，便去挨肩擦背，调戏他。婉儿吓得只是不做声，走避无路。那王老妪不认得宇文公子，看到不堪处，只得发起话来。宇文惠及趁此势头，便假发起怒来道："老妇人这等无礼，敢挺撞我，锁他回去！"说得一声，众家人齐声答应，轰的一阵，把母女拥到府门。老妪与婉儿吓得冷汗淋身，叫喊不出，就似云雾里推去的，雷电里提去的一般，都麻木了。就是街市上，也有旁观的，那个不晓得宇文公子，敢来拦挡劝解？

  到得府门，王老妪是用他不着的，将来羁住门房里。止将婉儿撮过几座厅堂，到书房中方才住脚。宇文惠及早已来到，家人都退出房外，只剩几个丫环。宇文惠及免不得近前亲热一番。那婉儿却没好气头，便向脸上撞来，手便向面上打来。延推了一会，恼了公子性儿，叫丫环打了一顿，锁禁房内。见外边有人进来密报道："那老妇人在府门外要死要活，怎生发付他去？"公子道："不信有这样撒泼的，待我自家出去。"公子走出府门，问老妪何故的这般撒泼。老妪见公子出来，更添叫喊，搥胸跌足，呼天拍地，要讨女儿。公子道："你的女儿，我已用了，你好好及早回去吧，不消在此候打。"老妪道："不要说打，就杀我也说不得，决要还我女儿。我老身孀居，便生这个女儿。已许人家，尚未出嫁，母女相依，性命攸关。若不放还，今夜就死在这里。"公子说："若是这等说起来，我这门首死不得许多哩。"叫手下撵他出去。众家人推的推，扯的扯，打的打，把王老妪直打出了巷口栅栏门，再不放进去了。宇文公子此时意兴未阑，又带了一二百狠汉，街上闲撞。时已二鼓。也是宇文公子淫恶贯盈，合当打死，又出来寻事。大凡一饮一啄，莫非前定，况生死大数，也逃不得天意。正是：

  祸福本无门，惟人乃自召。塞翁曾有言，彼苍焉可料？

  却说叔宝一班豪杰，遍处顽耍，见百官下马牌旁，有几百人围绕喧嚷。众豪杰分开众人观看，却是个老妇人，白发蓬松，匍匐在地，放声大哭。伯当问旁边的人："这个老妇人，为何在街坊上哭？"看的人答道："列位，你不要管他这件事。这老妇人不知世务，一个女儿，受了人的聘礼，还不曾出嫁，带了街上看灯，却撞见宇文公子抢了去。"叔宝道："是那个宇文公子？"那人道："就是兵部尚书宇文述老爷的公子。"叔宝道："可就是射囿圆情的？"

众人答道:"就是他。"这个时候,叔宝把李药师之言,丢在爪哇国里去了。这些都是专抱不平的人,听见说话,一个个都恶气填胸,双眸爆火,叫那老妇人:"你姓甚么?"老妪道:"老身姓王,住在宇文公子府后。"齐国远道:"你且回去。那个宇文公子在射圃踢毬;我们赢他彩缎银花有数十余匹在此,寻着公子,赎你女儿来还你。"老妇叩首四拜,哭回家去。

叔宝问两边的人:"那公子抢他的女儿,果有此事么?"众人道:"不是今日才抢,十二日就抢起。长安的世俗,元宵赏灯,百姓人家的妇女,都出来走桥踏月,院中看灯,公子拣好的就抢回家去。有乖巧会奉承的,次日或叫父母丈夫进府去,赏些银钱就罢了。有那不会说话的,冲撞了公子,打死了丢在夹墙里,没人敢与他索命。十三、十四两日,又抢了几个,今晚轮着这个老妇人的女儿。"始初时,叔宝还有输彩缎银花赎还他的意思,到后听见这些话,都动了打的念头,逢人就问宇文公子。众人道:"列位是外京衣冠,与此不同。倘遇公子,言语对答不来,公子性气不好,恐怕伤了列位。"叔宝道:"不知他怎样一个行头?问了,我们好回避。"众人道:"宇文公子么,他有一所私院的房屋,畜养许多亡命之徒,都是不怕冷热的人。这样时候,都脱得赤条条的。每人掌一条齐眉短棍,有一二百个在前边开路,后边是会武艺的家将,真枪真刀,摆着社火。公子骑马,马前青衣大帽,摆着五六对,都执着纱灯提炉,面前摆队。长安城里,这些勋卫府中的家将,扮的甚么社火,遇见公子,当街舞来,舞得好像射圃圆情的赏花红;若舞得不好的,一顿棍打散了。"叔宝道:"多谢列位了。"在那西长安门外御道上,寻宇文公子。

三更时候,月明如昼。正在找寻间,见宇文公子到了。果然短棍有几百条,如狼牙相似。公子穿了艳服,坐在马上,后边簇拥家丁。自古道:不是冤家不对头。众人躲在街旁,正要寻他的事,刚才到他面前,就站住了,对公子报道:"夏国公窦爷府中家将,有社火来参。"公子问:"甚么故事?"答道:"是虎牢关三战吕布。"舞罢,公子道好,众人讨赏。公子才打发这伙人去,叔宝衣服都抓扎停当了,高叫道:"还有社火哩!"五个豪杰,隔人头窜将进来,道:"我们是五马破曹。"公子识货,暗疑这班人却不是跳鬼身法。秦叔宝是两根金装锏,王伯当是两口宝剑,柴嗣昌是一口宝剑,齐国远是两柄金锤，李如珪是一条平磨竹节钢鞭。那鞭锏相撞，叮啮哗喇之声，如火星爆烈，只管舞。街道虽是宽阔，众豪杰却展不开。手执兵器又沉重，舞到人面上，寒气逼人，两边人家门口，都站不住了，挤到两头去。

齐国远心中暗想道："此时打死他不难，难是看的人阻住去路，不得脱身。除非这灯棚上放起火来，这百姓们要救火，就不得拦我弟兄。"便往屋上一撺。公子只道有这么一个家数，五个人正舞，一个要从上边舞将下来，却不知道他放火。秦叔宝见灯棚上火起，料止不得这件事了，用身法纵一个虎跳，跳于马前，举锏照公子头上就打。那公子坐在马上，仰着身躯，是不防备的；况且叔宝六十四斤重金装锏，打在头上，连马都打矬了，撞将下来。手下众将看道："不好了，打死了公子了！"各举枪刀棒棍，向叔宝打来。叔宝轮金装锏，招架众人，齐国远从灯棚上跳将下来，轮动金锤。这些豪杰，一个个：

　　心头火起，口角雷鸣。猛兽身躯，直冲横撞。打得前奔后涌，杀得东倒西至。风流才子堕冠簪，蓬头乱撺，美貌佳人褪罗袜，跣足忙奔。尸骸堆积平街，血水遍流满地。正是威势踏翻白玉殿，喊声震动紫金城。

这些豪杰，在人丛中打开一条血路，向大街奔明德门而来。

已是三更以后。城门外却有二十二人，黄昏时吃过晚饭，上过马料，鞴了鞍辔，带在那宽阔街道口，等候主人。他们也分做两班，着一半人看了马匹，一半人进城门口街道上，看一回灯，换这看马的进去。到三更时候，换了几次，复进城看灯。只见黎民百姓，蓬头跣足，露体赤身，满面汗流，身带重伤，口中叫喊快走。那看灯几个喽罗，听这个话，慌慌忙忙的，奔出城来道："列位，想是我们老爷，在城里惹出祸来，打死甚么宇文公子。你们着几个看马，着几个有膂力的，同我去把城门拦住，不要叫守门官把门关了；若放他关了，我们主人，就不得出城了。"众人道："说得有理。"十数个大汉，到城门口，几个故意要进城，几个故意要出城，互相扯扯，就打将起来，把这看门的军人，都推倒了鬼混。此时巡街的金吾将军与京兆府尹，听得打死了宇文公子，怕走了人，飞马传令来关门。如何关得住？众豪杰恰好打到城门口，见城门不闭，都有生路了，便招出门夺门。喽罗灯月下见了主人，也一哄而出。见路旁自己的马，飞身骑上，顿开缰辔：

　　触碎青丝网，走了锦鳞蛟。冲破漫天套，高飞玉爪雕。

七骑马，带了一干人，齐奔潼关道。至永福寺前，柴郡马要留叔宝在寺，候唐公回书。叔宝道："恐有人物色不便。"还嘱咐寺中，把报德祠速速毁了，那两根泥锏不要露在人眼中。举手作别，马走如飞。

将近少华山，叔宝在马上对伯当道："来年九月二十三日，是家母的整寿六十，贤弟可来光顾光顾？"伯当与李如珪、齐国远道："小弟辈自然都来。"叔宝也不肯进那山，两下分手，自回齐州不题。

却说城门口留门去，才得关门，正所谓贼去关门。那街坊就是尸山血海一般，黎民百姓的房屋，烧毁不知其数。此时宇文述府中，因天子赐灯，却就有赐的御宴。大堂开宴，凤烛高烧，阶下奏乐，一门权贵，享天子洪恩。饮酒之间，府门外如潮水一般，涓涓不断，许多人拥将进来，口称祸事。宇文述着忙，离宴下滴水檐来，摇着手叫众人不要乱叫。有几个本府家将来禀道："小爷在西长安门外看灯，遇响马舞社火为由，伤了小爷性命。"宇文述最溺爱此子，闻知死于非命，五内皆裂，道："吾儿与响马何仇，被他打死？"这些家将，不敢言纵公子为恶。众家将俱用谎言遮盖道："小爷因酒后与王氏女子作戏顽耍，他那老妇哭诉于响马。响马就行凶，把小爷伤了性命。"宇文述问："那老妇与女子何在？"答道："老妇不知去向，女子现在府中。"宇文述大怒道："快拿这个贱人，与我拖出仪门，一顿乱棒打死了罢！"又命家将各人带刀斧，查看那妇人家，还有几口家属，尽行杀戮。将住居房屋，尽行拆毁，放火焚烧。众人得令，便把此女拖将出来打死了，丢在夹墙里去。老妇家口，都已杀尽。正是：

说甚倾城丽色，却是亡家祸胎。

那宇文述犹恨恨不已，叫本府善丹青的来，问在市上拒敌的家将，把打死公子的强人面貌衣装，一一报来，要画图形，差人捱拿。众人先报道："这人有一丈身躯，二十多年纪，青素衣服，舞双锏。"一说到双锏，旁边便惹动了一人，是宇文述的家丁，东宫护卫头目，忙跪下道："老爷，若说这人使双锏的，这人好查了。小的当日仁寿元年，奉爷将令，在楂树岗打那李爷时，撞着这人来，当时也吃了他亏，不曾害得李爷。"宇文述道："这等，是李渊知我当日要害他，故着此人来报仇了。"此时宇文述的三子俱在面前。化及忙道："这不消讲，明日只题本问李渊讨命。"智及也骂李渊，要报杀弟之仇。只有宇文士及，他平昔知些理，道："这也不然。天下人面庞相似的多，会舞锏的也多。若使李渊要报怨，岂在今日？且强人不曾拿着，也没证据，便是楂树岗见来，可对人讲得的么？也只从容察访罢！"宇文述听了，也便执不定是唐公家丁。到了次日，也只说得是不知姓名人，将他儿子打死，烧毁民房，杀伤人口，速行缉捕。不知事体如何，且听下回分解。

第十九回

恣蒸淫赐盒结同心　逞弑逆扶王升御座

诗曰：

　　荣华富贵马头尘，怪是痴儿苦认真。情染红颜忘却父，心膻黄屋不知亲。

　　仙都梦逐湘云冷，仁寿冤成鬼火燐。一十三年瞬息事，顿教遗笑历千春。

世间最坏事，是酒色财气四种。酒，人笑是酒徒；财，人道是贪夫；只有色与气，人道是风流节侠，不知个中都有祸机。就如叔宝一时之愤，难道不说是英雄义气？若想到打死得一个宇文惠及，却害了婉儿一家；更使杀不出都城，不又害了己身，设使身死异乡，妻母何所依托？这气争的甚么？至于女色，一时兴起，不顾名分，中间惹出祸来，难免得一时丧身失位，弄到骑虎之势，把悖逆之事都做了遗臭千年，也终不免国破身亡之祸，也只是一着之错。

　　且不说叔宝今归家之事。再说太子杨广，他既谋了哥哥杨勇东宫之位，又逼去了一个李渊，还怕得一个母亲独孤娘娘。不料册立东宫之后，皇后随即崩了，把平日妆饰的那一段不好奢侈、不近女色的光景，都按捺不住。况且隋文帝，也亏得独孤皇后身死，没人拘束，宠幸了宣华陈夫人、容华蔡夫人，把朝政渐渐丢与太子，所以越得像意了。到仁寿四年，文帝已在六旬之外了，禁不得这两把斧头，虽然快乐，毕竟损耗精神；勉强支撑，终是将晓的月光，半晞的露水，那禁得十分熬炼？四月间已成病了。因令杨素营建仁寿宫，却不在长安大内。在仁寿宫养病，到七月病势渐重。尚书左仆射杨素，他是勋臣；礼部尚书柳述，他是驸马；还有黄门侍郎元岩，是近臣。三个人宿阁中。太子广，宿于大宝寝宫中，常入宫门候安。

　　一日清晨入宫，恰好宣华夫人在那里调药与文帝吃。太子看见宣华，慌忙下拜。夫人回避不及，只得答拜。拜罢，夫人依旧将药调了，拿到龙床边，奉与文帝不题。却说太子当初要谋东宫，求宣华在文帝面前帮衬，曾送他金珠宝贝。宣华虽曾收受，但两边从未曾见面。到这时同在宫中侍疾，便也不相避忌。又陈夫人举止风流，态度娴雅，正是：

　　　　肌如玉琢还输腻，色似花妖更让妍。语处莺声娇欲滴，行来弱柳影蹁跹。

况他是金枝玉叶，锦绣丛中生长，说不尽他的风致。太子见了，早已魂消魄散，如何禁得住一腔欲火？立在旁边，不转珠的偷眼细看。但在父皇之前，终不敢放肆。

不期一日又问疾入宫，远远望见一丽人，独自缓步雍容而来，不带一个宫女。太子举头一看，却是陈夫人。他是要更衣出宫，故此不带一人。太子喜得心花大开，暗想道："机会在此矣！"当时吩咐从人："且莫随来！"自己尾后，随人更衣处。那陈夫人看见太子来，吃了一惊，道："太子至此何为？"太子笑道："也来随便。"陈夫人觉太子轻薄，转身待走，太子一把扯住道："夫人，我终日在御榻前与夫人相对，虽是神情飞越，却似隔着万水千山。今幸得便，望夫人赐我片刻之间，慰我平生之愿。"夫人道："太子，我已托体圣上，名分攸关，岂可如此？"太子道："夫人如何这般认真？人生行乐耳，有甚么名分不名分。此时真一刻千金之会也。"夫人道："这断不可。"极力推拒，太子如何肯放，笑道："大凡识时务者，呼为俊杰。夫人不见父皇的光景么，如何尚自执迷？恐今日不肯做人情，到明日便做人情时，却迟了。"口里说着，眼睛里看着，脸儿笑着，将身子只管挨将上来。夫人体弱力微，太子是男人力大，正在不可解脱之时，只听得宫中一片传呼道："圣上宣陈夫人！"此时太子知道留他不住，只得放手道："不敢相强，且待后期。"夫人喜得脱身，早已衣衫皆皱，神色惊惶。太子只得出宫去了。

陈夫人稍俟喘息宁定，入宫，知是文帝朦胧睡醒，从他索药饵，不敢迟延，只得忙忙走进宫来。不期头上一股金钗，被帘钩抓下，刚落在一个金盆上，啕的一声响，将文帝惊醒。开眼看时，只见夫人立在御榻前，有慌张的模样。文帝问道："你为何这等惊慌？"夫人着了忙，一时答应不出，只得低了头去拾金钗。文帝又问道："朕问你，为何不答应？"夫人没奈何，只得乱应道："没，没有惊慌。"文帝见夫人光景奇怪，仔细一看，只见夫人满脸上的红晕，尚自未消，鼻中有嘘嘘喘息，又且鬓松发乱，大有可疑，便惊问："你为何这般光景？"夫人道："我没，没有甚么光景。"文帝道："我看你举止异常，必有隐昧之事；若不直言，当赐

尔死。"夫人见文帝大怒，只得跪下说道："太子无礼。"文帝听了这句，不觉怒气填胸，把手在御榻上敲了两下，道："畜生何足付大事？独孤误我！独孤误我！快宣柳述与元岩到宫来。"

太子也怕这事有些决撒，也自在宫门首窃听。听得叫宣柳述、元岩，不宣杨素，知道光景不妥，急奔来寻张衡、宇文述一干，计议这一件事。一班从龙之臣，都聚在一处。见太子来得慌忙，众臣问起缘故，宇文述道："这好事也只在早晚间了，只这事甚急。只是柳述这厮，他倚着尚了兰陵公主，他是一个重臣，与臣等不相下，断不肯为太子周旋，如何是好？"张衡道："如今只有一条急计，不是太子，就是圣上。"

正说时，只见杨素慌张走来道："殿下不知怎忤了圣上？如今圣上叫柳、元两臣进宫，叫作速撰敕，召前日废的太子；只待敕完，用宝赍往长安。他若来时，我们都是仇家，如何是好？"太子道："张庶子已定了一计。"张衡便向杨素耳边说了几句。杨素道："也不得不如此了。这就是张庶子去做，只怕柳述、元岩去取了废太子来，又是一番事。这就烦宇文先生，太子这边就假一道旨意，说他二人乘上弥留，不能将顺，妄思拥戴。将他下了大理寺狱，再传旨说宿卫兵士勤劳，暂时放散。就着郭衍带领东宫兵士，把守各处宫门，不许外边人出入，也不许宫中人出入，泄漏宫省事务。还再得一个人往长安，害却旧太子，绝了人望。"想一想："有了，我兄弟杨约，他自伊州来此，便差他干了这一功。"张衡又道："我是个书生，恐不能了事，还是杨仆射老手坚膊。"太子道："张庶子不必推辞，有福同享。我还着几个有胆力内侍，随你去。"杨素与太子在太宝殿，宇文述就带下几个旗校，赶到路上，去把柳尚书、元侍郎两人绑缚，赴大理寺去了，回来复命。郭衍已将卫士处处更换，都是东宫旗校，分头把守。

此时文帝半睡不睡的，问："柳述曾写完诏了么？"陈夫人道："还未见进呈。"文帝道："诏完即便用宝，着柳述马上飞递去。"还是气愤愤不息的。只见外边报太子差庶子张衡侍疾，也不候旨，带了二十余内监，闯入宫来，吩咐入直的内侍道："东宫爷有旨意：你们连日伏侍辛苦，着我带这些内监，更替你等，连榻前这些宫女，皇爷前自有带来内侍供应，你等也暂去休息，要用来宣你。"苦是这些穿宫宫娄，因在宫中承应日久，也巴不得偷闲，听得一声吩咐，一哄的出去。只有陈夫人、蔡夫人两个，紧紧站在榻前。张衡走到榻前，见文帝昏昏沉沉的，他头也不叩一个，也没一些好气的，对着两个夫人道："二位夫人，暂且回避儿。"陈夫人道："怕圣上不时宣唤。"张衡道："有我在此，夫人且请少退一步，让皇上静养。"这两位夫人眼泪流离，没些主张，只得暂且离宫，向阁子里坐地。宫中人俱是带来内侍看守定了，不放人来宫。两个夫人放心不下，只得差宫娥在门外打听。

没有一个时辰，那张衡洋洋的走将出来，道："这干呆妮子，皇上已自宾天了。适才还是这等围绕着，不报太子知道。"又吩咐各阁子内嫔妃，不得哭泣。待启过太子，举哀发丧。这些宫主嫔妃，都猜疑。惟有陈夫人他心中鹘突的道："这分明是太子怕圣上害他，所以先下手为强。但衅由我起，他忍于害父，难道不忍于害我？与其遭他毒手，倒不如先寻一个自尽。圣上为我亡，我为圣上死，却也该应。"只是决断不下。

　　　　轻盈不让赵飞燕，侠烈还输虞美人。

　　这壁厢太子与杨素，是热锅上蚂蚁，盼不到一个消息。却说张衡忙忙的走来道："恭喜大事了毕，只是太子的心上人，恐怕也要从亡。"太子见说，一时变喜为愁，忙将前日与杨素预定下的帖子来递与杨素，道："这些事一发仆射与庶子替我料理罢，我自有事去了。"杨素见说，忙传令旨。令那伊州刺史杨约，长安公干完，不必至大寿宫复旨，竟署京兆尹，弹压京畿。梁公萧矩，乃萧妃之弟，着他提督京师十门。郭衍署左领卫大将军，管领京营人马。宇文述升左领卫大将军，管领行宫宿卫，及护从车驾人马。驸马宇文士及，管辖京都宫省各门。将作左郎宇文恺，管理梓宫一行等事。大府少卿何稠，管理山陵，黄门侍郎裴矩、内侍郎虞世基，管典丧礼。张衡充礼部尚书，管即位仪注。

　　不说这厢众人忙做一团，只说太子见张衡说了，着了急，忙叫左右取出一个黄金小盒，悄悄拿了一件物事，放在里面，外面用纸条紧紧封了。又于合口处，将御笔就署一个花押，即差一个内侍，赐与陈夫人，叫他亲手自开。内侍领旨，忙到后宫来。

　　却说夫人自被张衡逼还后宫，随即驾崩，心下十分忧疑，哭泣得寝食俱废。只见一个内侍，双手捧了一个金盒子，走进宫来，对夫人说道："新皇爷钦赐娘娘一物，藏于盒内。叫奴婢拿来，请娘娘开取。"随将金盒放在桌上。夫人见了，心下有几分疑惧，不敢开封，因问内侍道："内中莫非鸩毒？"内侍答道："此乃皇爷亲手自封，奴婢如何得知？娘娘开看，便知端的。"夫人见内侍推说不知，一发认真是毒药；忽一阵心酸，扑簌簌泪如泉涌，因放声大哭道："妾自国亡被掳，已拚老死掖庭。得蒙先帝宠幸，道是今生之福。谁知红颜命薄，转是一场大祸；倒不如沦落长门，还得保全性命。"一头说，一头哭，又说道："妾蒙先帝厚恩，今日便从死地下，亦所甘心。早上之事，我但回避，并不曾伤触于他，奈何就突然赐死？"道罢又哭。众宫人都认做毒药，也一齐哭将起来。

　　内侍见大家哭做一团，恐怕做出事来，忙催促道："娘娘哭也无益，请开了盒，奴婢好去复旨。"夫人被催不过，只得恨一声道："何期今日死于非命！"遂拭泪将黄封扯去，把金盒盖轻轻揭开。仔细一看，那里是毒药，却是几个五彩制成同心结子。众宫人看见，一齐欢笑起来，说："娘娘万千之喜，得免死矣。"夫人见非鸩毒，心下安然；又见是同心结子，知太子不能忘情，转又怏怏不乐。也不来取结子，也不谢恩，竟回转身，坐于床上，沉吟不语。内侍催逼道："皇爷等久，奴婢要去回旨，娘娘快谢恩收了。"夫人只是低头不做一声，众宫人劝道："娘娘差了，早间因一时任性，抵触皇爷，致生惶惑。今日皇爷一些不恼，转赐娘娘同心结子，已是百分侥幸，为何还做这般模样？那时惹得皇爷动起怒来，娘娘只怕又要像方才哭了。何不快快谢恩？"左右催促得夫人无奈何，只得叹一口气道："中冓之羞，我知难免。"强起身来把同心结子取出，放在桌上，对着金盒儿拜了几拜，依旧到床上去坐了。内侍见取了结子，便捧着空盒儿去回旨，不题。

陈夫人虽受了结子，心中只是闷闷不乐，坐了一回，便倒身在床上去睡。众宫人不好只管劝他，又恐怕太子驾临，大家悄悄的在宫中收拾。金鼎内烧了些龙涎鹊脑，宝阁中张起那翠幌珠帘。不多时日色西沉，碧天上早涌出一轮明月。只见太子私自带几个宫人，提着一对素纱灯笼，悄悄的来会夫人。宫人看见太子驾到，慌忙跑到床边，报与夫人。夫人因心中懊恼，不觉昏昏睡去；忽被众宫人唤醒，说道："驾到了，快去迎接。"夫人朦朦胧胧，尚不肯就走，早被几个宫人扶的扶，拽的拽，将他挽出宫来迎驾。才走到阶下，太子早已立在殿上。夫人望见，心中又羞又恼，然到了这个地位，怎敢抗拒，俯伏在地，低低呼了一声："万岁！"太子慌忙搀了起来。是夜太子就在夫人阁中歇宿。

七月丁未，文皇晏驾，至甲寅诸事已定。次日杨素辅佐太子衰绖，在梓宫前举哀发丧。群臣诸衰绖，各依班次入临。然后太子吉服，拜告天地祖宗，换冕服即位。群臣都也换了朝服入贺。只是太子将升陛座时，也不知是喜极，也不知是慌极，还不知有愧于心，有所不安，走到座前，不觉精神惶悚了，手足慌忙。那御座又甚高，才跨上只脚，要上去，不期被阶下仪卫静鞭三响，心虚之际，着了一惊，把捉不定，那只脚早塌了下来，几乎跌倒。众宫人连忙上前搀住，就要趁势儿扶他上去。也是天地有灵，鬼神共愤，太子脚才上去，不知不觉，忽然又塌将下来。杨素在殿前，看见光景不雅，只得自走上去。他虽然老迈，终是武将出身，有些力量，分开左右，只一只手，便轻轻的把太子掖上御座；即走下殿来，率领百官，山呼朝拜。正是：

莫言人事宜奸诡，毕竟天心厌不仁。总有十年天子分，也应三被鬼神嗔。

隋主在龙座上坐了半响，神情方才稍定。又见百官朝贺，知无异说，更觉心安。便传旨，一面差官往各王府州镇告哀，又一面差官赍即位诏。诏告中外：以明年为大业元年，荣升从龙各官，在朝文武，各进爵级。犒赏各边镇军士，优礼天下，高年赐与粟帛。其余杨素、宇文述、张衡等升赏，俱不必言。又追封废太子勇为房陵王，掩饰自己害他之迹。此时行宫有杨素等一干夹辅，长安有杨约一干镇压，喜得没有一毫变故。但是人生大伦，莫重君父与兄弟，弑父杀兄，窃这大位，根本都已失了，总使早朝晏罢，勤政恤民，也只个枝叶。若又不免荒淫无道，如何免得天怒人怨，破国亡家？却又不知新主嗣位，做出何等样事来，且听下回分解。

第二十回

皇后假宫娥贪欢博宠　权臣说鬼话阴报身亡

词曰：

　　香径蘼芜满，苏台鹿麇游。清歌妙舞木兰舟，寂寞有寒流。红粉今何在？朱颜不可留。空存明月照芳洲，聚散水中鸥。

调寄《巫山一段云》

　　电光石火，人世颇短，而最是朱颜绿发更短。人生七十中间，颜红鬓绿，能得几时？就是齐东昏侯的步步金莲，陈后主的后庭玉树，也只些时。与那权奸声势，气满贯盈，随你赫赫英雄，一朝命尽，顷刻间竟为乌有，岂不与红粉朱颜，如同一辙？

　　却说炀帝自登宝位，退朝之后，即往宣华宫，恣意交欢，任情取乐，足足半月有余。当初萧后在东宫，原朝夕不离，极相恩爱；今立皇后，并不一幸。萧后初起疑他新丧在身，别宫独处。后来打听，他夜夜在宣华宫里淫荡，不觉大怒道："才做皇帝，便如此淫乱，将来作何底止？"这日恰适炀帝退朝进宫，萧后便扯住嚷道："好个皇帝，才做得几日，便背弃正妻，奸淫父妃。若再做几年，天下妇人，都被你狂淫尽了！"炀帝道："偶然适兴，御妻何须动怒？"萧后道："偶然不偶然，我也不管你，只趁早将他罚入冷宫，不容见面，妾就罢了。若还恋恋不舍，妾传一道懿旨，将这丑形，晓与百官，叫你做人不成。"炀帝着忙道："御妻这般性急，容朕慢慢区处。"萧后道："有甚区处？或舍他不得，妾便叫宫人去凌辱他一场，看他羞也不羞。"炀帝原畏萧后，今见他说话动气，心下愈加着忙，只得起身说道："御妻少说，待朕去与他说明，叫他寻个自便，朕就回宫，与御妻赔罪。"萧后道："讲不讲也由陛下，来不来也由陛下，妾自有处。"

　　其时这些言语，早有宫人报知宣华夫人。夫人听知，不胜悲泣。忽见宫奴报道驾到，宣华只得含着泪，低头迎接。炀帝走近身前来一看宣华夫人，但见他杏脸低垂，泪痕犹湿，说道："刚才朕与皇后争吵，想夫人预知，但朕自有主意。设言皇后有甚意思，朕断不忍为。"宣华道："妾菲菲陋质，昔待罪于先君，今又玷污龙体，自知死有余辜。今求陛下依皇后懿旨，将妾罚入冷宫，白首长门，方为万全。"炀帝叹息道："情之所钟，生死不易。朕与夫人，虽欢娱未久，

恩情如同海深。即使朕与夫人为庶人夫妇,亦所甘心,安忍轻抛割爱?难道夫人心肠倒硬,反忍把朕抛弃?"宣华捧住了炀帝,悲泣道:"妾非心硬,若只管贪恋,不但坏了陛下声名,抑思先帝尉迟之女,恐蹈前辙,倘明日皇后一怒,妾死无地矣,陛下何不为妾早计,欲贻后悔耶?"说到这个地位,炀帝怅叹道:"听夫人之言,似恨我之情太薄,而谅我之情太深也。"便吩咐一个掌朝太临,把外边仙都宫院打扫洁净,迁宣华夫人出去,各项支用,俱着司监照旧支给。二人正在绸缪之际,一旦分离,讲了又讲,说了又说,炀帝十分不忍放手。还是宣华再三苦辞,炀帝方才许行,出宫而去。正是:

　　死别已吞声,生离常恻恻。最苦妇人身,事人以颜色。

　　炀帝自宣华去后,终日如醉如痴,长吁短叹,眼里梦里,茶里饭里,都是宣华。萧后见炀帝情牵意缠,料道禁他不得,便对炀帝道:"妾因要笃夫妇之情,劝陛下遣去宣华,不意陛下如此眷恋,倒把妾认做妒妇,渐渐参商,是妾求亲而反疏也。莫若传旨,将宣华仍诏进宫,朝夕以慰圣怀,妾亦得以分陛下之欢颜,岂不两便?"炀帝笑道:"若果如此,御妻贤德高千古矣,但恐是戏言耳。"萧后道:"妾安敢戏陛下。"炀帝大喜,那里还等得几时,随差一个中官,飞马去诏宣华。

　　却说宣华自从出宫,也无心望幸,镇日不描不画,到也清闲自在。这日忽见中官奉旨来宣,他就对中官说道:"妾既蒙圣恩放出,如落花流水,安有复入之理?你可为我辞谢皇爷。"中官奏道:"皇爷在宫,立召娘娘,时刻也等候不得,奴婢焉敢空手回旨?"宣华想一想道:"我自有处。"取鸾笺一副,题一词于上,叠成方胜,付于中官道:"为我持此致谢皇爷。"中官不敢再强,只得拿了回奏炀帝;炀帝忙拆开一看,却是一首《长相思》。词道:

　　红已稀,绿已稀,多谢春风着地吹,残花难上枝。得宠疑,失宠疑,想象为欢能几时,怕添新别离。

炀帝看了笑道:"他恐怕朕又弃他,今既与皇后讲明,安忍再离。"随取纸笔,也依来韵和词一首:

　　雨不稀,露不稀,愿化春风日夕吹,种成千岁枝。恩何疑,爱何疑，一日为欢十二时，谁能生死离？

炀帝写完，也叠成一个方胜，仍叫中官再去。宣华见了这词，见炀帝情意谆谆，不便再辞，只得重施朱粉，再画蛾眉，驾了七香车儿，竟入朝来。炀帝见了，喜得骨爽神苏，随同宣华，到中宫来见萧后，萧后见了，心下虽然不乐，因晓得炀帝的性儿，只得勉强做好人，欢天喜地，叫排宴贺喜。正是：

合殿春风丽色新，深宫淑景艳芳辰。萧郎陌路还相遇，刘阮天台再得亲。

自此炀帝与宣华，朝欢暮乐，比前更觉亲热。未及半年，何知圆月不常，名花易谢，红颜命薄，一病而殂。炀帝哭了几场，命有司厚礼安葬。终日痴痴迷迷，愁眉泪眼。萧后道："死者不可复生，悲伤何益？何不在后宫更选佳者，聊慰圣怀，免得这般惨凄。"炀帝道："宫中这些残香剩粉，如何可选？"萧后道："当时宣华也是后宫选出，那里定得，只当借此消遣。"炀帝依了萧后，真个传一道旨，着各宫院大小嫔妃彩女，俱赴正宫听选。那些宫娥，一个个巧挽乌云，奇分绿鬓，到正宫来。炀帝与萧后同到殿上，叫这些女子近前，一边饮酒，一边选择。真个是观于海者难为水，虽是花成队，柳作行，选来选去，竟无出色的奇姿。炀帝烦躁起来，道："选杀了总是这般模样，怎能如宣华这般天姿国色？"遂传旨免选。众宫人闻旨一哄而散。

萧后道："陛下请耐烦，宽饮几杯，待妾自往各宫去搜求，包陛下寻一个出色的女子来。"炀帝道："现今选不出，何苦费御妻神思？"萧后道："不是这等说。自来有志绝色女子，必然价高自重，甘愿老守长门，断不肯轻易随行逐队赴选。如今待妾去细细搜求，决无遗漏。如搜不出，陛下罚妾三巨觥如何？"说了忙起身上了宝车，出宫去了。炀帝搂着一个内监，浅斟细酌。

原来萧后那里是去各宫探访女子，一径驾到长乐宫来，把宫袍卸下，重施朱粉，再点樱桃，把发鬓扯拥向前，改作苏妆。头上插着龙凤钗，三颗明珠，滴垂挂面，换一套艳丽的宫娥衣服。打扮停当，先差一个内侍，走去报知。此时炀帝已饮得半酣，尚不见萧后到来，正要差人去请，只见一个内侍，进来禀道："娘娘选中一位女子，着奴婢先送进宫御见。娘娘又到别宫去了。"炀帝笑道："御妻为我，可为不惮烦矣。"那时萧后改妆，驾到宫门，就停车细步，装着婀娜娉婷，走进丹墀，离殿上前有一箭之地。炀帝举目往下一看，果然有人拥一位女子，态度幽娴，轻尘夺目，一步步缓缓的走进殿来，俯伏在地。炀帝不胜狂喜道："果然后宫还有这样女子，快叫平身。"连说了三次，那女尚俯伏不起。炀帝此时淫心荡漾，竟不顾体统，走下御座，御手相搀。那女子方揽起来，垂头而立。炀帝仔细一认，不觉哈哈大笑道："原来是御妻，可谓慧心巧思矣！我说道那有遗才沦落！"炀帝携了萧后的手，同至御座来道："这三巨觥，御妻不能免矣！"萧后道："妾往后宫搜求，不意竟无有中式者。因思前言已出，恐陛下见罪，暂假丑形，以宽圣怀，以博一笑耳。这三巨觥，还求陛下赦免。"炀帝道："这使不得，朕不罚御妻，罚新选的美人耳！"萧后道："若认真是个美人，恐陛下又舍不得罚他了。"一头说，一头接杯在手道："妾想宫中虽无，天下尽有。陛下既为天下之主，何不差人各处去选，怕没有比宣华强十倍的，何苦这般烦恼？"炀帝道："御妻之言虽善，只恐廷臣有许多议论谏阻。"萧后道："廷臣敢言直谏者少，所虑者惟老儿杨素耳。趁此盆兰盛开，明日陛下何不诏他入苑，宴赏春兰，把几句言语挑动他，看他意思行止，就可定了。"炀帝道："御妻之言甚善。"商议已定，过了一宵。次日炀帝驾临于御苑，只见这些盆中蕙兰，长短不齐，尽皆开放。正是：

无数幽香闻满户，几株垂柳照清池。

炀帝忙差两个内侍，去宣杨素入苑。

却说杨素自拥立了炀帝，赫赫有功，朝政兵权，皆在其手。这日正与这些歌儿舞女快活，听得有旨宣诏，即乘凉轿，竟入御苑中来。到太液池边，炀帝看见，自然迎下殿来，规矩是叫免朝，即便赐坐。杨素也不谦让，竟只是一拜就坐。炀帝道："久不面卿，顿生鄙吝。今见幽兰大放盆中，新柳绿妍池上，香风袭人，游鱼可数，故诏卿来同观而钓焉。"杨素道："臣闻从禽则荒，从兽则亡。昔鲁隐公观鱼于棠，春秋讥之；舜歌南风之诗，万世颂德。陛下新登大位，年力富强，愿以虞舜为法，不当效鲁隐公之尤。"炀帝道："朕闻蟠溪叟，一钓而兴周公八百之基；贤卿之功，何异于此？"杨素大喜道："陛下既以此比臣，臣敢不以此报陛下。"君臣相顾大悦。炀帝即令近侍，将坐席移到池边看鱼。大家投纶于清流之中，随波痕往来而钓。

炀帝道："朕与贤卿同钓，先得者为胜，迟得者罚一巨觥何如？"杨素道："圣谕最妙。"不多时，炀帝将手往上一提，早钓一个三寸长的小金鱼。炀帝大喜，对杨素道："朕钓得一尾了，贤卿可记一觥。"杨素因投纶在水，恐惊了鱼，竟不答应；但把头点了两点，及扯起看时，却是一空钩，将钩儿依旧投下水去。不多时，炀帝又钓起小小一尾，便说道："朕已钓二尾，贤卿可记二觥。"杨素往上一扯，却又是一个空；众宫人看了，不觉掩口而笑。杨素看见，面上微有怒色，便说道："燕雀安知鸿鹄之志。待老臣试展钓鳌之手，钓一个金色鲤鱼，为陛下称万年之觞何如？"炀帝见杨素说此大话，全无君臣之礼，心中不悦，把竿儿放下，只推净手，起身竟进后宫，满脸怒气。

萧后接住问道："陛下与杨素钓鱼，为何怒忿还宫？"炀帝道："叵耐这老贼，骄傲无礼，在朕面前，十分放肆。朕欲叫几个宫人杀了他，方泄我胸中之恨。"萧后忙阻道："这个使不得。杨素乃先朝老臣，且有功于陛下；今日宣他赐宴，无故杀了，他官必然不服；况他又是个猛将，几个宫人，如何禁得他过？一时弄破了圈儿，他兵权在手，猖獗起来，社稷不可知矣。陛下就要除他，也须缓缓而图，今日如何使得？"炀帝见说，便道："御妻之言甚是。"更了衣服，依旧到太液池来了。

杨素坐在垂柳之下，风神俊秀，相貌魁梧，几缕如银白须，趁着微风，两边飘起，恍然有帝王气象。炀帝看了，心下甚怀妒忌，强为笑问道："贤卿这一会，钓得几个？"杨素道："化龙之鱼，能有几个？"说未了，将手一扯，刚刚的钓起一尾金色鲤鱼，长有一尺三寸。杨素把竿儿丢下，笑道："有志者事竟成，陛下以老臣为何如？"炀帝亦笑道："有臣如此，朕复何忧？"随命看宴。

君臣上席，只见一个内相走来奏道："朝门外有个洛水渔人，获一尾金鳞赭尾大鲤鱼，有些异相，不敢私卖，愿献万岁。"炀帝叫取进来。不多时两三个太监，将大盆盛了，抬到面前。炀帝与杨素仔细一看，只见那鱼有五尺长短，鳞甲上金色照耀，与日争光。炀帝看了大喜，就要放入池中。杨素道："此鱼大有神气，恐非池中之物，莫若杀之，可免异日风雷之患。"炀帝笑道："若果是成龙之物，虽欲杀之，不可得也。"因问左右道："此鱼曾有名否？"左右道："没有。"炀帝遂叫取朱笔在鲤鱼额上头，写"解生"二字以为记号，放入池中，厚赏渔人。左右斟上酒来，次第而饮。众宫人歌一回，舞一回，又清奏一回细乐。炀帝正要开谈，挑动杨素，却又见左右将钓起的三尾鱼，切成细脍，做了鲜汤，捧了上来。炀帝看见，就叫近侍，满斟一巨觥，送与杨素道："适才钓鱼有约，朕幸先得，贤卿当满饮此觥，庶不负嘉鱼之美。"杨素接酒饮干，也叫近臣斟了一觥，送与炀帝说道："老臣得鱼虽迟，却是一尾金色鲤鱼，陛下也该进一觥，赏臣之功。"炀帝吃干了，又说道："朕钓得是二尾，贤卿还该补一杯。"就叫左右斟了上来。

此时杨素酒已有七八分了，就说道："陛下虽是二尾，未若臣一尾之大。陛下若以多寡赐老臣，臣即以大小敬陛下。臣不敢奉旨。"左右送酒到杨素面前，杨素把手一推，左右不曾防备，把一个金杯泼翻桌上，溅了杨素一件暗蟒袍上，满身是酒，便勃然大怒："这些蠢才，如此无状，怎敢在天子面前，戏侮大臣！要朝廷的法度何用？"高声叫道："扯下去打！"炀帝见宫人泼了酒，正要发作，今见杨素这般光景，不好拦阻，反默默不语。众宫人见炀帝不语，只得将那泼酒的宫人，扯下去打了二十。杨素才转身对炀帝说道："这些宦官宫妾，最是可恶；古来帝王稍加姑息，便每每被他们坏事。今日不是老臣粗鲁，惩治他们一番，后日方小心谨慎，才不敢放肆。"炀帝此时忍了一肚子气，那选女伕乐之事，也不便去挑动他，假做笑容道："贤卿为朕既外治天下，又内清宫禁，真可为功臣矣，再饮一杯酬劳。"杨素又吃了几杯，已是十分大醉，方才起身谢宴。炀帝叫两个太监，将他扶掖而出。

走下殿将出苑门，忽然一阵阴风，扑面刮来，吹的毛骨耸然。抬头只见宣华夫人，走近前来，对着杨素喊道："杨仆射，当初晋王谋夺东宫之时，有你没有我，有我总有你。"杨素此时竟忘了宣华是死过的，便道："这已往之事，夫人今日何必再提？"宣华道："如今皇爷差我来，要与你证明这一案。"杨素道："刚才我在里头赐宴，并不提起。"说犹未了，只见文帝头带龙冠，身穿衮服，手内执金钺斧，坐在逍遥车上，拦住骂道："你弑君老贼，还要强口！"把金钱斧照头砍来。杨素躲避不及，一交跌倒在地，口鼻中鲜血迸流。近侍看见，忙报与炀帝。炀帝大喜，即命卫士扶出杨素；扶得到家，稍稍醒来，对其子玄感道："吾儿，谋位之事发矣，可急备后事。"未到半夜，即便呜乎哀哉尚飨。正是：

　　　　天道有循环，奸雄鲜终始。他既跋扈生，难免无常死。

炀帝闻杨素已死，大喜道："老贼已死，朕无所畏矣！"随宣许庭辅等十个停当太监，吩咐道："你十人可分往天下，要精选美女，不论地方，只要选十五以至二十真有艳色者。选了便陆续送入京来备用。选得着有赏，选不着有罚，不许息顽生事。"许庭辅等领了旨意出来，就于京城内选起，大张皇榜。捉媒供报，京城内闹得沸翻。

一夕，炀帝又与萧后商议，道："朕想古来帝王俱有离宫别馆，以为行乐之地，朕今当此富强，若不及时行乐，徒使江山笑人。朕想洛阳乃天下之中，何不改为东京，造一所显仁宫以朝四方，逍遥游乐？"随宣两个佞臣：宇文恺、封德彝，当面要他二人董理其事。宇文恺奏道："古昔帝王，皆有明堂，以朝诸侯；况舜有二室，文王有灵台灵沼，皆功丰烈盛，欲显仁德于天下。今陛下造显仁宫，欲显圣化，与舜文同轨，诚古今盛事，臣等敢不效力？"封德彝又奏道："天子造殿，不广大不足以壮观，不富丽不足以树德；必须南临皂涧，北跨洛滨，选天下之良材异石，与各种嘉花瑞草、珍禽奇兽，充实其中，方可为天下万国之瞻仰。"炀帝大喜道："二卿竭力用心，朕自有重酬。"遂传旨敕宇文恺、封德彝，营造显仁宫于洛阳。凡大江以南，五岭以北，各样材料，俱听凭选用，不得违误。其匠作工费，除江都东都，现在兴役地方外，着每省府、每州县出银三千两，催征起解，赴洛阳协济。二人领旨出去，即便起程往洛，分头做事。真个弄得四方骚动，万姓遭殃。未知后来如何，且听下回分解。

第二十一回

借酒肆初结金兰　通姓名自显豪杰

诗曰：

　　荷锄老翁泣如雨，惆怅年来事场圃。县官租赋苦日增，增者不除蠲复取。

　　羡余火耗媚令长，加派飞洒胥闾里。典衣何惜妇无裈，啼饥宁复顾儿孙。

　　　三征早已空悬罄，鞭笞更嗟无完臀。沟渠展转泪不干，迁徙尤思行路难。

　　　阿谁为把穷民绘，试起当年人主观。

　　小民食王之土，秋粮夏税，理之当然，亦不为苦。所苦无艺之征，因事加派。譬如一府，加派三千两助工，照正额所增有限，因那班贪官污吏，乘机射利，便要加出头等火耗，连起解路费，上纳铺垫，都要出在小民。所以小民弄得贫者愈贫，富者消乏，以致四方嗟怨，各起盗心。当时隋主为要起这件大工，附近大州，先已差官解银，赴洛阳协济，山东齐州与青州，亦各措置，协济银三千两，行将起解，因此上闹动了一位好汉。

　　兖州东阿县武南庄一个豪杰，姓尤名通，字俊达，在绿林中行走多年。其家大富，山东六府皆称他做尤员外。原来北边响马，又有本钱的强盗，必定大户方做得。此人闻得青州有三千银子上京，兖州乃必由之地，意欲探取，但想："打劫客商，不过一起十多个人，就有几个了得的，也不怕他。这是官钱粮，毕竟差官兵护送，所过州县，拨兵防护，打劫甚难，况又是邻州的钱粮，怕擒拿得紧，不如放下这肚肠罢。"但说起人的利心，极是可笑，尤员外明知利害，毕竟贪心重了，放不下这三千两银子，想家中几个庄客，都没甚膂力，要寻个好手。与庄客商议："我这武南庄左近，可有埋名的好汉？想寻一人，取此无碍之物，也是一桩大生意。"庄客答道："我们街前巷后，虽有几个拨手拨脚的，说不上好汉。离此五六里，有一人姓程，名咬金，字知节，原在斑鸠店住的，今移在此。当初曾贩卖私盐，拒了官兵，问边充军，遇赦还家。若得此人做事，便容易了。"尤员外道："我向闻其名，你们可认得他么？"庄客道："小的们也只耳闻，不曾识面。"尤员外牢记在心。

　　不道事有凑巧，一日尤员外偶过郊外，天气作冷，西风刮地，树叶纷飞。尤员外动了吃酒的兴，下马走进酒家，厅上坐下，才吃了一杯茶，只见一个长大汉子，走入店来。那汉子怎生状貌，怎般打扮？但见他：

　　　双眉剔竖，两目晶莹。疙瘩脸横生怪肉，邋遢嘴露出獠牙。腮边鬈结淡红须，耳后蓬松长短发。粗豪气质，浑如生铁团成；狡悍身材，却似顽铜铸就。真个一条刚直汉，须知不是等闲人。

这汉子衣衫褴褛，脚步仓皇，肩上驮几个柴扒儿，放了柴扒坐下，便讨热酒来吃，好像与店家熟识的一般。尤员外定睛观看，见他举止古怪，因悄声问店小二道："这人姓甚名谁？你可认得他么？"小二道："这人常来吃酒的，他生在斑鸠店，小名程一郎，不知他的名字。"尤员外听得斑鸠店，又是姓程，就想到程咬金身上，起身近前拱手道："请问老兄上姓？"咬金道："在下姓程。"尤员外道："高居何处？"咬金道："住在斑鸠店。"尤员外道："斑鸠店有一位程知节兄，莫非就是盛族么？"咬金笑道："那里甚么盛族！家母

便生得区区一人，不知有族里也没有族里，只小子叫做程咬金，表字知节，又叫做程一郎。员外问咱怎么？"尤员外听说是程咬金，好像拾了活宝的一般，问道："为何有这些柴扒？果是卖的么？"咬金道："也差不多。小子家中止有老母，全靠编些竹箕、做两个柴扒养他。今日驮出来，没有人买，风又大得紧，在此吃杯热酒，也待要回去了。请问员外上姓大号？为何问及小子？"尤通道："久慕大名，有事相烦，且是一桩大生意，只是店里不好说话，屈到寒家去，才好细细商量。"咬金道："今日遇了知己，但凭吩咐，敢不追随！只是酒在口边，且吃了几碗，到宅上再吃何如？"尤通道："这却甚妙！"就拉他同坐，一个富翁与一个穷汉对坐，店主人看了掩口而笑。他两人吃了几大碗，尤通算了账出店，咬金道："这几把柴扒儿作了前日欠你的酒钱罢！"拱手出店。

尤通先时骑的马，着人打回，与咬金同行。到了家里，促膝而坐，说连年水旱，家道消乏，要出门营运，路上难走，要求老兄同行，赚来东西平分。咬金道："你要我做伙计么？"尤通道："这却说差了，小弟久仰义勇，无由一见，今日订交，须要结为兄弟，永远相交，再无疑贰。"咬金道："小弟粗笨，怎好结拜？"尤通道："小弟凤愿，不必推辞。"二人叙了年纪，尤通长咬金五岁，就拜为兄，咬金为弟，拈香八拜，誓同生死，患难扶持。正是：

　　结交未可分贫富，定谊须堪托死生。

咬金道："出路固好，只是我母亲在家，无人看管，如何是好？"尤通道："既为兄弟，令堂是小弟的伯母，自当接过寒家供养，就是今夜接得过来才妙。"咬金道："小弟卖了柴扒，有几个钱，籴几颗米儿回去，才好见他。今日柴扒又不曾卖得，天色已晚，猝然要他到宅上来，他也未必肯信。"尤通道："说得有理。这却不难，今夜先取一锭银子，去与令堂为搬移之费。他见了自然欢喜，自然肯来了。"咬金道："这倒使得，快些拿来！"尤通袖中出银一锭，递与咬金。咬金接来，就入袖中，略不道谢。尤员外一面吩咐摆饭，咬金心中欢喜，放开酒量，杯杯满，盏盏干，不知是家酿香醪，十分酒力，只见甜津津好上口，迭连倒了几十碗急酒，渐渐的醉来了；劝他再请一杯，倒吃下三四碗。尤员外怕他吃得太醉了，倒嘱咐咬金快去迎请令堂过来，明日好日，便要出门做生理。咬金只得起身，虽是醉中，一心牵系着这一锭银子，把破衣裳的袖儿，很命捏紧，打躬唱喏，作别出门；不想袖口虽是捏紧，那袖底却是破的，举手一拱，那锭银子早在胁肋边溜将下来，滚在地上，正在尤家大门口。那些庄客看见，拾将起来，向尤通道："员外适才送他的银子，倒脱落在这里，可要赶上去送还他？"尤通道："我送银子与他，正在此懊悔。"庄客道："既要送他，如何又懊悔起来？"尤通道："这人是个没阃茸的，拿了回去，倘然母子商量起来不肯来了，也没法处置他；如今落掉了这锭银子，少不得放我不下，今晚母子必定同来。"

却说咬金一路捏了袖口，走到家中，见了母亲，一味欢喜。母亲饿得半死，见他吃得脸红，不觉怒从心上起，嗔骂道："你这畜生，在外边吃得这般醉了，竟不管我在家中无柴无米，饿得半僵，还要呆着脸笑些甚么！我且问你，今日柴扒已卖完，卖的钱却怎么用了？"咬金笑道："我的令堂，不须着恼，有大生意到了，还问起柴扒做甚！"母亲道："你是醉了的人，都是酒在那里说话，我那里信你。"咬金道："母亲若不肯信，待我袖里取出银子来你看。"母亲道："银子在那里？"咬金摸袖，不见了银子，又摸那一只袖，跌脚叹道："一锭银子掉在那里去了？"母亲道："我说是醉话，那里有甚么银子！"咬金睁眼道："母亲若不信孩儿，孩儿就抹杀在母亲面前。孩儿凭着大醉，决不敢欺诳母亲，孩儿今日驮着柴扒，街坊村落，周回走转，没有人买，在酒店上吃酒。不想遇着个财主，武南庄的尤员外，一见如故，拉孩儿回去。孩儿就把几把柴扒，算清酒钱，跟到他家，他与孩儿结拜弟兄，要同孩儿出去做些生理。孩儿道母亲在家，无人奉养。他说连夜接了过来，先送一锭银子，为搬移之费。孩儿心中欢喜，多吃了几杯，又恐怕遗失了，一路里把衣袖捏紧。不想这作怪的东西，倒在袖桩边钻了出去。你若不信，如今就驮你到他家去，便知孩儿说话不虚了。"母亲道："既如此，我如今就同你去，家中左右没有家伙，锁了门就去罢。我肚里饿得紧，却怎么处？"咬金道："你熬到他家，只怕吃不尽，消化不及，要囫囵撒出来哩！"说罢，将门锁上，驮了母亲，黑暗里直到武南庄尤家门首，酒都弄醒了。咬金放下母亲，忙去叩门。管门的早就受员外吩咐，料他必来，一闻咬金叩门，随即开了，进去报与员外得知。

尤通尚未睡，也待咬金到来，听得到了，喜不可言，接进母子，在中堂坐了。尤通便进言道："忝先人遗下些薄产，连年因水涝旱荒，家私日废，今欲往江南贩卖罗缎，因各处盗贼生发，恐不好走。闻得令郎大哥，是个豪杰，要屈他做同行伙计，得利均分，以供老母甘旨。"程母出自大家，晓事解理，笑道："员外差矣。员外是富翁，小儿是粗鄙手艺之人，员外为商，或者途中没人伏侍，要小儿做个后生，月支多少钱钞，做老身养老之用，还像个说话。小儿有何德能，敢与员外结拜兄弟？况且分文本钱也没有，怎么讲个伙计二字，名分也不好相称。"员外道："尤通久慕令郎大哥高义，情愿如此。"吩咐铺毡，匹立仆六，一顿拜过了。程母头晕眼花，也拜了四拜。尤通道："小侄与令郎出门之后，恐老伯母家中不便，故此接到寒家居住，倘有不周，百凡体谅。"程母道："小儿得附员外，老身感激不尽。但恐小儿性格粗躁，员外只要另眼看顾他，宽恕他，小儿敢不知恩报恩！"尤员外请程母到里面，用饭去了，自己与咬金重新吃酒。

吃到酒兴刚来，尤通却把皇银的事，来挑动咬金："贤弟可知新君即位以来的事？"咬金此时深感天子，应道："兄长，好皇帝！小弟在外边，思想老母昼夜熬煎，若不是新君即位，焉能遇赦还乡，母子重会？"尤员外道："新君大兴工役，每州县都要出银三千两，协济大工，实是不堪。"咬金道："做他的百姓，自然要纳粮当差；做他的官，自然要与他催征起解，不要管闲事。"尤员外道："这也罢了，只是我这山东青州，也遵天子旨意，要三千两协济。那青州府太守，借名洒派，当分外之差，杖死无辜百姓，敛取民膏，贪酷太甚，只把三千两银子起解。他的银子上京，我这兖州乃必由之地，我今欲仗贤弟大力，取他这三千两银子，作本为商，贤弟可有甚么高见？"

这个程咬金，曾卖私盐，与为盗也不远，见尤员外如此相待他，心中又要驰骋，笑道："哥哥，只怕他银子不从此路来。若打这条路经过，不劳兄长费心，只消小弟一马当先，这项银子就滚进来了。"员外道："贤弟却会甚么兵器？"咬金道："小弟会用斧，却也没有传授，但闲中无事，将劈柴的板斧，装了长柄，自家舞得，到也即溜了。"俊达道："我倒有一柄斧，重六十斤，贤弟可用得？"咬金应道："五六十斤，也不为重。"尤员外回后院去，取出那柄斧来，却是浑铁打成的，两边铸就八卦，名为八卦宣化斧。量咬金身躯，取一副青铜盔甲，绿罗袍，槽头有一骑青骔的劣马。尤俊达自己有一副披挂，铁幞头，乌油甲，黑樱枪，皂罗袍，乌骓马。这些东西，也搬将出来，到饮酒处，与咬金一同披挂停当，命手下掌灯火出庄，打稻场上去。用篾簹点火高照，势如白昼，二人马上比势。几个回合，手下众人齐声喝彩。这个尤家庄上人家，都靠着尤员外吃饭，所以明火持枪，不避嫌疑。斗罢下马，收拾回庄寝宿。

次日着人到青州打探皇银甚么人押解，几时起身，那一日到长叶林地方。数日之间，探听人回来报："十月望后起身，二十四日可到长叶林地方。有一员解官、一员防送武官、二十名长箭手护送。"二十三夜间，尤员外先取好酒，把咬金吃个半酣，带从人，五鼓时候到长叶林，撺掇咬金道："贤弟，我与你终身受用，在此一举。"咬金点头，提斧上马，出长叶林官道，带住马，横斧于鞍，如猛虎盘踞于当道。

先有打前站官卢方，乃青州折冲校尉，当先开路，也防小人不测之事，先到长叶林。咬金一马冲将下来，高叫："留下买路钱！"那个卢方，却也是弓马娴熟的将官，举枪招架骂道："响马，你只好在深山僻处剪径，只图衣食，这是三京六府解京的钱粮，须要回避。你这贼人这等大胆！"咬金道："天下客商，老爷分毫不取，闻得青州有三千两银子，特来做这件生意。"卢方道："咄，响马无知，甚么生意！"纵马挺枪，分心就挑。咬金手中斧，火速忙迎。两马相撞，斧枪并举。斗上数十回合，后面尘头起处，押银官银杠已到。咬金见后面人来，恐又增帮手，纵马摇斧砍来。卢方架不住，砍于马下。二十名长箭手赶到，见卢方落马，各举标枪叫道："前站卢爷被响马伤了！"咬金乘势砍倒三四个部下。众人都丢枪弃棒，过涧而去，把银子弃在长叶林中。解官户曹参军薛亮，收回马奔旧路逃走。咬金不舍，纵马赶去。手下主客报知员外："程老爷得胜了，皇银都丢在长叶林下。"尤员外领手下上官道，将鞘箍劈开，把皇银都搬回武南庄去，杀猪羊还愿摆酒，等咬金贺喜。

且说咬金此时追解官薛亮十数里之远，还赶着他，这个主意不为赶尽杀绝。他不晓得银子弃在长叶林中，只道马上带回去了，故要追赶这解官。薛亮回头，见赶得近了，老大着忙，叫道："响马，我与你无怨无仇，你剪径不过要银子，如今银子已都撇在长叶林，却又来追我怎的！"咬金听说银子在长叶林，就不追赶，拨回马，走得缓了。薛亮见咬金不赶，又骂两声："响马，银子便剪去，好好看守。我回去了禀了刺史，差人来缉拿你，却不要走。"触起咬金怒来，叫道："你且不要走，我不杀你，我不是无名的好汉，通一个名与你去，我叫做程咬金，平生再不欺人。我一个相厚朋友，叫尤俊达。是我二人取了这三千两银子，你去罢。"咬金通了两个的名，方才收马回来，到庄还远，马上懊悔："适才也不该通名，尤员外晓得要埋怨我，倒隐了这句话罢。"不一时到庄下马，欢喜饮酒不题。正是：

喜入酒肠宽似海，闷堆眉角重如山。

且说那解银官薛亮，赶到州中，正值刺史斛斯平坐堂，连忙跪下道："差委督解银两，前赴洛阳；二十四日行至齐州长叶林地方，闪出贼首数十人，劫去银两，砍杀将官卢方，长箭手四名。小官抵死相持，留得性命，特来禀上大人，乞移文齐州，着他缉捕这干贼人，与这三千银两。"斛刺史听了，大怒道："岂有响马敢劫钱粮！你不小心，失去银两，我只解你钦差洛阳总理宇文老爷跟前，凭他着你赔，着齐州赔。"叫声拿下，薛亮惊得魂不附体，忙叫道："老爷在上，这贼人还可缉捕。他拦截时，自称甚么靖山大王陈达、牛金，只要坐名在齐州，访拿他便了。"斛刺史叫书吏做一角文书，申总理东都营造宇文恺道："已经措银三千两起解，行至齐州长叶林，因该州不行防送，致遭响马劫去，乞着该州缉捕赠偿。"一面移文齐州，要他跟缉陈达、牛金并银两。薛亮羁候俟东都回文区处。

过了数日，宇文恺回道："大工紧急，一月之内如拿不着，该州先行措银赔偿。二月之内，贼未获，刺史停俸，巡捕员役重处，薛亮革职为民，卢方优恤。"这番青州斛刺史卸了担子，却把来推在齐州刘刺史身上。这刘刺史便急躁起来，道："三千两银子，非同小可，如何赔得起？我今把捕盗狠比，他比不过，定得缉出这干大伙积盗。"就坐堂，便叫原领批广捕捕盗都头樊虎、副都头唐万仞道："这干响马既有名字，可以搜查，怎么数月并无消息？这明系你等与他瓜分这项钱粮，不为我缉捕。"樊虎道："老爷，从来再无强盗大胆，敢通姓名的，明是故说诡名，将人炫惑。所以小的遍处捕缉，并无踪迹。"刘知府道："纵有诡名，岂有劫去三千银子，已经数月，并没个影响；这不是怠顽，不肯用心？"就把樊虎、唐万仞打了十五板，限三日一比，以后一概三十板。

日子易过，明日又该比较了，都在樊虎家中，烧齐心纸，吃协力酒，计较个主意，明日进府比较，好回话转限。樊虎私对唐万仞道："贤弟，我们枉受官刑，我想起来，当初秦大哥，在本州捕盗多年，方情远达，就不认得陈达，也或认得牛金；今在来总管标下为官，怎能够我们本官讨得他来，我们也就造化，自然有些影响了。"这樊虎二人与叔宝都是通家厚友，还是这等从长私议，那五十个士兵，都是小人儿，听得这句话，都乱嚷起来道："这样好话，瞒着我们讲！明日进州禀太爷，说原有捕盗秦琼，在本州捕盗多年，深知贼人巢穴，暗受响马常例，如今谋干在来老爷标下为旗牌官，遮掩身体，求老爷作主，讨得秦琼来，就有陈达、牛金了。"樊虎道："列位不要在家里乱嚷，进衙门禀官就是。"各散去讫。

明早众人进府，樊虎拿批上月台来转限，众人都跪在丹墀下面。刘刺史问樊虎道："这响马会有踪迹么？"樊虎道："老爷，踪迹全无。"刺史叫用刑的拿去打。用刑的将要来扯，樊虎道："小的还有一事，禀上老爷。"刺史道："有甚么事？"樊虎道："本州府有个秦琼，原是本衙门捕盗，如今现在总管来节度老爷标下为官。他捕盗多年，还知些踪影。望老爷到来爷府中，将秦琼讨回，那陈达、牛金，定有下落。"刺史还不曾答应允与不允，那五十多人上月台乱叫："老爷作主，讨回秦琼。这秦琼受响马常例，买闲在节度来府中为官。老爷若不作主，讨回秦琼，到此捕盗，老爷就打死小的们，也无济于事。"刘刺史见众人异口一词，只得笔头转限免比，出府伺候。

不说众人躲过一限。却说秦叔宝自长安回家，常想起当日虽然是个义举，几乎弄出事来，甚觉猛浪之至，自此在家，只是收敛。这日正在府中立班，外面报本州刘刺史相见。来总管命请进。两下相见了，叙了几句寒温。刘刺史便开言："上年因东都起建宫殿，山东各州都有协济银两，不料青州三千两钱粮，行至本州长叶林被劫，那强盗还自通名，叫甚陈达、牛金。青州申文东都，那督理的宇文司空，移文将下官停俸，着令一月内赔偿前银，并要这干强贼，如迟还要加罪。已曾差人缉拿，并无消息。据众捕禀称，原有都头秦琼，今在贵府做旗牌，他极会捕贼，意欲暂从老大人处，借去捉拿此贼。"来总管把秦琼一看，对刘刺史道："那长大的便是秦琼，虽有才干，下官要不时差遣，怎又好兼州中事么？"秦叔宝也就跪下道："旗牌在府原要伺候老爷不时差委，捕盗原有樊虎一干，怎教旗牌代他？"来总管道："正是。还着该州捕盗跟缉才是。"

刘刺史见秦琼推诿，总管不从，心中不快道："下官也只要拿得贼人，免于赔偿，岂苦苦要这秦琼？但各捕人禀称，秦琼原是捕盗，平日惯受响马常例，谋充在老大人军前为官，还要到上司及东都告状。下官以为不若等他协同捕盗。若侥幸拿着，也是一功；若或推辞，怕这干人在行台及东都告下状来，那时秦琼推也推不得了。"来总管听说，便道："我却有处。秦琼过来，据刘刺史说，你受响马常例，难道果有此事？这也不过激励你成功。就是捕盗，也是国家的正事，不要在此推调。你就跟那刘刺史出去罢。"叔宝见本官不做主，就没把臂了，只得改口道："老爷吩咐，刘爷要旗牌去，怎敢不去？只是旗牌力量与樊虎一干差不多，怕了不了事，反代他们受祸。"来总管道："他这一干捕盗要你，毕竟知你本事了得。你且去，我这厢有事，还要来取你。"

秦琼只得随了刘刺史出来。唐万仞、连明都在府外接住道："秦大哥，没奈何缠到你身上来。兄的义气深重，决不肯亲自去拿，露个风声，在小弟耳内，我们舍死忘生的去，也说不得了。"叔宝道："贤弟，我果然不知甚么陈达、牛金。"叔宝换了平常的衣服，进府公堂跪下。刘刺史以好言宽慰道："秦琼，你比不得别的捕盗人员，你却是个有前程的人，素常也能事。就是今日我讨你下来，也出于无奈。你若果然拿了这两个通名的贼寇，我这个衙门中信赏钱外，别有许多看顾处。就是你那本官来爷自然嘉奖。这个批上，我即用你的名字了。"叔宝同众友出府烧纸，齐心捕缉，此事踪迹全无。三日进府，看来总管衙门分上，也不好就打。第二第三限，秦琼也受无妄之灾了。毕竟不知何如，且听下回分解。

第二十二回

驰令箭雄信传名　屈官刑叔宝受责

诗曰：

　　四海知交金石坚，何堪问别已经年。相携一笑浑无语，却忆曾从梦里圆。

人生只有朋友，没有君臣父子的尊严。有兄弟的友爱，更有妻子前亦说不得的，偏是朋友可以相商。故朋友最是难忘，最能起人记念。况在豪杰见豪杰，意气相投，彼此没有初相见的嫌疑，也没贫富贵贱的色相。若是知心义盟好友，偶然别去，真是一日三秋，常要寻着个机会相聚。

时值三秋，九月天气，单雄信在家中督促庄客家僮经理秋收之事。正坐在厅上，只见门上人报王、李二位爷到。单雄信听了，欢然迎出门来，邀他二人下马进内，就拉在书房中，列下些现成酒肴，叙向来间阔。雄信道："前岁底接兄华翰，正扫门下榻，怎直至今日方来？"伯当道："前时自与兄相别，李玄邃因杨越公府上相招，自入长安。后弟又自他处迁延，要去长安会李兄时，路经少华山，为齐国远所留，住彼日久，书达仁兄，到宝庄来过节盘桓。不期发书之后，就遇见齐州秦大哥。"雄信惊呼："他在舍下回去，今闻得在总管标下为官，怎么在关中又与兄相会？"伯当道："叔宝因本官差遣赍礼，到京中杨越公拜寿，就鼓起长安看灯的兴来，失信于仁兄。将到长安六十里远永福寺内，遇见太原唐公的令婿柴嗣昌。叔宝当初在楂树岗，曾救他令岳一场大难，故此起个祠堂报德，叫做报德祠。叔宝因看祠言及，就被嗣昌晓得了，留住在彼处。过了残年，正月十四日进京，十五日就惹出泼天祸来，打死了宇文公子。"雄信吐舌惊张道："吓杀我！我传闻有六个人在长安大乱，着忙得紧，不知何人。后来打听的实，说是太原李渊的家将，我到放心了。却是你们做的这一件事！"李玄邃道："这节事也太猛浪。若不是唐公脚力大，宇文述拿不着实迹，几乎把一桩大祸葬在我族兄身上。"单雄信道："这等叔宝已久在家中了。"伯当道："当夜他即散去。"雄信道："我几番要往山东去看他，没有个机会。今日闻贤弟之言，却又引起我往山东的兴头来。"伯当道："小弟们一则因别久来看兄，二则要邀兄往山东去。"雄信道："有甚么事来？"伯当道："今年九月二十三日，是叔宝令堂老夫人整寿六旬。叔宝是个孝子，京师大闹之后，分手匆匆，马上嘱咐：'家母整寿，九月二十三日，兄如不弃，光降寒门。'故此我到长安寻了李兄，又偶然长安会了柴嗣昌，他在京中为岳翁构干甚事。谈起拜寿，他就欣然说岳翁有银数千两，要赠叔宝，他要回家取了送去。故我先与玄邃兄来，拉你同往。"正是：

纵联胶漆似陈雷，骨肉情浓又不回。嵩祝好伸犹子意，北堂齐进万年杯。

雄信道："此事最好，只是一件：我的朋友多，知事的说，伯当邀雄信往齐州，与叔宝母亲拜寿。不知事的道，雄信为人待朋友自有厚薄，往山东与秦母拜寿，只邀了王伯当去，不携带我走。却不怪到我身上来！"李玄邃道："小弟有个愚见，使兄一举两得。"雄信道："请教。"李玄邃道："兄何不把相知的朋友，邀几个同往：一者替叔宝增辉，二者见兄不偏朋友。叔宝还在不足的时候，多带些礼物去，也表得我们相知的意思。"雄信道："好。却只是一件：都是潞州朋友，如今传帖邀他去，恐路有远近不同，在家与不在家，路途往返，误了寿期，反为不美。我也有个道理，二位且自饮酒。"

雄信回内书房，取了二十两碎银，包做两包，拿两枝自己的令箭。雄信却又不是武弁官员，怎么用得令箭？这令箭原是做就的竹筹，有雄信字号花押，取信于江湖豪杰。朋友观了此筹，如君命召，不俟驾而行。把这两枝令箭，安在银包两处，用盘儿盛着，叫小童捧至席前，当王、李二友发付，叫两个走差的手下来。门下有许多去得的人，一齐应道："小的们都在。"雄信指定两个人道："你两个上来，听我吩咐。着你两个槽头认缰口，备两匹马，一个人拿十两银子，为路费草料之资，领一枝令箭分头走。一个从河北良乡涿州郡顺义村幽州，但是相知的，就把令
箭与他瞧，九月十五日二贤庄会齐，算就七八个日子，到齐州赶九月二十三日，与秦太太拜寿。九月十五到不得二贤庄，就赶出山东，直至兖州武南庄尤老爷庄上为止。这东路的老爷，却不要枉道，又请进潞州，收拾寿礼，在官路会齐，同进齐州拜寿。"二人答应，分头去了。正是：

　　羽檄飞如雨，良朋聚若云。

　　王伯当、李玄邃在单员外庄上饮酒盘桓。十四日，北路的朋友就到了三位，良乡涿州顺义村幽州，是张公谨、史大奈、白显道。明日就要起身。雄信又叫手下拿两封柬帖，对伯当道："童佩之、金国俊，昔年与叔宝也曾有一拜，不要偏了二人，拿帖请他山东走走。"童佩之、金国俊，相邀济南府，与叔宝母亲拜寿，却问来人，又知外日北路朋友皆到，随即收拾礼物，备马出城，到二贤庄会诸友，叙情饮酒。次日绝早起身，宾主八人，部下从者不止十余人，行囊礼物，随身兵器，用小车子车着，也有个打前路的骑马在前途，先寻下处，过汝南奔山东一路而来。

　　九月间，金风送爽，树叶飘黄，众豪杰拍鞍驰骤。正走之间，只见尘头乱起，打前站的发马来报："众老爷，到山东界内，前有绿林老爷拦住，一位少年在前厮杀，不好前去。"这个手下人为何称呼绿林中叫老爷？要晓得这八个人里面，倒有好几个曾在绿林中吃茶饭的，因此碍口，只得叫老爷。雄信以为得意，马上笑道："不知是那个兄弟，看了我的令箭，在中途伺候，随便觅些盘费了。着那个前去看看？"童佩之、金国俊二人只道是自己豪杰，不知绿林利害，便对雄信道："小弟二人愿往。"纵马前去。

雄信在鞍鞒上对伯当点头道："这两个兄弟，虽是通家，不曾见他武艺，才闻绿林二字，他就奋勇当先。"伯当摇头："单二哥，此二友去得不好。"雄信道："为何？"伯当道："他二人在潞州当差，没有甚么方情，闻绿林二字，他就有个薰莸不相容的意思。他没有方情，就不认得那拦路的人，拦路的却也不认得他。言语不妥，就厮杀起来。这童、金二友，倘有差池，兄却是拿帖邀他往山东来的，同行无疏伴，兄却推不得干系。他两个本领若好，拦路的朋友有失，却是奉兄令箭等候的，伤了江湖人信义。"雄信道："贤弟说得有理，你就该去看看。"伯当道："小弟却不敢辞劳。"取银矛纵马前来，见尘头起处，果然金、童败将下来，却是柴嗣昌与王伯当相期来贺叔宝。他带得行李沉重，衣装炫耀，撞了尤俊达、程咬金触他的眼，拦路要截他的。这柴嗣昌也有些本领，只是战他两个不下，恰好金、童两人赶来，便拔刀相助。不知这程咬金逞着膂力，那里怕办？留着尤俊达与柴嗣昌恋战，他自赶来，没上没下一顿斧，砍得金、童两个飞走。他直追下来，好似：

　　得霜鹰眼疾，觅窟兔奔忙。

金、童两个见王伯当道："好一个狠响马！"伯当笑一笑，让过二人，接住后边，马上举枪，高叫："朋友慢来，我和你都是道中。"咬金不通方语，举斧照伯当顶梁门就砍，道："我又不是吃素的，怎么道中？"伯当暗笑："好个粗人，我和你都是绿林中朋友。"咬金道："就是七林中，也要留下买路钱来。"斧照伯当上三路，如瓢泼盆倾，疾风暴雨，砍剁下来。伯当手中的枪不回他手，只是钩撩磕拨，搪塞斜避，等他膂力尽了，斧法散乱，将左手枪杆一松，右手一串，就似银龙出海，玉蟒伸腰，奔咬金面门锁喉，刺将上来。伯当留情，刚到他喉下，枪就收回，不然挑落下马。咬金用斧来勾他的枪，勾便勾开了，连人带马都闪动招架不住，拍马落荒。伯当随后追赶，问其来历。咬金叫："尤员外救我！"这时尤俊达又为柴嗣昌战住，不得脱身。倒是伯当见了道："柴郡马，尤员外，你两人不要战，都是一家人，往齐州去的。"

此时三人俱下马来相见。程咬金气喘吁吁的，兜着马在那厢看。尤俊达也叫来相见。尤俊达对伯当道："曾见单二哥否？"伯当望后边指道："兀那来的不是雄信！"因金、童两个去道响马甚是了得，故此单雄信一行忙来策应。一到，彼此相叙。正是：

　　莫言萍梗随漂泊，喜见因风有聚时。

伯当对雄信道："这便是柴郡马。"都序齿揖了。单雄信道："还有适才金国俊道的有膂力的朋友呢？"尤俊达道："是敝友程知节。"大家也都大笑，见了礼。尤俊达要留众人回庄歇马。雄信道："今日是九月二十一日，若到宝庄，恐误寿期。拜寿之后，尊府多住几日。贤弟的礼物可曾带来？"俊达道："不过是折干的意思。"共十一友同进济南。

离齐州有四十里地，已夕阳时候，到了义桑村，有三四百户人家。这个市镇，因遍地多种桑麻，且是官地，任凭民间采取，故叫做义桑村，春末夏初蚕忙时，也还热闹。九月间秋深天气，人家都关门闭户，只有一家大姓，起盖一带好楼，迎接往来客商。手下人都往义桑村投店。众豪杰至店门下马，店主着伙家搬行李进书房，马牵槽头上料，众豪杰邀上草楼饮酒。

　　忽然官路上三骑马赶路而来。这三骑却是何人？乃幽州罗公差官，为雄信令箭，知会张公谨、史大奈、尉迟兄弟闻知。史大奈还是新旗牌，没有职任，打发他先行。尉迟兄弟打手本，进帅府知会公子罗成。公子与母亲讲，老夫人却也记得九月二十三日，是嫂嫂的整寿，商议差官送礼，尉迟托公子揶掇谋差山东，假公济私，就与秦母拜寿。这来的就是尉迟南、尉迟北，却还带一名背包袱的马夫，共是三骑马。恰好那日也到义桑村。主人柜里招呼二位老爷道："齐州还有四十里路，途中没有宿头，在小店安歇了罢。"尉迟吩咐，叫手下把包接过，尉迟兄弟下马进店，主人出柜相迎道："二位先前有几位老爷，一行楼上饮酒多时，言语想是醉了。二位老爷却是贵客，上楼恐有不便。楼下有一张干净的座头，就自在用晚饭罢。"尉迟南道："这主人着实知事，那酒后的人，我们不好和他相处，就在楼下罢。"主人吩咐摆上酒饭，兄弟二人自用。

　　且说楼上的那十一个豪杰，饮酒作乐。酒方半酣，独程咬金先醉。他好酒，遇了酒直等醉才住，拿这一杯酒在手中，又想那心上这些穷事："在关外多年，何等苦恼。回家不久，遇尤员外相邀长叶林，做了这桩生意，今日结交天下豪杰，我也快活。"这些话在腹内踌躇，他胸里有这个念头，口里就叫将出来。吃干了这钟酒，把酒钟往桌上狠狠的一放，就像自己呼干的，叫一声："我快活！"手放杯落，杯如粉碎，还不打紧，脚下一蹬，把楼板蹬折了一块。

　　　　量为欢中阔，言因醉后多。

　　山东地方人家起盖的草楼，楼板却都是杨柳木锯的薄板，上又有节头，怎么当得他那一脚？蹬折楼板，掉下灰尘，把尉迟兄弟酒席，都打坏了。尉迟南还尊重，袖拂灰尘道："这个朋友，怎么这样村的！"尉迟北却是少年英雄，那里容得，仰面望楼上就骂："上面是甚么畜生，吃草料罢了，把蹄子怎么乱捣！"咬金是容不得人的，听见这人骂，坐近楼梯，将身一跃，就跳将下来，径奔尉迟北。尉迟北抓住程咬金。两个豪杰膂力无穷，罗缎衣服，都扯得粉碎，乒乓劈拍，拳头乱打。还亏那草楼像生根柱棵，不然一霎儿就掀倒了。尉迟南不好动手帮兄弟，自展他的官腔，叫酒保："这个地方是甚么衙门管的？"觉道他就是个官了。雄信楼上闻言，也就动起气来，道："列位，下边这个朋友，出言也自满。野店荒村，酒后斗殴相争，以强为胜，问甚么衙门该管？管得着那一个？都下去打。"那问甚甚么衙门该管地方的，却是幽州土音，上面张公谨，却是幽州朋友。公谨道："兄且息怒，像是敝乡里的声音。"雄信道："贤弟快下去看。"

公谨下楼梯，还有几步，就看见尉迟南，转身上来对雄信道："却是尉迟昆玉。"雄信大喜，叫速速下去。尉迟南看见公谨同一班豪杰下来，料是雄信朋友，喝退尉迟北。尤俊达也喝回程咬金。咬金、尉迟更换衣服，都来相见，彼此陪礼。主人叫酒保拿斧头上楼，把蹬坏的一块板，都敲打停当，又排一桌齐整酒上去。单雄信一干共十三筹好汉，掌灯饮酒。这一番酒兴，都有些闹阑了。各人好恶不同，爱饮的，楼上灯下，残肴剩酒行令猜拳；受不得劳碌的，叫手下打了铺盖，客房中好去睡了；又有几个高兴的，出了酒店，夜深月色微明，携手在桑林里面，叙相逢间阔之情。楼上吃酒的张公谨、白显道、史大奈，原是酒友，因大奈打擂台，在幽州做官，间别久了，要吃酒叙话。那童佩之、金国俊，日间被程咬金杀败了一阵，骨软筋酥；柴嗣昌也是骄贵惯了的人，先去睡了。单雄信、尤员外、王伯当、李玄邃、尉迟南这五个人，在桑林中说话良久，也都先后睡了。

到五鼓起身进齐州。这义桑村离州四十里路，五鼓起身，行二十里路天明，到城中还有二十里路，就有许多人迎接住了。不是叔宝有人来迎，却是齐州城开牙行经纪人家接客的后生。各行人家口内招呼，有粜籴米粮，贩卖罗缎，西马北布，木植等行，乱扯行李。雄信在马上吩咐众人："不要乱扯，我们自有旧主人家，西门外鞭杖行贾家店，是我们旧主。"原来贾润甫开鞭杖行，雄信西路有马，往山东来卖，都在贾家下，如今都也有两个后生在内，说起就认得是单员外："呀，是单爷，小的就是贾家店来的了。"雄信道："着一个引行李缓走，着一个通报你主人。"

却说贾润甫原也是秦叔宝好友，侵晨起来，书房里收拾礼物，开礼单行款，明日与秦母拜寿。后生走将进来道："启老爷，潞州单爷，同一二十位老爷，都到了。"贾润甫笑道："单二哥同众朋友，今日赶到此间，也为明日拜寿来的，少不得我做主人。把这礼物且收过去，不得自家拜寿了，毕竟要随班行礼。"吩咐厨下庖人，客人众了，先摆十来桌下马饭，用家中便菜；叫管事的人城中去买时新果品，精致肴馔，正席的酒，也是十桌摆，手下人虽多，多把些酒与他们吃。叫班吹鼓手来，壮观壮观。自己换了衣服，出门降阶迎接。

雄信诸友，将入街头，都下马步行，车辆马匹俱随后。贾润甫在大街迎住。雄信让众友先行，进了三重门里，却是大厅。手下搬车辆行囊，进客房；马摘鞍辔，都槽头上料。若是第二个人家，人便容得，容不得这些大马。这马都有千里龙驹，缰口大，同不得槽。有一匹马，就要一间马房。亏他是个鞭杖行人家，容得这些马匹。众人大厅铺拜毡，故旧叙礼对拜；不曾相会的，引手通名，各致殷勤。坐下点茶，摆下马饭。雄信却等不得，叫道："贾润甫，可好今日就将叔宝请到贵府来，先相会一会？不然明日倘然就去，使主人措办不及我们的酒食。"贾润甫想道："今日却是个双日，叔宝为响马的事，府中该比较。他是个多情的人，闻雄信到此，把公事误了，少不得来相会。我不知道他有这件事,请他也罢了;我知道他有这件事,又去请他,教他事出两难。"人又多不便说话,只得含糊答应道:"我就叫人去请。"又向众人道:"单二哥一到舍下,就叫小弟差人去请秦大哥,只怕就来了。"贾润甫为何说此一句?恐怕众朋友吃过饭,到街坊顽耍,晓得里面有两个不尴尬的人,故说秦大哥就来,使众人安心等候,摆酒吃就罢了。正是:

筵开玳瑁留知己,酒泛葡萄醉故人。

不说贾润甫盛设留宾。却说叔宝自当日被这干公人,攀了下来。樊建威也只说他有本领,会得捉贼,可以了得这件公事,也无意害他。不知叔宝若说马上一枪一刀的本领,果然没有敌手,若论缉听的事,也只平常。况且没天理的人,还去拿两个踪迹可疑的人。夹打他遮盖两卯,他又不肯干这样事,甘着与众人同比。就是樊建威心上,也甚过不去,要出脱他,那刘刺史也不肯放,除是代他赔这宗赃银,或者他心里欢喜,把这宗事懈了去。这干人也拿不出三千两银子,只得随卯去比较,捱板儿罢了。这番末限,叔宝同五十三人进府。刘知府着恼,升堂也迟,巳牌时候才开门。秦琼带一干人进府,到仪门,禁子扛两捆竹片进去,仪门关了,问秦琼响马可有踪迹,答应没有踪迹。刘刺史便红涨了脸道:"岂有几个月中,捱不出两个响马的道理!分明你这干与他瓜分了。把这身子在这里捱,害我老爷,在这里措置赔他。"不由分说,拔签就打,五十四家亲戚朋友邻舍,都到府前来看,大门里外,都塞满了。他这比较,却不是打一个就放一个出来,他直等打完了,动笔转限,一齐发出五十四人,每人三十板。直到日已沉西,才打得完,一声开门出来,外边亲友,哭哭啼啼的迎接。那里面搀的扶的,驮的背的,都出来了。出了大门,各人相邀,也有往店中去的,也有归家饮酒暖痛的。只有叔宝他比别人不同,经得打,浑身是虬筋板肋,把腿伸一伸,竹片震裂,行刑的虎口皆裂。叔宝不肯难为这些人,倒把气平将下来,让他打。皮便破了,不能动他的筋骨。出了府来,自己收拾杖疮。正是:

一部鼓吹喧白昼,几人冤恨泣黄昏。

要知后事如何,且听下回分解。

第二十三回

酒筵供盗状生死无辞　灯前焚捕批古今罕见

诗曰：

勇士不乞怜，侠士不乘危。相逢重义气，生死等一麾。
虞卿弃相印，患难相追随。肯作轻薄儿，翻覆须臾时。

豪杰之士，一死鸿毛，自作自受，岂肯害人？这也是他江湖伎俩。但在我手中，不能为他出九死于一生，以他的死，为我的功，这又是侠夫不为的事。

却说叔宝出府门，收拾杖疮，只见个老者，叫："秦旗牌！"叔宝抬头："呀，张社长！"社长道："秦旗牌受此无妄之灾，小儿在府前新开酒肆，老夫替旗牌暖一壶释闷。"这是叔宝平昔施恩于人，故老者如此殷勤。叔宝道："长者赐，少者不敢辞。"将叔宝邀进店来，竟往后走，却不是卖酒与人吃的去处，内室书房。家下取了小菜，外面拿肴馔，暖一壶酒来，斟了一杯酒与叔宝。叔宝接酒，眼中落泪。张社长将好言劝慰："秦旗牌不要悲伤，拿住响马，自有升赏之日；若是饮食伤感，易成疾病。"叔宝道："太公，秦琼顽劣，也不为本官比较打这几板，疼痛难禁，眼中落泪。"社长道："为甚么？"叔宝道："昔年公干河东，有个好友单雄信赠金数百两回乡，教我不要在公门当差，求荣不在朱门下。此言常记在心，只为功名心急，思量在来总管门下，一刀一枪，博个一官半职。不料被州官请将下来，今日却将父母遗体，遭官刑戮辱，羞见故人，是以眼中落泪。"

清泪落淫淫，含悲气不禁。无端遭戮辱，俯首愧知心。

却不知雄信不远千里而来，已到齐州，来与他母亲拜寿，止有一程之隔。叔宝与社长正饮酒叙话之间，酒店外面喧将进来，问张公："酒店里秦爷可在里面？"酒保认得樊老爷，应道："秦爷在里面。"引将进来，却是樊虎。张社长接住道："请坐。"叔宝道："贤弟来得好，张社长高情，你也饮一杯。"樊虎道："秦大哥，不是饮酒的事。"叔宝道："有甚么紧要的说话？"樊虎与叔宝附耳低言："小弟方才西门朋友邀去吃酒，人都讲翻了，贾润甫家中到了十五骑大马，都是异言异服，有面生可疑之人，怕有陈达、牛金在内。"叔宝闻言大喜道："社长也不瞒你，樊建威在西门来，贾柳店中到些异样的人，怕有劫夺皇杠的二寇在内。我却不敢进酒了。"张社长道："老夫这酒是无益之酒,不过是与足下解闷。既有佳音,二位速去,擒了二寇,老夫当来贺喜。"

叔宝与建威辞了张社长,离了店门,往西门来。那西门人都挤满了,吊桥上瓮城内,都是那街坊上没事的闲汉,也搭着些衙门中当差的,却不是捕盗行头的人;见贾润甫家中到些异样人,都是猜疑。有认得秦琼与樊虎的说:"列位,有这两个人来,只怕其中真有缘故了。"却与叔宝举手道:"秦旗牌,贾家那话儿,倘有甚么风声,传个号头出来,我们领壮丁百姓,帮助秦旗牌下手。"叔宝举手答言:"多谢列位,看衙门面上,不要散了,帮助帮助。"下吊桥到贾润甫门首,都关了门面,吊闼板都放将下来,招牌都收进去。

叔宝用手一推,门还不曾拴,回头对樊虎道:"樊建威,我两个不要一齐进去。"樊虎道:"怎么说?"叔宝道:"一齐进去,就撞住了,没有救手。我们虽说当不过日逐比并,未必就死;他这班人,却是亡命之徒。常言道,双拳不敌四手。你在外面,我先进去。倘有风声,我口里打一个哨子,你就招呼吊桥和城门口那些人,拦住两头街道,把巷口栅栏栅住,帮扶我两个动手。"樊虎道:"小弟晓得。"叔宝捱二门三门进来。三门里面,却是一座大天井,那天井里的人,又挤满了。却是甚么人?众朋友吃下马饭已久,安席饮酒,又有鼓手吹打,近筵前都是跟随众豪杰的手下,下面都是两边住的邻居的小人,看见这班齐整人,安席饮酒,就挤了许多。

此时叔宝怕冒冒失失的进去,惊走了席上的响马,又且贾润甫是认得的,怕先被他见了,就不好做事;只得矮着身体,混在人丛中,向上窥探。都是一干熊腰虎体的好汉,高巾盛服之人;止得一两个人,是小帽儿。待要看他面庞,安酒时,都向着上作揖打躬,又有一干从人围绕,急切看不出辨他是何等人。要听他那方言语时,鼓手又吹得响,听不见。直至点上了灯,影影里望将去,一个立出在众人前些的,好似单雄信。叔宝想一想:"此人好似单雄信。他若来访我,一定先到我家,怎在此间?"正踌躇要看个的实,却好席已安完,鼓手扎住吹打。主人叫:"单员外请坐罢。"雄信道:"僭越诸公。"巧又是王伯当向外与人说话,又为叔宝见了。叔宝心中说道:"不消说起,是伯当约他来与我母亲拜寿了,早是不被他看

见。"转身往外就走。

走到门外，樊虎已自把许多人都叫在门口，迎着叔宝问道："秦大哥，怎么样了？"叔宝把樊虎一啐："你人也认不得，只管轻事重报！却是潞州单二哥。你前日在他庄上相会，送你潞州盘费的。你刚才到府前，还是对我讲；若是那些小人知道，来这门首吵吵闹闹，却怎么了？"樊虎道："小弟不曾相见，不知是单二哥。听人言语，故此来请。这等，回去罢。"人挤得多了，樊虎就走开了。叔宝却恐里面朋友晓得没趣，分散外边这些人道："列位都散了罢，没相干，不是歹人。潞州有名的单员外，同些相知的朋友，到这厢来，明日与家母做生日的。"人多得紧，一起问了，又是一起来问。

却说雄信坐于首席。他却领了几个不尴尬的朋友在内，未免留心，叫："贾润甫，适才安席的时候，许多人在阶下，我看见一个大汉，躲躲藏藏，在那些人背后，看了我们一回，往外便走，这边人也纷纷的随他出去了。你去看看是甚么人？"贾润甫因雄信之言，急出门观看；只见还有在那厢间问的，拦住叔宝不得走，已被润甫见了，忙道："秦大哥，单二哥为令堂称寿，不远千里而来，一到舍下就叫小弟来请兄。小弟知兄今日府中有公干，不敢来混乱。怎么来了，反要缩将转去？单二哥看见了，怎好回去？"叔宝却不好讲樊建威那些话，将计就计，说："贤弟你晓得，我今日进府比较，偶然听得雄信到此，惟恐不的，亲自来看看，果然是他。我穿比较的衣服在此，不好相见。当年在潞州少饭钱卖马，今日在家中又是这等样一个形状，羞见故人，回家去换了衣服，就来见他。"贾润甫道："路途又远，家去更衣不便。小弟适才成衣店内做的两件新衣，明日到贵府与令堂拜寿壮观的，贱躯与贵躯差不多长。"叫手下打后门去，把方才取回的两件新衣服，拿来与秦老爷穿，那些众人都散了。

叔宝换了衣服，同贾润甫笑将进来。贾润甫补前头的诳话，叫道："单二哥，小弟着人把秦大哥请来了。"都欢呼下去，铺拜毡。叔宝先拜谢昔年周全性命之恩。伯当、嗣昌这一班故友，都是对拜八拜。不曾相会的，因亲而及亲，道达名字，都拜过了。贾润甫举卮箸，定叔宝的坐席。义桑村是十三个人来，连贾润甫宾主十五个，倒摆下八桌酒。两人一席，雄信独坐首席。主人的意思取便："秦大哥就与单员外同坐了罢。"叔宝道："君子爱人以德，不可徇情废礼。单二哥敝地来，贾兄忝有一拜，小弟今日叨为半主，只好僭主人一坐；诸兄内让一位，上去与单二哥同席为是。"雄信道："叔宝，我们适才定席时，相宜者同坐，若叙上一位，席席都要举动。莫若权从主人之情，倒与小弟同坐，就叙叙间阔之情。"叔宝却只管推辞，又恐负雄信叙旧之意；公然坐下，有许多远路贵客在内；却也有一段才思，叫贾润甫命手下人："把单二哥的尊席前这些高照果顶，连桌围都撤去了。我们相厚朋友，不以虚礼为尚，拿一张杌坐儿，放在单二哥的席前，我与单二哥对坐，好叙说话。"众朋友道好，坐下。灯烛辉煌，群雄相坐，烈烈轰轰，飞酒往来，传递不绝。有一首减字唐诗道：

美酒郁金香，盛来琥珀光。主人能醉客，何处是他乡？

先是贾润甫拿着大银杯，每席都去敬上两杯。次后秦叔宝道："承诸兄远来，为着小弟，今日未及奉款，且借花献佛，也敬一杯。"席席去敬。都是旧相与，都有说有道的。到了左手第三席，是尤俊达、程咬金。他两个都没有文，况夹在这干人内。王伯当、柴嗣昌、李玄邃都温雅，有大家举止；单雄信、尉迟兄弟、张公谨、白显道、史大奈，虽粗却有豪气；童佩之、金国俊公门中人，也会修饰。独有程咬金一片粗鲁，故相待甚是薄薄的。

不知程咬金自信是个旧交，尤俊达初时也听程咬金说道是旧交，见叔宝相待冷淡，吃了几杯酒，有了些酒意了，就说起程咬金来道："贤弟，你一向是老成人，不意你会说诳。"咬金道："小弟再不会说谎。"尤员外道："前日单二哥，拿令箭知会与秦老伯母上寿，我说：'贤弟你不去罢。'你勉强说：'秦大哥与我髫年有一拜，童稚之交。'若是与你有一拜，他就晓得你会饮了，初见时恰似不相认一般。如今来敬酒，并不见叙一句寒温，不多劝你一杯酒，是甚缘故？"咬金急得暴躁道："兄不信，等我叫他就是。"尤俊达道："你叫。"咬金厉声高叫："太平郎，你今日怎么倨傲到这等田地！"就是春雷一般，满座皆惊。连叔宝也不知是那一个叫，慌得站起身来："那位仁兄错爱秦琼，叫我乳名？"王伯当这一班好耍的朋友鼓掌大笑道："秦大哥的乳名原来叫做太平郎，我们都知道了。"贾润甫替程咬金分剖道："就是尤员外的厚友，程知节兄，呼大哥乳名。"叔宝惊讶其声，走到咬金膝前，扯住衣服，定睛一看，问道："贤弟，尊府住于何所？"咬金落下泪来，出席跪倒，自说乳名："小弟就是斑鸠店的程一郎。"叔宝也跪下道："原来是一郎贤弟。"

垂髫叹分袂，一别不知春。莫怪不相识，及此皆成人。

当初叔宝、咬金相与，是朝夕顽耍弟兄，怎再认不出？只因当日咬金面貌，还不曾这般丑陋，后因遇异人服了些丹药，长得这等青面獠牙，红发黄须。二人重拜。叔宝道："垂髫相与，时常怀念。就是家母常常思念令堂，别久不知安否？何如今日相逢，都这等峥嵘了。"坐间朋友，一个个都点头嗟叹。叔宝起来，命手下将单员外席前坐机，移在咬金席旁，叙垂髫之交，更胜似雄信邂逅相逢。

却只是叔宝有些坐得不安，才与雄信对坐时，隔着酒席，端端正正，接杯举盏，坐得舒畅。如今尤员外正席，左首下首一席，是咬金坐了，叔宝却坐在桌子横头。坐得不安也罢了，咬金却又是个粗人，斟杯酒在面前，叔宝饮得迟些，咬金动手一挟一扯的。叔宝又因比较，打破了皮，也有些疼痛，眉头略皱了一皱。咬金心中就不欢喜起来，对叔宝道："兄还与单二哥吃酒去罢！"叔宝道："贤弟为何？"咬金道："兄不比当年，如今眼界宽了，有些嫌贫爱富了。似才与单二哥饮酒，何等欢畅，与小弟吃两杯酒，就攒眉皱脸起来。"叔宝却不好说腿疼，答道："贤弟不要多心，我不是这等轻薄人的。"贾润甫又替叔宝分辩道："知节兄不要错怪了秦大哥。秦兄的贵体，却有些不方便。"咬金是个粗人，也不解不方便之言，就罢了。

雄信却与叔宝相厚，席上问贾润甫："叔宝兄身上有甚么不方便处？"贾润甫道："一言难尽。"雄信道："都是相厚朋友，有甚说不得的话？"贾润甫叫手下问道："站着些人，都是甚么人？"手下回复道："都是跟随众爷的管家。"贾润甫又向自己手下人说："你们好没分晓，在家不会迎宾客，出外方知少主人。这些众管家在此，你们怎不支值茶饭？"又向管家道："列位不要在此站列，请外边小房中用晚饭，舍下却自有人服事。"贾润甫将众人都送出三门，自己把门都拴了，方才入席。

众朋友见贾润甫这样个行藏动静，都有个猜疑之意，不知何故。雄信待贾润甫入席，才问道："贤弟，叔宝不方便为何？请教罢！"贾润甫道："异见异闻之事。新君即位，起造东都宫殿，山东各州，俱要协济银三千两。青州着解官解三千两银子上京，到长叶林地方，被两个没天理的朋友，取了这银子，又杀了官。杀官劫财的事，还是平常，却又临阵通名，报两个名，叫做甚么陈达、牛金。系是齐州地方，青州申文东都，行文齐州，州官赔补，并要缉获这两个贼人。秦大哥在来总管府中，明晃晃金带前程，好不兴头。为这件事，扳扯将来，如今着落在他身上，要捕此二人。先前比较，看衙门分上，还不打，如今连秦大哥都打坏了。这九月二十四日，就限满了。刘刺史声口，要在他们十余人身上，赔这项银子，不然要解到东都宇文司空处去还。不知怎么了！"坐间朋友，一个个吐舌惊张。

事不关心，关心者乱。尤俊达在桌子下面，捏咬金的腿，知会此事。咬金却就叫将起来道："尤大哥，你不要捏我，就捏我也少不得要说出来。"尤员外吓了一身冷汗，动也不敢动。叔宝问道："贤弟说甚么？"咬金斟一大杯酒，道："叔宝兄，请这一杯酒。明日与令堂拜寿之后，就有陈达、牛金与兄长请功受赏。"叔宝大喜，将大杯酒一吸而干，道："贤弟，此二人在何方？"咬金道："当初那解官错记了名姓，就是程咬金、尤俊达，是我与尤大哥干的事。"众人听见此言，连叔宝的脸都黄了，离坐而立。

贾润甫将左右小门都关了，众友都围住了叔宝三人的桌子。雄信开言："叔宝兄，此事怎么了得？"叔宝道："兄长不必着惊，没有此事。程知节与我自幼之交，他浑名叫做程抢挣。才听见贾润甫说，我有这些心事，他说这句呆话，开我怀抱，好陪诸兄饮酒。流言止于智者，诸兄都是高人，怎么以戏言当真？"程咬金急得暴躁起来，一声如雷道："秦大哥，你小觑我！这是甚么事，好说戏话？若说谎就是畜生了！"一边口里嚷，一边用手在腰囊里摸出十两一锭银来，放在桌上，指着道："这就是兖州官银，小弟带来做寿礼的；齐州却有样银。"叔宝见是真事，把那锭银子转拿来纳在自己衣袖里。许多豪杰，个个如痴，并无一言。

惟雄信却还有些担当，道："叔宝兄，这件事在兄与尤员外、程知节三位身上，都还好处，独叫我单雄信两下做人难。"叔宝开口道："怎么在兄身上转不便？"雄信道："当年寒舍，曾与仁兄有一拜之交，誓同生死患难，真莫逆之交。如今求足下不要难为他二人，兄毕竟也就依了。只是把兄解到京，却有些差池，到为那一拜，断送了兄的性命。如今要把尤俊达与程咬金交付与兄受赏，却又是我前日邀到齐州来，与令堂拜寿的。害他性命，于心何安？却不是两下做人难？"叔宝道："但凭兄长吩咐。"雄信低头思想了一会说："我如今在难处之时，只是告半日宽限罢。"叔宝道："怎么半日宽限？"雄信道："我们只当今日不知此事，众朋友不要有辜来意。明日还到尊府，与令堂拜寿，携来的薄礼献上。酒是不敢领了，这等个怀抱，还吃甚酒？告辞各散。兄只说打听，知道是他二人，领官兵团住武南庄。他两个人，也不是呆汉子，决不肯束身受缚，或者出来也敌斗一会，那个胜负的事，我们也管不得了。这也是出于无奈，在叔宝兄可允么？"

且袖渔人手，由他鹬蚌争。

叔宝道："兄长，你知自己是豪杰，却藐视天下再无人物。"雄信道："兄是怪我的言语了。"叔宝道："小弟怎么敢怪兄？昔年在潞州颠沛险难，感兄活命之恩，图报无能，不要说尤俊达、程咬金是兄请往齐州来，替我家母做生日。就是他弟兄两个，自己来的，咬金又与我髫年之交，适才闻了此事，就慷慨说将出来，小弟却没有拿他二人之理。如今口说，诸兄心不自安，却有个不语的中人，取出来与列位看一看，方才放心。"雄信道："请教。"叔宝在招文袋内，取出应捕批来，与雄信。雄信与众目同看，上面止有陈达、牛金两个名字，并无他人。咬金道："刚刚是我两人，一些也不差。拜寿之后，同兄见刺史便了。"雄信把捕批交与叔宝。叔宝接来豁的一声，双手扯得粉碎。其时李玄邃与柴嗣昌两个来夺时，早就在灯上烧了。

自从烛焰烧批后，慷慨声名天下闻。

毕竟不知如何。且听下回分解。

第二十四回

豪杰庆千秋冰霜寿母　罡星祝一夕虎豹佳儿

诗曰：

　　君不见段卿倒用司农章，焚词田叔援梁王。丈夫作事胆如斗，肯因利害生忧惶？生轻谊始重，身殒名更香。莫令左儒笑我交谊薄，贪功卖友如豺狼。

　　智士多谋，勇士能断，天下事若经智人肠肚，毕竟也思量得周到。只是一瞻前顾后，审利图害，事如何做得成？惟是侠烈汉子，一时激发，便不顾后来如何结局，却也惊得一时人动。当时秦叔宝只为朋友分上，也不想到烧了批，如何回覆刘刺史？这些人见他一时慷慨，大半拜伏在地。叔宝也拜伏在地。只为：

　　　　世尽浮云态，君子济难心。谊坚金石脆，情与海同深。

　　这时候止有个李玄邃，袖手攒眉，似有所思。柴嗣昌靠着椅儿，像个闲想。程咬金直立着不拜，道："秦大哥，不是这等讲。自古道，自行作事自身当。这事是我做的，怎么累你？只是前日获不着我两个，尚且累你；如今失了批回，如何回话？这官儿怕不说你抗违党盗，这事怎了？况且我无妻子，止得一个老母。也亏做了这事，尤员外尽心供奉饱衣暖食，你却何辜？倘有一些长短，丢下老母娇妻，谁人看管？如今我有一个计策，尤员外，你只要尽心供奉我老母，我出脱了你，我一身承认了就是。杀官时原只有我，没有你追赶解官；通名时也只有我，没有你，这可与解官面质得的。只我明日拜寿之后，自行出首就是。秦大哥失了批回，也不究了。若是烧了批回，放我二人，我们岂不感秦大哥恩德？却不是了局，枉自害了秦大哥。"

　　众人先时也都快活，听到烧了批回，也不结局，枉累了秦叔宝这一片话，人都目睁口呆。只有李玄邃道："这事我在烧批时便想来。先时只恐秦大哥要救自己，急不肯放程知节，及见他肯放他两人时，我心中说，叔宝若解东都宇文恺处，我自去央人说情，可以保全不妨。不料烧了批。如今我为秦大哥想，来总管原在我先父帐下，我曾与他相厚；况叔宝亦曾与他效劳，我自往见来总管，要他说一个事故，取了叔宝去，这事便解了。"伯当道："也是一策。"程咬金道："是便是，若来总管取得他去，便不发他下来了。况且不得我两个，不得这赃，州官要赔。这些官不楂银子家去罢了，肯拿出来赔？这是断断不放的。只是我出首便了。"叔宝道："且慢，我自明日央一个大分上说：屡比不获，情愿赔赃，事也松得。"正是：

　　十万通神，有钱使鬼。说甚铁面，也便唯唯。

　　却说柴嗣昌拍着手道："这却二兄无忧，柴嗣昌一身任了罢！"众人跟前，怎柴嗣昌敢说这大话？却为刘刺史是他父亲知贡举时取的门生，柴嗣昌是通家兄弟，原是要来拜谢。叔宝打他抽丰做路费，撞在这事里，他也待做个白分上。总是刘刺史要赔赃，却不道有带来唐公酬谢叔宝银三千两，叔宝料不遽收，就将来赔了，岂不两尽？故此说这话。道："实不瞒诸兄说，刘刺史是我先父门生，我去解这危罢！"程咬金道："就是通家弟兄，送了百十两银子便罢，如何肯听了自赔三千两皇银？"尤俊达道："只要柴大哥说得不难为叔宝，银子我自措来。"柴嗣昌道："这银子也在我身上，不须兄措得。众位且静坐饮酒，不可露了风声。为他人知觉，反费手脚。"正是：

　　神谋奇六出，指顾解重围。好泛尊前醉，从教月影微。

　　单雄信道："既是李大哥、柴大哥都肯认这节事，拜寿之后，两路并行，救他两人之急罢了。"众人仍又欢欢喜喜的，入席饮酒，分外欢畅，说了几许时话，吃了几多时酒。

　　不觉将五鼓，叔宝先告辞回家。进城到自家门口，只见门还不闭，老母倚门而立，媳妇站在旁边。叔宝惊讶道："母亲这早晚还立在门口何干？"老母把衣袖一洒，洋洋的径回里面坐下，眼中落泪。叔宝慌忙跪倒。老母道："你这个冤家，在何处饮酒，这早晚方回，全不知儿行千里母担忧。虽不曾远出，你却有事在身上。昨日府中比较，我看见被打的人，街坊上纷纷的走过去，我心中何等苦楚？你却把我老母付于度外。"叔宝道："孩儿怎敢忘母亲养育之恩，只是有一桩不得已事。"老母道："甚么不得已事？"叔宝道："就是昔年潞州破格救孩儿性命的单员外，同许多朋友，赶到齐州来，今日天明与母亲拜寿。"老母道："既然如此，你且起来叫媳妇，现有远路尊客到家中，茶果小菜，不比寻常，都要安排精洁些。"

　　叔宝把做旗牌官管下共二十五名士兵，都唤到家中使用，同批捕盗

的二友，请来代劳。樊建威是个粗人，着他收入盘盒礼物，打发行的脚钱。唐万仞写的字好，发领谢帖子，就开礼单记帐。连巨真礼貌周旋，登堂拜寿的朋友，都是他迎接相陪。有走马到任的酒面，叔宝内外照管。却不止于西门外这班朋友，山东六府，远近都有人来，只这本地来总管标下，中军官差人送礼，同袍旗牌听用等官，俱登堂拜寿。齐州除正堂以下佐贰衙的官员，并历城县，都要叔宝担捕盗的担子。二十四日顶限，解赴东都，只得奉承。也有差人送礼的，有登堂拜寿的。还有绿林中一班人，感叔宝周旋，不敢登堂拜寿，月初时黑夜入城，用折干礼物，单书姓名，隔墙投入。叔宝受有千金。如今见府县官员来拜寿，着人出外城去，知会雄信等，缓着些进来，恐咬金说话，露出些风声来，多有不便。

众人下处吃过了饭，到巳时以后，方才进城。十七位正客，手下到有二十多人，礼物抬了一条街道。将近叔宝门首，叔宝与建威等，重换衣服，降阶迎接。众人相见了，先将礼物抬将进去。此时门上结彩，堂内铺毡，天井里用布幔遮了日色，月台上摆十张桌子，尺头盘盒，俱安于桌上；果盘等件，就月台地下摆了；羊酒与鹅酒，俱放在丹墀下面。众人各捧礼单，立于滴水檐前，请老母拜寿。看堂上开寿域规模，屏门上面悬一面牌匾，写四个大字"节寿双荣"。庭柱上一对联句，称老夫人操守："历尽冰霜方见节，乐随松柏共齐年。"居中古铜鼎内焚好香，左右两张香几，宝鼎焚香。左首供一轴工绘南极寿星图，右首供一幅细绣西池王母。檐前结五彩球门，两厢房鼓手奏乐。

叔宝到屏门边，请老母堂前与诸兄相见。老母出来，虽是六旬，儿子却在得意之秋。老母黄发童颜，穿一身道扮的素服，拿一串龙颔头的念珠，后边跟两个丫环。秦母近堂前，举手道："老身且不敢为礼。"先净手拈香，拜了天地，拜罢转在主人的席边，方才开言道："老身与小儿有何德能，感诸公远降，蓬荜生辉。诸位大人风霜远路，就此站拜了。"雄信领班登堂，众口同声道："晚生辈不远千里而来，无以为敬，惟有一拜。"推金山，倒玉柱，一群虎豹，罗拜于阶下。老母也跪下。那樊虎、唐万仞、连巨真，却不随班下拜，扯住了秦母两边衣袖，不容他还拜。叔宝却跪在母亲旁边，代老母还礼。雄信道："恐烦伯母，我等连叩八拜罢。"老母还礼起来称谢。众人却将各处礼单，递与叔宝，献于老母亲看，安在居中桌上。老夫人道："诸位厚仪，却则反有不恭之罪。"吩咐秦琼都收了各家的寿轴，从屏门两边，鹅毛扇挂将起来，惟工致者揭面。

雄信又上前道："老伯母在上，适才物鲜，不足与伯母为寿，还备得有寿酒在此，每人各敬三杯，以介眉寿。"叔宝道："单二哥，就是樊建威三位兄弟，还不赠赐家母的酒。家母年高，不要说大杯，就是小杯，也领不得许多。兄长吩咐，总领三杯便了。"李玄邃道："依单员外每人三杯太多，依叔宝总领三杯太少。我学生有个愚见：众朋友若是一个个来的，就该每人奉三杯了；

若是一家来的，总只该奉三杯；我们也不是一家，也不是一个，各有一张礼单在此，照礼单奉酒，有一张礼单，奉三杯酒。"叔宝看礼单甚多："这等容小弟代饮。"伯当道："这个使得，母子同寿千秋。"先是雄信的，这个单上的人多，八个人：单通、王勇、李密、童环、金甲、张公谨、史大奈、白显道，他这八人，九月十五二贤庄起身，礼单礼物，都是雄信办停当来的。老母见客众，却领两杯，叔宝代饮一杯。第二是柴绍，独一个礼单，老母也领了两杯，叔宝代饮一杯。次后尉迟南、尉迟北，却又重新讲起："小弟二人，虽是一张礼单，却要奉六杯寿酒。"叔宝道："单二哥许多朋友，遵李兄之言，只赐三杯，贤昆玉却怎么又要破格？"尉迟兄弟道："小弟也说出理来。适才乱收礼物进去，却有我本官罗公书礼在内。愚兄弟奉差遣，假公而济私来的，不要辱主人之命。先替我罗老爷奉过三杯，然后才尽我弟兄二人来意。"众人都道好，老夫人听得说是姑夫差官，勉强饮两杯，叔宝代饮四杯。

却轮到尤俊达、程咬金。叔宝道："这位就是斑鸠店住的程一郎。"秦母失惊道："这就是程一郎？怎面庞一些不像了？记得乱离时，与令堂相依，两边通家，往还数年，后来令堂要往东阿以后，音信隔绝，不料今日相逢，令堂可好么？"咬金道："托庇粗安，令知节致意老伯母。"秦母又欢喜，吃了两杯，叔宝又代饮一杯。雄信又叫住了："还留主人陪我们盘桓，你本地方朋友，总只奉三杯罢。"还有张礼单，贾润甫城中的三友：樊虎、连明、唐万仞，共奉三杯。

寿酒已毕，老夫人称谢，吩咐叔宝："诸公远来光顾，须得通宵快饮。"老夫人进去，叔宝将二门都关了，各按次序而坐。都是贾柳家中叙过的，今日只多城里三人，又是那叔宝通家兄弟，都做主人。奏乐进酒，因酒无令不行，将雄信贺寿的词，做一酒令，每人执一大杯，饮一杯酒，念寿词一遍；一字差讹，则敬一杯。先是雄信首唱其词曰：

秋光将老，霜月何清。皎态傲寒惟香草，花周虽暮景，和气如春晓，恍疑似西池阿母来蓬岛。杯浮玉女浆，盘列安期枣，绮筵上，风光好。昂昂丈夫子，四海英名早，捧霞觞，愿期颐，长共花前笑。

众豪杰歌寿词，饮寿酒。词原是单雄信家中李玄邃做来的，他两个不消讲记得。王伯当与张公谨，都曾见来，这两人文武全才，略略省记，也都不差。到柴嗣昌不惟记得，抑且歌韵悠扬合调。贾润甫素通文墨，也还歌得。苦了是白显道、史大奈、尉迟南、尉迟北、尤俊达、金国俊、童佩之、樊建威一干等了，程咬金道："这明是作耍我了，我也不认得，念不来，吃几钟酒罢。"众人一齐笑了一番，开怀畅饮。

却说外厢这些手下仆从士兵，亦安排了几桌酒饭，陪着他们吃。忽听得外面叩门声甚急，一个士兵忙取火，开门出来一看，却是一个长大的道人，肩上背着一口宝剑。士兵道："你来做甚么？"道人道："我来化斋。"士兵道："斋是日里边化的，这是甚么时候了，却来鬼混！"道人道："别人化斋是日里，我偏要在夜里化。"士兵道："里边有事，谁耐烦和你缠，请你出去罢！"把手向道人一推，只见士兵反自仰面一交，翻天的跌向照壁上去。这一响惊动了厢房这些士兵，与那手下仆从齐出来。这干人都是会动手动脚的，见跌倒了那个士兵，大家上前要打这道人。只见道人把手一格，一二十人纷纷的上堆，也是倒在尘埃。一个士兵忙进堂中，向席上去报知。叔宝见说便道："你们好不晓事。他要化斋，或荤或素，斋他一饱便了，值甚事大惊小怪？"樊建威道："秦大哥你自陪客，待弟出去看来。"

樊建威走到门首，只见那道人虎躯雄壮，一部髯须，知非常人，忙举手一恭道："老师还是实要化斋，还是别有话说？"道人道："我那里要化甚么斋？我是要会叔宝兄一面，与他说句话儿就去的。"樊建威道："既如此，老师少待，我去请他出来。"樊建威进来说了，叔宝方要出去，只见道人已到面前，叫道："那位是叔宝兄？"此时众豪杰看见，也都出位走下来。叔宝应道："小弟就是。"忙向道人作了揖。道人又问："那一位是二贤庄单雄信兄？"雄信道："小弟便是单通。"也与道人揖过。王伯当道："老师，我们人众，大家团揖了坐罢！"叔宝便问老师上姓。道人道："小弟姓徐，贱字洪客。"叔宝见说大喜道："原来是徐洪客兄，何缘有辱降临？"单雄信道："魏玄成时常道及老师，许多奇谋异术，文武才能，日夕企慕得紧，今幸一见，足慰平生。"

叔宝就要安席敬酒，徐洪客道："坐且少停，弟此来为庆老伯母大寿，此时不敢又动烦出阁。弟在山中，带得仙液香醪在此，烦兄送进去敬上老伯母，小弟在外遥拜便了。"便叫取一个空壶来，手下人忙把来放在桌上。徐洪客向袖中取出一个三四寸长的葫芦来，对天默念了几句，又将一指在葫芦外划了几划，揭起壶盖倾下，一时异香满室，烟浮篆结，热腾腾竟是一满壶香醪。徐洪客把一指在葫芦口边一击，即便住了，执壶在手道："本欲就送进去，奈弟与叔宝兄乍会，恐有猜疑，待弟先自饮一杯。"就斟上一杯，自饮干了，又斟一杯，送与叔宝道："兄亦先奉一杯，然后好烦兄送进去与老伯母增寿。"叔宝道："承赐仙醪，家母尚未奉过，弟安敢先尝？"只见程咬金抢出来喊道："待弟与秦大哥饮罢！"便举杯向口只一合饮干，觉得香流满颊，精回肺腑，便道："可要再代一杯？"徐洪客道："这未必。且拿进去，奉过了老伯母，剩下的取来敬诸兄。"叔宝捧了壶，进里边去了。洪客向内拜了四拜起来。正是：

　　　　眉寿添筹献，香醪异味新。

不一时叔宝出来，对洪客拜道："老母叫弟致谢徐兄天浆。家母已饮受三杯，余下的叫秦琼分惠与诸兄长。"樊建威把徐洪客向内拜祝，说与叔宝知道。叔宝连忙又拜下去。洪客扯住，又在袖内取出一个葫芦来，向口内吹一口气，把壶瓶倾满，大家你一杯，我一盏，恰好轮到了叔宝主人家一杯，壶中方竭。众人吃了，个个赞美称奇。叔宝就定徐洪客在单雄信肩下坐了，众豪杰亦各就位。

叔宝对徐洪客道："前岁小弟公干长安，遇李药师，尝道吾兄大名。"雄信问道："洪客兄，你几时不会魏玄成了？"洪客道："弟于前月望间，道过华山西岳庙，蒙玄成兄留弟住了一宵，说叔宝兄前年在潞州东岳庙染疴，亏兄接秦兄到贵府调理好了，彼此相聚，约有半载。秦兄后边误遭人命，配入幽州，如今四五载，音信杳然，心甚挂念。玄成兄因庙中不能脱身，托弟附一札，到尊府相访，欲同往来祝寿。尊价云爷已同诸位爷往山东拜秦太太寿去了，故此弟连夜赶来，庆祝伯母荣寿。"说罢，就在袖中取出魏玄成的两札来。雄信拆开看了，不过说前日在潞时，承兄护法光耀山门的意思。那叔宝一札，前边聊叙阔踪，中间道不及亲身奉祝之意，后边说来友徐洪客非等闲之人，嘱叔宝以法眼物色之；另具寿词一幅，颂祝冈陵。叔宝看完，纳入袖中道："小弟当年在庙中抱病，亏他的药石调理。及弟在幽州，回到潞州，刚欲图报，玄成兄又到华山去了。许多隆情厚谊，尚未少酬，至今犹自歉然。"

李玄邃道："徐兄几时到这里的？"徐洪客道："小弟下午方赶进城，寓在颜家店内。原拟明晨来拜秦伯母寿，因见巽方上今晚气色不佳，防有小灾，一路看觑，恰在这个里中，故此只得暮夜来奉陪诸兄。"众人见说，齐声问道："甚么灾星？"洪客答道："诸兄少刻便知。"众豪杰见徐洪客丰神潇洒，举动非常，都与谈论，劝他的酒。正在觥筹交错之时，只见徐洪客停着酒杯在案，把左眼往外一瞬，说道："不好，灾星来了！"忙跳起身来，执着一杯酒，向月台站定，拔出背上宝剑，口中念念有词，喝声道："疾！"把酒向空中一洒进来。一霎时，狂风骤起，黑雾迷失，堂中灯烛，光摇影乱。众人正在惊疑，只听得外边喧嚷，进来报道说："不好了，左首邻家漏了火了！"叔宝与众人见说，忙要起身往外着人去救火，洪客止住道："诸兄不要动，外边大雨了。"话未说完，只听得庭中倾盆大雨，倒将下来，足有一个时辰，却云收雨息。手下人进来说道："恰好逢着一场大雨，把火都救灭了，不然必致延烧的了不得。"于是众豪杰愈钦服徐洪客。

其时正交五鼓，众人便起身谢别。洪客对叔宝道："小弟明早不及登堂了。"叔宝道："吾兄远临，诸兄又在此，再屈盘桓几日。"洪客道："小弟因魏玄成常说，太原有天子气，故与刘文静兄相订，急欲到彼一晤，故此就要动身。"叔宝道："既如此，弟亦欲修一札，去候文静兄，并欲作札致谢玄成，明早遣人送到尊寓。"洪客应允，众位齐声谢别出门。正是：

　　胜席本无常，盛筵难再得。

第二十五回

李玄邃关节全知己　柴嗣昌请托浼赃官

词曰：

　　天福英豪，早托与匡扶奇业。肯困他七尺雄躯，一腔义烈？事值颠危浑不惧，遇当生死心何慑。堪美处，说甚胆如瓢，身似叶。

　　羞弹他无鱼铗，喜击他中流楫。每济困解纷，步凌荆聂。囊底青蚨尘土散，教胸中豪气烟云接。岂耽耽贪着千古名，一时侠。

调寄《满江红》

　　尝看天下忠臣义士身上，每每到摆脱不来处，所与他一条出路，绝处逢生。忠臣义士，虽不思量，靠着天图个侥幸成功，也可知天心福善，君子落得为君子。叔宝一时意气，拿里图有李玄邃、柴嗣昌两个为他周旋？不期天早周旋，埋伏这两路救应。

　　当日饮够了半夜，单雄信一干回到贾润甫家歇宿；徐洪客到颜家店里，候叔宝的回札。樊建威等三人，各自回家。雄信睡到天明，忙去催李、柴两个行事，两人分投而往。李玄邃去见来总管，明说为拜秦叔宝母亲寿诞而来，今叔宝因捕盗，遭州中荼毒，要兄托甚名色，取了他来，以免此害。来总管道："此人了得，我也有心看他；但只是说两个毛贼，他去擒拿也不难，不料遭州中责比。只是目下要取他来，无个名色取来，留在帐下，州中还要来争。"想了一想道："有了。前日麻总管移文来道，督催河工将士，物故数多，要我这边发五百人抵补。我如今竟将他充做将领，给文与他前去。这是紧急公务，他如何留得住？他再来留，我自有话说。当先原只说他受贿，不肯捕贼，如今将他责比，只是捕不来，可知不是纵贼了。他州中自有捕人，怎挟私害我将官？我这边点下军士，叫他整束行装，只待文出就行便了。"留玄邃吃饭。玄邃再三不肯道："兄只周旋得秦旗牌，小弟感惠多了。"要留他在衙中盘桓几日，玄邃道："恐刘刺史申文到宇文恺处害秦琼，要在彼处为他周全，以此不便久留。"来总管只得佥了一张批，自到贾润甫家答拜，送与李玄邃，赠他下程折席盘费银数百两。叔宝这番呵：

　　汤网开三面，冥鸿不可求。弋人何所慕，目断碧云头。

这厢柴嗣昌去见刘刺史。刺史因是座主之子，就留茶留饭。倒是刘刺史先说起自己在齐州一廉如水，只吃得一口水。起解银两，并不曾要他加耗，词讼多是赶散，并不罚赎。不料被响马劫去邻州协济银三千两，反要我州里赔。别无设处，连日追捕，捕人并无消息，好生烦恼。柴嗣昌就趁势说去道："正是捕人中有个秦琼，前奉差来长安，曾与八拜为交。昨来拜他母亲寿，闻他以此无辜受累，特来为他求一方便。"刘刺史道："仁兄不知。这秦琼他专一接受响马常例，养盗分赃，故此得夤充旗牌，交结远方。众捕盗攻他，小弟又访得确实，故此责令他追捕。纵是追

不着贼，他也赔得起赃。若依仁兄宽了他，贼毕竟拿不着，这项三千银子，必定小弟要赔了。明日小弟正待做文书，解他到东都总理宇文司空处去，今日兄吩咐小弟，止可宽他几限，使他得盗得赃罢了。"嗣昌道："我想东都只要银子去，人不解去，具文去也罢。"刘刺史道："正是这银子难得。小弟是赔不起，就要在本州属县搜括，凡可搜括得的，都是县官肉己钱，那个肯拿出来？故此不得不比这干捕人。"

柴嗣昌看这刘刺史的意思，是要叔宝众人身上出这项银子的了，因笑一笑道："这等不若待众捕人赔偿之一半，注销了此事罢。"刘刺史道："这如何注销得？即少一两，还是一宗未完，关着我考成的。"柴嗣昌道："这等，待各捕盗赔了，完了这考成罢。"刘刺史道："论这干人，多赔也不难，且惯得贼人常例，就赔也应该。只是这干人，都是东都讨解的，莫说解去是十死一生，只盘费也要若干。如今兄出题，自要他赔赃，外再送兄五百两，这个作小弟薄敬，小弟明日就不比较，听他纳银了。小弟还给一个执照与他，拿着贼时，一一追来给还。"柴嗣昌又含笑起身道："只恐这些穷人，还不能全赔。"刘刺史道："这皇银断不可少。只要秦琼出一张认状，分派到众人身上，小弟自会追足。就是仁兄的谢礼，切不可听他诉说穷苦，便短少了。"柴嗣昌道："只要赔得赃完，小弟的心领了罢。"起身告别，刘刺史直送出府门。正是：

只要自己医疮，那管他们剜肉。

柴嗣昌回到贾家时，李玄邃已得了来总管送来批文，只待柴嗣昌来，问府中消息，同去见叔宝。两边相见，玄邃便把批与柴嗣昌看，说："正待同你

见叔宝，叫他打叠起身。"柴嗣昌看了，叹一口气道："如今人薄武官，还是武官爽快。这些文官臭吝，体面虽好，却也刁钻，把一个免解，就做了一件大分上。大意要这干捕盗身上赔赃，说给与执照，待拿着贼时追给。"单雄信道："这小子也是果子话。但是这干捕盗，除了叔宝、樊建威、唐万仞、连巨真三个，想还家道稍可，其余这干穿在身上，吃在肚中，那一个拿得出银子的？"伯当道："这个须我们为他设处。"程咬金道："这不须讲得。原是我们拿去，还是我们补还。尤员外，快回家去，把原银倾过，用费些可补上，拿了来救秦大哥。"尤俊达也应声要去。柴嗣昌道："这是小弟说过，都在我身上。"张公谨道："岂有独累兄一人之理？"柴嗣昌道："不然，这也是秦大哥的银子。"伯当道："秦大哥几时有银子在你处？"柴嗣昌道："就是秦叔宝先时在槲树岗救了岳父，小弟在报德祠相会时，曾有书达知岳父，及至岳父有书差人送些银子来时，叔宝已回。逡巡至今，小弟方带得来，正拟拜寿后送去。还恐他是好汉子，为人不求报的，不肯收这银子，不若将来完了此事。"白显道与贾润甫道："此事最妙。"童环、金甲道："可见前日程兄有眼力，拦住厮杀，终久替他了事。"程咬金笑道："正是太便宜了我两个。"这是：

　　张公吃酒李公醉，楚国亡猿林木灾。

　　正谈时，听得外边喝道："是刘刺史来拜了。"众人都回避，独嗣昌相见，送了三两折程，三两折席。吃茶时，刘刺史道："所事我已着人放风去，先完了仁兄谢仪，然后小弟才立限收他银子，免他解给照与他。这分上若不是兄，断断不听。这五十余人解向东京，都是一个死，莫想得回来。"柴嗣昌道："小弟领仁兄情便了。"刘刺史道："兄不是这样说，务要他足数，不然是小弟谎兄了。且敝地寒苦，若舍了这桩分上，再没大分上，兄不可放松。"说罢，作别上轿去了。

　　仕途要术莫如悭，谁向知交赠一环。交际总交穷百姓，带他膏
　　血过关山。

众人听了这番说话，道："方才刘刺史教你不要放松是甚事？"柴嗣昌笑道："他是叫我索他们谢礼五百两。这不要睬他，只说我已得便完了。"李玄邃道："这等你折了五百两了。"

　　柴嗣昌叫家人带了银子，同单雄信、李玄邃、王伯当四人，竟到秦叔宝家中。樊建威因刘刺史差个心腹吏放风与他，要他们赔赃，且要出五百两银子，送柴嗣昌，极少也要三百两，慌做一团，赶来与叔宝计议。却值柴嗣昌四人到来，与樊建威见了礼，又与秦叔宝交相谢了。李玄邃却递出一张批文来，却是：

　　钦差齐州总管府来为公务事，仰本职督领本州骑兵五百名，并花名文册，前至钦差河道大总管麻处告投，不许迟延生事。所至津关，不得阻挡，须至批者。

　　　　　　　　　　　　　大业六年九月二十三日行限日
　　　　　　　　　　　　投右仰领军校尉秦琼准此

李玄邃道："来总管一面整点人马，大约三日内，要兄启行了。"叔宝看了也不介意，只有樊建威失惊道："恭喜仁兄，奉差即要荣行，脱离这苦门了，只是我们怎赔得这三千两银子，还要出五百两分上钱送柴兄？"单雄信道："樊建威也知道了？"樊建威道："小弟衙门中多有相知，柴兄讲时，就有人出来通信了。后边刘爷，又差个吏来明说，甚是心焦，故此特来与叔宝兄计议。"王伯当道："建威莫慌，柴大哥不惟不要你们分上钱，这三千两银子，还是他出。"樊建威道："果有此事？"秦叔宝道："有此事，没有此理。我也不要柴兄出，也不要樊建威众人出，尽着家当赔官罢，不敷我还有处借。"柴嗣昌道："这宗银子，原也是足下的。"柴嗣昌便取出唐公书，从人将两个挂箱，一个拜匣，一个皮箱，拿将过来。柴嗣昌道："这是岳父手札，送到小弟处，兄已回久。后来小弟值事，要面送，不曾来得，蹉跎至今。"叔宝启书，却是一个"侍生李渊顿首拜"名帖，又是一个副启，上写道：

   关中之役，五内铭德，每恨图报无由。接小婿书，不胜欣快。
  谨具白金三千两，为将军寿。萍水有期，还当面谢。

叔宝看了作色道："柴仁兄，这令岳小视我了，丈夫作事求报的么？"柴嗣昌陪着笑道："秦兄固不望报，我岳父又可作昧德的么？既来之，则安之。"单雄信道："叔宝兄，这原不是你要他的。路上难行，也没个柴兄复带去的理。如今将来完此事，却又保全这五十余家身家，你并不得分毫，受而不受。你不要固执。"樊建威道："叔宝兄，放了现钟去买铜，这便是我们五十三家的性命在上边了。柴兄慨然，你也慨然。"叔宝犹在迟疑，单雄信道："建威，叔宝他奉官差，就要起身，这银子你却收去完官。"王伯当道："分上钱，我这边柴大哥也出虚领了；只是我们这居间加一，管家这加一，不可少的。"众人一齐笑起来。叔宝道："只是我心中不安。"自起身进里边，又拿出三百两银子，来对樊建威道："我想刘刺史毕竟还要甚么兑头火耗，并甚么路费贴垫你，一发拿这三百两银子去凑，不要累众人批捕。我也不去销了。"正是：

   千金等一毛，高谊照千古。

樊建威道："我一人也拿不去，你且收着，待我叫了唐万仞众人来，也见你一团豪气。"叔宝收了，就留他数人在家中吃酒。

  正吃时，只见尤俊达与程咬金来辞。先时程咬金在路邀截柴嗣昌与杀败金、童两个，后来虽系俱是相与，心中也有些不安。到认了杀官劫掠时，明明供出个响马来了。咬金也便过了，尤俊达甚觉乏趣，勉强捱到拜寿，就要起身。程咬金道："毕竟看得叔宝下落方去，不然岂有独累他之理？"及至柴、李两人回复，知道叔宝可保无事。尤俊达又恐前日晚间言语之际，走漏风息，被人缉捕，故此要先回；贾润甫亦要脱干系，懒懒相留，故此两人特来拜谢告别。叔宝又留了，同坐作饯。

樊建威在坐，两边都不提起。叔宝道："本意还要留二兄盘桓数日，只为我后日就要起身，故不敢相留。"临行时，里面去取出些礼来，却是秦母送与程母的。吃到大醉，尤俊达、程咬金同单雄信等回店。到五更时，尤俊达与程咬金先起身去。

　　满地霜华映月明，喔咿远近遍鸡声。困鳞脱网游偏疾，病鸟惊弦身更轻。

　　次日早，秦叔宝知刘刺史处只要赔赃，料不要他，他就挺身去谢来总管辞他。来总管道："我当日一时不能执持，令你受了许多凌辱。如今你且去，罗老将军、李玄邃分上，回时我还着实看你。你也是不久人下的人。"叔宝叩辞了出来，复大设宴，请北来朋友，也是贾润甫、樊建威、唐万仞、连巨真陪。这三人感谢柴嗣昌不尽。不知若不为秦叔宝，柴嗣昌如何肯出这部酤力？叔宝又浼李玄邃作三封书：一封托柴嗣昌回唐公；一封付尉迟南，答罗行台，有礼与他姑娘姑夫；又有书与罗家表弟。一班意气朋友这一日传杯弄盏，话旧谈心，更比平时畅快。

　　杯移飞落月，酒溢泛初霞。谈剧不知夜，深林噪晓鸦。

　　吃到天明，还没有散。外边人马喧阗，是这五百人来参谒。叔宝换了戎服在厅上，吩咐止叫队甚长进见。恰是十个队长五十个甚长，斑斑斓斓的摆了一天井，都叩了头。叔宝道："来爷吩咐，只在明日起行。你们已领行粮，可作速准备行李，明日巳时在西门伺候。"众人应了一声散去。单雄信对叔宝道："前日说的求荣不在朱门下，若如此也不妨。"叔宝道："遇了李、柴二仁兄，可谓因祸得福。"李玄邃道："大丈夫事业正不可量。"众人都到寓所取礼来贺。叔宝也都送有贶礼，彼此俱不肯收。伯当道："叔宝连日忙，我们不要在此鬼混，也等他去收拾收拾行李，也与老嫂讲两句话儿。明日叔宝兄出西门，打从我寓所过，明日在彼相送罢。"众人一笑而散。

　　果然叔宝在家收拾了行李，措置了些家事，叫樊建威众人取了赔赃的这项银子去。到不得明日巳时，队甚长都全装贯带来迎，请他起身。叔宝烧了一陌纸，拜别了母妻，却是缠鬃大帽，红刺绣通袖金闹装带，骑上黄骠马。这五十人列着队伍，出西门来，与那青衣小帽在州中比较时，大似不同了。

　　萧萧班马鸣，宝剑倚天横。丈夫誓许国，胜作一书生。

　　出得西门，到吊桥边，两下都是从行军士排围。那市尽头有座迎恩寺，叔宝下了马，进到寺里。恐有不到的，取花名册一一点了。又捐己资：队长每人三钱，甚长二钱，散兵一钱；犒赏也费五六十两银子。内中选二十名精壮的做家丁，随身跟用，另有赏。事完，先是他同袍旗牌都来饯送，递了三杯酒作别了。次后是单雄信一干，也递了三杯酒。叔宝道："承诸公远来，该候诸公启行才去为是；只奈因玄邃兄提掇得这一差事，期限迫近，不能担延。"又对柴嗣昌道："柴大哥，刘刺史处再周旋，莫因弟去还赔累樊建威兄弟。"柴嗣昌道："小弟还要为他取执照，不必兄长费心。"对着尉迟兄弟说："家姑丈外烦为致意，公事所羁，不得躬谢。"对伯当及众人道："难得众兄弟聚在一处，正好盘桓，不料又有此别。"对贾润甫、樊建威道："家中老母，凡百周旋。"与众人作别上了马，三个大铳起行。

相逢一笑间，不料还成别。回首盼枫林，尽洒离人血。

去后，柴嗣昌在齐州结了赔赃的局，一齐起身。贾润甫处都有厚赠。柴嗣昌自往汾阳。尉迟兄弟、史大奈他三个却是官身，不敢十分担搁，与张公谨、白显道也只得同走幽州去了。止剩李玄邃、王伯当、单雄信、金国俊、童佩之五位豪杰在路。未知后事如何，且听下回分解。

第二十六回

窦小姐易服走他乡　许太监空身入虎穴

词曰：

泪湿郊原芳草路，唱到阳关愁聚。撒手平分取，一鞭骄马疏林觑。

雷填风飒堪惊异，倏忽荆榛满地。今夜山凹里，梦魂安得空回去。

调寄《惜分飞》

人生天地间，有盛必有衰，有聚必有散。处承平之世，人人思安享守业，共乐升平。若处昏淫之世，凡有一材一艺之士，个个思量寻一番事业，讨一番烦恼；或聚在一处，或散于四方，谁肯株守林泉，老死牖下？

再说金国俊、童佩之，恐怕衙门有事，亦先告别，赶回潞州去了。单雄信、王伯当、李玄邃，他三人是无拘无束，心上没有甚要紧，逢山顽山，逢水顽水，一路游览。不觉多时，出了临淄界口。李玄邃道："单二哥，我们今番会过，不知何日重聚？本该送兄回府，恐家间有事，只得要在此分路了。"王伯当道："弟亦离家日久，良晤非遥，大约来岁，少不得还要来候兄。"单雄信依依不舍，便道："二兄如不肯到我小庄去，也不是这个别法，且到前面去寻一个所在，我们痛饮一回，然后分手。"伯当、玄邃道："说得有理。"大家放辔前行。雄信把手指道："前面乃是鲍山，乃管鲍分金之地。弟与二兄情虽不足，义尚有余，当于此地快饮三杯何如？"伯当、玄邃应声道："好。"举头一望，只见：

　　　　山原高耸，气接层楼。绿树森森，隐隐时闻虎啸；青杨袅袅，飞飞目送莺啼。真个是为卫水兮禽翔，鲸鲵踊兮夹毂。

　　这鲍山脚下，止不过三四十人家，中间一个酒肆，斜挑着酒帘在外。三人下了牲口，到了店门首，见有三四个牲口，先在草棚下上料。店主人忙出来接进草堂，拂面洗尘。雄信对主人问道："门外牲口，客人又下在何处？"店主把手指道："就在左首一间洁净房里饮酒。"雄信正要去看时，只见侧门里早有一人探出头来。伯当瞥眼一认，笑道："原来是李贤弟在此。"李如珪看见，忙叫道："众兄弟出来，伯当兄在此。"齐国远忙走出来，大家叙礼过。伯当道："为何你们二位在此？"李如珪道："这话且慢讲。里边还有一位好朋友在内，待我请他出来见了才说。"便向门内叫道："窦大哥出来，潞州单二哥在此。"只见气昂昂走出伟然一丈夫来。李如珪道："这是贝州窦建德兄。"单雄信道："前岁刘黑闼兄，承他到山庄来，道及窦兄尚义雄豪，久切瞻仰，今日一见，实慰平生。"雄信忙叫人铺毡，六人重新彼此交拜。

　　伯当对如珪、国远道："你二位在少华山快活，为何到此？"李如珪道："弟与兄别后，即往清河访一敝友，不想被一个卢明月来占据，齐兄又抵敌他不过，只得弃了，迁到桃花山来。遣孩子们到清河报知，直至前日，弟方得还山。齐弟打听得单二哥传令，邀请众朋友到山东，与秦伯母上寿。窦大哥久慕叔宝与三兄义气，恰值在山说起，他趁便要往齐郡，访伊亲左孝友，兼识荆

诸兄一面，故此同来。不知三兄是拜过了寿回来，还是至今日方去？"李玄邃道："叔宝兄已不在家，奉差公出矣。"齐国远道："他又往那里去了？"单雄信道："这话甚长。"见堂中已摆上酒席。"我们且吃几杯酒，然后说与三兄知道。"

　　大家入席，饮过三杯。如珪又问："秦大哥有何公干出外？"王伯当停杯，把豪杰备礼，同进山东；至贾润甫店，请叔宝出城相会；席间程咬金认盗，秦叔宝烧捕批。齐国远听见，喜得手舞足蹈，拍案狂叫爽快。李如珪道："叔宝与咬金，真天下一对快人，真大豪杰。四海朋友，不与此二人结纳者，非丈夫也。后来便怎

么样？"王伯当又将李玄邃去见来总管，移文唤取；柴嗣昌去求刘刺史，许多撅掯征赃，幸得唐公处三千金，移赠叔宝，方得完局起身。说完，只见窦建德击案叹恨道："国家这些赃狗，少不得一个个在我们弟兄手里杀尽！"李如珪道："又触动了窦大哥的心事来了。"李玄邃道："窦兄有何心事，亦求试说一番。"

窦建德道："小弟附居贝州，薄有家业。因遭两先人弃世，弟性粗豪，不务生产，仅存二三千金，聊为糊口。去岁拙荆亡过，秋杪往河间探亲，不意朝廷差官点选绣女，州中市宦村民，俱挨图开报，分上中下三等。小女线娘，年方十三，色艺双绝，好读韬略，闺中时舞一剑，竟若游龙。弟止生此女，如同掌珠。晓得小女尚未有人家，竟把他报在一等里边。小女晓得，即便变产，将一二百金，托人挽回，希图豁免。可奈州官与阉狗坚执不允。小女闻知，尽将家产货卖，招集亡命，竟要与州吏差官对垒起来，幸亏家中寡嫂与舍侄立止。弟亦闻信赶回，费了千金有余，方才允免。恐后捕及，只得将小女与寡嫂离州，暂时寄居介休张善士舍亲处。因道遇齐、李二兄，彼此聚义同行。"单雄信道："叔宝今已不在家，今三兄去也无人接待，莫若到小庄去畅饮几天，暂放襟怀何如？"又向伯当、玄邃道："本欲要放二兄回去，今恰遇三兄，二兄只算奉陪三兄，再盘桓几日。"伯当与玄邃不好再辞，只得应允。齐国远便道："大家同去有些兴。我们正要认一认尊府，日后好常来相聚。"李如珪道："既如此，快取饭来用了，好赶路造府。"众豪杰用完了饭，单雄信叫人到柜会帐，连齐国远三兄先吃的酒钱，一并算还了。

众人出了店门，跨上牲口，加鞭赶路。行不多几里，只见道旁石上，有个老者，曲肱睡在那里，被囊撒在身旁。窦建德看见，好像老仆窦成模样，跳下牲口，仔细一看，正是窦成，心中吃了一惊，忙叫道："窦成，你为何在此？"那老者把眼一擦，认得是家主，便道："谢天地遇着了家主。大爷出门之后，就有贝州人传说，州里因选不出个出色女子，官吏重新又要来搜求，见我们躲避，便叫人四下查访。姑娘见消息不好，故着老奴连夜起身，来赶大爷回去。"其时五人俱下牲口，站在道旁。

窦建德执着单雄信的手道："承兄错爱，不弃愚劣，本当陪诸兄造府一拜，奈弟一时方寸已乱，急欲回去，看觑小女下落，再来登堂奉候。"李玄邃道："刚得识荆，又要云别，一时山灵，为之黯然。"单雄信道："这是吾兄正事，弟亦不敢强留。但弟有一句话：隋朝虽是天子荒淫，佞臣残刻，然四方勤王之师尚众，还该忍一时之忿，避其乱政为是。倘介休不能安顿，不妨携令爱到敝庄与小女同居，万无他虑，就是兄要他往，亦差免内顾。"齐国远道："单二哥那里不要说几个赃狗，就是隋朝皇帝亲自到门，单二哥也未必就肯与他。"王伯当道："窦大哥，单兄之言，肺腑之论，兄作速回到介休去罢。"雄信又向伯当、玄邃道："四海兄弟，忝在一拜，便成骨肉。弟欲烦二兄枉道,同窦兄介休去。二兄才干敏捷,不比弟粗鲁,看彼事体若何,我们兄弟方才放心。"便对自己手下人道:"你剩下的盘费,取一封来。"手下人忙在腰间取出奉上。雄信接在手里,内中拣一个能干的伴当与他道:"这五十两银子,你拿去盘缠。三位爷到介休去,另寻个下处,不可寓在窦大爷寓所。打听小姐的事体无恙,或别有变动,火速回来报我。"家人应诺。窦建德对雄信、国远、如珪谢别,同伯当、玄邃上马去了。正是:

　　异姓情何切,阋墙实可羞。只因敦义气,不与世蜉蝣。

雄信见三人去了,对国远、如珪道:"你们二位兄弟,没甚要紧,到我家去走走。"李如珪道:"我们丢这些孩子在山上,心也放不下,不若大家散了再会罢。"雄信见说,也便别过,兜转马进潞州去了。

齐国远在马上对李如珪道:"刚才我们同窦大哥到来,不想单二哥倒叫他两个伴去,难道我两个毕竟是个粗人,再做不来事业?"李如珪道:"我也在这里想:我们两个或者粗中生出细来,亦未可知。我与你作速赶回到山寨里去看一看,也往介休去打听窦大令爱消息。或者他们三人做不来,我们两个倒做得来,后日单二哥晓得了,也见得齐国远、李如珪不单是杀人放火,原来有用的。"二人在路上商议停当,连夜奔回山寨,料理了,跟了两三个小喽罗,抄近路赶到介休来。

原来窦小姐见事势不妥,窦成起身两日后,自己即便改装了男子,同婶娘兄弟,潜出介休,恰好路上撞见了父亲。建德喜极。伯当、玄邃即撺掇窦建德,送往二贤庄去了。

再说李如珪同齐国远,赶到介休,在城外寻了个僻静下处,安顿了行李。次日进城中访察,并不见伯当、玄邃二人,亦不晓得那张善士住在何处。东穿西撞,但闻街谈巷语,东一堆西一簇,说某家送了几千两,某家送了几百两;可惜河西窦家独养女儿,把家私费完了,止凑得五百金,那差官倒不肯免,竟点了入册。听来听去,总是点绣女的话头。

二人走了几条街巷,不耐烦了,转入一个小肆中饮酒。只见两个老人家,亦进店来坐下,敲着桌子要酒,口里说道:"这个瘟世界,那里说起,弄出这条旨意来!扰得大家小户,哭哭啼啼,日夜不宁。"那一个道:"册籍如今已定了,可惜我们的甥女不能挽回。但恨这个贪赃阉狗,又没有妻儿妇女,要这许多银子何用?"李如珪道:"请问你老人家,如今天使驻扎在何处?"一老人答道:"刚才在县里起身,往永宁州去了。"李如珪见说,低头想了一想,把手向齐国远捏上一把,即便起身,还了酒钱,出门赶到城外下处,叫手下捎了行李,即欲登程。齐国远道:"窦兄尚未有下落,为何这等要紧起身?"李如珪道:"窦兄又没处找寻,今有一桩大生意,我同你去做。"便向齐国远耳边说道:"须如此如此而行,岂不是桩好买卖?你如今带了孩子们走西山小路,穿过宁乡县,到石楼地方,有一处地名清虚阁,他们必至那里歇马。你须恁般恁般停当，不得有误。我今星飞到寨，选几个能干了得的人，兼取了要紧的物件来，穿到石楼，在清虚阁十里内，会你行事。"说完大家上马，到前面分路去了。正是：

虽非诸葛良谋，亦算隆中巧策。

却说钦差正使许庭辅在介休起身，先差兵士打马前牌到永宁州去，自己乘了暖轿，十来个扈从，又是十来名防送官兵，一路里慢慢的行来。在路住了两日，那日午牌时候，离永宁尚有五十余里远，清虚阁尚有三四里，只见：

狂风骤起，怪雾迷天。山摇岳动，倏忽虎啸龙吟；树乱砂飞，顷刻猿惊兔走。霎时尽唱行路难，一任石尤师伯舞。

一行人在路上，遇着这疾风暴雨，个个淋得遍身透湿。望着了清虚阁，巴不能进内避过。原来那清虚阁，共有两三进，里边是三间小阁，外边是三间敞轩，一个老僧住在后边看守。一行人进内安放了。天使在阁上坐了，众人把衣服卸下来，取些柴火，在地煨烘。

只见门外四五个车辆，载着许多熟猪、肥羊、鸡、鹅、火烧、馒馍等类，一二十盘；另有十六样一个盘盒，是天使用的；四五坛老酒，摆列在地。一个官儿，手里拿着揭帖，进来说道："永宁州驿丞，差送下马饭来，迎接天使大老爷。"众人见说，忙引他到阁上去相见。那官儿跪下去道："小官永宁州驿丞贾文参见天使大老爷。"把禀揭礼单送上去。看了，说声"起来"，便问："这里到州，还有多少路？"驿丞答道："尚有四五十里。州里太爷，恐怕大老爷鞍马劳顿，故此先着小官来伺候。"众人把食盒放在桌上，抬近身来，安上杯箸。天使盼咐手下："把下边这些食物，你们同兵卫一齐吃了罢！"众人见说，即便下阁去了。尚有两个近身小内监，站在后边。那驿丞道："二位爷也下阁去用些酒饭，这里小官在此伺候。"两个见说，也就到下边去了。

吃不多时，只见走上一个大汉，捧上一壶热酒，丢了一个眼色去了。那驿丞忙把大杯斟满，跪下去道："外边风色甚紧，求大老爷开怀，用一大杯。"那天使道："你这官儿甚好！咱到后日回去，替部里说了，升你一个州官。"那驿丞打一个半跪道："多谢大老爷天恩。"正说时，只见天使饮干了酒，一交跌倒在地。原来那驿丞就是李如珪假装的。齐国远管待手下人，见他们吃了些时，就将蒙汗药倾在酒里，一个个劝上一杯，尽皆跌倒。李如珪叫众喽罗，把天使抬下来，与那两个小内监多背剪了，把天使缚在轿中，将小内监扶上马，把这些东西，尽皆弃了，跨上牲口，连夜赶上山来。

当时许庭辅在轿中，一觉直睡到更余时候，方才醒来，见两手背剪住了，身子捆缚在轿中，活动不得，着了急，口中乱喊乱叫："是甚么意思，把咱这般搬弄？"那山凹里随你喊破了喉，谁来睬你，只得由他抬到山下。其时东方发白。有人抛起轿帘，扶了许庭辅出来，往外一观，只见那两个亲随太监，也绑缚了站在面前。大家见了，面面相觑，不敢则声。只听得三个大炮，面前三四十个强盗，簇拥着许庭辅与两个小太监，进了山寨。上边刀枪密密，杀气腾腾，三间草堂，居中两把虎皮交椅，李如珪换了包巾扎袖，身穿红锦战袍坐在上面。许庭辅偷眼一认，却就是昨日的驿丞，吓得魂飞魄散，只得跪将下去。

李如珪在上面说道："你这阉狗，朝廷差你钦点绣女，虽是君王的旨意，也该体恤民情，为甚要诈人家银子几千几百，弄得远近大小门户，人离财散？"许庭辅道："大王，咱那里要百姓的？这是府县吏胥借题婪贿，咱何尝受他毫厘？"李如珪喝道："放屁！我一路打听得实，还要强口！孩子们，拿这阉狗下去砍了罢！留着这两个小没鸡巴的我们受用。"许庭辅听见，垂泪哀求。

只见外边报道："二大王回来了。"原来齐国远劫了天使来，恐怕护兵醒来劫夺，领着喽罗，半路埋伏了多时，然后还山。见他三人跪在阶前，便道："李大哥，为甚么这般弄松？倘日后朝廷招安，我们还要仰仗他哩！"李如珪笑道："昨日在清虚阁，我也曾跪他，敬他的酒。如今戏要他一番，只算扯直。"两个忙下来，替他去了绑缚绳索，搀入草堂叙礼，口称"有罪冒犯"，就吩咐孩子们："快摆酒席，与公公压惊。"众喽罗搬出肴馔，安放停当。三人入席坐定，酒过三杯，许庭辅道："二位好汉，不知有何见教，拿咱到山来？"李如珪道："公公在上，我们兄弟两个，踞住此山有年，打家劫舍，附近州县，俱已骚扰遍了。目下因各处我辈甚多，客商竟无往来，山中粮草不敷，意欲向公公处暂挪万金，稍充粮饷，望公公幸勿推诿。"许庭辅道："咱奉差出都，不比客商带了金银出门。就是所过州县官，送些体面赆礼，也是有限，那有准千准百存下，取来可以孝敬你们？"齐国远见说，把双睛弹出说道："公公，我实对你说，你若好好拿一万银子来，我们便佛眼相看，放你回去；如若再说半个没有，你这颗头颅，不要想留在项上！"说罢，腰间拔出明晃晃的宝刀，放在桌上。李如珪道："公公，不要这等吓呆了。你到外边去，与两个尊价私议一议。"

许庭辅起身，同两个小太监到月台上。一个是满眼流泪，一句话也说不出。那个大些的说道："如今哭也无益，强盗只要银子，老公公肯拿些与他，三人就太平无事回去了；稍不遂意，不要说头颅，连这几根骨头也无人来收拾。这些人杀人不眨眼的，那希罕我们三个？"许庭辅听了这番说话，又见两人这般光景，便道："既如此说，我去求他，放你到州里去报知，看这班官吏如何商议。如他拿不出这许多，只得将我寄在各府各县库上的银子取来罢。"说了要打发一个起身。李如珪叫喽罗拿酒饭，与那个大些的内监吃饱了，又取出一锭银子来赏了他，对他说道："你叫甚么？"那内监道："小的叫周全。"李如珪道："好，这一锭银子，赏你做盘费。限你五日内，拿银子来赎你家主人。若五日内不见来，这里主仆两个，休想得活了。"叫手下把他在清虚阁骑来的马，原骑了去；着两个喽罗，送他下山。许庭辅与那小内监锁在一间阴房内，好酒好肉管待他。

说那内监周全，骑着马跑到清虚阁边，只见阁门封锁，并无一人，只得问到州里。那州官因报知强盗劫了天使，着了忙，如飞到清虚阁看验了，把老和尚与地方及护送兵卫，带进州里，忙申文到汾州府里去。府官着了急，连夜就赶到州中。此时各官正在那里勘问地方与老和尚，只见内监周全回来，众官儿都起身来盘问他。内监周全把桃花山强盗如何长短，一一告诉。众官儿听见，个个如同泥塑。且把和尚地方保出在外，大家从长商议。有的说道："这事必须申文上台，动疏会兵征剿。"有的说道："强盗只要银子。"又有一个说道："倘然送了五百又要一千，送了一千，又要二千，这宗银子出在那一项？莫若再宽缓几日，看见我们不拿银子去，要他这两个人何用，自然放下山来。"那汾州府官道："不是这等讲，这几个钦差内官，多是朝廷的宠臣，倘然在我们地方上有些差失，不但革职问罪，连身家性命，亦不能保，岂止降级罚俸？莫若且在库中暂挪一二千金送去，赎了天使回来，弥缝这节事再处。"大家在库中撮出二千金，叫人扛了，同周全到山。那齐国远、李如珪只是不肯。许庭辅只得吩咐自己又凑出三千金，再四哀求，方才放下山来。自此许庭辅所过州县，愈加装模做样，要人家银子，千方百计，点选了许多绣女，然后起身。可见世上有义气的强盗，原少不得。正是：

　　只道地中多猛虎，谁知此地出贪狼。

第二十七回

穷土木炀帝逞豪华　思净身王义得佳偶

词曰：

　　日食三餐，夜眠七尺，所求此外无他。问君何事，苦苦竞繁华？试想江南富贵，临春与绮交加。到头来，身为亡虏，妻妾委泥沙。

　　何似唐虞际，茅茨不剪，饮水衣麻。享芳名万载，其乐无涯。叹息世人不悟，只知认白骨为家。闹烘烘争强道胜，谁识眼前花。

调寄《满庭芳》

　　天下物力有限，人心无穷。论起人君，富有四海，便有兴作，亦何损于民？不知那一件不是民财买办？那一件不是民力转输？且中间虚冒侵克，那一节不在小民身上？为君的在深宫中，不晓得今日兴宫，明日造殿，今日构阁，明日营楼，有宫殿楼阁，便有宫殿上的装饰，宫殿前的点缀，宫殿中的陈设，岂止一土木了事？毕竟到骚扰天下而后止。

如今再说炀帝荒淫之念，日觉愈炽，初命侍卫许庭辅等十人，点选绣女；又命宇文恺营显仁宫于洛阳；又令麻叔谋、令狐达开通各处河道；又要幸洛阳，又思游江都。弄得这些百姓东奔西驰。不是驱使建造，定是力役河工，各色采办。各官府州县邑，如同鼎沸。莫说大家作事尚且不难，何况朝廷？不过多费几百万银子，苦了海内百姓的气力。

不多几时，东京的地方广阔，不但一座显仁宫先已告竣，那虞世基还要凑朝廷的意思，飞章上报说："显仁宫虽已告成，恐一宫不足以广圣驭游幸，臣又在宫西择丰厚之地，筑一苑囿，方足以备宸游。"炀帝览奏大喜，敕虞世基道："卿奏深得朕心。着任意揆度建造，不得苟简，以辜朕意。"

于是南半边开了五个湖，每湖方圆十里，四围尽种奇花异草。湖旁筑几条长堤，堤上百步一亭，五十步一榭。两边尽栽桃花，夹岸柳叶分行。造些龙船凤舸，在内荡漾中流。北边掘一个北海，周围四十里，筑渠与五湖相通。海中造起三座山：一座蓬莱，一座方丈，一座瀛洲，像海上三神山一般。山上楼台殿阁，四围掩映。山顶高出百丈，可以回眺西京，又可远望江南湖海。交界中间却造正殿，海北一带，委委曲曲，凿一道长渠，引接外边为活水，潆洄婉转，曲通于海。傍渠胜处，便造一院，一带相沿十六院，以便停留美人在内供奉。苑墙上都以琉璃作瓦，紫脂泥壁。三山都用长峰怪石，叠得嶙嶙峋峋；台榭尽是奇材异料，金装银裹，浑如锦绣裁成，珠玑造就。其中桃成蹊，李列径，梅花环屋，芙蓉绕堤，仙鹤成行，锦鸡作对，金猿共啸，青鹿交游，就像天地间开辟生成的一般。又不知坑害多少性命，又耗费了多少钱粮，方得完成。虞世基即便上表，请炀帝亲临观看。

炀帝见表来请，以观落成，满心欢喜。即便择日，同萧后带领众宫妃妾，发车驾竟望东京而来。不一日，先到了显仁宫。早有宇文恺、封德彝二人接住，朝见过，遂引了炀帝御驾，从正宫门首，一层层看将进来。但见：

飞栋冲霄，连槛接汉。画梁直拂星辰，阁道横穿日月。琼门玉户,恍然阆苑仙家;金殿瑶阶,俨似九天帝阙。帘栊回合,锁万里之祥云;香气氤氲,结一天之瑞霭。真个是影鹅池上好风流,鸡鹊楼中多富贵。

炀帝看见楼台华丽,殿阁峥嵘,四方朝贡,亦足以临之,不胜大悦,便道:"二卿之功大矣!"即命取金帛表里厚赐二人,就留二人在后院饮酒。正是:

莫言天道善人亲,骄主从来宠佞臣。不是夸强兴土木,何缘南幸不回轮。

炀帝在显仁宫游顽了数日,又厌烦了,驾了飞辇同萧后与众嫔妃到西苑中来。少不得那宇文恺、封德彝二佞臣,亦便伴驾。到得苑中,只见:

五湖荡漾,北海波摇。三神山佳气葱郁,十六院风光淡爽。真个是九洲仙岛,极乐琼宫。

后人有诗,单道这五湖之妙云:

五湖湖水碧浮烟,不是花园便柳牵。常恐君王过湖去,玉箫金管满龙船。

又有诗道这北海之妙云:

北海涵虚混太空,挑波逐浪遍鱼龙。三山日暮祥云合,疑是仙人咫尺逢。

又有诗道这三山之妙云:

三山万叠海中浮,云雾纵横十二楼。莫讶福来人世里,若无仙骨亦难游。

又有诗道这长渠之妙云:

逶迤碧水达长渠,院院临渠花压居。不是宫人争斗丽,要留天子夜回车。

又有诗道这楼台亭榭之妙云:

十步楼台五步亭,柳遮花映锦围屏。传宣夜半烧银烛,远近高低灿若星。

炀帝一一看遍,满心欢喜道:"此苑造得大称朕心,卿功不小。"虞世基奏道:"此乃陛下福德所致,天地鬼神效灵,小臣何功之有?"炀帝又道:"五湖十六院,可曾有名?"虞世基道:"微臣焉敢自专,伏乞陛下圣裁。"炀帝遂命驾到各处细看了,方才一一定名。

东湖,因四围种的都是碧柳,又见两山的翠微与波光相映,遂名为翠光湖。南湖,因有高楼夹岸,倒射日光入湖,遂名为迎阳湖。西湖,因有芙蓉临水,黄菊满山,又有白鹭青鸥,时时往来,遂名为金光湖。北湖,因有许多白石若怪兽,高高下下,横在水中,微风一动,清沁人心,遂名为洁水湖。中湖,因四围宽阔,月光照入,宛若水天相接,遂名为广明湖。

第一院,因南轩高敞,时时有薰风流入,遂名为景明院。第二院,因有朱栏屈曲，回压绡窗，朝日上时，百花妩媚，遂名为迎晖院。第三院，因有碧梧数株，流阴满地，金风初度，叶叶有声，遂名为秋声院。第四院，因将西京的杨梅移入，开花若朝霞，遂名为晨光院。第五院，因酸枣县进玉李一株，开花纯白，丽胜彩霞，遂名明霞院。第六院，因有长松数株，团团如盖，罩定满院，遂名为翠华院。第七院，因隔水造起一片石壁，壁上苔痕，纵横如天成的一幅画图，遂名为文安院。第八院，因桃杏列为锦屏，花茵铺为绣褥，流水鸣琴，新莺奏管，遂名为积珍院。第九院，因长渠中碎石砌底，簇起许多细细波纹，日光映照，射入帘栊，连枕上都有五色之痕，遂名为影纹院。第十院，因四围疏竹环绕，中间突出一座丹阁，就像凤鸣一般，遂名为仪凤院。第十一院，因左边是山，右边是水，取乐山乐水之意，遂名为仁智院。第十二院，因乱石叠断出路，惟小舟缘渠方能入去，中间桃花流水，别是一天，遂名为清修院。第十三院，因种了许多祇树，尽似黄金布地，就像寺院一般，遂名为宝林院。第十四院，因有桃蹊桂阁，春可以纳和风，夏可以顽明月，遂名为和明院。第十五院，因繁花细柳，凝阴如绮，遂名为绮阴院。第十六院，因有梅花绕屋，楼台向暖，凭栏赏雪，了不知寒，遂名为降阳院。长渠一道，逶迤如龙，楼台亭榭，鳞甲相似，遂名为龙鳞渠。

  炀帝都一一定了名字，因带的宫娥嫔妃甚少，未即派定居住，专望许庭辅等十人选绣女来，然后拨派掌管院事。

  却说许庭辅因受了桃花山齐国远、李如珪的一番劫去，诈了五千金，自此愈加贪贿。凡选中女子，有金珠礼物馈送他，就开报在上等册籍里边；金银少些的，就放在中等册籍里边；又如没有甚么东西见惠，纵是国色，也就入在三等册籍里头去了。其时会同了九人，选了千余绣女。晓得朝廷在东京西苑，人家取齐了，进西苑中来见驾缴旨，将三本册籍呈上。炀帝看了册籍，共有千余名，对许庭辅道："先将上等中等的选进苑来。其三等的，且放在后宫里充用。"许庭辅十人即领旨出去，逐名点进苑来。炀帝仔细一看，见个个都是欺桃赛杏的容颜，笑燕羞莺的模样，喜意满足。即同萧后，尖上还尖，美中求美，选了十六个，形容窈窕，体态幽闲，有端庄气度的，封为四品夫人。就命分管西苑十六院事，各人赐一方小小玉印，上镌着院名，以便启笺表奏上用。又选三百二十名，风流潇洒，柳娇花媚的，充作美人。每院分二十名，叫他学习吹弹歌舞，以备侍宴。其余或十名，或二十名，或是龙舟，或是凤舞，或是楼台，或是亭榭，连带来后宫的宫女，都一一分拨了。又封太监马守忠为西苑令，叫他专管出入启闭。不一时，将一个西苑，填塞得锦绣成行，绮罗成队。那十六院的夫人，既分了宫院，一个个都思要君王宠幸，在院中只铺设起琴棋书画，打点下凤管鸾笙，恐怕炀帝不时游幸。这一院烧龙涎，那一院就爇凤脑；前一院唱吴歌，后一院就翻楚舞；东一院作金肴玉胾，西一院就酿仙液琼浆，百样安排。止博得炀帝临幸时一刻欢喜，再一次便就厌了，又要去翻新立异。

正是：

> 宫中行乐万千般，止博君王一刻欢。终日用心裙带下，江山却是别人看。

　　说这些外国各岛，因闻知新天子欢喜声色货利，边远地方，无不来进贡奇珍异顽，名马美姬，尽将来进献。一日炀帝设朝，有南楚道州地方进一矮民，叫做王义，生得眉浓目秀，身材短小，行动举止，皆可人意，又口巧心灵，善于应对。炀帝看了，问道："你既非绝色佳人，又不是无价异宝，有何好处，敢来进贡？"王义对道："陛下德高尧舜，道过禹汤，南楚远民，仰沐圣人恭俭之化，不敢以倾国之美人，不祥之异宝，蛊惑君心，故遣侏儒小臣，备役驱使。臣敢不尽一腔忠义？望圣恩收录。"炀帝笑道："我这里无数文官武将，那一个不是忠臣义士，何独在你一人？"王义道："忠义乃国家之宝，人君每患不足，安有厌其多而弃之者？况犬马恋主之诚，君子所取，臣虽远方废民，实风化所关，陛下宁忍弃之乎？"炀帝听了大喜，遂重赏进贡来人，便将王义留在左右充用。自此以后，炀帝凡事设朝，或各处游赏，俱带王义伺候。王义每事小心谨慎，说话做事，俱能体恤人心。炀帝便十分爱他，后渐用熟了，时刻要他在面前，只是不能入宫。

　　一日，炀帝设朝无事，正要退入后宫，回头忽见王义面多愁惨之色。炀帝问道："王义，你为何这般光景？"王义慌忙答道："臣蒙陛下厚恩，使臣日近天颜，真不世之遭逢。但恨深宫咫尺，不能出入随侍，少效犬马之劳，故心常怏怏，今日觉忧形于色，望陛下宽恩。"炀帝道："朕亦时刻少你不得，但恨你非宫中之物，奈何？"说罢玉辇早已入宫而去。

　　王义此时在宫门首，又不忍回来，又不敢进去，痴痴立在那里呆想。忽背后一人，轻轻的在他肩上一拍，说道："王先儿，思想些甚么？"王义回头看时，却是守显仁宫太监张成，即忙答道："张公公，失瞻。"张成问道："万岁爷待你好，只是这般加厚，还有甚么不称意，在此默想？"王义与张成交厚，便说道："实不相瞒，我王义因蒙皇恩，十分宠爱，情顾朝夕随驾，希图报效。但恨皇宫隔越，不得遂心，故此常怀怏怏，不期今日被老公公看破。"张成笑了一笑，戏耍他道："王先儿，你要入宫这何难，轻轻的将下边那道儿割去，有甚么进宫不得？"那王义沉吟道："吾闻净身乃幼童之事，如今恐怕做不得了。"张成道："做倒做得，只怕你忍痛不起。"王义道："若做得来，便忍痛何妨。"张成道："你当真要做，我自有妙药相送。"王义道："男子汉说话，岂有虚谬！"

　　二人说笑了一回，便携手走出宫来，竟到张成家中坐下。张成置酒款待。酒过三杯，王义再三求药。张成道："如今药有，还须从长计较。莫要一时高兴，后来娶不得老婆，生不得令郎，却来埋怨学生。"王义正色道："人生天地间，既遭逢知遇之君，死亦不惜，怎敢复以妻子为念？"张成遂到里边，去拿出一把吹毛可断的刀，并两包药来，放在桌上，用手指定，说道："这一包黄色的是麻药，将酒调来吃了，便不知痛。这一包五色的，是止血收口的灵药，都是珍珠琥珀各样奇珍在内，搽上便能结盖。这把刀便是动手之物。三物相送，吾兄回去，还须斟酌而行。"王义道："既蒙指教，便劳下手如何？"张成道："这个恐怕使不得。"王义道："不必推辞，断无遗累。"张成见王义真心要净，只得又拿些酒出来，畅饮一番，王义吃得半酣。正是：

　　　　休谈遗体不当残，贪却君王眷宠固。

却说当时炀帝退入后宫，萧后接住，接宴取乐，叫新选剩下的宫女，轮班进酒。将有数巡，炀帝见一宫女，颜色虽是平常，行动倒也庄重。炀帝问他何处人氏。那女子忙跪下去，回答几句，一字也省他不出，惹得众美人忍不住的好笑。炀帝叫他起来，说道："王义性极乖巧，四方乡语，他多会讲。"萧后道："何不宣他进来？与他讲一讲，倒也有趣。"炀帝便差两个小内监，去宣王义进宫。

那两个小内监奉旨忙出宫来，正要问到王义家去，有一太监说道："王义在张成家里去了。"两个小内监，就寻到张成家。门上忙欲去通报，他们是无家眷的，又是内监，便没有甚么忌避，两个直撞进里边来，推门进去，只见王义直挺挺的，睡在一张榻上，露出了下体，张成正在那里把药擦在阳物的根上，将要动手。张成看见了两个，即便缩住。王义也忙起身，系裤结带。那两个小内监，见他两个这般举动，又见桌上刀子药包，大家笑个不止道："你们在这里做甚么事？"张成见他两个是炀帝的近身太监，不便隐瞒，只得将王义要净身的缘故，一一说了。两个小内监道："幸是我们寻到这里，若再迟些，王先儿那物，早已割去了。万岁爷在后宫，特旨叫我二人来宣你，作速行动罢。"此时王义已有八九分酒，见炀帝宣他，忙向张成讨些水来，洗去了药，如飞同两个内监到后宫来。

炀帝见王义满脸微醺，垂头跪下，便道："你在那里吃酒来？"王义平昔口舌利便，此时竟弄得一句话也对答不来，两个内监又微微冷笑。炀帝见光景异常，便问两个内监道："你两个刚才在何处宣王义到来？"小内监道："在守宫监张成家里。"炀帝道："吃酒不消说了，还有甚勾当？"小内监把张成的说话，与桌上的刀药，一一奏闻。炀帝听了，把龙眉微蹙道："王义，你起来，朕对你说。凡净身之人，都是命犯孤鸾，伤克刑害，不是有妨父母兄弟，定是刑克妻孥，算来与其为僧为道，不若净了身，后来或有光耀受用的日子。就是父母肯割舍了，我们那些老内监，还要替他推八字算划度，然后好下手；况是孩童之事。你年二十有余，岂可妄自造作？倘有未妥，岂不枉害了性命？"王义道："臣蒙陛下隆恩，天高地厚，即使粉身碎骨，亦所不惜；倘有差误，愿甘任受。"炀帝道："你的忠心义胆，朕已深知。但你只思尽忠，却忘报本。父母生你下来，虽是蛮夸，也望你宜室宜家，生枝繁衍，岂可把他的遗体，轻弃毁伤？

为朕一人，使你父母幽魂不安窀穸，这断不许。如若不依，朕谕你不但不见为忠，而反为逆矣！"王义见说，止不住流泪，叩首谢恩。

炀帝道："刚才有前日新选进来的一个宫女，言语不明，要你去盘问他，看是何处人。"说罢，便唤那宫人当面，王义与他一问一答，竟如鹦鹉画眉，在柳阴中弄舌啼唤，婉转好听。喜得萧后与众美人笑个不止。王义盘问了一回，转身对炀帝奏道："那女子是徽州歙县人，姓姜，祖父世家，他小名叫做亭亭，年方一十八岁。为因父母俱亡，其兄奸顽，贪了财帛，要将他许配钱牛。恰蒙万岁点选绣女，亭亭自诣州，愿甘入选，备充宫役。"炀帝听了，说道："据这般说起来，也是个有志女子，所以举止行动，原自不凡。朕今将此女赐你为妻，成一对贤明夫妇，何如？"王义见说，忙跪下去道："臣蒙陛下知遇之恩，正欲捐躯报效，何暇念及室家？况此女已备选入宫，臣亦不便领出。"炀帝道："朕意已决，不必推辞。"王义晓得炀帝的心性，不敢再辞，只得同亭亭叩首谢恩。萧后道："王义，你领他去，教了他吴话，不可仍说鸟音。倘宫中有事，以便宣他进来顾问。"炀帝又赐了些金帛，萧后亦赐了他些珍珠。王义领了亭亭，出宫到家，成其夫妇。王义深感炀帝厚恩，与亭亭朝夕焚香遥拜，夫妇恩爱异常。正是：

　　本欲净身报主，谁知宜室宜家。倘然一时残损，几成梦里空花。

第二十八回

众娇娃剪彩为花　侯妃子题诗自缢

词曰：

　　上林一夜花如织，万卉争芳染彩色。造化岂天工，繁华喜不穷。红颜空自惜，雨露恩无及。何处哭香魂？伤心哭怵灵。

调寄《菩萨蛮》

世间男子才情敏捷，颖悟天成，不知妇人女子，心灵性巧，比男子更胜十倍者甚多。男子或诗或文，或艺或术，有所传授，原来有本。惟有女子的智慧，可以平空造作，巧夺天工。

再说王义得赐宫女姜亭亭，成了夫妇之后，深感炀帝隆恩，每日随朝伺候，愈加小心谨慎。姜氏亭亭亦时刻在念，无由可报。一日，王义朝罢归家，

对妻子姜氏道："今早有一人，姓何名稠，自制得一驾御女车来献，做得巧妙非常。"姜氏道："何为御女车？"王义道："那车儿中间宽阔，床帐枕衾一一皆备，四围却用鲛绡细细织成帏幔，外面窥里面却一毫不见，里面十分透亮，外边的山水皆看得明白。又将许多金铃玉片，散挂在帏幔中间，车行时摇动的铿铿锵锵，就如奏细乐一般。在车中百般笑语，外边总听不见。一路上要幸宫女，俱可恣心而为，故叫做御女车。"姜氏道："这不过仿旧时逍遥车式，点缀得好，乃刀锯之功，何足为奇？妾感皇恩厚深，时刻在念，意欲制一件东西去进献。作料虽已构求，但还未备，故此尚未动手。"王义道："要用何物制造？"姜氏道："要活人头上的青丝细发。如今我头上及使女们的已选下些在那里了，但还少些。"王义道："我头上的可用得么？"姜氏道："你是丈夫家，未便取下来。"王义笑道："前日下边的东西，尚要割下来，何况头发？"就把帽儿除下道："望贤妻任意剪将下来。若还少，待我去购来制成了献上。"姜氏见说，便把丈夫的头发梳通了，拣长黑的，剔下许多，慢慢的做起。正是：

闺中施妙手，苑内见灵心。

其时仲冬时候，芳菲已尽，树木凋零。一日，炀帝同萧后众夫人，在苑中饮宴。炀帝道："四时光景，惟春景最佳，万卉争妍，百花尽放，红的使人可爱，绿的使人可怜。至夏天青莲满池，香风袭人。秋天一轮明月，斜挂梧桐，还有丹桂芬芳，香浮杯棬，许多佳景。惟此冬时寂寂寞寞，毫无意趣，只好时刻在枕衾中过日，出户便觉少兴。"萧后道："妾闻僧家有禅床，可容数人；陛下何不叫人也做一张。用长枕大被，贮众美于其中，饮食燕乐，岂不适意。"秋声院薛夫人道："有了这样大床大被，须得绣一顶大帐子。"炀帝笑道："你们设想虽好，总不如春和景明，柳舒花放，亭台宫院，无一处不使人发兴，无一刻觉得寂寞。"清修院秦夫人道："陛下要不寂寞，有何难哉！妾等今夜虔祷天宫，管取明朝百花齐放。"炀帝只当做戏话，也就要他道："这等说，今宵我也不便与你们骚扰了。"说笑了一回，吃了一两个时辰的酒，便与萧后并辇回宫。

到了次日早膳时，果然十六院夫人来请。炀帝心上有几分懒去。萧后再三劝驾，炀帝同萧后勉强而行。才进苑门，早望见千红万紫，桃杏争妍，就簇簇如锦绣一般。炀帝与萧后吃了一惊道："这样天气，为何一夜果然开得这般齐整？大是奇怪。"说未了，只见十六位夫人，带了许多美人宫女，一齐笙箫歌舞的来迎銮，到了面前便问道："苑中花柳，天宫开得如何？"炀帝又惊又喜道："众妃子有何妙术，使群芳一夜齐开？"众夫人都笑道："有何妙术，不过大家费了一夜工夫。"炀帝道："怎么费一夜工夫？"众夫人道："陛下不必细问，但请摘一两枝来看便知详细。"炀帝真个走到一株垂丝海棠边，攀枝细看，原来不是生成的，都是五色彩缎，细细剪成，拴在枝上的。炀帝大喜道："是谁有此奇想，制得这样红娇绿嫩，宛然如生？虽是人巧，实夺天工矣！"众夫人道："此乃秦夫人主意，令妾等与众宫人连夜制成，以供御览。"炀帝目视秦夫人说道："昨日朕以妃子为戏言，不期果有如此手段。"遂同萧后慢慢的游赏起来。

　　只见绿一团，红一簇，也不分春夏秋冬，万卉千花，尽皆铺缀，比那天生的更觉鲜妍百倍。怎见得？正是：

　　　　只道天工有四时，谁知人力挽回之。红绡生长根枝速，金剪栽培雨露私。

　　　　万卉齐开梅不早，千花共放菊非迟。夭桃岂得春风绽，嫩李何须细雨滋。

　　　　芍药非无经雪态，牡丹亦有傲霜姿。三春桂子飘丹院，十月荷花满绿池。

　　　　杜宇今年红簇蕊，荼蘼终岁锦堆枝。不教露下芙蓉落，一任风前杨柳吹。

　　　　兰叶不风飘翠带，海棠无雨湿胭脂。开时不许东皇管，落处何妨蜂蝶知。

　　　　照面最宜临月姊，拂枝从不怕风姨。四时不谢神仙妙，八节长春阆苑奇。

　　　　莫道乾坤持造化，帝王富贵亦如斯。

　　炀帝一一看了，真个喜动龙颜，因说道："蓬莱阆苑，不过如此！众妃子灵心巧手，直夺造化，真一大快事也！"遂命内监将内帑金帛珠玉顽好等物，尽行取来，分赏各院。众夫人一齐谢恩。

　　炀帝爱之不已，又同萧后登楼，眺望了半晌，方才下来饮酒。须臾觥筹交错，丝竹齐鸣，众夫人递相献酬。炀帝忽然笑说道："秦妃子既能标新取异，剪彩为花，与湖山增胜，众美人还只管歌这些旧曲，甚不相宜。是谁唱一个新词，朕即满饮三巨觥。"说犹未了，只见一个美人，穿一件紫绡衣，束一条碧丝鸾带，袅袅婷婷，出来奏道："贱妾不才，愿腼颜博万岁一笑。"众人看时,却是仁智院的美人,小名叫做雅娘,炀帝道:"最妙,最妙!"雅娘走近筵前,轻敲檀板,慢启朱唇,就如新莺初啭,唱一首《如梦令》词道:

莫道繁华如梦,一夜剪刀声种。晓起锦堆枝,笑杀春风无用。

非颂非颂,真是蓬莱仙洞。

炀帝听了,大喜道:"唱得妙,不可不饮。"当真的连饮了三觞,萧后与众夫人陪饮了一杯。

酒才完,只见又有一个美人,浅淡梳妆,娇羞体态,出来奏道:"贱妾不才,亦有小词奉献。"炀帝举目看时,却是迎晖院的朱贵儿。炀帝笑道:"是贵儿,一定更有妙曲。"贵儿不慌不忙,慢慢的移商拨羽,也唱一首《如梦令》词道:

帝女天孙游戏,细把锦云裁碎。一夜巧铺春,群向枝头点缀。

奇瑞奇瑞,写出皇家富贵。

贵儿歌罢,炀帝鼓掌称赞道:"好一个'写出皇家富贵'!不独音如贯珠,描写情景,亦自有韵。"又满饮了三杯,不觉笑声哑哑,陶然欲醉。

只见守苑太监马守忠进来跪奏道:"王义在苑外,说造成一物来献上万岁爷。"炀帝见说王义,便喜道:"宣他进来。"不多时,只见马守忠领王义到阶前跪下,手里捧着一物,奏道:"臣妻姜亭亭,感万岁洪恩,自织成一帐,叫臣来贡上。"炀帝叫宫人取上来看,却是一个锦包,解开来,中间一物其黑如漆,其软如绵,捏在手中,不满一握。炀帝觉道奇怪,问道:"王义,这是甚么东西?"王义道:"臣妻亭亭,日夕念陛下深恩,无由可报,将自己头上的青丝细发,拣色黑而长者,以神胶续之,织为罗縠,累月而成。裁为帏幔,内可以视外,外不可视内;冬天则暖,夏天则凉;舒之则广,卷之可纳于枕中。"炀帝称奇,忙叫宫人撑开。萧后与众夫人齐起身来看,只见烟气轻生,香云满室,广阔可施一间大屋。萧后对炀帝道:"不意此女能穷虑尽思到此,陛下不可不赏赉以酬其功。"炀帝见说,叫宫人将广陵二端、霞帔一幅,赐与王义道:"汝妻能穷尽心思,制成此帐,朕聊以此二物酬之。"王义接了,谢恩而出。

炀帝对萧后道:"前日御妻说僧家禅床,可容数人,今此帐岂止数人而已哉!"便吩咐宫人:"将前日外国进来的合欢床,在显仁宫侧首明间里头,今快移到这里放下,把几十床锦褥铺上,将这顶青丝帐挂起来。"吩咐已毕,宫人多手忙脚乱,不一时铺设齐整。炀帝对萧后与众夫人道:"秦妃子之心灵,姜亭亭之手巧,一日而逢双绝,岂不大快人意!如今我们再畅饮一番,今宵御妻率领众妃子,就宿此帐内草榻合欢床上,做一个合欢胜会如何?"萧后笑道:"他们多住在此,妾却不能,就要回宫了。"炀帝笑道:"御妻要去,须饮三杯。"萧后真个吃了三大杯,起身去了。炀帝就拉众夫人同寝合欢床上。正是:

恰似桃源家不远，几时巫峡梦方还。

　　如今再说后宫有一个侯妃子，生得天姿国色，百媚千娇，果然是沉鱼落雁，闭月羞花，又且赋性聪慧，能诗善赋。自选入宫来，恃着有才有色，又值炀帝好色怜才，以为阿娇金屋，飞燕昭阳，可计日而待。谁知才不敌命，色不逢时，进宫数年，从未见君王一面，终日只是焚香独坐。黄昏长夜，捱了多少苦雨凄风；春昼秋宵，受了多少魂惊目断。便是铁石人，也打熬不过，日间犹可强度，到了灯昏梦醒的时候，真个一泪千行。起初犹爱惜容颜，强忍去调脂抹粉，以望一时遇合。怎禁得日月如流，日复一日，只管虚度过去，不觉暗暗的香消玉减。虽有几个同行姊妹，常来劝慰，怎奈愁人说与愁人，未免转添一番凄惨。

　　一日，闻得炀帝又差许庭辅到后宫拣选宫女。有个宫人劝侯夫人拿几件珠玉送他，叫他奏知万岁。侯夫人道："妾闻汉室昭君，宁甘点痣，不肯以千金去买嘱画师，虽一时被遣，远嫁单于，后来琵琶青冢，倒落个芳名不朽，谁不怜他惜他？毕竟不失为千古美人。妾纵然不及昭君，若要去贿赂小人以宠幸，其实羞为。自恨生来命薄，纵使见君，也是枉然。倒不如猛拚一死，做个千载伤心之鬼，也强似捱这宫中寂寞！"后又闻得许庭辅选了百余名，送进西苑。侯夫人遂大哭一场说道："妾此生终不得见君矣！若要君王一顾，或者倒在死后。"说罢又哭，这日连茶饭也不吃，竟走到镜台前，装束得齐齐整整，将自制的几幅乌丝笺，把平日寄兴感怀诗句，写在上面，又将一个锦囊来盛了，系在左臂上。其余诗稿，尽投火中烧毁了。又孤孤零零的四下里走了一回，又呜呜咽咽的倚着栏杆，哭了半晌。到晚来静悄悄掩上房门，捱到二更之后，熬不过伤心痛楚，遂将一幅白绫，悬梁自缢而死。正是：

　　香魂已断愁何在，玉貌全消怨尚深。

几个宫人听见声息不好，慌忙进来解救时，早已香消玉碎，呜呼逝矣。大家哭了一回，捱到次早，不敢隐瞒，只得来报与萧后。

　　却说萧后在西苑青丝帐里，睡到酒醒，炀帝毕竟放他不过，缠了一回。到五更时候，炀帝酣睡，悄悄上辇，先自回宫。梳洗已过，吩咐宫人整备筵宴伺候，要答众夫人之席。忽见侯夫人的宫人来报知死信。萧后随差宫人去看。宫人在侯夫人左臂上检得一锦囊，送与萧后。萧后打开看时，却是几首诗，遂照旧放在囊中，叫宫人送与炀帝。

　　这时炀帝已起身，坐在侧首，看众夫人晓妆，因与宝林院沙夫人谈论古今的得失。炀帝道："殷纣王只宠得一个妲己，周幽王只宠得一个褒姒，就把天下坏了。朕今日佳丽盈前，而四海安如泰山，此何故也？"沙夫人道："妲己、褒姒安能坏殷、周天下？自是纣、幽二王，贪恋妲己、褒姒的颜色，不顾天下，天下遂由此渐渐破坏。今陛下南巡北狩，何等留心治国，天下岂不安宁！至于万机之暇，宫中自乐，妃妾虽多，愈见《关雎》雅化。"炀帝笑道：

"纣、幽二王，虽无君德，然待妲己、褒姒二人之恩，亦厚极矣！"沙夫人道："溺之一人，谓之私爱；普同雨露，然后叫做公恩。此纣、幽所以败坏，而陛下所以安享也。"炀帝大喜道："妃子之论，深得朕心。朕虽有两京十六院无数奇姿异色，朕都一样加厚，并未曾冷落一人，使他不得其所，故朕到处欢然，盖有恩而无怨也。"

炀帝与沙夫人正谈论得畅快，忽见萧后差宫人送锦囊来，报知侯夫人之事。炀帝只道寻常妃妾，死了个没甚紧，还笑笑的打开锦囊来。见几幅绝精的乌丝笺，齐齐整整的写着诗词，字体端楷，笔锋清劲，心下已有几分恻然动念。其时众夫人，各各梳妆已完，换了霓裳，多到炀帝面前来看。炀帝先展开第一幅，却是《看梅》二首。其一：

　　砌雪无消日，卷帘时自颦。庭梅对我有怜处，先露枝头一点春。

其二：

　　香消寒艳好，谁识是天真。玉梅谢后阳和至，散与群芳自在春。

炀帝看了大惊道："宫中如何还有这般美才妇人？"忙展第二幅来看，却是《妆成》一首、《自感》三首。《妆成》云：

　　妆成多自惜，梦好却成悲。不及杨花意，春来到处飞。

《自感》云：

　　庭绝玉辇迹，芳草渐成窠。隐隐闻箫鼓，君恩何处多！

其二云：

　　欲泣不成泪，悲来翻强歌。庭花方烂漫，无计奈春何。

其三云：

　　春阴正无际，独步意如何。不及闲花草，翻成雨露多。

展第三幅，却是《自伤》一首云：

　　初入承明殿，深深报未央。长门七八载，无复见君王。
　　春寒入骨软，独坐愁空房。飒履步庭下，幽怀空感伤。
　　平日所爱惜，自待却非常。色美反成弃，命薄何可量？
　　君恩实疏远，妾意徒彷徨。家岂无骨肉，偏亲老北堂。
　　此方无羽翼，何计出高墙？性命诚所重，弃割良可伤。
　　悬帛朱梁上，肝肠如沸汤。引颈又自惜，有若丝牵肠。
　　毅然就死地，从此归冥乡。

炀帝不曾读完，就泫然泪下说道："是朕之过也！朕何等爱才，不料宫帏中倒失了一个才女，真可痛惜。"再拭泪，展第四幅，却是《遗意》一首云：

　　秘洞扃仙卉，雕窗锁玉人。毛君真可戮，不及写昭君。

炀帝看了，勃然大怒道："原来这厮误事！"沙夫人问："是谁？"炀帝道："朕前日叫许庭辅到后宫去采选，如何不选他？其中一定有弊。这诗明明是怨许庭辅不肯选他，故含愤而死。"便要叫人拿许庭辅。降阳院贾夫人劝道："许庭辅只知看容貌，那里识得他的才华？侯夫人才华美矣，不知容貌如何？陛下何不差人去看，若颜色平常，罪还可赦；若才貌俱佳，再拿未迟。"炀帝道："若不是个绝色佳人，那有这般锦心绣口？既是妃子们如此说，待朕亲自去看。"遂别了众夫人，乘辇还宫。萧后接住，便同到后宫来看。只看侯夫人还是个二十来岁的女子，虽然死了，却装束得齐整，颜色如生，腮红颊白，就如一朵含露的桃花。炀帝看了，也不怕触污了身体，走近前将手抚着他尸肉之上，放声痛哭道："朕这般爱才好色，宫帏中却失了妃子。妃子这般有才有色，咫尺间却不能遇朕。非朕负妃子，是妃子生来的命薄；非妃子不遇朕，是朕生来的缘悭。妃子九原之下，慎勿怨朕。"说罢又哭，哭了又说，絮絮叨叨，就像孔夫子哭麒麟的一般，倒十分凄切。正是：

圣人悲道，常人哭色。同一伤心，天渊之隔。

萧后劝道："人琴已亡，悲之何益？愿陛下保重。"炀帝遂传旨，拿许庭辅下狱，细细审问定罪。一面叫人备衣衾棺椁，厚葬侯夫人。又叫宫人寻遗下的诗稿。宫人回奏道："侯夫人吟咏极多，临死这一日，哭了一场，尽行烧毁了。"炀帝痛惜不已，又将锦囊内诗笺，放在案上，看了一遍，说一遍可惜，读了一遍，道一遍可怜，十分珍重，随付众夫人翻人乐谱。

众夫人打听得炀帝厚治侯夫人葬礼，也都备了祭仪，到后宫来吊唁。炀帝自制祭文一篇去祭他，中间几联云：

长门五载，冷月寒烟。妃不遇朕，谁将妃怜？妃不遇朕，晨夜孤眠。朕不遇妃，遗恨九原。朕伤死后，妃若生前。

许多酸语哀词，不及备载。炀帝做完了祭文，自家朗诵一遍，连萧后也不觉堕下泪来，说道："陛下何多情若此？"炀帝道："非朕多情，情到伤心，自不能已。"惹得众夫人也都出声下泪。炀帝赐侯夫人御祭一坛，将祭文烧在灵前，卜地厚葬。又敕郡县官厚恤他父母。这许庭辅被刑官拷问，熬炼不过，只得将索骗金钱的真情，一一招出。刑官具本奏闻，炀帝大怒，要发出东市腰斩，亏众夫人再三苦劝，批旨赐许庭辅狱中自尽。正是：

只倚权贪利，谁知财作灾。虽然争早晚，一样到泉台。

第二十九回

隋炀帝两院观花　众夫人同舟游海

词曰：

　　伤心未已，欢情犹继。天公早显些微异，秾桃艳李斗当时，一杯浇释胸中忌。北海层峦，五湖新柳。天涯遥望真无际，梦回一枕黑甜余，碧栏又听轻轻语。

调寄《踏莎行》

　　人于声色货利上，能有几个打得穿识得透的？况贵为天子，富有四海，凭他穷奢极欲，逞志荒淫，那个敢来拦阻他？任你天心显示，草木预兆，也只做不见不闻，毕竟要弄到败坏决裂而后止。

　　却说炀帝虽将许庭辅赐死，只是思念侯夫人。众夫人百般劝慰，炀帝终是难忘。萧后道："死者不可复生，思之何益？如宣华死后，复得列位夫人，今后宫或者更有美色，亦未可知。"炀帝道："御妻之言有理。"遂传旨各宫：不论才人、美人、嫔妃、彩女，或有色有才，能歌善舞，稍有一技可见者，许报名到显仁宫自献。

　　此旨一出，不一日就有能诗善画，吹弹歌舞、投壶蹴鞠的，都纷纷来献技。炀帝大喜，即刻排宴显仁宫大殿上，召萧后与十六院夫人同来，面试众人。这日炀帝与萧后坐在上面，众夫人列坐两旁，一霎时做诗的，描画的，吹的吹，唱的唱，弄得笔墨纵横，珠玑错落，宫商迭奏，鸾凤齐鸣。炀帝看见一个个技艺超群，容貌出众，满心欢喜道："这番遴选，应无遗珠；但伤侯夫人才色不能再得耳！"随各赐酒三杯，录了名字，或封美人，或赐才人，共百余名，都一一派入西苑。

　　各苑分派将完，尚有一个美人，也不作诗，又不写字，不歌不舞，立在半边。炀帝将他仔细一看，只见那女子：

　　　　貌风流而品异，神清俊而骨奇。不屑人间脂粉，翩翩别有丰姿。

炀帝忙问道："你叫甚名字？别人献诗献画，争娇竞宠，你却为何不言不语，立在半边？"那美人不慌不忙，走近前来答道："妾姓袁，江西贵溪人，小字叫做紫烟。自入宫来，从未一睹天颜。今蒙采选，故敢冒死上请。"炀帝道："你既来见朕，定有一技之长，何不当筵献上？"紫烟道："妾虽有微能，却非艳舞娇歌，可以娱人耳目。"炀帝道："既非歌舞，又是何能？"袁紫烟道："妾自幼好览玄象，故一切女工尽皆弃去。今别无他长，只能观星望气，识五行之消息，察国家之运数。"炀帝大惊道："此圣人之学也，你一个朱颜女子，如何得能参透？"袁紫烟道："妾为儿时，曾遇一老尼，说妾生得眼有奇光，可以观天，遂教妾璇玑玉衡五纬七政之学。又诫妾道：熟习此，后日当为王者师。妾因朝夕仰窥，故得略知一二。"炀帝道："朕自幼无书不读，只恨天文一书，不曾穷究。那些台官，往往渎奏灾祥祸福，朕也不甚理他。今日你既能识，朕即于宫中起一高台，就封你为贵人，兼女司天监，专管内司天台事。朕亦得时时仰观天象，岂不快哉！"袁紫烟慌忙谢恩，炀帝即赐他列坐在众夫人下首。萧后贺道："今日之选，不独得了许多佳丽，又得袁贵人善观玄象，协助化理，皆陛下洪福所致也。"

　　炀帝大喜，与众人饮到月上时，等不及造观天台，就拉着袁紫烟到月台上来，叫宫人把台桌数张，搭起一座高台。炀帝携着袁紫烟，同上台去观象。两人并立。紫烟先指示了三垣，又遍分二十八宿。炀帝道："何谓三垣？"紫烟道："三垣者，紫微、太微、天市也。紫微垣乃天子所都之宫；太微垣乃天子出政令朝诸侯之所也；天市垣乃天子主权衡聚积之都市也。星明气明，则国家享和平之福；彗孛干犯，则社稷有变乱之忧。"炀帝又问道："二十八宿环绕中天，分管天下地方，何以知其休咎？"紫烟道："如五星干犯何宿，则知何地方有灾，或是兵丧，或是水旱，俱以青黄赤黑白五色辨之。"炀帝又问道："帝星安在？"紫烟用手向北指道："那紫微垣者，一连五星，前一星主月，太子之象；第二星主日，有赤色独大者，即帝星也。"炀帝看了道："为何帝星这般摇动？"紫烟道："帝星摇动无常，主天子好游。"炀帝笑道："朕好游乐，其事甚小，如何上天星文，便也垂象？"紫烟道："天子者，天下之主，一举一动，皆上应天象。故古之圣帝明王，常懔懔不敢自肆者，畏天命也。"炀帝又细细看了半晌，

问道："紫微垣中，为何这等晦昧不明？"紫烟道："妾不敢言。"炀帝道："上天既已垂象，妃子不言，是欺朕也；况兴亡自有定数，妃子明言何害？"紫烟道："紫微晦昧，但恐国祚不永。"炀帝沉吟良久道："此事尚可挽回否？"紫烟道："紫微虽然晦昧，幸明堂尚亮，泰阶犹一；况至诚可以格天，陛下苦修德以禳之，何患天心不回？"炀帝道："既可挽回，则不足深虑矣。"

二人将要下台，忽见西北上一道赤气，如龙纹一般冲将起来。紫烟猛然看见，着了一惊，忙说道："此天子气也！何以至此？"炀帝忙回头看时，果然见赤光缕缕，团成五彩，照映半天，有十分奇怪，不觉也惊讶起来，因问道："何以知为天子气？"紫烟道："五彩成文，状如龙凤，如何不是？气起之处，其下定有异人。"炀帝道："此气当应在何处？"紫烟手指着道："此乃参井之分，恐只在太原一带地方。"炀帝道："太原去西京不远，朕明日即差人去细细缉访，倘有异人，拿来杀了，便可除灭此患。"紫烟道："此乃天意，恐非人力能除。惟愿陛下慎修明德，或者其祸自消。昔老尼曾授妾偈言三句道：'虎头牛尾，刀兵乱起，谁为君王，木之子。'若以木子二字详解，木在子上，乃是'李'字；然天意微渺，实难以私心揣度。"炀帝道："天意既定，忧之无益。这等良夜，且与妃子及时行乐。"遂起身同下台来，与萧后众夫人又吃了一回酒，萧后与众夫人各自散归，炀帝就在显仁宫，同袁紫烟宿了。

次日炀帝方起来梳洗，忽见明霞院杨夫人差内监来奏道："昔日酸枣县进贡的玉李树，一向不甚开花，昨夜忽然花开无数，清阴素影，掩映有数里之遥，满院皆香，大是祥瑞，伏望万岁爷亲临赏顽。"炀帝因袁紫烟说木子是"李"字，今见报玉李茂盛，心下先有几分不快，沉吟了一回，方问道："这玉李久不开花，为何忽然大开？必定有些奇异。"太监奏道："果是有些奇异，昨夜满院中人，俱听得树下有几千神人说道：木子当盛，吾等皆宜扶助。奴婢等都不肯信。不料清晨看时，开得花叶交加，十分繁衍。此皆万岁爷洪福齐天，故有此等奇瑞。"炀帝闻言，愈加疑虑。

正踌躇间，忽又见一个太监来奏道："奴婢乃晨光院周夫人遣来。院中旧日西京移来的杨梅树，昨夜忽花开满树，十分烂漫，特请万岁爷亲临赏顽。"炀帝见说杨梅盛开，合着了自家的姓氏，方才转过脸来欢喜道："杨梅却也盛开，妙哉妙哉！"因问太监："为何一夜就开得这般茂盛？"太监奏道："昨夜花下，忽闻有许多神人说道：此花气运发泄已极，可一发开完。今早看时，无一处不开得烂漫。"炀帝道："杨梅这般茂盛，比明霞院的玉李如何？"太监道："奴婢不曾看见玉李花。"

袁紫烟在旁说道："二花一时齐发，系国家祥瑞，陛下何不去观？"炀帝见说，便道："我与妃子同去看来。"遂上了金辇，袁紫烟随驾。到西苑，早有杨夫人、周夫人接住。炀帝问道："杨梅乃西京移来，原是宿根老本，固该十分开放。这玉李乃外县所献,不过是浮蔓之质,如何也忽然开放?"二夫人道:"圣目亲看便知。"须臾,驾到了明霞院,杨夫人便要邀炀帝进看玉李。炀帝不肯下辇,道:"先去看了杨梅,再来看他。"杨夫人不敢勉强,只得让辇过去,自家转随到晨光院来。炀帝进院,竟到杨梅树下来看,只见花枝簇簇,开得浑如锦绣一般,十分欢喜道:"果然开得茂盛,国家祥瑞,不卜可知。"须臾,各院夫人闻知二院花开,也都来看,皆极口称赞。炀帝大喜,便要排宴赏花。众夫人不知炀帝的意思,齐说道:"闻得玉李开得更盛,陛下何不一往观之?"炀帝道:"料没有杨梅这般繁盛。"众夫人道:"盛与不盛,大家去看看何妨?"炀帝被众夫人催逼不过,只得同到明霞院来。

方进得院来,早闻得浓浓郁郁的异香扑鼻,及走至后院窗前一看,只见奇花满树,异蕊盛枝,就如琼瑶造就,珠玉装成,清阴素影,掩映的满院祥光万道,瑞霭千层,真个有鬼神赞助之功,与杨梅大不相同。有《踏莎行》词一首为证:

  白云横铺,碧云乱落。明珠仙露浮花萼,浑如一夜气呵成,果然不假春雕琢。天地栽培,鬼神寄托。东皇何敢相拘缚。风来香气欲成龙,凡花谁敢争强弱。

炀帝看见玉李精光璀璨,也不像一枝树木,就似甚么宝贝放光一般,吓得目瞪口呆,半响开口不得。众夫人不知就里,只管称扬赞叹。众内侍宫人,也不识窍,这一个道大奇,那一个道茂盛,都乱纷纷称赞不绝。炀帝不觉忿然大声说道:"这样一枝小树,忽然开花如此,定是花妖作祟,留之必然为祸。"叫左右快用刀斧连根砍去。众夫人听了,都大惊道:"开花茂盛,乃国家祯祥,为何转说是妖?望陛下三思。"炀帝道:"众妃子那里晓得,只是砍去为妙。"众夫人苦劝,炀帝那里肯听。惟袁紫烟心中明白,对炀帝说道:"此花虽是茂盛,然太发泄尽了,恐不长久。今陛下莫若以酒酬之,则此花不为妖,而反为瑞矣。"

众太监正在那里延挨,不忍动手,忽报娘娘驾到。原来萧后闻得二院开花茂盛,故来赏顽。到了院中,众夫人齐出来迎接,就说道:"这样好花,万岁转说他是妖,倒要伐去,望娘娘劝解。"萧后见过了炀帝,仔细将玉李一看,果然是雪堆玉砌,十分茂盛,心下也沉吟了一会,因问炀帝道:"陛下为何要伐此树?"炀帝道:"御妻明白人,何必细问?"萧后道:"此天意也,非妖也,伐之何益?陛下若威福不替,则此皆木德来助之象也。"炀帝道:"御妻所见极是,且同你去看杨梅。"遂不伐树,便起身依旧同到晨光院来。

萧后看那杨梅,虽然繁郁,怎敌得玉李?然萧后终是个乖人,晓得炀帝的意思,勉强说道:"杨梅香清色美,得天地之正气;玉李不过是鲜媚之姿。以妾看来,二花还是杨梅为上。"炀帝方笑道:"终是御妻有眼力。"随命取酒来赏。须臾酒至,大家就在花下团坐而饮。饮到半响,真个是观于海者难为水,不但众人心中,都有一点不足之意,就是炀帝自家,看了一会,也觉道没甚趣味,忽然走起身来道:"这样春光明媚,大地皆是文章,何苦守着一株花树吃酒。"萧后道:"陛下之论有理,莫若移席到五湖中去。"炀帝道:"索性过北海一游,好豁豁胸襟眼界。"众夫人听了,忙叫近侍将酒席移入龙舟。

安排停当,炀帝与萧后众夫人们,一齐同上龙舟,望北海中来。只见风和景明,水天一色,比湖中更觉不同。有诗为证:

御苑东风丽,吹春满碧流。红移花覆岸,绿压柳垂舟。

树影依山殿,莺声渡水流。今朝天气好,宜向五湖游。

炀帝与萧后众夫人,在龙舟中,把帘幕卷起,细细的赏顽那些山水之妙。早游过了北海,到了三神山脚下,一齐登岸。正待上山,忽听波心里一声响亮,只见海中一尾大鱼,扬鳍鼓鬣,翻波触浪游戏,逼近岸边,游来游去。见了炀帝,就如认得的一般。炀帝定睛细看,却是一个一丈四五尺的一尾大鲤鱼,浑身锦鳞金甲,照耀在日光之下,就如万点金星。鱼额上隐隐有一个像是朱砂写的"角"字,偏在半边。炀帝看了,忽然想起,说道:"原来就是此鱼。"萧后忙问道:"此是何鱼?"炀帝道:"御妻记不得了?朕昔日曾与杨素在太液池钓鱼,有个洛水渔人,持一尾金色鲤鱼来献。朕见有些奇相,曾将朱笔题'解生'二字在鱼额上,放入池中。后来虞世基凿海,要引入活水,遂与池相通。不知几时游到海中,养得这般大了,如今'生'字被水浸去,止有'解'字半边一个'角'字在上,岂不是他?"萧后道:"鲤有角,非凡物也!"袁紫烟道:"趁此未成龙时,陛下当早除之,以免后日风雷之患。"炀帝道:"妃子之言甚是。"叫近侍快取弓箭。

近侍忙将金镞羽箭奉上。炀帝接在手,展起袍袖,引箭当弦,觑定了那鱼肚腹之上,飕的放一箭去。忽然水面上,卷起一阵风来,刮得海中波浪滔天,像有几百万鱼龙跳跃的模样,浪头的水,直喷上岸来,连炀帝与萧后众夫人衣裳尽皆打湿,吓得众人个个魂飞魄散。萧后同众夫人慌忙退避。炀帝也吃了一惊,立脚不定;只见袁紫烟反趋到炀帝面前来说道:"陛下站定,等妾来。"炀帝慌了,正要扯他,那袁紫烟忙在袖中,取出一物,如算丸的木蛋一般,左手挽住一条五彩锦索,右手把那丸儿掷下水去。将近鱼身,那鲤鱼一见,扑转鳌头,悠然入海去了。

袁紫烟收起一二十丈锦索,执着那件宝贝。此时炀帝喘息已定,向紫烟取那件东西来看,原来是圆滴溜溜的一个五色光生丸儿。炀帝道:"此是何物,能使怪鱼退避?"袁紫烟道:"此亦妾幼时老尼所赠。说是太液混天球,是当年老君炼就,能辟诸邪,可驱水中怪异,叫妾常佩在身,以防不测。"正说时,只见萧后同众夫人走到面前。炀帝吃了这惊,亦无兴上山游览,大家上龙舟,进北海摇回。

方登南岸,只见中门使段达俯伏在地,手捧着几道表章,奏道:"边防有紧急文书，臣不敢耽阻，谨进上御览定夺。"炀帝笑道："当今四海承平，万方朝贡，有甚么紧急事情，这等大惊小怪？"遂叫取上来看。左右忙将第一道献上。炀帝展开看时，上写着：为边报事，弘化郡至关右一带地方，连年荒旱，盗贼蜂起，郡县不能禁治，伏乞早发良将，剿捕安集等情。炀帝道："这都是郡县官员，假捏虚情，后日平复了冒功请赏。"萧后道："此等之事，虽不可全信，亦不可不信，陛下只遣一员能将去剿捕便了。"炀帝又取第二道表文来看，却是：吏兵二部为推补事，关右一十三郡盗贼生发，郡县告请良将。臣等会推卫尉少卿李渊才略兼备，御众宽简得中，可补弘化郡留守，题兵剿捕盗贼等情，伏乞圣旨定夺。炀帝看了，就批旨道："李渊既有才略，即着补弘化郡留守，总管关右十三郡兵马，剿除盗贼，安集生民，俟有功另行升赏，该部知道。"帝批完，即发与段达。段达因边防紧急事务，不敢耽搁，随即传与吏兵二部去了。炀帝猛想起李渊，当年伐陈时，他立意杀了张丽华，况又姓李，恐怕应了天文谶语，如何反假他兵权？心下只管沉吟，欲要追回成命，又见疏已发出，待要改发一人，一时没有个良将。

也是天意有定。炀帝正踌躇间，段达忽又献上一道表来。炀帝展开看时，却是长安令献美人的奏疏。炀帝见了，心下大喜，把李渊的事都丢开了，因问段达道："既是献美人，美人今在何处？"段达奏道："美人现在苑外，未奉圣旨，不敢擅入。"炀帝即传旨宣来。不多时，将美人宣到。那美人见了炀帝与萧后，慌忙轻折纤腰，低垂素脸，俯伏在地。炀帝将那美人仔细一看，真个生得娇怯怯一团俊俏，软温温无限丰姿。有诗为证：

　　浣雪蒸霞骨欲仙，况当十五正芳年。画眉腮上娇新月，掠发风
前斗晚烟。

　　桃露不堪争半笑，梨云何敢压双肩。更余一种憨憨态，消尽人
魂实可怜。

炀帝见那女子十分娇倩，满心欢喜，用手扶他起来问道："你今年十几岁，叫甚名字？"那美人答道："妾姓袁，小字宝儿，年一十五岁。妾家中父母，闻万岁选御车女，故将贱妾献上，望圣恩收录。"炀帝笑道："放心放心，决不退回。"遂同萧后带了宝儿，竟到十六院来。众夫人见炀帝新收宝儿，忙治酒来贺。又吃了半夜，单送萧后回宫。炀帝就在翠华院中，与宝儿宿了。次日起来，就赐他为美人。自此以后，行住坐卧，皆带在身旁，十分宠幸。宝儿却无一点恃宠之意，终日只是憨憨的耍笑，也不骄人，也不作态。炀帝更加宠爱，各院夫人也都欢喜他温柔软款，教他歌舞吹唱。他福至心灵，一学便会。

一日，炀帝在院中午睡未起，袁宝儿私自走出院来，寻着朱贵儿、韩俊娥、杳娘、妥娘众美人耍子。杳娘道："这样春天，百花开放，我们去斗草如何？"妥娘道："斗草，左右是这些花，大家都有的，不好耍子，到不如去打秋千，还有些笑声。"韩俊娥道："不好不好，秋千怕人，我不去。"朱贵儿

道:"打秋千既不好,大家不如同到赤栏桥上去钓鱼罢。"袁宝儿道:"去不得,倘或万岁睡醒,寻我们时,那里晓得?莫若还到后院去演歌舞耍子,还不误了正事。"大家都道:"说得是。"一齐转到后院西轩中来。众美人把四围窗牖俱开,将珠帘把金钩挂起,柳丝袅袅,看檐前槛外群芳相映。正是:

帘卷斜阳归燕语,池生芳草乱蛙鸣。

第三十回
赌新歌宝儿博宠　观图画萧后思游

词曰:

午梦初回闲信步,转过雕栏,又听新声度。蜂飞蝶舞风回住,莺啼一唤情难去。醉向花阴日未暮,漫把珠帘,钩起游丝絮。画上天涯萦意绪,今日没个安排处。

调寄《蝶恋花》

凡人的心性,总是静则思动,动则思静,怎能个像修真炼性的,日坐蒲团?至若妇人念头,尤难收束,处贫处富,日夕好动荡者俱多,肯恬静的甚少,其中但看他所志趋向耳。

再说朱贵儿、韩俊娥、杳娘、妥娘、袁宝儿一班美人,齐转到院后西轩中坐下,一递一个把那些新学的词曲,共演唱了片时。朱贵儿忽然说道:"这些曲子,只管唱,没有甚么趣味。如今春光明媚,你看轩前的杨柳青青,好不可爱。我们各人,何不自出心思,即景题情,唱一只杨柳词儿耍子?"杳娘道:"既如此,便不要白唱,唱得好的,送他明珠一颗;唱不来的,罚他一席酒,请众人何如?"四人都道:"使得,使得。"妥娘道:"还该那个唱起?"朱贵儿道:"这个不拘,有卷先递。"说未了,韩俊娥便轻敲檀板,细啭莺喉,唱道:

杨柳青青青可怜,一丝一丝拖寒烟。何须桃李描春色,画出东风二月天。

韩俊娥唱罢,众人都称赞道:"韩家姐姐,唱得这样精妙,真个是阳春白雪,叫我们如何开口?"韩俊娥道:"姐姐们不要笑我,少不得要罚一席相请。"还未说完,只见妥娘也启朱唇,翻贝齿,娇滴滴的唱道:

　　　　杨柳青青青欲迷，几枝长锁几枝低，不知萦织春多少，惹得宫莺不住啼。

　　妥娘唱毕，大家又称赞了一会，朱贵儿方才轻吞慢吐，嘹嘹呖呖，唱将起来道：

　　　　杨柳青青几万枝，枝枝都解寄相思。宫中那有相思寄，闲挂春风暗皱眉。

　　贵儿唱完，大家说道："还是贵姐姐唱得有些风韵。"贵儿笑道："勉强塞责，有甚么风韵。"因将手指着杳娘、宝儿说道："你们且听他两个小姐姐唱来，方见趣味。"杳娘微笑了一笑，轻轻的调了香喉，如箫如管的唱道：

　　　　杨柳青青不绾春，春柔好似小腰身。漫言宫里无愁恨，想到春风愁杀人。

　　杳娘唱罢，大家称赞道："风流蕴藉，又有感慨，其实要让此曲。"杳娘道："不要羞人，且听衰姐姐的佳音。"宝儿道："我是新学的，如何唱得？"四人道："大家都胡乱唱了，偏你能歌善唱的，倒要谦逊？"宝儿真个是会家不忙，手执红牙，慢慢的把声容镇定，方才吐遏云之调，发绕梁之音，婉婉的唱道：

　　　　杨柳青青压禁门，翻风挂月欲销魂。莫夸自己春情态，半是皇家雨露恩。

　　宝儿唱完，大家俱各称赞。朱贵儿说道："若论歌喉婉转，音律不差，字眼端正，大家也差不多儿；若论词意之妙，却是袁宝儿的不忘君恩，大有深情，我们皆不及也。大家都该取明珠相送。"宝儿笑道："众姐姐休得取笑，免得罚就够了，还敢要甚么明珠？羞死，羞死。"杳娘道："果然是袁姐姐唱得词情俱妙，我们大家该罚。"

　　众美人正争嚷间，只见炀帝从屏风背后，转将出来，笑说道："你们好大胆，怎么瞒了朕，在这里赌歌？"众美人看见了炀帝，都笑将起来说道："妾等在此赌歌，胡诌的歌儿耍子，不期被万岁听见。"炀帝道："朕已听了多时矣！"原来炀帝一觉睡醒，不见了宝儿，忙问左右，对道："在后院轩子里，与众美人演唱去了。"炀帝遂悄悄走来。将到轩

前，听见众美人，说也有，笑也有，恐打断了他们兴头，遂不进轩，到转过轩后，躲在屏风里面，张他们耍子，故这些歌儿，俱一一听得明白。当下说道："你们不要争论，快来听朕替你们评定。"众美人真个都走到面前。

炀帝看着朱贵儿、韩俊娥、妥娘、杳娘说道："你们四个，词意风流，歌声清亮，也都是等闲难得。"又将手指着袁宝儿道："你这个小妮子，学得几时唱，就晓得遣词立意；又念皇家雨露之恩，真个聪明敏慧，可喜可爱。"宝儿也不答应，只是憨憨的嘻笑。炀帝又道："你们倒要得有趣，都该重赏。"遂叫左右，取吴绫蜀锦，每人两端，宝儿加赏明珠两颗，说道："你既念皇家的雨露，雨露不得不偏厚于你。"宝儿只与众人一齐谢恩，说："万岁评论极公。"

炀帝大喜，正欲吩咐看宴来，忽闻隔墙隐隐有许多笑声，将近轩来。左右报道："众夫人来了。"炀帝见说，笑对众美人道："你们把朕藏着，待他们来，只说朕不在这里。"韩俊娥道："叫妾等藏万岁到那里去？"朱贵儿道："左首短屏后，可以藏得。"炀帝道："下身露出不好。"杳娘道："假山后芭蕉阴里倒好。"炀帝道："倘或一阵风来，吹倒了叶儿，就看见了，也不好。"袁宝儿笑道："有便有一个所在，只怕万岁不好意思。"炀帝笑道："小油嘴，快说来，不要耽搁了工夫。"宝儿把手指着右首壁上一口壁橱道："这内中甚是广阔，上边又有雕花，可以看外，又不闷人，不要说万岁一个，再有一个陪驾，亦可容得。"炀帝见说，点头笑道："妙，你们快开了，待朕躲进去。"众人忙把橱门展开，炀帝轻身一跃，闪进里头去了。众美人仍然关好，把屈戌扣上。

不一时，七八位夫人携着手笑进轩来。只见众美人都站在那里，四围一看，并不见炀帝。明霞院杨夫人道："万岁不在这里。"清修院秦夫人问众美人道："万岁那里去了？"众美人说道："不晓得。"晨光院周夫人道："宝辇尚停在院外，宫人们都说在西轩里，难道万岁有隐身法的，就不见了？"景明院梁夫人笑对袁宝儿道："别的说不晓得也就罢了，你是时刻要侍奉的，岂不知万岁在何处？若藏在那里，快些说出来，不然我们大家要动手了。"宝儿憨憨的答道："我一个娃娃家，怎便可以藏得万岁？"迎晖院罗夫人笑道："好一个娃娃家！只怕来年这时候，要做娘了。"众夫人都笑起来。秋声院薛夫人道："不是这等讲，我有个法在此。他们是不肯说的了，我们莫若将宝儿这妮子劫了去。万岁是时刻少他不得，他不见了，他自然要寻到我们院里来的，何须此时性急？"众夫人都道："有理，有理。"正要大家动手，翠华院花夫人只见壁橱里边一影，便道："万岁在这里，我寻着了。"忙把壁橱屈戌除去，正要开门，听见里边格吱吱笑声，跳出一个炀帝来，拍手大笑道："好呀，众妃子要劫朕可人去，是何道理？"文安院狄夫人笑道："幸亏薛夫人的妙策，激动天颜，方才泄漏；不然只道这里头是凤池，那晓得倒是个龙窟。"众夫人与众美人都大笑起来。

炀帝对众夫人问道："你们这一伙，为甚么游到这里来？"秦夫人道："妾等俱有耳报法，晓得陛下在这里评品歌词，妾等亦赶来随喜随喜。"薛夫人问道："他们歌的是新词是旧曲？"炀帝便把五个美人的杨柳词，逐个述与众夫人听。周夫人道："他们到顽得有些意思，我们亦该寻个题目来做做，消遣韶华，强如去抹牌下棋，猜谜行令。"炀帝笑道："题目不拘，就众妃子各人写怀赋志，何必别去搜求。"秋夫人道："题目虽好，只是如今现在只有妾等八人，万岁何不连他们一发去宣了来，以见十六院多有吟咏，方成个诗文会集，大家有兴。"炀帝道："妃子之论甚佳。"叫左右近侍们："快些去宣那八院夫人来。"宫人领旨，如飞的分头去了。正是：

横陈锦障栏杆内，尽吸江云翰墨中。

不一时，只见众夫人多打扮得鲜妍妩媚，袅袅娉娉，齐走进轩来，见过了炀帝，又见了八位夫人。炀帝一看，只有六人，少了两位：仪凤院李夫人、宝林院沙夫人，便问道："为何庆儿不来？"绮阴院夏夫人笑道："李夫人么，是陛下不到他院里去临幸，害了相思病来不得。"炀帝笑道："别样病，朕不会医，惟相思病，朕手到病除。"又问道："沙妃子为何也不来？"降阳院贾夫人道："他说身子有些诧异，看动弹得也就来。"又道："陛下宣妾等来，有何圣谕？"秦夫人道："陛下因众美人赌唱新词，也要命题，叫妾等或诗或词，大家做一首题目，各人或写景或感怀，随意可做。"积珍院樊夫人对炀帝道："他们吟风弄月惯的，妾却笔砚荒疏，恐做出来反污龙目。"炀帝道："这也不过适一时之兴，胡诌几句消遣，妃子何须过逊？"影纹院谢夫人道："若要考文，必须定个优劣赏罚。"仁智院姜夫人道："主司自然是陛下了，但妾赏则不敢望，罚则当如何？"花夫人道："赏则各输明珠一颗，以赠元魁，罚则送主司到他院里去，针灸他一夜，再考。"秦夫人道："这等说，人人去做歪诗，再无好吟咏了。"和明院姜夫人道："不是这等讲，若是做得丑的，要罚他备酒一席，以作竟日欢；若是做得奇思幻想，清新中式的，大家送主司到他院里去，欢娱一夜。"周夫人笑道："照依你说，我是再不沾雨露的了。"

炀帝听见众夫人议论，大笑不止，便道："众妃子不必争论，好歹做了，朕自有公评。"于是众夫人笑将下来，向炀帝告坐了，便四散去，各占了坐位。桌上预先设下砚一方，笔一枝，一幅花笺。大家静悄悄凝坐构思。炀帝坐在中间，四围观看：也有手托着香腮；也有颦蹙了画眉；也有看着地弄裙带的；也有执着笔仰天想的；有几个倚遍栏杆；有几个缓步花阴；有的咬着指爪，微微吟咏；有的抱着护膝，唧唧呆思。炀帝看了这些佳人的态度，不觉心荡神怡，忍不住立起身来，好像元宵走马灯，团团的在中间转，往东边去磨一磨墨，往西边来镇一镇笺；那边去倚着桌，觑一觑花容；这边来靠着椅，衬一衬香肩。转到庭中，又舍不得这里几个出神摹拟；走进轩里，又要看外边这几个心情。引得一个风流天子，如同戏台上的傀儡，提进提出。

正得意之时，只见一个内监进来奏道："娘娘见木兰庭上，百花盛开，遣臣请万岁御驾赏顽。"炀帝见说便道："木兰庭上，也有景致，自从有了西苑，许久不曾去游，只是此刻众夫人在这里题诗看花，明日罢。"内监道："娘娘已先进木兰庭去了，专候万岁驾临。"狄夫人起身，对炀帝说道："妾等做诗，原没甚要紧，陛下还是进宫去的是，不要因了妾们拂了娘娘的兴。"炀帝沉吟了一回，说道："既如此，妃子们同去走走何如？"罗夫人道："使不得，娘娘又没有懿旨唤妾们，妾等成队的进宫去，不惟不能凑其欢，反取其厌了。"炀帝点头道："也说得是，待朕去看光景好，再差人来宣你们未迟。如今大家且在这里构思完题。"说了起身，众夫人送出轩来，炀帝便止住道："众妃子各自去干正事，不要乱了文思。"众夫人应命进轩。

炀帝见众美人都在轩外，说道："你们总是闲着，随朕去游赏片时。"宝儿等五人，欢喜不胜，随炀帝上了玉辇，转过西轩，又行过了明霞、晨光二院，将到翠华院玉山嘴口，只见一辆小车儿，迎将上来。炀帝仔细一看，却是仪凤院李夫人。李夫人望见了炀帝的玉辇，忙下车来，俯伏辇前。炀帝把手扶他起来道："好呀，你躲到这时候方来？夏妃子说你害了相思病，朕正要来替你诊治。"李夫人笑道："陛下那有闲工夫来，妾偶尔伤春贪睡来迟，望陛下恕罪，不知宣妾等在何处供奉？"炀帝便把美人赌歌，众妃子也想吟诗，朕叫他们各自写怀在西轩中题咏，如今因木兰庭上花开，皇后来请，不得不去走遭，说了一遍。李夫人道："既是陛下要进宫去了，妾又到西轩去有甚兴致，不如仍回院去，做了诗呈上御览便了。"炀帝道："妃子既是体中欠安，诗词今日不做，后日亦可补得，没甚要紧，倒不如同朕进宫去看一看花，夜间朕就到你院中歇了，朕还有话对你说。"李夫人不敢推辞。炀帝拉李夫人同坐了玉辇，亲亲切切，又说了许多体己话。

不一时已到宫中，萧后接住。李夫人见过了萧后。萧后对炀帝道："妾见木兰庭上，万花齐放，故差奴婢们迎请陛下一赏。"又对李夫人道："前日承夫人差宫人来候问，又承见惠花钿，穿扎得甚巧，两日正在这里想念，今日同来，正惬我心。"李夫人道："微物孝顺娘娘，何足记怀。"炀帝道："朕久不到木兰庭，正要一游，不想御妻亦有同心。"三人一头说，一头走，须臾之间，早到木兰庭上。炀帝四围一看，只见千花万卉，簇簇俱开。真个是：

　　皇家富贵如天地，禁内繁华胜万方。

炀帝与萧后众人，四下里游赏了一会，方到庭上来饮酒。萧后问道："陛下在苑中作何赏顽，却被妾邀来？"炀帝道："朕偶然睡起，见朱贵儿等躲在院后轩子里，赌唱歌儿耍子，被朕窃听了半日，倒唱得有些趣味。"萧后道："怎样有趣？"炀帝遂把众美人如何唱、如何赌与自家如何评定，细细述了。萧后看众美人说道："你们既有这等好歌儿，何不再唱一遍，与我听听？万岁评定的，公也不公？"炀帝道："有理有理，也不要你们白唱，唱一支，朕与娘娘饮一杯酒,李妃子也陪饮一杯。"众美人不敢推辞,只得将杨柳词,一个个重行唱了一遍。萧后俱称赞不已。

末后轮到袁宝儿唱时,炀帝正要卖弄他皇家雨露之恩,留心侧耳而听,不想他更逞聪明,却不袭旧词,又信着口儿唱道:

> 杨柳青青娇欲花,画眉终是小宫娃。九重上有春如海,敢把天公雨露夸。

炀帝听了,又惊又喜道:"你看这小妮子,专会作怪。他因御妻在此,便唱'九重上有春如海,敢把天公雨露夸'。这明是以宫娃自谦,见他不敢专宠之意。"萧后大喜道:"他年纪虽小,倒有些才情分量。"因叫他到面前,亲自把一杯酒,赐与他吃,说道:"你小小年纪,到知高识低,晓得事务,先念皇恩,又不敢夸张,真可谓淑女矣!"将自己的一副金钏,取下来赏他。宝儿谢恩,接了也不做声,只是憨憨的嘻笑。

萧后对炀帝道:"刚才奴婢们说陛下在西轩,与众夫人赋诗,怎么列位不见,陛下独同李夫人来?"炀帝指着众美人道:"因他们赌唱新词,众妃子偶然撞来,晓得了,也要朕出个题目,消遣消遣。李妃子是没有来,直到御妻请朕回宫,在玉山嘴口,遇见朕,因拉他来看花助兴。"萧后道:"李夫人来,更觉花神增色;只是打断了陛下考文的兴趣,奈何?"大家说说笑笑。

炀帝不觉微有醉意,遂起身到各处闲耍。偶走上殿来,但只见中间挂着一幅大画,画上都是泥金青绿的山水人物,也有楼台寺院,也有村落人家。炀帝见了,便立住细看,并不转移。萧后见炀帝注看多时,恐劳神思,便叫宝儿去请来饮酒。宝儿去请,炀帝也不答应,只是注目看画。萧后又叫宝儿拿一钟新煎的龙团细茶,送与那炀帝,炀帝只是看画,也不吃茶。

萧后见炀帝看得有些古怪,忙起身同李夫人走到面前,徐徐问道:"这是那个名人的妙笔?陛下为何这等爱他,凝眸不舍?"炀帝道:"这画乃是一幅广陵图,朕见此图,忽想起广陵风景,故有些恋恋不舍。"萧后道:"此图与广陵不知可有几分相似?"炀帝道:"论广陵山明水秀,柳媚花娇,这图如何描写得出?若只论殿宫寺宇,一指顾间,历历如在目前。"萧后将手指着问道:"此一条是甚么河道,有这些舳舻舟楫在内?"炀帝见萧后问他详细,遂走近一步,将左手伏在萧后肩上,把右手指着图画,细细说道:"这不是河道,乃是扬子江。此水自西蜀山峡中流出,奔腾万余里,直到海中,由此遂分南北,古今所谓天堑者,以此江得名也。"李夫人道:"沿江这一带,都是甚么山?"炀帝道:"这正面一带,是甘泉山;左边的是浮山,昔大禹治水,曾经此山,至今山上还有个大禹庙;右边这一座,叫做大铜山,汉时吴王濞在此处铸钱,故此得名;背后一带小山,叫做横山,梁昭明太子在此处读书;四面散出的,乃是瓜步山、罗浮山、摩诃山、狼山、孤山,俱是广陵的门户。"

李夫人悄悄的叫贵儿点两杯浓酽酽的茶来。李夫人送一杯与萧后吃了;

又取了一杯茶，轻轻的凑在炀帝面去。炀帝把手来接了。萧后放了杯，又问道："中间这座城池却是何处？"炀帝吃完了茶，答道："这叫做芜城，又叫做古邗沟城，乃是列国时吴王夫差的旧都。旁边这一条水，也是吴王凿的，护此城池。此城据于广陵之中，又得这些山川相为护卫。朕向来曾镇扬州，意欲另建一都，以便收揽江都秀气。"李夫人道："这小小一城，如何容得天子建都？"炀帝笑道："妃子在画上看了觉小，若到那里尽宽大，可以任情受用。"又以手指着西北一隅地方说道："只此一处，有二百余里，与西苑大小争差不多。朕若建都此处，可造十六宫院，与西苑一般。"又四下里乱指道："此处可以筑台，此处可以起楼，此处可以造桥，此处可以凿池。"这炀帝说到了兴豪之际，得意之时，不觉得手舞足蹈，欣然畅快起来。

萧后见了笑道："陛下既说得如此有兴，何不差人快做起来，挈带贱妾并众夫人与美人同去一游？"炀帝道："朕实有此心，只恨这是一条旱路，虽有离宫别馆，晚间住扎，日间那些车尘马足的劳攘，甚是闷人。再带了许多妃妾们，七起八落，如何能够快活？"李夫人道："何不寻条水路，多造龙舟，妾等皆可安然而往？"炀帝笑道："若有水路，也不等今日。"萧后道："难道就没有一条河路？方才那条扬子江，恐怕有路。"炀帝道："太远，太远，通不得。"萧后道："陛下不要这般执定，明日宣群臣商议，或者别有水路，亦未可知。且去饮酒，莫要只管愁烦。"

炀帝见说，携了萧后的手，三人依旧到庭上来饮酒。大家你一杯，我一盏，饮至掌灯时，李夫人起身，向炀帝与萧后要告辞归院。炀帝不开口，只顾看那萧后。萧后便知炀帝的意思，况又李夫人性格温柔，时亦到宫来候问，故此萧后待他更觉亲热，便一把扯住道："夫人不比别个，就住在我宫中一宵，亦何妨碍？况且陛下又在这里，决不使你寂寞。"炀帝笑道："御妻你不晓得，他刚对朕说道这两日身上有些欠安，朕勉强拉他来看花助兴。"萧后见说，笑道："身子不好，这不打紧，住在这里，少刻我叫陛下送一帖黄昏散来，保你来朝原神胜旧。"引得李夫人掩着口儿，只是笑，见萧后意思殷勤，只得仍旧坐下，又吃了更余酒，然后与炀帝、萧后同在宫中歇了。

烛开并蒂摇金屋，带结同心绾玉钩。

次日，炀帝设朝，聚集大臣会议，要开一条河道，直通广陵，以便巡幸。众臣奏道："旱路却有，并不闻有河道可以相通。"炀帝再三要众臣筹策一条河路来，各官俱面面相觑，无言可答。大家捱了一会，只得奏道："臣等愚昧，一时不能通变，伏望陛下宽限，容臣等退出，会同该部与各地方官，细细查勘回旨。"炀帝依奏，即传旨退朝，起身退入后宫。正是：

欲上还寻欲，荒中更觅荒。江山磐石固，到此也应亡。

第三十一回

薛冶儿舞剑分欢　众夫人题诗邀宠

词曰：

莺声未老燕初归，正好传杯。鱼肠试舞逞雄奇，争羡蛾眉。锦笺觅句漫留题，且共追陪。浅斟细酌乐深闺，情尽和谐。

调寄《玉树后庭花》

自来诗词，虽是写怀寄兴，然其中原有起承转合，故人不得草草涂鸦。但今作者，止取体艳句娇，标新立异而已，原没甚骨力规则。独诧天公使有才之女，生在一时，令荒淫之主，志乱心迷，每事令人欲罢不能。

再说炀帝与众臣议论，要开通广陵河道。退朝回宫，萧后接住问道："陛下与众臣商议的水道何如？"炀帝道："群臣商酌了半日，再寻不出一条路来。今领旨去查，多分也不能有。"萧后道："众臣既去细查，定还有别路，且待他们来回旨再处。陛下不要思量未来，倒误了眼前。"炀帝问道："为何不见李妃子？"萧后道："他因念着诗题，恐怕各院到他那里去寻他，晓得了在这里，不好意思。等不及陛下还宫，忙回院去了。"炀帝见说，便道："正是，为甚么众妃子不把诗来进呈？朕与御妻到院中去问他们。"萧后道："这也使得。前日绮阴院差人来，说院中花柳十分可人，请妾去赏顽，因两日不得闲，故没有去。今日天气甚好，陛下何不同到那里去一乐？"炀帝笑道："御妻倒会排遣。"萧后道："妾妇人家，只好是这样排遣，比不得陛下东寻西趁，要十分快乐。"炀帝道："御妻恁说，朕就不去，在这里与御妻促膝谈心何如？"萧后微哂道："妾是戏言，陛下怎么认起真来？难道宵来刚沐恩波，今晚又思多露，奢望若此？"一头说，一头挽着炀帝的手，走出宫来，随着内相去唤袁宝儿等，到绮阴院伺候。

萧后与炀帝上了宝辇，竟到绮阴院。夏夫人接住。炀帝就问夏夫人道："昨日众妃子吟的诗词，为甚么不送来朕览？"夏夫人见过了萧后，对炀帝道："诗是没有做，见陛下回宫去了，妾等亦遂散归。"炀帝笑道："你们好大胆，难道见朕回宫，众妃子就不奉旨了？"夏夫人笑道："诗多是做的，交在清修院秦夫人处，他一齐送呈御览。"又转对萧后道："前日妾望娘娘玉趾

· 177 ·

降临，为何直至今日？"萧后道："承夫人见邀，满拟即来游顽，不知为甚缘故，春未去而病先来，觉得身子甚懒，因陛下有兴，故此同来。"炀帝与萧后大家说说笑笑，各处游赏；只见鸟啼花落，日淡风和，春夏之交，光景清幽可爱。正是：

　　　　领略花蹊看不尽，平分风月意何如。

炀帝赏顽了多时，心下畅快，因对萧后道："早是御妻邀来游顽，不然将这样好风光，都错过了。"夏夫人忙排上宴来。炀帝饮了数杯，忽问道："袁宝儿众人如何不来？"众内相听了，慌忙去叫，却都不在院中。各处去寻，寻了半响，一个个忙忙乱乱的，走将进来。炀帝见他们举止失常，便问道："你这干小妮子，躲在何处，这时候才来，又这般模样？"众美人料隐瞒不住，只得齐跪下道："妾等在仁智院山上，看舞剑耍子，不知万岁与娘娘驾到，有失随侍，罪该万死。"炀帝道："是谁舞剑？"宝儿道："是薛冶儿。"炀帝道："薛冶儿从不曾说他会舞剑，敢是你们说谎？"萧后道："谎不谎，有何难见，只叫冶儿来，便知端的。"炀帝点头，放了众美人起来，随叫内相去唤冶儿。

不多时，冶儿唤到，怎生打扮？但见：

　　　　穿一件淡红衫子，似薄薄明霞剪就；系一条缟素裙儿，如盈盈秋水裁成。青云交绾头上髻，松盘百缕；碧月充作耳边珰，斜挂一双。宝钏低鞟彩鸾飞，绣带轻飘金凤舞。梨花高削两肩，杨柳横拖双黛。毫无尘俗，恍疑天上掌书仙；别有风情，自是人间豪侠女。

炀帝见了薛冶儿，便说道："你这小妮子，既晓得舞剑，如何不舞与朕看，却在背后卖弄？"冶儿答道："舞剑原非韵事，被众美人逼勒不过，偶然耍子，有何妙处，敢在万岁与娘娘面前献丑？"炀帝笑道："美人舞剑，乃是美观，如何反说不韵？赐他一杯酒，舞一回与朕看。"冶儿不敢推辞，饮了酒，取了两口宝剑，走到阶下，也不揽衣，也不挽袖，便轻轻的舞将起来。初时一来一往，还袅袅婷婷，就如蜻蜓点水，燕子穿花，逗弄那些美人的姿态；后渐渐舞得紧了，便看不见来踪去迹。两口宝剑，寒森森的就像两条白龙，在上下盘旋；再舞到妙处时，剑也看不见，人也看不见，只见冷气飕飕，寒光闪闪，一团白雪，在阶前乱滚。

炀帝与萧后看了，喜得眉欢眼笑，拍手称好。冶儿舞了半响，忽然就地一滚，直滚到东南角上。炀帝疑惑，在席上直站起来看。只听得翻天的一声响，碗大的一株枣树，砍将下来，惊得内监与众美人都避进院。冶儿将身一闪，徐徐收住宝剑。恍如雪堆销尽，现出一个美人来的模样，轻轻的走到檐前，将双剑放下，气也不喘，面也不红，发丝一根也不散乱，阶前并无半点尘埃飞起。望他走来，仍旧衣裳楚楚，笑容可掬。炀帝不觉拍桌叹赏道："奇哉冶儿！直令人爱死！"就叫冶儿近身，用手在他身上一摸，却又香温玉软，柔媚可怜，就像连剑也拿不动的。心下十分欢爱,因对萧后道:"冶儿美人姿容,英雄伎俩,非有仙骨,不能到此。若非今日,朕又几乎错过。"萧后道:"如今也未迟,真个我见犹怜。"炀帝见说,就大笑起来。正是:

  能臻化境真难测,伎到精时妙入神。试看玉人浑脱舞,梨花满院不扬尘。

炀帝归到席上,萧后道:"今日之乐,比往日更觉快畅,皆夏夫人之惠也。"夏夫人道:"妾有何功?幸赖冶儿舞剑,庶不寂寞耳。陛下与娘娘该进一巨觥,冶儿亦当以酒酬之。"炀帝笑道:"难道主人倒不饮?"夏夫人答道:"妾自然奉陪。"正要斟酒,只见宫娥进来报道:"众位夫人进院来了。"夏夫人见说,忙起身出去接了进来。十六院夫人,一位也不少,上前见过了炀帝与萧后。夏夫人与众位夫人叙过了礼,叫左右重整杯盘,入席坐定。炀帝笑道:"你们这时候才来见朕,不怕主司责罚么?先罚三杯一个,然后把诗来呈。"谢夫人道:"主司今日却轮不到陛下了,还该让娘娘;陛下只好做个副主考。"炀帝道:"这是甚么缘故?"狄夫人道:"吾辈女门生,自然该娘娘收入宫墙,陛下理直回避,始免嫌疑。"萧后道:"《易经》《葩经》,各服一经,还是陛下善于作养人材。"炀帝亦笑道:"御妻久著《关雎》雅化,深得《诗经》之旨。"萧后笑道:"不比陛下一味《春秋》。"引得众夫人、美人都大笑起来。

秦夫人在宫奴手里取诗稿一本呈上。炀帝揭开第一页来看,见上写"仁智院臣妾姜桂恭呈御览",下边一个小小方印"月仙氏"。炀帝看了,笑对姜夫人道:"论来还该序齿诠次,你的年纪最小,为甚把你列为首唱?"姜夫人答道:"昨日因杨夫人、周夫人说,先完的先录,不必拘泥。妾是腹中空虚,无可思索,故此僭越。比不得众夫人们,肚子里有物,要细细推敲揣摩。"话未说完,秦夫人对着姜夫人道:"我们被你说也罢了,怎么独嘲笑起沙夫人来?"姜夫人道:"妾何尝嘲笑沙夫人?"秦夫人道:"你说肚子里有物,不是打趣他么?"姜夫人道:"妾实不知,望沙夫人恕罪。"萧后听说,忙问道:"依众夫人说来,可是沙夫人恭喜了,这也是九庙之灵、陛下之福。"炀帝口也不开,觑着沙夫人注目的看。只见沙夫人桃花脸上两朵红云,登时现将出来,垂头无言。炀帝看见光景,有些厮像,问下首梁夫人

道："妃子是诚实人，实对朕说，沙妃子的喜，是真是耍？"梁夫人在桌底下伸出三个指来，低低的答道："三个月了。"炀帝见说，大喜道："妙极，妙极！快取热酒来，待朕饮三大杯，御妻也饮三杯。"杨夫人道："此皆娘娘德化所致，使妾等普沾恩泽也，三杯岂足以报娘娘万一？陛下何功，却要吃起三大觥来？"炀帝笑道："虽然朕没有大功，亦曾少效微劳。"惹得众人都大笑起来。炀帝把手乱指道："你们众妃子，一概都吃三杯。"又笑对沙夫人道："妃子只饮一杯罢。"贾夫人道："一回儿就是陛下徇私了。刚才说妾们一概吃三杯，为何沙夫人反只要吃一杯？"江夫人道："少刻，诗词若是陛下看得不公，还要求娘娘磨勘。"

炀帝一头笑饮，看姜夫人的诗，却是一首绝句：

　　六宫清昼斗云鬟，谁把君王肯放闲？舞罢霓裳歌一阕，不知天上与人间。

炀帝看罢笑道："姜妃子从不曾见他吟咏，亏他倒扯得来，竟不出丑。"又看下去，上写"影纹院臣妾谢初萼"，下边图印"天然氏"，也是绝句一首：

　　晚妆零落一枝花，又听銮舆出翠华。忙里新翻清夜曲，背人听拨紫琵琶。

炀帝对谢夫人道："别人诗中的兴比，不过是借题寓意，你却是典实。那一夜朕在清修院歇，隔垣听得谢妃子的琵琶，真个弹得如怨如慕，如泣如诉，令人听之忘寐。今此诗竟如写自己的画图。"萧后道："有此妙技，少刻定要请教。"炀帝又看下去，见上写"翠华院臣妾花舒霞"，图印上"字伴鸿"，是一首词，炀帝遂朗吟云：

　　桐窗扶醉梦和谐，恼乱心怀，没甚心怀。拉来花下赌金钗，懒坐瑶阶，又上瑶阶。银河对面似天涯，不是云霾，即是风霾，鹊桥有处已安排，道是君乖，还是奴乖。

　　　　　　　　　　　　调寄《一剪梅》

炀帝念完，萧后问道："这是谁的？倒做得有趣。"炀帝道："是花妃子的。"萧后笑道："只怕今夜花夫人乖不去了。"炀帝道："词句鲜妍妩媚，深得丽人情致。"花夫人道："胡诌塞责，有甚情致？蒙陛下过誉。"樊夫人道："花夫人过谦，陛下可要罚他一杯？"

炀帝点点头儿，又看下去，写着"和明院臣妾江涛"，印章是"惊波氏"，却是绝句二首：

　　梦断扬州三月春，五桥东畔草如茵。君王若问侬家里，记得琼花是比邻。

其二：

　　晓妆螺黛费安排，惊听鹦哥报午牌。约略君王今夜事，悄挨花底下弓鞋。

炀帝念完，说道："二诗做得情真妍丽，但觉乡思之念切耳。"萧后叫宫人取大杯："奉陛下三巨觞。"炀帝道："御妻为甚要罚起朕来？"萧后道："陛下论诗不明，故此要罚。"炀帝道："御妻说有何不明？"萧后道："妾说来，陛下自然心服。你们众夫人都来看。"众夫人见说，齐到萧后身边来。萧后指着江夫人的诗说道："这两首诗，是兴比之体。前一首，是江夫人借家乡之意，切念君心，其实非念家乡，隐念君心也。第二首，文义是总归题旨，明写重念君心，非念家乡也，为何反说思乡之念太切，岂不是论诗不明？"炀帝哈哈大笑道："朕岂不知？因御妻与众妃子多在这里，难道独赞江妃子的诗意念朕，众妃子独不念朕耶！看诗者，只好以意逆志耳！"周夫人道："亏得娘娘明敏，道破了作者诗意，像妾们只好被陛下掩饰过了。"炀帝道："朕将一杯转奉与御妻，以见磨勘的切当；再一杯寄与周妃子，以酬其帮衬，朕自吃一杯。"周夫人笑道："总是多嘴的不好，难道江夫人倒不要吃？"萧后道："陛下这三杯，是要奉的，妾们大家再陪一杯，乃是至公。"于是各人斟酒而饮。

  炀帝吃了酒，看后边去，见上写着"文安院臣妾狄玄蕊"，印章"字亭珍"，是一首词，调寄《巫山一段云》：

    时雨山堂润，卿云水殿幽。花花草草过春秋，何处是瀛洲。

    翠袖承恩遍，朱弦度曲稠。御香深惹薄言愁，天子趁风流。

  炀帝念完，赞道："好，哀而不伤，乐而不淫，得吟词正体。"萧后笑道："此首别人做不出，更妙在结题。陛下又该饮一大杯。"炀帝道："该吃，快快斟来。"又看到下边去，上写着"秋声院臣妾薛印花谨呈御览"，图印是"小字南哥"，是七言绝句一首：

    午凉庭院倚微醒，弄水池头学采苹。荷惯恩私疏礼节，梦中犹自唤卿卿。

  炀帝念完道："妙！文如其人，情致宛然。"萧后笑道："再加几个卿字，陛下还要妙哩！"罗夫人亦笑道："这几声唤，薛夫人难道不下来递陛下一杯酒？"薛夫人见说，含着娇羞，认真要起身来。炀帝见了，忙止住道："你自坐着，不要睬他。"又看了下去，上写道"积珍院臣妾樊娟"，印章是"素云氏"，也是绝句一首：

    梦里诗吟雨露恩，那须司马赋长门。温泉浴罢君王唤，遮莫残妆枕簟痕。

炀帝念完，说道："情深而意淡，深得佳人韵致。"又看下去，上写道"降阳院臣妾贾素贞谨呈御览"，下边图章"字林云"，是绝句两首：

    玉质光合不染缃，清香别是异芬芳。曾经醉入潇湘梦，起倚雕栏弄素裙。

其二：

    相思未解翰何题，一自承恩情也迷。记得当年幽梦里，赐环惊起望虹霓。

炀帝念完，微笑赞道："不事脂粉，天然妍媚，所谓粗服乱头俱好。"只见众夫人格吱吱笑起来。炀帝问道："众妃子为甚好笑？"姜夫人道："妾们笑昨日。"说了就止住口道："妾不说了，刚才无心搪突了沙夫人，如今何苦又多嘴？"炀帝道："你不说，罚三巨觥。"花夫人道："他吃不得，待妾代说了罢。昨日贾夫人做诗，一回儿起了稿，自己看了摇摇头，团做纸圆儿吃了。如此三四回，吃了三四个纸圆。后见陛下进宫去了，要请周夫人与杨夫人代笔。他两个不肯，贾夫人气起来道：'求人不如求自己，陛下晓得我是初学，好歹放几个屁在上，量陛下不把奴打到赘字号里去。'今见陛下赞他的诗，故此妾们好笑。"薛夫人笑道："亏那几个纸圆儿，方放出好屁来。"炀帝见贾夫人有些愠意，罚了姜夫人、花夫人、薛夫人一杯酒。

又展一首来看，"绮阴院臣妾夏绿瑶谨呈御览"，印章是"琼琼氏"，乃是一首词儿：

  春满西湖好，月满前山小。匝地笙歌，接天灯火。君王归了，问酒政何如？不过是催花斗草。辜负黄昏早，懒把眉儿扫。心字香烧，谁敢望鸾颠凤倒。尧舜心肠，时怜却汉宫人老。

炀帝念完，赞道："色韵性度，跃跃如纸上出。"萧后笑道："不但做得有情有致，且为陛下今宵下一速帖。"夏夫人道："蒙娘娘降临，已出万幸，焉敢更有他望？"炀帝又看下去，写着"迎晖院臣妾罗小玉谨呈御览"，印章上是"佩声氏"，是绝句两首：

  亭西小院灿名花，岂比寻常富贵家。染尽上林好风景，瑶琴一曲胜琵琶。

其二：

  别样新妆懒画容，玉山颏处两三峰。漫言姚魏堪为侣，还让宫花报九重。

萧后见炀帝念完，因说道："二诗才情分量，兼得之矣，陛下以为是否？"炀帝道："御妻评拟不差。"又看下去，上写道"清修院臣妾秦美"，印章是"丽娥氏"，绝句一首：

  宫禁春深雨露饶，万堆红紫绿千条。不知花叶谁裁裹，始信东风胜剪刀。

炀帝点点头儿，又看下去，见上写"明霞院臣妾杨毓"，印章上是"翾翾氏"，也是绝句一首：

  娇痴何分沐恩光，占尽春风别有香。自是妾身无状甚，错疑花木恼君王。

炀帝微笑一笑，又看下去，上写着"晨光院臣妾周含香"，印章"字幼兰"，是小词一首，调寄《如梦令》：

昨夜东风吹透，一树杨梅开骤，香露浥金樽，满祝千秋万寿。

　　非谬非谬，共醉太平时候。

炀帝念完，点几点头儿，又看下去，上写着"景明院臣妾梁玉谨呈御览"，图记上是"莹娘氏"，是绝句一首：

　　腰肢怯怯怕追欢，镜里幽情只自看。莫说宫闱多媚态，轻罗小袖醉阑干。

炀帝微笑一笑。萧后问道："为甚这几首，陛下只点头微笑？"炀帝道："御妻，你不知六宫中，如杨翩翩、周幼兰、秦丽娥、梁莹娘、沙雪娥是宫中的诗伯，今竟如臣下应制，并不见出色文字，合着旧曲一句，把往事今朝重题起。"引得众夫人没得说，都笑起来。萧后道："只要是诗就罢了，陛下不必苛求。"炀帝又看下去，是"宝林院臣妾沙映"，印章是"雪娥氏"，乃五言律诗一首：

　　披发入深宫，承恩战栗中。笑歌花潋滟，醉舞月朦胧。

　　共颂螽斯羽，相忘日在东。千秋长侍从，草木恋春风。

炀帝看完赞道："正说难道没有一首出色的，原来在这里。"萧后见说，重新又念了一遍，赞道："果然好，端庄纯静，居然大家。"炀帝又看下去，上写道"仪凤院臣妾李小鬟"，印章上字是"庆儿"，乃绝句一首：

　　君王明圣比唐尧，脱珥无烦自早朝。闲论关雎多雅化，落红飞上赭黄袍。

炀帝看完，笑对李夫人道："倒也亏你。"萧后故意问李夫人道："想是昨夜做的？"李夫人道："昨夜题目也不晓得，今早秦夫人来，一回儿逼勒着乱道几句，殊失陛下命题之意。"炀帝道："若说闺阁中，要如众妃子的，急切间亦不易得；如沙妃子的律诗，颇称佳咏，即如词臣，亦不过如此。诗已看完，我们痛饮一番罢！"

萧后叫众夫人奏起乐来。一霎时吹的吹，唱的唱，觥筹交错，各各尽欢。萧后对夏夫人道："承主人之兴，酒已过量，要回宫去了。"又对沙夫人道："夫人玉体，亦不该久坐，还宜先回院去。"沙夫人见说，亦即起身。炀帝欲同萧后回宫，萧后忙止住了，对炀帝道："若论别宵，任凭陛下心中去受用；今夜是妾作主，陛下理该进宝林院安寝，更遣薛冶儿陪驾，一正一副，谅不寂寞。不知众夫人以为是否？"沙夫人道："承蒙娘娘厚爱，贱妾断不敢独沾恩宠。"众夫人齐声道："娘娘吩咐，使妾等诚服，沙夫人亦不必推辞。"萧后道："可与不可，固在陛下；让与不让，全在众夫人。"炀帝笑执着一大杯酒，扯住萧后道："御妻且饮一上马杯。"萧后笑道："妾实吃不得了，陛下也要少饮，留些正经。"说完遂登辇回宫。众夫人也就送炀帝到宝林院，又命薛冶儿，随了沙夫人进去，各自散归院内。正是：

　　无数名花新点色，一枝独占上林春。

第三十二回

狄去邪入深穴　皇甫君击大鼠

词曰：

　　人世堪怜，被鬼神播弄，倒倒颠颠。才教名引去，复以利驱旋。船带绊，马加鞭，谁能得自然？细看来朝尘土，日日风烟。饶他狡猾雄奸，向火坑深处，抵死胡缠。杀身求富贵，服毒望神仙。枯骨朽，血痕鲜，方知是罪愆。能几人超然物外，独步机先？

调寄《意难忘》

　　自古道：人逢利处难逃，心到贪时最硬。不要说市井中卖菜佣、守财虏，见了银钱，欢喜爱惜；即如和尚、道士的设心，手里拨素珠，口里诵黄庭，外足恭而内多欲，单只要想人家的财物。至若士子，尤其好险，凭你窗下读书明理，一入仕途，初叨简命之荣，便想地方上的树皮都要剥回家去，管甚么民脂民膏，竟忘了礼义廉耻，直至身将就木，还遗命叫儿子薄殡殓，勿治丧，勿礼忏，宁可准千准万，丢下与儿孙日后浪费，妻妾贴赠他人。所以使天怒人怨，以至阴阳果报，历历不爽，还要看了他人，忘了自己。除非是刀上颈鬼来拿，始放下这一块贪心。安能如大英雄，看得富贵功名犹如敝屣。

　　再说炀帝，那夜在宝林院与沙夫人、薛冶儿两个欢娱了一夜，明日起身，因夜来萧后凑趣得体，梳洗过，即便上辇回宫。刚到宫门首，只见群臣都在那里候驾。炀帝坐了便殿，就问道："卿等会议广陵河道，未知可曾商量出来？"宇文述奏道："臣等与工部河道众人细查，并无一路可通。今有谏议大夫萧怀静说有一条河路可以通得，故臣等同在此面圣。"原来萧怀静，乃萧后之弟，系国舅，现任上大夫之职。炀帝听了，喜问萧怀静道："卿有何路，可以直通广陵？"怀静答道："此去大梁西北，有一条旧河路，秦时大将王离，曾于此处掘引孟津之水，直灌大梁。今岁久埋塞不通。若能广集民夫，从大梁起首，由河阴、陈留、雍丘、宁陵、睢阳等处，一路重新开浚，引孟津之水，东接淮河，不过一千里路，便可直到广陵。臣又听得耿纯臣奏，睢阳有天子气，见今开河，必要从睢阳境中穿过，天子之气，必然挖断。此河一成，既不险远，又可除后患。臣鄙见若此。不知圣意以为何如？"

炀帝听毕大喜，道："好议论，非卿才智识见，不能思想及此。"遂传旨，以征北大总管麻叔谋为开河都护。又对众臣道："路途纡远，工程浩繁，须再得一人协理方妙。"时宇文述因疑李渊杀其子惠及，欲解其兵权，寻他空隙，遂乘机奏道："太原留守李渊，颇有才干，陛下可着他协理，庶几工程容易告竣。"炀帝见说，即以太原留守李渊为开河副使。从大梁起工，由睢阳一带，直掘到淮河，速调天下人夫自十五以上，五十以下，皆要赴工，如有隐匿者，诛三族。圣旨一下，谁敢进谏，该衙门随即移文催麻叔谋、李渊上任。

原来麻叔谋为人性最残忍，又贪婪好利，一闻升开河都护，满心欢喜，即便赴任。其时柴绍夫妇在鄠县，晓得了旨意，知这差是宇文述的奸计，故将岳父调离太原，寻事要害他。李氏对丈夫道："这差不惟有祸，还惹民怨。"慌忙一面差人去报与父亲，叫他托病；一面叫丈夫多带些金珠，进东京打关节，另换一人，庶几无患。柴绍到东京，买托了一个梁公萧炬，是萧后的嫡弟；一个千牛宇文晶，是隋主弄臣，日夕出入宫禁，做了内应外合；外边又在护卫处打了关节。张衡前有谣言害唐公，不过是为太子，原不曾与唐公有仇；况是小人，见了银子，也就罢了。唐公病本一到，改差左屯卫将军令狐达，着唐公仍养病太原。这两员官领了敕，定限要十五丈深，四十步阔。河南淮北，共起丁夫三百六十万。每五家出老幼或妇女一名，管炊爨馈送，又是七十二万。又调河南、山东、淮北骁骑五万，督催工程。那里管农忙之际，任你山根石脚，都要凿开，坟墓、民居尽皆发掘。那些丁夫，受苦万千。

其时一队人夫开到一处，忽见下面隐隐露出一条屋脊，众夫随着屋脊，慢慢的挖将下去。却是一所堂屋，有三五间大小，四围白石砌成，有两石门，关得甚紧，不能开展。众夫只道其中有金银宝物，遂一齐将锹锄铲锸，望着石门捣掘，谁想那门就像生铁铸的，百般敲打，莫想动得分毫。忙了半日，众夫恐怕弄出事来，只得报知队长。队长禀知麻叔谋，麻叔谋同令狐达来看，众夫都道："掘撞凿打，总是无用。"令狐达道："这座坟墓，不是古帝王的陵寝，定是仙家的圹穴，岂是用椎凿可以开得？必须具礼焚香，宣皇上的旨意拜求，或有可开之理。"麻叔谋没法，只得叫左右排下香案，同令狐达穿了公服，宣读旨意。

拜祝祷告未完，只见香案前，忽然卷起一阵冷风来，一声响亮，两扇石门，轻轻的闪开。麻叔谋等众人走进去，见里面几百盏漆灯，点得雪亮，如同白昼，中间放着一个石匣，有四五尺长，上面都是凿的细细花纹。麻叔谋见了，心下有些惧怯，不敢轻易开看。又转着后一层，却是一个小小圆洞，洞中壁直的停着一个石棺材。麻叔谋同令狐达又礼拜了，叫人揭开盖儿细看，只见里面仰卧一人，容貌犹红白，颜色如未死的一般，浑身肌肉肥胖如玉；一顶黑发，从头上脸上腹上，盖将下来，直至脚下，从身后转绕上去，生到脊背中间方住；手上的指爪，都有尺余长短。麻叔谋看了，料是得道仙人骨相，不敢轻易毁动，仍叫左右将材盖上。把前边石匣开看，匣中并无别物，只有三尺来长一块石板，上写着许多蝌蚪篆文。这些人俱不能辨认。亏得山中一个修真炼性、百来多岁的老人，抄译出来。其文曰：

我是大金仙，死来一千年。数满一千年，背下有流泉。得逢麻叔谋，葬我在高原。发长至泥丸，更候一千年，方登兜率天。

麻叔谋见连他姓名都先写在上面，惊讶不已，方信仙家妙用，自有神机。与令狐达商议：检块丰隆高厚的地方，加礼迁葬。即今大佛寺是其遗迹。

后又掘至陈留地方。众夫正在开掘，忽见乌云陡暗，猛风骤雨，冰雹如阵一般打来，打得那些丁夫跌跌倒倒，往后退避。麻叔谋不信，自来踏看，亦被风雨冰雹打得个不亦乐乎。唤地方耆老细询，说有汉代张良，为此地土神，十分灵显。麻叔谋见说，知张良显应，要护守疆界，只得申表具奏朝廷。炀帝即命翰林院，做了一道祝文，用了国宝，差太常卿牛弘赍白璧一双，到陈留致祭，始得开通。丁夫开过陈留，正是：

莫道幽明隔，神灵自有威。

这些丁夫督趱了几日，开到雍丘地方一带大林之中，有一所坟墓，墓上有一座祠堂，正碍着开河的道路。队长前来报禀，麻叔谋亲自来看，只见周围护卫，觉有几分灵气，叫左右唤乡民来问。乡民答道："此乃上古高人的圹穴，不知其姓氏，相传叫做隐士墓。"麻叔谋见说是隐士墓，就不放在心上，遂叫丁夫掘开。众夫疾忙动手，拆祠的拆祠，掘墓的掘墓，谁知底下有两三层石板，凿到第三层，忽然一声响亮，就如山崩地裂之状，连人连石板都坠下去，忙忙救得起来，伤的伤，死的死，不知损坏了多少丁夫。麻叔谋吃了一惊，忙着的遣人役下去探看多时，说有二三丈深，底下又有一穴，荧荧煌煌，一派灯火，里边照得雪亮，隐隐约约，有钟鼓之声，望去就像枯海一般，其深无底。众人不敢下去，只得系将上来。令狐达沉思良久道："须得此人下去，方可知其详细。"麻叔谋忙问："是谁？"令狐达道："此人平素专好剑术，常自比荆轲、聂政，为人有胆气智勇；姓狄名去邪，现任武牙郎将；如今现在后营管督粮米。若差此人，他定然去得。"麻叔谋听了，随叫左右去请。

此时去邪正在后营点查粮米，见麻叔谋来请，只得换了公服，进营参见。麻叔谋看见狄去邪，身长八尺，腰大十围，双眸灼灼生光，满脸堂堂吐气，是一个好男子，忙出位来说道："请将军来，别无他事。因前有隐士墓，挖出一个大穴，穴中灯火荧煌，不知是何奇异。闻将军胆勇兼全，敢烦入穴中一探，便是开河第一功。"狄去邪道："既蒙二位老大人差遣，敢不效力，但不知穴在何处？"麻叔谋同令狐达，引狄去邪到穴边来看，狄去邪看了一回说道："既要下去，便斯文不得。"遂去了公服，换上一件紧身细甲，腰间悬了一口宝剑，叫人取几十丈长索，索上拴了许多大铃，坐在一个大竹篮内，系将下去。

　　狄去邪起初在上面看时，见底下辉煌照耀，及到下面，却又黑暗。存息了一会，睁眼看时，觉微微有些亮影。走出篮来，趁着亮影，摸将去，不上十数步，渐觉比前更是明亮。再行四五十步，忽然通到一处，猛抬头看时，依旧有天有日，别是一个世界。狄去邪看了这段光景，不觉恍然感叹道："人只知在世上争名夺利，苦恋定了阎浮尘土，谁知这深穴中，又有一重天地，真是天外有天，神仙妙用无穷。"心中早把功名之念看淡了几分，又信着步往前走去。转过了一带石壁，忽见一座洞府，四围白石砌成，中间一座门楼，门外列着两个石狮子，就像人间王侯的第宅。狄去邪不管好歹，竟走进门去，东西一看，并不见有人在内，只见向南一屋石门，紧紧关着。忽听得东边一间石房里得得有声。狄去邪忙走近前，从窗眼里一张，见里边四角上，多是石柱，石柱上有铁索一条，系着一个怪兽。那怪兽把蹄儿突了几突，故外面听见。那兽生得尖头贼眼，脚短体肥，仿佛有一个牛大，也不是虎、又不是豹。狄去邪看了半响，再认不出，猛然想了一想，又定睛一看，原来是一个大老鼠。狄去邪着惊道："老鼠有这般大，还不知猫有怎样大？"正呆看时，忽见正南两扇正门开放，走出一个童子来，生得：

　　　　皙皙清眉秀目，纤纤齿白唇红。双丫髻，煞有仙风；黄布衫，颇多道气。若非野鹤为胎，定是白云作骨。

那童子看见了，便问道："将军莫非狄去邪乎？"狄去邪大惊道："正是，仙童何以得知？"童子道："皇甫君待将军久矣，可快快进去。"狄去邪见有些奇异，只得随着童子进门来；见殿宇峥嵘，厅堂宏敞，不是等闲气象。

　　将到殿前，见殿上坐着一位贵人，身穿龙蟠绛服，头戴八宝云冠，垂缨佩玉，俨然是个王者，左右列着许多官吏，阶下侍卫森严。狄去邪到了殿庭，只得望上礼拜，听得那位贵人开口问道："狄去邪，你来了么？"狄去邪答道："狄去邪奉当今圣旨开河，蒙都护麻叔谋差委探穴，不想误入仙府，实为有罪。"那贵人便道："你道当今炀帝尊荣么？你且站在一边，我叫你看一物事来。"就对旁边一个凶恶的武卫道："快去牵那阿摩过来。"那武卫见说，慌忙手执巨棍，大步往外边去了。不多时听得铁链声响，那个武卫将一条长链牵着一兽前来。狄去邪仔细一看，却就是外边石柱上的大鼠。那武卫牵到庭中，把一手带住，那鼠蹲踞于月台上，扬须啮爪，状如得意。那贵人在上怒目而视，把寸木在桌上一击道："你这畜生，吾令你暂脱皮毛，为国之主，苍生何罪，遭你荼毒；骸骨何辜，遭你发掘；荒淫肆虐，一至于此！我今把你击死，以泄人鬼之愤。"喝武士照头重重的打他。那武卫卷袖撩衣，举起大棍，望鼠头上打一下。那鼠疼痛难禁，咆哮大叫，浑似雷鸣。

武士方要举棍再打，忽半空中降下一个童子，手捧着一道天符，忙止住武士："不要动手。"对皇甫君说道："上帝有命。"皇甫君慌忙下殿来，俯伏在地。童子遂转到殿上，宣读天符道："阿摩国运数本一纪，尚未该绝。再候五年，可将练巾系颈赐死，以偿荒淫之罪。今且免其箠楚之苦。"童子读罢，腾空而去。皇甫君复上殿说道："饶了这个畜生。若不是上帝好生，活活的将你打杀。今还有五年受享，你若不知改悔，终难免项上之苦。"说罢叫武士牵去锁了。武士领旨牵去。皇甫君叫狄去邪问道："你看得明白么？"狄去邪道："去邪乃尘凡下吏，仙机安能测透？"皇甫君道："你但记了，后日自然应验。此乃九华堂上，你非有仙缘，也不能到此。"狄去邪忙跪下叩恳道："去邪奉差，误入仙府，今进退茫茫，伏乞神明指示。"皇甫君道："你前程有在，但须澄心猛省，不可自甘堕落。麻叔谋小人得志横行，罪在不赦，你与我对他说：感他伐我台城，无以为谢，明年当以二金刀相赠。"说罢，遂吩咐一个绿衣吏道："你可引他出去。"狄去邪在威严之下，不敢细问，拜谢而出。

绿衣吏引着狄去邪，不往旧路，转过几株大树，走不上一二百步，绿衣吏用手指道："前边林子里，就是大路。"急回头问时，绿衣吏早已不见，再转身看时，连那座洞府，都不知那里去了。狄去邪骇然道："神仙之妙，原来如此。"只得一步步奔过林子来，转过了一个山岗，照着大路，又走了一二里田地，忽见几株乔木，环绕成村，忙奔入村来问路。见一家篱门半开，遂走进去，轻轻的咳嗽几声，早惊动了一双小花犬儿，向着去邪乱叫。里面走出一个老者来，狄去邪忙施礼道："下官迷失道路，敢求老翁指教。"那老者答礼道："将军为何徒步至此？"狄去邪不敢隐瞒，遂将入穴遇皇甫君，及棍打大鼠事情，述了一遍。老者听了笑道："原来当今炀帝，是老鼠变的，大奇大奇，怪道这般荒淫无度。"狄去邪就问："此间是何地方？到雍丘还有多远？"老者道："此乃嵩阳少室山中，向大路往东去，只二里便是宁陵县。不消又往雍丘去，想麻叔谋早晚就到了。将军若不弃嫌，野人粗治一餐，慢去未迟。"遂邀狄去邪走入草堂。

老者吩咐一个老苍头收拾便饭出来，因对狄去邪道："据将军所见，看将起来，当今炀帝料亦不永。就是麻叔谋，只怕其祸亦不甚远。我看将军容貌气度非常，何苦随波逐流，与这班虐民的权奸为伍？"狄去邪逊谢道："承老翁指教。某非不知开河乃虐民之事，只恨官卑职小，不敢不奉令而行。"老者微笑道："做官便要奉令而行，不做官他须令将军不得。"狄去邪道："老翁金玉之言，某虽不材，当奉为蓍龟。"须臾老苍头排上饭来，狄去邪饱餐了一顿，起身谢别而去。老翁直送到大路上，因说道："转过前边那个山嘴，便望得见县中了。"狄去邪称谢拱手而别。走得十数步，回头看时，已不见老者，那里有甚么人家，两边都是长松怪石。去邪看见又吃了一惊，心上恍惚，忙赶到县中，见了城市人民，方才如梦初醒。入城在公馆中等候。

麻叔谋只道狄去邪寻不出穴口，已死在穴中，催促丁夫开成河道。已经七八日，望宁陵县界口来。狄去邪就去见麻叔谋，将穴中所见所闻之事，细述了一遍。麻叔谋那里肯信，只道狄去邪有甚剑术，隐遁了这几日，造此虚诞之言，来恐吓他，反被麻叔谋抢白了一场。狄去邪只得退回后营，自家思想道："我本以忠言相告，他却以戏言见侮。我是个顶天立地的汉子，何苦与豺狼同干害民之事？国家气数有限，我何必在奸佞丛中，恋此鸡肋？倒不如托了狂疾，隐于山中，倒觉得逍遥自在。"算计已定，遂递了两张病呈。麻叔谋厌他说谎，遂将呈子批准，另委官吏管督粮米。

狄去邪见准了呈子，遂收拾行李，带了两个仆从，竟回家乡而去。行到路上，因想皇甫君呼大鼠为阿摩，心中委决不下道："岂有中国天子，却是老鼠之理？若果有此事，前日大棍打时，也该有些头疼脑热。鬼神之事虽不可不信，也不可全信，何不便道往东京探访一个消息，便知端的。"遂悄悄来京体访。正是：

  欲识仙机虚与实，慢辞劳苦涉风尘。

第三十三回

睢阳界触忌被斥　齐州城卜居迎养

诗曰：

  区区名利岂关情，出处须当致治平。剑冷冰霜诛佞幸，词铿金石计苍生。

  绳怨不觉威难犯，解组须知官足轻。可笑运途多抵牾，丈夫应作铁铮铮。

做官的不论些小前程，若是有志向的，就可做出事业来。到处留恩，随处为国，怕甚强梁，怕甚权势，一拳一脚，一言一语，都是作福，到其间一身一官，都不在心上。人都笑是戆夫拙宦，不知正是豪杰作事本色。

秦叔宝离却齐州,差人打听开河都护麻叔谋,他已过宁陵,将及睢阳地方了。吩咐速向睢阳投批。行了数日,只见道儿上一个人,将巾皂袍,似一个武官打扮,带住马,让叔宝兵过。叔宝看来,有些面善,想起是旧时同窗狄去邪。叔宝着人请来相见。两人见了,去邪问叔宝去向。叔宝道:"奉差督河工。"叔宝也问去邪踪迹。去邪道:"小弟也充开河都护下指挥官。"因把雍丘开河时,入石穴中,见皇甫君打大鼠,吩咐许多说话,及后在嵩阳少室山中,老人待饭,许多奇异,细细道与秦叔宝听。叔宝道:"如今兄又欲何往?"去邪道:"弟已看破世情,托病辞官,回去寻一个所在隐遁。不料兄也奉差委到他跟前。那麻叔谋处心贪婪,甚难服事,兄可留心。"两人相别去了。

　　叔宝也是个正直不信鬼神的人,听了也做一场谎话不信。却是未到得睢阳两三个日头,或是大小村坊,或是远远茅房草舍,常有哭声。叔宝道:"想是这厢近河道,人都被拿去做工,荒功废业,家里一定弄得少衣缺食,这等苦恼。"及至细听他哭声,又都是哭儿哭女的,便想道:"定是天行疹子,小儿们死得多,所以哭泣。"只是那哭声中,却又咒诅着人道:"贼王八,怎把咱家好端端儿子偷了去。"也又有的道:"我的儿,不知你怎生被贼人抓了去,被贼人怎生摆布了。"也千儿万儿的哭,也千贼万贼的骂。叔宝听了道:"怪事,这却也不是死了儿子的哭了。"思忖了一回:"或者时年荒歉,有拐骗孩子的,却也不能这等多,一定有甚原由。"

　　　　野哭村村急,悲声处处闻。哀蛩相间处,行客泪纷纷。

　　来到一个牛家集上,军士也有先行的,也有落后的。叔宝自与这二十个家丁在集上打中火,一时小米饭还不曾炊熟。叔宝心上有这事不明白,故意走出店面来瞧看。只见离着五七家门前,有两三个少年立住在那厢说话,一个老者拄着拐杖,侧耳听着。叔宝便捱将近去。一个道:"便是前日张家这娃子,抓了去。"一个道:"昨日王嫂子家孩子,也被偷了去。他老子拨去开河,家来怎了?"一个道:"稀罕他家的娃子哩!赵家夫妻单生这个儿,却是生金子一般,昨夜也失了。"那老者点头叹息道:"好狠贼子,这村坊上也丢了二三十个小孩子了。"

叔宝就向那老人问道："老丈，敢问这村坊，被往来督工军士拐骗了几个小儿去了么？"老者道："拐骗去的，倒也还得个命，却拿去便杀了！却也不关军士事，自有这一干贼！"叔宝道："便是这两年，年成不好，这地方吃人？"那老者道："客官有所不知。只为开河，这总管好吃的是小儿，将来杀害，加上五味，烂蒸了吃。所以有这干贼把人家小儿偷去，蒸熟献他，便赏得几两银子。贼人也不止一个，被盗的也不止我一村。"正是：

    总因财利膻人意，变得贪心尽虎狼。

叔宝道："怎一个做官的，做这样事，怕也不真么？"老者道："谁谎你来，怕不一路来听得哭声？如今弄得各村人，梦也做不得一个安稳的。有儿女人家，要不时照管，不敢放出在道儿上行走。夜间或是停着灯火看守，还有做着木栏柜子，将来关锁在内。客官不信，来瞧一瞧。"领到一处小人家里来，果是一个木柜，上边是人铺陈睡觉防守的。叔宝道："怎不设计拿他？"老者道："客官，只有千日做贼，那有千日防贼。"叔宝点头称是。自回店中吃饭，就吩咐众家丁道："今日身子不快，便在此地歇了，明日趱行罢！"先在客房中打开铺陈，酣睡一觉，想要捉这一干贼人，为地方除害。捱到晚，吃了晚饭。

  村集没有更鼓，淡月微明，约莫更尽，叔宝悄悄走出店门一看，街上并无人影。走到市东头观望，没个形影。转来时，忽听得一家子怪叫起来，却是夫妻两个，梦里不见了儿子，梦中发喊，倒把儿子惊得怪哭，知道不曾着手，彼此啐了一番，自安息了。

  叔宝又蹴过西来，远远望着，似有两个人影，望集上来。叔宝忙向店中闪入。门扇缝中张去，停一会，果是两个人过来。叔宝待他过去，仍旧出来，远远似两点蝇子一般，飞在这厢伏一伏，又向那厢听一听。良久，把一家子茹桔梗门扇掇开，一个进去了，一会子外边这人先跑，刚到叔宝跟前，叔宝喝一声："那里走！"照脊梁一拳，打个不防备，跌了一个倒栽葱，把一个小孩子，也丢在路边啼哭。叔宝也不顾他，竟赶到那失盗人家来时，这贼也出门了，因听见叔宝这一喝，正在那厢观望。不料叔宝又赶到，待要走时，早已被叔宝一脚飞起，一个狗吃屎，跌倒在门边。里边男女听得门外响时，床上已没了儿女，哭的叫的，披衣起来。叔宝已把这人挟了，拿到自己客店前来；先打倒这人，正在地下挣坐起来。不料店中家丁，因听喝声，知是叔宝声音，也赶也来，看见这人，一把抓住，故此也不得走。

  此时地下的小儿啼哭，失盗的男女叫喊，集中也在睡梦中惊起几个人来。那寻得儿子的人罢了，倒是这干旁观的人，将这两个乱打。叔宝道："列位不要动手，拿绳子来拴了，只要拷问他：从前盗去男女在那厢？还有许多党羽？他是那一方人氏？甚名字？赶捕可绝民患，乱打死了，却谁承当？"随唤家丁，将绳来捆了，审他口词。一个是张耍子，一个陶京儿，都是宁陵县上马村人。还有一个贼首，叫陶柳儿，盗去孩子，委是杀来蒸熟，献与麻都护受用。叔宝审了口词。天色将明，各村人听得拿了偷小儿的，都来看。男人却被叔宝喝住，只有这些被害女人，挝的咬的，拿柴打的，决拦不住。叔宝此时放又放不得，着地方送官，又怕私自打死，连累叔宝。因此叔宝想一想，道："列位，麻都护是员大臣，决不作此歹事。他如今将到睢阳，不若我将这二人，送与麻爷。他指官杀人，麻爷断断不留他性命。若果然有此事，他见外面扰攘，心下不安，不敢做了。"众人道："将军讲得有理，只不要路上卖放了，又来我们集上做贼。"叔宝道："我若放他，我不拿他了。"昨日老者见了道："就是昨日这位客官，替集上除了一害，要掠些盘费相谢。"叔宝不肯，自押了这两个贼人，急急赶上大队士卒。

赶到睢阳时，麻叔谋与令狐达才到，在行台坐下，要相视河道开凿。叔宝点齐了人夫，进见投批。麻叔谋见了叔宝一表人材，长躯伟貌，好生欢喜，就着他充壕塞副使，监督睢阳开河事务。叔宝谢了，想一想，道："狄去邪曾说此人贪婪，难于服事，才一见，便与我职事，也像个认得人的；只是拿着两个贼人禀知他，恐他见怪，不禀放了他去，又恐仍旧为害。也罢，宁可招他一人怪，不可使这干小儿含冤。"却又上前去跪下道："齐州领兵校尉，有事禀上老爷。"麻叔谋不知禀甚事，却也和着颜色，只见叔宝禀道："卑职奉差在牛家集经过，有两个贼人，指称老爷取用小儿，公行偷盗，一个叫张耍子，一个叫陶京儿，被卑职擒拿，解在外面，候爷发落。"麻叔谋听了，不觉怫然道："是那个拿的？"叔宝道："是卑职。"叔谋道："窃盗乃地方捕官事，与我衙门何干？你又过往领兵官，不该管这等的事。"令狐达道："若是指官坏事，也应究问一究问。"叔谋道："只我们开河事理管不来，管这小事则甚？"令狐达道："既拿来，也发有司一问。"麻叔谋道："发有司与他诈了钱放，不如我这里放。"吩咐不必解进，竟释放去。把叔宝一团高兴，丢在水窖里去了。正是：

　　开枑逃狰兽，张罗枉用心。

外面跟随叔宝的家丁，说拿了两个贼人，毕竟有得奖赏，不期竟自放了，都为叔宝不快，不知叔宝却又惹了叔谋之忌。

叔谋原先奉旨，只为耿纯臣奏睢阳有王气，故此欲乘治河开凿他。不意到得睢阳，把一座宋司马华元墓掘开去了。将次近城，城中大户央求督理河工壕塞使陈伯恭，叫他去探叔谋口气，回护城池。不期叔谋大怒，几乎要将伯恭斩首，决意定了河道穿城直过。这番满城百姓慌张，要顾城外的坟墓，城里的屋舍。内有一百八十家大户，共凑黄金三千两，要买求叔谋，没个门路。却值陶京儿得释放后，在外边调唉道："我是老爷最亲信的人，这没生官儿，却来拿我。你看官肯难为我么？连他这蚂蚁前程，少不得断送在我们手里。"众人听他说得大来头，是麻总管亲信，就有几个暗暗与他讲，要说这回护城池一节。

陶京儿道："我还有一个弟兄更亲近，我指引你去见他。"却与他做线，引见麻爷最得意管家黄金窟。众人许谢他两个白金一千两。黄金窟满口应承道："都拿来，明日就有晓报。"众人果然将这金银，都交与黄金窟。

黄金窟晓得主人极是见钱欢喜的，便乘他日间在房中打睡时，悄悄将一个恭献黄米三千石的手本，并金子都摆在桌上，一片辉煌，待他醒时问及进言。站在侧边时许久，正是申时相近，只见叔谋从床中跳起来道："你这厮这等欺心，怎落我金子，又推我一跌！"把眼连擦几擦，见了桌上金子，大笑道："我说宋襄公断不谎我，断落不去的。"黄金窟看了，笑道："老爷，是那个宋襄公送爷金子？"叔谋道："是一个穿绛色衣戴进贤冠的。他求我护城，我不肯。又央出一个暴眼大肚皮胡子，戴进贤冠穿紫的，叫做甚大司马华元来说。这厮又使势，要把我捆缚。溶铜汁灌我口内，惊我。我必不肯。他两个只得应承，送我黄金三千，要我方便。我正不见金子，怕人克落，与守门的相争，被他推了一跌，不期金子已摆在此了，待我点一点，不要被他短少。"黄金窟又笑道："爷想做梦了。这金子是睢阳百姓央我送来与爷求方便的，有甚宋襄公？"叔谋道："岂有此理，明明我与宋襄公、华司马说话，怎是梦？"黄金窟道："爷再想一想，还是爷去见宋襄公，宋襄公来见爷？如今人在那里？相见在那里？"叔谋又想一想道："莫不是梦，明明听得说上帝赐金三千两，取之民间，这金子岂不是我的？"黄金窟道："说取之民间，这宗金子，原该爷受的。但实是百姓要保全城中庐舍送来，爷不可说这梦话。"叔谋笑道："我只要有金子，上帝也得，民间也得，就依他保全城郭便了。"把手本收了，吩咐明日出堂，即便改定道路。

次日升堂叫壕寨使。此时陈伯恭正在督工，只有叔宝在彼伺候，过来参谒。叔谋道："河道掘离城尚有多远？"叔宝道："尚有十里之遥。县官现在出牌，着令城中百姓搬移，拆毁房屋兴工。"叔谋道："我想前日陈伯恭说回护城池，大是有理。这等坚固城池，繁盛烟火，怎忍将他拆去？又使百姓这等迁移？不若就在城外取道，莫惊动城池罢，就差你去相视。"秦叔宝道："前日爷台已画定图式，吩咐说奉旨要开凿此城，泄去王气，恐难改移。"叔谋道："你这迂人，奉旨开凿王气，只要在此一方，何必城中？凡事择便而行，说甚画定图式？快去相视回我。"叔宝领了这差，是个好差，经过乡村人户，或是要免掘他坟墓田园，或是要求保全他房产的，都十两五两，二十三十，央人来说。叔宝一概不受，止酌定一个更改的河道，回复叔谋。

恰是这日副总管令狐达，闻知要改河道，来见叔谋，彼此议论争执不合。只见叔宝跪下禀道："卑职蒙差相视河道，若由城外取道纡回，较城中差二十余里。"叔谋正没发恼处，道："我但差你视城外河道，你管甚差二十里三十里？"叔宝道："路远，所用人工要多，钱粮要增，限期要宽，卑职也要禀明。"叔谋越发恼道："人工不用你家人工，钱粮不用你家钱粮，你多大官，在此胡讲！"这话分明是侵令狐达。令狐达道："民间利病，许诸人直言无隐，大小是朝廷的官，管得朝廷的事，也都该从长酌议；况此城开掘，奉有圣旨的。"叔谋道："寅兄只说圣旨，这回护城池，宋襄公奉有天旨。前日梦中，我为执法，几乎被华司马铜汁灌杀，那时叫不得你两个应。"令狐达大笑道："那里来这等鬼话。"叔谋又向叔宝道："是你这样一个朝廷官，也要来管朝廷事，你得了城外百姓的银子，故此来胡讲，我只不用你，看你还管得么！"令狐达争不过叔谋，愤愤不平，只得自回衙宇，写本题奏去了。

叔宝出得门来，叔谋里面已挂出一面白牌道：城壕塞副使秦琼，生事扰民，阻挠公务，着革职回籍。秦叔宝看了，道："狄去邪原道这人难服事，果然。"即便收拾行李还家，却不知这正是天救全叔宝处。莫说当日工程严急，人半死亡；后来隋主南幸，因河道有浅处，做造一丈二尺铁脚木鹅，试水深浅，共有一百二十余处。查将浅处，两岸丁夫，督催官骑，尽埋地下，道叫他生作开河夫，死为扒沙鬼。麻叔谋以致问罪腰斩。这时若是叔宝督工，料也难免。正是：

得马何足喜？失马何必忧？老天爱英雄，颠倒有奇谋。

叔宝因遭麻叔谋罢斥，正收拾起身，只见令狐达差人来要他麾下效用。秦叔宝笑道："我此行不过是李玄邃为我谋避祸而来。这监督河工，料也做不出事业来。况且那些无赖的，在这工上，希图放卖些役夫，克扣些工食。或是狠打狠骂，逼索些常例，到后来随班叙功，得些赏赐，我志不在此，在此何为！"便向差官道："卑职家有八旬老母，奈奉官差，不得已而来。今幸放回，归心如箭，不得服事令狐爷了。"打发了差官，又想："来总管平日待我甚好，且在李玄邃罗老将军分上，不曾看我，我回日另要看取。若回他麾下，也毕竟还用我。但我高高兴兴出来，今又转去，这叫做'此去好凭三寸舌，再来不值半文钱'了。看如今工役不休，巡游不息，百姓怨愤，不出十年，天下定然大乱，这时怕不是我辈出来扫除平定？功名爵禄，只争迟早，何必着急？况家有老母，正宜菽水承欢，何苦恋这微名，亏了子职？"又想："若到城中，来总管必要取用我，即刘刺史这等歪缠也有之，不若还在山林寄迹。"

因此就于齐州城外村落去处，觅一所房屋：

前带寒流后倚林，桑榆冉冉绿成阴。半篱翠色编朝槿，一榻声音噪暮禽。

窗外烟光连戏彩，树头风韵杂鸣琴。婆娑未灭英雄气，题笔闲成梁父吟。

草草三间茅屋，里边有几间内房，堂侧深竹里有几间书房，周围短墙，植以桑榆疏篱，篱外是数十亩麦田枣地。叔宝自入城中，见了母亲，说起与世不合、不欲求名之意。秦母因见他为求名，常是出差，这等奔走，也就决意叫他安居。叔宝就将城中宅子赠与樊建威，酬他看顾家下之意。自与母亲妻子，移到村居。樊建威与贾润甫还劝他再进总管府,叔宝微笑道:"光景也只如此,倒是偷得一两刻闲是好处。"后来来总管知得,仍来叫他复役。叔宝只推母老,自己有病,不肯着役。来总管也不苦苦强他。凡一应朋友来的也不拒,只为亲老,自己不敢出外交游。每日寻山问水,种竹浇花,酒送黄昏,棋消白昼,一切英豪壮气尽皆收敛。就是樊建威、贾润甫,都道:"可惜这个英雄!只为连遭折挫,就便意气消磨,放情山水。"不知道他已看得破,识得定,晓得日后少他不得,不肯把这英风锐气,轻易用去,故尔如此。正是:

　　　　日落淮城把钓竿,晚风习习葛衣单。丈夫未展丝纶手,一任旁人带笑看。

第三十四回

洒桃花流水寻欢　割玉腕真心报宠

词曰:

　　芳菲尽已,簌簌香何细。桃片片,随萍起,光摇碧水,远梦绕长堤。牵情难摆,荡舟瞥见心堪醉。魑魅何足异,魂魄凭谁寄。香如篆,烛成泪,河长夜静,星斗光衣袂。惊看处,清凉一帖瘥人意。

调寄《千秋岁》

　　自昔浊乱之世,谓之天醉。天不自醉,人自醉之,则天亦难自醒矣;况许多金枷套颈,玉索缠身,眼前无数快乐风光,谁肯清心寡欲,看破尘迷?

　　且说炀帝见这些美人,个个鲜妍娇媚,淫荡之心,愈觉有兴。不论黄昏白昼,就像狂蜂浪蝶,日在花丛中游戏。众美人亦因炀帝留心裙带,便个个求新立异蛊惑他,博片刻之欢。

　　一日,炀帝在清修院,与秦夫人微微的吃了几杯酒,因天气炎热,携着手走出院来,沿着那条长渠看流水耍子。原来这清修院四围都是乱石,垒断出路,惟容小舟,委委曲曲,摇得入去。里面许多桃树,仿佛是武陵桃源的光景。二人正赏顽这些幽致,忽见细渠中飘出几片桃花瓣来。炀帝指着说道:"有趣,有趣。"见几片流出院去,上边又有一阵浮来,许多胡麻饭夹杂在中间。秦夫人看了骇道:"是那个做的?"炀帝笑道:"就是妃子妙制,再有何人?"秦夫人道:"妾实不知。"忙叫宫人将竹竿去捞起来看,却不是剪彩做的,瓣瓣都是真桃花,还微有香气。炀帝方才吃惊道:"这又作怪了。"秦夫人道:"莫非这条渠与那仙源相接?"炀帝道:"这渠是朕新挖,与西京太液池水接,那里甚么仙源?"秦夫人道:"既如此说,如今这时候,怎得有桃花流出?"二人你看我看,没理会处。秦夫人道:"妾与陛下撑一只小舟,沿渠找寻上去,自然有个源头。"炀帝道:"妃子说得有理。"遂同上了一只小龙船,叫宫人撑了篙,穿花拂柳,沿着那条渠儿,弯弯曲曲,寻将进去。只见水面上或一朵,或两瓣,断断续续,皆有桃花。过了一条小石桥,转过几株大柳树,远望见一个女子,穿一领紫绢衫儿,蹲踞水边。连忙撑近看时,却是妥娘,在那里洒桃花入水。正是:

　　娇羞十五小宫娃,慧性灵心实可夸。欲向天台赚刘阮,沿渠细细散桃花。

炀帝看见,大笑道:"我道是那个,原来又是你这小妮子在此弄巧!"妥娘笑吟吟的说道:"若不是这几片桃花,万岁此时不知在那里受用去了,肯撑这小船儿来寻妾?"炀帝笑道:"偏你这小妮子,晓得这般顽耍,还不快上船来!"妥娘下了船,秦夫人问道:"别的都罢了,这桃花你从何处得来?"妥娘笑道:"还是三月间,树上采的,妾将蜡盒儿盛了耍子,不意留到如今,犹是鲜的。"炀帝道:"留花还是偶然,你这等小小年纪,又不读书识字,如何晓得桃源故事,又将胡麻饭夹在中间?"妥娘带笑说道:"妾女子,书虽不能多读,《桃源记》也曾看来。"秦夫人对炀帝道:"妾观《汉书》《晋书》,丕猷谟烈,事多可采;至若秦史纪事,惟以奸诈而霸天下,毫无足取,即如桃源一事,其说亦甚幻。"炀帝笑道:"是何言与?朕览《始皇本纪》,见他巡行天下,封禅泰山,赫然震压一时。不要说别事,即如一道长城,至今七八百年,外寇不能长驱而入,皆此城保障之功也。"秦夫人道:"秦至今七八百年,长城恐都坏了,若不修补,难免后日之患。"炀帝道:"这个自然。况当朕之世,不为修葺,更有谁人肯兴此工?只在早晚,要差人干此节事了。秦史上还有始皇起建阿房宫一段,好看得紧,也算一代雄豪之主。此书在景明院殿中,我们撑到景明院去取来看。"

不一时,撑过了龙鳞渠,向南就

是景明院。炀帝与秦夫人、妥娘齐上岸来，见景明院门首，有宝辇停在外。原来萧后因天气炎热，晓得景明院大殿，窗牖宏敞，遂拉袁紫烟到此纳凉，正与院主梁夫人在殿上下棋。炀帝忙止住宫人，不许进去通报，同秦夫人悄悄走来，听见帘内棋子敲响。要进殿庭，袁贵人在帘内瞥眼看见，忙说道："娘娘，陛下来了。"萧后见说，忙起身同梁夫人、袁紫烟出来迎接。炀帝笑道："御妻为何不与朕说声，私自到此？"萧后笑道："陛下不见妾的招纸么？"秦夫人忙问道："娘娘，甚么叫做招纸？"萧后道："妾因宵来不见陛下进宫，就写一张招纸，差宫奴各宫院找寻。"炀帝笑道："御妻且说招纸上怎么样写法？"萧后道："招纸上么，写道：妾自不小心，失去风流天子一个，身边并无别物。倘有收留者，赏银五百，报信者谢银五十。"炀帝听了大笑道："难道朕一千也不值，止值得五百两？"引得众夫人都大笑起来。

炀帝坐在上面，看着棋枰说道："你们可赌甚么？"梁夫人道："赌是赌一件东西，停回与陛下说。"炀帝又道："白的要输了呢！御妻快在东角上，点了他那一只的眼；若是弄得他死，还可以扯直。"萧后笑道："点眼是陛下的长技，只怕陛下就用气力，也未必弄得他死。"

大家正在那里说说笑笑，忽听得笛声隐隐而起。袁紫烟道："笛声从何处来？"炀帝正要侧耳而听，忽一阵荷风，从帘外吹来，吹得满殿皆香。萧后道："香又从何处来？"炀帝忙叫卷起帘子，同萧后走出殿外。只见二三十只小船，满载荷花，许多美人坐在中间，齐唱采莲歌；雅娘、贵儿各吹凤笛酬和。众人飞也似往北海中摇来。炀帝一望，乃是十六院美人宫女，见日斜风起，故一齐回棹。因大笑道："这些宫女们，倒会耍子。"萧后道："皆赖陛下教养之功。"炀帝又笑道："还亏御妻不妒之力。"笑说未了，那些船早望见炀帝在景明院，便不收入渠中，都一齐争先赶快，乱纷纷的望殿边摇来。摇到面前看时，大家的红罗绿绮，都被水溅湿了。炀帝与萧后鼓掌大笑了一回。梁夫人已吩咐摆宴在殿，请炀帝与萧后进内，上坐了。秦夫人、梁夫人与袁贵人打横。炀帝叫这些美人都上殿来，把十来条龙草细席铺地，安放上矮桌果盒，叫众美人席地而坐，每人先赏酒三杯，然后传花击鼓，纵横畅饮。炀帝见殿中薰风拂拂，全无半点暑气，又见萧后与众夫人、美人，各各娇艳，打趣说笑，不觉吃的烂醉，遂起身携着萧后，到碧纱橱中去睡。众人也起身出殿，四散消遣。

萧后睡了一回，见炀帝沉沉的睡去，便轻轻的抽身起来，与秦夫人、梁夫人、袁紫烟抹牌耍子。不上一个时辰，忽听得炀帝在碧纱橱内，山摇地震的吆喝起来。萧后与众夫人大惊，忙走近前，看见炀帝睡在床上，昏迷不醒，紧紧儿将两手抱住头，口中不住的喊道："打杀我也！打杀我也！"萧后着了忙，急传懿旨，宣太医巢元方火速到西院来。诊了脉，用了一剂安神止痛汤，萧后亲自煎好，轻轻的灌与炀帝服下，未能苏醒。各院夫人晓得了，如飞的又到景明院来看问。大家守在床前，一昼夜，还自昏迷不醒。

时朱贵儿见这光景，饮食也不吃，坐在厢房里，只顾悲泣。韩俊娥对贵儿说道："酸孩子，万岁爷的病体，料想你替不得的，为甚么这般光景？"朱贵儿拭了泪，说："你们众姊妹，都在这里，静听我说：大凡人做了个女身，已是不幸的了；而又弃父母，抛亲戚，点入宫来，只道红颜薄命，如同腐草，即填沟壑。谁想遇着这个仁德之君，使我们时傍天颜，朝夕宴乐。莫谓我等真有无双国色，逞着容貌，该如此宠眷，设或遇着强暴之主，不是轻贱凌辱，即是冷宫守死，晓得甚么怜香惜玉？怎能如当今万岁情深，个个体贴得心安意乐。所以侯夫人恨薄命而自缢身亡，王义念洪恩而思捐下体，这都是万岁感人人心处。不想于今遇着这个病症，看来十分沉重，设有不讳，我辈作何结局？不为悍卒妻，定作骄兵妇。"如何如何，说到伤心处，众美人亦各呜呜的涕泣起来。

袁宝儿道："我想世间为人子者，尽有父母有难，愿以身代。我们天伦之情虽绝，而君父之恩难忘。何不今夜大家祷告神灵，情愿减奴辈阳寿十年，烧一炷心香，或者感动天心，转凶为吉，使万岁即时苏醒，调理痊愈，也不枉万岁平昔间把我们爱惜。"众美人听见宝儿说了，便齐声赞道："袁家妹子，说得有理。"齐到后庭中，摆设香案。

朱贵儿心中想道："我们虽是虔诚叩祷，怎能够就感格得天心显应？我想为子女者，往往有割股求亲，反享年有永。我今此身已属朝廷，即杀身亦所不惜，何况体上一块肉？"遂打算停当，袖了一把佩刀，走到庭中来。那时韩俊娥、杳娘、朱贵儿、妥娘、雅娘、袁宝儿等，齐齐当天跪下，各人先告了年庚日时，后告愿减众人阳寿，保求君王病体安宁。祷毕，大家起来，正欲收拾香案，只见朱贵儿双眸带泪，把衣袖卷起，露出一双雪白的玉腕，右手持刀，咬着臂上一块肉，狠的一刀割将下来，鲜血淋漓，放在一只银碗内。众人多吃了一惊，雅娘忙在炉中，撮些香灰掩上，用绢扎好。正是：

  须眉男子无为，柔脆佳人偏异。

  今朝割股酬恩，他年殉身香史。

贵儿将割下来的那块肉，悄悄藏着，转到殿上来。恰好萧后要煎第二剂药，贵儿去承任了，私把肉和药，细细的煎好，拿进去。萧后与炀帝吃了，不上一个时辰，便徐徐的醒将转来，看见萧后与众夫人美人，多在床前，因说道："朕好苦也，几乎与御妻等不得相见。"萧后问道："陛下好好饮酒而睡，为何忽然疼痛起来？"炀帝道："朕因酒醉，昏昏睡去。梦见一个武士，生得相貌凶恶，手执大棍，蓦地里将朕照脑门打一下，打得朕昏晕几死，至今头脑之中，如劈破的一般，痛不可忍。"萧后与众夫人，各各安慰了一番。早惊动了文武百官，一个个都到西苑来问安，知是梦中被打伤脑，今已平愈，遂各散去。

时狄去邪已到东京，闻知炀帝头脑害病，心中凛然，方信鬼神之事，毫厘不爽，遂把世情看破，往终南山访道去了。正是：

  鬼神指点原精妙，名利俱为罪孽缘。

  且说虞世基因两月前，炀帝见苑中御道窄隘，敕他更为修治。虞世基领了旨意，不上一月，不但御道铺平广阔，又增造了一座驻跸亭，一座迎仙桥；銮仪卫又簇新收拾了一副卤簿仪仗，专候炀帝病体勿药，装点游幸。时炀帝病好数日，已在宫中与萧后宴乐。见说御道改阔，仪仗齐整，便坐大殿，受百官朝贺，遂诏各官，俱于西苑赐宴。炀帝上了七宝香辇，一队队排开，这些簇新的仪仗，众公卿骑马簇拥而行，真是花迎剑佩，柳拂旌旗。不一时到了西苑，炀帝便传旨将御宴摆在船上。炀帝坐了龙舟，百官乘了凤舸，先游北海，后游五湖，君臣尽情赏顽。

  炀帝吃到兴豪之际，叫文臣赋诗，以记一时之盛。时翰林院大学士虞世基，司隶大夫薛道衡，光禄大夫牛弘，各有短章献上。炀帝览了众臣的诗，大喜，各赐酒三杯，自饮一巨觥道："卿等俱有佳作，朕岂可无诗？"遂御制《望江南》八阕，单咏湖上八景：

  湖上月，偏照列仙家。水浸寒光铺枕簟，浪摇晴影走金蛇。偏称泛灵槎。光景好，轻彩望中斜。清露冷侵银兔影，西风吹落桂枝花。开宴思无涯。

  湖上柳，烟里不胜催。宿雾洗开明媚眼，东风摇弄好腰肢。烟雨更相宜。环曲岸，阴覆画桥低。线拂行人春晚后，絮飞晴雪暖风时。幽意更依依。

  湖上雪，风急堕还多。轻片有时敲竹户，素华无韵入澄波。望外玉相磨。湖水远，天地色相和。仰视莫思梁苑赋，朝来且听玉人歌。不醉拟如何？

  湖上草，碧翠浪通津。修带不为歌舞缓，浓铺堪作醉人裀。无意衬香衾。晴霁后，颜色一般新。游子不归生满地，佳人远意寄青春。留咏卒难伸。

  湖上花，天水浸灵芽。浅蕊水边匀玉粉，浓葩天外剪明霞。只在列仙家。开烂漫，插鬓苦相遮。水殿春寒幽冷艳，玉窗晴照暖添华。清赏思何赊。

  湖上女，精选正轻盈。犹恨乍离金殿侣，相将尽是采莲人。清唱谩频频。轩内好，嬉戏下龙津。玉管朱弦闻昼夜，踏青斗草事青春。玉辇从群真。

  湖上酒，终日助清欢。檀板轻声银甲缓，醑浮香米玉蛆寒。醉眼暗相看。春殿晚，仙艳奉杯盘。湖上风光真可爱，醉乡天地就中宽。帝王正清安。

  湖上水，流绕禁园中。斜日缓摇清翠动，落花香暖众纹红。萍末起清风。闲纵目,鱼跃小莲东。泛泛轻摇兰棹稳,沉沉寒影上仙宫。远意更重重。

炀帝赋完,群臣赞诵,各各献觞称贺。炀帝与众臣又痛饮了一番,遂命罢宴转船。众臣谢了宴,俱穿花拂柳而去。

炀帝上了銮舆回宫,萧后接住问道:"今日陛下赐宴群臣。为乐何如?"炀帝道:"今日饮酒甚畅。"就将群臣献诗,并自己做词八首,一一说了。萧后道:"目今秋月正明,正是赏心乐事之时。然在舟中与湖光争色,不若寻芳径与花柳争妍。"炀帝道:"如今御道比前改得广阔,又增了驻跸亭、迎仙桥。过桥去就是旧日的畅情轩,收拾得更觉有趣。"萧后道:"即如此说,妾明日必要奉陪陛下,去遍游一番的了。"炀帝道:"御妻要游,不可草率。明日趁此月白风清,须作一清夜游,方得畅快。"萧后道:"既然夜游,宫中妃妾,皆未到西苑,带他们去看看也好。"炀帝道:"这个使得。明日叫御林军多拨些马匹,与他们骑着奏乐,朕与御妻一路看月而去。"萧后大喜道:"如此最妙。"炀帝道:"马上奏乐虽好,但须得几章新诗,谱入笙箫,方不负此良夜。"萧后道:"陛下天才潇洒,何不御制一章,待妾教他们连夜打出,以见一时之胜。"炀帝道:"御妻之言有理,待朕制诗。"遂一边饮酒,一边挥毫,早已制成《清夜游曲》一章:

洛阳城里清秋矣,见碧云散尽,凉天如水。须臾山川生色,河汉无声。千树里,一轮金镜飞起,照琼楼玉宇,银殿瑶台,清虚澄澈真无比。良夜情不已。数千乘万骑,纵游西苑。天街御道平如砥,马上乐竹媚丝姣,舆中宴金甘玉旨。试凭三吊五,能几人不亏圣德,穷华靡。须记取隋家潇洒王妃,风流天子。

炀帝作完,递与萧后看。萧后读了一遍,大喜道:"陛下宸思清俊,御翰淋漓,古来帝王真不能及也。"随叫宫中善唱的,连夜习熟,明夜要游西苑。炀帝又叫近侍誊一纸传与迎晖院朱贵儿,叫他教各院美人唱熟,明夜马上来迎,总在畅情轩取齐。吩咐毕,方与萧后安寝。正是:

昏主惟图乐,妖妻只想游。江山将尽矣,新曲几时休。

第三十五回

乐永夕大士奇观　清夜游昭君泪塞

词曰：

挖心呕血，打叠就一人欢悦。悄心思，忙中撮弄奇峰突出。塞外黄花音缥缈，落珈杨柳容装绝。更风高，试骤放长林，咸国色。

月如练，天如碧。心同醉，欢同席。看红裙锦队，遍山蚁列，香车宝辇阶填绕，绿云素影尊前立。趁今宵马上誓心盟，姮娥泣。

调寄《满江红》

天地间的乐事，无穷无尽；妇人家的心事，愈巧愈奇，任你铁铮铮的好汉，也要弄得精枯骨化；何况荒淫之主，怎肯收缰？

再说炀帝与萧后在宫中，安寝了一宵，直到午牌时候方才起身。便传旨叫御林军备马千匹，一半宫门伺候，一半西苑伺候；又敕光禄寺，凡苑内、庭中、轩中、山间殿上，俱要预备供应，以便众宫人随地饱餐畅游。不多时，金乌西坠，早现出一轮明月。炀帝与萧后用了夜宴，大家换了清靓龙衣，携手走出宫来。看见月华如练，银河淡荡，二人满心欢喜，上了一乘并坐顽月的香舆，上面是两个座儿，四围帘幕高高卷起，舆上两旁，可容美人数个，送进饮食。随命众宫女上马，分作两行，一半在前，一半在后，慢慢的奏乐而行。这夜月色分外皎洁，照的御道如同白昼。众宫人都浓妆艳服，骑在马上，一簇绮罗，千行丝竹，从大内直排至西苑。但见：

妖娆几队宫中出，箫管千行马上迎。圣主清宵何处去？为看秋月到西城。

炀帝在舆上看见这等繁华，十分快畅，对萧后说道："闻昔时周穆王乘八骏马，西至瑶池，王母留宴，一时女乐之胜，千古传为美谈。以朕看来，亦不过如此光景。"萧后道："瑶池阆苑，皆属玄虚；今夕之游，乃是真瑶池耳。"炀帝笑道："若今日是瑶池，朕为穆天子，御妻便是西王母了。"萧后亦笑道："妾若是西王母，陛下又要思念董双成与许飞琼矣。"二人相视大笑。

不多时，车驾已进了西苑，有一院即有夫人领着笙歌来接，近一院又有夫人领着鼓乐来迎。前前后后，遍地歌声，往往来来，尽皆女队。一霎时行过了

驻跸亭、迎仙桥，就是畅情轩。那轩四面八角，造得宽大宏敞，台基尽是白石砌成，可容千人止足。轩内结彩张灯，如同一架烟火。炀帝到此，便叫停驾片时。众宫人抬御辇上了台基，向南停住。众夫人下马，上前相见。

炀帝举目一看，只有十四院夫人，却不见了翠华院花伴鸿、绮阴院夏琼琼，便问清修院秦夫人道："为何花妃子与夏妃子不见？"秦夫人道："他两个就来。"炀帝正欲再问，听见一派细乐，隐隐将近。众宫人指着桥上说道："好看，好看。"炀帝遂同萧后下辇来，站在月台上望，见有十来对五色长幡，幡上尽是一对小小红灯，在马上高高擎起。过后又七八人，云冠羽衣，如陈妙常打扮，各执凤笙龙笛，象管玉板，云锣小鼓，细细的奏《清夜游》一章。随后一个，捧着云柄香炉，一个执着静中引磬。忽见桥上，推起一座山来，却用青白细绢玲珑扎成，无树无花，空岩峭壁里边立着一尊玉面观音，头上乌云高耸，居中一股銮凤金钗，明珠挂额，胸前两股青丝分开。身上穿一件大红遍地棉袄，外边罩着光绫纯素披风。一手执着净瓶，一手拈着杨枝，赤着一双大白足而立。旁边站着一个合掌的红孩儿，头上双尖丫髻，露出一双玉腕，戴着八宝金镶镯，身上穿一件白绫花绣比甲，胸前锦包裹肚，下身大红裤子，腿上赤金扁镯，也赤着双足，笑嘻嘻的，仰首鞠躬，看着观音而立。面前一张小桌，桌上两竿画烛。中间一座宝鼎，香烟缭绕，气冲九霄。七八个宫人抬着走。

炀帝将双手搭伏在萧后肩上，正看得忙乱时，忽见一骑，彩云也似飞将过来，放着娇声，向头导喊道："万岁娘娘在上，你们往轩后，转入台基上去。"吩咐毕，即便下马，上来相见。萧后道："原来是花夫人。"花夫人对炀帝道："陛下与娘娘，且进轩中，好等他们来朝参。"众人把御辇停过一边，炀帝一手挽着萧后，问花夫人道："装观音与红孩儿的，是那一院的宫人，有这等美貌，装得这样妙？"萧后道："那个装观音的，有些厮像朱贵儿；那个装红孩儿的，好是袁宝儿。"炀帝笑道："御妻那里说起，贵儿与宝儿，多是一对窄窄的金莲，如今是两双大白足。"花夫人笑道："妾听见前日陛下赞赏大白足的宫人，故选这一对来孝顺陛下。"

正说时，见这些装扮的都下马，上台基来叩首。落后那尊观音与红孩儿，也上前合掌俯伏。炀帝搀起，仔细一认，果是朱贵儿与袁宝儿，大笑道："御妻眼力不差，正是他们两个。但是这双足，怎样弄大的？"贵儿跷起一足来，炀帝扯来细看，却用白绫做成，十个脚指，月下看去，如同天生就的。炀帝笑道："真匪夷所思。"萧后平昔最喜宝儿，见他装了红孩儿，便扯他近身，抚摩他雪白双臂，冻得冰冷，便说道："苑中风露利害，你们快去换装了罢。"炀帝亦对朱贵儿道："你也身上单薄。"便伸手向他衣袖里来。那晓得贵儿臂上刀痕，尚未痊愈，见炀帝手进袖中，忙把身子一闪。炀帝早摸着玉腕上，用纸包裹，便问贵儿道："臂上为甚么？"贵儿一眼看着萧后，笑而不言。炀帝是乖人，见这光景，便缩手不去再问。

　　又听见左右报道："又有好看的来了。"炀帝忙同萧后出轩，望见桥上，有几对小旗标枪，在前引着。马上十来个盘头蛮妇，都是短衣窄袖，也有弹筝的，也有抱月琴的。那个花腔小鼓，卖弄风骚；这个轻敲象板，声清韵叶。后边就是两对盘头女子，四面琵琶，在马上随弹随唱，拥着一个昭君，头上锦尾双竖，金丝扎额，貂套环围，身上穿着一件五彩舞衣，手中也抱着一面琵琶。正看时，只见夏夫人上来相见，炀帝问夏夫人道："那个装昭君的可是薛冶儿？"夏夫人答道："正是。"随把手指着四个弹琵琶的道："那个是韩俊娥，那个是杳娘，那个是妥娘，那个是雅娘。陛下还是叫他们上台来唱曲，还是先叫他们下面跑马？"炀帝笑道："他们只好是这等平稳的走，那里晓得跑甚么马？"梁夫人道："这几个多是薛冶儿的徒弟，闲着在苑中牵着御厩中的马，时常试演。"樊夫人道："第二个就要算袁宝儿跑得好。"

　　此时宝儿、贵儿，多改了宫妆，站在旁边。萧后笑对宝儿道："既是你会跑，何不也下去试一试？"炀帝拍手道："妙极，妙极！朕前日差裴矩与西域胡人，换得一匹名马，神骏异常，正好他骑，不知可曾牵来。"左右禀道："已备在这里伺候。"炀帝道："好，快快牵来。"左右忙把一匹乌骓马，带到面前。宝儿憨憨的笑道："贱妾若跑得不好，陛下与娘娘、夫人不要见笑。"遂把凤头弓鞋紧兜了一兜，腰间又添束上一条鸾带，走到马前，将一双白雪般的纤手，扶住金鞍，右手绾着丝鞭，也不蹋镫，轻轻把身往上一耸，不知不觉，早骑在马上。炀帝看了喜道："这个上马势，就好极了。"夏夫人下去传谕他们，先跑了马，然后上台来唱曲。炀帝叫手下将龙凤交椅移来与萧后沿边坐下，众夫人亦坐列两旁。

　　袁宝儿骑着马，如飞跑去，接着众人辄转身扬鞭领头，带着马上奏乐的一班宫女，穿林绕树，盘旋漫游。炀帝听了，便道："这又奇了，他们唱的，不是朕的《清夜游》词，是甚么曲，这般好听？"沙夫人道："这是夏夫人要他们装昭君出塞，连夜自制了《塞外曲》，教熟了他们，故此好听。"炀帝也没工夫回答，伸出两指，只顾向空中乱圈。正说时，只见一二十骑宫女，不分队伍,如烟云四起,红的青的,白的黄的,乱纷纷的,一阵滚将过去,直到西南角上,一个大宽转的所在,将昭君裹在中间,把乐器付与宫娥执了,逐对对跑将过来,尽往东北角上收住,虽不甚好,也没有个出丑。众人跑完,止剩得装昭君的与袁宝儿两骑在西边。先是宝儿将身斜着半边,也不绾丝缰,两只手向高高的调弄那根丝鞭,左顾右盼,百般样弄俏,跑将过来。

正看时,只见那个装昭君的,如掣电一般飞来。炀帝与萧后众夫人都站起来看,并分不出是人是马,但见上边一片彩云,下边一团白雪,飞滚将来,将宝儿的坐骑后身加上一鞭,带跑至东边去了。又一回,袁宝儿领了数骑,慢腾腾的去到西边去,东边上还有一半骑女,与昭君摆着。只听得一声锣响,两头出马,如紫燕穿花,东西飞去。

过了三四对,又该是袁宝儿与薛冶儿出马了。他两个听见了锣声,大家只把一只金莲,踹在镫上,一足悬虚,将半身靠近马,一手扳住雕鞍,一手扬鞭,两头跑将拢来。刚到中间,他两个把身子一耸。炀帝只道那个跌了下来,谁知他两个交相换马的,跑回去了。喜得个炀帝,把身子前仰后合,鼓掌大笑道:"真正奇观。"萧后与众夫人宫人,没一个不出声称赞。只见薛冶儿等下了马,领着队,走上台基来。炀帝与萧后也起身。秦夫人对炀帝说道:"停回他们唱起《塞外曲》来,只怕陛下还要神飞心醉。"炀帝正欲开口,只见薛冶儿领着一班,上前来要叩见。炀帝一头摇手,忙扯薛冶儿近身,见他打扮的俨然是个绝妙的昭君,便把一双御手扶住冶儿的身子,低低叫道:"好好冶儿,朕那里晓得你有这样绝技在身;若不是娘娘来游,就一千年也不晓得。"便在内相手里,取自己一柄浑金宫扇,扇上一个玉兔扇坠,赐与冶儿。冶儿谢恩收了,萧后道:"怎不见袁宝儿?"杨夫人指道:"在娘娘身后躲着。"萧后调转身来,笑问道:"你学了几时,就这样跑得纯熟得紧?也该赏劳些才是。"炀帝听见,笑说道:"不是朕有厚薄,叫朕把甚么赐你?也罢,待朕与娘娘借一件来。"萧后见说,忙向头上拔下一只龙头金簪来,递与炀帝,炀帝即赐与宝儿。宝儿偏不向炀帝谢恩,反调转身来要对萧后谢恩,萧后一把拖住。炀帝带笑骂道:"你看这贼妮子,好不弄乖。"

薛冶儿与众夫人正要取琵琶来唱曲,炀帝道:"这且慢,叫内相取妆花绒锦毯,铺在轩内,用绣墩矮桌,席地设宴。"左右领旨,进轩去安排停当,出来请圣驾上宴。炀帝与萧后正南一席,用两个锦墩,并肩坐了。东西两旁,一边四席,俱用绣墩,是十六院夫人与袁贵人坐下。炀帝又叫内相,居中摆二席,赐装昭君的,对着上面,众美人团团盘膝而坐。炀帝道:"今夜比往日顽得有兴有趣,御妻与众妃子,不可不开怀畅饮。"又对众美人道:"你们也要饮几杯,然后歌唱,愈觉韵致。"说说笑笑,吃了一回,薛冶儿等各抱琵琶,打点伺候。炀帝道:"朕制的《清夜游》词,刚才各院来迎,已听过几遍了,你们只唱夏妃子的《塞外曲》罢。"夏夫人道:"岂有此理?自然该先歌陛下的天章。"炀帝道:"朕的且慢。"于是众美人各把声音镇定,方才吐遏云之调,发绕梁之音。先是装昭君的,弹着琵琶,歌一句,然后下手四面琵琶和一句。第一只牌名是《粉蝶儿》,唱道:

> 百拜君王。俺这里百拜君王,谢伊家把人肮脏。没些儿保国开疆,却教奴小裙钗,宫闱女,向老单于调篆。万种愁肠,教人万种愁肠,却付与琵琶马上。

第二只牌名是《泣颜回》:

> 回首望爷娘,抵多少陟屺登冈。珠藏闺阁,几曾经途路风霜。是当初妄想,把缇縈不合门楣望,热腾腾坐昭阳,美满儿国丈风光。

众美人唱得悠悠扬扬,高高低低,薛冶儿还要做出这些凄楚不堪的声韵态度来,叶入琵琶调中,唱一句,和一句,弹得人声寂寂,宿鸟啾啾。喜得炀帝没甚么赞叹,总只叫快活,把咒觚只顾笑饮。萧后对夏夫人道:"曲中借父母奢望这种念头,说到自己身上,亏夫人慧心巧思,叙入得妙。如今第三只叫甚么牌名?"夏夫人道:"是《石榴花》。"听唱道:

> 却教我长门寂寞妒鸳鸯,怎怜我眠花梦月守空房。漫说是皇家雨露,翻做个万里投荒。笑堂堂汉天子是甚么纲常,便做妙计周郎,也算不得玉关将帅功劳账。这劳劳攘攘,马蹄儿北向颠狂。怎似冷落长扬,听胡笳一声声交河上,不白入靴尖,踹破泪千行。

第四只牌名是《黄龙滚》:

> 愁一回塞上贤王,肯惜伶仃模样。思那日朝中君相,惨撒下别时惆怅,闪得人白草黄花路正长。他那里摆云阵,迓红妆,闹喳喳尘迷眼底,闷恹恹愁添眉上。

此时炀帝听得意乱心迷,不知不觉。侧耳细听,正在那似睡非睡,似醒非醒的光景,瞥见萧后与众夫人大家都在那里拭泪咨嗟。炀帝低低说道:"你们为甚么个个弄出眼泪来?如今听曲,尚且如此,倘设身处地奈何?"萧后道:"陛下前日为死了一个侯妃子,把一个廷臣问罪赐死,不要说是国色娇娃,就是平常宫人,也不轻易割舍他去与别人受用。"炀帝摇着手道:"嗻声,且听他唱。"牌名是《小桃红》:

> 到家乡只梦中,见君王只梦中,明日里捱到穹庐。料道今生怎得归往,情黯黯拨乱宫商。情黯黯拨乱宫商,姻缘谁信这三生帐?但愿和亲,保太平永享。

> 尾声:羞杀汉庭君和相,枉把妻孥抱衾帐。怎比得大皇隋,威名万载扬。

一回儿,五面琵琶,弹得滚圆的,如风吹檐马,沙击辰钟,叮当乱响,煞时收住。炀帝坐起身来,对夏夫人道:"妙极妙极,一篇文字,直到结尾,揭出章旨,愈见妃子聪敏有才。"夏夫人道:"此乃俚鄙村歌,怎当陛下过誉。"萧后道："曲中描写，是游、夏不能赞一辞的了。更亏这几个习学的，一夜里就弄得这样出神入化，使人听之，愈见陛下情深，陛下不可不奖劳之。"炀帝道："这个自然都在朕心窝里。"袁宝儿斜着眼，对炀帝笑道："陛下在心窝里那搭儿？"炀帝带笑骂道："贼肉不要慌，停回摆布你。"众夫人齐笑，起身把扮演的服饰卸下，改了宫妆，仍旧坐下，接过细乐来，要奏《清夜游》词。炀帝忙摇手道："古人云：观止矣，虽有他乐，朕不敢请矣。你们取大杯来，畅饮几杯。"萧后道："月已西坠，我们也好行动行动，回宫去了。"炀帝吩咐内相："再排宴在万花楼，众宫人不论马上步行，尽要各执红灯一盏，分为两队：一队随娘娘于山前行，一队随朕由山后行，都转到万花楼赴宴，然后回宫。"吩咐毕，不上一个时辰，只见外边万盏红灯，如星移斗转，乱落阶前，火树银花，光分璀璨。

炀帝与萧后出轩来，二人各上了一个玉辇，众夫人与贵人美人亦各徐徐上马。约行了里许，萧后在辇中转身一望，只见众夫人与众美人，都在眼前。萧后忙叫停住了辇，对众美人道："众夫人随着我走也罢了，你们还该傍着万岁的御辇而行，为何都拥着我来？万岁见你们一个不去随侍，不说你们的差，反道是我的缘故了。快去赶上，不要惹他性气起来。"众夫人齐声道："娘娘说的是。"众美人犹尚延捱，当不起萧后再四催促，众美人只得兜转马头，来赶炀帝。

时炀帝众内相拥着由山后而行，见夫人美人，俱随着萧后去了。他是极肯在妇人面上细心体贴的，见他们不来，晓得恐怕萧后见怪，不得已随去，就要合在一块的，便不放在心上。只是坐在辇上，有些不耐烦，便下辇换着马，绕山径而走。只见山腰里，一骑红灯，冲将过来。炀帝看时，见是妥娘。妥娘忙要下马，炀帝就止住了执手问道："你这小油嘴，在那里做贼？"妥娘答道："贼是没处做，妾因风露寒冷，身上单薄，不比别个有人见怜，故此回院，加上些衣服赶来。"炀帝带笑骂道："怪油嘴，朕那处不疼热你们，却这等说。"妥娘笑答道："妾因刚才宝儿说陛下抚摩贵儿身上，百般怜惜，故此妾取笑陛下，幸勿见罪。不知娘娘与众夫人，如今往何处去了？"炀帝道："你不要管，同我走就是，朕还有话要问你。"于是两骑马并辔而行。炀帝道："朕问你，贵儿臂上为甚扎缚着？"妥娘答道："他的腕上，为着陛下，难道陛下还不晓得，反要问起妾来？"炀帝见说，吃了一惊问道："朕那里晓得？为着朕甚来？"妥娘道："妾不说，陛下自去问贵儿便知。"炀帝道："你若不快快说出，朕就恼你。"妥娘没奈何，只得将炀帝头疼染疴，贵儿着急悲哀，妾等众人对天祷告，贵儿割下一块肉来，私下在药中煎好，与陛下服愈。

话未说完，听见后边七八骑，执着灯儿赶来。炀帝撇转头一看，却是韩俊娥一班美人，便道："你们为甚么又赶来？"薛冶儿笑道："娘娘恐怕陛下冷静，故此赶妾等来护驾。"朱贵儿气喘吁吁的道："我说陛下必往山后小路而行,不打大路上去的。这些蛮婆,偏不肯依,叫人跑却许多枉路。"袁宝儿在马上笑道:"那个胖丫头,被我捉弄死了。"炀帝道:"既如此,你们往头里走。"一头吩咐,一手搭着贵儿的马道:"你跑不动,且缓一回,同我走。"众美人见说,把贵儿撇下,纵马向前去了。

炀帝见众美人离了一箭之地,便把坐骑收紧贵儿身旁,低低的说道:"你快坐在朕马上来,朕有话要对你说。"贵儿把身子离鞍一侧,炀帝双手提他,一把提过马上,好好坐下;贵儿就把丝缰丢与宫人接了。炀帝急急的向着贵儿说道:"朕那里晓得你这样真心爱主;若不是刚才妥娘告诉,几乎负了你一片深心。"说了,便百般的叹息,只少落出泪来。贵儿道:"妾蒙陛下隆恩,虽捐躯亦所不惜;何况些微之处。但可笑妥妹,妾恁般吩咐他,他偏不依,毕竟来告诉陛下得知。今愿陛下守口如瓶,不可提起。万一泄漏风声,娘娘与夫人们只道妾等巧作,以博圣恩眷宠。"炀帝道:"宫中妇女,准千准万,朕看起来,止不过一时助兴,怎能个有似你这样真心爱主?我如今要升你上去,又恐众人生妒,你反不安。朕身边偶带佩玉,是上世所传,价值千金,朕今赐你藏好。"腰间取下来,付与贵儿收了,又说道:"倘朕殡天之后,你青春尚艾,朕留遗旨,着你出宫去觅一良人,以完终身。"贵儿见说,忙在袖中取出玉来道:"陛下恁说,妾不敢当,请收了宝物。"炀帝道:"为何?"贵儿道:"臣闻臣忠不二君,女烈不二夫,妾虽卑贱,颇明大义。不要说陛下春秋正富,假使百年后,设逢大故,妾若再欲偷生于世,苟延朝夕者,永堕轮回,再不得人身。"说了止不住汪汪流泪。

炀帝见他说得激烈,也就落下几点泪来道:"美人,你既如此忠贞明义,朕愿与你结一来生夫妇。"就指天设誓道:"大隋天子杨广与美人贵儿朱氏,情深契爱,星月为证,誓愿来生结为夫妇,以了情缘。如若背盟,甘不为人,沉埋泉壤。"朱贵儿见炀帝立誓,慌忙跳下马来俯伏在地,听见誓完,对天告道:"皇天在上,朱贵儿来生若不与大隋天子同荐衾枕,誓愿甘守幽魂,不睹天日。"

炀帝又欲将手扶他上马,只见薛冶儿慌忙的跑马来报道:"娘娘已进宫去了,众夫人都在景明院门首候驾。"炀帝道:"娘娘为甚缘故,就回宫去?"薛冶儿道:"陛下到彼便知。"不多时,已到景明院。众夫人道:"陛下为甚么耽搁了这一回?刚才妾等与娘娘先到,同上万花楼候驾来上宴,不想一阵鬼风,吹破窗棂,震动灯烛尽灭,又不见陛下来,心上有些害怕,故此就回宫去了,叫妾们在此守候。"炀帝见说,以为奇异,心上虽欲到迎晖院去与朱贵儿安寝,因这番言语,恐怕萧后着恼,只得回辇进宫。众夫人各自归院。未知后事如何,且听下回分解。

第三十六回

观文殿虞世南草诏　爱莲亭袁宝儿轻生

词曰：

余兴未阑情未倦，朝来闻说关心。万千乐事论纵横，欲夸己才富，落笔竟难成。堪羡词臣文藻盛，佳人注目留吟。无端池畔去捐生，相看心欲碎，贴肉唤卿卿。

调寄《临江仙》

炀帝好大喜功，每事自恃有才，及至征蛮草诏，便觉江郎才掩。宝儿素性憨痴，至闻刺心一语，便觉伤情欲死。可见才情伪真，断难假借。

却说炀帝与萧后清夜畅游，历代帝王从未有如此快活。比及回宫，更筹已交五鼓，遂与萧后安寝，直到日中方起，尚嫌余兴未尽。又思昨夜同朱贵儿在马上许多盟言心语，不特光景清幽，抑且两情可爱，只恨平昔没有加厚待他，宵来又撇了他进宫，才觉心殊怏怏，因想："今日皇后，谅不到苑，正好出宫去到迎晖院，独与贵儿亲热一番。"心中打点停当，只见一个内监走来奏道："宝林院沙夫人，因夜间在马上驰骤太过了，回院去一阵肚疼，即便坠下一胎，是个男形，不能保育。今夫人身子虚弱，神气昏迷，故使奴婢来奏知。"炀帝听见跌脚道："可惜可惜，昨夜原不该要他来游的，这是朕失检点了。"忙差内相："快去宣太医巢元方，到宝林院去看治沙夫人。"又对宝林院宫人道："你回院去对夫人说，朕就来看他。"萧后闻知，不胜叹嗟，叫宫人去候问。

炀帝进了早膳，出宫上辇，正要到宝林去，只见中书侍郎裴矩捧着各国朝贡表章奏道："北则突厥，西则高昌各国，南则溪山酋长，俱来朝觐。独有高丽王元恃强不至。"炀帝大怒道："高丽虽僻在海隅，乃箕子所封之国，自汉晋以来，臣伏中国，皆为郡县，今乃不臣如此！"裴矩又奏道："高丽所恃，有二十四道，阻着三条大水，是辽水、鸭绿江、浿水。如欲征剿，须得水陆并进方可。目今沿海一带城垣，闻得倾圮，未能修葺。陆路犹可，登莱至平壤一路，俱是海道，须用舟楫水军，若非智勇兼全之人，难克此任。"炀帝想了一想，便敕旨着宇文述督造战船器械，为征高丽总帅。山东行台总管来护儿为征高丽副使。其余所用将佐，悉听宇文述、来护儿随处调遣，该地方官不得阻挠。奏凯之日，各行升赏。

炀帝因裴矩说起沿海一带，随想起要修葺长城一事，恐与廷臣商议，有人谏阻，趁便也写着敕一道：命宇文弼为修城都护，又敕宇文恺为修城副使。西边从榆林起，东边直到紫河方止，但有颓败倾圮，都要重新修筑补葺。吩咐毕，裴矩传旨出去，炀帝便上辇进西苑去。

未及里许，只见守苑太监马守忠走来奏道："都护麻叔谋在院外要见驾。"是时麻叔谋河道已通，单骑到东京来复旨。炀帝见说，随进便殿坐下，叫马守忠引他进来。麻叔谋同丞相宇文达、翰林学士虞世基进来。麻叔谋朝驾毕，因奏道："广陵河道，臣已开通，未知陛下几时巡幸？"炀帝问用多少人工，几许深浅，麻叔谋细细奏陈。炀帝大喜，赏赉甚厚，留他在都，陪驾巡幸广陵。宇文达道："河道已通，陛下巡游，须得几百号龙舟，方才体式；若是这些民船差船，怎好乘坐？"炀帝道："便是。"宇文达道："黄门侍郎王弘大有才干，陛下敕他趱造，必能仰体圣意。"炀帝大喜，遂写敕旨，命王弘就江淮地方，要他制造头号龙船十只，二号龙船五百只，杂船数千只，限四个月造完缴旨。

虞世基道："陛下既造龙舟，自然造得如殿庭一般，难道也叫这些鸠形鹄面，撑篙摇橹？"炀帝道："这个自然是这班水手。"虞世基道："以臣愚见，莫若将蜀锦制就锦帆，再将五色彩绒打成锦缆，系在殿柱之上；有风扯起锦帆东下，无风叫人夫牵挽而去，就像殿之有脚，那怕不行？"宇文达道："锦缆虽好，但恐人夫牵挽，不甚美观。陛下何不差人往吴越地方，选取十五六岁的女子，扮做宫妆模样，无风叫他牵缆而行，有风叫他持楫绕船而坐，陛下凭栏观望，方有兴趣。"炀帝听了大喜，即差几个得力太监高昌等，往吴越地方，选十五六岁的女子一千名，为殿脚女。

虞世基奏道："陛下征辽之旨已出，今河道已成，龙舟将备，莫若以征辽为名，以幸广陵为实，也不消征兵，也不必征饷，只消发一道征辽诏书，播告四边，彼辽小国，自然望风臣服，落得陛下坐在广陵受用，岂非一举两得之事？"炀帝大喜道："卿言甚是有理，依卿所奏而行。"众臣退出。

炀帝因说得高兴，竟忘了宝林院去。只见朱贵儿、袁宝儿两个走来，炀帝问道："你们从何处来？"袁宝儿道："妾等在宝林院看沙夫人来。"炀帝道:"正是,沙妃子身子怎样光景?"朱贵儿道:"身子太医说不妨,只可惜一位太子不能养育。"炀帝对贵儿道:"你先去代朕说声,此刻朕要草诏,不得闲,稍停朕必来看他。说了你就来。"贵儿领旨去了。

炀帝同袁宝儿转到观文殿上来,意思要自制一篇诏书,夸耀臣下。谁想说时容易,作时却难。炀帝拿起笔来,左思右想,再写不下去,思想了一回,刚写得两三行,拿起看时,却也平常,不见有新奇警句,心下十分焦躁。遂把笔放下,立起身来,四下里团团走着思想。袁宝儿看了,微微笑道:"陛下又不是词臣,又不是史官,何苦如此费心?"炀帝道:"非朕要自家草诏,奈这些翰林官员,没个真才实学的能当此任。"袁宝儿道:"翰林院平昔自然有应制篇章,著述文集,上呈御览。陛下在内检一个博学宏才的,召他进来,面试一篇,不好再作区处,何必有费圣心。"炀帝想了一想道:"有了。"袁宝儿问道:"是谁?"炀帝道:"就是翰林学士虞世基的兄弟,叫作虞世南,现作秘书郎之职。此人大有才学,只因他为人不肯随和,故此数年来,并不曾升迁美任。今日这道诏书,须叫他来面试,必有可观。"随叫了黄门去宣虞世南,立等观文殿见驾。

不多时,黄门已将虞世南宣至。朝贺毕,炀帝道:"近日辽东高丽,恃远不朝,朕今亲往征讨,先要草一道诏书,播告四方。恐翰林院草来不称朕意,思卿才学兼优,必有妙论,故召卿来,为朕草一诏。"虞世南道:"微臣菲才,止可写风云月露,何堪宣至尊德意?"炀帝道:"不必过谦。"遂叫黄门,另将一个案儿抬到左侧首帘栊前放下,上面铺设了纸墨笔砚。又赐一锦墩,与世南坐了。

世南谢过恩,展开御纸,也不思索,题笔便写,就如龙蛇一般,在纸上风行云动,毫不停辍。那消半个时辰,早已草成,献将上来。炀帝展开一看,只见上写着:

  大隋皇帝,为辽东高丽不臣,将往征之,先诏告四方,使知天朝恩威并著之化。诏曰:朕闻宇宙无两天地,古今惟一君臣。华夷虽限,而来王之化不分内外;风气虽殊,而朝宗之归自同遐迩。顺则绥之以德,先施雨露之恩;逆则讨之以威,聊代风雷之用。万方纳贡,尧舜取之鸣熙;一人横行,武王用以为耻。是以高宗有鬼方之克,不惮三年;黄帝有涿鹿之征,何辞百战。薄伐狎狁,周元老之肤功;高勒燕然,汉嫖姚之大捷。从古圣帝明王,未有不并包夷狄,而共一胞与者也;况辽东高丽,匹在旬服之内,安可任其不庭,以伤王者之量,随其梗化,有损中国之威哉!故今爰整干戈,正天朝之名分;大彰杀伐,警小丑之跳梁。以虎贲之众,而下临蚁穴,不异摧枯拉朽;以弹丸之地,而上抗天威,何难空幕犁庭。早知机而革面投诚,犹不失有苗之格;倘恃顽而负固不服,终难逃楼兰之诛。同一斯民，容谁在覆载之外；莫非赤子，岂不置怀保之中。六师动地，断不如王用三驱；五色亲裁，聊以当好生一面。款塞及时，一身可赎；天兵到日，百口何辞。慎用早思，毋贻后悔。故诏。大业八年九月二十日敕。

炀帝看了一遍，满心欢喜，笑说道："笔不停辍，文不加点，卿真奇才也！古人云：文章华国。今日这一道诏书，真足华国矣！此去平定辽东，卿之功非小。就烦卿一写。"遂叫近侍将一道黄麻诏纸，铺在案上。虞世南不敢抗旨，随题笔起来，端端楷楷而写。

炀帝因诏书作得畅意，甚爱其才，要称赞他几句，又因他低头写诏，不好说话。此时袁宝儿侍立在旁，遂侧转头来，要对宝儿说话，瞥见宝儿一双眼珠也不转，痴痴的看着虞世南写字。炀帝看见，遂不做声，任他去看。原来袁宝儿见炀帝自做诏书，费许多吟哦搜索，并不能成；虞世南这一挥便就，心下因想道："无才的便那般吃力，有才的便如此敏捷。"又见世南生得清清楚楚，弱不胜衣，故憨憨的只管贪看。看了一会，忽回转头来，见炀帝清清的看着自己。若是宝儿心下有私，未免要惊慌，或是面红，或是踢蹰，因他出于无心，故声色不动，看看炀帝，也只是憨憨的嬉笑。炀帝知他素常是这憨态，却不甚猜疑。

不多时，虞世南写完了诏书呈上来。炀帝见他写得端庄有体，十分欢喜，随叫左右赐酒三杯，以为润笔。虞世南再拜而饮。炀帝说道："文章一出才人之口，便觉隽永可爱；但不知所指事实，亦可信否？"虞世南道："庄子的寓言，《离骚》的托讽，固是词人幻化之笔，君子感慨之谈，或未可尽信。若是见于经传，事虽奇怪，恐亦不妄。"炀帝道："朕观《赵飞燕传》，称他能舞于掌上，轻盈蹁跹，风欲吹去，常疑是词人粉饰之句。世上妇人，那有这般柔软？今观宝儿的憨态，方信古人模写，仿佛不虚。"虞世南道："袁美人有何憨态？"炀帝道："袁宝儿素多憨态，且不必论；只今见卿挥毫潇洒，便在朕前注目视卿，半晌不移，大有怜才之意，非憨态而何？卿才人勿辜其意，可题诗一首嘲之，使他憨度与飞燕轻盈并传。"虞世南闻旨，也不推辞，也不思索，走近案前，飞笔题诗四句献上。炀帝看时，见上写道：

　　学画鸦黄半未成，垂肩軃袖太憨生。缘憨却得君王宠，常把花枝傍辇行。

炀帝看了大喜，因对宝儿说道："得此佳句，不负你注目一段憨态矣！"又叫赐酒三杯。虞世南饮了，便谢恩辞出。炀帝道："劳卿染翰，另当升赏。"世南谢恩辞出不题，正是：

　　空掷金词何所用，漫筹征伐枉夸能。

炀帝见虞世南已出，遂将诏书付与内相，传谕兵部，叫他播告四方，声言御驾亲征。内相领旨去了。炀帝又把世南做宝儿的这首绝句，对宝儿说道：

"他竟一会儿就做出来，又敏捷，又有意思。"袁宝儿笑道："诗中之义，妾总不解，但看他字法，甚觉韵致秀媚。"炀帝带笑的悄悄说道："朕明日将你赐与他为一小星何如？"袁宝儿见说，登时花容惨淡，默然无语。炀帝尚要取笑他，只听得蔷薇架外，扑簌簌的小遗声响。炀帝便撇了宝儿，轻轻起身，走出来看了片时，转来不见袁宝儿。正要去寻，只听得西边爱莲亭上，有人喊道："是那个跳下池里去？"原来袁宝儿自恨刚才无心看了虞世南草诏，不想炀帝认为有意，要把他来赠与世南，不认炀帝作耍，他反认天子无戏言，故此自恨。悄悄走出，竟要投水而死，以明心迹。

当时炀帝走到西首爱莲亭池边，只见一个内相，在池内抱一个宫娥起来。炀帝一看，见是宝儿，吃了一惊，见他容颜变色，双眸紧闭，满身泥水淋漓。炀帝走入亭子里去，坐在一张榻上，忙叫内相抱他近身，便问内相道："刚才他可是往池内净手，还是洗甚么东西失足跌下去的？"内监道："刚才奴婢偶然走来，只见袁美人满眼垂泪，望池内将身一耸，跳下去的。"炀帝笑道："你这妮子痴了，这是为甚缘故？"自己忙与太监替宝儿脱下外边衣服，那晓得里边衫裤俱湿，忙叫内相，快去取他的衣服来。炀帝见内相去了，说道："朕刚才偶然取笑，为何你当起真来？朕那一刻是少得你的？"宝儿见说，重又呜呜咽咽的哭起来。

只见韩俊娥与朱贵儿两个，手里拿着衣服，笑嘻嘻走进来。韩俊娥问道："陛下，为甚么宝儿要做浣纱女，抱石投江起来？"炀帝便把虞世南草诏一段，与戏言要赠他的话，述了一遍。朱贵儿点点头儿道："妇人家有些烈性也是的。"两个替宝儿穿换衣裳。朱贵儿见炀帝的里衫，多沾污了几点泥汁在上，忙要去取衣服来更换。炀帝止住了道："朕当常服此，以显美人贞烈。"韩俊娥笑说道："陛下不晓得妾养这个女儿，惯会作娇，从小儿不敢触犯他，恐他气塞了，撒不出鸟来。"袁宝儿见说，把炀帝手中扇子，向韩俊娥肩上打一下道："蛮妖精，我是你射出来的？"韩俊娥笑道："你看这小妖怪，因陛下疼热他，他就忤逆起娘来了。"笑得个炀帝了不得，便道："不要闲说了，你们同朕到宝林院去来。"

不多时，炀帝进了宝林院，直至榻前，对沙夫人问道："妃子，你身子怎样？曾服过药否？"沙夫人道："妾宵来好端端的去游顽，不想弄出这节事来，几乎不能与陛下相见。"炀帝道："妃子自己觉身子持重，昨夜就该乘一个香车宝辇，便不至如此。此皆朕之过，失于检点，调度你们。"沙夫人含泪答道："这是妾福浅命薄，不能保养潜龙。是妾之罪，与陛下何与？"一头说，不觉泪洒沾衾。炀帝道："妃子不必忧烦。秦王杨浩，皇后钟爱；赵王杨杲，今年七岁，乃吕妃所生，其母已亡。朕将杨杲嗣你名下，则此子无母而有母，妃子无子而有子矣，未知妃子心下何如？"朱贵儿在旁说道："赵王器宇不凡，若得如此，是陛下无限深恩，沙夫人有何不美？妾等亦有仰赖矣。"沙夫人要起身谢恩，炀帝慌忙止住。袁宝儿道："夫人玉体欠安，妾等代为叩谢圣恩。"于是众美人齐跪下去，炀帝亦忙拉了他们起来，便道："待朕择期以定，妃子作速调理好了身子，同朕去游广陵。"

正说时，只见一个内相，双手捧着一个宝瓶，传禀进来道："王义修合万寿延年膏子，到苑来贡上万岁爷。"炀帝听见喜道："朕正有话要吩咐他，着他进苑来。"一头说，一头走到殿上来，只见王义走到阶前跪下。炀帝问道："你合的是甚么妙药？"王义道："微臣春间往南海进香，路遇一道人，说山中觅得一种鹿衔灵草，和百花捣汁熬成膏子，服之可以固精养血延年。故特修治贡上，聊表微臣一点孝心。"炀帝道："这也难为你。朕不日要游广陵，卿须要打点同去，着卿管辖头号龙舟，谅无错误。"王义道："此游不但微臣有心要随陛下，即臣妻亦遣来随侍娘娘。"炀帝喜道："舟中不比宫中，若得卿夫妇二人相随，愈见爱主之心。还有一事：昨宵朕与娘娘众夫人作清夜游，不意宝林院沙夫人，因劳动了胎气，今早即便堕下一个男胎。妃子心中着实悲伤，朕又怜赵王失母，今嗣与沙妃子为子，聊慰其情，卿以为何如？"王义道："沙夫人闻得做人宽厚，本性端庄，赵王嗣之，甚为合宜，足见陛下隆恩高厚。"炀帝道："此系朕之爱子。既卿如此说，内则有妃子与众美人为之抚护，外则烦贤卿为之傅保。卿为朕去镌玉符一方，上镌：赵王杨杲，赐与沙映妃子为嗣。镌好卿可悄悄送进来。"王义道："臣晓得。"炀帝对袁宝儿道："可将山茧两匹，赐与王义。"宝儿取将出来，王义收了，谢恩出苑不题，正是：

因情托儿女，爱色恋闺房。不知人世变，犹自语煌煌。

第三十七回

孙安祖走说窦建德　徐懋功初交秦叔宝

词曰：

　　人主荒淫成性，苍天巧弄盈危。群英一点雄心逞，戈满起尘埃。攘攘不分身梦，营营好乱情怀。相看意气如兰蕙，聚散总安排。

调寄《乌夜啼》

天下最荼毒百姓的，是土木之工、兵革之事。剥了他的财，却又疲他的力，以至骨肉异乡，孤人之儿，寡人之妇，说来伤心，闻之酸鼻。

却说炀帝，因沙夫人堕了胎，故将爱子赵王与他为嗣，命王义镌玉印赐他；又着朱贵儿，迁在宝林院去一同抚养赵王，自以为磐石之固。岂知天下盗贼蜂起，卒至国破家亡。

且说宇文弼、宇文恺得了旨意，遂行文天下，起人夫，吊钱粮，不管民疲力敝，只一味严刑重法的催督。弄得这些百姓，不但穷的驱逼为盗，就是有身家的，被这些贪官污吏，不是借题逼诈，定是赋税重征，也觉身家难保，要想寻一个避秦的桃源，却又无地可觅。其时翟让聚义瓦岗，朱灿在城父，高开道据北平，魏刁儿在燕，王须拔在上谷，李子通在东海，薛举在陇西，梁师都在朔方，刘武周在汾阳，李轨据河西，左孝友在齐郡，卢明月在涿郡，郝孝德在平原，徐元朗在鲁郡，杜伏威在章丘，萧铣据江陵。这干也有原系隋朝官员，也有百姓卒伍，各人啸聚一方劫掠。还有许多山林好汉，退隐贤豪，在那里看守天时，尚未出头。

再说窦建德，携女儿到单员外庄上安顿了，打帐也要往各处走走。常言道：惺惺惜惺惺。话不投机的，相聚一刻也难过；若逢知己，就叙几年也不觉长远。雄信交结甚广，时常有人来招引他。因打听得秦叔宝，避居山野，在家养母。雄信深为赞叹，因此也不肯轻身出头，甘守家园，日与建德谈心讲武。

光阴荏苒，建德在二贤庄倏忽二载有余。一日，雄信有事往东庄去了，建德无聊，走出门外闲顽，只见场上柳阴之下，坐着五六个做工的农夫，在那里吃饭。对面一条湾溪，溪上一条小小的板桥，桥南就是一个大草棚。建德慢慢的踱过桥来，站在棚下，看牛过水；但见一派清流随轮带起，泉声鸟和，即景幽然，此时身心，几忘名利。正闲顽之间，远远望见一个长大汉子，草帽短衣，肩上背了行囊，袒胸露臂，慢慢的走来。场上有只猎犬，认是歹人，咆哮的迎将上去。那大汉见这犬势来得凶猛，把身子一侧，接过犬的后腿，丢入溪中去了。做工的看见，一个个跳起来喊道："那里来的野鸟，把人家的犬丢在河里？"那汉道："你不眼瞎，该放犬出来咬人的！"那做工的大怒，忙走近前，一巴掌打去。那汉眼快，接过来一折，那做工的扑地一交，爬不起来。惹得四五个做工的齐起身来动手，被那汉打得一个落花流水。

建德站在对河看，晓得雄信庄上的人，俱是动得手的，不去喝住他。已后见那汉打得利害，忙走过桥来喝道："你是那里来的，敢走到这里来撒野？"那汉把建德仔细一认，说道："原来窦大哥，果然在这里！"扑地拜将下去。建德道："我只道是谁，原来是孙兄弟，为甚到此？"那汉道："小弟要会兄得紧，晓得兄携了令爱迁往汾州，弟前日特到介休各处寻访，竟无踪迹。幸喜途中遇着一位齐朋友，说兄在二贤庄单员外处，叫弟到此寻问，便知下落。故弟特特来访，不想恰好遇着。"原来这人姓孙名安祖，与窦建德同乡。当年安祖因盗民家之羊，为县令捕获笞辱，安祖持刀刺杀县令，人莫敢当其锋，号为摸羊公，遂藏匿在窦建德家一年有余。恰值朝廷钦点绣女，建德为了女儿，与他分散，直至如今。时建德便对安祖道："这里就是二贤庄。"把手指道："那来的便是单二员外了。"

雄信骑着高头骏马，跟着四五个伴当回来，见建德在门外，忙跳下马来，问道："此位何人？"建德答道："这是同乡敝友孙安祖。"雄信见说，便与建德邀入草堂。安祖对雄信纳头拜下去道："孙安祖粗野亡命之徒，久慕员外大名，如雷贯耳，今日一见，实慰平生。"雄信道："承兄光顾，足见盛情。"雄信便吩咐手下摆饭。建德问安祖道："刚才老弟说有一位齐朋友，晓得我在这里，是那个齐朋友？"安祖道："弟去岁在河南，偶于肆中饮酒，遇见一个姓齐的，号叫国远，做人也豪爽有趣。说起江湖上这些英雄，他极称单员外疏财仗义，故此晓得，弟方寻来。"雄信道："齐国远如今在何处着脚？"安祖道："他如今往秦中去寻甚么李玄邃。说起来，他相知甚多，想必也要做些事业起来。"雄信叹道："今世路如此，这几个朋友，料不能忍耐，都想出头了。"

须臾酒席停当，三人入席坐定。建德道："老弟两年在何处浪游？近日外边如何光景？"安祖道："兄住在这里，不知其细；外边不成个世界了。弟与兄别后，自燕至楚，自楚至齐，四方百姓，被朝廷弄得妻不见夫，父不见子，人离财散，怨恨入骨，巴不能够为盗，苟延性命。自今各处都有人占据，也有散而复聚的，也有聚而复散的，总是见利忘义酒色之徒。若得似二位兄长这样智勇兼全的出来，倡义领众，四方之人，自然闻风响应。"建德见说，把眼只顾看单雄信，总不则声。雄信道："宇宙甚广，豪杰尽多，我们两个算得甚么？但天生此七尺之躯，自然要轰轰烈烈，做他一场，成与不成命也，所争者，乃各人出处迟速之间。"孙安祖道："若二位兄长肯救民于水火，出去谋为一番，弟现有千余人，屯扎在高鸡泊，专望驾临动手。"建德道："准千人亦有限。只是做得来便好，尚然弄得王不成王，寇不成寇，反不如不出去的高了。"雄信道："好山好水，原非你我意中结局，事之成败，难以逆料，窦兄如欲行动，趁弟在家，未曾出门。"

正说时，只见一个家人传送朝报进来。雄信接来看了，拍案道："真个昏君，这时候还要差官修葺万里长城，又要出师去征高丽，岂不是劳民

动众,自取灭亡?就是来总管能干,大厦将倾,岂一木所能支哉!前日徐懋功来,我烦他捎书与秦大哥;今若来总管出征,怎肯放得他过?恐叔宝亦难乐守林泉了。"安祖道:"古人说得好,虽有智慧,不如乘势。今若不趁早出去,收拾人心,倘各投行伍散去,就费力了。"建德道:"非是小弟深谋远虑,一则承单二哥高情厚爱,不忍轻抛此地;二则小女在单二哥处打扰,颇有内顾萦心。"雄信道:"窦大哥,你这话说差了。大凡父子兄弟,为了名利,免不得分离几时,何况朋友的聚散?至于令爱,与小女甚是相得,如同胞姊妹一般;况兄之女,即如弟之女也。兄可放心前去,倘出去成得个局面,来接取令爱未迟;若弟有甚变动,自然送令爱归还兄处,方始放心。"建德见说,不觉洒泪道:"若然,我父与女真生死而骨肉者也。"主意已定,遂去收拾行装,与女儿叮咛了几句,同安祖痛饮了一夜。到了明日,雄信取出两封盘缠:一封五十两,送与建德;一封二十两,赠与安祖。各自收了,谢别出门。正是:

　　丈夫肝胆悬如日,邂逅相逢自相悉。笑是当年轻薄徒,白首交情不堪结。

　　如今再说秦叔宝,自遭麻叔谋罢斥回来,迁居齐州城外,终日栽花种竹,落得清闲。倏忽年余。一日,在篱门外大榆树下,闲看野景;只见一个少年,生得容貌魁伟,意气轩昂,牵着一匹马,戴着一顶遮阳笠,向叔宝问道:"此处有座秦家庄么?"叔宝道:"兄长何人?因何事要到秦家庄去?"这少年道:"在下是为潞州单二哥捎书与齐州叔宝的。因在城外搜寻,都道移居在此,故来此处相访。"叔宝道:"兄若访秦叔宝,只小弟便是。"叫家僮牵了马,同到庄里。这少年去了遮阳笠,整顿衣衫。叔宝也进里边,着了道袍,出来相见。少年送上书,叔宝接来拆览,乃是单雄信因久不与叔宝一面,晓得他睢阳斥职回来,故此作书问候。后说此人姓徐名世绩,字懋功,是离狐人氏,近与雄信为八拜之交,因他到淮上访亲,托他寄此书。叔宝看了书道:"兄既是单二哥的契交,就与小弟一体的了。"吩咐摆香烛,两人也拜了,结为兄弟,誓同生死。留在庄上,置酒款待。豪杰遇豪杰,自然话得投机,顷刻间肝胆相向。叔宝心中甚喜,重新翻席,在一个小轩里头去,临流细酌,笑谈时务。

　　话到酒酣,叔宝私虑徐懋功少年,交游不多,识见不广,因问道:"懋功兄,你自单雄信二哥外,也曾更见甚豪杰来?"懋功道:"小弟年纪虽小,但旷观事势,熟察人情。主上摧刃父兄,大纲不正,即使修德行仁,还是个逆取顺守。如今好大喜功,既建东京宫阙,又开河道,土木之工,自长安直至余杭,那一处不骚扰遍了。只看这些穷民,数千百里来做工,动经年月,回去故园已荒,就要耕种,资费已竭,那得不聚集山谷,化为盗贼?况主上荒淫日甚,今日自东京幸江都,明日自江都幸东京,还要修筑长城,巡行河北,车驾不停,转输供应,天下何堪?那干奸臣,还要朝夕哄弄,每事逢君之恶,不出四五年,天下定然大乱。故此小弟也有意结纳英豪,寻访真主。只是目中所见，如单二哥、王伯当，都是将帅之才；若说运筹帷幄，决胜千里，恐还未能。其余不少井底之蛙，未免不识真主，妄思割据，虽然乘乱，也能有为，首领还愁不保。但恨真主目中还未见闻。"

叔宝道："兄曾见李玄邃么？"懋功道："也见来。他门第既高，识器亦伟，又能礼贤下士，自是当今豪杰。总依小弟识见起来，草创之君，不难虚心下贤，要明于用贤；不贵自己有谋，贵于用人之谋。今玄邃自己有才，还恐他自矜其才；好贤下士，还恐他误任不贤。若说真主，虑其未称。兄有所见么？"叔宝道："如兄所云，将帅之才，弟所友东阿程知节，勇敢劲敌之人。又见三原李药师，药师曾云：王气在太原，还当在太原图之，若我与兄何如？"懋功笑道："亦一时之杰，但战胜攻取，我不如兄；决机虑变，兄不如我。然俱堪为兴朝佐命，永保功名，大要在择真主而归之，无为祸首可也。"

叔宝道："天下人才甚多，据兄所见，止于此乎？"懋功道："天下人才固多，你我耳目有限，再当求之耳。若说将帅之才，就兄附近孩稚之中，却有一人，兄曾识之否？"叔宝道："这倒不识。"又答道："小弟来访兄时，在前村经过，见两牛相斗，横截道中。小弟勒马道旁待他，却见一个小厮，年纪不过十余岁，追上前来道：'畜生莫斗，家去罢。'这牛两角相触，不肯休息，他大喝一声道：'开！'一手揪住两只牛角，两下的为他分开尺余之地。将及半个时辰，这牛不能相斗，各自退去。这小厮跳上牛背，吹着横笛便走。小弟正要问他姓名，后有一个小厮道：'罗家哥哥，怎把我家牛角揪坏了？'小弟以此知他姓罗，在此处放牧，居止料应不远。他有这样膂力，若有人提携他，教他习学武艺，怕不似孟贲一流？兄可去物色他则个。"

何地无奇才，苦是不相识。赳赳称干城，却从免罝得。

两人意气相合，抵掌而谈者三日。懋功因决意要到瓦岗，看翟让动静，叔宝只得厚赠资斧，写书回复了单雄信。另写一札，托雄信寄与魏玄成。杯酒话别，两个相期，不拘何人，择有真主，彼此相荐，共立功名。叔宝执手依依，相送一程而别，独自回来。

行不多路，只听得林子里发一声喊，跑出一队小厮来，也有十七八岁的，也有十五六岁的，也有十二三岁的，约有三四十个。后面又赶出一个小厮，年纪只有十余岁，下身穿一条破布裤，赤着上身，捏着两个拳头，圆睁一双怪眼，来打这干小厮。这干小厮见他来，一齐把石块打去，可是奇怪，只见他浑身虬筋挺露，石块打着，都倒激了转来。叔宝暗暗点头道："这便是徐懋功所说的了。"

两边正赶打时，一个小厮被赶得慌，一交绊倒在叔宝面前。叔宝轻轻扶起道："小哥，这是谁家小厮，这等样张致？"这小厮哭着道："这是张太公家看牛的。他每日来看牛，定要妆甚官儿，要咱们去跟他，他自去草上睡觉。又要咱们替他放牛。若不依他，就要打；去跟他，不当他的意儿，又要打。咱们打又打他不过，又不下气伏事他，故此纠下许多大小牧童，与他打。却也是平日打怕了，便是大他六七岁，也近不得他，像他这等奢遮罢了。"叔宝想："懋功说是罗家。这又是张家小厮，便不是，也不是个庸人了。"挪步上前，把这小厮手来拉住道："小哥且莫发恼。"这小厮睁着眼道："干你鸟事来！你是那家老子哥子，想要来替咱厮打么？"叔宝道："不是与你厮打，要与你讲句话儿。"小厮道："要讲话，待咱打了这干小黄黄儿来。"待撒手去，却又撒不脱。

正扯拽时，只见众小儿拍手道："来了，来了。"却走出一个老子来，向前把这小厮总角揪住。叔宝看时，是前村张社长，口里喃喃的骂道："叫你看牛，不看牛只与人厮打，好端端坐在家里，又惹这干小厮到家中乱嚷。你打死了人，叫我怎生支解？"叔宝劝道："太公息怒，这是令孙么？"太公道："咱家有这孙子来？是我一个老邻舍罗大德，他死了妻子，剩下这小厮，自己又被佥去开河，央及我管顾他，在咱家吃这碗饭，就与咱家看牛。不料他老子死在河上，却留这劣种害人。"叔宝道："这等不妨。太公将来把与小子，他少宅上雇工钱，小子一一代还。"太公道："他也不少咱工钱。秦大哥，你要领，任凭领去，只是讲过，惹出事来，不要干连着我。"叔宝道："这断不干连太公，但不知小哥心下可肯？"那小厮向着太公道："咱老子原把我交与你老人家的，怎又叫咱随着别人来？"太公发恼道："咱招不得你，咱没这大肚子袋气。"一径的去了。

叔宝道："小哥莫要不快。我叫秦叔宝，家中别无兄弟，只有老母妻房，意欲与你八拜为交，结做异姓兄弟，你便同我家去罢。"这小子方才喜欢道："你就是秦叔宝哥哥么？我叫罗士信，我平日也闻得村中有人说哥哥弃官来的，说你有偌大气力，使得条好枪，又使得好锏。哥可怜见兄弟父母双亡，只身独自看顾，指引我小兄弟，莫说做兄弟，随便使令教诲，咱也甘心。"便向地下拜倒来。叔宝一把扶住道："莫拜莫拜，且到家中，先见了我母亲，然后我与你拜。"果然士信随了叔宝回家。叔宝先对母亲说了，又叫张氏寻了一件短褂子，与他穿了，与秦母相见。罗士信见了道："我少时没了母亲，见这姥姥，真与我母亲一般。"插烛也似拜了八拜，开口也叫母亲。次后与叔宝拜了四拜，一个叫哥哥，一个叫兄弟。末后拜了张氏，称嫂嫂；张氏也待如亲叔一般。

大凡人之精神血气，没有用处，便好的是生事打闹发泄；他有了用处，他心志都用在这里，这些强硬之气都消了。人不遇制服得的人，他便要狂逞；一撞着作家，竟如铁遇了炉，猢狲遇了花子，自然服他，凭他使唤。所以，一个顽劣的罗士信，却变做了一个循规蹈矩的人。叔宝教他枪法，日夕指点，学得精熟。

一日叔宝与士信正在场上比试武艺，见一个旗牌官，骑在马上，那马跑得浑身汗下，来问道："这里可是秦家庄么？"叔宝道："兄长问他怎么？"那旗牌道："要访秦叔宝的。"叔宝道："在下就是。"叫士信带马系了，请到草堂。旗牌见礼过，便道："奉海道大元帅来爷将令，赍有札符，请将军为前部先锋。"叔宝也不看，也不接，道："卑末因老母年高多病，故隐居不仕，日事耕种，筋力懈弛，如何当得此任？"旗牌道："先生不必推辞。这职衔好些人谋不来的，不要说立功封妻荫子，只到任散一散行粮路费，便是一个小富贵。先生不要辜负了来元帅美情、下官来意。"叔宝道："实是母亲身病。"管待了旗牌便饭，又送了他二十两银子，自己写个手本，托旗牌善言方便。旗牌见他坚执，只得相辞上马而去。

原来来总管奉了敕旨，因想："登莱至平壤，海道兼陆地，击贼拒敌，须得一个武勇绝伦的人。秦琼有万夫不当之勇，用他为前部，万无一失。"故差官来要请他。不意旗牌回复："秦琼因老母患病，不能赴任，有禀帖呈上。"来总管接来看了道："他总是为着母老，不肯就职。然自古求忠臣必于孝子之门，他不负亲，又岂肯负主？况且麾下急切没有一个似他的。"心中想一想道："我有个道理。"发一个帖儿，对旗牌道："我还差你到齐州张郡丞处投下，促追他上路罢。"这旗牌只得策马，又向齐州来，先到郡丞衙。

这郡丞姓张名须陀，是一个义胆忠肝、文武全备，又且爱民礼下的一个豪杰。当时郡丞看了帖儿，又问了旗牌来意。久知秦叔宝是个好男子，今见他不肯苟且功名，侥幸一官半职，这人不惟有才，还自立品，我须自去走遭。便叫备马，一径来到庄前。从人通报，郡丞走进草堂。叔宝因是本郡郡丞，不好见得，只推不在。张郡丞叫请老夫人相见。秦母只得出来，以通家礼见了坐下。张郡丞开言道："令郎原是将家之子，英雄了得。今国家有事，正宜建功立业，怎推托不往？"秦母道："孩儿只因老身景入桑榆，他又身多疾病，故此不能从征。"张郡丞笑道："夫人年虽高大，精神颇旺，不必恋恋。若说疾病，大丈夫死当马革裹尸，怎宛转床席，在儿女子手中？且夫人独不能为王陵母乎？夫人吩咐，令郎万无不从。明日下官再来劝驾。"说罢起身去了。

秦母对叔宝说："难为张大人意思，汝只得去走遭。只愿天佑，早得成功，依然享夫妻母子之乐。"叔宝还有跨踌之意，罗士信道："高丽之事，以哥哥才力，马到成功；若家中门户，嫂嫂自善主持。只虑盗贼生发。士信本意随哥哥前去，协力平辽，今不若留我在家，总有毛贼，料不敢来侵犯。"三人计议已定，次早叔宝又恐张郡丞到庄，不好意思，自己入城，换了公服，进城相见。张郡丞大喜，叫旗牌送上札符，与叔宝收了。张郡丞又取出两封礼来：一封是叔宝赆仪，一封是送秦老夫人菽水之资。叔宝不敢拂他的意，收了。叔宝谢别。张郡丞又执手叮咛道："以兄之才，此去必然成功。但高丽兵诡而多诈，必分兵据守，沿海兵备，定然单弱。兄为前驱，可释辽水、鸭绿江勿攻。惟有㵲水，去平壤最近，乃高丽国都，可乘其不备，纵兵直捣。高丽若思内顾，首尾交击，弹丸之国，便可下了。"叔宝道："妙论自当书绅。"就辞了出门。到家料理了一番，便束装同旗牌起行。罗士信送至一二里，大家叮咛珍重而别。

叔宝、旗牌日夕趱行，已至登州，进营参谒了来总管。来总管大喜，即拨水兵二万，青雀、黄龙船各一百号，俟左武卫将军周法尚，打听隋主出都，这边就发兵了。正是：

旗翻慢海威先壮，帆指平壤气已吞。

第三十八回
杨义臣出师破贼　王伯当施计全交

词曰：

世事浮沤，叹痴儿扰攘，遍地戈矛。豺虎何足怪，龙蛇亦易收。猛雨过，淡云流，相看怎到头？细思量此身如寄，总属蜉蝣。问君胶漆何投？向天涯海角，南北营求。岂是名为累，反与命添仇。眉间事，酒中休，相逢美所谋。只恐怕猿声鹤唳，又惹新愁。

调寄《意难忘》

人处太平之世，不要说有家业的，甘守田园；即如英豪，不遇亡命技穷，亦只好付之浩叹而已。设或一遇乱离，个个意中要想做一个汉高，人有智能的，竟认做孔明。岂知自信不真，以致身首异处，落得惹后人笑骂，故所以识时务者呼为俊杰。然能参透此四字者，能有几人？

不说秦叔宝在登州训练水军，打听炀帝出都，即便进兵进剿。却说炀帝在宫中，一日与萧后欢宴。炀帝道："王弘的龙舟想要造完了，工部的锦帆彩缆俱已备完；但不知高昌的殿脚女，可能即日选到？"萧后道："殿脚女其名虽美，妾想女子柔媚者多。这样殿宇般一只大船，百十个娇嫩女子，如何牵得他动？除非再添些内相相帮，才不费力。"炀帝道："用女子牵缆，原要美观；若添人内相，便不韵矣。"萧后道："此舟若止女子，断难移动。"炀帝道："如此为之奈何？"萧后停杯注想了一回，便道："古人以羊驾车，亦取美观；莫若再选一千嫩羊，每缆也是十只，就像驾车的一般，与美人相间而行，岂不美哉！"炀帝大喜道："御妻深得朕心。"便差内相传谕有司，要选好毛片的嫩羊一千只，以备牵缆。内相领旨去了。

炀帝与萧后众夫人，要点选去游江都的嫔妃宫女。只见中门使段达传进奏章来。炀帝展开，细细翻阅，原来就是孙安祖与窦建德据住了高鸡泊举义，起手统兵杀了涿郡通守郭绚，勾连了河曲聚众张金称、清河剧盗高士达，三处相为缓急，劫掠近县，官兵莫敢挫其锋，因此有司飞章告急，请兵征剿。炀帝看了大怒道："小丑如此跳梁！须用一员大将，尽行剿灭，方得地方宁静。"一时间再想不出个人来。时贵人袁紫烟在旁说道："有个太仆杨义臣，闻他是文武全才，如今镇守何处？"炀帝见说惊讶

道："妃子那里晓得他文武全才？"袁紫烟道："他是妾之母舅。妾虽不曾识面，因幼时妾父存日，时常称道其能，故此晓得。"炀帝道："原来杨义臣是你母舅。今日若不是妃子言及，几忘却了此人。他如今致仕在家，实是有才干的。"说罢，便敕太仆杨义臣为行军都总管；周宇、侯乔二人为先锋，调遣精兵十万，征讨河北一路盗贼。将旨意差内相传出，付与吏兵二部，移文去了。炀帝对袁紫烟道："义臣昔属君臣，今为国戚，谅不负朕。奏凯旋日，宣入宫来，与妃子一见何如？"袁紫烟谢恩不题。正是：

　　　　天数将终隋室，昏王强去安排。现有邪佞在侧，良臣焉用安危。

话说杨义臣得了敕旨，便聚将校，择吉行师。兵行数日，直抵济渠口。晓得四十里外就是张金称在此聚众劫掠，忙扎住了营寨。因尚未识贼人出入路径，戒军不可妄动，差细作探其虚实，欲以奇计擒之。

却说张金称打听杨义臣兵至，遂自引兵直至义臣营垒搦战。见义臣固守不出，求战不能，终日使手下人百般秽骂。如此月余，只道义臣是怯战之人，无谋之辈。何知杨义臣伺其懈弛，密唤周宇、侯乔二将引精锐马骑二千，乘夜自馆陶渡过河去埋伏；待金称人马离营，将与我军相接，放起号炮，一齐夹攻。义臣亲自披挂，引兵搦战。金称看见官军行伍不整，阵法无序，引贼直冲出来，两军相接，未及数合，东西伏兵齐起，把贼兵当中截断，前后夹攻，贼众大败。金称单马逃奔清河界口，正遇清河郡丞杨善，领兵捕贼，正在汾口地方，擒金称杀之，令人将首级送至义臣营中。金称手下残兵星夜投奔窦建德去了。义臣将贼营内金银财物马匹，尽赏士卒，所获子女，俱各放回。移兵直抵

平原，进攻高鸡泊，剿杀余党。

时高鸡泊乃窦建德、孙安祖附高士达居于彼处。早有细作报言："杨义臣破张金称，乘胜引兵前来。今官兵已到巫仓下寨，离此只隔二十里之地。"建德闻之大惊，对孙安祖、高士达道："吾未入高鸡泊之时，已知杨义臣是文武全才，用兵如神，但未与之相拒。今日果然杀败张金称，移得胜之兵，来征伐我等，锐气正炽，难与为敌。士达兄可暂引兵入据险阻，以避其锋，使他坐守岁月，粮储不给，然后分兵击之，义臣可擒矣。"士达不听建德之言，自恃无敌，留疲弱三千，与建德守营，自同孙安祖乘夜领兵一万，去劫义臣营寨。不期义臣预知贼意，调将四下埋伏。

高士达三更时分，提兵直冲义臣老营。见一空寨，知是中计，正欲退时，只听得号炮四下齐起，正遇着义臣首将邓有见，当喉一箭，士达跌下马来，被邓有见枭了首级，剿杀余兵。安祖见士达已亡，忙兜转马头奔回。建德同来救敌，无奈隋兵势大，将士十丧八九。建德与安祖止剩二百余骑。因见饶阳无备，遂直抵城下，未及三日而攻克之；所降士卒，又有二千余人。据守其城，商议进兵，以敌义臣。建德对安祖道："目下隋兵势大，又兼义臣足智多谋，一时难与为敌，此城只宜保守。"安祖道："杨义臣不退，吾辈总属困逼，奈何？"建德道："我有一计：须得一人，多带金珠，速往京中，贿嘱权奸，要他调去义臣。隋将除了义臣，其他复何惧哉！"安祖道："恁般说，弟速去走遭。倘一时间不能调去，奈何？"建德道："非也。主上信任奸邪，未有佞臣在内而忠臣能立功于外者。"于是建德收拾了许多金珠宝顽，付与安祖。安祖叫一个劲卒，负了包裹，与建德别了，连夜起身，晓行夜宿。

一日走到梁郡白酒村地方，日已西斜，恐怕前途没有宿店，见有一个安客商寓，两人遂走进门。主人家忙趋出来接住，问道："爷们是两位，还有别伴？"安祖道："只我们两人。"店主人道："里边是有一个大间，空在那里，恐有四五位来，又要腾挪。西首有一间，甚是洁净，先有一位爷下在那里。三位尽可容得，待我引爷们去看来。"说了，遂引孙安祖走到西边，推开门走进去。只见一个大汉，鼻息如雷，横挺在床上。店主人道："爷们不过权寓一宵，这里可使得么？"安祖道："也罢。"店主人出去，搬了行李。

安祖细看床上睡的人，身长膀阔，腰大十围，眉目清秀，虬发长髯。安祖揣度道："这朋友亦非等闲之人，待他醒来问他。"店主人已将行李搬到。安祖也要少睡，忙叫小卒打开铺设，出去拿了茶来。只见床上那汉，听得有人说话，擦一擦眼，跳将起来，把孙安祖上下仔细一认，举手问道："兄长尊姓？"安祖答道："贱姓祖，号安生。请问吾兄上姓？"那汉道："弟姓王，字伯当。"安祖听说大喜道："原来就是济阳王伯当兄。"纳头拜将下去，伯当慌忙答礼，起来问道："兄那里晓得小弟贱名？"安祖笑道："弟非祖安生，实孙安祖也。因前年在二贤庄，听见单员外道及兄长大名，故此晓得。"

王伯当道："单二哥处，兄有何事去见他？如今可在家里么？"安祖道："因寻访窦建德兄。"伯当道："弟闻得窦兄在高鸡泊起义，声势甚大。兄为何不去追随，却到此地？"安祖又把杨义臣提兵杀了张金称、高士达，乘胜来逼建德，建德据守饶阳，要弟到京作事一段，述了一遍，问道："不知兄有何事，只身到此？"伯当见问，长叹一声，正欲开言，只见安祖的伴当进来，便缩住了口。安祖道："这是小弟的心腹小校，吾兄不必避忌。"因对小校道："你外边叫他们取些酒菜来。"一回儿承值的取进酒菜，摆放停当，出去了。

　　两人坐定，安祖又问。伯当道："弟有一结义兄弟，亦单二哥的契友，姓李名密，字玄邃，犯了一桩大事，故悄地到此。"安祖道："弟前日途中遇见齐国远，说要去寻他图些事业。如今怎么样？为了甚事？"伯当道："不要说起。弟因有事往楚，与他分手。不意李兄被杨玄感迎入关中，与他举义。弟知玄感是井底之蛙、无用之徒，不去投他。谁知不出弟所料，事败无成，玄感已为隋将史万岁斩首。弟在瓦岗与翟让处聚义，打听玄邃兄潜行入关，又被游骑所获，护送帝所。弟想解去必由此地经过，故弟在这里等他。谅在今晚，必然到此歇脚。"安祖道："这个何难？莫若弟与兄迎上去，只消兄长说有李兄在内，弟略略动手，结果了众人，走他娘便了。"伯当道："此去京都要道，倘然弄得决裂，反为不美，只可智取，不可力图。只须如此如此而行，方为万全。"

　　正说时，听得外面人声嘈杂。伯当同安祖拽上房门，走出来看，只见六七个解差，同着一个解官，押着四个囚徒，都是长枷锁链，在店门首柜前坐下。伯当定睛一看，见李玄邃亦在其内；余外的，认得一个是韦福嗣，一个是杨积善，一个是邴元真。并不做声，把眼色一丢，走了进去。李玄邃四人看见了王伯当，心中喜道："好了，他们在此，我正好算计脱身了。但不知他同那个在这里？"

　　正在肚里踌躇，只见王伯当手里捧着几卷绸匹，放在柜上说道："主人家，在下因缺了盘费，带得好潞绸十卷在此，情愿照本钱卖与你，省得放在行李里头，又沉重，又占地方。"店主人站起身答道："爷，小店那讨得出银子来？不要说爷要照本钱卖与咱，就是爷们住在小店几天，准折与咱们，咱们也用不着这宗宝货。"伯当把一卷折开来，摊在柜上说道："你看，不是甚么假古的货儿哄你们，这都是拣选来的，照地头二两五钱好银子一卷。若是银子好，每卷止算还脚解税银一二钱，也罢了。"那一个解官与几个解差也走近柜前，拿起绸来看了，说："真个好绸子，又紧密，又厚重，带到下边去，怕不是四两一卷，可惜没有闲钱来买。"

　　大家在那里唧唧哝哝的谈论，只见李玄邃亦捱到柜边来看。伯当睁着怪眼，喝道："死囚，你也来瞧甚么？量你也拿不出银子，所以犯了罪名。"孙安祖在旁笑道："兄长不要小觑他，或者他们到有银子要买，亦未可知。"李玄邃道："客人，你的宝货，量也有限。你若还有，再取出来，咱们尽数买你的。不买你的，不为汉子！"王伯当对孙安祖道："二哥，还有五卷在里头，你去与我取出来。"李玄邃走下来，叫过一个老猾狱卒张龙道："张兄，你这潞绸可要买么？我有十两银子，送与你去买几卷，也承你路上看管一番。"张龙道："这个不消，你不如买几卷送与惠爷，我才好受你的。"李密道："我的死期，一日近一日，留这钱财在身何用？不如买他的绸子来，将一半与五十两银子送你惠爷。你们众位，每人一卷；银子五两，送与你们。到京死后，将我们的尸骸埋一埋。你去与我们说一声，若是使得，我另外再酬你十两银子。"张龙见说，忙去与众人说知。

这个惠解官，又是个钱钻杀，一说就肯。张龙回复了李玄邃。李玄邃便向韦福嗣、杨积善身边取出一百两银子，付与张龙道："你去与我称开，好分送众人。"又在自己身边取出五十两一封，走向柜边，在柜上放下，向主人家道："烦你做个调停，用钱照例奉送。"店主人道："这个当得。"走向前说道："一共十五卷，该银三十七两五钱，上等称头，尽是瓜绞，一厘不少。"付与王伯当收了，余下的银，还了李玄邃。李玄邃将潞绸打开，花样一般无二，与张龙分送众人，各人致谢。玄邃又在银包内，取出一两多些一块银子，对主人家说："些些酒资，酬劳之意。"伯当笑道："我竟忘了，留七两三分算，也该称出一两多些来酬谢主人。"一头说，一头称出一两一钱银子，奉与店主人。店主人道："岂有此理。费了小子甚么气力，好受二位的惠来？"三人你推我却。

孙安祖说道："小弟有一个道理在此：我们大哥，这一两一钱银子，是本该出的。这位兄的那块银子，他既取了出来，怎好又收进去？待弟也出几钱，凑成三金，烦主人家弄几碗菜，买坛酒来，只算主人家替咱们接风，又算一宗小交易的合事酒，畅饮三杯，岂不两美？"这几个解差齐声的赞道："这位爷主张的不差，我们也该贴出些来买酒才好。"八个解差与孙安祖又凑出两块。安祖把来上戥一称，共三两七钱有余，对主人家道："请收去，这是要劳重的了。"主人家笑道："这个小子理会得。先请各位爷到里边去用了便饭，待小子好好的整治起菜来。"孙安祖道："菜不必拘，酒是要上好的；况是人多，要多买些。"店主人道："这个自然。"大家各归房里去了。霎时间已是黄昏时候，店家将酒席整治完备，将一席送与惠解官，叫张龙致意，不好与公差囚徒同席之意。那惠解官原是个随波逐流的人，又得了许多银子礼物，便对张龙道："既承他们美意，我怎好又独自受用这一席酒？既然在此荒村野店，那个晓得？同在一搭儿吃了罢，也便大家好照管。"张龙道："说起来，他四个原系宦家公子，如今偶然孩子气，犯了罪名，只要惠爷道是使得，我们就叫他们进来。"惠解官道："总是这一回儿的工夫，就都叫到这里用了罢。"于是众人将四五桌酒席都摆在玄邃下的那间大客房里，连主人家，共十七八人。大家入席坐定，大杯小盏，你奉我劝，开怀畅饮。店小二流水烫上酒来。孙安祖对店小二道："你们辛苦了，自去睡罢，有我们小厮在这里。"店主人大家吃了一回，先进去睡了。岂知惠解官又是个酒客，说得投机，与他们呼幺喝六的，又闹了一回。

孙安祖见众人的酒，已有七八分了，约略有二更时分，王伯当道："酒不热，好闷人。"孙安祖道："待我自去，看我们小厮在那里做甚？"忙走出去，一回捧着一壶烫的热酒，笑将进来道："店小二与我家小厮，多先吃醉了，一铺儿的躺着，亏得我自去暖这壶热酒在此。"王伯当取来，先斟满一大杯，送与惠解官，又斟下七八大杯，对着解差道："你们各位，请用过了，然后轮下来我们吃。"众解差道："承列位盛情，实吃不下了。"孙安祖道："这一杯是必要奉的，余下的总是我们吃罢。"张龙拿起杯来，一饮而尽，众公差只得取起来吃了。顷刻间，一个解官，八个解差，齐倒在尘埃。孙安祖笑道："是便是，只恐怕他们药力浅，容易醒觉。"忙在行李中，取出蜡烛一支点上。王伯当将四人的枷锁扭断了，李玄邃忙向解官报箱内，寻出公文来，向灯火上烧了。原来的十五卷潞绸并银子，取了出来，付与王伯当收入包裹，小校背上行李，共七个人，悄悄开了店门走出；只见满天星斗，略有微光，大家一路叙谈，忙忙的趱行。

走到五更时分，离店已有五七十里，孙安祖对王伯当道："小弟在此地要与兄们分手，不及送李兄等至瓦岗矣。"玄邃等对安祖道："小弟谬承兄见爱，得脱此难，且到前途去痛饮三杯再处。"王伯当道："不是这话。孙兄还有窦大哥的公干在身，不要耽搁他。"孙安祖道："小弟还有句要紧话，替兄们说：你们或作三路走，或作两路行；若是成群的逃窜，再走一二里，便要被人看破拿去了。只此就分手罢。"李玄邃道："既是这节，烦兄致意建德：弟此去，若瓦岗可以存身，还要到饶阳来相叙；若见单二哥，亦与弟致声。"说罢，众人东西分路，只剩王伯当、李玄邃、邴元真、韦福嗣、杨积善，又行了几里，已至三叉路口。王伯当道："不是这等说，在陷阱里头，死活只好挤在一堆；今已出笼，正好各自分飞逃命。趁此三叉路口，各请随便。弟只好与玄邃同行。"韦福嗣与杨积善是相好的，便道："既如此，我们拣这小路，挺上去罢。"邴元真道："我是也不依大路走，也不拣小路行，自有个走法，请兄们自去。"于是杨、韦二人走了小路去，王、李二人走了大路。

未及里许，王伯当只听得背后一人赶来，向李玄邃肩上一拍说道："你们也不等我一等，竟自去了。"王伯当道："兄说有自己的走法，为何又赶来？"邴元真道："兄难道是呆子？我刚才哄他两个，那有出了伤门，再走死路的理？"玄邃道："为何？"邴元真道："众公差醒来，自然要经由当地方兵将，协力擒拿，必然小路来的人多，大路来的人少。如今我们三人放着胆走，量有百十个兵校赶来，也不放在我们三个眼里。只是没有短路的，借他三四件兵器来应急，怎好？"王伯当道："往前走一步好一步了。"于是李玄邃扮了全真，邴元真改了客商，王伯当做伴当，往前进发。正是：

　　　　未知肝胆向谁是，令人却忆平原君。

第三十九回

陈隋两主说幽情　张尹二妃重贬谪

诗曰：

　　王师靖房氛，横海出将军。赤帜连初日，黄麾映晚云。
　　鼓鼙雷怒起，舟楫浪惊分。指顾平玄菟，阴山好勒铭。

大凡皇帝家的事，甚是繁冗，这一支笔，一时如何写得尽？宇宙间的事，日出还生，顷刻间如何说得完？即使看者一双眼睛，那里领略得来？要作者如理乱丝一般，逐段逐段，细细剔出，方知事之后先，使看者亦有步骤，不至停想回顾之苦。

再说孙安祖别了李玄邃、王伯当，赶到京中，寻相识的打通了关节，将金珠宝顽献与段达、虞世基一班佞臣，在下处守候消息。正是钱神有灵，不多几日，就有旨意下来道："杨义臣出师已久，未有捷音，按兵不动，意欲何为？姑念老臣，原官休致。先锋周宇暂为署摄，另调将员，剿灭余寇。"孙安祖打听的实，星夜出京，赶回饶阳，报知建德。

时杨义臣定计，正图破城剿灭窦建德，见有旨意下来，对左右叹道："隋室合休，吾未知死于何人之手！"即将所有金银犒赏三军，涕泣起行，退居濮州雷夏泽中，变姓埋名，农樵为乐。窦建德知义臣已去，复领兵到平原，招集溃卒，得数千人。自此隋之郡县，尽皆归附，兵至一万有余，势益张大，力图进取。差心腹将员，写书到潞州二贤庄去接女儿，并请单雄信同事不题。正是：

　　莫教骨肉成吴越，犹念天涯好弟兄。

话分两头。再说炀帝在宫中点选带去游幸广陵的宫人。大凡女子，可以充选入宫者，决没有个无盐嫫母，最下是中人之姿。若中人之姿，到了宫中，妆点粉饰起来，也会低矉，也会巧笑，便增了二三分颜色。所以炀帝在宫点了七八日，点了这个，又舍不得那个。这边去了，娇语欢呼；这边不去，或宫或院，隐隐悲泣。炀帝平昔间在妇人面上做工夫的，这些女子，越要妆这些娇痴起来，要使之闻之之意。弄得炀帝没主意，烦躁起来，反叫萧后与众夫人去点选，自己拉了朱贵儿、袁宝儿，跟了三四个小太监，驾了一只龙舟，摇过北海，去到三神山上去看落照。

忽天气晦昧，将日色收了。炀帝便懒得上山，就在傍海观澜亭中坐了一会，便觉恍惚间，见海中有一只小舟，冲波逐浪，望山脚下摇来。炀帝正疑那院夫人来接，心中甚喜，及至拢岸，却又不是。见走上一个内相来，报说道："陈后主要求见万岁。"原来炀帝与陈后主，初年甚相契厚。忽闻后主要见，忙叫请来。

不多时，只见后主从船中走将起来，到了亭中，见炀帝要行君臣之礼。炀帝忙以手搀住道："朕与卿故交，何须行此大礼？"后主依命，一拜而坐。后主道："忆昔年少时，与陛下同队戏游，亲爱甚于同气，别来许久，不知陛下还相忆否？"炀帝道："垂髫之交，情同骨肉，昔日之事，时时在念，安有不记之理？"后主道："陛下既然记得，但今日贵为天子，富有四海，比往日大不相同，真令人欣羡。"炀帝笑道："富贵乃偶然之物，卿偶然失之，朕偶然得之，何足介意。"因问道："临春、结绮、望仙三阁，近来风月何如？"后主道："风月依然如旧，只是当时那些锦绣池台，已化作白杨青草矣！"

炀帝又问道："闻卿曾为张丽华造一桂宫，在光昭殿后，开一圆门，就如月光一般。四边皆以水晶为障，后庭却设素粉罘罳，庭中空空洞洞，不设一物，惟种一株大桂树，树下放一个捣药的玉杵臼，臼旁养一个白色兔儿。叫丽华身披素裳，梳凌云髻，足穿玉华飞头履，在中间往来，如同月宫嫦娥，此事果有之么？"后主道："实是如此。"炀帝道："若然，亦觉太侈。"后主道："起造宫馆，古昔圣王皆有一所，月宫能费几何？臣不幸亡国，便以为侈。今不必远引古人为证，就如陛下文皇帝临国时，何等节俭，也曾为蔡容华夫人造潇湘绿绮窗，四边都以黄金打成芙蓉花，妆饰在上；又以琉璃网户，将文杏为梁，雕刻飞禽走兽，动辄价值千金，此陛下所目睹，独非侈乎？幸天下太平，传位陛下，后日史官，但知称为节俭，安肯思量及此？"炀帝笑道："卿可谓善解嘲矣！若如此说，则先帝下江南时，卿一定尚有遗恨。"后主道："亡国实不敢恨；只想在桃叶山前，将乘战舰北渡，那时张丽华方在临春阁上，试东郭魏的紫毫笔，写小砑红笺，要做答江令的璧月诗句，尚未及完，忽见韩擒虎拥兵直入。此时匆匆逼迫，致使丽华诗句未终，未免微有不快耳。"炀帝道："如今丽华安在？"后主道："现在舟中。"炀帝道："何不请来一见？"

后主叫内相往船上去请，只见船中有十来个女子，拿着乐器，捧着酒肴，齐上岸来，看见炀帝，齐齐拜伏在地。炀帝忙叫起来，仔细一看，只见内中一个女子，生得玉肩双鲜，雪貌孤凝，韵度十分俊俏。炀帝目不转睛，看了半响。后主笑道："比我家姑娘宣华夫人容貌如何？"炀帝道："正如邢之与尹，差堪伯仲。"后主道："陛下再三注盼，想是不识此人，此即张丽华也。"炀帝笑道："原来就是张贵妃，真个名不虚传。昔闻贵妃之名，今睹贵妃之面，又与故人相聚，恨无酒肴，与二卿为欢。"后主道："臣随行到备得一尊，但恐亵渎天子，不敢上献。"炀帝道："朕与故交，一时助兴，何必拘礼？"后主随叫丽华送上酒菜。

炀帝一连饮了三四杯，对后主说道："朕闻一曲《后庭花》，擅天下古今之妙，今日幸得相逢，何不为朕一奏？"丽华辞谢道："妾自抛掷岁月，人间歌舞，不复记忆久矣；况近自井中出来，腰肢酸楚，那里有往常姿态，安敢在天子面前狂歌乱唱？"炀帝道："贵妃花嫣柳媚，就如不歌不舞，已自脉脉消魂，歌舞时光景，大可想见，何必过谦？"后主道："既是圣意殷殷，卿可勉强歌舞一曲。"丽华无可奈何，只得叫侍儿将锦裀铺下，齐奏起乐来。他走到上面，按着乐声的节奏，巧翻彩绸，娇折纤腰，轻轻如蝴蝶穿花，款款如蜻蜓点水；起初犹乍翱乍翔，不徐不疾，后来乐声促奏，他便盘旋不已，一霎时红遮绿掩，就如一片彩云在满空中乱滚。须臾舞罢乐停，他却高吭新音唱起来：

　　丽宇芳林对高阁，新装艳质本倾城。映户凝娇乍不进，出帷含态笑相迎。

　　妖姬脸似花含露，玉树流光照后庭。

丽华歌舞罢，喜得个炀帝魂魄俱消，称赞不已。随命斟酒二杯，一杯送后主，一杯送丽华。后主接杯在手，忽泫然泣下道："臣为此曲，不知费多少心力，曾受用得几日，遂声沉调歇。今日复闻歌此，令人不胜亡国之感。"炀帝道："卿国虽亡了，这一曲《玉树后庭花》，却是千秋常在的，何必悲伤？卿酷好翰墨，别来定有新咏，可诵一二，与朕赏鉴。"后主道："臣近来情景不畅，无兴作诗；只有《寄侍儿碧玉》与《小窗》诗二首，聊以塞责，望陛下勿哂。"因诵《小窗》诗云：

　　午睡醒来晓，无人梦自惊。夕阳如有意，偏傍小窗明。

《寄侍儿碧玉》诗云：

　　离别肠应断，相思骨合销。愁魂若飞散，凭仗一相招。

炀帝听罢，再三称赏。后主道："亡国唾余，怎如陛下雄材掞藻，高拔一时？"丽华道："妾闻陛下天翰淋漓，今幸得垂盼，愿求一章，以为终身之荣。"炀帝笑道："朕从来不能作诗，有负贵妃之请，奈何？"丽华道："陛下醉接《望江南》词，御制《清夜游》曲，俱顷刻而成，何言不能？还是笑妾丑陋，不足以当珠玉，故以不能推托？"炀帝道："贵妃何罪朕之过也！朕当勉强应酬。"丽华命侍儿将文房四宝放下，炀帝拂笺，信笔题诗一首云：

见面无多事，闻名尔许时。坐来生百媚，实个好相知。

炀帝写完，送与丽华。丽华接在手中，看了一遍，见诗意来得冷落，微有讥讽之意，不觉两脸俱红赤起来，半晌不做一声。

后主见丽华含嗔带愧，心下也有几分不快，便问炀帝道："此人颜色，不知比陛下萧后，还是谁人美丽？"炀帝道："贵妃比萧后鲜妍，萧后比贵妃窈窕，就如春兰与秋菊一般，各自有一时之秀，如何比得？"后主道："既是一时之秀，陛下的诗句，何轻薄丽华之甚？"炀帝微微笑道："朕天子之诗，不过适一时之兴而已，有甚么轻薄不轻薄？"后主大怒道："我亦曾为天子，不似你妄自尊大！"炀帝大怒道："你亡国之人，焉敢如此无礼！"后主亦怒道："你的壮气，能有几时，敢欺我是亡国之君？只怕你亡国时，结局还有许多不如我处。"炀帝大怒道："朕巍巍天子，有甚不如你处？"遂自走起身来要拿后主。后主道："你敢拿谁？"只见丽华将后主扯下走道："且去且去，后一二年，吴公台下，少不得还要与他相见。"二人竟往海边而走。炀帝大踏步赶来，只见好端端一个丽华，弄得满身泥浆水，照炀帝脸上拂将过来。

炀帝吃了一惊，就像做梦才醒的一般，因想起他二人死之已久，吓了一身冷汗。开眼只见贵儿、宝儿两个美人，把衣袖遮着炀帝的背心裏住在那里，忙问二美人道："你们曾看见甚么？"二美人道："没有见甚来，但见陛下如睡去的一般，梦中呓语，龙体时动时静。"炀帝道："快下船去罢！"众人多下了龙舟，炀帝才把适间所见所闻细述了一遍，贵儿、宝儿大为惊异。炀帝反觉心中忧疑起来，忙叫内相撑回。

忽听见琴声悠扬，随风入耳。炀帝正在猜疑，一回儿将到绮阴院，望见秦夫人、沙夫人、赵王杲与袁贵人、薛冶儿一班都在那里，看夏夫人抚琴。炀帝忙上岸来说道："你们偏好背朕快活，接也不来接一接！"众夫人道："妾等各处寻觅不见，那晓得陛下跨海而游。"炀帝道："夏妃子今日为何抚起琴来？"夏夫人道："妾蒙陛下派居于此，四五年矣！其间好鸟醍醐，奇松拂影，怪石为嵯峨，微雨时添花泪，屋梁落月，台榭留吟，与陛下不知消受了多少赏心乐事；今一旦舍此而去，山灵能不为之黯然？故妾借此瑶琴，以酬离别之意，使山川勿笑妾之情薄也。"炀帝听说，喟然长叹道："此地朕原不忍遽离，因皇后动兴去游江都，只道事再做不成的，谁知今日竟成其愿。这也是天数也，人何与焉？"

正说时，只见高昌等七八个心腹内相走来，跪下奏道："殿脚女一千，奴婢等往江南地方，各处搜求，今已选足。"炀帝大喜道："如今在那里？"内相道："王弘已分派头号龙舟里头驻扎，以便演习。未知万岁爷何日起驾？"炀帝思量："我征辽虽是借题，游幸为实，然天子亲征，比众不同，当分为二十四军。"心上踌躇了一回，走进便殿，写敕一道：用右翊卫大将军于仲文、左翊卫大将军辛世雄、左骁卫大将军荆元恒、右骁卫大将军薛世雄、右屯卫大将军麦铁杖、左屯卫大将军陈眹、左御威将军张谨、右御威将军赵孝才、左武卫将军周法尚、右武卫将军崔弘升、右御卫虎贲郎将卫文升、左御卫虎贲郎将屈突通等，共为二十四总管军；命刘士龙为宣谕使，协同总督陆路大元帅宇文述，水军统领元帅来护儿，为王前驱，同会平壤。写完付与内相，传与各衙门知道。吩咐择吉，天子临郊祭告天地庙祖，犒赏军士，统领羽林军一万，分道向辽水进发。

将军来护儿知圣驾已将出都，着令秦叔宝等进征。秦叔宝领了来总管旨意，久已招集熟知水道的做了向导，又记张须陀所嘱之言，先差心腹将校，抄过了鸭绿江埋伏，在平壤伺候大军齐到，然后扫其巢穴，内外夹攻。正是：

机谋奇扼吭，小丑欲惊心。

却说炀帝打发巡幸的许多旨意，便进宫中，问萧后道："从游宫女选完了么？"萧后笑道："陛下偏把这样缩脚疑难题目，叫妾去做，妾如何做得来？况他们也不好说我该去，你不该去；也不说他愿去，我不愿去。好像吃过齐心酒的，见陛下起身出宫去了，三四百名却齐齐跪倒阶前奏道：'守西苑的花晨月夕，领略了多少风光；在昭阳的承恩竞宠，受用了多少繁华。妾等西京随到东京，两番迁播，虽蚌珠燕石，不敢仰冀恩波，目为遗簪堕珥；然海外风光，江都佳境，难道也教耳消目受不起？万岁爷是弃置妾等的了，难道娘娘也侍奉不来？'说了，大家如丧考妣的一般哭将起来。叫妾怎样选法？"炀帝笑道："这班贱婢，也会这般装腔做势。"萧后道："有个缘故，因张、尹两妃在内撺掇，说：'我两个是年纪大了，颜色衰了。你们都是鲜花一般，日子正长哩！还不趁这风流天子，大家舍命扒上去？'因此众宫人做出这般行径。"炀帝听了，点点头儿。随叫一个内相传旨，着兵部火速唤头号差船四十只，立刻上用。内相领旨出去了。

看官听说，原来张妃子，名艳雪；尹妃子，名琴瑟，两个多是文帝时与宣华同辈的人，年纪与宣华相仿，而颜色次之。此时正当三九之期，炀帝因钟情与宣华，便不放二妃在心上。况因宣华死后，接踵就是杨素撞倒金阶，口里说出许多冤仇，文帝阴灵白日显现，故此炀帝也觉寒心，不敢复蹈前辙。长安又混带到这里，许庭辅两番点选，张、尹二妃因自恃文帝幸过，那里肯送东西与他？遂致抑郁长门，倒也心情如同死灰。

萧后是最小气，爱人奉承的，因见张、尹二妃平日不肯下气趋承，故此捏造这几句；止不过要拔去萝卜也觉地皮宽的意思，岂知炀帝竟认了真。

到了次日，这些选不去的，正要打帐看炀帝出宫上辇，便好大家来攀辕傍辇的哀恳；只见十来个内相走到张、尹二妃宫中来，说："万岁爷有旨：余下宫奴四百余名，敕张、尹二妃子弹压下舟，毋得违误。"张、尹二妃听了，以为奇怪，道："我两个又不曾去求朝廷，又不曾去浼求皇后，这个冷锅里头，泡出豆来，是那里说起？"众宫人欢欢喜喜，收拾了细软，载上了数十车，齐出宫门。在路上行了一日，黄昏时候落了船。

到明日，张、尹二夫人心中疑惑，便问内相道："万岁爷们的船在那里？"内相道："在前面。"张夫人道："闻得朝廷新造几百号龙舟，如今我们坐的却是民间差船，并不是龙舟，其间毕竟有弊。你们诓我们到那里去，快快说来！"众内相料难瞒隐，只得齐跪下去道："二位夫人，不必动怒。这是万岁爷的旨意，叫奴婢送二位夫人与众宫女到晋阳宫去；如不信，现在手敕在这里。"内相取出来，张、尹二妃接来读道：张、尹二妃，系先朝宠幸过，不便在此供奉，着伊带领余下宫奴四百余名，先归太原晋阳宫中，着守宫副监裴寂照册点人，看守毋误。

众宫女听见旨意，不是江都去，反要到西京，都大哭起来：也有要投河的，也有要自尽的。独张夫人哈哈大笑道："我看你们这班痴妮子，总到江都，又没有父母亲戚在那里，止不过游顽而已，你们就去，也赶不上他们的宠眷。我尚如此，你们何不安命？到是太原去自由自在，不少吃不少着，好不快活，省得在那里看他们得意。"众宫人见说，自此也觉放怀，一路上说说笑笑，一月之间，早到了晋阳宫。众内相把二夫人与众宫女，付与副宫监裴寂交割明白，众内相仍往江都复旨。未知后事如何，且听下回分解。

第四十回

汴堤上绿柳御题赐姓　龙舟内绛仙艳色沾恩

词曰：

　　雨殢云尤，香温玉软，只道魂消已久。冤情孽债，谁知未了，又向无中生有。撺情掇趣，不是花，定然是酒。美语甜言笑口，偏有许多引诱。锦缆才牵纤手，早种成两堤杨柳。问谁能到此，唯唯否否？正好快心荡意，不想道干戈掣人肘。急急忙忙，怎生消受？

　　　　　　　　　　　调寄《天香引》

　　人主要征伐，便说征伐；要巡幸，便说巡幸。何必掩耳盗铃？要成君之过，不至深刻而不止。殊不知增了一言，便费了多少钱粮？弄死了多少性命？昏主佞臣，全不在意，真可浩叹。

再说炀帝离了东京，竟往汴渠而来，不落行宫，御驾竟发上船，自同萧后坐了十只头号龙舟上。十六院夫人与婕妤贵人美人，分派在五百只二号龙舟内。杂船数千只，拨一分装载内相，一分装载杂役，拨一分供应饮食。又拨一只三号船，与王义夫妇，着他在龙舟左右，不时巡视。文武百官，带领着兵马，都在两岸立营驻扎，非有诏旨，不得轻易上船。自家的十只大龙舟，用彩索接连起来，居于正中。五百只二号龙舟，分一半在前，分一半在后，簇拥而进。每船俱插绣旗一面，编成字号。众夫人美人俱照着字号居住，以便不时宣召。各杂船也插黄旗一面，又照龙舟上字号，分一个小号，细细派开供用，不许参前落后。大船上一声鼓响，众船俱要鱼贯而进；一声锣鸣，各船就要泊住，就如军法一般，十分严肃。又设十名郎将，为护缆使，叫他周围岸上巡视。这一行有数千只龙舟，几十万人役，把一条淮河，填塞满了；然天子的号令一出，俱整整肃肃，无一人敢喧哗错乱。真个是：

　　至尊号令等风雷，万只龙舟一字开。莫道有才能治国，须知亡国亦由才。

炀帝在龙舟中，只见高昌引着一千殿脚女前来朝见。炀帝看见众女子，吴妆越束，一个个风流窈窕，十分可爱，满心欢喜，问道："他们曾分派定么？"高昌跪奏道："王弘分派定了，只是不曾经万岁爷选过。"炀帝道："不消选了，就等明日牵缆时，朕凭栏观看罢。"众殿脚女领旨，各各散回本舟。这日天色傍晚，开不得船，就在船舱中排起宴来。先召群臣饮了一回，群臣散去；又同萧后众夫人，吃到半夜方睡。

次日起来，传旨击鼓开船，恰恰这一日，风气全无，挂不得锦帆，只得将彩缆拴起。先把一千头肥羊每船分派一百只，驱在前边；随叫众殿脚女，一齐上岸去牵挽。众殿脚女都是演习就的，打扮得娇娇媚媚，上了岸，各照派定前后次第而立。船头上一声画鼓轻敲，众女子一齐着力，那羊也带着缆而跑。那十只大龙舟，早被一百条彩缆悠悠漾漾的扯将前去。炀帝与萧后在船楼中细细观看。只见两岸上锦牵绣挽，玉曳珠摇，百样风流，千般袅娜，真个从古已来未有这般富丽。但见：

蛾眉作队，一千条锦缆牵娇；粉黛分行，五百双纤腰挽媚。香风蹴地，两岸边兰麝氤氲；彩袖翻空，一路上绮罗荡漾。沙分岸转，齐轻轻斜侧金莲；水涌舟回，尽款款低横玉腕。袅袅婷婷，风里行来花有足；遮遮掩掩，月中过去水无痕。羞杀凌波仙子，笑他奔月姮娥。分明无数洛川神，仿佛许多湘汉女。似怕春光将去，故教彩线长牵；如愁淑女难求，聊把赤绳偷系。正是珠围翠绕春无限，更把风流一串穿。

炀帝同萧后倚着栏干赏顽，欢喜无限。正在细看之时，只见众殿脚女走不上半里远近，粉脸上都微微透出汗来，早有几分喘息不定之意。你道为何？原来此时乃三月下旬，天气骤热，起初的日色又在东边，正照着当头；这些殿脚女不过都是十六七岁的娇柔女子，如何承当得起？故行不多路便喘将起来。

炀帝看了，心下暗想道："这些女子，原是要他粉饰美观；若是这等流出汗来，喘嘘嘘的行走，便没一些趣味。"慌忙传旨，叫鸣金住船。左右领旨，忙走到船头上去鸣锣，两岸上众殿脚女，便齐齐的将锦缆挽住不行；又鸣一声，众女子都将锦缆一转一转的绕了回来；又一声金响，众女子都收了锦缆，一齐走上船来。萧后见了，便问道："才走得几步路，陛下为何便止住了？"炀帝道："御妻岂不看见这些殿脚女，才走不上半里，便气喘起来。再走一会，一个个流出汗来，成甚么光景？想是天气炎热，日色映照之故耳。故朕叫他暂住，必须商量一个妙法，免了这段光景方好。"萧后笑道："陛下原来爱惜他们，恐怕晒坏了。妾倒有个法儿，不知可中圣意？"炀帝道："御妻有何妙计？"萧后道："这些殿脚女，两只手要牵缆绳，遮不得扇子，又打不得伞，怎生免得日晒？依妾愚见，倒不如在龙舟上过了夏天，等待秋凉再行，便晒他们不坏了。"炀帝笑道："御妻休要取笑。朕不是爱惜他们，只是这段光景，实不雅观。"萧后笑道："妾也不是取笑陛下，只是没法荫蔽他们。"

炀帝想了半晌，真个没有计策，命宣群臣来商议。不多时群臣宣至，炀帝对他们说了殿脚女日晒汗流之故，要他们想个妙计出来。众臣想了一会，都不能应。独有翰林学士虞世基奏道："此事不难，只消将这两堤尽种了垂柳，绿阴交映，便郁郁葱葱，不忧日色。且不独殿脚女可以遮蔽，柳根四下长开，这新筑的河堤，盘结起来，又可免崩坍之患；且摘下叶来，又可饱饲群羊。"炀帝听了大喜，道："此计甚妙！只是河长堤远，怎种得这许多？"虞世基道："若分地方叫郡县栽种，便你推我捱，耽延时日。陛下只消传一道旨意，不论官民人等，有能种柳一枝者，赏绢一匹。这些穷百姓，好利而忘劳，自然连夜种起来，臣料五六日间，便能成功。"炀帝欢喜道："卿真有用之才。"遂传旨，着兵工二部，火速写告示晓谕乡村百姓：有种柳树一棵者，赏绢一匹。又叫众太监督同户部，装载无数的绢匹银两，沿堤照树给散。

真个钱财有通神役鬼之功。只因这一匹绢赏的重了，那些百姓，便不顾性命，大大小小连夜都赶来种树，往往来来，络绎不绝。近处没有了柳树，三五十里远的，都挖将来种。小的种完了，连一人抱不来的大柳树，都连根带土扛将来种。

炀帝在船楼上，望见种柳树的百姓蜂拥而来，心下十分畅快，因对群臣说道："昔周文王有德于民，民为他起造台池，如子事父一般，千古以为美谈。你看今日这些百姓，个个争先，赶快来种柳树，何异昔时光景。朕也亲种一株，以见君臣同乐的盛事。"遂领群臣走上岸来。众百姓望见，都跪下磕头。炀帝传旨，叫众百姓起来道："劳你们百姓种树，朕心甚是过意不去。待朕亲栽一棵，以见恤民之意。"遂走到柳树边，选了一棵，亲自用手去移。手还不曾到树上，早有许多内相移将过来，挖了一个坑儿，栽将下去。炀帝只将手在上边摸了几摸，就当他种了。群臣与百姓看见，齐呼万岁。炀帝种过，几个大臣免不得依次各种一棵。众臣种完，众百姓齐声喊叫起来，又不像歌，又不像唱，随口儿喊出几句谣言来道：

栽柳树，大家来，又好遮荫，又好当柴。天子自栽，这官儿也要栽，然后百姓当该！

炀帝听了，满心欢喜。又取了许多金钱，赏赐百姓，然后上船。

众百姓得了厚利，一发无远无近，都来种树。那消两三日工夫，这一千里堤路，早已青枝绿叶，种的像柳巷一般，清荫覆地，碧影参天，风过袅袅生凉，月上离离泻影。炀帝与萧后凭栏而看，因道："垂柳之妙，一至于此，竟是一条漫天青幔。"萧后道："青幔那有这般风流潇洒。"炀帝道："朕要封他一个官职，却又与众宫女杂行攀挽在一处，殊属不雅。朕今赐他国姓，姓了杨罢。"萧后笑道："陛下赏草木之功，亦自有体。"炀帝随取纸笔，御书"杨柳"两个大字，红缎一端，叫左右挂在树上，以为旌奖。随命摆宴，击鼓开船。船头上一声鼓响，殿脚女依旧手持锦缆，走上岸去牵缆。亏了这两堤杨柳，碧影沉沉，一毫日色也透不下，惟有清风扑面吹来，甚是凉爽可人。这些殿脚女，自觉快畅，不大费力，便一个个逞娇斗艳，嬉笑而行。炀帝看见众殿脚女走得舒舒徐徐，毫无矜持愁苦之态，心下十分欢喜，便召十六院夫人与众美人，都来饮酒赏顽。

炀帝吃到半酣之际，不觉欲心荡漾，遂带了袁宝儿到各龙舟上绕着雕栏曲槛，将那些殿脚女，细细的观看。只见众女子绛绡彩袖，翩翩趾趾。从绿柳丛中行过，一个个觉得风流可爱。忽看到第三只龙舟，见一个女子，生得十分俊俏，腰肢柔媚，体态风流，雪肤月貌，纯漆点瞳。炀帝看了大惊道："这女子娇柔秀丽，西子王嫱之美，如何杂在此间？古人云：秀色可餐。今此女岂不堪下酒耶！"袁宝儿道："这女子果然与众不同，万岁赏鉴不差。"

萧后因良久不见炀帝，便叫朱贵儿、薛冶儿来请去吃酒。炀帝那里肯来，只是目不转睛的贪看。朱贵儿请炀帝不动，遂报与萧后得知。萧后笑道："皇帝不知又着了那个的魔了。"遂同众夫人一齐到第三只龙舟上去看，见那女子果然娇美。萧后说道："怪不得陛下这等注目，此女其实美丽。"炀帝笑道："朕几曾有错看的？"萧后道："陛下且不要忙，远望虽然有态，不知近面何如。何不宣他上船来看？"炀帝随叫内相去宣，顷刻宣到面前。炀帝起初远望，不过见他风流袅娜的态度，及走到面前，画了一双长黛，就如新月一般，更觉明眸皓齿，黑白分明，一种芳香，直从骨髓中透出。炀帝看见，喜出望外，对萧后说道："不意今日又得这一个美人！"萧后笑道："陛下该享风流之福，故天生佳丽，以供赏顽。"

炀帝问那女子道："你是何处人？叫甚名字？"那女子羞涩涩的答道："贱妾乃吴郡人，姓吴，小字绛仙。"炀帝又问道："今年十几岁了？"绛仙答道："十七岁了。"炀帝道："正在妙龄。"又笑道："曾嫁丈夫么？"绛仙听了，不觉害羞，连忙把头低了下去。萧后笑道："不要害羞，只怕今夜就要嫁丈夫了。"炀帝笑道："御妻倒像个媒人。"萧后道："陛下难道不像个新郎？"梁夫人道："妾们少不得有会亲酒吃了。"众夫人说笑了一会。天色已晚，传旨泊船。一声金响，锦缆齐收，众殿脚女都走上船来。

须臾之间，摆上夜宴。炀帝与萧后坐在上面，十六院夫人与众贵人列坐在两旁。朱贵儿携着赵王，时刻不离沙夫人左右。众美人齐齐侍立，歌的歌，舞的舞，大家欢饮。炀帝一头吃酒，心上只系着吴绛仙，拿着酒杯儿只管沉吟。萧后见这光景，早已猜透几分，因说道："陛下不必沉吟。新人比不得旧人，吴绛仙才入宫来，何不叫他坐在陛下旁边，吃一个合卺卮儿？"炀帝被萧后一句道破他的心事，不觉的哈哈大笑起来。萧后随叫绛仙斟了一杯酒，送与炀帝。炀帝接了酒，就将他一只尖松松的手儿拿住了，说道："娘娘赐你坐在旁边，好么？"绛仙道："妾贱人，得侍左右，已为万幸，焉敢坐？"炀帝喜道："你倒知礼。坐便不坐，难道酒也吃不得一杯儿？"遂叫左右，斟酒一杯，赐与绛仙。绛仙不敢推辞，只得吃了。众夫人见炀帝有些狂荡，便都凑趣起来，你奉一杯，我献一盏，不多时，炀帝早已醺然，立起身来；便令宫人扶住绛仙，一同竟往后宫去了。

萧后勉强同众夫人吃酒，袁紫烟只推腹痛，先自回船。虽说舟中造得如宫如殿，只是地方有限，怎比得陆地上宫中府中，重门复壁，随你嬉笑顽耍，没人听见。炀帝同绛仙归往后宫，就有好事风生的，随后悄悄跟来窃听，忍不住格吱吱笑将出来。薛冶儿道："做人再不要做女人，不知要受多少波查。"萧后道："做男子反不如做女人。女人没甚关系，处常守经，遇变从权，任他桑田沧海，我只是随风转船，落得快活。"李夫人道："娘娘也说得是。"秦夫人只顾看沙夫人，沙夫人又只顾看狄夫人、夏夫人。默然半响，萧后随即起身。众夫人送至龙舟寝宫，各自归舟。沙夫人对秦、夏、狄三位夫人道："我们去看袁贵人，为甚么肚疼起来？"

众夫人刚走到紫烟舟中，只听得半空中一声响，真个山摇岳动，夫人们一堆儿跌倒，几百号船只，震动得窗开槛侧。炀帝忙叫内相传旨：着王义同众公卿查视，是何地方，有何灾异，据实奏闻。王义得旨，同众臣四方查勘去了。四位夫人俱立起身来，宁神定息了片时，问宫奴道："袁夫人寝未？"宫奴说道："袁夫人在观星台上。"原来袁紫烟那只龙舟，却造一座观星台。四位夫人刚要上台去，见袁紫烟、朱贵儿携着赵王，后边随着王义的妻子姜亭亭，走下船舱来。沙夫人对赵王道："我正记挂着你，却躲在这里。"姜亭亭见过了沙、秦、夏、狄四位夫人。姜亭亭原是宫女出身，四位夫人也便叫他坐了。

夏夫人对袁贵人道："你刚才说是腹痛，为何反在台上？"袁紫烟笑道："我非高阳酒徒，又非诙谐曼倩，主人既归寝宫，我辈自当告退，挤在一块，意欲何为？况我昨夜见坎上台垣中气色不佳，不想就应在此刻，恐紫微垂象，亦不远矣，奈何奈何？"沙夫人对姜亭亭道："我们住在宫中，不知外边如何光景？"姜亭亭道："外边光景，只瞒得万岁爷一人。四方之事，据愚夫妇所见所闻，真可长叹息，真可大痛哭。"秦夫人吃惊道："何至若此？"姜亭亭道："朝廷连年造作巡幸，弄得百姓家破人亡。近又遭各处盗贼，侵欺劫掠，将来竟要弄得贼多而民少。"袁紫烟道："前日陛下差杨义臣去剿灭河北一路，未知怎样光景？"姜亭亭道："杨老将军此差极好的了，亏他灭了张金称。正要去收窦建德，不想又有人忌他的功，说他兵权太重，把他休致，又改调别人去了。"狄夫人道："自来乐极生悲，安有不散的筵席？但不知将来我们这几根骸骨，填在何处沟壑里呢？"朱贵儿道："死生荣辱，天心早已安排，何必此时预作楚囚相对？"说了一会，众夫人各散归舟。不题。

却说炀帝自得了吴绛仙丽人，欢娱了七八日。这日行到睢阳地方，因见河道淤浅，又见睢阳城没有挖断，以泄龙脉，根究起来，连令狐达都宣来御驾面讯。令狐达把麻叔谋食小孩子的骨殖，通同陶柳儿炙诈地方银子，并自己连上三疏，都被中门使段达受了麻叔谋的千金贿赂，扼定不肯进呈。炀帝听了，十分大怒，随差刘岑搜视麻叔谋的行李有何赃物。刘岑去不多时，将麻叔谋囊中的金银宝物，尽行陈列御前。只见三千两金子，还未曾动。太常卿牛弘赍去祭献留侯的白璧，也在里面；又检出一个历朝受命的玉玺来。炀帝看了，大惊道："此玺乃朕传国之宝，前日忽然不见。朕在宫中寻觅遍了，并无踪迹，谁知此贼叫陶柳儿盗在这里。宫闱深密，有如此手段，危哉险哉！"随传旨：命内使李百药，带领一千军校，飞马到宁陵县上马村围了，拿住陶柳儿全家。陶柳儿全不知消息，被众军校围住了村口宅门，合族大小，共计八十七口，都被拿住，还有许多党羽张耍子等都被捉来。命众大臣严行勘究确实，回奏炀帝。炀帝传旨：陶柳儿全家齐赴市曹斩首。麻叔谋项上一刀，腰下一刀，斩为三段，却应验了二金刀之说。段达受贿欺君，本当斩首，姑念前有功劳，免死，降官为洛阳监门令。正是：

　　一报到头还一报，始知天网不曾疏。

第四十一回

李玄邃穷途定偶　秦叔宝脱陷荣归

词曰：

　　人世飘蓬形影，一霎赤绳相订。堪笑结冤仇，到处藏机设阱。
思省思省，莫把雄心狂逞。

调寄《如梦令》

　　自来朋友的通合，与妻孥之匹配，总是前世的孽缘注定。岂以贫贱起见，亦不以存亡易心，这方才是真朋友，真骨肉。然其中冤家路窄，敌国仇雠，胸中机械，刀下捐生，都是天公早已安排，迟一日不可，早一日不能，恰好巧合一时，方成话柄。

　　如今再说王伯当、李玄邃、郄元真三人，别了孙安祖，日夕趱行，离瓦岗尚有二百余里。那日，众人起得早，走得又饥又渴，只见山坳里有一座人家，门前茂林修竹，侧首水亭斜插，临流映照，光景清幽。王伯当道："前途去客店尚远，我们何不就在这里弄些东西吃了，再走未迟？"众人道："这个使得。"

　　李玄邃正要进门去问，见一个十七八岁的女子，手里提着一篮桑叶，身上穿一件楚楚的蓝布青衫，腰间束着一条倩倩的素绸裙子，一方皂绢，兜着头儿，见了人，也不惊慌，也不踌躇，真个胡然而天，胡然而地。怎见得？有《谒金门》词一首为证：

　　真无价，不倩烟描月画。白白青青娇欲化，燕妒莺儿怕。
　　不独欺班羞谢，别有文情蕴藉。霎时相遇惊人诧，说甚雄心罢？

　　那女子一步步移着三寸金莲，走将进去。玄邃看见惊讶道："奇哉！此非芑萝山下，何以有此丽人耶？"王伯当道："天下佳人尽有，非吾辈此时所宜。"

　　正说时，只见里面走出一个老者来，见三人拱立门首，便举手问道："诸公何来？"王伯当道："我等因贪走路，未用朝食，不料至此腹中饥馁，意欲暂借尊府，聊治一餐，自当奉酬。"老者道："既如此，请到里边去。"众人走到草堂中来，重新叙礼过。老者道："野人粗粝之食，不足以待尊客，如何？"说了，老者进去，取了一壶茶、几个茶瓯，拉众人去到水亭坐下。李玄邃道："老翁上姓？有几位令郎？"老者答道："老汉姓王，向居长安，因时事颠倒，故迁至此地太平庄来，四五年矣。只有两个小儿，一个小女。"郏元真道："令郎作何生理？如今可在家么？"老者道："不要说起。昏主又要开河，又要修城；两个儿子多逼去做工了，两三年没有回来，不知死活存亡。"老者一头说，一头落下几点泪来。

众人正叹时，见对岸一条大汉走来。老者看见，遥对他道："好了，你回来了么？"众人道："是令郎么？"老者道："不是，是舍侄。"只见那汉转进水亭上来，见了老者，纳头便拜。那汉身长九尺，朱发红须，面如活獬，虎体狼腰，威风凛凛。王伯当仔细一认，便道："原来是大哥。"那汉见了，喜道："原来是长兄到此。"玄邃忙问："是何相识？"伯当道："他叫做王当仁，昔年弟在江湖上做些买卖，就认为同宗，深相契合。不意阔别数年，至今日方会。"王当仁问起二人姓名，伯当一一指示。王当仁见说大喜，忙对李玄邃拜将下去道："小弟久慕公子大名，无由一见。今日至此，岂非天意乎？"玄邃答礼道："小弟余生之人，何劳吾兄注念。"老者叫王当仁同进去了一回，托出一大盘肴馔，老者捧着一壶酒说道："荒村野径，无物敬奉列位英雄，奈何？"众人道："打搅不当。"

大家坐定了，王伯当道："大哥，你一向作何生业？在何处浪游？"王当仁道："小弟此身，犹如萍梗，走遍天涯，竟找不出一个可以托得肝胆的。"李玄邃道："兄在那几处游过？"王当仁道："近则张金称、高士达，远则孙宜雅、卢明月，俱有城壕占据，总未逢大敌，苟延残喘。不知兄等从何处来，今欲何处去？"王伯当将李玄邃等犯罪起解，店中设计脱陷，一一说了。王当仁道："怪道五六日前，有人说道：梁郡白酒村陈家店里，被蒙汗药药倒了七八个解差，逃走了四个重犯；如今连店主人都不见了。地方申报官司，正在那里行文缉捕，原来就是兄等。今将从何处去？"王伯当又把翟让在瓦岗聚义，要迎请玄邃兄去同事。王当仁道："若公子肯聚众举事，弟虽无能，亦愿追随骥尾。"

老者举杯道："诸贤豪请奉一杯酒，老汉有一句话要奉告。"众人道："愿闻。"老者道："老汉有一小女，名唤雪儿，年已十七，尚未字人。自幼不喜女工，性耽翰墨，兼且敏惠异

常，颇晓音律。意欲奉与公子，权为箕帚，未知公子可容纳否？"李玄邃道："蒙老伯错爱；但李密身如飘蓬，四海为家，何暇计及家室？"老汉道："不是这等说。自来英雄豪杰，没有个无家室的。昔晋文与狄女有十年之约，与齐女有五年之离，后都欢合，遂成佳话。小女原不肯轻易适人的，因刚才采桑回来，瞥见诸公，进内盛称穿绿的一位仪表不凡。老汉知他属意，故此相告。"众人见说，始知就是刚才所见女子。大家说道："既承老翁美意，李兄不必推却。"王当仁道："只须公子留一信物为定，不拘几时来取舍妹去便了。"李玄邃不得已，只得解绦上一双玉环来，奉与老者。老者收了进去，将雪儿头上一只小金钗，赠与玄邃收了，又道："小女终身，总属公子，老汉不敢更为叮咛。今晚且住在这里一宵，明日早行何如？"众人撇不过他叔侄两人之情，只得住了一宵。来朝五更时分，就起身告别。老者同当仁送了二三里路。当仁对李玄邃道："小弟本要追随同去，怎奈二弟尚未回家。候有一个回来，弟即星夜至瓦岗相聚。"大家洒泪分别。正是：

　　丈夫不得志，漂泊似雪泥。

　　如今且慢说李玄邃投奔瓦岗翟让处聚义。再说秦叔宝做了来总管的先锋，用计智取了㵎水，暗渡辽河，兵入平壤，杀他大将一员乙支文礼。来总管具表奏闻，专候大兵前来夹攻平壤，踏平高丽国。炀帝得奏大喜，赐敕褒谕，进来护儿爵国公，秦琼鹰扬。即将敕催总帅宇文述、于仲文，火速进兵鸭绿江，会同来护儿合力进征。

　　却说高丽国谋臣乙支文德，打听宇文述、于仲文是个好利之徒，馈送胡珠、人参、名马、貂皮礼物两副，诡计请降。宇文述信以为真，准其投降，许彼国王面缚舆榇，籍一国地图，投献军前。谁知乙支文德诳出营来，设计在中途扎住营，使他水陆两军不能相顾。宇文述见乙支文德去了，方省悟其诈降。忙同两个儿子宇文化及、智及，领兵一枝作先锋，前去追赶乙支文德。被乙支文德诈败，诱入白石山，四面伏兵齐起，将宇文化及兄弟，裹在中间截杀。正在酣斗之时，只听得一阵鼓响，林子内卷出一面红旗，大书"秦"字。为首一将，素袍银铠，使两条锏，杀入高丽兵阵中，东冲西突。高丽兵纷纷向山谷中飞窜。乙支文德忙舍宇文化及，来战叔宝。文德战乏之人，如何敌得住叔宝？只得去下金盔，杂在小军中逃命。

　　叔宝得了金盔并许多首级，在来总管军前报捷。宇文化及也在那边称赞："好一员将官，亏了他解我之围。"只见一员家将道："小爷，这正是咱家仇人哩！"化及失惊道："怎是我家仇人？"家将道："向年灯下打死公子的就是他。"智及道："哦，正是打扮虽不同，容貌与前日画下一般，器械又是，这不消说了。"两人回营，见了宇文述，说起此事。宇文述道："他如今在来总管名下，怎生害他？"智及道："孩儿有一计。明日父亲可发银百两，差官前去犒赏这厮部下，这厮必来谒谢。他前日阵上挑得乙支文德的金盔，父亲只说他素与夷通，得盔放贼，将他立时斩首。比及来护儿知时，他与父亲一殿之臣，何苦为已死之人争执？"宇文述点头道："这也有理。"次日果然差下一个旗牌，赍银百两，前到叔宝营中，奖他协战有功。叔宝是花红银八两，其余将此百两充牛酒之费，令其自行买办。叔宝即时将银两分散，宴劳差官。他心里明白与宇文述有隙，却欺他未必得知，况且没个赏而不谢的理。到次日，着朱猛守寨，自与赵武、陈奇两个把总，竟至宇文营中叩谢。此时，隋兵都在白石山下结营，计议攻打平壤。

　　叔宝因宇文述差人犒赏，故先到宇文述营中。营门口报进，只见一个旗牌，飞跑出来道："元帅军令，秦先锋不必戎服冠带相见。"这是宇文述怕他戎装相见，挂甲带剑，近他不得，故此传令。叔宝终是直汉，只道是优礼待他，便去披挂，改作冠带进见，走入帐前。上边坐着宇文述，侧边站着他两个儿子，下边站着许多将官，都是盔甲。叔宝与赵武等近前，行一个参礼，呈上手本。宇文述动也不动，道："闻得一个会使双锏的是秦琼么？"叔宝答应一声是，只听得宇文述道："与我拿下！"说得一声，帐后抢出一干绑缚手，将叔宝鹰拿雁抓的捆下。叔宝虽勇，寡不敌众，总是力大，众人捆缚不住。被他满地滚去，绳索挣断了数次。口口声声道："我有何罪？"赵、陈两把总便跪上去道："元帅在上，秦先锋屡建奇功，来爷倚重的人，不知有甚得罪在元帅台下，望乞宽恕。"宇文述道："他久屯夷地，与夷交通。前日得乙支文德金盔，放他逃走，罪在不赦。"赵武道："临阵夺下，现送来爷处报功。若以疑似害一虎将，恐失军心。且凡事求爷看来爷面上。"宇文智及道："不干你事，饶你死罪，去罢。又出帐下！"将校将两个把总一齐推出营来。那赵武急欲回营，带些精勇，来法场抢杀，对陈奇道："你且在此看一下落，我去就来。"跨上马如飞的去了。

　　这里面秦叔宝大声叫屈道："无故杀害忠良，成何国去？"滚来滚去，约有两个时辰，拿他不住，恼得宇文智及道："乱刀砍了这厮罢！"宇文述道："这须要明正典刑，抬出去砍罢。"叫军政司写了犯由牌，道："通夷纵贼，违误军机，斩犯一名秦琼。"要扛他出营。那里扛得动？俄延了大半个日子。

　　宇文化及见营中都是自家的将校，又见秦叔宝不肯伏罪，便道："秦琼，你是一个汉子，你记得仁寿四年灯夜事么？今日遇我父子，料难得活了。"秦叔宝听了此言，便跳起来道："罢罢，原来为此。我当日为民除害，你今日为子报仇，我便还你这颗头罢！只可惜亲恩未报，高丽未平。去去，随你砍去。"遂挺身大踏步，走出营来。

　　不料赵武飞马要去营中调兵，恐缓不及事，行不上二三里，恰好一彪军，乃是来、周二总管来会宇文、于、卫各大将。赵武听是来总管军，他打着马赶进中军，见了来总管，滚鞍下马道："秦先锋被宇文述骗去，要行杀害，求老爷速往解救。"来总管听了道："这是为甚缘故？你快先走引路，我来了。"

赵武跨上马先行，来总管拨马后赶，部下将士，一窝蜂都随着赶来。巧巧迎着叔宝，大踏步出来，陈奇跟着。赵武慌忙大叫道："不要走，来爷来了！"说声未绝，来总管马到。来总管变了脸道："甚么缘故，要害我将官？"叫手下："快与我放了。"此时赵武与陈奇有了来总管作主，忙与叔宝解去绑缚。宇文述部下见来总管发怒，亦不敢阻挡，便是叔宝起初要慷慨杀身，如今也不肯把与人杀了。来总管呼赵武，撤随行精勇三百，先送秦琼回营，自己竟摆执事，直进宇文述军中，与他讲理。于仲文与众将闻知来总管来，都过营相会。周总管也到，一齐相见。

宇文述知道秦琼已被来总管放去，只得先开口遮饰道："老夫一路来，闻说本兵前部顿兵平壤，私与夷人交易，老夫还不敢信。前日小儿追乙支文德，将次就擒，又是贵先锋得他金盔一顶放去。老夫想：目今大军前来，营垒未定，倘或他通高丽兵来劫寨，为祸不小，所以只得设计，除此肘腋之患。只是军事贵密，不曾达得来老将军。"来总管笑道："宇文大人，你说秦琼按兵不动，他曾破高丽数阵；说他交通夷人，有甚形迹？若说买放，先有鸭绿江买放他回的。就是金盔，他现在报功，并不曾私取。大凡做官的，一身精力，能有几何，须寻得几个贤才，一同出力；若是今日要杀秦琼，怕不叫做妒嫉贤能？你我各管一军，如若你要杀我将官，怕不叫做侵官妄杀？"宇文述不好说出本心话来，只得默默无言。于仲文众人劝道："宇文大人因一念过疑，却又不曾请教得来大人，还喜得不曾伤害。如今正要同心破贼，不可伤了和气。"周总管也来相劝，便置酒解和。来总管撒不过众人情面，勉饮几杯，即与周总管归营。叔宝出营迎接，拜谢来总管与周总管。来总管又恐宇文述借题来害秦琼，将武茂功代秦琼作先锋，调秦琼海口屯扎。

宇文述、于仲文因粮饷不继，准受了乙支文德诈降书，也不通知来总管，竟自撤兵，退军萨水。反被高丽各城镇出兵邀截追杀，战死了右屯卫大将军麦铁杖、王仁恭，薛世雄部下只留得一半，独卫文升部下军马，不损一人，其余各军，十不存一。众军逃到辽东。隋主闻知大怒，厚恤麦铁杖等，杀监军刘士龙，因于仲文，宇文述等尽皆削职，卫文升独加升赏。这时宇文述自己也没工夫，那里还有心来害秦琼？直到后日，宇文化及在江都弑隋主时，把来总管全家杀害，也还为争秦琼的缘故。

隋国陆兵既退，来总管也下令把后军改作前军，周总管居先，来总管居中，秦叔宝居后，扬旗擂鼓，放炮开船。高丽曾经叔宝杀败两次，不敢来追，这枝军马竟安然无事。到了登州，叔宝便向来总管辞任。来总管道："先锋曾有傑水大功，已经奏闻，署职郎将。如今回军考选，还要首荐，先锋不可遽去。"叔宝道："小将原为养亲，无意功名，因元帅隆礼，故来报效，原不图爵赏；若元帅题挈越深，恐越增宇文述之忌。况闻山东一带盗贼横行，思家念切，望元帅天恩，放秦琼回去。"来总管难拂他的意思，径署他充齐州折冲都尉，一来使他荣归，二来使他得照管乡里。命军中取银八十两，折花红羊酒，又私赠银二百两，彩缎八表里。各将官都有赆送饯行，叔宝一一谢别。正是：

　　去时儿女悲，归来笳鼓竞。

叔宝星夜回家，参见了母亲。妻子张氏携了儿子怀玉出来拜见了。罗士信也来接见。叔宝诉说高丽立功，后边宇文述父子相害，来总管解救，今承来总管牒署鹰扬府，在齐郡做官了。一家听说，欢喜不胜。次日入城，拜谢了张郡丞。叔宝不在家时，常承张郡丞来馈送问候他母亲。张郡丞又因叔宝归来，可以同心杀贼，扫清齐鲁，知己重聚，大家欣幸。

叔宝择日到了鹰扬府任，将母妻搬入衙中。张郡丞又知罗士信英勇，牒充校尉，朝夕操练士卒。自此三人协力，还有都头唐万仞、樊建威二人帮助，杀了长白山贼王薄。平原贼郝孝德、孙宣雅、裴长才，虽乌合之众，亦连兵二十余万，亏他们数个英雄并力剿除。后有涿郡卢明月，统贼一二万，亦被叔宝、须陀、士信，设计杀败遁去。自此山东、河北、淮西贼寇，谈及秦叔宝、张须陀，也都胆落了。捷音累奏，隋主擢张郡丞为齐郡通守、山东河北十二道黜陟捕讨大使；秦叔宝升右卫将军，协管齐郡鹰扬府事；罗士信折冲郎将，都管讨捕盗贼之事。可谓：

　　临敌万人废，四海尽名扬。

话分两头。如今再说李玄邃、王伯当、邴元真三人，自从分别了王当仁叔侄两个，在路上对王伯当道："伯当兄，翟让处兵马虽众，只是冲锋破敌之人尚少。弟想秦大哥与单二哥那两个是你我的异姓骨肉，同甘生死的，如今我们去聚义，岂可不与他相闻，请他来入伙之理？"王伯当道："叔宝兄领兵在外，推雄信兄尚在家中。只是他怎肯抛弃田园，前来入伙？"李玄邃道："弟至此地，相识的多，料无人物色的了。不妨兄与元真兄先到瓦岗，弟转往雄信处走遭，全凭弟三寸之舌，用一席话，务要说他来同事，方见平昔间交情。"王伯当道："既如此说，弟与兄十日为期，如十日后不见兄来，弟竟至潞州单二哥处来寻兄。路上须要小心，不可托赖，再有疏虞了。"李玄邃道："不劳兄长叮咛，弟自晓得。"说了仍改作全真打扮，分路去了。

王伯当与邴元真，又走了两三日，已到了瓦岗。恰值翟让出兵去了，止留徐懋功、李如珪在寨，接见了王伯当，又与邴元真叙礼过，便问道："李玄邃可来么？"王伯当将白酒村陈家店里，设计药倒了解差差官，四人脱祸，韦福嗣、杨积善分路他往；如今玄邃兄必要去说单二哥入伙，又转入潞州去了。徐懋功听见拍案道："不好了！玄邃兄又要着人手了！"王伯当吃惊问道："这是甚么缘故？"徐懋功道："单二哥处，前日吾差人送秦叔宝回书去，翟大哥修书，请他来瓦岗聚义。不想他要紧送窦建德的女儿往饶阳去，修书来回复，面对我差人说：'饶阳转来，必到瓦岗来会。'如今已不在家了。今玄邃独自一个，踽踽凉凉，怎能个保得无虞？"正说时，只见齐国远押着粮草回来，大家相见过。徐懋功道:"今日且歇息一宵,明日五鼓,烦伯当兄同李如珪、齐国远两位,选四五个骁勇小校,扮做客商,藏了器械,速往潞州二贤庄去走遭。如寻着玄邃无事罢了,若有兜搭,只得弄他一场,我再统领人马接应就是。"要知后事如何,且听下回分解。

第四十二回

贪赏银詹气先丧命　施绝计单雄信无家

诗曰:

白狼千里插旌旗,疲敝中原似远夷。苦役无民耕草野,乘虚有盗起潢池。

凭山猛类向隅虎,啸泽凶同当路蛇。勒石燕山竟何日,总教百姓困流离。

人的事体,颠颠倒倒,离离合合,总难逆料。然惟平素在情义两字上,信得真,用得力,随处皆可感化人,任你泼天大事,皆直任不辞做去。

如今再说李玄邃与王伯当、邴元真别了,又行了三四日,已进潞州界,离二贤庄尚有三四十里。那日正走之间,只见一人武卫打扮,忙忙的对面走来。那人把李玄邃定睛一看,便道:"李爷,你那里去?"李玄邃吃了一惊,却是杨玄感帐下效用都尉,姓詹,名气先。玄邃不好推做不认得,只得答道:"在这里寻一个朋友。"詹气先道:"事体恭喜了?"李玄邃道:"幸亏李总师审豁,得免其祸。未知兄在此何干?"詹气先道:"弟亦偶然在这里访一亲戚。"定要拉住酒店中吃三杯,玄邃固辞,大家举手分路。

原来那詹气先当玄感战败时,已归顺了,就往潞州府里去钻谋了一个捕快都头。其时见李玄邃去了,心里想道:"这贼当初在杨玄感幕中,何等大模大样,如今也有这一日!可恨见了我一家人,尚自说鬼话。我刚才要骗他到酒店中去拿他,他却乖巧不肯去。我今悄地叫人跟他上去,看他下落,便去报知司里,叫众人来拿住了他去送官,也算我进身的头功,又得了赏钱。这宗买卖,不要让与别人做了去。"打算停当,在路忙叫一个熟识的,远远的跟着李玄邃走。

李玄邃见了詹气先,虽支吾去,心上终有些惶惑,速赶进庄。此时天已昏黑,只见庄门已闭,静悄悄无人。玄邃叩下两三声,听见里面人声,点灯开门

出来。玄邃是时常住在雄信家中，人多熟识的。那人开门见了，便道："原来是李爷，请进去。"那人忙把庄门闭了，引玄邃直到堂下。玄邃问道："员外在内，烦你与我说声。"那人道："员外不在家，往饶阳去了，待我请总管出来。"说了便走进去。

话说单雄信家有个总管，也姓单名全，年纪有四十多岁，是个赤心有胆智的人。自幼在雄信父亲身边，雄信待他如同弟兄一般，家中大小之事，都是他料理。当时一个童子，点上一枝灯烛，照单全出来，放在桌上，换了方才的灯去。单全见了李玄邃，说道："闻得李爷在杨家起义，事败无成，各处画影图形，高张黄榜，在那里缉捕你；不知李爷怎样独自一个得到这里？"玄邃便将前后事情，略述了一遍，又问道："你家员外到饶阳做甚么？"单全道："员外为窦建德使人来接他女儿，当初原许自送去的，故此同窦小姐起身，往饶阳去了。"玄邃道："不知他几时回来？"单全道："员外到了饶阳，还要到瓦岗翟大爷那里去。翟家前日修书来邀请员外，员外许他送窦小姐到了饶阳，就到瓦岗去相会。"玄邃道："翟家与你员外是旧交，是新相知？"单全道："翟大爷几次为了事体，多亏我们员外周全，也是拜过香头的好弟兄。"玄邃道："原来如此，我正要来同你员外到瓦岗聚义，只恨来迟。"单全道："李爷进潞州来，可曾撞见相识的人么？"玄邃道："一路并无熟人遇着，只有日间遇见当时同在杨玄感时都尉詹气先，他因杨玄感战败时归正了。不知他在这里做甚么，刚才遇见，甚是多情。"单全听见，便把双眉一蹙，道："既如此说，李爷且请到后边书房里去，再作商议。"

二人携了灯，弯弯曲曲引到后书房。雄信在家时，是十分相知好朋友，方引到此安歇。玄邃走到里边，见两个伴当，托着两盘酒菜夜膳进来，摆放桌上。单全道："李爷，且请慢慢用起酒来，我还要有话商量。"说了，就对拨饭酒的伴当说："你一个到后边太太处，讨后庄门上的钥匙，点灯出去，夹道里这几个做工的庄户，都唤进来，我有话吩咐他。"一头说，一径走进去了。玄邃若在别人家，心里便要慌张疑惑；如今雄信便不在家，晓得这个总管是个有担当的，如同自己家里，肚里也饥了，放下心肠，饱餐了夜饭。正要起身来，只见单全进来说道："员外不在家，有慢李爷，卧具铺设在里房。只是还有句话：李爷刚才说遇见那姓詹的，若是个好人，谢天地太平无事了；倘然是个歹人，毕竟今夜不能安眠，还有些兜搭。"

李玄邃尚未回答，只见门上人进来报道："总管，外边有人叫门。"单全忙出去，走上烟楼一望，见一二十人，内中两个骑在马上，一个是巡检司，那一个不认得。忙下来叫人开了庄门，让一行人捱挤进了。单全带了一二十个壮丁出去。巡检司是认得单全的，问道："员外可在家么？"单全道："家主已往西乡收夏税去了。不知司爷有何事，暮夜光降敝庄？"巡检把手指道："那位都头詹大爷，说有一个钦犯李密，避到你们庄上来。此系朝廷要紧人犯，故此协同我们来拿他。掌家，你们是知事的，在与不在，不妨实说出来。"单全道："这那里说起？俺家主从不曾认得甚么李密。况家主又出门四五日了，我们下人是守法度的，焉肯容留面生之人，贻祸家主？"詹气先说道："李密日间进潞州时，我已撞见，令这个王朋友尾后，直到这里，看见叩门进来的，那里遮隐得过！"单全见说，登时把双睛突出，说道："你那话只好白说。你日间在路上撞见之时，就该拿住他去送官请赏，为何放走了他？若说眼见李密进庄叩门，又该喊破地方协同拿住，方为着实；如今人影俱无，却要图赖人家。须知我家主也是个好男子，不怕人诬陷的！"詹气先再要分辩，只见院子里站着一二十个身长膀阔的大汉，个个怒目而视。

巡检司听了单全这般说话，晓得单雄信不是好惹的；况且平日节间，曾有人情礼物馈送，何苦做这冤家，便改口道："我们亦不过为地方干系，来问个明白。若是没有，反惊动了。"说了即便起身。单全道："司爷说那里话！家主回来，少不得还要来候谢。"送出庄门，众人上马去了。单全叫看门人关好庄门。李玄邃因放心不下，走出来伏在间壁窃听，见众人去了，放心走出来，见了单全，谢道："总管，亏你硬挣，我脱了此祸；若是别人，早已费手了。"单全道："虽是几句话回了去，恐怕他们还要来。"

正说时，听见外边又在那里叩门。李密忙躲过。单全走出门内细听，嘈嘈说响，好似济阳王伯当的声口。单全大着胆，在门内问道："半夜三更，谁人在此敲门？"王伯当在外接应答道："我是王伯当，管家快开门。"单全听见，如飞开了；只见王伯当、李如珪、齐国远三个，跟着五六个伴当，都是客商打扮，走进门来。单全问道："三位爷为何这时候到来？"王伯当道："你家员外，晓得不在家的了，只问李玄邃可曾来？"单全道："李爷在这里，请众位爷到里边去。"携灯引到后书房来。玄邃见了，惊问道："三兄为何黄夜到此？"王伯当将别了到瓦岗去见懋功，就问起兄，说到单员外去了，懋功预先晓得单二哥出外，恐兄有失，故叫我们三人，连夜赶来。玄邃也就将路上遇见詹气先，刚才领了巡检到来查看，说了一遍。齐国远听见喊道："入娘贼，铁包了头颅，敢到这里来拿人！"

正说时，单全引着伴当，捧了许多食物并酒，安放停当，便请四人入席，又对跟来的五六人说道："你们众兄弟，在外厢去用酒饭。"叫人引着出去了。单全道："四位爷在上，不是我们怕事，刚才那个姓詹的，满脸杀气，尚不肯干休；倘然再来，我们作何计较？"王伯当道："此时谅有三四鼓了，我们坐一回儿，守到天明，无人再来缠扰，就同李爷起身，往瓦岗去；如若再有人来，看他人多人少，对付他就是。"单全道："说得是。"王伯当众人也叫单总管打横儿坐着用酒饭。一霎时不觉金鸡报晓，李如珪道："此时没有人来觉察，料无事了，不如快用了饭，起身去罢。"众人吃完了饭，打帐起身上路。管门的慌慌走进来报道："门外马嘶声响，像又有兵马进庄来了，众位爷快出去看看。"单全见说，忙同了王伯当上了烟楼，窗眼里细看，见三四十马兵，四五十步兵，一队队摆进庄来。

原来詹气先因巡检用了情，心中懊恼，忙去叫开了城门，报知潞州漆知府，即仰二尹协拿。那二尹姓庞名好善，绰号叫做庞三夹，凡有人犯在他手里，不论是非，总是三夹棍。因他是个三甲进士出身，故叫做庞三夹，极是个好利之徒。听见堂上委他捉拿叛逆钦犯，如飞连夜点兵出城，赶到庄来。

时王伯当二人下楼，多到内厅。李玄邃对单全道："掌家，你庄上壮丁有多少？"单全道："动得手的，只好二十多人。"李玄邃道："如珪兄与国远兄领着壮丁，出后门去，看他们下了马，听见里面喊乱，去劫了他们的马匹。"又对单全道："掌家，我晓得你家西甬道，有靛池四五间，你快去上边覆上薄板，暗藏机械，候他们进来，引他到那里去，送他们在里头。"单全见说，如飞去安排停当。李玄邃同王伯当装束了这些刀枪棍棒，雄信家多是有的，单全开出门来，任凭各人自取。李玄邃道："如今是了，只少的有胆智的去开大门诱他进来。"单全道："这是我去。"

单全身上扎缚停当，外边罩着一件青衣，大踏步出来，把门开了，先是许多步兵，拥挤进来，中间一个官儿，到了外厅，把个椅儿向南坐下，便对手下道："带他家人上来！"步兵忙把单全扯来跪下。那官儿道："你家为甚么窝藏叛犯李密在家，快快拿出来！"单全道："人是有个人，昨夜来投宿。不知是李密不是李密，现锁在西首耳房内。但是他得，小的一人弄他不动，须得老爷台下兵卫，去捆缚他出来，才不走失。"那官儿又道："你家主呢，快唤出来！"单全道："家主在内，尚未起身。"那官儿又向步兵说："你们着几个同他进去，锁了犯人出来，并唤他家主来见我。"

这些兵快，听见官府叫他进去拿人，巴不能够，个个摩拳擦掌，一窝蜂二三十人，随着单全走进西首门内，穿过甬道里一带，进去却是地板。众人挤到中间，听见前面单全道："列位走紧一步，这里是了。"那前边走的说道："阿呀，不好了！为何地板活动起来？"话未说完，一声响亮，连人连板，撞下靛坑里去。跟在后边的正要缩脚，也是一声响，二三十个步兵，都入靛池里去了。厅上那官儿与众马兵，正在那里东张西望，听得豁喇一声，两扇库门大开，拥出十五六个大汉，长枪大斧，乱杀出来。那官儿倒乖，没命的先往外跑了。四五十个兵快忙拔刀来对杀，当不起王伯当枪搠倒了两三个。官儿见势头凶勇，齐退出门外去，欲上了马放箭。何知马已没有，只见天神一般几个大汉，轮着板斧，领了十余人，乱砍进来。官兵前后受敌，料杀他们不过，只得齐齐丢下兵器，束手就缚。李玄邃道："与他们不相干，众弟兄饶他们性命去罢。那官儿与那詹贼怎么不见？"庄上一个壮丁指道："刚才被这个爷把板斧砍了。"原来齐国远同李如珪，领众人伏在后门外竹林内，只见詹气先骑着马，领兵来把守后门。一个壮丁指道："这个贼子，就是首人；方才同巡检司来过一次了。"齐国远听见，按捺不住，忙奔出林来一喝。那詹气先一吓，便滚下马来，被齐国远一斧，断送了性命。

　　李玄邃恐怕还有人在庄外躲匿，同众人出来检点，只见一个戴纱帽红袍的人，倒在沟里。单全指道："这就是二尹庞三夹了。"齐国远一把提将起来，笑说道："你可是庞三夹？如今咱老子替你改个口号，叫做庞一刀罢！"提起斧来，一斧砍为两段。单全叫壮丁把那二三十匹马赶入棚里去，将这杀死的尸首，多扛在田边大坑里，掩些浮土在上。李玄邃叫手下人把那活的兵丁，一个个粽子盘捆起来，多推入甬道内靛坑里去。把地板盖好，放些石皮在上，一会儿收拾完了，把大门仍旧关上。众人多到堂中来，李密对单全道："掌家，不合我来会你员外，弄出这节事来。如今你们不便在这里存身了，总是员外要到瓦岗去的，何不对太太说知，作速收拾了细软，同我们到瓦岗去，暂避几时，打听事体如何再来定夺。翟大爷寨多有家眷在内，谅不寂寞。掌家，未知你主意如何？"单全此时也没奈何，只得进去商议了一番。

　　单雄信有个寡嫂，就是单道的妻子，守在身边。雄信妻子崔氏，与女儿爱莲，至亲三口，连家人媳妇，共有二十余个，都上了车儿，装载停当。单全叫壮丁把自己厩中剩下的七八匹好马与夺下官兵的二三十匹马，喂饱了草料。叫那二十余个走过道儿的壮丁，随身带了兵器。李玄邃吩咐单全与李如珪，押着七八个车辆做了后队；自己与王伯当、齐国远与同来小校做了前队，把门户一重重反撞死了。大家跨马起程，往瓦岗进发。正所谓：

　　　　明知不是伴，事急且相随。

　　却说单雄信送窦建德的女儿线娘到了饶阳，建德感激不胜。时建德已得了七八处郡县，兵马已有十余万，竟得民心，规模大振，抵死要留雄信在彼同事。雄信因翟让是旧交好友，写书来请，二则瓦岗多是心腹兄弟，三则瓦岗与潞州甚近，家中可以照管，主意已定，住了两日，只推家中有事，忙辞建德起身。建德再三款留，见他执意要行，将二三千金，赠与雄信。雄信谢别了建德，同了四五个伴当起行，离了饶阳，竟往瓦岗来。行了数日，时四方多盗，民困差役。村落里家家户户，泥涂封锁，连歇家饭店，急切间寻不出。

这日，雄信一行人行了六七十里路，看看红日西沉，天色苍黄欲暝。雄信在马上对伴当说道："早些寻一个所在来安歇才好。"一个伴当叫小二，年纪有十七八岁，把手指道："前面黑丛丛的，想是人家，待我去看来。"小二飞跑进庄去看，只有一家人家，一带长堤杨柳，两三进瓦房，后边一个大竹园，侧首一个小亭，双门紧闭。小二把门敲了两三声，里面开门出来，却是一个婆娑老妈妈，把小二仔细一认，说道："你是金小二，闻得你在潞州单员外家好得紧，为甚到此？"小二见说，定睛一看，叫道："原来是外婆。我跟随员外到这里，天已夜了，恐前面没有宿店，故问到此要借宿一宵，不想遇见了外婆。"正说时，一行人已到门首。雄信下了马，向石磴上坐着。

老婆子进去不多时，只见走出一个长大汉子，见雄信身躯伟岸，天神般一个好汉，不胜惊诧，忙举手问道："潞州有个单二员外，就是府上么？"雄信答道："岂敢，在下就是。"那汉揖进草堂，叙礼坐定，说道："久仰员外大名，今日才得识荆，未知有何事到敝地？"雄信道："小弟因访一个朋友，恐前途乏店，故此惊动府上，意欲借宿一宵，未知可否？"那汉道："这个何妨？只是茅庐草舍，不是员外下榻之处。"雄信道："说那里话来，请问吾兄尊姓大名？"那汉道："不才姓王，名当仁。"雄信道："我们有个敝友，叫王伯当，兄却叫王当仁，表字却像昆仲一般。"王当仁道："就是济阳王伯当么？这是我的族兄，前日曾到这里来会过。"雄信道："原来伯当是令兄，来会还是独自一个，还是同几位来的？"王当仁道："他同一位李玄邃，又有一位姓邴的。"雄信听说喜道："玄邃兄想是脱了祸了，可晓得他们如今到那里去了？"王当仁道："都到瓦岗去会翟子谦。"雄信道："我正要到瓦岗去会他们。"王当仁见说，大喜道："员外要到瓦岗，极好的了，正有一事相商，待弟去请家伯出来。"

进去了不多时，只见一个老者拿着茶出来，与雄信揖过。请雄信坐下，献上一杯茶，便将前日王伯当、李玄邃到我家里，住了一宵，两下里定了姻缘，说了一遍。雄信道："玄邃兄在外浪游多年，不意今日与老翁定谐秦晋，得遂室家之愿。"老者见说，忽然长叹道："小女得配李公子，荣辱完了他终身了。不想亳州朱粲在这里经过，小女偶然在门外打扫，被他看见，放下金珠礼物，死命要娶他去做压寨夫人，约在月初转来娶去。如今老夫要差侄子去报知李公子，往返要七八日；欲全家避到瓦岗去寻访李公子，又恐路上有些差误，正是事出两难。"雄信道："老亲翁家共有几口？"老者道："两个小儿，前年都被官府拿去开河，至今一个不见回来。拙荆早亡，只有这个小女与刚才这个侄子，还有两个炊爨的老妈，只不过四五人。"雄信道："既如此，老翁进去，吩咐令爱，叫他收拾了衣饰，明日就起身。我送你一家子到瓦岗去与李兄相会，何如？"老者见说，快活无限，便道："既承员外高情厚意，待老汉去叫小女出来拜见。"

那王当仁同金小二掇出酒肴来，正要上席，老者领着一个垂髫女子，出来对雄信说道："这就是小女，过来拜见了员外。"雄信举目一看，那女子真个秀眉月面，虽是村庄常服，也觉娇艳惊人，见他拜将下去，也只得朝上回礼。当仁与老者拖住，让他拜了四拜，进去了。老者叫侄子陪了雄信饮酒，自己出去支持酒饭，管待下人。过了一宵，起来收拾了细软，停当了车儿牲口。明日五鼓起身，老者将一辆牛车，装载了女儿婆子三口，驾上一头水牛背了，自己坐了一个小车儿，叫人推了。王当仁只喜步行。单雄信叫伴当把门户泥涂了，见王当仁步行，也不好上马。王当仁道："员外不必拘泥，小弟这双贱足，赛过脚力。"两个推让了一回，雄信然后跨上牲口起行。

在路上行了三四日，已到瓦岗地面。雄信吩咐两个伴当："先往头里去打听打听，翟爷与李玄邃、王伯当在那一个营里。我们慢慢的走动，等你们来回复。"不多时，只见两个伴当奔来回复道："众位爷都在大营里，说了员外来，都上马来接了。"话未说完，远远望见翟让、李密、徐懋功，王伯当、邴元真、齐国远、李如珪等七八个好汉，骑马前来。雄信收住马，向后王当仁道："兄把车辆往后退一步，待弟进营见过说明了，然后叫人来接你们，才是正礼。"王当仁点头称是。

雄信把马头一耸，与众人会着了。大家带转马头，一径进大营，来到了聚义堂中，各各叙礼过，翟让道："前日就望二哥到来，为何直至今日？"雄信答道："建德兄抵死不肯放，在那里逗留了几天，勉强说谎脱身。路上又因玄邃兄尊嫂要带来，又耽搁了一日，故此来迟。"李玄邃见说，大骇道："小弟何曾有甚么家眷，烦兄带来？"雄信道："难道小弟诓兄？现今令岳与令舅王当仁，停车在后，候兄去接。"玄邃道："这又奇了，这是弟前日偶然定下的，兄何由得知带来？"雄信把在他家借宿，被巨盗朱粲撇下礼物要来夺取一段，说了一遍。王伯当笑道："也罢了，单二哥替李大哥带了新嫂来，幸喜李大哥也替单二哥接取尊眷在这里，岂不是扯直？"雄信见说，吃了一惊道："为甚么贱内得到这里？"王伯当道："尊嫂与令爱现在后寨，请自问便知始末。"王伯当令单雄信进去了。李玄邃如飞的去打发肩舆马匹，去迎接王当仁一家四五口，到寨相会。翟让吩咐手下，宰杀猪羊，一来与李玄邃完婚，二来替单员外接风。正是：

　　人逢喜事情偏爽，笑对知心乐更多。

第四十三回

连巨真设计赚贾柳　张须陀具疏救秦琼

词曰：

国步悲艰阻，仗英雄将天补。热心欲腐，双鬓霜生。征衫血汗，引类呼群，犹恐厦倾孤柱。奸雄盈路，向暗里将人妒。直教张禄投秦，更使伍胥去楚。支国何人，宫殿离离禾黍！

调寄《品令》

世人冤仇，惟器量大的君子、襟怀好的豪杰，随你不解之仇，说得明白，片言之间，即可冰释；至若仕途小人，就是千方百解，终有隐恨，除非大块金银，绝色进献，心或释然。所以宇文述不怪自己儿子淫恶，反把一个秦叔宝切骨成仇。

如今再说单雄信，进后寨去与寡嫂妻子女儿相见了，崔氏把前事说了一遍。雄信见家眷停放得安稳，也就罢了，走出来对玄邃道："李大哥，你这个绝户计，虽施得好，只使单通无家可归了。"徐懋功道："单二哥说那里话来？为天下者不顾家。前日吾兄还算得小家，将来要成大家了，说甚么无家？"其时堂中酒席摆成完备，翟让举杯，要定单雄信首席。单雄信道："翟大哥，这就不是了。今日弟到这里，成了一家，尊卑次序，就要坐定，以后不费词说。难道单雄信是个村牛，不晓得礼文的？"翟让道："二哥说甚话来？今日承二哥不弃，来与众弟兄聚义，草堂接风，自然该兄首席，第二位就该玄邃了。"李玄邃见说大笑道："这话又来得奇了，为甚么缘故？"翟让道："众兄听说，今日趁此良辰，与李兄完百年姻眷，又算是喜筵，难道坐不得第二位？"齐国远喊道："翟大哥说得是，今日一来替李大哥完姻，二来替单二哥暖房，这两位再没推敲的了。"徐懋功道："不是这等说，今夜既替李兄完婚，自然该请他令岳王老伯坐首席，这才是正理。"翟让见说，便道："还是徐兄有见识。弟真是粗人，有失检点了。"叫手下快到后寨去请刚才到的王老爹王大爷出来。

不一时，王老翁与王当仁出来，翟让举杯定了他首席，老翁再三推让不过，只得坐了。第二位就要定王当仁。王伯当道："这也使不得。老伯在上，当仁不好并坐。况当仁也要住在这里聚义的了，岂可僭越诸兄。"徐懋功道："待小弟说出一片理来，听凭众兄们依不依。"众人齐声道："懋功兄处分，无有不是，快些说来。"懋功道："方才伯当兄说，当仁令弟不该僭也是。如今我弟兄聚成一块，欲举大义，要想做一番事业，说甚谁宾谁主？须先要叙定了尊卑次序，以便日后号令施行，便可遵奉。岂可与泛常酒席，胡乱坐了？"众人见说，齐声道："说得是。"徐懋功道："据小弟愚见，第二位该是翟大哥。为甚么呢？他是寨主，我们弟兄，多承他见招来的，难道不遵奉他的节制？第二位是不必说了。第三位要

玄邃兄坐了。"李玄邃道："单二哥在这里，弟断无僭他的理。"徐懋功道："翟兄为正，兄为副，这是一定不易的，有甚话讲？第四位是单二哥了。"雄信道："弟有一句话，待弟说来。别人不晓得徐兄的才学，小弟叨在至契，是晓得的。将来翟、李二兄举事，明以内全赖吾兄运筹帷幄，随机应变，事之谋画，惟兄是赖；若要弟僭兄，弟即告退，天涯海角，何处不寻个家业？"王伯当道："懋功兄，单二哥是个爽直人，既如此说，兄不必过谦，要依单二哥的了。"徐懋功没奈何，只得坐了第四位。第五位是单雄信。第六位是王伯当。第七位是邴元真。第八位是李如珪。第九位是齐国远。第十位是王当仁。除王老翁共九筹豪杰，坐定了，大吹大擂，欢呼畅饮。

雄信问懋功道："寨中现今兵马共有多少？粮草可敷？"懋功答道："兵马只好七八千，不愁他少，将来破一处，自有一处兵马来归附，粮草随地可取。只是弟兄们尚少，未免破一所郡县，就要一个人据守；到一处官兵，就要着几个出去拒敌。如今只好十来个人，那里弄得来？所以前日弟叫连巨真到兖州府武南店去请尤、程两弟兄，想即日也要到来。"原来连明，也犯了私盐的事体，惧法逃到翟让处入伙。

正说时，只见小校进来报道："连爷到了。"翟让道："快请进来。"连明进来，与众人叙礼过，就在王当仁肩下坐定。徐懋功问道："巨真兄，尤、程两弟肯来么？"连明道："弟到武南庄，先去拜望尤员外。岂知尤员外重门封锁，人影也没有一个。讯问地邻，方知他因长叶林事，走漏了消息，地方官要吓诈他

五千两银子，他蓦地里连家眷都迁入东阿县去了。弟如飞到东阿县去，访问程知节，始知程知节同尤员外，在豆子坑里七里岗上扎寨。弟又到彼，两人相见，留入寨中。弟将翟大哥的书送与他们看了。程知节问道：'单员外可来聚义？'弟说翟兄曾写书着人去请单员外，因他要送窦建德的女儿往饶阳去了，回时准到瓦岗来相会。尤员外道：'此言恐未真，窦建德那里正少朋友帮助，肯放单员外到瓦岗来？'程知节又问我秦叔宝兄可曾去请他，弟说单员外到了，自然也要去请他。尤员外又道：'叔宝兄与张通守正在那里与隋家干功，怎肯进寨来做强盗？'程知节道：'既是单二哥、秦大哥都不在那里，我们去做甚么？'因此尤员外就写了回书，我便作速赶回。"连明取出书来递与徐懋功。懋功看了道："不来罢了，再作计较。"

连明道："他们两个虽不来，弟在路上倒打听得一桩事体在这里，报与诸兄知道。"众人道："甚么事体？"连明道："弟前日回来，到黄花村饭店里住宿，只见一个差官跟了两个伴当，先下在店里。一个伴当，听他声口像我们同乡，因此与他扳话起来，问他往何处公干。他说东京下来，要往济阳去提人的。弟就留心，夜间买壶酒与他两个鬼混，那两个酒后实说道：'杨案里边，有四个逃走的叛犯，一个姓李，一个姓邴，一个姓韦，一个姓杨。那个姓李姓邴的，不知去向；那个姓韦姓杨的，前日被人缉获着了，刑官究询，招称有个王伯当，住在济阳王家集，是他用计在白酒村陈家店里，药倒解差官，方得脱逃。因此差我们主人下来，到济阳王家集去，着地方官拿这个叛党。'故此小弟连夜赶来。"

徐懋功对王伯当道："王大哥，你的宝眷，可在家么？"王伯当道："弟前日出门时，贱眷在内弟裴叔方处，如今不知可曾回家。弟今夜起身，到家去走遭。"徐懋功道："不必去。"又对连明道："连兄，你为弟兄面上，辞不得劳苦。待伯当兄修家书一封，再得单二哥修书一封，同王当仁、齐国远二人，扮作卖杂货的，往齐州西门外鞭杖行贾润甫处投下，叫他随机应变，照管王兄家眷上山。若兄说得他可以入伙，更妙，这人也是少不得的。翟大哥、单二哥与邴元真兄，领三千人马，到潞州去，向潞州府借粮，并打听二贤庄单二哥房屋，可曾贻害地方？弟与伯当兄、如珪兄，随后领兵接应。"李玄邃道："小弟呢？"懋功笑道："吾兄虽非吕奉先好色之徒，然今夜才合卺，只好代翟大哥看守寨中，自后便要动烦了。"众人打点停当，过了一宵。连明与王当仁、齐国远，五更起身，他们的路径熟，不由大道，惯走捷径，不多几时，已到西门外。

原来贾润甫因世情慌乱，也不开张行业了。连巨真叩门进去，润甫出来见了，忙叫手下接了行李进去，引三人到堂中叙礼过。连巨真在身边取出单雄信书来，与贾润甫看了。润甫又引到一间密室里去，坐定，取茶来吃了，润甫问连巨真道："兄是认得济阳王家集路径的？"连巨真道："路径虽是走过，只是从没有到伯当家里去，虽有家信，难免疑惑；必得兄去，方才停妥。未知差官可曾到来，倘然消息紧速，如何做事？"贾润甫道："这不打紧。若走大路，准要三日；若走碟子岗，穿出斜梅岭望小河洲去，只消一天，就到王家集了。"一边说，一边摆上酒肴来。

润甫问寨中有那几位兄弟，有多少人马，三人备细说明。连巨真问道："贾兄如今不开行业了，也清闲自在；但恐消磨了丈夫气概。"润甫叹道："说甚清闲自在，终日看枯山，守白浪，这些人每日张着口，那里讨出来吃？前日秦大哥写书来，要我去帮他立功，图一个出身。弟想四方共有二三十处起义，那里剿灭得尽？就是立得功来，主上昏暗，臣下权奸，将私蔽公，未必就能荣到他身上；只看杨老将军，便是后人的榜样了。"连巨真道："正是这话。"王当仁道："兄何不到我那里去？将来翟大哥、李大哥做起事来，自然与众不同。"润甫道："翟大哥不知道做人如何？玄邃兄人望声名，海内素著；况他才识过人，又肯礼贤下士，将来事业，岂与群丑同观？弟再看几时，少不得要来会诸兄，相叙一番。"连巨真问道："明日甚时候起身往王家集去？"润甫道："五更就走。"即便收拾杯盘，大家就寝。

润甫五鼓起身，与连巨真、王当仁、齐国远用了早饭，即便上路，往济阳进发。赶了三日，傍晚到了王家集。原来王家集也是小小一个市镇，共有二三十人家。时贾润甫同众人进去，恰好王伯当的舅子裴叔方在他家里。那裴叔方是个光棍汉，平昔也是使枪弄棒不习善的。连巨真取出王伯当的家报来，付与裴叔方，拿到里边去与他阿姊看了。幸喜王伯当家中，没甚老小，止有王伯当妻子一人，手下伴当夫妇二口。裴叔方也要送阿姊去，忙去停当众人酒饭，叫阿姊收拾了包裹，雇了一辆车儿与两个女人坐了，悄悄把门封锁上路。贾润甫对连巨真道："小弟不及奉送，兄等路上小心。"众人向西，贾润甫往东回去了。

连巨真走不上数步，对王当仁道："我忘了一件东西。你们先走，我去说来。"说罢如飞向东去了，众人正在那里疑惑，只见连巨真笑嘻嘻的赶来。齐国远道："你忘了甚么东西？"连巨真笑道："我没忘甚么，我回到他门首，如此如此而行，你道好么？"王当仁道："好便好，只是得个人去打听他有事没事，也好接应。"连巨真道："不妨，前面去就有个所在，安顿了王家嫂子，我们再去打听。"一头计较，一头往前趱行。正是：

莫嗟踪迹有差池，萍梗须谋至会合。

却说宇文述，为了失机，削去官职；忙浼何稠造了一座如意车，又装一架乌铜屏，三十六扇，献与炀帝。炀帝正造完迷楼月观，恰称其意，准复原官。韦福嗣与杨积善落在宇文述手里，严刑酷炙，招称了济阳王伯当，住王家集；便差官赍文书到齐郡张通守处来提人。

是日张通守正在堂理事，只见门役禀说："有东都机密公文，差官来投递。"话未说完，差官先上堂来。张通守与他相见了，递上公文。张通守拆开看了，差官道："此系台省机密，求老爷作速拘提。"张通守道："我晓得。"随问衙役道："这里到王家集有多少路？"衙役答道："有二百余里。"张通守吩咐部下，点兵三百，备四五日粮，即时起行。

原来张通守署与秦叔宝鹰扬府相去不远，时叔宝正与罗士信闲话，听见东京差官下来，要到王家集去提人，心中老大吃惊，因想道："王伯当住在王家集，莫非他白酒村的事发觉了？"正在那里揣摩，听得外边传梆响，报说门外有个故人连某要见老爷。叔宝如飞出来，见是连明，叙礼过，邀他到内衙书室中来，问道："兄一向在那里？事还没有赦，为甚到此？"连明悄悄说："弟偶在瓦岗翟让寨中，奉单二哥将令，修书叫贾润甫，请他到王家集接取王伯当家眷上山去了。如今差官去提人犯，人影俱无，恐有人泄漏。通守回来，必然波及润甫，故弟走来报知。兄可看众弟兄旧日交情，作速差人报与润甫知道，叫他火速逃走。言尽于此，别有要事，要到潞州去了。"叔宝问寨中那几位兄弟，连巨真一一说知，说完起身来，拱手而别。叔宝款留不住，送了出门，进来忙与罗士信说知就里，叫罗士信悄悄骑马出城，报与贾润甫知道。罗士信忙备了马骑上，一辔头赶到城外。

原来罗士信虽认得鞭杖行的贾家住处，却不曾与贾润甫识面。当时到了他门首下马，推门进去，贾润甫接见了罗士信，吃了一惊。士信忙问道："兄可是贾润甫？"润甫应道："在下正是。"贾润甫却认得罗士信，便道："罗兄下顾，何事见教？"罗士信把他扯在一边去，附耳说道："兄把叛党王伯当的家眷藏匿了，如今官府回来，就要来拿你。兄可快些走罢！"说了转身上马，如飞的去了。贾润甫把门关好了，想道："那夜王家集起身，人鬼不知的，是谁走漏了风声？刚才罗捕尉自己来报，必是秦大哥叫他来的，想是真的了。此时不走，更待何时？罢罢，这样世界，总要上这道路的，不如早早去罢。"忙对妻子说了，收拾了细软，叫手下人两个做土工的，把槽头四五个牲口喂饱了牵出来，男女带上眼纱，加鞭望瓦岗进发。

一行人将出齐州界口，到瓦岗去有两条路，一条大道，一条小道。润甫心上打算道："打大路去，恐怕官兵来追，小路又怕山贼。"正在那里踌躇，只见树底下石上，睡着两个大汉，忽然跳将起来，大声喊道："好了，来了！"贾润甫在牲口上听见，老大一吓，定睛一看，却是齐国远，那一个不认得。润甫便道："你们众人来了，把我却弄在圈里。"又问齐国远道："此位是何人？"齐国远道："王当仁兄，在山寨里过活，却好似在这里开这个鬼行。"王当仁道："不要闲说了，王家嫂子尚歇在前头店里，快些赶去，打伙一搭儿走。"原来前头店里，差一个头目，叫赵大鹏，在那里开一酒肆，作往来耳目，以便劫掠。贾润甫听见大喜，催促一行人，随着王当仁，赶到赵大鹏店中与王伯当家眷会着，齐望瓦岗去了。正所谓：

　　世乱人无主，关山客思悲。

再说张通守带了官兵同差官到王家集去，捉拿王伯当家眷。走了三日到了，拘地方来问。只见大门封锁，忙叫衙役扭断了屈戍，推门进看，室中止存家伙甚物，人影俱无。查问四邻，俱说五日前去的。张通守发一张封皮，叫衙役把门钉封了，将地方四邻带回衙门，用刑究询。四邻中一个姓赵的禀说："那夜小的要开门出去解手，听见门外一人叫道：'贾润甫，你请回罢，我们去了。'他们妻子是时常出入惯的，那里晓得他是犯事走了。"张通守问衙役，可晓得贾润甫住在那里，有的推不知道。一个衙役禀道："西门外有一个开鞭杖行的，叫做贾润甫，未知是他不是他？"那姓赵的说："正是他，那夜叫他回西门去罢！"张通守忙要起身，同官兵去拿，只见日巡夜不收进来报道："刘武周带领宋金刚并喽啰数千，过博望入平原县了，乞老爷快发兵，前去会剿。"张通守见说，叫衙役："快去请秦爷来。"

不一时，秦叔宝来到，张通守把差官赍来部文与叔宝看了，又把地邻口供与叔宝看，便道："我因贼报急迫，欲点兵进剿，烦都慰出城去拿这贾润甫来，带到军前讯问，便知王家家属下落。"秦叔宝心下转道："贾润甫是我报信叫他走的，倘然走了还好；若在家中，如何摆布？"便对张通守道："贼人入境，待卑职去剿他；这是逆党大事，还是大人亲去方妥。"张通守道："不必推辞，去了就是。"叔宝没奈何，只得骑着马，跟着几个家丁，同差官出城，假意喊地方领到贾家。见门户锁着，叫人打进去，室中并无一人。讯问邻里，说道："门是前日锁的，不知人是几时去的？"差官禀道："贾润甫既是挈家逃遁，必是王家党羽，想去未必遽远，求秦爷作速去追拿。"叔宝道："叫我那里去追？我要赶上张老爷剿贼去。"说了上马前去。差官没法，只得同到张通守军前，讨了回文，回东京投下文书。

宇文述见回文内，有地邻招称贾润甫一段，差官又禀，曾差都尉秦琼严拿未获，便兜起宇文述心上事来，便对儿子化及道："秦琼那厮，我当日不曾害得他，反受来护儿一番奚落。不期他在山东为官。我如今提个本，将他陷入杨家逆党，竟说逃犯韦福嗣招称，秦琼向与李密、王伯当往来做事，今营任山东都尉，图谋不轨。一面具本，一边移公文一角，差官前去，倘在军前，就叫张须陀拿下，将他解京，也可报得前仇了。"宇文化及道："父亲此计虽妙，但张须陀勇而有谋，这厮又凶勇异常，倘一时拿他不到，毕竟结连群盗，或自谋反，为祸不小。莫若连他家属，着齐郡拿解来京。那厮见有他妻子作当，料不敢猖獗。此计更为万全。"宇文述道："吾儿所见极高。"商议停当，宇文述随上一本，将秦叔宝陷入李密一党。这本没个不准的，他就差下两员官，一员到张通守军前，一员向齐州郡丞投文，守提犯人，不得违误。时罗士信在齐郡防贼，张须陀与秦叔宝在平原拒贼。无奈贼多兵少，散而复振，振而复散，那边退了，这边又来，怎杀得尽？还亏他三人抵敌得住。

一日，张须陀在平原，正要请叔宝商议招集流民守御良策，忽然见一个差官,到张须陀军中,称有兵部机密文书投递。张须陀拆来看了,仍置封袋中,放在案桌上。差官道:"宇文爷吩咐,要老爷即刻施行,恐有走脱。"张须陀道:"知道了,明日领回文。"须陀回到帐中,灯下草成一书稿,替秦琼辨明,并非李密一党,不可谬听奸顽,陷害忠良云云,叫一个谨慎书吏录了,又写一道回兵部回文。

次日正待发放差官,恰值叔宝抚安民庶已毕,来议旋师。差官闻得叔宝到营,只道张须陀骗他来拿解,随即进营,见须陀与叔宝和颜悦色,谈笑商量。叔宝将待起身,差官怕他走了,忙过去禀说:"兵部差官领回文。"须陀对差官道:"你这样性急!"叫书吏把回文与他。差官见只与回文,只得又道:"差官奉文提解人犯,还求老爷将犯人交割,添人协解。"须陀道:"这事情我已备在回文中,你只拿去便了。"差官道:"宇文爷临行吩咐,没有人犯,你不要回来。今人犯现在,求老爷发遣,小官好回复。"张须陀道:"你这差官好多事!这事我已一面回文,一面具本辨明,去罢!"这差官甚有胆力,又道:"老爷在上,这事关系叛逆,已经具请提解,非同小可。若犯人不去,不惟小官干系庇护奸党,在老爷亦有不便。"叔宝不知来由,见差官苦恳,到为他方便道:"大人,是甚逆犯,若是真实,便与解去。"须陀笑道:"莫理他!"这官便急了,嚷道:"奉旨拿逆犯秦琼,怎么反与他同坐,将我赶出?钦提犯人,这等违抗!"秦叔宝听见"逆犯秦琼"四字,便起身离坐,向须陀道:"大人,秦琼不知有何悖逆,得罪朝廷,奉旨提解;若果有旨,秦琼就去,岂可贻累大人!"

须陀初意只自暗中挽回,不与叔宝知道,到此不得不说道:"昨日兵部有文书行来,道有杨玄感一党,逃犯韦福嗣招称,都尉与王伯当家眷窝藏李密,行文提解。我想都尉五年血战,今在山东,日夕与下官相聚,何曾与玄感往来?平白地枉害忠良。故此下官已具一个辨本,与彼公文回部。这厮倚恃官差,敢如此放泼。"叔宝道:"真假有辨,还是将秦琼解京,自行展辨。当日止因拿李密不着,就将这题目陷害秦琼;若秦琼不去,这题目就到大人了。"叫从人取衣帽来,换去冠带赴京。须陀道:"都尉不必如此!如今山东、河北全靠你我两人;若无你,我也不能独定。且丈夫不死则已,死也须为国事,烈烈轰轰,名垂青史。怎拘小节,任狱吏屠毒,快谗人之口?"叫书吏取那本来与叔宝看了,当面固封,叫一个听差旗牌即刻设香案,拜了本,给了旗牌路费,又取了十两银,赏了差官。差官见违拗不过,只得回京。叔宝向前称谢。须陀道:"都尉不必谢,今日原只为国家地方之计,不为都尉,无心市恩。但是我两人要并力同心,尽除群盗,抚安百姓,为国家出力便了。"自此叔宝感激须陀,一意要建些功业,一来报国家,二来报知己;却不知家中早又做出事来。正是:

    总是奸雄心计毒,故教忠义作强梁。

第四十四回

宁夫人路途脱陷　罗士信黑夜报仇

诗曰：

  万古知心只老天，英雄堪叹亦堪怜。如公少缓须臾死，此虏安能八十年。

  漠漠凝尘空偃月，堂堂遗像在凌烟。早知埋骨西湖路，悔不鸱夷理钓船。

这诗是元时叶靖逸所作，说宋岳忠武王他的一片精忠，为丞相秦桧忌疾，虽有韩世忠、何铸、赵士褒一干人救他，救不得，卒至身死，以至金人猖獗，无人可制，徒为后人怜惜。若是当日有怜才大臣，曲加保护，留得岳少保，金人可平。故此国家要将相调和，不要妒忌，使他得戮力王事。不然逼迫之极，这人不惟不肯为国家定乱，还要生乱。

如今再说张须陀，擢升本郡通守；齐州郡丞，选了一个山西平阳县，姓周名至，前来到任。一日周郡丞坐堂，有兵部差官投下文书，是拘提秦叔宝家眷的。周郡丞便差了几个差役，金下一张牌去拘提。差役直至鹰扬府中，先见罗士信，呈上纸牌。士信道："我哥哥苦争力战，才得一个些小前程，怎说他是个逆党？这样可恶，还不走！"差人道："是老爷吩咐，小人怎敢违抗？就是本主周爷，也不敢造次，实在兵部部文，又是宇文爷题过本，奉旨拘拿的。老爷还要三思。"士信睁着眼道："叫你去就是了，再讲激了老爷性，一人三十大板。"公人见他发怒，只得走了，回复周郡丞。

郡丞没法，忙叫打轿，往见罗士信。士信出来作了揖。郡丞晓得士信少年粗鲁，只得先赔上许多不是，道："适才造次得罪。秦都尉虽分文武，也是同官，怎敢不徇一毫体面？奈是部文，奉了圣旨，把一个逆党为名，题目极大，便是差官守催，小弟便担当不住，想这事也是庇护不来的，特来请教。"士信道："下官与秦都尉是异姓兄弟。他临行把母妻托与我，我岂有令他出来受人凌辱之理？这也要大人方便。"周郡丞道："小弟岂有不方便之理？但部文难回。"士信道："事无大小，只要大人有担当。就要去，也要关会我那秦都尉，没有个不拿本人先拿家属之理。"周郡丞道："小弟到来，也只为同官面

情;莫若重贿差官,安顿了他,先回一角文书去,道秦琼母亲妻子,俱已到官,因抱重病,未便起行,待稍痊可,即同差官押解赴京。这等缓住了,然后一同去京中打关节,可以两全无害。"罗士信是个少年极谙事的,道:"我兄弟从来不要人的钱,那得有钱与人?凭着我在,要他妻子出官,断不能够。"郡丞见说不入,只得回衙。

当不过差官日夕催逼,郡丞没奈何,与众书吏计议。内中有个老猾书吏道:"奉旨拿人,是断难回复的。如今罗士信部下,又有兵马,用强去夺他,也拿不得,除非先算计了罗士信,何愁秦琼家属拿不来?况且罗士信与秦琼同居,自说异姓兄弟,也是他家属,一发解了他去,永无后患。"郡丞道:"他猛如虎豹,怎拿得住?路上恐有疏虞,怎么处?"老猾书吏道:"老爷又多虑了。只要拿罗士信并他妻母,当堂起解,交与差官;路上纵有所失,是差官与别地方干系了。"郡丞点头道:"只是如何拿他?"那书吏向郡丞耳边,说了几句。郡丞大喜,就差那书吏去请罗士信,只说要商量一角回文。罗士信道:"我不管,你家老爷自去回。"那书吏道:"自然周爷出名去回,但周爷道不知此去回得住,回不得住,得罗爷经一经眼,也知周爷不是为人谋而不忠。"罗士信道:"你这个书吏倒会讲话,你姓甚么?"那书吏道:"书办姓计名成,就住在老爷衙后院子弄里。"

罗士信信认为实,便跨上马到来。周郡丞欣然接见道:"同僚情分,没的不为调停的理。只怕事大难回,所以踌躇延捱。如今拚着一官,为二位豪杰,事宽即圆,支得他去,再可商量。"士信道:"全仗大人主张。"计书吏拿过回文来看,说是秦琼母妻患病,现今羁候,俟痊起解因由。罗士信道:"我是卤夫,不懂移文事体,只要回得倒便是。"周郡丞故意指说:"内中有两字不妥。"叫书吏别写用印。耽延半日,日已过午,叫请差官,与了回文。周郡丞又与他银子十两,说是罗爷送的,差官领了。周郡丞就留罗士信午饭,士信再三推辞。周郡丞道:"罗将军笑我穷官,留不得一饭么?"延至后堂,摆两桌饭,宾主坐了,开怀畅饮。罗士信也吃了几杯,坐不到半个时辰,觉得天旋地转,头晕眼花,伏倒几上。周郡丞已埋伏隶卒,将罗士信捆了,出堂来对他手下道："罗士信与秦琼通同叛逆，奉旨拿解，众人不得抗违。"手下听得，都走散了。士信已拿，府中无主，秦母姑媳，孙子秦怀玉，没人拦阻，俱被拿来，上了镣肘，给与车儿。罗士信也用镣肘，却用陷车，将换过回文，付与差官收了；又差官兵四十名防送，当晚赶出城外宿了。

五更上路，罗士信渐渐苏醒，听得耳边妇人哭泣，自己又展动不得，开眼一看，身在陷车之中。叔宝姑媳并怀玉俱镣肘，在小车上啼哭。士信见了，怒从心起："只为我少算，中了贼计，以致他姑媳儿子受苦。"意要挣挫，被他药酒醉坏，身子还不能动弹，只得权忍耐了。将次辰牌，觉得精神渐已复旧，他吼上一声，两肩一挣，将陷车盖顶将起来；两手一迸，手桎已断；脚一蹬，铁镣已落；踢碎车栏，拿两根车柱来打差官。这些防送差官，久知他凶勇，谁人敢来阻挡？一哄的走了。士信打开秦母姑媳、怀玉镣肘，无奈车夫已走，只得自推车子，想道："身边并没一个帮手，倘这厮起兵来追，如何是好？"一头推，一头想，正没计较。

只见前面林子里，跳出十个来大汉来。急得士信丢了车儿，拔起路旁一株枣树，将要打去，又见两个为首的，内中一个说道："罗将军不要动手，我是贾润甫。"罗士信是到他家去见过一次，定睛一看，是贾润甫，便问道："你把家眷放在那里去了？那有闲工夫来看我？"润甫道："贱眷同王家嫂子，都安顿在瓦岗山寨里了。李玄邃兄晓得此事，必然波及叔宝，故此叫我两人星夜下山，到郡打听。岂知不出所料，晓得拿了秦夫人，必然打这里经过，因此同这单主管带领孩子们，扮作强人等在此劫夺，不意被你先已挣脱此祸。"士信道："虽然挣脱囚车，打散官兵，我正愁单身，又要顾恋车子，又恐后兵追来，两难照顾。今幸遇两位，不怕他了。"单主管道："我们有马匹，有兵器，他追来也不惧他！"贾润甫道："不妨，往前去数十里，就是豆子坑，那里就有朋友接应了。"

话未说完，只见郡丞与差官带了六七百兵赶来。单主管对贾润甫道："你同秦太太、秦夫人、大相公往头里走，我同罗将军就上去，杀这些赃官。"把一匹好马，与罗士信骑了。士信手中挺着枪，站在一个山嘴上，大声喝道："我弟兄有何亏负朝廷，却竟要设计来解我们上去！我今把你这些贪赃昧良的真强盗，尽情除尽，若留了一个回去，不要算罗某是个汉子。"说了，两骑马直冲下来。这些官兵，见罗士信一个尚当不起，又见旁边又有个长大汉子，似黑煞一般，那个敢来与他对垒，便带转马头，逃回去了。单全看了，哈哈大笑道："可怜，这也叫官兵！"士信倒要追上去，单全止住了，策马转身。

却说贾润甫带了几个喽啰，保护秦夫人，忙要赶到瓦岗去，只见三岔路口冲出一队人来，一个为头的大喝道："孩子们，一个个都与我抓了来。"贾润甫眼快，认得是程知节，故意道："咄，剪径贼，你认得我秦叔宝么？"知节笑道："好蛮子，假冒咱哥名字，来吓我哩！"轮斧直赶过来。贾润甫道："程咬金，这是秦老夫人,叔宝哥哥的家眷行李,你要打劫他的么?"

说话时,秦母已到。罗士信与单主管听得手下人说前面有贼,正赶来厮杀,知节已到秦母跟前,与众相见,向秦母问起缘由,润甫一一说知。知节道:"伯母且到小侄寨中,与家母一叙。小侄不似前日贫穷,尽供奉得伯母起;任你官兵,也不敢来抓寻。"因此众人都跟程知节来到寨中,与尤员外拜见了。秦母与张氏,罗士信、秦怀玉与众也叙过了礼。程知节请伯母到后寨去,与家母相见。

秦母对罗士信道:"我们在这里了,不知你哥哥在军前,可知我们消息,作何状貌,叫人放心不下。"说了泪下。程知节喊道:"伯母放心,待小侄今夜统领几百个孩子们,去劫了大哥到寨,完了一桩事了,怕甚么军前军后。"贾润甫道:"秦大哥与张通守,管领六七千兵马在那里。你若去胡做,不惟无益,反累秦大哥的事败。"罗士信道:"还是我去走遭。"贾润甫道:"也不妥。"单全道:"待我去如何?"贾润甫道:"你去果好,只是秦大爷不认得你,不相信。"单全道:"说那里话?当年秦大爷患恙,在我家庄上,住了年余,怎说不认得?"程知节问道:"这是谁?"润甫道:"这是单二哥家有才干的主管,今随单二哥住在山寨里。闻说倒是个忠义的汉子。"程知节道:"好,是一个单员外家的主管!"秦母道:"既是这位主管,肯到军前去递信与吾儿,极好的了。待我去写几个字,并取些盘川来,烦你速去走遭。"程知节忙止住道:"好叫人笑死!伯母在这里,是小侄的事了,为何要伯母破钞来?"叫小喽啰取出一大锭银子,对单全道:"十两银子,你将就拿去盘费了罢。"单全道:"盘川我身边尽有,不烦太太与程爷费心。太太写了信,我就此起身了。"秦母写了一封书与单全收了,即进后寨去与程母相见。

且不说单全到军前去报信。却说罗士信与程知节、贾润甫、秦怀玉吃了更余接风酒,归房安寝,心中想道:"我士信从不曾受人磨灭的,那里说起被这个赃狗与那个书办奴才设计捆缚我在囚车内,这一夜半日,又累我哥哥的老母弱媳出乖露丑。常言道:恨小非君子,无毒不丈夫。我罗士信若不杀两个狗男女,何以立于天地间?"怨恨了一回。将五更时,忙爬起来,扮作打差模样,装束好了,去厩中相了一匹好马,骑到寨门。守寨门的小喽啰问道:"爷往那里去?"士信道:"你寨主叫我去公干走遭。"说了,加鞭赶了百十余里,已至齐州城外,拣一个小饭店下了,就饱餐一顿,对主人家道:"你把我牲口喂饱好了,我进城去下一角文书。倘然来不及,我就住在城内朋友家了。"店小二应道:"爷自请便,牲口我们自会看管。"

士信走进城去,天色已黑了,到了土地庙里坐一回。捱到定更时分,悄悄走到鹰扬府署后门来,只见两条官封横在上面。士信看了,愈加怒气满胸。刚进街口,见一人手里拿着瓦酒瓶走出来。士信迎着问道:"借问一声,那个计书办家住在何处?"那人答道:"着底头门首有井,这一家便是。"士信走到他门首,望内不见人声,只得把指头弹上两弹。里头问道:"是谁?"士信道:"我是来会计相公话的。"里头答道:"不在家,刚走出门,要到庙里去会同廊沈相公的话去了。"

士信见说,撒转身来,又到土地庙前来,只见一人侧着头,自言自语的走。士信定睛一看,见是计书办,忙站定了脚,在庙门内打着江西乡谈,叫:"计相公,这里来!"那计书办在黑暗中里一看,只道就是那兵部里差官,便道:"可是熊大爷?"士信道:"正是。"计书办忙向前走来,士信一把提进庙内。计书办仔细一看,见是罗士信,魂都吓散,满身战栗,蹲将下来。士信把一足踹住他胸膛,拔出明晃晃的刀来。计书办哀求道:"不干小人之事,饶我狗命罢!"士信道:"贼奴噤声!你快快实说,你家这个狗官,可在衙内?"计书办道:"刚才审完了事,退堂进去了。"士信恐怕兜搭了工夫,忙把刀向他颈下一撩,一颗头颅,滚在尘埃。士信剥他身上衣服,把头包在里头,放在神柜下。

晓得庙间壁就是府署,将身一耸,跨在墙上,恰好有一棵柳树靠近,将手搭住,把身子挂将下去,原来就是前日周郡丞留饭醉倒所在。摸将进去,见内门已闭,喜得照壁后有梯一张,取来靠在墙上,轻轻扑入庭中。周郡丞因地方扰乱,没有带家眷来,止带得两三个家僮,都在厨房里。士信向窗棂里一张,只见周郡丞点上画烛一枝,桌上排列着许多成锭银子,在那里归并了,把笔来封记,好送回家去。士信把两扇窗棂忽地一开,周郡丞只道有贼,把全身护在桌上,遮着银子,正要喊出有贼;士信手中执着利刃,把他一把头发,提将起来道:"赃狗,你认得我么?"此时,周郡丞吓得一句话也说不出,只顾跪在地上磕头。士信举刀一下割下头来,向床上取一条被来包好了,拴在腰间。把桌上银子尽取来,塞在胸前。见有笔砚在案,取来写于板壁上道:

前宵陷身,今夜杀人。冤仇相报,方快我心。

写完掷笔,依旧越墙而出。到土地庙神柜下,取了计书办的首级,一并包好,出庙门赶到城门口。

此时将交五更,城门未开,转走上城,向女墙边跳下来,一径到店门首,拣个幽僻所在,藏过了两个人头,却来敲门。店小二开门出来说道:"爷来得好早,难道城门开了?"士信道:"我们要去投递紧急公文的,怕他们不开!牲口可曾与我喂好?"小二道:"爷吩咐,喂得饱饱的。"士信身边取出四五钱一块银子来,对小二道:"赏了你,快把牲口牵出来。"小二把马牵出,士信跨上雕鞍,慢慢走了几步,听见小二关门进去了,跨下马,转去取了人头包,转来上了。

一䩺头,赶了四五十里,肚中也饥了;只见一个村落里,有个老儿在门口卖热火酒熟鸡子。士信跳下了马来,叫老儿斟一杯来。士信问道:"你这一村,为何这等荒凉?"老儿道:"民困力役,田园荒芜,那得不穷苦荒凉?"士信想:"我身边有这些银子,是赃狗诈害百姓的,都是民脂民膏。他指望拿回家去与妻孥受用，岂知被我拿来。我要他做甚么，带到山寨里去？"因问道："你们这一村有多少人家？"老儿道："不多，止有十来家。男子汉都去做工了，丢下妻儿老小，好难存活。"士信道："老人家，你去都唤他们来，我罗老爷给赏他些盘川。"

老儿见说，忙去唤这些妇女来，可怜个个衣不蔽体，饿得鸠形鹄面。士信道："你们共有几家？"老儿道："共是十一家。"士信把怀中的银子取出来，约莫轻重，做了十一堆，尽是雪花纹银，对众妇女道："你们各家，取一堆去，将就度日，等男子回来。"这些妇女老儿，欣喜不胜，尽趴在地上一拜谢了，然后上前收领银子。老儿道："本欲治一饭，款待老爷，少见众人之情；只是各家颗粒没有，止有些馍馍鸡子，不嫌亵渎，待老汉取出来，请老爷用些了去。"士信见说便道："这个使得。"老儿如飞去掇了一碗鸡子、一碗馍馍出来。不一时，十一家都是馍馍、鸡子、蒜泥、火酒，摆了十来碗，你一杯，我一盏相劝。士信觉得心中爽快，饱餐一顿，把手一拱，跨上马如飞的去了。

却说程知节那日早起，见罗士信去了，忙去报知秦老夫人，只道他不肯在山寨里住，私自去了。惟秦夫人信得他真，说："士信是个忠直的汉子，再不肯背弃了我们去的。"时士信在马上，又跑了许多路，往后一看，却不见了两颗首级。原来两颗头颅，系在鞍鞒上，因跑得急了，松了结儿，撩将下来。士信见没有两颗首级，带转马来，慢慢的寻看。寻了里许，只见山坳里闪出一队人马来，头里载着十来车粮草，四五十骑骏马，两三个头目，个个包巾扎袖，长刀阔斧的大汉子。士信晓得是一起强人，只得将马带在一边。那边马上几个人，只顾把罗士信上下细看。罗士信睁着眼，也看他们。末后一个头目，把罗士信仔细一认，即收住马问道："你是甚么人？"罗士信大着胆，亦问道："你是甚么人来问我？"那人笑道："你好像齐州秦大哥家罗士信。"士信道："我便是罗士信。"那人忙下马，上前说道："我是连明。"士信道："你可就是到我府中来，要叫我哥哥报知贾润甫，使他逃走的？"连明道："然也。"士信见说，方下马来，与他见礼。

原来这一起，是徐懋功叫他们往潞州府里去借粮转来的。时众豪杰都下马来，与罗士信叙礼。连明道："贾润甫家眷，弟已接入瓦岗寨中，但不知秦大哥处事体如何？"士信把秦老夫人被逮始末，粗粗说了一遍。单雄信道："既是秦伯母在程家兄弟处，我等该去问安走遭。"邴元真道："既是在这里，少不得相见有期；如今我们路上又要照管粮草，孩子们又多，不如请罗大哥到瓦岗去与徐、李二兄商议解救秦兄，方为万全。但不知罗兄又欲往何处去？"罗士信道："弟回豆子坑去，因马上失了一件东西。"单雄信问："是何物？"士信道："是两颗首级。"翟让道："何人的？"罗士信就把黑夜寻仇，杀死两人，至后将银赏赐荒村百姓，又述了一遍。翟让大叫道："吾兄真快人，务必要请到敝寨叙义的了。"士信道："本该同诸兄长到尊寨一拜，弟恐秦伯母不见了小弟，放心不下；宁可小弟到程哥山寨里去回复了伯母，那时再来相会未迟。"单雄信道："既如此说，兄见伯母时，代弟禀声，说单通到瓦岗去料理了，就到程兄弟寨中来问候。"罗士信应道："是，晓得。"拱一拱手，大家上马，分路去了。

且不说罗士信回豆子坑，再说翟让众人往瓦岗进发，行未里许，只听得前面小喽啰报道："草路上有一包里，内有首级两颗，未知可是罗爷遗下的？"单雄信道："取来看。"小喽啰取到面前，只见血淋淋两个人头。翟让道："差人送还他才是。"单雄信道："这个不必。那两个人，也是为了我们兄弟的事，只道奉公守法，何知财命两尽？若再把他首级践踏，于心太觉残忍。孩子们，取盛豆料的木桶，把两个首级，放在里头，挖一大坑埋下，掩上泥土。"然后策马回寨去了。正是：

> 处心各有见，残忍总非宜。

第四十五回

平原县秦叔宝逃生　大海寺唐万仞徇义

词曰：

> 颠危每见天心巧，一朝事露纷纭。此生安肯负知心，奸雄施计毒，泪洒落青萍。寨内群英欢聚盛，孤忠空抱坚贞。渔阳一战气难伸，存亡多浩叹，恩怨别人情。
>
> 　　　　　　　　调寄《临江仙》

从一而终，有死无二，这是忠臣节概、英雄意气。只为有了妒贤嫉能，徇私忘国的人，只要快自己的心，便不顾国家的事，直弄到范雎逃秦，伐魏报仇；子胥奔吴，覆楚雪怨。论他当日立心，岂要如此？无奈逼得他到无容身之地，也只得做出算计来了。

如今再说单全，奉了秦老夫人的书信，离了豆子坑山寨，连夜兼程赶到军前。那日秦叔宝正在营中，念须陀活命之恩，如何可以报效，只见门役报道："家中差人要见。"叔宝只道母亲身子有甚不好，心中老大吃惊，便道："引他进来。"不一时外边走进一个人来，叔宝仔细一看，却是单雄信家的主管单全，心中疑想道："是必单二哥差他来问候我。"便假意说道："好，你来

了么;我正在这里想。随我到里边。"叔宝领单全到书房中来。单全忙要行礼下去,叔宝一把拖住道:"你不比别人,我见你如见你家员外一般。"叫手下取个椅儿到下面来,叫他坐。单全道:"倒是立谈几句,就要去的。"叔宝道:"可是员外有书来候我?"单全道:"不是。"叔宝见他这个光景,有些不安,便对左右道:"你们快些去收拾饭出来。"

单全见众人去了,在胸前油纸内,取出秦母书信,递上叔宝。叔宝见封函上"母字付与琼儿手拆",双眉已锁,及开看时,不觉呆了半晌。单全道:"太夫人因想室中眷属且被擒拿,秦爷毕竟不免,不意秦爷倒已保全。但今目下齐郡是必申文上去,说罗士信途中脱陷,打退官兵,把家眷已投李密、王伯当,则逆党事情,越觉真了,便是张通守,百口也难为秦爷分辩。"

叔宝听了,正在忧烦之时,只见有人进来禀道:"家中走差的吕明在外。"叔宝道:"快着他进来。"不一时吕明进来,见了叔宝,跪在地下,只是哭泣。叔宝道:"我晓得了,你起来慢慢说与我听。"吕明站起来说道:"始初周郡丞,如何要把老爷家属起解,罗爷如何不肯。后来周郡丞如何设计,捉了罗爷,黄昏时如何来拿取家属。那夜小的就要来报知老爷,因城上各门,俱不容放出,着官兵送出差官与罗爷老太太夫人并小爷。直至明午后,忽防送官兵差官转来,说罗爷跳出囚车,把石块打死了七八个官兵,逃命转来,城门上盘诘紧急。不意明日夜间,周郡丞被人杀死在衙门,一个书办又杀死在土地庙里,城门上反得宽纵,因此小的方得来见老爷。只怕今晚必有申文来报与张老爷。"叔宝道:"这叫我怎处?我本待留此身报国,以报知己,不料变出事来。但我此心,惟天可表。"单全道:"爷说甚此心可表?爷若既有仇家在朝,便一百个张通守,也替爷解不开。况又黑夜杀官杀吏,焉知非罗爷所为的?倘再迟延,事有着实,连张通守也要出脱自己。爷这性命料不能保了,说甚感恩知己?趁事尚未发觉,莫若悄地把爷管的一军与山寨合了,凭着爷一身武艺,又有众位相扶,大则成王,小则成霸,不可徒衔小恩,坐待杀戮。"叔宝听了,叹口气道:"我不幸当事之变,举家背叛,怎又将他一支军马,也去作贼？我只写一封书，辞了张通守，今夜与你悄悄逃去，且图个母子团圆罢。"一边留单全饮酒，自己就在一边写书与张通守。书上写着道：

  恩主张大人麾下：琼承恩台青眼有年，脱琼于死，方祈裹草以报私恩。缘少年任侠，杀豪恶于长安，遂与宇文述成仇，屡屡修怨。近复将琼扭入逆党，荷恩主力为昭雪。苦仇复将琼家属行提，镣肘在道，是知仇处心积虑，不杀琼而不止者也。义弟罗士信不甘，奋身夺去，窜于草野，事虽与琼无涉，而益重琼罪矣！权奸在朝，知必不免，而老母流离，益复关心。谨作徐庶之归曹，但仰负深恩，不胜惭愧，倘萍水有期，誓当刎颈断头，以酬大德。不得已之衷，谅应鉴察。末将秦琼叩首。

叔宝写完了书，封好，上写着"张老爷台启"，压在案上；将身边所积俸银犒赏，俱装入被囊，带了双锏，与单全、连明并亲随伴当四五人，骑上马，走出营来，对守营门的说道："张爷有文书，令我缉探贼情，两日便回，军中小心看管，不可乱动。"打着马去了。正是：

  一身幸得逃罗网，片念犹然逐白云。

却说翟让、单雄信一行人马，到了瓦岗山寨，见了李玄邃、徐懋功，雄信将秦母被逮，罗士信凶勇脱陷，遇见尤、程，邀入豆子坑山寨里去了。李玄邃道："这等说起来，秦大哥早晚必来入伙的了。只是秦母在程兄弟处，该差人去接上山来，好等他母子相会。"徐懋功道："这个且慢，就是差人去接，尤、程断不肯放，且待叔宝来时，再作区处。前日有人来说，荥阳梁郡近来商旅极多，今寨中人目已众，粮草须要积聚，谁可到彼劫掠一番，必有大获。"翟让道："小弟去得么？"懋功道："兄若要去，须要玄邃兄与当仁、伯当三人，先领二千人马起行，后边就是翟大哥，与郏元真、李如珪三位，也带二千人马，随后接应，方为万全。"又对雄信道："留兄在寨，尚有事商量。"因此两支人马，陆续起身去了。

徐懋功正要差细作打听叔宝消息，只见单全回来说："秦大哥写书辞了张通守，已经离任，进豆子坑去见秦太太了。"雄信道："何不请他到了这里，然后同去？"懋功道："他见母之心，比见友之心更切，安有先到这里之理？单二哥，如今要兄同贾润甫往豆子坑走遭。"又附雄信耳边，说了几句。雄信点头会意，道："若如此说，弟此刻就同贾润甫从小路上去，或者就在路上先遇着了，岂不为妙？"懋功称善。

再说秦叔宝与单全分了路，与连明等三四人，恐走大路遇着相识的，倒打从小路儿。走过了张家铺，转出独树岗，忽听背后有人喊道："前面去的可是秦叔宝兄？"叔宝带住马，往后一看，恰是贾润甫与单雄信，带领二三十个喽啰，赶将上来。叔宝忙下马，雄信与润甫亦下了马。雄信执着叔宝手道："兄替隋家立得好功！"叔宝道："不要说起，到程兄弟寨中去细细的告诉，只是兄今欲何往？"雄信道："今不往何处去。单全回来说了，小弟特地走来候兄。"大家又上了马，只见斜次里一骑马飞跑过来，望见叔宝，便道："好了，哥哥来了！"叔宝见是罗士信，忙问道："兄弟，母亲身子如何？"士信道："伯母身子，幸赖平安；只是心上记着了哥哥，日逐叫兄弟在路上探听两三次。今喜来了，弟先进寨去报知，哥哥同诸兄就来。"说了，飞马进寨报知。

秦母见说儿子到寨来了，巴不能够早见一刻，携了孙儿怀玉与媳妇张氏，同走出来。程知节的母亲也陪秦老夫人走到正谊堂中。张氏见堂中有客，即便缩身进去。时尤俊达同程知节迎进叔宝、雄信，在堂上叙礼过。叔宝见母亲走出来，忙上前要拜下去，瞥见程母在堂，先向程母拜将下去。程母忙近身，一把拖住叔宝道："太平哥好呀，幸喜你早来了一天；若再迟一两日，又要累你做娘的忧坏了身子哩！"秦母见儿子拜在膝前，眼中落下几点泪来，对叔宝说道："你起来罢。那边站的，可是单二员外？"叔宝应道："正是。"

雄信与润甫见叔宝站了起来，两人忙去，先拜见了秦母，后又拜见了程母。秦老夫人叫怀玉过来，拜了单伯伯，问道："令爱想必也长成了。"雄信道："小女爱莲，长令孙一岁，年纪虽小，颇有些见识。"秦母道："自然是个闺秀。"程母笑对秦母道："日月是易过的。当初太平哥与我家咬金，也是这模样儿的大起来，如今你家孙儿，又是这样大了。"程知节喊道："母亲，如今秦大哥做了官了，还只顾叫他乳名。"程母笑道："通家子侄，那怕他做了皇帝，老身只是这般称呼。"众人都大笑起来。秦老夫人对叔宝道："你进去见见你媳妇了出来，大家同到后寨去。"与张氏说了几句话出来，只见堂中酒席安排停当。

尤员外请众人坐定，举杯饮酒。尤员外问征辽一段，叔宝细细述了一遍，众人多各赞叹。叔宝问尤俊达道："兄在武南庄，好不快活，为甚迁到这里来？"程知节道："也是为长叶岭事发，尤大哥迁到此地，不然他怎肯到这里，与弟辈做这宗买卖？"尤俊达道："不是这等说。单二哥也是好端端住在二贤庄，今闻得为了李玄邃兄，也迁入瓦岗寨中去了，总是我们众弟兄该在山寨中寻事业。"贾润甫道："这样世界，岂论甚么山寨里、庙廊中，只要戮力同心，自然有些意思。只是如今众弟兄，还该在一处。"程知节道："如今我们有了秦大哥，再屈单二哥，也迁到我这里来，多是心腹弟兄，热烘烘的做起来，难道输了瓦岗？翟大哥做得皇帝，难道秦大哥、单二哥做不得皇帝？"坐中见说，都大笑起来。众人欢呼畅饮，直吃到月转花梢。

到了次日起来，大家坐在堂中闲谈，只见喽啰进来报道："瓦岗差人来，要见单大王的。"雄信忙叫手下引他进来。不一时，一个喽啰进来说道："徐大王有密报一封，差小的送来与单大王。"单雄信接来拆开一看，只见上面写道："昨细作探得东都有旨，命河南讨捕大使裴仁基领兵二万，协同山东讨捕大使张须陀，会剿李密、王伯当叛犯党羽，并究窝藏秦琼、密拿杀官杀吏重犯，严缉家眷巢穴。将来彼此两家，俱有兵马来临，兄速归寨，商议大敌；尤程两兄处，亦当预计。叔宝兄渴欲一见，不及别札，如得偕来更妙，专候专候。"雄信把字朗念了一遍，众皆大惊。程知节道："愁他则甚！等他们来时，爽利混杀他娘一阵。"秦叔宝道："知节兄，你不要小觑了事体。那须陀勇而有谋，裴仁基又是一员宿将，况又兼两万官兵，排山倒海的下来。如今这里山寨，连罗士信兄弟，止不过四人，单二哥与润甫兄家眷，都在瓦岗，自然要回寨去照顾的了。这几个人，作何布置？"尤俊达道："前日翟大哥原有书来，召我们去，因秦、单二兄未来，故此我们不肯。今单二哥家眷已在瓦岗，秦大哥与太夫人又在这里，何不两处并为一处，随你大小缓急，多有商量了。"叔宝道："好便好，但未知瓦岗房屋，可有得余？"雄信道："弟一到山寨，就叫他们在寨后盖起四五十间房子，山前增了水城烟楼，仓库墙垣重新修理齐整，不要说三家家眷，就再住几房，也安放得下。"程知节道："既如此说，要去我们收拾就去。"雄信对贾润甫道："兄可先回寨去，通知懋功兄弟，同三兄家眷到寨便了。"润甫见说，随即起身。尤俊达与程知节、秦叔宝，带了家眷，收拾了细软金帛粮草，率领了部下约有二千余人，大队并入瓦岗寨中去。正是：

　　猛虎添双翼，蛟龙又得云。

　　再说翟让、李密二支人马，杀兵劫商，占城据地，在河南地方势甚猖獗。时张须陀尚在平原，因二三日不见秦叔宝来，只道他身子有恙，着樊建威到他营中来看他。守营兵回道："秦爷两日前，张老爷差他去缉探盗情未回。"樊建威忙去通报了张通守。张通守道："我几时差他？这又奇了！"正说时，齐州申文已到，拆开一看，须陀老大吃惊，忙骑着马，同唐万仞、樊虎到叔宝营中。直至中军帐，只见案上有书一封。张通守拆开细看，大惊道："原来他与宇文述结仇，遭他陷害不过，竟自去了。可惜这人有勇有谋，是我帮手，如今他去了，如何是好？"回到营中，一面委官到齐州安谕。

　　忽隋主有旨，调他做了荥阳通守，要他扫清翟让，只得带了樊虎、唐万仞并部下人马，到荥阳上任。樊、唐二人虽是公门出身，本领怎及得叔宝？因他两个也是有义气的汉子，所以与叔宝相知。张须陀做郡丞时，就识拔他屡次建功，这番没了叔宝，就做了心腹，思量要扫清翟让。何知翟让骁勇过人，竟抢过了李密一军，带领了千余人马，打破了金隄关，直抵荥阳劫掠。时翟让正在城外各门分头杀掳，不防张通守与樊、唐二人，各领精兵五百，开门一齐杀出。翟让虽勇，当不起须陀一条神枪，神出鬼没。邴元真、李如珪，早先败退。翟让被樊虎、唐万仞二路夹攻，只得放马逃遁，被张须陀赶杀了十余里，亏得李密、王伯当大队兵马到来，须陀方收兵回去。

　　到了次日，李密定计：将人马四面埋伏，着翟让去引诱。张须陀兵马至大海寺旁，忽听林子里喊声四起，李密、王伯当、王当仁冲将出来，后有翟让、郏元真、李如珪将须陀兵马，裹住中间。樊虎见部下人马渐渐稀少，须陀身先士卒，身上早中几枪，征衫血染，犹奋力望李密冲来。樊虎、唐万仞与李密当年在秦叔宝家中，虽曾识面，到这性命相关之处，也顾不得了，帮着须陀一齐杀出重围，万仞却又不见了。张须陀道："待我还去救他出来。"樊虎与张须陀杀入，唐万仞已被贼兵截住，着了几枪，渐渐支架不住。张须陀见了，慌忙直冲进去，枪挑了几人落地，杀出重围，樊虎却又不见了。张须陀吩咐部下："且护送唐爷回城，我再寻樊爷回来，不然断不独归。"时须陀身子已狼狈，但他爱惜人的意气重，不顾自己，复入重围。岂知樊虎已因坐马前失跌下来，被人马踏死，那里寻得出？李密先时也见樊、唐二人在须陀身边，有个投鼠忌器之意，故不传令放箭。今见须陀一人，便四下里箭如飞蝗。须陀虽有盔甲，如何遮蔽得来，可怜一个忠贞勇敢为国为民的张通守，却死在战场之中！正是：

渭水星沉影，云台事已空。

翟让、李密射死了张须陀，大获全胜。时内黄、韦城、雍丘都有兵来归附。

李密差人去到瓦岗报捷。众豪杰闻报，都抚掌称庆。独叔宝闻张须陀战死，禁不住潸然泪下，想道："他待我有恩有礼，原指望我与他同患难，共休戚。密疏为我辨白，何等恩谊！不料生出变故，我便弃他逃生，令他为人所害。想他沙场暴露，尸骨不知在于何处？"便起身对雄信道："单二哥，弟自到此处，并不曾见翟大哥，恐无此理。弟今特往荥阳，与他一面，就会王、李二兄，未知可否？"懋功道："要去，我们打伙儿同去。如今郡县都来归附，他那里这几个人，也料理不来，须得我们去方妥。这里寨栅牢固，只消一二个兄弟看守便够了。尤俊达原是富户快活人，留他与连巨真守寨，照管家属。单全升他做了总领，管辖山上喽啰，日夜巡视栅栏，日用置卖，俱是他调度。"吩咐停当，大家辞了母妻。徐懋功、齐国远、程知节、贾润甫做了前队，单雄信、秦叔宝、罗士信做了后队，俱轻弓短箭，带领人马，离了瓦岗。

将到郑州地方，只见哨马报翟大王兵到。原来翟让同李密攻下汜水、中牟各县，得了无限子女玉帛，要回瓦岗快活，故与李密分兵先回。两军相见，翟让久闻秦叔宝大名，极加优待。单雄信问起，知翟让有归意，便道："翟大哥，我们若只思量作贼，终身得些金帛子女，守定瓦岗罢了；若要图王定霸，还须合着玄邃，占据州县才是。"翟让见说，也还未听。只见哨马报说："李爷收了韩城各处地方，得了许多仓库。李爷闻得众位大王下山来，叫小的禀上单大王，说有一位秦爷，如在路，乞单大王速邀至军前一会。"雄信道："晓得了。"因此翟让心痒，仍旧回兵去与李密相合。

路经荥阳，秦叔宝先差连明打听张须陀尸首，部下感他恩德，已草草棺殓，并樊虎尸棺，都停在大海寺内。叔宝对单雄信道："烦兄致意翟大哥，请诸兄先行，弟还要在此逗留几天。"雄信会意，说了，众人都已先行。独雄信同着叔宝与罗士信,到了次日,叫手下备了猪羊祭仪,同众人到大海寺中来。只见廊下停着两口棺木,中间供着一个纸牌位,上写"隋故荥阳通守张公之位",侧首上写"隋死节偏将齐郡樊虎之柩"。秦叔宝与罗士信见了,不胜伤感,连雄信亦觉惨然。

　　三人正在嗟叹之时,忽见处边许多白袍白帽,约有四五十人拥将进来。罗士信看见,不知甚么歹人,忙拔刀在手喝道:"你们为何率众在此?"众兵卫道:"小的们感故主的恩情,在这里守灵,守过了百日方敢散去。今日晓得秦爷来祭奠,故来参见。"叔宝叫他们起来住着,想道:"兵卒小人,尚且如此,我独何人,反敢背义!"忙叫左右把身上袍盖,尽换了孝服。时祭仪已摆列停当,叔宝同士信痛哭祭奠。众兵士俱趴在地上大恸,声闻于外。单雄信亦备分子吊拜。

　　正在忙乱之时,只见外边走进一人,头裹麻巾,身穿孝服,腰下悬一口宝剑,满眼垂泪,跟着两三个伴当,望着灵帏前走来。那些带孝的兵卫,站在旁边,说道:"唐爷来了!"叔宝仔细一认,见是唐万仞,把手向他一举道:"唐兄来得正好。"岂知唐万仞只做不见,也不听得,昂然走到灵前大恸,敲着灵桌哭道:"公生前正直,死自神明。我唐万仞本系一个小人,承公拔识于行伍之中,置之宾僚之上,数年已来,分燠嘘寒,解衣推食。公之恩可谓厚矣至矣。虽公之爱重者尚有人,而我二人之鉴拔者则惟公。蒙公能安我于生地,而自死于阵前,我亦安敢昧心,而偷生于公死后!"叔宝站在一旁,听他一头说,一头哭,说到后边,句句讥讽到他身上来,此身如负芒刺,又不好上前来劝他。连雄信手下兵卒,无不掩泪偷泣。

　　雄信看见叔宝颜色惨淡,便要去劝住唐万仞。只见万仞把桌一击道:"主公,你神而有灵,我前日不能阵前同死,今日来相从地下!"说罢,只见佩刀一亮,响落在地,全身往后便倒。众兵卫望见,如飞上前来救,一腔热血,喷满在地。叔宝见了,忙捧着尸首大声叫道:"万仞兄,你真个死了,你真个相从恩公于地下了,我秦琼亦与你一答儿去罢!"忙在地上拾起剑来要刎,背后罗士信一把抱住喊道:"哥哥,你忘了母亲了?"夺剑付与手下取去。叔宝犹自哽咽哭泣,吩咐手下快备棺木殡殓,就停在张通守右边。然后收拾祭仪,给与张通守兵卫领去,与雄信、士信一齐回营。正是:

　　　　芦中不图报,漂母岂虚名?

第四十六回

杀翟让李密负友　乱宫妃唐公起兵

词曰：

　　荣华自是贪夫饵，得失暗相酬。恋恋蝇头，营营蜗角，何事能休？机缘相左，谈笑剑戟，樽俎戈矛。功名安在？一堆白骨，三尺荒丘。

调寄《青衫湿》

　　天地间两截人的甚多：处穷困落寞之时，共谈心行事，觉厚宽有情，春风四海。至富贵权衡之际，其立心做事，与前相违，时时要防人算计他，刻刻恐自己跌下来。这个毛病，十人九犯。总因天赋之性，见识学问，只得到这个地位。

　　再说秦叔宝在大海寺，将张须陀并唐、樊二人重新殡殓，择地安葬，做几日道场。然后，同单雄信、罗士信起行，赶到康城，与李密、王伯当众人相会了，叙旧庆新，好不快活。秦叔宝劝李密用轻骑袭取东都，以为根本，然后徐定四方。翟让遂依计，令头目裴叔方带领数个伶俐人役，前往打探山林险阻，关梁兵马。不意被人觉察，拿住三个，知是翟让奸细，解留守宇文都府中勘问，将来斩首，止逃得裴叔方两三个回来。一番缉探，倒作了东都添兵预备防守。还亏李密听了秦叔宝，同程知节、罗士信，轻兵掩袭，悄悄过了阳城，偷过了方山，直取仓城。翟让、李密陆续都到。一个洛口仓，不烦弓矢，已为翟让所据。李密开仓赈济，四方百姓都来归附。隋朝士大夫不得意者，朝散大夫时德睿、宿城令祖君彦亦来相从。时东都早已探知，越王侗传令旨，差虎贲郎将刘仁恭、光禄少卿房崱，募兵二万五千，差人知会河南讨捕大使裴仁基，前后夹攻，会师仓城。不意李密又早料定，拨精兵五支，把隋兵杀得大败，刘仁恭、房崱仅逃得性命。裴仁基闻得东都兵败，顿兵不进。李密声名，自此益振。

　　翟让的军师贾雄，见李密爱人下士，差实与他相结。翟让欲自立为王，雄卜数哄他说不吉，该辅李密，说道："他是蒲山公，将军姓翟；翟为泽，蒲得泽而生，数该如此。"又民间谣言道："桃李子，皇后绕扬州，宛转花园里。勿浪语，谁道许。"桃李子，是说的逃走李氏之子，皇后二句，说隋主在扬州宛转不回；莫浪语，谁道许，是个"密"字。因此翟让与众计议，推尊李密为魏公,设坛即位,称永平元年,大赦;行文称元帅府,拜翟让上柱国司徒东郡公,徐世勣左翊卫大将军,单雄信右翊卫大将军,秦叔宝左武侯大将军,王伯当右武侯大将军,程知节后卫将军,罗士信骠骑将军,齐国远、李如珪、王当仁俱虎贲郎将,房彦藻元帅府左长史,邴元真右长史,贾润甫左司马,连巨真右司马。时隋官归附者,巩县柴孝和监察御史。

裴仁基虽守在河南,与监察御史萧怀静不睦。怀静每寻衅要劾诈他,甚是不堪。贾润甫与仁基旧交,悄地到他营中,说他同儿子裴行俨,杀了萧怀静,带领全军,随贾润甫来降魏公。魏公极其优礼,封仁基上柱国河东公,行俨上柱国绛郡公。

李密领众军取了回洛仓,东都文书向江都告急。隋王差江都通守王世充,领江淮劲卒,向东都来击。李密遣将抵住。秦叔宝去攻武阳。武阳郡丞姓元,名宝藏,闻得叔宝兵至,忙召记室魏征计议,就是华山道士魏玄成。他见天下已乱,正英雄得志之时,所以仍就还俗,在宝藏幕下。宝藏道:"李密兵锋正锐,秦琼英勇素著,本郡精兵又赴东都救援,何以抵敌?"魏征道:"李密兵锋,秦琼英勇,诚如尊教。若以武阳相抗,似以抔土塞河。明公还须善计,以全一城民士。"宝藏道:"有何善计!只有归附,以全一城。足下可速具降笺,赴军前一行。"叔宝兵到,得与魏玄成相见,故人相遇,分外欣喜,笑对玄成道:"弟当日已料先生断不以黄冠终,果然!"因问武阳消息。魏征道:"郡丞元宝藏,度德顺天,愿全城归附,不烦故人兵刃。"叔宝道:"这是先生赞襄之力,可赴魏公麾下,进此降笺。"留饮帐中叙阔。叔宝又做一个禀启,说魏征有王佐之才,堪居帷幄,要魏公重用。因此魏公得琼荐启,遂留征做元帅府文学参军记室,元宝藏为魏州总管。

今说翟让,本是一个一勇之夫,无甚谋略。初时在群盗中,自道是英雄;及见李密足智多谋,战胜攻取,也就觉得不及。又听了贾雄、李子英一干人,竟让李密独尊,自己甘心居下。后来看人趋承,看他威权,却有不甘之意。还有个兄翟弘,拜上柱国荥阳公,更是一个粗人,他道:"是我家权柄,缘何轻与了人,反在他喉下取气?"又有一班幕下,见李密这干僚属兴头，自己处了冷局，也不免怏怏，生出事来。所以古人云：物必先腐也，而后虫生之。时若有人在内调停，也可无事；争奈单雄信虽是两边好的，却是一条直汉；王伯当、秦叔宝、程知节，只与李密交厚；徐世勣是有经纬的，怕在里头调停惹祸。

一日，翟让把个新归附李密的鄢陵刺史崔世枢，要他的钱，将来囚了。李密来取不放。元帅府记室邢义期，叫他来下棋，到迟，杖了八十。房彦藻破汝南回，翟让问他要金宝，道："你怎只与魏公，不与我？魏公是我立的，后边事未可知。"因此房彦藻、邢义期，同司马郑颋，劝李密剪除翟让。李密道："想我当初，实亏他脱免大祸，是我功臣。今遽然图害，人不知他暴戾，反道我背义嫉贤，人不平我，这断然不可。"忽又想："翟让是个汉子，但恐久后被他手下人扛帮坏了，也是肘腋之患。"郑颋道："毒蛇螫手，壮士解腕，英雄作事，不顾小名小义。今贪能容之虚名，受诛夷之实祸，还恐噬脐无及。"房彦藻道："翟司徒迟疑不决，明公得有今日；明公亦如此迟疑，必为所先。明公大意，以为他粗人，不善谋人。不知粗人胆大手狠，作事最毒。"李密道："诸君这等善为我谋，须出万全。"

次日，李密置酒，请翟让并翟宏、翟侯、裴仁基、郝孝德同宴。李密吩咐将士，须都出营外伺候，只留几个在此服役。众人都退，只剩房彦藻、郑颋数人。陈设酒席，翟让司马府王儒信与左右还在，房彦藻向前禀道："天寒，司徒扈从，请与犒赏。"李密道："可倍与酒食。"左右还未敢去，翟让道："元帅既有犒赏，你等可去关领。"众人叩谢而出，只有李密麾下壮士蔡建德，带刀站立。闲话之时，李密道："近来得几张好弓，可以百发百中。"叫取来送与列位看。先送与翟让，道是八石弓。翟让道："只有六石，我试一开。"离坐，扯一个满月，弓才满，早被蔡建德拔出刀，照脑后劈倒在地，吼声如牛，可怜百战英雄，顷刻命消三尺！

时单雄信、徐懋功、齐国远、李如珪、邴元真五人，在贾司马署中赴宴会。正在衔杯谈笑之时，只见小校进来报道："司徒翟爷，被元帅砍了。"雄信见说，吃了一惊，一只杯子落在地上，道："这是甚么缘故！就是他性子暴戾，也该宽恕他。想当初同在瓦岗起义之时，岂知有今日？"邴元真道："自古说两雄不并栖，此事我久已料其必有。"徐懋功道："目前举事之人，那个认自己是雌的？只可惜……"李如珪道："可惜那个？"懋功道："不可惜翟兄，只可惜李大哥。"贾润甫点头会意。

正在议论之时，见手下进来说："外边有一故人，说是要会李爷的。"李如珪走出去，携着一个人的手来，说道："单二哥，又是一个不认得的在这里。"雄信起身一认，原来是杜如晦，大家通名叙礼过了。杜如晦对徐懋功道："久仰徐兄大才，无由识荆，今日一见，足慰平生。"徐懋功道："弟前往寨中晤刘文静兄，盛称吾兄文章经济，才识敏达，世所罕有。今日到此，弟当退避三舍矣！"雄信道："克明兄，还是涿州张公谨处会着，直至如今，不得相晤，使弟辈时常想念。今日甚风吹得到此？"杜如晦道："弟偶然在此经过，要会叔宝兄；不想他领兵黎阳去了。因打听如珪兄在这里，故此来望望。那晓得单二哥与诸位贤豪，多在这里，所以魏公不多几时，干出这般大事业来，将来麟阁功勋，都被诸兄占尽了。"单雄信喟然长叹道："人事否泰，反复无常，说甚麟阁功勋？闻兄出仕隋家，为温城尉，为何事被黜？"如晦道："四方扰攘之秋，恋此升斗之俸，被奸吏作马牛，岂成大器之人？"大家又说了些闲话，辞别起身。

李如珪拉杜如晦、齐国远到自寓，设酒肴细酌。杜如晦道："弟刚才在帅府门首经过，见人多声杂，不知有何事？"齐国远口直说道："没甚么大事，不过帅府杀了一个人。"杜如晦道："杀了甚人？"李如珪只得将李密与翟让不睦，以至今日杀害。"当初在瓦岗时，李玄邃、单二哥、弟与齐兄，都是翟大哥请来，弄成一块。今天听见他这个结局，众人心里多有些不自在。"杜如晦道："怪道适才雄信颜色惨淡，见弟觉得冷落，弟道他做了官了，以此改常，不意有些事在心；若然玄邃作事，今与昔异，太觉忍心。诸兄可云尚未得所，犹在几上之肉。"齐国远道："我们两个兄弟，又没有家眷牵带，光着两个身子，有好的所在，走他娘，管他们甚么鸟帐！"杜如晦道："有便有个所在，但恐二兄不肯去。"二人齐问："是何所在？"杜如晦道："弟今春在晋阳刘文静署中，会见柴嗣昌，与弟相亲密，说起叔宝与二兄，当年在长安看灯，豪爽英雄，甚是奖赏。晓得二兄啸聚山林，托弟来密访。即日他令岳唐公欲举大事，要借重诸兄，不意叔宝正替玄邃干功。二兄倘此地不适意，可同弟去见柴兄；倘得事成，亦当共与富贵。况他舅子李世民，宽仁大度，礼贤下士，兄等是旧交，自当另眼相待。"齐国远道："我是不去的，在别人项下取气，不如在山寨里做强盗快活。"

正说，蓦地里一人闯进来，把杜如晦当胸扭住，说道："好呀，你要替别人家做事，在这里来打合人去，扯你到帅府里去出首！"杜如晦吓得颜色顿异。齐国远见是郝孝德，便道："不好了，大家厮并了罢！"忙要拔刀相向。郝孝德放了手，哈哈大笑道："不要二兄着急！刚才所言，弟尽听知。弟心亦与二兄相同，若能挈带，生死不忘。弟前日听见魏玄成说，途遇徐洪客兄，说真主已在太原。玄邃成得甚事？如今这样举动，翟兄尚如此，我辈真如敝屣矣！"李如珪道："郝兄议论爽快。但我们怎样个去法？"郝孝德道："这个不难。刚才哨马来报，说王世充领兵到洛北，魏公明日必要发兵，到那时二兄不要管他成败，领了一支兵，竟投鄠县去，那个来追你！"李如珪道："妙。"

郝孝德问杜如晦道："兄此去将欲何往？"如晦道："此刻归寓，明日一早动身，即往晋阳去矣！"孝德又问道："尊寓下何处？"如晦道："南门外徐涵晖家。"孝德拱一拱手竟自去了。杜如晦见孝德辞去，心中狐疑，与齐、李二人叮咛了几句，也便辞别出门。比及如晦到寓时，郝孝德随了两个伴当，早先到了徐家店里了。杜如晦见郝孝德鞍马行囊齐备，不胜怪异道："兄何欲去之速？"郝孝德道："魏公性多疑猜，迟则有变。弟知帅府有旨，明日五鼓齐将，就要发兵了，此刻往头里走去为妥。"大家在店用了夜膳，收拾上路，往晋阳进发。

行了几日，来到朔州舞阳村地方，一个大村落里。时值仲冬，雪花飘飘，见树影里一个酒帘挑出。郝孝德道："克明兄，我们这里吃三杯酒再走如何？"杜如晦道："使得。"到了店门首，两人下马进店坐定。店家捧上酒肴。吃了些面饼和火酒，耳边只听得叮叮当当，敲捶声响。

两人把牲口在那里上料，转过湾头，只见大树下一个大铁作坊，三四个人都在那里热烘烘打铁。树底下一张桌子，摆着一盘牛肉，一盘炙鹅，一盘馍馍。面南板凳上，坐着一大汉，身长九尺，膀阔二停，满部胡须，面如铁色，目若朗星，威风凛凛，气宇昂昂。左右坐着两个人，一人执着壶，一人捧着碗，满满的斟上，奉与大汉。那大汉也不推辞，大咀大嚼，旁若无人。一连吃了十来碗酒，忽掀髯大笑道："人家借债，向富户挪移，你二兄反要穷人索取；人家借债，是债主写文券约，你二兄反要放主书帖契，岂不是怪事？"右手那人说道："又不要兄一厘银子，只求一个帖子，便救了我的性命了。"如飞又斟上酒来。那大汉道："既如此说，快取纸笔来，待我写了再吃酒，省得吃醉了酒，写得不好。"二人见说，忙向胸前取出一幅红笺来，一人进屋里取笔砚，放在桌上。右手那人，便磕下头去。那大汉道："莫拜莫拜，待我写就是。"拿起笔来，便道："叫我怎样写，快念出来！"那两个道："只写上尉迟恭支取库银五百两正，大业十二年十一月二日票给。"大汉提起笔来，如命直书完了，把笔掷桌上，又哈哈大笑，拿起酒来，一饮而尽，也不谢声，竟踱进对门作坊里去了。又去收拾了杯盘，满面欣喜，向东而行。

杜如晦趋近前，举手问道："二兄长，方才那个大汉，是何等样人，二兄这般敬他？"一个答道："他姓尉迟名恭，字敬德，马邑人氏。他有二三千斤膂力，能使一根浑铁单鞭。也曾读过诗书，为了考试不第，见四方扰攘，不肯轻身出仕。他祖上原是个铁作坊，因闲住在家，开这作坊过活。"杜如晦道："刚才二兄求他帖儿，做甚么？"二人道："这个话长，不便告诉，请别了。"杜如晦见这一条好汉，尚无人用他，要想住在这个村里，盘桓几日，结识他荐于唐公。无奈郝孝德催促上路，又见伴当牵着牲口来寻，只得上马，心中有一个尉迟恭罢了。正是：

　　但识英雄面，相看念不忘。

如今却说唐公李渊，自从触忤隋主，亏得那女婿柴绍，不惜珍珠宝顽，结交了隋主一班佞臣，营求到太原来；只求免祸，那有心图天下。他有四个儿子：长的叫做建成，是个寻常公子，鲜衣骏马，耽酒渔色；三子玄霸，早卒；四子元吉，极是机谋狡猾，却也不似霸王之才；只有次子世民，是在永福寺生下的。年四岁时，有书生见而异之曰："龙凤之姿，天日之表，年至弱冠，必能济世安民。"言毕而去。唐公惧其语泄，使人欲追杀之，而不知其所往，因以为神，采其语，名曰世民。自小聪明天纵，识量异人。将门之子，兵书武艺，自是常事；更喜的是书史，好的是结交。公子家不难挥金如土，他只是将来结客，轻财好士之名，远近共闻。最相与的一个是武功人氏，姓刘名文静，现为晋阳令。此人饱有智谋，才兼文武。又有池阳刘弘基，妻族长孙顺德，都是武勇绝伦，不似如今纨袴之子，见天下荒荒，是真主之资，私自以汉高自命。会李密反，刘文静因坐李密姻属，系太原狱。世民私入狱中视之。文静喜，以言挑之道："今天下大乱，非汤武高光之才，不能定也。"世民道："安知其无人，但不识人耳。我来看汝者，非比儿女子之情，以念道相革，欲与君计议大事耳。"文静道："今隋主巡幸江淮，兵填河洛，李密围逼东都，盗贼蜂结，大连州县，小阻山泽，殆以万数。当此之际，有真主驱而用之，投机构会，振臂一呼，四海不难定矣。今太原百姓皆避盗入于城内，文静为令数年，熟识豪杰之士，一旦收集，可得数十万人；加以尊公所掌之兵，复加数万，一令之下，谁不愿从？以此乘虚入关，号令天下，及过半载，帝业成矣！"世民笑道："君言正合我意。"乃阴部署客宾，训练士卒，伺便即举。

过月余，文静得脱于狱。世民将发，恐父不从，与文静计议。文静道："尊公素与晋阳宫监裴寂相厚，无言不从。激其行事，非此人不可。"世民想此事不好出口央他，晓得裴寂好吃酒赌钱，便从这家打入，与他相好。即出钱数万，嘱龙山令高斌廉与寂博，佯输不胜。后寂知是世民来意，大喜，与世民亦亲密。世民遂以情告之。寂慨然许诺道："事尽在我。"旦夕思想，忽得一计，径入晋阳宫来。

正值张、尹二妃在庆云亭前赏顽腊梅，见裴寂至，问道："汝自何来？"裴寂道："臣来亦欲折花以乐耳。"张夫人笑道："花乃夫人所戴，于汝何事？"裴寂道："夫人以为男子不得戴乎？爱欲之心，人皆有之；但花虽好，止可闲顽，以供粉饰，医不得人的寂寞，御不得人的患难。"尹夫人笑道："汝且说医得寂寞，御得患难的是何事？"裴寂道："隋室荒乱，主上巡幸江都，乐而忘返，代主幼小，国中无主，四方群雄竞起，称孤道寡者甚多。近报马邑校尉刘武周据汾阳宫，称为可汗，甚是利害。汾阳与太原不远，倘兵至此，谁能御之？臣虽为副守，智微力弱，难保全躯，汝等何以得安？"二妃惊道："似此奈何？果如所言，吾姊妹休矣！"裴寂又道："今臣有一计，与夫人商议，不惟可以保全，并送一套富贵。"尹夫人道："富贵安敢指望，只求免祸足矣！"裴寂道："留守李渊，人马数万。其子世民，英雄无敌，结纳四方豪杰，要举大事，恐渊不从，未敢轻动；我料天下不日定归此人。汝二人永处离宫，终宵寂寞已有年矣，何不乘此机会，侍事于渊，可以转祸为福，非嫔即后,富贵无比,岂不为美?"张夫人道:"向见唐公,久怀此志,只是姊妹不好与汝启口。但恐唐公秉忠见拒,事泄无成,奈何?"裴寂道:"只患二夫人心不坚耳,坚则何愁不成哉!"二夫人见说,一时笑逐颜开道:"若得事成,君之深恩,吾姊妹终身不忘。但不知计将安在?"裴寂向二夫人附耳道:"只须如此而行,何患不从?"二夫人点头唯唯。

次日,裴寂设席晋阳宫,差人来请唐公,少刻即至。二人相见,入席坐定。裴寂并不提起世民之事,只顾劝酒。唐公大醉。裴寂道:"闷酒难饮,有二美人,欲叫来侑明公一觞可乎?"唐公笑道:"知己相对,正少此耳,有何不可?"裴寂叫左右去唤。不多时,只听得环佩叮当,香风馥郁,走出两个美人来,生得十分佳丽。唐公定睛一看,果然正是:

　　花嫣柳媚玉生春,何处深宫忽艳妆。自是尘埃识天子,故人云雨恼襄王。

二美人到了筵前,随向唐公参见了。唐公慌忙还礼。裴寂就叫取两个座儿,坐在唐公左右。唐公酒后糊涂,竟不问来历,见二美人色艳,便放量快饮。二美人曲意奉承,裴寂再三酬劝,唐公不觉大醉。裴寂离席潜出,唐公又饮了数杯,立脚不定,二美人扶掖去睡,醉眼模糊,那辨得甚么宫中府中。正是:

　　花能索笑酒能亲,更有蛾眉解误人。莫笑隋家浪天子,乘时豪杰亦迷津。

唐公一觉醒来,忽想起昨夜之事,心下惊疑;又见卧在龙床之上,黄袍盖体,惊问道:"汝二人是谁?"二美人笑道:"大人休慌!妾二人非他,乃宫中张妃、尹妃。"唐公大惊道:"宫闱贵人,焉可同枕席?"忙要披衣起来,当下二美人道:"圣驾南幸不回,群雄并起,裴公属意大人,故令妾等私侍,以为异日之计。"唐公叹恨道:"裴玄真误我!"起身出来,走到殿前。裴寂迎将进来,说道:"深宫无人,何必起得这等早?"唐公道:"虽则无人,心实惊悸不安。"裴寂道:"英雄为天下,那里顾得许多小节。"叫左右取水梳洗。唐公梳洗已毕,裴公又看上酒来。

饮过数杯,裴寂因说道:"今隋主无道,百姓穷困,豪杰并起,晋阳城外,皆为战场。明公手握重权,令郎阴蓄士马,何不举义兵,伐夏救民,建万世不朽之业?"唐公大惊道:"公何出此言,欲以灭族之祸加我耳?李渊素受国恩,断不变志。"裴寂道:"当今上有严刑,下有盗贼,明公若守小节,危亡有日矣。不若顺民心,兴义兵,犹可转祸为福。此天授公时,幸勿失也。"唐公道:"公慎勿再言,恐有泄漏,取罪非轻。"寂笑道:"昨日以宫人私侍明公者,惟恐明公不从,故与令郎斟酌,为此急计耳;若事发当并诛也。"唐公道:"我儿必不为此,公何陷人于不义?"话犹未了,只见旁边闪出一人,头戴束发金冠,身穿团花绣袄,说道:"裴公之言,深识时务,大人宜从之。"唐公听得此言,见是世民,轻口惹事,只得佯怒道:"拿你免祸!"世民毫无惧色道:"要拿送我,死不敢辞,父亲罪必难免;若不举义,何以动为?"唐公叹道:"破家亡躯由汝,化家为国亦由汝。"

　　唐公悄地差人到河东去,唤建成、元吉到太原团聚,正好放心做事。只说废昏立明,尊立镇守长安代王侑为天子,是为恭帝,禅位于唐公。于是李渊称皇帝,即位于太原,国号唐,建元武德,立建成为太子,封世民为秦王,元吉齐王。命秦王兴师讨贼,自己拥兵入关。正是:

　　　　水映朱旗赤,戈摇雪浪明。长虹接空起,天际落神兵。

第四十七回

看琼花乐尽隋终　殉死节香销烈见

词曰:

　　兴衰如丸转,光阴速,好景不终留。记北狩英雄,南巡富贵,牙樯锦缆,到处遨游。忽转眼斜阳鸦噪晚,野岸柳啼秋。暗想当年,追思往事,一场好梦,半是扬州。可怜能几日?花与酒,酿成千古闲愁。谩道半生消受,骨脆魂柔。奈欢娱万种,易穷易尽,愁来一日,无了无休。说向君如不信,试看练缠头!

　　　　　　　　　　　　　　　　调寄《风流子》

　　祸福盛衰,相为倚伏。最可笑把祖宗栉风沐雨得的江山,只博得自己些时朝欢暮舞的欢娱、琼室瑶基的赏顽。到底甘尽苦来,一身不保,落得贻笑千秋。

　　如今且将唐公李渊起兵之事,搁过一边。再说炀帝在江都芜城中,又造起一所宫院,更觉富丽,增了一座月观迷楼九曲池,又造一条大石桥。炀帝日逐在迷楼月观之内,不是车中,定即屏中,任意淫荡。譬如一株大树,随你枝叶扶疏,根深蒂固,若经了众人剥削,斧斤砍伐,便容易衰落。何况人的精力,能有几何,怎当得这起妖妖娆娆宫人美人,时刻狂淫?炀帝到此时候,也觉精疲神倦。

　　一日睡初起,正在纱窗下看月宾、绛仙扑蝴蝶耍子,忽见一个内相来报:"蕃厘观琼花盛开,请万岁顽赏。"炀帝大喜,随即传旨,排宴在蕃厘观,宣萧后与十六院夫人去赏琼花。不多时,萧后与十六院夫人俱宣到,袁紫烟在宝林院养病不赴。炀帝道:"琼花乃是江都一种异卉,天下再无第二本,朕从来不曾看见。今日闻说盛开，特召御妻与众妃同去一赏，怎不见沙妃子来？"朱贵儿道："妾今日出院时，沙夫人说赵王伤了些风，想是这个缘故不来。"清修院秦夫人点点头儿。炀帝道："伤风小恙，琼花是不易看见的，何不来走走？"朱贵儿道："万岁不晓得，若赵王身子稍有不安，沙夫人即吃紧的，相伴着他不敢行动。"炀帝喜道："此儿得沙妃爱护，方不负朕所托。"遂命起驾。自同萧后上了玉辇，十五院夫人及众美人，都是香车，一齐到蕃厘观。

进得殿来，只见大殿上供着三清圣像。殿宇虽然宏大，却东颓西坏，圣像也都毁败。萧后终是妇人家，看见圣像，便要下拜。炀帝忙止住道："朕与你乃堂堂帝后，如何去拜木偶？"萧后道："神威赫赫有灵，人皆赖其庇佑，陛下不可不敬。"炀帝问左右："琼花在于何处？"左右道："在后边台上。"原来这株琼花，乃一仙人道号蕃厘，因谈仙家花木之美，世人不信，他取白玉一块，种在地下，须臾之间，长起一树，开花与琼瑶相似，又因种玉而成，故取名叫做琼花。后因仙人去了，乡里为奇，造这所蕃厘观，以纪其事。近来此花有一丈多高，花如白雪，蕊瓣团团，就如仙花相似，香气芬芳，异常馥郁，与凡花俗卉，大不相同，故擅了江都一个大名。

时炀帝与萧后才转过后殿，早望见高台上琼堆玉砌，一片洁白，异香阵阵，扑面飘来。炀帝大喜道："果然名不虚传，今日见所未见矣！"正要到花下去细顽，岂知事有不测，才到台边，忽然花丛中卷起一阵香风，甚是狂骤。宫人太监见大风起，忙用掌扇御盖，团团将炀帝与萧后围在中间，直等风过，方才展开。炀帝抬头看花，只见花飞蕊落，雪白的堆了一地，枝上要寻一瓣一

片却也没有。炀帝与萧后见了，惊得痴呆半晌，大怒道："朕也未曾看个明白，就落得这般模样，殊可痛恨！"回头见锦篷内赏花筵宴，安排得齐齐整整，两边簇拥着笙箫歌舞，甚是兴头；无奈琼花落得干干净净，十分扫兴。

炀帝看了这般光景，不胜恼恨道："那里是风吹落，都是妖花作祟，不容朕见；不尽根砍去，何以泄胸中之恨？"随传旨叫左右砍去。众夫人劝道："琼花天下只有一根，留待来年开花再赏；若砍去便绝了此种。"炀帝怒道："朕巍巍天子，既看不得，却留与谁看？今且如此，安望来年？便绝了此种，也无甚事。"

连声叫砍。太监谁敢违拗，就将仪仗内金瓜钺斧，一齐砍伐。登时将天上少、世间稀的琼花，连根带枝都砍得干净。炀帝也无兴饮酒，遂同萧后上辇，与众妃子回到苑中去了。

炀帝对萧后道："朕与御妻们下龙舟游九曲河，何如？"萧后道："天气晴明，湖光山色，必有可观。"炀帝吩咐左右，摆宴在龙舟，去游九曲。于是一行扈从，都迎进苑中。炀帝与萧后众夫人等齐下龙舟，一头饮酒，一头游览，东撑西荡，游了半日，无甚兴趣。炀帝叫停舟起岸，大家上辇，慢慢的游到大石桥来。

时值四月初旬，早已一弯新月斜挂柳梢，几队浓荫平铺照水。炀帝与萧后的辇到了桥上，那桥又高又宽，都是白石砌成，光洁如洗，两岸大树覆盖，桥下五色金鱼，往来游泳。炀帝因琼花落尽，受了大半日烦闷，今看这段光景，竟如吃了一帖清凉散，心中觉得爽快，便叫停辇下来，取两个锦墩，同萧后坐定。叫左右将锦褥铺满，众夫人坐定，摆宴在桥上。炀帝靠着石栏杆，与众夫人说笑饮酒。

秦夫人道："此地甚佳，不减画上平桥景致。"萧后问："此桥何名？"炀帝道："没有名字。"夏夫人道："陛下何不就今日光景，题他一个名字，留为后日佳话。"炀帝道："说得有理。"低头一想，又周围数了一遍，说道："景物因人而胜，古人有七贤乡、五老堂，皆是以人数著名。朕同御妻与十五位妃子，连朱贵儿、袁宝儿、吴绛仙、薛冶儿、杳娘、妥娘、月宾七个，共是二十四人在此，竟叫他做二十四桥，岂不妙哉！"大家都欢喜道："好个二十四桥，足见陛下无偏无党之意。"遂奉上酒来。

炀帝十分畅快，连饮数杯，便道："朕前在影纹院，闻得花妃子的笛声嘹亮，令人襟怀疏爽，何不吹一曲与朕听？"梁夫人道："笛声必要远听，更觉悠扬宛转。"狄夫人道："宵来在夏夫人院里望蝶楼上，听得李夫人与花夫人两个，一个吹一个唱，始初尚觉笛是笛，歌是歌，听到后边，一回儿像尽是歌声，一回儿像尽是笛声，真听得神怡心醉。"萧后道："这等好胜会，你们再不来挈我。"炀帝问道："他歌的是新词，是旧曲？"夏夫人道："是沙夫人近日做的一只《北骂玉郎带》上小楼，却也亏他做得甚好。"炀帝喜道："妃子记得么？试念与朕听，看通与不通。"夏夫人念道：

> 小院笙歌春昼闲，恰是无人处整翠鬟。楼头吹彻玉笙寒，注沉檀。低低语影在秋千，柳丝长易攀，柳丝长易攀，玉钩手卷珠帘，又东风乍还，又东风乍还。闲思想，朱颜凋换。幸不至，泪珠无限。知犹在，玉砌雕阑，知犹在，玉砌雕阑。正月明回首，春事阑珊。一重山，两重山，想夏景依然，没乱煞，许多愁，向春江怎挽？

炀帝听了喟然道："沙妃子竟是个女学士，做得这样情文兼至。左右快送两杯酒,与李夫人、花夫人饮了,到桥东得月亭中,听他妙音。"花、李二夫人见圣意如此,料推却不得,只得吃干了酒,立起来。李夫人把狄夫人瞅着一眼,说道:"都是你这个掐断人肠子的多嘴不好。"便同花夫人下桥转到得月亭中坐了。那亭又高又敞,在苑中。两人执象板,吹玉笛,发绕梁之声,调律吕之和,真个吹得云敛晴空,唱得风回珮转。炀帝听了,不住口赞叹。

时初七八里,月光有限。炀帝道:"树影浓暗,我们何不移席到亭子上去?"遂起身同萧后众夫人慢慢听曲而行,刚到亭前,曲已奏终。二夫人看见,忙出亭来。炀帝对花、李二夫人道:"音出佳人口,听之令人魂消,二卿之技可谓双绝矣!"宫人们忙排上宴来。炀帝叫左右快斟上酒来与二位夫人,又对萧后道:"今日虽被花妖败兴,然此际之赏心乐事,比往日更觉顽得有趣。"萧后道:"赖众夫人助兴得妙。"

炀帝道:"月已沉没,灯又厌上,如何是好?"李夫人微笑道:"此时各带一枝狄夫人做的萤凤灯,可以不举火而有余光。"萧后忙问道:"萤凤灯是甚么做的?"狄夫人道:"这是顽意儿,甚么好东西!听这个嚼咀的,在陛下、娘娘面前乱语,六月债还得快。"炀帝笑道:"好不好,快取来赏鉴赏鉴。"狄夫人见说,只得对自己宫奴说道:"你到院中去,把减妆内做完的萤凤灯儿尽数取来。"又叫众宫监把萤虫尽数扑来收在盒内。不一时,宫奴捧了一个金丝盒儿呈与狄夫人。狄夫人把一支取起,将凤舌挑开,捉一二十个萤虫放入,献上萧后。萧后与炀帝仔细一看,却是蝉壳做的翅翼,与凤体相连,顶上五彩绣绒毛羽,凤冠以珊瑚扎就,口里衔着一颗明珠,竟似一盏小灯,光映于外,戴在头上,两翅不动自摇。炀帝与萧后看了一会,说道:"妃子慧心巧思,可谓出神入化矣!"萧后道:"果然做得巧妙。"递与宫人,插在顶上。尚有七八朵,狄夫人放入萤虫,分送与众夫人;夫人中先送过的,也叫人取来戴了,竟如十六盏明灯,光照一席。

炀帝拍手大笑道:"奇哉!萤虫之光今宵大是有功,何不叫人多取些流萤,放入苑中,虽不能如月之明,亦可光分四野。"萧后道:"这也是奇观。"炀帝便传旨:凡有宫人内监,收得一囊萤火者,赏绢一匹。不一时那宫人内监以及百姓人等,收了六七十囊萤。炀帝叫人赏了他们绢匹,就叫他们亭前亭后,山间林间,放将起来。一霎时望去,恍如万点明星,灿然碧落,光照四围。炀帝与众夫人看了,各各鼓掌称快,传杯弄盏,直饮到四鼓回宫。

如今慢题炀帝在宫苑日夜荒淫。却说宇文化及是宇文述之子,官拜右屯卫将军,也是个庸流;兄弟智及,是个凶狡之徒。当炀帝无道时,也只随波逐浪,混帐过日子。故此东巡西狩,直至远征高丽,东营西建,丹阳起建宫殿,也不谏一句。临了到盗贼四起,要征伐征调,却做不来;要巡幸供馈,看看不给。君臣都坐在江都,任他今日失一县,明日失一城,今日失一仓,明日失一廪,君也不知,臣也不说,只图挨一日是一日。及至有报来说李渊反了,要起兵杀入关中。那时随驾这些臣子，都是没主意了。先是郎将窦贤，领本部逃回关中。隋主闻知，差兵追斩。这一杀倒不好了，在江都要饿死，回关中要杀死，要在死中求生，须要寻出个计策来。

时虎贲郎将司马德勘、元礼直阁裴虔通、内史舍人元敏、虎牙郎将赵行枢、鹰扬郎将孟秉、勋侍杨士览共同商议道："我们一齐都去，自然没兵来追我们，就追我们，也不怕了。"这几个人，还不过计议逃走，内中宇文智及晓得此谋，便道："主上无道，威令尚行，逃去还恐不免。我看天丧隋家，英雄并起，如今已有万人，不若共行大事。这是帝王之业，大家可以共享富贵。"众人齐声道："好。"议定以化及为主，司马德戡先召骁勇首领，说这举动之意，众皆允从了。先盗了御厩中的马。打点器械。化及又去结连了司空魏氏。这事渐渐喧传，宫中苑中都有人知道。

时杳娘侍宴，奏闻炀帝。炀帝令拆"隋"字，以卜趋避。杳娘道："隋乃国号，有耳半掩，中音工字，王不成王，又无之字，定难走脱。"又命拆"朕"字。杳娘道："移左手发笔一竖于右，似渊字。目今李渊起兵，当有称朕之虞，若直说陛下，此月中亦只八天耳。"炀帝怒道："你命当尽在何日？"命拆"杳"字，杳娘道："命尽在今日。"炀帝道："何以见之？"杳娘道："杳字十八日，更无余地，今适当其期耳。"炀帝大怒，命武士杀之，自此再无人敢说。尝照镜道："好头颈，谁人当砍之？"又仰观天象，对萧后道："外边大有人图侬，然侬不失长城公，汝不失为沈后耳。"

如今且说王义，久已晓得时势将败，只恨自己是外国之人，无力解救；只得先将家财散去，结识了守苑太监郑理与各门宿卫，并宇文手下将士，分外亲密；打听他们准在甚时候必要动手，忙叫妻子姜亭亭跟一个小年纪的丫环，上了小空车，望苑里来。那姜亭亭时常到苑的，无人敢阻拦。他便下车与丫头竟到宝林院中；只见清修院秦、文安院狄、绮阴院夏、仪凤院李四位夫人，与袁宝儿、沙夫人、赵王共六七个，在那里围着抹牌。沙夫人看见了姜亭亭进来，忙问道："你坐了，外边消息怎样个光景？"姜亭亭道："众夫人不见礼了。外边事体只在旦夕，亏众夫人还在这里闲坐！王义叫我进来，问沙夫人是何主意？"众夫人听见，俱掩面啼哭，惟沙夫人与袁宝儿不哭。沙夫人道："哭是无益的，你们众姊妹，作何行止？"秦夫人道："眼前这几个，都是心腹相照的，听凭姊姊指挥。他们几个前夜说的：'一年里头，圣上进院有限，有甚恩情？东天也是佛，西天也是佛，凭他怎样来罢了。'这句话就知他们的主意了，管他则甚！"沙夫人道："我没有甚么指挥。我若没有赵王，生有生法，死有死法。如今圣上既以赵王托我，我只得把大事——"指着姜亭亭道："靠在他贤夫妇身上。你们若是主意定了，请各归院去，快快收拾了来。"众夫人见说，如飞各归院去了。惟袁紫烟熟识天文，晓得隋数已尽，久已假托养病，其细软早已收拾在宝林院了。

三人正在那里算计出路，只见薛冶儿直抢进院来，见姜亭亭，说道："好了，你也在这里。刚才朱贵儿姐叫我拜上沙夫人，外边信息紧急，今生料不能相见矣。赵王是圣上所托，万勿有负。我想我亦受万岁深恩，本欲与彼相死，今因朱贵姐再三叮咛，只得偷生前来保驾。"沙夫人道："我正与姜妹打算，七八个人怎样去法？"薛冶儿道："这个不妨。贵妃与我安排停当。"袖中取出一道旨意，"乃是前日要差人往福建采办建兰的旨意，虽写，因万岁连日病酒，故未发出。贵姐因要保全赵王，悄悄窃来，付与冶儿与夫人，商酌行动。"沙夫人垂泪道："贵姐可谓忠贞两尽矣！"

　　正说时，只见四位夫人，多是随身衣服到来。沙夫人将冶儿取来的旨意与他们看了，秦夫人道："有了这道符敕，何愁出去不得？"袁紫烟道："依我的愚见，还该分两起走的才是。"姜亭亭道："有计在此，快把赵王改了女妆，将跟来的丫头衣服与赵王换了。把丫环改做小宫监，我与赵王先出去，丫头领众夫人都改了妆出去，慢慢离院到我家来，岂非是鬼神不知的么？"夏夫人道："只是急切间，那里去取七八副宫监衣帽？"沙夫人道："不劳你们费心，我久已预备在此。"开了箱笼，搬出十来套新旧内监衣服靴帽。众夫人大喜，如飞穿戴起来。沙夫人正要在那里替赵王改妆，看了四位夫人，说道："惭愧，你们脸上这些残脂剩粉犹在，怎好胡乱行动？"众夫人反都笑起来。亭亭见赵王改妆已完，日色已暮，沙夫人取个金盒儿，放上许多花朵在内，与赵王捧了。姜亭亭对丫头道："停回你同众夫人到家便了。"说了，同赵王慢步离院，将到苑门口，上了车儿。

　　原来王义见妻子进院去了，如飞来寻郑理，到家去灌了他八九分酒。放他回来时，郑理带醉的站在苑门首，看小太监翻筋斗；见姜亭亭的车儿，便道："王奶奶回府去了？刚才咱在你府上大扰。"姜亭亭道："好说，有慢。"郑理笑道："这小姑娘又取了我们苑中的花去了。"姜亭亭道："是夫人见惠的。"说了，放心前行，不过里许，已到家中。王义看见赵王，叫妻子不要改赵王的妆束，藏在密室，自己如飞出门，到苑门打听。只见七八个内监，大模大样，丫头也在内。大家会意，领到家中，忙收拾上路。各城门上，都是他钱财结识的相知，谁来阻挡他？比及掌灯时候，宇文化及领兵动手，到掖廷时，王义领赵王、众夫人已出禁城矣。

　　再说炀帝平日间怕人说乱，说乱的就要被杀，谁料今日至此地位，原觉情景凄惨，同萧后躲在西阁中，相对浩叹。一夜中，只听得外边喊声振天，内监连连报道："杀到内殿来了！"屯卫将军独孤盛杀了，千牛独孤开远也战死了。一班贼臣捉住一个宫娥，吓问他隋主所在。宫娥说在西阁中。裴虔通与元礼径到西阁中来，听得上面有人声，知是炀帝。马文举就拔刀先登，众人相继而上。只见炀帝与萧后并坐而泣，看见众人，便道："汝等皆朕之臣，终年厚禄重爵，给养汝等，有何亏负，为此篡逆？"裴虔通道："陛下只图自乐，并不体恤臣下，故有今日之变。"

只见背后转出朱贵儿来，用手指定众人说道："圣恩浩荡，安得昧心？不必论终年厚禄，只前日虑汝等侍卫多系东都人，久客思家，人情无偶，难以久处，传旨将江都境内寡妇处子，搜到宫下，听汝等自行匹配。圣恩如此，尚谓不体恤，妄思篡逆耶！"炀帝接说道："朕不负汝等，何汝等负朕？"司马德戡道："臣等实负陛下！但今天下已叛，两京贼据，陛下归已无门，臣等生亦无路。今日臣节已亏，实难解悔。惟愿得陛下之首，以谢天下。"朱贵儿听了大骂道："逆贼焉敢口出狂言！万岁虽然不德，乃天子至尊，一朝君父，冠履之名分凛凛。汝等不过侍卫小臣，何敢逼胁乘舆，妄图富贵，以受万世乱臣贼子之骂名！"裴虔通见说，大怒道："汝掖廷贱婢，何敢巧言相毁？"朱贵儿大骂道："背君逆贼，汝恃兵权在手耶！隋家恩泽在天下，天下岂无一二忠臣义士，为君父报仇？勤王之师一集，那时汝等碎死万段，悔之晚矣！"马文举大怒道："淫乱贱婢，平日以狐媚蛊惑君心，以致天下败亡，不杀汝何以谢天下！"即便举刀，向贵儿脸上砍去。贵儿骂不绝口，跌倒在地。可怜贵儿玉骨香魂，都化作一腔热血。

马文举既杀了朱贵儿，一手执剑，一手竟来要扶炀帝下阁。只见封德彝走上阁来，对司马德戡道："许公有令，如此昏君，不必扶来见我。可急急下手。"萧后听见，着实哀告众人道："众位将军，主上实是不德，可看旧日爵禄面上，叫他让位与众位将军，赐将军阖门铁券，将他降为三公，以毕余生，未知众位将军以为可否？"只见袁宝儿憨憨的走来，听见萧后千将军万将军在那里哭叫，笑向萧后道："娘娘何苦如此，料想这些贼臣，没有忠君爱主的人在里头，肯容万岁安然让位，同娘娘及时行乐了。"又对炀帝道："陛下常以英雄自许，至此何堪恋恋此躯，求这班贼臣？人谁无死，妾今日之死于万岁面前，可谓死得其所矣。妾先去了，万岁快来！"马文举忙把手去扯他，宝儿瞪了双眼，大声喝道："贼臣休得近我！"一头说，一头把佩刀向项上一刎，把身子往上一耸，直顶到梁上，窜下来，项内鲜血如红雨的望人喷来。一个姣怯身躯，直矗矗的靠在窗棂。萧后看见，吓得如飞奔下阁去了。炀帝见了，心胆俱碎。

裴虔通等便提刀向前，要行弑逆。炀帝大叫道："休得动手！天子死自有死法，快取鸩酒来！"裴虔通道："鸩酒不如锋刃之速，何可得也？"炀帝垂泪道："朕为天子一场，乞全尸而死。"马文举取白绢一匹进上。炀帝大哭道："昔凤仪院李庆儿梦朕白龙绕项，今其验矣！"贼臣等遂叫武士一齐动手，将炀帝拥了进去，用白绢缢死，时年二十九岁。后人有诗吊云：

  隋家天子系情偏，只愿风流不愿仙。遗臭谩留千万世，繁花拈尽十三年。

  耽花嗜酒心头病，瀙粉沾香骨里缘。却恨乱臣贪富贵，宫廷血溅实堪怜。

第四十八回

遗巧计一良友归唐　破花容四夫人守志

词曰：

　　好还每见天公巧，知心自有知心报。看鹤禁沉冤，天涯路杳，离恨知多少。黎阳鼙鼓连天噪，孤忠奇策存隋庙。一线虽延，名花破损，佛面重光好。

　　　　　　　　　　　　调寄《雨中花》

　　自古知音必有知音相遇，知心必有知心相与，钟情必有钟情相报。炀帝一生，每事在妇人身上用情，行动在妇人身上留意，把一个锦绣江山，轻轻弃掷；不想突出感恩知己报国亡身的几个妇人来，殉难捐躯，毁容守节，以报钟情，香名留史。

　　再说司马德戡缢死了炀帝，随来报知宇文化及。化及令裴虔通等勒兵杀戮宗室，蜀王秀、齐王暕、燕王倓及各亲王，无少长皆被诛戮；惟秦王浩，素与智及往来甚密，故智及一力救免，方得保全。萧后在宫中，将宫中漆床板为棺木，把朱贵儿、袁宝儿同殡于西院流珠堂。正是：

　　　　珠襦玉匣今何在？马鬣难存三尺封。

　　宇文化及既杀了各王，随自带甲兵入宫来，要诛灭后妃，以绝其根。不期刚走到正宫，只见一妇人同了许多宫女在那里啼哭。宇文化及喝道："汝是何人，在此哭泣？"那妇人慌忙跪倒，说道："妾乃帝后萧氏，望将军饶命。"宇文化及见萧后花容，大有姿色，心下十分眷爱，便不忍下手，因说道："主上无道，虐害百姓，有功不赏，众故杀之，与汝无干，毋得惊怖。我虽擅兵，亦不过除残救民，实无异心；倘不见嫌，愿共保富贵。"随以手挽萧后起来。萧后见宇文化及声口留情，便娇声涕泣道："主上无道，理宜受戮。妾之生死，全赖将军。"宇文化及道："汝放心，此事有我为之，料不失富贵也。"萧后道："将军既然如此，何不立其后以彰大义？"宇文化及道："臣亦欲如此。"遂传令，奉皇后懿旨，立秦王浩为帝，自立为大丞相，总摄百僚，封其弟宇文智及为左仆射，封异母弟宇文士及为右仆射，长子丞基、次子丞址，俱令执掌兵权，其余心腹之人，俱重重封赏。有宇文化及平昔仇忌之臣，如内史侍郎虞世基、御史大夫裴蕴、密书监袁克、左翊卫大将军来护儿、右翊卫将军宇文协、千牛宇文晶、梁公萧钜，连各家子侄，俱骈斩之。

更有给事郎许善心，不到朝堂朝贺，化及遣人就家擒至朝堂，既而释之；善心不舞蹈而出，化及怒而杀之。其母范氏，年九十二，临丧不哭，人问其故。范氏说道："彼能死国难，我有子矣，复何哭为？"因卧不食而卒。

宇文化及因将士要西归，便奉皇后新皇还长安，并带剩下贪生图乐的那些夫人美人，一路搜括船只，取彭城水路西上。行至显福宫，逆党司马德戡与赵行枢，恶宇文化及秽乱宫闱，不恤将士，要将后军袭杀化及，不期事机不密，反为化及所杀。行到滑台，将皇后新皇，留付王轨看守，自己直走黎阳，攻打仓城，按下不题。

再说王义夫人，领了赵王与众夫人等，离了芜城二三十里，借一民户人家歇了，只听见城中炮声响个不绝，往来之人信息传来，都说城内大变。王义叫赵王仍旧女妆，叫妻子姜亭亭与袁紫烟、薛冶儿，俱改了男妆，沙、秦、狄、夏、李五位夫人与使女小环，仍旧女妆。袁紫烟道："我夜观乾象，主上已被难，我们虽脱离樊笼，不知投往何处去才好？"王义道："别处都走不得，只有一个所在。"众人忙问："是何处？"王义道："太仆杨义臣，当年主上听信谗言，把他收了兵权，退归乡里。他知隋数将终，变姓埋名，隐于濮州雷夏泽中。此人是个智勇兼全忠君爱主的人，我们到他乡里去，他见了幼主，自然有方略出来。"袁紫烟喜道："他是我的母舅，我时常对沙夫人说的，必投此处方妥，不意你们同心。"因此一行人，泛舟竟往濮州进发。

却说杨义臣自大业七年被谗纳还印绶，犹恐祸临及己，遂变姓名，隐于濮州雷夏泽中，日与渔樵往来。其日惊传宇文化及在江都弑帝乱宫，不胜愤恨道："化及庸暗匹夫，乃敢猖獗如此！可惜其弟士及向与我交甚厚，将来天下合兵共讨，吾安忍见其罹此灭族之祸？速使一计，叫他全身避害。"即遣家人杨芳，赍一瓦罐，亲笔封记，径投黎阳来，送与士及。

士及接见杨芳，大喜道："我正朝夕在这里想，太仆公今在何处？不意汝忽到来。"随引进书斋，退去左右，问道："大仆公现居何处？近来作何事业？"杨芳答道："敝主自从被谗放斥，变改姓名，在濮州雷夏泽中，渔樵为乐。"士及道："可有书否？"杨芳道："书启敝主实未有付，止有亲笔封记一物为信。"士及忙开视之，见其中止有两枣并一糖龟。士及看了，不解其意，便吩咐手下引杨芳到外厢去用饭，自己反复推详。

忽画屏后转出一个美人来，乃是士及亲妹，名曰淑姬，年方一十七岁，尚未适人，不特姿容绝世，更兼颖悟过人；见士及沉吟不语，便问士及道："请问哥哥，这是何人所送，如此踌躇？"士及道："此我旧友隋太仆杨义臣所送。他深通兵法，善晓天文，因削去兵权，弃官归隐。今日令人送来一罐，封记甚密，内中止有此二物，这个哑迷，实难解详。"淑姬看一回，便道："有何难解？不过劝兄早早归唐，庶脱弑逆之祸。"士及大喜道："我妹真聪明善慧！但我亦不便写书，也得几件物事答他，使他晓得我的主意才好。"淑姬道："但不知哥哥主意可定，若主意定了，有何难回？"士及道："化及所为如此，我立见其败；若不早计，噬脐无及。"淑姬道："既是哥哥主意定了，愚妹到里边去取几件东西出来，付来人带去便了。"淑姬进去了一回，只见他手里捧着一个漆盒子出来。士及揭开一看，却是一只小儿顽的纸鹅儿，颈上系着一个小小鱼罾，上边竖着一个算命先生的招牌，扎得端端正正，放在里头。士及看了奇怪道："这是甚么缘故？"淑姬附士及耳上，说了几句。士及道妙，将漆盒封固，即付与杨芳收回去了。

次日，士及进见化及，说："秦王世民领兵会合征伐，臣意欲带领一二家僮，假妆避兵，前去探听虚实，数日便还。"化及应允。士及便叫妻孥与淑姬扮作男妆，收拾细软，出离了黎阳，直奔长安。时恭帝已禅位于唐，唐帝即位，改元武德。士及将妹进与唐帝为昭仪，唐帝封士及为上仪同管三司军事。

却说杨义臣家人赍了士及的漆盒儿，回到濮州家中，见了家主，奉上盒儿。义臣去封，揭开一看，喜道："我友得其所矣！"杨芳问道："老爷，这是他甚么意思？"义臣道："他没有甚么意思，他说吾谨遵命矣！"因问道："彼在黎阳，作何举动？先帝枝叶，可有一二个得免其祸？在朝诸臣，可有几个尽节的？"杨芳道："萧后已经失节。夫人嫔妃，逃走了好些；只有朱贵儿、袁宝儿骂贼而死；翠华院花夫人、影纹院谢夫人、仁智院姜夫人，俱自缢而死。化及见景明院梁夫人姿容艳冶，意欲留幸，夫人大声骂詈，化及犹以好言相慰，夫人骂不绝口，遂被杀死。袁家小姐不知去向，访问不出。帝室宗支，戮灭殆尽。只有秦王浩与智及亲密，勉强尊他为帝，不意前日又被化及鸩酒药死。说还有个幼子赵王杲逃出，使人四下里缉访。"

杨义臣听见，拍案垂泪道："狂贼乃敢惨毒如此！在廷诸臣或者多贪位怕死，在外藩镇大臣难道没个忠臣义士，讨此逆贼的？"痛哭了一场。是夜，心上忧闷，点上一枝画烛，在书房里一头看书，一头浩叹。至二更时分，觉得神思困倦；上床去却又睡不着，但见庭中月光如昼，恍惚中不觉此身已出户外。足未站定，只见一人纱帽红袍，仓皇而来。杨义臣把他仔细一看，乃是给事郎许善心。义臣忙问道："许公何来？"那人道："将军恰好在外，速上前来接驾。"此时杨义臣只道炀帝未死，忙趋上前去。只见炀帝软翅幅巾，身上穿一件暗龙衮袍，项上一块白绢裹住；两个宫人面上许多血痕，扶着炀帝。义臣慌忙俯伏下拜。只见炀帝把双手掩在脸上，听见一个宫人口里说道："老将军，陛下嘱咐你，小主母子到来，烦将军善为保护。只此一言，将军平身。"杨义臣正要问小主在于何处，抬起头来，寂无所见。一觉醒来，但见月色西沉，鸡声报晓，时东方将已发白。杨义臣心上以为奇事，起身下床，携着拄杖，叫小童开了大门出来，在场上东张西望，毫无影响。

只听见水中咿哑之声，一船摇进港来。义臣同小童躲在树底下，见来船到了门首，舟子将船系住，船里钻出一人，跳上岸来站定，四下里探望。此时天色尚早，人家尚未起身，杨义臣忍不住上前问道："朋友，你是那里来的？寻那一家？"那人忙上前举手道："在下是江都被难来的。"一头说，只顾将义臣上下相认。杨义臣亦把那人定睛一看，便道："足下莫非姓王？"那人把双眼重新一擦，执着杨义臣的手，低低说道："老先生可是杨？"杨义臣见说，忙执了那人的手，到门首去问道："足下可是巡河王大夫？"那人道："卑末就是远臣王义。"杨义臣听见，忙要邀进堂中去。王义附杨义臣的耳说道："且慢，有小主并夫人在舟中。"杨义臣听见，忙说道："天将曙矣，快请小主上岸来。"杨义臣叫小童开了正门，自己进去穿了巾服出来，站在门首一边，看一行人走来。王义在旁指示说道，那个是某人，那个是某人。

正说时，只见袁紫烟男人打扮，跨进门来，见了杨义臣，忙叫道："母舅，外甥女来了！"说了，双眼垂泪，要拜将下去。杨义臣把双手扶住一认，说道："原来是袁家甥女，我前日叫人来访问，打听不出，如今也来了。好，且慢行礼，同到里头去，替赵王并夫人们换了妆出来。"原来杨义臣原配罗夫人，亡过已久，只有一个如夫人王氏，生一子年才五岁，名唤馨儿。时王氏出来接了进去。杨义臣与王义站在草堂中，王义将出苑入城，备细说明。伺候赵王出来。赵王年虽九岁，识解过人。沙夫人携着他的手，众夫人随在后边，走将出来。

杨义臣见赵王换了男妆，看他方面大耳，眉目秀爽，俨然是个金枝玉叶的太子，不胜起敬。叫童子铺下毡条，将一椅放在上边，要行君臣之礼。赵王扯着沙夫人的手说道："母亲，这是甚么时候，老先生欲行此礼？若以此礼相待，殊失我母子来意。"立定了不肯上去。袁贵人说："母舅，赵王年幼，不须如此，请母舅常礼见了罢。"杨义臣道："既如此说，不敢相强。请归毡了，老臣好行礼。"赵王道："还须见过母亲，然后是我。"沙夫人道："若论体统，自然先该是你。"赵王道："母亲，此际在草莽中，论甚体统？况孤若非先帝托嗣母亲，赖母亲护持，不然亦与蜀王秀、齐王暕等共作泉下幽魂矣！"杨义臣见小主议论凿凿，深悉大义，不胜骇异。

　　袁紫烟与薛冶儿忙扯沙夫人上前，将赵王即立在沙夫人肩下，杨义臣拜将下去。沙夫人垂泪答拜道："隋氏一线，惟望老先生保全，使在天之灵，亦知所感。"杨义臣答道："老臣敢不竭忠。"拜了四拜起来，即向四位夫人与薛冶儿见了。姜亭亭不敢僭，袁紫烟再三推让。杨义臣向王义道："袁贵人是舍甥女，在这里岂有僭尊夫人之理？小主若无大夫与尊阃，焉能使我们君臣会合；况将来还有许多事，要大夫竭忠尽力的去做，老夫专诚有一拜。"袁紫烟如飞扯姜亭亭到王义肩下去，一同拜了，然后袁紫烟走到下首，去拜了杨义臣四拜。杨义臣叫手下摆四席酒。杨义臣道："本该请众夫人进内款待，然山野荒僻，疏食村醪，殊不成体；况有片言相告，只算草庐中胡乱坐坐，好大家商酌。"

　　于是沙夫人与赵王一席，秦、狄、夏、李四位夫人，薛冶儿、姜亭亭、袁紫烟坐了两席，王义与杨义臣一席。酒过三巡，王义对杨义臣道："老将军这样高年，喜起身得早，即便撞见，免使我们向人访问。"杨义臣答道："这不是老夫要起早，因先帝自来报信，故此茫茫的走出门来物色。"赵王道："先皇如何报信？"杨义臣将夜来梦境，备细说将出来，众夫人等俱掩面涕泣。

　　杨义臣对赵王说道："老臣自被斥退，山野村夫，不敢与户外一事；不意先帝冥冥中，犹以殿下见托。承殿下与夫人等赐顾草庐，信臣付托，不使臣负先帝与殿下也。但此地草舍茅庐，墙卑室浅，甚非潜龙之地，一有疏虞，将何解救？此地只好逗留三四日，多则恐有变矣！"沙夫人便道："只是如今投到何处去好？"杨义臣道："所在尽有。李密与他父亲也是隋臣，今拥兵二三十万，屯扎金墉城；东都越王侗令左仆射王世充，将兵数万，拒守洛仓；西京李渊，已立皇孙代王侑为帝，大兴征伐；这多不过是假借其名一时，成则去名而自立，败则同为灭亡，总难始终。老臣再四踌躇，只有两个所在可以去得：一个幽州总管，是姓罗名艺，年纪虽有，老诚练达，忠勇素著。先帝托他坐镇幽州，手下强兵勇将甚多，四方盗贼不敢小觑近他。若殿下与夫人们去，是必款待，或可自成一家。无奈窦建德这贼子，势甚猖獗，梗住去路，然虽去亦属吉凶相半。若要安稳立身，惟义成公主之处。他虽是远方异国，那启民可汗，还算诚朴忠厚，比不得我中国之人，心地奸险。况臣又晓得他宗室衰微，惟彼一支强霸无嗣，前日曾同公主朝觐远来，先帝曾与亲厚一番；况王大夫又与他邻邦，到彼调护，殿下若肯去，公主必然优礼相待，永安无虞。只此一方，可以保全，余则老臣所不敢与闻矣。"赵王与众夫人点头称善。

　　沙夫人道："老将军金石之论，足见忠贞；但水远山遥，不知怎样个去法？"杨义臣道："若殿下主意定了，臣觑便自有计较；但只好殿下与沙夫人并王大夫与尊阃，闻得薛贵嫔弓马熟娴，亦可去得；至四位夫人及舍甥女，恐有未便。"四位夫人听见，俱泪下道："妾等姊妹五人，誓愿同生同死，还求老将军大力周全。"杨义臣道："不妨。请问四位夫人，果然肯念先帝之恩，甘心守节，还是待时审势，以毕余生？"秦夫人道："老将军说甚话来？莫认我姊妹四人是个庸愚妇人，试问老将军肯屈身从贼否？若老将军吝计不容，滔滔巨浪，妾等姊妹当问诸水滨，而投三闾大夫矣，有何难处？"杨义臣道："不是老臣吝计，此刻何难一诺；但恐日远月长，难过日子。"狄夫人道："老将军莫谓忠臣义士，尽属男子，认定巾帼中多是随波逐浪之人。不必远求，即今闻朱贵儿、袁宝儿与梁夫人等明义骂贼，相继尽难，隋廷君臣良足称羞；况我们繁华好景，蒙先帝深恩，已曾尝过。老将军还虑我们有他念，若不明心迹，何以见志？"忙向裙带上取出佩刀来，向花容上左右乱划，秦、李、夏三位夫人见狄夫人如此，亦各在腰间取出佩刀来动手。慌得沙夫人、姜亭亭、薛冶儿、袁紫烟，忙上前一个个拿住时，花容上早已两道刀痕，血流满脸。杨义臣忙出位向上拜下去道："这是老臣失言失敬，不枉先帝钟情一世矣。请四位夫人还宜自爱。"赵王亦如飞出位，扯了杨义臣起来坐了。

杨义臣向四位夫人说道："此间去一二里，有个断崖村，村上不过数十家，尽皆朴实小民。有个女贞庵，一个老尼，即高开道之母，是沧州人，少年时夫亡守节。那老尼见识不凡，慧眼知人，晓得其子作贼，必败无成，故迁到南来，觅此庵以终余年，是个车马罕见、人迹不到之处。若四位夫人在内焚修，可保半生安享。至于日用盘费，老臣在一日，周全一日，无烦四位夫人费心。"四位夫人齐声道："有此善地，苟延残喘是矣！但不知何日可去？"王义道："须拣一个吉日。差人先去通知了，然后好动身。"夏夫人道："人事如此，拣甚吉日？求老将军作速去通知为妙。"

杨义臣叫童子取历日过来看，恰好明日就是好日。大众用完了饭，众夫人与赵王进内去了。叫家僮取出两匹骡儿来，吩咐家中，把门关好，唤小童跟着，自同王义骑上骡儿，至断崖村女贞庵，与老尼说知了来意。老尼素知杨义臣是忠臣义士，又是庵中斋主，满口应承，即同回来。王义对妻子说了庵中房屋洁净，景致清幽，四位夫人亦各欢喜。袁紫烟对杨义臣说道："母舅，甥女亦与他们出了家罢，住在此无益于世。"义臣道："你且住着，我尚有商量。"紫烟默然而退。

过了一宵，明日五鼓，杨义臣请秦、狄、夏、李四位夫人下船，沙夫人与赵王、薛冶儿、姜亭亭说道："这一分散，而不知何日再会。或者天可怜见，还到中原来。后日好认得所在，便于寻访，必要送去。"杨义臣见说到情理上，不好坚阻，只得让他们送去，自己与袁紫烟、王义夫妇，亦各下船，送到庵中，老尼接了进去。他手下还有两个徒弟，一个叫贞定，一个叫贞静，年俱十四五之间。老尼向众夫人等叙礼过，各各问了姓氏，叫小尼陪到各处礼佛随喜。杨义臣将银二十两，送与老尼。老尼对杨义臣道："令甥女非是静修之时，后边还有奇逢。"杨义臣道："正是，我也不叫他住在此，今日奉陪夫人们来走走。"老尼留众人用了素斋。到晚，沙夫人、薛冶儿、姜亭亭与四位夫人痛哭而别，赵王与沙夫人等归到杨义臣家中。义臣差杨芳打听，有登莱海船到来，即送赵王与沙夫人、薛冶儿、王义夫妇上船，到义成公主那边去了。正是：

人世遭逢多苦事，不过生离死别时。

第四十九回

舟中歌词句敌国暂许君臣　马上缔姻缘吴越反成秦晋

词曰：

何自苦奔求，曲尽忠谋？一轮明月泛扁舟，报道知心相遇好，约法难留。马上起戈矛，两意情酬，冤家路窄变成愁。记取山盟与海誓，心上眉头。

调寄《浪淘沙》

凡人的遇合，自有定数，往往仇雠后成知己爱敬，齐桓公之于管仲是也；亦有敌国反成姻戚，晋文公之于秦穆公是也。总是天生一种非常之人，必有一时意外会合，使人不可以成败盛衰，逆料得出；况乎赤绳相系，月下老定不虚牵，即使几千万里，亦必圆融撮合。

如今且不说王义领着赵王，到义成公主那边去。且说窦建德在河北始称长乐王，因差祭酒凌敬，说河间郡丞王琮举城来降，建德封琮为河间郡刺史。河北郡县闻知，咸来归附。是年冬，有一大鸟止于乐寿，数万小禽随之，经日方去，时人以为凤来祥瑞。又有宗城人张亨采樵得一玄圭，潜入乐寿，献于建德。因此建德即位于乐寿，改元为五凤元年，国号大夏，立曹氏为皇后。先是窦建德发妻秦氏，只生一女，即是线娘。秦氏亡过已久。起兵时曹旦领众来归，建德知其有女，年过标梅，尚未适人，娶为继室。建德见曹氏端庄沉静，言笑不苟，犹相敬爱，军旅之事，无不与之谋画，可称闺中良佐。又封其女线娘为勇安公主，他惯使一口方天戟，神出鬼没，又练就一手金丸弹，百发百中。时年已十九，长得苗条一个身材，姿容秀美，胆略过人。建德常欲与他择婿，他自然必要如自己之才貌武艺者，方许允从。建德每出师，叫他领一军为后队，又训练女兵三百余名，环侍左右。他比父亲更加纪律精明，号令严肃，又能抚恤士卒，所以将士尽敬服他。建德随封杨政道为勋国公，齐善行为仆射，宋正木为纳言，凌敬为祭酒，刘黑闼、高雅贤为总管，孙安祖为领军将军,曹旦为护军将军;其余各加官爵。时建德统兵万余,方攻李密,闻知宇文化及弑主称尊,僭号为帝,愤怒欲讨之。祭酒凌敬道:"叛臣化及,罪果当讨;但他拥兵几十万,恐难轻觑,须得一员足智多谋的大将方可克敌,臣荐一人以辅主公。"建德问:"是谁?"凌敬道:"那人胸藏韬略,腹隐机谋,在隋为太仆,后被佞臣谮黜,退隐田野,实有将相之才;乃淮东人,姓杨名义臣。"建德听说大喜道:"汝若不言,几乎忘了此人。孤昔与之相持数阵,已知其为栋梁。看他用兵,天下少有及者。汝速与孤以礼聘之。"凌敬欣然领命,辞别建德而去。

不一日到了濮州,先投客店安歇,向邻近访问义臣。士人答道:"此去离城数里,雷夏泽中,有一老翁,自言姓张,人只呼为张公,今在泽畔钓鱼为乐。有人说他本来姓杨。"凌敬即烦土人,呼舟引路,来到雷夏泽中。果然山不在高而秀,水不在深而清,松柏交翠,猿鹤相随。岸上有数椽瓦屋,树影垂阴,堤畔一大船舫,碧流映带。那土人站起来指道:"前面瓦房,就是张公住的。船舫边小船上坐的老儿,想就是他。"凌敬也站起身来遥望,见一人苍头鹤发,器宇轩昂,倚着船舷,衔杯自饮,船头上坐着三四个村童,在那里齐唱村歌。凌敬叫舟子远远的系了船儿,自己上了岸来,隐在树丛中。只听见那几个村童唱完了,便道:"张太公,你昨日独自个唱的曲儿,甚好听,今日何不也唱一只消遣消遣?"那老者闭着醉眼道:"你们要听我的歌,须不要则声,坐着听我唱来。"却是一只《醉三醒》的曲儿,唱道:

叹釜底鱼龙真混,笑圈中豕鹿空奔。区区泛月烟波趁,谩持竿,下钓纶。试问溪风山雨何时定,只落得醉读《离骚》吊楚魂。

凌敬听了叹道:"此真慨世隐者之歌,义臣无疑矣!"忙下船,叫舟子摇近来,吓得那三四个村童,跑上岸去了。

凌敬跨上船来,举手向杨义臣道:"故人别来无恙?"义臣举眼,见一布袍葛巾的儒者来前,问道:"汝是何人?"凌敬道:"凌敬自别太仆许久,不想太仆须鬓已苍,忆昔相从,多蒙教诲,至今感德。此刻相逢,何异拨云睹日。"义臣见说,便道:"原来是子肃兄,许久不见,今日缘何得暇一会,快请到舍下去。"遂携凌敬的手登岸，叫小童撑船到船舫里去，自同凌敬到草堂中来，叙礼坐定。杨义臣问道："不知吾兄今归何处？"凌敬道："自别之后，身无所托，因见窦建德有容人之量，以此归附于夏，官封祭酒之职。因想兄台，故来相访。"义臣便设席相待。

酒过数巡，凌敬叫从人取金帛，列于义臣面前。义臣惊道："此物何来？"凌敬道："此是夏主久慕公才，特令敬将此礼物献公。"义臣道："窦建德曾与我为仇雠，今彼以货取我，必有缘故。"凌敬道："目今主上被弑，群英并起，各杀郡守以应诸侯，欲为百姓除害，以安天下。凡怀一才一艺者，尚欲效力，太仆抱经济之略，负孙吴之才，乃栖身蓬蒿，空老林泉，与草木为休戚，诚为可惜。今夏主仗义行仁，改称帝号，四方响应，久知太仆具栋梁之材，特来迎聘，救民于水火之中，致君于尧舜之盛，万勿见却，有虚夏主悬望。"义臣道："忠臣不事二君，烈女不更二夫。我为隋臣，不能匡救君恶，致被逆贼所弑；不能报仇，而事别主，何面目立于世乎？"凌敬道："太仆之言谬矣！今天下英雄，各自立国，隋之国祚已灭绝矣，何不熟思之？若欲报二帝之仇，不若归附夏主，借其兵势，往诛叛逆，岂不称太仆之心，完太仆之愿乎？"杨义臣被凌敬几句话打动了心事，便道："细思兄言，似亦有理。闻得建德能屈节下士，又无篡逆之名；但要允吾三事，即往从之，不然决不敢领命。"凌敬问："何三事？"义臣道："一不称臣于夏；二不愿显我姓；三则擒获化及、报了二帝之仇，即当放我归还田里。"凌敬道："只这三事，夏主有何不从。"义臣见说，即叫人收了礼物，凌敬即便告别。

义臣嘱道："此去曹濮山，有强寇范愿，极其骁勇，领盗数千，远靠泰山，以为巢穴，逢州抢夺客货。现今山寨绝粮，四下剽掠。兄若收得范愿，回国助振军旅，足能灭许。"杨义臣向凌敬附耳数语。凌敬点首，辞别下船。

时窦建德朝夕训练军马，欲征讨化及。忽报唐秦王差纳言刘文静，赍书约会兵征讨化及。建德看罢书，书中只不过约兵同至黎阳，合剿化及，便对文静道："此贼吾已有心讨之久矣，正欲动兵。烦纳言回报秦王，不必远劳龙体，只消遣一副将，领兵前来，与孤同诛逆贼，以谢天下。"文静道："臣奉使时，秦王兵已离长安矣。"文静辞归。

建德进宫，勇安公主问道："唐使来何事？"建德道："秦王有书约来，同会兵征剿化及。吾与众臣计议，约他即日起兵。"勇安公主道："依女儿的愚见，父皇未可即行。今北方总管罗艺，新附于唐，截我后路；魏刁儿又拥兵数万，据守深泽县中，自称魏帝，劫掠冀定等处；数年来与他相待虽好，尚难靠托，莫若乘其不备，袭而击之，除却后患。候凌敬回来，然后举事，此为万全之策。"曹后亦深赞线娘之言为是。建德道："吾自有计较，你们不必多言。"

即日建德调精兵十余万，刘黑闼为征南大将军，高雅贤为先锋，曹旦与建德为中军，勇安公主为合后，孙安祖等与曹后留守乐寿。又选歌舞女乐十二人，差人送献魏刁儿，令其北拒罗艺，东防夷狄；许他诛灭化及后，将隋宫嫔妃宝物相饷。刁儿大喜，受之，信建德有寄托之心，昼夜溺于酒色，坦然无疑。何知建德统领精兵，偃旗息鼓，夜行昼伏，直奔深泽，把兵围守城池。刁儿尚在醉梦中，被河间使王琮旧部将关寿，怪刁儿傲慢无礼，不肯重用，便杀刁儿，献城投降。建德以为居其土而献其地，是不义之人，意欲斩寿；王琮再三谏止，使关寿仍旧居王琮部下。刁儿将士各授官职，所掳子女，悉令放还，金帛尽赐将士。远近闻知夏主有不杀之心，人民悦服，易定等州，尽来归附。建德兼并三军，声势大振，遂杀向冀州而来。冀州刺史麴棱，果敢有志，始亦百计设法防守，后因力竭城破而降夏，建德封棱为内史，移兵进攻罗艺。

却说罗艺，原是一员宿将，年过花甲，精神倍加，与老夫人秦氏齐眉共手。他手下有精兵一二万，被隋主旨意下来，东调西拨，提散了万余，只存六七千人马。亏得其子罗成，年少英雄，有万夫不当之勇，其父授的一条罗家枪，使得出神入化。父母要替他定姻，罗成以为终身大事，虽系父母主之，还须我自拣择，因此蹉跎下来。时罗成听见哨马来报，建德统大兵到来，便对父亲道："窦建德不知利害，统重兵来侵我境。儿意欲乘其未立营寨时，待儿领二千人马迎上去，先杀他一阵，挫了他些锐气，或者知我们利害，退军回去，也未可知。"罗老将军道："汝年少恃着血气之勇，要想轻举妄动，甚非他日为将之道。我自有计退他。"齐集众将，差标下左营总帅张公谨，领精兵一千，埋伏城外高山之左，听城中子母炮起杀出，敌住建德前军；差右营总帅史大奈，领精兵一千，埋伏城外高山之右，听城中子母炮起杀出，敌住建德中军；差儿子罗成，叫他领精兵一千，离城三十里，独龙岗下埋伏，看建德败下去，冲杀其后队，截其辎重；自己同薛万彻、薛万均二将，在城中守护。二将同罗成各自受计，领兵出城去了。

却说窦建德统大兵，直抵州城。先锋刘黑闼安了营寨，见城中坚闭城门，不肯出战，只得在城外辱骂。后建德大兵继至。求战不得，便设云梯，上城攻打。不期城上火炮火箭齐发，云梯被烧，只得退下。建德又安排数百辆冲车，鼓噪而进，城内令铁锁铁锤，贯串绕城飞打，冲车皆折。百般计较，城不能破。相持了数日，士卒懈惰。

一夜三更时分，罗艺密传将令，盼咐薛万彻、薛万均兄弟二人，传令三军，饱食战饭毕，人各衔枚，杀出城，来到夏寨。夏兵正在熟睡时，只听得一声炮响，金鼓大振，如山崩海沸一般。此时窦建德在睡梦中惊觉，忙披甲上马。亲随邓文信慌忙随后，逢薛万彻杀入中军，把文信一刀斩于门旗下。窦建德如飞敌住薛万彻，高雅贤敌住薛万均，刘黑闼敌住罗艺。六人正在酣战之时，只听见子母炮三声，山左山右，伏兵齐起。建德知是中计，如飞弃营，退回二三十里。

众军士喘息未定，忽听得山岗下一声锣响，一员少年勇将冲将出来。先锋高雅贤欺他年少，把大刀直砍进去，被罗成把枪一逼，早在高雅贤左腿上中了一枪。高雅贤负痛，几乎跌下马来，亏得刘黑闼接住，战了十来合，当不起罗成这条枪如游龙取水，直搠进来。建德看见，恐防有失，前来助战。罗成愈觉精神倍加，向刘黑闼脸上虚照一枪，大喝一声，斜刺里把枪忙点到窦建德当胸来。建德一惊，即便败将下去。

直杀到天明，只见末后一队女兵，排住阵脚，中间一员女将，头上盘龙裹额，顶上翠凤衔珠，身穿锦绣白绫战袍，手持方天画戟，坐下青骢马。罗成看见，忙收住枪问道："你是何人？"线娘道："你是何人，敢来问我？"罗成道："你不见我旗上边的字么？"线娘望去，只见宝纛上，中间绣着一个大"罗"字，旁边绣着两行小字："世代名家将，神枪天下闻。"线娘道："莫非罗总管之子么？"罗成看他绣旗上，中间绣着一个"夏"字，旁边两行小字："结阵兰闺停绣，催妆莲帐谈兵。"罗成心下转道："我闻得窦建德之女，甚是勇猛了得，莫非是他？可惜一个不事脂粉的好女子，不舍得去杀他。待我羞辱他两句，使他退去也罢了。"因对线娘道："我想你的父亲，也是一个草泽英雄，难道手下再无敢死之将，却叫女儿出来献丑？"线娘便道："我也在这里想，你家父亲也是一员宿将，难道城中再无敢死之士，却赶小犬出来咬人？"惹得众女兵狂笑起来。

罗成大怒，一条枪直杀上前。线娘手中方天戟招架相还，两个对上二十合，不分胜负。罗成见线娘这枝方天戟使得神出鬼没，点水不漏，心中想道："可惜好个有本领的女子，落在草莽中。我且卖个破绽，射他一箭，吓他一吓，看他如何抵对。"罗成把枪虚幌一幌，败将下去，线娘如飞赶来，只听得弓弦一响，线娘眼快，忙将左手一举，一箭早绰在手里，却是一枝没镞箭，羽旁有"小将罗成"四字。线娘把箭放在箭壶里，蹙着眉头叹道："罗郎，你好用心也！"亦把方天戟搁住鞍鞒，在锦囊内取出一丸金弹来，见罗成笑嘻嘻兜转马头跑来，线娘扯满了弹弓。罗成只道是回射一箭，不提防一弹飞去，早着在擎枪的右手上，几乎一枝枪落在地上。罗成叫手下拾起来一看，却是一个眼大的金丸，上面錾成"线娘"两字。罗成道："这冤家竟有些本领，我若得他同为夫妇，一生之愿足矣！"喜孜孜的，在马上相着线娘，越看越觉可爱。线娘亦在马上，看罗成人材出众，风流旖旎，心上亦欣喜道："惭愧，今日逢着此儿，我窦线娘若嫁得这样一个郎君，亦不虚此生矣！"两下里四只眼睛，在马上不言不语，你看我，我看你，足有一两个时辰。

夏军中那些女兵，觉道两个出神的光景，不好意思，笑道："这位小将军，岂不作怪，战又不战，退又不退，为甚么把我们黄花公主端详细认，想是看真切了，回去要画一个图样儿供养么？"罗成笑道："我看你家公主的芳年，可是十九岁了？"线娘低着头儿不答。一个快嘴的女兵答道："一屁就弹着。"引得线娘也笑将起来，低低的问道："郎君青春几何？"罗成答道：

"叨长二春。"线娘又问道:"椿萱并茂否?"罗成答道:"家慈五十九,家严六十一。请问公主良缘何氏,曾于归否?"线娘羞涩涩的,低着头下去不开口。又是那个女兵说道:"我家公主,实未有人家,有愿在先。"正要说出来,线娘把双眉一竖,那女兵就不敢开口。

  罗家小卒道:"既是你家公主,与我家小将一般未有定婚,何不说来,合成一家,省得大家准日厮杀?"罗成把马纵前几步道:"公主若不弃嫌,当倩冰人向尊处聘求,何如?"线娘道:"婚姻大事,非儿女军旅之间,可以妄谈。郎君若肯俯从,妾当守身以待,但恐郎君此心不坚耳!"罗成道:"皇天在上,若我罗成不与窦氏——"忙问:"请问公主尊字?"线娘道:"金丸上你没有见么?"罗成又重新说道:"我罗成此生不与窦氏线娘为夫妇者,死无葬身之地。"誓毕,线娘见罗成说誓真切,不觉泫然泪下道:"郎君既以真心向妾,妾亦生死以真心候君。但若尊翁处倩人来求婚,父皇断断不从。"罗成道:"若如此,我向何处求人来说?"线娘想一想道:"郎君认得隋太仆杨义臣乎?"罗成道:"杨太仆是吾父之好友。"线娘道:"此人是父皇所敬畏者,待我们去灭许后归来,郎君去求他执柯,断无不妥。"

  正说完,只见后面尘扬沙起。女兵说道:"我家有人来了。"线娘拭泪道:"言尽于此,郎君请转罢。"大家兜转马头,未远一箭之地,线娘又撤转头来一望,只见罗成又纵马前来。线娘只得又兜转马头问道:"郎君既去,为何又来?"罗成道:"虽承公主真心见许,还须付我一件信物,以便日后相逢记验。"线娘道:"不必他求,君家一矢,妾当谨藏;妾之金丸,君当藏好,便可验矣。"罗成只顾把马近前,犹依依不舍。线娘道:"罗郎你去罢,妾不能顾你了。"以手掩面,别转马头而去,随戒女兵,不许漏泄风声。行不多几步,原来窦建德因线娘不回,放心不下,又差曹旦领兵来接应,大家合兵一处回去了。罗成也望见前面有兵马到来,只得长叹一声,奔回冀州。正是:

    相思相见知何日,此时此际难为情。

第五十回

借寇兵义臣灭叛臣　设宫宴曹后辱萧后

词曰：

　　时危豺虎势纵横，福兮祸所因。惟有功成志遂，甘心退守渔纶。前宵欢爱，今日魂飞，泪滴金樽。堪叹煮豆燃萁，同侪嘲笑伤心。

调寄《朝中措》

祸福盛衰，如同一梦。往往有人梦平常落寞之境，还认得自己本来面目是在梦中；及梦到得意荣显之境，不但本来面目尽忘，连自己的性灵智巧，多换做贪残狠毒的心肠。直到蹇驴一鸣，荒鸡三号，方才知觉。多少英雄好汉，无有不坐此病。

如今再说夏主窦建德，见线娘回来，只道他杀败了罗成，心中甚喜。检点兵马，不觉伤了大半，只得暂回乐寿，整顿兵甲，再议征伐。曹后接见了夏主与线娘，问起行兵之事，勇安公主备细述了一遍。建德道："胜败何足定论；然前日之败，原因孤欺敌之故，以致丧师。但可惜邓文信忠义之臣，死于非命，若早依了曹旦、文信之言，决无此失。"曹后问道："他两人怎样说法？"线娘答道："前日兵围罗艺州城之时，母舅密告父皇道：'大军久驻城下，恐敌窥见我军懒怠，黑夜开城劫寨，一时无备，定遭毒手，宜多防之。'邓文信也谏道：'战胜而将骄卒惰者必败。今士卒久已懈惰，况兼罗艺善能用兵，虽被我们围困在城，城中将士，皆精锐劲敌，勿以旦言为非。'父皇总谏不听。"曹后道："陛下尝能以弱制强，稍得一胜，便起骄矜之意，以致三军损折，不以为戒，妾等无所托矣！"夏主道："御妻之言甚善，今后孤当谨之。"曹后道："据妾之见，陛下当下诏罪己，去尊号，减御膳，素袍白马，与死者发丧，周给其家属，赏功罚罪，以安众心，蓄养锐气，再进兵伐许。如此激励将士，无不胜矣。"夏主从之。次日赏功罚罪，殁于王事者设肴亲祭，死者家属赏赐存问。远近闻之，无不叹服。

忽报凌敬还朝，夏主喜道："子肃回来，吾事济矣。"遂御殿召敬入问之："卿远路风尘，不知招贤之事如何？"凌敬道："臣奉主公严命，访见杨义臣,述主公之意。他始则再三拒却不从,被臣说先帝惨弑,将军宜志在报仇,他即慨然应允;但要主公从他三事。"夏主问:"何三事?"凌敬一一说出。夏主道:"若从孤征伐,即孤之臣也,果能尽心助孤讨贼,何所不容?"凌敬道:"臣别义臣时,更有密嘱,叫主公去赚此人相助,不愁化及不灭。"向建德耳上低言数语。夏主叹道:"虽战国孙、吴,亦不过此。"

次日早朝,群臣拜舞已毕,夏主唤刘黑闼道:"昨日唐国秦王书来,借粮二千石,供给军储,伐许之后,加利清偿。孤今与唐合兵讨贼,乃兄弟之国,不可不借。汝同凌敬整点大车二百辆,装贮粮米,率领士卒,护送前去,中途交纳,勿使有失。"二人领命起行。凌敬吩咐军士:"路上盗贼生发,汝等俱扮作民夫,务须遮护粮草,军装器械随身,小心谨密,违者治罪。"一行人趱护粮车起行,不数日已至曹濮州地界。

且说太行山有贼首范愿,自号飞虎大王,手下有三千喽啰,皆勇敢之夫,在曹濮界上,依山为寨,劫掠客商。两日正虑粮草不敷,忽见喽啰报说,北路上有夏王装载二百辆粮车,助唐军饷,无人护送,取之甚易。范愿以手加额道:"来得却好,我正乏粮。"忙领二千贼众,一齐下山,抢劫粮车。

时黄昏在侧,前哨来报道:"粮车插成营垒,民夫尽皆衣服毡衫,并不打更唱号,安眠稳睡。"范愿听说大喜,直奔车营,只见四下寂静,并无一人言语。一声炮响,众车夫扒起,都吓散了。众贼揭去盖车芦蓆,却是空车,并无粒米在内。范愿知是中计,拨马就走,只听四下里炮声振天,夏兵四五千密层层齐裹围来,把范愿人马困在垓心。倏忽间明灯火把,照耀如同白昼,夏阵里闪出一将,明盔亮甲,手持巨斧,喊声如雷,叫道:"范愿草贼,快快下马投降!"范愿道:"你是何人?"刘黑闼道:"吾乃夏国大将刘黑闼便是。"范愿道:"我只道是谁,原来是你。吾想你当初也曾在绿林中做过这个道路儿的,如今何苦替夏家出这样寡力?料想盗寇的,没有倒贴出买路钱来的理。还不快快放我们出去!倘然你日后被人杀败了,仍归旧业,也好见面酬情。"刘黑闼听了大怒道:"强贼敢来触污我!"举起巨斧直砍进来,范愿接住,战了三十余合,不分胜负。

忽见夏阵中一骑飞来，口中喊道："二位将军，且请住马，吾与汝二人讲和何如？"范愿道："你又是何人？"凌敬道："吾乃夏国祭酒凌敬便是。"范愿道："祭酒如何讲和？"凌敬道："足下今日如虎陷阱，虽有双翅，亦难飞去，何不弃邪归正，从降夏主，同讨化及，与炀帝报仇，官封极品，受享爵禄，岂不强如在这里为寇？"范愿道："祭酒之言虽是，但恐夏主未肯相容。"凌敬道："夏主招贤纳士，忘怨封仇，有何不容？"范愿听了大喜，即弃戈下马投降。贼众二千，亦皆解甲罗拜。范愿欲请二人到山寨里去叙礼，然后领众起行。凌敬道："刘将军与足下且在寨中歇马，我去雷夏泽中邀请杨太仆来，一同起行。"说了，即别二人，带领从者去了。

却说杨义臣自别凌敬之后，每夜仰观天象，忽见西北上太乙缠于陬宿之间，其星晦暗欲灭，心中大喜，对杨芳道："化及死期至矣！汝速收拾军器，候凌大夫到来，即去杀贼，与主报仇。"杨芳应诺。次早，忽报凌敬到，义臣接入。凌敬道："奉夏主之命，特来邀请。太仆所言三事，俱已应允，范愿亦已遵计收降，在山寨奉候。"义臣大喜，即设酒款待，吩咐家人勤事农桑，我去一月之间便回。随同凌敬起身，离了雷夏，到了太行山，早见刘黑闼同范愿一支人马，接入寨中。范愿已知杨义臣用计取他，忙下拜道："愿本鲁夫，蒙老将军提挈，敢不执鞭，以效犬马之力，同老将军征讨！"义臣道："足下肯改邪归正，不失老夫企慕之心。但寨中所掳子女，宜赠其路费，释放回家，将来建功立业，何愁不有？"范愿允从。随将女子放回，烧了山寨。同杨义臣等共有六七千人马，离曹州径投乐寿。凌敬安顿杨义臣于驿中，随同刘黑闼、范愿拜见夏主。范愿将宝物献上，以为进见之礼。夏主道："卿肯来附孤，尽力王事，便是国家之宝了，孤安用此无益之宝？卿还收去，后日颁赐将士。"范愿深敬夏主之贤。

夏主问凌敬道："义臣曾邀来否？"凌敬道："现在城外驿中。臣意此人昔年曾与陛下为敌，多不相让，今日若不圣驾出迎，加以隆礼，恐彼犹不自安，焉得尽其才能？"夏主道："卿所见甚明。"遂备车驾，率领百官出城迎接。到了驿中，义臣下拜。夏主见义臣浓眉白发，鹤氅星冠，是扶宇宙的班头、安邦国的领袖，忙答以半礼。义臣道："亡国之臣，深感大王来召，安敢受答拜之礼？"夏主道："孤敬太仆乃忠义之士，故特屈来，共讨弑君之贼。"义臣道："贼臣化及，臣恨不能立刻诛之，以谢天下。然祭酒代奏之事，事毕之后，望大王仁慈，放臣归隐田里。"夏主道："孤出语欲取信于天下，安忍食言也？"随同进城，送义臣至公馆，设宴以宾礼待之。君臣议论，直饮至日已沉西，方才回朝进宫。

择吉出师，命刘黑闼为大将军，挂元帅印，范愿为先锋，高雅贤为前军，孙安祖、齐善行为后军，曹旦为参军纳言，裴矩、宋正本为运粮纳言，勇安公主为监军正使；凌敬同孔德绍留守乐寿，与曹后监国；杨义臣从夏主帷幄，画策定计。大兵十万，浩浩荡荡，向魏县杀来。

时秦王世民与淮安王神通，先引兵到魏县。刘文静赍书各国回来，说："魏公李密领兵来会。王世充无心北伐。夏主建德拜复大王，不必远劳龙体，只消遣一二副将，领兵来同诛逆贼足矣。"秦王道："正合吾意。昨日父皇有旨意来，说定阳可汗刘武周引兵攻并州，洛阳王世充侵犯伊州，梁萧铣剽掠峡州，三路锋势甚锐，要吾去征讨。卿与淮安王、李靖，齐心并力，同诛化及。"秦王就将兵印交与神通，自己径回长安。

原来李靖当年携张出尘游至太原，访着了张仲坚、徐洪客，投见刘文静。时秦王正开招贤馆，文静引他三人来见秦王。秦王见三人气宇，知非常人，便优礼结纳。洪客见秦王龙颜风姿，知是当今真主；又见秦王与仲坚手局，仲坚第二局将败，急收拾东南一角，秦王犹欲点睛攻击。仲坚道："君何并吞若此弹丸一角，犹不让我稍竟其局？"秦王微哂住手。因此洪客对仲坚道："天下大事已定，兄何心强求？"仲坚等别了秦王，遂把家资赠与出尘一妹，自同洪客飘然往海外扶余国去，别做一番事业了。李靖在秦王幕中，情投意合，故令助夏伐许。把军机大事，托付他与淮安王同事。

却说宇文化及知三路兵来，锋锐难敌，便将府库珍宝金珠缎帛，招募海贼，以拒诸侯之兵。徐懋功探知化及募兵，密使心腹将王簿带领三千人马，暗藏毒药三百余斤，授以密计，假名殷大用，投入化及城中。化及大喜，封为前殿都虞候。淮安王李神通得了秦王兵符将印，进兵攻讨化及，离城四十里下寨。化及探知秦王已去救西北之兵，欺神通等无谋，忙统众出城迎敌。岂知李靖足智多谋，暗出奇兵，伺化及方立寨观阵，令刘宏基斜刺里飞骑来取化及。化及手下大将杜荣、马华两枝画戟，如飞招架隔住，被刘宏基一口刀，左右一并，两戟齐断。杜荣、马华只得将戟杆向宏基马头上乱打，化及疾忙逃回，宏基亦拨马回阵。杜荣掣军士手中枪赶来，李靖搭上箭，望杜荣心窝便射，应弦落马，许兵大败。幸亏长子丞基接应救回。因此化及弃却魏县，连夜同萧后逃奔聊城。

唐兵探知，李靖道："贼兵虽败走聊城，声势尚大，一时难灭，吾欲观其动静，探其虚实，用奇计然后进兵。"李神通道："正合吾意。"带领数骑，离营二十里外，放马于高阜之处，遥望气色。李靖道："化及逆贼，败在旦夕矣。"诸将道："贼势正炽，何能便败？"李靖道："聊城上气色已绝，安得不死；但观唐魏二营，亦非得胜之兆，不知此贼死于何人之手？"言未绝，只见正北上一阵杀气横冲斗牛之间，直与天连，风送南来，犹如烟火之状，李靖欣然道："原来擒获此贼，乃属正北之兵。"时已抵暮，鸦鹊归噪，成群进城投巢。李靖道："吾得计矣！"遂带马回营，淮安王问李靖："所得何计？"李靖向神通附耳数句。神通点头称善，密差一将屈突通，带领能捕猎者五百人，各带兵器罗网之属，游行郊外，看聊城内飞出禽鸟，随往捕之，活者照数给赏。屈突通领命而去。

却说夏主请义臣商议破城之策。义臣道："初临敌境，未知虚实，且命范愿领三千人马，前往挑战，探贼动静，然后定计，可保万全。"夏主从之。义臣即唤范愿领兵迎敌："但令汝败，不令汝胜。"范愿领命，统兵聊城。化及差长子宇文丞基出战，两人斗了五十余合，范愿诈败，退去二十余里，丞基亦不来追，各自鸣金收军。义臣吩咐黑闼全军，亦退下二十里。惟李靖知杨义臣用诱敌之计，便将屈突通所捕猎的乌鸦、燕雀、鹞鸽等鸟，不计其数，将胡桃李杏之核，打开去仁，俱装艾火于内，用线拴系飞禽之尾，叫军士齐放入聊城。

当日宇文丞基败了范愿，领兵回城，面奏化及，以为夏兵不足忧，儿明日领精兵五万，再与决战，务使北擒建德，西破唐兵。宇文智及道："三路之兵甚锐，岂可只以一面拒之？莫若遣诸将分头埋伏，四路接应截杀，可保无虞。"化及称善，便遣大将杨士览、郑善果、司马雄、宁虎受计，埋伏四方。太子丞基为前军，御弟智及为中军，化及自己为后军。分拨已定，俱于聊城六十里外扎营，以号炮为信出兵，留殷大用与丞址守城保驾。各将领计出城，只有化及尚未动身。

是夜正与萧后酣寝宫中，忽报满城发火，化及忙出营巡视，只见烟冲霄汉，烈焰通天，瞬息之间，被李靖用暗火烧得城内一派通红，仓库粮储，城楼殿宇，惟留赤地。殷大用又假救火为名，叫军士汲存三日之水，命将毒药分投满城井内。化及见军士焦头烂额者，后忽然又上吐下泻，一齐病倒，便放声大哭，以为天谴灾殃，来夺朕命。昼夜惊惶。

夏兵细作报知夏主，义臣知是魏国徐懋功与唐李靖用计，速召范愿领步兵一万，扮作许兵，各存记号，乘夜偷过智及大营二十里外埋伏。又命刘黑闼、曹旦、王琮引兵五万，与智及对敌。又拨精兵二万，义臣亲自劫夺智及营垒。高雅贤、孙安祖、宋正本领兵四万，埋伏中道，以截丞基救应。留兵二万，与裴矩留守大营，勇安公主护驾。分派已定，军士饱食战饭，三声大炮，夏主统兵直逼聊城。唐魏二营探知夏主攻城，也放炮助威，四门攻打。化及催督将士同殷大用出城迎敌。夏主认得化及，更不打话，忙将偃月刀直砍进来。化及挺枪来战。战了二十余合，指望殷大用来接战，岂知大用反退进城，将城门大开。化及因有智及途中伏军，且战且走。只见杨义臣劫了智及大营，纵马前来，向夏主道："主公，快进城去抚安百姓，收拾国宝图籍，待老臣来斩此贼。"夏主兜转马头，领兵进城去了。

杨义臣挺枪来刺化及，两个战了三四合。勇安公主恐怕义臣有失，忙向锦囊内取出弹丸来，拽满弓看准弹去，正中化及面门。三四个蛮婆手持团牌砍刀，直滚到马前，把化及的马足乱砍。杨义臣加上一枪，化及直撞下马来。义臣叫手下捆了，上了囚车。只见曹旦已斩了杨士览；刘黑闼与诸将，尚与智及三四将一堆儿恋战。杨义臣分开众兵，将化及囚车推出军前，向许兵大声说道："汝等俱是隋国军民，为逆贼所逼。汝之家属，尽在关中。今逆贼已擒，汝等若欲西归关中，愿归夏者，录官升赏，如若不降，吾尽坑之。"许兵闻言，皆去兵器甲胄而降。智及见兄囚在陷车，心胆已碎，又见众军倒戈弃甲而去，忙欲领数骑，逃入丞基营中，不意孙安祖一骑飞来，一枪正中腰间，直跌下马来。义臣忙喝众军士，将智及钉上枷杻，囚于陷车。麾兵去合剿丞基。

却说夏主统兵来到聊城，见城门大开，一将手提一颗首级，向夏主马前禀道："臣乃魏公部下，左翊卫大将军徐世勣首将王簿，奉主将之令，改名殷大用，领兵三千，诈为海贼，投入化及城中，化及拜为都虞候之职。前日毒药投井，病倒军士，今日开门迎大王之师。此是化及次子丞址首级，臣谨献上。请大王入内，臣于此辞别矣。"夏主道："卿有破城之功，且款留数日，待孤犒赏军士，回去未迟。"王簿道："徐将军号令严肃，不敢贪功邀赏，有误军期。"说了，辞别下去。夏主叹道："王簿真大丈夫也！只此便知徐世勣之为主帅严明矣！"夏主拥兵入城，到宫中请萧后御正殿，建德行臣礼朝见，立炀帝少主神位，率百官具素服发哀。时勇安公主带领诸将陆续进宫，将化及、智及推到面前。曹旦提了杨士览首级，范愿提了宇文丞基首级，刘黑闼、孙安祖等押绑擒获许将报功。夏主吩咐武士，将化及、智及绑于柱上，以刀剐之，献祭炀帝。又将许将跪对神座，愿降者赦之，不服者杀之。一面收拾国宝图籍，叫手下排宴在龙飞殿庆赏功臣。

时唐魏两家已拔寨起身去了，忙命孙安祖请杨义臣。只见留守大营裴矩差一将来禀："杨老将军有一禀帖，差官来奉上王爷。"夏主拆开一看，书上说贼臣化及已擒，臣志已完，惟望大王所允前言，仁慈放归田里。后有绝句一首：

　　挂冠玄武早归休，志乐林泉莫幸求。独泛扁舟无限景，波涛西接洞庭秋。

夏主看罢道："义臣去了，孤失股肱矣！"刘黑闼、曹旦欲领兵追赶，夏主道："孤曾许之，今若去追，是背约也，孤当成其名可耳！"

于是将隋宫珍宝悉分赐功臣将士军卒，将国宝图籍付与勇安公主收藏。因问萧后："今欲何归？"萧后道："妾身国破家亡，今日生死荣辱，悉听大王之命。"夏主笑而不言。勇安公主在旁，恐父亦蹈化及之辙，忙接口道："既如此，何不待孩儿先同娘娘到乐寿，一则可慰母亲悬念，二则大军慢慢里可以起行。"夏主见说喜道："公主所言，甚是有理。明日先点二万人马同你母舅先回乐寿去便了。"那夜萧后就留公主在寝宫歇了。次日清早，曹旦已点兵伺候。萧后带了韩俊娥、雅娘、罗罗、小喜儿四个得意的宫人，上了宝辇。勇安公主又在宫中选了二三十名精壮的宫人，五六个俊俏的美女，然后起行。正是：

　　士马峥嵘尘蔽日，军士齐唱凯歌回。

不一日到了乐寿，哨马报知公主回朝。曹后差凌敬出城迎接，凌敬请萧后暂停驿馆。勇安公主同曹旦进城，朝见曹后。公主将隋氏国宝图籍奇珍呈上，又叫带来宫奴美女来叩见。曹后大喜。公主又说："萧后现停驿馆中，请母亲懿旨定夺。"曹后道："此老狐把一个隋家天下断送了。亡国的人，要他来做甚么？"凌敬道："主公断不作化及之事。既到这里，娘娘还当以礼待之。主公回来，臣自有所在送他去。"曹旦道："凌大夫说得是。"曹后道："既如此，摆宴宫中，只说我有足疾未愈，不便迎迓，待他进宫来便了。"凌敬见说，便到驿中禀萧后道："国母本当出来迎接娘娘，因足疾未痊，着臣致意，乞鸾舆进城，入宫相会。"

萧后上了鸾辇，念当初炀帝时，许多扈从百官随驾，何等风光？今日人情冷淡，殊觉伤心惨目。不一时已到宫门，勇安公主代曹后出来迎接进宫。只见曹后凤冠龙髻，鹤佩衮裳，相貌堂堂，端庄凝重，毫无一些窈窕轻盈之态，四个宫奴扶着下阶，来接萧后进殿。曹后要请萧后上坐拜见。萧后那里肯，推让再三，只得以宾主之礼拜见了。礼毕，左右就请上席。萧后、曹后、勇安公主齐进龙安宫来，只见丰盛华筵，摆设停当。曹后即举杯对萧后说道："草创茅茨，殊非鸾辇驻跸之地，暂尔屈驾，实为亵尊。"萧后答道："流离琐尾之人，蒙上国提携，已属万幸；又蒙盛款，实为赧颜。"大家坐定。

酒过三巡，曹后问萧后道："东京与西京，那一处好？"萧后答道："西京不过规模宏敞，无甚幽致；东京不但创造得宫室富丽，兼之西苑湖海山林，十六院幽房曲室，四时有无限佳景。"曹后道："闻得赌歌题句，剪彩成花，想娘娘必多佳咏。"萧后道："这是十六院夫人做来呈览，妾与先皇，不过评阅而已。"曹后道："又闻清夜游，马上奏章；演杂剧，月阶试骑，真千古帝王未有如此畅快极乐。"韩俊娥在后代答道："这夜因娘娘有兴，故皇爷选许多御马进苑，以作清夜游，通宵胜会。"曹后问萧后道："他居何职？"萧后指道："他叫韩俊娥，那个叫做雅娘。这两个原是承幸美人，那个叫罗罗，那个叫小喜儿，是从幼在我身边的。"曹后对韩俊娥问道："你们当初共有几个美人？"韩俊娥答道："朱贵儿、袁宝儿、薛冶儿、杏娘、妥娘、贱妾与雅娘，后又增吴绛仙、月宾。"曹后道："杏娘是为拆字死的，朱、袁是骂贼殉难的了，那妥娘呢？"雅娘答道："是宇文智及要逼他，他跳入池中而死。"曹后笑道："那人与朱、袁与妥娘好不痴么！人生一世，草生一秋，何不也像你们两个，随着娘娘，落得快活，何苦枉自轻生？"萧后只道曹后也与己同调的，尚不介意。

勇安公主问道："还有个会舞剑的美人在那里？"韩俊娥答道："就是薛冶儿，他同五位夫人与赵王，先一日逃遁，不知去向。"曹后点头道："这五六个女子，拥戴了一个小主儿，毕竟是个有见识的。"又问萧后道："当初先帝在苑中，闻得虽与十六院夫人绸缪，毕竟夜夜要回宫的，这也可算夫妇之情甚笃。"萧后道："一月之内，原有四五夜住在苑中。"曹后又问："娘娘为了绫锦与皇爷惹气，逼先皇将吴绛仙贬入月观，袁宝儿贬入迷楼，此事可真么？"萧后肚里想道："此是当年宫闱之事，如何得知这般详细？不如且说个谎。"便道："妾御下甚宽，那有此事？"曹后笑道："现有对证的在此，待妾唤他出来，便难讳言了。"吩咐宫奴，唤青琴出来。不一时，一个十五六岁宫女，叩见萧后，跪在台前。萧后仔细一看，是袁紫烟的宫女青琴，忙叫他起来问道："我道你随袁夫人去了，怎么到在这里？"青琴垂泪不言。勇安公主答道："他原是南方人，为我游骑所获，知是隋宫人，做人伶俐，倒也可取。"曹后又笑指罗罗道："得他是极守娘娘法度的，皇帝要幸他，他再三推却，赠以佳句，娘娘可还记得么？"萧后道："妾还记得。"因朗诵云：

个人无赖是横波，黛染隆颅簇小娥。今日留侬伴成梦，不留侬住意如何？"

曹后听了叹道："词意甚佳，先皇原算是个情种。"

勇安公主道："到底那个吴绛仙，如今在那里？"韩俊娥答道："他闻皇爷被难，就同月宾缢死月观之中。"勇安公主又问："十六院夫人，去了五位，那几位还在么？"雅娘答道："花夫人、谢夫人、姜夫人是缢死的了。梁夫人与薛夫人，不愿从化及，被害了的。和明院江、迎晖院罗、降阳院贾，乱后也不知去向。如今只剩积珍院樊、明霞院杨、晨光院周这三位夫人，还在聊城宫中。"曹后喟然长叹道："锦绣江山为几个妮子弄坏了。幸喜死节的殉难的，各各捐生，以报知己，稍可慰先灵于泉壤。"又问萧后道："这三位夫人，既在聊城，何不陪娘娘也来巡幸巡幸？"韩俊娥答道："不知他们为甚么不肯来。"勇安公主笑道："既抱琵琶，何妨一弹三唱？"

此时萧后被他母子两个，冷一句，热一句，讥诮得难当，只得老着脸，强辩几句道："娘娘公主有所不知。妾亦非贪生怕死，因那夜诸逆入宫，变起仓卒，尸首血污遍地，先帝尸横床褥，朱、袁尸倚雕楹，若非妾主持，将沉香雕床，改为棺椁，先殓了先帝，后逐个棺殓，妥放停当，不然这些尸首，必至腐烂，不知作何结局哩！"曹后道："这也是一朝国母的干系。妾晓得娘娘的主意，不肯学那匹夫匹妇所为，沟渎自经，还冀望存隋祖祀，立后以安先灵，不致殄灭。"萧后见说，便道："娘娘此言，实获我心。"曹后道："前此之心是矣；但不知后来贼臣，既立秦王浩为帝，为何不久又鸩弑之？此时娘娘正与贼臣情浓意密，竟不发一言解救，是何缘故？"萧后道："这时未亡人一命悬于贼手，虽言亦何济于事？"曹后笑道："未亡人三字，可以免言！为隋氏未亡人乎，为许氏未亡人乎？"说到此地，萧后只有掩面涕泣，连韩俊娥、雅娘也跌脚悲恸。

正在无可如何之际，只见宫人报道："主公已到，请娘娘接驾。"曹后对萧后道："本该留娘娘再宽坐谈心，奈主公已到，只得屈娘娘暂在凌大夫宅中安置，明日再着人来奉请。"即叫送萧后上辇，到凌敬宅中去了。未知后事何如，且听下回分解。

第五十一回

真命主南牢身陷　奇女子巧计龙飞

词曰：

　　何事雄心自逞，无端羑里羁囚。君臣瞥见泪交流，甚日放眉头。幸遇佳人梦，感群英尽吐良谋。玉鞭骄马赠长游，三叠唱离愁。

调寄《锦堂春》

　　哲人虽有前知之术，能趋吉避凶，究竟莫逃乎数。当初，郭璞与卜珝皆精通易理。一日，郭璞见珝叹道："吾弗如也，但汝终不免兵厄！"卜珝道："吾年四十一，为卿相，当受祸耳；但子亦未见能令终。"郭璞道："吾祸在江南，素营之，未见免兆。"卜珝道："子勿为公吏可免。"郭璞道："吾不能免公吏，犹子不能免卿相也。"后卜珝为刘聪军将，败死晋阳；而郭璞亦以公吏，为三郭所杀。故知数之既定，不但古帝王不能免，即精于《易》者，亦难免耳。

　　如今再说夏王窦建德，来到乐寿。曹后接入宫中，拜见了，便道："陛下军旅劳神，喜逆臣已诛，名分已正，从此声名高于唐、魏多矣。但隋皇泰主，尚在东都，未知陛下可曾遣臣奉表去奏闻否？"夏王道："孤已差杨世雄赍表去了。宫中彩币绫锦，宫娥彩女，均作四分，以二分赐与功臣将士，以二分酬唐、魏两家同谋灭贼之功。孤但存其国宝珍器图籍而已。"曹后道："陛下处分甚当。还有一个活宝在此，未知陛下贮之何地？"夏王道："御妻勿认孤为化及之流。孤自起兵以来，东征西讨，宇宙至广，未有一隅可为止足之地，何暇计及欢乐之事？孤所以带萧后来者，恐留在中原，又为他人所辱，故与女儿同来，自有所在安放他去。"曹后道："妾非妒妇，只不过为国家计耳。若如此，则是宗庙之福也。"

　　过了一宵，夏王即差凌敬送萧后等到突厥义成公主国中去。萧后原是好动不好静的人，宵来受了曹后许多讥辱，已知他不能容物，今听见要送到义成公主那边去，心中甚喜，想道："倒是外国去混他几年好，强如在这里受别人的气。"催促凌敬起身，下了海船，一帆风直到突厥国中。凌敬遣人赍书币去报知义成公主。启民可汗因往贺高昌王麹伯雅寿，不在国中。义成公主即命王义发驼马去接萧后,又差文臣去请凌敬,到驿馆中款待。

萧后在舟中,见王义下船来叩见,正是他乡遇故知,不觉满眼流泪,问道:"王义,你为何在此?"王义道:"臣是外国人,受先帝深恩,何忍再事新主?故护持赵王同沙夫人在此。先帝不听臣谏,把一座江山轻轻的弄掷。今娘娘到这里来,原是至亲骨肉,尽可安身过日。公主差臣来接娘娘,快到宫中去相见。"萧后起岸,上了一匹绝好的逍遥骏马,来到宫中。义成公主同沙夫人出来,接了进去。行过礼,大家抱头大哭。萧后对沙夫人道:"你们却一窝儿的到了这里,只丢了我受尽苦恼!"沙

夫人道:"妾等又闻娘娘仍旧正位昭阳,还指望计除逆贼,异日来宣召我们,复归故地;不想又有变中之变。"

正议时,只见薛冶儿与姜亭亭出来朝见。萧后问沙夫人道:"还有几位夫人,想多在这里?"薛冶儿答道:"那同出来的狄、秦、李、夏四位夫人,已削发空门,作比丘尼矣!"萧后见说,长叹了一声,又对沙夫人道:"夫人既在这里,赵王怎么不见?"沙夫人道:"他刚才同孩子们打围去了。"萧后道:"我倒时常想念他。"沙夫人道:"少刻回来,见了母后,是必分外欢喜。"一回儿摆上宴来,只不过山禽野兽,鹿脯驼珍。其时王义已为彼国侍郎,姜亭亭已封夫人,薛冶儿做了赵王保母。大家坐定,各诉衷肠。

日色已暮,只见小内侍进来报道:"小王爷回来了。"萧后两年不见赵王,今见长得一表人材,身躯高伟,打了许多野兽,喊进来道:"母亲,孩儿回来了。"望见里边摆了酒席,忙要退出去。沙夫人道:"你大母后在这里,快过来拜见。"赵王站定了脚,薛冶儿与姜亭亭忙下来对赵王说道:"此是你父皇的正宫萧娘娘,他是你的大母,自然该去拜见。"赵王见说,只得走上去,朝上两揖。萧后正开言说道:"儿两年不见,不觉这等长成了。"只见赵王两揖后,如飞往外就走。沙夫人道:"这该行大礼才是,怎么就走了去?"薛冶儿重新要去搀他转来,赵王道:"保母,你不知。当年在隋宫中,他是我的嫡母,自然该行大礼;今闻他又归许氏,母出与庙绝,母子的恩情已断;况他又是失节之妇,连这两揖,在沙氏母亲面上,不好违逆,算来已过分了。"

说完，撒脱了薛保母的手，往外就走。萧后听见，不觉良心发现，放声大恸，回思炀帝旧时，何等恩情？后逢宇文化及，何等疼热？今日弄得东飘西荡，子不认母，节不成节，乐不成乐，自贻伊戚如此。越想越哭，越哭越想，好像华周杞梁之妻，要哭倒长城的一般。幸得义成公主与沙夫人等，百般劝慰。自此，萧后倒息心住在义成公主处，按下不题。

再说秦王回到长安，朝见唐主。唐主说三处兵锋利害。秦王道："利害何足为惧？但刘武周与萧铣居于西北，王世充居于中央。臣竟欲差人致书，先结好世充，使不致瞻前顾后，然后进兵专攻刘、萧二处，无有不克之理。未知父皇以为是否？"唐主称善。即修书一封，着杨通、张千，到洛阳王世充处。二人领命即行。岂知王世充看了来书大怒，扯碎了书，将杨通斩于阶下，将张千割去两耳放回。张千抱头鼠窜，逃回长安，哭诉唐主。唐主大怒，自欲提兵去剿世充。秦王道："不必父皇动怒，臣儿自有调度在此：差李靖为行军大元帅，领兵十万去扼住刘武周；臣儿领一旅之师，誓必扫灭世充，回来见驾。"唐主大喜，即命秦王领兵十万，前往洛阳进发。

时秦王每一出师，西府宾僚如杜如晦、袁天罡、李淳风、侯君集、姚思廉、皇甫无逸等，秦王平昔以师礼事之，故凡出兵，无不从侍帷幄，筹谟谋画。秦王命殷开山为先锋，史岳、王常为左右护卫，刘弘基为中军正使，段志玄、白显道为左右护卫。自领一军居后。长孙无忌、马三保等保卫船骑。水陆并进，来到洛阳。王世充探知，亦领军于睢水，列阵相迎。秦王屯兵于睢水之北。两军相接，当不起唐家兵精将勇，杀得世充大败进城，坚闭不出。

次日唐营排宴，犒赏三军已毕。秦王乘着酒兴，问土人："此地何处好景，可以游顽？"土人答道："城北十里外，有一北邙山，周围百里，古帝王之陵，忠臣烈士之墓，如星罗棋布；其中珍禽怪兽，苍松古柏，无限佳景。"秦王见说，喜道："吾正欲到彼处射猎。"李淳风道："臣晨起演先天一数，殿下该有百日之灾，不可开弓走马顽景；况面带青色，还是不走的是。"秦王道："吾日夕驰骋于弓马之间，觉得气爽神怡，有何利害？"即同马三保软甲轻衣，雕弓利箭，十余骑径往北邙山来。

到了山内，秦王四顾了一回，喟然长叹道："吾想前代之君，坐镇中华，拥百万之师，有多少英雄豪气！今只得几个石人石马相随，况荆棘丛生，狐兔为侣，宁不可叹！日后唐家天子，亦如此而已。"正嗟叹间，忽见西北上，赶出一只白鹿，冲面而来。秦王扣满弓，一箭射去，正中鹿背。那鹿带箭望西而走，秦王纵马追之；紧赶数里，转过山坡，其鹿杳然不见。秦王四下追寻，不觉骤至一处，坦然平川旷野，但见旌旗耀目，戈戟森罗，一座新城门，匾上"金墉城"三字，日光曜目。秦王道："此非李密所居之城乎？"马三保道："正是，殿下可急回，若彼知之，便难脱身。"不提防守城军卒看见，忙去报知魏主。李密道："此必是李世民诱敌之计，不可追之。"程知节踊跃向前道:"主公此时不擒,更待何时?"说了,手提大斧,跨青鬃马,如飞出城。秦叔宝恐知节有失,随即赶来。

时秦王正欲回骑,只见一人飞马来追,大叫道:"李世民休走!"秦王横枪立马问道:"你是何人?"知节道:"我便是程咬金,特来捉你。"秦王笑道:"谅你这贼夫,何足为惧?"知节举起双斧,直取秦王。秦王挺枪来迎。斗了三十余合,因马三保被秦叔宝接住,秦王只得败走。三保也抵敌不住,亦自逃去。知节追赶秦王,看看较近;秦王搭上箭,拽满弓,飕的一声,正射中知节盔缨。秦王见射不中,心中甚慌,纵马加鞭复走。恰值面前一座古庙,牌书"老君堂"三字。秦王心下想道:"既有此庙,何不进去躲过片时?"忙进庙门,把门关了,取一条大石条来顶撞了,把马拴在庙廊下;向着老君神像,也不及细祷,作一揖道:"神圣在上,若能救吾李世民脱得此难,当重修庙宇,再塑金身。"祝告了,即往神座内躲避。那老君原是灵感的,故受一方香火;今见一个真命之主,紫微有难,岂不显圣?便刮起一阵旋风,把秦王行来的马蹄踪迹,都灭没了,又把蜘蛛絮尘网定庙门。

程知节追赶秦王,到三岔路口,倏忽不见,四下一望,只见前面一个大树深林,丛丛茂密,便纵马加鞭,赶进林中。上了山岗,见山背后一座古庙。知节慌忙来至庙前,把门乱推,却推不开,蜘蛛网面,四下里尘灰飞絮,像久无人进来的。只得兜转马头,复上山岗。向庙中细看,吃了一惊;只见屋脊中间,一条大黄蟒蛇,盘踞其上。知节看了想道:"吾闻得人说,汉刘邦斩了芒砀山的大蟒蛇,后来做了皇帝。我也是一个汉子,难道除不得此孽畜!"忙下岗,到庙前下了坐骑,将一块大石,撞开了庙门,往屋脊上看,却又不见,想道:"孽畜必游进殿内去了。"走到殿前,只见一马系在柱上。知节道:"原来李世民躲在这里!"又看梁柱上的蟒蛇,踪迹全无,瞥见神柜上帘幕摇动,恍如蛇尾现出在外。原来秦王见有人进殿细看,如飞在柜里轻轻拔出剑来。

时叔宝亦追赶进殿,见知节把神幕揭起,喝道:"贼子,却躲在这里!"举起巨斧,照着秦王头上砍来。秦叔宝忽见五爪金龙现出来,抓住巨斧。叔宝知是真命之主,如飞抢上前,把双锏架住巨斧道:"兄弟,你好莽撞,岂不知唐与魏原是同姓,曾有书礼往来?今若把一死的见驾,是无功而反有罪矣!"知节道:"大哥,你不知,吾刚才见他是一条黄蟒蛇精,今不杀他,他会遁去。"秦叔宝微笑了一笑,轻轻扶秦王出了神柜,叫手下宽松剪了,扶出庙门。从人牵了秦王的马,程知节、秦叔宝各上了马押后,一行人带进金墉城来。那些市井小民,不知好歹,口中啧啧赞道:"好一个汉子,生得秀眼浓眉,方面大耳。不知犯着何事,被两位将军解进城来。"有几个跟进城的百姓,便道:"你们不要小觑他,这是一位唐家的太子,因偶然在这里过,被我两位将军获住。"众百姓道:"怪道相貌迥出寻常,原来是金枝玉叶,可惜,可惜!"秦叔宝在马上听得,却要放脱他,因众耳众目,又不便行,只得解至府门。

魏公令群刀手拿秦王至阶前,责之道:"你这个猾贼,却自来送死。汝父镇守长安,坐承大统。吾居墉城,管理万民。前已明取河南,今又想暗袭金墉,是何道理?"秦王道:"叔父暂息虎威,侄有言禀上。因洛阳王世充杀我使臣,故侄领兵征讨,败其三军。世充坚闭不出,是以退兵千秋岭下。偶因乘醉捕猎,来金墉探望叔父,不意叔父反致见疑。"魏公怒道:"你这个猾贼!吾与汝何亲,假称吾叔父?汝本恃勇轻敌而来,探吾虚实,于中取事,却以甜言哄我。"喝令武士推出斩之。魏征道:"主公若斩世民,非安社稷之计,金墉速于受祸矣。"密问:"何故?"魏征道:"此人东征西荡,争入长安,与其父坐承大统,兵精粮足,手下猛将如云,谋臣如雨。彼若知我主杀其爱子,必起倾国之兵,前来复仇,忿死相拼,有何了日?"李密道:"如此说,难道竟放了他去?"魏征道:"莫若将他监禁在此,使李渊知之。若有降书朝贡之物,放他回还;如若不从,使其子执质在此,终身不敢来侵犯,岂不是好?"魏公道:"此论甚通。"即令狱卒带入南牢。

时唐主在长安,因马三保来报知此信,自要亲提人马来讨李密,以救秦王;因刘文静与李密有郎舅之亲,劝唐主修书具礼,来见李密。不意李密绝不认亲,反要把刘文静斩首,幸亏徐世勣劝免,也送入南牢去了。可怜:

青龙白虎同囚室,难免英雄相对泣。

时魏公发放已完,忽见流星马报到,奏说:"开州凯公校尉,杀了刺史傅钞,夺其印绶,会合参军徐云,结连宁陵刺史顾守雍造反,大起人马,犯我境界,说诱洪洲刺史何定献了城池。二郡人马与凯公攻打偃师、孟津地方,诸郡百姓无守,甚是紧急。"魏公闻报大惊道:"偃师乃吾咽喉之地,屯粮之所;倘有亡失,魏之大患。孤当自率大军讨之。"即命程知节为先锋,单雄信、王伯当为左右护卫,罗士信、王当仁趱运粮草,留徐世勣、魏征、秦琼,总护国事。亲自领兵,往开州进发。

却说秦王与刘文静监锁南牢,虽亏秦叔宝时常馈送,不致受苦。更喜那狱官姓徐名立本,字义扶,妻亡,止携一女,名唤惠媖,年已二九,尚未适人。那个徐义扶,虽是小官,却是见识高广,眼力颇精。他道刑名过犯,冤抑者多,所以不嫌前程渺小,志愿力行善事,利物济人。秦王初发监禁之日,那夜女儿惠媖梦见一条黄龙,盘踞囚室之内。惠媖惊骇,走去偷觑,只见那龙飞来,缠绕其身,遂尔惊醒,述与义扶知道。义扶晓得秦王是个真命之主,遂要放他两人还乡,急切间未得其便。惟每日三餐,请秦王与文静到里边精室中去款待。两人甚感他恩德。

一日,秦叔宝与魏玄成在徐懋功府中小饮,说起秦王之事。叔宝大笑起来。徐、魏两人问道:"秦兄有何好笑?"叔宝道:"吾想我们程兄弟,真是个蠢才。"懋功道:"那见他蠢处?"叔宝道:"当日在老君堂,要举斧杀死秦王之时，忽现出五爪金龙向斧抓住，因此弟见了，忙把双锏架住，不好私放他，只得解将进京。程兄弟竟认秦王是黄蟒蛇精，必要除他，岂不是可笑？"玄成道："吾见秦王，龙姿凤眼，真命世之主。前日主公要杀他，所以力劝监禁南牢。将来数尽归唐，必至玉石俱焚，如何是好？"懋功道："吾们这几个心腹兄弟，如今趁他被难之时，先结识他，日后相逢，也好做一番事业。"叔宝不好说昔日有恩于唐主，今又救了秦王之命，只得点头道："徐大哥说得是。"玄成道："据我之见，还该趁主公未归，大家携一尊到那里去，与秦王、文静叙一叙，他见我们这几个不是盲目之人。未知二兄以为何如？"叔宝应声道："魏兄说得极是，弟正有此心。明日二兄早来同去。"

过了一宵，秦叔宝家中整治二席酒，悄悄叫人抬进南牢。比及玄成、懋功来时，日已晌午了。三人俱换了便服，大家跟了一个小厮，各坐小轿，来到南牢门首。先是小厮去报知，狱官徐立本如飞开门，接了进去。魏玄成三人叫小厮打发轿人回去。义扶引到囚室，与秦王、文静相见了。秦王、文静各各拜谢深恩。懋功道："非弟辈俱属蒙瞽，不识殿下英明，有屈囹圄，这也是殿下与刘兄数该有这几日灾厄。今因主公提师讨凯公去了，因此我们进来一候，冀聆教益。"魏玄成道："只是此地怎好坐？"秦叔宝道："酒席已摆设在里边。"刘文静对徐懋功道："狱官徐立本，虽官卑职小，却非寻常之人。承他朝暮殷勤奉侍，实出意外；况他才智识见，另有一种与人不同处。"一头说，众人已到里边，却是三间精室，满壁图书，尽是格言善行。

三人请秦王上坐，刘文静次之，玄成、叔宝、懋功各各坐了。秦王道："承三位先生盛意，世民有何德能，敢劳如此青盼？那狱官徐义扶，虽居击柝之职，定不久于人下者。承他日夕周旋，愚意欲借花献佛，邀来一坐，未知三位先生肯屑与他同坐否？"徐世勣道："他原是隋朝科甲出身，当日主公原教他为司马，不知甚意，自愿居刑曹监守。"魏征道："吾也闻他是个乐善好道有意思的人，这样世界的官儿论甚大小，快请出来。"小厮请了徐立本出来，谦让了一回，只得于末席坐下。

酒过三巡，只见徐家一小僮进来，向家主禀道："有懿旨在外。"徐立本如飞起身出去。玄成等众人尽加惊异，俱在那里揣度。只见徐立本走来坐定，魏玄成忙问道："宫中怎有甚懿旨到这里来？"徐义扶笑道："不敢隐瞒，正宫王娘娘实与小女有缘，晓得小女颇识几字，素知音律，幸得禁林清赏，故此常差内侍接进宫去陪侍。前因分娩太子，进去问候，是今日弥月，叫他进去，不知还有甚事。"徐懋功道："令媛想是有才貌的了，今年多少贵庚？"徐义扶道："小女名唤惠嫫，年一十九岁了。"徐懋功见秦叔宝、魏玄成与秦王说起袭取河南一段，也就住口，不与义扶讲。大家诉说战阵功业之事。

正说得热闹，只见一个小厮向魏玄成禀道："走役来报王爷差人赍赦诏快到了。"玄成向叔宝、懋功道："二兄陪殿下宽饮一杯，弟去了就来。"说了起身而去。文静与懋功是旧交，秦王与叔宝彼此有恩心交，四人更说得投机。忽小厮报道："魏老爷来了。"大家起身。懋功道："想必主公威降了凯公，复平土地，故有赦诏，为何吾兄反有忧色？"玄成就在袖中取出诏书来道："请二兄看便知。"前面不过凯公肉袒投降，后又喜生太子，故降赦文，除人命强盗重情外，不赦南牢李世民、刘文静二人，其余咸赦除之。懋功与叔宝读了一遍，双眉频蹙，默然不语。

只听见外边人声嘈杂。魏玄成问道："为何喧闹？"徐义扶道："想必宫侍送小女回来。"又见那小厮出来，请义扶进去。徐懋功道："前日秦大哥要打帐在赦内邀恩，吾度量必不能够，为甚么呢？昔日魏公待人还有情义，近日所为，一味矜骄，恃才自用。目下赦内若肯赦二公，则前日先认了亲，不至如此相待。"叔宝道："除此之外，却怎么商量？"秦王听见他们计议，不好意思，只得说道："承三位先生高谊，或者吾两人灾星未退，且耐心再住在此几时，亦无不可；只是有费三位先生照拂周旋。"魏玄成道："吾有个道理在此。"正要说时，只见徐义扶走将出来，便缩住了口。刘文静对众人道："义扶兄已属心交，众兄有话不妨直说。"魏玄成对刘文静道："刘兄来看赦书上，那一条不赦南牢的'不'字，只消添上一竖一画，改为'本'字，主公归来，料必无疑。就有他事，这血海干系，总是我三人担待了。"秦叔宝喜道："这却甚妙！须要就烦魏兄大笔，方写得像他亲笔一般。"时众人站在一堆儿，也有说妙的，也有不开口的。

徐义扶道："卑职倒有一计在此，不知三位大人可容卑职略参末议否？"徐懋功道："兄有良策，快些说出来。"义扶道："以'不'改'本'，恐文义念去，有些勉强；况主公非昏暗庸愚眊眼糊涂之主。看他另写一行，下笔之时，何等慎重？今若改了'本'字，主公回家，必然看出，有许多不妙。莫若竟让卑职，把秦殿下与刘大夫放去。主公回来，三位大人尽推在卑职身上，虽尚可饰辞，犹难免守国防范之愆，然不至有大害了。若明改赦诏，不几视朝廷之赦书如同儿戏乎？"众人都道："此论不差。"魏玄成道："义扶持论甚畅，但不知怎样个放法？"徐义扶道："方才王娘娘宣小女进去，因太子弥月，欲草疏到主公处，奈因身子尚惮劳顿，故叫小女代为草就，要差人到孟津去。小女有心乘机奏过王娘娘，即讨此差与卑职，明日四鼓就要起身，岂不好是改赦的机会？现有懿旨，叫卑职到徐大人处拨差官兵守护狱囚的，内票在此，表章是用黄绢封固的，小女藏在里边。"袖中取内票出来。徐懋功取来一看，只见上写道："仰兵部掌印大堂徐，速拨吏卒二十名，去守南牢监禁。待狱官徐立本公干归，即使交卸，勿得有误，施行。"玄成、叔宝大喜道："这是唐主之福，该使殿下还朝，父子重逢，君臣会合。"徐义扶道："只是要五匹有鞍辔的好马，方才济事。"魏玄成道："连兄只须三骑，多此二骑何用？"徐义扶道："小女与一个小价，亦少不得。"徐懋功道："既如此，也该请令嫒出来见了殿下，好少刻同行。"

徐义扶忙进去，同女儿惠媆出来。众人见时，乃是一个才要改妆不脂不粉的美秀女子。徐义扶道："匆忙之际，总朝上三叩首就是。"众人皆要还礼，义扶再三不容，只得答以三揖。惠媆如飞进去了。徐懋功道："我前者会征化及，得二匹骏马，驯良之至，一匹赠与殿下，一匹赠与令嫒惠媆。"秦叔宝道："殿下的追风马，我养好在厩下，并挑选二匹送来。后会有期，我们该大家别过罢！"徐懋功道："诸公该作速收拾，同我发兵卫下来，就到我署中来是了。"魏、徐、秦又叮咛了一番。义扶送了三人出门，如飞进去，收拾了细软，把两套青衣小帽与秦王、文静换了。义扶又添些果菜，叫小厮扛了一坛酒，放在客座里。秦王问义扶道："添酒增肴，是何缘故？"刘文静道："我晓得这是义扶的作用，少刻便见。"

正说间，听得叩门声响。义扶如飞叫小厮去开门看来，却是一个老队长同十来个小兵，到义扶面前叩见了。义扶对众人道："里边禁门，刚才徐大老爷差人到来巡察，已封好在那里了。恰好我们两个舅子，要同到孟津单将军处公干，故有现成酒肴在此。天气寒冷，酒在坛里，你们吃了罢，只要收拾好了家伙。"说完了，徐惠媆提了灯笼，秦王与文静负了奏章与报箱，小厮青奴挑了行李，叫一个士兵出来，关好了门进去了。

徐义扶等五人，忙忙走的不多几步，只见秦叔宝家小厮迎上前来，说道："家老爷坐在堂中，候徐爷去会。"义扶等走进叔宝署中，只见院子里系着五匹马。秦叔宝忙出来接见了，对秦王道："我晓得殿下归心甚急，此刻也不敢尽情了。"将手指着院子里的马道："这两匹马，是才间徐大哥叫人牵来的；这匹金串银镶的，赠与殿下；那匹绣串雕鞍的，赠与惠媆小姐。殿下的马，文静兄坐去。那二匹是我赠与义扶及管家的，多是驯良善走的脚力。"又在袖中取出书札来，对文静道："此三件烦兄带去，一道表章是叩谢唐王的。两封书启，候李药师与柴嗣昌两兄的，代弟一一致意。"文静如飞打开包裹藏好。叔宝叫小厮快牵自己的坐骑来，要送秦王出城。秦王止住道："承将军等许多情义，我李世民镂之心版，再不敢劳尊驾送出城，恐惹嫌疑。"叔宝洒泪道："士为知己死。大丈夫若虑嫌疑，何事可为？"即便先上了马，众人也只得上了马，急赶出城，又叮咛了一番，然后举手相别。这叫做：

惺惺自古惜惺惺，说与庸愚总不解。

第五十二回

李世民感恩劫友母　宁夫人惑计走他乡

词曰：

　　深锁幽窗，遍青山，愁肠满目。甚来由，风风雨雨，乱人心曲。说到情中心无主，行看江上春生谷。正空梁断影泛牙樯，成何局？画虎处，人觳觫。笑鹰扬，螳臂促。怎与人无竟，高飞黄鹄。眼底羊肠逢九坂，天边鳄浪愁千斛。甚张罗？叫得子规来，人生足。

调寄《满江红》

　　流光易过，天地间的事业，那有做得完的日子？游子有方，父母爱子之心，总有思不了的念头。功名到易处之地，正是富贵逼人来，取之如拾芥；若是到难处之地，事齐事楚，流离颠沛，急切间总难收煞。

　　却说秦王与刘文静、徐义扶、女儿惠媖，四五骑马，离脱了金墉城，与秦叔宝别了，连夜趱行。秦王在路上念叔宝的为人，因对刘文静道："叔宝恩情备至，何等周匝！所云：'桃花潭水深千尺，不及汪伦送我情'，此之谓也。怎得他早归于我，以慰衷怀？"刘文静道："叔宝也巴不能要归唐，无奈魏势方炽；二则几个弟兄，多是从瓦岗寨起手，干这番事业；三则单雄信是义盟之首，誓同生死，安忍轻抛。如今彼三人，皆有他意者，因前日翟让一诛，故众人咸起离心耳，散则犹未也。"秦王见说，不胜浩叹道："若然，则叔宝终不能为我用矣！"

　　徐义扶道："殿下不必挂念，臣有一计，可使叔宝弃魏归唐。"秦王忙问道："足下有何良策？"徐义扶道："叔宝虽是个武弁，然天性至孝。其母太夫人年逼桑榆，与媳张氏，俱安顿瓦岗。"秦王道："魏家将帅俱集金墉，难道各将家眷尚在山寨里？"徐义扶道："金墉止有魏公家眷，余皆在寨中。一个叫尤俊达，一个叫连巨真，二将管摄在那里。莫若将秦母先赚来归唐，好好供奉着，叔宝一知信息，必为徐庶之奔曹矣。"秦王道："好便好，作何计赚来？"徐义扶道："臣当年曾仕幽州，知总管罗艺与秦叔宝中表之亲，极相亲爱。今年恰值秦母七十寿诞，莫若假设是罗夫人，因往泰安州进香，路经此地，接秦母到舟中去相会,一叙阔踪。秦母见说,定必欣然就道;若离了山寨,何愁他不到长安?"刘文静道:"要做,事不宜迟,回去就行。"

三人正说得入港,赶到了千秋岭来。只见后面小厮青奴,在马上喊道:"姑娘的靴子掉去了一只了!"秦王听见,如飞兜转马头,只见徐惠嫄一只窄窄金莲早已露出。徐惠嫄虽是个倜傥女子,此时不觉面红耳赤。徐义扶道:"既掉了一只,何不连那只也除了去?"只见秦王把马加鞭耸上一瞽头,向旧路寻去。未及片时,秦王提着一只靴子,向徐惠嫄笑道:"这不是卿的靴子?"徐惠嫄如飞下马来,向秦王接了,穿扎停当,然

后上马。自此一路上,秦王与惠嫄虽不能雨觅云踪,然侍奉宵征,早已两情缱绻,魂消默会矣。

一行人晓行夜宿,不觉早到了霸陵川。秦王对刘文静道:"孤偶然出猎闲游,不意遭此大难。若非惠嫄、义扶与秦、魏、徐三位同心救援,几乎老死圄圆。"刘文静道:"这也是殿下与臣数该有这百日之灾,幸遇义扶,朝夕周全。令媛弃恩施计,殿下不特得一明哲之士,兼得一闺中良佐,岂非祸兮福所倚乎?"

正说时,只见尘头起处,望见一队人马前来,乃是大唐旗号。秦王道:"难道父皇就知孤归国,预差人来迎接?"话未说完,只见袁天罡、李淳风、李靖三骑马早已飞到面前,口称:"殿下,臣等齐来接驾。"秦王道:"孤当初不听先生们之谏,致有此难。将来后车之戒,孤当谨之。"那时西府宾僚陆续来到,大家拥入潼关。秦王对徐义扶道:"贤卿与令媛,乞暂停驿馆,待孤见过父皇,然后备车驾来接令媛,方成体统。"义扶点首,忙进驿馆中安歇。秦王同众公卿进朝,见了唐帝,到宫中拜见了窦太后,骨肉相叙,如同再生,不觉涕泗横流。秦王细把被难前情,一一奏明。唐帝道:"秦叔宝、徐懋功、魏玄成这三位恩人,目下虽不能归唐,朕当镂之心版,儿亦当佩带书绅。至于义士徐立本与其女惠嫄,该速给二品冠带,并其小女凤冠霞帔,速宣来见朕。"秦王吩咐左右,在西府内点宫女四名,整顿香车,迎请徐惠嫄与其父义扶进朝。唐帝见了,甚加优礼,用义扶为上大夫之职;其女徐惠嫄,赐名徐惠妃,加一品夫人,与秦王为妃,参赞西府军机事务。

秦王又将叔宝寄来的谢表呈上。唐帝看了说道："叔宝先年与朕陌路相逢，全家亏他救护；今吾儿又赖他保全性命，父子受恩，未知何日得他来，少报万一？"秦王道："不必父皇留念，儿自有良策，使他即日归唐。"说了，大家谢恩出朝。未及数日，秦王即差李靖、徐义扶带领雄兵二千并宫娥数名，拥护徐惠妃夫人前往瓦岗，计赚秦母出寨。今且按下慢题。

　　再说魏公李密，在偃师收降了凯公，大获全胜，颁赦军民。正该班师回来，复不自谅，徇行河北郡，被夏王窦建德首将王综，拒战于甘泉山下。被王综以流矢射中李密左臂，大败丧气。又接徐世勣日报，说狱官徐立本私放秦王、刘文静归国，自谋宫中差使，不知去向。魏公看报大怒，连夜赶回金墉。魏征、徐世勣、秦琼接见。魏公将三人大肆唾骂，道他们不行觉察，通同徇私，受贿卖放，藐视纪纲，将三人即欲斩首。亏得祖君彦、贾润甫等再三告免，权禁南牢，将来以功赎之。

　　再说秦母与媳张氏孙怀玉，住在瓦岗，虽叔宝时常差人来询候，然秦母年将七十，反比不得在齐州城外，为子者朝夕定省，依依膝下，寻欢快活。奈儿子功名事大，只好付之浩叹而已。一日，只见一个小厮，进来报道："幽州罗老将军，差人到寨，专候秦夫人起居，要面见的。"秦母见说，对媳张氏道："罗姑爷处，还是我六十岁时差人来拜寿，后数年以来，音信悬隔，今为甚么又差人来？莫非又念及我七十岁的生辰么？"张氏夫人道："是与不是，还该出去见他，就知分晓。"秦母只得同着怀玉到堂中来见。两个差官，齐跪下去说道："差官尉迟南、尉迟北，叩见太夫人。先有家太太私礼一副；奉上的寿仪，俟太夫人到舟中去，家太太面致。"秦母连忙叫怀玉，拖了两个差官起来，随后又是四个女使，齐整打扮，上前叩头。那差官说道："这是罗太太差来，迎请太夫人的。"秦母道："小儿秦琼，在金墉干功。不在寨中，怎好有劳台从枉顾？请尊官外厢坐。怀玉，你去烦连伯伯来奉陪。"怀玉应声去了。

　　秦母同四位女使，到里边来，见了张氏夫人，叫手下把罗夫人私礼抬了进来，多是奇珍异顽，足值二三千金。寨中这些兵卒，多是强盗出身，何曾看见如此礼物？见了个个目呆口唾；连尤俊达与连巨真，亦啧啧称羡道："不是罗家师府里，也办不出这副礼来。私礼如此，不知寿仪还怎样个盛哩？"那四个女使，见过了张氏夫人的礼，又致意道："家太太多拜上，因进香经过，要请太太夫人与少爷，同到舟中去一会，方见故旧不遗，叫妾们多多致意。"张氏夫人忙叫手下安排酒筵，款待来使。婆媳两个，私相计议。秦母道："若说推却儿子不在，礼多不收，也不去会罗姑太太，这门亲就要断了；若说去，琼儿又在金墉，急切间不能去报知。"

　　其时恰好程知节的母亲，也在房中，插口道："这样好亲戚，我们巴不得能扳图一个来往，他们却几千里路备着厚礼来相认，却有许多疑虑？"张氏夫人道："当年怀玉父亲犯事到幽州，亏得在姑爷手下认亲，解救回来。那十年前婆婆正六十寿诞，我记得姑太太曾差两员银带前程的官儿，前来上寿。如此亲谊，可谓不薄矣。今若遽尔回他，只道是我们薄情，不知大体的了。"秦母道："便是事出两难。"程母道："据我见识，既是老亲，你们婆媳两个，还该同了孙儿去会一会。人生在世，千里相逢，原不是容易得的事，难道你还有七十岁活么？你们若不放胆，我只算你的老伴，去奉陪走走何如？"秦母见他们议论，已有五六分肯去相会的意思了；及见连巨真进来说道："那两个姓尉迟的差官，多是十年前在历城县来拜过寿的，说起来我还有些认得，怎么伯母就不认得了？"秦母道："当时堂中挤着许多人，我那里就认得清？既是恁说，今日天色已晚，留他们在寨中歇了，明早一同起身去就是，少不得连伯伯也要烦你护送去的。"连巨真道："这个自然。"

　　过了一宿，明早大家用过了朝餐，秦母、程母、张氏夫人，多是凤冠补服；跟了五六个丫鬟媳妇，连他们四个女使，共是十二三肩山轿。秦怀玉金冠扎额，红锦绣袍，腰悬宝剑，骑了一匹银鬃马。连巨真也换了大服，跨上马，带领了三四十个兵卒，护送下山。一行人走了十来里，头里先有人去报知。只听得三声大炮，金鼓齐鸣，远望河下，泊着坐船两只，小船不计其数。秦母众人到了船旁，只见舱内四五个宫奴，拥出一个少年宫妆的美妇人出来。你道是谁？就是徐惠媖假装的。秦母与众人停住了轿，便道："这不是罗老太太，又是谁？"那差来的女使答道："这是家老爷的二夫人。"秦母见说，也不便再问。大家逊进官舱，舱口一将白显道，抢将出来观看，被秦怀玉双眉戟竖，牙眦迸裂，大喝一声。白显道一惊，自进舱里去了。李靖在船楼上望见，骇问来人道："此非叔宝之儿乎？"来人道："正是。"李靖道："年纪不大，英气足以惊人，真虎子也！"快叫人请过船来。

　　秦母等进舱，一个女使对着禀明道："这个是秦太太，那个是程太太，这是秦夫人张氏。"徐惠妃一一拜见过，便向秦母道："家老太太尚在前船，嘱妾先以小舟奉迎。承太太夫人们不弃降临，足见亲谊。"吩咐打发了轿马兵卒回去，后日来接。秦母道："琼儿公干金墉，多蒙太太颁赐厚仪，致承尊从枉顾，实为惶恐。"舟中酒席已摆设停当，即便敬酒安席。李靖请过秦怀玉来，与徐义扶相见了。李靖与秦怀玉说起他父亲前日寄书札来，取出来与怀玉看了。怀玉方知他是李药师，父执相逢，不胜起敬。忽听见又是三声大炮，点鼓开船。秦母在那边舟中，不见了怀玉，放心不下，忙叫人请了过来，坐在身旁。

　　船头上鼓乐齐鸣，一帆风挂起，齐齐整队而行。连巨真见这许多光景，也觉心上疑惑，亏得夜间宿在徐义扶舟中，义扶向他备细说明，连巨真心中虽放宽了些，但嫌身心两地，只好付之无可如何。徐惠妃那夜见秦夫人们，多是端庄朴实的人，已在舟中，料难插翅飞去，只得将直情备细说与张氏夫人知道。张氏夫人忙去述与婆婆得知。秦母止晓得先前楂树岗秦琼救了李渊之事，后边南牢设计放走李世民一段，全然不知，亏得徐惠妃将前事一一提明："因秦王殿下念念不忘令郎将军之德，故此叫妾与父亲陛见后即定计来请太夫人。"此时，秦母与张氏夫人晓得相对说话的，不是罗二夫人，乃是秦王一位妃子，重新又见起礼来。幸喜程母因多用了几杯酒，瞌睡在桌上。秦母道："小儿愚劣，有辱殿下垂青；但是那里知我家与罗总管是中表之亲？"徐惠妃道："家父先朝曾任幽州别驾数年，罗帅府衙门中事并走差之人，无不熟识。"秦母道："怪道尉迟南兄弟，扮得这般厮像。只是如今魏邦事势未衰，吾家儿子急切间怎能个得归唐？夫人先须差人送一个信去方好。"徐惠妃道："这个自然。但程太太跟前，万万不可说明。"

秦母众人在舟中住了两天。那日早起，只听得前哨报道："头里有贼船三四十只，相近前来。"秦怀玉正睡在那边船楼上，听见，如飞披衣起来窥探。只见李靖在舱中，唤一将进来，那将是前日扮尉迟北的。李靖在案上取一面令旗，付与中军官，递将下来。那将跪下接着，李靖坐在上面吩咐道："前哨报有贼船相近，你领兵去看来，不可杀害，好歹捆来见我。"那将应声去了。不一时，只闻得大炮震天，呐喊之声不绝。小船上兵卒，个个弓上弦刀出鞘，把甲胄收束停当。未及两个时辰，鸣金三响，早见那员武将跪下道："禀元帅爷缴令，贼船已获，头目现捆绑在船，专候元帅爷的旨定夺。"李靖收了令箭，便问道："贼船是何旗号？"那将答道："打着是魏家旗号。"李靖双眉一蹙道："既是魏家的人，解进来。"那将应声而去。

其时大小船俱停住不行；船头上众将，排列刀斧手、捆绑手，明晃晃执着站立，好不威武。只见战船里拖出一个长大汉子来。连巨真在后边船上望见，吃了一惊道："这是我家贾润甫，为甚么撞在这里，却被他们拿住？"忙要去报知秦怀玉，无奈船挤人多，急切间难到那边船上去。徐义扶又不见了，只得趴在船舷上，听他们发落。

只听见李靖问道："你是那一处人，叫甚名字？"贾润甫答道："我是魏邦人，叫做贾和。"李靖道："既是魏邦人，岂不见我大唐旗号出师在此，擅敢闯入队来！我且问你：你奉李密使令，差往那里去，今从何处来？"贾润甫道："实因王世充去秋曾向我处借粮二万斛，不意我处今秋歉收，魏公着我去索取。"李靖道："王世充残忍褊隘之人，刻刻在那里觊觎非望，以收渔人之利；你家李密，却去济应他的粮草，何异虞之假道于晋，因以自敝乎？可知李密真一庸碌之夫矣！"贾润甫道："天下扰攘，未知鹿死谁手，明公何出此言？"李靖拍案喝道："李密手下多是一班愚庸之夫，所以前日秦王被囚于南牢，文静困辱于殿陛，我正要来问罪，你却撞来乱我军律。左右的，与我拿去，斩讫报来！"众军校吆喝一声，把贾润甫拥绑出来。连巨真唬得魂飞魄散，如飞要去寻秦怀玉。何知秦怀玉被徐义扶说明，反不着忙。

只见中军官又叫刽子手推贾润甫转来。李靖起身亲解其缚，喝左右取冠带过来，替贾爷穿好上前相见。贾润甫拜谢道："不才偶犯元帅虎威，重蒙格外宽宥，是见海涵。"李靖道："适才不过试君之器量耳！弟辈仰体秦王求贤之心，何敢妄戮一人？且叫足下相会几个朋友。"话未说完，只见徐义扶、连巨真、秦怀玉，多走到面前。贾润甫大骇，对徐义扶道："你是放走了秦王与刘文静，该在这里的了。"对连巨真、秦怀玉道："你们是住在瓦岗，为何却在此处？"徐义扶把始末备细说了一遍。贾润甫对徐义扶道："你却同了秦王高飞远举来了。累及徐军师、秦大哥、魏记室，坐禁南牢。"秦怀玉听见说他父亲囚禁南牢，放声大哭，忙问李靖说道："乞老伯借二千兵与小侄，待小侄打进金墉，救取父亲。"秦母在此船，闻知这个消息，亦差人来盘问。贾润甫道："既是秦伯母在此，何不请过船来相见，听我说完，省得停回重新再说。"李靖便向怀玉道："正是，贤侄去请令祖母过来，听贾兄说完。"不一时秦母走过船来，众人一一拜见了。

秦母向贾润甫道："小儿为何事逮罪南牢？"贾润甫道："魏公降服凯公回来，闻报徐兄放去了秦王、刘文静，又迁怒于秦大哥、魏玄成、徐懋功，将他三人监禁南牢。我与罗士信再三苦谏不从，即差我往王世充处讨粮。因去秋王世充差官来要借粮四万斛，彼时我听见，如飞向魏公力止，极言不可借；世充乏食，天绝之也，何反与之？况我家虽有预备，积储几仓，亦当未雨绸缪，要防自己饥馑。况军因粮足，今若借与彼，是藉寇兵以资盗粮也，智者恐不为此。无如魏公总不肯听，竟许其请，开仓付二万斛。那开仓之日，适值甲申日，有犯甲不开仓之禁忌。嗣后巩洛各仓，仓官呈报：鼠虫作耗，背生两翼，遍体鱼鳞，缘壁飞走，蜂拥而出，仓中之粟，十食八九。魏公拜程知节为征猫都尉，下令国中每一户纳猫一只，赴仓交纳，无猫罚米十石。究竟鼠多于猫，未能扑灭，猫与鼠不过同眠逐队而已。鼠患终不能息。魏公正在悔恨，近又萧铣缺饷，亦统兵来要借粮五万斛，如若不允，便要尽力厮拼。因此魏公着了急，将他三人在南牢赦出，即差了秦大哥与罗士信，领兵去征萧铣；徐懋功差往黎阳，魏玄成看守洛仓。目下又值禾稼湮没，秋收绝望，因此差我向王世充处取偿前日之粟。如今伯母既是秦王命李元帅屈驾长安，定必胜似瓦岗，待我报与秦大哥晓得了，他毕竟也就来归唐。"又对连巨真道："巨真兄，你还该回瓦岗去。众弟兄家眷尚多在寨，独剩一个尤员外在那里，倘有疏虞，是谁之咎？我因公干急迫，伯母请便。"即向众人告辞。

李靖见贾润甫人才议论，大是可人，托徐义扶说他归唐。贾润甫道："弟因愚劣，不能择主于始；今虽时势可知，还当善事于终。若以盛衰为去留，恐非吾辈所宜，后会有期。"即便别去。李靖深加叹服。连巨真因与秦叔宝义气深重，只得同到长安，看了下落，再回瓦岗。正是：

满地霜华连白草，不易离人义气深。

第五十三回

梦周公王世充绝魏　弃徐勣李玄邃归唐

诗曰：

　　成败虽由天，良亦本人事。宣尼惊暴虎，所戒在骄恣。
　　夫何器小夫，乘高肆其志。一旦众情移，福兮祸所伺。
　　蛟螭失所居，遂为蝼蚁制。噬脐徒空悲，贻笑满青史。

　　事到骑虎之势，家国所关，非真拨乱之才、一代伟人，总难立脚；何况庸碌之夫，小有才名，妄思非分，直到事败无成，才知噬脐无及。

　　今且不说秦母归唐。再说贾润甫别了李靖等来到洛阳，打探王世充大行操练兵马，润甫要进中军去见他。世充早知来意，偏不令润甫相见，也不发回书，叫人传话道："这里自己正在缺饷，那得讨米来清偿你家？直等我们到淮上去收了稻子，就便来当面与魏公交割。"贾润甫见他这样光景，明知他背德不肯清偿，也不等他回札，竟自回金墉来，回复魏公道："世充举动，不但昧心背德，且贼志反有来攻伐之意，明公不可不预防之。"李密怒道："此贼吾亦不等其来，当自去问其罪矣。"择日兴师，点程知节、樊文超为前队，单雄信、王当仁为第二队，自与王伯当、裴仁基为后队，望东都进发。

　　那边王世充早有哨马报知，心上要与李密厮拼，只虑他人马众多，急切间不能取胜，闷坐军中。忽一小卒说道："前年借粮军士回来，说李密仓粟却被鼠耗食尽，升贾润甫补征猫都尉，宫中又有许多灾异，金墉百姓多说是僭了周公的庙基，绝了他的香火，故此周公作祟。"郑主道："只怕此言不真。"小卒道："来人尽说有此怪异，为甚说谎？"郑主笑道："若然，则吾计得矣；但必要一个伶俐的人，会得吾的意思，方为奇妙。"说了，呆看着那小卒，小卒低着头微笑不言。

　　到了明日，擂鼓聚将，大宴群臣，计议御敌之策。郑主问道："李密金墉之地，还是隋朝故宫，还是他自己创造的？"张永通答道："魏主宫室，原是周公神祠。李密谓周公庙宇当创建于鲁，此地非彼所宜，便撤去庙貌，改为宫阙。周公累次托梦于臣，臣未敢渎奏。"郑主拍案道："怪道孤昨夜三更时分，梦见一尊冠冕神人，说：'吾乃周文王之子姬公旦便是。蒙上界赐我为神，庙宇在金墉城内，被李密拆毁了，把基址改为宫殿，木料造了洛口仓，使我虎贲卫从，漂泊无依。今李密气数将尽，运败时衰，东郑王，你替我报仇做主。'"众臣道："神人来助，足见明公威德所致，此番魏邦土地，必归于明公矣。"郑主道："富贵当与卿等共之，谅孤非敢独享也。"

正说时，只见三四个小卒走上前来报道："中军右哨旗丁陈龙，忽然披发跣足，若狂若痴，口中大叫道：'我要见东郑王。'"郑主见说，笑逐颜开，对众臣道："此卒素称诚朴，何忽有此举动？孤与卿等同去看他。"说了，齐上马，来到教场中。军师桓法嗣纵马先到演武场，只见陈龙闭着双眼，挺挺的睡在桌上，高声朗句的在那里诵《大雅》文王之诗曰："文王在上，于昭于天。周虽旧邦，其命维新。"见郑主来，忽跳起身，站在桌上，朝着外边道："东郑王请了，吾周公旦附体在此。前宵所嘱之言，何不举行？勿谓梦寐，或致遗忘。若汝等君臣同心协力，吾还要助汝阴兵三千，去败魏师，幸毋观望，火速进兵为上。吾去也！"说了，跳将下来，满厅舞蹈扬尘。此时王世充与众臣，早已齐齐跪拜道："谨遵大王之命，我等敢不齐心讨贼，以复故宫，重修殿宇峥嵘？"大家忙起身，看那个陈龙，面色如灰，手足冰冷，直僵僵横在草地上。郑主叫人负了他回去。

自此郑家兵将，个个胸中有个周公旦了。从来行兵诡道，王世充原是个奸狡多谋之人；兼那军师桓法嗣，又是个旁门邪术之徒，恰好在乱离中，逞志求荣，希图宝位，便有许多因邪入邪之事来凑他。郑王回朝，即便传旨军师桓法嗣，明日下演武场，点选彪形大汉三千，个个身长八尺，脚踩木橇一丈二尺，面上俱戴鬼脸，身穿五色画就衣服。数日之内，演习停当。桓法嗣说："此计只宜速行，攻其无备。"郑主准奏。这不过是要收拾完一个李密，成全一个应世之主。若李密是个明哲之士，见国中屡现灾异，便要安守金墉，悔改前愆，优恤臣下，犹可以为善国。无奈李密自恃才略高强，却忘了昔日死里逃生之苦，刻刻要想似汉高提着三尺剑，无敌于天下。先把一个足智多谋的军师徐世勣调去黎阳；萧铣乃癣疥之疾，又把忠勇全备的秦叔宝、罗士信差他去拒守；贾润甫屡进奇谋不听，而置之洛口；邴元真贪利忘义小人，反置之左右；只剩单雄信、程知节等一班恃勇好斗之人，自统大兵前来。未及两日，何知王世充也拥着大队人马，在路上遇哨马报知，大家离着三四十里安营驻扎。李密安营于翠屏川东山。王世充结寨于翠屏川西山，军师桓法嗣带领细作，随身兵马二三百，悄到镇东山顶，瞭望魏营，部伍整齐，如星辰累落，看去杀气冲天，果是人惊鬼哭。

桓法嗣心中暗想："吾虽练彪形高橛神兵，怎能够胜他人强马壮？"蹙着双眉，四下闲看，忽见东北方山角下，七八个大汉在那里采樵。桓法嗣看他们运斧弄斤，丁丁伐木，不觉怡然而笑道："吾更有计矣！"悄悄唤一家将近前来，附耳几句，自己即便上马归营。到了明日，进大营对郑主道："臣昨夜也梦见周公对臣说道：'桓法嗣听我吩咐：明日我暗引一人来助你们擒贼，你快去催主人作速进征，以决胜负。'"又附郑主耳上说了几句。郑主大喜。桓法嗣又将木排，多用红绿颜色，画成兽形，列为主城，将兵马尽藏其中。郑主坐中军大寨，看军师桓法嗣调度。

只见帐下军士道："拿着了李密。"及至解进来时，见绑着的却是一群打柴的人，为首又是李密。郑主问道："是那里拿来的？"军士答道："小人们奉令巡逻，到山坳斜径，遇着这干人，内中却有李密，小人们奋勇拿来请功。"郑主怒问，那为首喊叫冤枉道："小人是国子监助教陆德明的家人，城中乏柴，着小人来樵采，说甚李密，现有同伴可证。"巡逻的道："明是李密，假做采樵，窥探军情。"郑主又向众樵夫细问，果然是乡宦家人，差出来打柴的，郑主叫左右去了那干人的绑缚，对他们说道："我晓得你们尽是平民，我如今正要用着你们。且问你众人里边，可有熟识北邙山幽僻路径的？"一个樵夫指道："那个叫做满山飞金勇，那个叫做穿山甲庞元，他两个惯走山径，晓得路途。"郑主道："妙！"先叫那像李密的前来，赏他一个中军把总；那两个金勇、庞元，赏他做了左右队长，多给衣帽战袍。又叫中军附耳，吩咐了领去。众樵夫大喜，叩谢出营，编入队伍。看两边是：

　　　　纷纷战血烟云洒，胜败存亡未可知。

再说李密前队程知节，指望遇着了对头，爽利大杀一场；不意王世充的兵马，反将横木为城，寂然不动，便督军马冲到城边，却又看见了木城上红绿兽形，即便调转马头，逃回转来。那单雄信领着第二队，亦凑着了，叫前队架起云梯炮石，向内攻打，竟不能破。魏主在后队结寨，时将举火，传令黑夜须防贼人行劫，各营务要小心，静听更筹。到了三更时分，魏营兵将耳边，只闻得四下里炮声隐隐不绝，心中惶惑。忽有巡逻夜不收，到前营来报道："王世充木城已开，只是内中灯火俱无，人影不见，敢报老爷知道。"程知节因日间攻打了半天，正在那里心中烦躁，忽闻此报，安能忍耐！自己当先，领军马直到郑营。远远望去，只见木城大开，灯火齐举，照耀如同白日，并不见一兵在外。恼得程知节性起，把双斧高举，口中喊道："有胆气的随我来！"只见郑营寨中一声炮响，闪出一将，杀了十来合，败将下去。程知节趁势追赶，约十来里，又听得郑营中一个轰天大炮，四下里即便接炮连声。忽起一阵怪风，刮地里迎面吹来。

其时金鸡已报,天色已明。程知节正催促兵马杀将下去,只见斜刺里赶出七八队,都是面蓝发赤,巨口狼牙,五色长袍,高跷橇脚,硝黄火药烘满半天,都执着砍刀,从第二队后边杀来,个个喊道:"天兵到了,你们要命的快须投降!"单雄信兵士见了,尽皆惊惶,要兜转马头,杀奔回去;因那些战马,见了这班鬼脸长人,咆哮乱跳,反向前尽力嘶跳。单雄信只得大着胆,随着前队,往前杀去。两队人马接着王世充许多将士,绞作一团的乱杀。程知节正在酣战之时,听得喊道:"捣寨的兵,拿了李密来了!"只见一簇兵马拥着李密,锦袍金甲,背剪在马上,喊叫不明道:"快来救我,快来救我!"已被这干人拥进阵里去。程知节看见,吃了一惊,对裨将樊文超道:"如今主公已没了,战也没用,散罢!"樊文超道:"东天也是佛,西天也是佛,散也没处去,倒是投降。"便传主将已没,情愿投降。部下听得,一齐抛戈弃甲跪倒。程知节忆着老母,却在乱军中卸去盔甲,寂然逃走。

单雄信与王当仁在第二队,见前边一齐跪倒,不知为甚缘由,却飞报的来说:"魏公已被拿去,前军已尽投降。"单雄信也是个猛夫,再不忖量李密怎样就可以拿得,心下反着了忙,对王当仁道:"魏公既被他们拿去了,我们在此,杀也无益,不如我和你冲出去罢!"王当仁便道:"说得有理。"喊一声,领麾下努力,杀了一里多路。无奈四围郑兵,越杀越多。单雄信回转头来一看,王当仁已不见了。单雄信正要转身去寻,不提防郑将张永通飞马到面前。雄信忙举槊相迎,岂知郑营中几十把钩镰枪齐举,把单雄信坐马拖翻。雄信无奈,亦只得领众投降。

独有魏主还领着精锐心腹之士督战,见前队散乱,忙着裴仁基前来救应,亦被郑阵中镰钩套索捉去。魏主正在惊疑之际,只见后面山上连声发喊,二队短刃步兵赶下山来,已在阵后乱砍。回望寨中,烟焰冲天,守寨军士四散逃走,投崖坠石。原来王世充着樵夫引导,黑夜领这支兵,各带硝磺引火之物,乘他兵尽出战,焚他大寨。魏主平日却因自恃势盛,只道无人敢来窥伺,到处不立木栅,止设营房,所以这几百人如入无人之境,烧了他寨,又杀将转来。此时李密要敌后军,前面王世充人马已到;要敌前军,后边步兵杀来,真是前后夹攻,腹背受敌。无可奈何,只得易服同众逃到洛口仓。

贾润甫闻知,远来接见,把善言相慰道:"汉高屡败,终得天下;项羽虽胜,卒遭夷灭。明公安心以图后举。"在洛口仓安歇了一夜。次日正欲与众将计议,只见程知节同了十来个小卒逃来。魏主怒道:"我正要问你那前面是怎么样光景,以至于此?"程知节道:"头里我们被他杀退了下去,已有六七里,何知起一阵怪风,冲出无数阴兵;这还大家尽力混杀,不意他们阵里拥过一个锦袍金甲,与明公面貌无异,背剪在马上。我们军士,只认真是主帅被擒,军士都无心恋战。郑营中四下军马,如山倒海翻,裹将拢来,裨将樊文超即便领众投降。我不得已卸甲逃走到仓城。岂知郝元真已将全城归降王世充,我故又赶到这里，幸喜明公无恙，多是贼人使的诡计。"

话未说完，只见魏征一骑来到。魏公大骇，忙问道："为甚么你亦离了金墉，莫非亦有甚事么？"魏征道："昨夜五更时分，有一起人马，叫喊开城。郑司马上城看时，只见灯火之下，果然是明公坐在马上。郑司马忙开城门，出来迎接，只见喝道：'诸将不行救应！'就叫手下捆绑。裴仁俨亦被擒了。我着了急，知中贼人之计，如飞着宫侍报知王娘娘同世子逃出了南门，恰好在路上遇着了王当仁，交付与他送上瓦岗去了。故此我特地寻来，恰好多在这里。刚才我在路上，听见逃回兵卒说：'王世充大队人马，又追将下来。'"正说时，只见贾润甫手下巡逻走卒来报道："虎牢关也失了。郑家大兵只离我们洛口三十里地，我们快走罢！"此时连魏征也没了主意。李密见王世充势大，量此洛口一隅，怎能支撑？只得同众进守河阳。

河阳乃祖君彦所守地方，未及两日，巡卒又报偃师、洛口俱失。李密叹道："谁料贼子弄这些诡计，失去这许多地方，又战失了好几员名将！这都是孤自己大意，以至于此。如今方寸已乱，教孤如何是好？"王伯当道："为今之计，只有南阳河，北守太行，东连黎阳。徐世勣为人忠义，不以成败利钝易心，且足智多谋，堪当一面，着他同守黎阳，移兵食以资河北，虽与世充相近，末将不才，愿为死守。明公身居太行，呼吸两地，身既在此，当时部曲必然来归，力薄则拒险而守，力足则相机而战，方是妙计。"李密道："此计甚善。"问众将，多默默不答。李密又问，众将只得说道："前日北邙一战，人心皆惊，雄信投降，仁基、智略就缚，以致河阳疾破，仓城即降，偃师、洛口、虎牢地方，接踵而失。将无固守之志，兵无敢死之心，人情趋利，比比皆然。今明公麾下，尚有二万，恐再俄延，怕从人日散，公欲拒守，谁人相助？"

李密听了，不觉两行泪落道："孤仗诸君戮力同心，首取洛口，又据黎阳，北抗世充，南破化及，不意今日一战，至于众叛亲离，欲守无人，欲归无地。要此七尺何为？"言罢，拔剑便欲自刎。伯当一把抱定，两泪交流道："明公，你备经困苦，方能得成大业；今虽失利，安知不能复兴？何作此短见？"两人号哭连声，众将也齐泪下。李密哽咽了半日，才出得一声道："罢，罢，我壮志不甘居人之下，今天丧我，无计可施，黎阳我断不去。诸君若不弃，同到关中归于唐主，诸君谅亦不失富贵。"众将齐声道："愿随明公同归唐主。"李密对王伯当道："将军家室，多在瓦岗，今日入关，家室日远，恐必挂念；不若将军且回。"伯当道："昔与明公共誓生死同随，安肯今日相弃？便分身原野，亦所甘心；何况家室哉！"这几句连同行的人都感动，没一个肯离散。

独有程知节跳起身来说道："不是兄弟无情，你们却去得，我却不敢追随。"众人道："这是为甚么？"李密道："我晓得了，尊堂尚在瓦岗，不去也罢了。"程知节道："不是这话。老娘在瓦岗，尤大哥与我不比别的弟兄，时刻肯照顾我母亲，我可以放心无忧。当年李世民，监禁在南牢百日，多是我程咬金陷他。"众人道："这是公事，岂独罪你一人？"程知节道："当日世民窥探金墉城，众臣只道他诡计，无人敢去拿他，独有我老程，不怕死赶出城外。追至老君堂，见他躲在神柜里。我认他是个蟒蛇精，一斧几乎把他砍死。幸亏秦大哥止住了，说道：'留活的拿去见魏公。'所以他君臣两个困陷这几时。如今的人，恩则便忘，怨则分明。我今去正中唐家的意，把咬金一刀两段，叫我老娘谁来照看？不去，不去！"说罢，竟一恭而去了。众人道："此时各从其志，他不去，我们是随明公去便了。"

　　李密恐怕耽延有变，也不待秦叔宝回来，亦不去知会徐世勣，只带部下兵有二万人西行。先差元帅府掾柳燮，赍表奏知唐帝。唐帝久知李密才略可用，况他河南、山东，旧时部曲甚多；若收得他，即可以招来为我用，所以不胜大喜。先差将军段志玄来慰劳他，又差司法许敬宗来迎。只是李密想起当日希图作盟主，就是唐帝何等推尊，谁知一旦失利，却俯首为他臣子，心中无限不平，无限恺怏。今事到其间，不得不为人下了。率领王伯当一干人进长安，朝见唐帝。诸将拜舞毕，宣李密上殿。唐帝赐坐道："贤弟，战争劳苦，当俟吾儿世民幽州回来，与贤弟共平东都，以雪弟仇。"就传旨授李密光禄卿上柱国，赐邢国公；王伯当左武卫将军；贾润甫右武卫将军；魏征为西府记室参军。其余将士，各各赐爵。李密等谢恩而出。唐帝又念他无家，将表妹独孤氏与他为妻。官职虽不大，恩礼可谓隆矣。正是：

　　　　忆昔为龙螭，今乃作地鼠。屈身伍绛灌，哽咽不得语。

第五十四回

释前仇程咬金见母受恩　践死誓王伯当为友捐躯

词曰：

　　　忆昔声名如哄，收拾群英相共。一旦失筹谋，泪洒青山可痛。
　　　如梦，如梦，赖有心交断送。

调寄《如梦令》

　　古人云：知足不辱，苟不知足，辱亦随之。况又有个才字横于胸中，即使真正钟鸣漏尽，遇着老和尚当头棒喝，他亦不肯心死；何况尚在壮年，事在得为之际。

却说魏王李密进长安时，还想当初曾附东都，皇泰主遥授我太尉，都督内外诸军事；如今归唐，唐主毕竟不薄待我，若以我为弟，想李神通、李道玄都得封王，或者还与我一个王位，也未可知。不意爵仅光禄卿，心中甚是不平。殊不知这正是唐主爱惜他，保全他处。恐遽赐大官，在朝臣子要忌他。又因河南、山东未平，那两处部曲要他招来，如今官爵太盛了，后来无以加他，故暂使居其位，以笼络他，折磨他锐气。李密总不想自己无容人之量，当年秦王到金墉时，何等看待；如今自己归唐，唐主何等情分。还认自己是一个顶天立地的好男子，满怀多少不甘。

居未月余，秦王在陇西征平了薛举之子薛仁杲，拔寨奏凯还朝。早有小校飞驰报捷长安。唐主宣李密入朝面谕道："卿自来此，与世民未曾觌面。朕恐世民怀念往事，不利于卿。卿可远接，以尽人臣之礼。"李密领诺。其时魏征染病西府。李密同王伯当等二十余人，离了长安，望北而行。直至幽州，哨马报说秦王人马已近。李密问祖君彦道："秦王有问，教我如何对答？"君彦道："不问则已，若问时，只说圣上教臣远接，即不敢加害于明公矣。"二人正商议间，只见金鼓喧阗，炮声震地，锦衣队队，花帽鲜明，左右总管十人，剑戟排拥，戈矛耀日，前面数声喝道，一派乐官，埙篪迭奏而来。李密只道来的就是世民，忙与众官分班立候。只见马上一将，大声呼道："吾非秦王，乃长孙无忌与刘弘基也。殿下尚在后面，汝是何人，可立待之！"是时李密心中懊恨，明知秦王故意命诸将装作王子来羞辱他。如今若待不接，恐唐王见怪；若再去接，又觉羞辱难堪。

正在悔恨之时，又见一队人马排列而来。前面一对回避金牌，高高擎起；中间旗分五色，剑戟森严；后面吆喝之声渐逼，望见舆从耀目，凤起蛟腾。李密暗想："是必秦王也。"忙与众将俯躬向地打躬下去。只见马上二人笑道："吾乃马三保、白显道也。前年我们到金墉来望你，今你亦到吾长安来。若要接殿下，后面保驾帷幔里高坐的便是，可小心向前迎接。"李密听见，满面羞惭，捶胸跌脚，仰天叹道："大丈夫不能自立，屈于人下，耻辱至此，何面目再立于天地之间？"即欲拔剑自刎。王伯当急向前夺住道："明公何如此短见，文王囚于羑里，勾践辱于会稽，后来俱成大业。还当忍气耐性，徐图后事。"

正说时，忽有人报道："前面风卷出一面黄旗，绣着'秦王'二字在上，今次来的必是秦王无疑。"李密无奈，只得侧立路旁。骤见一队人马到来，前导五色绣旗。甲士银鬃对对，彤弓壶矢，彩耀生光。宝驾雕鞍，辉煌眩目，力士前引，仪从后随。唐将史岳、陶武钦，依队前进；王常、邱士尹，按辔徐行。原来四将认得是李密，各在马上举手道："魏王休怪，俺们失礼了。"李密诸将默然无语，不觉两泪交流。王伯当再三劝慰。

又见殷开山、洛阳史，排列左右护卫，犹如天王之状。秦王冠带蟒服，高拱端坐幔中。李密看得真切,如飞向前俯伏道:"老拙有失远迎,望殿下恕责。"秦王见了李密,不觉怒发冲冠,手持雕弓,搭上一箭,兜满弓弦。唬得魏将王伯当、贾润甫、祖君彦、柳周臣诸将,俯伏在地,面如土色。李密把两手捧住其脸,战栗不已。秦王见众人在地下打作一团儿,犹如宿犬之状,到底是人君度量,即收了箭,以弓梢指定李密道:"匹夫也有今日!本待射你一箭,以报缧绁之仇,恐连累了众人,只道我不能容物,暂饶你性命!"大喝一声而过。这都是秦王晓得李密来接,故意装这十将来羞他。

其时秦王进朝拜见了唐帝。唐帝道:"皇儿征伐费心,鞍马劳苦。"秦王道:"托赖父王洪福,诸将用命,得以凯还,擒得薛仁杲、罗宗睐等囚在槛车,专候父皇发落。"唐帝大喜,即命武士斩于市曹,悬首示众。因问秦王:"曾见李密否?"秦王答道:"臣儿曾见来。"唐帝道:"当时朕欲拒其降,因刘文静进言道:'郑与魏境接壤,二邦犹如唇齿。'今王世充灭了李密,未有虢亡而虞独存者,我处若不受其降,密必计穷,据兵而复投他国,又增一敌。劳吾心矣,乌乎可!"秦王道:"为甚么有恩于臣儿的这几个人反不见?"唐帝道:"魏征已在这里,朕知其有可用之才,将他拨在你西府办事;如今闻说他有病,故此想未有来接你。"说完,帝同秦王进宫去朝见了母后,谢恩出朝。

他原是个拨乱之主,求贤若渴;况当年有恩于彼,怎不关心?一进西府,即问魏征下榻之处。魏征原没有病,因李密要他同去接秦王,料必不妥,故此诈称有疾。今闻秦王来问他,如飞赶出来,拜伏在地道:"臣偶抱微疴,不可远接,乞殿下恕臣之罪。"秦王一把拖住道:"先生与孤,不比他人,何须行此礼?"忙扯来坐定。魏征道:"魏公失势来投,望殿下海涵,勿念前怨。"秦王道:"孤承先生们厚爱,日夜佩德于心,今幸不弃,足慰生平。李密匹夫,孤顷见俯伏在地,几欲手刃之,因见众臣在内而止。然孤总不杀他,少不得有人杀他的日子。"因问:"叔宝、懋功二兄为何不来?"魏征道:"徐懋功尚守黎阳,他是个足智多谋之士。魏公自恃才高,与他言行不合,所以他甘守其地,亦无异志。秦叔宝往征萧铣未回。魏公此来,亦未去知会他。"秦王道:"他的令堂,乃郎,孤多膳养在此。"魏征道:"他于今想必也晓得了。但是这人天性至孝,友谊亦要克全其义。单雄信已降王世充,恐还有些逗留。"秦王又问道:"那个粗莽贼子程知节,为甚么不见?"魏征道:"他因昔日开罪于殿下,故不敢来,到瓦岗拜母去了,人虽粗鲁,事母甚孝,倒是个忠直之士。昨晤徐义扶,方知程母也在此。他还不晓得,若到瓦岗,知其母消息,是必奋不顾身,入长安矣。倘来时,望殿下忘其射钩之仇而包容之。"于是秦王与魏征朝夕谈论,甚相亲爱。

如今且说程知节到了瓦岗,却不见了母亲,忙问尤俊达。尤俊达道:"尊堂陪秦伯母婆媳两个去会亲戚,不想被秦王设计赚入长安去了。"程知节见说,笑道:"尤大哥,你又来耍我。"尤俊达道:"程老弟,我几曾说谎来?"便把当时赚去行径一一说出,又道:"当时这班人,原只要迎请秦伯母去,谁知令堂生生的要奉陪他走走。弟再三阻挡,他必不肯依,因此弟只得叫连巨真兄送去。前日连巨真在长安回来,说尊堂与秦伯母在秦王那里,甚是平安。兄如不信,到黎阳去问连巨真,便知详细了。"程知节此时觉得神气沮丧,呆了半晌,喊道:"罢了,天杀的入娘贼,下这样绝户计!咱把这条性命丢与他罢!"过了一宿,也不辞别尤俊达,跟了两个伴当,竟进长安。可怜:

只念娘亲不惜躯,愿将遗体报亲恩。

程知节恐怕大路上有人认得,却走小路。晓行夜宿,未及一月,不觉早到长安。进了府城,就在西府左首借了下处。先叫手下人把一揭投进去,只等帅府开门。秦王知程知节到来,传令将士装束威武,排列森严,粗细鼓乐,迭奏三通。秦王升殿,诸将参见过,捱班站立。只听得头门上守门官报道:"魏犯程知节进。"里边武卫接应一声,如春雷一般。秦王坐在上面,见一个赤条条的长大汉子,背剪着,气昂昂走将进来。到了丹墀,直挺挺的立定。秦王仔细一看,认得是程知节,不觉怒气填胸,须眉直竖,击桌喝道:"你这贼子,今日也自来送死了!可记得当年孤逃在老君堂,几乎被你一斧砍死!孤今把你锅烹刀礤,方消此恨。"程知节哈哈大笑道:"咱当时但知有魏,不知有唐。大丈夫恩不忘报,怨必求明。咱若怕死,也不进长安来,要砍就砍,何须动气!快快叫咱老娘来见一面,咱就把这颗头颅,结识与你罢。"秦王道:"你这贼到这地位,还要口硬,且缓你须臾之死。军士们领他去见了他母亲,然后来受刑!"众军士不由分说,把知节拥出府门。

原来秦老夫人的下处,就在西府东首一所绝大的房子里头,与程母同居。秦母一到长安,秦王即拨一二十名妇女,进来伺候,又拨排军二十名,看守门户。不但供应日逐送进,每月还有许多币帛馈赐。秦母与程母,礼必两副。所以这两个老人家,起居安稳,甚感秦王之恩。当时众军士将程知节拥进秦母寓所,早有人进去报知。秦母与程母如飞走出堂来。程母见儿子这般行径,即上前抱头大哭,口里咿哩呜罗,不知哭许多甚么,惹得众武士反笑起来。程知节焦躁道:"娘,你不要哭!儿子问你,你住在这里,身子可安稳么?可有人伺候么？"程母只是哭，那里对答的出一句，反是秦母替他说道，"一到长安，秦王如何差人来伺候，每日如何供应，月月如何馈送，还要时常差妇女出来候安。我与汝母亲，蒙他恩典，相待一体，总无厚薄。"程知节问母亲道："娘，可是这样的？"程母含着眼泪，点点头儿道："是这样的。"又将手指身旁两个使女说道："这两个就是秦殿下赐来服侍我的。"知节见说，便道："娘，儿子差了，那晓得秦王这样一个好人！儿今去死在他台下，也是甘心的。娘，你不要念我了，你去伴秦伯母终了天年罢！"竟要撒开身子走出来。程母那里肯放？秦母对知节道："你们不要忙乱，听我说：当时秦王因要我的琼儿归唐，故假作罗家来赚我，不意你母亲一团美意，陪我出寨，竟入长安。如今魏公亦已降唐，吾家琼儿谅必早晚亦至。你家母亲岂可因我出门，反作无子之母？"便对伺候的说道："取我的大衣服出来，待老身自进西府，去见秦王，求他宽宥。"

正说时，只见一个差官，跟着三四个校尉，手里托着冠带袍服，口中喝道："殿下有旨，恕程知节无罪，着即冠带来相见。"说完，校尉如飞将程知节绑缚去了，要替他冠带。程母见说，如飞跪在地上，对天叩首道："愿殿下太平一统，万寿无疆。"引得众人又笑起来。程知节着了衣服，穿好了袍带，便要拜母亲与秦伯母。程母止住道："儿且不必拜我，快进西府去叩谢秦王。这样宽恩大度的明主，你须要尽忠去报他，老身就死也瞑目的了。"知节见说，不敢违命，如飞的跟了差官，来进西府。

时秦王在集贤堂，与众谋士谈兵议论；只见校卫来复命说道，秦叔宝母就要见殿下来，程知节母如何叩首谢祝。秦王笑向魏征与刘文静道："幸是孤先差人去赦他，若秦母到来，就不见情了。"话未说完，那差官进来禀程知节在帅府门首候旨。秦王道："叫他到西堂来。"西堂原是西府会宾之所。差官早引程知节站在阶前伺候。只见秦王踱将出来，程知节如飞跪向前，垂泪说道："臣有眼无瞳，以致当年不识英雄之主，获罪难逃。今虽蒙恩赦，反觉生惭。"秦王自下阶来搀他起来道："刚才试君之意耳。孤久知卿乃忠直之士，愿卿将来事唐如事魏足矣。"知节道："臣蒙殿下豢母隆恩，敢不捐躯以报！"秦王问起知节与王世充当日征战之事，知节备细述了一遍。秦王又问："可曾见叔宝、懋功？"知节道："臣自战败之后，见魏公降唐，臣即往瓦岗。一闻母信，星夜至此，实未曾会着秦、徐二友。臣感殿下鸿恩，无由以报。臣有心腹部曲一二千，尚在北邙、偃师，待臣去招来，并偕秦、徐诸弟兄来归唐，未知殿下可容臣去否？"秦王见说，大喜道："孤有何不容？如此足见卿之忠贞。但须朝见过了圣上，卿须奏明，看圣上旨意如何。"知节领诺。秦王即命差官，引他进朝面圣。

知节即便辞了秦王，出来朝见唐帝。唐帝见他相貌魁梧，言语爽直，即赐他为虎翼大将军，兼西府行军总管，所奏事宜，悉听秦王主裁。知节谢恩出朝，重新又到西府来，谢过了恩，忙到寓所拜见老母，并秦伯母暨张氏夫人。秦怀玉也出来拜见了。一家欢聚。过了一宿，明早知节便辞别了秦王，束装起行。前日进长安时，九死一生；如今出长安，轻裘肥马，仆从随行，比前大不相同，一径往东都进发。这是：

　　因感新知己，来寻旧侣盟。

　　如今再说李密，自从被秦王羞辱之后，每日退归邢府，坐卧不安，忧形于色。左右报程知节到来，李密心上指望他来探望，访问一访问东都消息。岂料知节竟不来见。未及三四日，报说唐帝封他爵虎翼将军，又差出长安去了。李密心中气闷，忙对王伯当与同来将士道："程知节是孤旧臣，他到了两三日，竟不来看孤一面。人情之薄，一至于此！今唐主赐了他官爵，又出长安去了，想必他此去收拾旧时兵卒，以来助唐。我们在此闷坐守死，有何出头日子？"李密诸将士，当时攻城略地，倚着金帛来得易，也用得易，自入关来，也都资用不足，各不相安。今见李密有去志，大家计议道："徐世勣现在黎阳，张善相在伊州；叔宝、士信，想已平定萧铣，必归瓦岗；雄信诸人在洛。明公还可有为，何苦在此别人眼下讨气？"王伯当也道："正当如此。"李密道："还是奏知唐主，只说要往山东收故时部曲？还是各人私走到关外取齐？"贾润甫道："此事不妥。主上待明公甚厚。况国家姓名著在图谶，天下终当一统。明公既已委质，复生异图，盛彦师、史万宝等雄守关外，此事朝发，彼必夕至。虽或出关，兵岂暇集？一称叛逆，谁复能容？为明公计，不若安守，徐思其便，可以万全。"密怒道："卿乃吾心腹，何言如是！不同心者，当斩而后行。"润甫泣道："自翟司徒被戮之后，人皆为明公弃恩忘本，上下离心。今纵奔亡，谁肯复以所有之兵，拱手委公乎？贾系荷恩殊厚，故敢深言不讳，愿明公熟思之。若明公有所措身，贾柳亦何辞就戮。"密大怒，拔剑欲击之。王伯当等力劝乃止。祖君彦道："依臣想来，不若通知了公主，潜出长安；秦王即知，差人来阻，公主在那里，谅难加害。此汉刘先主赚吴夫人归汉之计，未知明公以为何如？"

　　大家计议未定，李密含怒进内。独孤公主道："大丈夫当襟怀磊落，妾见君家何多不豫之色？"李密道："我有一言，欲与汝商酌，未知可否？"独孤公主道："夫妇之间，有何避忌？"李密道："吾欲背唐而行，只虑汝牵心，不忍相弃，意欲与汝同行，未知可否？"独孤公主道："是何言欤？吾兄受汝之降，爵君上公，又念君无家，赐妾为婚，宠眷之恩，可谓富贵极矣。今席尚未暖，不思报德，反有异志，苟有人心，必不至此。"李密道："主上恩宠虽厚，汝侄辱我太甚。今势不两立，且往山东，收拾士卒，再图后举。况妇人之身，从夫为荣。汝心不允，莫非亦有异志么？"公主见说，即唾其面道："吾以汝为好人，尽心报国，不意如此不忠不义，此生有何倚赖？"李密见说，登时杀气满面。幸喜旁边有个宫奴，善伺人意，忙上前解说道："驸马息怒，此亦吾家公主年轻，不知大义。古人说得好：夫唱妇随，无违夫子，以顺为正，妾妇之道也。驸马既有此言，还当熟商，徐徐而行，岂可因一言之间，有伤伉俪之情？"

李密见这宫奴说了这几句，把气消了一半，走出外来。祖君彦问道："明公刚才进去，可曾与公主商酌？"李密恨道："适间我略谈几句，不贤之妇反责我不忠背德，我几欲手刃之，故走出来。"王伯当道："风声已漏，不好了，祸将至矣！"李密道："计将安出？"祖君彦道："要去大家即便起身，如再迟延，即难离长安矣！"李密见说，忙将内门封锁，叫王伯当唤齐同来诸将，收拾行装器械，共有六十余人，不等天明，竟出北门而去。门军忙来报知秦王。秦王大怒，如飞自到邢府中来看，只见内门重重封锁，忙叫人开了，见了独孤公主。公主将夜来之言，述了一遍。秦王听见，咬牙切齿，如飞奏知唐帝。唐帝亦怒，即欲遣将追擒。刘文静道："何必动兵？只消发虎牌传谕各地方总管，若李密领众过关，必须生擒解来正法，看他逃到那里去？"唐帝称善，即发出虎牌来，星夜知会各关。

且说李密与王伯当众人，戴星而往，马不停蹄。不多几日，出了潼关，过了蓝田。李密对众人道："吾们若要到伊州张善相处，须走小路便捷；若要往黎阳徐世勣处，须走大路。"贾润甫道："前途愈加难行，据吾见识，吾们该匀两队走，一队走黎阳，一队走伊州。"李密道："这也说得是。你与祖君彦走大路，往黎阳；吾与伯当走小路，往伊州。到了，大家差人知会便是。"因此贾润甫同祖君彦一二十人，走大路去了。

李密同王伯当三十余人，又走了几日，到了桃林县地方。桃林县县官方正治，是个贤能之士，见这些人乘夜要穿城过，心中疑惑，叫军士着实盘驳，必要检看行囊。李密手下偏将与众兵卒，原是强盗出身，野性不改，见这小小一县这般严缉，大家不甘，登时性起，拔出刀来砍杀门军，一拥进城。王伯当忙要止住，那里禁止得住？吓得县官方正治逃入熊州去了。魏家兵将进了城，见无人阻拦，囊资久虚，爽利把仓库劫掠一空。住了一宵，然后起身。方正治一到熊州，把前事述与镇守将军史万宝知道。万宝惊惶无计，总管盛彦师道："不难，我自有策；只须数十人马，自能取他首级。"史万宝再三问时，盛彦师不肯说破。

时李密以为官兵必截洛州，山路无人阻挡，骑着马领这千人缓行。恰到熊耳山南山下，一条路左旁高山，下临深溪。李密与王伯当策马先走，不顾左右。只听得一声炮响，山上树丛里箭如飞蝗，时退不能；况身上又无甲冑，山谷里溪中又有伏兵杀出截住前后，可怜伯当急不能敌，拚命抱住李密之身，百般遮护。二人竟死于乱箭之下。被伏兵枭了首级，收了尸骸，奏捷唐帝。唐帝大喜，命将两颗首级，悬于竿首，市曹示众，携窃者夷三族。正是：

　　有才不善用，乃为才所使。不及程与秦，芳名垂青史。

第五十五回

徐世勣一恸成丧礼　唐秦王亲啥服军心

词曰：

　　淅淅凄风问沙场，何使人英雄气夺？幸遇着知心将帅，忠肝义魄。危涧层峦真骇目，穿骨利镞犹存血。喜片言，挽得天心回，毋庸戚。鸟啾啾，山寂寂。心耿耿，情脉脉。看王章炫熠，泉台生色。一杯浇破幽魂享，三军泪尽欢声出。忙收拾，荷恩游帝里，存亡结。

调寄《满江红》

　　人到世乱，忠贞都丧，廉耻不明，今日臣此，明日就彼；人如旅客，处处可投；身如妓女，人人可事，虽属可羞，亦所不恤。只因世乱，盗贼横行，山林畎亩，都不是安身之处。有本领的，只得出来从军作将，却不能就遇着真主；或遭威劫势逼，也便改心易向。皆因当日从这人，也只草草相依，就为他死也不见得忠贞，徒与草木同腐，不若留身有为。这也不是为臣正局，只是在英雄不可不委曲以谅其心。

　　如今再说唐帝，将李密与王伯当首级，悬竿号令。魏征一见，悲恸不安，垂泪对秦王道："为臣当忠，交友当义，未有能忠于君，而友非以义也。王伯当始与魏公为刎颈之交，继成君臣之分。不意魏公自矜己能，不从人谏，一败失势，归唐负德，死于刀锋之下。同事者一二十人，惟伯当乃能全忠尽义。臣思昔日魏公亦曾推心置腹于臣，相依三载，岂有生不能事其终，死又不能全其义乎？目今尸骸暴露荒山，魂魄凭依异地，迎风叫月，对雨悲花。臣思至此，实为寒心。臣意欲求殿下宽假一月，到熊州熊耳山去，寻取伯当与李密尸骸，以安泉壤，庶几生安死慰，皆殿下之鸿慈也！"秦王道："孤正欲与先生朝夕谈论，岂可为此匹夫，以离左右？"魏征道："非此之论也。臣将来报殿下之日长，报魏之事止此而已。昔汉高与项羽鏖战数年，项羽一朝乌江自刎，汉高犹以王礼葬之，当时诸侯咸服其德。望殿下勿袭亡秦之法，而以尧舜为心，况今王法已彰，魏之将士正在徘徊观望之际，未有所属；殿下宜奏请朝廷，赦其眷属，恤其余孽。如此不特魏之将帅，倾心来归，即郑夏之士，亦望风来归矣。臣此行非独完魏之事，实助唐之计也。愿殿下察之。"秦王道："容孤思之。"次日，秦王即将魏征之言，奏知唐帝。唐帝称善。即发赦敕一道："凡系李密、王伯当妻孥，以及魏之逃亡将士，赦其无罪，悉从其志，地方官毋得查缉。"因此魏征得了唐帝赦敕，即便辞了秦王，望熊州进发。

今且说徐世勣在黎阳闻知魏公兵败，带领将士投唐，逆料魏公事唐，决不能终，必至败坏。我且死守其地，待秦叔宝回来再作区处。不多几月，叔宝与罗士信杀退了萧铣，奏凯回来。道经黎阳，懋功早差人来接。叔宝同士信进城去相见了懋功，把魏公败北归唐一

段，说了一遍。叔宝听了，跌足叹恨道："魏公气满志昏，难道从亡诸臣，皆不知利钝，而不进言，同去投唐？"懋功道："魏公自恃才高，臣下或言之总不肯听，将来必有事变。今兄将安归？"叔宝道："家母处两三月没有信到，今急切要到瓦岗去。"懋功道："弟正忘了，兄还不知么？尊堂尊嫂令郎俱被秦王赚入长安去矣。"叔宝见说，神色顿变道："这是甚么话来？"懋功道："连巨真亲送了去回来的，兄去问他，便知明白。"叔宝便对士信道："兄弟，你把兵马且驻扎在此，我到瓦岗去走遭来。"遂跟了三四个小校，来到瓦岗寨中。

尤俊达、连巨真相见了，叔宝就问："秦王怎么样赚去老母？"连巨真道："秦大哥，你且不要问我，且把弟带来的令堂手札，与兄看了，然后叙话。"连巨真进内去了。尤俊达便把秦王命徐惠妃假作罗家夫人来赚伯母一段，说了一遍。只见连巨真取出两封书来，一封是秦母的，一封是刘文静的，多递与叔宝。叔宝接在手，先将老母的信札来看，封面上写"琼儿开拆"。叔宝见了母亲的手迹，不觉两泪交流，从头至尾，看了一遍，方才收了泪；又看了刘文静的书，问连巨真道："兄住长安几日？"巨真道："咱在长安住了四五日。秦王隔了一日，即差人到尊府寓中来问候，徐惠妃父女亦常差宫奴出来送东西。弟临行时，令堂老伯母再三嘱弟，说兄一回金墉，即便收拾归唐，这还是魏公未去之日。今魏公已为唐臣，兄可作速前去。"尤俊达忙将徐惠妃前日送来的礼物，交还叔宝。叔宝又问道："程知节往何处去了？"巨真道：

"他始初不肯随魏公归唐，一到瓦岗闻了母信，他就拼命连夜到长安去了。"

叔宝心中自思道："若魏公不与诸臣投唐，我为母而去倒无他说；如今魏公又在彼，我去，唐主还是独加恩于我好，还是不加恩于我好？若将我如魏臣一般看待，秦王心上又觉不安；若以我为上卿，魏公心上只道我有心归唐，故使秦王先赚母人长安。如今事出两难。且到黎阳去与懋功商量，看他如何主张。"忙别了尤俊达与连巨真，如飞又赶到黎阳，见了徐懋功与罗士信，把如何长短说了一番。懋功道："若论伯母在彼，吾兄该急速而行；若论事势，则又不然。魏公投唐，决不能久，诸臣在彼，谅不相安。况秦王已归，即在早晚必有变故。俟他定局之后，兄去方为万全。"叔宝见说，深以为是，忙写一封家书报与母亲，又写一封回启送刘文静，叫罗士信只带二三家僮，悄悄先进长安去安慰母亲。到了次日，士信收拾行装，扮了走差的行径，别了懋功，跨上雕鞍；叔宝也骑了马，细细把话又叮咛了一番，送了二三里，然后带转马头回来。

到署中，对徐懋功道："懋功兄，单二哥在王世充处，决定不妥，如何是好？弟与他曾誓生死，今各投一主而事，岂不背了前盟？"懋功道："弟与他同一体也，岂不念及？但是单二哥为人，虽四海多情，但不识时务，执而无文，直而易欺，全不肯经权用事。他以唐公杀兄之仇，日夜在心，总有苏张之舌，难挽其志。如今我们投奔，就如妇人再醮一般，一误岂堪再误？若更失计，噬脐无及矣！"叔宝点头称善，虽常要想自己私奔去看雄信，又恐反被雄信留住了，脱不得身，倒做了身心两地。因此耐心只得住在黎阳。

恰好贾润甫到来，秦、徐二人见了，惊问道："魏公归唐何如？"润甫道："不要说起。"把唐主赐爵赠婚一段，细细说了一遍。"至后背了公主逃走，因关津严察，魏公叫祖君彦同我走黎阳，他们走伊州。君彦遇见柳周臣，转抄出小路打听去了。刚才弟在路上，遇着单二哥家单全，他说他主人要我去一会，万不可迟。我如今且去走遭，若说得他重聚在一处，岂不是好？魏公遣人来知会，乞说知此意。"徐、秦二人道："我们也在这里念他，兄去一会，大家放心。"过了一宵，贾润甫起身去了。

秦叔宝因心上烦闷，拉徐懋功往郊外打猎。只见一队素车白马的人前来，叔宝定睛一看，见是魏玄成，便对懋功道："徐大哥，玄成兄来了！"大家下马，就在草地上拜见了。叔宝握手忙问道："兄为何如此装束？"玄成道："兄等还不知魏公与伯当兄，俱作故人矣！"叔宝见说，呼天大恸，徐懋功也泪如泉涌。叔宝因问玄成："魏公与伯当在何处身故的？"玄成蹙着双眉道："一言难尽。"懋功道："旷野间岂是久谈之所，快到署中去说。"于是各各上马进城。到署中，恰好王簿等三四将来问探消息。懋功引秦、魏众人，到了书室中去坐定。玄成把魏公投唐始末，直至逃到熊州，死于万箭之下，细细述了一遍。叔宝大声浩叹道："不出懋功兄所料，如今兄为何又来？"玄成道：

"弟在秦王西府,一闻魏公之变,寸心如割,因求秦王告假月余,去寻魏、王二公尸骸。秦王准假,亦要弟来敦请二兄。便奏知唐帝,蒙唐帝隆恩,恐途中有阻,赐弟赦敕一道:凡在魏诸臣,谕弟请同归唐,即便擢用。"说了,玄成在报箱中忙取出赦文一道来。徐懋功与秦叔宝看了一遍。

懋功道:"众人肯去不肯去,这且慢讲;只问兄可曾到熊州去寻取李、王二旁骸骨?"玄成道:"弟前日到熊州熊耳山,那山高数丈,峭壁层峦,左傍茂林,右临深涧,中有一路,只容二马。弟到此一望,了无踪迹。只得又往上边去探取。幸有一所小庵,庵内住一老僧,弟叩问之,却有一个道人认得小弟,乃是魏公亲随内丁,年纪五十有余,他当时同遇其难,天幸不死,在庵出家。晓得二公尸首所埋之处,引弟认之,却是一个小土堆,即命土人掘开。可怜二尸拌和泥中,身无寸甲,箭痕满体,一身袍服尽为血裹。英雄至此,令人酸鼻。弟速买二棺,草草入殓,权厝庵中,待会过诸兄,然后好去成礼葬埋;但是两颗首级,尚悬在长安竿首,禁人不许窃携。弟前日即欲请埋,因唐帝盛怒之下,恐反有阻寻觅尸体之举,故此止请收尸,首级还要设计求之。"懋功道:"这个在弟身上。但是如今众弟兄如不想再做一番事业,大家去藁葬了魏公,散伙,各从其志了;若有志气,还要建功立业,除秦王外无人。只是要去得好,不要如穷鸟投林,摇尾乞怜,使唐之君臣看魏之臣子,俱是庸庸碌碌之辈,如草芥一般。"

叔宝诸人齐声道:"军师说得是。"

懋功道:"我即今夜治装,明早就起身往长安去。瓦岗山寨弟兄,且莫去通知他。为甚么呢?一则我们此去,不知是祸是福,留此一席,以为小小退步;二则单二哥家眷尚在寨中,单兄之意,决不肯归唐。如今众人还是带入长安去好?还是独剩他家眷在寨中好?且待我们定归后,再遣人送到王世充那里去,犹未为晚。"叔宝道:"此地作何去留?"懋功道:"此地前有世充,后有建德,魏公已亡,谅此弹丸之地,亦难死守。今烦副将军王簿,待我们起身之后,即将仓库散之小民,库饷给与军士,一应衣甲旗号,都用素缟,限在数日内,率领三千人马,星飞赶到熊州来送葬魏公,也见臣下忠义之心。"众人又齐声道:"军师处分得极是。"懋功吩咐停当。过了一宵,明早起身,又对叔宝、玄成道:"二兄作速打点,换了衣甲旗号,如飞到熊耳山来,弟先去了。"便随了三四个家僮,望长安进发。叔宝连夜叫军士,尽将衣甲旗号换了素缟,不多几日,料理停当。叔宝又吩咐王簿,将大队人马,作速前来,自与玄成亦望熊州进发。正是:

生前念知己,死后尽臣忠。

却说徐懋功离了黎阳,宵行夕赶,来到长安。进城下了寓所。装了书生模样,叫家僮跟了,走到十字街来,见双竿竖起,悬挂匣中两颗头颅。徐懋功见了,心如刀割,望上拜了四拜,将手捧住双竿,放声大哭。惊动众军校,上前来拿住,拥至朝门。其时因定阳刘武周僭称皇帝,差大将宋金刚发二万人马,差先锋虎将尉迟敬德,杀奔并州而来。并州太原是齐王元吉留守,被敬德打翻了元吉手下猛将一二十员,星夜差人到长安来请救兵。唐帝差裴寂领兵一万,往太原去救援。是日,秦王正在教场中操练人马。

唐帝见黄门官奏说有人抱竿而哭,天威大怒,叫绑进朝来。军校即便拥至驾前俯伏。唐帝问道:"你是李密手下甚么人?这般大胆,不遵号令,抱竿而哭?如不直言,斩讫报来。"徐世勣高声朗奏道:"昔先王掩骼埋胔,仁流枯骨。东晋时王经之死,向雄哭于东市,后雄又收葬钟会之尸,文帝未有加罪。董卓既诛,蔡邕伏尸而哭,魏祖信谗加刑,卒至享国不永。此数人者,当时岂先卜其功罪,而后哭葬哉!今李密、王伯当,王诛既加,于法已备。臣感君臣之义,向竿吊哭,谅尧舜之主,亦所当容。若陛下仇枯骨而罪臣哭,将来贤者岂肯来归乎?"唐帝见说,龙颜顿转,便道:"你姓甚名谁?"徐世勣道:"臣姓徐名世勣。"唐帝笑道:"原来是世民之恩人,你何不早说?朕日夜在这里念你们。卿请起来,衣冠朝见。"即敕旨叫军卫,把李、王二首级放下来。

世勣仍旧书生打扮,俯伏丹墀。唐帝即欲以冠带爵加世勣。世勣又奏道:"君思畎亩之臣,臣亦思事贤圣之君。未有事魏不忠,而事唐乃能尽节者也。今魏公尸首两地,臣见之实为痛心。既蒙皇恩浩荡,求陛下以二首级赐臣,臣将去以礼葬之。如此,不特臣徐世勣一人感戴陛下,即魏之诸将士,无不共乐尧天,来事陛下矣。"唐帝大悦,即命中书写敕旨一道,李密仍以原官品级,以礼葬之。又对徐世勣道:"世民儿望卿日久,卿速去速来。"徐世勣便谢恩出朝,将二公首级用两口小棺木盛了,载上车儿,连夜离长安,望熊州进发。

未及两三日,魏征亦来复命,说:"黎阳三千人马,副将王簿已经统领到熊州熊耳山驻扎,秦琼臣已偕来,今在熊耳山营葬。臣今复命,尚起身去同他们料理完局,然后来事陛下。"秦王应允。时罗士信到长安,见过了秦母,知叔宝已在熊州,也出长安去了。

再说程知节那日辞了秦王起身,行了几日,不意途中冒了风寒,大病起来,半月后方能行动,先差两个心腹小校,前去知会了屯扎的人马。将到瓦岗,遇见了贾润甫车儿,载了家眷,跟了几个伴当前来。知节只说魏公尚在长安,今接家小去同住,彼此忙下马来相见了。贾润甫就叫车儿住了,忙问知节:"这一路来可曾听见魏公消息么?"知节道:"一路来没有甚么消息。"润甫道:"闻得魏公与伯当在熊耳山遇难。军士说秦、徐二兄与诸将,都到熊耳去殡葬魏公了。"知节听说,不觉泪洒征衣道:"魏公迩来志气昏愦,自取灭亡;但是兄辈临事还该切谏他,或不至死。"润甫道:"说甚话来!那夜在邢府束装之时,弟以为此行必不妥,再三劝止。魏公以弟不与同心,登时变脸,反要加害于弟,幸亏伯当兄一力劝阻。"知节道:"兄来曾会见懋功、叔宝么？"润甫道："弟曾到黎阳会见。因单二哥要会弟，弟即到东都会了单二哥。我劝他归唐，他必不肯，嘱弟将他家眷，同主管单全，送到王世充军前去，会见雄信兄，交割明白，方才放心转来。"知节问道："兄今投何处去？"润甫道："弟事魏无成，安望再投何处？求一山水之间，毕此余生，看兄辈奋翼鹏程耳。幸为弟致谢心交，毋以弟为念。"举手一拱，竟上马去了。

知节亦跨上马，心中想道："大丈夫生此七尺之躯，非忠即孝，须做一个奇男子。吾一生感恩知己，诸弟兄中独尤员外最深，若无此人，吾老程还在斑鸠店卖柴扒。他今滞迹瓦岗山寨，未有显荣。吾如今趁这样好皇帝，弄他去做几年官，也算报他一场。"打算定当，忙赶到寨中与尤俊达、连巨真、王当仁说知魏公、伯当身故，王娘娘与王夫人闻知，放声大哭。知节叫他们把仓库粮饷收拾了，各家家眷都撺掇了上路，连部下兵卒，共有千余人，齐齐起行。

行了四五日，将到独杨岭，只见一起人马冲将出来。连巨真大惊，连忙叫人到后边去报知知节。知节一骑马如飞赶来，望见旗号，知是自己屯扎在那里的二千人马。原来知节生成爽直，素得军心，当初与王世充战败逃走之时，他即收拾这干人马，屯扎在此。他要看魏公投唐安稳，自己打帐寻个所在，仍复旧业。今身心事唐了，便把这干人马带去，因向众军吩咐："你们打头站进熊州，到熊耳山下驻扎。"对连巨真道："这是我的人马，不必惊疑，快趱上前去。"

未及半月，已到熊州，祖君彦、柳周臣亦至，同到熊耳山下，早有许多白衣白甲的军马在此。徐懋功与秦叔宝接见了，徐懋功对尤俊达、连巨真道："非是我们不来通知你寨中弟兄，撇了来此，因不知事体是祸是福，故此不来知会。"程知节道："连弟这些事故，那里晓得？幸亏在路遇着贾润甫兄，送了单二哥家眷去了回来。"秦叔宝道："单二哥家眷，润甫兄送去完聚了？妙极，妙极！他如今怎么不见？"知节道："他不肯再事他人，载了自己家小，寻山水之乐去矣。只是如今魏公家眷与伯当兄家眷，弟都带来，未知军师作何计较？"徐懋功喜道："魏、王二公在天有灵，恰好家眷到来，尚未入土，此皆程兄之功也。叔宝兄，墓旁那三间卷棚，甚是宽敞，兄去指引他家眷安顿在内。"

尤俊达与程知节站定，将四围观看，乃是山下一块平阳旷地，后边挑起一个高高土山，山后白烁烁的石砌一条带围，围前搭起绝大五间草轩。轩中用石板凿深，参差二穴。穴上停着二棺，其中拜台甬道飨堂，俱是簇新构成；石人石马，排列如生。古柏苍松，葱葱并茂，外边华表冲天，石碑巍立，四围芦席轩亭，扎成不计其数。尤俊达看了赞叹道："秦、徐二兄，来得这几时，亏他们筑成这所坟墓，不愧魏公半世交结英雄。"忙同连巨真到后队来，与雪儿王娘娘母子，并伯当家眷说知，叫他们俱换了孝服。魏玄成、徐懋功、秦叔宝率领了众将，前来接入墓中。王娘娘与伯当夫人，抚棺大恸；墓外边又是王当仁双手摇着灵座哀号。诸将见此遗雏呱呱而泣，亦俱下泪。

正在伤感之际，只见王娘娘走出墓外来，朝着徐懋功、秦叔宝、魏玄成等，拜将下去。秦、魏、徐三位忙亦跪下去说道："娘娘有话请说，不必如此。"王娘娘道："妾今日此来，如在梦中。逢此意外之变，犹幸魏公尚未入土，得以一见，了结三生。既蒙皇恩浩荡，谅此遗孤，罪不重科，望三位将军，俯念凤昔交情，六尺之孤全赖始终护持。妾从此同归泉壤，虽死犹生。"说罢，竟将身边佩刀，向项下一刎。王当仁在旁，如飞拉住，众将上前劝慰。正在忙乱之际，墓内王伯当夫人，也向那石上触去；幸亏尤夫人与连夫人扶定，得以幸免。

程知节见内外忙乱定了，向秦叔宝道："秦大哥，弟进长安去复命，两公家眷仗你好生照管。"魏玄成对程知节道："兄去复命，弟有一札与徐义扶，兄可带去；如有人来吊祭，兄可作速先来报知。"知节应诺，如飞赶进长安城，见了母亲与秦伯母，即到西府去见秦王。

其时秦王因刘武周差宋金刚、尉迟敬德，杀败唐将，围了并州，齐王元吉慌了，画了尉迟敬德图像，带了妻孥，偷出北门，逃回长安。秦王正与唐帝同众大臣在太和殿看齐王带来敬德的画像。知节进朝去见了唐帝、秦王，唐帝问道："卿前去带了多少部曲来归唐？"知节道："臣自己名下，只有二千步兵。瓦岗山寨有二臣，一名尤俊达，一名连明，说有二三千甲士。徐世勣、秦琼与众将，在黎阳带来马步兵将，有四五千，共有一万多人马，今俱屯扎在熊州熊耳山，伺魏公入土后，诸将即便统众来归陛下。"唐帝大喜，问程知节道："卿还去否？"知节道："臣还要去送葬呢！然后即举部曲来归长安。"说了，即便辞朝出来，忙去会着了徐义扶，把魏玄成手札与他看了。书上止不过说李、王家眷如何贞烈，三军如何伤感，叫他令爱惠妃夫人，念昔日王娘娘旧谊，撺掇秦王，在朝廷面前讨一坛御祭下来，以安众心。义扶会意，即便进西府去与惠妃夫人说知。夫人常念王娘娘之情，遂与秦王说了，将魏征与父亲的书与秦王看了。秦王便向朝廷讨下御祭，要在礼部堂中，差一员官去。

秦王对众谋士道："魏家兵卒，共有准万，今齐赴熊州。那些将士，孤晓得尽是能征惯战，若非孤自去慰吊，焉能使众军士心悦诚服？"众谋士诚恐亵尊，皆说未可。秦王道："昔三国时，刘备与孙权共争天下，鏖战数番，孔明用计气死周瑜，孔明亲往吴郡，慰吊周郎，吴家兵将为之感泣。今李密系隋之大臣后裔，门第既高，谋略又劲，非草泽英雄类比。只因他好为自用，不肯用人，以致一败，失志来归。今他已死，雠仇已解，孤欲去吊者，为国家计也，岂真吊李密哉！诸君何不识权变而昧于大义耶！"众谋士齐声道："此皆殿下宽仁大度，虑出万全。"于是秦王定了旨意，带了西府许多谋臣武士，先命徐义扶赍御祭旨意前行。惠妃夫人亦有私吊礼仪候问王娘娘，托父亲馈送。

徐义扶同程知节连夜兼程，先往熊州来报知。魏之将士，见说唐主赐了御祭,秦王又自来吊,各各欢忻。徐懋功把执事派定,魏征、秦琼管待西府谋臣,程知节、王当仁管待西府将士;尤俊达、连明管收来吊礼义;王簿、柳周臣犒赏唐家兵卒。徐世勣又谕各将士,务须盔甲鲜明,旗号整齐,五里一营,十里一亭。一应各项,吩咐停当,点骑兵二十名,昼夜打探。

不多几日,秦王到了熊州,听见三声炮响,早有四五百白衣甲将士来接,手中拿了一揭,跪在地上禀道:"左哨千总苗梁,迎接千岁而过。"又行了四五里,又是许多白甲兵将,放炮递揭跪接,如此过了七八处。秦王坐在宝辇中,见那些兵马,一个个盔甲鲜明,旗带整齐,心中转道:"魏之将帅经营,可称知礼知义矣!李密无成,真为可惜!"一路缓行。离熊耳山尚有数里,忽听得轰天三声大炮,鼓角齐鸣。徐世勣、魏征、秦琼率领许多将士,齐齐鞠躬站定,将到辇旁,尽皆俯伏。秦王早已看见,忙在辇中站起身来,大声说道:"众位先生请起。"魏之将帅让辇过了,齐上马随着。一路里鼓乐引导,行伍簇拥,将到墓门,又是大炮三声。秦王停辇,众官揖进三间挂彩大卷棚内,坐定。秦王问徐义扶道:"朝廷御祭过了未曾?"徐义扶道:"已过了。"秦王即起身更衣,换了暗龙纯素绫袍,腰间束了蓝田碧玉带。徐世勣等忙到轩前,向秦王拜辞。秦王不允,必要进去一祭。众宾僚陪着拥进墓门,魏家兵将又齐齐跪下,迎进墓去。

到了拜亭,秦王站定,举眼一看,见墓外供着一个金字牌位,上写"唐故光禄卿上柱国驸马邢国公李讳密之位";侧首一个牌位上写"唐故右卫大将军王讳勇之位"。左首徐世勣、魏征、秦琼、程知节四个将帅,俱着了麻衣衰绖还礼;右首王当仁扶着三四岁的世子启运,亦是麻衣衰绖,俯伏在地,墓内哭声震天。阴阳赞礼,秦王一头祭,一头哭,道他当初在金墉时,何等气概,何等威风,多少非望,只此结局!只见邈邈遗雏,未满三尺,墓内哭声,哀号凄惨。秦王虽是英雄,睹此情景,禁不住潸然泪下。众官看见秦王如此,亦各哀号伏泣,惹得一军皆哭。

秦王祭毕上辇,回至宾馆棚内更衣。徐世勣拥了世子启运,同众将上前叩谢。秦王扶起懋功等道:"众先生料理完了,作速进长安,以慰朝廷悬悬之望。"徐世勣道:"臣等不敢迟延,即在数日内,带领诸将前来面帝。"说了如飞归墓。前西府文武宾僚,无不备纸行吊。秦王起驾,魏将仍送至十里外转来。秦王祭礼外,又发犒赏军银五千两。众军士无不踊跃欢喜。徐懋功忙叫书记写成两道谢表,命柳周臣赍表随秦王先入长安,即择日将二柩下土安葬完了,料理起身。王娘娘与王伯当夫人,愿甘守墓,不肯随行。懋功等无奈,只得拨了三四十名军校,守在墓前,再作区处。大家统领管辖兵卒,陆续起行。

到了长安,先进西府,谒了秦王。秦王率领魏家大小臣子,朝见唐帝。徐世勣把军士花名册籍呈上,唐帝看了大喜,即授徐世勣为左武卫大将军、秦琼为右武卫大将军、罗士信为马军总管、尤俊达左三统军、连明右四统军、王簿马步总管。王簿奏道："臣不敢受职。"唐帝道："为何？"王簿道："臣此来一觐天颜，识尧舜之君；一叩谢皇恩隆故主之礼。臣冒死尚有一言，上渎天听。"唐主道："朕不罪汝，快奏来。"王簿道："臣闻先王之政，敬老慈幼，罪人不孥，鳏寡孤独，时时矜恤。今故主怀德来归，蒙圣恩格外施仁，赦其过而隆其礼，以官爵之，以婚赐之，宠眷已极。不意故主李密一朝失志，自戕其命，众臣皆沐恩泽，独使孱弱之妻，几欲捐生；怀抱之孤，如同朝露。此果死者不足矜，而生者实可恤。若论子民，今则为唐家之子民也；若论伦理，岂非唐家之姻戚耶！今独孤公主尚居邢府，虽或伉俪未深，一经醮庙，即名之夫妇，岂不念彼之子，即伊之子，忍使置之露宿野外之间。使圣神文武之君，致后世作史者，摇唇鼓舌，何以令四方仰德耶！此臣所以愿为遗民，而不愿为廷臣也。"唐帝听了，大喜道："卿乃武臣，何能辨析大义若此？魏之将帅，何多能也！"即命礼部，差官迎接王氏，并伊子启运，更名启心，及王勇之妻，到邢府与独孤公主赡养守孤，加赐王簿虎翼大将军；其余祖君彦、柳周臣等，各各赐爵。王簿同众人谢恩归班。

　　正在封赏之时，只见有晋阳浍州文书飞马来报，说刘武周围城紧迫，危在旦夕，伏乞陛下火速拨兵救援。唐帝道："晋阳乃中原咽喉之所，岂可有失？但急切间，少一个能将耳。"徐世勣奏道："臣等愿竭犬马，扫除武周，以报万一。"唐帝道："朕久知卿足智多谋，有将帅之才；但恨宋金刚部下有一员将，名尉迟恭，骁勇绝伦，难以克敌。"因指壁间图像道："此即尉迟羯奴之像也，卿等不妨观之。"秦王引徐世勣等一班众臣，齐到图像边来细看，果是身长九尺，铁脸圆睛，横唇阔口，满嘴虾须，双鼻高耸，头戴铁幞头，身穿红勒甲，手持一根竹节钢鞭，竟如黑煞天神之状。徐世勣道："此不过一勇之丑奴，何足怪异？"秦琼对秦王道："小卒丑奴，何堪图像，以亵大唐殿廷？乞陛下假笔与臣以涂抹之。"秦王即命左右取笔与叔宝，叔宝执笔在手，咬牙怒目，把像从上至下，尽加涂坏，俯伏奏道："臣愿领兵三千，赶到晋阳，去灭此贼，如若不胜，愿甘法律。"唐帝大喜道："恩卿肯去，必能奏功，朕何忧焉！"即敕徐世勣为讨虏大元帅、秦琼为讨虏大将军、王簿为正先锋、罗士信为副先锋、程知节为催粮总管，命秦王为监军大使灭虏都招讨，领唐将押后。各各辞帝，连夜领兵起行，望并州而去。正是：

　　　　若要攀龙树勋绩，还须血战上沙场。

第五十六回

啖活人朱粲兽心　代从军木兰孝父

词曰：

　　枉自问天心，少女离魂。沙场有路叩迷津，只念劬劳恩切切，岂惜伶仃？旗鼓两相侵，拼死轻生。人人有志立功勋，莫笑英雄曾下泪，且看前程。

调寄《浪淘沙》

　　兵法云：兵骄必败。盖骄则恃己轻人，骄则逞己失众，失众无以御人，那得不败。隋亡时，据地称王者共有二三十处，总皆草泽奸雄，如齐人乞食墦间，花子唱莲花落，止博片时饱腹，暂时变换行头，原不想做甚么事业。怎如李密才干，结识得几十个豪杰，死后犹替他好好收拾。

　　如今再说徐懋功同秦王统领许多人马，出了长安。行了几日，来到汴州。懋功对秦王道："臣等帅师去伐刘武周，只虑王世充在后，倘有举动，急切间难以救援。臣思朱粲近为淮南杨士林所逼，穷困来归，圣上封为楚王，屯驻菊潭。殿下该差人赍书去慰劳他，兼说王世充弑隋皇泰主，擅自夺位，乞足下统一旅之师，为唐讨弑君之贼，雪天下之愤；所得郑地，唐楚共之。朱粲系贪鄙之夫，见此书必然欣允。"秦王道："此贼性好吃人，尝与隋著作佐郎陆从典、通事舍人颜愍楚为宾客，阖家俱为所啖，凶恶异常。孤久欲击灭之；虽来归附，岂可与他和好？"懋功道："非此之论。若朱粲肯去，殿下可分二三千人马，遥为伐郑助他，待郑楚自相践踏起来，我这里好收渔人之利；如若不肯，我发兵去剿朱粲，牵动世充之势。世充知有南患，恐首尾不能相顾，必不敢动兵西向，此假虞灭虢之计，殿下以为何如？"学士段恁道："臣与朱粲有一面之交，待臣持书去陈说利害，叫他起兵，事必谐妥矣。"秦王道："闻卿贪饮，恐误军机。"段恁道："军情大事，岂同儿戏？臣去即当戒酒。"秦王道："如此孤才放心。"段恁即赍了秦王书礼，来到菊潭。

　　原来朱粲在隋朝曾为亳州县吏，时与段恁为至交酒友，今闻段恁到此，如飞出来相见，分宾主坐定。朱粲道："阔别数年有余，再不能相见，未知吾兄目下现归何处？"段恁道："弟仕唐朝，滥叨学士之职。"朱粲道："闻得李密被王世充杀

败,带了许多将士,前去投唐,未知确否?"段悫道:"怎么不确?如今兵马将士,又增了几十万,真正国富兵强。秦王闻知王世充弑隋皇泰主自立,气愤不平,欲与大王永为结好,发兵共讨弑君之贼。如得世充宝玉财物,让君独取,土地人民与君共之。"朱粲道:"秦王既有如此美意,又承故友见谕,弟敢不如命?明日即发兵去伐郑,你们只消添助一二千人马就够了。"吩咐手下摆酒,便问道:"兄近来的酒量,必定一发大了?"段悫道:"弟今已戒酒,有虚盛意。"朱粲道:"昔日与君连宵畅饮,今日知己相逢,岂有不饮之理。若说公事,弟已如命;若论交情,也该开怀相叙。"即便举杯坐定,美满香醪,斟在面前。

　　大凡贪饮的人,如好色的一般,随你嫫母无盐,见了就有些动念。今段悫见此杯中之物,便觉流涎,举起酒卮一饮而尽。两人谈笑颇浓,觥觚交错,段悫忘其所戒,吃一个不肯歇手。要知朱粲当初在隋时,因炀帝开浚千里汴河,连遇饥荒之岁,日以人为食,如逢畅饮,即便两目通红。此时俱各沉酣,段悫笑对朱粲道:"大王,你当时喜欢吃人肉,今权重位尊,还常吃么?"朱粲见说,登时怒形于色,心中转道:"这狗才,我如今前非俱改,却在众人面前,揭我短处!"便道:"我如今只喜吃读书人,读书人的皮肉细腻,其味不同;况啖醉人,如吃糟猪肉。"段悫怒道:"这就放屁了!你只好吃几个小卒,读书人那得与你吃!"朱粲道:"你道我放屁,我就吃你何妨?"段悫道:"你敢吃我,你这颗头颅,不要想在项上。"朱粲大怒,唤刀斧手快把段悫学士杀了,蒸来与抓下酒。

　　　　可怜词翰名流客,如同鸡犬釜中亡。

唬得跟段悫的军士,连夜逃回唐营,奏知秦王。

　　秦王大怒,正要起兵到菊潭来灭朱粲,以报段悫之仇,恰好李靖去征林士弘,路经伊州,趁便说张善相带领二三千人马来归唐,晓得秦王统兵到此,忙同张善相进大营来相见。秦王大喜,即便将朱粲醉烹段学士之事,述了一遍。李靖道:"殿下如今作何计较?"秦王道:"如此逆贼,孤欲自去讨之,以雪段悫泉下之忿。"李靖道:"此禽兽之徒,何劳王驾亲征?臣闻并州已失数县，浍州危在旦夕，殿下宜速去救援。菊潭朱粲，臣同张善相领兵去走遭，必擒此贼，来见殿下。"秦王道："若足下前去，孤何忧焉。"即拨唐将四五员，领精兵一万，加李靖征楚大将军，张善相为马步总管，白显道为先锋。秦王道："卿此去必得凯旋，当移兵于河南鸿沟界口。候孤伐了武周，即便来会，合兵去剿世充。"李靖应诺，随同张善相辞别秦王，拔寨起行。

却说刘武周结连了突厥曷娑那可汗，乃始毕可汗之弟，袭其兄位，而为西突厥，居于北地；见武周有礼来讲好，约他去侵犯中国，曷娑那可汗即便招兵聚众。其时却弄出一个奇女子来，那女子姓花，其父名弧，字乘之，拓拔魏河北人，为千夫长；续娶一妻袁氏，中原人。因外夷移一种木兰树，培养数年，不肯开花，因其女分娩时，此树忽然开花茂盛，故其父母即名其女曰木兰。后又生一女，名又兰。一男名天郎，尚在襁褓。又兰小木兰四岁，姿色都与那木兰无异。木兰生来眉清目秀，声音洪亮，迥与孩提觉异。花乘之尚未有儿时，将他竟如儿子一般，教他开弓射箭。到了十来岁，不肯去拈针弄线，偏喜识几个字儿，讲究兵法。其时突厥募召兵丁，木兰年已十七岁，长成竟像一个汉子。北方人家，女工有限，弓马是家家备的。木兰时常骑着马，到旷野处去顽耍。父母见他长成，要替他配一个对头，木兰只是不允。

一日听见其父回来，对着妻孥说道："目下曷娑那可汗召募军丁。我系军籍，为千夫长，恐怕免不得要去走遭。"妻子袁氏说道："你今年纪已老，怎好去当这门户？"花乘之道："我又没有大些的儿子可以顶补，怎样可以免得？"袁氏道："拚用几两银子，或可以求免。"花乘之道："多是这样用了银子告退了，军丁从何处来？何况银子无处设法。"袁氏道："不要说你年老难去冲锋破敌，就是家中这一窝儿老小，抛下怎么样过活？"花乘之道："且到其间再处。"

过了几日，军牌雪片般下来，催促花弧去点卯。乘之无奈，只得随众去答应。那晓得军情促迫，即发了行粮，限三日间即要起身，惹得一家万千忧闷。木兰心中想道："当初战国时，吴与越交战，孙武子操练女兵，若然，兵原可以女为之。吾观史书上边，有绣旗女将，隋初有锦伞夫人，皆称其杀敌捍患，血战成功。难道这些女子，俱是没有父母的，当时时势，也是逼于王事，勉强从征，反得名标青史。今我木兰之父如此高年，上无哥哥，下有弟妹，今若出门，倚靠何人？倘然战死沙场，骸骨何能载归乡里？莫若我改作男装，替他顶补前去，只要自己乖巧，定不败露，或者一二年之间，还有回乡之日，少报生身父母之恩，岂不是好。但不知我改了男人装束，可有些厮像。"忙在房中，把父亲的盔甲行头，穿扮起来。幸喜金莲不甚窄窄、靴子里裹了些脚带，行走毫无袅娜之态。便走到水缸边来，对着影儿只一照，叹道："惭愧，照样看起来，不要说是千夫长，就是做将军也做得过。"

正在那里对着影儿摹拟，不提防其母走来，看见唬了一跳，说道："这丫头好不作怪，为甚装这个形像？"花乘之听见，亦走进来看了笑道："这是甚么缘故？"木兰道："爹爹，木兰今日这般打扮，可充得去么？"其父道："这个模样，怎去不得？昨日点名时，军丁共有三千几百，那里有这般相貌身躯；但可惜你……"说了半句，止不住落下几点泪来。木兰看见，亦下泪问道："爹爹可惜麽么？"花乘之道："可惜你是个女子。若是个孩儿，做爹妈的何愁？还要想你出去干功立业、光宗耀祖哩！"木兰道："爹妈不要愁烦。儿立主意，明日就代父亲去顶补。"父母道："你是个女儿家，说痴呆的话。"木兰道："闻得人说，乱离之世，多少夫人公主，改妆逃避，无人识破；儿只要自己小心谨慎，包管无人看出破绽。"袁氏抚着木兰连声说道："使不得，那有未出闺门的黄花女儿，到千军万马里头去觅活？"木兰道："爹妈不要固执，拚我一身，方可保全弟妹；拚我一身，可使爹妈身安；难道忠臣孝子，偏是戴头巾的做得来？有志者事竟成。儿此去管教胜过那些脓包男子，只要爹妈放胆，休要啼哭，让孩儿悄然出门，不要使行伍中晓得我是个女子，料不出丑，回来惹人家笑话。"父母见他执意要去，倒弄得一家中哭哭啼啼，没有个主意。

　　过了一宵，到东方发白，忽听见外边叩门声急，在外喊道："花老大，我们打伙儿去罢。"花乘之开门出来，却是三四个同队的兵，正要开口，只见女儿木兰，改了男装，扎扮停当，抢出来说道："我父亲年老，我顶替他去。"那些人看见笑道："花老大，我们不晓得你有这般大儿子，好一个汉子！"花乘之见了这般光景，不好说得别话，只得含着泪道："正是。"这些人道："有那样好儿子，正该替你老人家当差，让他去一刀一枪，博得个官儿回来，你一家子就荣耀了。"木兰扯父进去，拜别了父母，只说得一声："爹妈保重，好生照管弟妹，我去了。"背了包裹，拾了长枪，把手一摇，长扬的出门。花乘之只得忍着泪跟了，要送木兰到营中去；反是木兰严词厉色，催逼转来。那些邻里晓得了，多走来埋怨他父母道："你这两个老人家，好没来由！把这个大女儿干这个道路，倘有些山高水低，如何是好。"还有那没志气的妇人私议道："这大一个女儿，不思量去替他寻一个对头完娶，教他自往千万人队里，去拣可意的人儿快活，岂不是差的！"花乘之无奈，只做不听见，心上日夜忧煎。木兰出门之后，不上一年，乘之染成一病，竟鸣呼哀哉了。其妻袁氏，拖着幼儿幼女，不能过活，只得改嫁同里一个姓魏的，这是后话。

　　今且说秦王同徐懋功，统兵与刘武周交战，已恢复了五六处郡县。正在柏壁关，秦叔宝与尉迟恭对垒，战了四五阵，不分胜负。宋金刚因尉迟恭胜不得秦叔宝，疑有私心，着人督战。尉迟恭懊恨，只得又下关来与叔宝战了百余合，杀个平手。秦王在阵前观看，甚爱惜叔宝，又舍不得尉迟。日色已暮，恐怕有失，秦王便叫鸣金，二将各归本寨。

　　秦叔宝杀得性起，那里肯休？便叫军士去点火把，前去夜战。秦王止之，叔宝那里肯听。只听得刘阵里一声炮响，点得火把如同白昼。敬德在阵前大叫道:"快快出来厮杀!"叔宝听见笑道:"这羯奴倒有同心。"快换了马匹,出阵前对敬德说道:"我今夜若杀你不得,誓不回营。"敬德道:"我今夜若不砍你的头颅,亦不还寨。"大家放出精神,各逞武艺,又战了百余合,那个肯输。敬德笑道:"惭愧,你我的手段已见,何足为意;你敢与我斗并力法么?"叔宝道:"何为并力法?"敬德道:"昔时孟贲、夏育,能生拔牛角;伍子胥能举巨鼎;项羽力可拔山。我如今与你两个,明人不做暗事,使乖不足为奇,你先受我几鞭,我亦与你打几铜,以定强弱,此为并力法。"叔宝道:"你老大的人,说孩子家的耍话。牛是畜生,鼎是铁器,山是土堆,都是死的;人的皮肉,是父母的遗体,不要说死,就是不死,岂可毁伤?宁可一刀一枪,倘有不测,也可扬名于后世。这样作耍的事,我不依你。"

敬德见说,想道:"这话也说得是。不要说这一鞭两铜打得死,就是打不死,也要做了一个残疾的人。"瞥眼见侧边两块大蛮石在傍,约有一二千斤重,因对叔宝道:"两块石头,可是一样的;我与你赌:大家用兵器打,如多打一下碎,就算他输。"叔宝道:"你的兵器多少重?"敬德道:"我的鞭一百二十余斤。"叔宝道:"我的铜一根有六十四斤,两条算来,却也重不多几斤。"敬德道:"我把你的双铜打,你把我的单鞭打,大家交换用力。若是你打输了,你归降我定阳;我若打输了,降顺你唐朝。只打三下,看谁强谁弱。"叔宝道:"就是这般。"两人齐下马来。敬德先把战袍拽起,把鞭递与叔宝。叔宝也把双铜与他。敬德怒目狰狞,用力打去,石上并无孔隙,又尽力一下,石上只陷得二三余寸深。敬德心上有些慌了,第三下用尽平生之力,打将去,只见扑通一声,此石裂开,化为两半。敬德笑道:"何如?今该你打。"叔宝也把袍袖扎起,看着蛮石对天默祷道:"苍天在上,我秦琼与胡奴在此比试,全仗唐天子洪福。秦王得以一统天下,我秦琼该在此建功,不消三下,此石即为分开。"把双手举鞭,尽力打去,石已露痕,又用力一下,石已透底分开。叔宝笑道:"何如?石尚如此,若是人,此刻已为肉泥矣!你三下,我只两鞭,还算你输。"敬德道:"我的兵器狠,你的铜轻。"

两人正在那里争论,只见四五个小卒捧着一坛酒、一盘牛肉,跪在面前说道:"殿下恐二位将军用力太过,献此一樽聊接神力。"敬德见了,说道:"谁要吃你家的东西,要厮杀再杀罢了!"两人换转兵器,再上马时,只听见唐阵里金声一响,叔宝只得拨转马头回寨去了。敬德亦自归营。此是秦叔宝与尉迟恭三铜换两鞭之事,实效三国时刘先主与吴大帝试剑砍石之法。何后世作者欲骇人耳目,言叔宝受三鞭,敬德换两铜,不亦谬乎!

今且不说叔宝归寨,再说敬德回营,有几个小卒高兴,把阵前赌赛之事,说与宋金刚得知。金刚怒道:"斗战危事,岂可阵前赌胜饮酒,如此戏耍?明系私通怠顽,漏泄军情。"即便奏知刘武周。武周大怒,忙叫左右:"与我把尉迟恭斩讫报来!"众将再三求免。武周便差寻相去守关,贬敬德到介休去看守粮草。徐懋功打听得知，心中甚喜。忽见沿路细作来报："曷娑那可汗起兵来助刘武周。"徐懋功即向秦王附耳说了几句。秦王便差总管刘世让，赍金珠前往曷娑那可汗营中去，用计止之。徐懋功便点起众将，分头打柏壁关。寻相久已有心归唐，今见唐家兵多将勇，料此关不能守住，只得献关降唐。这些李密手下将士，个个要想干功，直杀得宋金刚的人马，十停去了八停，止剩二三千人败将下去。刘武周慌了，也只得移兵转北。徐懋功知尉迟敬德差往介休去护持粮草，便差罗士信与王簿，用计先往介休；自与秦王大队人马，慢慢的来追赶。

却说尉迟敬德侥幸不杀，满面羞惭，带领一队人马离了柏壁关，遥向介休进发。行至安封地方，只见一起人夫押着粮草前来。敬德向前查点，粮计三千石，草有一万余束，车上各插小黄旗为号。时已日暮，即令守车军士将粮草团聚中间，众兵结成野营在外扎住。敬德不解衣甲，坐在营中，忽闻前途吵闹，军人报说："有贼来劫营了！"敬德遂提鞭跨马，行不上二三里，忽然闻一声炮响，喊杀连天。敬德举头仰视，是夜月色微明，见一起人马，为首一将，杀奔前来。敬德问道："你是何处来的？"那将道："我乃大唐徐元帅手下大将王簿，奉元帅将令，特来取你家的粮草应用。"敬德道："泼贼，你认得我么？"王簿笑道："我老爷怎不认得你这个杀不死的贼！"敬德大怒，忙举手中鞭，劈面砍来；王簿举枪来迎接。两个一来一往，战了五六十合，王簿只顾败将下去。敬德紧赶不放，耳边忽闻得喊声震天，往后一看，只见一派火光，上下通红。敬德撇了王簿，勒回马来一望，惟闻霹雳之声，霎时间大车小车，大束小束，三千粮米、准万稻草，被唐兵烧毁无存。原来烧粮草车的是罗士信，王簿赚了敬德去，他来放火烧毁。敬德见粮草烧尽，心中愈加烦闷，又恐王簿夺了介休城去。如飞连夜赶到介休，正遇见王簿与罗士信，又杀了一阵。他两个那里杀得过敬德，只得让他进介休城去，等待秦王与徐懋功大兵到来，把城池四面用兵围绕。

秦王使寻相进城去说敬德。敬德道："如要我降唐，且看刘武周下落。如若死了，我方再事他人；今若来逼，惟有死战而已！"寻相无奈，只得出城，以敬德之言回复秦王。秦王听了，心中烦闷。忽报总管刘世让回来，秦王大喜，相见了，世让把刘武周与宋金刚的首级献上。秦王又惊又喜道："此物何处得来？"世让道："臣奉命而行，穿过并州，中途遇见曷娑那可汗领兵屯在万峰山下。臣打听得实，即往彼营中相见，把礼物表章献上，说：'唐王要去伐郑国，讨弑隋皇泰主之罪，乞借大国之兵，同往征之。'曷娑那可汗大喜道：'我正在这里恼恨刘武周。他要求我们来杀你家唐朝，不想他自先行，所破郡县，子女玉帛，尽被他取去，使我们殿后以为救援。如今既是你家唐主将礼物来和好，我就起兵来会，先去问了刘武周之罪，然后与你们去伐王世充便了。'事恰凑巧，臣住在他营中，未及两日，只听得说刘武周与宋金刚被我这里人马杀败，势穷力尽，来投曷娑那可汗。曷娑那可汗大怒，用计杀了他二人,叫臣赍首级来,献与朝廷。"秦王见说,以手加额道:"此天赐我成功也!"即厚赏了刘世让。随差寻相,将刘武周、宋金刚二颗首级,再进介休城,与敬德看了,好说他来归唐。

寻相奉命进城,敬德看见了两个首级,认得是真的,号天大恸,备礼祭献,随将首级用棺盛殓,安葬好了,遂开城降唐。秦王一见,爱敬如宾,即飞驰奏章,以报捷音。唐帝大喜,即赐尉迟恭为左府统将军,升刘世让为并州太守;其余将佐各有升赏。正是:

水穷山未尽,石剖玉方新。

第五十七回

改书柬窦公主辞姻 割袍襟单雄信断义

诗曰:

伊洛汤汤绕帝城,隋家从此废经营。斧斤未辍干戈起,丹漆方涂篡逆生。

南面井蛙称郑主,西来屯蚁聚唐兵。兴衰瞬息如云幻,唯有邙山伴月明。

人的功业是天公注定的,再勉强不得。若说做皇帝,真是穷人思食熊掌,俗子想得西施,总不自猜,随你使尽奸谋,用尽诡计,止博得一场热闹,片刻欢娱。直到钟鸣梦醒,霎时间不但瓦解冰消,抑且身首异处,徒使孽鬼啼号,怨家唾骂。

如今再说曷娑那可汗杀了刘武周、宋金刚,把两颗首级与刘世让赍了来见,秦王许他助唐伐郑,拔寨要往河南进发。因见花木兰相貌魁伟,做人伶俐,就升他做了后队马军头领。几千人马到盐刚地方,缥缈山前,冲出一队军马来。曷娑那可汗看见,差人去问:"你是那里来的人马?"那将答道:"吾乃夏王窦建德手下大将范愿便是。"原来窦建德因勇安公主线娘要到华州西岳进香,差范愿领兵护驾同行;此时香已进过,转来恰逢这枝人马。当时范愿一问,知是曷娑那可汗,便道:"你们是西突厥,到我中国来做甚么?"曷娑那可汗道:"大唐请我们来助他伐郑。"范愿听见大怒道:"唐与郑俱是隋朝臣子,你们这些杀不尽的贼,守着北边的疆界罢了,为甚帮别人侵犯起来?"曷

曷娑那可汗闻知怒道:"你家窦建德是卖私盐的贼子,窝着你们这班真强盗,成得甚么大事,还要饶舌!"范愿与手下这干将兵,真个是做过强盗的,被曷娑那可汗道着了旧病,个个怒目狰狞,将曷娑那可汗的人马,一味乱砍,杀得这些蛮兵尽思夺路逃走。

曷娑那可汗正在危急之际,幸亏花木兰后队赶来。木兰看见在那里厮杀,身先士卒冲入阵中,救出曷娑那可汗,败回本阵。木兰叫本队军兵,把从人背上的穿云炮,齐齐放起。范愿见那炮打人利害,亦即退去。木兰犹自领兵追赶,不提防斜刺里无数女兵,都是一手执着团牌,一手执着砍刀,见了马兵,尽皆就地一滚,如落叶翻风,花阶蝶舞。木兰忙要叫众兵退后,那些女兵早滚到马前。木兰的坐骑,被一兵砍倒,木兰颠翻下来,夏兵挠钩套索拖去。又一个长大将官见了,如飞挺枪来救,只听得弓弦一响,一个金丸把护心镜打得粉碎,忙侧身下去拾起那金丸时,亦被夏兵所获。北兵见拖翻了两个去,大家掉转马头逃去了。

窦线娘带了木兰与那个将官,赶上范愿时,已日色西沉,前队已扎住行营。窦线娘亦便歇马,大家举火张灯。窦线娘心中想道:"刚才拿住这两个羯奴,留在营中不妥。"叫手下带过来。女兵听见,将木兰与那长大丑汉都拥到面前。那些女兵见木兰好一条汉子,倒替他可怜,便对花木兰道:"我家公主爷军法最严,你须小心答应。"木兰只做不听见,走进帐房,只见公主坐在上面。众女兵喝道:"二囚跪下!"那丑汉睁着一双怪眼,怒目而视。线娘先把木兰一看,问道:"你那个白脸汉子!姓甚名谁?看你一貌堂堂,必非小卒终其身的。你若肯降顺我朝,我提拔你做一个将官。"花木兰道:"降便降你,只是我父母都在北方,要放我回去安顿了父母,再来替你家出力。"线娘怒道:"放屁!你肯降则降,不肯降就砍了,何必饶舌!"木兰道:"我就降你,你是个女主,也不足为辱;你就砍我,我也是个女子,亦不足为荣。"线娘道:"难道你不是个男儿,倒是个女子?"木兰道:"也差不多。"公主对着手下女兵道:"你们两个押他到后帐房去一验来回报。"两个女兵扯着木兰往后去了。

线娘道:"你这个丑汉有何话说?"那汉道:"公主在上,我却不是女子,实是个男子,你们容我不得的。若是公主肯放了我去,或者后日见时,相报厚情。"公主听了大怒道:"这羯奴一派胡言,与我拿去砍了罢!"五六个女兵,如飞拥他转身。那汉口中喊道:"我老齐杀是不怕的,只可惜负了罗小将军之托,不曾见得孙安祖一面。"线娘听见,忙叫转来问道:"你那汉刚才讲甚么?"那汉答道:"我没有讲甚么。"线娘道:"我明明听见,你口中说甚么罗小将军与孙安祖二人;问你那个孙安祖?"那汉道:"孙安祖只有一个,就在你家做官,那里还寻得出第二个来。"线娘便叫去了绑,赐他坐下,又问道:"足下姓甚名谁?与我家孙司马是甚么相知?"那汉道:"我姓齐,号国远,是山西人。与你家主上也是相知,孙司马是好朋友。前年承他有书寄来,叫我们弟兄两个去做官,我因有事没有来会他。"

　　原来齐国远与李如珪两个,当时因李密杀了翟让,遂去投奔柴嗣昌。正值唐公起义之时,柴郡主就留两个人为护军校卫团练使,嗣昌又带他两个出去,帮唐家夺了几处郡县。嗣昌奏知唐帝,唐帝赐他两个为护军校尉,就在鄠县驻扎。为因幽州刺史张公谨五十寿诞,与柴嗣昌昔年曾为八拜之交,故特烦国远去走遭。恰好遇见幽州总管罗公之子罗成,常到公谨署中来饮酒,遂成相知。晓得他与秦叔宝、单雄信契厚,故此写书,附与国远,烦他寄与叔宝。

　　其时线娘见说,便道:"足下既是我家孙司马的好友,又与父皇相聚过的,我这里正缺人才,待我回去奏过父皇,就在我家做官罢了。但是你刚才说甚么罗小将军是那里人?"国远道:"就是幽州总管罗艺之子。他与山东秦叔宝是中表之亲,他有甚么姻事,要秦叔宝转求单雄信在内玉成,故此叫我去会他。不意撞着曷娑那可汗,被他拉来,装了马兵,与你们厮杀。"线娘听了,顿了一顿道:"没有这事。岂有人的婚姻大事,托朋友千里奔求的。"齐国远道:"我老齐一生不会说谎,现有罗小将军书札在此。"站起身来,解开战袍,胸前贴肉挂着一个招文袋,内许多油纸裹着,取出一封书递上。线娘叫左右接来一看,却用大红纸包好,上面写着两行大字:幽州帅府罗烦寄至山东齐州秦将军字叔宝开拆。线娘看罢,忙把书向自己靴子内塞了进去,对左右说道:"外巡差几个进来。"左右到帐房外去,唤四个男兵进来。线娘吩咐道:"你们点灯,送这位齐爷到前寨范帅爷那里去,说我旨意,叫他好好看待安顿了,不可怠慢。"又对齐国远道:"罗小将军的书暂留在此,候足下到我国会过了孙司马,然后缴还何如?"齐国远此时也没奈何,只得随了巡兵到范愿营中去了。

　　线娘见齐国远已去,站起身来,只见一个女兵打跪禀道:"那白脸的人,检验的真是女子,并非虚诳。"线娘道:"带进后帐房来。"坐下,问道:"你既是个女子,姓甚何名,如何从军起来?实对我说。"木兰涕泣道:"妾姓花,名木兰,因父母年高,又无兄长,膝前止有孱弱弟妹,父亲出门,无人倚赖。妾深愧男子中难得有忠臣孝子，故妾不惜此躯，改装以应王命，虽军人莫知，而自顾实所耻也，望公主原情宥之。"说罢，禁不住泪如泉涌。线娘见这般情景，心下恻然道："若如此说，是个孝女了。不意北方强悍之地，反生此大孝之女，能干这样事，妾当拜下风矣！"请过来宾礼相见。木兰逊谢道："公主乃金枝玉叶，妾乃裙布愚顽，既蒙宽宥，已出望外，岂敢与公主分庭抗礼？"线娘叹道："名爵人所易得，纯孝女所难能。我自恨是个女子，不能与日月增光，不意汝具此心胸。我如今正少个闺中良友，竟与你结为姊妹，荣辱共之何如？"木兰道："这一发不敢当。"线娘道："我意已定，汝不必过谦，未知尊庚多少？"木兰道："痴长十七。"线娘道："妾叨长三年，只得占先了。"大家对天拜了四拜，两人转身，又对拜了四拜。

军旅之中，没有甚大筵席，止不过用些夜膳，线娘就留木兰在自己帐房中同寝。线娘问木兰道："贤妹曾许配良人否？"木兰摇首答道："僻处荒隅，实难其人。妾虽承贤姐姐错爱，但恐归府时，驸马在那里，将妾置于何所？"线娘见说，双眉顿蹙，默然不语。木兰道："姐姐标梅已过，难道尚无吉士，失过好述？"线娘道："后母虽贤，主持国政；父王东征西讨，料理军旅，何暇计及此事。"木兰道："正是人世上可为之事甚多，何必屑屑拘于枕席之间。"又说了些闲话，昏昏的和衣睡去。

线娘悄悄起身，在靴子里取出罗小将军的书来，心中想道："刚才齐国远说罗郎为甚么姻事，要去央烦秦叔宝，不知他属意何人。我且挑开来，看他写甚么言语在上。"把小刀子轻轻的弄去封签，将书展开放在桌上，细细的顽读。前边不过通候的套语，念到后边，止不住双泪交流道："哦，原来杨义臣死了。我说道罗郎怎不去求他，倒央烦秦叔宝来。"从头至尾看完了，不胜浩叹道："嗳，罗郎，罗郎，你却有心注意于我，不求佳偶，可知我这里事出万难？如杨老将军不死，或者父皇还肯听他说话，今杨义臣已亡，就是单二员外有书来，我父皇如何肯允？我若亲生母亲尚在，还好对他说；如今曹氏晚母虽是贤明，我做女孩儿的怎好启齿？"想到这个地位，免不得呜呜咽咽哭了一场，叹道："罢了，这段姻缘只好结在来生了，何苦为了我误男子汉的青春？我有个主意在此：当初我住在二贤庄，蒙单家爱莲小姐许多情义，我与他亦曾结为姊妹。今罗郎既要去求叔宝，莫若将他书中改了几句，竟叫叔宝去求单小姐的姻，单员外是必应允，一则报了单小姐昔日之情，二则完我之愿，岂不两全其美。"打算停当，忙叫起一个女书记来，将原书改了，誊写一个副启上，照旧封好，仍塞在靴子里头。

不觉晨鸡报晓，木兰醒来，起身梳洗；线娘将他也像自己装束。众军士都用了早膳，正要拔寨起行，只见四五匹报马飞跑到帐前来，对着公主禀道："千岁爷有令，差小将来请公主作速回国，因王世充被唐兵杀败，差人到我家来求救。千岁即欲自去救援，因此差小将前来。"线娘道："我晓得了，你们去罢！"便叫手下，唤昨夜送齐爷去的外巡进来。不一时，外巡唤到，线娘在靴内取出书来，又是二十两一封程仪，对外巡道："这书与银子你赍到前寨去，送与昨夜那位齐爷，说我因国中有事，不及再晤。"外巡接书与银子，收好去了。线娘把手下女兵，调作前队，范愿做了后队，急急赶回。齐国远晓得夏国也要出兵，亦不去见孙安祖，竟投秦叔宝去了。正是：

　　　将军休下马，各自赶前程。

今再说秦王同徐懋功灭了刘武周，降了尉迟敬德，军威甚胜。懋功对秦王道："王世充自灭了魏公之后，得了许多地方，增了许多人马，声势非比昔日；今殿下若不除之，日后更难收拾。当先差诸将，四路先去其爪牙，收其土地，绝其粮饷，然后四方攒逼拢来，使他外无救援，内难守御，方可渐次擒灭。譬如人取巨鳌，先断其八足，虽双钳利害，何以横行哉！"秦王称善，把兵符册籍悉付懋功。懋功便差总管史万宝自宜阳县进兵，取龙门一带地方；将军刘德威自太行山取河内地方；上谷公王君廓自洛口绝王世充粮道；总管黄君汉自河阴攻取洛城；大将屈突通、窦轨驻扎中路埋伏，接应各处缓急。王簿同程知节、尤俊达、连巨真等，往黎阳收复故魏土地；罗士信与寻相去取千金堡并虎牢地方；臣同殿下，与叔宝、敬德进河南，向鸿沟界口与李靖会合。诸将奉了元帅将令，分头领兵去了。秦王统领一班将士进河南。其时李靖已杀败了朱粲。朱势孤力尽，竟把菊潭屠了，拣肥的吃了几日，数骑逃入河南投王世充去了。李靖将兵马屯住在鸿沟界口，专望秦王来进兵。

未及月余，秦王已至，彼此相见了。秦王对李靖道："朱粲狂奴，赖卿之力，得以去除逃遁。未知世充处声势如何？"李靖道："臣已差人细细打听，他们已晓得我大唐统兵来征伐，各处分外严备，尽遣弟兄子侄把守；魏王王弘烈守襄阳，荆王王行本守虎牢，宋王王泰守陈州，齐王王世恽守南城，楚王王世伟守宝城，越王王君度守东城，汉王王玄恕守含嘉城，鲁王王道御守曜仪城，弄得水泄不通，日夜巡警。"秦王笑道："愚哉世充也！安有国家功业，止使一门占尽？其子弟岂尽皆贤智哉？吾立见其败矣！"遂督将士，直趋洛阳。

王世充晓得了，便点二万人马，自方诸门出兵，逼着谷水扎住，与唐兵对阵。唐将营垒未立，怕他来攻击，各自惊惶。秦王平日惯以寡破众，以奇取胜，全不介意道："贼临水结阵，是怕我兵冲突，其志已馁。"即命叔宝、敬德，冲入世充前阵，自己带领程知节、罗士信、邱行恭、段志玄，抄到世充阵背后去，数十精骑，奋力砍杀。郑将见秦王兵少，把马兵围裹拢来。史岳、王常等虽杀了几百兵卒，毕竟难出重围。正酣战时，秦王的坐骑，一个前失，把秦王掀将下来。郑阵中二将，亡命挺枪刺将进来。史岳看见，大喝一声，把一将砍倒，夺马来与秦王骑时，那一将又被王常一箭射中咽喉，颠下马来。前边敬德、叔宝合着，又混杀了三四个时辰，王世充支撑不住才退，被唐将直追到城下，斩了郑将七千多首级回兵。

次日，秦王同懋功在寨外闲顽，只见二三十百姓，多是张弓执矢，抬着网罗机械而走。秦王看见，叫手下唤这些人过来问道："你们是往何处去的？作何勾当？"那些百姓跪下禀道："有人传说，魏宣武陵上昨日有只凤鸟飞来，站在陵树，故此我们众猎户去拿他。"秦王道："魏宣武陵有多少路？"猎户道："只好一二十里地。"秦王道："你们引我去看，若是真的，我有重赏。"徐懋功道："不可。魏宣武陵逼近王世充后寨，倘有伏兵奈何？"秦王道："世充两战大败，心胆俱丧，安敢出来挑战？"遂全身贯甲，引五百铁骑出寨。

行至榆窠，到一个平坦战地，周围广阔，山林远照，左有飞来峰，右有瀑涧泉，幽禽怪兽，充牣其中；昔黄帝遗下石室，魏宣武营造皇陵，真是胜地。秦王左顾右盼，称羡不已。正看时，听得众猎户喊道："那飞来的不是凤鸟么？"秦王定睛一看，只见一只大鸟，后边随着七八十小禽，多站在一棵大树上。那鸟是长颈花冠，五色彩羽，日中耀目，愈觉奇异。秦王道："这是海外的野鸾，错认他是灵凤。"众猎户正要张那网罗起来，只见内中一人，把手指道："那边又有兵马来，不好了！"大众一哄而散。懋功如飞催促秦王转身。秦王忙取一枝箭，拽满弓，向那野鸾射去，正中其翅，带箭飞出谷口去了。

秦王纵马亦出谷口，见外边尽是郑国旗号，一将飞马前来，口中喊道："李世民，我郑国大将燕伊来拿你了！"秦王一见，忙跑进涧去，便带住马，一箭正中燕伊咽喉，应弦而倒。秦王看那野鸾时，还在对涧树上整理羽毛。秦王见前面是断涧，后边是郑国兵马，徐懋功又落在后边，野鸾却在对岸鸣啼，如呼朋引类，只得加鞭纵马跳去，一个三四丈阔的深涧，被他跳过去了。野鸾见秦王来，又飞数十步，占在高枝上。秦王听见对岸金鼓之声鼎沸，心下着忙，对着野鸾说道："灵鸟，灵鸟，你若是救得我难，你须向我啼叫三声。"那鸟便向秦王连叫三声。秦王看涧旁山路崎岖，便离鞍下马，把马系在树上，随鸟进山，攀藤附葛而行。到了顶上，远望对岸一将，凶煞神一般，快马跑来。秦王认得是单雄信。后边又有一将，亦纵马赶来，乃是徐懋功。

秦王正呆看时，只听得灵鸟又叫上一声，秦王忙转身，想道："灵鸟不去犹鸣，此山毕竟还有出路。"就随着那飞鸟走去，只见一个石室，外边立着一僧，光彩满目，相貌端严，把手向灵鸟一招，那鸟即飞入老僧掌中，老僧便进石室去了。秦王以为奇异，忙走进石室，只见那僧盘膝而坐。秦王问道："和尚，你刚才取的那灵鸟，拿来把了我。"那僧道："灵鸟知是君王此刻有难，从大士前飞来，你看他么？"在袖中取出来，箭犹在羽尾上，仔细一认，却变成一只白鹦鹉。那僧忙在尾上取下箭，递与秦王道："箭归还君王。"鸟向空中一掷，飞去了。秦王把箭收入壶内，知是圣僧，忙问道："孤今此难得脱去否？"那僧道："难星只在此刻，君王快躲在贫僧背后稳睡，贫僧自有法退之。"秦王依他藏好，那僧捏成印诀，口里念了几句咒语，只见他顶上放出一毫白光，就把洞门封住。

郑国单雄信熟识此地，晓得此谷为五虎谷，前洞名曰断魂洞，无有出路。单雄信见燕伊飞赶进去，恐他夺了头功，也赶进谷来，只见一匹空马，飞跑出来，燕伊早已射死在地。雄信看了大怒道："不杀此贼，以报燕伊，不为好汉！"因策马绕谷寻来。忽闻后边一骑马飞奔前来，高声叫道："单二哥勿伤吾主，徐懋功在此。"忙赶向前，扯住雄信衣襟道："单二哥别来无恙，前在魏公处，朝夕相依，多蒙教诲，深感厚谊。今日一见，弟正有要言欲商，幸勿窘迫吾主。"雄信道："昔日与君相聚一处，即为兄弟；如今已各事其主，即为仇敌。誓必诛灭世民，以报先兄之灵，以尽臣子之道。"懋功道："兄不记昔日焚香设誓乎？我主即你主也，兄何不情之甚？"雄信道："此乃国家之事，非雄信所敢私。此刻弟不忍加刃于兄者，尽弟一点同契之情耳；兄何必再为饶舌？"随拔佩刀割断衣襟，加鞭复去找寻。懋功见事势危急，如飞勒马奔回，大叫诸将，主公有难。

时尉迟敬德正在洛水湾中洗马，忽见东北角上一骑马飞奔前来。敬德定睛一看，见是懋功，听他口中喊道："主公被郑将单雄信追逼至五虎谷口，快快去救！"敬德听说，不及披挂，忙在水中，赤身露体，跨上秃马，执鞭飞赶前去。

时雄信四下一望，并无踪迹，看见涧中泥水浮沉，浊泉泛溢，又听得那玉鬃马咆哮乱嘶。只得把坐骑一提，跳过涧来各处寻觅，又无影响，止见树下玉鬃马嘶鸣。雄信也就下马，走上山顶，往石洞边看去，却是一个斑斓猛虎，蹲踞在内，见雄信来，长啸一声，涧谷为之震动。雄信吃了一惊，自思道："这孩子想必被虎吃了，不知还是投在涧内死了；再到下面去看。"跨上自己的马，把秦王的马一手挽着。将到涧边，忽见山坡那边一员大将，面如浑铁，声若巨雷，大叫："勿伤吾主，尉迟敬德在此！"也跳过涧来。雄信忙放了秦王的马，举槊来刺，被敬德把身一侧，一鞭打去，正中雄信手腕；敬德将鞭搁在鞍鞒，随趁势夺雄信手中槊。雄信虽勇，当不起敬德神力，四五扯，一条槊被敬德夺去，雄信只得退逃，仍过涧去了。

再说秦王横睡在石洞内和尚背后，看那和尚在座前弄神通。又见单雄信到洞门首，探望了三四回，不知为甚，再不敢进洞来，耳边只听得一片杀声。和尚合掌念声："阿弥陀佛，灾星已过，救兵已来，君王好出洞去了。"秦王起身谢道："蒙圣僧法力救孤，孤回太原，当差官来敦请去供养；但不知圣僧是何法号？"和尚道："贫僧叫做唐三藏；若说供养，自有山灵主之；但愿致治太平，做一个好皇帝足矣！贫僧有偈言四句，须为牢记。"乃曰：

  建业唯存德，治世宜全孝。两好更难能，本源当推保。

说完，那和尚瞑目入定去了。

秦王然后捱下山来，转过溪坡，寻着了坐骑，跨上雕鞍。只见敬德飞马前来，见了秦王，说道："好了，殿下没有受惊么？"秦王道："没有，雄信这强徒呢？"敬德道："被臣夺了他的槊，逃出谷外去了。此地不是久站之所，快同臣出谷去罢。"两骑马纵过了涧溪,直至五虎谷口,遇郑将樊佑、陈智略,敬德更不打话,一鞭一个,二将多打伤下去。敬德杀开一条血路,奔出重围。只见秦叔宝、徐懋功领着诸将,正与王世充后队交战。敬德对李靖道:"你保殿下回寨,我再去杀贼来。"忙又赶到郑阵中去奋勇大战。郑家兵将虽多,怎当得起叔宝、敬德两个,一条鞭,两根铜,杀了郑国许多兵将。敬德在忙中,猛抬头见一人,冲天翅、蟒袍玉带的,骑在马上,在高阜处观战,便撇下众将,提鞭直奔前来,吓得王世充如飞勒马退逃。敬德同众军直追到新城,方才转来。徐懋功叫鸣金收回人马,到秦王寨中来拜贺。秦王笑道:"若无敬德奋力向前,几为此贼所困。"遂以金银一筐赐敬德。自是秦王倍加信爱,敬德宠遇日隆。王世充见唐将利害,亦不敢出来对垒。

相持了数日。那日秦王正与众将商议破敌之策,见各处塘报雪片般飞递下来。懋功与秦王翻阅,知是荥州、汴州、沮州、华州,多来归附;又有显州总管杨庆,他率领辖下二十五州县来投降。又有尉州刺史时德睿,亦率领辖下杞、夏、随、陈、许、颍、魏七州来降;王簿与程知节亦有文书来说伊州、黎阳、仓城,多已降唐。只有千金堡与虎牢,闻得罗士信与寻相急切难下;又有中路大将屈突通,在途巡缉,获着郑国细作两个,招称郑国差将,潜往乐寿,向窦建德处请兵去了。徐懋功道:"郑国土地,赖天子洪福,三分已收其二;只是虎牢与千金堡系各州县咽喉之所,若二地不收,则所得亦难据守,须得臣自去走遭。"便辞了秦王,连夜带领自己精兵一千,望虎牢进发。正是:

待把干戈展经纬,只看谈笑弄兵锋。

第五十八回
窦建德谷口被擒　徐懋功草庐订约

词曰:

磨牙两虎斗方酣,怒目炯眈眈。一朝国破委层岚,千秋贻笑谈。
邂逅佳人心欲醉,随唱百年欢。王章有约话便便,将军闺内专。

调寄《阮郎归》

春秋时,卞庄子刺两虎,他何曾刺得两个?当两虎相斗时,小死大伤。那死的何消刺?只刺得一个伤的;这伤的又何须多大气力对付?这真是一举两得。

　　王世充拾亡魏之余，推心置腹，以待群雄，藉其土地以强根本。秦王声势虽大，急切间亦难了事。不意世充反将要害之地，尽托膏粱之弟，弄得东破西失；自己坐在洛阳，无可奈何，只得赍了金珠，着长孙安世去求夏王窦建德，落得秦王以逸待劳，反客作主。

　　今说徐懋功恐王簿两个不能建功，自己带领一枝人马，赶到千金堡来。岂知罗士信已用计破了，城内军民不分老弱，把他杀个一空，懋功深为叹息。王簿亦已到得虎牢，将精兵一千，改扮了郑国旗号，夜间赚开城门，把一个王行本在睡梦中捆缚去了，早已占据了城。虎牢、洛阳险要二处，俱为唐家占住。懋功不胜之喜，对王簿道："此地虽定，但王世充差代王琬、长孙安世去求窦建德，未知建德可允发多少兵来助他。我且将二兄之功，报知秦王，看他作何计较。"

　　今说长孙安世，奉了世充之命，赍了许多金帛，来到乐寿，先将宝物馈遗诸将。诸将俱已领惠，唯祭酒凌敬不肯收，大将曹旦亦差人把礼物璧还。次日，长孙安世清早来见夏王，呈上文书金帛。夏王道："邻邦救援，本当应命。但我与唐久已修好，何又起兵端？况孤新破孟海公，凯旋未久，岂可又劳师动众？"长孙安世道："郑与夏实唇齿之邦，唇亡而齿寒，理之必然。今夏不救郑，郑必灭亡，郑亡恐夏亦随之。"夏王道："足下且退，容孤与诸臣熟商。"长孙安世暂且辞出。

　　夏王与众公卿计议。夏将俱得了世充金帛，便撺掇道："亡隋失国，天下分崩，关中归唐，河南归郑，河北归夏，共成鼎足。今唐伐郑，郑地被唐占去十之二三；倘郑力不足，必为唐破；郑破必与夏为敌，敌则恐夏亦难独支。不如今发兵救郑，内外夹攻，可以取胜。倘能胜唐，威名在我，乘机图事，郑可取则取之；合两地之兵，以乘唐兵之疲老，关中可取，天下可平。"这几句话，说得建德鼓掌称快道："诸卿议论甚妙，但恐孤力不及耳！"凌敬道："主公之言，恐有未妥。目今唐家以重兵围困东都，大将据住虎牢，发多少兵去对付他好？莫若我今先发大兵济河，取怀州河阳，以重兵守之；然后鸣鼓建旗，逾太行入上党，传檄郡县，进于

壶口，以惊骇薄津，收取河东之地，易如拾芥，此乃上策。且有三利：唐兵俱在洛阳，国内空虚，而入师有万全；一也。拓土而得众，不费大力；二也。秦王知吾兵入境，必引兵还救，郑解围，三也。失此机会，滞疑不决，谚云：天与不取，反受其咎。愿主公详察。"诸将道："自来救兵如救火，若照依这样说，迂其途以取之，旷日持久，郑国急切间，何由得解？万一被唐兵破了，拿了王世充去，真个弄得唇亡齿寒，只道主公失信于天下。"建德亦不答，走进宫去。

只见屏后曹后接住说道："刚才朝中所议何事？"建德将前事述了一遍，曹后道："众臣议论皆非，独凌祭酒之计甚善，陛下当听之。"建德道："此迂阔之论。"曹后道："夫自洛口道乘虚连营渐进，以取山北，因招突厥西袭关中，唐必还师，郑国不救而自解，有甚迂阔？"建德道："孤自主裁，毋劳国后费心。"

次日早朝，长孙安世又来哀求。夏王便差曹旦为先锋、刘黑闼为行军总管，自同孙安祖为后队。公主线娘因是那夜见了罗成的书，伤感成疾，便与凌敬、曹后等守国。起十五万人马，望虎牢进发。

早有细作报知秦王。诸将恐腹背受敌，深以为忧，独秦王大喜。李靖笑道："不意殿下此番出师，一箭竟射双雕。"记室郭孝恪道："洛阳破亡，只在目下；建德不量，远来相救。这是天意要殿下灭此两国，机会在此，不可轻失。"薛收道："世充剧贼，部下又是江淮敢战之士，止因缺了粮饷，所以固守孤城，坐以待毙；若放窦建德来与之相合，建德以粮济助世充，则贼势愈强，不可为矣！"李靖道："如今只宜分兵困住洛阳，殿下自领精锐，速据成皋，养威蓄锐，以逸待劳，出奇计，一鼓而即可破建德。建德既破，先声夺人，世充闻之，当不战而自缚麾下矣！"秦王听了大喜道："卿所言实获我心。但此地重任，须仗将军谋画统辖。"李靖道："不须殿下费心，大约建德完局，这里赖主公之力，世充自然可擒。"秦王道妙。止带叔宝与尉迟敬德二将，其余将士，多叫屯住洛阳，统领自己玄甲兵五千，直赶到虎牢，与懋功诸将相会了。

懋功道："臣知殿下必来，更同得二位将军到此，破贼在旦夕矣。"秦王道："闻得夏兵共有十万前来，未知真假？"懋功道："不要去问他多少兵，臣今夜只消三千人，吓他一个个心胆俱碎。"便向秦王耳边，说了几句。秦王鼓掌道："妙！"懋功取令箭一枝，对罗士信道："将军同副将高甄生，领一千人马，即刻起身，潜往南方鹊山埋伏。柬帖一个，付你持去预备，如法奏功。"又取令箭一枝，柬帖一个，对秦叔宝、副将梁建方道："烦二位将军领一千兵，到汜水东北上一个土山埋伏，速去预备，如法奏功。"叔宝、建方领计去了。懋功又取令箭一枝，柬帖一个，对敬德与副将白士让道："二位将军就在虎牢西角上，照依柬帖中行事；如杀到鹊山，遇着了士信，不论胜败，即便杀将转来。"敬德、士让领计去了。

罗士信同高甑生归寨,把柬帖拆开一看,却是每一兵士,要备小红灯一盏,马上须用钢铁响铃,听中军轰天第二炮杀出,合着火枪归阵。秦叔宝与梁建方回寨,也把柬帖拆开,只见上写道:"每兵要带火球一个,小锣一面,听三个轰天大炮,即便杀出,合着火枪红灯,即便杀转。"懋功叫军士,正南山竖起了一个高竿,叫宇文士及合二千玄甲兵守护着。

再说夏国先锋曹旦,到了虎牢,结营一二十里,每日到唐寨边来挑战,无人应敌。只道唐家晓得他们统大兵来,不敢出头;夜间虽防来劫寨,到底兵士心上觉得懈弛。那夜方解甲安睡,只听得一声大炮,喊叫震天。曹旦忙跨马赶出寨来,见无数火枪,掩着一个黑脸大汉杀来。曹旦如飞举枪来刺,那将一鞭,早打近胸膛。曹旦忙把身子一侧,火枪早着脸上,把胡子尽行烧去,败入阵中。敬德领这一千兵,东冲西突,并无人来拦阻,直杀到将近鹊山。

忽闻第二个大炮,只见罗士信马上尽是红灯响铃,好像有几千人马杀来。那夏阵第二队高雅贤,如飞领兵马来接应,当不起罗士信这条枪如蛟龙出洞,逢着的便伤,在夏阵中各处冲杀。那高雅贤对刘黑闼道:"兄看那南山上红灯,必是唐家暗号,我与你射了他,那些兵马,自然散乱了。"说罢,即便纵马前来。那刘黑闼扯满弓,射一箭去,正中红灯,落将下来,复又一灯扯上。高雅贤正要射时,只见一声大炮,无数火球,半天里飞将下来,冲出一员大将,口喊道:"秦叔宝在此,叛贼看铜!"高雅贤如飞接住,被叔宝拨开枪,一铜打下马来。梁建方正欲去刺他,幸亏刘黑闼救了,退将下去。叔宝与敬德、士信会合了三千兵,竟似几万人马,东冲西砍,杀得一个落花流水。正在高兴时,唐阵上闻已鸣金,只得勒马回营。

秦王同徐懋功在寨中排了庆贺筵席,敬德与叔宝诸将归寨,检点三千人马,不曾伤失一个。秦王将羊酒银牌,分赏了将士。徐懋功道:"今宵此举,不过送个信与他们,要夏兵晓得我唐朝将士的利害。只是明日这一阵,诸君各要努力干功,成败只在此举。"秦王心挂洛阳,也要决一战以见雌雄。

却说建德因前阵军马,夜来被唐兵搅扰了半夜,四鼓时候,就即传令催兵马造饭,将刘黑闼改为前队,曹旦改为中营,自板渚地方,来到牛口谷,分遣将士。北首到河,南首到鹊山,排了二十多里。建德见唐兵不动,先遣男卒三百,渡了汜水。唐将士见夏兵威盛,也有些胆怯。

秦王只不动心,同徐懋功上了一个高丘,立马遥望。懋功道:"这贼自山东起兵来,不过攻些小小贼寇,未逢大敌;今虽结成大阵,部伍不整,纪律不严,总属易破。"望见郑国代王琬,也自带了亲随兵马,立在阵后监战;只见代王戴了束发金冠,锦袍金甲,骑了隋炀帝向来坐骑大宛国进贡的青鬃马,在旗门后影来影去。秦王道:"这小将骑的好一匹良马!"尉迟敬德在侧说道:"殿下说此马好,待小将取来。"秦王道:"不可,不可!"敬德道:"不妨。"两只腿把马一夹,直奔进夏阵中去。旁边两个将官高甑生、梁建方,怕敬德有失,也拍马随来。代王琬按着缰,在那里看战,只听得耳朵里喝一声:"那里走!"似提小鸡一般,被敬德提过马去。这马正要走,被敬德靴尖钩住缰绳,高甑生已到,带了马一齐归阵。

夏阵中见唐将在阵背后,拿了代王琬去,吃了一惊,无心恋战,慌忙退回。徐懋功大声说道:"此时不趁势杀贼,便待何时!"自把军鼓大擂,唐将白士让、杨武威、王簿、陶武钦许多精兵,一拥而进。秦王带领轻骑,同敬德、叔宝、士信过汜水,打从夏阵背后,直杀进去。扯起大唐旗号,前后夹攻。建德将士见了大惊,夏军只得且战且退。唐兵追赶了三十余里,斩了首级万余。

建德急退,忙脱去朝衣朝冠,改装与将士一般打扮,好来决战;却遇着柴绍夫妻,领了一队娘子军,勇不可当。建德当先来战,早中了一枪,忙寻护驾将士,乱乱的多已逃散,要迎杀前去,又恐独力难支;倘再中一枪,可不了却性命?忽见牛口渚中,芦柴茂密,可以潜身,便提马往里一钻。那娘子军也不在意,反杀向前边去了。

不提防建德身上这副金甲晃亮,动了人眼。唐军望见,知是一员将官逃在芦中,两个车骑将军白士让、杨武威纵马赶来,举浑铁槊往芦林中乱搠。窦建德在芦林中,要杀出来,身负重伤,恐厮杀不过;若在里边,又恐搠着,只得大叫道:"我便是夏王,将军若能相救,平分河北,富贵共享。"杨武威道:"只要出来,我等救你。"建德提马跳将出来,被他们一把抢来绑缚,把脚拴在马上,恰好几个从兵已至,一齐簇拥回到大寨。只见敬德提了刘黑闼的首级,王簿提了范愿的首级,罗士信活捉了郑国使臣长孙安世,都在那里献功。可怜夏国十几万雄兵,杀伤死亡,一朝散尽。只逃得一个孙安祖,带了随行二三十个小卒,奔回乐寿。

时秦王已在大寨,小校报说,拿得夏王窦建德来。众将不信,秦王亦不以为然。只见杨武威与白士让押了建德,直至中军。众人看见,果是夏王建德。他也不跪,秦王见了笑道:"我自征讨王世充,与汝何干,却越境而来,犯我兵锋?"建德也没得说,说几句诨话道:"今不自来,恐烦远取。"秦王又笑了一笑,问杨、白二将:"如何便拿住了他?"白士让道:"到是柴郡马统率娘子军赶杀他来到牛口谷,柴郡马杀了前去,他就潜躲在芦苇中,被我们看见拿住,应了民间'豆入牛口,势不能久'之谣。"秦王笑了一笑,叫监在后寨。

    垂衣河北尽悠游,何事横戈浪结仇?愎谏逞强谁与救,可怜束手作俘囚。

此时建德手下被拿的,有五万余人。秦王道:"杀之可惜,不如放了,任他们回转乡里。"众将恐放还又与我为敌。徐懋功道:"窦建德也是草泽英雄,有众二十万,败亡至此,那一个还敢收合来与我们战?放去正使他传殿下恩威，山东河北可不战而自下了。"诸将皆心服其言。秦王心下转道："柴绍夫妇既统兵到此，为甚不来相会，莫非被建德余党赚去？"忙差人问前队将士，有的说已往洛阳去了。秦王便不再问，因对懋功说道："我在这里整顿军马；卿同诸将先往洛阳，烦到乐寿，收拾了夏国图籍，安抚了郡县，火速到洛阳来会合。"懋功领命。到次日，即便带领自己人马起身。不一日到了乐寿。懋功即传令箭一枝与王簿，叫他晓谕军士：不许妄戮一人，不许搅扰百姓，违者立斩示众。乐寿城中百姓，一闻夏王的凶信，只道唐兵来，不知怎样扰害地方。岂知徐军师约法严明，抚慰黎庶，井井有条。因此市廛老幼，各各欢喜，迎于道路。懋功进城来，将府库打开，查点明白。又将仓廒尽开，召几个耆老，叫他们报名给领官粮，赈济穷黎。那五六个耆老，伏地而泣道："夏国治国，节用爱人，保护赤子，时沐恩泽。今彼一旦失国，我侪小民，如丧考妣，又安忍分散其储蓄？今蒙将军到郡安抚黎民，秋毫无犯，实出望外；愿留此积蓄，以充军饷，则乐寿虽不沾其惠，亦感将军之德矣。"懋功点头称善，便将仓库照旧封好。

来到建德宫中，只见朝堂一个纱帽红袍的官儿，面色如生，向西缢死在梁上，粉墙上有绝句一首道：

几年肝胆奉辛勤，一著全输事业倾。早向泉台报知己，青山何处吊孤魂。

夏祭酒凌敬题

懋功读罢壁间之诗，不胜浩叹，忙叫军士，去备棺木殡殓。又走到内宫来，只见宫中窗牖尽开，铺设宛然，面南一个凤冠龙帔的妇人，高高的悬梁缢在那里。两旁四个宫奴，姿色平常，亦缢死在侧。懋功知是曹后，忙叫人放下，亦备棺木好好盛殓。搜索宫中，止不过十来个老宫奴。懋功想道："闻得窦建德，有个女儿，勇敢了得，为何不见？"询问宫奴。宫奴答道："前日孙安祖回来，报知父皇被擒，那夜公主同了花木兰，就不知去向了。"徐懋功对王簿道："窦建德外有良臣，内有贤助，齐家治国，颇称善全。无奈天命攸归，一朝擒灭，命也数也，人何尤焉！"当初隋炀帝传国玉玺并奇珍异宝，窦建德破了宇文化及，都往归夏国；懋功一一收拾，并图书册籍，装载停当。

晓得有个左仆射齐善行，名望素著，养老致仕在家，请他出来，要他治守乐寿。齐善行辞道："善行年迈病躯，与世久违，愿将军另选贤豪，放某乐睹升平。"懋功道："眼前苦无其人，公何必苦辞？"齐善行道："仆有一人，荐于麾下，必能胜其任。"懋功道："请问何人？"善行道："此人姓名不知，人只叫他是西贝生。闻他昔年曾在魏公麾下，为参谋之职，今隐居拳石村，卖卜为活。此人大有才干，屈其佐治，必得民心。"懋功道："今屈尊驾暂为权摄，待我访西贝生来，兄即解任何如？"齐善行不得已，只得收了印信，权为料理。

懋功整顿军马起行，因问土人："拳石村在何处？"土人道："过雷夏去三四里，就是拳石村。"懋功命前队王簿速速趱行。不多几日，前队报说，已到拳石村了。懋功把兵马寻一个大寺院歇下，自己易服，扮作书生，跟了两个童子，进拳石村来。原来那村有二三百人家，是一个大市镇。到了市中，只见路上一面冲天的大招牌，上写道是：

"西贝生术动王侯，卜惊神鬼。贫者来占，分文不取。"

懋功问村人道："这西贝生寓在那里？"村人把手望西一指道："往西去第三家便是。"懋功见说，忙进弄内，寻着第三家，只见门上有副对联，上写道：

"深惭诸葛三分业，且诵文王八卦辞。"

懋功知是这家，便推门进去，只见一个童子，出来说道："贵人请坐，家师就出来。"

懋功坐了片时，见一个方巾阔服的人，掀帘走将出来。懋功定睛一看，不觉拍手笑道："我说是谁，原来贾兄在此！"贾润甫笑道："弟今早课中，已知军师必到此地，故谢绝了占卦的，在此相候。"大家叙礼过，润甫携着懋功的手，到里边去，在读易轩中坐定。润甫道："恭喜军师，功成名立，将来唐家佐命功勋，第一个就要算军师了。"懋功道："吾兄是旧交知己，说甚佐命功勋，不过完一生之志而已。"说了茶罢，只见里边捧出酒肴来，懋功欣然不辞，即便把盏。润甫道："军师军旅未闲，何暇到此荒村？"懋功将擒窦建德战阵之事，并齐善行荐了他去治理乐寿的话，说了一遍。润甫微笑了一笑道："弟自魏公变故，此心如同槁木死灰，久绝名利，满拟觅一山水之间，渔樵过活。不意逢一奇人，授以先天数学，奇验惊人。弟思此事，原可济人利物，何妨借此以毕余生，不意又被兄访着。"懋功道："正是兄的才识经济，弟素所佩服；但星数之学，未知何人传授，乞道其详。"润甫道："兄请饮三大觥，待弟说来，兄也要羡慕。"懋功举杯，一连饮了三觥。

润甫道："当初有个隋朝老将杨义臣，他是个胸藏韬略，学究天人的一员宿将。因隋主昏乱，不肯出仕，隐居雷夏泽中。"懋功道："这杨义臣，弟先年也曾会过，曾蒙他教益，可是他传的么？"润甫道："非也。他有个外甥女，姓袁名紫烟，隋时曾点入宫。那女子不事针黹，从幼好观天象，一应天文经纬度数，无不明晓，因此隋主将他拜为贵人。后因化及弑逆，他便用计，潜逃到母舅家。本要落发为尼，因杨义臣算他尚有贵人作匹配，享禄终身。前年弟偶卜居雷泽，与杨公比邻，朝夕周旋，贱内又与袁贵人亲爱莫逆，故此传其学术。"懋功道："如今杨公在否？"润甫道："杨公已于去岁仙游矣！袁贵人同杨公乃郎，并如夫人，俱在这里守墓。"懋功道："墓在那里？"润甫推窗向西指道："这茂林中，乃杨公窀穸之所。他家眷也住在里边。"懋功道："杨公虽死，弟与他生前亦有一面，今去墓前一吊，并求贵人一见，未识可否?"润甫道:"使得。"懋功就叫手下备楮仪一副,同贾润甫步行过去。

只见几亩荒丘,一抔浅土,虽然树木阴翳,难免狐兔杂沓。懋功叹道:"英雄结局,不过如此!"润甫忙过去通知了袁贵人。袁贵人就叫馨儿换了衰绖,到墓前还礼拜谢了,揖进飨堂中。懋功必要求见袁贵人。袁紫烟也是不怕人的,就是这样素妆淡服,出来拜见。懋功注目详视,见袁贵人端庄沉静,秀色可餐,毫无一点轻佻冶艳之态,不胜起敬道:"下官奉王命来乐寿清理夏王宫室,昨见一个宫奴,名唤青琴,是隋帝旧宫人,云是夫人侍儿,甚称夫人才学阃范,在男子多所未见。下官意欲遣青琴仍归夫人左右,但未识可否?"袁紫烟道:"妾只道此奴落于悍卒之手,不意反在王宫;但妾亲从凋亡,茕茕一身,自顾难全,奚暇与从者谋食,有虚盛意。"说完,辞别进去。

懋功此时觉得心醉神飞,只得别了出来,对润甫道:"弟向来浪走江湖,因所志未遂,尚未谋及家室;今见此女,实称心合意,欲求兄为之执柯,未知可肯为弟玉成否?"润甫道:"此系美事,弟何敢辞劳,管教成就。先到舍下去坐了,弟去即来复命。"懋功慢慢的跟到润甫家中去。坐了片时,只见润甫笑嘻嘻的走来说道:"袁贵人始初必欲守志终天,被弟再四解喻,方得允从。但是要依他三件事,谅兄亦易处的。"懋功道:"那三件事?"润甫道:"第一,要守满杨公之制,方许事兄。第二,要收领杨公之子馨儿母子两口,去抚养他上达成人。第三,有个女贞庵,系隋炀帝的四院夫人,在内焚修,与袁贵人是异姓姊妹。当年杨公送四位夫人到彼出家,原许他们每年供膳,俱是杨公送去。今若连合朱陈,必须继杨公之志,以全贵人昔日结拜之情。只此三事,倘肯俯从,即是兄的人了。"懋功大喜道:"不要说此三件,就再有几件,弟亦乐从。"就叫身边童子,到前寨王将军处,取银二百两,彩缎十表里,身上解佩玉一块,递与润甫道:"军中匆匆,不及备仪,聊以二物银两,权为定偶。"润甫忙叫手下并童子携去,送与袁紫烟,说明依了三章之约。袁紫烟然后收了,将太乙混天球一个,在头上拔下连理金簪一枝,回答了润甫;同童子从人回来,付与懋功收讫。

懋功道:"承兄成全弟家室,弟明日当有些微薄敬,并管辖乐寿文书,一同送来,大家共佐明君,岂不为美?"润甫道:"闲话且莫讲,请问军师,王世充破在旦夕,单二哥如何收煞?"懋功皱眉叹道:"若题起单二哥,恐有些费手。"懋功又把前雄信追赶秦王一段,说了一遍。润甫跌足道:"若如此说,单二哥有些不妥。兄与秦大哥,俱系昔年生死之交,还当竭力挽回方妙。"懋功道:"这个自然。"

正说时,天色已暮,只见许多车仗来接,懋功只得与润甫分手。明早做下署乐寿印信文书,并书帕银二百两,差官送与贾润甫;又命亲随小校两个,将小礼百金,与宫奴青琴,送归袁紫烟。二人去了回来说道:"宫奴礼金,夫人处俱已收讫。"差官又禀:"贾爷处文书礼仪,门户钳封,人影俱无,只得持回。"懋功大惊道:"难道我昨日是见鬼?"忙骑了马,自己到拳石村来看,果然铁将军把门,问其邻里,说是昨夜五更起身,一家都往天台去进香了。懋功叹道:"贾兄何不情至此?"心上疑惑,忙又到杨公墓所来,袁紫烟叫馨儿换了服色,出来拜送。懋功执手叮咛了几句,然后上马登程,往洛阳进发。正是:

陌路顿成骨肉,临行无限深情。

第五十九回

狠英雄犴牢聚首　奇女子凤阁沾恩

词曰:

昔日龙潭凤窟,而今孽镜轮回。几年事业总成灰,洛水滔滔无碍。说甚唇亡齿寒,堪嗟绿尽荒苔。霎时撇下热尘埃,只看月明常在。

调寄《西江月》

天下事只靠得自己,如何靠得人?靠人不知他做得来做不来,有力量无力量;靠自己唯认定忠孝节义四字做去,随你凶神恶煞,铁石刚肠,也要感动起来。

如今不说徐懋功往洛阳进发。且说王世充困守洛阳孤城,被李靖将兵马围得水泄不通。在城将士日夜巡视,个个弄得神倦力疲,兼之粮草久缺,大半要思献城投降,只有一个单雄信梗住不肯,坚守南门。

一日黄昏时候,只见金鼓喧阗,有队兵马来到城边,高声喊道:"快快开城,我们是夏王差来的勇安公主在此。"城上兵士,忙报知雄信。雄信到城隅上往外一望,见无数女兵,尽打着夏国旗号,中间拥着金装玉堆的一位公主,手持方天画戟,坐在马上。雄信道是窦建德的女儿,一面差人去报知王世充,随领着防守的禁兵来开城迎接。岂知是柴绍夫妻,统了娘子军来到洛阳关,会了李靖,假装勇安公主,赚开城门。那些女兵,个个团牌砍刀,刚进城来,早把四五个门军砍翻。郑兵喊道:"不好了,贼进来了!"雄信如飞挺槊来战,逢着屈突通、殷开山、寻相一干大将,团团把雄信围住。雄信犹力敌诸将,当不起团牌女兵,忘命的滚到马前,砍翻了坐骑,可怜天挺英雄,只得束手就缚。好笑那吃人的朱粲,被李靖杀败,逃到王世充处,以为长城之靠,不意城破,亦被擒拿。柴绍夫妻忙要进宫去杀王世充,只见王世充捧了舆图国玺,背剪着步出宫来。李靖吩咐诸将，将王世充家小宗族，尽行搜缚出来，上了囚车，一面晓谕安民。

正在忙乱之时，小校前来报道："秦王已到了。"李靖同诸将并许多百姓，扶老携幼，接入城去，竟到郑王殿中。李靖同诸将上前参谒。秦王对李靖道："孤前往虎牢时，卿许灭夏之后，郑亦随亡，不意果然。"李靖道："王世充这贼，奸诡百出，防守甚严，幸亏柴郡主来哄开城门，世充方自绑来投献。"秦王笑对世充道："你当初以童子待我，随你奸计多谋，怎出得我几个名将的牢笼。"王世充在囚车内答道："罪臣久思臣服归唐，因诸将犹豫未决，又知殿下不在寨中，故此直至今日来投献，只求圣恩免死。"秦王笑了一笑，即命诸将去检点仓库，开放狱囚，自往后宫，与柴绍夫妻相见，收拾珍顽。

时窦建德与代王琬、长孙安世三个囚车，与王世充、朱粲的几个囚车，尚隔一箭之地。众军校见秦王与诸将散去，便将囚车骨碌碌的推来，聚在一处。王世充见了，扑簌簌落下泪来，叫道："夏王，夏王，是寡人误了你了！"窦建德闭着双眼，只是不开口。旁边代王琬又叫道："叔父，可怜怎生救我便好？"王世充看见，一发泪如泉涌，道："我若救得你，我先自救了。"指着身旁车内太子玄应道："你不见兄弟也囚在此？我与你尚在一搭儿，不知宫中婶娘与诸姊妹，更作何状貌哩！"说了不禁大哭不止。窦建德看见这般光景，不觉厌憎起来，大声叹道："咳，我那里晓得你们这一班脓包坏子；若早得知，我也不来救援了。大丈夫生于天地间，不能流芳百世，即当遗臭万年，何苦学那些妇人女子之行径，毫无丈夫气概！"对旁边的小校道："你把我的车儿扯到那边去些，省得他们饶舌，有污我耳。"

那些众百姓，站在两旁看见，有的指道："那个夏王，闻他在乐寿，极爱惜百姓，为人清正，比我们的郑王好十万倍。那皇后更加贤明，勤劳治国。今不意为了郑王，把一个江山弄失了，岂不可惜！"众百姓多在那里指手画脚的议论不题。

且说秦叔宝随秦王回来，在第二队，见洛阳城已破，心上因记挂着单雄信，如飞抢进城来。正见王世充弟男子侄，多在囚车中，郑国廷臣累累锁在那里，未有发放，独不见雄信；查问军士，说是见过了秦王，程爷拉他往东去了。叔宝忙又寻到东街来，遇着了程知节手下一个小卒，叔宝叫住来问道："你们老爷呢？"那小卒低低说："同单二爷在土地庙里。"叔宝叫他领到庙中，只见程知节同单雄信相对，坐在一间屋里，项上带着锁链。叔宝见了，上前相抱而哭。雄信说道："秦大哥何必悲伤！弟前日闻秦王来讨郑时，弟已把死生置之度外，今为亡国俘虏，安望瓦全？但不知夏王何故败绩如此之速？"叔宝道："单二哥怎说这话？我们一干兄弟，原拟患难相从，死生相共；不意魏公、伯当先亡，其余散在四方，止我数人。昔为二国，今作一家，岂有不相顾之理！况且以兄之才力，若肯为唐建功，即是佐命之人。"叔宝又把窦建德如何战败、如何被擒说了一遍。

只见外边一人推门进来，雄信定睛一看，却是单全，便说道："你不在家中照顾，到此何干？莫非家中亦有人下来么？"单全道："今早五更时分，润甫贾爷到来，说是老爷的主意，将夫人小姐，立逼着起身，说要送往秦太太处去。因此小的来问老爷，晓得秦爷已到，再问个确信。"雄信对秦、程二人道："润甫兄弟，我久已不曾相会，这话从何说起？"程知节道："贾润甫兄是个有心人。他既说要送到秦伯母处，谅无疏虞。"叔宝亦道："贾兄是个义气的人，尊嫂与令爱，必替兄安顿妥当，且莫愁烦。"雄信对单全道："你还该赶上去，照管家眷。我这里有两个小校在此。"叔宝亦道："主管，省得你老爷牵挂。你去寻着贾爷，看个下落，这里我自然着人伺候。"说了，单全拭泪而去。

早有四五个军士捱进门来，却是秦叔宝的亲随内丁。叔宝问道："寓所寻下了么？"内丁道："就在北街沿河一个叛臣张金童家，程老爷的行李，也发在一处。今保和殿上，已在那里摆宴，只恐王爷就有旨来，传二位老爷去上席。"程知节道："我们一搭儿寓，绝妙的了！"叔宝对雄信道："此地住不得，屈二哥到我那里去。"雄信道："弟今是犯人，理合在此，兄们请便。"程知节直喊起来道："甚么贵人犯人！单二哥你是个豪杰，为甚把我两个当做外人看承！"忙把雄信项上链子除下来，付与小校拿着，叔宝双手挽着雄信，出了庙门，回到下处，吩咐内丁，好好伺候。

知节与叔宝到保和殿来，只见李靖在那处分拨将士，把守城门，分管街市，大悬榜文，禁止军士掳掠，违者立斩。秦王着记室房玄龄，进中书门下省，收拾图籍制诰；萧瑀、窦轨封仓库；所有金帛，嘱柴嗣昌、宇文士及，验数颁赐有功及从征将士。李靖见叔宝、知节，便道："秦王有旨，烦二位将军，明早运回洛仓余米，轸恤城中百姓。"叔宝道："洛仓粮米，只消出一晓谕，着耆老率领穷黎，到洛赈济，何必又要运回？"便吩咐书办出去写示。

只见屈突通奔进来，向叔宝说道："秦将军，单雄信在何处？秦王有旨，点诸犯人狱，发兵看守，独不见了雄信。"叔宝问："旨在何处？"屈突通在袖中取出来,叔宝接过来看,上写道:"段达隋国大臣,助王世充篡位弑君;朱粲残杀不辜,杀唐使命;单雄信、杨公卿、郭士衡、张金童、郭善才一干,暂将锁絷下狱,点兵看守,俟带回长安,候旨定夺。"叔宝蹙着眉头,尚未回答,程知节道:"屈将军,单雄信是我们两个的好弟兄,在我们下处,不必叫他入狱中去!候到长安,交还你一个单雄信就是了。"时齐国远、李如珪、尤俊达多在那里看慰雄信。李如珪看这光景,不胜忿怒道:"我们众兄弟,在这里血战成功,难道一个人也担当不起?"屈突通道:"我也是奉王命来查,既是众位将军担当,我何妨用情。"说完去了。

不提那夜宴享功臣之事。

到了次日,秦王先打发柴郡主统领娘子军起身,齐国远、李如珪只得匆匆别了叔宝、知节,亦归鄠县去了。其时恰好徐懋功从乐寿回来,见了秦王。秦王问乐寿如何料理,懋功说:"臣到乐寿时,祭酒凌敬已缢死朝堂,曹后同宫女四人,缢死宫中,其余嫔妃,不过粗蠢妇女,一二十而已。但不见了他的女儿。那老幼黎民,闻了建德被擒,无不嗟叹,臣开仓赈恤,惧不忍来领。顷见臣禁约军士,秋毫无犯,尽愿存积,以充军饷;因此远近仕官,无不参谒臣服。臣就其中择一老成持重的齐善行权为管摄,未知可合殿下之意否?"秦王点头称善,命淮阳王道玄同宇文士及、大将屈突通,权且镇守洛阳。谕将士收拾班师。

徐懋功听见单雄信在叔宝下处,忙来相会,对雄信道:"弟昨日自乐寿回来,途遇一友。说见贾润甫兄,护送二哥的宝眷在那里,想必他知秦王之命,这一干人犯,总要到长安候旨发落,润甫先将兄家眷,送到秦伯母处,亦为妥当。弟恐路上阻碍,忙拨一差官并军校二十名,发行粮三百两,叫他们赶上,盘缠众人到都,兄可放心无忧。"雄信道:"弟闻鸟之将死,其鸣也哀;人之将死,其言也善。弟今日处此地位,亦无言可善,亦难鸣可哀。承诸兄庇覆雄信家室,弟虽死犹生也。"叔宝叫人去雇一乘驴轿,安放单雄信坐了,自同秦王收拾起身。正是:

横戈顿令烽烟熄,金镫频敲唱凯回。

不一日到了长安,报马早已报知唐帝。唐帝命大臣并西府未随征的宾僚,出郭迎接。只见一队队鼓吹旗枪,前面几对宣令官、旗牌官,押着王世充、窦建德、朱粲并擒来的将相大臣、宗姓子侄,暨隋家乘舆法物,都列在前面。秦王锦袍金甲,骑着敬德夺的那匹骏马。后边许多将士,全装贯甲,簇拥着进城,先到太庙里献了俘,然后入朝。唐帝御门,秦王与各将士,以次朝见。秦王即进宫去见母后。唐帝出旨:天色已晚,各将士鞍马劳顿,着光禄寺在太和殿赐宴奖赉,夏、郑、朱等囚俘俱着大理寺收狱,候旨定夺。时单雄信也不得不随行向狱中去。

刑部里发了一张单儿,差十来个校尉,押着众囚犯,来到狱门首,大声喝道："禁子们，走几个出来，照单儿点了进去。此系两国叛犯，须用心看守着。"众禁子道："晓得。"一个个点将进去，领到一个矮门里，却是三间不大明亮的污秽密室。雄信此时，觉得有些烦闷起来。建德看那两旁，先有一二十个披枷带锁的囚徒，也有坐的，也有卧的，多是鸠形鹄面，似人似鬼的在那里。建德此时雄心，早已消磨了一半，幸亏还遇着个单雄信，是旧知己，聚在一处，诉别离情。

忽见一个彪形大汉，在门首望着里边说道："那个是夏王，那个是单将军？"建德尚未开口，雄信此时一肚子焦躁，没好气，只道是就要叫他出去完局，便走近前来道："我就是单雄信，待怎么样？"原来那个是禁子头儿，便道："请二位爷出来。"建德同雄信只得走出来。那汉引到左首一间洁房里，里边床帐台椅，摆设停当。那汉道："方才小的在大堂上打听，见发下票子，如飞要回来照管，因徐老爷与秦老爷，传去吩咐，故此归迟。众弟兄们不知头脑，都一窝儿送到后边去。"随指着一张有铺陈的床儿说道："这是王爷的。"指着那一张没铺陈的床儿说道："这是单爷的。那铺陈秦老爷即刻差人送进来。"窦建德道："单爷是众位老爷吩咐，我却从未有好处到你，为甚承你这般照顾？"那禁子道："王爷说那里话来？三日前就有一位孙老爷来，再三叮嘱小的，蒙他赐小的东西，说如王爷发下来，他也要进来看王爷，所以预先打扫这间屋儿，在这里伺候。"建德想道："难道孙安祖逃了回去，又来不成？"忽听外边嘈嘈杂杂，六七个小校，扛进行李与一坛酒，食盒中放着肴馔，对众禁子道："这是单老爷的铺陈，并现成酒肴。众位老爷说有公干在身，不能够进来看单爷。禁子们，叫你们好生伺候着。"说完出去了。众禁子手忙脚乱，铺设安排停当。窦、单二人原是豪杰胸襟，且把大事丢开，相对谈心细酌。

且说窦后见秦王回来，心中甚喜，夜宴过已有二更时分，不觉睡去，梦一尊金身的罗汉，对窦后稽首说道："汝儿已归，我有个徒弟，承他带来，快叫他披剃了，交还与我。"说完不见了。窦后醒来，把梦中之事，述与唐帝听。唐帝道："昨晚世民回来，未曾问他详细，且等明日进朝，问他便了。"窦后辗转不寐，听更筹已交五鼓，忍耐不住，便叫内监传懿旨，宣秦王进宫。时秦王在西府梳洗过，将要进朝，见有内侍来宣，忙同进宫，朝见过了。窦后道："你把出都收两国之事，细细述与做娘的知道。"秦王就把差段志玄和朱粲，被朱粲醉烹了段志玄，直至宣武陵射中野鸢，几被单雄信擒获，幸遇石室中圣僧唐三藏，施显神通，隐庇赠偈，得尉迟恭赶到救出。窦后听了，点头道："儿，怪道夜来圣僧托梦，原来有这段缘故。"秦王道："母后梦境如何？"窦后就把梦中之事，述了一遍，又道："据为母的猜详起来，囚俘里面，毕竟有个好人在内。"对秦王道："刚才儿说那唐三藏赠的偈，录出来待我详察一详察。"秦王写了出来。

大家正在那里揣摩，只见宇文昭仪走到面前。诸妃中唯此女，窦后极欢喜他，见了便对昭仪说道："正好，你是极敏慧的，必定揣摩得出。"窦后述了自己梦中之言，并秦王录出遇见圣僧赠偈四句，与昭仪看。昭仪道："第一句是明白的，隐着夏主的名字在内；第二句想必此人也是个孝子；只有第三句，解说不出；那第四句，显而易见，没甚难解。"窦后道："为何显而易见？"昭仪道："娘娘姓窦，今建德也姓窦，水源木本，概而推之，如同一体，是要赦窦建德之罪也。"窦后点头称是。秦王道："窦建德是个了得的汉子，譬如猛虎，纵之是易，缚之甚难。今邀九庙之灵，一朝为我擒获，倘若赦之，又为我患奈何？"唐帝道："如今且不必拘泥。朱粲残虐不仁，理宜斩首。提出王世充来，待朕审问他的臣下，或者有个孝子在内，也未可知的。"秦王就差校尉到狱中去，提斩犯一名朱粲立决，又提斩犯一名王世充面圣。

　　时建德与雄信，都睡在床上，听更筹已尽，在那里闲话。忽听见甬道内，有许多人脚步走动，到后边去敲门；一回儿又听得那屋里头的枷锁铁链，一齐震动起来。原来后牢房里的众囚徒，听见此时下来提犯，不知是那一案，那一个，俱担着干系，所以唬得个个战栗起来，把枷锁弄得叮叮啕啕，好似许多上阵兵马甲胄穿响。建德如飞起身，往门缝里一张，只见七八个红衣雉尾的刽子手，先赤绑着一人前来，仔细一看，却是朱粲；随后又绑着一人来，乃是王世充。建德对雄信道："单二哥，我们也要来了，起身了罢！"雄信道："由他。"

　　正说时，只听得有人来叩门叫道："单爷，家中有人在这里。"雄信见说，如飞爬起身来开门，却是单全。单全见了家主，捧住了，跪在膝前大哭。雄信也忍不住落下泪来，便道："你不须啼哭，起来问你：奶奶小姐在何处？"单全站起来，附雄信耳上说了几句。雄信点点头儿，道："我的事早已料定，你只照管奶奶与小姐，就是爱主的忠心了。我这里有各位老爷吩咐，你不须牵挂；你若在此，反乱我的心曲。"单全犹自依依不舍，只见禁子头儿推门进来，对着窦建德说道："夏王爷，孙爷来了。"建德尚未开口，孙安祖已走到面前，大家见了。此时三个人，抱持了大哭。建德问道："卿已回乐寿，为何又来？"安祖向建德耳边，唧唧哝哝的说了许多话，却又快活起来。建德便蹙着双眉道："人活百年，总是要死，何苦费许多周折。卿还该同公主回去，安葬了曹后娘娘并殉难的诸柩。"安祖却不肯。

　　如今且不说孙安祖要守定窦建德，再说朱粲绑缚了出来，已去市曹斩首。王世充亦绑着进朝面圣。唐帝责他篡位弑君一段。世充奸猾异常，反将事体多推在臣子身上。唐帝又责负固抗拒，城破才降。世充叩头道："臣固当诛，但秦殿下已许臣不死，还望天恩保全首领。"唐帝因秦王之意，将他贬为庶人，兄弟子侄，都安置朔方，世充谢恩出朝。

　　唐帝又差人去拿建德见驾，只见黄门官前来奏道："有两个女子，绑缚衔刀，跪于朝门外，要进朝见陛下。"唐帝见说，以为奇怪，忙叫押进来。不一时，只见两个女子，裂帛缠胸，青衣露体，两腕如玉雪白的，赤绑着，口中多衔着明晃晃的利刀一把，跪在丹墀里头。唐帝望去，虽非绝色，觉得皆有一种英秀之气，光彩撩人。唐帝便有几分矜怜之意，就叫近侍："去了那两女子口中的刀，扶他上殿来见朕。"内侍忙下去摘掉了刀，簇拥着上来，却又是两对窄窄金莲，挺挺的走上殿来跪下。唐帝便问道："你两个女子，是何处人氏？为何事这个样子来见朕？"窦线娘道："臣妾窦氏，系叛臣窦建德之女。因妾父建德，犯罪天条，似难宽宥，妾愿以身代受典刑，故敢冒死上渎天威。"唐帝道："窦建德岂无臣子子侄，要你这个琐琐裙衩来替他？"线娘道："忠臣良将，俱已尽节捐躯。若说子侄，宗支衰落。妾父止生妾一人，罔极深恩，在所必报。况王世充篡位弑君，尚邀恩赦。臣妾父虽据国自守，然当年曾讨宇文化及，首为炀帝发丧；前在黎阳军旅之间，又曾以陛下御弟神通并同安公主送还，较之世充，不亦远乎？倘皇恩浩荡，准臣妾所请，赦父之罪，加之妾身，是亦国法之不弛，而隆恩之普照，则妾虽死而犹生矣！"唐帝道："你刚才说窦建德止生得你，那一个又是你何人？"线娘未及回答，木兰便道："臣妾姓花，名木兰，系河北花弧之女。"便将刘武周出兵代父从军，直至与窦线娘结义一段，说将出来。唐帝见他两个言词朗朗，不胜赞叹道："奇哉两孝女！圣僧所谓两好最难能也。"正说时，只见两个内监走来，跪下奏道："娘娘有旨，宣殿下进宫。"秦王只得起身进宫去了。

时窦建德久已拿进朝，跪在丹墀下，听那两个女子对答，唐帝叫上来说道："你助党为虐，本该斩首。今因你女儿甘以身代，朕体上天好生之德，何忍加诛？连你之罪，法外宥汝。"就叫侍卫去了建德的锁链绑缚，又对他说道："朕赦便赦了你，只是你也是一个豪杰，若是朕赐你之爵，你曾南面称孤道寡，岂肯屈居人下？朕若废你为庶民，你怎肯忘却锦绣江山，免不得又希图妄想。"建德叩首道："臣蒙陛下法外施仁，贷臣不死，已出望外，安敢又生他念？臣自被逮之后，名利之念，雪化冰消。臣今万幸再生，情愿披剃入山，焚修来世，报答皇图，不敢再入尘网矣！"唐帝见说，大喜道："你肯做和尚，妙极！朕到替你觅一个法师在那里，叫你去做他的徒弟；但恐你此心不真耳！"窦建德叹道："臣闻屠刀一掷，六根即净，观眼前孽镜，总是雨后空花，有甚不真？"唐帝道："你此心既坚，替你改名巨德，着礼部结赐度牒，工部颁发衣帽，即于殿前替你剃度。"

秦王自宫中出来，奏道："母后知建德肯回心向道，欢喜不胜，要两孝女进宫去一见，父皇以为可否？"唐帝就叫内侍领两个女子进宫朝见。窦后见了，欢喜得紧，就叫宫奴把两副衣服，赐线娘与木兰穿好，又赐锦墩，叫他们坐下，问他们年龄，二人回答明白。窦后又问："线娘，曾适人否？"线娘羞涩涩未及回答，木兰代奏道："已许配幽州总管罗艺之子罗成。"窦后道：

"罗艺归唐，屡建奇功，圣上已封他为燕郡王，赐国姓，镇守幽州；闻他一个儿子英雄了得，你若嫁他，终身有托了。你既明孝义，我也姓窦，你也姓窦，我就把你算做侄女儿，愈觉有光。"窦线娘也不敢推却，只得下去谢恩。窦后又问木兰履历，木兰一一陈奏。窦后亦深加奖叹，便吩咐内侍，取内库银二千两，彩缎百端，赠线娘为奁资；又取银一千两，彩缎四十端，赠赐木兰，为父母养老送终之费，差内监送归乡里。二女便谢恩出宫。

时窦建德刚落了发，改了僧装，身披锦绣袈裟，头戴毗卢僧帽，正要望帝拜辞。唐帝对建德说道："你如今放心了。"只见二女易服出来，后边许多内侍，扛了彩缎库银，来到殿廷。内监放下礼物，将宫中懿旨，一一奏闻。二女又向唐帝谢恩。唐帝又对建德道："不意卿女许配罗艺之子，又为娘娘侄女，孝女得此快婿，卿可免内顾矣。"建德并未知此事，只道窦后懿旨赐婚赐物，谢恩出朝。唐帝又差官一员，赏银二千两，布帛一笥，送至榆窠断魂涧内隐灵岩中圣僧唐三藏处。

建德出了朝门，只见早有一僧，挑着行李，在那里伺候。建德定睛一看，却是孙安祖。建德大骇道："我是恐天子注意，削发避入空门，你为何也做此行径？"孙安祖道："主公，当初好好住在二贤庄，是我孙安祖劝主公出来起义，今事不成，自然也要在一处焚修。若说盛衰易志，非世之好男子也。"建德又对线娘道："你既以身许事罗郎，又沐娘娘隆宠，嗣为侄女，终身有赖了。自今以后，你是干你的事，我是干我的事，不必留恋着我了。"线娘必要送父到山中去，那内监道："咱们是奉娘娘懿旨，送公主到乐寿去，和尚自有官儿们奉陪，不消公主费心。"线娘没奈何，只得同出长安，大哭一场，分路而行。要知后事如何，且听下回分解。

第六十回

出囹圄英雄惨戮　走天涯淑女传书

词曰：

生离死别，甚来由，这般收煞。难忍处，热油灌顶，阴风夺魄。天涯芳草尽成愁，关山明月徒存泣。叹金兰割股啖知心，情方毕。

秦与晋，堪为匹。郑与楚，曾为敌。看他假假真真，寻寻觅觅。玉案琼珠已在手，香飘丹桂犹含色。漫驱驰，寻访着郊原朝金阙。

调寄《满江红》

天地间是真似假，是假似真。往往有同胞兄弟，或因财帛上起见，或听妻妾挑唆，随你绝好兄弟，弄得情离心远。到是那班有义气的朋友，虽然是姓名不同，家乡各别，却倒可以托妻寄子，在情谊上赛过骨肉。所以当初管鲍分金，桃园结义，千古传为美谈。

如今却说唐帝发放了窦建德，随将王世充一干臣下段达、单雄信、杨公卿、郭士衡、张金童、郭善才，着刑部派官押赴市曹斩决。时徐懋功、秦叔宝、程知节三人晓得了旨意，知秦王已出朝堂，如飞多赶到西府来，要见秦王。秦王出来，大家参拜过了，叔宝道："末将等启上殿下：郑将单雄信，武艺出秦琼之上，尽堪驱使。前日不度天命，在宣武陵有犯大驾，今被擒拿，末将等俱与他有生死之交，立誓患难相救。今恳求殿下，开一生路，使他与末将一齐报效。"秦王道："前日宣武陵之事，臣各为主，我也不责备他。但此人心怀反复，轻于去就，今虽投服，后必叛乱，不得不除。"程知节道："殿下若疑他后有异心，小将等情愿将三家家口保他；他如谋逆，一起连坐。"秦王道："军令已出，不可有违。"徐懋功道："殿下招降纳叛，如小将辈俱自异国得侍左右，今日杀雄信，谁复有来降者？且春生秋杀，俱是殿下，可杀则杀，可生则生，何必拘执？"秦王道："雄信必不为我用，断不可留，譬如猛虎在押，不为驱除，待其咆哮，悔亦何及？"三将叩头哀求，愿纳还三人官诰，以赎其死。叔宝涕泣如雨，愿以身代死。秦王心中不说出，终久为宣武陵之事，不快在心，道："诸将军所请，终是私情，我这个国法，在所不废。既是恁说，传旨段达等都赴市曹斩首号令，其单雄信尸首，听其收葬，家属免行流徙，余俱流岭外。"三人只得谢恩出府。徐懋功道："叔宝兄，单二哥家眷是在尊府，兄作速回家，吩咐家里人，不可走漏消息。烦老伯母与尊嫂窝伴着他，省得他晓得了，寻死觅活。弟再去寻徐义扶，求他令爱惠妃，或者有回天之力，也未可知。知节兄，你去备一桌菜，一坛酒，到狱中去，先与雄信盘桓起来，我与叔宝，就到狱中来了。"

却说单雄信在狱中，见拿了王世充等去，雄信已知自己犯了死着，只放下愁烦，由他怎样摆布。只见知节叫人扛了酒肴进来，心中早料着三四分了。知节让雄信坐了，便道："昨晚弟同秦大哥，就要来看二哥，因不得闲，故没有来。"雄信道："弟夜来倒亏窦建德在此叙谈。"知节叹道："弟思想起来，反不如在山东时与众兄弟时常相聚，欢呼畅饮，此身倒可由得自主。如今弄得几个弟兄，七零八落，动不动朝廷的法度，好和歹皇家的律令，岂不闷人！"说了看着雄信，蓦地里落下泪来。此时雄信早已料着五六分了，总不开口，只顾吃酒。忽见秦叔宝亦走进来说道："程兄弟，我叫你先进来劝单二哥一杯酒，为甚反默坐在此？"雄信道："二兄俱有公务在身，何苦又进来看弟？"

叔宝道:"二哥说甚话来?人生于世,相逢一刻,也是难的。兄的事只恨弟辈难以身代,苟可替得,何惜此生。"说了,满满的斟上一大杯酒奉与雄信。叔宝眼眶里要落下泪来,雄信早已料着七八分了。又见徐懋功喘吁吁的走进来坐下。知节对懋功道:"如何?"懋功摇摇首,忙起身敬二大杯酒与雄信。听得外边许多淅淅索索的人走出去,意中早已料着十分,便掀髯大笑道:"既承三位兄长的美情,取大碗来,待弟吃三大碗,兄们也饮三大杯。今日与兄们吃酒,明日要寻玄邃、伯当兄吃酒了!"叔宝道:"二哥说甚话来?"雄信道:"三兄不必瞒我。小弟的事,早料

定犯了死着。三兄看弟,岂是个怕死的!自那日出二贤庄,首领已不望生全的了。"叔宝三人,一杯酒犹哽咽咽不下去,雄信已吃了四五碗了。

此时众禁子多捱进门来,站在面前,门首又有几个红头包巾的人,在那里探望。雄信对两傍禁子道:"你们多是要伺候我的?"众禁子齐跪下去道:"是。"雄信便道:"三兄去干你的事,我自干我的罢!"叔宝与懋功、知节,俱皆大恸起来。雄信止住道:"大丈夫视死如归,三兄不必作此儿女之态,贻笑于人。"叔宝叫那刽子手进来,吩咐道:"单爷不比别个,你们好好服事他。"众刽子齐声应道:"晓得。"懋功道:"叔宝兄,我们先到那里,叫他们铺设停当。"叔宝道:"有理。"知节道:"你二兄先去,弟同二哥来。"懋功与叔宝洒泪先出了狱门,上马来到法场;只见那段达等一干人犯,早已斩首,尸骸横地。两个卷棚,一个结彩的,一个却是不结彩的。那结彩的里边,钻出个监刑官儿来相见了。懋功叫手下,拣一个洁净的所在。叔宝叫从人去取当时叔宝在潞州雄信赠他那副铺陈,铺设在地。

时秦太夫人与媳张氏夫人,因单全走了消息,爱莲小姐在家寻死觅活,要见父亲一面。太夫人放心不下,只得同张夫人陪着雄信家眷前来。叔宝就安顿他们在卷棚内。只见雄信也不绑缚,携着程知节的手,大踏步前走。一边在棚内放声大哭,徐懋功捧住在法场上大哭。秦太夫人叫人去请叔宝、知节过来,说道:"单员外这一个有恩有义的,不意今日到这个地位。老身意欲到他跟前去拜一拜,也见我们虽是女流,不是忘恩负义的人。"叔宝道:"母亲年高的

人,到来一送,已见情了;岂可到他跟前,见此光景?"秦母道:"你当初在潞州时,一场大病,又遭官事;若无单员外周旋,怎有今日?"知节道:"叔宝兄,既是伯母要如此,各人自尽其心。"如飞与雄信说了。

秦太夫人与张氏夫人、雄信家眷,一总出来。叔宝扶了母亲,来到雄信跟前,垂泪说道:"单员外,你是个有恩有义的人,惟望你早早升天。"说了,即同张氏夫人,跪将下去。雄信也忙跪下,爱莲女儿旁边还礼。拜完了,爱莲与母亲走上前,捧住了父亲,哭得一个天昏地惨。此时不要说秦、程、徐三人大恸,连那看的百姓军校,无不坠泪。雄信道:"秦大哥,烦你去请伯母与尊嫂,同贱荆小女回寓罢,省得在此乱我的方寸。"太夫人听见,忙叫四五个跟随妇女,簇拥着单夫人与爱莲小姐,生巴巴将他拉上车儿回去了。

叔宝叫从人抬过火盆来,各人身边取出佩刀,轮流把自己股上肉割下来,在火上炙熟了,递与雄信吃,道:"弟兄们誓同生死,今日不能相从;倘异日食言,不能照顾兄的家属,当如此肉,为人炮炙屠割。"雄信不辞,多接来吃了。秦叔宝垂泪叫道:"二哥,省得你放心不下。"叫怀玉儿子过来道:"你拜了岳父。"怀玉谨遵父命,恭恭敬敬朝着单雄信拜了四拜。雄信把眼睁了几睁,哈哈大笑道:"快哉,真吾婿也!吾去了,你们快动手。"便引颈受刑。众人又大哭起来。

只见人丛里,钻出一人,蓬头垢面,捧着尸首,大哭大喊道:"老爷慢去,我单全来送老爷了!"便向腰间取出一把刀,向项下自刎;幸亏程知节看见,如飞上前夺住,不曾伤损。徐懋功道:"你这个主管,何苦如此?还有许多殡葬大事,要你去做的,何必行此短见?"叔宝叫军校窝伴着他。雄信首级,秦王已许不行号令,用线缝在颈上,抬棺木来,用冠带殡葬。正着人抬至城外,寺中停泊,只见魏玄成、尤俊达、连巨真、罗士信同李玄邃的儿子启心,都来送殡;王伯当的妻子也差人来送纸。大家却又是一番伤感,然后簇拥丧车,齐到城外寺中安顿好了,徐懋功发军校二十名看守,大家回寓。可怜正是:

秦王虽说得中原,曾不推恩救命根。四海英雄谁作主?十行血泪泣孤魂。

今说窦线娘哭别了父亲,同花木兰归到乐寿。署印刺史齐善行闻报,已知建德赦罪为僧,公主又蒙皇后认为侄女,差内监送来,倒是热热闹闹,免不得出郭迎接。幸喜徐懋功单收拾了夏国图籍国宝,寝宫中叫那一二十个老宫奴封锁看守,尚未有动。窦线娘到了宫中,见了曹后的灵柩,并四个宫奴的棺木,又是一番大恸。

齐善行进朝参见了,把徐懋功要他权管乐寿之事,他又荐魏公旧臣贾润甫有才,"不意懋功去访,润甫又避去,因此不得已,臣权为管摄这几时。今正好公主到来,另择良臣,实授其任,臣便告退"。窦线娘道:"徐军师是见识高广的,毕竟知卿之贤,故尔付托,况此地久已归唐,黜陟我安得而主之?

卿做去便了，不必推辞。但皇后灵柩停在宫中，不是了局，卿可为我觅一善地，安葬了便好。"齐善行道："乐寿地方，土卑地湿。闻得杨公义臣，葬于雷夏，那边高山峻岭，泥土丰厚，相去甚近，两三日可到，未知公主意下如何？"窦线娘道："杨义臣生时，父皇实为契爱；若得彼地营葬甚妙。卿可为我访之，我这里厚价买他的便了。"线娘手下那些训练的女兵，原是个个有对头的，当其失国之时，但四散逃去，今闻公主回来，又都来归附。线娘择其老成持重的收之，余尽遣去。不多几日，齐善行差人到雷夏泽中，觅了一块善地。窦线娘到那里去起造一所大坟茔来，旁边又造了几带房屋，自己披麻执杖，葬了曹后，一家多迁到墓旁住了。即便做一道谢表，打发内监复旨。

花木兰亦因出外日久，牵挂父母，要辞线娘回去。线娘不肯放他，因他是个孝女，不好勉强，只得差两名寡妇女兵，一个是金氏名铃，一个是吴氏名良，赠了他些盘费，叫木兰连父母，都迁到雷夏泽中来同居。临行时，线娘又将书一封，付与木兰道："河北与幽州地方相近，此书烦贤妹寄与燕郡王之子罗郎。贤妹要他自出来，觌面见了，然后将书付他；倘若门上拒阻，有他当年赠我的没镞箭在此，带去叫他门上传进，罗郎自然出来见妹。"说罢，止不住数行珠泪。木兰道："姊姊吩咐，妾岂敢有负尊命？是必取一个好音来回复。"即便收拾好书信，并那枝箭，连两个女兵都改了男装起行。窦线娘直送到二三里外，又叮咛了一番，洒泪分手。

木兰等晓行夜宿，不觉已到河北地方，细认门阑，已非昔时光景。有几个老邻走来，一看是花木兰，前日改装代父从军的，便道："花姑娘，出去了这好几时，今日才回来。"扯到家里，木兰细问老邻，方知父亲已死，母亲已改嫁姓魏的人，住在前村，务农为活。木兰听了心伤，不觉泪如雨下，谢了邻里，如飞赶到前村。恰好其母袁氏，在井边汲水，木兰仔细一看，认得是自己母亲，忙叫道："娘，我木兰回来了。"其母把眼一擦，见果是自己女儿，忙执手拖到家里去。母女姊妹拜见了，哭作一团。其时又兰年已十八，长成得好一个女子。其母将他父亲染病身死，以及改嫁一段，诉说了一遍。继父同天郎回来相见了，姊妹三个各诉衷肠，哭了一夜。次日木兰到父亲坟上去哭奠了。

过了几日，正要收拾往幽州去，不意曷娑那可汗闻知，感木兰前日解围之功，又爱木兰的姿色，差人要选入宫中去。木兰闻之，惊惶无主，夜间对又兰道："我的衷肠事，细细已与你说明。入宫之事，未知可能解脱；倘必不能，窦公主之托，我此生决不肯负。须烦贤妹像我一般，改装了往幽州走遭，停当了窦公主的姻缘，我死亦瞑目。"又兰道："我从没有出门，恐怕去不得。"木兰道："我看你这个光景，尽可去得，断不负我所托。"随把线娘的书与箭并盘缠银五十两，交付明白。原来又兰倒识得几个字，忙替他收藏好了。木兰又叫两个女兵，吩咐金铃，随又兰到幽州去。到了明日，只见许多车骑仪从到门，其母因木兰归来不多几日，哭哭啼啼，不舍他入宫去。那木兰毫无惧色，梳妆已毕，走出来对那些来人说道："狼主之命，我们民户人家，不敢有违？但要载我到父亲坟上去拜别了，然后随你入宫。"那些仪从应允，木兰上了车子，叫吴良跟了父母，俱送至坟头。木兰对了荒冢拜了四拜，大哭一场，便自刎而死。差人慌忙回去复旨，曷娑那可汗闻知，深为叹息。吴良也先回去，见窦公主不题。木兰父母把他殡殓了，就葬于父旁。

又兰见阿姐回来，指望姊妹同住，做一番事业，不想狼主要娶他去，逼他这个结局。"倘或曷娑那可汗晓得他尚有妹子，也要娶起我来，难道我也学他轻生？倒不如往幽州去，替窦公主干下这段姻事，或者我有出头的好日子得来，亦未可知。"主意已定，悄悄的对金铃说明，收拾了包裹，不通父母得知，两个妇女竟似走差打扮，又兰写几个字，放在房中。四更时出门上路，天明落了客店，雇了牲口，一直到了幽州。又兰进城，寻了下处，问了店主人家燕郡王的衙门。又兰改了书生打扮，便同了金铃到王府门首来访问。

那燕郡王做官清正，纪律严明，府门首整饬肃清，并不喧杂，凡投递文书柬帖的官吏，无不细细盘驳。金铃到底是随公主走过道路的，便与又兰商议道："俺家公主这封书，不比寻常书札，不知里边写些甚么在上。倘若混帐投下，那些官吏不知头脑，总递进去，燕郡王拆开一看，喜怒不测起来，如何是好？当初大姑娘在我那里起身时，公主原叫他把书亲面付与罗小将军，如今到此岂可胡乱投递。"又兰道："据你说起来，怎能个见小将军之面？"金铃道："不难，二姑娘你坐在对面茶坊里，俺在这里守一个知事的人出来托他，事方万全。"

又兰到对门茶肆中坐了半响，只见金铃进来说道："二爷，方爷来了。"又兰看那人，好似旗牌模样，忙起身来相见了坐定。又兰便问道："亲翁上姓大名？"那人道："学生姓方，字杏园，请问足下有何事见教？"又兰道："话便有一句，请兄坐了。看酒来！"走堂的见说，如飞摆上酒肴。方杏园道："亲翁有甚事，须见教明白，方好领情。"又兰一面斟酒，随即说道："弟向年在河北，与王府小将军，曾有一面；因有一件要紧物件，寄在敝友处，今此友托弟来送还小将军，未知小将军可能一见否？"方杏园道："小将军除非是出猎打围赴宴，王爷方放出府，不然怎能个出来相见？或者有甚书札，待弟持去，付与小将军的亲随管家，传进里边，自然旨意出来。"又兰道："书是必要亲面送的，除非是取那信物，烦见传递了进去，小将军便知分晓。"方杏园道："既如此，快取出来。弟还有勾当，恐怕里面传唤。"又兰忙向金铃身边，取出那枝没镞箭，递与方杏园。方杏园接来一看，却是一个绣囊，放着枝箭在内，取出一看，见有小将军的名字在上，不敢怠慢，忙出了店门，进府去。走不多几步路，遇着公子身边一个得意的内丁叫做潘美，向他说了来因。潘美道："你住着，候我回音。"把绵囊藏在衣襟里，到书房中。

罗公子自写书付与齐国远去寄与叔宝后，杳无音耗，心中时刻挂念，见潘美持箭进来，说了缘故，不胜骇异。便问："如今来人在何处？"潘美道："方旗牌说，在府前对门茶坊里，还有书要面递与公子的。"罗公子低头想了一想，便向潘美耳边说了几句。潘美出来，对方旗牌道："公子说，叫你引那来人在东门外伺候着，公子就出来打围了。"方旗牌如飞赶到茶坊里来，与又兰说了。又兰便向柜上算还了帐，三人大家站在府门首看，只见一队人马，拥出府门。公子珠冠扎额，金带紫袍，骑着高头骏马，又兰心中想道："这一个美貌英雄，怎不教窦公主想他？"也就在道旁雇了脚力，尾在后边。

罗公子原不要打围，因要见寄书人，故出城来，只在近处拣个山头占了，吩咐手下各自去纵鹰放犬，叫潘美请那一寄书人过来。公子见是一个美貌书生，忙下坐来相见，分宾主坐定。花又兰在靴子里取出书来，送与罗公子。公子接来一看，见红签上一行字道："此信烦寄至燕郡王府中，罗小将军亲手开拆。"公子见眼前内丁甚多，不好意思，忙把书付与潘美收藏，便问："吾兄尊姓？"又兰道："小弟姓花，字又兰。"公子又道："兄因甚与公主相知？"又兰答道："与公主相知者非弟，乃先姊也。"就把曷娑那可汗起兵一段，直至与公主结义，细述出来。只见家将们多到，花又兰便缩住了口。

公子问道："尊寓今在何处？"金铃在后答道："就在宪辕东首直街上张老二家。"公子道："今日屈兄暂进敝府中去叙谈一宵，明早送兄归寓。"又兰再四推辞。公子道："弟尚有许多衷曲问兄，兄不必固辞。"对潘美道："吩咐方旗牌，叫他到花爷寓所去，说花爷已留进府中，一应行李，着店家好生看守，毋得有误。"说了，携了又兰的手起身，叫家将取一匹马与又兰骑了，潘美却同金铃骑了一匹马，大家一共进城。到了王府中，公子叫潘美领又兰、金铃两个，到内书房去安顿好了。那内书房一共是三间，左边一间是公子的卧室；右边一间设过客的卧具在内。

公子向内宫来，罗太夫人对公子说道："孩儿，你前日说那窦建德的女儿，倒是有胆有智的。刚才你父亲说京报上，窦建德本该斩首，因其女线娘不避斧钺，愿以身代父行刑，故此朝廷将建德赦了，建德自愿削发为僧。其女线娘，太后娘娘认为侄女，又赐了许多金帛，差内监两名送还乡里，如此说起来，竟是个大孝之女。昔为敌国，今作一家。你父亲说，趁今要差官去进贺表，便道即娶他来，与你成婚，也完了我两个老夫妇身上的事。"公子道："刚才孩儿出城打猎，正遇一个乐寿来的人，孩儿细问他，方知是窦公主烦他来要下书与我的。"罗太夫人问道："如今人在何处？"公子说："人便孩儿留他在外书房，书付与潘美收着。"罗太夫人随叫左右，向潘美取书进来。母子二人当时拆开一看，却是一幅鸾笺，上写道：

  阵间话别，言犹在耳；马上订盟，君岂忘心？虽寒暑屡易，盛衰转丸，而泪沾襟袖，至今如昔，始终如一也。但恨国破家亡，氤氲使已作故人；妾茕茕一身，宛如萍梗。谅郎君青年伟器，镇国令嗣，断不愿以齐大非耦，而以邹楚为匹也。云泥之别，莫问旧题，原赠附璧，非妄食言，亦盖镜之缘悭耳。衷肠托义妹备陈，临楮无任依依。

亡国难女窦氏线娘泣具

罗公子只道书中要他去成就姻眷，岂知倒是绝婚的一幅书，不觉大恸起来，做出小孩子家身分，倒在罗老夫人怀里，哭个不止。老夫人只生此子，把他爱过珍宝，见此光景，忙抱住了叫道："孩儿你莫哭，那做媒的是何人？"公子带泪答道："就是父亲的好友，义臣杨老将军，建德平昔最重他的人品，他叫孩儿去求他。几年来因四方多事，孩儿不曾去求他，那杨公又音信杳然，故此把这书来回绝孩儿，这是孩儿负他，非他负孩儿也。"说罢又哭起来。

只见罗公进来问道："为甚么缘故？"老夫人把公子始初与窦线娘定婚，并今央人寄书来，细细说了一遍，就取案上的来书与罗公看了。罗公笑道："痴儿，此事何难？目下正要差人去进朝廷的贺表。待你为父的将你定婚始末，再附一道表章，皇后既认为侄女，决不肯令其许配庸人；天子见此表章必然欢喜，赐你为婚，那怕此女不肯？何必预为愁泣？但不知书中所云义妹备陈，为何如今来的反是一个男子？"公子见父母如此说，心上即便喜欢，忙答道："这个孩儿还没有问他细情。"

那夜公子治酒在花厅上，又兰把线娘之事重新说起。说到窦公主如何要代父受刑，公子便惨然泪下；说到太后收进宫去，认为侄女，却又喜欢起来；说到迁居守墓，却又悲伤；直至阿姊回来，曷娑那可汗要选他入宫，自刎于墓前，公子不觉击案叹道："奇哉，贤姊木兰也！我恨不能见其生前一面耳。"直说到更余，方大家安寝。次日，又兰等公子出来，便道："公主回书，还是付与小弟持去，还是公子差人到乐寿去回复？弟今别了，好在寓中候旨。"公子道："兄说那里话！公主的来书，家严昨已看过，即日就要差官进表到都，许弟同往。兄住在此，同到乐寿，烦兄作一冰人，成其美事，有何不可？"又兰道："小弟行李都在店中。"公子执着又兰的手道："行李我已着人叫店家收好。"断不肯放。谁知金铃倒看中意了潘美，正在力壮勇猛之时，又兰亦见公子翩翩年少，毫无赳赳之气，心中倒舍割不下。金铃便道："二爷，既是大爷恁说，我去取了行李来何如？"公子道："你这管家倒知事。"叫左右随了金铃去。公子与又兰时刻相对，竟话得投机。大凡大家举动，尚不能个便捷，何况王家侯府，却又要作表章，撰疏稿，委官贴差，倏忽四五日。

一夜，罗公子因起身得早，恐怕惊动了又兰，轻轻开门出去，只听得潘美和金铃在厢房内唧唧哝哝，似有欢笑之声。公子惊疑，便站定了脚，侧耳而听。听得潘美口中说道："你这样有趣，待我对大爷说明，替你家二爷讨来，做个长久夫妻。"金铃道："扯谈，我是公主差我送他阿姊到家来的，又不是他家的人，你要我跟随了你，总由我主。"潘美："倘然我们大爷晓得你二爷是个女子，只怕亦未必肯放过。"金铃道："晓得了，止不过也像我与你两个这等快活罢了。"

　　正是隔墙须有耳，窗外岂无人？公子听得仔细，即心中转道："奇怪，难道他主仆多是女人？"忙到内宫去问了安，出来恰好撞见潘美。公子叫他到僻静所在，穷究起来，方知都是女子。公子大喜，夜间陪饮，说说笑笑，比前夜更觉有兴。指望灌醉了又兰，验其是非。当不起又兰立定主意不饮。公子自己开怀畅饮了几杯，大家起身，着从人收拾了杯盘，假装醉态，把手搭在又兰肩上道："花兄，小弟今夜醉了，要与兄同榻，弟还有心话要请教。"又兰道："有话请兄明日赐教，弟生平不喜与人同榻。"公子笑道："难道日后与尊嫂也要推却？"又兰亦笑道："兄若是个女子，弟就不辞了。"公子又笑道："若兄果是个男子，弟亦不想同榻了。"又兰听了这句话，心上吃了一惊，一回儿脸上桃花瓣瓣红映出来。公子看了，愈觉可爱，见伺候的多不在眼前，把门忙闭上，走近前捧住又兰道："我罗成几世上修，今日得逢贤妹。"又兰双手推住了道："兄何狂醉若此！请尊重些。"公子道："尊使与小童都递了口供认状，卿还要赖到那里去？"又兰正色道："君请坐了，待我说来；若说得不是，凭君所欲。"公子只得放手，两个并肩坐下。

　　又兰道："妾虽茅茨下贱，僻处荒隅，然愚姊妹颇明礼义，深慕志行。今日不顾羞耻，跋涉关山而来者，一来要完先姊的遗言，二来要成全窦公主与君家百年姻眷，非自图欢乐也。今见郎君年少英雄，才兼文武，妾实敬爱。但男女之欲，还须以礼以正，方使神人共钦；若勒逼着一时苟合，与强梁何异？"公子听了大笑道："卿何处学这些迂腐之谈？从古以来，月下佳期，桑间偶合，人人以为美谈。请问卿为男子，当此佳丽在前能忍之乎？"又兰道："大丈夫能忍人所不能忍，方为豪杰。君但知濮上桑间，此辈贪淫之徒，独不记柳下惠之坐怀，秦君昭之同宿，始终不乱，乃称厚德。妾承君不弃，援手促膝者四五日矣，妾终身断不敢更事他人。求郎君放妾到乐寿，见了窦公主一面，明白了先姊与妾身的心迹，使日后同事君家，亦有光彩。今且权忍几时，候与君同上长安，那时凭君去取何如？若今如此，决难从命。"公子见他言词侃侃，料难成事，便道："既是贤妹如此说，小生亦不敢相犯矣。"

　　过了几日，罗公将表章奏疏弥封停当，便委刺史张公谨，托他照管公子，又差游击守备二人，尉迟南、尉迟北，陪伴公子上路。公子拜别了父母，即同又兰等一路带领人马，出离了幽州，往长安进发。未知后事如何，且再听下回分解。

第六十一回

花又兰忍爱守身　窦线娘飞章弄美

词曰：

晓风残月，为他人驱驰南北，忍着清贞空隈贴。情言心语，两两低低说。沉醉海棠方见切，惊看彼此真难得。封章直上九重阙，甘心退逊，香透梅花峡。

调寄《一斛珠》

世间尽有做不来的事体，独情深义至之人，不论男女，偏做得来；人到极难容忍的地位，惟情深义至之人，不论男女，偏能谨守。为甚么缘故？情深好义者，明心见性，至公无私，所以守经从权，事事合宜，不似庸愚，只顾眼前，不思日后。

今说罗成同花又兰、张公谨、尉迟南、尉迟北一行人，出了幽州地方。花又兰在路与罗公子私议道："郎君还是先到雷夏窦后墓所，还是竟到长安？"罗公子道："我意竟到长安上疏后，待旨意下来，然后到雷夏去，岂不是好。"又兰道："不是这等说。窦公主是个有心人，当初与君马上定姻之时。原非易许，追后四方多事，君无暇去寻媒践盟，彼亦未必怪君情薄。不意国破家亡，上无父母之命，下无媒妁之言，还是叫他俯就君家好，还是叫他无媒苟合好？是以写札，托先姊面达，以探君家之意，返箭以窥君家之志。以情揆之，是郎君之薄情，非公主之负心也。今漫然以御旨邀婚，是非使彼感君之恩，益增彼之怒，挟势掠情之举，不要说公主所不愿，即贱妾草茅亦所不甘也。郎君乃钟情之人，何虑不及此？"说到这个地位，罗公子止不住落下泪来，双手执住又兰的手道："然则贤卿何以教我？"又兰道："依妾愚见，今该先以吊丧为名，一以看彼之举动，一以探彼之志行。畴昔知己，几年阔别，尚思渴欲一见，何况郎君之意中人乎？倘彼言词推托，力不可回，然后以纶音加之，使彼知郎君之不得已，感君之心，是必强而后可。"公子听了说道："贤卿之心，可谓曲尽人情矣！"即吩咐张公谨等竟向乐寿进发，不题。

再说窦线娘，自从闻花木兰刎死之后，鸿稀雁绝，灯前月下，虽自偷泣，亦只付之无可如何。幸有邻居袁紫烟与杨小夫人母子时常闲话，连女贞庵中狄、秦、夏、李四位夫人,闻线娘是个大孝女子,亦因紫烟心交,也常过来叙谈,稍解岑寂。线娘又把窦太后赠的奁资,营葬费了些,剩下的多托贾润甫就在附近买了几亩祭田,叫旧时军卒耕种。家政肃清,阍人三尺之童,不敢放入。

一日与袁紫烟在室中闲话,只见一个军丁打扮,掀幕进来。袁紫烟吃了一惊,公主定睛一看,见是金铃,便道:"好呀,你回来了,为甚么花姑娘这样变故?你同何人到来?"金铃跪下去叩了一叩,起来说道:"前日吴良起身回来之时,奴妇已同花二姑娘一般改装了。到幽州罗小将军处,见了书札信物,悲痛不胜,就款留二姑娘进府,住在书房室中半月。幸喜罗郡王晓得公子与公主联姻,趁着差官赍表进京,便打发公子一同来。经过乐寿,刺史齐善行晓得了,接入城去,明日必到墓所来吊唁娘娘,并求完姻的意思。今花二姑娘现在门首,他是个有才干的女子,公主还该优礼待他,去迎他进来,便知详细。"公主听了,三四个宫女跟了出来。

金铃如飞到门首,引花又兰到草堂中。公主举眼望去,面貌装束,竟像当年罗成在马上的光景,心中老大狐疑;及至走近身前,见其眉儿曲曲,眼儿鲜鲜,方知非是,乃一个俊俏佳人。又兰见了公主,便要行礼。公主笑道:"既承贤姐姐不弃光降,请到室中换了妆,然后好相见。"就同进里边来,叫宫奴簇拥又兰到偏室中去,将一套新鲜色衣与他换了出来。公主看时,却比其姊更觉秀美,便指着袁紫烟对花又兰道:"此是隋朝袁夫人,与妾结义过的。当年木兰令姊到来,妾曾与他结为异姓姊妹。二姐姐如不弃,续令先姊之盟,闺中知己,常相聚首,未识二姐姐以为可否?"花又兰道:"公主所论,实切愿怀;但恐蒲柳之质,难与国媛雁行。"公主道:"说甚话来!"便叫左右铺毡,袁夫人年纪居长,公主次之,又兰第三,大家拜了四拜,自后俱姊妹称呼。宫奴就请入席饮酒,线娘便道:"前日吴良回来报说令姊惨变,使妾心胆俱裂。可惜好个孝义之女,捐躯成志,真古今罕有。但贤妹素昧平生,何敢又劳枉驾,去见罗郎?"又兰道:"愚姊妹虽属女流,颇重然诺。先姊领姐姐之托,变出意外,妹亦遵先姊之命,安敢惮劳,有负姐姐之意!幸喜罗公子天性钟情,一见姐姐信物手书,涕泗捧读,不忍释手,花前月下,刻不忘情;所以燕郡王知他之意,趁差官赍表朝贺,并遣公子前来求亲。"线娘总是默默不语。袁紫烟道:"这段姻缘,真是女中丈夫,恰配着人中龙虎。况罗郎来俯就,窦妹该速允从。"线娘笑道:"且待送姐姐出阁后,愚妹自有定局。"紫烟道:"是何言欤?妾若非太仆遗言,孤嫠失恃,不遇徐郎再四强求,妾亦甘心守志,安敢复有他望?"线娘道:"若说守志二字,实惬素怀。姊从其权,妾守其经,事无不可。"又微哂道:"但可惜花二妹一片热肠,驰驱南北,付之东流而已。"

又兰听说,心中想道:"看看说到我身上来了,殊不知我与罗郎,虽同床共寝两月,而此身从未沾染,此心可对天日。"便道:"窦姐姐所云守志固妙,惟在难守之中,而坚守之方可云志。"又兰原是好量,因向来与罗公子共处,恐酒后被他点污,假说天性不饮。今到此地,尽是女流,竟安心乐意,便开怀畅饮,不觉酩酊,伏于案上。紫烟即便告别归家。线娘竟叫侍女扶又兰到自己床上睡;线娘随叫那金铃过来盘问,金铃道:"小将军起初不知,后来风声有些走露,就有捉弄花姑娘的意思。听见着实哀求,花姑娘指天发誓,立志不从,听见他说:'待奴见过窦公主之后,明了心迹,公主成了花烛,然后从君之愿。'"线娘不胜浩叹道:"奇哉,罗郎真君子也!又兰真义女也!我窦氏设身处地,恐未能如此。彼既以守身让我,我当以罗郎报之,全其双美。趁罗郎本章未到,先将衷曲奏明皇后,皇后是必鉴我之心矣!"忙起身在灯下草就奏章,叫女书记写好封固,又写一札送与宇文昭仪,收拾一副大礼,进呈皇后;一副小礼,送与昭仪。当初孙安祖与线娘要救建德时,曾将金珠结交于宇文昭仪,今亦烦他转达皇后,料他必能善全。明日绝早,即将盘缠付与吴良、金铃,赍本与礼物,往京进发。那金铃因放潘美不下,晓得公子要到贾润甫处,便跑过去细细与贾润甫说明就里,并上本与皇后的话,叫润甫作速报知公子,归来即收拾与吴良上路去了。

今说罗公子到了乐寿,齐善行迎进城,接风饮酒。张公谨问齐善行窦公主消息,齐善行道:"窦公主不特才能孝行,兼之治家严肃,深有曹后之风范,今迁居雷夏墓所。平日最服的一个邻居隐士贾润甫,外庭之事,惟润甫之言是听。"张公谨见说大喜道:"润甫住在何处?"齐善行道:"就住在雷夏泽中拳石村。秦王屡次要他去做官,他不乐于仕宦,隐居于彼。"尉迟南道:"我们还是当年拜秦母的寿,寓在他家数日,极是有才情的朋友;海内英豪,多愿与他结纳。公子趁便该去拜访他。"罗公子吩咐手下,备一副吊仪,去吊杨太仆;又备一副猪羊祭礼,去祭曹皇后;随即起身,齐善行陪了,出了乐寿,往贾润甫家来。

时贾润甫因金铃来说了备细,又因窦公主央他,叫人墓前搭起两个卷棚,张幕设位,安排停当。只见一行车马来到门首,润甫接入草庐中,行礼坐定,各人叙了寒温,罗公子就把来求窦公主完姻一事说了。贾润甫道:"别的女子,可以捉摸得着,惟窦公主心灵智巧,最难测度。只据他晓得公子来求婚,连夜写成奏章，今早五更时，已打发人往长安先去上闻皇后。这种才智，岂寻常女子所能及？"罗公子见说，吃了一惊。张公谨道："我们的本未上，他倒先去了，我们该作速赶过他头里去才好。"贾润甫道："前后总是一般。公子且去吊唁过，火速进呈未迟。"贾润甫同齐善行陪了罗公子与众人，先到杨公坟上来。杨馨儿早已站在墓旁还礼。

众人吊唁后，馨儿向众人各各叩谢了，即同到曹后墓前来。见两个卷棚内，早有许多白衣从者，伺候在那里。一个老军丁跪下禀道："家公主叫小的禀上罗爷说，皇爷在山中，无人还礼，公子远来，已见盛情，不必到墓行礼了。"罗公子道："烦你去多多致意公主，说我连年因军事匆忙，不及来候问，今日到此，岂有不拜之礼？况自家骨肉，何必答礼？"老军丁去说了。只见冢旁小小一门，四五个宫女，扶着窦公主出来，衰绖孝服，比当年在马上时，更觉娇艳惊人，扶入幕中去了。罗公子更了衣服，到灵前拜奠了。窦公主即走出幕外一步，铺毡叩谢，泪如泉涌，罗公子亦忍不住落下泪来。拜完了，正打帐上前要说几句正经话，窦公主却掩面大恸，即转到墓边，扶入小门里去了。罗公子只得出来，卸下素服。张公谨与尉迟南、尉迟北，也要到灵前一拜，贾润甫道："夏王又不在此，公子吊奠，公主还礼，礼之所宜；若兄等进吊，无人答礼，反觉不安。"

正说时，一个家丁走近向来禀道："请各位爷到草堂中去用饭。"贾润甫拉众人步进草堂中来，见摆下四席酒：第一席是罗公子；第二席是张公谨、齐善行；尉迟南、尉迟北告过罗公子，坐了第三席；贾润甫与杨馨儿坐了末席。酒过三巡，有几个军丁，抬了两口鲜猪，两口肥羊，四坛老酒，赏钱三十千，跪下禀道："公主说村酒羔羊，聊以犒从者，望公子勿以为鄙亵，给赐劳之。"罗公子笑道："总是自己军卒，何必又费公主的心。"随吩咐手下军卒，到内庭去谢赏。许多从者忙要到里边来，只见一个女兵走出来说道："公主说不消了，免了罢！"罗家一个军卒笑指道："这位大姐姐，好像前日在阵前的快嘴女兵，你可认得我么？"那女兵见说，也笑道："老娘却不认得你这个柳树精。"大家笑了，出来领赏去分。罗公子又吩咐手下，将银五十两赏窦家人；窦公主亦叫家人出来叩谢了。

罗公子即起身向窦家人说道："管家，烦你进去上复公主，说我此来一为吊唁太后，二为公主的姻事，即在早晚送礼仪过来，望公主万分珍重，毋自悲伤。"家人进去了一回，出来说道："公主说有慢各位老爷。至于婚姻大事，自有当今皇后与家皇爷主张，公主难以应命。"罗公子还要说些话出来，张公谨道："既是彼此俱有下情上闻，此时不必提起。"贾润甫道："佳期未远，谅亦只在月中。"罗公子心中焦躁，道："公主之意，我已晓得，此时料难相强；但是那同来的花二爷，前日原许陪伴我到长安去的，今若公主肯许相容，乞请出来，同我上路。"家人又进去对公主说。线娘向又兰道："花妹，罗郎情极了，说妹许他同往长安，今逼勒着要贤妹去，你主意如何？"又兰道："前言戏之耳。从权之事，侥幸只好一次，焉可尝试？"线娘道："如今怎样回他，愚姊只好自谋，难为君计。"又兰道："不难。"便向妆台上写下十六字，摺成方胜，付家人道："你与我出去，悄悄将字送与罗公子，说我多多致意公子，二姑娘是不出来的了。后会有期，望公子善自保重。"窦家人出来，如命将字付与罗公子说了，公子取开一看，上写道：

来可同来，去难同去。花香有期，慢留车骑。

罗公子看了微笑道："既如此，我少不得再来。管家，烦你替我对公主说：'花二姑娘是放他回去不得的，公主也须自保重。'"即同众人出门。因日子局促，不到润甫家中去叙话，便上马赶路。窦家人忙去回复了公主，公主亦笑而不言。

恰好女贞庵秦、狄、夏、李四位夫人到来，公主忙同紫烟、又兰出来接了进去，叙了姊妹之礼。坐定，线娘道："四位贤姐姐，今日甚风吹得到此？"秦夫人道："春色满林，香闻数里，岂有不来道窦妹之喜？兼来拜见花家姐姐，并欲识荆新郎一面。"线娘道："此言说着花二妹，妾恐未必然。如不信，现有不语先生为证。"就拿前日的疏稿出来与四位夫人看。狄夫人道："若如此说，花家姊姊先替窦妹为之先容矣。"线娘道："连城之璧，至今浑然，莫要诬他。"紫烟道："若非窦妹详述，我也不信，花妹志向真个难得。"四位夫人便扯紫烟到侧边去细问，紫烟把花又兰一路行踪，并那夜线娘探验，一一说了。李夫人道："照依这样说，花家姐姐真守志之忍心人，窦家妹妹真闺阁中之有心人，罗家公子真种情之中厚德长者。三人举动，使人可羡而敬。"四位夫人重新与又兰结为姊妹，欢聚一宵。明日起身，对窦公主说道："我们去了，改日再来。"秦夫人执着花又兰的手道："花妹得暇，千万同袁家妹妹到小庵随喜随喜。"又兰道："是必准来奉候。"四位夫人即出门登车而去。

却说罗公子同张公谨的一行人，恐怕窦公主的本章先到了，连夜兼程进发，不上二十日，已赶到长安。罗公子叫家人先进城去，报知秦爷。秦叔宝听说罗公子与张公谨到来，忙吩咐家中整治酒席，自同儿子怀玉骑马来接。未及里许，恰好罗公子等到来，遂同至家中。铺毡叙礼毕，罗公子要进去拜见秦母太夫人，叔宝便陪到房中。公子见了舅姑，拜了四拜。秦母见了甥儿，欢喜不胜，便问："姑娘与姑夫身子康健么？"又对罗公子说道："甥儿，你前日托齐国远寄书来，因你表兄军旅倥偬，尚未曾来回复你。"

叔宝道："正是前日表弟尊札，托我去求单小姐之姻。奈弟是时正与王世充对垒，世充大败投降，单二哥亦被擒获，朝廷不肯赦单兄之罪，弟念昔年与他有生死之盟，就将怀玉儿子许他为婿，与彼爱莲小姐为配，单二哥方才放心受戮。弟想姑夫声势赫赫，表弟青年娇娇，怕没有公侯大族坦腹东床，两日正欲写书奉复，幸喜老弟到来，可以面陈心迹，恕弟之罪。"罗公子见说，便道："弟何尝烦表兄去求单家小姐？"就把当年与窦公主马上定姻一段说了，又道："弟知建德昔年曾住在二贤庄年余，毕竟与单员外相好，又知单员外与表兄是心交，故托表兄鼎言，转致单员外要他玉成姻事；若说单家小姐，真风马牛不相及。"叔宝道："尊札上是要我去求单小姐的，难道我说谎？"便起身去取出罗公子的原书来，公子接来一看道："这又奇了，并非小弟笔迹。弟当时写了，当面交与齐国远的，难道他捉弄我不成？"叔宝道："不难，我去请齐国远来便知就里。"忙叫人去请齐国远、李如珪、程知节、连巨真来相会。罗公子道："齐国远在鄠县柴嗣昌那里，如何在此？"叔宝道："齐李二兄，因柴嗣昌之力，国远已升大理寺评事，如珪升做銮仪卫冠军使。"罗公子道："闻得表兄有位义弟罗士信，年少英雄，为何不见？"叔宝道："圣上差往定州去了。"

正说时，家人进来报道："四位爷多请到了。"叔宝同罗公子出来相见过坐定。罗公子说起寄书一事，齐国远对罗公子道："弟与兄别后，在路恰值刘武周作乱，被他劫去冲锋，遇着窦建德的女儿。好个狠丫头！被他杀败了许多蛮兵，把我虏去。其时还有个姓花的后生，那建德的女儿问了他几句，看见他貌好，要留他做将军，他说是个女子，竟牵他到寨后去了。及叫弟上去，我只道亦有些好处，不想把弟竟要短起一截来。幸喜弟有急智，只得喊出吾兄大名，并他家有个司马孙安祖来。窦家女儿听见，忙喝手下放了绑，叫我坐了。他竟像与兄认得的光景，便问兄近日行止，并身体可好。又盘问我字寄到那里去。弟平生不肯道谎，只得实实与他说。那窦公主讨兄的书出来接去一看，那丫头想是个不识字的，仔细看了一回，呆了半晌，就塞在靴子里去了。对弟说道：'此书暂留在此，伺起身时缴还。'恰好明日，其父有信来催他起身，差人送二十两程仪并原书还弟，也还算有情的。"

罗公子忙叫家人在枕箱内，取出窦公主与花又兰寄来的原书，对验笔迹无二，方知此书是窦公主所改的。叔宝道："这样看起来，此女子多智多能，正好与表弟为配。"张公谨道："不特此也。"就将前日罗公子吊唁如何款待，公主又连行修本去上皇后，金铃如何报信，各各称羡。李如珪大笑道："若如此说，窦公主是罗兄的尊阃了，刚才齐兄口里夹七夹八的乱言，岂不是唐突罗兄。"国远见说，忙上前陪礼说："小弟实不知其中委曲，只算弟乱道，望兄勿罪。"众人鼓掌大笑。长班进来禀道："昨日皇爷身子有些不快，不曾坐朝。"叔宝向罗公子道："既如此，把姑夫的贺表奏章，并你们职名封付通政史，先传进去如何？"罗公子道："悉听表兄主裁。"说罢，即入席饮酒。

今说吴良、金铃奉了窦公主之命，赍本赶到京中，忙到宇文士及家来，把礼札传进，说了来意。士及因窦线娘是皇后认过侄女，不敢怠慢，忙出来看见金铃、吴良，问明了始末根由，自己写书一封，叫家人去请一个得当的内监出来，把送皇后的大礼本章与送他妹子昭仪的小礼，一一交付明白，叫他传进宫去，送与昭仪。昭仪收了自己小礼，即袖了本章，叫宫奴捧了礼物，即到正宫来。正值唐帝龙体欠安，不曾视朝，与窦后在寝宫弈棋。昭仪上前朝见过，就把线娘启禀呈上。窦后看了仪单上皆是珍珠顽好之物，便道："他一个单身只女，何苦又费他的心来孝顺我？"唐帝在旁说道："他有甚么本章？"宫奴忙呈在龙案之上，展开来看，只见上写道：

　　题为直陈愚衷，以隆盛治事。窃惟道成男女，愿有室家；礼重婚姻，必从父母。若使睽情吴楚，赤绳来月下之缘；而抱恨潘杨，皇骏少结褵之好。浪传石上之盟，不畏桑中之约。蓬门弱质，犹畏多言；亡国孱躯，敢辱先志？臣妾窦氏，酷罹悯凶，幸沐圣恩，得延喘息。繁华梦断，谁吟麦黍之歌；怙恃情深，独饮蓼莪之泣。臣妾初心，本欲保全亲命，何意同宽斧钺，更蒙附籍天潢，此亦人生之至幸矣。但臣父奉旨弃俗，白云长往，红树凄凉，国破人离，形只影单。臣妾与罗成初为敌国，视若同仇，假令觌面怜才，尚难允从谐好；若不闻择配，骤许朱陈，情以义伸，未见其可。况臣妾初许原令求媒，蹉跎至今，伊谁之咎。曩日俨然家国，罗成尚未诚求，岂今蒲柳风霜，堪为侯门箕帚。自今以往，臣妾当束发裹足，阅历天涯，求亲将息，同修净土。臣妾幸而生，必欲与父相见；不幸而死，亦乐与母相依。时异事殊，我心匪石，不可转也。臣妾更有请者，前陛见时，义妹花木兰同蒙慈宥，木兰本代父从军，守身全孝，随臣妾归恩，即欲旋访故园。臣妾令军婢追随，嘱以空函还成旧赘，乃曷娑那可汗稔知才貌，妄拟占巢，木兰义不受辱，自刎全身。孝纯义至，可为世风。尤足异者，木兰未亡之先，恐臣妾羽化，托妹又兰如己改妆赴燕取答；而又兰一承姊命，勉与臣妾婢相依，羞颜驰往。返命之日，臣妾访军婢，知又兰曾为罗成所识，义不苟合，桃笙同处，豆蔻仍含。臣始奇而未然，继乃信而争美，不意天壤之间，有此联璧。伏维兴朝首重人伦，此等裙钗，堪为世表。在臣妾则志不可夺，在又兰则情有可矜；况又兰与罗成连床共语，不无瓜李之嫌；援手执经，堪被桃夭之化。万祈国母慈恩，转达圣聪，旌木兰之孝义，奖又兰之芳洁，宽臣妾之罪，鉴臣妾之言。腐草之年，长与山鹿野麋，同衔雨露于不朽矣！臣妾无任瞻天仰圣，惶悚待命之至。

窦后道："窦女前日陛见时，原议许配罗成，为甚至今不娶他去？"唐帝道："想是罗艺嫌他是亡国之女，别定良缘，亦未可知。"宇文昭仪道："婚姻大事，一言为定，岂可以盛衰易心，难道叫此女终身不字？况娘娘已经认为侄女，也不玷辱了他。"窦后道："陛下该赐婚，方使此女有光。"唐帝道："窦女纯孝忠勇，朕甚嘉之；但可惜那花木兰代父从军的一个孝女，守节自刎，真堪旌表；至其妹花又兰，代姊全信，与罗成同床不乱，更为难得。"宇文昭仪道："妾闻徐世勣所定隋朝贵人袁紫烟，与窦线娘住在一处，此本做得风华得体，或出其手，亦未可知。"

只见有一个掌灯的太监，手捧着许多奏章呈上，唐帝从头揭看，是罗艺的贺表，便道："刚才说罗艺要赖婚，如今已有本进呈。"忙展开来一看，只见上面写道：

> 题为直陈愚悃，请旨矜全事。窃惟王政以仁治为本，人道以家室为先，从古圣明治世，未有不恤四民，而使之茕独无依者也。臣艺本一介武夫，荷蒙圣眷，不鄙愚忠，授以重镇，敢不竭力抚绥。是虽诸丑跳梁，幸赖天威灭尽。但前叛臣窦建德，因欲侵掠西陲，统兵犯境；臣因边寇出师，臣男成即提兵，与窦建德截杀；夏国将帅，俱已败北，独建德之女名线娘者，素称骁勇，不意一见臣男，即不以干戈相向，反愿系足赤绳，马上一言，百年已定。此果儿女私情，本不敢秽渎天听，今臣儿已二十四矣，向因四方多事，无暇议及室家；建德已臣服归唐，超然世外，闻此女曾愿身代父刑，志行可嘉，又蒙天后宠眷特隆，而茕茕少女，待字闺中；臣男冠缨已久，而赳赳武夫，孑身阃外。臣思夫妇为伦礼所关，男女以信义为重，恐舍此女，臣男难其妇；若非臣男，此女亦不得其偶。臣系藩镇重臣，倘行止乖违，自取罪戾，姑敢冒昧上闻，伏望圣心裁定，永合良缘。臣不胜惶悚之至。

唐帝看完笑道："恰好幽州府丞张公谨与罗成到来，明日待朕亲自问他，便知备细。"

只见秦王进宫来问安，唐帝将二本与秦王看了。秦王道："建德之女，有文武之才，已是奇了；更奇在花家二女，一以全忠孝，一以全信义。木兰之守节自刎，或者是真；又兰之同床不乱，似难遽信。"唐帝道："刚才宇文妃子说，窦女本章，疑是徐世勣之妻袁紫烟所作，未知确否？徐既聘袁，为何尚未成婚？"秦王道："世勣因紫烟是隋朝宫人，不便私纳，尚要题请，然后去娶。"唐帝道："隋时十六院女子，尽是名姬，不知何故，一个也不见。"秦王道："窦建德讨灭宇文化及，萧后多带了回去，众妃想必在彼居多。今趁罗成配合，莫若连徐世勣妻袁紫烟亦召入宫廷赐婚，就可问诸妃消息。"唐帝称然，就差宇文士及并两个老太监，奉旨召窦线娘、花又兰、袁紫烟三女到京面圣。未知后事如何，且看下回分解。

第六十二回

众娇娃全名全美　各公卿宜室宜家

词曰：

　　亭亭正妙年，惯跃青骢马。只为种情人，诉说灯前话。春色九重来，香遍梅花榭。共沐唱随恩，对对看惊姹。

调寄《生查子》

　　天地间好名尚义之事，惟在女子的柔肠认得真，看得切；更在海内英豪不惜己做得出，不是这班假道学伪君子矫情强为，被人容易窥其底里。

　　今说罗公子、张公谨等住在秦叔宝家，清早起身，晓得朝廷不视大朝，收拾了礼仪，打帐用了早膳，同叔宝进西府去谒见秦王。只见潘美走到跟前，对罗公子说道："朝廷昨晚传旨，差鸿胪寺正卿宇文士及并两名内监，到雷夏去特召窦公主、花二姑娘进京面圣。"罗公子道："此信恐未必确。"潘美道："刚才窦公主家金铃问到门上来，寻着小的，报知他今已起身回去通报了。"叔宝道："既如此，我们便道先到徐懋功兄处，探探消息，何如？"张公谨道："弟正欲去拜他。"一行人来到懋功门首。阍人说道："已进西府去了。"众人忙到西府来，向门官报了名，把礼物传了进去。尉迟南、尉迟北他两个官卑职小，只投下一个禀揭，回寓去了。见堂候官走出来说道："王爷在崇政堂，众官员请进去相见。"叔宝即领张公谨、罗公子进崇政堂来。叔宝先上台阶，只见秦王坐在胡床上，西宾府僚一二十人列坐两旁，独不见徐懋功。秦王见了叔宝，忙站起来说道："不必行礼，坐了。"叔宝道："幽州府丞张公谨，并燕郡王罗艺之子罗成，在下面要参谒殿下。"秦王便吩咐着他进来，左右出来把手一招，张公谨同罗成忙走上台阶，手执揭帖跪下，官儿忙在两人手里取去呈上看了。

　　秦王见张公谨仪表不凡，罗公子人材出众，甚加优礼，即便赐坐。张公谨同罗公子与众僚叙礼坐定，秦王对公谨道："久闻张卿才能，恨未一见，今日到此，可慰夙怀。"张公谨道："臣承燕郡王谬荐之力，殿下提拔之恩，臣有何能，敢蒙殿下盼赏！"秦王又对罗公子道："汝父功业伟然，不意卿又生得这般英奇卓荦，今更配此文武全才之女，将来事业正未可量。"罗公子道："臣本一介武夫,得荷天子与殿下宠眷,臣愚父子日夕竭忠,难报万一。"秦王道:"孤昨夜在宫中览窦女奏章,做得婉转入情,但未知其详,卿为孤细细述来。"罗公子便将始末直陈了一回,秦王叹道:"闺中贤女见了知己,犹彼此怜惜推让,何况豪杰英雄,一朝相遇,能不爱敬?"

正说时,只见徐懋功走进来,参见了秦王,各各叙礼坐定。秦王笑对懋功道:"佳期在限,卿好打帐做新郎了。"懋功道:"昨承宇文兄差长班来叫臣去面会,方知此旨,真皇恩浩荡,因罗兄佳偶亦及臣耳!"秦王道:"孤昨日在宫,父皇说,窦女奏章,疑出自尊阃之手,因问孤为何卿尚未成婚。孤奏说卿恐先朝宫人,不便私纳,尚要题请,故父皇趁便代卿召来完娶。"懋功离坐如飞谢道:"皆赖殿下包容。"秦王就留张公谨、罗公子、懋功、叔宝到后苑,赐以便宴,按下不题。

再说花又兰住在窦线娘家,时值春和景明,柳舒花放,袁紫烟叫青琴跟了,与花又兰同车到女贞庵来。贞定报知,四位夫人出来接了进去,促膝谈心。秦夫人道:"我们这几个姊妹,时常聚在一块,只恐将来聚少离多,叫我们如何消遣?"袁紫烟道:"花窦二妹纶音一下,势必就要起身,我却在此。"狄夫人笑道:"袁妹说甚话来?徐郎见在京师,见罗郎上表求婚,徐郎非负心人,自然见猎心喜,亦必就来娶你。"花又兰道:"窦家姐姐量无推敲,我却无人管束,当伴四位贤姊姊焚香灌花,消磨岁月。"夏夫人道:"前日疏上,已见窦妹深心退让之意,我猜度窦妹还有推托,你却先定在正案上了。"花又兰道:"为何?"夏夫人道:"窦妹天性至孝,他父亲在山东时,常差人送衣服东西去问候,怎肯轻易抛撇了,随罗郎到幽州去?没有圣旨下来,他若无严父之命,必不肯苟从,还要变出许多话来。"袁紫烟道:"这话也猜度得是的。"花又兰问道:"这隐灵山从这里去,有多少路?"李夫人道:"我庵中香工张老儿是那里出身,停回妹去问他,便知端的。"

过了一宵,众夫人多起身,独不见了花又兰。原来又兰听见众人说,窦线娘必要父命,方肯允从。他便把几钱银子赏与香工,自己打扮走差的模样,五更起身,同香工往隐灵山去了。众夫人四下找寻,人影俱无,忙寻香工,也不见了。袁紫烟道:"是了,同你的香工到山中去见窦建德了。"李夫人:

"他这般装束，如何去得？"紫烟道："你们不晓得他，他常对我说，我这副行头，行动带在身边的，焉知他昨日没有带来？"众人忙到内房查看，只见衣包内一副女衣并花朵云鬟，多收拾在内，众人见了，各各称奇道："不意他小小年纪，这般胆智，敢作敢为。"袁紫烟心下着了急，忙回去报知窦线娘。

再说花又兰同香工张老儿走了几日，来到隐灵山，见一个长大和尚，在那里锄地。张老儿便问道："师父，可晓得巨德和尚可在洞中么？"那和尚放下锄头，抬头一看，便问道："你是那里来的？"那老儿答道："是雷夏来的。"那和尚道："想是我家公主差来的么？"花又兰忙答道："我们是贾润甫爷差来的，有话要见王爷。"那和尚应道："既如此，你们随我来。"原来那僧就是孙安祖，法号巨能，随他到石室中来，见后面三间大殿，两旁六七间草庐。孙安祖先进去说了。

窦建德出来，俨然是一个善知善识的模样。花又兰见了，忙要打一半跪下去，建德如飞上前搀住，道："不必行此礼，贾爷近况好么？烦你来有何话说？"又兰道："家爷托赖，今因幽州燕郡王之子到雷夏来，一为吊唁曹娘娘，二为公主姻事，要来行礼娶去。公主因未曾禀明王爷，立志不肯允从，自便草疏上达当今国母去了。家爷恐公主是个孝女，倘或圣旨下来，一时不肯从权；故家爷不及写书，只叫小的持公主的本稿来呈与王爷看，求王爷的法驾，速归墓庐，吩咐一句，方得事妥。"建德接疏稿去看了一遍道："我已出家弃俗，家中之事，公主自为主之，我何苦又去管他？"花又兰道："公主能于九重前，犯颜进谏，归来营葬守庐，茕茕一女，可谓明于孝义矣。今婚姻大事，还须王爷主之；王爷一日不归，则公主终身一日不完。况如此孝义之女，忍使终老空闺，令彼叹红颜薄命乎？此愚贱之不可解者也！"建德见说，双眉顿蹙，便道："既如此说，也罢，足下在这里用了素斋，先去回复贾爷，我同小徒下山来便了。"花又兰想道："和尚庵中，可是女子过得夜的？"便道："饭是我们在山下店中用过，不敢有费香积。如今我们先去了，王爷作速来罢，万万不可迟误。"建德道："当初我尚不肯轻诺，何况今日焚修戒行，怎肯打一诳语？明日就下山便了。"又兰见说，即辞别下山，赶到店中，雇了脚力，晓行夜宿，不觉又是三四日。

那日在路天色傍晚，只见濛濛细雨飘将下来，又兰道："天雨了，我们赶不及客店安歇，就在这里借一个人家歇了罢。"张香工把手指道："前面那烟起处，就是人家，我们赶上一步就是。"两人赶到村中，这村虽是荒凉，却有二三十家人户，耳边闻得小学生子读书之声。二人下了牲口，系好了，香工便推进那门里去，只见七八个蒙童，居中有一个三十左右的俊俏妇人，面南而坐，在那里教书。那妇人看见，站身来说道："老人家进我门来，有何话说？"香工道："我们是探亲回去的，因天雨，欲借尊府权宿一宵。"那妇人道："我们一家多是寡居，不便留客，请往别家去罢。"又兰在门外听见，心中甚喜，忙推进门来说道："奶奶不必见拒，妾亦是女流。"那妇人见是一个标致后生，便变脸发话道："你这个人钻进来，说甚混话？快些出去便休，不然，我叫地方来把你送到官府那边去，叫你不好意思。"

正说时，只见又走出两个婶婶的妇人来。花又兰见了，忙将靴子脱下，露出一对金莲，众妇人方信是真，便请到里面去叙礼坐定，彼此说明来历。原来这三个妇人，就是隋宫降阳院贾、迎晖院罗、和明院江三位夫人。当隋亡之时，他们三个合伴逃走出来，恰好这里遇着贾夫人的寡嫂殷氏，因此江、罗二夫人，亦附居于此。可怜当时受用繁华，今日忍着凄凉景况，江、罗以针指度日，贾夫人深通翰墨，训几个蒙童，倒也无甚烦恼。今日恰逢花又兰说来，亦是同调中人。自古说惺惺惜惺惺，一朝遇合，遂成知己。过了一宵，明早花又兰要辞别起行，三位夫人那里肯放？贾夫人笑道："佳期未促，何欲去之速？再求屈住一两天，我们送你到女贞庵去，会一会四位夫人，亦见当年姊妹相叙之情。"又兰没奈何，只得先打发香工回庵去。

却说窦线娘因袁紫烟归来，说花又兰到隐灵山去了，心中想道："花妹为我驰驱道路，真情实义，可谓深矣尽矣！但不知我父亲主意如何，莫要连他走往别处去了，把这担子让我一个人挑。"心中甚是狐疑。

忽一日，只见吴良、金铃回来，报说："疏礼已托鸿胪正卿宇文爷，转送昭仪，呈上窦娘娘收讫。恰好罗公子随后到来，虽尚未面圣，本章已上。朝廷即差宇文爷同两个内监来召公主与花姑娘进京见驾赐婚。故此我们先赶回来，差官只怕明后日要到了，公主也须打点打点。"窦线娘道："前日花姑娘到庵里去拜望四位夫人，不知为甚反同香工到山中王爷那里去了？"吴良道："倘然明日天使到来，要两位出去接旨，花姑娘不回，怎样回答他们？"又见门上进来禀道："贾爷刚才来说，天使明后日必到雷夏，叫公主作速收拾行装，省得临期忙迫。"线娘道："若无父命，即对天廷，亦有推敲。"

正说时，又见一个女兵忙跪进来报说道："王爷回来了。"公主见说，喜出望外，忙出去接了进来，直至内房。公主跪倒膝前，放声大哭。建德亦觉伤心泪下，便双手捧住道："吾儿起来，亏你孝义多谋，使汝父得以放心在山焚修。今日若不为你终身大事，焉肯再入城市？你起来坐了，我还有话问你。"线娘拭了泪坐下，建德道："前日圣上倒晓得你许配罗郎，使我一时难于措词，不知此姻从何而起？"线娘将马上定姻前后情由，直陈了一遍。建德道："这也罢了。罗艺原是先朝大将，其子罗成，年少英豪，将来袭父之职，你是一品夫人，亦不辱没你；但可惜花木兰好一个女子，前日亏他同你到京面圣，不意尽节而亡。但其妹又兰，为甚么也肯替你奔驰，不知怎样个女子？"线娘道："他已到山中来了，难道父亲没有见他？"建德道："何尝有甚么女子来？只有贾润甫差来的一个伶俐小后生，并一个老头儿，也没有书札，只有你的上闻疏稿把与我看了，我方信是真的。"线娘道："怪道儿的疏稿，放在拣装内不见了,原来是他有心取去,改装了来见父亲。"建德道:"我说役使之人,那能有这样言词温雅,情意恳切?"线娘道:"如今他想是同父亲来了,怎么不见?"建德道:"他到山中见了我一面,就回来的,怎说不见?"线娘道:"想必他又到庵中去了。"叫金铃:"你到庵中去,快些接了花姑娘回来。"建德恐孙安祖在外面去了,忙走出来。线娘又叫人去请了贾润甫来,陪父亲与孙安祖闲谈。到了黄昏时候,只见金铃回来说道:"花姑娘与香工总没有归庵。"线娘见说,甚是愁烦。

到了明日晚间,村中人喧传朝廷差官下来,要召公主去,想必明日就有官儿到村中来了。果然后日午牌时候,齐善行陪了宇文士及与两个太监,皆穿了吉服,吃吃喝喝,来到墓所。建德与孙安祖不好出去相见,躲在一室。线娘忙请贾润甫接进中堂。齐善行吩咐役从快排香案,一个老太监对着齐善行道:"齐先儿,诏书上有三位夫人,还是总住在这里一块儿,还是另居?"贾润甫问道:"不知是那三位?"那中年的太监答道:"第一名是当今娘娘认为侄女的公主窦线娘;第二名是花又兰;第三名是徐元帅的夫人袁紫烟。"贾润甫见说,心中转道:"懋功兄也是朝廷赐他完婚了。"便答道:"袁紫烟就住在间壁,不妨请过来一同开读便了。"即叫金铃去请袁夫人到来。紫烟晓得,忙打扮停当,从墓旁小门里进去。青琴替线娘除去素衣,换装好了,妇女们拥着出来。他两个住过宫中的,那些体统仪制,多是晓得的。宇文士及请圣旨出来开读了,紫烟与线娘起来,谢了官儿们。

那老太监把袁紫烟仔细一看,笑道:"咱说那里有这样同名同姓的,原来就是袁贵人夫人。"袁紫烟也把两个内监一认,却是当年承奉显仁宫的老太监姓张,那一个是承值花萼楼的小太监姓李。袁紫烟道:"二位公公一向纳福,如今新皇帝是必宠眷。"张太监答道:"托赖粗安。夫人是晓得咱们两个是老实人,不会鬼混,故此新皇爷亦甚青目。今袁夫人归了徐老先,正好通家往来。"齐善行道:"老公公,那徐老先也是个四海多情的呢!"张太监笑道:"齐先儿,你不晓得咱们内官儿,到人家去,好像出家的和尚道士,承这些太太们总不避忌。"李太监道:"圣旨上面有三位夫人,刚才先进去的想是娘娘认为侄女的窦公主了,怎么花夫人不见?"宇文士及道:"正是,在这里也该出来同接旨意才是。"袁紫烟只得答道:"花夫人是去望一亲戚,想必也就回来。"说完走了进去。

从人摆下酒席,众官儿坐了,吃了一回酒,将要撤席。只听得外面窦家的人说道:"好了,香工回来了,花姑娘呢?"张香工道:"他还有一两日回来,我来复声公主。"众家人道:"你这老人家好不晓事,众官府坐在这里,立等他接旨,你却说这样自在话儿。"贾润甫听见,对家人说道:"可是张香工回来了?你去叫他进来,待我问他。"从人忙去扯那香工进来。贾润甫道:"你同花姑娘出门,为何独自回来?"香工道:"前日下山转来,那日傍晚,忽遇天雨难行，借一个殷寡妇家歇宿。他家有三个女人，叫甚么夫人的，死命留住，叫我先回，过两三日，他们送花姑娘归庵。"

张太监见说便道："就是这个老头子同花夫人出门的么？"众人答道："正是。"张太监道："你这老头子好不晓事，这是朝廷的一位钦召夫人，你却是骗他到那里去了，还在这里说这样没要紧的话。孩子们，与我好生带着，待咱们同他去缉访，如找不着，那老儿就是该死。"三四个小太监，把张香工一条链子扣了出去。那老儿吓得鼻涕眼泪的哭起来。线娘见得了，便叫吴良将五钱银子，赏与香工，又将一两银子，付他做盘缠，叫吴良同张香工吃了饭，作速起身，去接取花姑娘回来。张太监道："宇文老先，你同齐先儿到县里寓中去，咱同那老儿去寻花夫人。"宇文士及道："花夫人自然这里去接回，何劳大驾同往？"那老太监向宇文士及耳上说了几句，士及点点头儿，即同善行先别起身。张、李二太监同香工出门，线娘又把十两银子付与吴良一路盘费，各各上马而行。

且说花又兰，在殷寡妇家住了两三日，恐怕朝廷有旨意下来，心中甚是牵挂，要辞别起身，无奈三位夫人留住不放。那日正要辞了上路，只听得外面马嘶声响，乱打进来，把几个书童多已散了。贾夫人忙出来问道："你们是些甚么人，这般放肆？"那香工忙走进来道："夫人，花姑娘住在这里几日，累我受了多少气，快请出来去罢！"贾夫人道："花姑娘在这里，你们好好的接他回去便了，为甚这般罗唣起来？"那二太监早已看见便道："又是个认得的，原来众夫人多在这里，妙极、妙极！"贾夫人认得是张、李二太监，一时躲避不及，只得上前相见，大家诉说衷肠，贾夫人不觉垂泪悲泣。张太监道："如今几位夫人在此？"贾夫人道："单是罗夫人、江夫人连我，共姊妹三人，在此过活。"张太监道："极好的了。当今万岁爷有密旨，着咱们寻访十六院夫人。今日三位夫人造化，恰好遇着，快快收拾，同咱们进京去罢。那二位夫人也请出来相见。"吴良在旁说道："花姑娘亦烦夫人说声，出来一同见了两位公公。"不一时，江、罗二夫人同花又兰出来见了，大家叙了寒温，随即进房私议道："我们住在这里，总不了局，不如趁这颜色未衰，再去混他几年，何苦在这里，受这些凄风苦雨。"主意已定，即收拾了细软，雇了两个车儿，三位夫人并花又兰，大家别了殷寡妇，同二太监登程。

行了三四日，将近雷夏，两太监带着江、罗、贾三夫人到齐善行署中去了。吴良与香工另觅车儿，跟花又兰到窦公主家，收拾停当。袁紫烟安慰好了杨小夫人与馨儿，亦到公主家来。齐善行又差人来催促了起程。线娘嘱父亲与孙安祖料理家事，回山中去，叫吴良、金铃跟了，哭别出门。女贞庵四位夫人，闻知内监有江、罗、贾三夫人之事，不敢来送别，只差香工来致意。那边宇文士及与两内监并江、罗、贾三夫人，亦起身在路取齐。齐善行预备下五六乘骡轿，跟随的多是牲口。不上一月，将近长安。

张公谨同罗公子、尉迟南兄弟，住在秦叔宝家，打听窦公主们到来，正要差人去接，只见徐懋功进来说道："叔宝兄，罗兄宝眷与贱眷快到了，还是弄一个公馆让他们住，还是各人竟接入自己家里？"叔宝道："窦公主当年住在单二哥家里，与儿媳爱莲小姐曾结为姊妹，今亲母单二嫂又在弟家，他们数年阔别，巴不能够相叙片时，何不同尊阃一齐接来？不过一两天，就要面圣完婚，何必又去寻甚么公馆？"懋功见说，忙别了到家，即差几十名家将，一乘大轿，妇女数人，叫他们上去伺候。罗公子亦同张公谨、尉迟南、尉迟北、秦怀玉许多从人，一路去迎接。

说宇文士及同二太监载了许多妇女，到了十里长亭。只见许多轿马来迎，便叫前后车辆停住。罗公子与张公谨等上前来慰劳了一番。张公谨说："城外难停车骑，两家家眷暂借秦叔宝兄华居，权宿一宵，明日面圣后，两家各自迎娶。"宇文士及点头唯唯。时金铃、潘美站在一处，说了许多话，金铃就请公主与又兰在骡轿里出来。线娘见罗公子远远在马上站着，好一个人品，心中转道："惭愧我窦线娘，得配此子，也算不辱没的了。"比前推让之心，便觉相反。上了一乘大轿，花又兰也坐了一乘官轿，许多人跟随本飞的去了。徐家家将也接着了袁夫人，三四个妇女如飞上前扶出来，坐了官轿，簇拥着去了。两太监道："那三位夫人，暂停在驿馆中，待咱们进宫复命了，然后来请你们去。"说了，即同宇文士及入城。

途遇秦王，秦王问了些说话。因王世充徙蜀，刚至定州复叛，正要面圣，便同三人进朝。晓得唐帝同窦娘娘、张尹二妃、宇文昭仪，在御苑中顽花，齐到苑中，四人上前朝见了。张太监将窦线娘、袁紫烟行藏，直找寻至花又兰，却遇着隋朝的江、罗、贾三位夫人，一一奏闻。唐帝见说，喜动天颜，便问道："那三个宫妃，年纪多少？"窦后道："此皆亡隋之物，陛下叫他们弄来，欲何所之？"张太监见窦后话头不好，便随口答道："当年许庭辅选他们进宫，都只十六七岁，如今算上，正三旬左右，但是这三个比那几院颜色，略觉次之。"张妃笑道："今陛下召他们来，也须造起一座西苑来，安放在里边，才得畅意。"唐帝见他们词色上面有些醋意，便改口道："你们不消费心。朕此举非为自己，有个主意在此。"因问秦王："在廷诸臣，那几个没有妻室的？"秦王答道："臣儿但知魏征、罗士信、尉迟恭、程知节，皆未曾娶过妻室的。"窦后问二太监道："窦家女儿与花又兰、袁紫烟今在那里？"张太监道："这三个俱在秦琼家，那三个是在驿中。"宇文昭仪道："窦线娘既为娘娘侄女，何不先召他们三个进苑来见？"唐帝就命李太监，立召窦、花、袁三女见驾，那李太监承办去了。

秦王将王世充在定州复叛奏闻。唐帝道："逆贼负恩若此，即着彼处总管征剿。"不一时，只见李太监领着三个女子进来，俯伏阶下，朝见了唐帝，叫他们平身。线娘又走近窦后身边，要拜将下去，窦后叫宫奴搀了起来，道：

"刚才朝见过了，何必又要多礼？"唐帝看那三个女子，俱是端庄沉静，仪度安闲，便道："你们三个，一是孝女，一是义女，一是才女，比众不同。"叫宫人取三个锦墩来，赐他们坐了。窦后对线娘道："前日又承你送礼物来，我正要寻些东西来赐你，因万岁就有旨召你们到京，故此未曾。"线娘道："鄙亵之物，何足当圣母挂齿？"窦后道："你的孝勇，久已著名，不意奏章又如此才华。"唐帝笑道："但是你疏上边，逊让他人，能无矫情乎？"线娘跪下奏道："臣妾实出本怀，安敢矫情？当年罗成初次写书与秦琼，央单雄信与臣父求亲，被臣妾窥见，即将原书改荐单雄信女爱莲与罗成，不意单女已许配秦琼之子怀玉，故使罗成复寻旧盟。"唐帝道："这也罢了，只是你说花又兰与罗成联床共席，身未沾染，恐难尽信。"线娘道："此是何等事，敢在至尊前乱道？惟望万岁娘娘命宫人验之，便明二人心迹矣。"窦后道："这也不难。"就对宫奴说道："取我的辨玉珠来。"不一时宫奴取到，窦后叫花又兰近身，将圆溜溜光灿灿的一件东西，向又兰眉间熨了三四熨；又兰眉毛紧结，无一毫散乱。窦后叹道："真闺女也！"唐帝对花又兰叹道："你这妮子，倒是个忍心人！幸亏罗成是君子，若他人恐难瓦全。今以两佳人归之，亦不枉矣。"又兰见说，如飞走下来谢恩，惹得窦后、秦王与众宫人多笑起来。唐帝又对袁紫烟道："袁妃子擅天人之学，今归徐卿，阃内阃外，皆可为国家之一助。"因差张太监速到驿中，宣隋宫三妃子；又差内监速召魏征、徐世勣、尉迟恭、程知节进苑；又差李内监去宣罗成、秦琼，并伊子怀玉媳单爱莲见驾；又吩咐礼部官，速备花红十三副，鼓乐六班。吩咐毕，唐帝即同秦王到偏殿坐下。

只见魏征、徐世勣、尉迟恭、程知节四臣先进殿来朝见了，唐帝道："徐卿室人已召来了。朕思文王之政，内无怨女，外无旷夫，予独何人，而使有功大臣，尚中馈久虚耶！故差内监觅隋宫三位丽人，趁今日良辰，三人各人拈阄，天缘自定。"魏征、尉迟恭、程知节齐跪下去道："臣等一身努力，难报皇恩万一。况四海未靖，何敢念及室家？"唐帝道："圣经云：家齐而后国治，国治而后天下平。"秦王道："这是父王教化无私，与众偕乐之意，诸卿无得固辞。"唐帝叫宫人取一个宝瓶，将江、罗、贾三位名字写在纸上，团成圆儿，放在瓶内，叫魏、程、尉迟三臣，对天祷祝，将银箸揭起，恰好魏征拈了贾夫人，尉迟恭拈着了罗夫人，程知节拈着了江夫人。三臣各谢恩。只见张太监领了三位夫人进来朝见，唐帝问道："那个是贾素贞？那个是罗小玉？那个是江涛？"三夫人各上前应了，唐帝对三臣道："这三个佳人，虽非国色，而体态幽妍，三卿勿邃忽之。三妃且进内见了娘娘出来，同谐花烛。"宫人领三位夫人进去了。

又见秦琼领了儿子怀玉、媳妇爱莲，上前来朝见。时唐帝见了秦琼，分外优礼，便道："爱卿父子平身。"因指爱莲道："就是你媳妇单氏，可曾结褵否？"叔宝应道："尚未。"唐帝见此女梨花白面，杨柳纤腰，香尘稳重，居然大家，便赞道："好个女子！"即叫近侍亦引去见窦后，又对叔宝道："刚才窦线娘说，曾与汝媳结为姊妹，先有书荐此女与罗成，此言有之乎？"叔宝答道："当初窦女改了罗成的书附来，臣儿已许婚单氏，因臣与单雄信有生死之交，不敢背盟，故以子许之。"唐帝道："卿子得配此女，可称佳儿佳妇矣，为何尚未成婚？"叔宝答道："因儿媳单爱莲，立意要归家营葬父亲，然后完婚。"唐帝道："这也难得。朕今做主，趁众缘齐偶，赐汝子完婚，满月后赐归殡葬其父。"对近侍道："窦线娘给二品冠带，诸女俱给四品冠带。快去宣他们出来，莫负良辰，好去共谐花烛。"近侍进去领了七个女子出来。

　　唐帝先叫魏征、徐世勣、尉迟恭、程知节同袁、贾、江、罗四夫人成对站定，踢了花红。四对夫妇谢了恩，就有鼓乐迎出苑去。第二起就是秦怀玉与单爱莲，谢恩，迎送出去。第三起却是罗成，两旁站着窦线娘、花又兰，谢恩下去。唐帝笑道："罗成，大便宜了你！也亏你当时老成，今宵却有联璧相亲。"罗成同二佳人跪下，说道："圣恩浩荡无涯，使小臣亦沐洪庥。但臣妻线娘，既为圣母国戚，臣礼合同去谢恩，陛下可容臣叩谢否？"唐帝道："这个使得。"遂起身退朝，同罗成夫妻三人，到后苑拜见窦后。窦后深喜罗成年少知礼，赐宫奴二名，内监二名，并许多金珠衣饰，又将温车一乘，赐与二女坐了，命撤御前金莲烛并鼓乐送出苑来。惹得满京城军民人等，拥挤观看，无不欣羡。未知后事如何，且听下回分解。

第六十三回

王世充忘恩复叛　秦怀玉剪寇建功

词曰：

　　骄马玉鞭驰骤，同调坚贞永昼。题携一处可相留，莫把眉儿皱。如雪刚肠希觏，一击疾诛双丑。矢心誓日生死安，若辈真奇友。

调寄《误佳期》

　　古人云：唯妇人之言不可听。《书》亦戒曰：唯妇言勿听。似乎妇人再开口不得的。殊不知妇人中智慧见识，尽有胜过男子。如明朝宸濠谋逆，其妃娄氏泣谏，濠不从，卒至擒灭，喟然而叹曰："昔纣听妇人之言失天下，朕不听妇人之言亡国。"故知妇人之言，足听不足听，惟在男子看其志向以从违耳。

当时唐帝叫宫监弄这几个隋宫妃子来，原打帐要自己受用，只因窦后一言，便成就了几对夫妇，省了多少精神；若是萧后，就要逢迎上意，成君之过。唐帝乱点鸳鸯的，把几个女子赐与众臣配偶，不但男女称意，感戴皇恩，即唐帝亦觉处分得畅快，进宫来述与诸妃听。说到单女亦欲葬父完婚，窦后叹道："不意孝义之女，多出在草莽。"只见宇文昭仪堕下泪来，唐帝骇问道："妃子何故悲伤？"昭仪答道："妾母灵柩尚在洛阳，妾兄士及未曾将他入土。"唐帝道："明日汝兄进朝，待朕问他。"

且说张公谨在秦叔宝家，因罗公子新婚，不好催促，又因诸王妃与公侯诸大夫，皆因窦后认为侄女，又慕窦、花二位夫人孝义，争相结纳，日夕称贺。因此张公谨恐本地方有事，只得先上朝辞圣。秦王因爱公谨之才，不肯放他去，奏过唐帝，即将张公谨留授司马兼督捕司之职，幽州郡守改着罗成权署。旨意一下，张公谨留任长安，只得写禀启，差人去回复燕郡王，并接家眷到京。罗公子亦因圣旨，擢他代张公谨之职，又牵挂父母，等不及满月，便去辞了唐帝、窦后，至西府拜辞秦王，与众官僚话别了。因线娘嘱说，又到宇文士及家去谢别，见士及家车骑列庭，正在那里束装。罗公子进去相见了，便问道："尊驾有何荣行，在此束装？"士及道："弟因先母之柩未葬，告假两月，将往洛阳整理坟茔，此刻就要起身，恐不及送兄台荣归了。"罗公子道："弟亦在明后日就要动身。"说了出门。

罗公子归来，连夜收拾，与窦公主、花又兰拜别了秦母、叔宝与张氏夫人，怀玉夫妻亦出来拜别，护送出门。尉迟南、尉迟北并太后赐的两名太监，及随来潘美等，做了前队；罗公子与窦公主、花夫人并宫人妇女，及金铃、吴良等做了后队。徐惠妃差西府内监，袁紫烟亦差青琴；江、罗、贾三夫人，俱差人来送别。时冠盖饯别，塞满道路，送一二十里，各自归家。

罗公子急忙要赶到雷夏墓所，迎请窦建德到幽州去，吩咐日夕赶行。不多几日，已出潼关，将至陕州界口，一个大村镇上。那日起身得早，尚未朝餐，前队尉迟南兄弟，正要寻一个大宽展的饭店，急切间再寻不出。又去了里许，只见一个酒帘挑出街心，上写一联道：

暂停车马客，权歇利名公。尉迟南众人看见了，就下马，把马系好进店去，看房屋宽大，更喜来得早，无人歇下。尉迟南忙吩咐主人，打扫洁净，整治酒肴，又出店来盼望后队。

只见街坊上来来往往，许多人挤在间壁一个庵院门首。尉迟南问土人为着何事，答道："不晓得，你们自进庵里去看便知。"尉迟兄弟忙挤进庵来，只见门前一间供伽蓝的，进去三间佛堂，门户窗棂，台桌器皿，多打得齑粉，三四个老尼坐在一块儿涕泣。尉迟南问着老尼，老尼也只顾下泪未答。只闻得耳边嘈嘈杂杂的，地方上人议论道："那个公主，也是个金枝玉叶，不意国亡家破，被那官儿欺负。"尉迟兄弟未及细问，恐怕罗公子后队到了，即便抽身出来，恰好罗公子与众人骡马一哄而至，这旁窦公主与花夫人便下了骡轿，进店去了。

罗公子下马，见街坊上热闹，叫尉迟兄弟进去，问地方上为着何事。尉迟南把土人的言语，与庵中的光景说了。窦公主见说，心中想道："莫非隋魏后人，流落在这里？"便叫左右去唤那个老尼来，那吴良、金铃出外，到底是军人打扮，他两个是好事生风的，忙出店走进庵来，对老尼说道："我家公主与小王爷，唤你师父快去。"那老尼见说，忙站起来问道："是那个王爷，又是甚么公主？"金铃道："你过去便知明白。"老尼没奈何，只得一头走，一头向众人问明来历。来到店中，见了公主、公子，打了几个稽首。

窦公主问道："你庵中被何人罗唣？有那朝公主在里边？"老尼答道："当初隋朝有个南阳公主，少寡守节，有一子名曰禅师，因夏王讨宇文化及时，夏将于士澄见公主美貌欲娶，公主不从，士澄诬禅师与化及同党，竟坐杀之。公主向夏王哀请为尼，暂寓洛阳；因山寇窃发，回长安访亲，中途又被贼劫，故此投到小庵来住。昨晚有一官府宇文士及，在此下店，不知被那个多嘴的说了，那宇文官府走过庵来，必要请见南阳公主。公主再三不肯相见，那宇文官府立于户外说道：'公主寡居，下官丧偶，中馈尚虚，公主若肯俯从，下官当以金屋贮之。'论来这样青年，大官府随了他去，也完了终身。不想南阳公主听说，不但不肯从他，反大怒起来，在内发话道：'我与汝本系仇家，今所以不忍加刃于汝首，因谋逆之日，察汝不预知耳；今若相逼，有死而已。'宇文官府知不可屈，即便去了。他手下道我窝顿了亡隋眷属，逼勒着要诈我们银子，没有，故此打得这般模样。"窦公主道："宇文士及当初杨太仆知他无品行的，故此遗计教他投唐，以妹子进献，方得宠眷；不意他渔色改行，以至于此。可见这班咬文嚼字之人，盖棺后方可定论。"遂叫左右三四个妇女，即同老尼进庵去，请南阳公主到来一见。众妇女去不多时，拥着南阳公主到店来；但见一个云裳羽衣，未满三旬的佳人。窦公主同花夫人忙出来接见了，逊礼坐定。窦公主道："刚才老尼说，姐姐要往长安探亲，未知何人？"南阳公主道："唐光禄大夫刘文静系妾亡夫至亲，今为唐家开国元勋，意欲往长安依附他，以毕余生。不想闻得刘公与裴监不睦，诬以他事，竟遭惨戮，国家殄灭，亲戚凋亡，故使狂夫得以侵辱。"说罢，泪下数行。窦公主见了这般光景，不胜怜恤道："既是姐姐欲皈依三宝，此地非止足之所，愚妹倒有个所在，未知尊意可否？"南阳公主道："敢求公主指引。"窦公主道："雷夏有个女贞庵，现有炀帝十六院中秦、狄、夏、李四位夫人，在内守志焚修。若姐姐肯去，谅必志同道合。"南阳公主道："若得公主提携，妾当朝夕顶礼慈悲，以祝公主景福。"窦公主道："我们也要到雷夏。若尊意已允，快去收拾，便同起身。"南阳公主大喜，即起身去草草收拾停当，谢了众尼，又到店中。窦公主把十两银子赏了老尼，又叫手下雇了一乘骡轿与南阳公主坐了，一同起行。

潘美与金铃往柜上去会钞，只见柜内站着一个方面大耳一部虬髯的人笑道："钞且慢会，敢问方才上车的，可就是夏王窦建德之女么？"潘美答道："正是。"又问道："那个小王爷又是谁？"金铃道："就是幽州罗燕郡王之子讳成，如今皇爷赐婚与他的。"那汉又问道："当初夏王的臣子孙安祖，未知如今可在否？"金铃答道："现从我们王爷，在山中修行。"那汉点头说道："可惜单员外的家眷，如今不知怎样着落？"潘美道："单将军的女儿，前日皇爷已与我家窦公主同日赐婚，配与秦叔宝之子小将军。皇爷赐他扶柩殡葬父亲，即日要回潞州去了。"那汉见说，拍手大笑道："快活，快活！这才是个明主。"潘美忙要称还饭钱，催他算帐，那汉道："夏王与孙安祖，俱系我们昔年好友，今足下们偶然赐顾一饭，何足介意。"潘美取银子称与他，那汉坚执不肯收，推住道："不要小气，请收了。但不知足下说的那单员外的灵柩，即日要回潞州，此言可真否？"金铃道："怎么不真，早晚也要动身了。"那汉道："好，请便罢！"潘美问他姓名，那汉不肯说，拱拱手反蹩进去了。潘、金二人，只得收了银子，跨上马望前赶去。

看官们，你道那店中的大汉是谁？也是江湖上一个有名的好汉，姓关名大刀，辽东人，昔年曾贩私盐、做强盗，无所不为的。他天性鄙薄仕宦，不肯依傍人寻讨出身。近见李密、单雄信等俱遭惨戮，他便收心，在这里开一个大饭店。遇着了贪官污吏，他便不肯放过，必要罄囊倒橐，方才住手。好处不肯杀人，不肯做官。他道："我祖上关公，是个正直天神，我岂可妄杀人？"又道："关公当日不肯降曹，我今亦不去投唐。"因此四方的豪杰人多敬服他。正是：

> 海内英雄不易识，肺肠自与庸愚别。可笑之乎者也人，虚邀声气张其说。

今说窦公主要他父亲一同到幽州来，先打发又兰同众宫人到雷夏，自与罗公子到隐灵山要接父亲起身。无奈窦建德与三藏和尚讲论，看破尘世，再不肯下山。公主只得哭别了，仍旧到雷夏来。贾润甫与齐善行俱来接见。女贞庵四位夫人，是时又兰早已接到家中，各各相见。杨义臣如夫人与馨儿，徐懋功先已差人接去了。公主祭奠了曹后，墓上田产交托两个老家人看管。收拾行装，差人送南阳公主与四位夫人，到女贞庵去，便同罗公子、花又兰往北进发。贾润甫送公子起身之后，晓得单雄信家眷扶柩回潞州，因想："雄信当初许多情谊，多少人受了他的厚惠；我曾与他为生死之交。雄信临刑时，秦、徐诸人割股定姻，报他的恩德；我贾润甫也是个有心肠的，尚未酬其万一。今日闻得他女儿女婿，扶柩归葬，焉有不迎上去，至灵前一拜之理？"便收拾行囊，拉了附近受过单雄信恩惠的豪杰，竟奔长安不题。

且说秦怀玉与爱莲小姐满月后，辞了祖母父母起身。叔宝差四名家将，点四五十营兵护送。怀玉因他父亲的功勋，唐帝已擢为殿前护卫右千牛之职，时众官辈亦来送行。怀玉各各辞别，拥着一车起身。

行了几日，已出长安，天将傍晚，众家将加鞭去寻宿店。只见七八个大汉子，俱是白布短衣，罗帕缠头，向前问道："马上大哥，借问一声，那二贤庄单员外的丧车，可到这里来么？"家将停着马答道："就在后面来了。"那几个大汉听见，如飞去了。家将见那几个大汉已去，心上疑惑起来，恐是歹人，忙兜转马头，追赶那几个大汉。赶了里许，只见尘烟起处，一队车马头导，两面奉旨赐葬金字牌，中间一副大红金字铭旌，上写："故将军雄信单公之柩"，冲天的招摇而来。众好汉看见，齐拍手道："好了，来了！"齐到柩前趴在地下，拍地呼天的大哭起来。家将见了，知不是歹人。秦怀玉忙跳下马还礼。单夫人听见，推开轿门，细认七八个人中，只有一个姓赵，绰号叫做莽男儿，当初杀了人，亏雄信藏他在家，费了银子解救。其余多不认得，想必多是受过恩的。单夫人不觉伤感大哭起来。众好汉也哭了一回，磕了几个响头，站起来问道："那一个是单员外的姑爷秦小将军？"秦怀玉答道："在下就是。"一个大汉走上前来，执着秦怀玉的手，看了说道："好个单二哥的女婿！"那一个又道："秦大哥好个儿子！"赞了几声，又问道："令岳母与尊夫人可曾同来？"怀玉指道："就在后车。"那汉便道："众兄弟，我们去见了单二嫂。"众人齐到车前。单夫人尚未下车，众好汉七上八落的在下叩头，单夫人如飞下车还礼。众人起来说道："二嫂，我们闻得二哥被戮，众兄弟时常挂念，只是不好来问候；如今你老人家好了，招了这个好女婿，终身有靠了。"单夫人道："先夫不幸，有累公等费心。"莽男儿道："天色晚了，把车推到店中去罢，贾兄们在那里候久了！"怀玉道："那个贾兄？"众人道："就是开鞭杖行头贾润甫。他晓得令岳的丧车回来，便拉了十来个兄弟们在那里等候。"说了，便赶开护兵，七八个好汉用力拥着丧车，风雷闪电的去了。原来贾润甫拉齐众好汉，恰好也投在关大刀店中。当时见丧车将近，便同众人迎到柩前，又是一番哭拜。单夫人同秦怀玉各各叩谢了。关大刀同众人把丧车推在一间空屋里去。

贾润甫领秦怀玉与单夫人、爱莲小姐，到后边三四间屋里去，说道："这几间，他们说还是前日窦公主到他店里来歇宿，打扫洁净在此，二嫂姑娘们正好安寝，尊从就在外边两旁住了罢。"单夫人问贾润甫道："贾叔叔，那班豪杰那里晓得我们来，却聚在此？"贾润甫道："头里那一起，是关兄弟先打听着实，知会了聚在此的；后边这一路，是我一路迎来说起欣然同来的。这班人都是先年受过单兄恩惠的，所以如此。"说了即同怀玉出来。只见堂中正南一席，上边供着一个纸牌，写道"义友雄信单公之位"。关大刀把盏，领众好友朝上叩首下去，秦怀玉如飞还礼。关大刀把杯箸放在雄信纸位面前，然后起来说道："贾大哥，第二位就该秦姑爷了。"贾润甫道："这使不得。他令岳在上，也不好对坐；二来他令尊也曾与众兄弟相与，怎好僭坐？不如弟与秦姑爷坐在单二哥两旁，众兄弟入席，挨次而坐，乃见我们只以义气为重，不以名爵为尊，才是江湖上的坐法。"众人齐声道："说得是。"

大家人席坐定，关大刀举杯大声说道："单二哥，今夜各路众兄弟，屈你家令坦，在小店奉陪，二哥须要开怀畅饮一杯。"一堂的人，大杯巨觥，交错鲸吞，都诉说当年与雄信相交的旧话，也有说到得意之处，狂歌起舞；也有说到伤心之处，出位向灵前捶胸跌足哭起来。只听见莽男儿叫道："秦姑爷，我记得那年九月间，你令祖母六十华诞，令岳差人传绿林号箭到我们地方来，我们那时不比于今本分，正在外横行的日子，不便陪众登堂。"把手指道："只得同那三个弟兄，凑成五六百金，来到齐州，日里又不敢造宅，直守至二更时分，寻着了尊府后门跳进来，把银子放在蒲包内，丢在兄家内房院子里头。这事想必令尊也曾与兄说过。"秦怀玉道："家母曾道来。"

正说得高兴，只听得外面叩门声急。关大刀如飞赶出来，开门一看，便道："原来是单主管，来得正好，你们主儿的丧车，与太太姑爷姑娘多在里面。"原来，单全当时随雄信在京，见家主惨变后，即便辞了单夫人要回乡里。秦叔宝、徐懋功，知他是个义仆，要抬举他，弄一个小前程与他做。他必不从，径归二贤庄。喜的单雄信平昔做人好，没有一个不苦惜他，所以这些房屋田产，尽有人照管在那里，见的单全一到，多交付与他。单全毫无私心，田产利息，悉登册籍。今闻夫人们扶柩回乡，连夜兼程赶来，在路上打听，晓得投在关家店里，故此赶来。

当时关大刀闭上门，领单全到堂中来，贾润甫见了喜道："单主管，你也来了。"单全见上边供着主人牌位，先上去叩了四叩，又要向众人行礼下去。众好汉大家推住道："闻得你也是有义气的男子，岂可如此！"单全只得止向秦怀玉叩首，怀玉连忙扶起。众人道："主管快来坐了，我们好吃酒了。"单全道："各位爷请便，我家太太不知下在那一房，我去见了来。"说时早有妇女领了进去，不移时出来坐了。贾润甫道："单主管，我们众兄弟，念你主人生前之德，齐来扶他灵柩还乡，到那里还要盘桓几日，但不知你庄上如何光景？"单全道："庄上我已一色停当，但未择地耳。只是如今王世充在定州，纠合了邴元真复叛，罗士信被他用计杀害，占了三四个城池。前日闻他已到潞安，如今将到平阳来，只恐路上难行，奈何？"贾润甫道："当初我家魏公与伯当兄，好好住在金墉，被他用计送死，单二哥又被他累及身亡，几个好弟兄，皆因他弄得七零八落。今士信兄弟又被他杀害。我若遇着他，必手刃之，方快我心。"

秦怀玉见说士信被杀，便垂泪道："士信叔叔与父亲结为兄弟，小侄与他相聚数年，今一旦惨亡，家父闻知，是必请兵剿灭此贼，以报罗叔叔之仇。"单全道："我昨夜在七星岗过夜，三更时分，梦见我家先老爷，叫了我姓名，说道：'我回去了，可恨王世充，杀我好友义弟，又是我同起手的心交。我知此贼命数已绝，你去叫姑爷灭了他，干了这场功。'"关大刀道："我们众兄弟同去除了这贼，替罗家兄弟报了仇，何如？"贾润甫道："若诸兄肯齐心，管叫此贼必灭。"众人道："计将安出？"贾润甫道："计策自有，必须临时着便，今且慢说；但必要关兄去方好，只是没人替他开店。"关大刀道："店中生意，就歇两日何妨？但要留单主管在此。"单全道："我是要随太太回去的。"贾润甫道："太太姑娘，权屈在店中住几日，仗单二哥之灵，我们去干了这场功，回店扶柩去未迟。"众好汉踊跃应道："好。"

单夫人在内听见，忙叫人请贾润甫进去说道："小婿年幼，恐怕未逢大敌，还是打听他过了再走罢。"贾润甫道："二嫂但放心，干事皆是众兄弟去，我与令坦只不过在途中接应，总在我身上无妨。"说了出来，对众人说道："既是明早大家要去干正经，我们早些安寝罢！"过了一宵，五更时分，关大刀向贾润甫耳上说了几句，又叮嘱了单全一番，先与众好汉悄然出门而去。贾润甫同秦怀玉率领了家将，亦离店去了。

却说关大刀同莽男儿一班，走了两三日，将到解州地方，恰遇着了王世充的前站，见了一二十个穿白衣服的人来，问道："你们是那里来的百姓？"众人道："我们是迎单将军的柩回去的。"马上将官问："那个单将军？"众好汉答道："就是单雄信。"那将官道："单雄信是我家的勇将，被唐朝杀的。你们都是他甚么人，去扶他灵柩？"众好汉道："我们俱是他当年管辖的兵卒，感他的恩德，故此不惮路途而来。爷们可是守这里地方的？"那将官道："不是，郑王爷就在后面来了。你们站一回儿，便知分晓。"

正说时，只见后面尘头起处，一簇人马行近前来。众好汉看了，拍手喜道："正是我家的旧王爷。"那将官带了一干好汉，到王世充面前说了。王世充问道："单将军的灵柩，你们扶他到那里？"众人道："到二贤庄。"邴元真在旁边马上说道："只怕是奸细。"叫人各人身上收检，众人神色不变，便不疑惑。王世充道："你们都是行伍出身，何不去投唐图个出身？"众人道："唐家既不肯赦我们的恩主，我们安肯背义从唐？"王世充道："你们既是我家旧兵卒，我这里正少人，何不就住在我帐下效用？当初你们是步兵还是马兵？"众好汉道："当时是马兵。"王世充问了各人姓名，叫书记上了册籍，给付马匹衣甲器械，派入第二队。

今说贾润甫同秦怀玉与两个家将一行人等，慢慢的已行了三日。将近解州，贾润甫叫秦怀玉差一个伶俐小卒，假装了乞丐，前去打听，自己守在一个关王庙里。隔了两日，只见差去的小卒归来报道："小的初去打听我们这几位爷，被王世充信任收用，已派入第二队。昨夜他们已破平阳，今要进解州。一路百姓多逃避一空，只剩房屋。他们下寨在猫儿村，不知为甚，四更时分，只听见军中喧喊，哗道有贼，故此小的忙来报知。"贾润甫见说，忙起一课，大喜道："众兄弟成功了，快备马我们迎上去。"秦怀玉即便领二家将，跨马前行。

未及一二里，早望见一二十个白衣的人，头里那人却是莽男儿，提着两个首级，飞奔前来，叫道："贾大哥，王世充、邴元真二人首级在此，后面追兵来了，快去帮他们厮杀。"贾润甫叫人把首级挑在枪杆上，同莽男儿飞赶去，只见众好汉在一个山前，与王家兵马正在那里厮杀。莽男儿跑向前大声喊道："我家大唐兵马来了！"秦怀玉扯满弓，一连射死了两三个。贾润甫叫道："王世充、邴元真两个逆贼，首级已枭在此，你们何苦自来送死！"王家兵将见了，即便败将下去。秦怀玉与众人，直追至猫儿村。贼兵只得弃了辎重，各自逃生。贾润甫将贼兵掳掠遗弃之物，装载了几车，尚恐怕余贼未散，又追赶三四十里，然后转来。

早有人来报道："单二爷丧车，已被二贤庄许多庄户，赶到关家店里，载进潞州去了。"众好汉此时不是步行了，俱骑了马，连日夜兼程，赶上丧车，护进二贤庄。地方官员晓得秦叔宝名位俱尊，其子怀玉现任千牛之职，目下又建奇功，多要想来吊候。贾润甫在庄前择一块丰厚之地，定了主穴。关大刀对贾润甫道："贾大哥，我们这场功皆仗单二哥的阴灵，得以万全。为甚么呢？弟前夜与赵兄弟两个，乘王世充、邴元真酒醉熟睡时，潜踪入幕，盗了两人的首级。众兄弟齐上马出来，惊动了帐房内，只道是劫营的，齐起身来追赶。时天尚昏黑，众弟兄因记不出路径，只见黑暗中隐隐一人骑着马领路。众弟兄认是我，又不好高声相问，只得随着他走了三四里。天将发白，那前头骑马的倏然不见了。岂不是单二哥阴灵护佑我们？如今把这些衣饰银钱，分做两堆：一堆赠与姑爷为殡葬之资；一堆散与二贤庄左右邻居小民，念他们往日看守房屋，今又远来迎枢营葬，少酬其劳。"贾润甫与众好汉齐声道："关大哥说得是。"秦怀玉道："岂有此理！这些东西，诸君取之，自该诸君剖之。我则不敢当，何况敝邻。"

正在推让时，只见潞州官府抬了猪羊到灵前来吊唁。秦怀玉同贾润甫出来接住，引到灵前去拜过，见院中罗列着两堆银钱衣饰，问是何故。贾润甫答道："有几个商贾朋友，是昔年曾与单公知交，今来迎丧，恰逢王世充逆贼临阵，众友推爱，齐上前用力剿灭，贼掳之物，遗弃而去。这些东西，理合众友收领，不意众友仗义不从，反欲赐惠小民。"那个郡守笑道："这也算一班义士了！但是小民无功，岂可收领逆赃？既云好义，何不寄之官库，题请了，替单公建祠立碑，以为世守，亦是美事。"那衙官见说，心中想道："我们做了一个官儿，要百姓们一两五钱的书帕，尚费许多唇舌，今这主大财，那班人反不肯收，不知是何肺肠？"官儿们挨了一回，见秦怀玉不言语，只得别过去了。众好汉便招地方上这些看的穷人，近前来说道："这一堆东西，是秦姑爷赐你们的，以当酬劳之意。你们领去从公分惠，不许因此些微之物，争竞起来，到官府责罚。自今以后，你们待秦姑爷如待单员外一般便了。"众邻里齐跪下去，欢呼拜谢，领了出去。

关大刀对贾润甫说道："贾大哥，我们的事已毕，去罢！"又对秦怀玉道："众弟兄不及拜别令岳母了！"大家拱拱手欲别，秦怀玉道："这货利不好，有污诸公志行，请各乘骑而去何如？"众好汉道："我们如此而来，自当如此而去。"尽皆岸然不顾而行。看的人无不啧啧称羡。

秦怀玉督手下造完了坟墓，择了吉日，安葬好了丈人；又见主管单全，忠心爱主，就劝单夫人把他作为养子，以继单氏的宗祧，将二贤庄田产尽付单全收管，以供春秋祭扫；自同单夫人与爱莲小姐束装起身。家将们带领了王世充、邴元真二人首级，忙进了长安不题。要知后事如何，且听下回分解。

第六十四回

小秦王宫门挂带　宇文妃龙案解诗

词曰：

寂寂江天锦绣明，凌波空步绕花阴。一枝蓦地间相近，惹得狂蜂空丧身。逞乐意，对芳樽，腰围玉带暗藏针。片词题破惊疑事，喋血他年逼禁门。

调寄《鹧鸪天》

天地间，填不满处不足的，惟妇人之心；非妇人之心，真有不足之地，只因其所好，不得不然，估借此认消遣耳。

今且慢说秦怀玉剿灭了王世充、邴元真回来，将二人首级献功，唐帝赏劳。再说武德七年间,四方诸丑,亏了世民击灭将完,时唐皇晚年,总多内宠,生儿者二十余人,无子者不计其数,靡不思迭寻宠爱,各献奇功;然其间好事生风敢作敢为的,无如张、尹二妃。他本是隋文帝宠用过的,忽然间唐帝又把他两个弄起手来,今幸一统天下,虽不能做正位中宫,却也言听计从,无欲不遂;更值窦皇后福禄不均,先已驾崩,因此两人的心肠更大了些。但唐帝因宫中年少佳丽甚多,便在他两个身上,也就平淡;何如妇人家这事儿,如竹帘破败,能有几个自悔检束的,但看时势之逆与顺耳。

时值唐帝身子不爽,在丹霄宫中静养,相戒诸嫔妃,非宣召不得进来,因此那些环佩裊娜之人,皆在宫中静守。惟有那张、尹二夫人,年纪却在三旬之外,谑浪意味,愈老愈佳。平昔虽与建成、元吉,眉来眼去,情意往来,恨无处可以相承款曲。

那日,恰好尹夫人差侍儿小莺,去请杨美人蹴球耍子,只见建成、元吉两个,小宫监跟了走来。小莺见了,笑逐颜开问道:"二位王爷在何处来?"建成、元吉认得小莺是尹夫人的丫鬟,便道:"我两个特来寻你们二位夫人说句话儿,你到何处去?"小莺笑着摇头道:"不是二位王爷是丹霄宫中出来,如今回去快活,为甚么寻我们夫人起来?若是有正经要会,何不在前日昨日,今却说这样话来骗我?"建成听见,欢喜不胜道:"为甚么该在前日昨日来?"小莺笑道:"罢了,有人来撞见,又要搭出是非来。请各便罢,我要去干正经了。"就要走动。当不起建成是个酒色之徒,见那小鬟说话伶俐,一把扯到侧首一个花槛内,叫小监门首站着,执着小莺双手道:"小妮子,你从实说与我们听,我把东西来送你。"小莺笑道:"东西我不敢领,既承二位王爷下问,待我对你说了罢。前日初十,是张夫人诞日;昨日十三,是我家尹夫人诞日。这两天被众夫人闹得好厌,今日甚是清闲,张夫人又道无聊,约了我家夫人,叫我去请杨夫人来蹴球耍子,故此我说二位王爷,既有话要会二位夫人,何不也在前两日来,大家相聚,岂不是一场胜会?"元吉道:"众夫人拜寿,我们怎好来亲热孝顺?今日无事,正好来补贺,岂不是两便?"建成道:"说得有理,我们弟兄两个,回去准备了礼物就来,你与我们说声。"小莺道:"二位王爷认真要来,我也不去请杨夫人了,在宫专候驾临;但恐不准,叫我那里当得起?"建成、元吉道:"岂有此理!你道我虚言么,我们先将一物与你取去,送二夫人收了何如?"小莺道:"若得如此,方好相候。"二位王爷各在身上解下一条八宝十锦合欢丝鸾带,付与小莺收了,又道:"我们现今不能用情赠你,少顷到宫来,断不虚你的盛情。"小莺道:"您说快去了来,竟到后宰门走进,更觉近些。"三人别去。正是:

慢夸富贵三春景,且放梅梢顽月明。

不说小莺去通知张、尹二夫人。且说建成、元吉听见小莺之言,欢喜不胜,疾忙赶到府中,收拾了珍珠美玉,把两个金龙盒子盛了,叫宫监捧着,一同忙到后宰门来。门官见是二位殿下,忙把门开了。二王跨下马,叫人牵了在外面伺候,小宫监捧着礼物。二王走到分宫楼,只见小莺咬着指头,站在门首悬望,见了二王,喜道:"王爷们来了。"建成道:"小莺,你可曾与二夫人说知?"小莺点点头儿,引二王进去,到中堂坐下,叫两三个宫奴,把礼物收了进去。一盏茶时,只见张、尹二位夫人跟着三四个宫娥,轻移莲步,走将出来。二王如飞叫人把毯子铺下,要行大礼。二位夫人那里肯受,自己忙走近身来拖住。张夫人道:"二王怎么要行起这个礼来,岂不要折杀我们?"元吉道:"二位夫人,如同母子,焉有圣寿不行恭拜之礼?"尹夫人道:"求二位以常礼相见,我们两个心上方安。"二王没奈何,只得顺从了。张夫人道:"屈二王到楼上去坐坐,省得这里不便。"尹夫人道:"姐姐主张不差。"

大家同到楼上来。二王看那三间楼的景致,宛如曲江开宴赏,玉峡映繁华。二王坐定,用点心茶膳,彼此细陈款曲。张夫人道:"向蒙二王时常照拂,使我二姊妹梦寐不能去怀,不意复承厚贶,叫我两个何以克当?"元吉笑道:"张夫人说甚话来,骨肉之间,不能时刻来孝顺,这就是我们的罪了,怎说那个话来?"建成道:"我们心里,时常要来奉候,一来恐怕父皇撞见,不好意思。二来又恐夫人见罪,不当稳便。故此今日慢慢的走来,恰好遇着小莺,叫他先来通知了,方才放心。"尹夫人道:"我家张姐姐,常常对我说,三位殿下,都是万岁所生,不知为甚秦王见了我们,一揖之外,毫无一些好处。他倚着父皇宠爱,骄矜强悍,意气难堪。故此前日皇上,要他迁居洛阳,幸得二位王爷叫人来说了,被我姊妹两个,在万岁爷面前再四说了,方才中止。"张夫人道:"总是有我四人一块儿做事,不怕秦王飞上天去。"元吉道:"若得二位如此留心,真是我们的母后了。"两夫人多笑起来。时绮席珍馐,雕盘异果,无所不有;四人猜拳行令,说说笑笑。

英、齐二王都是酒色中人,起初还循些礼貌,到后来各人有了些酒,谑浪欢呼,无所不至。古人云:酒是色之媒。二王酒量原是好的,只因他们醉翁之意俱不在酒,便假装醉态。元吉道:"我们酒是有了,求二位夫人稍停一会儿,再饮何如?"正是:

万恶果然淫是首,从教手足自相残。

少停，建成笑对元吉说道："清风玉磬，音响余筝，正如巫山云梦，难以言传。"元吉也笑道："凤牌月阵，莺转猿吟，总是我粗浅之人也学不出。"自此英、齐二王满心畅快，打发宫监与外面伺候的回去了，便同二妃欢呼弹唱不题。

再说秦王因唐帝在丹霄宫养病，他就不回西府，晨昏定省，每日调奉汤药，整顿了六七日，时日色已暝，月上花枝，唐帝身子略已痊可，便对秦王道："吾病今日身体稍觉安稳，你依朕回府去看看。"秦王不敢推却，只得领了父皇旨意，辞驾出宫。行至分宫楼，忽听见弹筝歌唱，轻一声高一声，韵致悠扬。秦王站了一回，见是张、尹二妃寝宫，便道："他晓父皇有病，正该忧闷沉思，为甚歌唱起来？"就要行动，忽听见里面喊道："这一大杯，该是大哥饮的，我却先干了！"秦王道："他们弟兄两个，平昔有人在我跟前说许多话，我尚猜疑；不意如今这时候，还在这里吹弹歌唱，不特不念父皇之疾，反来淫乱宫闱，理实难容。我若敲门进去，对他训论一番，也是正理。倘然父皇晓得，又增起病来，反为不美。"停足想了一回道："也罢，暂将我的腰间玉带，解下来挂在他宫门上，待他们出来见了，好叫他痛改前非。"打算停当，即将腰间玉带解来，挂在蟠龙彩凤之门，自即挪步而出。

却说英、齐二王，五更时候忙起身来，收拾完备了；夭夭、小莺，各送上汤点。建成对二妃道："我二人承你二位如此恩情，时刻不能去怀。倘秦王这事稍可下手，我们外边必传进来，替你二夫人说。如里边有甚么机会，也须差人报与我们得知。"张、尹二妃道："秦王这事，总是你我四人身上之事，不必叮咛。但是离多会少，叫我二人如何排遣？"建成犹执着二妃之手，哽咽难言。元吉道："你们不必愁烦，我与大兄倘一得便，即趋来奉陪。"张、尹二妃拭泪，直送至玉宫门首。开门出来，猛见守门宫监，将玉带呈上去："是昨夜不知何人挂在宫门上的。"建成忙取来一认，却是秦王身上的。二王吓得神色俱变，便道："这是秦王之物，毕竟昨夜他回去，在此经过，晓得我们在内顽耍，故留此以为记念。如今怎样好？"张艳雪说道："不必慌张。秦王既有如此贼智，拚我一口硬咬着他，这罪名看他逃到那里去？"便向建成耳上说了几句。建成欢喜放心，即与元吉勉强散别归府。

张、尹二妃忙进宫去打扮停当，将秦王玉带边镶，四围割断了几处，跟了夭夭、小莺齐上玉辇，同到丹霄宫来朝见唐帝。唐帝吃了一惊，便问道："朕没有来宣你们，何故特然而来？"二妃道："一来妾等挂念龙体，可闻万安；二来有不得已事，要来见驾。"唐帝道："有何事必要来见朕？"张、尹二妃不觉流泪道："妾等昨夜更深，忽然秦王大醉，闯进妾宫中来，许多甜言媚语，强要淫污。妾等不从，要扯他来见陛下，奈力不能支，被他走脱，只把他一条玉带扯落在此，请陛下详看，以定其罪。"唐帝道："世民这几日时刻在此侍奉。昨因朕病体小愈，故黄昏时候，叫他回府将息，何曾用过酒来，说甚大醉？"将玉带细顽，又是秦王之物，便道："玉带虽是他的，其中必有缘故，或者是他走急了，撩在何处，你们宫奴拾了便将来诬陷他，这是使不得的呢！"尹瑟瑟道："妾等几年侍奉陛下，何曾诬陷他人，说这样话来？"两个装出许多妖态，满面流泪，挨近身旁，哀哭不止。唐帝不得已，只得说道："既如此，二妃且回，待朕着人去问他。"即写几字着内监传旨，命御史李纲去会问秦王闱宫情由，明白奏闻。因此张、尹二妃只得谢恩回宫。

却说秦王夜间挂带之后，忙归府中，心中着恼，那里睡得着。绝早起身，把家政料理了一番，便要进宫去问候。只见左右报道："御史李纲在外，要见王爷。"秦王只道是要问父皇病体，便出来相见，参谒后坐定。李纲道："圣上龙体如何？"秦王道："孤昨夜回来，身子已觉好些，不知今日如何，正要定省。"李纲道："今早有个内臣传出旨意，发到臣处，要臣来请问殿下，故臣不得不自来冒渎。"秦王忙叫左右，摆着香案来开读了。此时秦王颜色惨淡，便想道："昨夜我一时听见，故借此以警他们，却反来诬陷我！"即对李纲道："孤昨夜在父皇宫中回来，楼前偶有所闻，故将玉带系挂于宫门，使彼以警将来。况此系孤等家事，亦难明白诉卿。只问先生，孤如何人也，而欲以涅作淄乎？"李纲道："殿下功高望重，岂臣下所敢措辞；今只具一情节来，封付臣去回复圣旨，便可豁然矣！"秦王道："说得有理。"便写了几句，封好付与李纲袖了，便辞出府去，回复了圣旨。

时唐帝忙叫内臣扶出，便殿坐下。李纲朝拜已毕，叩问了圣体，然后将秦王所封之书呈上。唐帝展开来一看，只见上写道：

家鸡野鸟各离巢，丑态何须次第敲。难说当时情与景，言明恐惹圣心焦。

唐帝看了一遍道："这是一首绝句，叫朕那里晓得？"李纲道："秦王秉性忠正严烈，陛下素知，此词必不敢轻写。闻玉带挂于宫门，谅必有故。陛下龙体初安，且放在那里，慢慢详察，自然明白。"唐帝道："既如此，卿且去，待朕思之。"李纲不敢复奏，辞帝而出。当初汉萧何治律云：捉奸捉双，捉贼捉赃，这样事体，必要亲身看见，无所推敲，方可定案；若听别人刁唆，总难拟断；且大人家，一日尚有许多事体纠缠，何况朝廷。

当时唐帝见李纲出宫去了，正要将此字揣摩，只见宇文昭仪同刘婕妤出来朝见。唐帝道："奇怪，你们二妃子为甚也出来，莫非亦有甚么事体？"二妃笑道："刚才晓得张、尹二夫人出来奉候，故此妾等亦走来安省。今日龙体想已万全，还该寻些甚么乐事，排遣排遣才是。"唐帝见说，微叹不言。宇文昭仪瞥见了那张字纸在龙案上，便道："此诗乃郑卫之音，陛下书此何用？"唐帝道："妃子何以知其是郑卫？"宇文昭仪道："陛下岂不看他四句字头上，列着'家丑难言'四字，明白书陈，为甚不是？"唐帝到底是老实好人，便将张、尹二妃出来告诉，以至叫李纲去问秦王，故此秦王写这几个字来回复，说了一遍。宇文昭仪道:"这样事体,岂可乱谈?必须亲自撞见,方可定案。张、尹二夫人在隋,如此胡乱朝政,他亦能甘忍?这几年,秦王四海纵横,岂无一女胜于此者,何今日突然驾言污及?况前月陛下差秦王平定洛阳,又差妾等阅选隋宫美人,收府库珍奇,娇艳数千,秦王从不一顾。至于资财,或者有之。陛下可记得:当时妾与张、尹二夫人等,曾请各给田数十顷,与妾父母为业,已蒙陛下手敕赐与,秦王竟与淮安王神通,封还诏敕,不肯给田。以此看来,贤王等皆是惜财轻色之人,安能如陛下钟情娇怯者也。张、尹二夫人,或者犹以此记怀,未能释然耶!"刘婕妤道:"三十六宫,四十八院,粉黛数千,娇娥盈列,并无三尺之童在内,何苦以此吹毛求疵,能不免动太穆皇后泉下之悲乎?"这句话打动了唐帝的隐情,便道:"我也未必就去推问,二妃且莫论他。"

　　正说时,有个内监进来报道:"平阳公主薨。"唐帝叹道:"公主当初亲执金鼓,兴义兵以辅成大业,至有今日;不意反不克享,先我而亡。"说了不觉泪下。宇文、刘二夫人道:"陛下切念公主,尤宜善视三王;况龙体初安,诸事总系大数,陛下还宜调护。"唐帝点头。二妃正要扶唐帝到丹霄宫去,忽兵部传本进来,说夷寇吐谷浑结连突厥可汗,直犯岷州,请师救援。唐帝想了想,援笔批道:"着驸马兵部总管柴绍,火速料理丧事后,率领精兵一万前往岷州,会同燕郡刺史罗成,征剿二逆,毋得迟误。"即叫内监传旨出去,回到丹霄宫,颐养起居,龙体平复。

　　一日,在苑囿闲顽,英、齐二王在那里驰马试剑,秦王亦率领西府诸臣见驾。言论间,英、齐二王与秦王,各说武艺超群。唐帝对尉迟敬德道:"本领高低各人练习,若说膂力刚强,单鞭划马,人所难能,不意敬德独擅,真古今罕有。"齐王挺身说道:"敬德所言,恐皆虚诳,他道满朝将士,尽是木偶,故此夸口,已知我众不能使槊,今儿与他较一胜负何如?"唐帝道:"儿与敬德比试,何所取意?"敬德道:"臣自幼学习十八般枪马之法,并无虚发。但以理论之,殿下是君主,恭乃臣下,岂可比试使槊?"元吉道:"不妨,此刻不论品秩贵贱,只较槊法,暂试何害?"原来元吉亦喜马上使槊,一闻敬德夸口,必要与他较一胜负,便请二哥全装贯甲,一如榆巢败走之状,自假单雄信飞马来追,"看你单鞭划马,能夺我槊否?"敬德道:"愿赦臣死罪,恭贱手颇重,恐有伤损,只以木槊去其锋刃,虚意相拒,独让殿下加刃来迎,臣自有避刃之法。"

　　元吉大怒,私与部下一将黄太岁说了几句,便上马持大杆铁槊大呼道:"敢与我较槊么?"秦王听见,便挺枪勒马而走;元吉持槊追赶,将有里许,举槊要刺秦王。敬德乘马赶上,喊道:"敬德在此,勿伤吾主!"元吉遂弃了秦王,挺槊来战敬德。被敬德拦住,夺过槊来,元吉坠马而走。只见黄太岁直赶过了元吉,挺槊来刺秦王,秦王奋不顾身而斗。将要败时,敬德飞马赶来,黄太岁忙把槊来刺敬德，敬德把身一侧，忙举手中鞭打去，恰好那条槊又到面前，敬德夺过槊来一刺，可怜那黄太岁坠马而死。

敬德忙去回奏唐帝道："黄太岁欲害秦王，故臣杀之。"元吉向前奏道："秦王故令敬德杀我爱将，有违圣旨，乞斩敬德，以偿太岁之命。"秦王道："眼见你使太岁来害我，如此饰词抵罪。敬德不杀太岁，吾命亦丧于太岁之手矣！"唐帝道："黄太岁朕未尝使之，何得尚擅自提槊追逐秦王？敬德有救主之功，朕甚惜之；况且你要他比槊，宜赦其罪，以旌忠义之心。汝弟兄当自相亲爱，患难相扶，庶不失友于之意，使吾父寸心窃喜，胜于汝等定省多矣。"说了，即便散朝不题。欲知后事如何，且听下回分解。

第六十五回

赵王雄踞龙虎关　周喜霸占鸳鸯镇

词曰：

　　世事不可极，极则天忌之。试看花开烂漫，便是送春时。况复巫山顶上，岂堪携云握雨，逞力更驱驰。莫倚月如镜，须防风折枝。百恩爱，千缱绻，万相思。急弦易断，谁能系此长命丝。触我一腔幽恨，打破五更热梦，此际冷飕飕。天意常如此，人情更可知。

调寄《水调歌头》

谚云：一失足成千古恨，再回头是百年身。不要说男子处逆境，有怨天尤人，即使妇人亦多嗟叹，一日之间，就有无穷怨尤，总是难与人说的。

这回且不说唐宫秦王兄弟夺槊之事。再说隋宫萧后，与沙夫人、薛冶儿、韩俊娥、雅娘住在突厥处。突厥死后，韩俊娥、雅娘住了年余，水土不服，先已病亡。义成公主见丈夫死了，抑郁抱疴，年余亦殁。王义的妻子姜亭亭，又因产身亡。沙夫人把薛冶儿赠与王义为继室。罗罗虽然大了赵王五六年，却也端庄沉静，又且知书识礼，沙夫人竟将罗罗配与赵王。那突厥死后无嗣，赵王便袭了可汗之位，号为正统，踞守龙虎关，智勇兼备，政令肃清，退朝闲暇时，奉沙夫人等后苑游顽，曲尽孝道。

一日交秋时候，萧后独自闲行，伫立回廊绿杨底下，见苑外马厩中，有个后生马夫,在那里割草上料,闲观那马吃草。萧后看他相貌,好像中国人,因唤近前来,问:"你姓甚名谁?是何处人?"马夫道:"小的扬州人,姓尤名永。"萧后道:"我说像中国人。你有妻小么?为何来到此处?"马夫道:"小的向随王世充出征,因流落聊城,与一个相知周逢春同住,不期遇着宇文化及宫中三个女人,说是隋朝晨光院周夫人、积珍院樊夫人、明霞院杨夫人。那周夫人说起来,原来就是周逢春的族妹,因此逢春便叫周夫人嫁了小的,那樊夫人与杨夫人都嫁了周逢春。"萧后惊讶道:"有这等事!如今三位夫人呢?"马夫道:"周氏随了小的年余,因难产死了,那樊夫人也害弱症死了;只有杨夫人还随着周逢春在临清鸳鸯镇上,开招商客店。"萧后道:"你既与周逢春同住,为何又独自来到这里?"马夫道:"小的因周氏已死,孤身漂泊,同伍中拉来这里投军,因羁留在此。"萧后又问:"你今年几岁了?"马夫道:"小的三十岁。"萧后想了一想说道:"我就是隋朝萧后,我怜你也是中国人,故看周夫人面上,要照顾你,且还有话要细问;只是日间在此不便说得,待夜间我着人来唤你。"马夫叩头应诺而去。是夜萧后正欲唤那尤永进去,不想被人知觉,传与赵王知道。赵王疑有私情勾当,勃然大怒,立将尤永处死,正言规谏了萧后一番,严谕宫奴,伺察其出入。萧后十分的惭闷。正是:

只因数句闲言语,致令人亡已受惭。

今说柴绍领了圣旨,随即发文书,着令部下游击李如珪,提兵一千,知会罗成。叫他先领兵去到岷州,抵住吐谷浑,我却提师来翦灭二寇。不一日,李如珪到了幽州,见了罗成,罗成拆开文书看了,即奏知郡王罗艺道:"岷州远,突厥可汗那里去近;况突厥可汗已死,今嗣子正统可汗系隋朝沙夫人之子赵王,闻得萧后也在那里,王义又在那里做了大臣,俱是我们先朝的旧人。你今只消领了一枝兵去,与他讲明了,吐谷浑不见正统可汗助兵来,也就罢了。"罗成道:"父王之言甚善。"便归到署中,与窦线娘说了。线娘道:"萧后当初曾到我家,见他好一个人材,闻沙夫人是一个有志女子。我要见他,同你去走遭。"罗成道:"若得夫人同去,尤为威武。"花又兰道:"妾也同二儿去,上上父母的坟。"原来窦线娘已养了一个儿子,叫阿大;花又兰亦养一个儿子,叫阿二,差得半月,各有八岁了。随叫金铃、吴良大家收拾,

辞别了燕郡王起身。行不多时，已到岛口。

正统可汗得了信息，忙与沙夫人商议道："吐谷浑约我国助兵，同到中原去骚扰，两日正在这里选将。不想唐朝倒差燕郡王之子罗成来问罪，如今怎么样好？"沙夫人道："罗艺原是我先帝的重臣，其子罗成，因他勇敢，就做了唐家的大臣，况还有个窦建德的女儿线娘，赐与他为妻。他夫妻二人，原是能征惯战之将，不可小觑了他。"萧后道："不是这句话，若是他人夺了我们天下去，不要说他来征伐，就不来也要合伙儿去征剿一番。如今这李渊，你们不知，他与我家有中表之亲，他家太穆窦皇后与我家先太后，是同胞姊妹，岂不是亲戚？况窦线娘我也认得，是一个袅娜之人，只是嘴头子利害些，不见他甚么本事，他若来此，我也要去会他。"

正统可汗听了，忙出去与王义商议，使他先领一支兵出去，自己慢慢的摆第二队出城。李如珪要抢头功，做了先锋，被王义用计杀输了，败将下去。窦线娘第二队已冲上来，见前面尘头起处，好像败下来的光景；线娘挺着方天画戟，且赶向前，见战将那条枪离李如珪后心不远，着了忙，便拔壶中箭，拽满弓射去，正中战将枪头上。那将着了一惊，只见王义妻子薛冶儿，舞着双刀，迎将上来。线娘把方天戟招架，两人斗上一二十合，薛冶儿气力不加，便纵马跳出圈子外来，问道："你可是勇安公主么？"窦线娘道："你既知我名，何苦来寻死？"薛冶儿道："你可认得萧娘娘么？"线娘道："那个萧娘娘？"薛冶儿道："既如此，我也不来杀你，我家可汗来了！"窦线娘笑道："我也不来擒你，我家做官的来了。"各自归阵。

不说薛冶儿归寨与赵王说知。窦线娘兜转马头，行不多几步，只见罗成飞马而来，线娘把杀阵与他说了。罗成道："既是赵王领兵出来，我自去对付他。"忙到阵前，叫小卒去报知阵中，快请正统可汗出来，俺家主帅有话问他。小卒进去说了，赵王忙叫兵卒摆队伍出来。正是：

　　冲天软翅映龙袍，扎紫貂珰影自招。玉带腰围紧绣甲，金枪手腕动明标。

　　白面光涵凝北极，乌睛遥曳定蛮蛟。何似玉龙修未稳，一方权掌扬人曹。

罗成见了举手道："尊驾可就是先帝幼子赵王么？"赵王道："然也，你可是燕郡王之子罗成？"罗成道："正是。昔为君臣，今为秦楚，奈为上命所逼，不得不来一问，不知何故要助吐谷浑来侵唐？"赵王道："这句话系是吐谷浑借来长威，实在我没有发兵；况唐之得天下，得之宇文化及之手，并未得罪于父皇，气数使然，我亦不恨他。今母后萧娘娘尚在此，汝令正窦公主，想必也在这里，烦尊夫人进宫一会，便知端的。"罗成道："还有一位义士王义，可在这里？"赵王指着后面一个金盔的战将说道："这个就是。"王义在马上鞠躬道："小将军请了。"罗成道："请殿下先回，臣愚夫妇同王兄进城来便了。"赵王见说，便率兵先自回宫。罗成使李如珪督理军马在城外，王义使夫人薛冶儿来迎接窦线娘，自同罗成摆队进城。罗成夫妇一进城来，见人居稠密，市镇辐辏。那些民家，多是张灯挂绣，蜀彩叮当，把那驼狮象齿，叫不出的奇珍古顽，摆列门庭。罗成夫妇在马上看了，称羡不已。

且说赵王进宫，见了萧后与沙夫人，即将王义如何与他对寨厮杀，他们败了下去；薛冶儿与窦线娘又如何较量，冶儿乖巧，他要输了，幸我出去得快，罗成也到，大家说了一番，罗成肯同线娘进宫来见萧母后。萧后道："他们既要入宫，你快吩咐御膳所，好好备宴，每事齐整些。"赵王道："这个晓得。"出去叫文武宾僚，点二千兵把守各处，直到宫门内，明枪亮刀，摆设齐整；又叫城中百姓，张灯结彩，迎天使；又叫两个小蛮吩咐道："你两个快快到城外去对王爷说，如窦公主进宫，命薛夫人送至宫中。"

小蛮去了不多几时，只见四个内监进来报道："天使到了。"赵王因罗成是个天使差官，只得到二门上接了进去，罗国后也跟二宫奴接了窦线娘，薛冶儿随了进去。萧后、沙夫人与窦线娘见过了礼。罗成到了龙升殿，见有香案在内，就把赤符诰命，供在上面，赵王朝拜了。罗成道："殿下请进问声萧娘娘，可要出来接旨？"赵王如飞进去，与萧后说知。萧后想了一想，叹口气道："嗳，当初人拜我，如今我拜人。天下原不是他夺的，况又是亲戚，做了一统之主，如今俨然朝命纶音，便去参谒也罢，只是没有朝服在此，奈何？"赵王道："当初公主的法服，尚在箧中，何不取来穿上，岂不是好的？"赵王叫宫奴取出，替萧后穿好，与寻常绚彩迥别，出来拜了圣旨。罗成要请萧后上坐朝拜，萧后垂泪道："国灭家亡，今非昔比，何云讲礼，请小将军不必。"赵王、王义皆劝常礼，罗成见说，只得常礼相见了。

萧后进去，也请线娘上坐内席。萧后对线娘道："我当初乱亡之日，曾到过上宫，那时公主年方二九，于今有三旬内外了，不知有几位令郎？"线娘道："妾痴长三十一岁了。两个小犬俱是八岁，一个是妾所生，一个是花二娘所生。"沙夫人道："正是还有个花木兰的妹子又兰，闻得也是个有义气的女子，想是伴着两个小相公，住在家里么？"窦线娘道："那两个顽劣，见我出来，他怎肯住在家？如今随着二娘，也在寨中。"萧后道："既如此，何不请到宫中一会？"沙、罗二夫人忙叫人进来，差他拿两个宝辇，到罗老爷大寨里去请花夫人同二位小相公进来。小蛮领命而去。窦线娘亦叫金铃出去对罗成说知，叫他着人回寨保送进来。

萧后道："普天混乱之时，不意你们这些若男若女，自立经济，各得其所；但不知女贞庵内四位夫人可安否？"窦线娘道："娘娘不知，他四位夫人，起初只有杨、徐、秦三家供膳，如今因江惊波赐与程知节，贾林云赐与魏征，罗佩声赐与尉迟敬德，这三家都是徐、秦通家好弟兄，各出己财，替他置买田地，供养他安逸得紧。"沙夫人道："三位夫人在何处，得以朝廷宠赐？"线娘就把又兰到女贞庵回来遇雨，住在殷寡妇家，遇了三位夫人，钦差太监知是江、罗、贾三位，同至京中，细细述了一遍。沙夫人道："江、罗、贾三位夫人，该享厚福。若是当初同我们走出，如今也在一处，因他命中该招贵夫，故此不幸中得了宠幸。"罗国母道："如今这四位钦赐夫人可好么？"线娘道："想比当时更觉得意些。袁紫烟生了一子，闻要聘贾林云的女儿；江惊波生了一女，闻许配罗佩声的儿子，都是相爱相敬的。"萧后道："我也常在此想念，巴不能中国有人来，同我回家去，看看先帝的坟墓。如今好了，我同你们回去，死也死在中国。"

正说时，只见一个小蛮进来报道："花二夫人到了！"沙夫人同罗国母迎了上去，窦线娘见了说道："小大，小二，快同做娘的来拜见了萧娘娘三位。"花又兰忙请萧后上去坐了见礼，萧后不肯道："快请常礼见了，我们讲话。"花又兰道："草茅贱质，有辱娘娘赐召。"萧后道："说那里话来，璠玙共载，何妨倚璧侵光？"又兰与沙夫人、罗国母及薛冶儿见了礼，萧后见两个孩子恭恭敬敬，也在那里作揖，忙叫抱来，双手搿了两个，坐在膝上道："何物双珠，生此宁馨联璧？"线娘道："娘娘可放那两个小犬，到殿上去见了殿下。"罗国母道："妾同二位相公去看如何见礼。"萧后说："我们大家去走走。"

到了外面，正在那里坐席，赵王看见了，甚是欢喜，就叫把椅儿来坐了。众夫人亦进来饮酒。萧后看线娘面貌，不要说人材端正，兼之倜傥风流，更自可人；看又兰体段，与线娘差不多，那肌肤的白法，真似柔荑瓠犀，但觉楚腰宽褪了些。萧后叫宫奴取历日来看了一看说道："后日是出行日期，老身便同公主夫人，回中原去走遭。"线娘笑道："娘娘若到了中原去，恐怕中原人不肯放娘娘转来，奈何？"萧后道："除非是我先帝九泉回阳，或者可以做得些主。"停回，吃完了酒，赵王领了罗家两个孩子进来。萧后对赵王说了，要回南去看先帝的坟墓，沙夫人再三不肯。赵王等萧后陪了线娘去说话，便对沙夫人道："母后好不凑趣，这里有母后足矣，他在这里也无干，既要回去，由他回去。"说了出来，如飞与王义说知。王义道："娘娘要去看先帝坟墓，极是有志的事，臣亦要同去哭拜先帝。"

赵王进来，恰好窦线娘等要辞别起行，赵王道："家母后总是后日要回南去，公主请住在这里一两天，同行如何？"萧后、沙夫人亦再三挽留。线娘住在萧后宫中，萧后对线娘道："当初我见公主外边军律严精，闺中行动规矩，凛然不可犯；为甚如今这般温柔和软，使人可爱可敬？"线娘道："当初妾随母后的时节，母后治家严肃，言笑不苟；不知为甚跟了罗郎之后，被他提醒了几句，便觉温和敬爱，时刻为主，喜笑怒骂别有文章。"萧后道："如此说，你们燕婉之情想笃的了。"因不觉堕下泪来道："先皇帝当年与我亦是如此。他撇我在此，弄得如槁木死灰，老景难堪。"线娘道："我闻得当今唐天子，一统山河！也喜快活的了，不多几时，选了几个美人进去。"萧后点点头儿，吩咐宫奴打叠行装。

倏忽过了两日，罗成已先差潘美写文书，关会柴绍了。自同线娘等做了前队，李如珪与王义夫妇做了后队，指拨停当，便谢别起行。萧后与沙夫人、罗国母亦各大哭一场上辇。罗成在路上，换了赵王的旗号，如接应吐谷浑的光景。不题。

再说柴绍得了旨意，忙完了丧葬，即点兵起程。到了岷州，将地图摆列着，看了一遍，叫土人询问一番，毫无虚谬，即便进征。那吐谷浑晓得了，也便择一个高山，名曰五姑山，那山有许多的好处。但见：

层峦掩映，青松郁郁。连锦叠石潆回，翠柏森森乱舞。云间风寂，喧天雷鼓居中；日脚霞封，震地鸣锣成吼。说甚盔缨五色，一派长戈利刃，犹如踏碎雷车；不过驼马八方，许多杀气寒烟，宛似掣开闪雷。正是交兵不暇挥长剑，难退英雄几万师。

柴郡马与此山，只远一二箭地，扎住营寨；又暗调许多将士，将一个胡床坐了，呆看那山峰高叠翠，果然好景。那吐谷浑蛮兵，见他这般举动，恐怕柴绍是个劲敌，倏忽间要冲上山来，便飞箭如雨，攒将下来。柴郡马将士毫无惊惶之意，按阵站定，箭至面前，一步不移，口衔手绰，各各擒拿，绝无一个损伤。柴绍叫两个女子，年方十七八，娇姿妙态，手拨琵琶，长短轻喉，相对歌舞。吐谷浑见了大骇，各停戈细看。那一对翻江倒海，蝶乱花飞，歌舞好一回，又一对上场，愈出愈奇的装演撮弄，赛过弋阳女子、走索佳人。将有了两三个时辰，只听得五姑山后一声炮响，忽然四下呐喊。柴郡马知罗成率领人马已到，忙帅精骑杀上山来，前后夹攻，虏众大溃退去。柴、罗二军追至三四十里，方才凯捷班师。

王义见了柴绍，说是送萧后回南。柴绍亦见了萧后，一队儿同行，柴绍恐怕朝廷疑忌，即于奏捷疏中，说起萧后要回南省墓，预差李如珪速行上闻，自因要去会齐国远在山东做官，故与罗成同走；窦线娘要到雷夏拜墓，一同起行。

一日行至临清，天色傍晚，萧后问王义道："可到鸳鸯镇过么？"左右回道："这是必由之路。"萧后道："闻得鸳鸯镇有个周家饭店，我们在那里去歇罢。"众人应声。赶到前面，见一个招牌，写道："周逢春招商客店。"众人歇了。柴绍、罗成恐怕一个店里住不下，各寻一店歇了。萧后坐在轿中，看见店外站着一个大汉，约有三旬之外，柜内坐着一个好妇人，仔细一看，正是明霞院杨翽翽，见他对着那大汉说道："当家的，你去问他是谁家宝眷，接了进来。"那时薛冶儿先下马来，把杨夫人定眼一看，便失声道："这是杨夫人，为甚么在此？"杨夫人见说，忙走出一看，见是薛夫人，忙各相见道："一向在那里？今同那个来？前面是谁？"薛冶儿道："就是萧后娘娘。"时杨翩翩对外面喊道:"走堂的,把萧娘娘行李,接到关的那一间屋里去!"萧后下轿来。

　　杨翩翩接了萧后、薛冶儿进去,到堂屋内,要叩见萧后。萧后不要,常礼见了,执着那杨翩翩手道:"我只道梦里与你相会,不意这里遇着。"大家慰问一番,萧后道:"我进门来,见那柜外站的,可是你丈夫么?"翩翩道:"正是。他原是一个武弁出身,妾随他有六七年了。"萧后假意问道:"你独自一个出来的,还有别个?"翩翩道:"还有周夫人、樊夫人。"萧后道:"他两个如今在那里?"翩翩道:"樊夫人与我同住,染病而亡;周夫人嫁了尤永,一二年就死了。"萧后道:"你房做在那里?"翩翩把手向前指道:"就是这一间里。"听见外面丈夫叫,就走了出去。萧后追思往昔,不胜伤感,落下泪来,再睡不着,不想明日火炭般发起热来。女眷们拥着问候,柴、罗忙叫人请医生看治。住了两日,萧后胸中塞紧,尚行动不得。柴绍阅得递报,说宫中许多不睦,随与罗成话别,先起身复旨去了。未知后事如何,且听下回分解。

第六十六回

丹霄宫嫔妃交谮　玄武门兄弟相残

词曰:

　　喜杀佳期,欢爱里,情深意热。幸青春未老、鸳鸯蝴蝶,百和香匀连理枝,三星气暖同心结。问苍天,何事慢追求?肝肠咽。

　　眉间恨,峰重叠。心下事,星明灭。看抹绿残红,江山改色。却望一朝龙虎会,岂知长乐雨云歇?叹今宵此恨最难明,凭谁说?

调寄《满江红》

　　人生最难是以家为国,父子群雄振起一时,使谋定计,张兵挺刃,传呼斩斫,不知费了多少谋画,担了无数惊惶,命中该是他任受,随你四方振动,诸丑跳梁,不久终归殄灭。至于内廷诸事,谅无他变,断不去运筹处置,可知这节事,总是命缘天巧,气数使然。不要说建成、元吉,疾世民功高望重,与张、尹二妃共为奸谋,就再有几个有才干的,亦难曲挽天心。

　　今慢说萧后在周喜店中害病,且说秦王当时以玉带挂于张、尹二妃宫门,原是要他们知警改过,各各正道为人。不意唐帝误信谗言,反差李纲去问他;

若说父子不过是情理，若说朝廷却有律法，那时怎个剖分？亏得李纲教秦王书一词以复奏，幸亏唐帝宽宏大度，一则是有功嫔妃，一则是嫡亲瓜葛，又亏宇文、刘二妃，平昔受过英、齐二王的东西，便轻轻淡淡，把这件事说得冰冷。唐帝把此事也就抹杀。秦王见父皇不来究问，也便不提。建成、元吉竟结纳了嫔妃，以通消息。张、尹二妃晓得平阳公主会葬，宗戚大臣尽要去护送，便透消息出来，叫英、齐二王行事。那建成、元吉，是个丧心病狂之人，得此机会，送了公主之葬，便在途中普救禅院相候着了，假意殷勤，团聚在一处，急忙摆下筵席。秦王是个豁达之主，只道

他们警醒，毫不介意，被英、齐二王以鸩酒相劝。刚饮半杯，只见梁间乳燕呢喃，飞鸣而过，遗秽杯中，沾污秦王袍服。秦王起身更衣，便觉心疼腹痛，急忙回府，终宵泄泻，呕血数升，几乎不免。西府群臣闻知，都来问安，力劝早除二王。

其时上宫中，秦王亦有心腹，唆与唐帝晓得了，吃了一惊，念江山人物，都是他的功劳，如飞驾幸西宫问疾。唐帝执手问道：＂儿自有生以来，从无此疾，何今忽发，莫非此中有故么？＂秦王眼中垂泪，就把昨日送葬，中途遇着英、齐二王，同至寺中饮酒，细细述了一遍，不觉喟然长叹道：＂六宫喧笑，三井传呼，日丽风和，花香酒热，彼此夺枣争梨，岂非友于欢爱，奚羡汉家长枕，姜氏大被？岂意变起仓卒，心碎血奔！儿数该如此，则天乎已酷，人也奚辜；但恐其中未必然耳。今幸赖父皇高厚之福，圣母在天之灵，得以无恙，庶可仰慰皇恩矣。＂说了，洒下泪来。唐帝见了这般光景，心中亦觉不安，因对秦王道：＂朕昔年首建大谋，削平海内，皆汝之功。当时原欲立汝为嗣，汝又固辞。今建成年已及长，为嗣日久，朕不忍夺之。观汝兄弟似不相容，如若同处京邑，必有争竞。当遣汝建行台，居洛阳，自陕以东，皆汝主之，仍命汝建天子旌旗，如汉梁孝王故事可也。＂秦王垂泪辞道：＂父子相依，人伦佳况，岂可远离膝下，有违定省？＂唐帝道：＂天下一家，东西两都，道路甚迩。朕若思汝，即往汝处一见，又何悲哀？＂说罢，便上辇回宫。

秦王眷属宾僚，听见此言，以为脱离火坑，无不踊跃欢喜。建成晓得了，

只道去此荆棘，可以无忧，忙去报与元吉知道。元吉听了跌脚道："罢了，此旨若下，我辈俱不得生矣！"建成大骇道："何故？"元吉道："秦王功大谋勇，府中文武备足，一有举动，四方响应。如今在此，家庭相聚，彼虽多谋，只好痴守，英雄无用武之地。若使居洛阳，建天子旗号，妄自尊大起来，土地已广，粮饷又足，凡彼提拔荐引将士，大半陕东之人，倘若谋为不轨，不要说大哥践位，即父皇治事，亦当拱手让之。那时你我俱为几上之肉，尚敢与之挫抑乎？"建成道："弟论甚当，今作何计以止之？"元吉道："如今大哥作速密令数人上封事，言秦王左右，闻往洛阳，无不喜悦，观其志趣，恐不复来。更遣近幸之臣，以利害说上。我与大哥如飞到内宫去，叫他们日夜潜诉世民于上，则上意自然中止。仍旧将他留于长安，如同一匹夫何异？然后定计罪他，岂不容易？"建成听说笑道："吾弟之言，妙极，妙极。"于是两个人便去差人做事不题。正是：

采薪已断峰前路，栖亩空怀郭外林。

世间随你英雄好汉，都知妇人之言不可听，不知席上枕边，偏是妇人之言入耳，说来婉婉曲曲，觉得有着落又疼热，任你力能举鼎，才可冠军，到此不知不觉，做了肉消骨化，只得默默忍受；倘若更改，偏生许多烦恼，弄得耳根不静。唐帝此时，因年纪高大，亦喜安居尊重，凭受他们许多莺言燕语；更兼太子齐王，买通嘱他们刁唆谋画，把一个绝好旨意，竟成冰消瓦解，还要虚诬驾陷，要唐帝杀害秦王。幸得唐帝仁慈，便不提起。那些秦王僚属，无不专候明旨。

时天气炎热，秦王绝早在院子里赏兰，只见杜如晦、长孙无忌排闼而入。秦王惊问道："二卿有何事，触热而至？"如晦尚未开口，无忌皱着双眉说道："殿下可知东宫图谋，势不容缓，恐臣等不能终事殿下，奈何？"秦王道："何所见而云然？"如晦道："前东宫差内史到楚中，招引了二三十个亡命之徒，早养入府中去了。又有河州刺史卢士良，送东宫长大汉子二十余人，这是月初的事，我在驿前目见的。昨夜黄昏时候，又有三四十人，说是关外人，要投东宫去的。殿下试思，他又不掌禁兵，又不习武征辽，又不募勇敌国，巍巍掖廷，要此等人何用？"

秦王正要答话，又见徐义扶同程知节、尉迟敬德进来，见礼过了，知节把扇子摇着身体，说道："天气炎热，人情急迫，阋墙之衅，延及柴门，殿下何尚安然而不为备耶？"秦王道："刚才如晦也在这里对吾议论。但是骨肉相残，古今大恶，吾诚知祸在旦夕，意欲俟其先发，然后以义讨之，庶罪不在我。"敬德道："殿下之言，恐未尽善。人情谁不爱其死，今众人以死供奉殿下，乃天授也。祸机垂发，而殿下犹若罔闻。殿下纵自轻，如宗庙社稷何？殿下不用臣之言，臣将窜身草泽，不能留居大王左右，束手受戮也。"无忌道："殿下不从敬德之言，事大败矣。倘敬德等不能仰体于殿下，即无忌亦相随而去,不能服侍殿下矣!"秦王道:"吾所言亦未可全弃,容更图之。"

知节道:"今早臣家小奴程元,在熟面铺里,看见公座边七八个人,在那里吃面,都是长大强汉。程元挤在一个厢房里边,听他内中有个人说:大王爷怎么样待我们好。那几个道大王爷如何怎样厚典。又有个人道就是二王爷,也甚慷慨多恩。正说得高兴,只见二人走进来说道:'叫咱各处找寻,你们却在这里用面饭。王爷起身了,快些去罢。'众人留他吃面,那人面也不要吃,大家一哄出门。小厮认得那人,是世子府中买办的王克杀,归家与臣说知。臣看此行径,火延旦夕,岂容稍缓?"徐义扶道:"二王平昔寻故贻害殿下,已非一次。只看他将金银一车,赠与护军尉迟,尉迟幸赖不从;又以金帛赐段志元,志元却之;又谮总管程知节出为康州刺史,幸知节抵死不去。这几个人都是殿下股肱翼羽,至死不易,倘有不测,其何以堪?"说了,禁不住涕泗交流。秦王道:"既如此说,你同知节火速到徐世勣处,长孙无忌与杜如晦到李靖那里去,把那些话,备细述与他们听,看他两个的议论何如。"众人听了,即便起身。

且不说徐义扶同程知节到徐懋功处。且说长孙无忌与杜如晦,都是书生打扮,跟了两个能干家人,星夜来到安州大都督李药师处。药师见了,一则以喜,一则以惧,喜的是知己相聚,惧的是二公易服而至。忙留他们到书房中去,杯酒促膝谈心,杜如晦忙把朝里头的事体,细细述与药师听了。药师道:"军国重务,我们外廷之臣,尚好少参末议;况有明主在上,臣等亦不敢措词。至于家庭之事,秦王功盖天下,勋满山河,将来富贵,正未可量。今值阋墙小衅,自能权衡从事,何必要问外臣?烦二兄为弟婉言复之。"无忌、如晦再三恳求,李但微笑谢罪而已。如晦没奈何,只得住了一宵,将近五更,恐怕朝中有变,写一字留于案上,同无忌悄悄出门。

走了四五十里,绝好一个天气,只见山脚底下推起一阵乌云上山,一霎时四面狂风骤起。无忌道:"天光变了,我们寻一个人家去歇息一回方好。"如晦的家人杜增说道:"二位老爷紧赶一步,不上二三里转进去,就是徐老爷的住居了。"如晦道:"正是,我们快赶快一步。"无忌问:"那个徐老爷?"如晦道:"就是徐德言,他的妻子就是我家表姊乐昌公主。"无忌道:"哦,原来就是破镜重圆的。这人为甚么不做官,住在这里?"如晦道:"他不乐于仕宦,愿甘林泉自隐。"无忌道:"这夫妇两人,是有意思的人,我们正好去拜望他。"大家加鞭纵马,赶到村前,只见一湾绿水浔浔,声拂清流;几带垂杨裛裛,风回桥畔。远望去,好一座大庄房,共有四五百人家,在田畴间耕耘不止。一行人过桥来,到了门首,便下了牲口。

门上人就出来问道:"爷们是那里?"杜如晦应道:"你同我家人进去禀知公主,说我杜如晦在此,公主自然明白。"就对杜增道:"你进去看见公主,说我要进来拜见。"门上人应声,同杜增进去了一回,只见开了一二重门出来，请如晦、无忌到中堂坐下。少顷，见两个垂髫女子，请如晦进内室中去，只见公主：

  雅耽铅槧，酷嗜缥缃。妆成下蔡，纱偏泥泥似阳和；人如初日，容映纷纷似流影。好个天装艳色，皱成双阙之红，岫抹云蓝，滴作万家之翠。真是画眉楼畔即是书林，傅粉房中便为家塾。

如晦见了，要拜将下去。乐昌公主曰："天气炎热，表弟请常礼罢。"如晦揖毕，坐了问道："姊姊，姊夫往那里去了？"公主道："这里村巷，每三七之期，有许多躬耕子弟，邀请当家的去讲学，申明孝悌忠信之义，因此同我宁儿前去。我已差人去请了，想必也就回来。"

两个又问了些家事，公主便道："闻得表弟在秦王府中做官，为何事出来奔走，莫非朝中又有甚么缘故么？"如晦道："姊姊真神仙中人也。"遂将秦王与建成、元吉之事，细细述了一遍。公主道："这事我已略知一二。今表弟又欲何往？"如晦皱眉道："秦王叫我二臣，往安州都督李药师处，问他以决行止，不意他却一言不发；你道可恨否？"公主道："依愚姊看来，此是药师深得大臣之体，何恨之有？况药师的张夫人，前日曾差人来问候，因说药师惟以国事为忧，亦言早晚朝中必有举动。"如晦道："姊姊识见高敏，何如药师深得大臣之体？为甚先已略知一二？"公主道："当初我在杨府中，张、尹二夫人曾慕我之名，与我礼尚往来，今稍希疏。其嫔妃中尚有昔年与我结为姊妹，一个是徐王元礼之母郭婕妤；一个是道王元霸之母刘婕妤，他两个与我甚是情密。刘夫人前日差人来送东西与我，我曾问他朝政，他说张、尹二夫人与英、齐二王，如何要害秦王，把金银买嘱了有儿子的夫人，在朝廷面前撺唆。我家郭、刘二妹还好些，那张、尹与这班都紧趁着帮衬他，晓得秦府智略之士，心腹可惮者，如李靖、徐世勣之俦，皆置之外地；房玄龄与弟、长孙无忌等，今皆日夕谮之于上而思逐之。倘一朝尽去，独剩一秦王在彼，如摧枯拉朽，诚何所用？况吾弟朝夕居其第，食其禄，不思尽忠，代为筹画，以尽臣职，反东奔西走，难道徐、李真有田光之智么？"

如晦尚要分辩，只见家人报道："老爷回来了。"徐德言忙进来见了礼，便问道："老舅久违了，外面何人？"如晦道："是长孙无忌。"徐德言道："他从没有到我这里，岂可让他独坐在外？弟同老舅到厅上去。"便对公主道："快收拾便饭来。"大家到厅上来，徐德言与无忌相见了，真是英雄欢聚，非比泛常。一霎儿摆出酒饭来，大家入席。无忌将二王之事，述与徐德言听。德言道："这是家事，不比国政。常人尚有经纬从权处之，何况天挺雄豪，又有许多名贤辅佐，何患不能成事？不知令姊如何教兄？"如晦将公主之言，述了一遍。德言道："此言不差，但我前日看见报上说，突厥郁射设将数万骑屯河北，此事只怕早晚就要出兵，更变你们了。"无忌听了，心上觉得要紧，忙吃完了饭，见雨阵已过，如飞催促如晦起身。德言道："本该留二公在此宽待几天，只是此时非闲聚之日。二兄返长安，每事还当着紧，迟则有变矣！"如晦进房去谢了公主，即同无忌等出门，跨马而行。

不到一日，来到长安，进见秦王。无忌将李靖之言说了，又说起遇见了如晦姊丈徐德言。秦王道："乐昌公主与徐德言，也是个不凡的人，他夫妇怎么说？"如晦遂将公主之言，及德言之话说了。秦王道："正是，燕王罗艺因突厥郁射凶勇，在此请兵，英、齐二王特将我西府士臣要荐一半去。前日义扶与知节回来，述徐世勣之言，亦与李靖无二；但甚称张公谨龟卜如神。孤叫敬德去召他，想此刻就来。"

正说时，只见张公谨到来，见了秦王，便问道："殿下召臣何事？"秦王即将建成、元吉淫乱宫中之言，说了一遍，又将众臣欲靖宫秽之怂也说完了，便指着香案上道："灵龟在此，望卿一卜以决之。"张公谨大笑，以龟投地道："卜以决疑，今事在不疑，尚何卜乎？倘卜而不吉，庸得已乎？况此事外臣已知，如转静养宫秽，成何体统！"李淳风等亦极言相劝。秦王道："既如此，孤意已决，明日朝参时，即当帅兵去问二人之罪矣！"时张公谨已为都捕，守玄武门，对秦王道："殿下，臣等虽系腹心，每事须当谨密。明日早朝时，臣自有方略应候。"说了便出府而去。

却说李如珪奉了柴绍的将令，行了月余，已到长安。将柴郡马本章传进唐帝看了，即宣如珪进去，朝拜了。唐帝问了些战阵军旅并萧后回南之事，如珪一一对答了，唐帝道："你助战有功，就在此补一缺罢！"如珪谢恩出朝。

时当己未，太白复又经天。傅奕密奏，太白见秦分，秦王当有天下。唐帝以其状密授秦王。秦王便奏建成、元吉淫乱宫闱，且言臣于兄弟，无丝毫有负，今欲杀臣，以为李密、世充报仇，臣今枉死，永违君亲，魂归地下，实耻见诸贼，亦密奏上。唐帝览之愕然，批道："明当鞫问，汝宜早参。"秦王便将柬帖几封，叫人驰付西府僚属，打点明早行事。

张、尹二夫人窃知秦王表章之意，忙遣人与建成、元吉说知。建成速召元吉计议。元吉以为宜勒宫府精兵，托疾不朝，以观动静。建成道："我们兵备已严，怕他甚么？明早当与弟入朝面质。"

时已庚申，将到四更时候，秦王内甲外袍，同尉迟敬德、长孙无忌、房玄龄、杜如晦内皆裹甲，带了兵器，将要出门。秦王道："且慢，有个信符在此，叫家将快些放起三个炮来。"那个花炮，是征外国带来的，大有五六寸，响彻云泥，一连放了三个信炮。只听见四下里，就有三四个照应放起来。走过了两三条街，远远望见一队人马将近，杜如晦叫把号炮放起一个来，那边也放一个来接应，原来是程知节、尤俊达、连巨真等几个。斜刺里又有一队人马，放一个炮出来，却是于志宁、白显道、史大奈、陆德明一行人。只听见又有一个信炮放将起来，竟不见有人，未知何故。众人都静悄悄集在天策门楼停住。

只见西府两个小卒来报，东府也有四五百人来了。秦王急把袍服卸下，单穿锦甲,执剑先向前迎。敬德纵马说道:"不须主公动手。"便带十来骑杀向前去,与这班敢死之士,大斗起来。那些死士怎斗得这些虎将过?被敬德先搠翻三四个,就都败将下去。刚到临湖殿,秦王一骑马赶上建成。建成连发三矢,射秦王不中;秦王亦发一矢,却中建成后心,翻身落将下来。长孙无忌如飞抢上前来,一刀斩讫。元吉着了忙,骑着马往后乱跑,秦王紧赶。只听见一个信炮,趱出一个小将军,喝道:"逆贼到那里去?"一枪刺着,元吉把马一侧,掀将下来。秦王如飞赶上斩了。秦王看那小将,却是秦怀玉,把元吉的头与怀玉拿了,便道:"刚才听见信炮之声,隐隐相近,又不见来汇齐,我正不解。只是你家父亲又不在家,你那里晓得我行事,在这里相候?"秦怀玉道:"这是昨夜程知节老伯来与小臣说的。"秦王听了,带转马头,对敬德、知节说道:"二贼已诛,诸公无妄杀戮。"因此众人让东府兵刃退了下去。

时翊卫车骑将军冯翊、冯立闻建成死信,叹曰:"岂有生受其恩,而死逃其难乎?"乃与副护军薛万彻、屈咥,直府左车骑万年、谢方叔帅东宫齐府精兵一千,驰骤玄武门,正值张公谨与云麾将军敬君弘、中郎将吕世衡,相持厮杀。张公谨把吕世衡搠死,又值冯立军来时,公谨又把冯立射亡,独闭关拒绝,彼军虽众则不得入。

时唐帝方泛舟海池,闻宫外人乱,正召裴寂、萧瑀议事,恰好秦王使尉迟敬德入宿卫侍,持矛擐甲,直至天子面前。唐帝大惊问道:"今日乱者是谁,卿到此何为?"敬德道:"秦王以太子与齐王作乱,举兵诛之,恐惊动陛下,遣臣宿卫。"唐帝道:"英、齐二子安在?"敬德道:"俱被秦王殄灭矣!"唐帝拍案大哭,对裴寂等道:"不图今日乃见此事!"裴寂、萧瑀道:"英、齐二王本不豫义谋,又无功于天下,疾秦王功高望重,共为奸谋,今秦王已讨而诛之,陛下不必伤悲。秦王功盖宇宙,率土归心,若处以元良,委之国事,无复虑矣。"唐帝道:"这原是朕的夙心。"敬德请降手敕,合诸军并受秦王处分。唐帝即使裴寂同敬德出去晓谕诸将。时秦兵尚与东府乱杀,裴寂、敬德竟到玄武门来晓谕了,薛万彻等即解兵逃遁。秦府诸将欲尽诛余党,敬德固争道:"罪在二凶,既伏其辜,可以休矣。若滥及羽党,非所以求安也。"乃止。唐帝下诏,赦天下凶逆之罪,止于建成、元吉,其余党众,一无所问;立秦王为皇太子,诏以军国庶事,无论事之大小,悉委太子处分,然后奏闻。要知后事如何,且听下回分解。

第六十七回

女贞庵妃主焚修　雷塘墓夫妇殉节

词曰：

忏悔尘缘思寸补，禅灯雪月交辉处，举目寥寥空万古。鞭心语，迥然明镜横天宇。蝶梦南华方栩栩，相逢契阔欣同侣，今宵细把中怀吐。江山阻，天涯又送飞鸿去。

调寄《渔家傲》

天下事自有定数，一饮一酌，莫非前定；何况王朝储贰，万国君王，岂是勉强可以侥幸得的？又且王者不死，如汉高祖鸿门之宴，荥阳之围，命在顷刻，而卒安然逸出；楚霸王何等雄横，竟至乌江自刎。使建成、元吉安于义命，退就藩封，何至身首异处？

今说秦王杀了建成、元吉，张、尹二妃初只道两个风流少年，可以永保欢娱；又道掇转头来，原可改弦易辙。岂知这节事不破则已，破则必败；一回儿宫中行住坐卧，都是谈他们的短处。唐帝晓得原有些自差，只得将张、尹二妃退入长乐宫，连这老皇帝也没得相见了，只与夭夭、小莺等，抹牌鞠球，消遣闷怀而已。

时秦王立为太子，将文武宾僚，个个升陟得宜；就是建成、元吉的旧臣，亦各复其职位。惟魏征当年在李密时，就有恩于秦王，因归唐之后，唐帝见建成学问平常，叫魏征为太子师傅，今必要驾驭一番，即召魏征。征至，秦王道："汝在东府时，为何离间我兄弟，使我几为所图？"魏征举止自乐，毫不惊异，答道："先太子早从征言，安有今日之祸？"秦王大怒道："魏征到此，尚不自屈，还要这般光景，拿出斩了！"左右正要动手，程知节等跪下讨饶。秦王道："吾岂不知其才？但恐以先太子之故，未必肯为我用耳！"遂改容礼之，拜为詹事主簿；王珪、韦挺亦召为谏议大夫。

唐帝见秦王每事仁政，举措合宜，众臣亦各抒忠事之，因即让位太子。武德九年八月，秦王即位于东宫显德殿，尊高祖为太上皇，诏以明年为贞观元年；立妃长孙氏为皇后；追封故太子建成为息隐王，齐王元吉为海陵剌王；立子承乾为皇太子：政令一新。

　　且说萧后在周喜店中，冒了风寒，只道就好，无奈胸膈蔽塞，遍体疼热，不能动身，月余方痊。将十两银子，谢了杨翩翩，同王义、罗成等起程。路上听见人说道："朝中弟兄不睦，杀了许多人。"萧后因问王义："宫中那个弟兄不睦？"王义道："罗将军说建成、元吉与秦王不和，已被秦王杀死，唐帝禅位于秦王了。"自此晓行夜宿，早到潞州。王义问萧后道："娘娘既要到女贞庵，此去到断崖村，不多几步。臣与罗将军兵马停宿在外，只同女眷登舟而去甚便。"萧后道："女贞庵是要去的，只捡近的路走罢了。"王义道："既如此，娘娘差人去问窦公主一声，可要同行么？"萧后便差小喜同宫奴到窦公主寓中问了，来回覆道："窦公主与花二娘多要去的。"

　　正说时，许多本地方官府，来拜望罗成。罗成就着县官，快叫一只大船，选了十个女兵，跟了窦公主、花二娘、两位小相公。线娘差金铃来接了萧后。薛冶儿过船去，小喜儿宫奴跟随，真是一泓清水，荡桨轻摇，过了几个湾，转到断崖村，先叫一个舟子上去报知。

　　且说女贞庵中，高开道的母亲已圆寂三年了，今是秦夫人为主，见说，吃了一惊问道："萧后怎样来的？同何人在这里？"舟子道："船是在本地方叫的，一个姓罗，一个姓王的二位老爷，别的都不晓得。"秦、狄、夏、李四位夫人听了，大家换了衣裳，同出来迎接。刚到山门，只见袅袅婷婷，一行妇女，在巷道中走将进来。到了山门，秦夫人见正是萧后、窦公主，眼眶里止不住要落下泪来。大家接到客堂上，萧后亦垂泪说道："欲海迷踪，今日始游仙窟。"秦夫人道："借航寄迹，转眼即是空花。请娘娘上坐拜见。"萧后道："妾与夫人辈，俱在邯郸梦中，驹将鸣矣，何须讲礼？"秦夫人辈俱以常礼各相见了。萧后把手指道："这是罗小将军、窦夫人的令郎，这位是花夫人的令郎。"又指薛冶儿道："你们还认得么？"狄夫人道："那位却像薛冶儿的光景。"夏夫人道："怎么身子肥胖长大了些？"萧后道："夫人们不知那姜亭亭已故世，沙夫人就把他配了王义。王义已做了彼国大臣，他也是一位夫人了。"四位夫人重要推他在上首去，薛冶儿道："冶儿就是这样拜了。"四位夫人忙回拜后，各各抱住痛哭。

　　桌上早已摆列茶点，大家坐了。窦线娘道："怎不见南阳公主？"李夫人道："在内面楞严坛主忏，少刻就来。"萧后道："他在这里好么？"秦夫人道："公主苦志焚修，身心康泰。"狄夫人道："娘娘，为甚么沙夫人与赵王不来？"萧后把突厥夫妻死了无后，立赵王为国王，罗罗为国母一段说了。狄夫人道："自古说：有志者事竟成。沙夫人有志气，守着赵王，今独霸一方，也算守出的了。"秦夫人道："梦回知己散，人静妙香闻，到盖棺时方可论定。"夏夫人道："娘娘的圣寿增了，颜色却与两个小相公一般。"萧后道："说甚话来？我前日在鸳鸯镇周家店里害病，几乎死在那里，有甚么快活。"李夫人笑道："娘娘心上无事，善于排遣。"薛冶儿道："夏夫人、李夫人的容颜依旧，怎么秦夫人、狄夫人的脸容这等清黄？"小喜儿在背后笑道："倒是杨夫人的庞儿，一些也不改。"李夫人道："那里见杨翩翩？"萧后把杨、樊二夫人随了周喜，周夫人随了龙永，周、樊二夫人都已死了，那杨夫人与那周喜开着饭店在鸳鸯镇那里，说了一遍。李夫人道："杨翩翩与那周喜可好？"萧后道："如胶投漆。"夏夫人叹道："周、樊二夫人也死了！"窦线娘道："四位夫人，有多少徒弟？"秦夫人道："我与狄夫人共有三个，夏夫人、李夫人俱未曾有。"花又兰道："如今的忏事，是何家作福？"秦夫人道："今年是秦叔宝的母亲八十寿诞。我庵是他家护法，出资置产供养，故在庵中遥祝千秋。"窦线娘道："可晓得单家妹子夫妻好么？"李夫人道："后生夫妻有甚不好。"狄夫人道："单夫人已添了两个令郎在那里。"萧后起身道："我们同到坛中，去看看法事。"

大家握手，正要进去，只听见钟鼓声停，冉冉一个女尼出来。线娘道："公主来了。"萧后见也是妙常打扮，但觉脸色深黄，近身前却正是他，不觉大恸起来。南阳公主跪在膝前，呜呜咽咽，哭个不止。萧后双手挽他起来说道："儿不要哭，见了旧相知。"南阳公主拜见窦线娘道："伶仃弱质，得蒙鼎力提携，今日一见，如同梦寐。"线娘拜答道："滚热蚁生，重睹仙姿，不觉尘嚣顿释。"又与花又兰、薛冶儿相见了。萧后执着南阳公主的手道："儿，你当初是架上芙蓉，为甚今日如同篱间草菊？"南阳公主道："母后，修身只要心安，何须皮活？"秦夫人引着走到坛中来，灯烛辉煌，幢幡灿烂，好一个齐整道场，众人瞻礼了大士。萧后对五个尼姑，各各见礼过。窦线娘道："这三位小年纪的，想是二位夫人的高徒了。"秦夫人道："正是，这两位真定、真静师太，还是高老师太披剃的。高老师太的龛塔，就在后边，停回用了斋去随喜随喜。"众人道："我们去看了来。"

秦夫人引着，过了两三带屋，只见一块空地上，背后墙高插天，高耸一个石台，以白石砌成龛子在内，雕牌石柱，树木阴翳；中间飨堂拜堂，甚是齐整。线娘道："这是四位夫人经营的，还是他的遗资？"秦夫人道："不要说我们没有，就是师太也没有所遗，多亏着叔宝秦爷替他布置。"萧后道："这为甚么？"秦夫人把秦琼昔年在潞州落难时，遇着了高开道母亲赠了他一饭，故此感激护法报恩。众人啧啧称羡。

线娘道："秦夫人，领我们到各位房里去认认。"萧后忙转身，一队而行，先到了秦夫人的卧室，却是小小三间，庭中开着深浅几朵黄花。那狄夫人与南阳公主同房，就在秦夫人后面，虽然两间，倒也宽敞。狄夫人道："我们这里，真是茅舍荒庐，夏、李二夫人那里，独有片云埋玉。"萧后道："在那里？"狄夫人道："就在右首。"花夫人道："快去看了，下船去罢！"秦夫人道："且用了斋，住在这里一天，明早起身。若今晚就回去，你罗老爷道是我们出了家薄情了。"一头说时，走到一个门首，秦夫人道："这是李夫人的房。"萧后走进去，只见微日挂窗，花光映榻，一个大月洞，跨进去却有一株梧桐，罩着半窗，窗边坐一个小尼，在那里写字。萧后问是谁人。李夫人道："这是舍妹，快来见礼。"那小尼向各人拜见了。里面却是一间地板房，铺着一对金漆床儿被褥，衣饰尽皆绚彩。萧后出来，向写字的桌边坐下，把疏笺一看，赞道："文理又好，书法更精，几岁了，法号叫甚么？"小尼低着头答道："小字怀清，今年十七岁了。"萧后道："几时会见令姊，在这里出家几年了？"李夫人道："妹子是在乡间出家的，记挂我，来这里走走。"薛冶儿道："娘娘，到夏夫人房中去。"萧后道："二师父同去走走。"遂挽着怀清的手，一齐走到夏夫人房里，也是两间，却收拾得曲折雅致，其铺陈排设，与李夫人房中相似。夏夫人问起萧后在赵王处的事体，李夫人亦问花又兰别后事情。

只见两个小尼进来，请众人出去用斋。萧后即同窦线娘等，到山堂上来坐定。众妇人多是风云会合过的，不是那庸俗女子，单说家事粗谈，他们抚今思昔，比方喻物，说说笑笑，真是不同。萧后道："秦夫人的海量，当初怎样有兴，今日这般消索，岂不令人懊悔！"秦夫人道："只求娘娘与公主夫人多用几杯，就是我们的福了。"狄夫人道："我们这几个不用，李夫人与夏夫人，怎不劝娘娘与众夫人多用一杯儿？"原来秦、狄、南阳公主都不吃酒。李、夏夫人见说，便斟与萧后公主夫人，猜拳行令，吃了一回，大家多已半酣。萧后道："酒求免罢，回船不及，要去睡了。"秦夫人道："不知娘娘要睡在那里？"萧后道："到在李夫人那里歇一宵罢。"秦夫人道："我晓得了，娘娘与薛夫人住在李夫人房里，窦公主与花夫人榻在夏夫人屋里罢。"狄夫人道："大家再用一大杯。"各各满斟，萧后吃了一杯，余下的劝与怀清吃了起身。

夏夫人领了线娘、又兰与两个小相公去。

萧后、薛冶儿同李夫人进房，见薛夫人的铺陈，已摊在外间，丫鬟铺打在横头。小喜问萧后道："娘娘睡在那一张床上？"萧后一头解衣，一头说道："我今夜陪二师父睡罢。"怀清不答，只弄衣带儿。李夫人道："娘娘，不要他孩子家睡得顽，还说梦话，恐怕误触了娘娘。"萧后道："既如此说，你把被窝铺在李夫人床上罢，大家好叙旧情。"小喜把自己铺盖，摊在怀清床边。萧后洗过了脸，要睡尚早，见案上有牙牌，把来一揣，便对李夫人道："我只晓得揣牌，不晓得打牌，你可教我一教。"二人坐定，打起牌来；你有天天九,我有地地八;此有人七七,彼有和五五。两个一头打牌,一头说话,坐了二更天气,上床睡了。

到了五更,金鸡三唱,李夫人便披衣起身,点上灯火,穿好衣裳,走到怀清床边叫道:"妹妹,我去做功课,你再睡一回,娘娘醒来,好生陪伴着。"怀清应了,又睡一忽,却好萧后醒来叫道:"小喜,李夫人呢?"小喜道:"佛殿上做功课去了。"萧后道:"二师父呢?"怀清道:"在这里起身了。"慌忙到萧后床前,掀开帐幔道:"啊呀,娘娘起身了,昨夜可睡得安稳?"萧后道:"我昨夜被你们弄了几杯酒,又与李妹子说了一会儿的话,一觉直睡到这时候了。"正说着,只听见小喜道:"秦夫人来了,起得好早。"秦夫人在外房对薛夫人道:"你们做官的,在外边要见你呢。"萧后道:"我家谁人在那里?"秦夫人道:"就是王老爷,他跟了四五个人,绝早来要会薛夫人,如今坐在东斋堂里。"说罢出房去了。夏、狄、李三夫人亦进来强留。薛冶儿出去,会了王义,亦来催促。萧后道:"这是我的正事,就要起身,待我祭扫与陛见过,再来未迟。"众夫人替萧后收拾穿戴了。窦公主、花夫人亦进来说道:"娘娘,我们谢了秦夫人等去罢。"萧后把六两银子封好,窦公主亦以十两一封,俱赠与秦夫人常住收用,薛冶儿也是四两一封。秦夫人俱不敢领。萧后又以二两一封赠李夫人,李夫人推之再三,方才收了。萧后又与南阳公主些土仪物事,叮咛了几句,大哭一场,齐到客堂里来。秦夫人请萧后同众夫人用了素餐。萧后把礼仪推与秦夫人收了,忙与公主几位谢别出门。南阳公主与四位夫人亦各洒泪,看他们下了船,然后进去。却好小喜直奔出来,狄夫人道:"你为何还在这里?"小喜道:"娘娘一个小妆盒忘在李夫人房中,我取了来。夫人们,多谢。"说了,赶下船中,一帆风直到濮州。驴轿乘马,罗成都已停当,差五十名军丁,护送娘娘到雷塘墓所去,约在清江浦会齐进京,大家分路。正是:

　　江河犹喜逢知己,情客空怀吊故坟。

不说罗成同窦线娘、花又兰,领着两个孩儿,到雷夏墓中去祭奠岳母。单说萧后与王义夫妻一行人,走了几日,到了扬州,就有本地方官府来接。萧后对王义道:"此是何时,要官府迎接,快些回他不必劳顿。"那些人晓得了,也就回去。独有一人神清貌古,三绺髯须,方巾大服,家人持帖而来,拜王义。王义看了帖子骇道:"贾润甫我当初随御到扬州,曾经会他一面,后为魏司马之职,声名大著,如今不屑仕唐,也算有志气的人,去见见何妨。"忙跳下马来迎住。大家寒温叙过礼,贾润甫道:"小弟前年从雷夏迁来,住在这里,与隋陵未有二里之遥,何不将娘娘车辇,暂时停止舍下,待他们收拾停当,然后去未迟。"

王义正要吩咐,只见两个老公公,走到面前大叫道:"王先儿,你来了么?娘娘在何处?"王义把手指道:"后面大车轮里,就是娘娘在内。"二太监紧走一步,跪在车旁叫道:"娘娘,奴婢们在此叩首。"萧后掀开帘来,看了问道："你是我们上宫老奴李云、毛德，为甚么在此？"二监道："今天子着我们两个，守隋先炀帝的陵。"萧后道："想当初他两个在宫中何等威势，如今却流在这里，看守孤坟。"二监道："旗帐鼓乐，礼牲祭礼，都摆列停当，只候娘娘来祭奠。"萧后道："旗鼓礼牲，我都用不着，这是那里来的？"太监道："这是三日前，有罗将军的宪牌下来伺候的。"萧后就对自己内丁道："你去对王老爷说，先帝陵前，只用三牲酒醴楮锭，余皆赏他一个封儿，叫他们回去，我就来祭奠了。"内丁如飞去与王义说知。王义忙同贾润甫走到贾家，封好了赏包儿，便到陵前，把这些人都打发回去，自己悄悄叩了四个头，与贾润甫各处安排停当。

萧后当初正位中宫时，有事出宫，就有銮舆扈从，宝盖旌旗，这些人来供奉。今日二太监没奈何，只在贾润甫处，借了二乘肩舆，在那里伺候。萧后易了素服羽衣，上了轿子，心中无限凄惨，满眼流泪。到了墓门，萧后就叫住了下来，小喜等扶着，同薛冶儿一头哭，一头走。只见碑亭坊表，冲出云霄，树影披横，平空散乱。见主穴下边，尚有数穴，中间玉柱高出，左首一石碑，是"烈妇朱贵儿美人灵位"，右首是"烈妇袁宝儿美人灵位"。两旁数穴，俱有石碑，是谢夫人、梁夫人、姜夫人、花夫人、薛夫人及吴绛仙、杳娘、妥娘、月宾等。这是广陵太守陈棱搜取各人棺木来埋葬的。王义领娘娘逐个宣读看过。萧后见了巍然青冢，忙扑倒地上去，大哭一场，低低叫道："我那先帝呀，你死了尚有许多人扈从，叫妾一人怎样过？"凄凄楚楚，又哭起来。独有薛冶儿捧着朱贵儿石阑，把当初分别的话，一一诉将出来：我如何要随驾，你如何盼咐我许多话，必要我跟沙夫人，再三以赵王托我，今赵王已为正统可汗，不负你所托了。横身放倒，咬住牙关，好像要哭死的一般。

王义见妻子哭得悲伤，萧后甚觉哭得平常，料想没有他事做出来，对小喜并宫奴说道："你们快扶娘娘起来。"众妇女齐上前，挽了萧后起身，化了纸，奠了酒，先行上轿。王义走到陵前，高声叫道："先帝在上，臣矮民王义，今日又在此了。臣当时即要来殉国从陛下九泉，因陛下有赵王之托，故此偷生这几年。今赵王已作一方之主，立为正统可汗，先帝可放心，臣依旧来服侍陛下。"说完站起来，望碑上奋力一扑，自后跌倒。众人喊道："王老爷，怎么了？"薛冶儿听见了，转身来飞赶上前，对众人道："你们闪开。"冶儿看时，只见王义天亭华盖，分为两半，血流满地，只见那双眼睛，睁开不闭。薛冶儿道："丈夫也算是隋家臣子，你快去伺候先帝，我去回复贵姐的话儿了来。"薛冶儿见王义登时双目闭了，即向朱贵儿碑上，尽力一撞，一回儿香消玉碎，血染墓草，已作泉下幽魂矣。

贾润甫同众人忙去报知萧后，萧后坐在小轿上，吃了一惊，想道："好两个痴妮子，他们死了，叫我同何人到清江浦去？"贾润甫道："不知娘娘果要去检视？"萧后想道："去看他，还是同他们死好，还是撇了他们去好？"

把五十两银子,急付于贾润甫,道:"烦大夫买两口棺木,葬了二人。但是我如今要到清江浦同罗老爷进京,如何是好?"贾润甫道:"娘娘不要愁烦,臣到家去一次就来,送娘娘去便了。"萧后道:"如此说,有劳大夫。"润甫到家,把银子付与儿子,叫他买棺木殡殓,自即骑了牲口,同萧后起行。未知此去如何,且听下回分解。

第六十八回
成后志怨女出宫　证前盟阴司定案

词曰:

九十春光如闪电,触目垂慈,便觉阳和转。幽恨绵绵方适愿,普天同庆恩波遍。生死一朝风景变,漫道黄泉,也自通情面。满地荆榛棒绕指揃,惊回恶梦堪欣羡。

调寄《蝶恋花》

凡人好行善事,而人不之知,则为阴德;或一时一念之感发,或真心诚意之流行,无待勉强,不事矫饰,盖有不期然而然者,语云:有阴德者,必有阳报。昔长兴顾氏宦成无子,娶姬妾十余人。一日与内君酌,诸姬皆侍,叹曰:"我平生事皆阴德,何以绝我嗣乎?"一姬曰:"阴德不在远。"某悟曰:"我今行阴德,当嫁汝辈。"姬曰:"我岂自言,理固如是,我死从夫子耳!"某尽嫁十余人,已而生三子,母即言死从者。何况朝廷举动,有关宗庙社稷,其获报又何可量哉!

话说罗成将到长安,叫潘美率督兵丁,护着家眷慢行,自己先入京会见秦叔宝。闻知柴绍已于去年夏间复命,随同叔宝进去,拜见秦老夫人,先把寿仪补送。叔宝道:"表弟远隔几千里,家母寿期至今不忘。"罗成便把征北一段,至同萧后回南,贼内到女贞庵会见秦、狄、夏、李四位夫人,知是舅母八十整寿,在那里遥祝千秋,及萧后到扬州祭奠,撞死了王义夫妻的话来说完。秦老夫人道:"罗家甥儿,既是你二位娘子并令郎多在这里,快叫人把轿马去接了进来。"叔宝道:"母亲,萧后尚在旅中,待他陛见了安顿过,好接两位表嫂来。"秦老夫人道:"既如此,且叫怀玉到城外去接萧娘娘、二位夫人到承福寺中,暂住一二日。"怀玉如飞带了家丁出城,去安顿萧后及罗成家眷。

罗成朝见过太宗，犒劳再三，赐宴旌功。早有旨意出来，差四个内监，宣萧后进宫。窦、花二夫人到叔宝家，又献上寿仪，拜过老夫人的寿，与张夫人交拜。单小姐亦拜见，命二子出来，与罗家二子拜见了，互相问候。袁紫烟及江、罗、贾三位夫人闻知，亦时差人馈送礼物。住了月余，罗成辞朝回去，便道到花弧墓上祭扫不题。

却说太宗自登极以后，四方平定，礼乐迭兴。魏征、房玄龄辈，知无不言，言无不尽，君臣相得。一日奉太上皇，置酒未央宫。时当秋暑，那日恰逢天气清朗，金紫辉映。上皇命颉利可汗起舞，冯智戴咏诗，既而笑道："胡越一家，古未有也！"太宗捧觞上寿，说道："此皆陛下教化，非臣智力所及。昔汉高祖亦从太上皇宴此宫，妄自矜大，臣不取也。"上皇大悦，问秦叔宝："你母亲好么？今多少年纪了？"叔宝跪答道："臣母今年八十有三，托赖上皇陛下洪福，得以粗安。"随命众臣自皇族以下，各依品级而坐，无得喧哗失礼。众臣皆循序列班坐定，命黄门行酒，琴瑟齐鸣，歌声盈耳。

君臣正在欢饮，不意尉迟敬德坐在任城王下首，忽大怒起来，便道："汝有何功，却坐在我上！"任城王却不理他，他便伸出一只大拳头打来，正中道宗左目。众人起身劝时，道宗目睛反转，青肿几眇，便逃席而出。上皇问甚么缘故，众臣以直奏上。上皇心上不悦道："任城王道宗，是朕宗支，不要说有功无功，就是他僭越了，今日是个良会，也该忍耐，为甚就动起手来！"太宗率众臣谢罪，便命罢宴，奉上皇还宫。

到了次日，太宗视朝，对众臣道："昨日朕同上皇君臣相乐，一时良会，敬德有失人臣之礼，朕甚不乐；况任城王实朕之亲族，彼便如是行凶，况其他乎！朕之此言，甚非有私道宗也。"言未毕，左右奏敬德自缚请罪。众臣怀惧，皆为跪请道："敬德武臣，本不习儒雅，今无礼有忤圣旨，乞陛下念其汗马之劳，而生全之。"太宗召敬德入，命左右去其缚，对敬德道："朕欲与卿等共保富贵，然卿居官数犯法，朕不以过而掩卿之功，乃知汉室韩彭一旦菹醢，非高祖之过也。"敬德叩头谢罪。太宗道："国家纪纲，惟赏与罚，非分之恩，不可数得，勉自修饰，无致后悔。"敬德再拜而出，由是强暴顿敛。

贞观九年五月，上皇有疾，崩于太安宫；颁诏天下，谥曰神尧。一日，太宗闲暇，与长孙皇后众嫔妃游览至一宫，即有许多宫女承应，看去虽多齐整，然老弱不一。太宗见了，觉有些厌憎。有几个奉茶上来，皇后问道："你们这些宫奴，都是几时进宫的？"众宫人答道："也有近时进宫的，隋时进宫的居多。"皇后道："隋时进宫有二十余年了。"众宫奴道："十二三岁进宫，今已三十五六岁了。"皇后道："当初隋炀帝嫔妃虽广，为甚要这许多人伺候？"宫人道："当初炀帝有夫人、美人、昭仪、充华、婕妤、才人等名，安顿各宫；安得如万岁与娘娘仁慈俭素，合宫无不共沐天恩。"太宗道："朕想天子一人，就是嫔御，像朕不过三四人足矣，精力有限，何苦用着这许多人伺候，使这班青春女子，终身禁锢宫中。"徐惠妃道："看他们情景，原觉可悯。"太宗对皇后道："御妻，朕欲将此辈放些出去，让他们归宗择配，完他下半世受用。"皇后笑道："恩威悉听上裁，妾何敢仰参；不要说真个放他们出去，就是这点念头，亦是一种大阴德。"太宗笑道："朕岂戏言耶！"只见众宫娥俱跪下谢恩，娘娘与嫔妃等都大笑起来。

　　太宗对内侍说道："你去对掌宫的内监说，把这些宫女，都造册籍进呈来。"内侍对掌宫监臣魏荆玉说了。那一夜，各宫中宫娥彩女，如同鼎沸。天明造完，交与魏荆玉。荆玉伺天子视朝毕，将册籍呈上。太宗看了一回，道："你去叫他们多到翠华殿来。"那魏监领旨去了。太宗回宫指着册籍，对皇后道："那些宫女，不知糜费了民间多少血泪，多少钱粮，今却蔽塞在此，也得数日工夫去查点他。"皇后道："不难，陛下点一半，妾同徐夫人点一半，顷刻就可完了。"

　　太宗便同皇后登了宝辇，徐惠妃坐了平舆，到翠华殿来。见这班宫娥，拥挤在院子里。太宗与皇后，各自一案坐了，徐惠妃坐在皇后旁边。宫女均为两处点名，点了一行，又是一行，都是搽脂抹粉，妍媸参半。太宗拣年纪二十内者，暂置各宫使唤，其年纪大者，尽行放出，约有三千余人。叫魏监快写告示，晓谕民间，叫他父母领去择配，如亲戚远的，你自拣对头，与他配合。三千宫娥，欢天喜地，叩谢了恩，携了细软出宫。魏监将一所旧庭院，安放这些宫女，即出榜晓谕。一月之间，那些百姓晓得了，近的领了去，远的魏监私下受了些财礼嫁去，倒也热闹。不上两月，将及嫁完，只剩夭夭、小莺两个，他是关外人，亲戚父母都不见来；又因夭夭出宫时，害起病来，小莺伏侍他，住在魏太监寓中三四个月，依旧养得身子肥壮。

　　偶然一日，魏太监有个好友，锦衣卫挥使姓韦名元贞来拜，年纪将近四旬，妻子竟不生嗣，着实要替他娶妾，他竟不肯。那日魏监留在书房中小饮，说起放宫女事，魏太监道："韦老先，你尚无子，闻得你嫂子又贤惠，前日何不来娶一个好些的，生个种儿出来，也是韦门之幸。"元贞摇手道："妻子生得出也好，生不出也就罢了。"魏太监道："如今剩得两个，就像一父母所生，生得甚好，待我叫他出来，你赏鉴一赏鉴。"就对小太监说了。不一时，那两个走将出来，朝着韦官儿行礼下去。元贞如飞站起来回礼，见他两个身材袅娜，肌肤嫩白，忙说道："请进。"魏监道："韦老先如何？"元贞道："使不得，这是上用过的，我们做官儿的娶去为妾，就是失体统了。"魏太监笑道："真是老婆子的话儿！前日那李官儿，也娶了蔡修容，张官儿也讨了赵玉娇去，偏你娶不得！"便也不题。吃完了酒，韦元贞别去了。

过了一日，魏太监打听韦挥使不在家中，便唤一个车儿，叫小莺、夭夭坐了，对一个小太监说道："你到韦家进去，看见他夫人，说我晓得韦老爷无子，故此公公特送这两个美人来。"小莺、夭夭到了韦家，见了韦夫人。韦夫人欢喜不胜，等元贞进门时，将他两个藏在书房碧纱窗里。元贞看见了，知是夫人美意，就在书房内睡了一回，忙同进去谢了夫人。自是妻妾相得，后来各生下子女。小莺生一女，为中宗皇后，封元贞为上洛王，这是后话休题。

时房玄龄因谏诤之事，见上颇疏，便告老回去。贞观十年六月间，长孙皇后疾病起来，渐觉沉重，遂嘱太宗道："妾疾甚危，料不能起。陛下宜保圣躬，以安天下。房玄龄事陛下久，小心谨密，且无大故，不可弃之。妾之家族，因缘以致禄位，既非德举，易致颠危，愿陛下保全之，慎勿与之权要。妾生无益于人，若死后勿高丘垅，劳费天下，因山为坟，器用瓦木可也。更愿陛下亲君子，远小人，纳忠谏，屏谗佞，省作役，止游畋，妾虽死亦无恨。"又对太子道："尔宜竭尽心力，以报陛下付托之重。"太子拜道："敢不遵母后之命。"后嘱咐罢，是夜崩于仁静宫。

次日，宫司将皇后采择自古得失之事，为《女则》三十卷进呈。太宗览之悲恸，以示近臣道："皇后此书，足以垂范百世。朕非不知天命，而为无益之悲；但入宫不闻规谏之言，失一良佐，故不能忘怀耳。"乃遣黄门召房玄龄复其位。冬十一月，葬文德皇后于昭陵，近窦太后献陵里许。上念后不已，乃于苑中作层楼观，以望昭陵。尝与魏征同登，使征视之。征熟视良久道："臣昏眊不能见。"上指视之，魏征道："臣以为陛下望献陵，若昭陵，则臣固见之矣！"上泣，为之毁观，然心中终觉悲伤。

一日，太宗忽然病起来，众臣日夕问候，太医勤勤看视。过四五日不能痊可，恍惚似有魔祟。惟秦琼、尉迟恭来问安时，颇觉神清气爽，因命图二人之像于宫门以镇之。及病势沉重，乃召魏征、李勣等入宫受顾命，李勣道："陛下春秋正富，岂可出此不吉之言。"魏征道："陛下勿忧，臣能保龙体转危为安。"太宗道："吾病已笃，卿如何保得？"说罢转面向壁，微微的睡去了。魏征不敢惊动，与李勣等退至宫门前。李勣问道："公有何术，可保圣躬转危为安？"魏征道："如今地府，掌生死文簿的判官，乃先帝驾下旧臣，姓崔名珏，他生前与我有交，今梦寐中时常相叙。我若以一书致之，托他周旋，必能起死回生。"李勣闻言，口虽唯唯，心却未信。少顷，宫人传报皇爷气息渐微，危在顷刻矣。魏征即于宫门厢阁中，写下一封书，亲持到太宗榻前焚化了，吩咐宫人道："圣体尚温，切勿移动，静候至明日此时，定有好意。"遂与众官住宫门前伺候。

且说太宗睡到日暮时，觉渺渺茫茫，一灵儿竟出五凤楼前，只见一只大鹩飞来，口中衔着一件东西。太宗平昔深喜佳鹩，见了欢喜，定睛一看，心上转惊道："奇怪！此鹩乃是魏征奏事时，我匿死怀中之物，为甚又活起来？"忙去捉他，那鹩儿忽然不见，口中所衔之物，坠于地上。太宗拾起看时，却是一封书柬，封面上写着："人曹官魏征，书奉判兄崔公。"下注云："崔珏系先朝旧臣，伏乞陛下面致此书，以祈回生。"太宗看了欢喜，把书袖了，向前行去。好一个大宽转的所在，又无山水，又无树木。正在惊惶，见有一个人走将来，高声叫道："大唐皇帝往这里来。"太宗闻言，抬头一看，那人纱帽蓝袍，手执象笏，脚穿一双粉底皂靴，走近太宗身边，跪拜路旁，口称："陛下，赦臣失误远迎之罪。"太宗问道："卿是何人？是何官职？"那人道："微臣是崔珏，存日曾在先皇驾前为礼部侍郎，今在阴司为丰都判官。"太宗大喜，忙将御手挽起来道："先生远劳。朕驾前魏征有书一封，欲寄先生，却好相遇。"崔判官问："书在何处？"太宗袖中取出，递与崔珏。崔珏接来，拆开看了，说道："陛下放心，魏人曹书中，不过要臣放陛下回阳之意。且待少顷见了十王，臣送陛下还阳，重登玉阙便了。"太宗称谢。又见那边走两个软翅的小官儿来，说道："阎王有旨，请陛下暂在客馆中宽坐一回，候勘定了隋炀帝一案，然后来会。"太宗道："隋炀帝还没有结卷么？"二吏道："正是。"太宗对崔珏道："朕正要看隋炀帝这些人，烦崔先生引去一观。"崔珏道："这使得。"

大家举步前行，忽见一座大城，城门上边写着"幽明地府鬼门关"七个大字。崔珏道："微臣在前引着，陛下去恐有污秽相触。"领太宗入城，顺街而行，看那些人蓬头跣足，好似乞丐一般。走了里许，只见道旁边走出先帝李渊，后边随着故弟元霸。太宗见了，正要上前叩拜父皇，转眼就不见了。又走了几步，忽见建成引着元吉、黄太岁而来，大声喝道："世民来了，快还我们命来！"崔判官忙把象笏擎起说道："这是十殿阎君请来的，不得无礼！"三人听了，倏然不见。太宗问道："翟让、李密、王伯当、单雄信、罗士信想还在此？"崔珏道："他们早已托生太原荆州数年矣！"还要问太穆皇后、文德皇后在何处。只见一座碧瓦楼台，甚是壮丽。外面望去，见里面环佩叮咚，仙香奇异。正在凝眸之际，见三个长大汉子，后面有七八个青面獠牙鬼使押着。崔珏道："陛下可认得那三个么？"太宗道："有些面善，只是叫他不出。"崔珏道："那第一个披猪皮的是宇文化及；第二个穿牛皮的是宇文智及；第三个穿狗皮的是王世充。他们俱定了案，万劫为猪牛狗，受后来的千刀万剐，以偿生前弑逆之罪。"正是：

　　善恶到头终有报，只争来早与来迟。

太宗正在那里观看，听见两边人说道："又是那一案人出来了？"崔珏看是何人，见一对青衣童子执着幢幡宝盖，笑嘻嘻的引着一个后生皇帝，后面随着十余个纱帽红袍的，两个官吏随着。崔珏叫道："张寅翁，这一宗是甚么人？"那官吏说道："是隋炀帝的宫女朱贵儿，他生前忠烈，骂贼而死，曾与杨广马上定盟，愿生生世世为夫妇。后面这些是从亡的袁宝儿、花伴鸿、谢天然、姜月仙、梁莹娘、薛南哥、吴绛仙、妥娘、杳娘、月宾等。朱贵儿做了皇帝，那些人就是他的臣子；如今送到玉霄宫去修真一纪，然后降生王家。"太宗听了笑道："朕闻朱贵儿等尽难之时，表表精灵，至今述之，犹为爽快；但生为天子，不知是在那个手里？"又见两个鬼卒，引着一个垂头丧气的炀帝出来，后面跟着三四个黑脸凶神。崔珏又问跟出来的鬼吏押他到那里去。那鬼吏答道："带他到转轮殿去，有弑父弑兄一案未结，要在畜生道中受报。待四十年中，洗心改过，然后降生阳世，改形不改姓，仍到杨家为女，与朱贵儿完马上之盟。"崔珏问道："为何项上白绫还未除去？"鬼吏道："他日后托生帝后，受用二十余年，仍要如此结局。"崔珏点头。太宗道："炀帝一生残虐害民，淫乱宫闱，今反得为帝后，难道淫乱残忍，倒是该的？"崔珏道："残忍，民之劫数；至若奸烝，此地自然降罚。今为妃后，不过完贵儿盟言。"

　　太宗正要细问，见一吏走来对太宗道："十王爷有请。"太宗忙走上前，早有两对提灯，照着十位阎王降阶而至，控背躬身迎接；太宗谦让，不敢前行。十王道："陛下是阳间人王，我等是阴间鬼王，分所当然，何须过让？"太宗道："朕得罪麾下，岂敢论阴阳人鬼之道。"逊之不已。

　　太宗前行，竟入森罗殿上，与十王礼毕坐定。秦广王拱手说道："先年有个泾河老龙，告殿下许救而终杀之，何也？"太宗道："朕当时曾梦老龙求救，实是允他生全。不期他犯罪当刑，该人曹官魏征处斩。朕宣魏征在殿下棋，岂知魏征倚案一梦而斩。这是龙王罪犯当死，又是人曹官出没神机，岂是朕之过咎？"十王闻言伏礼道："自那老龙未生之前，南斗生死簿上已注定，该杀于魏人曹之手，我等皆知；但是他折辩定要陛下来此，三曹对质，我等将他送入轮藏转生去了。但令兄建成、令弟元吉，旦夕在这里哭诉陛下害他性命，要求质对，请问陛下这有何说？"太宗道："这是他弟兄合谋，要害朕躬，假言夺粜，使黄太岁来刺朕；若非尉迟敬德相救，则朕一命休矣。又使张、尹二妃设计挑唆父皇；若非父皇仁慈，则朕一命又休矣。置鸩酒于普救禅院，满斟欢饮；若非飞燕遗秽相救，则朕一命又休矣。屡次害朕不死，那时又欲提兵杀朕，朕不得已而救死，势不两立，彼自阵亡，于朕何与？昔项羽置太公于俎上以示汉高，汉高曰：'愿分吾一杯羹。'为天下者不顾家，父且不顾，何有于兄弟？愿王察之。"十王道："吾亦对令兄令弟反复晓谕，无奈他执诉愈坚，吾暂将他安置闲散，侯他时定夺。今劳陛下降临，望乞恕我等催促之罪。"言毕，命掌生死簿判官："快取簿来，看唐王阳寿天禄该有多少。"

　　崔判官急转司房，将天下万国之王天禄总簿一看，只见南赡部洲大唐太宗皇帝注定贞观一十三年。崔判官看了，吃了一惊，急取笔蘸墨，将"一"字上添上两画，忙出来将文簿呈上。十王从头一看，见太宗名下注定三十三年，十王又问："陛下登基多少年了？"太宗道："朕即位已经一十三年。"十王道："陛下还有二十年阳寿。此一来已是对案明白，请还阳世。"太宗听见，恭身称谢。十王差崔判官、朱太尉送太宗还魂。

太宗谢别出殿。朱太尉执着一枝引魂幡在前引路，只见一座阴山，觉得凶恶异常。太宗道："这是何处？"崔判官道："这是枉死城，前日那六十四处烟尘草寇，众好汉头目，枉死的鬼魂，都在里头，无收无管，又无钱钞用度，不得超生。陛下该赏他些盘缠，才好过去。"太宗道："朕空身在此，那里有钱钞？"崔判官道："陛下的朝臣尉迟恭有制钱三库，寄存在阴司，陛下若肯出名立一契，小判作保，借他一库，给散与这些饿鬼，到阳间还他。那些冤鬼，便得超生，陛下可安然竟过。"太宗大喜，情愿出名借用。崔判官呈上纸笔，太宗遂立了文书，崔判官袖着。

将到山边，听得神嚎鬼哭，乱哄哄拥出许多鬼来，尽是拖腰折臂，也有无头的，也有无脚的，都喊道："李世民来了，还我命来！"太宗吓得胆战心惊，拖住崔判官。崔判官道："你们不得无礼，我替大唐皇爷借一库银子的票儿在此，你们去叫那魔头来领票去支付分给便了。唐皇爷阳寿未终，到阳间去还要做水陆道场，超度你们哩！"众鬼听了，如飞去叫那魔头来。崔判官吩咐了，把票儿付与魔头，众鬼欢喜而去。三人又走了里许，见一条青石大桥，滑润无比，太宗向桥上走去，刚要下桥，听得天庭一个霹雳，吃了一惊，跌将下来，忙叫道："跌死我也！跌死我也！"开眼看时，见太子嫔妃，都在旁伺候。

太子忙传魏征等，魏征走近御床，牵衣说道："好了，陛下回阳了。"太宗醒了片时，太医进定心汤吃了，站起身来。魏征问道："陛下到阴司可曾会见崔珏？"太宗点头道："亏他护持。"便将幽梦所见，细细述与众人听了；众人拜贺而出。太宗即传旨，宣隐灵山法师唐三藏、窦巨德至京。天使到时，窦巨德已圆寂四五天了。使者随唐三藏到京，建水陆道场，超度幽魂。又命以金银一库还尉迟恭，恭辞不受，太宗再三勉谕，敬德拜受而出。库吏将银盘交敬德，照册缺了五百贯。库吏惊惶，只见梁上堕下一帖，取视之，乃大业十二年，敬德打铁时，支付书生票也，闻者奇异。太宗在宫中，调养了三四天，御体比前愈觉强健。

不期被火焚了大盈库，魏征道："天灾流行，皆由宫中阴气抑郁所致，乞将先帝所御老嫔妃尽行放出。"太宗见说，深以为是，即将老宫女尽数放出复有三千余人，连张、尹二妃，亦出宫归家，宫禁为之一空。遂差唐俭往民间点选良家女子，年十四五岁者，只许百名，预使太常少卿祖孝孙教习音乐。将近四五月，唐俭选秀女回来，太宗散给后宫，只选武媚娘为才人，安顿福绥宫，宠幸无比。要知后事如何，且听下回分解。

第六十九回

马宾王香醪濯足　隋萧后夜宴观灯

诗曰：

　　春到王家亦太秾，锦香绣月万千重。笑他金谷能多大，羞杀巫山只几峰。

　　屏鉴照来真富贵，羊车引去实从容。只愁云雨终难久，若个佳人留得侬。

宋时维扬秦君昭，妙年游京师，有一好友姓邓，载酒祖饯；畀一殊色小鬟，至前令拜，邓指之道："某郡主事某所买妾也，幸君便航附达。"秦弗诺，邓恳之再三，勉从之。舟至临清，天渐热，夜多蚊，秦纳之帐中同寐，直抵都下。主事知之取去，三日方谒谢道："足下长者也，弟昨已作简，附谢邓公矣！"此真不近女色之奇男子。还有商时九侯，有女色美而庄重，献于纣，奈此女不好淫，触纣怒，杀女而醢九侯；鄂侯谏，并烹之，此真不喜近男子之美妇人。是知男女好恶，原有解说不出的。

太宗是个天挺豪杰，并不留情于色欲，不想长孙皇后仙逝，又选了武氏进宫，色宠倾城，欢爱无比。却说那武氏，他父亲名士彟，字行之，住居荆州；高祖时，曾任都督之职，因天性恬淡，为宦途所鄙，遂弃官回来。妻子杨氏，甚是贤能，年过四十无子，杨氏替他娶一邻家之女张氏为妾。月余之后，张氏睡着了，觉得身上甚重，拿手一推，却把自己推醒，自此成了娠孕。过了十月，时将分娩，行之梦见李密，特来拜访云："欲借住十余年，幸好生抚视，后当相报。"醒来却是一梦。张氏遂尔脱身，行之意是一儿，及看时却是女儿。张氏因产中犯了怯症，随即身亡。武行之夫妇，把这女儿万分爱护。到了七岁，就请先生教他读书。先生见他面貌端丽，叫做媚娘。及至十二三岁，越觉妖艳异常，便与同学读书的相通，茶余饭罢，行步不离。又过年余，是他运到，唐俭点选进宫，敕赐才人，性格聪敏，凡诸音乐，一习便能，敢作敢为，并不知宫中忌惮。太宗行幸之时，好像与家中知己一般，才动手就叫他、搂他、亲他、媚他，太宗从没有经过这般光景，愈久愈觉魂消，因此时刻也少他不得。

如今且说太子承乾，是长孙皇后所生，少有躄疾，喜声色畋猎驰骋，有妨农事。魏王名泰，太子之弟，乃韦妃所生，多才能，有宠于帝；见皇后已崩，潜有夺位之意。折节下士，以求声誉，密结朋党为腹心。太子知觉，阴遣刺客纥干承基，谋杀魏王，正值吏部尚书侯君集，怨望朝廷，见太子暗劣，欲乘衅图之，因劝太子谋反，太子欣然从之，遂将金宝厚赂中郎将李安俨等，使为内应。不意太宗闻知，便把太子承乾废为庶人，侯君集等典刑。

时魏王泰日入侍奉，太宗面许立为太子。褚遂良、长孙无忌固请立晋王治。太宗谓侍臣道："昨青雀投我怀云：臣今日始得为陛下子，臣有一子，臣死之日，当为陛下杀之，传于晋王。朕甚怜之。"褚遂良道："陛下失言。此国家大事，存亡所系，愿熟思之；且陛下万岁后，魏王据天下之重，肯杀其爱子，以授晋王哉！今必立魏王，愿先措置晋王，始得安全耳。"太宗流涕，因起入宫，想起太子二王，不觉懊恨填胸，击床大叹。

徐惠妃、武才人问道："陛下有何闷事，发此长叹？"太宗把太子与魏王、晋王之事说了，又道："朕临敌万阵，屡犯颠危，未尝稍挂胸臆，不意家室之间，反多狂悖，何以生为？"徐惠妃道："陛下平定四海，征伐一统，得有今日，何苦以家政细务，常生忧戚。"太宗道："妃子岂不知向日建成、元吉，淫乱于前，二王欲步武于后，所为如此，我心诚无聊赖。"因自投于床，拔佩刀欲自刺。武氏忙上前夺住道："陛下何轻易如此，不肖者已废之，图谋者亦未妥，何不收此鹬蚌，尽付渔人之利。晋王亦皇后所生，立之未为不可。"徐惠妃道："晋王仁孝，立之为嗣，可保无虞。"太宗闻言甚悦，即御太极殿，召群臣说道："承乾悖逆，泰亦凶险，诸子谁可立者？"众皆叹呼道："晋王仁孝，当为嗣。"太宗遂立晋王治为皇太子，时年十六。太宗谓侍臣道："我若立泰，则是太子之位，可经营而得。自今太子失道，藩王窥伺者，皆两弃之，传诸子孙永为世法。"晋王既立，极尽孝敬，上下相安。

时维九月，正值秦叔宝母亲九十寿诞，太宗亲自临幸，见琼宅无堂，命辍小殿之材以构之，五日而成，手书"仁寿堂"以赐之，又赐锦屏褥几杖等；徐惠妃赏赉亦甚厚。琼上表申谢，太宗手诏道："卿处至此，盖为太上皇报德，何事过谢？"

话分两头。却说有清河茌平人，姓马名周，号宾王，少孤贫好学，精于诗赋，落拓不为州里所敬。曾补傅州助教，日饮醇醪，不以讲授为务，刺史屡加咎责。周乃拂衣，游于长安，宿新丰市中。主人惟供诸商贩，有失款待。宾王自己无聊，把青田石制汉将李陵一牌，战国时孙膑一牌，供在桌上，沽酒饮醉了，便击桌大哭道："李陵呵，汝有何负，而使汝辱及妻孥；汉王何心，而使汝终于沙漠！"哭了一番，吃一回酒，又向孙膑的牌位哭道："孙膑呵，汝何修未得，以致结怨于好友；汝何罪见招，以致颠踬于终身！"哭了又吃酒。总是处逆境之人，若狂若痴，好像掷下了东西，坐卧不安的光景，其激烈处，恨不化为博浪椎，为秦庭筑，为田将军泪；感愤处，恨不化为斩马剑，为散盗车，为荆轲匕首。因是不与世俗伍。

一日遇见中郎将常何，虽是武官无学，颇有知人之职，知马宾王必成大器，延至家中，待为上宾，一应翰墨之事，尽出其手。是时星变异常，下诏文武官，极言得失。常何遂烦马周，代陈便宜二十余事进上。

马周旅邸无聊，袖了些杖头，散步出门。那日恰是三月三日上巳佳节，倾城士女，皆至曲江祓禊，杂剧吹弹，旗亭都张灯结彩。马周也到那里去闲顽。上了店中，踞了一个桌儿，在那里独酌畅饮。那些公侯驸马，帝子王孙，都易服而来嬉耍。只见一个宦者，跟了几个相知，许多仆从，也在座头吃酒。见马周饮得爽快，便对马周道："你这个狂生，独酌村醪，这般有兴；我有一瓶葡萄御酒在此，赠与你吃了罢。"家人们把一瓶酒，送与马周。马周把酒，揭开一看，却有七八斤，香喷无比，把口对了瓶，饮了一回；饮下的，瞥见桌边有一拌面的瓦盆儿在，便把酒倾在里头，口中说道："高阳知己，不意今日见之。"一头说，一头将双袜脱下，把两足在盆内洗濯。众人都惊喊道："这是贵重之物，岂可如此轻亵？"马周道："我何敢轻亵？岂不闻身体发肤，受之父母，不敢毁伤。曾子云：启予足手，我何敢媚于上而忽于下？"洗了，抹干了足，把盆拿起来，吃个罄尽。

刚饮完时，只见七八个人，抢进店来，说道："好了，马相公在此了！"马周道："有何事来寻我？"常何家里二人说道："圣上宣相公进朝。"原来太宗在宫，翻阅臣僚本章，见常何所上二十条，申说详明，有关政治；因思常何是个武臣，那有此学问？就出宫来召问常何。常何只得奏云："是臣客马周所代作。"太宗大喜，即着内监出来宣召。当时马周见说，忙到常何寓中，换了衣衫靴帽，来到文华殿。太宗把二十条事，细细详问，马周抗词质辩，一一剖悉，真个是学富五车，才高八斗。太宗大喜，即拜他为刺史之职，赐常何彩绢二十匹出朝。

太宗即散朝进宫，行至凤辉宫前，只见那里笑声不绝，便跟了两个宫奴，转将进去，见垂柳拖丝，拂境清幽。姹紫嫣红，迎风弄鸟，别有一种赏心之境。听见笑声将近，却是一队宫女奔出来，有的说打得好，竟像一只紫燕斜飞；有的说这般年纪，一些也不吃力，还似个孤鹤朝天，盘旋来往。太宗叫住一个宫奴，问道："你们那里来？为甚么笑声不绝？"那宫奴奏道："在倚春轩院子里，看萧娘娘打秋千耍子。"太宗道："如今还在那里打么，可打得好？"宫奴道："打得甚好，如今还在那里顽。"太宗见说，即便行到凤辉宫来下辇偷觑，见院子里站着许多妇女，在那里望着大笑。看见秋千架上，站着一个女人，浅色小龙团袄，一条松色长裙扣了两边，中间扎着大红缎裤，翻天的飞打下来，做一个蝴蝶穿花；又打起来，做一个丹凤朝阳；改了个饥鹰掠食势，扑将下来；真个风流袅娜，体态轻狂。

太宗正侧着身子，掩在石屏间细看。只见一个宫奴瞥眼看见，忙说道："万岁爷来了！"那些宫奴一哄而散。太宗此时，不好退出，只得走将进去。萧后如飞下了架板，小喜忙把萧后头上一幅尘帕，取了下来，又除下裙扣。萧后直到太宗膝前，跪下说道："臣妾不知圣驾降临，有失迎接，罪该万死。"太宗把手扶起道："萧娘娘有兴，寻此半仙之乐。"萧后道："偶尔排遣，稍解岑寂，有污龙目，实在惶悚。"太宗携着萧后进宫，觉得异香馥郁，因坐下，萧后泣对太宗道："妾以衰朽之姿，得蒙恩宠，实出意外；但生前常望眷顾，死后得葬于吴公台下，妾愿毕矣。"太宗许诺，因说："今日清明佳节，宫中张灯设宴，娘娘可同顽赏。"萧后道："今日清明，民间都打扫坟墓，妾先帝墓，无人祭扫，言之痛心。"太宗道："朕当为置守冢三百户，并拨田五顷，以供春秋祭祀。"后随谢恩。太宗道："少顷朕来宣你。"又道："为何适闻香气，今却寂然！"萧后笑而不言。原来此香，乃外国制的结愿香，在突厥可汗那里带来的。

当下太宗回宫传旨，宣萧娘娘看灯。萧后即唤小喜跟随，来到太宗宫中，朝见毕，与徐惠妃、武才人等相见了。太宗坐首席，请萧后坐左边第一席。武才人因说道："娘娘何不就与陛下同席？"萧后道："妾蒲柳衰质，强陪至尊，甚非所宜，就是这席还不该坐。"太宗笑道："总是一家，不必推逊。"于是坐定，行酒奏乐。至晚，合宫都张起花灯，光彩夺目。萧后道："清明不过小节，怎么宫掖间这般盛设名灯？"太宗道："朕自四方平定之后，凡遇令节与除夜上元，一样摆设庆赏。"萧后道："金翠光明，燃同白昼，佳丽得紧。只是把那些灯焰之气，消去了更妙。"

太宗问萧后道："朕之施设，与隋主何如？"萧后笑而不答。太宗固问，萧后道："彼乃亡国之君，陛下乃开基之主，奢俭固自不同。"太宗道："奢俭到底，各具其一。"萧后道："隋主享国十余年，妾常侍从，每逢除夜，殿前与诸院，设火山数十座。每山焚沉香数车，火光若暗，则以甲煎沃之，焰起数丈，其香远闻数十里。一夜之中，则用沉香二百余车，甲煎二百余石。殿内宫中，不燃膏火，悬大珠一百二十颗以照之，光比白日。又有外国岁献明月宝夜光珠，大者六七寸，小者犹径三寸，一珠之价，值数十万金。今陛下所设,无此珠宝,殿中灯烛,皆是膏油,但觉烟气薰人,实未见其清雅。然亡国之事,亦愿陛下远之。"太宗口虽不言,遥思良久,心服隋主之华丽,道:"夜光珠明月宝,改日当为娘娘致之。"于是觥筹交错,传杯弄盏,足有两更天气。武才人看那萧后无限抑扬婉转丰韵关情处,竟不似五十多岁的光景,暗想:"他那种事儿,不知还有许多勾引人的伎俩。"萧后亦只把武夫人细看,越看越觉艳丽,但无一种窈窕幽闲之意。徐惠妃与众妃,见他三人顽成一块,俱推更衣,各悄悄的散去。萧后亦要辞出,太宗挽着萧、武二人说道:"且到寝室之中,再看一回灯去。"未知后事如何,且听下回分解。

第七十回
隋萧后遗榇归坟　武媚娘披缁入寺

诗曰:

　　治世须凭礼法场,声名一裂便乖张。已拚流毒天潢内,岂惜邀欢帝子旁?

　　国是可胜三叹息,人言不恤更筹量。千秋莫道无金鉴,野史稗官话正长。

人之遇合分离,自有定数,随你极是智巧,揣摩世事,臆测屡中的,却度量不出。

萧后在隋亡之时,只道随波逐浪,可以快活几时,何知许多狼狈?今年将老矣,转至唐帝宫中,虽然原以礼貌相待,却是身不由己。今日太宗突然临幸,在妇女家最难得之喜。他则不然,曾经沧海难为水,除却巫山岂是云。晓得太宗宠一个如花似玉的武媚娘,自知又不能减了一二十年年纪返老还童起来,与他争上去,故此太宗虽然一幸,觉得付之平淡。不想被太宗看灯接去,通宵达旦。媚娘见他风流可爱,便生起妒忌心来,却极力的撺掇太宗冷淡了。他又把两个蠢宫奴,换了小喜,去与太宗幸了。因此萧后日常饮恨,眉头不展,凭你佳肴美味,拿到面前,亦不喜吃;即使清歌妙舞,却也懒观,时常差宫奴去请小喜到来,指望说说隐情。那武才人却又奸滑,叫两个心腹跟了,他衷肠难吐,彼此慰问了一番,即便别去。萧后只得自嗟自叹,拥衾而泣,染成怯症,不多几时,卒于唐宫。太宗闻知,深为惋惜,厚加殡殓。诏复其位号,谥曰"愍",使行人司以皇后卤簿,扶柩到吴公台下,与隋炀帝合葬。小喜要送至墓所，武才人不许，只得回宫。

　　武才人因萧后已死，欢喜不胜，弄得太宗神魂飞荡，常饵金石。会高士廉卒，太宗将往哭之。长孙无忌、褚遂良谏道："陛下饵金石，于方不得临丧，奈何不为宗庙社稷自重？"太宗不听。无忌中道伏卧，流涕固谏，太宗乃还，入东苑南望而哭，涕下如雨。遂命图画功臣二十四人于凌烟阁，列其姓名爵里，已故者书谥。适徐世勣得一疾，太医说惟须灰可疗。太宗亲自剪须，为之和药，世勣顿首泣谢。太宗又因世勣妻袁紫烟新逝，姬妾甚少，恐他无人侍奉，意欲选一二宫奴，赐他作伴。世勣再三辞谢，太宗道："朕为社稷，非为卿也，何须逊谢？"即日着内监，选两个有年纪的宫奴，赐与徐世勣不题。

　　时太白屡昼见，太史令占道女主昌，民间又传秘记云："唐三世之后，女主武王代有天下。"太宗闻言，深恶之。一日，会诸武臣宴于宫中，行酒令使言小名。左武卫将军李君羨，自言小名五娘，其官称封邑皆有武字，出为华州刺史。御史复奏，君羨谋不轨，遂坐诛。因密问太史令李淳风："秘记所云，信有之乎？"淳风对道："臣仰稽天象，俯察历数，其人已在陛下宫中，自今不过三十年，当有天下，杀唐子孙殆尽，其兆既成。"太宗道："疑似者尽杀之，何如？"淳风对道："天之所命，人不能违，王者不死，徒多杀无辜；况自今以往三十年，其人已老，或者颇有慈心，为祸或浅。今若得而杀之，天或更生壮者，肆其怨毒，恐陛下子孙无遗类矣！"太宗听言乃止，心中虽晓得才人姓武有碍，但见媚娘性格柔顺，随你胸中不耐烦，见了他就回嗔作喜，顷刻不忍分手，因此虽放在心上，亦且再处。武才人也晓得大臣的议论，谅天子意思，必不加刑，但欲逊避，恨无其策。

　　日复一日，太宗因色欲太深，害起病来。那太子晋王朝夕入侍，瞥见武才人颜色，不胜骇异道："怪不得我父皇生这场病，原来有这个尤物在身边，夜间怎能个安静。"意欲私之，未得其便，彼此以目送情而已。一日晋王在宫中，武才人取金盆盛水，捧进晋王盥手。晋王看他脸儿妖艳，便将水洒其面，戏吟道：

　　　　乍忆巫山梦里魂，阳台路隔恨无门。

武才人亦即接口吟道：

　　　　未曾锦帐风云会，先沐金盆雨露恩。

晋王听了大喜，便携了武才人的手，同往宫后小轩僻处。武才人道："陛下闻知，取罪不小。"晋王笑道："我今与你也是天缘，何人得知。"武才人扯住晋王御衣泣道："妾虽微贱，久侍至尊，今日欲全殿下之情，遂犯私通之律；倘异日嗣登九五，置妾于何地？"晋王见说，便矢誓道："倘宫车异日晏驾，册汝为后，有违誓言，天厌绝之。"武才人叩谢道："虽如此说，只是廷臣物议不好。倘皇爷要加罪于妾身，何计可施？"晋王想了一想道："有了，倘父皇着紧问你，你须如此如此说，自可免祸，又可静以待我了。"武才人点首。晋王乃解九龙羊脂玉钩赠武才人，才人收了，随即别出。

　　时京中开试，放榜未定日期。太宗病间，召李淳风问道："今岁开科取士，不知状元系何地何人，料卿必知。"淳风道："臣昨夜梦入天廷，见天榜已放，臣看完，只见迎榜首出来，他彩旗上面有诗一首。"太宗道："诗句怎么样说？"淳风道："臣犹记得。"遂朗吟：

　　　　美色人间至乐春，我淫人妇妇淫人。色心若起思亡妇，遍体蛆
　　　钻灭色心。

太宗听了说道："诗后二句，甚不解其意，不知何处人，甚么姓名？"淳风道："圣天子洪福不浅，今科三鼎甲，乃是忠直之士，大有裨于社稷；姓名虽知，不便说出，恐泄漏于臣，上帝震怒不浅。乞陛下赐臣于密室，写其姓名籍贯，封固盒中，俟揭榜后开看便知。"太宗叫太监取一个小盒，淳风写了封在盒内，太宗又加上一封，藏于柜中。淳风辞了出来。

　　不一日开榜时，太宗取柜中李淳风写的一对，却是：状元狄仁杰，山西太原人；榜眼骆宾王，浙江义乌人；探花李日知，京兆万年人。不胜骇异，始信淳风所言非诳，谶数之言必准。因思："今已如此大病，何苦留此余孽，为祸后人？"便对才人武氏说道："外廷物议，道你姓应图谶，你将何以自处？"武才人跪下泣奏道："妾事皇上有年，未尝敢有违误。今皇上无故，一旦置妾于死，使妾含恨九泉，何以瞑目？况妾当时同百人选进宫，蒙皇上以众人为宫娥，妾独赐为才人，受恩无比。今日若赐妾死，反为他人笑话。望陛下以好生为心，使妾披剃入空门，长斋拜佛，以祝圣躬，以修来世，垂恩不朽。"说罢大恸。太宗心上原不要杀他，今见他肯削发为尼，不胜大喜道："你心肯为尼，亦是万幸的事。宫中所有，快即收拾回家，见父母一面，随即来京，赐于感业寺削发为尼。"武才人同小喜谢恩，收拾出宫。正是：

　　　　玉龙且脱金钩网，试把相思付与谁？

　　时武士彟闻知媚娘要出宫为尼，忙差人去接到家中相聚。家人领命，不多几日，接到家中。杨氏母亲，见媚娘当年怎么样进宫，今日这般样出来，不觉大哭一场。小喜亦思量起父母死了，如今要见他，怎能够了，亦哭了一场。大家拜见过，武媚娘道："闻得父亲过继个三思侄儿，怎么不见？"杨氏道：

"他怎比当初？近来准日有许多朋友，不是会文，定是讲学，日日在外面，吃得大醉回来。"媚娘道："我忘记今年几岁了？"杨氏道："当年你父亲过继他来时，已是三岁，如今已一十五岁了，看去像个人，不知他胸中如何？"

正说时，只见武三思半醉的进来。杨氏道："三思，你家姑娘回来了，快来拜见。"媚娘与小喜忙起身，与三思见了礼。三思道："姑娘在宫中受用得紧，为甚么朝廷听信那廷臣之议，把姑娘退出宫来，却要去削发为尼？这皇帝也算无情了，亏他舍得放你出来。"媚娘止不住落下泪来。三思道："姑娘你不要愁烦，我看那些尼姑倒快活，并无忧愁。"媚娘心上初出宫的时节，倒觉难过，今见了三思相貌娇好，也就罢了。吃了夜饭，三思见父母与小喜走开，即走近媚娘身边，带醉的说道："姑娘，我看你好股青丝细发的，日后怎舍得剃将下来？"媚娘因是自家骨肉，又见他年纪幼小，搂在怀里。三思道："姑娘睡在那里？"媚娘道："就在母亲房内。"三思道："我有许多话要问姑娘，今夜我陪姑娘睡了罢。"媚娘道："有话待我母亲睡着了，你可以进房来说。"三思道："如此却切记，不要闩了门。"媚娘点点头儿。那夜，武三思候父母睡着，悄悄挨进媚娘房中，成了鹡鸰之乱。

过了几日，武士彟恐怕弄出事来，只得打发媚娘、小喜出门。武三思送了一二里，媚娘悄对他说道："侄儿，你若忆念我，到了考试之期，竟到感业寺中来会我。"三思唯唯，洒泪而别。在路上行了几日，到了感业寺中。那庵主法号长明，出来接了武媚娘与小喜进去，见媚娘千娇百媚，花枝般一个佳人，又见小喜年纪，二十四五，丰神绰约，也不是安静主顾，想道："如此风流样子，怎出得家？"领到佛堂中，四五个徒弟在那里动响器，长明老尼叫武媚娘参拜了佛，便与他祝了发。小喜也改了打扮。佛前忏悔过，停了音乐，各人下来见礼。小喜看到第四个，宛如女贞庵里二师父，心里是这般想，因初相见，不好说破，大家定睛看了一回。长明道："这四个俱是小徒。"指着怀清道："这位是去岁冬底来的。"就领武夫人进去说道："这两间是夫人喜姐住的房，间壁就是这位四师父的卧室。"媚娘听了，暂时收拾，安心住着。

到了黄昏时候，只见小喜笑嘻嘻的走进来。媚娘道："你这个女儿，倒像惯做尼姑的，到这个地位，还有甚么好笑？"小喜道："夫人不知，那位四师父，就是女贞庵李夫人的妹子怀清，是我认得的。刚才不好叫出来，如今在他房里，问了别后的事情，故此好笑。"媚娘道："甚么女贞庵李夫人？"小喜把当初隋萧后回南上坟，到女贞庵与隋南阳公主，秦、狄、夏、李四位夫人相会，说了一遍。媚娘道："如此说他好了，为甚么又到这里来？"小喜道："濮州连岁饥荒，又染了疫症，秦、夏、李三位夫人，相继病亡。他被一个士子挈了要同上京，不想中途士子被盗杀了，他却跳在水中，被商船上救了，带至京都，送在此地暂寓。"媚娘道："他们果有人来往么？"小喜道："他说有个姓冯的表弟，住在蓝桥开张药铺，常来走走。"媚娘点点头儿。

一日，媚娘正在佛堂内看怀清写对，听得外面叩门。恰好长明老尼不在庵中，领众徒到人家念经去了。怀清出来，问道："是谁？"那人道："阿妹，是我。"怀清知是冯小宝，欢喜不胜，忙开了进来。怀清道："为甚么多时不来？"冯小宝道："闻得你们庵中，有甚么朝廷送的武夫人，在此出家，故此我不敢来。今见寺门闭着，想是徒弟不在家，我悄悄来会你一会。"怀清道："那武夫人在堂中，你要去见见么？"那冯小宝随了怀清进来，见武夫人倚在桌上看怀清写的榜对。怀清道："五师父，我们的兄弟在这里看我，见个礼儿。"媚娘掉转身来一看，只见：

身躯寡弱，态度幽娴。鼻倚琼瑶，眸含秋水。眉不描而自绿，唇不抹而凝朱。生成秀发，尽堪盘云髻一窝；天与娇姿，最可爱桃花两颊。慢道落水中宵梦，欲卜巫山一段云。

媚娘忙答一礼道："这个就是令弟么？"恰好小喜寻媚娘进去，小宝见了，也与他揖过。小喜问道："此位尊姓？"怀清道："就是前日说的冯家表弟。"小喜道："原来就是令弟，失敬了。"说罢，怀清同着小宝，走到自己的房中。只见小宝走到桌边，取一幅花笺，写一绝道：

天赋痴情岂偶然，相逢已自各相怜。笑予好似花间蝶，才被红迷紫又牵。

怀清笑道："妾亦有一绝赠君。"提起笔来，写在后面道：

一睹芳容即耿然，风流雅度信翩翩。想君命犯桃花煞，不独郎怜妾亦怜。

写完，怀清出房，到厨下去收拾酒菜，同小宝在房中吃酒顽耍。媚娘在房，细想了一回，随同小喜走到怀清房门首，悄悄立着。只听得外面敲门声响，晓得老师父领众回来。媚娘便走进房，小喜出去开门，那怀清亦出来。只见长明领了四个徒弟，婆子背着经忏，怀清与那几个说些闲话，小喜恐怕媚娘冷淡，即便归房去，只见媚娘展开了鸾笺，上写道：

花花蝶蝶与朝朝，花既多情蝶更妖。窃得玉房无限趣，笑他何福可能销。

从来乐事恨难长，倏尔依回恣采香。讨尽花神许多债，慢留几点未亲尝。

两人正在那里看诗，见怀清进来说道："武上师，你同六师父到我房里去谈谈。"媚娘道："你有令弟在那里，我怎好来？"怀清道："自古说：四海之内皆兄弟。何况你我？"媚娘道："既如此说，何不同到我房里来坐坐，我泡好茶相候。"怀清道："我同六师父去挽他来。"携了小喜出房，不一时先把酒肴送到，小喜也先进来。媚娘道："你可曾拿我的诗么？"小喜道："诗在案上，没有人动，我刚才在他房里，见桌上一幅字，也是甚么诗儿，被我袖在这里，与夫人看。"放了东西，在袖子里取出来，媚娘接来细看，乃是怀清与小宝唱和的两首绝句。忽见怀清与小宝走进来，媚娘悄悄将诗藏过，便道："四师父，我在这里没有破钞，怎好相扰？"怀清道："几个小菜，叫人笑死。"便将烛放在中间，叫小宝朝南坐了，自向媚娘对席，叫小喜也坐在横头，大家满斟细酌，狎邪嘲笑，饮酒欢乐，不题。

贞观二十三年五月，太宗疾甚，召长孙无忌、褚遂良、徐世勣辈，至榻前说道："朕与卿等，扫除群丑，费了无数经营，始得归于一统。今四方宁靖，正欲与卿等共享太平，不意二竖忽侵。魏征、房玄龄先我而去，近又丧我李靖、马周，朕今将分手，别无他嘱。太子躬行仁俭，言动礼仪，可谓佳儿佳妇，卿等共辅佐之。"说了大恸，无忌等拜谢道："陛下春秋正富，正好励精图治，今龙体偶不豫，何出此不祥之语？"太宗道："朕已预知，故为叮咛耳。"诸臣辞了出宫。是夜上崩，太子即位，是为高宗，颁白诏于天下，诏以明年为永徽元年。

时武氏在感业寺，闻之亦为之恸泣。后因太宗忌日，高宗诣感业寺行香，恰值冯小宝在庵，回避不及；长明无奈，只得把小宝落了发。高宗问及，说是侄儿，在土地堂里出家，才来看我。高宗道："白马寺中，田地甚多，僧众甚少，朕给度牒一纸与他，限他明日即往白马寺住札。"武氏见了高宗大恸，高宗亦为之泣下，悄悄吩咐长明，叫武氏束发，朕即差人来取，嘱咐了即起行。未知后事如何，且听下回分解。

第七十一回

武才人蓄发还宫　秦郡君建坊邀宠

词曰：

　　景物因人成胜概，满目更无尘可碍。等闲蓦地喜相逢，愁方解，心先快，明月清风如有待。谁信门前鸾辂临，别是人间花世界。座中无物不清凉，情也在，恩也在，流水白云真一派。

调寄《天仙子》

情痴婪欲，对景改形，原是极易为的事。若论储君，毕竟非礼勿视，非礼勿听，非礼勿言，非礼勿动，从幼师傅涵养起来，自然悉遵法则。不意邪痴之念一举，那点奸淫，如醉如痴，专在五伦中丧心病狂做将出来，反与民间愚鲁,火树银台,桑间濮上,尤为更甚。

今不说高宗到感业寺中行香回宫。再说武夫人到了房中,怀清说道:"夫人好了,皇爷驾临,特嘱夫人蓄发,便要取你回宫。将来执掌昭阳,可指日而待,为何夫人双眉反蹙起来?"媚娘道:"宫中宠幸,久已预料必来,可自为主。只是如今一个冯郎,反被我三人弄得他削发为僧,叫我与你作何计筹之?"怀清道:"我们且不要愁他,看他进来怎么样说。"

只见冯小宝进房来问道:"你们为甚么闷闷的坐在此?"小喜道:"武夫人与四师父,在这里愁你。"小宝道:"你们好不痴呀!夫人是不晓得,我姐姐久已闻知,我小宝上无父母,下无兄弟妻室,又不想上进,只想在温柔乡里过活;今日逢着夫人,难得怀清姐姐分爱,得沾玉体,又兼喜姑娘帮衬;这种恩情,不要说为你三人剃了头发,就死亦不足惜。"怀清道:"只是出了家,难得妇人睡在身边,生男育女。"小宝道:"姐姐,你不知那些妇人,巴不得有个和尚,整日夜搂住不放出来。"武夫人道:"若如此说,你将来有了好处,不想我们的了。"小宝道:"是何言欤!若要如夫人这般倾城姿色,世所罕有;即如二位之尚义情痴,亦所难得;但只求夫人进宫时,撺掇朝廷,赏我一个白马寺主,我就得扬眉了。料想和尚没有甚么官儿在里头,可以做得。"怀清道:"你这话就差了,难道皇帝只是男子做得,或者武夫人掌了昭阳,也做起来,亦未可知。"武夫人笑道:"这且慢与他争论,只要你心中有我们就够了。"小宝跪下罚誓道:"苍天在上,若是我冯怀义,日后忘了武夫人与怀清师父、小喜姑娘的恩情,天诛地灭。"武夫人脱下一件汗衫,怀清解下玉如意,小喜也脱一件粗衣,三件东西,赠与冯小宝。

正在叮咛之际,只见长明执着一壶酒,老婆子捧了夜膳,摆在桌子上。长明道:"冯师父,我斟一壶酒与你送行,你不可忘了我。论起刚才在天子面前,我认了你是个侄儿,你今夜该睡在我房里才是。但是我老人家年纪有了,不敢奉陪,只要你到白马寺中去,收几个好徒弟来下顾就是。快些吃杯酒儿睡了,明日好到寺里去。"说了,出房去了。小宝与媚娘等三人到五更时,听见钟声响动,只得起身收拾,大家下泪送别怀义出庵不题。

再说高宗过了几日,即差官选纳武才人与小喜进宫,拜才人为昭仪。高宗欢喜不胜。亦是武昭仪时来运至，恰好来年就生一子，年余又生一女，高宗宠幸益甚。王皇后、萧淑妃，恩眷已衰，会昭仪生女，后怜而弄之。后出，昭仪潜扼杀之。上至昭仪宫，昭仪阳为欢笑，发被观之，女已死矣，惊啼问左右，皆言皇后适来此。高宗大怒道："后杀吾女！"昭仪也泣数其罪。后无以自明，由是有废立之意。

高宗一日退朝，召长孙无忌、李勣、褚遂良、于志宁于殿内。遂良道："今日之事，多为宫中。既受顾托，不以死争之，何以下见先帝？"勣称疾不入。无忌等至内殿，高宗道："皇后无子，武昭仪有子，今欲立昭仪为后何如？"遂良道："先帝临崩，执陛下手，谓臣道：'朕佳儿佳妇，今以付卿。'此陛下所闻，言犹在耳。皇后未闻有过，岂可轻废？"上不悦而罢。明日又言之，遂良道："陛下必欲易皇后，伏请妙择天下令族，何必武氏？况武氏经事先帝，众所共知，万代之后，谓陛下为何如？"因置笏于殿阶，免冠叩头流血。高宗大怒，命宫人引出。昭仪在帘中大言曰："何不扑杀此獠？"无忌道："遂良受先帝顾命，有罪不敢加刑。"韩瑗因间奏事，泣涕极谏，高宗皆不纳。

隔了几日，中书舍人李义府叩阁，表请立武昭仪；适李勣入朝，高宗道："朕欲立武昭仪为后，前问遂良，以为不可，子当何如？"李勣道："此陛下家事，何必更问外人？"许敬宗从旁赞道："田舍翁多收十斛麦，尚欲易妇，况天子乎？"帝意遂决，废皇后、萧淑妃为庶人，命李勣赍玺绶，册武氏为皇后。贬褚遂良为潭州都督，又贬爱州刺史，寻卒。自后僭乱朝政，出入无忌，每与高宗同御殿阁听政，中外谓之二圣。高宗被色昏迷，心反畏惧武后，即差人封怀义为白马寺主。又令行人司，迎请母亲来京，赠父武士彟司徒，赐爵周国公，封母杨氏为荣国太夫人，武三思等俱令面君，亲赐官爵，置居京师。因恨王皇后、萧淑妃，令人断其手足，投于酒瓮中道："二贱奴，在昔骂我至辱，今待他骨醉数日，我方气休。"因此日夜荒淫。

武后怀着那点初心，要高宗早过，便百般献媚。弄得高宗双目枯眩，不能票本。百官奏章，即令武后裁决。武后曾经涉猎文史，弄些聪明见识，凡事皆称圣意，因遂加徽号曰天后。一日，高宗因目疾枯塞，心下烦闷，因对天后道："朕与你终日住在宫中，目疾怎能得愈？闻得嵩山甚是华丽，朕与你同去一游，开爽眼界何如？"天后亦因在宫中，时见王、萧为祟，巴不得能出去游幸，便道："这个甚好。"高宗令宫监出来说了，不一时銮仪卫摆列了旗帐队伍，跟了许多宫女。高宗同天后上了一个双凤銮舆坐下，天后道："文臣自有公务，要他们跟来做甚，只带御林军四五百就够了。"高宗遂传旨大小文臣，不必随御，一应文臣便自回衙门办事。銮仪卫把那些旗帐，齐齐整整摆将出来，甚是严肃。在路晓行夜宿，逢州过县，自有官员迎接供奉。

不日已到嵩山，但见奇峰叠出，高耸层云，野鸟飞鸣，齐歌上下；寺门前一条石桥，沸滚的长川冲将下来；奈是秋杪的时候，只有红叶似花，飘零石彻。又见那寺里日宫月殿，金碧辉煌；只可恨那寺后一两进小殿，被了火灾，还没有收拾。因天已底暮，在寺门前看那红日落照，游了一回，便转身上辇。天后呆坐了仔细凝思。高宗道："御妻想甚么？"天后道："聊有所思耳！"因取鸾笺一幅，上写道：

> 陪銮游禁苑，侍赏出兰闱。云掩攒峰盖，霞低捶浪旗。
> 日宫疏涧户，月殿启岩扉。金轮转金地，香阁曳香衣。
> 铎吟轻吹发，幡摇薄露稀。昔遇楚芝火，山红迎野飞。
> 花台无半影，莲塔有金辉。实赖能仁力，攸资善世威。
> 慈缘兴福绪，于此欲皈依。风枝不可静，泣血竟何为？

高宗看天后写完，拿起来念了一遍，赞道："如此词眼新艳，用意古雅，道是翰苑大臣应制之作，岂属佳人游戏之笔？妙极，妙极。"

行了数日，已到宫门首，几个大臣来接驾奏道："李勣抱疴半月，昨夜三更时已逝矣！"高宗见说，为之感伤，赐谥贞武；其孙敬业，袭爵英公。

高宗因天后断事平允，愈加欢喜。天后览臣工奏章，见内有薛仁贵讨突厥余党，三箭定了天山，因叹道："几万雄师，不如仁贵之三箭耳！"遂问高宗道："此人有多少年纪？"高宗道："只好三十以内之人。"天后道："待他朝见时，妾当觑他。"高宗临朝，薛仁贵进朝复旨，天后在帘内私窥，见其相貌雄伟，心中甚喜，撺掇高宗以小喜赠之。

时天后设宴于华林园，宴其母荣国夫人并三思。高宗饮了一回，有事与大臣会议去了。杨氏换了衣服，同天后、三思，各处细顽园中景致，但见：

> 楼阁层出，树影离奇。纵横怪石，嵌以精庐。环池以憩，万片游鱼。绀树镂槛，视花光为疏密；长桄复道，依草态以萦回。既燠房之奥窔，亦凉室之虚无。乃登峭阁，眺层丘，条八窗之竞开，洗万壑之争流。能不结遥情之壹壹，真堪增逸与之悠悠。

游顽一遍，荣国夫人辞别天后升舆回第。三思俟杨氏去后，换了衣服，也来殿上游顽一遍，各自散归。武后回宫不题。

且说沛王名贤，周王名显，因宫中无事，各出资财，相与斗鸡为乐，以表输赢。时王勃为博士，年少多才，二王喜与之谈笑。每至斗鸡时，王勃亦为之欢饮，因作斗鸡檄文云：

> 盖闻昴日，著名于列宿，允为阳德之所钟。登天垂象于中孚，实惟翰音之是取。历晦明而喔喔，大能醒我梦魂；遇风雨而胶胶，最足增人情思。处宗窗下，乐兴纵谈；祖逖床前，时为起舞。肖其形以为帻，王朝有报晓之人；节其状以作冠，圣门称好勇之士。秦关早唱，庆公子之安全；齐境长鸣，知群黎之生聚。决疑则荐诸卜，颁敕则设于竿。附刘安之宅以上升，遂成仙种；从宋卿之窠而下视，常伴小儿。惟尔德禽，固非凡鸟。文顶武足，五德见推

于田饶；杂霸雄王，二宝呈祥于嬴氏。迈种首云祝祝，化身更号朱朱。苍蝇恶得混其声，蟋蟀安能窃其号。即连飞之有势，何断尾之足虞？体介距金，邀荣已极；翼舒爪奋，赴斗奚辞？虽季郈犹吾大夫，而埘桀隐若敌国。两雄不堪并立，一啄何敢自安？养威于栖息之时，发愤在呼号之际。望之若木，时亦趾举而志扬；应之如神，不觉尻高而首下。于村于店，见异己者即攻；为鹳为鹅，与同类者争胜。爰资枭勇，率遏鸱张。纵众寡各分，誓无毛之不拔；即强弱互异，信有喙之独长。昂首而来，绝胜鹤立；鼓翅以往，亦类鹏搏。搏击所施，可即用充公膳；翦降略尽，宁犹容彼盗啼。岂必命付庖厨，不啻魂飞汤火。羽书捷至，惊闻鹅鸭之声；血战功成，快睹鹰鹯之逐。于焉锡之鸡悼，甘为其口而不羞；行且树乃鸡碑，将味其肋而无弃。倘违鸡塞之令，立正鸡坊之刑。牝晨而索家者有诛，不复同于豗畜；雌伏而败类者必杀，定当割以牛刀。此檄。

高宗见了檄文，便道："二王斗鸡，王勃不行谏诤，反作檄文，此乃交构之际。"遂斥王勃出沛府。

王勃闻命，便呼舟省父于洪都。舟次马当山下，阻风涛不得进。那夜秋杪时候，一天星斗，满地霜华。王勃登岸纵观，忽见一叟坐石矶上，须眉皓白，顾盼异常，遥谓王勃道："少年子何来？明日重九，滕王阁有高会。若往会之，作为文词，足垂不朽，胜于斗鸡檄多矣！"勃笑道："此距洪都，为程六七百里，岂一夕所能至？"叟道："兹乃中元，水府是吾所司。子欲决行，吾当助汝清风一帆。"勃方拱谢，忽失叟所在。勃回船，即促舟子发舟，清风送帆，倏抵南昌。舟人叫道："好呀，谢天地，真个一帆风已到洪州了！"王勃听见，欢喜不胜。

时宇文钧新除江州牧，因知都督阎伯屿，有爱婿吴子章，年少俊才，宿构序文，欲以夸客，故此开宴宾僚。王勃与宇文钧，亦有世谊，遂更衣入谒，因邀请赴宴。勃不敢辞，与那群英见礼过，即上席。因他年方十四，坐之末席。笙歌迭奏，雅乐齐鸣。酒过几巡，宇文钧说道："忆昔滕王元婴，东征西讨，做下多少功业，后来为此地刺史，牧民下士，极尽抚绥。黎庶不忘其德，故建此阁，以为千秋仪表。但可惜如此名胜，并无一个贤人做一篇序文，镌于碑石，以为壮观。今幸诸贤汇集，乞尽其才，以纪其事何如？"遂叫左右取文房四宝，送将下去。

诸贤晓得吴子章的意思，各各逊让，次第至勃面前。勃欲显己才，受命不辞。阎公心中转道："可笑此生年少不达，看他做甚么出来！"遂起更衣，命吏候于勃旁。"看他做一句报一句，我自有处。"王勃据了一张书案，提起笔来，写着："南昌故郡，洪都新府。"书吏认真写一句报一句，阎公笑道："老生常谈耳。"次云："星分翼轸，地接衡庐。"阎公道："此故事也。"

又报至:"襟三江而带五湖,控蛮荆而引瓯越。"阎公即不语。俄而数吏沓报至,阎公即颔颐而已,至"落霞与孤鹜齐飞,秋水共长天一色",不觉矍然道:"奇哉此子,真天才也!快把大杯去助兴。"顷而文成,左右报完,忽见其婿吴子章道:"此文非出自王兄之大才,乃赝笔也。如不信,婿能诵之,包你一字不错。"众人大惊。只见吴子章从"南昌故郡"背起,直至"是所望于群公",众人深以为怪。王勃说道:"吴兄记诵之功,不减陆绩诸人矣。但不知此文之后,小弟还有小诗一首,吴兄可诵得出么?"子章无言可答,抱惭而退。只见王勃又写上"一言均赋,四韵俱成":

滕王高阁临江渚,佩玉鸣鸾罢歌舞。画栋朝飞南浦云,朱帘暮卷西山雨。

闲云潭影日悠悠,物换星移几度秋。阁中帝子今何在?槛外长江空自流。

阎公与宇文钧见之,无不赞美其才,赠以五百缣,才名自此益显。

却说高宗荒淫过度,双目眩眊。天后要他早早归天,时刻伴着他顽耍。朝中事务,俱是天后垂帘听政。一日看本章内,礼部有题请建坊旌表贞烈一疏。天后不觉击案的叹道:"奇哉!可见此等妇人之沽名钓誉,而礼官之循声附会也。天下之大,四海之内,能真正贞烈者,代有几人?设或有之,定是蠢然一物,不通无窍之人;不是为势所逼,即为义所束,闺阁之中,事变百出,掩耳盗铃,谁人守着。可笑这些男子,总是以讹传讹,把些银钱,换一个牌坊,假装自己的体面,与母何益?我如今请贞烈建坊的一概不准,却出一诏,凡妇人年八十以上者,皆版授郡君赐宴于朝堂,难道此旨不好似前朝?"遂写一道旨意,于礼部颁谕天下。时这些公侯驸马以及乡绅妇女,闻了此旨,各自高兴,写了履历年庚,递进宫中。天后看了一遍,足有数百。天后拣那在京的年高者,点了三四十名,定于十六日到朝堂中赴宴。至日,席设于宝华殿,连自己母亲荣国夫人亦预宴。时各勋戚大臣的家眷,都打扮整齐而来。

独有秦叔宝的母亲宁氏,年已一百有五,与那张柬之的母亲滕氏,年登九十有余,皆穿了旧朝服,来到殿中。各各朝见过,赐坐饮酒。天后道:"四方平静,各家官儿,俱在家静养,想精神愈觉健旺。"秦太夫人答道:"臣妾闻事君能致其身,臣子遭逢明圣之主,知遇之荣,不要说六尺之躯,朝廷豢养,即彼之寸心,亦不敢忘宠眷。"天后道:"令郎令孙,都是事君尽礼,岂不是太夫人训诲之力?"张柬之的母亲道:"秦太夫人寿容,竟如五六十岁的模样,百岁坊是必娘娘敕建的了。"荣国夫人道:"但不知秦太夫人正诞在于何日,妾等好来举觞。"秦母道:"这个不敢,贱诞是九月二十三日;况已过了。"酒过三巡,张母与秦母等,各起身叩谢天后。明日,秦叔宝父子暨张柬之辈,俱进朝面谢。天后又赐秦母建坊于里第,匾曰"福寿双高"。此一时绝胜。后事如何,且听下回分解。

第七十二回

张昌宗行傩幸太后　冯怀义建节抚硕贞

诗曰：

　　春风着处惹相思，总在多情寄绿枝。莫怪啼莺窥绣幕，岂怜佳树绕游丝。

　　盈盈碧玉含娇目，袅袅文姬下嫁时。博得回眸舒一笑，凭他见惯也魂痴。

谚云"饱暖思淫欲"，是说寻常妇人；若是帝后，为天下母仪，自然端庄沉静，无有邪淫的。乃古今来，却有几个？秦庄襄后晚年淫心愈炽，时召吕不韦入甘泉宫；不韦又觅嫪毐，用计诈为阉割，使嫪毐如宦者状，后爱之；后被杀，不韦亦车裂。汉吕后亦召审食其入宫，与之私通。晋夏侯氏，至与小吏牛金通，而生元帝，流秽宫内，遗讥史策。可惜月下老布置姻缘，何不就拣这几个配偶，使他心满意足，难道他还有甚么痴想？

如今再说天后在宫中淫乱，见高宗病入膏肓，欢喜不胜。一日高宗苦头重，不堪举动，召太医秦鸣鹤诊之。鸣鹤请刺头出血可愈。天后不欲高宗疾愈，怒道："此可斩也，乃欲于天子头刺血！"高宗道："但刺之，未必不佳。"乃刺二穴出少血。高宗道："吾目似明矣！"天后举手加额道："天赐也。"自负彩百匹，以赐鸣鹤。鸣鹤叩头辞出，戒帝静养。天后好像极爱惜他，时伴着依依不舍。岂知高宗病到这个时，还不肯依着太医去调理，还要与天后亲热，火升起来，旋即驾崩。在位三十四年。天后忙召大臣裴炎等于朝堂，册立太子英王显为皇帝，更名哲，号曰中宗。立妃韦氏为皇后；诏以明年为嗣圣元年，尊天后为皇太后，擢后父韦元贞为豫州刺史，政事咸取决于太后。

一日，韦后无事，在宫中理琴。只见太后一个近侍宫人，名唤上官婉儿，年纪只有十二三岁，相貌娇艳，性格和顺；生时母梦人畀大秤而生，道使此女称量天下，后遂颇通文墨，有记诵之功。偶来宫中闲耍，韦后见了便问道："太后在何处，你却走到这里来？"婉儿道："在宫中细酌。我不能进去，故步至此。"韦后道："岂非冯、武二人耶！"婉儿点头不语。韦后道："你这点小年纪，就进去何妨？"婉儿道："太后说我这双眼睛最毒，再不要我看的。"韦后道："三思犹可,那秃驴何所取焉!"

正说时,只见中宗气忿忿的走进宫来,婉儿即便出去。韦后道："朝廷有何事,致使陛下不悦?"中宗道："刚才御殿,见有一侍中缺出,朕欲以与汝父。裴炎固争,以为不可。朕气起来对他们说,我欲以天下与韦元贞,何不可,而惜侍中耶!众臣俱为默然。"韦后道："这事也没要紧,不与他做也罢了。只是太后如此淫乱奈何?听见冯、武又在宫中吃酒顽耍。"中宗道:"《诗》上边说'有子七兮,莫慰母心';母要如此,叫我也没奈何。"韦后道:"你倒有这等度量。只是事父母几谏,宁可悄悄的谏他一番。"中宗道:"不难,我明日进宫去与他说。"

到了明日,中宗朝罢,先有宫监将中宗要与韦元贞为侍中并欲与天下,与太后说了。太后道:"这般可恶。"不期中宗走进宫来,令诸侍婢退后,悄悄奏道:"母后恣情,不过一时之乐,恐万代后青史中不能为母后隐耳,望母后早察。"太后正在含怒之际,见他说出这几句话来,又恼又惭,便道:"你自干你的事罢了,怎么毁谤起母来?怪不得你要将天下送与国丈,此子何足与事!"遂召裴炎,废中宗为庐陵王,迁于房州;封豫王旦为帝,号曰睿宗,居于别宫。所有宫内大小政事,咸决于太后,睿宗不得与闻。太后又迁中宗于均州,益无忌惮,心甚宽畅。又知宗室大臣怨望,心中不服,欲尽杀之。盛开告密之门,有告密称旨者,不次除官。用索元礼、周兴、来俊臣共撰《罗织经》一卷,教其徒网罗无辜。

中宗在均州闻之,心中惴惴不安,仰天而祝,因抛一石子于空中道:"我若无意外之虞,得复帝位,此石不落。"其石遂为树枝勾挂。中宗大喜,韦后亦委曲护持之。中宗道:"他日若复帝位,任汝所欲,不汝制也。"这是后事不题。

且说洛阳有张易之、张昌宗兄弟二人,他父亲原是书礼之家,一日因科举到京应试,寓在武三思左近。恰好三思与怀义不睦,要夺他宠爱,遂荐昌宗兄弟于太后,不题。

却说怀清见怀义到白马寺里去,料想他不能个就来,适有一睦州客人陈仙客,相貌魁伟,更兼性好邪术,怀清竟蓄了发,跟他到睦州;那寺侧毛皮匠,也跟去做了老家人。恰值那年睦州亢旱,地里忽裂出一个池来。中间露出一条石桥，桥上刻着"怀仙"两字，人到池边照影，一生好歹，都照出来。因此怀清夫妻也去照照，那知池中现出竟如天子皇后的打扮，并肩而立。怀清深以为怪，对仙客道："桥上'怀仙'二字，合着你我之名，又照见如此模样。武媚娘可以做得皇帝，难道我们偏做不得？"遂与仙客开起一个崇义堂来，只忌牛犬，又不吃斋，所以人都来皈依信服。男人怀清收为徒，女人仙客收为徒，不上一两年，竟有数千余人。怀清自立一号曰硕贞，拣那些精壮俊俏后生，多教了他法术，皆能呼风唤雨。不期被县尹晓得了，要差兵来捕他，那些徒弟们慌了，报知陈仙客、硕贞。硕贞见说，选了三四百徒弟，拥进县门，把县尹杀了；据了城池，竖起黄旗，自称文佳皇帝。仙客称崇义王，远近州县，望风纳款。扬州刺史阴润，只得申文报知朝廷。

是日太后闲着无事，恰值差人去请怀义在宫中二雅轩宴饮。见了奏章，太后微笑道："天下只道惟我在女子中有志敢为，可谓出类拔萃者矣；不意此女亦欲振起巾帼之意，擅自称帝。"怀义道："莫非就是睦州文佳皇帝陈硕贞么？前日有两个女尼，对臣说那陈硕贞凶勇无比，说起来就是感业寺里怀清，未知确否？"正说时，只见象州刺史薛仁贵申文，请发兵讨陈硕贞，附有夫人小喜一副私礼，禀启中备说陈硕贞就是怀清，在睦州起义，曾遇异人，得了天书符箓，凶锋难犯，或抚或剿，恩威悉听上裁。太后笑道："我说那里有这样斗气的女子。原来果令姊。"怀义亦笑道："罢了，男人无用的了！怎么一个柔弱女子，便做得这个田地？"太后笑道："这样话只算是放屁。舜何人也，予何人也，有为者亦若是。难道女子只该与男子贱如敝屣的？我前日的意思，建宫分职，原要都用女子，男人只充使令。举朝皆妇人，安在不成师济之盛？我今烦你去招安他，难道他不肯来？"怀义道："臣无官职，怎能个去招他？"太后道："我封你一个大将军之职，你去何如？"即传旨封怀义为右卫大将军之职，星夜往睦州，招抚陈硕贞。咨文发下，怀义便辞朝，太后又叮咛了许多话，差御林军三千助之。又移咨象州刺史薛仁贵，会兵接应。仁贵得了旨意，亦发兵进剿。

原来陈硕贞夫妻两个近日不睦，仙客嫌妻拥着精壮徒弟，不与他管；硕贞亦嫌其抢掳娇娃，带了随处宣淫。你道我兵强，我道己兵强，因此大家分路，各自建功。仁贵将到淮上，早有细作来报道："崇义王陈仙客，带了一二千人马，离此地只有三十余里，要到徐州借粮，伏乞老爷主裁。"薛仁贵即便驻扎，点三百精兵，扮作逃难百姓，星夜赶去伏着；又发一百精兵，扮做贩酒煮的客人；又发二百精兵，扮作香客，看前头下得手处埋伏。吩咐完了，各自起行。仁贵自己统领大军，连夜追赶，离贼只有二三里，便停住。候至半夜，只听得一声号炮，仁贵如飞赶上前去，只见后边火星迸起，炮声不绝。仁贵持枪，直杀到寨门，可怜那些贼兵，从未逢这样精锐，各自卸了甲胄走了。陈仙客尚在炕上安寝，睡梦中听得杀喊，正要想逃走，那晓得仁贵一条枪直刺进来,被后边四五个精兵杀进,逃走不及,被仁贵一枪刺死在地,枭了首级。还有七八百人,见主帅被诛,只得弃戈投降。

却说怀义同了三千御林军起行,预先差四五个徒弟,扮做游方僧人,去打听可是怀清还俗的。众徒弟领命去了,自己却慢慢而行。过了几日,只见那四五个徒弟同了一个老人家转来,怀义问道:"所事可有着实么?"徒弟道:"文佳皇帝一个亲随家人,被我们哄到这里,师爷去问他便知。"怀义出来问道:"你是那里人?姓甚么?"那老者道:"难道老爷不认得小的了?小的姓毛,名二,长安人,当年住在感业寺侧首,做皮匠为活。小的单身,时常家怀清师父热汤茶饭,总承我的。不想被那睦州陈仙客王爷,到寺中拐了六师父,竟往睦州蓄了发,做了夫妻,小的也只得随他去了。"怀义问道:"他们有甚么本事,哄骗得这些人动?"毛二道:"那陈仙客,喜的是咒诅邪术。不想遇着六师父更聪明,把这些书符秘诀,练习精熟,着实效验。故此远近男女知道,都来降服皈依。"怀义道:"你知陈仙客勇力如何?"毛二垂泪道:"老爷,我们的主儿已死,还要问他甚么勇力?"怀义听见喜道:"几时死的?"毛二道:"前日被薛仁贵来剿他,不意路上撞见,黑夜里杀进寨来。我那主人正在睡梦中,不及穿甲,被他杀了。"怀义道:"你这话不要调谎。"毛二道:"小的若是调谎,听凭老爷处死。"怀义道:"你如今要往那里去?"毛二道:"小的要去报知王爷的死信。"怀义道:"你不晓得,你文佳皇帝与我是亲戚。"毛二道:"小的怎么不晓得?"怀义道:"朝廷晓得他造反,故此差我来招安。你今要去报知他崇义王死信,可同我的人去,他便明白了。"说罢,怀义就写了一封书,一件东西,付与四个徒弟。又叮咛了一番。徒弟同毛二起身去了。

行不多几日,到了沛县。只见他们摆着许多营盘,在城外把守。守营军卒看见了问道:"毛老伯,你为何回来了?你们那里何如?"毛二摇手道:"少顷便知,皇爷在何处?"小卒道:"在中军。"毛二如飞走到中军报知,叫毛二进去。毛二跪在地上,只是哭泣。陈硕贞心焦道:"你这老儿好不晓事,好歹说出来罢了,为甚么只管啼哭?"毛二将崇义王如何行兵,薛仁贵如何举动,不想王爷正在宴乐之时,杀进来死了。陈硕贞不觉大恸。

正哭时,毛二又说道:"皇爷且莫哭,有一件事在此,悉凭皇爷主裁。"取出那怀义的一封书来。陈硕贞接了书,看见封面上写着"白马寺主家报"。便问:"你如何遇见了怀义?"毛二将骗去一段说了。陈硕贞将怀义的书拆开,只见上写道:

> 忆昔情浓宴乐,日夕佳期。不意翠华临寺,忽焉分手。此际之肠断魂消,几不知有今日也。自贤姊乔迁,细访至今,始知比丘改作花王,雨师堪为敌国。虽杨枝之水,一滴千条,反不如芸香片席,共沐莲床也。良晤在即,先此走候。统惟慈照不宣。怀清贤姊

妆次，辱爱弟冯怀义顿首拜。

毛二道："他那里差四个童子在外。"硕贞便叫唤他进寨来。毛二出去不多时，领着四个徒弟，走进寨门。两边刀枪密密，剑戟重重。上边一个柔弱女子，相貌端肃，珠冠宝顶，着一件暗龙绒色战袍，大红花边镶袖口。四个徒弟，见了这般光景，只得跪下叩头道："家爷启问娘娘好么？"陈硕贞道："你家老爷，朝廷待得好么？"徒弟答道："好。家爷有一件东西在此，奉与娘娘，须屏退众人。"陈硕贞道："多是我的心腹。"那徒弟就在袖中取将出来，硕贞接在手中一看，却是前日临别时赠与怀义的白玉如意，见了双泪交流，便道："我只道我弟永不得见面的了，谁知今日遭逢。"便对四个徒弟道："这里总是一家，你们住在此，待你老爷来罢。"四人只得住下。

过了一宵，五更时分，听得三个轰天大炮，早有飞马来报道："敌兵来了！"陈硕贞道："这是我家师爷，说甚敌兵！"各寨穿了甲胄，如飞摆齐队伍，也放三声大炮，放开寨门。硕贞差人去问："是何处人？"怀义的兵道："我们是白马寺主右卫大将军冯爷，你们来的是何人？"军卒答道："是文佳皇帝在此。"说了，就转身去报与陈硕贞。硕贞选了三四十人跟了，跨上马，来接圣旨。怀义叫三千御林军驻扎站立，自同三四十个徒弟，背了玉旨，昂然而来。到硕贞寨中，香案摆列。硕贞接拜了圣旨，两个相见过，拥抱大哭，到后寨中去各诉衷情。正欲摆酒上席，城内各官俱来参谒。怀义差人辞谢了，对硕贞道："贤姊既已受安，部下兵马如何处置？"硕贞道："我既归降，自当同你到京面圣，兵马且屯扎睦州再处。"怀义道："如此绝妙。"硕贞传众军头目说了，军马只得暂在睦州驻扎候旨。只带三四十亲随，同怀义亲切的慢慢而行。

行不及两三日，遇见了薛仁贵兵马。怀义把招安事体，对他说了。仁贵道："既是事体已妥，师爷同令姊面圣，学生具疏上闻，去守地方了。"大家相别，仁贵自回象州去了。怀义同硕贞一路而行。到了京中，报知太后。太后晓得陈硕贞到了，怀义先进宫去说明，差个官儿去接，即召陈硕贞进宫。太后一见，悲喜交集，大家把别后事情说了，留在宫中，住了两三日，赠了金银缎匹，买一所民房居住。敕赐硕贞为归义王，与太后为宾客。怀义赐封鄂国公。后事如何，下回分解。

第七十三回

安金藏剖腹鸣冤　骆宾王草檄讨罪

词曰：

　　兔走乌飞，一霎时，翻腾满目。兴告讦，网罗欲尽，律严刑酷。眼底赤心肝一片，天边鳄泪愁千斛。吐尽怀，草檄整天廷，仇方复。斟绿酒，浓情续。烧银烛，新妆簇。向风亭月榭，细谈衷曲。此夜绸缪恩未竟，来朝离别情何促？倩东风，博得上林归，双心足。

调寄《满江红》

　　从古好名之士，为义而死；好色之人，为情而亡。然死于情者比比，死于义者百无一二。独有春秋时卫大夫宏演，纳懿公之肝于腹中；战国时齐臣王蠋，闻闵王死，悬躯树枝，自奋绝脰而亡。立心既异，亦觉耳目一新，在宇宙中虽不能多，亦不可少。

　　今说太后在宫追欢取乐，倏忽间又是秋末冬初。太平公主，乃太后之爱女，貌美而艳，丰姿绰约，素性轻佻，惯恃母势胡作敢为。先适薛绍，不上两三年即死。归到宫中，又思东寻西趁，不耐安静。太后恐怕拉了他心上人去，将他改适大夫武攸暨，不在话下。

　　是日恰值太后同武三思在御园游顽，太后道："两日天气甚是晴和。"三思道："天气虽好，只是草木黄落，觉有一种凋零景象，终不如春日载阳，名花繁盛之为浓艳耳！"太后道："这又何难！前日上林苑丞，奏梨花盛开，梨花可以开得，难道他花独不可开？况今又是小春时候，明日武攸暨必来谢亲，赐宴苑中，当使万花齐放，以彰瑞庆。"三思道："人心如此，天意恐未必可。"太后笑道："明日花若开了，罚你三大玉杯酒。"三思亦笑道："白玉杯中酒，陛下时常赐臣饮的，只是如今秋末冬初的天气，那得百花齐放来？"太后怒目而视，别了三思回宫。便传旨宣归义王陈硕贞入朝，将前事与他说了。叫他用些法术，把苑中树木尽开顷刻之花，以显瑞兆。硕贞道："若是明日筵宴，陛下要一二种花，臣或可向花神借用。若要万花齐发，这是关系天公主持，须得陛下诏旨一道，待臣移檄花神，转奏天廷，自然应命。"太后展开黄纸，写一诏道：

    明朝游上苑，火速报春知。花须连夜发，莫待晓风吹。

太后写完，将诏付陈硕贞。硕贞又写了一道檄文，别了太后。竟到苑中，施符作法，焚与花神不题。太后又传旨着光禄寺正卿苏良嗣，进苑整治筵席。

  再说武三思回家，途遇了怀义。怀义问道："上卿何不宿于宫，而跋涉道途耶？"三思道："可笑太后要向花神借春，使明早万花齐放。我想人便生死由你，这发蕊放花系上帝律令，岂花神可以借得？我与你到明日看苑中之花，便知天意。"两人大笑而别。到了明日，天气愈觉融和，怀义放心不下，忙进苑来。只见万卉敷荣，群枝吐艳。一转转到畅华堂来，一个官儿在那里主持。原来苏良嗣为因旨意，叫他检点筵席，故早到此。怀义被他看见，便道："何物秃驴辄敢至此！"怀义见他说这两句话，道他眼睛有些近视，只得忍着气对苏良嗣道："苏老先，彼此朝廷正卿，难道学生来不得的？"苏良嗣道："今日是武驸马谢亲，是一席喜筵，朝廷差我在此料理。你是何科目出身，居为正卿，妄自尊大？你若不走，我就把朝笏来批你的颊，看你把我如何？"怀义挣着眼睛，要发出话来，不意苏良嗣向着怀义把牙笏照脸批来，打了几下。

  怀义着了忙，只得逃进太后宫中，双膝跪下。太后道："你为何这般光景？"怀义道："苏良嗣无礼，见了臣僧，便批臣的颊。"太后道："他在何处打你？"怀义道："在苑中畅华堂。"太后即挽他起来道："是朕叫他在那里主持酒席的，你为甚么到那里闲走起来？南衙宰相往来，今后阿师当从北门出入。"便叫内侍吩咐司北宰门的官儿："今后上师进来，不可禁止。"又对怀义道："你今日住在此，待他们酒席散了，朕与你去游赏如何？"

  且说苏良嗣在畅华堂检点，屏开孔雀，座映芙蓉，满山百花开放，照耀的好不热闹。只见御史狄仁杰领着各官进来，见了这些花朵，不胜浩叹道："奇哉，天心如此，人意何为？"内史安金藏道："不知万卉中可有不开的？"众臣各处闲看，惟有槿树，杳无萌芽，仍旧凋零，不觉赞叹道："妙哉槿树，真可谓持正不阿者矣！"正说时，只见驸马武攸暨进宫去朝见了，到畅华堂来领宴。又见许多宫女，拥着太后进来，叫大臣不必朝参，排班坐定。太后道："草木凋零，毫无意兴，故朕昨宵特敕一旨，向花神借春，不意今朝万花齐放，足见我朝太平景象。此刻饮酒，须要尽兴回去，或诗或赋做来。以记盛事。"又吩咐内侍去看万卉中可有违诏不开的，左右道："万花齐放，只有槿树不开。"太后命左右剪除枝干，谪在野间，编篱作障，不许复植苑中。那武三思辈，这些谄佞之徒，无不谀词赞美。独有狄仁杰等俱道："春荣秋落，天道之常。今众花特发，亦陛下威福所致；但冬行春令，还宜修省。"酒过三巡，众臣辞退。太后也因怀义在内，命驾进宫。

  武三思看见太后不邀他到宫里去，心中疑惑，走到旁边，穿过了顽月亭，将到翠碧轩转去，只见上官婉儿倚栏呆想。正是：

　　　　淡白梨花面,轻盈杨柳腰。倚栏惆怅立,妩媚觉魂消。

三思在太后处,时常见他,也彼此留心。今日见他独自在此,好不欢喜,便道:"婉姐,你独自在此想着甚来,敢是想我么?"婉儿撇转头来,见是三思,笑道:"我是不想你,另有个心上人在那里想着。"三思道:"是那个?"婉儿道:"我且问你,今日在畅华堂中赴宴,为何闯到这里?"三思道:"你莫管我,同你到翠碧轩里去,有话问你。"婉儿道:"有话就在此说吧。"三思笑道:"我偏要到轩里去说。"婉儿没奈何,只得随了他到轩里来。三思问道:"谁在太后宫中顽耍?"婉儿道:"是怀僧。"三思便把婉儿搂住道:"亲姐姐,你方才说有人想我,端的是那个?"婉儿就把韦后在宫时,我常在他面前赞你如何风流,如何温存,又说你同太后在宫,如何举动,"他便长叹一声,好似痴呆的模样道:'怪不得太后爱他!'这不是他想你么?可惜如今同圣上移驾房州去了。他若得回来,我引你去,岂不胜过上宫么?"三思道:"韦后既有如此美情,我当在太后面前竭力周全,召还庐陵王便了。"说了,分手而别。

　　时索元礼、周兴、来俊臣辈,同在畅华堂与宴,觉得狄仁杰、安金藏诸正人,意气矜骄,殊不为礼,心中饮恨。怀义又怪苏良嗣批其颊,大肆发怒。适虢州人杨初成,矫制募人迎帝于房州。太后敕旨捕之。怀义买嘱周兴,诬苏良嗣、狄仁杰与安金藏等同谋造反。来俊臣又投一扇于匦上,有《醉花阴》词二首,云是良嗣讥讪母后,同谋不轨。词云:

　　　　花到春开其常耳,破腊花有几,除却一枝梅,再要花开,只恐无其二。

　　　　上苑催花丹诏至,不许拘常例。草木亦何知,役使随人,博得天颜喜。

　　　　违例开花花何意?要把君王媚。昨夜诏花开,今早来看,却果都开矣。

　　　　槿树一枝偏独异,不肯随凡卉。篱下尽悠然,万紫千红,对此应含愧。

太后见了大怒,然知狄仁杰乃忠直之臣,用笔抹去,余谕索元礼勘问。元礼临审酷烈,不知诬害了多少人,把苏良嗣一夹,要他招认谋反。良嗣喊道:"天地九庙之灵在上,如良嗣稍有异心,臣等愿甘灭族。"又把安金藏要夹起来。金藏道:"为子当孝,为臣当忠,如君欲臣死,孰敢不死?但欲勘臣去陷君,臣不为也。今既不信金藏之言,请剖心以明良嗣不反。"即引佩刀,自剖其胸,五脏皆出,血涌法堂。杜景俭、李日知他两个尚存平恕,见了,忙叫左右夺住佩刀,奏闻太后。太后即传旨,着俊臣停推,叫太医院看视。

　　安金藏此事远近传闻。眉州刺史英公徐敬业同弟敬猷,行至扬州,忽闻此报,不胜骇怒道:"可惜先帝天挺英雄,数载亲临鏖战,始得太平;至今日被一妇人安然坐享,把他子孙翦灭殆尽。难道此座竟听他归之武氏乎?举朝中公卿，何同木偶也！"敬猷道："吾兄是何言欤？众臣俱在辇毂之下，各保身家，彼虽淫乱，朝廷之纪纲尚在，但可恨这班狐鼠之徒耳。如今日有忠义之士，出而讨之，谁得而禁哉！"

正说时，只见唐之奇、骆宾王进来。原来唐、骆因坐事贬谪，皆会于扬州，二人听见了，便道："好呀，你们将有不轨之志，是何缘故？"敬业道："二兄来得甚妙，有京报在这里，请二兄去看便知。"二人看了一遍，唐之奇只顾叹气。骆宾王对敬业道："这节事，令祖先生若存，或者可以挽回；如今说也徒然。"敬业道："贤兄何必如此说，人患不同心耳。设一举义旗，拥兵而进，孰能御

之？"唐之奇道："既如此说，兄何寂然？"骆宾王道："兄若肯正名起义，弟当作一檄以赠。"敬业道："兄若肯扶助，弟即身任其事，即日祭告天地，祀唐祖宗，号令三军，义旗直指耳。且把酒来吃，兄慢慢的想起来。"骆宾王道："这何必想，只要就事论事说去，已书罪无穷矣。"敬猷道："只就断后妃手足，这种利害之心，实男子所无。"一回儿摆上酒来，大家用巨觞饮了数杯，宾王立起身来说道："待弟写来，与诸兄一看，悉凭主裁。"忙到案边，展开素纸写道：

  伪周武氏者，人非和顺，地实寒微。昔充太宗下陈，曾以更衣入侍。洎乎晚节，秽乱春宫，潜隐先帝之私，阴图后庭之嬖。入门见妒，蛾眉不肯让人；掩袖工谗，狐媚偏能惑主。践元后于翚翟，陷吾君于聚麀；加以虺蜴为心，豺狼成性，近狎邪僻，残害忠良，杀姊屠兄，弑君鸩母，人神之所共嫉，天地之所不容。犹复包藏祸心，窥窃神器。君之爱子，幽之于别宫；贼之宗盟，委之以重任。呜呼霍子孟之不作，朱虚侯之已亡。燕啄王孙，知汉祚之将尽；龙漦帝后，识夏庭之遽衰。敬业皇唐旧臣，公侯冢子，奉先君之承业，荷朝廷之厚恩。

敬业坐在旁边，看他一头写，一头眼泪落将下来，忍不住移身去看，只见他写到：

  公等或居汉地，或叶周亲；或膺重寄于话言，或受顾命于王室；言犹在耳，忠岂忘心？一抔之土未干，六尺之孤何托？请看今

日之城中，竟是谁家之天下！

敬业看完，不觉杯儿落将下来，双手击案大恸。宾王写完，把笔掷于地上道："如有看此不动心者，直禽兽也！"众人亦走来念了一遍，无不涕泗交流。岂知一道檄文，如同治安策，可为痛哭者一，可为流涕者二，可为长叹息者六，弄得一堂之上，彼此哀伤。敬猷道："这节事不是哭得了事的，只要诸公商议做去便了。"大家复坐。敬业道："明日屈二兄早来，尚有几个好相知，邀他同事。"骆、唐二人，唯唯而别。

时狄仁杰为相，见狱中引虚伏罪者，尚有八百五十余人。仁杰具疏将索元礼等残酷之事，奏闻太后，命严思善按问。思善与周兴方推事对食，谓兴道："囚多不承，当为何法？"兴道："令囚入瓮，以火炙之，何事不承？"思善乃索大瓮，炽炭如兴法，因起谓兴道："有内状推公，请公人此瓮。"兴叩头伏罪，流岭南为仇家所杀。索元礼、来俊臣弃市，人争啖其肉，斯须而尽。太后知天下恶之，乃下制数其罪恶，加以赤族之诛。这些残酷之事，一朝除灭殆尽，军民相贺道："自今眠者背始贴席矣。"

一日，武三思进宫，将徐敬业檄文，并裴炎回敬业书，与太后看。太后看罢，不觉悚然长叹，问："此檄出自谁手？"三思道："骆宾王。"太后道："有才如此，而使之流落不偶，则前此宰相之过也。"三思因问敬业约炎为内应，而炎书只有"青鹅"二字，众所不解。太后道："此何难解？青者十二月也，鹅者我自与也，言十二月中至京，我自策应也。今裴炎出差在外，且不必追捉，只遣大将李孝逸，征讨敬业便了。但我想庐陵王在房州，他是我嫡子，若有异心，就费手了，要着一个心腹去看他作何光景？只是没有人去得。"三思想起婉儿说韦后慕我之意，便道："我不是陛下的心腹么，就去走遭。"太后道："你是去不得的。"三思道："此行关系国家大事，若他人去，真假难信。"太后唯唯。

只见宫娥报说："师爷进来了！"太后叫婉儿："你且送武爷出去。"婉儿对三思道："我同你到右首转出去罢。"三思道："为甚么不往东边走？"婉儿道："西边清净些。"三思会意，勾住他的香肩，取乐一回，又把太后要差人往房州去的事说了，叫他撺掇我去。婉儿道："这在我，我有些礼物，送与韦娘娘，等我修书一封，打动他便了，只是日后不要把我撇在脑后。"三思道："这个自然。"随即分手出宫。到了次日，太后有旨，着武三思速往房州公干。三思得了旨意，进宫辞别太后。太后叮咛数语，婉儿暗将礼物并书递与三思。三思随即起身。不多几日，已到房州，天色已晚，上店歇了，随叫手下假说是文爷在这里买些小货。

三思到了夜间，闲语中问及："庐陵王在这里可好么？"店主人道："王爷甚好，惟与比丘时常往来。这里有感德寺大和尚，号慧范，王爷朔望必到寺中，听他讲经说法；至于百姓，真是秋毫无犯。可惜这个好皇爷，不知为了甚么事，他母后不喜欢，赶了出来。"三思心上想道："庐陵如此举动，无异心可知的了。更喜今日是十四，明日是望日，待他出门，我去方妙。"过了一宵，明日捱到日中，跟了三四个小使，肩舆而至。门上人知是武三思，不知为甚么事体，忙去报知韦后。韦后叫太监进去问："那武爷是怎样来的？还有何人奉陪？"太监答了。韦后道："既如此，他与我们是至戚，不妨请进宫来相见。"太监出去请进宫来。

三思看见韦后走将出来，但见：

　　身躯袅娜，体态娉婷。鼻倚琼瑶，眸含秋水。生成秀发，尽堪
　盘窝龙髻；天与娇姿，谩看舞袖吴宫。

三思连忙拜将下去，韦后也回拜了。坐定，韦后问道："太后好么？"三思笑道："比先略觉宽厚些。"韦后垂泪道："我们皇爷，偶然触了母后一句，不想被逐，如今我夫妇不知何日再得瞻依膝下？"三思道："想皇爷不在宫中么？"韦后道："今早往感德寺，已差人去请了。不知武爷何来？"三思道："因上官婉儿思念娘娘，故赍书到此。"向靴里取出书来送与韦后，左右就把礼物放下。韦后把婉儿的书拆开，看了微笑。

忽见女奴进来报道："王爷回来了。"韦后进去，中宗出来，与三思叙礼坐定。中宗先问了母后的安，又叙了寒暄，彼此把朝政家事说了。中宗道："兄如今何往？寓在何处？"三思道："在府前饭店；暂过一宵，明日即行。"中宗道："岂有此理，兄不以我为弟耶，何欲去之速也！弟还有许多话问兄。"对左右说："武爷行李在寓所，你去吩咐他们取了来。"一回儿请到殿上饮酒。三思把安金藏剖腹屠肠说了，又把目今徐敬业讨檄一段，太后差李孝逸去剿灭，今差我到扬州，命娄师德去合剿，故此枉道来问候。中宗听了大怒道："李勣是太后的功臣，母后何等待他，不想他子孙如此倡乱。若擒住他，碎尸万段，不足以服其辜。"便命整席在后书斋，中宗进内更衣去了。三思见内已摆设茶果，又见刚才随韦后的宫奴，捧上茶杯，近身悄悄对三思道："武爷不要用酒醉了，娘娘还要出来与武爷说话。"正说时，中宗出来入席，大家猜谜行令，倒把中宗灌醉，扶了进去。

三思见里边一间床帐，已摆设齐整，两个小厮，住在厢房，三思叫他们先睡了，自己靠在桌上看书。不多时韦后出来，三思忙上前搂住道："下官何幸，蒙娘娘不弃？"韦后道："嗫声。"把手向头上取那明珠鹤顶与袖中的碧玉连环，放在桌上。韦后道："你却不要薄情待我。"三思道："我回去如飞在太后面前，说王爷许多孝敬，包你即日召回。"韦后道："如此甚好，妾鹤顶一枝，聊以赠君，所言幸勿负我。婉儿我不便写书，替我谢声；碧玉连环一副，乞为致之。"别了三思进去。三思在府中三日，恐住久了，太后疑心，就与中宗话别，上路回京。要知后事，且听下回分解。

第七十四回

改国号女主称尊　闯宾筵小人怀肉

词曰：

　　武氏居然改号，唐家殆矣堪哀。却缘妖梦费疑猜，留得庐陵还在。只怪僧尼恋色，怎教臣庶持斋。阿谁怀玉首将求，笑杀小人无赖。

调寄《西江月》

　　国势到颠危之际，还亏那有手段的出来，支倾振坠，做个中流砥柱；若都像那一班猪狗之徒，未有不把祖宗栉风沐雨之天下，拱手而付之他人。国号则改为周，宗庙则易武氏，视中宗、睿宗如几上之肉。岂知天不厌唐，拨乱反正之玄宗，早已挺生宫掖矣。

　　今且不说武三思在房州，别了中宗回来。且说有个傅游艺，原系无籍，因其友杜肃与怀义相好，怀义荐二人于太后，遂俱得幸，擢为侍御。游艺耸谀太后，更改国号，又请立武承嗣为太子。太后大喜，遂改唐为周，改元天授，自称圣神皇帝，立武氏七庙。正是：

　　　　皇后称皇帝，小君作大君。绝无仅有事，亘古未曾闻。

　　武三思回到京中，闻武承嗣欲谋为天子，心怀不平；及入宫复命，突遇上官婉儿，三思问："太后安否？"婉儿道："太后日来偶患目疾，如今叫沈南璆在那里医。王爷处怎么光景？"三思道："王爷日夕奉佛，作事甚好。韦娘娘已谐素愿，他说不及写书，送你碧玉连环一双，叫我多多致谢。"袖中取出连环付与婉儿收了。婉儿道："此时太后闲着，你快去见了。两日武承嗣在此营求为太子，你须小心承奉。"三思依言，随即进宫，朝见太后，称贺毕，把中宗如何思念太后，如何佛前保佑太后，细细说完；见太后默然，半晌不语。

　　一日太后夜梦不详，召狄仁杰详解。太后道："朕夜来梦见先帝授我鹦鹉一只，双翼披垂，朕抚弄移时，两翼再不能起。"仁杰道："武者陛下国姓，召回佳儿佳妇，则两翼振矣。"太后道："卿言甚是。但武承嗣求为太子，事当如何？"仁杰对道："文皇帝亲冒锋镝，以定天下，传之子孙。先帝以二子托陛下，今乃欲移之他族，无乃非天意乎？且姑侄与母子孰亲？陛下立子，则千秋万岁后，配飨太庙，承继无穷。陛下欲立侄，未闻有侄为天子，而祔姑于庙者也。"后悟，由是召回中宗。母子相见，悲喜交集不题。

一日，太后与三思在窗前细语，恰好昌宗兄弟进来。太后笑道："我正拟九个美人题在此，要众人分做。"昌宗在案上取来一看，却是美人浴、美人睡、美人醉许多好题目。尚未看完，只见太平公主携着婉儿的手走来。原来昌宗、易之，久与太平公主有染，太后亦微知其事。当日大家上前见了，太平公主道："苑中荷花大放，母后怎不去看，却在此弄这个冷淡生活？"太后笑道："正是同去看来。"随命摆宴在苑中，大家同到苑

中来。只见啸鹤堂前，那荷花开得红一片，绿一堆，芳香袭人。太后道："妙呀！两日荷花正在不浓不淡之间。"四围看了一遍，入席饮了一回酒。

太后道："今日之宴，实为赏心，宁可有诗无花？岂可有花无诗？"婉儿道："正是花、酒、诗四美具矣，岂可使他虚负！"太平公主道："花、酒、诗只有三样，为何说四美具？"婉儿道："难道人算不得一美的！"大家笑了一回，易之道："荷花吟咏甚多，何不以人喻之，方不盗袭。"太后道："五郎之言甚善。刚才诗题尚在上宫，快写出来。"昌宗道："在臣袖中。"取来送与太后，太后接了笑道："题目恰好十二个，只要随意描写，不要写出宫闱中身分，可拈阄取题，六人在此，一个做两首。"便命婉儿写了十二个阄子，成团儿放在盒儿里。先是太后拈了两个，其余各各拈齐。太后先向上边桌上，执笔而写；公主与婉儿两个，向旁边东首桌上做；三思与易之、昌宗，向近窗桌上凝思。太后不多时已做完，起身道："聊以涂鸦，殊失命题之意。"众人齐来看，只见上写道《美人醉》：

　　细酌流霞尽少年，宜都春好自陶然。玉山荡影无坚壁，银海光摇欲曳天。

　　黾勉添香还裹足，艰难临镜又凭肩。听郎唶语和郎笑，丐尔温存一霎眠。

第二题是《美人睡》：

　　罗家夫妇太轻狂，如许终宵一半忙。晓起自嫌星眼倦，午余犹觉锦衾凉。

朦胧楚国行云雨，撩乱梁家堕马妆。耳畔俏呼身乍转，粉腮凝汗枕痕香。

众人正在那里赞美，只见昌宗与婉儿的诗亦完。太后先把昌宗的来看，是《美人坐》：

咄咄屏窗对落晖，飞花故故点春衣。支颐静听林莺语，抱膝遥看海燕归。

爱把玉钗撩鬓发，闲将金尺整腰围。卖花墙外声声唤，懒得抬身问是非。

再有第二首是《美人忆》：

记得离亭折柳条，风姿何处玉骢骄？春情得梦虚鸳枕，世态依人几绨袍？

其雨日高谁适沐，曰归河广不容刀。金钱卜惯难凭准，乱剪灯花带泪抛。

太后赞道："这二首得题之神，清新俊逸，兼而有之。"看婉儿的诗，第一首是《美人浴》：

秋炎扶梦倚阑干，小婢传言待浴兰。绦脱渐松衫半掩，步摇徐解鬓重盘。

春含豆蔻香生暖，雨晕芙蓉腻未干。怪底小姑垂岁甚，俏拈窗纸背奴看。

第二首是《美人谑》：

盈盈十五惯娇痴，正是偷闲谑浪时。方胜叠香移月姊，绣裙围树笑风姨。

申严仲子三章法，细数诸姑百两期。何事俏将巾带裹？教人错认是男儿。

太后看了笑道："我说你是惯家，自与人不同；即使梓行于世，人亦不认是宫闱中做的。"只见三思也写完，呈将上来。太后一看，却是《美人语》：

何人输却口脂香，骂尽东风负海棠。连袂踏青忆款曲，临池对影自商量。

频嫌东陆行长日，未许西邻听隔墙。不尽喁喁绣幕外，细教鹦鹉数檀郎。

第二题是《美人病》：

悄裹常州透额罗，画床绮枕皱凌波。原因忆梦成消瘦，错认伤春受折磨。

蕑彩情怀今寂寞，踏青竟况久蹉跎。儿家夫婿谁知道？减却腰围剩几多？

只见太平公主也呈上来，却是《美人影》：

何事追随不暂离？惯将肥瘦与人知。日中斜傍花荫出，月下横移草色披。

避雨莫窥眉曲曲，摇风多见袖垂垂。堪怜临水萍开处，白小吹波乱唼伊。

第二题乃《美人步》：

款蹴香尘冉冉移，畏行多露滑春泥。花荫点破来无迹，月影冲开去有期。

觅句推敲何觉懒？寻芳摇曳故教迟。玉奴步步莲花地，应为东风异往时。

太后未及品题，张易之也完了呈上，却是《美人立》：

凝睇中天顾影明，迟回却望最含情。斜抱琵琶空占影，稳垂环珮不闻声。

闲将衣带和衫整，懒为花枝绕砌行。露湿弓鞋犹待月，小鬟频唤未将迎。

第二题是《美人歌》：

雍门三日有余声，不为骊驹唱渭城。子夜言情能婉转，罗敷诉怨最分明。

朱唇乍启千人静，皓齿才分百媚生。谱尽香山长恨句，听来真与燕莺争。

太后看了笑道："你四人的诗，不但俱得香奁之体，如出一人之手。"正说时，只见宫奴捧着莲花三四枝进来，三思把一枝置于昌宗耳边，戏道："六郎面似莲花。"太后笑说道："还是莲花似六郎耳。"饮酒笑说了一回。

三思、昌宗、易之等散出，太后着内监牛晋卿去召怀义。那晓得怀义自做了鄂国公之后，积蓄多金，倚势骄蹇，私藏着极美的妇人，日夜取乐。这日正吃得大醉，忽见牛晋卿传太后有旨宣召。怀义怒道："这里娇花嫩蕊，尚不暇攀折，况老树枯藤乎？你且回去，我当自来。"晋卿无奈，只得回宫，以怀义之言实告。太后听了，不觉大怒道："秃子恁般无礼！前者火烧天堂，延及明堂，都因此秃；今又如此可恶！"正在大怒之际，恰好太平公主进来，见太后大怒，忙问其故。晋卿将怀义之言说知。公主道："秃奴无礼极矣！母后不须发怒，待儿明日处死他便了。"太后道："须处得泯然无迹。"太平公主领命而出。

明日绝早起身，选了二三十个壮健宫娥去苑中伏着；又叫两个太监，往召怀义，哄他进苑来。那怀义因宵来酒醉失言，懊悔无及，又闻差人来召他，正要粉饰前非，即同二太监从后宰门进宫。太平公主先令宫娥于半路传谕道："太后在苑中等着，可快进去。"怀义并不疑心，忙进苑来，宫娥引到幽僻之处，只见太平公主坐着，将一纸叫他看。怀义拿来一看，却是王求礼请阉怀义疏的。两个内监，即时动手割阉，又加痛打，不消半刻，怀义气绝身亡，将尸首装入蒲包内，送到白马寺中，放火烧了，回奏太后不题。

且说太后因明堂火灾，天堂中所供佛像，都已损坏；又四方水旱频仍，各处奏报灾异，遂下诏着百官修省，禁止民间屠宰，甚至鱼虾之类，亦不许捕捉。这禁屠之令一下，军民士庶，无不凛遵。其时翼国公秦叔宝致仕家居，尚有老母在堂，叔宝极尽孝养。其子秦怀玉，蒙高祖赐婚单雄信之女，生二子，长名秦琮，次名秦瑀。瑀娶拾遗张德之女，一胎双生二子，叔宝与叔宝之母，俱甚欢喜。到满月时，为汤饼之会，朝中各官，都往称贺。叔宝父子开筵宴客，张德亦在座，傅游艺与杜肃也随众往贺，一同饮宴。只见杯盘罗列，水陆毕具，极其丰腆。张德对着众官道："若论奉诏禁屠，今日本不该有此陈设。只因敝亲翁老年得这曾孙，不胜欣喜，又承诸公枉顾，不敢亵慢，故有此席，违禁之愆，仰祈容庇。"叔宝父子也一齐拱手道："总求诸兄见原。"众官俱唯唯，只有傅游艺、杜肃这两个小人，口虽答应，心里不然；要想去太后面前出首献功。游艺目视杜肃而笑，杜肃会意，乘着众人酌酒酬酢之时，暗将盘中肉馅包子一枚，藏于袖内，至晚散席，各自别去。

次日早朝已罢，百官俱退，游艺、杜肃独留身奏事，随太后至便殿。太后问道："二卿欲奏何事？"杜肃奏道："陛下遇灾修省，禁止屠宰，人皆奉法，不敢有犯。大臣之家，尤宜凛遵诏旨。乃翼国公之子秦怀玉，因次子秦瑀生男宴客，臣与傅游艺俱往赴宴，见其珍羞毕备，干犯明禁。臣已窃怀其一物为证。乞陛下治其违旨之罪，庶臣民知畏，诏令必行。"奏罢，将昨日所袖的肉馅包子献上。傅游艺亦奏道："拾遗张德徇庇姻私，嘱托众官使相容隐，殊属不法，亦宜加罪。"太后闻奏，微微而笑，即传旨召秦怀玉、张德。

少顷，二人宣至。太后问秦怀玉道："闻卿次子秦瑀之妻张氏，连举二雄；秦家得子，张家得甥，大是喜事。"怀玉与张德，俱顿首称谢。太后道："昨日在家宴客乎？"怀玉奏道："臣父因祖母年高，欲弄孙以娱之，偶召亲故小饮，不识陛下何以闻知？"太后命左右将那肉馅包子与他看，笑道："此非卿家筵上之物耶？张拾遗虽欲为卿隐蔽，其如有怀肉出首之人何？"怀玉与张德俱大惊，叩头道："臣等干犯明禁，罪当万死。"太后道："朕禁止屠宰，为小民无端聚饮，残害物命故耳。至于吉凶庆吊之所需，原不在禁内。卿父为开国功臣，且又年老，况有老母在堂，今喜连得二曾孙，汤饼嘉会，击鲜烹肥，理固宜然，岂朕所禁？但卿自今请客，亦须择人。"因指着傅游艺、杜肃道："如此等辈，不必再请也。"怀玉、张德叩头谢恩而退。傅游艺、杜肃羞惭无地，太后挥之使出。二人出得朝门，众官无不唾骂。正是：

莫道老妖作怪，有时却甚通情。犯禁不准出首，小人枉作小人。

太后思念昔日功臣，死亡殆尽，又闻程知节亦谢世，凌烟阁上二十四人，惟秦叔室一人尚在；喜其得了曾孙，特命以彩缎二十端，金钱二贯，赐与新生的二小儿；又赐二名，一名思孝，一名克孝。叔宝父子俱入朝谢恩。不及一月，叔宝之母身故，叔宝因哭母致病，未几亦亡。太后闻讣，为之辍朝三日，赐祭赐谥。正是：

　　开国元勋都物故，空留画像在凌烟。

第七十五回

释情痴夫妇感恩　伸义讨兄弟被戮

词曰：

　　有意多缘，岂必尽朱绳牵接。只看那红拂才高，药师情热。司马临邛琴媚也，文君志向何真切。乍相逢，眼底识英雄，堪怡悦。

　　有一种，天缘结。有一种，萍踪合。叹芳情未断，痴魂未绝。不韦西秦曾斩首，牛金东晋亦诛灭。这其间，史册最分明，何须说？

　　　　　　　　　　　　调寄《满江红》

　　天下治乱尝相承，久治或可不至于乱，而乱极则必至于复治；虽无间世首出之王者，亦必有拨乱反正之英主，挺生于其间。有英主，即有一二持正不阿之元宰，遇事敢言之侍从，应运而兴，足以挽回天意，维持世道，其关系岂浅鲜哉！

　　今且不说中宗到京，尚在东宫。太后依旧执掌朝政，年齿虽高，淫心愈炽；又以张昌宗为奉宸令，每内廷曲宴，辄引诸武、二张饮博嘲谑；又多选美少年，为奉宸内供奉，品其妍媸，日夜戏弄。魏元忠为相，奏道："臣承乏宰相，使小人在侧，臣之罪也。"元忠秉性忠直，不畏权势，由是诸武、二张深怨。太后亦不悦元忠。昌宗乃谮元忠私议道："太后年老，且淫乱如此；不若挟太子为久长，东宫奋兴，则狎邪小人，皆为避位矣！"太后知之大怒，欲治元忠。昌宗恐怕事不能妥，乃密引凤阁舍人张说，赂以多金，许以美官，使证元忠。张说思量要推不管，他就变起脸来，不好意思；倘若再寻了别个，在元忠宰相身上，有些不妥；我且许之，且至临期再商，只得唯唯而别。

　　太后明日临朝，诸臣尽退，止留魏元忠与张昌宗廷问。太后道："张昌宗，你几时闻得魏元忠私议的？却与何人说之？"昌宗道："元忠与凤阁舍人

张说相好,前言是对张说说的,乞陛下召张说问之,便知臣言不谬。"太后即命内监去召张说。是时大臣尚在朝房探听未归,闻太后来召张说,知为元忠事。说将入,吏部尚书宋璟谓说道:"张老先生,名义至重,鬼神难期,不可徇情行止,以求苟免;获罪流窜,其荣多矣。倘事有不测,璟等叩阍力争,与子同生死。努力为之,万代瞻仰,在此一举也!"又有左史刘知几道:"张先生无污青史,为子孙累。"张说点头唯唯,遂入内庭。太后问之,张说默然无语。昌宗从旁促使张说言之。张说便道:"臣实不闻元忠有是言,但昌宗逼使臣证之耳。"太后怒道:"张说反复小人,宜一并治之!"于是退朝。隔了几日,太后叫张说又问,说对如前。太后大怒,元忠贬高要尉,说流岭表。昌宗因张说不肯诬证元忠,挟太后之势,连夜要促他起身。

却说张说有爱妾姓宁,名怀棠,字醒花;生时母梦人授海棠一枝,因而得孕,其诸母戏道:"海棠睡未足耶!"其母道:"名花宜醒不宜睡。"故号醒花。及归张说,时年十七,姿容艳丽,文才敏捷。张说所有机密事故,俱他掌管。一日有个同年之子,姓贾名全虚,父亲贾恪,官拜礼部尚书。全虚年方弱冠,应试来京,特来拜望张说,因见全虚年少多才,留为书记;凡书札来往,皆彼代笔,住在家中。忽忽过了一夏,秋来风景,甚是可人;残梧落叶,早桂飘香。全虚偶至园中绿玉亭前闲顽,劈面撞见了醒花。全虚色胆如天,竟上前深深作揖道:"小生苏州贾全虚,偶尔游行,失于回避,望娘子恕罪。"那醒花也不回言,答了一礼,竟望里边进去了。醒花心上思想起来:"吾家老爷,只说贾相公文学富赡、家世贵显,并不题起他丰姿秀雅,性格温和;看他举止安静,决不像个落薄之人。吾今在此,虽然享用,终无出头之日。"倒有几分看上他的意思。全虚虽然一见,并不知此是何人,又无从那里访问,胸中时刻想念,只索付之无可如何。

过了一日,正直张说有事,全虚出去打听了回家,独坐书斋。月色如昼,听见窗外有人嗽声。全虚出来一看,见一女郎缓步而至。全虚惊问,女郎答道:"吾乃醒娘侍女碧莲。曩日醒娘亭前一见,偶尔垂情,至今不忘。兹因老爷在寓，即日起行，醒娘欲见郎君一面，特命妾先容。"语未完，只见醒花移步而来，满身香气氤氲。全虚迎上一揖道："绿玉亭前，瞥然相遇，度娘子决不是凡人，所以敢于直通款曲。今幸娘子降临，天遣奇缘，若是娘子不弃，便好结下百年姻眷了。"那醒花却也安雅，徐徐的答道："我在府中一二年，所见往来贵人多矣，未有如君者。君若不以妾为残花败絮，请长侍巾栉。承此多故之际，如李卫公之挟张出尘，飘然长往，未识君以为可否？"全虚道："承娘子谬爱，全虚有何不可；只是年伯面上不好意思。"醒花道："你我终身大事，那里顾得，须自为主张。"碧莲携着酒肴，二人对酌。全虚道："卿字醒花，只恐夜深花睡去，奈何？"醒花笑道："共君今夜不须睡，否则恐全虚此一刻千金也。"相与大笑。碧莲道："隔墙有耳，为今之计，三十六着，走为上着。"疾忙收拾，连夜逃遁。正是：

　　婚姻到底皆前定，但得多情自有缘。

早已有人将此事报知张说。张说差人四下缉获住了，来见张说。张说要把全虚置之死地，全虚厉声道："睹色不能禁，亦人之常情。男子汉死何足惜，只是明公如此名望素著，如此爵禄尊荣，今虽暂谪，不久自当迁擢，安知后日宁无复有意外之虞，缓急欲用人乎？何靳一女子而置大丈夫于死地？窃谓明公不取也。且楚庄王不究绝缨之事，袁盎不追窃姬之书生，杨素亦不穷李靖之去向，后来皆获其报，岂明公因一女子，而欲杀国士乎？"张说奇其语，遂回嗔作喜道："汝言似亦有理。今以醒花赠汝，并命家人厚具奁资赠之。"全虚也不推辞，携之而去。太后闻知，以张说能顺人情，不独不究前事，且命以原官兼为睿宗第三子隆基之傅。这隆基即后来中兴之主玄宗皇帝也；但那时节正未得时，太后亦等闲视之。

其时太后所宠爱的人，自诸武而外，只有太平公主与安乐公主。那安乐公主乃中宗之女，下嫁于太后之侄武崇训。太后从武氏一脉推爱，故亦爱之。他倚了夫家之势，又会谄媚太后，得其欢心，因便骄奢淫佚，与太平公主一样的横行无忌。

一日，两个公主同在宫中闲坐，偶见壁上挂着一轴美人斗百草的画图，且是画得有趣，有《西江月》词道得好：

　　春草春来交茂，春闺春兴方浓。争教小婢向园中，偏觅芳菲种种。各出多般多品，争看谁异谁同。因何一笑展欢容，斗着宜男心动。

太平公主看了画图，对安乐公主说道："美人斗草，春闺韵事；今方二月，百草未备。待春深草茂之时，我和你做个斗草会，大家赌些甚么，如何？"安乐公主欣然应诺。到得三月初旬，正欲预遣宫女们去御苑中采觅各种异草，适上官婉儿来闲话，闻知其事，因说道："公主若但使人觅草，只怕你会觅，他也会觅，何能取胜？必须觅得一件他人所必无之物方好。"公主："你道那一件是他人所无的？"婉儿道："这倒不必拘定是草不是草，只要与草相类的便了。"公主道："你且说何物与草相类？"婉儿道："草为地之毛，人身有五毛，亦如地之有草，五毛之中须为贵。吾闻南海祇洹寺塑的维摩诘之像，其须乃晋朝名公谢灵运面上的，此真世间有一无二的东西，得此一物，定可取胜。"安乐公主闻言大喜。

原来晋时谢灵运，一代名人，官封康乐郡公，生得一部美髯，不但人人欣羡，自己亦甚爱惜。后因犯罪罹刑，临死之时，不忍埋没此须，亲自剪付众人。其时适当南海祇洹寺内装塑维摩诘像，遗命将此须舍为维摩诘法像之须。后世因相传为此寺中一件胜迹。那维摩诘是释迦牟尼佛同时的人，他与文殊菩萨最相善，其往来问答之语，载在内典。今藏经中有维摩诘所说经；此乃西天一个未出家不落发的居士，所以塑其像者，要用须髯。

闲话少说。且说安乐公主听了上官婉儿之言，立即密遣内侍林茂飞骑往南海祇洹寺，将维摩诘之须，剪取一半，以备斗草之用。林茂即行之后，公主又想："我若取须之半，倘太平公主知道，也遣人去剪了那一半来，却不大家扯直了；不如一并剪取，一则斗草必胜，二则留此一部全须，以为奇事，却不甚妙？"遂令遣内侍阳春景，星夜前往。比及到半途，已见林茂转来了。阳春景一面自去剪取余须，林茂自将先剪之须，回宫复命。原来太平公主，正约定这一日与安乐公主各出珍奇宝顽，在长春宫内满绿轩中斗草赌胜，请上官婉儿监局。却好正值见林茂到了，料道须已取得，心中欢喜；且不说破，便先将各样异草相比。只见他多的，我也不少；我有的，他也不无，两家赌个持平。安乐公主道："地上的草，不如人身上的草，我有一种草，是古人身上遗留下来的，岂非世上无双之物？"太平公主问是何物。安乐公主道："是晋人谢灵运之须。"太平公主道："吾闻谢灵运死时，已将此须舍与祇洹寺装塑在维摩诘面上了，你何从得之？"安乐公主笑道："灵运能舍，我能取，今已取得在此了。"便叫林茂快把来看。林茂捧过一个锦囊，于中取出须来，放在桌上，果然好须，却像在生人颏下剪下来的，极其光润。

正看间，可煞作怪，忽地轩前起一阵香风，把须儿吹向空中，悠悠扬扬的飘散。林茂不知高低，赶着风，向空捉搦，指望抢得几茎，却被阶石绊了一跌，把右臂跌坏，卧地不能起。众内侍扶之出宫，太平公主道："佛面上的须，原不该去剪他，今此报应，必是佛心不喜。"上官婉儿闻言，自想："这件事，是我说起的。"心上好生惊骇不安，默然无语。安乐公主还强争道："且莫闲讲，斗草要算我胜了。"太平公主笑道："莫说须原当不得草，只今须在那里哩！正好大家不算输赢罢了。"当时嬉笑宴饮而散。安乐公主虽然未赢，却也不输，只可惜须儿被风吹去，不曾留得；还想那一半，即日取到，好留为珍秘。

又过了好几日，阳春景方取得余须回报。原来那阳春景，也于路上跌坏了右臂，故而归迟。公主既得了须，十分欢喜；正拿在手中细看，却又作怪，一霎时香风又起，又把须儿吹入空中去了。香风过后，继以狂风，将庭前树上开的花卉，尽皆吹落，不留一朵，众俱大骇。有词为证：

> 灵运面，维摩面，何妨佛面如人面。此须借作彼须留，怎因嬉戏轻相剪？才喜见，吹不见，不许妖淫女子见。谁将金剪向慈容，剪得须时两臂断。

当下安乐公主惊惧之极，合掌向空忏悔。太平公主与上官婉儿闻知，更加骇异。于是三个女子各捐帑千金，给与祇洹寺，增修殿宇，重整金身，不在话下。

且说那时朝中大臣，自狄仁杰死后，只有宋璟极其正直，丰采可畏，太后亦敬礼之，诸武都不敢怠慢他。至于张易之、张昌宗两个，其畏惮宋璟，与向日畏惮狄仁杰一般。当初狄仁杰存日，适海国进贡一裘，名曰集翠裘，乃集翠鸟身上软毛做成的，最轻暖鲜丽，是一件奇珍难得之物。张昌宗见而欲之，恃爱乞恩求赐，太后便把来赐与他。昌宗谢了恩，便就御前穿着起来，太后看了笑道："你着了此裘，越觉妩媚了。"昌宗欣欣得意。

适狄仁杰入宫奏事，太后既准其所奏之事，意欲引仁杰与昌宗亲昵，因见几案之上，有棋局棋子，遂命二人对坐弈棋。二人领旨，彼此坐定。太后道："棋高者用白棋，昌宗棋颇高。"仁杰起身奏道："臣自信是精白一心，涅而不淄之人，弈虽小数，愿从其类，请用白者。"太后道："任卿取用可也，但你二人，须各赌一物，今所赌何物？"仁杰道："请即赌昌宗身所穿之裘。"太后道："卿以何物为对？"仁杰道："臣亦即以身所穿紫袍为对。"太后笑道："此集翠裘，价逾千金，卿袍安能与相抵？"仁杰道："此袍乃大臣朝见奏对之衣；昌宗此裘，乃嬖佞宠幸之服。以袍对裘，臣犹不屑也。"太后闻言，笑而不答。昌宗心觊气沮，遂累局连北。仁杰即对御褫其裘，披于身上，谢恩而出。出至光范门，便脱下来，付家奴服之而归，太后知之，亦置不问。因此群小都畏惮他。在廷正人，如张柬之、桓彦范、敬晖、袁恕己、崔元晖等，又皆仁杰所荐引，与宋璟共矢忠心，誓除逆贼。

一日同中宗南山出猎。张柬之五人随骑而行，到了山中幽僻之处，五人下马奏道："臣等幽怀向欲面奏，因耳目众多，不敢启齿；今事势已迫，不能再隐。臣思陛下年德皆备，太后惑二张言语，贪位不还。近闻二张宠幸太过，太后欲将宝位让与六郎，万一即真，则置陛下于何地？臣等情急，只得奏闻。陛下筹之。"中宗闻言大惊道："为今奈何？"柬之道："直须杀却张武乱臣，方得陛下复位。"中宗道："太后尚在，怎生杀得？"柬之道："臣定计已久，无烦圣虑，但恐惊动圣情，故先与闻。"中宗道："二张可杀；武氏之族，系我中表之亲，望看太后之面留之。"柬之道："臣兵至宫闱，不遇则已，如或遇着，恐刀剑无情，不能自主。"中宗道："孤若得位，反周为唐，当封汝等为王。"柬之称谢。遂草草猎毕而回，归至朝门，各各散去。

中宗回至宫中，恰好武三思那日晓得中宗出猎，正与韦后在宫顽耍，见左右报说王爷回来，三思惊得身子战栗。韦后道："不须害怕，我同你在外头书室里去打一盘双陆，他进来看见了，包你不说一声，还要替我们指点。"三思没奈何，只得随韦后出来，坐了对局。中宗走进来，看见笑道："你两个好自在，在此打双陆。"三思忙下来见了。中宗道："你们可赌甚么？"韦后道："赌一件玉东西。"中宗坐在旁边道："待我点筹，看你们谁赢。"下了两局，大家一胜一北，第三盘却是三思输了。中宗道："甚么玉东西，拿出来。"三思道："粗蠢之物，陛下看不得的，改日还要与娘娘复局。天已昏黑，臣要回去了。"中宗道："今夜且在此用了夜宴，然后回去何妨？"

三思同中宗到内书房里，只见灯烛辉煌，宴已齐备，二人坐了。三思道："我们怎么样吃酒？"中宗想道："我且卜一卦，看外廷之事如何？"便道："掷个状元罢！"三思道："状元虽好，只是两个人有何意味？"中宗道："你与我总是亲戚，我请娘娘与上官昭仪出来，四人共掷，岂不有趣？"三思见说，心中大喜，道："妙。"中宗吩咐左右。只见韦后与上官昭仪俱素净打扮，另有一种袅娜韵致。大家坐了掷起，不多几掷，中宗就是一个幺浑纯，三人鼓掌笑道："妙呀！状元还是殿下占着。"中宗道："好便好，只是幺色；若是纯六，再无人夺去。"三思道："说甚话来，一是数之始，绝妙的了，所谓一元复始，万象更新，快奉一巨觞与殿下。"中宗饮干，三人又掷。上官昭仪掷了四个四，说道："好了，我是榜眼。"韦后道："不要管榜眼探花，也该吃一杯；等我掷六个四出来，连殿下都扯下来。"两个在那里掷，中宗心上想："此时初更时分，怎么还不见动静；若是他们做不来，不如且放三思回家去。我今叫人去打听一回。"就叫婉儿道："你看他两个再掷，有了探花，我就要考了。我去一回就来。"

三思见中宗去了，把椅子移近了韦后，名虽掷色，免不得捏手捏脚。昭仪知趣，笑道："娘娘，妾去看看王爷来。"韦后恨不得昭仪起身去了。韦后连侍女们也都遣开，正待与三思做些勾当，只见昭仪嚷将进来道："娘娘，不好了！"二人听见，忙走开坐了，问道："有甚么不好？"话未说完，只见中宗已在面前叫道："武大哥，我叫婉儿陪你，暂且后边阁中坐一回儿。"三思道："此时为甚人声鼎沸？"中宗便把张柬之等五人，要斩绝张、武二氏，我再三劝他，不要加害于你，二张想已诛矣！三思听见，忙双膝跪下道："万岁爷救臣之命！"只见身上战栗不已。韦后道："皇爷留你在此，自有主意，何必惊惧？"说时只见许多宫奴，跑进来禀道："众臣在外，请皇爷出去。"中宗忙叫婉儿，推三思到阁中去了，即便来到外面。

原来张柬之等统兵已到中宫，恰好二张正与武后酣寝，躲避不及，被军士们一刀一个，双双杀了。太后大惊，柬之等请太后即日迁入上阳宫，取了玺绶，来见中宗奏道："太后已迁，玉玺已在此，众臣都在殿上，请陛下速登宝位。"中宗升殿，柬之等先献上玺绶，又将张昌宗、张易之首级呈验，然后各官朝贺，复国号曰唐，仍立韦后为皇后，封后父元贞为上洛王，母杨氏为荣国夫人；张柬之等五人，俱封为王。柬之道："武三思一门，必欲如二张之罪诛之。前蒙陛下吩咐，只得姑免。今若仍居王位，臣等实难与为僚。"中宗听了，不得已削三思王位为司空。众人谢恩出朝。洛州长史薛季昶对五王说道："二凶虽除，产禄犹存，去草不除根，终当复生。"五王道："大事已定，彼犹几肉耳，何复能为？"季昶叹道："三思不死，我辈不知死所矣！"中宗改元神龙，尊武后号曰则天大圣皇帝，封弟旦为湘王，大赦天下，万民欢悦。

  太后被柬之等迁到上阳宫去，思想前事，如同一梦，时常流泪，患病起来，日加沉重。三思心上不好意思，只得进宫去问候，见太后睡卧，颜色黄瘦，不胜骇叹道："臣因多故，不便时常进宫，不意圣容消瘦如此。"便把手来着体抚摩。太后对三思道："我的儿呀，你许久不进来，可知我病已入膏肓，只在旦夕要长别了，不知我宗族可能保全否？"三思道："不必陛下忧烦，圣上已面许生全武氏，尊体还当着意调摄，自然痊愈。"三思又诉张柬之等凶恶，所以不能时进宫来，说罢大哭。太后叹一声道："儿呀，近闻得韦后与你私通，甚是欢爱，你去诉与他知，叫他设计，除此五恶，我属可高枕矣。"三思点首，太后道："你去请皇上来，我有话吩咐他。"三思出去，与中宗说知。中宗忙到上阳宫，太后叮咛了一回。过了两日，太后驾崩，中宗颁诏天下，整治丧礼不题。

  且说三思门下，兵部尚书宗楚客、御史中丞周利用、侍御史冉祖雍、太仆李俊、光禄丞宋之逊、监察御史姚绍之，为之耳目，是为五狗；与韦后、婉儿日夜谮柬之等五王不已。三思阴令人疏皇后秽行，榜于天津桥，请加废黜。中宗知之，不胜大怒，命监察御史姚绍之穷究其事。绍之奏言敬晖等五王使人为之，虽曰废后，实谋大逆，请族诛张柬之等，以雪皇后之愤，中宗命法司结其罪案，将柬之等五名流边远各州。三思又遣人矫制于途中杀之。三思方得放心，于是权倾天下，谁不惧着他？中宗也没了主意，每事反去问他，亦听其节制。况韦后一心爱他，常对他说道："我必欲如你姑娘，自得登临宝位，方遂我心。"未知后事如何，且听下回分解。

第七十六回

结彩楼嫔御评诗 游灯市帝后行乐

词曰：

　　试诵斯干训女，无非还要无仪。炫才宫女漫评诗，大亵儒林文字。

　　帝后嫔妃公主，尊严那许轻窥。外臣陪侍已非宜，怎纵俳优谑戏？

调寄《西江月》

　　人亦有言，男子有德便是才，女子无才便是德，盖以男子之有德者，或兼有才，而女子之有才者，未必有德也。虽然如此说，有才女子，岂反不如愚妇人？周之邑姜序于十乱，惟其才也。才何必为女子累，特患恃才妄作，使人叹为有才无德，为可惜耳。夫男子而才胜于德，犹不足称，乃若身为女子，秽德彰闻，虽凤具美才，创为韵事，传作佳话，总无足取。故有才之女，而能不自炫其才，是即德也；然女子之炫才，皆男子纵之之故，纵之使炫才，便如纵之使炫色矣。此在士庶之家且不可；况皇家嫔御，宜何如尊重，岂可轻炫其才，以至亵士林而渎国体乎？无奈唐朝宫禁不严，朝臣俱得见后妃公主，侍宴赋诗，恬不为怪，又何有于嫔御之流？甚或宦官宫妾与俳优侏儒，杂聚谐谑，狂言浪语，不忌至尊，殊堪嗤笑。

　　如今且不说中宗昏暗，韦后弄权。且说那时朝臣中，有两个有名的才子：一姓宋，名之问，字延清，汾州人氏，官为考功员外郎；一姓沈，名佺期，字云卿，内黄人氏，官为起居郎。若论此二人的文才，正是一个八两，一个半斤。那宋之问，更生得丰雅俊秀，兼之性格风流，于男女之事，亦甚有本领。他在武后时已为官，因见张易之、张昌宗辈，俱以美丈夫为武后所宠幸，富贵无比，遂动了个羡慕之心；又每于御前奏对之时，见武后秋波频转，顾盼着他，似有相爱之意，却只不见召他入内；他心痒难忍，托一个极相契的内监于武后前从容荐引，说他内才外才都妙。武后笑道："朕非不爱其才，但闻其人有口臭，故不便使之入侍耳。"原来宋之问，人虽俊雅，却自小有口臭之疾，曾有人在武后前说及，故武后不欲与之亲近。当时内监将武后所言，述与宋之问听了。之问甚是惭恨，自此日常含鸡舌香于口中，以希进幸。即此一端，可知是个有才无品行的人了。

那沈佺期亦与张易之辈交通，后又在安乐公主门下走动，曾因受赃被劾，长流欢州，夤缘安乐公主，复得召用。安乐公主强夺临川长宁公主旧第，改为新宅，邀中宗御驾游幸，召沈佺期陪往侍宴，因命赋诗，以纪其事，限韵天字。佺期应制，即成一律云：

　　　　皇家贵主好神仙，别业初开云汉边。山出尽如鸣凤岭，池成不让饮龙川。
　　　　妆楼翠幌教春住，舞阁金铺借日悬。敬从乘舆来至此，称觞献寿乐钧天。

中宗与公主见诗，十分赞赏。公主道："卿与宋之问齐名，外人竞称沈宋，今日赋诗，既有沈不可无宋。"遂遣内侍，立宣之问到来，也要他作诗一首；先将佺期所咏，付与他看过。公主道："沈卿已作七言律诗，卿可作五言排律罢。"宋之问道："佺期蒙皇上赐韵，臣今亦乞公主赐一韵。"公主笑道："卿才空一世，便用空字为韵何如？"之问领命，即赋一律云：

　　　　英藩筑外馆，爱主出皇宫。宾至星槎落，仙来月宇空。
　　　　玳梁翻贺燕，金埒倚长虹。箫奏秦台里，书开鲁壁中。
　　　　短歌能驻日，艳舞欲娇风。闻有淹留处，山阿花满丛。

诗成，公主欢赏。中宗看了，亦极称赞，命各赐彩币二端。公主又另有赏赉。二人谢恩而出。那沈佺期心甚怏怏，你道为何？盖因当时沈宋齐名，不相上下，今见公主独称宋之问才空一世，为此心中不服。

至景龙三年，正月晦日，中宗欲游幸昆明池，大宴朝臣。这昆明池，乃是汉武帝所开凿。当初汉武帝好大喜功，欲征伐昆明国，因其国有滇池，方三百里，极为险要。故特凿此昆明池，以习水战。此地阔大宏壮，池中有楼台亭阁，以备登临。

当下中宗欲来游幸宴集，先两日前，传谕朝臣，是日各献即事五言排律一篇，选取其中佳者，为新翻御制曲。于是朝臣都争华竞胜的去做诗了。

韦后对中宗道："外庭诸臣，自负高才，不信我宫中嫔御，有才胜于男子者。依妾愚见，明日将这众臣所作之诗，命上官昭容当殿评阅，使他

们知宫庭中有才女子，以后应制作诗，俱不敢不竭尽心思矣。"中宗大喜道："此言正合吾意。"上官婉儿启奏道："臣妾以宫婢而评品朝臣之诗，安得他们心服？"中宗笑道："只要你评品得公道确当，不怕他们不心服。"遂传旨于昆明池畔，另设帐殿一座；帐殿之间，高结彩楼，听候上官昭容登楼阅诗。

此旨一下，众朝臣纷纷窃议：也有不乐的，以为亵渎朝臣；也有喜欢的，以为风流韵事。到那日，中宗与韦后及太平公主、安乐公主、长宁公主、上官昭容等，俱至昆明池游顽，大排筵宴。诸臣毕集，朝拜毕，赐宴于池畔。帝后与公主辈，就帐殿中饮宴。酒行既罢，诸臣各献上诗篇。中宗传谕道："卿等虽俱美才，然所作之诗，岂无高下。朕一时未暇披览，昭容上官氏，才冠后宫，朕思卿等才子之诗，当使才女阅之，可作千秋佳话，卿等勿以为亵也。"诸臣顿首称谢。中宗命诸臣俱于帐殿彩楼之前，左边站立，其诗不中选者，逐一立向右边去。

少顷，只见上官婉儿头戴凤冠，身穿绣服，飘轻裙，曳长袖，恍如仙子临凡。先向中宗与韦后谢了恩，内侍宫女们簇拥着上彩楼，临楼槛而坐。楼前挂起一面朱书的大牌来，上写道：

  昭容上官氏奉诏评诗，只选其中最佳者一篇，进呈御览；不中
选者，即发下楼，付还本官。

槛前供设书案，排列文房四宝。内侍将众官诗篇呈递案上。婉儿举笔评阅。众官都仰望着楼上。须臾之间，只见那些不中选的诗，纷纷的飘下楼来，众人争先抢看，见了自己名字，即便取来袖了，默默无言的立过右边去。只有沈佺期、宋之问二人，凭他落纸如飞，只是立着不动，更不去拾来看。他自信其诗，与众不同，必然中选。不一时，众诗尽皆飘落，果然只有沈宋二人之诗，不见落下。

沈佺期私语宋之问道："奉旨只选一篇，这二诗之中，毕竟还要去其一。我二人向来才名相埒，莫分优劣，只看今日选中那一个的诗，便以此定高下。以后勿得争强。"宋之问点头笑诺。良外，只看又飘飘的落下一纸，众人竞取而观之，却是沈佺期的诗。其诗云：

  法驾乘春转，神池像汉回。双星遗旧石，孤月隐残灰。
  战蚁逢时去，恩鱼望幸来。山花缇绮绕，堤柳帐城开。
  思逸横汾唱，歌流宴镐杯。微臣彫朽质，差睹豫章才。

诗后有评语云：

  顽沈、宋二诗，工力悉敌。但沈诗落句辞气已竭，宋作犹陡然
健举，故去此取彼。

众人方聚观间，婉儿已下楼复命，将宋之问的诗呈上。中宗与韦后及诸公主传观，都称赞好诗，并称赞婉儿之才。中宗即召诸臣至御前，将宋之问的诗，传与观看。其诗云：

  春豫灵池会，沧波帐殿开。舟凌石鲸动，槎拂斗牛回。

> 节晦蓂全落，春迟柳暗催。象溟看浴景，烧劫辨沉灰。
> 镐饮周文乐，汾歌汉武才。不愁明月尽，自有夜珠来。

原来汉武帝当初凿此昆明池之时，池中掘出黑灰数万斛，不知是何灰，乃召东方朔问之。东方朔道："此须待西域梵教中人来问之便晓。"后来西方有人号竺法兰者，入中国，因以此灰示之，问是何灰。竺法兰道："世界终尽，劫火洞烧，此乃劫烧之余灰也。东方朔固已知之矣，何待吾言耶！"又池中有台，名豫章台，台下刻石为鲸鱼，每至雷雨，石鱼鸣吼震动，旁有二石人，传闻是星陨石，因而刻成人像。有此许多奇迹，故二诗中都言及之。

当下众官见了宋之问的诗，无不称羡；沈佺期也自谓不及。中宗并索佺期之诗来看，又看了婉儿的评语，因笑道："昭容之评诗，二卿以为何如？"二人奏言评阅允当。中宗又问："众卿之诗，多被批落了，心服否？"众官俱奏道："果是高才卓识，即沈宋二人，尚且服其公明，何况臣等。"中宗大悦，当日饮宴极欢而罢。自此沈佺期每逊让宋之问一分，不敢复与争名。正是：

> 漫说诗才推沈宋，还凭女史定高低。

且说中宗为韦后辈所顽弄，心志蛊惑，又有那些俳优之徒、谄佞之臣，趋承陪奉，因此全不留心国政，惟日以嬉游宴乐为事。时光荏苒，不觉腊尽春回，又是景龙四年正月。京师风俗，每逢上元灯夕，灯事极盛，六街三市，花团锦簇，大家小户，都张灯结彩，游人往来如织，金鼓喧阗，笙歌鼎沸，通宵达旦，金吾不禁。曾有《念奴娇》一词为证：

> 煌煌火树，正金吾弛禁，漏声休促。月照六街人似蚁，多少紫骝雕毂。红袖妖姬，双双来去，娇冶浑如玉。坠钗欲觅，见人羞避银烛。但见回首低呼，上元佳胜，只有今宵独。一派笙歌何处起？笑语徐归华屋。斗转参横，暗尘随马，醉唱升平曲。归来倦倚，锦衾帐里芬馥。

韦后闻知外边灯盛，忽发狂念，与上官婉儿及诸公主，邀请中宗，一同微服出外观灯。中宗笑而从之。于是各换衣妆，打扮做街市男妇模样，又命武三思等一班近臣，也易服相随，打伙儿的遍游街市，与这些看灯的人，挨挨挤挤，略无嫌忌。军民士庶，有乖觉的，都窃议道："这班看灯的男妇，像是大内出来的，不是公主，定是嫔妃；不是王子王孙，定是公侯驸马。可笑我那大唐皇帝，难道宫中没有好灯赏顽，却放他们出来，与百姓们饱看？如此人山人海，男女混杂，贵贱无分，成何体统！"众人便如此议论，中宗与韦后却率领着一班男女，只拣热闹处游顽，全不顾旁人瞩目骇异；又纵放宫女几千人，结队出游，任其所之；及至回宫查点，却不见了好些宫女。因不便追缉，只索付之不究，糊涂过了。正是：

> 韦后观灯街市行，市人瞩目尽惊心。任他宫女从人去，赢得君王大度名。

灯事毕后，渐渐春色融和，中宗与后妃公主，俱幸玄武门，观宫女为水戏，赐群臣筵宴，命各呈技艺以为乐。于是或投壶，或弹鸟，或操琴，或击鼓，一时纷纷杂杂，各献所长。独有国子监祭酒祝钦明，自请为八风舞，卷袖趋至阶前，舞将起来：弯腰屈足，舒臂耸肩，摇曳幌目，备诸丑态。中宗与韦后、诸公主见了，俱抚掌大笑；内侍宫女们亦无不掩口。吏部侍郎卢藏用私向同坐的人说道："祝公身为国子先生，而作此丑态，五经扫地尽矣！"时国子监司业郭山晖在坐，见那做祭酒的如此出丑，不胜惭愤。少顷，中宗问及："郭司业亦有长技，可使朕一以观否？"郭山晖离席顿首答道："臣无他技，请歌诗以侑酒。"中宗道："卿善歌诗乎？所歌何事？"山晖道："臣请为陛下歌《诗经》《鹿鸣》《蟋蟀》之篇。"遂肃容抗声而歌。先歌《鹿鸣》之篇云：

　　呦呦鹿鸣，食野之苹。我有嘉宾，鼓瑟吹笙。吹笙鼓簧，承筐是将。人之好我，示我周行。

　　呦呦鹿鸣，食野之蒿。我有嘉宾，德音孔昭。视民不恌，君子是则是效。我有旨酒，嘉宾式燕以敖。

　　呦呦鹿鸣，食野之芩。我有嘉宾，鼓瑟鼓琴。鼓瑟鼓琴，和乐且湛。我有旨酒，以燕乐嘉宾之心。

又歌《蟋蟀》之篇云：

　　蟋蟀在堂，岁聿其莫。今我不乐，日月其除。无已太康，职思其居。好乐无荒，良士瞿瞿。

　　蟋蟀在堂，岁聿其逝。今我不乐，日月其迈。无已太康，职思其外。好乐无荒，良士蹶蹶。

　　蟋蟀在堂，役车其休。今我不乐，日月其慆。无已太康，职思其忧。好乐无荒，良士休休。

郭山晖歌罢，肃然而退。中宗闻歌，回顾韦后道："此郭司业以诗谏也，其意念深矣。"于是不复命他人呈技，即撤宴而罢。正是：

　　祭酒身为八风舞，堪叹五经扫地尽。鹿鸣蟋蟀抗声歌，还亏司业能持正。

时安乐公主乘间请昆明池为私沼。中宗曰："先帝未有以与人者。"公主不悦，遂开凿一池，名曰定昆池，其意欲胜过昆明池，故取名定昆，言可与昆明抗衡之也。司农卿赵履温为之缮治，不知他耗费了多少民财，劳动了多少民力，方得凿成这一池。又于池上起建楼台，极其巨丽。中宗闻池已告成，即率后妃及内侍俳优杂技人等，前来游幸。公主张筵设席，款留御驾；从驾诸臣，亦俱赐宴。中宗观览此池，果然宏阔壮观，胜似昆明，心中甚喜，传命诸臣，就筵席上各赋一诗，以夸美之。

诸臣领命，方欲构思，只见黄门侍郎李日知离席而起，直趋御前启奏道："臣奉诏赋诗，未及成篇，先有俚言二句，敢即奏呈。"遂高声朗诵云：

所愿暂思居者逸，勿使时称作者劳。

中宗听了笑道："卿亦效郭山晖以诗谏耶！"因沉吟半晌，命内侍传谕："诸臣不必赋诗了，且只饮酒。"及酒酣，优人共为回波之舞。中宗看了大喜，遂命诸臣，各吟回波辞以侑酒。

那日宋之问因病告假，沈佺期却在赐宴诸臣之列。他原任给事中考功郎，自落职流徙后，虽幸复得召用，却还未有迁耀，今欲乘机借回波自嘲，以感动君心。因遂吟云：

回波尔如佺期，流向岭外生归。身名幸蒙齿录，袍笏未复牙绯。

中宗听了微微而笑。安乐公主道："沈卿高才，牙笏绯袍，诚不为过。"韦后道："陛下当即有以命之。"中宗道："行将擢为太子詹事。"沈佺期便叩首谢恩。

时有优人臧奉，向中宗、韦后前叩头奏道："臣亦有俚语，但近乎诙谑，有犯至尊；若皇帝皇后赦臣万死，臣敢奏之。"中宗与韦后都道："汝可奏来，赦汝无罪。"臧奉仍作曼声而吟云：

回波尔如栲栳，怕婆却也大好。外头只有裴谈，内里无过李老。

原来那时有御史大夫裴谈，最奉释教，而其妻极妒悍，裴谈畏之如严君。尝云妻有可畏者三：当其少好之时，视之如生菩萨，安有人不畏生菩萨者；及男女满前之时，视之如九子魔母，安有人不畏九子魔母者；及其年渐老，薄施脂粉，或青或黑，视之如鸠盘荼，安有人不畏鸠盘荼者。此言传在人耳，共为笑谈，因呼之为裴怕婆。时韦后举动，欲步趋武后一般，也会挟制夫君，中宗甚畏之，因此臧奉敢于唱此词，他为韦后张威，不怕中宗见罪。正是：

欺夫婆子怕婆夫，笑骂由人我自吾。却怪当年李家老，子如其父媳如姑。

当下中宗闻歌大噱，韦后亦欣然含笑，意气自得。座间却恼了一个正直的官员，乃谏议大夫李景伯，他因看不上眼，听不入耳，蹶然而起，进前奏道："臣亦有一词奏上。"道是：

回波尔持酒卮，微臣职在箴规。侍宴不过三爵，谨哗或恐非仪。

中宗听罢，有不悦之色。同三品萧至忠奏道："此真谏官也，愿陛下思其所言。"于是中宗传命罢宴，起驾回宫。次日朝臣中，也有欲责治优人臧奉者，却闻韦后倒先使人赍金帛赏赐臧奉，因叹息而止。

俳优谑浪胆如天，帝不敢嗔后加奖。纪纲扫地不可问，堪叹阳消阴日长。

未知后事如何，且听下回分解。

第七十七回

鸩昏主竟同儿戏　斩逆后大快人心

词曰：

　　天子至尊也，因何事却被后妃欺。奈昏聩无能，优柔不断。斜封墨敕，人任为之。故一旦宫庭兴变乱，寝殿起灾危。似锦江山，如花世界，回头一想，都是伤悲。

　　还思学武后，刑与赏，大权尽我操持。冀立千秋事业，百世根基，再欲更逞荒淫。为欢不足，躬行弑逆，获罪难辞。试看临淄兵起，终就刑诛。

调寄《内家娇》

　　从来宫闱之乱，多见于春秋时。周襄王娶翟女为后，通于王弟叔带，致生祸患。其他侯国的夫人，如鲁之文姜、卫之南子辈，不可枚举。至于秦汉晋，以及前五代，亦多有之。总是见之当时，则遗羞宫闱；传之后世，则有污史册，然要皆未有如唐朝武韦之甚者也。有了如此一个武后，却又有韦后继之，且加以太平、安乐等诸公主，与上官婉儿等诸宫嫔，却是一班寡廉鲜耻、败检丧伦的女人。好笑唐高宗与中宗，恬然不以为羞辱，不惟不禁，而反纵之，使酿成篡窃弑逆之事，一则几不保其子孙，一则竟至殒其身，为后人所嗤笑唾骂，叹息痛恨。

　　如今且说上官婉儿，自彩楼评诗之后，才名大著，中宗愈加宠爱，升他做了婕妤，其穿的服饰与住的宫室，都如妃子一般。他愈恃宠骄恣，又倚着皇后与诸公主都喜欢他，更自横行无忌。中宗又特置修文馆，选择公卿中之善为诗文者，如沈佺期、宋之问、李峤等二十余人，为修文馆学士，时常赐宴于内庭，吟诗作赋，争华竞美，俱命上官婉儿评定其甲乙，传之词林，或播之乐府。由是天下士子，争以文采相尚，一切儒学正人与公说正言，俱不得上达。正是：

　　　　不求方正贤良士，但炫风云月露篇。

　　上官婉儿又与韦后公主们私议，启奏中宗，听由婉儿自立私第于外，以便诸学士时常得以诗文往还评论。因此那些没品行的官员，多奔走出入其私第，以希援引进用。婉儿因遂勾结其中少年精锐者，潜入宫掖，与韦后公主们交好。于是朝臣中崔湜、宗楚客等,俱先通了婉儿,后即为韦后与公主们的心腹。中宗自观灯市里之后,时或微服出游,或即游幸上官婉儿私第,或与韦后公主们同来游幸。婉儿既自有私第在外,宫女们日夕来往,宫门上出入无节。

物议沸腾,却没人敢明言直谏,只有黄门侍郎宋璟独上一密疏,其略曰:

> 臣前者闻诸道路,天子与后妃公主,微服夜游市里观灯,士庶瞩目称异。臣初以为必无是事,既而知人言非妄,不胜骇诧。《周礼》云:夫人过市罚一幕,世子过市罚一帟,命夫过市罚一盖,命妇过市罚一帷,国君过市则刑人赦。诚以市里嚣尘,逐利者之所趋,非君子所宜入也!夫国君、世子,命夫、命妇、夫人等一过市中,尚且有罚;况帝后妃主之尊,而可改妆易服,结队夜游,招摇过市乎!至于怨女三千,放之出宫,乃太宗皇帝之美政;陛下既不此之法,而纵宫人数千,任其出游,以致逭逃者,无可追查,成何体统?且宫妃岂容居外第,外臣岂容于与宫妃往还,此皆大亵国体之事,伏乞陛下立改前失,速下禁约,严别内外,稽察宫门出入;更不可白龙鱼服,非时游幸;亦不可无端宴集,使谄媚者流,闲吟浪咏,更唱迭和;尤不可使俳优侏儒,与朝臣混杂于帝后妃主之前,戏谑无忌。轻万乘而渎百僚,致滋物议也。

中宗览疏,也不批发,也不召问,竟置之不理,宋璟也无可如何。韦后等愈无忌惮,太平公主、安乐公主久已奉诏,各自开府第,自置官属。这班无耻幸进之徒,多营谋为公主府中官员。

安乐公主府中,有两个少年的官儿:一个姓马,名秦客;一个姓杨,名均。那马秦客深通医术,杨均却最善于烹调食品。二人都生得美貌,为安乐公主所宠爱,因荐与韦后,又极蒙爱幸。由是马秦客夤缘得升为散骑常侍;杨均亦得升为光禄少卿。那崔湜与宗楚客,既私通上官婉儿,又转求韦后、公主,于中宗面前交口称赞,说此二人可作宰相。中宗遂以宗楚客为中书令,崔湜同平章事。自此小人各援引其党类,滥官日多,朝堂充溢,时人以为三无坐处。谓有三样官,因做的人多,朝堂中坐不下也。你道那三样官?却是宰相、御史、

员外郎。这三样官是何等官职，乃至人多而无坐处，则其余众官之滥可知矣！时吏部侍郎郑愔掌选，赃污狼藉，有选人系百钱于靴带上，愔问其故，答曰："当今之选，非钱不行。"愔默不言。中宗又惑于小人之说，谓朝廷当不次用人，遂于吏部铨选之外，另用墨敕除授官职，于是太平公主、安乐公主与长宁公主、上官婉儿俱招权。

时突厥默啜，侵扰边界，屡为朔方总管张仁愿所败。默啜密与宗楚客交通，楚客受其重贿，阻挠边事。监察御史崔琬上疏劾之，当殿朗读弹章。原来唐朝故事，大臣被言官当殿面劾，即俯躬趋出，立于朝堂待罪。是日宗楚客竟不趋出，且忿怒作色，自陈忠鲠，为崔琬所诬。宋璟厉声道："楚客何得强辩，故违朝廷法制！"中宗更弗推问，只命崔琬与宗楚客结为兄弟，以和解之。时人传作笑谈，因呼为和事天子。

时处士韦月将抗疏，直言武三思私通宫掖，必生逆乱。韦后闻知大怒，劝中宗速杀之。宋璟道："彼言中宫私于武三思，陛下不究其所言，而即杀其人，何以服天下？若必欲杀月将，请先杀臣，不然臣终不敢奉诏。"中宗乃命贷其死，长流岭南。自此中宗心里亦颇怀疑，传旨查察宫门出入之人，群小因此亦多不自安。太子重俊，亦有明断，中宗唯唯不决。

次日，魏元忠入内殿奏事，中宗以立太女废太子之说密询之。元忠道："太子初无失德，陛下岂可轻动国本？皇太女之称向未曾有，且公主称太女，驸马作何称号？此断不可。"中宗意悟，将此二事俱置不行。韦后与公主好生不悦。那安乐公主，又急欲韦后专政，使自己得为皇太女，却一时无计可施。

一日，杨均以烹调之事入内供应。韦后因召他至密室中，屏退左右，私相谋议。韦后道："此老近来多信外臣之言，而有疑惑宫中之意，此不可不虑。"杨均道："我看娘娘玉貌生光，将来必有喜庆。皇上千秋万岁后，娘娘自然临朝称制了，何必多虑。"韦后惊讶道："他若心变，我怎等得他千秋万岁后？"杨均沉吟半晌道："若依娘娘如此说，此事要用着些人谋了。"韦后附耳道："有甚好药，可以了此事否？"杨均道："药是问马秦客便有。但此事非同小可，当相机而行，未可造次。"不说二人密谋。且说太子重俊，闻知韦后欲要谋废，他心怀疑惧，又恐为三思、婉儿辈所陷，因欲先发制人，与东宫官属李多祚等，矫诏引御林军杀入武三思私第。恰值武崇训在三思处饮酒，都被拿住。太子仗剑手刃之，更命军士乱剁其尸。合家老幼男女，尽都诛死。又勒兵至宫门欲杀上官婉儿。中宗闻变大惊，急登玄武门楼，宣谕军士。一面令宫闱令杨思勖与李多祚交战。多祚战败兵溃，自刎而死，太子亦死于乱军中。正是：

　　太子挢身诛逆贼，休将成败论英雄。此时若便清宫闱，何待临淄建大功？

武崇训既诛死，中宗命武延秀为安乐公主驸马。延秀即崇训之弟也，以嫂妻叔，伦常扫地矣！自此韦武之权愈重。时有许州参军燕钦融上疏，言韦后淫乱干政，宗楚客等图危社稷。中宗览疏，未及批发，韦后即传旨，将燕钦融扑杀。中宗心下怏怏不悦，未免露之颜色。韦后十分疑忌，密谓杨均道："此老渐已心变，前所云进药之说，若不急行，祸将不测。"杨均道："马秦客有一种末药，人服之腹中作痛，口不言，再饮人参汤，即便身死，不露伤迹。"韦后道："既有此药，可速取来。"杨均笑道："事成之后，要封我为武安君哩！"韦后道："不必多言，同享富贵便了。"杨均遂与马秦客密谋取药进宫。

韦后知中宗喜吃三酥饼，即将药放入饼馅里，乘中宗那日在神龙殿闲坐，尚未进膳，便亲将饼儿供上。中宗连吃了几枚，觉得腹胀微微作痛，少顷大痛起来，坐立不宁，倒于榻上乱滚。韦后佯为惊问，中宗说不出话，但以手自指其口。韦后急呼内侍道："皇爷想欲进汤，可速取人参汤来！"此时人参汤早已备着，韦后接手，急来灌入中宗口中。中宗吃了人参汤，便滚不动了，淹至晚间，呜呼崩逝。正是：

　　　　昔日点筹烦圣虑，今将一饼报君王。可怜未死慈亲手，却被贤
　　妻把命伤。

韦后既行弑逆，秘不发丧。太平公主闻中宗暴死，明知死得不明白，却又难于发觉，只得且隐忍，急与上官婉儿议草遗诏，意欲扶立相王。韦后与安乐公主都不肯，乃议立温王重茂。遗诏草定，然后召大臣入宫，韦后托言中宗以暴疾崩，称遗诏立温王重茂为太子嗣，即皇帝位。时年方十五，韦后临朝听政，宗楚客劝韦后依武后故事，以韦氏子弟典南北军，深忌相王与太平公主，谋欲去之；又妄引图谶，谓韦氏当革唐命。遂与安乐公主及都知兵马使韦温等密谋为乱，将约期举事。

时相王第三子临淄王隆基，曾为潞州别驾，罢官回京，因见群小披猖，乃阴聚才勇之士，志图匡正。兵部侍郎崔日用，向亦依附韦党，今畏临淄王英明，又忌宗楚客独擅大权，知其有逆谋，恐日后连累着他，遂密遣宝昌寺僧人普润，至临淄王处告变。临淄王大惊，即报与太平公主知道，一面与内苑总监钟绍京、果毅校尉葛福顺、御史刘幽求、李仙凫等，计议乘其未发，先事诛之。众皆奋然，愿以死自效。太平公主亦遣其子薛崇行、崇敏、崇简来相助。葛福顺道："贤王举事，当启知相王殿下。"临淄王道："吾举大事为社稷计，事成则福归父王；如或不成，吾以身殉之，不累及其亲。今若启而听从，则使父王预危事；倘其不从，将败大事，计不如不启为妥。"于是易服，率众潜入内苑。时夜将半，忽见天星落如雨。刘幽求道："天意如此，时不可失。"葛福顺拔剑争先，直入羽林营典军。韦温、韦浚、韦璿、高嵩等出其不意，措手不及，俱被福顺所杀。刘幽求大呼道："韦后鸩弑先帝，谋危宗社，今夕当共诛奸逆，立相王以安天下。敢有怀两端助逆党者，罪及三族！"羽林军士稽颡听命，临淄王引众出南苑门，钟绍京率苑中匠丁二百余人，执斧锯以

从，诸卫兵俱来接应。

其时中宗的梓宫停于太极殿，韦后亦在殿中。临淄王勒兵至玄武门，斩关而入；那些宿卫梓宫的军士，鼓噪应之。韦后大骇，一时无措，只穿得小衣单衫，奔出殿门，正遇杨均、马秦客，韦后急呼救援。二人左右搀扶，走入飞骑营，指望暂避。却被本营将卒，先把杨均、马秦客斩首，砍其尸为肉泥。韦后哀求饶命，众人都嚷道："弑君淫贼，人人共愤！"一齐举刀乱砍，登时砍死于乱刀之下。

临淄王闻韦后已为众所诛，传令扫清宫掖。武延秀方与云从私宿于玉树轩，被李仙凫搜出，双双斩首。刘幽求将上官婉儿挟至临淄王前，说他曾与太平公主共草遗诏，议立相王，可免其一死。临淄王道："此婢妖淫，渎乱宫闱，不可轻恕。"即命斩讫。随遣刘幽求收安乐公主。时天已晓，安乐公主深居别院，还不知外变。方早起新沐，对镜画眉，刘幽求率众突入，即挥兵从后砍之，头破脑裂而死，并将其家属都诛死。宗楚客逃奔至通化门，被门吏擒献，即时腰斩于市。

内外既定，临淄王乃叩见相王，谢不先禀白之罪。相王道："社稷宗庙不坠于地，皆汝功也。"刘幽求等请相王早正大位。是日早朝，少帝重茂，方将升座，太平公主手扶去之，说道："此位非儿所宜居，当让相王。"于是众臣共奉相王为皇帝，是为睿宗，改号景云元年。重茂仍为温王；进封临淄王为平王；祭故太子重俊；赠恤李多祚、燕钦融等；追复张柬之等五人官爵；追废韦后、安乐公主为庶人，搜捕韦党诸人。惟崔日用以出首叛逆有功，仍旧供职，其余俱治罪。韦后之妹崇国夫人，为秘书监王泾之妻，王泾恐因妻被祸，以鸩酒毒死其妻，自白于官。御史大夫窦从一之妻，乃韦后之乳母，俗呼乳母之夫为阿奢。窦从一每自称皇后阿奢，恬然不以为耻，至此乃自杀其妻以献。正是：

> 昔依妇势真堪耻，今杀妻身太寡恩。岂是有心学吴起，阿奢妹丈总休论。

景云元年，议立东宫，睿宗以宋王成器居嫡长，而平王隆基有大功，迟疑不决。宋王涕泣叩首固辞道："从来建储之事，若当国家安则先嫡长，国家危则先有功。今隆基功在社稷，臣死不敢居其上。"刘幽求奏道："平王有大功，宋王有让德，陛下宜报平王之功，以成宋王之让。"睿宗乃降诏，立平王隆基为太子。后人有诗，称赞宋王之贤道：

> 储位本宜推嫡长，论功辞让最称贤。建成昔日如知此，同气三人可保全。

未知后事如何，且看下回分解。

第七十八回

慈上皇难庇恶公主　生张说不及死姚崇

词曰：

太平封号，公主名称原也妙。不肯安平，天道难容恶贯盈。嘉宾恶主，漫说开筵遵圣旨。诔死鸿篇，却被亡人算在先。

调寄《减字木兰花》

酒色财气四字，人都离脱不得，而财色二者为尤甚。无论富贵贫贱、聪明愚钝之人，总之好色贪财之念，皆所不免。那贪财的，既爱己之所有，又欲取人之所有，于是被人笼络而不觉。那好色的，不但男好女之色，女亦好男之色；男好女犹可言也，女好男，遂至无耻丧心，灭伦败纪，靡所不为，如武后、韦后、安乐公主、太平公主等是也。

且说太平公主与太子隆基，共诛韦氏，拥立睿宗为帝，甚有功劳。睿宗既重其功，又念他是亲妹，极其怜爱。公主性敏，多权略，凡朝廷之事，睿宗必与他商酌；自宰相以下，进退系其一言。其所引荐之人，骤登清要者甚多，附势谋进者，奔趋其门下如市。薛崇行、崇敏、崇简，皆封为王，田园家宅，偏于畿甸。公主怙宠擅权，骄奢纵欲，私引美貌少年至第，与之淫乱；奸僧慧范，尤所最爱。那班倚势作威的小人，都要生事扰民。亏得朝中有刚正大臣，如姚崇、宋璟辈侃侃谔谔，不畏强御；太子隆基，更严明英察，为群小所畏忌，因此还不敢十分横行。

却说太子原以兵威定乱，故虽当平静之时，不忘武事。一日闲暇，率领内侍及护卫东宫的军士们，往郊外打围射猎。一行人来到旷野之处，排下一个大大的围场。太子传令，众人各放马射箭，发纵鹰犬，闹了多时，猎取得好些飞禽走兽。正驰骋间，只见一只黄獐，远远的在山坡下奔走。太子勒马向前，亲射一箭，却射不着，那獐儿望前乱跑。太子不舍，紧紧追赶，直赶至一个村落，不见了黄獐；但见一个女人，在那里采茶。

太子勒马问道："你可曾见有一只黄獐跑过去么？"那女人并不答应，只顾采茶。此时太子只有两个内侍跟随，那内侍便喝道："兀那妇人好大胆，怎的殿下问你话，竟不回答！"女人不慌不忙，指着茶篮道："我心只在茶，何

有于獐也,那知甚么殿下?"说罢,便提着篮走进一个柴扉中去了。太子见那女子举止不凡,吩咐内侍,不许罗唣,望那柴扉中也甚有幽致。

正看间,只见一个书生,跨着蹇驴而来。他见太子头戴紫金冠,身披锦袍,知是贵人,忙下驴伏谒。内侍道:"此即东宫千岁爷。"书生叩拜道:"村僻愚人,不知殿下驾临,失于候迎,乞赐宽宥。"太子道:"孤因出猎,偶尔至此。"因指着柴扉内问道:"此即卿所居耶?"书生道:"臣暂居于此,虽草庐荒陋,倘殿下鞍马劳倦,略一驻足,实为荣幸。"太子闻言,欣然下马,进了柴扉,见花石参差,庭阶幽雅,草堂之上,图书满案,裹琴匣剑,排设楚楚。太子满心欢喜,坐定,便问书生何姓何名。书生答道:"臣姓王名琚,原籍河南人。"太子道:"观卿器宇轩昂,门庭雅饬,定然佳士。顷见采茶之妇,言笑不苟,想即卿之妻也。"王琚顿首道:"村妇无知,失于应对,罪当万死。"太子笑道:"卿家既业采茶,必善烹茶,幸假一杯解渴。"王琚领命,忙进去取。

太子偶翻看他案上书籍,见书中夹着一纸,乃姚崇劝他出仕写与他的手札,其略云:

足下奇才异能,愚所稔知,乘时利见,此其会矣;若终为韫匮之藏,自弃其才能于无用,非所望于有志之士也。一言劝驾,庶几幡然。

太子看罢,仍旧把来夹在书中,想道:"此人与姚崇相知,为姚崇所识赏,必是个奇人。"少顷王琚捧出茶来献上,太子饮了一杯,赐王琚坐了,问道:"士子怀才欲试,正须及时出仕,如何遁迹山野?"王琚道:"大凡士人出处,不可苟且,须审时度势,必可以得行其志,方可一出。臣窃闻古人易退难进之节,不敢轻于求仕,非故为高隐以傲世也。"太子点首道:"卿真可云有品节之士矣。"正闲话间,那些射猎人马轰然而至,太子便起身出门,王琚拜送于门外。太子上马,珍重而别,不在话下。

且说太平公主,畏忌太子英明,谋欲废之,日夜进谗于睿宗,说太子许多不是处;又妄谓太子私结人心,图为不轨。睿宗心中怀疑,一日坐于便殿,密语侍臣韦安石道:"近闻中外多倾心太子,卿宜察之。"韦安石道:"陛下安得此亡国之言，此必太平公主之谋也。太子仁明孝友，有功社稷，愿陛下无惑于逸人。"睿宗悚然道："朕知之矣！"自此谗说不得行。太平公主阴谋愈急，使人散布流言，云目下当有兵变。睿宗闻知，谓侍臣道："术者言五日内，必有急兵入宫，卿等可为朕备之。"张说奏道："此必奸人造言，欲离间东宫耳。陛下若使太子监国，则流言自息矣！"姚崇亦奏道："张说所言，真社稷至计，愿陛下从之。"睿宗依奏，即日下诏，命太子监理国事。

太子既受命监国，便遣使臣赍礼，往聘王琚入朝。王琚不敢违命，即同使臣来见。时太子正与姚崇在内殿议事，王琚入至殿庭，故意纡行缓步。使臣摇手止之道："殿下在帘内，不可怠慢。"王琚大声说道："今日何知所谓殿下，只知有太平公主耳！"太子闻其言，即趋出帘外见之。王琚拜罢，太子道："适有卿之故人在此，可与相见。"便引王琚入殿内，指着姚崇道："此非卿之故人耶？"王琚道："姚崇实与臣有交谊，不识陛下何由知之？"太子笑道："前日在卿家，案头见有姚卿手札，故知之耳。其手札中所言，卿今能从之否？"王琚顿首道："臣非不欲仕，特未遇知己耳。今蒙陛下恩遇，敢不致身图报！但臣顷者所言，殿下亦闻之乎？"太子道："闻之。"王琚因奏道："太平公主擅权淫纵，所宠奸僧慧范，恃势横行，道路侧目。公主凶狠无比，朝臣多为之用，将谋不利于殿下，何可不早为之计？"姚崇道："王琚初至，即能进此忠言，此臣所以乐与交也。"太子道："所言良是。但吾父皇止此一妹，若有伤残，恐亏孝道。"王琚道："孝子大者，当以社稷宗庙为事，岂顾小节？"太子点头道："当徐图之。"遂命王琚为东宫侍班，常与计事。

太极元年七月，有彗星出于西方，入太微。太平公主使术士上密启于睿宗道："彗所以除旧布新，且逼近帝座，此星有变，皇太子将作天子，宜预为备。"欲以此激动睿宗，中伤太子。那知睿宗正因天象示变，心怀恐惧，闻术士所言，反欣然道："天象如此，天意可知，传德弭灾，吾志决矣！"遂降诏传位太子。太平公主大惊，力谏以为不可；太子亦上表力辞。睿宗皆不听，择于八月吉日，命太子即皇帝位，是为玄宗皇帝。尊睿宗为太上皇，立妃王氏为皇后，改太极元年为先天元年，重用姚崇、宋璟辈，以王琚为中书侍郎，黜幽陟明，政事一新，天下欣然望治。

只有太平公主仍恃上皇之势，恣为不法。玄宗稍禁抑之，公主大恨，遂与朝臣萧至忠、岑羲、窦怀贞、崔湜等结为党援，私相谋画，欲矫上皇旨，废帝而别立新君，密召侍御陆象先同谋。象先大骇连声，道："不可不可，此何等事，辄敢妄为耶！"公主道："弃长立幼，已为不顺；况又失德，废之何害？"象先道："既以功立，必以罪废；今上新立，天下向顺，彼无失德，何罪可废？象先不敢与闻。"言罢，拂衣而出。公主与崔湜等计议，恐矫旨废立，众心不服，事有中变，欲暗进毒，以谋弑逆，遂私结宫人元氏，谋于御膳中置毒以进。王琚闻其谋，开元元年七月朔日，早朝毕，玄宗御便殿，王琚密奏道："太平公主之事迫矣，不可不速发！"玄宗尚在犹豫。时张说方出使东都，适遣人以佩刀来献。长史崔日用奏道："说之献刀，欲陛下行事决断耳！陛下昔在东宫，或难于举动，今大权在握，发令诛逆，有何不顺，而迟疑若是？"玄宗道："诚如卿言，恐惊上皇。"王琚道："设使奸人得志，宗社颠危，上皇安乎？"正议论间，侍郎魏知古直趋殿陛，口称："臣有密启。"玄宗召至案前问之。知古道："臣探知奸人辈，将于此月之四日作乱，宜急行诛讨。"于是玄宗定计，与岐王范、薛王业、兵部尚书郭元振、龙武将军王毛仲、内侍高力士，及王琚、崔日用、魏知古等，勒兵入虔化门，执岑羲、萧至忠于朝堂斩之；窦怀贞自缢；崔湜及宫人元氏俱诛死；太平公主逃入僧寺，追捕出，赐死于家，并诛奸僧慧范。其余逆党死者甚多。上皇闻变惊骇，乘轻车出宫，登承天门楼问故。玄宗急令高力士回奏，言："太平公主结党谋乱，今俱伏诛，事已平定，不必惊疑。"上皇闻奏，叹息还宫。正是：

    公主空号太平，作事不肯太平。直待杀此太平，天下方得太平。

玄宗既诛逆党，闻陆象先独不肯从逆，深嘉其忠，擢为蒲州刺史，面加奖谕道："岁寒然后知松柏也。"象先因奏道："《书》云：'歼厥渠魁，胁从罔治。'今首恶已诛，余党乞从宽典，以安人心。"玄宗依其言，多所赦宥。又以太平公主之子薛崇简常谏其母，屡遭挞辱，特旨免死，赐姓李，官爵如故。其他功臣爵赏有差。自此朝廷无事。

玄宗意欲以姚崇为相，张说忌之，使殿中监姜皎入奏道："陛下欲择河东总管，而难其选，臣今得之矣。"玄宗问为谁，姜皎道："姚崇文武全才，真其选也。"玄宗笑道："此张说之意，汝何得面欺？"姜皎惶恐，叩头服罪。玄宗即日降旨，拜姚崇为中书令。张说大惧，乃私与岐王通款，求其照顾。姚崇闻知，甚为不满。一日入对便殿，行步微蹇。玄宗问道："卿有足疾耶？"姚崇因乘间奏言："臣有腹心之疾，非足疾也。"玄宗道："何谓腹心之疾？"姚崇道："岐王乃陛下爱弟，张说身为大臣，而私与往来，恐为所误，是以忧之。"玄宗怒道："张说意欲何为？明日当命御史按治其事。"

姚崇回至中书省，并不提起。张说全然不知，安坐私署之中。忽门役传进一帖，乃是贾全虚的名刺，说道有紧急事特来求见。张说骇然道："他自与宁醒花去后，久无消息，今日突如其来，必有缘故。"便整衣出见。贾全虚谒拜毕，说道："不肖自蒙明公高厚之恩，遁迹山野。近因贫困无聊，复至京师，移名易姓，庸书于一内臣之家。适间偶与那内臣闲话，谈及明公私与岐王往来，今为姚相所奏，皇上大怒，明日将按治，祸且不测。不肖惊闻此信，特来报知。"张说大骇道："如此为之奈何？"全虚道："今为明公计，惟有密恳皇上所爱九公主关说方便，始可免祸。"张说道："此计极妙！但急切里无门可人。"全虚道:"不肖已觅一捷径,可通款于九公主,但须得明公所宝之一物为贽耳。"张说大喜,即历举所藏珍顽。全虚道:"都用不着。"张说忽想起:"鸡林郡曾献夜明帘一具,可用否?"全虚道:"请试观之。"张说命左右取出,全虚看了道:"此可矣。事不宜迟,只在今夕。"张说便写一情恳手启,并夜明帘付与全虚。全虚连夜往见九公主,具言来历,献上宝帘并手启。九公主见了帘儿,十分欢喜,即诺其所请。正是:

前日献刀取决断,今日献帘求遮庇。一是为公矢忠心,一是为私行密计。

明日九公主入宫见驾,玄宗已传旨,着御史中丞同赴中书省究问张说私交亲王之故。九公主奏道:"张说昔为东宫侍臣有维持调护之功,今不宜轻加谴责;且若以疑通岐王之故,使人按问,恐王心不安,大非吾皇上平日友爱之意。"原来玄宗于兄弟之情最笃,尝与长枕大被与诸王同卧,平日在宫中相叙,只行家人礼。薛王患病,玄宗亲为煎药,吹火焚须。左右失惊。玄宗道:"但愿王饮此药而即愈,吾须何足惜。"其友爱如此。当闻九公主之言,恻然动念,即命高力士至中书省,宣谕免究。左迁张说为相州刺史。张说深感贾全虚之德,欲厚酬之;谁知全虚更不复来见,亦无处寻访他,真奇人也。正是:

拯危排难非求报,只为当年赠爱姬。

姚崇数年为相,告老退休,特荐宋璟自代。宋璟在武后时,已正直不阿,及居相位,更丰格端庄,人人敬畏。那时内臣高力士、闲厩使王毛仲,俱以诛乱有功,得幸于上。王毛仲又以牧马蕃庶,加开府仪同三司,荣宠无比,朝臣多有奔趋其门者,宋璟独不以为意。王毛仲有女与朝贵联姻,治装将嫁,玄宗闻之问道:"卿嫁女之事,已齐备否?"王毛仲奏道:"臣诸事都备,但欲延嘉宾,以为光宠,正未易得耳。"玄宗笑道:"他客易得,卿所不能致者一人必宋璟也,朕当为卿致之。"乃诏宰相与诸大臣,明日俱赴王毛仲家宴会。

次日,众官都早到,只宋璟不即至,王毛仲遣人络绎探视。宋璟托言有疾,不能早来,容当徐至,众官只得静坐恭候。直至午后,方才来到,且不与主人及众客讲礼,先命取酒来,执杯在手说道:"今日奉诏来此饮酒,当先谢恩。"遂北面拜罢,举杯而饮,饮不尽一杯,忽大呼腹痛,不能就席,向众官一揖,即升车而去。王毛仲十分惭愧,奈他刚正素著,朝廷所礼敬,无可如何,只得敢怒而不敢言,但与众官饮宴,至晚而散。正是:

作主固须择宾,作宾更须择主。恶宾固不可逢,恶主更难与处。

后王毛仲恃宠而骄,与高力士有隙。其妻新产一子,至三朝,玄宗遣高力士赍珍异赐之,且授新产之儿五品官。毛仲虽然谢恩,心甚怏怏,抱那小儿出来与力士看,说道:"此儿岂不堪作三品官耶!"力士默然不答,回宫复命,将此言奏闻,再添上些恶言语。玄宗大怒道:"此贼受朕深恩,却敢如此怨望！"遂降旨削其官爵，流窜远州。力士又使人讦告他许多骄横不法之事，奉旨赐死，此是后话。

且说姚崇罢相之后，以梁国公之封爵，退居私第。至开元九年间，享寿已高，偶感风寒，染成一病，延医调治，全然无效；平生不信释道二教，不许家人祈祷。过了几日，病势已重，自知不能复愈，乃呼其子至榻前，口授遗表一道，劝朝廷罢冗员、修制度、戢兵戈、禁异端，官宜久任，法宜从宽，亹亹数百言，皆为治之要道。即誊写奏进。又将家事嘱咐了一番，遗命身故之后，不可依世俗例延请僧道、追修冥福，永著为家法。其子一一受命。

及至临终，又对其子说道："我为相数年，虽无甚功业，然人都称我为救时宰相。所言所行，亦颇多可述。我死之后，这篇墓碑文字，须得大手笔为之，方可传于后世。当今所推文章宗匠，惟张说耳！但他与我不睦，若径往求他文字，他必推托不肯。你可依我计，待我死后，你须把些珍顽之物，陈设于灵座之侧。他闻讣必来吊奠，若见此珍顽，不顾而去，是他记我旧怨，将图报复，甚可忧也；他若逐件把弄，有爱羡之意，你便说是先人所遗之物，尽数送与他，即求他作碑文，他必欣然许允，你便求他速作。待他文字一到，随即勒石，一面便进呈御览方妙。此人性贪多智，而见事稍迟；若不即日镌刻，他必追悔，定欲改作；既经御览，则不可复改；且其文中既多赞语，后虽欲寻瑕摘疵，以图报复，亦不能矣，记之记之！"言罢，瞑目而逝。公子踊躃哀号，随即表奏朝廷，讣告僚属，治理丧具。

大殓既毕，便设幕受吊，在朝各官都来祭奠。张说时为集贤院学士，亦具祭礼来吊。公子遵依遗命，预将许多古顽珍奇之物，排列灵座旁边桌上。张说祭吊毕，公子叩颡拜谢。张说忽见座旁桌上排列许多珍顽，因指问道："设此何意？"公子道："此皆先父平日爱顽者，手泽所存，故陈设于此。"张说道："令先公所爱，必非常物。"遂走近桌上，逐件取来细看，啧啧称赏。公子道："此数物不足供先生清顽，若不嫌鄙，当奉贡案头。"张说欣然道："重承雅意，但岂可夺令先公所好？"公子道："先生为先父挚友，先父今日若在，岂惜贻赠？且先父曾有遗言，欲求先生大笔，为作墓道碑文；倘不吝珠玉，则先父死且不朽，不肖方当衔结图报，区区顽好之微，何足复道！"说罢，哭拜于地。张说扶起道："拙笔何足为重，既蒙嘱役，敢不揄扬盛美。"公子再拜称谢。张说别去。公子尽撤所陈设之物，遣人送与；又托人婉转求其速作碑文；预使石工磨就石碑一座；只等碑文镌刻。张说既受了姚公子所赠，心中欢喜，遂做了一篇绝好的碑文，文中极赞姚崇人品相业，并叙自己平日爱慕钦服之意。文才脱稿，恰好姚公子遣人来领，因便付于来人。公子得了文字，令石工连夜镌于碑上。正欲进呈御览，适高力士奉旨来取姚崇生时所作文字，公子乘机便将张说这篇碑文，托他转达于上。玄宗看了赞道："此人非此文不足以表扬之！"正是：

救时宰相不易得，碑文赞美非曲笔。可惜张公多受贿，难说斯民三代直。

却说张说过了一日，忽想起："我与姚崇不和，几受大祸；今他身死，我不报怨也够了，如何倒作文赞他？今日既赞了他，后日怎好改口贬他？就是别人贬他，我只得要回护他了，这却不值得。"又想文字付去未久，尚未刻镌，可即索回，另作一篇寓贬于褒之文便了。"遂遣使到姚家索取原文，只说还要增改几笔。姚公子面语来使道："昨承学士见赐鸿篇，一字不容易移，便即勒石。且已上呈御览，不可便改了。铭感之私，尚容叩谢。"使者将此言回复了主人。张说顿足道："吾知此皆姚相之遗算也，我一个活张说，反被死姚崇算了，可见我之智识不及他矣！"

连声呼中计，退悔已嫌迟。

姚崇死后，朝廷赐谥文献。后张说与宋璟、王琚辈，相继而逝。又有贤相韩休、张九龄二人，俱为天子所敬畏者，亦不上几年告老的告老，身故的身故，朝中正人渐皆凋谢。

玄宗在位日久，怠于政事，当其即位之初，务崇节俭，曾焚珠玉锦绣于殿前，又放出宫女千人；到得后来，却习尚奢侈，女宠日盛。诸嫔妃中，惟武惠妃最亲幸；皇后王氏遭其逸谮，无故被废。又谮太子瑛及鄂王、光王，同日俱赐死，一日杀三子，天下无不惊叹。不想武惠妃亦以产后血崩暴亡，玄宗不胜悲悼。自此后宫无有当意者。高力士劝玄宗广选美人，以备侍御。玄宗遂降旨采选民间有才貌的女子入宫。正是：

靡不有初，鲜克有终。开元天宝，大不相同。

第七十九回

江采苹恃爱追欢　杨玉环承恩夺宠

词曰：

国色自应供点选，一入深宫，必定多留恋。不是眉尖送花片，也教眼角飞莺燕。只道始终适所愿，不料红丝，恰又随风转。始知月老亦无凭，端合成全好姻眷。

调寄《蝶恋花》

隋唐演义

人生处世，无过情与理而已。忠臣孝子，作事循理，不消说得；而大奸极恶之人，行事背理，亦不消说得。至于情总属一般，孟夫子所云：知好色则慕少艾，有妻子则慕妻子。今古同然，无有绝情者。试看苏子卿穷居海上，啮雪吞毡，死生置于度外，犹不免娶胡妇生子。胡澹庵贬海外十年，比其归，日饮于湘潭胡氏园，喜侍姬黎倩，作诗赠之。乃知情欲移人，贤者不免，而况生居盛世贵为天子乎？

今且不说玄宗遣人点选美女。且说闽中兴化县珍珠村，有一秀才，姓江名仲逊，字抑之，人物轩昂，家私富厚，年过三旬，尚无子嗣。夫人廖氏，单生一女，小名阿珍，九岁能诵《二南》，语父道："吾虽女子，期以此为志。"仲逊奇之，遂名采苹。生得花容月貌，便是月里嫦娥，也让他几分颜色；更兼文才渊博，诸子百家，无不贯串，琴棋书画，各件皆能。他性喜梅花，仲逊遣人于江浙山中，遍觅各种最古梅，植于庭除，额曰梅亭。采苹朝夕观顽，遂自号梅芬。性耽文艺，有萧兰、梨园、梅亭、丛桂、凤笛、玻杯、剪刀、绮窗八赋，为时传诵，名闻籍甚。

高力士自湖广历两粤，各处采选，并无当意者；至兴化，闻采苹名，得之以进。采苹年方二八，美貌无双，玄宗一见，喜动天颜，即令嫔妃随侍入宫。赐江仲逊黄金千两，彩缎百端，回家养老；命高力士陪他赴光禄寺饮宴，仲逊含泪出朝。玄宗入宫，即命左右摆宴，与江妃共饮；饮了一回，遂共宿焉。又早鸡鸣钟动，天光欲曙，玄宗免不得起身出朝听政。

一日回到宫中，见江妃在那里看《梅亭赋》，因知江妃喜梅，遂命宫中各处栽梅，朝夕游顽，赐名梅妃。玄宗道："朕几日为朝政所困，今见梅花盛开，清芬拂面，玉宇生凉，襟期顿觉开爽。嫔色花容，令人顾恋，纵世外佳人，怎如你淡妆飞燕乎？"梅妃道："只恐落梅残月，他时冷落凄其。"玄宗道："朕有此心，花神鉴之。"梅妃道："但愿不负此言，妾虽碎身，不足以报。"玄宗道："妃子高才，前所作八赋，翰林诸臣无不叹赏；卿今可为梅花赋，待朕颁示词臣。"梅妃道："贱妾蓬闱陋质，安敌艺苑鸿才？既辱钧旨，谨当献丑。"言未毕，只见内侍报道："岭南刺史韦应物、苏州刺史刘禹锡，各选奇梅五种，星夜进呈。"玄宗甚喜，吩咐高力士用心看管，以待宴赏，遂同梅妃回宫。

不一日，玄宗宴诸王于梅园，命梨园子弟承应，丝竹迭奏，果然清音缓节。有诗为证：

　　　　金屋画堂光闪闪，烹龙炮凤敲檀板。歌喉宛转绕雕梁，琼浆满
　　泛玻璃盏。

诸王饮至半席间，忽闻宫中笛声嘹亮。诸王问道："笛声清妙，不知何人所吹，似从天上飞来。"玄宗道："是朕江妃所吹。诸兄弟若不弃嫌，宣他一见何如？"诸王道："臣等愿洗耳请教。"命高力士宣梅妃来。不一时梅妃宣到，诸王见礼毕，玄宗道："朕常称妃子乃梅精也，吹白玉笛作惊鸿舞，一座生辉。今宴诸王，梅妃试舞一回。"梅妃领旨，装束齐整，向筵前慢舞。有《西江月》词为证：

　　　　紫燕轻盈弱质，海棠标韵娇容。罗衣长袖慢交横，络绎回翔
　　稳重。
　　　　纤縠蛾飞可爱，浮腾雀跃仙踪。衫飘绰约动随风，恍似飞龙
　　舞凤。

舞罢，诸王连声赞美。玄宗道："既观妙舞，不可不快饮。今有嘉州进到美酒，名瑞露珍，其味甚佳，当共饮之。"即命内侍取酒至，斟于金盏，命梅妃遍酌诸王。

时宁王已醉，见梅妃送酒来，起身接酒，不觉一脚踢着了梅妃绣鞋。梅妃大怒，登时回宫。玄宗道："梅妃为何不辞而去？"左右道："娘娘珠履脱缀，换了就来。"等了一回，又来再宣。梅妃道："一时胸腹作疾，不能起身应召。"玄宗道："既如此罢了。"即令撤席而别。

宁王惊得魂不附体，猛然想起驸马杨回，足智多谋，又是圣上宠爱的，密地差人请来商议。不一时杨回到来，礼毕，宁王道："寡人侍宴梅园，只因多吃几杯酒，干了一桩天大不明白的事。"杨回道："不是戏梅妃的事么？"宁王道："你为何知道？"杨回道："若要不知，除非莫为；如今那一个不晓得？只有圣上不知。"宁王道："请你来商议此事，倘若梅妃在圣上面前，说些是非，叫我怎得安稳哩！"杨回想了一想，说道："不妨，我有二计在此，包你无事。"附宁王耳低言道：只须如此如此。宁王大喜，依了他计，相约次日早朝，肉袒膝行，请罪道："蒙皇上赐宴，力不胜酒，失错触了妃履。臣出无心，罪该万死。"玄宗道："此事若计论起来，天下都道我重色，而轻天伦了。你既无心，朕亦付之不较。"宁王叩头谢恩而起。

杨回乃密奏玄宗道："臣见诸宫嫔妃，约有三万余人，又令高力士遍访美人何用？"玄宗道："嫔妃固多，绝色者少，愿得倾国之色，以博一生大乐耳！"杨回道："陛下必欲得倾城美貌，莫如寿王妃子杨玉环，姿容盖世，实

是罕有。"玄宗道："与梅妃何如？"杨回道："臣未曾亲见，但闻寿王作词赞他，中一联云：'三寸横波回幔水，一双纤手语香弦。'开元二十一年冬至寿邸时，有人见了赞道：'只有天在上，更无山与齐。'陛下莫若召来便见。"玄宗闻之喜甚，即差高力士快去宣杨妃来。

力士领旨，即到寿王宫中，宣召杨妃。杨妃道："圣上宣我何干？"力士道："奴婢不知，娘娘见驾，自有分晓。"杨妃惨然来见寿王道："妾事殿下，祈订白头，谁知圣上着高力士宣妾入朝；料想此去，必与殿下永诀矣！"寿王执杨妃之手大哭道："势已如此，料不可违；倘若此去，不中上意，或者相逢有日，百凡珍重。"力士催促不过，杨妃只得拜别寿王，流泪出宫。正是：

　　宣谕多娇珍重甚，回轩应问镜台无。

高力士领着杨妃来复旨。杨妃含羞忍耻参拜毕，俯伏在地，玄宗赐他平身。此时宫中高烧银烛，阶前月影横空，玄宗就在灯月之下，将杨妃定睛一看。但见：

　　黛绿双蛾，鸦黄半额。蝶练裙不短不长，凤绸衣宜宽宜窄。腰枝似柳，金步摇曳；戛翠鸣珠，鬓发如云。玉搔头掠青拖碧，乍回雪色，依依不语。春山脉脉，幽妍清倩，依稀似越国西施；婉转轻盈，绝胜那赵家合德。艳冶销魂，容光夺魄。真个是回头一笑百媚生，六宫粉黛无颜色。

玄宗吩咐高力士，令妃自以其意，乞为女道士，赐号太真，住内太真宫。对杨回道："二卿暂回，明日朕有重赏。"宁王方才放心，与杨回叩谢出朝。

天宝四载，更为寿王娶左卫将军韦昭训女为妃。潜纳太真于宫中，命百官于凤凰园，册太真宫女道士杨氏为贵妃。其父杨元琰，弘农华阴人，徙居蒲州之独头村，开元初为蜀州司户。贵妃生于蜀，早孤，养于叔父河南府士曹元珪家。册妃日，赠元琰兵部尚书；母李氏，凉国夫人；叔元珪，为光禄卿；兄铦，侍御史；从兄钊，拜侍郎。那杨钊原系张昌宗之子，寄养于杨氏者。玄宗以"钊"字有金刀之象，改赐其名为国忠。杨氏权倾天下。贵妃进见之夕，奏《霓裳羽衣曲》，授金钗钿盒。玄宗自执丽水镇库紫磨金琢成步摇，至妆阁亲与插鬓。自宠了贵妃，便疏了梅妃。

梅妃问亲随的宫女嫣红道："你可晓得皇上两日为何不到我宫中？"嫣红道："奴婢那里得知？除非叫高力士来，便知分晓。"梅妃道："你去寻来，待我问他。"嫣红领旨出宫寻问，走到苑中，见力士坐在廊下打瞌睡。嫣红道："待我耍他一耍。"见一棵千叶桃花，娇红鲜艳，便折下一小枝来，将花插在他头上，取一嫩枝，塞向力士鼻孔中去。力士陡然惊醒，见是嫣红，问道："嫣红妹子，你来做甚？"嫣红笑道："我家娘娘特来召你。"力士便同嫣红走到梅妃宫中，叩头见过。

梅妃问力士道："圣上这几日，为何不进我宫中？"力士道："阿呀，圣上在南宫中，新纳了寿王的杨妃，宠幸无比，娘娘难道还不知么？"梅妃道："我那里晓得。且问你，圣上待他意思如何？"力士道："自从杨妃入宫之后，龙颜大悦，亲赐金钿珠翠，举族加官，宫中号曰娘子，仪体侔于皇后。"梅妃听了这句话，不觉两泪交流道："我初入宫之时，便疑有此事，不想果然。你且出去，我自有道理。"高力士出宫去了。嫣红将适间苑内所见如何行径，如何快活，说与梅妃知道。梅妃听了，不胜怨恨。嫣红道："娘娘不要愁烦，依奴婢愚见，娘娘莫若装束了，步到南宫去，看皇爷怎么样说。"梅妃见说，便向妆台前整云鬟。梅妃对了菱花宝镜，叹道："天乎，我江采苹如此才貌，何自憔悴至此，岂不令人肠断！"说了双泪交流，强不出精神来梳妆。嫣红与宫女再三劝慰，替他重施朱粉，再整花钿，打扮得齐齐整整，随了七八个宫奴，向南宫缓步而来。

却见玄宗独立花荫。梅妃上前朝见，玄宗道："今日有甚好风，吹得你来？"梅妃微微的笑道："时布阳和，忽南风甚竞，故循循至此，以解寂寥耳。"玄宗道："名花在侧，正要着人来宣妃子，共成一醉。"梅妃道："闻得陛下纳宠杨妃，贱妾一来贺喜，二来求见新人。"玄宗道："此是朕一时偶惹闲花野草，何足挂齿。"梅妃定要请见。玄宗不得已道："爱卿既不嫌弃，着他来参见你就是；但他来时，卿不可着恼。"梅妃道："妾依尊命，须要他拜见我便了。"玄宗道："这也不难。"即召杨妃出来。杨妃望着梅妃叩头毕，玄宗即命摆宴。

酒过三巡，玄宗道："梅妃有谢女之才，不惜佳句，赞他一首何如？"梅妃道："惟恐不能表扬万一，望乞恕罪。"杨妃道："妾系蒲姿柳质，岂足当娘娘翰墨揄扬？"玄宗道："二妃不必过谦。"叫左右快取一幅锦笺，放在梅妃面前。梅妃只得提起笔来，写上七绝一首：

  撇却巫山下楚云，南宫一夜玉楼春。冰肌月貌谁能似？锦绣江天半为君。

梅妃写完，呈于玄宗。玄宗看了，连声赞美，付与杨妃。杨妃接来看了一遍，心中暗想："此词虽佳，内多讥讽。他说'撇却巫山下楚云'，笑奴从寿邸而来；'锦绣江天半为君'，笑奴肥胖的意思。待我也回他几句，看他怎么说？"便对梅妃道："娘娘美艳之姿，绝世无双，待奴回赞一首何如？"梅妃道："俚词描写万一，若得美人不吝名言，妾所愿也。"杨妃亦取笺写道：

  美艳何曾减却春，梅花雪里亦清真。总教借得春风早，不与凡花斗色新。

玄宗见杨妃写完，赞道："亦来的敏快得情。"拿与梅妃道："妃子你看何如？"梅妃取来一看，暗想道："他说'梅花雪里亦清真'，笑我瘦弱的意思；'不与凡花斗色新'，笑我过时了。"两下颜色有些不和起来。

高力士道："娘娘们诗词唱和，奴婢有几句粗言俗语解分。"玄宗道：

"你试说来。"高力士道:"皇爷今日同二位《玉美人》《步步娇》,走到《高阳台》,二位娘娘《双劝酒》,饮到《月上海棠》。奴婢打一套《三棒鼓》,唱一套《贺新郎》,大家《沉醉东风》。皇爷卸下《皂罗袍》,娘娘解下《红衲袄》,忽闻一阵《锦衣香》,同睡在《销金帐》,那时节《花心动》将起来,只要《快活三》,那里管《念奴娇》《惜奴娇》。皇爷慢慢的做个《蝶恋花》《鱼游春水》,岂不是《万年欢》《天下乐》?"只见二妃听到他说到"花心动""快活三",不觉的都嘻嘻微笑起来。玄宗道:"力士之言有理。朕今日二美既具,正当取乐,休得争论。"遂挽手携着二妃回宫。梅妃性柔缓,后竟为杨妃所谮,迁于上阳东宫。

一日玄宗闲步梅园,忽想起梅妃来,差高力士去探望。力士领旨到上阳宫,只见梅妃正在那里伤感。力士连忙叩头。梅妃道:"高常侍,我自别圣驾已来,久无音问,今日甚事有劳你来?"力士道:"圣上今日偶步梅园,十分思念娘娘,特着奴婢来探望。"梅妃闻言,便欢欢喜喜问力士道:"圣上着你来探望,终非弃我。汝可为我叩谢皇恩,说我无日不望睹天颜,还祈皇恩始终无替。"力士领命,随即回至梅园,将梅妃所言奏上。玄宗闻言,不觉嗟叹道:"我岂遂忘汝耶!高力士,你可选梨园最快戏马,密召梅妃到翠花西阁相叙,不可迟误。"力士应声而去。玄宗连声叫道:"转来,你须悄地里去,不可使杨妃知道。"力士道:"奴婢晓得。"便到梨园选了一匹上等骏马,竟到东楼,见了梅妃。梅妃道:"高常侍,你为何又来?"力士道:"奴婢将娘娘之言,述与皇爷听了,皇爷浩叹道:'我岂忘汝。'就令奴婢选上等骏马,密召娘娘到翠花西阁叙话。"梅妃道:"既是君王宠召,缘何要暗地里来?"力士道:"只恐杨娘娘得知,不是当耍。"梅妃道:"陛下为何怕着这个肥婢?"力士道:"娘娘快上马,皇爷等久了。"

梅妃便上马而来,到了阁前。玄宗抱下马来,道:"爱卿,我那一日不想你来。"梅妃参拜道:"贱妾负罪,将谓永捐,不料又得复睹天颜。"玄宗就命宫女摆酒,饮至数巡,梅妃斟上一杯,敬与玄宗道:"陛下果终不弃贱妾,幸满饮此杯。"玄宗吃了,也斟一杯回赐。梅妃饮至半醉,玄宗双手捧着他面庞细看道:"妃子花容,略觉消瘦了些。"梅妃道:"如此情怀,怎免消瘦?"玄宗道:"瘦便瘦,却越觉清雅了。"梅妃笑道:"只怕还是肥的好哩!"玄宗也笑道:"各有好处。"又饮了几杯,便同梅妃进房,忽忽一睡,不觉失晓。

杨妃在宫,不见玄宗驾来,问念奴道:"圣上何在?"念奴道:"奴婢闻万岁着高力士,召梅娘娘至翠花西阁。"杨妃听了,忙自步到阁前,惊得那些常侍飞报道:"杨娘娘已到阁前,当如之何?"玄宗披衣,抱梅妃藏夹幕间。杨妃走到里面,见礼毕,问道:"陛下为何起得迟?"玄宗道:"还是妃子来得早。"杨妃道:"贱妾闻梅精在此,特此相望。"玄宗道:"他在东楼。"杨妃道:"今日宣来,同至温泉一乐。"玄宗只是看着左右,也不去回答他。

杨妃怒道："肴核狼藉，御榻下有妇人珠舃，枕边有金钗翠钿，夜来何人侍陛下寝，欢睡至日出，还不视朝，是何体统？陛下可出见群臣，妾在此阁，以俟驾回。"玄宗愧甚，拽衾向屏复睡道："今日有疾，不能视朝。"杨妃怒甚，将金钗翠钿掷于地，竟归私第。

不想小黄门见杨妃势急，恐生余事，步送梅妃回宫。玄宗见杨妃已去，欲与梅妃再图欣庆，却被黄门送去，大怒，斩之。亲自拾起金钗翠钿珠舃包好，又将夷使所贡珍珠一斛，着永新领去，并赐梅妃。永新领旨，前往东楼。梅妃问道："圣上着人送我归来，何弃我之深乎？"永新道："万岁非弃娘娘，恐杨娘娘性恶，所送黄门，已斩讫矣。"梅妃道："恐怜我又动这肥婢情，岂非弃我也？原物俱已拜领，所赐珍珠不敢受。有诗一首，烦你进到御前道，妾非忤旨不受珍珠，恐怕杨妃闻知，又累圣上受气耳。"永新领命而去，将珍珠并诗献上。玄宗拆开一看，念道：

柳叶蛾眉久不描，残妆和泪湿红绡。长门自是无梳洗，何必珍珠慰寂寥？

玄宗览诗，怅然不乐，又喜其诗之妙，令乐府以新声度之，号《一斛珠》。杨妃既怀前恨，又知此事，逐日思量害他。未知后事如何，且听下回分解。

第八十回

安禄山入宫见妃子　高力士沿街觅状元

词曰：

幸得君王带笑看，莫偷安。野心狼子也来看，漫拈酸。俏眼盈盈恋所爱，尽盘桓。却教说在别家欢，被他瞒。

调寄《太平时》

从来士子的穷通显晦，关乎时命，不可以智力求；即使命里终须通显，若还未遇其时，犹不免横遭屈抑，此乃常理，不足为怪。独可怪那女子的贵贱品格，却不关乎其所处之位。尽有身为下贱的，倒能立志高洁；那位居尊贵的，反做出无耻污辱之事。即如唐朝武后、韦后、太平公主、安乐公主，这一班淫乱的妇女，搅得世界不清，已极可笑、可恨，谁想到玄宗时，却又生出个杨贵妃来。他身受天子宠眷，何等尊荣；况那天子又极风流不俗，何等受用，如何

反看上了那塞外蛮奴安禄山，与之私通，浊乱宫闱，以致后来酿祸不小，岂非怪事！

且说那安禄山，乃是营州夷种。本姓康氏，初名阿落山，因其母再适安氏，遂冒姓安，改名禄山，为人奸猾，善揣人意；后因部落破散，逃至幽州，投托节度使张守珪麾下。守珪爱之，以为养子，出入随侍。

一日守珪洗足，禄山侍侧，见守珪左脚底有黑痣五个，因注视而笑。守珪道："我这五黑痣，识者以为贵相，汝何笑也？"禄山道："儿乃贱人，不意两脚底都有黑痣七枚。今见恩相贵人脚下亦有黑痣，故不觉窃笑。"守珪闻言，便令脱足来看，果然两脚底俱有七痣，状如七星，比自己脚上的更黑大，因大奇之；愈加亲爱，屡借军功荐引，直荐他做到平卢讨击使。

时有东夷别部奚契丹，作乱犯边，守珪檄令安禄山督兵征讨。禄山自恃强勇，不依守珪方略，率兵轻进，被奚契丹杀得大败亏输。原来张守珪军令最严明，诸将有违令败绩者，必按军法。禄山既败，便顾不得养子情分，一面上疏奏闻，一面将禄山提至军前正法。禄山临刑，对着张守珪大叫道："大夫欲灭贼，奈何轻杀大将！"守珪壮其言，即命缓刑，将他解送京师，候旨定夺。禄山贿嘱内侍们，于玄宗面前说方便。当时朝臣多言禄山丧师失律，法所当诛，且其貌有反相，不可留为后患。玄宗因先入内侍之言，竟不准朝臣所奏，降旨赦禄山之死，仍赴平卢原任，戴罪立功。

禄山本是极乖巧善媚，他向在平卢，凡有玄宗左右偶至平卢者，皆厚赂之。于是玄宗耳中，常常闻得称誉安禄山的言语，遂愈信其贤，屡加升擢，官至营州都督平卢节度使。至天宝二年，召之入朝，留京侍驾。禄山内藏奸狡，外貌假妆愚直。玄宗信为真诚，宠遇日隆，得以非时谒见，宫苑严密之地，出入无禁。

一日，禄山觅得一只最会人言的白鹦鹉，置之金丝笼中，欲献与玄宗。闻驾幸御苑，因便携之苑中来。正遇玄宗同着太子在花丛中散步。禄山望见，将鹦鹉笼儿挂在树枝上，趋步向前朝拜，却故意只拜了玄宗，更不拜太子，玄宗道："卿何不拜太子？"禄山假意奏说："臣愚，不知太子是何等官爵，可使臣等就当至尊面前谒拜？"玄宗笑道："太子乃储君，岂论官爵，朕千秋万岁后，继朕为君者，卿等何得不拜？"禄山道："臣愚，向只知皇上一人，臣等所当尽忠报效；却不知更有太子，当一体敬事。"玄宗回顾太子道："此人朴诚乃尔。"

正说间，那鹦鹉在笼中便叫道："安禄山快拜太子。"禄山方才望着太子下拜，拜毕，即将鹦鹉携至御前。玄宗道："此鸟不但能言，且晓人意，卿从何处得来？"禄山扯个谎道："臣前征奚契丹至北平郡，梦见先朝已故名臣李靖，向臣索食，臣因为之设祭。当祭之时，此鸟忽从空飞至。臣以为祥瑞，取而养之，今已驯熟，方敢上献。"

言未已，那鹦鹉又叫道："且莫多言，贵妃娘娘驾到了。"禄山举眼一望，只见许多宫女簇拥着香车，冉冉再来。到得将近，贵妃下车，宫人拥至玄宗前行礼。太子也行礼罢，各就坐位。禄山待欲退避，玄宗命且住着。禄山便不避，望着贵妃拜了，拱立阶下。玄宗指着鹦鹉对贵妃说道："此鸟最能人言，又知人意。"因看着禄山道："是那安禄山所进，可付宫中养之。"贵妃道："鹦鹉本能言之鸟，而白者不易得，况又能晓人意，真佳禽也。"即命宫女念奴收去养着。因问："此即安禄山耶，现为何官？"玄宗道："此儿本塞外人，极其雄壮。向年归附朝廷，官拜平卢节度。朕爱其忠直，留京随侍。"因笑道："他昔曾为张守珪养子，今日侍朕，即如朕之养子耳。"贵妃道："诚如圣谕，此人真所谓可儿矣。"玄宗笑道："妃子以为可儿，便可抚之为儿。"贵妃闻言，熟视禄山，笑而不答。禄山听了此言，即趋至阶前，向着贵妃下拜道："臣儿愿母妃千岁。"玄宗笑说道："禄山，你的礼数差了，欲拜母先须拜父。"禄山叩头奏道："臣本胡人，胡俗先母后父。"玄宗顾视贵妃道："即此可见其朴诚。"说话间，左右排上宴来。太子因有小病初愈，不耐久坐，先辞回东宫去了。玄宗即命禄山侍宴。

禄山于奉觞进酒之时，偷眼看那贵妃的美貌，真个是：

施脂太赤，施粉太白。增之太长，减之太短，看来丰厚，却甚轻盈。极是娇憨，自饶温雅。洵矣胡天胡帝，果然倾国倾城。

那安禄山久闻杨妃之美，今忽得睹花容，十分欣喜；况又认为母子，将来正好亲近，因遂怀下个不良的妄念。这贵妃又是个风流水性，他也不必以貌取人，只是爱少年，喜壮士，见禄山身材充实，鼻准丰隆，英锐之气可掬，也就动了个不次用人的邪心。正是：

色既不近贵，冶容又诲淫。三郎忒大度，二人已同心。

话分两头。且不说安禄山与杨贵妃相亲近之事。且说其时适当大比之年，礼部奏请开科取士，一面移檄各州郡，招集举子来京应试。当时西属绵州，有个才子，姓李名白，字太白，原系西凉主李暠九世孙。其母梦长庚星入怀而生，因以命名。那人生得天姿敏妙，性格清奇，嗜酒耽诗，轻财狂侠，自号青莲居士。人见其有飘然出世之表，称之为李谪仙。他不求仕进，志欲遨游四方，看尽天下名山大川，尝遍天下美酒。先登峨嵋，继居云梦，后复隐于徂徕山竹溪,与孔巢父、韩准、裴政、张叔明、陶沔,日夕酣饮,号为竹溪六逸。因闻人说湖州乌程酒极佳,遂不远千里而往,畅饮于酒肆之中,且饮且歌,旁若无人。适州司马吴筠经过,闻狂歌之声,遣人询问。太白随口答诗四句道:

　　　　青莲居士谪仙人,酒肆逃名三十春。湖州司马何须问?金粟如来是后身。

吴筠闻诗惊喜道:"原来李谪仙在此,闻名久矣,何幸今日得遇。"当下请至衙斋相叙,饮酒赋诗,留连了几时,吴筠再三劝他入京取应。太白以近来科目一途,全无公道,意不欲行。正踌躇间,恰好吴筠升任京职,即日起身赴京,遂拉太白同至京师。

一日,偶于紫极宫闲游,与少监贺知章相遇,彼此通名道姓,互相爱慕。知章即邀太白至酒楼中,解下腰间金鱼,换酒同饮,极欢而罢。到得试期将近,朝廷正点着贺知章知贡举,又特旨命杨国忠、高力士为内外监督官,检点试卷,录送主试官批阅。贺知章暗想道:"吾今日奉命知贡举,若李太白来应试,定当首荐;但他是个高傲的人,若与通关节,反要触恼了他,不肯入试。他的诗文千人亦见的,不必通甚关节,自然入彀;只是一应试卷,须由监督官录送,我今只嘱托杨、高二人,要他留心照看便了。"于是一面致意杨国忠、高力士,一面即托吴筠,力劝太白应试。太白被劝不过,只得依言,打点入场。那知杨、高二人,与贺知章原不是一类的人,彼以小人之心,度君子之腹,只道知章受了人的贿赂,有了关节,却来向我讨白人情,遂私相商议,专记着李白名字的试卷,偏不要录送。

到了考试之日,太白随众入场,这几篇试作,那够一挥,第一个交卷的就是他。杨国忠见卷面上有李白姓名,便不管好歹,一笔抹倒道:"这等潦草的恶卷,何堪录送?"太白待欲争论,国忠谩骂道:"这样举子,只好与我磨墨。"高力士插口道:"磨墨也不适用,只好与我脱靴。"喝令左右将太白扶出。正是:

　　　　文章无口,争论不得。堪叹高才,横遭挥斥。

太白出得场来,怨气冲天,吴筠再三劝慰。太白立誓,若他日得志,定教杨国忠磨墨,高力士脱靴,方出胸中恶气。

这边贺知章在闱中阅卷,暗中摸索,中了好些真才,只道李白必在其内,及至榜发,偏是李白不曾中得,心中十分疑讶。直待出闱,方知为杨、高二人所挤,其事反因叮嘱而起。知章懊恨,自不必说。

且说那榜上第一名是秦国桢,其兄秦国模中在第五名。二人乃是秦叔宝的玄孙,少年有才,兄弟同掇巍科,人人称羡。至殿试之日,二人入朝对策,日方午,便交卷出朝。家人们接着,行至集庆坊,只听得锣鼓声喧,原来是走太平会的。一霎时,看的人拥挤将来,把他兄弟二人挤散。及至会儿过了,国桢不见了哥哥,连家人们也都不见,只得独自行走。

正行间，忽有一童子叫声："相公，我家老爷奉请，现在花园中相候。"国桢道："是那个老爷？"童子道："相公到彼便知。"国桢只道是那一个朝贵，或者为科名之事，有甚话说，因不敢推却。童子引他入一小巷，进一小门。行不几步，见一座绝高的粉墙，从墙边侧门而入。只见里面绿树参差，红英绚烂，一条街径，是白石子砌的，前有一池，两岸都种桃花杨柳；池畔彩鸳白鹤，成对儿游戏，池上有一桥，朱栏委曲。走进前去，又进一重门，童子即将门儿锁了。内有一带长廊，庭中修竹千竿，映得廊檐碧翠。转进去是一座亭子，匾额上题着"四虚亭"三字，又写"西州李白题"。亭后又是一带高墙，有两扇石门，紧紧的闭着。童子道："相公且在此略坐，主人就出来也。"说罢，飞跑的去了。

国桢想道："此是谁家，有这般好园亭？"正在迟疑，只见石门忽启，走出两个青衣的侍女，看了国桢一看，笑吟吟的道："主人请相公到内楼相见。"国桢道："你主人是谁，如何却教女使来相邀？"侍女也不答应，只是笑着，把国桢引入石门。早望见画楼高耸，楼前花卉争妍。楼上又走下两个侍女来，把国桢簇拥上楼。只听得楼檐前，笼中鹦鹉叫道："有客来了。"国桢举目看那楼上，排设极其华美，琉璃屏，水晶帘，照耀得满楼光亮。桌上博山炉内，热着龙涎妙香，氤氲扑鼻，却不见主人。

忽闻侍女传呼夫人来，只见左壁厢一簇女侍们拥着一个美人，徐步而出，那美人怎生模样？

　　眼横秋水，眉扫春山。可怜杨柳腰，柔枝若摆。堪爱桃花面，艳色如酣。宝髻玲珑，恰称绿云高挽，绣裙稳贴，最宜翠带轻垂。

　　果然是金屋娇姿，真足称香闺丽质。

国桢见了，急欲退避，侍女拥住道："夫人正欲相会。"国桢道："小生何人，敢轻与夫人觌面？"那夫人道："郎君果系何等人？乞通姓氏。"国桢心下惊疑，不敢实说，将那秦字桢字拆开，只说道："姓余名贞木，未列郡庠，适因春游，被一童子误引入潭府。望夫人恕罪，速赐遣发。"说罢深深一揖，夫人还礼不迭，一双俏眼儿，把国桢觑看，见他仪容俊雅，礼貌谦恭，十分怜爱。便移步向前，伸出如玉的一只手儿，扯着国桢留坐。国桢逡巡退逊道："小生轻造香阁，蒙夫人不加呵叱，已为万幸，何敢共坐？"夫人道："妾昨夜梦一青鸾，飞集小楼，今日郎君至此，正应其兆。郎君将来定当大贵，何必过谦。"国桢只得坐下。侍女献茶毕，夫人即命看酒。国桢起身告辞。夫人笑道："妾夫远出，此间并无外人，但住不妨；况重门深锁，郎君欲何往乎？"国桢闻言，放心侍定。少顷，侍女排下酒席，夫人拉国桢同坐共饮，说不尽佳肴美味，侍女轮流把盏。国桢道："不敢动问夫人何氏？尊夫何官？"夫人笑道："郎君有缘至此，但得美人陪伴，自足怡情，何劳多问。"国桢因自己也不曾说真名字，便也不去再问他。两个一递一杯，直饮至日暮，继之以烛。彼此酒已半酣，国桢道："酒已阑矣，可容小生去否？"夫人笑道："酒兴虽阑，春兴正浓，何可言去？今日此会，殊非偶然，如此良宵，岂宜虚度。"至次日，夫人不肯就放国桢出来，国桢也恋恋不忍言别，流连了四五日。

那知殿试放榜，秦国桢状元及第，秦国模中二甲第一，金殿传胪，诸进士毕集，单单不见了一个状元，礼部奏请遣官寻觅。玄宗闻知秦国模，即国桢之兄，传旨道："不可以弟先兄，国桢既不到，可改国模为状元，即日赴琼林宴。"国模启奏道："臣弟于廷试日出朝，至集庆坊，遇社会拥挤，与臣相失，至今不归。臣遣家僮四处寻问，未知踪迹，臣心甚惶惑。今乞吾皇破例垂恩，暂缓琼林赴宴之期，俟臣弟到时补宴，臣不敢冒其科名。"玄宗准奏，姑宽宴期，着高力士督率员役于集庆坊一带地方，挨街挨巷，查访状元秦国桢，限二日内寻来见驾。这件奇事，哄动京城。

早有人传入夫人耳中，夫人也只当做一件新闻，述与秦国桢道："你可晓得外边不见了新科状元，朝廷差高太监沿路寻访，岂不好笑。"国桢道："新科状元是谁？"夫人道："就是会榜第一的秦国桢，本贯齐州，附籍长安，乃秦叔宝的后人。"国桢闻言，又喜又惊，急问道："如今状元不见，琼林宴怎么了？"夫人道："闻说朝廷要将那二甲第一秦国模，改为状元。国模推辞，奏乞暂宽宴期，待寻着状元，然后复旨开宴哩！"国桢听罢，忙向夫人跪告道："好夫人，救我则个！"夫人一把拖起道："这为怎的？"国桢道："实不相瞒，前日初相见，不敢便说真名姓，我其实就是秦国桢。"

夫人闻说，呆了半晌，向国桢道："你如今是殿元公了，朝廷现在追寻得紧，我不便再留你，只得要与你别了，好不苦也。"一头说，一头便掉下泪来。国桢道："你我如此恩爱，少不得要图后会，不必愁烦；但今圣上差高太监寻我，这事弄大了，倘究问起来，如何是好？"夫人想了一想道："不妨，我有计在此。"便叫侍女取出一轴画图，展开与国桢看，只见上面五色灿然，画着许多楼台亭阁，又画一美人，凭栏看花。夫人指着画图道："你到御前，只说遇一老媪云：奉仙女之命召你，引至这般一个所在，见这般一个美人，被他款住。所吃的东西，所用的器皿，都是外边绝少的，相留数日，不肯自说姓名，也不问我姓名，今日方才放出行动，都被他以帕蒙首，教人扶掖而行，竟不知他出入往来的门路。你只如此奏闻，包管无事。"国桢道："此何画图，那画上美人是谁，如何说遇了他，便可无事？"夫人道："不必多问，你只仔细看了；牢牢记着，但依我言启奏；我再托人贿嘱内侍们，于中周旋便了。本该设席与你送行，但钦限二日寻到，今已是第二日了，不可迟误，只奉三杯罢。"便将金杯斟酒相递，不觉泪珠儿落在杯中，国桢也凄然下泪。两人共饮了这杯酒。

国桢道："我的夫人，我今已把真名姓告知你了，你的姓氏也须说与我知道，好待我时时念诵。"夫人道："我夫君亦系朝贵，我不便明言。你若不忘恩爱，且图后会罢。"说到其间，两下好不依依难舍。夫人亲送国桢出门，却不是来时的门径了，别从一曲径，启小门而出。看官，你道那夫人是谁？原来他复姓达奚，小字盈盈，乃朝中一贵官的小夫人。这贵官年老无子，又出差在外，盈盈独居于此，故开这条活路，欲为种子计耳。正是：

　　欲求世间种，暂款榜头人。

当下国桢出得门来，已是傍晚的时候，踉踉跄跄，走上街坊。只见街坊上人，三三两两，都在那里传说新闻。有的道："怎生一个新科状元，却不见了？寻了两日，还寻不着？"有的道："朝廷如今差高公公于城内外寺观中，及茶坊酒肆妓女人家，各处挨查，好像搜捕强盗一般。"国桢听了，暗自好笑。又走过了一条街，忽见一对红棍，二三十个军牢，拥着一个骑马的太监，急急的行来。国桢心忙，不觉冲了他前导。军牢们呵喝起来，举棍欲打。国桢叫道："呵呀！不要打！"只听得侧首小巷里，也有人叫道："呵呀，不要打！"好似深山空谷中，说话应声响的一般。原来那马上太监，便是奉旨寻状元的高力士，他一面亲身遍访，一面又差人同着秦家的家僮，分头寻觅，此时正从小巷出来。那家僮望见了主人，恰待喊出来，却见军牢们扭住国桢要打，所以忙嚷不要打，恰与国桢的喊声相应。当下家僮喊道："我家状元爷在此了！"众人听说，一齐拥住。力士忙下马相见说道："不知是殿元公，多有触犯，高某那处不寻到。殿元两日却在何处？"国桢道："说也奇怪，不知是遇怪逢神，被他阻滞了这几时，今日才得出来。重烦公公寻觅，深为有罪。今欲入朝见驾，还求公公方便。"力士道："此时圣驾在花萼楼，可即到彼朝参。"于是乘马同行。

来至楼前，力士先启奏了，玄宗即宣国桢上楼朝参毕，问："卿连日在何处？"国桢依着达奚盈盈所言，宛转奏上。玄宗闻奏，微微含笑道："如此说，卿真遇仙矣，不必深究。"看官，你道玄宗为何便不究了？原来当时杨贵妃有姊妹三人，俱有姿色。玄宗于贵妃面上，推恩三姊妹，俱赐封号，呼之为姨：大姨封韩国夫人，三姨封虢国夫人，八姨封秦国夫人。诸姨每因贵妃宣召入宫，即与玄宗谐谑调笑，无所不至。其中惟虢国夫人，更风流倜傥，玄宗常与相狎，凡宫中的服食器用，时蒙赐赉，又另赐第宅一所于集庆坊。这夫人却甚多情，常勾引少年子弟，到宅中取乐。玄宗颇亦闻之，却也不去管他。那达奚盈盈之母曾在虢国府中，做针线养娘，故备知其事。这轴图画，亦是府中之物，其母偶然携来，与女儿观顽。画上那美人，即虢国夫人的小像。所以国桢照着画图说法，玄宗竟疑是虢国夫人的所为，不便追究，那知却是盈盈的巧计脱卸。正是：

　　张公吃酒李公醉，郑六生儿盛九当。

当下玄宗传旨，状元秦国桢既到，可即刻赴琼林宴。国桢奏道："昨已蒙皇上改臣兄国模为状元，臣兄推辞不就，今乞圣恩，即赐改定，庶使臣不致以弟先兄。"玄宗道："卿兄弟相让，足征友爱。"遂命兄弟二人，俱赐状元及第，国桢谢恩赴宴。内侍赍着两副官袍，两对金花，至琼林宴上，宣赐秦家昆仲，好不荣耀。时已日暮，宴上四面张灯，诸公方才就席。从来说杏苑看花，今科却是赏灯。且玉殿传金榜，状元忽有两个，真乃奇闻异事。次日，两状元率诸新贵赴阙谢恩，奉旨秦国模、秦国桢俱为翰林承旨；其余诸人照例授职，不在话下。

且说宫中一日赏花开宴，贵妃宣召虢国夫人入宫同宴。明皇见了虢国夫人，想起秦国桢所奏之语，遂乘贵妃起身更衣时，私向夫人笑问道："三姨何得私藏少年在家？"那知虢国夫人近日正勾引一个千牛卫官的儿子，藏在家中。今闻此言，只道玄宗说着这事，乃敛袵低眉，含笑说道："儿女之情，不能自禁，乞天恩免究罢！"玄宗戏把指儿点着道："姑饶这遭。"说罢，相视而笑。正是：

阿姨风骚，姨夫识窍。大家错误，付之一笑。

第八十一回

纵嬖宠洗儿赐钱　惑君王对使剪发

词曰：

痴儿肥蠢，娘看偏奇俊。何意洗儿蒙赐，更阿父能帮兴。

不堪娇妒性，暂离宫寝。一缕香云轻剪，便重得君王幸。

　　　　　　　　　调寄《霜天晓角》

人生七情六欲，惟有好色之念，最难祛除。艳冶当前而不动心者，其人若非大圣贤，大英雄，定是个愚夫呆汉。所以古人原不禁人好色；但好色之中，亦有礼焉。苟徒逞男女之情欲，不顾名义，渎乱体统，上下宣淫以致丑声传播，如何使得？

且说秦国模、秦国桢兄弟二人，都在翰林供职。这秦国模为人刚正，只看他不肯占其弟之科名，可知是个有品有志之人。他见贵妃擅宠，杨氏势盛，禄山放纵，宫闱不谨，因激起一片嫉邪爱主之心。便同其弟计议，连名上一疏，谓朝廷爵赏太滥，女宠太盛；又道安禄山本一塞外健儿，谬膺节钺，宜令效力边疆，不可纵其出入宫闱，致滋物议。其言甚切直。疏上，玄宗不悦。群小交进谗言，说他语涉讪谤，宜加重谴。有旨着廷臣议处。亏得贺知章与吴筠上疏力救，玄宗乃降旨道："秦国模、秦国桢越职妄言，本当治罪。念系勋臣后裔,新进无知,姑免深究,着即致仕去。今后如再有渎奏者,定行重处。"此旨一下,朝臣侧目。

时奸相李林甫,欲乘机蔽主专权,对众谏官说道:"今上圣明,臣子只宜将顺,岂容多言?诸君不见立仗之马乎,日食三品料;若一鸣,便斥去矣。"自此谏官结舌不言。玄宗只道天下承平无事,又尝亲阅库藏,见财货充盈,一发志骄意满,视金帛如粪土,赏赐无限。一切朝政,俱委之李林甫。那李林甫奸狡异常,心虽甚忌杨国忠,外貌却与和好;又畏太子英明,常思与国忠潜谋倾陷。又能揣知安禄山之意,微词冷语,说着他的心事,使之心服惊佩;却又以好言抚慰之,使之欣感

不忘。因而朋比为奸,迎合君心,以固其宠。玄宗深居宫中,日事声色,以为天下承平无事。那知道杨贵妃竟与安禄山私通。正是:

　　大腹肥躯野汉,千娇百媚宫娃。何由彼此贪恋,前生欢喜
　冤家。
自此安禄山肆横无忌。

玄宗又命安禄山与杨国忠兄妹结为眷属,时常往来,赏赐极厚,一时之贵盛莫比。又加赐韩国、虢国、秦国三夫人,每月各给钱十万,为脂粉之资。三位夫人之中,虢国夫人尤为妖艳,不施脂粉,自然天生美丽。当时杜工部有首诗云:

　　虢国夫人承主恩,平明骑马入宫门。却嫌脂粉污颜色,淡扫蛾
　眉朝至尊。

一日,值禄山生日,玄宗与杨贵妃俱有赐赏。杨家兄弟姊妹们,各设宴称庆。闹过了两日,禄山入宫谢恩。御驾在宜春院,禄山朝拜毕,便欲叩见母妃杨娘娘。玄宗道:"妃子适间在此侍宴,今已回宫,汝可自往见之。"禄山奉命,遂至杨妃宫中。杨妃此时方侍宴而回,正在微酣半醉之间,见禄山来拜谢恩,口中声声自称孩儿。杨贵妃因戏语道:"人家养了孩儿,三朝例当洗儿,今日恰是你生日的三朝了,我今日当从洗儿之例。"于是乘着酒兴,叫内监宫女们都来,把禄山脱去衣服,用锦缎浑身包裹,作襁褓的一般,登时结起一彩舆,把禄山坐于舆中,宫人簇拥着绕宫游行。一时宫中多人,喧笑不止。那时

玄宗尚在宜春院中闲坐看书，遥闻喧笑之声，即问左右："后宫何故喧笑？"左右回奏道："是贵妃娘娘，为洗儿之戏。"玄宗大笑，便乘小车，来至杨妃宫中观看，共为笑乐，赐杨妃金钱银钱各十千，为洗儿之钱。正是：

> 樗蒲点筹，洗儿赐钱。家法相传，启后承前。

话分两头。那杨妃便宠眷日隆，这边梅妃江采苹却独居上阳宫，十分寂寞。一日偶闻有海南驿使到京，因问宫人："可是来进梅花的？"宫人回说，是进荔枝与杨贵妃娘娘的。原来梅妃爱梅，当其得宠之时，四方争进异种梅花；今既失宠，自此无复有进梅者。杨妃是蜀人，爱吃荔枝，海南的荔枝，胜于蜀种，必欲生致之。乃置驿传，不惮数千里之远，飞驰以进。此正杜牧之所云：

> 一骑红尘妃子笑，无人知是荔枝来。

当下梅妃闻梅花绝献，荔枝远来，不胜伤感，即召高力士来问道："你日日侍奉皇爷，可知道皇爷意中还记得有个江采苹三字么？"力士道："皇爷非不念娘娘，只因碍着贵妃娘娘耳！"梅妃道："我固知肥婢妒我，皇上断不能忘情于我也。我闻汉陈皇后遭贬，以千金赂司马相如作《长门赋》献于武帝，陈皇后遂得复被宠遇。今日岂无才人若司马相如者，为我作赋，以邀上意耶？我亦不惜千金之赠，汝试为我图之。"力士畏杨妃势盛，不敢应承，只推说一时无善作赋者。梅妃嗟叹说道："是何古今人之不相及也！"力士道："娘娘大才，远胜汉后，何不自作一赋以献上？"梅妃笑而点首。力士辞出。宫人呈上纸墨笔砚，于是梅妃即自作《楼东赋》一篇，其略云：

> 玉鉴尘生，凤奁香殄，懒蝉鬓之巧梳，闲缕衣之轻练。苦寂寞于蕙宫，但注思乎兰殿；信标梅之尽落，隔长门而不见。况乃花心飐恨，柳眼弄愁。暖风习习，春鸟啾啾。楼上黄昏兮，听凤吹而回首；碧云日暮兮，对素月而凝眸。温泉不到，忆拾翠之旧事；闲庭深闭，嗟青鸟之信修。缅夫太液清波，水光荡浮；笙歌赏宴，陪从宸游。奏舞鸾之妙曲，乘画鹢之仙舟。君情缱绻，深叙绸缪。誓山海而常在，似日月而靡休。何期嫉色庸庸，妒心冲冲，夺我之爱幸，斥我乎幽宫。思旧欢而不得，相梦著乎朦胧。度花朝与月夕，慵独对乎春风。欲相如之奏赋，奈世才之不工。属愁吟之未竟，已响动乎疏钟。空长叹而掩袂，步踟蹰乎楼东。

赋成，奏上。玄宗见了，沉吟嗟赏，想起旧情，不觉为之怃然。

杨妃闻之大怒，气忿忿的来奏道："梅精江采苹，庸贱婢子，辄敢宣言怨望，宜即赐死。"玄宗默然不答。杨妃奏之不已，玄宗说道："他无聊作赋，全无悖慢语，何可加诛？为朕的只置之不论罢了。"杨妃道："陛下不忘情于此婢耶？何不再为翠华西阁之会？"玄宗又见提其旧事，又惭又恼，只因宠爱已惯，姑且忍耐着。杨妃见玄宗不肯依他所言，把梅妃处置，心中好生不然，侍奉之间，全没有个好脸色，常使性儿，不言不语。

一日，玄宗宴诸王于内殿，诸王请见妃子。玄宗应允，传命召来，召之至再，方才来到。与诸王相见毕，坐于别席。酒半，宁王吹紫玉笛为念奴和曲，既而宴罢，席散，诸王俱谢恩而退。玄宗暂起更衣，杨妃独坐，见宁王所吹的紫玉笛儿，在御榻之上，便将玉手取来把顽了一番，就按着腔儿吹弄起来。此正是诗人张祐所云：

  深宫静院无人见，闲把宁王玉笛吹。

杨妃正吹之间，玄宗适出见之，戏笑道："汝亦自有玉笛，何不把它拿来吹着？此枝紫玉笛儿是宁王的，他才吹过，口泽尚存，汝何得便吹？"杨闻言，全不在意，慢慢的把玉笛儿放下，说道："宁王吹过已久，妾即吹之，谅亦不妨。还有人双足被人勾踹，以致鞋帮脱绽，陛下也置之不问，何独苛责于妾也？"

玄宗因他酷妒于梅妃，又见他连日意态謇傲，心下着实有些不悦；今日酒后同他戏语，他却略不谢过，反出言不逊，又牵涉着梅妃的旧事，不觉勃然大怒，变色厉声道："阿环何敢如此无礼！"便一面起身入内，一面口自宣旨："着高力士即刻将轻车送他还杨家去，不许入侍！"正是：

  妒根于心，骄形于面。语言触忤，遂致激变。

杨贵妃平日恃宠惯了，不道今日天威忽然震怒；此时待欲面谢哀求，恐盛怒之下，祸有不测；况奉旨不许入侍，无由进见，只得且含泪登车出宫，私托高力士照管宫中所有的物件。当下来至杨国忠家，诉说其故。杨家兄弟姊妹忽闻此信，吃惊不小，相对涕泣，不知所措。安禄山在旁，欲进一言以相救，恐涉嫌疑，不得轻奏，且不敢入宫，也不敢亲自到杨家来问候，只得密密使人探问消息罢了。正是：

  一女人忤旨，群小人失势。祸福本无常，恩宠固难恃。

却说玄宗一时发怒，将杨贵妃逐回，入内便觉得宫闱寂寞，举目无当意之人，欲再召梅妃入侍。不想他因闻杨妃欲谮杀之，心中又恼恨，又感伤，遂染成一病，这几日正卧床上，不能起来。玄宗寂寞不堪，焦躁异常，宫女内监们多遭鞭挞。高力士微窥上意，乃私语杨国忠道："若欲使妃子复入宫中，须得外臣奏请为妙。"时有法曹官吉温，与殿中侍御史罗希奭，用法深刻，人人畏惮，称为罗钳、吉纲。二人都是酷吏，而吉温性更贪忍，最多狡诈。宰相李林甫尤爱之，因此亦为玄宗所亲信。杨国忠乃求他救援，许以重贿。

吉温乃于便殿奏事之暇，从容进言曰："贵妃杨氏，妇人无识，有忤圣意，但向蒙恩宠；今即使其罪得死，亦只合死于宫中，陛下何惜宫中一席之地，而忍令辱于外乎？"玄宗闻其言，惨然首肯。及退朝回宫，左右进膳，即命内侍霍韬光，撤御前玉食及珍顽诸宝贝奇物，赍至杨家，宣赐妃子。杨贵妃对使谢恩讫，因涕泣说道："妾罪该当万死！蒙圣上的洪恩，从宽遣放，未即就戮。然妾向荷龙宠，今又忽遭弃置，更何面目偷生人世乎？今当即死，无以谢上，妾一身衣服之外，无非圣恩所赐；惟发肤为父母所生，窃以一茎，聊报我万岁。"遂引刀自剪其发一绺，付霍韬光说道："为我献上皇爷，妾从此死矣，幸勿复劳圣念。"霍韬光领诺，随即回宫复旨，备述妃子所言，将发儿呈上。玄宗大为惋惜，即命高力士以香车乘夜召杨妃回宫。杨贵妃毁妆人见，拜伏认罪，更无一言，惟有呜咽涕泣。玄宗大不胜情，亲手扶起，立唤侍女，为之梳妆更衣，温言抚慰，命左右排上宴来。杨贵妃把盏跪献，说道："不意今夕得复睹天颜。"玄宗掖之使坐，是夜同寝，愈加恩爱。至次日，杨国忠兄弟姊妹与安禄山俱人宫来叩贺，太华公主与诸王亦来称庆。玄宗赐宴尽欢。

看官听说，杨贵妃既得罪于被遣，若使玄宗从此割爱了，禁绝不准人幸，则群小潜消，宫闱清净，何致酿祸启乱？无奈心志盅惑已深，一时摆脱不下，遂使内竖得以窥视其举动，交通外奸，逢迎进说，心中如藕断丝连，遣而复召，终贻后患。此虽是他两个前生的孽缘未尽，然亦国家气数所关。正是：

手剪青丝酬圣德，顿教心志重迷惑。回头再顾更媚主，从此倾城复倾国。

杨贵妃入宫之后，玄宗宠幸比前更甚十倍，杨氏兄弟姊妹作福作威，亦更甚于前日，自不必说了。未知后事如何，且听下回分解。

第八十二回

李谪仙应诏答番书　高力士进谗议雅调

词曰：

当殿挥毫，番书草就番人吓。脱靴磨墨，宿憾今朝释。雅调清平，一字千金值。凭屈抑，醉乡酣适，富贵真何必？

调寄《点绛唇》

自古道：凡人不可貌相。况文人才子，更非凡人可比，一发难限量他。当其不得志之时，肉眼不识奇才，尽力把他奚落；谁想他一朝发达，就吐气扬眉了；那奚落他的人，昔日肆口乱道诽谤之言，至今日一一身自为之。可知道有才之人，原奚落他不得的。他命途多舛，遇人不淑，终遭屈抑；然人但能屈其身，不能屈其才华，损其声誉，遇虽蹇而名传不朽，彼奚落屈抑之者，适为天下后世所讥笑耳。

今且不说杨妃复入宫中，玄宗愈加宠爱。且说那时四方州郡节镇官员，闻杨贵妃擅宠，天子好尚奢华，皆迎合上意，贡献不绝于道路。以致殊方异域，亦闻风而靡。多有将灵禽怪兽，异宝奇珍及土产食物，梯山航海而来贡献者。玄宗欢喜，以为遐迩咸宾。

忽一日，有一番国，名曰渤海国，遣使前来，却没甚方物上贡，只有国书一封，欲入朝呈进。沿边官员，先飞章奏闻。不几日间，番使到京，照例安歇于馆驿。玄宗皇帝命少监贺知章为馆伴使，询其来意。那通事番官答道："国王致书之意，使臣不得而知，候中朝天子启书观看，便能知其分晓了。"到得朝期，贺知章引番使入朝面圣，呈上一封国书。阁门舍人传接，递至御前。玄宗皇帝命番使臣且回馆驿，候朕谕旨，一面着该值日宣奏官，将番书拆开宣奏上闻。那日该值宣奏官儿，却是侍郎萧炅。当下萧炅把番书拆看，大大的吃了一惊，原来那番书上写的字，正是：

　　非草非隶非篆，迹异形奇体变。便教子云难识，除是苍颉能辨。

萧炅看了数次，一字不识，只得叩头奏说道："番书上字迹，皆如蝌蚪之形。臣本庸愚，不能辨识，伏候圣裁。"玄宗笑道："闻卿尝误读'伏腊'为'伏猎'，为同僚所笑。是汉字且多未识，何况番字乎？可付宰相看来。"于是李林甫、杨国忠二人，一齐上前取看，只落得有目如盲，也一字看不出来，局踏无地。玄宗再叫专掌翻译外国文字的官来看，又命传示满朝文武官僚，却并无一人能识者。玄宗发怒道："堂堂天朝，济济多官，如何一纸番书，竟无人能识其一字！不知书中是何言语，怎生批答？可不被小邦耻笑耶！限三日内若无回奏，在朝官员，无论大小，一概罢职。"是日朝罢，各官闷闷而散。

贺知章且往馆驿陪侍番使，更不提起番书之事；至晚回家，郁郁不乐。那时李太白正寓居贺家，见贺知章纳闷不乐，当即问其缘故。知章因把上项事情述了一遍，道："如今钦限严迫，急切得很，怎生回奏？若有能识此字者，不问何等人，举荐上去，便可消释上怒。"太白听说此，微微笑道："番字亦何难识？惜我不得为朝臣，躬逢一见此书耳。"知章惊喜说道："太白果能辨识番书，我当即奏上闻。"太白笑而不答。

次日早朝，知章出班启奏说道："臣有一布衣之交，西蜀人士，姓李名白，博学多才，能辨识番书，乞陛下召来，以书示之。"玄宗准奏，遣内侍至贺家，立召李白见驾。李白即对天使拜辞道："臣乃远方贱士，学识浅陋，所以文字且不足以入朝贵之目，何能仰对天子乎？谬蒙宠命，不敢奉诏。"内侍以此言回奏。知章复启奏道："臣知此人文章盖世，学问惊人，诸子百家，无书不览；只因去年入试，被外场官抹落卷子，不与录送，故未得一第，今以布衣入朝，心殊惭愧，所以不即应召故也。乞陛下特恩，赐以冠带，更使一朝臣往宣，乃见圣主求贤下士之至意。"杨国忠与高力士听了，方欲进些谗言阻挠，只见汝阳王琎、左相李适之、京兆尹吴筠、集贤院待制杜甫，一齐同声启奏道："李白奇才，臣等知之稔矣，乞陛下速召勿疑。"

玄宗见众口交荐李白之才，便传旨，赐李白以五品冠带朝见，即着贺知章速往宣来。杨国忠、高力士二人，遂不敢开口。知章奉旨，到家宣谕李白，且备述天子惓惓之意。李白不敢复辞，即穿了御赐的冠带，与知章乘马同入朝中。三呼朝拜毕，玄宗见李白一表人材，器度超俊，满心欢喜，温言抚慰道："卿高才不第，诚为惋惜；然朕自知卿可不至终屈也。今者番国遣使臣上书，其字迹怪异，无人能识者，知卿多闻广见，必能为朕辨之。"便命侍臣将番书付李白观看。

李白接来看了一遍，启奏说道："番字各不相同，此正渤海国之字也；但旧制番书上表，悉遵依中国字体，别以副函，写本国之字，送中书存照。今渤海国不具表文，竟以国书上呈御览，已属非礼之极。况书中之语言悖慢，殊为可笑。"玄宗道："他书中所求何事，所说何言？卿可明白宣奏于朕听。"李白闻命，当时持番书于手中，立在御座之前，将中国唐音，一一译出，即高声朗诵于御座之前。其番书说略曰：

> 渤海大可毒，书达唐朝官家：自你占却高丽，与我国逼近，边兵屡次侵犯疆界，想出自官家之意。俺今不可耐者，差官赍书来说，可将高丽一百七十六城让与我国，我有好物相送：太白山之兔、南海之昆布、栅城之鼓、扶余之鹿、郏颉之豕、率宾之马、沃野之绵、湄沱湄之鲫、九都之李、乐游之梨，你家都有分，一年一进贡；若还不肯，俺国即起兵来厮杀，且看谁胜谁败。

众文武官员，见李白看着番书，宣诵如流，无不惊异。

玄宗听了书中之言，龙颜不悦，问众官说道："番邦无道，辄欲争占高丽，财力俱耗，将何以应之？"李林甫奏道："番人虽肆为大言，然度其兵力，岂能抗衡天朝；今宣谕边将，严加防守，倘有侵犯，兴师诛讨可也。"杨国忠说道："高丽辽远，原在幅员之外，与其兵连祸结，争此鞭长不及之地，不如将极边的数城弃置，专力固守内边的地方为便。"时朔方节度使王忠嗣，适在朝中，闻二人之言，因奏道："昔太宗皇帝三征高丽，财力俱竭。至高宗皇帝时，大将薛仁贵以数十万雄兵，大小数十战，方才奠定。今日岂容轻于议弃？但今日承平日久，人几忘战，倘或复动干戈，亦不可忽视小邦而轻敌也。"诸臣议论不一。玄宗沉吟未决。

李白奏道："此事无烦圣虑，臣料番王慢辞渎奏，不过试探天朝之动静耳！明日可召番使入朝，命臣面草答诏，另以别纸，亦即用彼国之字示之。诏语恩威并著，慴伏其心，务使可毒拱手降顺。"玄宗大悦，因问："可毒是彼国王之名耶？"李白道："渤海国称其王曰可毒，犹之回纥称可汗、吐蕃称赞普、南蛮称诏、诃陵称悉莫威，各从其俗也。"玄宗见他应对不穷，十分欢喜，即擢为翰林学士，赐宴于金华殿中，着教坊乐工侑酒。是夜即命于殿侧寝宿。众官见李白这般隆遇，无不叹羡。只有杨国忠、高力士二人，心下不乐，却也无可奈何。

次早玄宗升殿，百官齐集。贺知章引番使入朝候旨。李白纱帽紫袍，金鱼象笏，雍容立于殿陛，飘飘然有神仙凌云之致；手执一封番书，对番使官说道："小邦上书，词语悖慢，殊为无礼，本当加兵诛讨，今我皇上圣度如天，姑置不较，有诏批答，汝宜静候恭听。"番使战战兢兢，鹄立于凡墀之下。玄宗命设七宝文几于御座之旁，铺下文房四宝，赐李白坐锦绣墩草诏。李白即奏说道："臣所穿的靴子，深恐不净，怕污茵席，乞陛下宽恩，容臣脱靴易履而登。"玄宗便传旨，将御用的吴绫巧样云头朱履，着小内侍与学士穿着。李白叩头说道："臣有一言，乞陛下恕臣狂妄，方敢奏闻圣听。"玄宗准奏道："任卿言之。"李白道："臣前应试，横遭右相杨国忠、太尉高力士斥逐。今见二人列班于陛下之前，臣气不旺。况臣今日奉命草诏，手代天言，宣谕外国，事非他比。伏乞圣旨着杨国忠磨墨，高力士脱靴，以示宠异，庶使远人不敢轻视诏书，自然诚心归附。"玄宗此时正在用人之际，且心中深爱李白之才，即准其所奏。杨、高二人暗想："前日科场中轻薄了他，今日乘此机关便来报复，我们心中甚为恨却。况番书满朝无人可识，皇上全赖他能，不敢违旨。"只得一个与他脱靴，一个与他磨墨，二人侍立相候。

李白见此境况，才欣然就坐，举起兔毫笔一枝，手不停挥，须臾之间，草成诏书一道，另将别纸一幅，写作副封，一并呈于龙案之上。玄宗览毕，大喜说道："诏语堂皇，足夺远人之魄！"及取副封一看，啧啧称奇。原来那字迹与他来书无异，一字不识。传与众官看了，无不骇然。玄宗道："学士可宣示番邦使官听罢，然后用了大宝入函。"遂命高力士仍与李白换了双靴。李白下殿，呼番使听诏，将诏书朗宣一遍。其诏曰：

　　大唐皇帝诏谕渤海可毒：本朝应命开天，抚有四海，恩威并用，中外悉从。颉利背盟，旋即被缚。是以新罗奏织锦之颂，天竺致能言之鸟，波斯进捕鼠之蛇，拂菻献曳马之狗；白鹦鹉来自诃陵，夜光珠贡于林邑，骨利干有名马之纳，泥婆罗有良鲊之馈，凡诸远人，毕献方物，要皆畏威怀德，买静求安。高丽拒命，天讨再加，传世九百，一朝残灭，岂非逆天衡大之明鉴欤！况尔小国，高丽附庸，比之中朝，不过一郡，士马刍粮，万不及一。若螳臂自雄，鹅痴不逊，天兵一下，玉石俱焚，君如颉利之俘，国为高丽之续。今朕体上天好生之心，恕尔狂悖，急宜悔过，洗涤其心，勤修岁事，毋取羞辱于前，翻悔诛戮于后，为同类者所笑。尔所上书不遵天朝书法，盖因尔邦所居之地，遐荒僻陋，未睹中华文字，故朕兹答尔诏言，另赐副封，即用尔国字体，想宜知悉，敬读不怠。

李白宣读诏书，声音洪朗。番国使官俯首跪听，不敢仰视，听毕受诏辞朝。

贺知章送出都门，番使私问道："学士何官，可使右相磨墨，太尉脱靴？"贺知章道："右相大臣、太尉近臣，不过是人间贵官，那个李学士乃上界谪仙，偶来人世，赞助天朝，自当异数相待。"番使咄嗟叹诧而别。回至本国，见了国王，备述前言。那可毒看了诏书及副封字，大惊，与本国在朝诸臣商议："天朝有神仙帮助，如何敌得他过？"遂写了降表，遣使官入朝谢罪，情愿按期朝贡，不敢复萌异志，此是后话。正是：

干戈不动远人服，一纸贤于十万师。

且说玄宗敬爱李白，欲赐以金帛珍顽，又欲重加官职。李白俱辞谢不受，道："臣一生但愿逍遥闲散，供奉左右，如东方朔事汉之故事，且愿日得美酒痛饮足矣！"玄宗乃下诏光禄寺，日给与上方佳酿，不拘以职业，听其到处游览，饮酒赋诗；又时常召入内庭，赏花赐宴。

是时宫中最重大芍药花，是扬州所贡，即今之牡丹也，有大红、深紫、淡黄、浅红、通白，各色各种，都植于兴庆池东，沉香亭下。时值清和之候，此花盛开，玄宗命内侍设宴于亭中，同杨贵妃赏顽。杨贵妃看了花，说道："此花乃花中之王，正宜为皇帝所赏。"玄宗笑说道："花虽好而不能言，不如妃子之为解语花也。"正说笑间，只见乐工李龟年，引着梨园中一班新选的一十六色子弟，各执乐器，前来承应，叩拜毕，便待皇上同贵妃娘娘饮酒命下，奏乐唱曲。玄宗道："且住，今日对妃子赏名花，岂可复用旧乐耶！"即着李龟年："将朕所乘玉花骢马，速往宣召李白学士前来，作一番新词庆赏。"

龟年奉旨飞走，连忙出宫，牵了玉花骢马，自己也骑了马，又同着几个伙伴，一直走到翰林院衙门里来，宣召李白学士。只见翰林院中人役回说道："李学士已于今日早晨，微服出院，独往长安市上酒肆里吃酒去了。"李龟年于是便叫院中当差人役，立刻拿了李白学士的冠袍玉带象笏，一同寻至市中，四处找寻，许多时候。忽听得前街一座酒楼上，有人高声狂歌道：

三杯通大道，一斗合自然，但得酒中趣，莫为醒者传。

当时李龟年听了，说道："这个高歌的，不是李学士么？"遂下了马，同众人入酒肆，大踏步走上楼来了。果见李白学士占着一副临街座头，桌上瓶中供着一枝儿绣球花，独自对花而酌，已吃得酩酊大醉，手中尚持杯不放。龟年上前高声说道："奉圣旨立宣李学士至沉香亭见驾。"众酒客方知是李学士，又听说有圣旨，都起身站过一边。李白全然不理，且放下手中杯，向龟年念一句陶渊明的诗来道："我醉欲眠君且去。"念罢，便瞑然欲睡。龟年此时无可奈何，只得忙叫跟随众人，一齐上前，将李白学士簇拥下楼来，即扶挽上玉花骢马。众人左护右持，龟年策马后随。

到得五凤楼前，有内侍传旨，赐李白学士走马入宫。龟年叫把冠带袍服，就马上替他穿着了，衣襟上的钮儿，也扣不及。一霎时走过了兴庆池，直至沉香亭，才扶下了马，醉极不能朝拜。玄宗命铺紫氍毹毯子于亭畔，且教少卧一刻，亲往看视，解御袍覆其体；见他口流涎沫，亲以衣袖拭之。杨贵妃道："妾闻冷水沃面，可以解醒。"乃命内侍取兴庆池中之水，使念奴含而噀之。李白方在睡梦中惊醒，略开双目，见是御驾，方挣扎起来，俯伏于地奏道："臣该万死。"玄宗见他两眼朦胧，尚未苏醒，命左右内侍，扶起李白学士，赐坐亭前；一面叫御厨光禄庖人，将越国所贡鲜鱼鲊，造三分醒酒汤来。须臾，内侍又金碗盛鱼羹汤进上来。玄宗见汤气太热，手把牙筋调之良久，赐李白饮之。

彼时李白吃下，顿觉心神为之清爽，即叩头谢恩说道："臣过贪杯斝，遂致潦倒不醒，陛下此时不罪臣躬疏狂之态，反加恩眷，臣无任惭感。虽后日肝脑涂地，不足报陛下今日于万一也。"玄宗说道："今日召卿来此，别无他意。"当即指着亭下说："都只为这几本芍药花儿盛开，朕同妃子赏顽，不欲复奏旧乐，故伶工停作，待卿来作新词耳。"

李白领命，不假思索，立赋《清平调》一章呈上，道是：

云想衣裳花想容，春风拂槛露华浓。若非群玉山头见，会向瑶台月下逢。

玄宗看了，龙颜大喜，称美道："学士真仙才也！"便命李龟年与梨园子弟，立将此词谱出新声，着李谟吹羌笛，花奴击羯鼓，贺怀智击方响，郑观音拨琵琶，张野狐吹觱栗，黄幡绰按拍板，一齐儿和唱起来，果然好听得很。少顷乐阕，玄宗道："卿的新词甚妙，但正听得好时，却早完了，学士大才，可为我再赋一章。"李白奏道："臣性爱酒，望陛下以余樽赐饮，好助兴作诗。"玄宗道："卿醉方醒，如何又要吃酒？倘卿又吃醉了，怎能再作诗呢？"李白道："臣有诗云：酒渴思吞海，诗狂欲上天。臣妾自称为酒中仙，惟吃酒醉后，诗兴愈高愈豪。"玄宗大笑，遂命内侍将西凉州进贡来的葡萄美酒，赐与学士一金斗。李白叩受，一口气饮毕，即举起兔毫笔再写道：

一枝红艳露凝香，云雨巫山枉断肠。借问汉宫谁得似？可怜飞燕倚新妆。

玄宗览罢，一发欢喜，赞叹道："此更清新俊逸，如此佳词雅调，用不着众乐工嘈杂。"乃使念奴啭喉清歌，自吹玉笛以和之，真个悠扬悦耳。曲罢又笑，说与李白道："朕情兴正浓，可烦学士再赋一章，以尽今日之欢娱。"便命以御用的端溪砚，教杨贵妃亲手捧着，求学士大笔。李白逡巡逊谢，顷刻之间，濡其兔毫笔来，又题了一章献上。其诗云：

　　名花倾国两相欢，常得君王带笑看。解释春风无限恨，沉香亭北倚栏杆。

玄宗大喜道："此诗将花面人容，一齐都写尽，更妙不可言！今番歌唱，妃子也须要相和。"乃即命永新、念奴，同声而歌。玄宗自吹玉笛，命杨妃弹琵琶和之。和罢，又命李龟年，将三调再叶丝竹，重歌一转，为妃子侑酒。玄宗仍自弄玉笛以倚曲，每曲遍将换一调，则故迟其声以媚之。曲既终，杨妃再拜称谢，玄宗笑道："莫谢朕，可谢李学士。"杨贵妃乃把玻璃盏，斟酒敬李学士，敛袵谢其诗意。李白转身退避不迭，跪饮酒讫，顿首拜赐。玄宗仍命以玉花骢马，送李白归翰林院。自此李白才名愈著，不特玄宗爱之，杨妃亦甚重之。

那高力士却深恨脱靴之事，想道："我蒙圣眷，甚有威势，皇太子也常呼我为兄；诸王伯侯辈，都呼我为翁，或呼为爷。叵耐李白小小一个学士，却敢记着前言，当殿辱我。如今天子十分敬爱他，连贵妃娘娘也深重其才华，万一此人将来大用，甚不利于吾辈，怎生设个法儿，阻其进用之路才好。"因又想道："我只就他所作的《清平调》儿中，寻他一个破绽，说恼了贵妃娘娘之心。纵使天子要重用他，当不得贵妃娘娘于中间阻挠，不怕他不日远日疏了。"计策已定。

一日入宫，见杨贵妃娘娘独自凭栏看花，口中正微吟着《清平调》，点头得意。高力士四顾无人，乘间奏道："老奴初意娘娘闻李白此词，怨之刻骨，何反拳拳如是？"杨妃惊讶道："有何可怨处？"力士道："他说'可怜飞燕倚新妆'，是把赵飞燕比娘娘。试想那飞燕当日所为何事，却以相比？极其讥刺，娘娘岂不觉乎？"原来玄宗曾阅《赵飞燕外传》，见说他体态轻盈，临风而立，常恐吹去。因对杨妃戏语道："若汝则任其吹多少。"盖嘲其肥也。杨妃颇有肌体，故梅妃诋之为肥婢，杨妃最恨的是说他肥，李白偏以飞燕比之，心中正喜，今却被高力士说坏，暗指赵飞燕私通燕赤凤之事，合着他暗中私通安禄山，以为含刺，其言正中他的隐微，于是遂变为怒容，反恨于心。正是：

　　小人谗谮，道着心病。任你聪明，不由不信。

自此杨妃每于玄宗面前，说李白纵酒狂歌，放浪难羁，无人臣礼。玄宗屡次欲升擢其官，都为杨妃所阻。杨国忠亦以磨墨为耻，也常进谗言。玄宗虽极爱李白，却因宫中不喜他，遂不召他内宴，亦不留宿殿中。李白明知为小人中伤，便即上疏乞休。玄宗那里就肯放他回去，温旨慰谕了一番，不允所请。李白自此以后，乃益发狂饮放歌。正所谓：

　　安得山中千日酒，酣然直到太平时。

未知后事如何，且听下回分解。

第八十三回

施青目学士识英雄　信赤心番人作藩镇

词曰：

英雄遭祸身几殒，幸遇才人，留得奇人，好作他年定乱人。

巧言能动君王听，轻信奸臣，误遭藩臣，眼见将来大不臣。

调寄《采桑子》

古来立鸿功大业、享高爵厚禄的英雄豪杰，往往始困终亨，先危后显，所谓天将降大任，必先拂乱其所为。不但大才常屈于小用，甚至无端罹重祸，险些把性命断送了；那时却绝处逢生，遇着有眼力、有意思的人，出力相救，得以无恙；然后渐渐时来运转，建功立业，加官进爵。天下后世，无不赞他的功高一代，羡他的位极人臣，那知全亏了昔日救他的这位君子，能识人，能爱人才，能为国留得那英雄豪杰，为朝廷扶危定乱。若彼小人，便始而互相依托，后则互相忌嫉；始而养痈畜疽，后则纵虎放鹰，只顾巧言惑主，利己害人，那顾国家后患，真可痛可恨也。

话说李白被高力士进谗，以致杨妃嗔怪，因此玄宗不复召他到内殿供奉。李白见机，即上疏乞休。玄宗原极爱其才，温旨慰留，不准休致。李白乃益自放纵于酒，以避嫌怨。其酒友自贺知章以外，又有汝阳王琎、左相李适之以及崔宗之、苏晋、张旭、焦遂诸人，都好酒豪饮，李白时常同他们往来饮酒。杜工部尝作《饮中八仙歌》云：

知章骑马似乘船，眼光落井水底眠。汝阳三斗始朝天，道逢曲车口流涎，恨不遣封向酒泉。左相日兴费万钱，饮如长鲸吸百川，衔杯乐圣称避贤。宗之潇洒美少年，举觞白眼望青天，皎如玉树临风前。苏晋长斋绣佛前，醉中往往爱逃禅。李白斗酒诗百篇，长安市上酒家眠；天子呼来不上船，自称臣是酒中仙。张旭三杯草圣传，脱帽露顶王公前，挥毫落纸如云烟。焦遂五斗方卓然，高谈雄辩惊四筵。

李白日逐与这几个酒友饮酒吟诗，不觉又在京师混过了几时。一日酒后，偶遇安禄山于朝门外，安禄山欺他是醉人，言语戏谑，未免唐突。李白乘着酒兴，把禄山一场痛骂。禄山十分忿怒，无奈他是天子爱重之人，难以加害，只得含忍。李白自料为女子小人辈所忌，若不早早罢官归去，必有后祸；又见杨国忠、李林甫等，各自结党弄权，蛊惑君心，政事日坏，身非谏官，势不能直言匡救，何取乎备位朝端；因恳恳切切的上了一个辞官乞归之疏。

玄宗知其去志已决，召至御前，面谕道："卿必欲舍朕而去，未便强留，许卿暂回田里；但卿草诏平番，有功与国，岂可空归；然朕知卿高雅，必无所需求，卿所不可一日缺者，惟独酒耳。"遂御笔亲写敕书一道以赐之，其敕略云：

  敕赐李白为闲散逍遥学士，所到之处，官司支给酒钱，文武官员军民人等毋得怠慢；倘遇有事当上奏者，仍听其具疏奏闻。

李白拜受敕命。玄宗又赐与锦被金带及名马安车。李白谢恩辞朝。他本无家眷在京，只有仆从人等；当下收了行装，别了众僚友，出京而去。在朝各官，俱设宴于长亭饯送。惟杨国忠、高力士、安禄山三人，怀恨不送。贺知章等数人，直送至百里之外，方分袂而别。李白因圣旨许他闲散逍遥，出京之后，不即还乡，且只向幽燕一路，但有名山胜景的所在，任意游行。真个逢州支钞，过县给钱，触景题诗，随地饮酒，好不适意。

一日行至并州界中，该地方官员都来迎候。李白一概辞谢，只借公馆安顿行李，带了几个从人，骑马出郊外，要游览本处山川。正行之间，只见一伙军牢打扮的人，执戈持棍，押着一辆囚车，飞奔前来。见李学士马到，闪过一边让路。李白看那囚车中，囚着一个汉子。那个汉子，怎生模样儿？

  头如圆斗，鬖发蓬蓬；面似方盆，目光闪闪。身遭束缚，若站起长约丈余；手被拘挛，倘舒开大应尺许。仪容甚伟，未知何故作囚因。相貌非常，可卜他年为大物。

原来那人姓郭名子仪，华州人氏，骨相魁奇，熟谙韬略，素有建功立业、忠君爱国之志；争奈未遇其时，暂屈在陇西节度使哥舒翰麾下，做个偏将。因奉军令，查视余下的兵粮，却被手下人失火把粮米烧了，罪及其主，法当处斩。时哥舒翰出巡，已在并州地界，因此军政司把他解赴军前正法。

当下李白见他一貌堂堂，便勒住马问是何人，所犯何事何罪，今解往何处。郭子仪在囚车中，诉说原由，其声如洪钟。李白想道："这个人恁般仪表，定是个英雄豪杰。今天下方将多事，此等品格相貌，正是为朝廷有用之人才，国家之柱石，岂容轻杀。"便盼咐手下众人："尔等到节度军前且莫解进去，待我亲自见节度，替他说情免死。"众人不敢违命，连声应诺。李白回马，傍着囚车而行。一头走，一头慢慢的试问他些军机武略，子仪应答如流，李白愈加敬爱。

说话之间，已到哥舒翰驻节之所。李白叫从人把个名帖传与门官，说李学士来拜，门官连忙禀报。那哥舒翰也是当时一员名将，平昔也敬慕学士之才名，如雷贯耳。今见他下顾，诚以为荣幸万一，随即将营门大开，延入，宾主叙坐，各道寒暄。献茶毕，李白即自述来意，要求他宽释郭子仪之罪。哥舒翰听罢，沉吟半晌，说道："学士公见教，本当敬从；但学生平时节制部下军将，赏罚必信。今郭子仪失火烧了兵粮，法所难贷，且事关重大，理合奏闻天子，学生未敢擅专，便自释放，如之奈何？"李白说道："既如此，学生不敢阻挠军法，只求宽期缓刑，节度公自具疏请旨。学生原奉圣上手敕，听许飞章奏事，今亦具一小折，代奏乞命何如？"哥舒翰欣然允诺道："若如此，则情法两尽矣！"遂传令将郭子仪收禁，候旨定夺。李白辞谢而出。

于是哥舒翰一面具奏题报。李白亦即缮疏，极言郭子仪雄才伟略，足备干城腹心之选，失火烧粮，乃手下仆夫不谨，实非子仪之罪，乞赐矜全，留为后用。将疏章附驿递，星驰上奏。自己且暂留于并州公馆中候旨，日日闲散逍遥。哥舒翰遂同手下文官武将，连本州地方上的官员，天天遂设宴款待，李学士吟诗饮酒作乐。不则一日，圣旨已下，准学士李白所奏，只将郭子仪手下仆人失慎的，就地正法，赦郭子仪之罪，许其自后立功自效。正是：

若不遇识大学士，险送却落难英雄。喜今日幸邀宽典，看他年独建奇功。

郭子仪感激李白活命之恩，誓将衔环图报。李白别了郭子仪，并哥舒翰等众官，自往他处行游去了。临行之时，又谆属哥舒翰青目郭子仪。自此子仪得以军功，渐为显官，此是后话。

且说朝中自李白去后，贺知章也告休致去了。左相李适之因与李林甫有隙，罢相而归；林甫又陷他以事，逼之自尽。林甫倚着天子信任，手握重权，安禄山亦甚畏之，杨国忠也心怀嫉忌，然其势不得不互为党援。玄宗往年连杀三子之后，林甫劝立寿王瑁为太子。玄宗从高力士之言，立忠王玙为太子。林甫嫌忌，谋倾陷之。时有户曹官杨慎矜依附杨国忠，自认为杨氏同族，又与罗希奭、吉温等，俱为李林甫门下鹰犬。林甫因与计议，教他上密疏，诬告刑部尚书韦坚，与节度使皇甫惟明，同谋废帝，而立太子，引杨国忠为证。原来那韦坚，乃太子妃韦氏之兄，皇甫惟明是边方节度使，偶来京师，曾参谒太子，又曾面奏天子，说宰相弄权。林甫怀恨，因借端诬陷，并以动摇东宫。玄宗览疏大怒，亏得高力士力辨其诬,乃不显言二人之罪,只传旨贬削二人之官。太子闻知,惊惶无措,上表请与韦氏离婚。玄宗亦因高力士劝谏,不允太子所请。李林甫又密奏,乞将此事付杨慎矜与罗希奭、吉温等鞫问,并请着杨国忠监审。玄宗降旨,只将韦坚、皇甫惟明赐死,事情不必深究,于是太子之心始安。

过了几时,适有将军董延光奉诏征伐吐蕃,不能奏功,乃委罪于朔方节度使王忠嗣,说道他阻挠军计。李林甫乘机,使杨国忠诬奏王忠嗣欲拥兵奉太子。玄宗遂召王忠嗣入京,命三司鞫之。太子又惊惶无措,幸王忠嗣系哥舒翰所荐,哥舒翰素有威望,玄宗甚重其人品,却未曾面观其人；今因王忠嗣之事,特召哥舒翰陛见,欲面问此事之虚实。

哥舒翰闻召,当时星夜赴京。其幕僚都劝他多将金帛到京使用,以救王忠嗣。哥舒翰说道:"吾岂惜金帛？但若公道尚存,君主必不致冤死其人；若无公道,金帛虽多,用之何益？"遂轻装往京而来。及至京师面君,玄宗先问了些边务事情,哥舒翰一一奏对,玄宗甚为欢喜。哥舒翰乃力言王忠嗣之负冤,太子之被诬,语甚激切。玄宗感悟,乃云:"卿且退,朕当思之。"次日,即召三司面谕道:"吾儿居深宫之中,安得与外藩交通？此必妄说也,尔其勿复问。但王忠嗣阻挠军计,宜贬官爵以示罚。"遂贬王忠嗣为汉阳太守,将军董延光亦削爵。哥舒翰回镇并州。太子匍匐御前涕泣,叩首谢恩。玄宗好言慰之,自此父子相安。

可恨这李林甫屡起大狱,以杨国忠有掖庭之亲,凡事有微涉东宫者,辄使之劾奏,或援以为证。幸因太子是高力士劝玄宗立的,他常在天子前保护；太子又仁孝谨静,不敢得罪于杨贵妃,以此得无恙。那知道杨家兄弟姊妹,骄奢横肆,日甚一日,总之倚着妃子之势。当时民间有几句谣言道:

  生男勿欢喜,生女勿悲酸。男不封侯女作妃,看女却是门上楣。

杨国忠、杨铦与韩、虢、秦三夫人宅院,都在宜阳里中,甲第之盛,拟于宫中。国忠与这三个夫人,原不是真兄弟妹。三个夫人中,虢国夫人尤为淫荡奢靡,每造一堂一阁,费资巨万；若见他家所造,有更胜于己者,即自拆毁复造。土木之工,无时休息。其所居宅院,与杨国忠宅院相连,往来最近,便当得很,遂与国忠通奸。杨国忠入朝,或有时竟与虢国夫人并舆同行,见者无不窃笑,而二人恬然不以为耻。安禄山亦乘间与虢国夫人往来甚密,夫人私赠以生平所最爱的玉连环一枚。禄山喜极,佩带身旁,不意于宴会之中,更衣时为国忠所见。国忠只因禄山近日待他简傲,心甚不平。今见此玉连环,认得是虢国夫人之物,知他两下有私,遂恨安禄山切骨,时于言语之间,隐然把他暗中私通贵妃之事,为危词以恐吓之。又常密语杨妃,说禄山行动不谨,外议沸然,万一天子知觉了,这是些甚么事,为祸非同小可。杨妃闻国忠所言,着实心怀疑惧。正是:

贵妃不自贵，难为贵者讳。无怪人多言，人言大可畏。

一日，玄宗于昭庆宫闲坐，禄山侍坐于侧旁，见他腹过于膝，因指着戏说道："此儿腹大如抱瓮，不知其中藏的何所有？"禄山拱手对道："此中并无他物，惟有赤心耳！臣愿尽此赤心，以事陛下。"玄宗闻禄山所言，心中甚喜。那知道：

人藏其心，不可测识。自谓赤心，心黑如墨。

玄宗之待安禄山，真如腹心；安禄山之对玄宗，却纯是贼心、狼心、狗心，乃真是负心、丧心。人方切齿痛心，恨不得即剖其心，食其心，亏他还哄人说是赤心。可笑玄宗还不觉其狼子野心，却要信他是真心，好不痴心。

闲话少说。且说当日玄宗与安禄山闲坐了半晌，回顾左右，问："妃子何在？"此时正当春深时候，天气尚暖，杨妃方在后宫，坐兰汤洗浴。宫人回报玄宗说道："妃子洗浴方完。"玄宗微微笑说道："美人新浴，正如出水芙蓉，令宫人即宣妃子来，不必更梳妆。"少顷，杨妃来到，你道他新浴之后，怎生模样？有一曲《黄莺儿》说得好：

皎皎如玉，光嫩如莹。体愈香，云鬟慵整偏娇样。罗裙厌长，轻衫取凉，临风小立神骀宕。细端详，芙蓉出水，不及美人妆。

当下杨妃懒妆便服，翩翩而至，更觉风艳非常。玄宗看了，满脸堆下笑来。适有外国进贡来的异香花露，即取来赐与杨妃，叫他对镜匀面，自己移坐于镜台旁观之。杨妃匀面毕，将余露染掌扑臂，不觉酥胸略袒，宝袖宽退，微微露出二乳来了。玄宗见了，说道："妙哉！软温好似鸡头肉。"安禄山在旁，不觉失口说道："滑腻还如塞上酥。"

他说便说了，自觉唐突，好生局促，杨妃亦骇其失言，只恐玄宗疑怪，捏着一把汗。那些宫女们听了此言，也都愕然变色。玄宗却全不在意，倒喜孜孜的指着禄山说道："堪笑胡儿亦识酥。"说罢哈哈大笑。于是杨贵妃也笑起来了，众宫女们也都含着笑。咦！

若非亲手抚摩过，那识如酥滑腻来？只道赤心真满腹，付之一笑不疑猜。

安禄山只因平时私与杨妃戏谑惯了，今当玄宗面前，不觉失口戏言，幸得玄宗不疑。但杨妃已先为国忠危言所动，只恐弄出事来，自此日以后，每见安禄山，必切切私嘱，叫他语言慎密，出入小心。禄山亦晓得国忠嗔怪他，恐为他所算。又想国忠还不足惧，那李林甫最能窥察人之隐微，这不是个好惹的，今杨李之交方合，倘二人合算我一人，老大不便，不如讨个外差暂避，且可徐图远大之业。但恐贵妃与虢国夫人不舍他，因此踌躇未决。

那边杨国忠暗想："安禄山将来必与我争权，我必当蓟除之；但他方为天子所宠幸，又有贵妃与虢国夫人等助之。急切难以摇动；只不可留他在京，须设个法儿，弄他到边上去了，慢慢的算计他便是。"正在筹量，却好李林甫上奏一疏，请用番人为边镇节度使。原来唐时边镇节度使，都用有才略、有威望的文臣，若有功绩，便可入为宰相。今林甫独自专权，欲绝边臣入相之路，奏称文人为边帅，怯于矢石，无以御侮；不若尽用番人，则勇而习战，可为国家捍卫。玄宗允其所奏，于是边镇节度使，都要改用番人。

国忠乘此机会，要发遣安禄山出去，便上疏说道："河东重地，固须得番人为帅；然亦必以番人之中有才略、有威望者镇之；非安禄山不足以当此重任。"玄宗览疏，深以为然，即召安禄山来面谕说道："汝以满腹赤心事朕，本应留汝在京，为朕侍卫；但河东重镇，非汝不可；今暂遣出为边帅，仍许不时入朝奏对。"遂降旨以安禄山为平卢、范阳、河东三镇节度使，赐爵东平郡王，克期走马赴任。

禄山闻命，倒也合着他的意思，叩头领旨。即日入宫，拜辞杨妃，两下依依不舍。杨妃叫入密室，执手私语道："你今此行，皆因为吾兄相猜忌之故。我和你欢叙多时，一旦远离，好生不忍。但你在京日久，起人嫌疑，出为外镇，未必非福。你放心前去，我自当使心腹人来通信与你，早晚奴在天子面前，留心照顾着你。你只顾自去图功立业，不必疑虑。"安禄山点头应诺。正说间，宫人传报说道："三位夫人已入宫来了。"杨贵妃接见叙礼毕，安禄山也各各相见。虢国夫人闻知安禄山今将远行，甚为怏怏；奈朝命已下，无可如何。禄山也不敢久留宫中，随即告辞出宫。

到临行之时，玄宗又赐宴于便殿，禄山谢过了恩，辞朝赴镇。李林甫等设席饯行。饮酒之间，林甫举杯相嘱道："安公为节度，出镇大藩，责任非轻，凡所作为，须熟计详审，合情中理。林甫身虽在朝，而各藩镇利弊，日夕经心，声息俱知。今三大镇得安公为节度使，正足为朝廷屏障，唯善图之。"这几句话，明明笼络挟制。禄山平日素畏林甫，今闻此言，惟有唯唯听命，且逡巡逊谢道："禄山才短气粗，当此大镇，深惧不能胜任，敢不恪遵明训！诸凡不到之处，全赖相公照拂。"说罢作揖，拜辞起行。

前一日，杨国忠曾设宴请禄山饯别，禄山托故不往。这日国忠也假意来相送。禄山怀忿，傲倨不为礼。国忠大怒，自此心中愈加衔怨。

禄山既至任所，查点军马钱粮，训练士卒，屯积粮草，坐镇范阳，兼制平卢、范阳、河东，自永平以西至太原，凡东北一带要害之地，皆其统辖，声势强盛，日益骄恣。后人有诗云：

　　番人顿使作强藩，只为奸臣进一言。今日虎狼轻纵逸，会看地覆与天翻。

第八十四回

幻作戏屏上婵娟　小游仙空中音乐

词曰：

　　宝屏历现娇容，姓名通，绝胜珠围翠绕肉屏风。清云路杳，鹊桥可驾任行空。明日恍然疑想，如在梦魂中。

调寄《相见欢》

　　自来神怪之事不常有，然亦未尝无，惟正人君子，能见怪不怪，而怪亦遂不复作，此以直心正气胜之也。孔子不语怪，亦并不语神，盖怪固不足语，神亦不必语。人但循正道而行，自然妖孽不能为患，即鬼神亦且听命于我矣；若彼奸邪之辈，其平日所为，都是变常可骇之事，只他便是家国之妖孽了，何怪乎妖孽之忽见？此所谓妖由人兴，孽自己作也。至若身为天子，不务修实德，行实政，而惑于神仙幽怪之说。便有一班方士术者来与之周旋，或高谈长生久视，或多作游戏神通，总无益于身心，而适足为其眩惑，前代如秦皇、汉武，俱可为殷鉴。

　　且说杨国忠乘机遣发了安禄山出去，少了个争权夺宠之人，眼前只让得李林甫一个人了。这一个人却摇动他不得的，他既生性阴险，天子又十分信他，宠眷隆重。一日降旨，着百官公阅岁贡之物于尚书省，阅毕回奏；玄宗命将本年贡物，以车载往李林甫家中赐之，其宠眷如此。林甫之子李岫，亦官于朝，颇怀盈满之惧。尝从林甫闲步后园，见一役夫倦卧树下，因密告林甫道："大人久专朝政，仇怨满天下；倘一旦祸患忽作，欲似此役夫之高卧，岂可得乎？"林甫默然不答。自此常恐有刺客侠士暗算他，出则步骑百余人，左右翼卫，前驰在数百步外，辟人除道；居则重门复壁，如防大敌，一夕屡徙其卧榻，虽家人莫知其处。那个杨国忠却又不然，他自恃椒房之戚，爵居右相之尊，一味骄奢淫佚，也不怕人嗔恨，也不管人耻笑。

　　时值上巳之辰，国忠奉旨，与其弟杨铦及诸姨姊妹，齐赴曲江修禊。于是五家各为一队，各着一色衣，姬侍女从不计其数，新妆炫服，相映如百花焕发。乘马驾车，不用伞盖遮蔽，路傍观者如堵。国忠与虢国夫人，并辔扬鞭，以为谐谑。众人直游顽至晚夕，乘烛而归，遗簪坠舄，遍于路衢。杜工部有

《丽人行》云：

> 三月三日天气清，长安水边多丽人。态浓意远淑且真，肌肤细腻骨肉匀。绣罗衣裳照暮春，蹙金孔雀银麒麟。头上何所有？翠微㔩叶垂鬓唇。背后何所见？珠压腰衱稳称身。就中云幕椒房亲，赐名大国韩虢秦。紫驼之峰出翠釜，水晶之盘行素鳞。犀箸厌饫久未下，鸾刀缕切空纷纶。黄门飞鞚不动尘，御厨络绎送八珍。箫鼓哀吟感鬼神，宾从杂沓实要津。后来鞍马何逡巡？当轩下马入锦茵。扬花雪落覆白苹，青鸟飞去衔红巾。炙手可热势绝伦，慎莫近前丞相嗔。

当日一行人游顽过了，次日俱入宫见驾谢恩。玄宗赐宴内殿，国忠奏道："臣等奉旨修禊，非图燕乐，正为圣天子及诸宫眷，迎祥迓福。昨赴曲江，威仪美盛，万里观瞻，众情欣悦，具见太平景象，臣等不胜庆幸。"玄宗大喜道："卿等于游戏之中，不忘君上，忠爱可嘉，当有赏赉。"宴罢，至明日，出内府珍顽，颁赐诸人，赐韩国夫人照夜玑，赐虢国夫人锁子帐，赐秦国夫人七叶冠。

当时杨妃奏道："陛下前以宝屏赐妾，屏上雕刻前代美人容貌，以妾对之，自觉形秽，今请陛下转赐妾兄国忠，何如？"玄宗笑道："朕闻国忠婢妾极多，每至冬月，选婢妾之肥硕者，环立于后，谓之肉屏遮风；今以此屏赐之，殊胜他家肉屏风也。"原来这屏名号为虹霓屏，乃隋朝遗物，屏上雕镂前代美人的形象，宛然如生，各长三寸许，水晶为地，其间服顽衣饰之类，都用众宝嵌成，极其精巧，疑为鬼工，非人力所能造作的。后人有词为证：

> 屏似虹霓变幻，画非笔墨经营。浑将杂宝当丹青，雕刻精工莫并。试看冶容种种，绝胜妙画真真。若还逐一唤娇名，当使人人低应。

玄宗将此屏赐与国忠，又命内侍传述贵妃奏请之意。国忠谢恩拜受，将屏安放内宅楼上，常与亲友族辈家眷等观顽，无不叹美欣羡，以为希世之珍。

一日，国忠独坐楼上纳凉，看看屏上众美人，暗想道："世间岂真有此等尤物？我若得此一二人，便为乐无穷矣。"正想念间，不觉困倦，因就榻上偃卧。才伏枕，忽见屏上众美人，一个个摇头动目，恍惚间都走下屏来，顿长几尺，宛如生人；直来卧榻前，一一称名号，或云我是裂缯人也，或云我步莲人也，或云我浣纱人也，或云我当垆人也，或云我解珮人也，或云我拾翠人也，或云我是许飞琼，或云我是薛夜来，或云我是桃源仙子，或云我是巫山神女，如此等类，不可枚举。杨国忠虽睁着眼儿历历亲见，却是身体不能动一动，口中不能发一声。诸美女各以椅列坐。少顷，有纤腰倩妆女妓十余人，亦从屏上下来，云是楚章华踏谣娘也，遂连袂而歌，其声极清细。歌罢，诸女皆起，那一个自称巫山神女的，指着国忠说道："你自恃权相，实乃误国鄙夫，何敢亵顽我等？又辄作妄想，殊为可笑可恶！"诸女齐拍手笑说道："阿环无见识，三郎又轻听其言，以致虹霓宝屏，见辱于庸奴。此奴将来受祸不小，吾等何必与他计较，且去且去。"于是一一复回屏上。

国忠方才如梦初醒，吓得冷汗浑身，急奔下楼，叫家下的用人，将此屏掩过，锁闭楼门。自此每当风清月白之夜，即闻楼上有隐隐许多女人，歌唱笑语之声。家内大小上下男女，无一人敢登此楼者。国忠入宫，密将此事与杨贵妃说知，只隐过了被美人责骂之言。杨妃闻此怪异，大为惊诧，即转奏玄宗，欲请旨毁碎此屏。玄宗说道："屏上诸女，既系前代有名的佳人美女，且有仙娥神女列在其内，何可轻毁？吾当问通元先生与叶尊师，便知是何妖祥。"

你道通元先生同叶尊师是谁？原来玄宗最好神仙，自昔高宗尊奉老君为玄元皇帝，至玄宗时又求得李老君的遗像，十分敬礼，命天下都立庙，招住持奉侍。于是方士辈竞进。有人荐方士张果老，是当世神仙，用礼召至京师，拜为银青光禄大夫，赐号通元先生。又有人荐方士叶法善，有奇术，善符咒，玄宗亦以礼召来至京师，称为尊师。其他方士虽多，惟此二人为最。

当下玄宗将国忠屏上所言美人出现之说问之。张果老道："妖由人兴，此必杨相看了屏上的娇容，妄生邪念，故妖孽应念而作耳，叶师治之足矣！"叶法善说道："凡宝物易为精怪，况人心感触，自现灵异。臣当书一符，焚于屏前以镇之。今后观此屏者，勿得顽亵。每逢朔望，用香花供奉，自然无恙。"玄宗便请法善手书正乙灵符一道，遣内侍赍付国忠，且传述二人之言。国忠闻说妖由邪念而生，自己不觉毛骨悚然，随即登楼展屏，将符焚化；焚符之顷，只见满楼电光闪烁。自此以后，楼中安静，绝无声响。至朔望瞻礼时，说也奇异，见屏上众美人愈加光彩夺目，但看去自有一种端庄之度，甚觉比前不同了。正是：

  正能治邪，邪不胜正。以正治邪，邪亦反正。

玄宗闻知，愈信叶法善之神术。一日私问法善道："张果老先生道德高妙，朕常询其生平，但笑而不答，何也？"法善道："他的生平，即神仙辈亦莫能推测，但知他在唐尧时，曾官为侍中耳；若其出处履历，惟臣知之，余人不知也。"玄宗欣然道："尊师请试言之。"叶法善说道："臣惧祸及，故不敢直言奏听。"玄宗道："尊师神仙中人，有何祸之可惧？幸勿托词隐秘。"法善沉吟道："陛下必欲臣直言，臣今言之必立死。陛下幸怜臣，可立召张先生，不惜屈体求之，臣庶可更生矣。"玄宗连声许诺。法善请屏退左右，密奏说道："他是混沌初分时，白蝙蝠精也。"言未已，忽然口吐鲜血，昏绝于地。玄宗即呼内侍，速传口敕，立召张果老入宫见驾。少顷张果老携杖而至，玄宗降座迎之，说道："叶尊师得罪于先生，皆朕之过。朕今代为之请，幸看薄面恕之。"说罢，便欲屈膝下去。张果老忙起道："何敢劳陛下屈尊，但小子不当饶舌耳！"遂以手中杖，连击法善三下道："可便转来！"只见法善蹶然而醒，即时站起，整衣向玄宗谢恩，随向张果老谢罪。张果老笑道："吾杖不易得也。"法善再三称谢。玄宗大喜，各赐之茶果而退。

过了几日，适有使者从海上来，带得一种恶草，其性最毒，海上人传言，虽神仙亦不敢食此草。玄宗以示法善，问识此草否。法善道："此名乌堇草，最能毒人，使臣食之，亦当小病也。他仙若中其毒，性命不保；惟张果老先生，或不畏此耳。"玄宗乃密置此草于酒中，立召张果老至内殿赐宴，先饮以美酒。玄宗问："先生实能饮几何？"张果老说道："臣饮不过数爵，臣寓中有一道童，可饮一斗，多亦不能也。"玄宗道："可召来否？"张果老道："臣请呼之。"乃向空中叫道："童子，可速来见驾！"叫声未绝，只见一个童子，从房头飞下，年可十四五岁，头尖腹大，整衣肃容，拜于御前。玄宗惊异，即命以大斗酌酒赐之。童子谢了恩，接过酒来，一口气吃干。玄宗皇帝见他吃得爽快，命更饮一斗，童子又接来便吃，却吃不上两三口，只见那吃的酒，从头顶上骨都都滚将出来。张果老笑道："汝量有限，何得多饮。"遂取桌上桃核一枚掷之，阁阁有声，应手而仆，酒流满地。仔细一看，却原来不是童子，是一个盛酒的葫芦，其中仅可容一斗酒。玄宗看了大笑道："先生游戏，神通甚妙，可更进一觞。"乃密令内侍把乌堇酒斟与他吃。张果老却不推辞，一饮而尽。少顷，只见张果老垂头闭目，就坐席上，昏然睡去。玄宗当时吩咐内侍说："不要惊动他，由他熟睡。"没半个时辰，即欠伸而起笑道："此酒非佳酒也，若他人饮此酒，不复醒矣！"袖中出一小镜子自照，道："恶酒竟坏我齿。"玄宗看时，果见其齿都黑了。张果老不慌不忙，双手向两颐一拍，把口中黑齿尽数都吐出来了，登时又重生了一口雪白的好牙齿。玄宗一见，惊喜赞叹道好。正是：

　　戏将毒草试神仙，只博先生一觉眠。不坏真身依旧在，齿牙落得换新鲜。

自此玄宗愈信神仙之术。

时至上元之夕，玄宗于内庭高扎彩楼，张灯饮宴，不召外臣陪饮，亦不召嫔妃奉侍，只召张果老、叶法善二人。张果老偶他往，未即至，法善先来。玄宗赐坐首席，举觞共饮。一时灯月交辉，歌舞间作，十分欢喜。玄宗酒酣，指着灯彩笑道："此间灯事，可谓极盛，他方安能有此耶！"法善举眼，四下一看，用手向西指道："西凉府城中，今夜灯事极胜，不亚于京师。"玄宗道："先生若有所见，朕不得而见也。"法善道："陛下欲见，亦有何难。"玄宗连忙问道："尊师有何法术，可使朕一见胜境乎？"法善道："臣今承陛下御风而往，转回不过片时。"玄宗欣然而起。旁边高力士走过来，俯伏奏道："叶尊师虽有妙法，皇爷岂可以身为试？愿勿轻动。"玄宗道："尊师必不误朕，汝切勿多言，我亦不须汝同行，你只在此候着便了。"高力士不敢再说，唯唯而退。

法善请玄宗暂撤宴更衣；小内侍二人，亦更换衣服，俱出立庭中。都叫紧闭双目，只觉两足腾起，如行霄汉中。俄顷之间，脚已着地，耳边但闻人声喧闹，都是西凉府语音。法善叫请开眼。玄宗开目一看，只见彩灯绵亘数里，观灯之人，往来杂沓；心上又惊又喜，杂于稠人之中，到处游看，私问法善道："尊师得非幻术乎？"法善道："陛下若不信今夜之游，请留征验。"遂问内侍："你等身边带得有何物件？"内侍道："有皇爷常把顽的小玉如意在此。"法善乃与玄宗入一酒肆中，呼酒共饮，须臾饮讫。即以小玉如意，暂抵酒价，请唐皇写了一纸手照，约几日遣人来取赎。出了店门，步至城外，仍教各自闭目，顷刻之间，腾空而回，直到殿前落地。高力士接着，叩头口称万岁，看席上所燃的金莲宝烛，犹未及半也。

玄宗正在惊疑，左右传奏张果老先生到，玄宗即时延入。张果老道："臣偶出游，未即应召而至，伏乞陛下恕臣之罪。"玄宗道："先生辈闲云野鹤，岂拘世法，有何可罪之有？但未知先生适间何往？"张果老道："臣适往广陵访一道友，不意陛下见召，以致来迟。"玄宗道："广陵去此甚远，先生之往来，何其速也！"张果老笑道："朝游北海，暮宿苍梧，仙家常事，况如西凉广陵，直跬步间耳。"因问法善道："西凉灯事若何？"法善道："与京师略同。"玄宗问道："先生适从广陵来，广陵亦行灯事否？"张果老道："广陵灯事亦极盛，此时正在热闹之际。"法善道："臣不敢启请陛下，更以余兴至彼一观，亦颇足以怡悦圣情。"玄宗欣喜道："如此甚妙。"因问张果老道："先生肯同往么？"张果老道："臣愿随圣驾，此行可不须腾空御风，亦不须游行城市。臣有小术，上可不至天，下可不着地，任凭陛下顽赏。"玄宗道："此更奇妙，愿即施行神术。"张果老道："请陛下更衣，穿极华美冠裳。"叫高力士亦着华服，又使梨园伶工数人，亦都着锦衣花帽。张果老却解下自己腰间丝绦向空一掷，化成一座彩桥，起自殿庭，直接云霄。怎见得这桥的奇异？有《西江月》词一阕为证：

　　　　白玉莹莹铺就，朱栏曲曲遮来。凌云驾汉近瑶台，一望霞明
　　云霭。

　　　　稳步无须回顾，安行不用疑猜。临高视下叹奇哉，恍若身居

天界。

当下张果老与法善前导,引玄宗徐步上桥。高力士及伶工等俱从,但戒勿回头反顾,只管向前行去。行不数百步,张果老、法善二人早立住了脚,说道:"陛下请止步,已至广陵地。"城中灯火之多,陈设之盛,不减于西凉。那些看灯的士女们,忽观空中有五色彩云,拥着一簇人各样打扮,衣冠华丽,疑是星官仙子出现,都向空中瞻仰叩拜。玄宗及高力士等立于桥上,仰看天汉,月明如昼,低头下视广陵城市灯火,大喜。法善请敕伶工,奏《霓裳羽衣》一曲。奏毕,张果老同法善,仍引玄宗与高力士伶工众人等,于桥上步回宫禁。才步下桥,张果老即时把袖一拂,桥忽不见,只见张果老手中,原拿着丝带一绦,仍旧把来系于腰间。高力士伶工众人等,皆大惊异。玄宗此时说道:"先生神术通灵,真乃奇妙!"张果老回说道:"此是仙家游戏小术,何足多羡。"玄宗再命洗杯赐酒,直至天晓时候,方才罢宴各散。后人有诗叹道:

　　　　仙家游戏亦神通,却使君王学御风。万乘至尊宜自重,怎从术士步空中?

次日,玄宗密遣使者,即将西凉府酒店中主人写的手照,到彼酒店取赎小玉如意。使者行了几日,却果然取赎回来,乃信上元十五夜之游,是真非幻。过了几月,广陵地方官上疏奏称:"本地于正月十五夜二更后,天际中忽现五色祥云万朵,云中仙灵,历历可睹;又闻仙乐嘹亮,迥非人间声调,此诚圣世瑞征,合应奏闻。"玄宗览疏,暗自称奇,即不明言此事,只批个知道了。

原来这《霓裳羽衣曲》,乃是玄宗于开元之时,尝梦游月宫,见有仙女数十,素练宽衣,环珮丁东,歌舞于广寒宫中,声调佳妙,非人世所能有。玄宗因问:"此何曲为名?"众女答道:"名为《霓裳羽衣曲》。"玄宗梦中密记其声调,及醒来一一记得,遂传示乐工,谱成此曲,果然不是人间声调也。

玄宗益信二人为神仙;又闻张果老每出,必乘一白驴,其行如飞,及归便把此驴折叠如纸,置于巾箱中;欲乘则以水噀之,依旧成驴。玄宗愈奇其术,思欲与之联为姻眷,要将玉真公主下嫁与他。张果老说道:"臣有别业在王屋山中,向曾以太平钱三十万聘娶章氏女在彼,今岂容更娶?况臣疏野性成,不慕荣禄,入京已久,念切远山,伏乞天恩放回,实为至幸。"玄宗说道:"先生不肯尚主,朕亦不敢相强;却如何便欲舍朕而去耶!先生与叶尊师同在朕左右,二位不可缺一。方思朝夕就教,幸勿遽萌去志。"张果老感其诚意,遂与叶法善仍留京邸。

法善昔年尝隐于松阳,与刺史李邕相契。李邕极是多才,既能作文,又善写字,法善曾求他为其祖作碑文一篇。及被召入京时,李邕也升了京官,心中却不喜法善弄术,恐其眩惑君心。法善要把他前日所作碑文,求他一写。李邕再三不肯,说道:"吾方悔为公作,岂能更为公写!"法善笑道:"公既为吾作,岂能不为吾写。今日且不必相强,容后更图之。"当下含笑而别。

是夜法善乃于密室中，陈设纸墨笔砚，至三更时，仗剑步罡，焚符一道，口中念念有词，把令牌一拍，只见李邕忽从壁间步出。法善更不同他言语，只把剑来指挥，叫他将纸笔墨砚写碑文，一面使道童爇烛磨墨，须臾之间，碑文写完，法善再写一符焚化，口中念动咒语，把剑一指，喝一声，李邕倏然不见。原来因日间求他写文不肯，故于夜间摄他的魂魄来写了。至明日亲往拜谢，以其所书示之，笑说道："此即公昨夜梦中所书也。"李邕看了，吓得目瞪口呆，通身汗下。法善道："既重公之文，不欲屑以他人之笔，故即求公大笔一书；因公未许，故而聊以相戏，多有开罪之处，幸恕不恭。"李邕又惊又恼，未发一言。法善仍具一分厚礼，以为润笔之资，李邕也不肯受。玄宗闻知此事，惊叹说道："神仙固不可与相抗也。"李邕所写此碑，当时就名为《追魂碑》。自此朝廷益信神仙之道，那些方士，亦日益进。

　　一日，鄂州地方守臣上疏，荐方士罗公远，广极神通，大有奇术，特送来京见驾。正是：

　　　　朝里仙人尚未归，远方仙客又来到。莫道仙人何太多，只因天子有酷好。

未知后事如何，且听下回分解。

第八十五回

罗公远预寄蜀当归　安禄山请用番将士

词曰：

　　仙客寄书天子，无几字，药名儿最堪思。汉成忽更番成，君王偏不疑。信杀姓安人，好却忘危。

调寄《定西番》

　　从来为人最忌贪、嗔、痴三字，况为天子者乎。自古圣帝贤王，惟是正己率物，思患防微，励精图治，必不惑于异端幽渺之说；若既身为天子，富贵已极，却又想长生不老之术，因而远求神仙，甚且以万乘之尊严，好学他家的幻术，学之不得，而至于怨怒，妄行杀戮，岂非贪而又嗔？究竟其人若果可杀，即非神仙；若是神仙，杀亦不死。不惟不死而已，他还把日后之事，预先寄个哑谜儿与你。还不省悟，依然从信奸邪，以致变更旧制，贻害于后，毕竟认定恶人为好人，这又是极痴的了。

且说玄宗款留住了张果老、叶法善，不放还山。鄂州守臣又荐罗公远，表奏他的术法神通，起送到京师。那罗公远，不知何处人也，亦不知为何代人，其容貌常如十六七岁一个孩子，到处闲游，踪迹无定。

一日游至鄂州，恰值本州官府，因天时亢旱，延请僧道于社稷坛内启建法事，祈求雨泽。祷告的人甚多。人丛中有个穿白的人，在那里闲看。其人身长丈余，顾盼非常，众皆属目，或问其姓名居处，答道："我姓龙，本处人氏。"正说间，罗公远适至，见了那人，怒目咄嗟道："这等亢旱，汝何不去行雨济人，却在此闲行？"那人敛容拱手道："不奉天符，无处取水。"公远道："汝但速行，吾当助汝。"那人连声应道是，疾趋而去。众人惊问："此是何人？"罗公远道："此乃本地水府龙神也，吾敕令速行雨，以救亢旱；奈他未奉上帝之敕令，不敢擅自取水。吾今当以滴水助之，救济此处的禾稻。"一面说，一面举眼四下观看，见那僧道诵经的桌上，有一方大砚，因才写得疏文，砚台池中积有这些墨水。公远上前把口向砚中池里，一口吸起，望空一喷，喝道："速行雨来！"只见霎时间，日掩云腾，大风顿作。公远即对众人说道："雨将至矣！列位避着，不要被雨打湿了衣服。"说犹未了，雨点骤至，顷刻之间，如倾盆倒瓮，落了半晌，约有尺余，方才止息。却也作怪，那雨落在地上，沾在衣上，都是黝黑的一般。原来龙神全凭仗仙力，就这口墨水化作雨泽，以救亢旱，故雨色皆黑。

当下人人嗟异，个个欢喜，问了罗公远的姓名，簇拥去见本州太守，具白其事。太守欲酬以金帛，公远笑而不受。太守说道："天子尊信神仙，君既有如此道术，吾定当荐引至御前，必蒙敬礼。"公远道："吾本不喜遨游帝庭，但闻张、叶二仙在京师，吾正欲一识其面，今乘便往见之，无所不可。"于是太守具疏，遣使伴送。公远来至京中，使者将疏章投进。玄宗览疏，即传旨召见。

那日玄宗坐庆云亭下，看张果老与叶法善对弈；内侍引公远入来，将至亭下，玄宗指着张、叶二仙道："此鄂州送来异人罗公远，二位先生试与一谈。"张、叶二人举目一看，遥见公远体弱容嫩，宛如小孩童将要成冠一般的样儿，都笑道："孩提之童，有何知识，亦称异人。"公远不慌不忙，行至亭阶之下。玄宗敕免朝拜，命升阶赐坐，因指张、叶二仙师道："卿识此二人否，此即张果老先生、叶法善尊师也。"公远道："闻名未曾谋面，今日幸得相晤。"张果老笑道："小辈固当不识我。"叶法善道："安有神仙中人，而不识张果老先生者乎？"公远道："世无不知礼让之神仙，况今二师简傲如此，仆之不相识，亦未足为恨也。"张果老大笑说道："吾且不与子深谈，人人都称子为异人，想必当有异术。吾今姑以极鄙浅之技相试，倘能中窍，自当刮目相待。"便与法善各取棋子几枚，握于手中间说道："试猜我二人手中棋子各几枚。"公远道："都无一枚。"二人哈哈大笑，即开手来看时，却果一个也不见了。只见罗公远袖中，伸出双手，棋子满把的笑说道："棋子已入吾手中矣；二位老仙翁遇着小辈，直教两手俱空的了。"张、叶二仙师，方大惊异，各起身致敬。正是：

  学无前后达为先，莫恃高年欺少年。混沌初分张果老，还同小辈并称仙。

当下玄宗大喜，即赐宴于庆云亭上，给以冠袍，又赐与邸第，尊称为罗仙师。自此公远常与张、叶二人，谈论仙家宗旨，彼此敬服。过了几日，张果老、叶法善具疏，坚请还山，道："罗公远道术殊胜臣辈，留彼在京，足备陛下咨访。臣等出山已久，思归念切，乞赐放还，以遂臣等野性。"玄宗知其归志已决，不便强留，准其暂回家山，有问之处，再候宣召。二人谢恩出京，凡玄宗天子所赐之物，及各官员所赠之珍奇，一无所受，二人遂各飘然而去。正是：

  闲云野鹤，海阔天空。来去自由，不受樊笼。

自此之后，在京方士辈，只有罗公远为玄宗所尊信，时常召见，叩问长生不死之方。公远道："长生无方，只要清心寡欲，便可却病延年。"玄宗勉从其说，或时独处一宫，嫔妃不御，后庭宴会比前也略稀疏了。杨妃意中甚不欢喜。

时值中秋月明之夜，玄宗不召嫔妃宴集，独自与公远对月闲谈，说起去年上元佳节，曾同张、叶二位仙师，腾空远游，甚是奇异，因问："先生亦有此道术否？"公远道："此亦何难之有！陛下昔年曾梦游月宫，却不曾身亲目睹，臣今请陛下亲见月宫之景可乎？"玄宗大喜。公远即起身，向庭前桂树上折取数枝，用彩线相结，置于庭中，吹口气化作一乘彩舆，请玄宗升舆端坐。又将手中所执如意，化作一只大白鹿，驾车而行，往观月殿。时当高力士奉差他往，又有一个得宠的太监，叫做辅璆琳，叩头启奏道："前张、叶二仙师，奉驾行游，曾多带内侍同行，今奴辈愿随驾而往。"罗公远道："月宫非比他处，汝辈何得往观？只我一人护驾足矣！"说罢，即喝一声道："起！"只见那白鹿驾着彩舆，腾空而起，直入霄汉。公远步于空中，紧紧相随，教玄宗只把双眼望着月,千万不可回顾,亦不可他视。"

转瞬间已近月宫,公远扶住车子,玄宗凝眸一望,只见月中宫殿重重,门户洞开,遥见里面琪花瑶草,映耀夺目,远胜昔日梦中所见。玄宗道:"可入去否?"公远道:"陛下虽贵为天子,却还是凡躯,未容遽入,只可在外面观望。"少顷,只闻得异香氤氲,一派乐声嘹亮。仔细听之,正是《霓裳羽衣曲》。玄宗听罢,低声问道:"世人称美貌女子,必比之月里嫦娥。今嫦娥已在咫尺,可使朕一睹其冶容乎?"公远道:"昔穆天子与王母相会,夙有仙缘故也。陛下非此之比。今得至此,瞻仰宫殿,已是奇福,岂可妄生轻亵之念。"言未已,忽见月中门户尽闭,光彩四散,寒风袭人。公远即唤白鹿来驾彩舆,以羽扇障风而行;少顷,冉冉有声及地。公远道:"陛下几触嫦娥之怒,且喜万安。"玄宗才下车,只见彩舆仍化为桂枝,白鹿亦不见,如意仍在公远手中。玄宗又惊又喜。

当下公远告辞回寓。玄宗还独坐呆想,啧啧叹异。那内监辅璆琳,因怪公远不许他同往,便进言道:"此幻术惑人,何足惊异,愿皇爷切勿轻信。"玄宗道:"就是幻术,亦殊可喜,朕当学其一二,以为娱悦。"辅璆琳便逢迎道:"幻术中惟隐身法可学,皇爷若学得时,便可暗察内外人等机密之事。"玄宗喜道:"汝言甚是。"

次日,即召公远入宫,告以欲学隐身法之意。公远道:"隐身法乃仙家借以避俗情缠扰,或遇意外仓卒相逼之事,聊用此法自全耳。陛下一身天下之主,正须向阳出治,如《易经》云:圣人作而万物睹。如何要学起隐身法来?"玄宗道:"朕学此法,亦藉以防身耳。"公远道:"陛下尊居万乘,时际太平,车驾所至,百灵呵护,有何不乐?何欲以此法防身耶!陛下若学得此法,只于宫中偶一为之,尚且不可。况日后以为常情,定将怀玺入人家,为所不当为,万一更遇术士,能破此法者,那时白龙鱼腹,必为豫且所困矣。"玄宗道:"朕学得此法,不过在宫中聊为偶戏,决不轻试于外。幸即相传,望先生万勿吝教。"公远此时,当不过玄宗再三恳求,只得将符咒秘诀,一一传授,并教以学习之法。

玄宗大喜,便就宫中如法教习。及至习熟试演,始则尚露半身,既而全身俱隐,但终不能泯然无迹,或时露一履,或时露冠髻,或时露衣裾,往往被宫人觉见。玄宗立召公远入宫,要他面作此法来看。公远把手向空书符,口中念念有词,即时不见其形,少顷却见他从殿门外入来。玄宗便也学他书空作符,捻诀念咒,却只是隐了身子,露出衣冠。内侍们都含着笑。玄宗问道:"同此符咒,如何自我做来,独不能尽善?"公远道:"陛下以凡躯而遽学仙法,安能尽善?"玄宗因演隐身法不灵,致被左右窃笑,已是怀惭无地了,见公远对着众人,说他是凡躯,好生不悦道:"便是神仙少不得也是凡躯,如何凡躯便学不得仙法?还是传法者,不肯尽传其诀耳!"说罢拂衣而入,传命公远且退。自此玄宗心中怀怒。

恰值宰相李林甫因夫人患病垂危，闻得公远常以符药救人危疾，因亲自来求他，救治夫人之病。公远说道："夫人禄命已尽，不可救疗；况夫人幸得善终于相公之前，生荣死哀，其福过相公十倍矣，何必多求。"李林甫怪其言慢，也心中怀怒。是夜，其妻果死。过了一日，秦国夫人忽然患病沉重，杨国忠奉着贵妃之命，来见公远，要求他救治。公远道："神仙只救得有缘分之人与能修行之人，夫人夙世既无仙缘，今生又无美行，享非分之福，还不自知修省，恶孽且未易忏除，今得命寿终于内寝，较之诸姊妹，已为万幸矣，岂复有方有术可疗？七日之后，名登鬼箓矣！"国忠怒道："不能相救也罢，何得妄言谤毁？"遂回报杨妃。杨妃大怒，泣奏天子，说道："罗公远谤毁宫眷，且加咒诅，大不敬上。"李林甫也便乘间奏他妖妄惑众。玄宗已是不悦，况又内外谗言交至，激成十分大怒来了，传旨立即将罗公远斩首西市。公远在寓邸闻命，呵呵大笑，也不肯绑缚，直飞步至西市中伸颈就刑。钢刀落处，并无点血，但见一道青气，从头顶中直出，透上重霄。正是：

如罽宾国王，斩师子和尚。是亦善知识，以杀为供养。

玄宗一时恨怒，立即命斩罗公远，旋即自思他是个有道术之人，何可轻杀？连忙呼内侍，快传旨停刑，及到时，却已早杀过了。玄宗懊悔不已，命收其尸首，用香木为棺椁成殓。至七日之后，秦国夫人果然病死。玄宗闻讣，不胜嗟悼，赠恤极其丰厚。正是：

三姨如鼎足，秦国命何促？死或贤于生，寿终还是福。

玄宗因秦国夫人之死，益信公远之言不谬，念念不忘，然已无可如何。因思到张果老、叶法善，不知今在何处，遂命辅璆琳往王屋山迎请张果老，他若不肯复来，便往访叶法善。二人之中，必得其一。璆琳率了圣旨，带着仆从车马，出京赶行。忽闻路人传说："张果老先生，已死于扬州地方了。"璆琳正在疑信之际，却接得京报，扬州守臣某人上疏，奏张果老于本年某月某日，在琼花观中端坐而逝，袖中有谢恩表文一道，其尸身未及收殓，立时腐败消化。璆琳得了此信，遂不往王屋山去了，只专心访问叶法善居处。

有人说曾在蜀中成都府见过他来，辅璆琳即令仆从人等，望蜀中道上一路而行。既入蜀境，山路崎岖，甚是难走得很。忽见山岭上，一个少年道者迤逦而来，口中高声歌唱道：

山路崎岖那可行，仙人往矣纵难迎。须知死者何曾死，只愁生者难长生。

那道者一头歌，一头走，渐渐行至马前。辅璆琳仔细一看，大吃一惊。原来不是别人，却是一个罗公远。辅璆琳连忙下马作揖，问："仙师无恙？"公远笑道："天子尊礼神仙，却如何把贫道恁般相戏？如今张果老先生怕杀，已诈死了。叶尊师也怕杀，远游海外，无处可寻，不如回京去罢！"辅璆琳道："天子方悔前过，伏祈仙师同往京中见驾，以慰圣心。"公远笑道："我去何如天子来？你可不必多言。我有一封书并一信物寄上于天子，你可为我致意。"即刻于袖中取出一封书来，内有累然一物，外面重重缄题，付与璆琳收了。璆琳道："天子正有言语，欲叩问仙师，还求师驾一往。"公远道："无他言，但能远却宫中女子，更谨防边上女子，自然天下太平。"璆琳私问朝中诸大臣休咎何如。公远道："李相恶贯满盈，死期近矣，还有身后之祸。杨相尚有几年顽福，其后可想而知也。"璆琳又问自己将来休咎。公远道："凡人能不贪财，便可无祸患。"说罢，举手作揖而别，腾空直去。璆琳同从人等，无不咄咄称异，想道："叶法善既难寻访，不如回京复奏候旨罢。"主意已定，遂趱程回京。

直到宫里，见了玄宗，细细备奏过岭遇罗公远之事，把书信呈上。玄宗大为惊诧，拆视其书，却无多语，只有四个大字，下注一行小字。道是：

安莫忘危　外有一药物，名曰蜀当归，谨附上。

玄宗看了书同药物，沉吟不语。璆琳又密奏公远所云宫中女子、边上女子之说。玄宗想道："他常劝我清心寡欲，可以延年；今言须要远女子，又言莫忘危，疑即此意；那蜀当归或系延年良药，亦未可知；但公远明明被杀，如何却又在那里？"遂命内侍速启其棺视之，原来棺中一无所有。玄宗嗟叹说道："神仙之幻化如此，朕徒为人所笑耳！"

看官，你道他所言宫中女子，明明指是杨妃；其所云边上女子，是说安禄山也，以"安"字内有"女"字故耳。"蜀当归"三字，暗藏下哑谜；至言"安莫忘危"，已明说出个"安"字了，玄宗却全不理会。

此时安禄山正兼制范阳、平卢、河东三镇，坐拥重兵，久作大藩；又有宫中线索，势甚骄横。但常自念当时不拜太子，想太子必然见怪。玄宗年纪渐高，恐一旦晏驾，太子即位，决无好处到我。因此心感不安，常怀异想。禄山平日所畏忌的，只有一个李林甫，常呼李林甫为十郎。每遇使者从京师来，必问李十郎有何话说；若闻有称奖他的言语，便大欢喜；若说李丞相寄语安节度，好自检点，即便攒眉嗟叹，坐卧不安。李林甫也时常有书信问候他，书中多能揣知其情，道着他的心事，却又预为布置，安放于此，受其笼络，不敢妄有作为。那知林甫自妻亡之后，自己也患病起来了。适当辅璆琳回京时，林甫已卧床上不能起来，病中忽闻罗公远未死，这个吃惊非同小可，自说道："我曾劾奏他的，不意他果是一个神仙，杀而不死，今倘来修怨，不比凡人可以防备，却如何解救？"自此日夕惊惶恐惧，病势愈重，不几日间呜呼死了。正是：

天子殿前去奸相，阎王台下到凶囚。

可恨那李林甫自居相位，惟有媚事左右，迎合上意，以固其宠；杜绝言路，掩蔽耳目，以成其奸；妒贤嫉能，排抑胜己，以保其位；屡起大狱，诛逐贤臣，以张其威。自东宫以下，畏之侧目。为相一十九年，养成天下之乱。玄宗到底不知其奸恶，闻其身死，甚为叹悼。太子在东宫，闻林甫已死，叹道："吾今日卧始贴席矣！"

杨国忠本极恨李林甫，只因他甚得君宠，难与争权，积恨已久；今乘其死，复要寻事泄忿，乃劾奏林甫生前多蓄死士于私第，托言出入防卫，其实阴谋不轨；又道他屡次谋陷东宫，动摇国本，其心叵测；又讽朝臣交章追劾他许多罪款。杨妃因怪他挟制安禄山，也于玄宗面前说他多少奸恶之处。玄宗此时，方才省悟，下诏暴其恶逆之状，颁贴天下，追削官爵，剖其棺，籍其家产；其子侍郎李岫，亦即革职，永不复用。果然应了罗公远所言这身后之祸。正是：

生作权奸种祸殃，那知死后受摧戕。非因为国持公论，各快私心借宪章。

李林甫死后，杨国忠兼左右相，独掌朝权，擅作威福。内外文武各官，莫不震畏，惟有安禄山不肯相下。他只因李林甫狡猾胜于己，故心怀畏忌；那杨国忠是平日所相狎，一向藐视他的，今虽专权用事，禄山全不在意。四处藩镇，都遣人赍礼往贺，独禄山不贺。杨国忠大怒，密奏玄宗道："安禄山本系番人，今雄据三大镇，殊非所宜，当有以防之。"玄宗不以为然。国忠乃厚结陇右节度使哥舒翰，要与他并力排挤安禄山。时陇右富庶甲天下，自安远门西尽唐境，凡一万二千余里，闾阎相望，桑麻遍野。国忠奏言，此皆节度使哥舒翰抚循调度之功，宜加优擢。诏以哥舒翰兼河西节度使，抚制两镇。禄山闻知，明知得是国忠藉为党援，愈加不乐，常于醉后，对人前将国忠谩骂。国忠微闻其语，一发恼恨，又密奏玄宗，说："安禄山向同李林甫狼狈为奸。今林甫死后，罪状昭著，安禄山心不自安，目前必有异谋。陛下若不肯信，诏遣使往召入觐，彼且必不奉诏，便可察其心矣。"

玄宗唯唯而起，退入宫中，沉吟不决。杨妃问："陛下有何事情，萦于心中？"玄宗道："汝兄国忠，屡奏安禄山必反，我未之深信。今劝朕遣使往召入觐，若他不来，其意可知，使当问罪。我意此儿受我厚恩，未必相负于我，故心中筹画未定。"杨妃着惊道："吾兄何遽意禄山必反耶？彼既如此怀疑，陛下当如其所奏，遣一内侍往召安禄山；若禄山肯来，妾兄同陛下便可释疑矣。"玄宗依其言，即作手敕，遣辅璆琳赍赴范阳，召安禄山入朝见驾。

辅璆琳领了敕命，正将起行，杨妃私以金帛赐之，付手书一封。密致安禄山，教他闻召即来，凡事有我在此，从中周旋，包管他有益无损，切勿迟回观望，致启天子之疑。璆琳一一领命，星夜不息，来至范阳；禄山拜迎敕谕。辅璆琳当堂宣读道：

皇帝手敕东平郡王范阳、平卢、河东节度使安禄山；卿昔事朕左右，欢叙如家人，乃者远镇外藩，遂尔暌隔。朕甚念卿，意卿亦必念朕。顾卿即相念，非征召何缘入见？兹于敕到，即可赴阙，暂来即反，无以跋涉为劳，朕亦欲面询边庭事也。见谕速赴来京毋怠。

安禄山接过手敕，设宴款待天使，问道："天子召我何意？"璆琳道："天子不过相念之深耳！"禄山沉吟道："杨相有所言否？"璆琳道："相召是天子意，非宰相意也。"禄山笑道："天子意即宰相意也。"璆琳屏退左右，密致杨妃手书并述其所言。禄山方才欢喜，即日起马星驰到京，入朝面圣。玄宗大喜道："人言汝未必肯来，独朕信汝必至，今果然也。"遂命行家人礼，赐宴于内殿，禄山涕泣道："臣本番人，蒙陛下宠擢至此，粉身莫报。奈为杨国忠所嫉忌，臣死无日矣！"玄宗抚慰说道："有朕在，汝可无虑也。"是夜留宿内庭。

次日，入见杨妃，赐宴宫中，深情畅叙。禄山道："儿非不恋，但势不可久留，明日便须辞行。"杨妃道："吾亦不敢留你，明日辞朝后速走勿迟。"禄山点头会意。次日奏称边政重任，不敢旷职，告辞回镇。玄宗准奏，亲解御衣赐之，禄山涕泣拜受，即日辞朝谢恩。随行之时，走马至杨国忠府第，匆匆一见，即刻飞星出京，昼夜兼行，不日到镇。他恐国忠请奏留之，故此急急回任。自此玄宗愈加亲信，人有首告禄山欲反者，玄宗命将此人缚送范阳，听其究治。由是人无敢言者。

禄山自此益无忌惮，因想："三镇之中，守把各险要处的将士，都是汉人；倘他日若有举动，必不为我所用，不如以番将代之为妙。"遂上疏奏称，边庭险要之处，非武健过人者，不能守御；汉将柔弱，不若番将骁勇，请以番将三十一人，代守边汉将。疏上，同平章事韦见素进言说道："禄山久有异志，今上此疏，反状明矣，其所请必不可许。"玄宗不悦，说道："向者边政俱用文臣，渐至武备废弛；今改用番人为节度，边庭壁垒一新。即此看来，安见番人不可以代汉将？禄山为国家计，欲慎固封守，故有此请，卿等何得动言其反？"遂不听韦见素之言，即就批旨："依卿所请奏，三镇各险要处，都用番将戍守；其旧戍汉将，调内地别用。"自此番人据险，禄山愈得其势，边事不可问矣。正是：

  番人使为汉地守，汉地将为番人有。君王偏独信奸谋，枉却朝臣言苦口。

不知后事如何，且听下文分解。

第八十六回
长生殿半夜私盟　勤政楼通宵欢宴

词曰：

恩深爱深，情真意真。巧乘七夕私盟，有双星证明。时平世平，赏心快心。楼存勤政虚名，奈君王倦勤。

调寄《醉太平》

却说佛氏之教，最重誓愿一道。若是那人发一愿，立一誓，冥冥之中，便有神鬼证明，今生来世必要如其所言而后止。说便是这等说，也须看他所立之愿，合理不合理，可从不可从，难道那不合理、不可从的誓愿，也必如其所言不成？大抵人生誓愿，唯于男女之间为最多。然山盟海誓，都因幽期密约而起，其间亦有正有不正，有变有不变。至若身为天子，六宫妃嫔以时进御，堂堂正正，用不着私期密约，又何须海誓山盟？惟有那耽于色、溺于爱的，把三千宠幸萃于一人，于是今生之乐未已，又誓愿结来生之欢。殊不知目前相聚，还是因前生之节义，了宿世之情缘，何得于今生又起妄想？且既心惑于女宠，宜乎惟妇言是用，以奢侈相尚，以风流相赏，置国家安危于不理，天下将纷纷多事，却还只道时平世泰，极图娱乐，亦何异于处堂之燕雀乎？

且说玄宗听信安禄山之言，将三镇险要之处，尽改用番人戍守，韦见素进谏不从。一日，韦见素与杨国忠同在上前，高力士侍立于侧。玄宗道："朕春秋渐高，颇倦于政，今以朝事付之宰相，以边事付之将帅，亦复何忧？"高力士奏道："诚如圣谕，但闻南诏反叛，屡致丧师；又边将拥兵太盛，朝廷必须有以制之，方能无有后患。"玄宗说道："汝且勿言，宰相当自有调度。"

原来那南诏，即今云南地方。南蛮人称其王为诏。本来共有六诏，其中有名蒙舍诏者，地在极南，故曰南诏。五诏俱微弱，南诏独强。其王皮逻阁行贿于边臣，请合南地六诏为一。朝廷许之，赐名归义，封之为云南王。后竟自恃强大，举兵反叛。剑南节度使鲜于仲通率兵与战，被他杀败，士卒死者甚多。杨国忠与鲜于仲通有旧好，掩其败状，仍叙其功。后又命剑南留守李密，引兵七万讨之，复被杀败，全军覆没。国忠又隐其败，转以捷闻。更发大兵前往征讨，前后死者，不计其数，人莫有敢言者。

高力士偶然言及，国忠连忙掩饰道："南蛮背叛，王师征讨，自然平定，无烦圣虑。至若边将拥兵太盛，力士所言是也。即如安禄山坐制三大镇，兵强势横，大有异志，不可不慎防之。"玄宗闻其言，沉吟不语。韦见素奏道："臣有一策，可潜消安禄山之异志。"玄宗问道："是有何策？"韦见素道："今若内擢安禄山为平章事，召之入朝，而别以三大臣分为范阳、平卢、河东三镇，则安禄山之兵权既释，而奸谋自沮矣。"杨国忠道："此策甚善，愿陛下从之。"玄宗口虽应诺，意犹未决。

当日朝退回宫，把这一席话说与杨妃知道。杨妃意中虽极欲禄山入朝，再与相叙，却恐怕到了京师，未免为国忠所谋害，乃密启奏玄宗道："安禄山未有反形，为何外臣都说他要反？他方今掌握重兵在外，无故频频征召，适足启其疑惧。不如先遣一中使往觇之，若果有可疑之处，然后召之，看他如何便了。"玄宗依其言，即遣内侍辅璆琳，赍极美果品数种，往赐安禄山，潜察其举动。

璆琳当奉玄宗之命，直至范阳。禄山早已得了宫中消息，知其来意，遂厚款璆琳。又将金帛宝顽送与璆琳，托他好为周旋。璆琳受了贿赂，一力应承，星夜回来复旨，极言安禄山在边，忠诚为国，并无二心。玄宗听说，信以为然，乃召杨国忠入宫面谕道："国家待安禄山极厚，安禄山亦必能尽忠报国，决不敢于相负。朕可自保其无他，卿等不必多疑。"国忠不敢争论，只得唯唯而退。正是：

奸徒得奥援，贿赂已通神。莫漫愁边事，君王作保人。

自此玄宗竟以边境无事，安意肆志，且又自计年已渐老，正须及时行乐，遂日夕与嫔妃内侍及梨园子弟们，征歌逐舞，十分快活。杨妃与韩国夫人、虢国夫人辈，愈加骄奢淫佚。华清宫中，更置香汤泉一十六所，俱极精雅，以备嫔妃侍女们不时洗浴。其奉御浴池，俱用文瑶宝石砌成，中有玉莲温泉，以文木雕，刻凫雁鸳鸯等水禽之形，缝以锦绣，浮于泉水之上，以为戏顽。每至天暖之时，酒阑之后，池中温暖，玄宗与杨妃各穿单袷短衣，乘小舟游荡于其中，游至幽隐之处，或正炎热难堪，即令宫人扶杨妃到处就浴。每自宫眷浴罢之后，池中水退出御沟，其中遗珠残珥，流出街渠，路人时有所获，其奢靡如此。

杨妃因身体颇丰，性最怕热，每当夏日，只衣轻绡，使侍儿交扇鼓风，犹挥汗不止。却又奇怪得很，他身上出的汗，比人大不相同，红腻而多香，拭抹于巾帕之上，色如桃花，真正天生尤物，绝不犹人。又因有肺渴之疾，常含一玉鱼儿于口中，取凉津润肺。一日偶患齿痛，玉鱼儿也含不得，于是手托香腮，闷闷的闲坐窗前。玄宗看了，愈见其妩媚，可怜可爱，说道："为朕的恨不能为妃子分痛也！"后人有画杨贵妃齿痛图者，冯海粟题其上云：

华清宫一齿动，马嵬坡一身痛。渔阳鼙鼓动地来，天下痛。

天宝十载之夏，玄宗与杨妃避暑于骊山宫。那宫中有一殿，名曰长生殿，极高爽凉快。其年七月七日夜，乞巧之夕，天气正当炎热，玄宗坐于长生殿中纳凉，杨妃陪着同坐，直至二更以后，方才入寝室中同卧，宫女亦都散去歇息。杨妃苦热，睡不安稳，乃拉着玄宗起来，再同出庭前乘凉，更不呼唤宫娥侍女们伏侍。二人坐到更深，天热未卧，手挥轻扇，仰看星斗。此时万籁无声，夜景清幽，坐了一回，渐觉凉爽。玄宗低声密语道："今夜牛女二星相会，未知其乐何如？"杨妃道："鹊桥渡河之说，未知果有此事否？若果有之，天上之乐，自然不比人间。"玄宗笑道："若论他会少离多，倒不如我和你日夕欢聚。"杨妃说道："人间欢乐，终有散场，怎如天上双星，永久成配。"说罢不觉怆然嗟叹。玄宗感动情怀，说道："你我恁般恩爱，岂忍相离；今就星光之下，你我二人密相誓愿，心中但愿生生世世，长为夫妇。"杨贵妃听玄宗之说，点头道："阿环同此誓言，双星为证。"玄宗听了此说，不觉大喜之极。后来白居易《长恨歌》中，曾咏及此事有句云：

七月七日长生殿，夜半无人私语时。在天愿作比翼鸟，在地愿为连理枝。

后人有诗讥刺玄宗，溺宠偏爱，私心妄想，道是：

皇后无端遭废斥，今生夫妇且乖张。如何妃子偏承宠，来世还期莫散场。

又有诗讥笑杨贵妃云：

长生私语长成恨，空自盟心牛女前。若与三郎永配合，禄山密约岂无缘？

且说玄宗自此把杨妃更加恩爱。是年秋九月，蓬莱宫中那柑橘结实。这种柑橘，是开元年间，江陵进贡来的，味极甘美。玄宗命将数枚种于蓬莱宫中，一向只开花不结实，还有时鲜花也不开。那年忽然结实二百余颗，与江南及蜀中进贡者，毫无异味。玄宗欣喜，亲自临视，命摘来颁赐各朝臣。杨国忠率众官上表，俯伏金阶之下称贺，其表略云：

伏以自天所育者，不能改有常之质；旷古所无者，乃可谓非常之祥。橘柚所植，南北异名，惟陛下元风真纪，六合为一家。雨露攸均，混天区而齐被；草木有性，凭地气以潜通。故兹江外之珍果，结成禁中之佳实。绿蒂含霜，芳流绮殿；金衣烂日，色丽彤庭。欣荷宠颁，惭无补报。臣等欣瞻之至，不胜景仰之诚，谨上表以闻。

玄宗览表大悦，温旨批答。那柑橘中，却有一个是合欢的，左右进上。玄宗见了，愈加欢喜，与杨妃互相把顽，玄宗说道："此果早知人意，我与妃子同心一体，所以结此合欢之实。我二人可共食之，以应其祥。"乃促其坐同剖，交口而食。因命画工写《合欢柑橘图》，传之于后世。杨国忠于此又复献谀词，以为此乃非常之祥瑞，陛下宜颁酺称庆。正是：

屈轶曾生黄帝时，草能指佞最称奇。唐家柑橘成何用？翻使谀臣进佞词。

玄宗听了杨国忠谀佞之言，遂降旨以宫中有珍果之祥，赐民大酺。于是选择吉日，率嫔妃及诸王辈御勤政楼，大张声乐，陈设百戏，听人纵观，与民同乐。京城内百姓中，士民男女，拥集楼前，好不热闹。教坊女人，有一个王大娘者，其技能为舞竿，将一丈八尺长的一根大竹竿，捧置头顶，竿儿上缀着一座木山，为瀛洲方丈之状，使一小儿手扶绛节，出入其间，口中歌唱。王大娘头顶着竿，旋舞不辍，却正与那小儿的歌声节奏相应。玄宗与嫔妃诸王等看了，俱啧啧称奇。时有神童刘晏，年方九岁，聪颖过人，因朝臣举荐登朝，官为秘书省正字。是日玄宗召于楼中侍宴，命王大娘舞竿，因命刘晏咏王大娘舞竿的诗一首。刘晏应声即吟道：

楼前百戏竞争新，惟有长竿妙入神。说道绮罗偏有力，犹嫌轻便更着人。

玄宗同嫔御及诸王，见刘晏吟诗敏捷，词中又有隐带谐谑之意，皆欢喜赞叹。杨贵妃抱他坐于膝上，亲为之梳发。梳罢，玄宗招之近前，亲执其手戏问道："汝以童年，官为正字，未知正得几字？"刘晏应口答说道："诸字都正，只有一个朋字未正。"这句话分明说那些一班朝臣，各立朋党，难于救正，恰好合着朋字形体，偏而不正之意。玄宗闻其言，连声称善，顾左右道："此儿非特聪慧，且识力异人，将来居官任事，必有可观者焉！"众人俱称贺朝廷得佳士。玄宗大喜，即命以牙笏锦袍赐之，说道："朕知汝他年必能自立，必不傍人门户也。"后人有诗云：

同道为朋何有党，正因邪正两途分。漫言朋字终难正，欲正臣时先正君。

是日欢宴至晚夕，楼上挂起花灯，各样名色不同，光彩眩目。玄宗正与众官赏顽间，只听得楼前人声鼎沸，也有嬉笑的，也有争嚷的，也有你呼我应者的，声音极其嘈杂。玄宗问是何故，内侍众人启奏，说楼下百姓争看花灯，拥挤喧哗，呵斥不止，伏候圣裁。玄宗道："可着该管官严饬禁约，再着卫士振威弹压；如再不止，拿几个责治示众便了。"刘晏忙奏道："人聚已众，不可轻责；况陛下与民同乐，许其众看，如何又加责治？以臣愚见，莫如使梨园乐工，当楼奏技，传谕众人静听，无令喧哗，彼百姓喜于闻所未闻，则人声自息矣。"玄宗点头道："此言极善。"遂命内侍先传圣旨，晓谕众人；随后命梨园众子弟，一个个的锦衣花帽，手执乐器，出至楼头，齐齐整整的都站立于花灯之下。众人拥着观望，那欢笑之声虽未即止，然不似从前的喧闹了。

　　高力士奏道："众乐工之中，惟李谟的羌笛尤为擅名，是乃众人之所最为喜听，宜令楼下众人，清听一曲，以息众喧。"玄宗依其所奏，传命李谟先独自当楼吹笛。李谟领旨，当楼面前向下把手一指，高声说道："我李谟奉圣旨先自吹笛，使与你们众人听听；你们若果知音，须静听者。"说罢，双手按着一枝紫纹云梦竹的笛儿，嘹亮呖呖，吹将起来了。这一笛儿，真吹得响彻云霄，鸾翔鹤舞，楼下万万千千的人，都定睛侧耳，寂然无声。玄宗大喜。正是：

　　莫道喧哗难禁止，一声可息万千声。

　　你道李谟的那笛，如何恁般入妙？盖缘玄宗洞晓音律，丝竹管弦，无不各尽其妙。有时自制曲调，随意即成，清浊疾徐，回环转变，自合节奏。于诸乐器中，独不喜琴声，闻人鼓琴，便欲别奏他乐以洗耳，谓之解秽。其所最爱者，羯鼓与笛，以此为八音之领袖，为诸乐之所不可少。每当宫中私宴，梨园奏曲，玄宗或亲自击鼓，或吹玉笛以和之。杨妃亦善吹玉笛。

　　先是天宝初年，尝于二月初旬，晨起巾栉方毕，时值宿雨初晴，景色明丽，内殿庭中，柳杏将芽。玄宗闲坐四顾，咄嗟而起道："对此景物，岂可不与他判断？"遂命杨妃先吹玉笛一遍，随后亲自临轩，击羯鼓一通，其名曰《春光好》，亦是玄宗自制的雅调。鼓音才歇，回顾庭前柳杏都已叶舒花放，天颜大喜，指向众嫔妃看了笑道："此一事可不唤我作天工耶！"众皆顿首，口称万岁。

　　又一日，玄宗昼寝于玉清宫中，忽梦有仙女数人，从空而降，容貌俱极美丽，手中各执一乐器，向着玄宗舞吹了一回，声音之绝妙异常，其中笛声，尤为佳妙。仙女道："此乃神仙之乐，名曰《紫云回》。陛下既深通音律，可传授了去。"玄宗醒来，乐音犹然在耳，遂自吹玉笛习之，尽得其节奏。过了两三日，偶乘月明之夜，与高力士改换了衣服，出宫微行游戏，走过了几处街坊，回走至宫墙外一座大桥之上，立着看月。忽闻远远的地方儿有笛声嘹亮，仔细听之，却正是《紫云回》的声调。玄宗惊讶道："此吾梦中所传受，亲自谱就的亲翻妙曲，并未曾传授他人，何故外间亦有此调？大为可怪。"遂密谕高力士道："明日可与我查访那个吹笛的人，不要惊吓了他，好好引来见我。"

　　高力士领旨，至次日早晨，带着从人，依昨夜笛声所在，挨户查过。有人说："此间有个姓李的少年，最善吹笛，昨夜吹笛的就是他。"力士着人引至李家，以天子之命，召那少年入宫见驾，玄宗问他："昨夜所吹的笛曲，从何处得来？"那少年奏道："臣姓李名谟，自幼性好吹笛，因精于其技。前两三夜，偶于宫墙外大桥上步月，闻得宫中笛声，细听节奏，极其新异，非复人间所有，因用心暗记，以指爪书谱，回家即依调试吹之，愈知其妙。昨夜便自演习，不料有污圣耳，臣该万死，望陛下恕之。"玄宗喜其聪慧知音，遂命为押班梨园之长，时常得供奉左右。此正《连昌宫词》所云：

　　李谟压笛傍宫墙，悟得新翻数般曲。

自此李谟更得尽传内府新声，其技愈加精妙。

　　当夜在勤政楼头奏技，万民乐闻，天子称赏。笛声既毕，众乐齐作，继以清歌妙舞，楼下众人都静观寂听，更无喧闹。玄宗直至欢宴到晓钟初鸣起来，方才罢散。正是：

　　但向楼头勤取乐，何尝肯把政来勤。

未知后事何如，且听下回分解。

第八十七回

雪衣女诵经得度　赤心儿欺主作威

词曰：

　　死生有命不相饶，禽鸟也难逃。还仗慈悲佛力，顿教脱去皮毛。笑他养子飞扬拔扈，恶胜鸱鸮。向道赤心满腹，而今渐觉蹊跷。

调寄《朝中措》

圣人云：死生有命，富贵在天。此不但人之死生有命，即一物之微，其死生亦有命存焉。人当死期将至，往往先有个预兆。以此推之，一切众生，凡有情有识之物，当其将死，亦必先有预兆，人虽不知之，彼必自惊觉，但口不能言耳。大抵死生有定限，凡事既不能与命争，则生寄死归，听其自然，惟须稍种福因，以作后果可也。至于富贵为人所同欲，却又不是人力所可强求。若说大富大贵，固主之在于天，就是一命之荣、一钱之获，亦无非天意主之。天者，理而已矣。可笑那无理之人，作非理之想，为非理之事，以图非理之富贵，却不自思现在所享之富贵，已属非分，如何还要逆天而行，欺君背德，肆志作威，此真获罪于天，后祸不小。

且说玄宗御勤政楼,赐民大酺,通宵宴乐,自以为天下太平,天下休祥无事。杨国忠总理朝政,一味逢君欺君,招权纳贿。这些贪位慕禄趋炎附势之徒,奔走其门如市。只有个陕郡进士张彖,在京候选,见此光景,慨然叹息道:"此辈倚杨右相如泰山,以我视之,乃冰山耳。皎日一出,附之者即失所恃矣!吾褰裳避之,犹恐波及其身,何可与同事耶!"遂绝意仕进,即日出京,隐居嵩山去了。

那时有识者都知天下将乱,玄宗却自恃承平,安然无虑,惟日夕在宫中取乐。杨妃亦愈加骄纵,内庭掌管贵妃位下,织锦刺绣,及雕镂器物者数百人,以供其贺生辰

庆时节之用。玄宗又常遣中使,往各处采办新奇可喜之物进奉。各处地方官,有以奇巧珍顽衣服等物贡献贵妃者,俱得不次升迁。玄宗游幸各处,多与杨妃同车并辇而行。杨妃平常不喜坐舆,欲试乘马,因命御马监选择好马,调养得极其纯良,以备妃子坐骑。每当上马时,众宫娥侍女扶策而上,高力士执辔授鞭,内宫女伏侍者数十人,前后拥护。杨妃倩妆紧束,窄袖轻衫,垂鞭缓走,媚态动人。玄宗亦自乘马,或前或后,扬鞭驰骋,以为快乐。杨妃见了笑道:"妾舍车从骑,初次学乘,怎及陛下常事游猎,鞍马娴熟,驰逐之际,固当让着先鞭。"玄宗戏道:"只看骑马,我胜于你,可知风流阵上,你终须让我一筹。"杨妃也戏说道:"此所谓老当益壮。"说罢,二人相顾,皆大笑不止。后人有诗云:

虢国朝天走马来,蛾眉淡扫见骄才。今看肥婢骄乘马,预兆他年到马嵬。

自此宫中饮宴,即创为风流阵之戏。你道如何作戏?玄宗与杨妃酒酣之后,使杨妃统率宫女百余人,玄宗自己统率小内侍百余人,于掖庭之中排下两个阵势,以绣帏锦被张为旗幡,鸣小锣,击小鼓,两下各持短画竹竿,嬉笑呐喊,互相戏斗。若宫女胜了,罚小内侍各饮酒一大觥,要玄宗先饮;若内侍们胜了,罚宫女们齐声唱歌,要杨妃自弹琵琶和曲。此戏即名之曰风流阵。时人以为宫中之游戏,忽一变为战争之状,乃不祥之兆。有诗云:

宫人学作战场人,阵号风流乐事新。他日渔阳鼙鼓动,堪嗟嬉

戏竟成真。

一日风流阵上，宫女战胜了，杨妃命照例罚内侍们二斗酒，将金斗奉于玄宗先饮。玄宗亦将金杯赐与杨妃说道："妃子也须陪饮一杯。"杨妃道："妾本不该饮，既蒙恩赐，请以此杯与陛下掷骰子赌色；若陛下色胜于妾，妾方可饮。"玄宗笑而许之，高力士便把色盆骰子进上。玄宗与杨妃各掷了两掷，未有胜负，至第三掷，杨妃已占胜色，玄宗将次输了，惟得重四，可以转败为胜。于是再赌赛一掷，一头掷，一头吆喝道："要重四。"只见那骰儿辗转良久，恰好滚成重四双双。玄宗大喜，笑向杨妃道："朕呼卢之技如何？你可该饮酒么？"杨妃举杯说道："陛下洪福齐天，妾虽不胜杯斝，何敢不饮。"玄宗道："朕得色，卿得酒，福与共之。"杨妃拜谢立饮，口称万岁。玄宗回顾高力士说道："此重四殊合人意，可赐以绯。"当时高力士领旨，便将骰子第四色，都用些胭脂点染，如今骰上红四自此始。正是：

骰子亦蒙赐绯，可谓泽及枯骨。如以赤心相托，君恩至今不没。

当日玄宗因掷骰得胜，心中甚为欣喜，同杨妃连饮了几杯，不觉酣醉，乘着醉兴，再把骰子来掷；收放之间，滚落一个于地。高力士忙跪而拾之。玄宗见高力士爬在地下拾骰子，便戏将骰子盆儿摆在他背上，扯着杨妃席地而坐，就在他背上掷骰。两个一递一掷，你呼六，我喝四，掷个不止。高力士双膝跪地，双手撑地，一动也不敢转动，正正好气力。只听得屋梁上边，咿咿哑哑，说话之声道："皇爷与娘娘只顾要掷四掷六，也让高力士起来直直腰。"谁知他说的，不是"直直腰"，却是说的"掷掷幺"，这"掷掷幺"三字，正隐着说"直直腰"。玄宗与杨妃听了，俱大笑而起，命内侍收过了骰盆，拉了高力士起来。力士叩头而退。玄宗与杨妃亦便同入寝宫去了。

看官，你道那梁间说话的是谁？原来是那能言的白鹦鹉。这鹦鹉还是安禄山初次入宫谒见杨妃之时所献，畜养宫中已久，极其驯良，不加羁绊，听其飞止。他总不离杨妃左右，最能言语，善解人意，聪慧异常。杨妃爱之如宝，呼为雪衣女。一日飞至杨妃妆台前说道："雪衣女昨夜梦兆不祥，梦己身为鸷鸟所逼，恐命数有限，不能常侍娘娘左右了。"说罢惨然不乐。杨妃道："梦兆不能凭信，不必疑虑；你若心怀不安，可将般若心经，时常念诵，自然福至灾消。"鹦鹉道："如此甚妙，愿娘娘指教则个。"杨妃便命女侍炉内添香，亲自捧出平日那手书的心经来，合掌庄诵了两遍。鹦鹉在旁谛听，便都记得明白，琅琅的念将出来，一字不差。杨妃大喜。自此之后，那鹦鹉随处随时念心经，或朗声念诵，或闭目无声默诵，如此两三个月。

一日，玄宗与杨妃游于后苑。玄宗戏将弹弓弹鹊，杨妃闲坐于望远楼上观看，鹦鹉也飞上来，立于楼窗横槛之上。忽有个供奉游猎的内侍，擎着一只青鹞，从楼下走过。那鹞儿瞥见鹦鹉，即腾地飞起，望着楼槛上便扑。鹦鹉大惊叫道："不好了！"急飞入楼中，亏得有一个执拂的宫女，将拂子尽力的拂，恰正拂着了鹉儿的眼，方才回身展翅，飞落楼下。杨妃急看鹦鹉时，已闷绝于地下，半响方醒转来。杨妃忙抚慰之道："雪衣女，你受惊了。"鹦鹉回说道："恶梦已应，惊得心胆俱碎，谅必不能复生，幸免为他所啖，想是诵经之力不小。"于是紧闭双目，不食不语，只闻喉颊间喃喃呐呐的念诵心经。杨贵妃时时省视。三日之后，鹦鹉忽张目向杨妃娘娘说道："雪衣女全仗诵经之力，幸得脱去皮毛，往生净土矣。娘娘幸自爱。"言讫长鸣数声，耸身向着西方，瞑目戢翼，端立而死。正是：

人物原皆有佛性，人偏昧昧物了了。鹦鹉能言更能悟，何可人而不如鸟。

鹦鹉既死，杨妃十分嗟悼，命内侍监殓以银器，葬于后苑，名为鹦鹉冢。又亲自持诵心经一百卷，资其冥福。玄宗闻之，亦叹息不已，因命将宫中所蓄的能言鹦鹉，共有几十笼，尽数多取出来问道："你等众鸟，颇自思乡否？吾今日开笼，放你们回去何如？"众鹦鹉齐声都呼"万岁"。玄宗即遣内侍持笼，送至广南山中，一齐放之，不在话下。

且说杨妃思念雪衣女，时时堕泪。他这一副泪容，愈觉嫣然可爱。因此宫中嫔妃侍女辈，俱欲效之，梳妆已毕，轻施素粉于两颊，号为泪妆，以此互相炫美。识者已早知其为不祥之兆矣。有诗云：

无泪佯为泪两行，总然妩媚亦非祥。马嵬他日悲凄态，可是描来作泪妆？

杨妃平日爱这雪衣女，虽是那鹦鹉可爱可喜，然亦因是安禄山所献，有爱屋及乌之意。在今日悲念，亦是感物思人。那边安禄山在范阳，也常想着杨妃与虢国夫人辈，奈为杨国忠所忌，难续旧好。他想若非夺国篡位，怎能再与欢聚，因此日夜欲提兵造反，只为玄宗待之甚厚，要俟其晏驾，方才起事。叵耐那杨国忠时时寻事来撩拨他，意欲激他反了，正欲以实己之言。于是安禄山也生了一个事端来，撩拨朝廷，遂上一章疏来，请献马于朝廷。其疏上略云：

臣安禄山承乏边庭，所属地方，多产良马。臣今选得上等骏骑三千余匹愿以贡献朝廷。臣虽不如昔日王毛仲之牧马蕃庶，然以此上充天厩，他年或大驾东封西狩，亦足稍壮万乘观瞻。计每马一匹，用执鞍军二人，臣更遣番将二十四员部送，俟择吉日，即便起行。伏乞敕下经历地方，各该官吏，预备军粮马草供应，庶不致临期缺误，谨先以表奏闻。

安禄山此疏，明明是托言献马，谋动干戈，要乘机侵据地方，且看朝廷如何发付他。

当下玄宗览疏，也沉吟道："禄山欲献马，固是美事；只却如何要这许多军将遣送？"因将此疏付中书省议覆。杨国忠次日入奏道："边臣献马于朝廷，亦是常事。今禄山固意要多遣军将部送三千匹，而执鞭随送者，反有六千人，那二十四员番将，又必各有跟随的番汉军士，共计当有万余人，行动与攻城夺地者何异！其心叵测，不可轻信，当降严旨切责，破其狡谋。"玄宗道："彼以贡献为本，伪托所请，无所问罪；即云部送人多，亦未必便有异志，不可遽加切责，只须谕令减少人役罢了。"国忠道："彼名请贡献，实欲叛逆耳！若非严旨切责，说破他不轨之谋，彼将以为朝廷无人。"玄宗道："事勿急遽，朕当更思之。"国忠怏怏而退。

玄宗正在犹豫时，有河南尹达奚珣，即达奚盈盈的宗族，他因闻邸报，见了安禄山请献马之疏，大为惊异，即飞章密奏说："安禄山表请献马，而欲多遣部送军将，事有可疑，乞以温言谕止之。"玄宗看了达奚珣的密疏，还沉吟未决。

是日燕坐于便殿，高力士侍立于殿陛之下。玄宗呼之近前，对他说道："朕之待安禄山，可谓至厚，彼既受我厚恩，当必不相负。朕意不以为然，前者朕曾遣辅璆琳到彼窥察，回奏说道他是忠诚爱国，并无二心。难道如今便忽然改变了不成？"原来辅璆琳平日恃宠专恣，与高力士不睦，因此高力士便乘间叩头奏说道："人心难测，陛下亦不可过信其无他。以老奴所耳闻，辅璆琳两番奉使差到范阳，多曾私受安禄山贿赂，故此饰词覆旨，其所言未可信也。"玄宗听说惊讶道："有这等事！辅璆琳受贿汝何以知之？"高力士奏道："老奴向已微闻其事，而未敢深信。近因璆琳奉差采办回来，老奴往候之，值其方浴，坐以待其出，因于其书斋案头上，见有安禄山私书一封，书中细询朝中举动与宫中近事；又托他每事须曲为周旋遮饰，又须每事密先报知。那时老奴方窃窥未完，璆琳遽出，连忙取来藏过。据此看来，他内外交结贿赂，故此相通，信有其事矣。老奴正欲密将此事上闻，适蒙上谕，敢此启知。"玄宗大怒道："辅璆琳这个恶奴，我以何等之事相托，乃敢大胆受贿欺主，好生可恨！"遂传旨立唤辅璆琳来面讯；又即着高力士率羽林官校至其第中，搜取私书物件。

不一时，璆琳唤到，其所取的私书与所受的贿赂，都被搜出，上呈御览。原来璆琳与禄山往来的私书甚多。高力士检看其中有关涉杨妃说话的，即行销毁去了，因此宫中私情之事，幸未有败露。当下玄宗怒甚，欲重处辅璆琳立死，高力士密启奏道："皇爷即欲加罪璆琳，就于内庭立时扑杀，须托言他事以惩之。且请陛下万勿发露通私书信之事及受贿之举动，不然恐有激变。"玄宗点头道是，遂命将璆琳正法。只说因采办不奉旨赐死。可笑那辅璆琳因贪贿赂，丧了性命。当初罗公远先师原是曾对他说来道只莫贪贿，自然免祸，彼自不能悟耳。正是：

　　不贪乃为宝，有贿必焚身。忘却仙师语，时时与祸邻。

玄宗平日认定安禄山是个满腹赤心的好人，今见他贿结辅璆琳，刺探朝廷与宫闱之事，方才有些疑心起来。杨妃也不能复为之解，惟有暗地咨嗟叹息罢了。玄宗依着达奚珣所奏，温言谕止禄山献马，遣中使冯神威，赍手诏往谕之。其略云：

> 览卿表献马于朝廷，具见忠悃，朕甚嘉悦。但马行须冬日为便，今方秋初，正田稻将成，农务未毕之时，且勿行动。俟至冬日，官自给夫部送来京，无烦本军跋涉之劳，特此谕知。

冯神威赍了诏书，星夜来至范阳。

禄山已窥测朝廷之意，且又探知杨国忠有这许多说话，心中十分恼怒；及闻诏到，竟不出迎。冯神威不见安禄山接诏，竟自赍诏到他府第来。禄山乃先于府中大阵兵仗，排列得刀枪密密，剑戟层层，旌旗耀日，鼓角如雷。冯神威见了，心甚惊疑。安禄山踞胡床而坐，见冯神威赍诏而来，也不起身迎接。冯神威开诏宣读毕，禄山满面怒容说道："传闻贵妃近日于宫中，也学乘马，吾意官家亦必爱马，我这里最有好马，故欲进献几匹。今诏书既如此，我不献亦可。"冯神威见他恁般作威做势，意态骄傲，语言唐突，必不怀好意，遂不敢与他争论，只有唯唯而已。禄山也不设宴款待他，且教他出就馆舍。过了几日，冯神威欲还京复命，入见禄山，问他可有回奏的表文否。禄山道："诏书云：马行须俟冬日，至十月间我即不献马，亦将亲诣京师，以观朝臣近政，今亦不必用表文，为我口奏可也。"

冯神威不敢多言，逡巡而别；兼程赶行，回京见驾，将他这些无礼之状与无礼之言，一一奏闻皇上。玄宗听了，又惊，又羞，又恼。时杨妃侍坐于侧，玄宗向他怒说道："我和你待此倭奴不薄，今乃如此无状，其反叛之形情已露，无怪人之多言也。自今人言不可不信！"说罢，抚几叹息；杨妃也低着头，嗟叹不已。正是：

> 今日方嗟负心汉，从前误认赤心儿。

未知后事如何，且听下回分解。

第八十八回

安禄山范阳造反　封常清东京募兵

词曰：

野心狼子终难养，大负君王，不顾娘行，陟起干戈太逞狂。

权奸还自夸先见，激反强梁，势已披猖，纵募新兵那可挡。

调寄《丑奴儿》

自古以来，乱臣贼子，人人得而诛之。所赖为君者能觉察于先，急为翦除，庶不致滋蔓难图；更须朝中大臣，实心为国，烛奸去恶，防奸于未然，弭患于将来，方保无虞。若天子既误认奸恶为忠良，乱贼在肘腋之间而不知，始则养痈，继则纵虎。朝中大臣又徇私背公；其初则朋比作奸，其后复又彼此猜忌；那乱贼尚未至于作乱，却以私怨，先说他必作乱，反弄出许多方法，去激起变端，以实己之言，以快己之意。但能致乱，不能定乱，徒为大言，欺君误国，以致顽敌轻进之人，不审事势，遽议用兵；于是旧兵不足，思得新兵，召募之事，纷纷而起。岂不可叹可恨！

且说玄宗因内监冯神威奏言安禄山不迎接诏书，倨傲无礼，心中甚怒。神威又奏道："据他恁般情状，奴婢那时如入虎口，几乎不能复见皇爷天颜矣！"说罢呜咽流涕。玄宗愈加恼怒！自此日夕在宫中，说安禄山负恩丧心，恨骂一回，又沉吟凝想一回。杨妃没奈何，只得从容解劝道："安禄山原系番人，不知礼数；又因平日过蒙陛下恩爱宠极，待之如家人父子一般，未免习成骄傲惰慢之故态，不觉一时狂肆，何足恼乱圣怀？他前日表请献马，或者原无反意，现今他有儿子在京师，结婚宗室，他若在外谋为不轨，难道不自顾其子么？"原来禄山的长子名庆宗，次子名庆绪。那庆宗聘玄宗宗室之女荣义郡主为配，因此禄山出镇范阳时，留他在京师就婚；既成婚之后，未到范阳，尚在京师，故杨妃以此为解。当下玄宗听说，沉吟半晌道："前日安庆宗与荣义郡主完婚之时，朕曾传谕礼官，召禄山到京来观礼，他以边务倥偬为辞，竟不曾来；如今可即着安庆宗上书于其父，要他入朝谢罪，看他来与不来，便可知其心矣。"随命高力士谕意于安庆宗，作速写书，遣使送往范阳去；又道朕近于清华宫新置一汤泉，专待禄山来洗浴，彼岂不忆昔年洗儿之事乎？书中可并及此意。庆宗领旨,随写下一书呈上御览,即日遣使赍去,只道禄山自然见书便来。

谁知杨国忠心里,却恐怕禄山看了儿子的书,真个来京时,朝廷必要留他在京。他有宫中线索,将来必然重用,夺宠夺权,与我不便;不如早早激他反了,既可以实我之言,又可永绝了与我争权之人,岂不甚妙。时有禄山的门客李超在京中,国忠诬害他,打通关节,遣人捕送御史台狱,按治处死,使禄山危不能自安。又密奏玄宗说:"庆宗虽奉旨写书,一定自另有私书致其父,臣料禄山必不肯来;且不日必有举动。"又一面密差心腹,星夜潜往范阳一路,散

布流言,说道:"天子以安节度轻亵诏书,侮慢天使,又察出他的交通宫中私事,十分大怒,已将其子安庆宗拘囚在宫,勒令写书,诱他父亲入朝谢罪,便把他们父子来杀了。"

禄山闻此流言,甚是惊怕可惧。不一日,果然庆宗有书信来到,禄山忙拆书观看,其书略云:

> 前者大人表请献马,天子深嘉忠悃。止因部送人多,恐有骚扰,故谕令暂缓,初无他意。乃诏使回奏,深以大人简忽天言,可为怪。幸天子宽仁,不即督过,大人宜便星驰入朝谢罪,则上下猜疑尽释,谗口无可置喙,身名俱泰,爵位永保,岂不善哉!昨又奉圣谕云:华清宫新设泉汤,专待尔父来就浴,仿佛往时耍戏洗儿之戏,此尤极荷天恩之隆渥也。况男婚事已毕,而定省久虚,渴思仰睹慈颜,少申子妇之诚心。不孝男庆宗,书启到日,即希命驾。

禄山看了书信,询来使道:"吾儿无恙否?"使者回说道:"奴辈出京时,我家大爷安然无事;但于路途之间,闻说门客李超,犯罪下狱。又闻人传说,近日宫里边,有甚么事情发觉了,大爷已被朝廷拘禁在那里,未知此言何来?"禄山道:"我这里也是恁般传说,此言必有来由。"因又密问道:"你来时,贵妃娘娘可有甚密旨着你传来么?"使者道:"奴辈奉了大爷之命,赍着书未停就走,并不闻贵妃娘娘有甚旨意。"安禄山闻言,愈加惊疑。

看官,你道杨妃是有心照顾他安禄山的,时常有私信往来,如何这番却没

有？盖因安庆宗遵奉上命，立逼着他写书遣使，杨妃不便夹带私信，心中虽甚欲禄山入京相叙，只恐他身入樊笼，被人暗算；若竟不来，又恐天子发怒，因欲密遣心腹内侍，寄书与禄山，教他且勿亲自来京，只急急上表谢罪便了。书已写就，怎奈杨国忠已先密地移檄范阳一路，关津驿递所在，说边防宜慎，须严察往来行人，稽查奸细。杨妃有密信不敢发，探闻如此，深怕嫌疑，是非之际，倘有泄漏，非同小可，因此迟疑，未即遣使。

这边安禄山不见杨贵妃有密信来，只道宫中私事发觉之说是真，想道："若果觉察出来，我的私情之事，却是无可解救处。今日之势，且不得不反了！"遂与部下心腹孔目官太仆丞严庄、掌书记屯田员外郎高尚、右将军阿史那承庆等三人，密谋作乱。

严庄、高尚极力撺掇道："明公拥精兵，据要地，此时不举大事，更待何时？"禄山道："我久有此意，只因圣上待我极厚，俟其晏驾，然后举动耳。"严庄道："天子今已年老，荒于酒色，权奸用事，朝政舛错，民心离散，正好乘此时举事，正可得计。若待其晏驾之后，新君即位，苟能用贤去佞，励精图治，则我不但无衅可乘，且恐有祸患之及。"阿史那承庆道："若说祸患，何待新君？只目下已大可虞。但今不难于举事，而难于成事，须要计出万全，庶几一举而大勋可以集。"高尚道："今国家兵制日坏，武备废弛，诸将帅虽多，然权奸在内，使不得其道，必不乐为之用，徒足以偾事耳！我等只须同心协力，鼓勇而行，自当所向无敌，不日成功，此至万全之策耳！"禄山大喜，反志遂决。

次日，即号召部下大小将士，毕集于府中。禄山戎服带剑，出坐堂上，却先诈为天子敕书一道，出之袖中，传示诸将说道："昨者吾儿安庆宗处有人到来，传奉皇帝密敕，着我安禄山统兵入朝，诛讨奸相杨国忠。公等务当努力同心，助我一臂之力，前去扫清君侧之恶。功成之后，爵赏非轻，各宜努力。"诸将闻言，愕然失色，面面相觑，不敢则声。严庄、高尚、阿史那承庆三人，按剑而起，对着众人厉声说道："天子既有密敕，自应奉敕行事，谁敢不遵！"禄山亦按剑厉声道："有不遵者，即治以军法。"诸将平日素畏禄山凶威，又见严庄等肯出力相助，便都不敢有异言。

禄山即刻遂发所部十五万众兵卒，反自范阳，号称二十万，即日大飨军将，使范阳节度副使贾循守范阳，平卢副使吕知诲守平卢，又令别将高秀岩守大同，其余诸将俱引兵南下，声势浩大，此天宝十四载十一月事也。后人有诗叹云：

> 番奴反相人曾说，天子偏云是赤心。漫道猪龙难致雨，也能骤使水淋淋。

原来当初宰相张九龄在朝之时，曾说过安禄山有反相，若不除之，必为后日心腹之患。玄宗不以为然。又尝于勤政楼前，陈设百戏，召禄山观之。玄宗坐在一张大榻上，即命禄山坐于榻旁，一样的朝外坐着，皇太子倒坐在下面。少顷，玄宗起身更衣，太子随至更衣之处，密奏说道："历观古今，从未有君与臣南面并坐而阅戏者。父皇宠待禄山，毋乃太过乎？众人属目之地，恐失观瞻。"玄宗微笑道："传闻禄山，外人都说他有异相，吾故此让之耳！"禄山侍宴尝在于宫中，醉而假寐，宫人们窃而窥之，只见其身变为龙，而其首却似猪，因大奇异，密奏于玄宗知道。玄宗略无疑忌，以为此猪龙耳，非兴云致雨之物，不足惧也，命以金鸡帐张之。那知他到今日，却是大为国家祸患。所以后人作诗，言及此事。

且说当日禄山反叛，引兵南下，步骑精锐，烟尘千里。那时海内承平已久，百姓累世不见兵革，猝然闻知范阳兵起，远近惊骇。河北一路都是他的统属之地，所过州县望风瓦解。地方官员，或有开门出迎的，或有弃城逃走的，或有为他擒戮的，无有一处能拒之者。安禄山以太原留守杨光翙依附杨国忠为同族，欲先杀之。乃一面发动人马，一面预遣部将何千年、高邈，引二十余骑，托言献射生手，乘驿至太原。杨光翙此时尚未知安禄山的反信，只道范阳有使臣经过，出城迎之，却被劫掳去了，解送禄山军前杀了。

玄宗初闻人言安禄山已反，还疑是怪他的讹传其事，及闻杨光翙被杀，太原报到，方知安禄山果然反了，大惊大怒。杨妃也惊得目瞪口呆。玄宗于是召集在朝诸臣，共议此事。众论纷纷不一，也有说该剿的，也有说该抚的，惟有杨国忠洋洋得意说道："此奴久萌反志，臣早已窥其肺腑，故屡渎天听，陛下乃今日方知臣言之不谬。"玄宗道："番奴负恩背叛，罪不容诛。今彼恃士卒精锐，冲突而前，当何以御之？"国忠回奏说道："陛下勿忧，今反者只禄山一人而已，其余将士都不欲反，特为安禄山所逼耳？朝廷只须遣一旅之师，声罪致讨，不旬日之间，定当传首京师，何足多虑。"玄宗信其言，遂坦然不以为意。正是：

奸相作恶，乃致外乱。大言欺君，以寇为顽。

却说安庆宗自发书遣使之后，指望其父入京，相会有日，不想倒就反起来了，一时惊惶无措，只得肉袒面缚，诣阙待罪。玄宗怜他是宗室之婿，意欲赦之。杨国忠奏说道："安禄山久蓄异志，陛下不即诛之，致有今日之叛乱。今庆宗乃叛人之子，法不可贷，岂容复留此逆子以为后患乎？"玄宗意犹未决。国忠又奏说道："安禄山在京城时，蒙圣旨使与臣为亲，平日有恩而无怨，乃无端切齿于臣。杨光翙偶与臣同姓，禄山且还怨及于彼，诱而杀之。庆宗为禄山亲子，陛下今倒赦而不杀，何以服天下人心乎？"玄宗乃准其所奏，传旨将安庆宗处死。国忠又奏请将其妻子荣义郡主亦赐自尽。正是：

未将元恶除，先将逆孽去。他年弑父人，只须一庆绪。

玄宗既诛安庆宗，即下诏布宣安禄山之罪状，遣将军陈千里，往河东招募民兵，随使团练以拒之。其时适有安西节度使封常清入朝奏事，玄宗问以讨贼方略。那封常清乃是封德彝之后裔，是个志大言大之人，看的事体轻忽，便率意奏道："今因承平已久，世不知兵，武备单弱，所以人多畏贼，望风而靡。然事存顺逆，势有奇变，不必过虑。臣请走马赴东京，开府库，发仓廪，召募骁勇，跳马筑渡河，击此逆贼，计日取其首级，献于阙下。"玄宗大喜，遂命以封常清为范阳平卢节度使，即日驰赴递驿，直赶到东京，募兵讨贼，听其便宜行事。

说话的，自古道："养兵千日，用在一朝。"那兵是平时备着用的，如何到变起仓卒，才去募兵？又如何才有变乱，便要募兵起来？难道安禄山有兵，朝廷上倒没有兵么？看官，你有所不知。原来唐初时，府兵之制甚妙，分天下为十道，置军府六百三十四，而关内居其半，俱属诸卫管辖，各有名号，而总名为折冲府。凡府兵多寡，其数分上中下三等：一千二百人为上等；一千人为中等；八百人为下等。民自二十岁从军，至六十岁而免，休息有时，征调有法。折冲府都设立木契铜鱼，上下府照，朝廷若有征发，下敕书契鱼，都督郡府参验皆合，然后发遣。凡行兵则甲胄衣装俱自备，国家无养兵之费，罢兵则归散于野，将帅无握兵之权。其法制最为近古。只因从军之家，不无杂徭之累，后来渐渐贫困，府兵多逃亡。张说在朝时建议，另募精壮为长从宿卫兵，名曰彉骑。于是府兵之制日坏，死亡者有司不复添补，府兵调入宿卫者，本卫官将役使之如奴隶，其守边者，亦多为边将虐使，利其死而竟没其资财，府兵因此尽都逃匿。李林甫当国，奏停折冲府上下鱼书，自是折冲府无兵，空设官吏而已。到天宝年间，并彉骑之制，亦皆废坏，其所召募之兵，俱系市井无赖子弟，不习兵事；且当此时承平已久，议者多谓国中之兵，可销禁约，民间挟持兵器，人家子弟有为武官者，父兄摈弃不齿。猛将精兵，多聚于边塞，而西北尤甚。中国全无武备，所谓一旦有变，无兵可用，其势不得不出于召募。盖祖宗之善制，子孙不能修弊补废，振而起之，轻自更张，以致大坏兵政。乃安禄山所用兵马，本来众盛；又因番人部落突厥阿布司为回纥攻破，安禄山诱降其众，所以他的部下，兵精马壮，天下莫及。

闲话少话，且言封常清奉诏募兵，星夜驰至东京，动支仓库钱粮，出榜召募勇壮。一时应募者如市，旬日之间募到六万余人，然皆市井白徒，并非能战之士。又探听得安禄山的兵马强壮，竟是个劲敌，方自悔前日不该大言于朝。今已身当重任，无可推委，只得率众断河阳桥，以为守御之备。

玄宗又命卫尉卿张介然为河南节度使，统陈留等十三郡，与封常清互为声援。禄山兵至灵昌，时值天寒。禄山令军士以长绳连束战船并杂草木，横截河流。一夜冰冻坚厚，似浮梁一般，兵马遂乘此渡河，来陷灵昌郡。贼兵步骑纵横，莫知其数，所过残杀。张介然到陈留才数日，安禄山兵众突至，介然连忙督率民兵，登城守御。怎奈人不及战，民心惧怕，天气又极其苦寒，手足僵冷，不能防守。太守郭讷径自率众开城出降，禄山入城，擒获张介然斩于军门之下。

次日，又探马来报说道："天子诏谕天下，说安禄山反叛，罪极大恶，其长子安庆宗，在京已经伏诛。文武官员军民人等，有能斩安禄山之头来献者，封以王爵；罪只及安禄山一人而已，其余附从诸将文武官员兵卒等归顺，俱赦宥一概不问。"安禄山听说其子安庆宗在京被杀，大怒，大哭道："吾有何罪，而今意杀吾子，是所势不两立也！"遂纵大兵大杀降人，以泄胸中之忿。正是：

　　身亲为叛逆，还说吾何罪。迁怒杀无辜，罪更增百倍。

陈留失守，张介然被害之信报到京师，举朝震怒。玄宗临朝，面谕杨国忠与众官道："卿等都说安禄山之造反，不足为虑，易于扑灭；今乃夺地争城，斩将害民，势甚猖獗，此正劲敌，何可轻视？朕今老矣，岂可贻此患于后人？今当使皇太子监国，朕亲自统领六师，躬自带兵将出征，务要灭此忘恩负义之逆贼！"正是：

　　天子欲亲征，太子将监国。奸臣惊破胆，庸臣计无出。

未知后事如何，且听下回分解。

第八十九回

唐明皇梦中见鬼　雷万春都下寻兄

词曰：

　　人衰鬼弄，魑魅公然来入梦。女貌男形，尔我相看前世身。
　　难兄难弟，今日行踪彼此异。全节全忠，他日芳名彼此同。
　　　　　　　　　　　　　　调寄《减字木兰花》

大凡有德之人，无论男女与富贵贫贱，总皆为人所敬服，即鬼神亦无不钦仰，所谓"德重鬼神钦敬"是也。若无德可钦敬，徒恃此势位之尊崇以压制人，当其盛时，乘权握柄，作福作威，穷奢极欲，亦复洋洋志得意满，叱咤风云；及至时运衰微，禄命将终之日，不但众散亲离，人心背叛，即魑魅魍魉也都来了，生妖作怪，播弄着你，所谓"人衰鬼弄人是"也。惟有那忠贞节烈之人，不以盛衰易念，即或混迹于俳优技艺之中，厕身于行伍偏神之列，而忠肝义胆天性生成，虽未即见之行事，要其志操，已足以塞天地而质诸鬼神。此等人甚不可多得，却又有时钟于一门，会于一家。

如今且说玄宗,因安禄山攻陷陈留郡,张介然遇害报到京师,方知贼势甚猛,未易即能扑灭,召集朝臣共议其事。众论纷纷,并无良策。杨国忠前日故为大言,到那时也俯首无计。玄宗面谕群臣道:"朕在位已经五十载,心中久已要退闲去作便事,意欲传位于太子;只因水旱频仍,不欲以余灾遗累后人,故尔迟迟。今不意逆贼横发,朕当亲自统兵征讨之,使太子暂理国事,待寇乱既平,即行内禅,朕将高枕无忧矣!"遂下诏御驾亲征,命太子监国。群臣莫敢进一言。

杨国忠乃大吃了一惊,想道:"我向日屡次与李林甫朋谋,陷害东宫,太子心中好不怀恨,只碍着贵妃得宠,右相当朝,他还身处储位,未揽大权,故隐忍不发;今若秉国政,必将报怨。吾杨氏无噍类矣!"当日朝罢,急回私宅,哭向其妻裴氏与韩、虢二夫人道:"吾等死期将至矣!"众夫人惊问其故。国忠道:"天子欲亲征讨,将使太子监国,行且禅位于太子。奈太子素恶于吾家,今一旦大权在手,我与姊妹都命在旦夕矣,如之奈何?"于是举家惊惶泣涕,都说道:"反不如秦国夫人先死之为幸也。"虢国夫人说道:"我等徒作楚囚,相对而泣,于事无益;不如同贵妃娘娘密计商议,若能劝止亲征,则监国禅位之说,自不行矣。"国忠说道:"此言极为有理。事不宜迟,烦两妹入宫计之。"两夫人即日命驾入宫,托言奉候贵妃娘娘,与贵妃相见,密启其事,告以国忠之言。杨妃大惊道:"此非可以从容缓言者!"乃脱去簪珥,口衔黄土,匍匐至御前,叩头哀泣。

玄宗惊讶,亲自扶起问道:"妃子何故如此?"杨妃说道:"臣妾闻陛下将身亲临战阵,是亵万乘之尊,以当一将之任。虽运筹如神,决胜无疑;然兵凶战危,圣躬亲试凶危之事,六宫嫔御闻之,无不惊骇。况臣妾尤蒙恩宠,岂忍远离左右?自恨身为女子,不能随驾从征,情愿碎首阶前,欲效侯生之报信陵君耳!"说罢又伏地痛哭。玄宗大不胜情,命宫人掖之就坐,执手抚慰说道:"朕之欲亲征讨,原非得已之计,凯旋之日,当亦不远,妃子不须如此悲伤。"杨妃道:"臣妾想来,堂堂天朝,岂无一二良将,为国家殄灭小丑,何劳圣驾亲征?"

正说间,恰好太子具手启,遣内侍来奏辞监国之命,力劝不必亲征,只须遣一大将或亲王督师出剿,自当成功。玄宗看了太子奏启,沉吟半晌道:"朕今竟传位于太子，听凭他亲征不亲征罢，我自与妃子退居别宫，安享余年何如？"杨妃闻言，愈加着惊，忙叩头奏道："陛下去秋欲行内禅之事，既而中止，谓不忍以灾荒遗累太子也；今日何独忍以寇贼遗累太子乎？陛下临御已久，将帅用命，还宜自揽大权，制胜于庙堂之上，传位之说，待徐议于事平之后，未为晚也。"玄宗闻言点头道："卿言亦颇是。"遂传旨停罢前诏，特命皇子荣王琬为元帅，右金吾大将军高仙芝副之，统兵出征。又欲以高力士为监军，力士叩头固辞，乃以内监边令诚为监军使。诏旨一下，杨贵妃方才放心，拭泪拜谢。

当时玄宗命宫中宫人为妃子整妆，且令宫中排宴与妃子解闷；韩国、虢国二位夫人也都来见驾，一同赴席饮宴。后人有诗叹云：

脱簪永巷称贤后，为欲君王戒色荒。今日阿环苦肉计，毁妆亦是学周姜。

那日筵席之上，玄宗心欲安慰妃子。杨妃姊妹三人，又欲使玄宗天子开怀，真个是愁中取乐，互相劝饮。梨园子弟同宫女们，歌的歌，舞的舞，饮至半酣，兴致勃发。玄宗自击鼓，杨妃弹一回琵琶，吹一回玉笛，直饮至夜深方罢。两夫人辞别出宫。

是夜玄宗与杨妃同寝，毕竟因心中有事，寤寐不安。朦胧之际，忽若己身在华清宫中，坐一榻上，杨妃坐于侧旁椅上，隐几而卧，其所吹玉笛悬挂于壁上。却见一个奇形怪状的魑魅，不知从何而至，一直来到杨妃身畔，就壁上取下那一枝玉笛按上口边，呜呜咽咽的吹将起来。玄宗大怒，待欲叱咤他，无奈喉间一时哽塞，声唤不出。那个鬼竟公然不惧，把笛儿吹罢，对着杨妃嬉笑跳舞。玄宗欲自起来逐之，身子再立不起，回顾左右，又不见一个侍从。看杨妃时，只是伏在桌上，睡着不醒。恍惚间，见那伏在桌上的却不是杨妃，却是一个头戴冲天巾、身穿滚龙袍的人，宛然是个一朝天子模样，但不见他面庞。那鬼尚在跳舞不休，看看跳舞到自己身前，忽然他手执着一圆明镜把玄宗一照。玄宗自己一照，却是个女子，头挽乌云，身披绣袄，十分美丽，心中大惊。正疑骇间，只见空中跳下一个黑大汉来。你道他怎生打扮，怎生面貌？

头上元冠翅曲，腰间角带围圆。黑袍短窄皂靴尖，执笏还兼佩剑。眼竖交睁豹目，鬓蓬连接虬髯。专除邪祟治终南，魑魅逢之丧胆。

那黑大汉把这跳舞的鬼只一喝，这鬼登时缩做一团，被这黑大汉一把提在手中，好像做捉鸡的一般。玄宗急问道："卿是何官？"黑大汉鞠躬应道："臣乃终南不第进士钟馗是也。生平正直，死而为神，奉上帝命令治终南山，专除鬼祟；凡鬼有作祟人间者，臣皆得啖之。此鬼敢于乘虚惊驾，臣特来为陛下驱除。"言讫，伸着两手，把那个鬼的双眼挖出，纳入口中吃了，倒提着他的两脚，腾空而去。玄宗天子悚然惊醒，却是一场大梦。凝神半晌，方才清楚。

那时杨妃从睡梦中惊悸而寤，口里犹作咿哑之声。玄宗搂着便问道："阿环为甚不安么?"杨妃定了一回,方才答说道:"我梦中见一鬼魅从宫后而来,对着我跳舞,旁有一美貌女子,摇手止之,鬼只是不理,他却口口声声称我陛下,我不敢应他,他便把一条白带儿扑面的丢来,就兜在我颈项上,因此惊魇。"玄宗听说,便也把自己所梦的述了一遍,杨妃咄咄称怪。玄宗宽解道:"总因连日心绪不佳,所以梦寐不安,不足为异;但我所梦钟馗之神甚奇,不知终南果有其人否?"杨妃道:"梦境虽不足凭,只是如何女变为男,男变为女;又怎生我梦中,也见一女子,也恰梦见那鬼,呼我为陛下,这事可不作怪么?"玄宗戏道:"我和你恩爱异常,愿不分你我,男女易形,亦鸾颠凤倒之意耳!"说罢大家都笑起来。看官,你可知杨贵妃本是隋炀帝的后身,玄宗本是贵儿再世。梦中所见的,乃其本来面目。此亦因时运向衰,鬼来弄人,故有此梦。正是:

  时衰气不旺,梦中鬼无状。帝妃互相形,现出本来相。

次日玄宗临朝,传旨问:"在朝诸臣,可知终南有已故不第进士,姓钟名馗者么?"文班中,只见给事中王维出班奏曰:"臣维向曾侨居终南,因终南有进士钟馗于高祖武德皇帝年间,为应举不第,以头触石而死,故时人怜之,陈请于官,假袍笏以殉葬之;嗣后颇各灵异,至今终南人奉之如神明。"玄宗闻奏,一发惊异,遂宣召那最善图画的吴道子来,当面告以梦中所见钟馗之形象,使画一图,传为真像;特追赐袍笏,兼赐钟馗状元及第;又因杨妃梦鬼从后宫而来,遂命以钟馗之像,永镇后宰门,如昔年太宗皇帝,画尉迟敬德、秦叔宝之像于宫门的故事一样。至今人家后门上,都贴钟馗画像,自此始也。又时人至今呼之为钟状元。正是:

  当年秦尉两将军,曾为文皇辟邪秽。今日还看钟状元,前门后户遥相对。

玄宗因画钟馗之像,想起昔年太宗画秦叔宝、尉迟敬德二人之像,喟然说道:"我梦中的鬼魅,得钟馗治之,那天下的寇贼,未知何人可治?安得再有尉迟敬德、秦叔宝这般人材,与我国家扶危定乱?"因忽然相思着秦叔宝的玄孙秦国模、秦国桢兄弟二人:"当年他兄弟曾上疏谏我,不宜过宠安禄山,极是好话。我那时不惟不听他,反加废斥,由此思之,诚为大错,还该复用他为是。"遂以手敕谕中书省起复原任翰林承旨秦国模、秦国桢仍以原官入朝供职。

却说那秦氏兄弟两个人,自遭废斥,即屏居郊外,杜门不出。间有朋友过访,或杯酒叙情,或吟诗遣兴,绝口不谈及朝政。国桢有时私念起那当初集庆坊所遇的美人,却怕哥哥嗔怪,只是不敢出诸口;也有时到那里经过,密为访问,并无消息。那美人也不知何故,竟不复来寻访。

忽然一日,有一个通家旧朋友款门而来,姓南名霁云,排行第八,魏州人氏,其为人慷慨有志节,精于骑射,勇略过人。他祖上也是个军官出身,与秦叔宝有交,因此他与国模兄弟是通家世交,投契之友。幼年间,也随着祖父来过两次，数年以来踪迹疏阔，那日忽轻装策马而来。秦氏兄弟十分欢喜，接着叙礼罢，各道寒暄。秦国模道："南兄久不相晤，愚兄弟时刻思念，今日甚风吹得到此？"南霁云说道："小弟自祖父背弃，一身沦落不偶，无所依托，行踪靡定。前者弟闻贤昆仲高发，方为雀跃，随又闻得仕途不利，暂时受屈，然直声著闻，天下不胜钦仰。今日小弟偶而浪游来京，得一快叙，实为欣幸。"秦国模道："以兄之英勇才略，当必有遇合，但斯世直道难容，宜乎所如不偶。今日未审我兄欲何所图？"霁云道："原任高要尉许远，是弟父辈相知，其人深沉有智，节义自矢，他有一契友是南阳人，姓张名巡，博学多才，深通战阵之法，开元中举进士，先为清河县尹，改调真源，许公欲使弟往投之。今闻其朝觐来京，故此特来访他。"秦国桢道："张、许二公，是世间奇男子，愚兄弟亦久闻其名。"秦国模道："吾闻张巡乃文武全才，更有一奇处，人不可及：任你千万人，一经他目，即能认其面貌，记其姓名，终身不忘，真奇士也。那许远乃许敬宗之后人，不意许敬宗却有此贤子孙，此真能盖前人之愆者。"霁云道："弟尚未得见张公，至于许公之才品，弟深知之久矣，真可为国家有用之人，惜尚未见其大用耳！"国模道："兄今因许公而识张公，自然声气相投，定行见用于世，各著功名，可胜欣贺。"国桢道："难得南兄到此，路途辛苦，且在舍下休息几日，然后往见张公未迟。"当下置酒款待，互叙阔情，共谈心事。

正饮酒间，忽闻家人传说，范阳节度使安禄山举兵造反，有飞驿报到京中来了。秦氏兄弟拍案而起说道："吾久知此贼，心怀反叛，况有权奸多方以激之，安得不遽至于此耶！"霁云拍着胸前说道："天下方乱，非我辈燕息之时，我这一腔热血须有处洒了！却明日便当往候张公，与议国家大事，不可迟缓。"当夜无话。

次日早膳饭罢，即写下名帖，怀着许远的书信，骑马入京城，访至张巡寓所问时，原来他已升为雍丘防御使，于数日前出京上任去了。霁云乘兴而来，败兴而返，怏怏的带马出城，想道："我如今便须别了秦氏兄弟，赶到雍丘去，虽承主人情重，未忍即别，然却不可逗留误事。"一头想，一头行，不觉已到秦宅门首。才待下马，只见一个汉子，头戴大帽，身穿短袍，策着马趱行前来。看他雄赳赳甚有气概，霁云只道是个传边报的军官，勒着马等他。行到面前，举手问道："尊官可是传报的军官么？范阳的乱信如何？"那汉见问，也勒住马，把霁云上下一看，见他仪表非俗，遂不敢怠慢，亦拱手答道："在下是从潞州来，要入京访一个人；路途间闻人传说范阳反乱，甚为惊疑。尊官从京中出来，必知确报，正欲动问。"霁云道："在下也是来访友的，昨日才到；初闻乱信，尚未知其详。如今因所访之友不遇，来此别了居停主人，要往雍丘地方走走，不知这一路可好行哩？"那汉道："贵寓在何处？主人是谁？"霁云指道："就是这里秦府。"那汉举目一看，只见门前有钦赐的兄弟状元匾额，便问道："这兄弟状元可是秦叔宝公的后人，因直言谏君罢官闲住的么？"霁云道："正是。这兄弟两个，一名国模，一名国桢的了。"一面说，一面下马。那汉也连忙下马施礼道："在下久慕此二公之名，恨无识面，今岂可过门不入？敢烦尊公，引我一见何如？只是造次得很，不及具柬了。"霁云道："二公之为人，慷慨好客，尊官便与相见何妨，不须具柬。"

那汉大喜，遂各问了姓名，一同入内，见了秦氏兄弟，叙礼毕，就相邀坐。霁云备述了访张公不遇而返，门首邂逅此兄，说起贤昆仲大名，十分仰敬，特来晋谒。二秦逡巡逊谢，动问尊客姓名居处。那汉道："在下姓雷名万春，涿州人氏，从小也学读几行书，求名不就，弃文习武；颇不自揣，常思为国家效微力，争奈未遇其时。今因访亲特来到此，幸遇这一位南尊官，得谒贤昆仲两先生，足慰生平仰慕之意。"霁云与二秦，见他言词慷慨，气概豪爽，甚相钦敬，因问："雷兄来访何人？"万春道："要访那乐部中雷海清。"霁云听说，怫然不悦道："那雷海清不过是梨园乐部的班头，俳优之辈，兄何故还来访他，难道兄要屈节贱工耶？以为谋进身之地，似乎不可。"万春笑道："非敢谋进身之地，因他是在下的胞兄，久不相见，故特来一候耳。"霁云道："原来如此，在下失言了。"秦国模说道："令兄我也常见过，看他虽屈身乐部，大有忠君爱主之心，实与侪辈不同，南兄也不可轻量人物。"

万春因问："南兄，你说访张公不遇，是那个张公？"霁云道："是新任雍丘防御使张巡是也。"雷万春说道："此公是当今一奇人，兄与他是旧相知么？"霁云道："尚未识面，因前高要尉许公名远的荐引来此。"万春道："许公亦奇人也。兄与此两奇人相周旋，定然也是个奇人。今即欲去雍丘，投张公麾下么？"霁云道："今禄山反乱，势必猖狂，吾将投张公，共图讨贼之事。"雷万春慨然说道："尊兄之意，正与鄙意相合，倘蒙不弃，愿随侍同行。"秦国桢说道："二兄既有同志，便可结盟，拜为异姓兄弟，共图戮力皇家。"南、雷二人大喜，遂大家下了四拜，结为生死之交，誓同报国，患难相扶，各无二心。正是：

  为寻同胞兄，得结同心友。笃友爱兄人，事君心不苟。

当下秦氏兄弟设席相待。万春道："南兄且暂住此一两日，待小弟入城去见过家兄，随即同行。"霁云道："方才秦先生说，令兄亦非等闲人，弟正欲与令兄一会。今晚且都住此，明日我同兄入城，拜见令兄一会何如？"雷万春应诺。

至次日早晨，用过点心，二人一齐骑马进城，来到雷海清住宅。下了马，万春先入宅内，拜见了哥哥，随同海清出来迎迓霁云到宅内。叙礼而坐。万春略说了些家事，并述在秦家结交南霁云，要同往雍丘之意。海清欢喜，向霁云拱手道："秦家两状元是正人君子，尊官和他两个相契，自非凡品。舍弟得与尊官作伴，实为万幸。"霁云逊谢道："此是令弟谬爱，量小子有何才能。"

海清对着万春道："贤弟，你听我说：我做哥哥的，虽然屈身俳优之列，却多蒙圣上恩宠，只指望天下无事，天子永享太平之福。谁知安禄山这个逆贼，大负圣恩，称兵谋反，闻其势甚猖獗，以诛杨右相为辞。那知这个杨右相，却一味大言欺君，全无定乱安邦之策，将来国家祸患，不知伊于胡底。我既身受君恩，朝夕盘桓，自当拚得捐躯图报。贤弟素有壮志，且自勇略胜人，今又幸得与南官人交契，同往投张公，自可相与有成，实当竭力报国。从今以后，我自守我的分，你自尽你的忠，你自今不必以我为念。"说罢泪下如雨，万春也挥泪不止。霁云在旁，慨然叹息不止。海清着人取出酒肴，满酌三杯，随即起身说道："我逐日在内庭供奉，无暇久叙，国家多事，正英雄建功立节之时也，不必作儿女留恋之态了。"遂将一包金银，赠为路费，大家各自洒泪而别。霁云嗟叹道："雷兄，你昆仲二人，真乃难兄难弟。我昨日狂言唐突，正所谓以小人之心度君子之腹矣！"当日二人同回至秦家，兄弟又置酒相待。毕后便束装起行，秦氏兄弟送至十里长亭，又饮酒饯别，各赠赆仪。二人别了主人，自取路径，直往雍丘去了。

且说秦国模、秦国桢二人，自闻安禄山反信，甚为朝廷担忧，两个人日夕私议征讨之策，后又闻官军失利，地方不守，十分忿怒，意欲上疏条陈便宜；又想不在其位，不当多言取咎。正踌躇间，恰奉特旨降下，起复秦氏兄弟二人原官。中书省行下文书来，秦国模、秦国桢兄弟二人拜恩受命，即日入朝，面君谢恩。正是：

只因梦中一进士，顿起林间两状元。

未知后事如何，且听下回分解。

第九十回

矢忠贞颜真卿起义　遭妒忌哥舒翰丧师

词曰：

由来世乱见忠臣，矢志扫妖氛。甚美一门双义，笑他诸郡无人。专征大将，待时而动，可建奇勋。只为一封丹诏，顿教丧却三军。

调寄《朝中措》

从来忠臣义士，当太平之时，人都不见得他的忠义。及祸乱即起，平时居位享禄、作威倚势、摇唇鼓舌的这一班人，到那时无不从风而靡；只有一二忠义之士，矢丹心，冒白刃，以身殉之，百折不回。而今而后，上自君王，下至臣庶，都闻其名而敬服之，称叹之不已，以为此真是有忠肝义胆的人，然要之非忠臣义士之初心也。他的本怀，原只指望君王有道，朝野无虞，明良遇合，身名俱泰，不至有捐躯殉难之事为妙；若必到时穷世乱，使人共见其忠义，又岂国家之幸哉！至国家既不幸祸患，不得已而命将出师，那大将以一身为国家安危所系，自必相度时势，可进则进，不可进则暂止，其举动自合机宜。阃以外，当听将军制之，奈何惑于权贵疑忌之言，遥度悬揣，生逼他出兵进战，以致堕敌人之计中，丧师败绩，害他不得为忠臣义士？真可叹息痛恨，怆天呼地而不已也！

却说玄宗天子复召秦国模、秦国桢仍以原官起用，二人入朝面君。谢恩毕后，玄宗温言抚慰一番，即问二人讨贼之策。兄弟二人以次陈言，大约以用兵宜慎、任将直专为对。正议论间，吏部官启奏说："前者睢阳太守员缺，逆贼安禄山乘间伪进其党张通悟为睢阳太守；随被单父尉贾贲率吏民斩之，今宜即选新官前去接任。特推朝臣数员，恭候圣旨选用。"秦国模奏道："睢阳为江淮之保障，今当贼氛扰乱之后，太守一官，非寻常之人所能胜任，宜勿拘资格擢用。以臣所知，前高要尉许远，既有志操，更饶才略，堪充此职，伏乞圣裁。"玄宗听说准奏，即谕吏部以许远为睢阳太守。又问："二卿，亦知今日可称良将者为谁人？"秦国桢奏道："自古云：天下危，注意帅。今陛下所用之将，如封常清、高仙芝之辈，虽亦娴于军旅之事，未必便称良将。昔年翰林学士李白，曾上疏奏待罪边将郭子仪，足备干城之选，腹心之奇，陛下因特原其所犯之罪，许以立功自效。郭子仪屡立战功，主帅哥舒翰表荐，已历官至朔方右厢兵马使九原太守，此真将才也。李白之言不谬。"玄宗点头道是，因又问："哥舒翰将才何如？"秦国模奏道："哥舒翰素有威名，只嫌用法太峻，不恤士卒。朝廷若专任此，听其便宜行事，当亦不负所委托；但近闻其抱病不治事。"玄宗道："彼自能为我力疾办事。"遂降旨即升郭子仪为朔方节度使，又命哥舒翰为兵马副元帅。哥舒翰上奏告病，玄宗不准所告，令将兵十万，防御安禄山。

那时，安禄山既陷灵昌及陈留，声势益张，并攻破荥阳，直逼东京。封常清屯兵武牢以拒之，无奈部下新募的官军，都是市井白徒，不习战阵，见贼兵势猛，先自惶惧。安禄山特以铁骑冲来，官军不能抵挡，大败而走。正是：

早知今日取胜难，追悔当初出大言。

当下封常清收合余众，再与厮杀，又复大败。贼兵乘势奋击，遂陷东京。河南尹达奚珣出城投降。独留守李憕、中丞卢奕、采访判官蒋清不肯投降，城破之日，穿朝服坐于堂上。安禄山使人擒至军前，三人同声骂贼，一时三人都被杀。封常清收聚败残兵马,西走陕州。时高仙芝屯兵于陕,封常清往见之,涕泣而言道:"在下连日血战,贼锋锐不可当。窃计潼关兵少,倘贼冲突入关,则长安危矣!不如引屯陕之兵,先据潼关以拒贼。"高仙芝从其言,即与封常清引兵退守潼关,修完守备。贼兵果然复至,不得入而退,这也算是二人守御之功了。

谁知那监军宦官边令诚,常有所干求于仙芝,不遂其欲,心中怀恨;又怪封常清时时无所馈献,遂密疏劾奏封常清,以贼摇众,未见先奔;高仙芝轻弃陕地数千里,又私减军粮,以入己囊,大负朝廷委任之意。玄宗听信其言,勃然震怒,即赐令诚密敕,使即军中斩此二人。令诚乃佯托他事,请二人面议;二人既至,未及叙礼,边令诚举手道:"有圣旨敕赐二位大夫死。"遂喝左右:"代我拿下。"宣敕示之。常清道:"败军之将,死罪奚逃;但朝议俱以禄山之众为不难殄戮,非确论也。臣死之后,愿勿轻视此贼,宜专任良将,多练精兵以图之。"仙芝道:"吾遇贼而退,罪固当死不辞,谓我私侵军粮,岂不冤哉!"二人就刑之时,部下士卒,皆大呼称冤枉,其声震动天地。后人有诗叹云:

　　宦者监军军气沮,何当轻杀两将军。此时偏听犹如此,那得人
　心肯向君?

二人既死,命哥舒翰统其众,并番将火拔归仁部卒,亦属统辖,号称二十万,镇守潼关。

且说安禄山既陷河南,遣其党段子光赍李憕、卢奕、蒋清之首,传示河北,令速纳款。传至平原郡。平原郡的太守乃临沂人,姓颜名真卿,字清臣,复圣颜子之后裔,是个忠君爱国的人。他于禄山未反之先,预早知其必反。时值久雨之时,借此为由,筑城浚濠,简练丁壮,积贮仓廪,暗作准备。禄山以书生目真卿,不把放在心中;及到反叛之时,河北郡县俱披靡,只道平原亦必降顺,乃檄令真卿,为本郡兵防守河津。真卿佯受其檄,密遣心腹,怀牒驰赴诸郡,暗约其举兵讨贼;一面召募勇士,得万余人,涕泣谕以大义,众皆感愤,愿效死力。那贼党段子光,冒冒失失的将那三个忠臣的头来传示,被真卿

拿住，缚于城上，腰斩示众；取三个头续以蒲身，棺殓葬之，祭哭受吊。于是清池尉贾载、盐山尉穆宁，闻真卿举义，乃共杀伪景城太守刘道元，获其甲仗五十余船并其首级，送至长史李昕处。昕以禄山叛党严庄是景城人，遂收其宗族数十人口，尽行杀戮，将刘道元的首级与甲仗等物，转送平原太守颜真卿处。饶阳太守卢全诚、河间司法李奂、济阳太守李随，都将禄山所署的伪太守长史等官，多皆杀了，各有兵数千，推颜真卿为盟主。真卿即遣本州司法兵马使李平赍表文，并伪檄，从间道直入京师，奏闻玄宗。

初禄山作乱时，河北震恐，无一能与之抗者。玄宗闻之，嗟叹说道："二十四郡曾无一义士耶！"及李平赍表章至，乃大喜道："朕不识颜真卿作何状，乃能如此！"遂即降道御旨，诏加颜真卿河北采访使，在任即升，仍领平原等处事务，免其来京陛见。后来宋朝忠臣文天祥，过平原有诗云：

平原太守颜真卿，长安天子不知名。一朝渔阳动鼙鼓，大河以北无坚城。君家兄弟奋戈起，二十七郡同连盟。贼闻失色分军还，不敢长驱入两京。明皇父子得西狩，由是灵武起义兵。唐家再造李郭力，逆贼牵制公威灵。哀哉常山贼钩舌，公归朝廷气不折。崎岖坎坷不得去，出入四朝老忠节。当年幸脱安禄山，白首竟陷李希烈。希烈安能遽杀公，宰相卢杞欺日月。乱臣贼子归何所？茫茫烟草中原土。公视于今六百年，忠精赫赫雷行天！

那诗中所云"白首竟陷李希烈"，是说颜真卿至德宗时，奸相卢杞忌其忠直，使往宣慰逆贼李希烈，其时竟为其所害，时年已七十有七矣。此是后话。

所云"常山钩舌"之事，乃颜真卿的族兄颜杲卿，其人之忠义，与真卿无异。当禄山叛乱之时，他为常山太守，禄山兵至藁城，常山危急。杲卿自度常山兵力不足，一时难以拒守；乃以长史袁履谦计议，姑先往以迎之，以缓其锋。禄山喜其来迎，赐以紫袍金带，使仍旧守常山。杲卿遂与履谦密谋起义，恰好真卿遣甥卢逖至常山，与杲卿相约，欲连兵断禄山的归路。那时安禄山方僭号称大燕皇帝，改元圣武。杲卿乃假传禄山的恩命，召伪井陉守将李钦凑率众前来，受那登极的犒赏。俟其来至，与之痛饮至醉，缚而斩之，宣谕解散其众。贼将高邈、何千年，适奉禄山之命，往北方征兵，路过常山，亦为杲卿所杀。时部将在禄山手下名张献诚，正统兵围困饶阳。杲卿先声言，朔方节度使郭子仪令兵马使李光弼与武锋使仆固怀恩，统众兵卒出井陉来了。献诚闻之大惧，杲卿乃遣人往说之，使解饶阳之围，献诚遂引兵遁去。杲卿令袁履谦入饶阳，慰劳将士传檄诸郡，于是河北响应。杲卿以李钦凑的首级与高邈、何千年二人，献于京师，使其子颜泉明与内丘丞张通幽，赍表文赴京师奏报。那张通幽即张通悟之弟，他恐因其兄降贼，祸及家门，思为保全之计，知太原尹王承业，与杨国忠有交，欲藉以为援；乃力劝王承业留住颜泉明，改其奏文，攘其功为己功。杲卿起义才数日，贼将史思明引兵突至城下，杲卿使人往太原告急。王承业既攘其功，正利于杲卿之死，拥兵不救。杲卿悉力拒战，粮尽兵疲，城遂陷，为贼所执，解送禄山军前。安禄山大喝一声道："你何背我而反！"杲卿瞋目大骂，禄山怒甚，令人割其舌，并袁履谦一同遇害。二人至死，骂不绝口。正是：

> 通幽顾家不顾国，承业冒功更忌功。坐使忠良被兵刃，空将血泪洒西风。

杲卿尽节而死，却因王承业掩冒其功，张通幽诡诞其事，杨国忠蒙蔽其说，朝廷竟无恤赠之典。直至肃宗乾元年间，颜真卿泣涕诉于肃宗，转达上皇。那时王承业已为别事，被罪而死；张通幽尚在，上皇命杖杀之；追赠杲卿为太子太保，谥曰忠节。其子泉明，为贼所掠，后于贼中逃脱，求得其父尸，并求得袁履谦之尸，一体棺殓以归。凡颜氏族人及其父之旧将吏妻子流落者，都出资赎回五十余家，共三百余口，人皆称其高义。此亦是后话。

且说真卿一日闻杲卿之死，大哭大惊，哭是哭其兄，惊的是常山失守，贼据要冲，深为可虑。忽探马来报，说郭子仪奉诏进取东京，特荐李光弼为河东节度使，分兵万余，从井陉而来，一路进取。颜真卿喜道："如此则常山可复矣！"时清河县吏民，使其邑人李萼至平原，奉粟帛器械，以资军用，且乞借兵以为战守之助。那李萼年方弱冠，器宇轩昂，言词明快。真卿奇其人，以兵五千借之。李萼因进言说道："朝廷已遣兵出崞口，贼据险相拒，官军不得前。公今引兵先击魏郡，公兵开崞口以引出官军，因讨平汲邺以北诸郡县，然后合诸镇兵，南临孟津，据守要害，制其北走之路。但须表奏朝廷，坚壁勿战，不过月余，贼必有内溃相图之事矣！"真卿然其说，命参军李择交等，将兵会清河、博平，兵屯于堂邑。伪魏郡太守袁知泰率众来战，官军奋力击之，贼众溃败，遂拔魏郡。军声大振。北海太守贺兰进明兵来会，屯于平原城之南，真卿待之甚厚，且以堂邑之功让之。进明居之不疑，竟自具表上奏，真卿亦不以为怪。又闻李光弼已恢复常山，郭子仪与李光弼合兵一处。贼将史思明来战，子仪用计，思明露髻跣足，持折枪步行，私自逃去。河北十余郡皆下。又闻雍丘防御使张巡与贼连战，屡败贼众。

正欢喜间，忽闻朝廷上有诏，催促副元帅哥舒翰出战。原来哥舒翰屯军潼关，为长安屏障之计，按兵不动，待时而进。河源军副使王思礼乘间进言曰："今天下以杨国忠召乱，莫不切齿。公当上表，请斩杨国忠之头，以谢天下，则人心皆快，各效死力矣！"哥舒翰摇头不应。王思礼又道："若是上表，未必便如所请，仆愿以三十骑，劫取杨国忠至潼关斩之。"哥舒翰愕然道："若如此，真是哥舒翰反，不是安禄山反了。此言何可出诸君口？"思礼乃不敢复言。那边杨国忠也有人对他说："朝廷重兵，尽在哥舒翰掌握之中；倘假人言为口实，如拔旗西指，为不利于公，将若之何？"国忠听说乃大惧，方寻思无计，忽人报贼将崔乾祐在陕，兵不满四千，羸弱不堪，甚属无备。国忠即奏启玄宗，遣使催哥舒翰进兵恢复陕洛。

哥舒翰飞章奏言道："安禄山习于用兵，岂真无备？今特示其弱者，诱我出兵耳！我兵若轻出敌，正堕他的诡计。且贼远来，利在速战；我兵据险，利于坚守。况贼残虐，失众民心，势已日蹙，将有内变。因而乘之，可不战而自戢。要在成功，何必务速？今诸道征兵，尚多未集，请姑待之。"郭子仪、李光弼亦上言："请引兵北攻范阳，覆其巢穴，擒贼党之妻孥为质以招之，贼必内溃。潼关大兵，惟宜固守，不可轻出。"颜真卿亦上言："潼关险要之地，屏障长安，固守为尚。贼赢师以诱我，幸勿为闲言所惑。"奏章纷纷而上。

无奈国忠疑忌特深，只力持进战之说。玄宗信其言，连遣中使，往来不绝的催出战，且降手敕切责云：

> 卿拥重兵，不乘贼无备，急图恢复要地，而欲待贼自溃，按兵不战，坐失事机，卿之心计，朕所未解。倘旷日持久，使无备者转为有备，我军迁延，或无成功之绩，国法具在，朕自不敢徇也。

哥舒翰见圣旨降下，严厉切责，势不能止，抚膺恸哭一回，遂整饬队伍，引兵出关。与崔乾祐之兵遇于灵宝西原。贼兵据险以待，南向阻山，北向阻河，中向隘道，七十余里。王思礼等将兵五万俱前，副将庞忠等引兵十万继进。哥舒翰自引兵三万，登河南高阜，扬旗擂鼓，以助其势。崔乾祐所率不过万人，部伍不整，官军望见，都皆笑之。谁知他已先伏精兵于险要之处，未及交兵，佯为偃旗曳戈，好像要逃遁的一般。官军懈不为备，方观望间，只听连声炮响，一齐伏兵多起。贼众乘高抛下木石，官军被击死者甚多。隘道之中，人马受束，枪杆俱不施用。哥舒翰以毡车数十乘为前驱，欲藉以为冲突。崔乾祐却以草车数十乘，塞于毡车之前，纵火烧焚。恰值那时东风暴发，火趁风威，风因火势，烟焰沸腾，官军不能开目，妄自相杀，只道贼兵在烟焰中，一齐把箭射将去，及知箭尽，方知无贼。乾祐遣将，率精骑数万，从山南转出官军之后，首尾夹攻，官军骇乱，大败而奔。或弃甲窜匿，而逃入山谷；或抛枪奔走，或误入河中，溺死者不计其数。后军见前军如此败走，亦皆自溃。河北军望见，也都逃奔，一时两岸官军俱空。这一场好厮杀，但见：

> 初焉诱敌，作为散散疏疏；乍尔交锋，故作荒荒缩缩。一霎时后兵拥至，转瞬间伏兵齐起。炮响连天，鼓声动地。相逢狭路，用不着大剑长枪；独占高冈，乱抛下木头石块。风能助火，顿教双目被烟迷；箭未伤人，却笑一时都射尽，眼见全军既覆，足令大将获擒。

官军既败，哥舒翰独与麾下百余骑，自首阳山渡河，向西入关。余众奔至关外，时已昏夜。关前原有三个极阔极深的大坑堑，以防贼人冲突，那时败兵逃归，争先入关，慌乱里黑暗中，不觉连人带马，多被跌入坑堑内；须臾之间，坑堑填满，后来者践之而过，如履平地。二十万人马出战，败后得归者八千余人。

崔乾祐乘胜攻破潼关。哥舒翰退至关西驿中，揭榜收合败卒，欲图再战。部下番将火拔归仁心欲降贼，及声言贼兵将至，促哥舒翰出驿上马。火拔归仁言道："主帅以二十万众，一战而尽，有何颜复见天子？况又权相所疑忌，独不见高仙芝、封常清之事乎？即请东行，以图自全之策。"哥舒翰道："吾身为大将，岂肯降贼！"便欲下马。归仁叱部卒，系哥舒翰两足于马腹，不由分说，加鞭而行。诸将有不从者，都被缠缚。遇贼将田乾真，引兵来接应，遂将哥舒翰等执送禄山军前。禄山本与哥舒翰不睦的，那时却不记旧怨，用言劝他降顺。哥舒翰只得降了。火拔归仁自夸其功，大言于众，以为哥舒翰之降，我之力也。禄山闻之大怒道："归仁背朝廷，逼主帅，不忠不义！"命即斩其首以示众。当年安禄山奏请用番将守边，后来反叛，多得番将之力。火拔归仁自夸是番将，故敢大言夸功，亦不想竟为禄山所杀。正是：

　　反贼亦难容反贼，小人枉自为小人。

哥舒翰既降贼，禄山命为司空，逼令作书，招李光弼等来降。光弼等皆复书切责之。禄山知其无效，乃囚之于后院中。后人有诗叹云：

　　哥舒本名将，丧师非其罪。权奸能制命，大帅如傀儡。
　　战所不宜战，我心先自馁。辱身更辱国，千载有余悔。

这一场丧师，非同小可。此信报到京师，吃惊不小。正是：

　　将军失利边疆上，天子惊心宫禁中。

未知后事如何，且听下回分解。

第九十一回

延秋门君臣奔窜　马嵬驿兄妹伏诛

词曰：

　　昔日穷奢极丽，今日残山剩水。抛离宫院陟崔嵬，问因谁？
　　昔日皇恩独眷，今日人心都变。冰山消尽玉环捐，悔从前。

　　　　　　　　　　　调寄《添字昭君怨》

自古贤君相与贤妃后，无不谨身修德，克俭克勤，上体天心，下合人意，所以能防患于患未作之先，转祸于福将至之日，庶几四方可以无虞，万民因而

得所。如其不然，为上者骄奢淫佚，不知敬天勤民；而权恶庸劣之臣，与那怙宠恃势、败检丧节的嫔妃戚婉，擅作威福，只徇一己之私，不顾国家之事，以致天怒人怨，干戈顿起，地方失守，宗社几倾。彼卖国权臣，以及蛊惑君心的女子小人固终不免于诛戮，然万民已受其涂炭，天子且至于蒙尘。到那时，方咨嗟叹悼，追悔前非，则亦何益之有哉！

却说玄宗听信杨国忠之言，催逼哥舒翰出战，遂至全军覆没，主帅遭殃。潼关失陷。于是河东、华阴、冯翊、上洛等处，守将都弃城而走。唐朝制度，各边镇每三十里设立一烟墩，每日黄昏时分，放烟一炬，接递至京，以报平安，谓之平安火。那时平安火三夜不至，玄宗心甚惶惑。忽飞马连报，说哥舒翰丧师失地，贼兵乘胜而进，势不可当。玄宗大惊，立即召集廷臣商议。

杨国忠怕人埋怨他催战之误，倒先大言道："哥舒翰本当早战，以乘贼之无备；只因战之不早，使贼转生狡谋，堕彼之计。"同平章事韦见素道："轻敌而败，悔已无及。为今之计，宜速征诸道兵入援，更命大将督率京中新募丁壮守卫京城。"翰林承旨秦国桢道："还须速敕郭子仪、李光弼等，急移兵以御贼入京之路。"杨国忠却只沉吟不语。玄宗问："宰相之见若何？"国忠奏道："征兵御贼，督兵守城，固皆要著。但潼关既陷，长安危甚，贼势方张，渐逼京师，外兵未能遽集，所谓远水难救近火。以臣愚见，莫如车驾暂幸西蜀，先使圣躬安稳，不为贼氛所侵扰，然后徐待外兵之至，乃为万全之策。"

玄宗闻奏，未及开言，只见翰林承旨秦国桢出班奏道："逆贼犯顺，势虽猖披，然岂能敌天朝兵力？即今郭子仪、李光弼、颜真卿、张巡等，皆屡战屡胜。近又报东平太守吴王祗义师，屡次杀贼甚多。闻安禄山诟骂其党严庄、高尚说：'汝前日劝我反，以为计出万全，今我屡为官军所逼，万全何在？'高、严二贼无言可对。禄山欲杀之，左右劝解而止。是贼气已挫，行当殄灭。今我兵潼关之败，失在违众议而催出战，非尽哥舒翰之罪也。若外兵云集，恢复有期；奈何以一败之故，遽思奔避？大驾一行，京都孰守？独不为宗庙社稷计乎？幸蜀之说，臣愚以为不可。"玄宗传谕，在廷诸臣各抒所见，诸臣都唯唯莫对，但回奏道："容臣等赴中书共议良策复旨。"玄宗闷闷不悦，随罢朝回宫。

看官，你道杨国忠为何忽有幸蜀之说？却原来他向曾为剑南节度使，西川是他的熟径；前日一闻禄山反叛，他即私遣心腹，密营储蓄于蜀中，以备缓急，故今倡议幸蜀，图自便耳。正是：

　　只因自己营三窟，强欲君王驻六飞。

当下国忠见众论不一，上意未决，想道："前日天子又欲亲征，又欲禅位，多亏我姊妹们劝止。今日幸蜀之计，也须得他们去撺怂才妙。"遂乘间打从便门来到虢国夫人府中，相与密议其事。那时虢国夫人正从宫中宴会出来，同韩国夫人各归私第；每家一队，队着五色衣，车仗仪从，灯火辉煌，相映如百花之焕发，正在那里下辇，步到厅堂。恰好国忠慌慌张张的来到，口中只连声道："急走为上！急走为上！"虢国夫人忙问："有何急事？"国忠道："潼关失守，贼兵将至，为今之计，莫如劝圣驾速幸蜀中。我们有家业在彼，到那里可不失富贵。争奈众论纷纭，圣意不决，须得你姊妹急入宫去，与贵妃一同劝驾为妙。若更迟延，贼信紧急，人心一变，我辈齑粉矣！"

虢国夫人闻言着了慌，把家中这桩怪事，且丢过一边，急约了韩国夫人，一齐入宫。见了杨妃，密将国忠所言述了一遍。姊妹三个同见玄宗，力劝早早幸蜀。你一句，我一言，继以涕泣，不由玄宗不从，遂密召国忠入宫共议。国忠又极言幸蜀之便，且云："陛下若明言幸蜀，廷臣必多异议，必至迟延误事。今宜虚下亲征之诏，一面竟起驾西行。"玄宗依言，遂下诏亲征，以京兆尹魏方进为御史大夫兼置顿使，少尹崔光远为西京留守将军，命内官边令诚掌管宫门锁钥，又特命龙武将军陈元礼，整敕护驾军士，给与钱帛，选闲厩马千余匹备用，总不使外人知道。

是日玄宗密移驻北内。至次日黎明，独与杨妃姊妹、皇太子并在宫中的皇子、妃主、皇孙、杨国忠、韦见素、魏方进、陈元礼，及亲近宦官宫人出延秋门而去。临行之时，玄宗欲召梅妃江采苹同行。杨妃止之道："车驾宜先发，余人不妨另日徐进。"玄宗又欲遍召在京的王孙王妃，随驾同行。杨国忠道："若如此，则迟延时日，且外人都知其事了。不如大驾先行，徐降密旨，召赴行在可也。"于是玄宗遂行。梅妃与诸王孙妃主之在外者，俱不得从。车驾既行，人犹未知；百官犹入朝，宫门尚闭，犹闻漏声，三卫立仗俨然。及宫门一启，宫人乱出，嫔妃奔窜，喧传圣驾不知何往，中外扰攘。秦国模、秦国桢料玄宗必然幸蜀，飞骑追随；其余官员士庶，四出逃避；小民争入宫禁及官宦之家，盗取财宝，或竟骑驴上殿。公子王孙，有一时无可逃避者，号泣于路旁。后来杜工部曾有《哀王孙》诗云：

　　长安城头白头乌，夜飞延秋门上呼。又向人间啄大屋，屋底达
　官走避胡。金鞭断折大将死，骨肉不得同驰驱。腰下宝玦青珊瑚，
　可怜王孙泣路隅。问之不肯道姓名，但道困苦乞为奴。已经百日窜

荆棘，身上无有完肌肤。高帝子孙尽隆准，龙种自与常人殊。豺狼在邑龙在野，王孙善保千金躯。不敢长语临交衢，且为王孙立斯须。昨夜春风吹血腥，东来橐驼满旧都。朔方健儿好身手，昔何勇锐今何愚。窃闻太子已传位，圣德北服南单于。花门鬄面请雪耻，慎勿出口他人狙。哀哉王孙慎勿疏，五陵佳气无时无。

且说玄宗仓卒西幸，驾过左藏，只见有许多军役，手中各执草把在那里伺候。玄宗停车问其故，杨国忠奏道："左藏积财甚多，一时不能载去，将来恐为贼所得，臣意欲尽焚之，无为贼守。"玄宗愀然道："贼来若无所得，必更苛求百姓，不如留此与之，勿重困吾民。"遂叱退军役，驱车前进，才过了便桥，国忠即使人焚桥，以防追者。玄宗闻之，咄嗟道："百姓各欲避贼求生，奈何绝其生路？"乃敕高力士率军士速往扑灭之。后人谓玄宗于患难奔走之时，有此二美事，所以后来得仍归故乡，终享寿考。正是：

三言星退舍，天意原易回。仓卒不忘民，庶几国脉培。

玄宗驾至咸阳望贤宫，地方官员俱先逃避，日已晌午，犹未进食。百姓或献粝饭，杂以麦豆。王孙辈争以手掬食之，须臾而尽。玄宗厚酬其值，好言慰劳，百姓多哭失声，玄宗亦挥泪不止。众百姓中有个白发老翁，姓郭名从谨，涕泣进言道："安禄山包藏祸心，已非一日，当时有赴阙若言其反者，陛上辄杀之，使得逞其奸逆，以致乘舆播迁。所以古圣王务延访忠良，以广聪明也。犹记宋璟为相，屡进直言，天下赖以安；然频岁以来，诸臣皆以言为讳，唯阿谀取容，是以阙门之外，陛下俱不得而知。草野之人，早知有今日久矣！但九重严邃，区区之心无路上达，事不至此，何由得睹天颜而诉语乎？"玄宗顿足嗟叹道："此皆朕之不明，悔已无及。"温言谢遣之。从行军士乏食，听其散往各庄村觅食。是夜，宿金城馆驿，甚是不堪。

次日，驾临至马嵬驿，将士饥疲，都怀愤怒。适河源军使王思礼从潼关奔至，玄宗方知哥舒翰被擒，因即以思礼为河西陇右节度使，令即赴镇收集散卒，以候东讨。思礼临行，密语陈元礼道："杨国忠召乱起衅，罪大恶极，人人痛恨。仆曾劝哥舒翰将军上表，请杀之，惜其不从我言。今将军何不扑杀此贼。以快众心？"陈元礼道："吾正有此意。"遂与东宫内侍李辅国商议，正欲密启太子，恰值有吐蕃使者二十余人，因来议和好，随驾而行。这一日遮杨国忠马前，诉以无食。国忠未及回答，陈元礼即大呼："杨国忠交通番使谋反，我等何不杀反贼！"于是众军一齐鼓噪起来。国忠大骇，急策马奔避。众军蜂拥而前，兵刃乱下，登时砍倒，屠割肢体，顷刻而尽，以枪揭其首于驿门外，并杀其子户部侍郎杨暄。正是：

任是冰山高万丈，不难一旦付东流。

国忠才被杀，凑巧韩国夫人乘车而至，众军一齐上前，也将韩国夫人砍死。虢国夫人与其子裴徽并国忠的妻子幼儿，都逃至陈仓，被县令薛景仙率吏民追捕着，也都被诛戮。正是：

> 昔年淡扫眉，今日血污颈。可怜天子姨，卒难保首领。恨不如沐猴，幻化潜踪影。

玄宗当日闻杨国忠为众军所杀，急出至驿门，用好言安慰众军，令各收队。众军只是喧闹扰攘，围住驿门不散。玄宗传问："尔等为何还不散？"众军哗然道："反贼虽杀，贼根犹在，何敢便散？"陈元礼奏道："众人之意，以国忠既诛，贵妃不宜复侍至尊，伏候圣断。"玄宗惊讶失色道："妃子深居宫中，国忠即谋反，与他何干？"高力士奏道："贵妃诚无罪，但众将士已杀国忠，而贵妃犹在帝左右，岂能自安？愿皇爷深思之，将士安则圣躬方万安。"玄宗默然点头，转步回驿，不忍入行宫，只于驿旁小巷中，倚仗垂首而立。

京兆司录韦谔，即韦见素之子，那时正侍立于侧，乃跪奏道："众怒难犯，安危在顷刻间，愿陛下割恩忍忧，以宁国家。"玄宗乃步入行宫，见了贵妃，一字也说不出口，但抚之而哭。门外哗声愈甚，高力士道："事宜速决。"玄宗携着贵妃，出至驿道北墙口，大哭道："妃子，我和你从此永别矣！"杨妃亦涕泣呜咽道："愿陛下保重，妾负罪良多，死无所恨，乞容礼佛而死。"玄宗哭道："愿仗佛力，使妃子善地受生。"回顾高力士："汝可引至佛堂善处之。"说罢，大哭而入。杨妃上佛堂礼佛毕，高力士奉上罗巾，促令自缢于佛堂前一果树下，年三十有八，时天宝十五载六月也。噫，此正白乐天《长恨歌》中所云：

> 九重城阙烟尘生，千乘万骑西南行。翠华摇摇行复止，西出都门百余里。六军不发无奈何，宛转蛾眉马前死。

后人题咏马嵬坡甚多，惟杜真卿一诗极佳。诗云：

> 杨柳依依水拍堤，春城茅屋燕争飞。海棠正好东风恶，狼藉残红衬马蹄。

杨妃既死，高力士即出驿门，对众人宣言道："妃子杨氏，已奉圣旨赐死了！"众军还未肯信，高力士奉命将杨妃之尸，用绣衾覆于榻上，置之驿庭中，敕陈元礼率领众军将入视。元礼揭其半衾抬其首，以示众人，于是众人知其果死，都免甲释胄，顿首呼万岁而出。玄宗命高力士速具棺殓，草草的葬之于西郊之外道北坎下。才葬毕，适南方进荔枝到来。玄宗触物思人，放声大哭，即命以荔枝祭于冢前。张祜有诗云：

> 旌旗不整奈君何，南去人稀北去多。尘土已残香粉艳，荔枝犹到马嵬坡。

玄宗回顾谓高力士道："妃子向常有异梦，今日应矣！"力士道："贵妃何梦，老奴未知。"玄宗道："妃子曾说来，梦与朕同游骊山，至兴元驿对食。后院忽火发，仓卒出走，回望驿门中，树木俱为烈焰。俄有二龙至，朕跨白龙，其行甚速；妃子跨黑龙，其行甚迟。左右无人，惟见一蓬头黑面之物，状如鬼魅,自云是此峰之神,承上帝之命,授妃子为益州牧蚕元后。悚然而觉,明日即闻渔阳叛信。如今想起来,与朕游骊山,骊者离也;方食火发,失食之兆;火为兵象,驿木俱焚,驿与易同,加木于旁,杨字也。朕跨白龙,西行之象;妃子跨黑龙,幽阴之象;峰神者,山鬼也,山鬼乃嵬字,益州牧蚕元后,牧蚕所以致丝,益旁加丝,缢字也,正缢死于马嵬之兆。"高力士道:"梦兆不祥,诚如圣谕。老奴犹记昔年遇一术士李遐周,彼曾咏一诗云:'燕市人皆去,函关马不归。若逢山下鬼,环上系罗衣。'彼说此诗,所言应在后日。由今思之,燕市一句,指禄山之叛;函关句谓哥舒翰之败。山下鬼乃嵬字,即马嵬驿也。贵妃小字玉环,今日老奴奉以罗巾自缢,所谓环上系罗衣也。定数如此,圣上宜自宽,不必过于伤情。"

正说间,陈元礼入奏,请旨约饬军队起行。玄宗传谕即行。时乐工张野狐在侧,玄宗挥泪向他说道:"此去剑门,鸟啼花落,水绿山青,无非助朕悲悼妃子之由也。"正是:

好景不堪愁里看,偶然触目更伤情。

未知后事如何,且听下回分解。

第九十二回

留灵武储君即位　陷长安逆贼肆凶

词曰:

西土忽来大驾,朔方顿耀前星。共言人事随天意,急难岂忘亲?独恨轻抛骨肉,致教并受邅迍。权奸女宠多贻祸,不止自家门。

调寄《乌夜啼》

国家当太平有道之时,朝廷之上,既能君君臣臣,则宫闱之间,自然父父子子。由是从一本之亲,推而至于九族之众,凡属天潢,无不安享尊荣,共被一人惇叙之德。流及既衰,为君者不能正其身,为臣者专务惑其主,因而内宠太甚,外寇滋生。一旦变起仓卒,遂至流离播迁。犹幸天命未改,人心未去,天子虽不免蒙尘,储君却已得践祚。然而事势已成,仓皇内禅,毕竟授者不能正其终,受者不能正其始。何况势当危迫,匆匆出奔,宗庙社稷,都不复顾,其所顾恋不舍者,惟是一二嬖幸之人,其余骨肉之戚,俱弃之如遗,遂使王孙公子都至飘零,玉叶金枝悉遭贼戕。如唐朝天宝末年之事,真思之痛心,言之发指者也。

且说玄宗驾至马嵬,众将诛杀杨国忠及韩、虢二夫人。玄宗没奈何,只得把杨妃赐死,陈元礼方才约饬众军,请旨启行。众人以杨国忠部下将吏,俱在蜀中,不肯西行;或请往河陇,或请往太原,或请复还京师,众论纷纷不一。玄宗意在入蜀,却又恐拂众人之意,只顾低头沉吟,不即明言所向。韦谔奏道:"太原、河陇,俱非驻跸之地;若还京师,必须有御贼之备。今士马甚少,未易为计;以臣愚

见,不如且至扶风,徐图进止。"玄宗闻言首肯,命以此意传谕众人,众皆从命。即日从马嵬发驾起行。及临行之时,有许多百姓父老,遮道挽留,纷纷扰攘,都道:"宫阙是陛下家居,陵寝是陛下坟墓,今日舍此,将欲何往?"玄宗用好言抚慰,一面宣谕,一面前行,百姓却越聚得多了。

玄宗乃命太子于车驾之后,谕止众百姓。于是众百姓拥住太子的马说道:"皇爷既不肯留驾,我等愿率子弟,从太子东向去破贼,保守长安。"太子道:"至尊冒险而行,我为子者,岂忍一日暂离左右?"众百姓道:"若皇太子与至尊都往蜀中去了,中原百姓谁为之主?"太子道:"尔等众百姓即欲留我,奈何尚未面辞,亦须还白至尊,更禀进止。"说罢,策马欲行,却被众百姓簇拥住了,不得行动。

那时太子之子广平王俶、建宁王倓,俱乘马随后;此二王都是极有智勇的。当下建宁王见人情如此,乃前执太子之鞍进谏道:"逆贼犯阙,四海分崩,不因人情,何以兴复?今殿下若从至尊入蜀,倘贼兵烧绝栈道,则中原土地,拱手授贼;人情既离,岂能复合?他日虽欲复至此,不可得矣!为今之计,不如收集西北守边之兵,召郭子仪、李光弼于河北,与之并力东讨逆贼,克复二京,削平四海,扫除宫禁,以迎至尊,使社稷危而复安,宗庙毁而复存,此岂非孝之大者?何必徒事区区温情定省之文,为儿女子之慕恋乎?"广平王亦从旁赞言道:"人心不可失。倓之言甚善,愿殿下审思之。"东宫侍卫李辅国至皇太子马前,叩首请留,众百姓又喧呼不止。太子乃使广平王俶,驰

马往驾前启奏，请旨定夺。

此时玄宗方执辔停车，以待太子，久不见至，正欲使人侦探，恰好广平王来见驾，具述百姓遮留之状。玄宗道："人心如此，即是天意。朕不使焚绝便桥，朕与百姓同奔，正为人心不可失耳！今人心属太子，是朕之幸也。"遂命将后军二千人，及飞龙厩马匹，分与太子，且传谕将士云："太子仁孝，可奉宗庙，汝等宜善辅之。"又传语太子道："西北诸部落，吾抚之素厚，今必得其用，汝勉图之，吾即当传位于汝也。"太子闻诏，西向号泣。广平王即宣谕众百姓道："太子已奉诏留后抚安尔等。"于是众百姓都呼万岁，欢然而散。

太子既留，莫知所适。李辅国道："日已晏矣，此地非可久驻，今众意将欲往何处？"众皆莫对。建宁王道："殿下昔日曾为朔方节度使，彼处将吏，岁时致启，倣略识其姓名。今河陇之众多败降于贼，其父兄子弟，多在贼中，恐生异志。朔方道近，士马全盛，河西行军司马裴冕在彼，此人乃衣冠名族，必无二心，可往就之，徐图大举。贼初入长安，未暇徇地，乘此急行，乃为上策。"众皆以为然，遂向朔方一路而行。至渭水之滨，遇着潼关来的败残人马，误认为贼兵，与之厮杀，死伤甚众。及收聚余卒，欲渡渭水，苦无舟楫，乃择水浅之处，策马涉水而渡。步卒无马者，都涕泣而返。太子至新平，连夜驰三百余里，士卒器械失亡过半，所存军众不过数百而已。正是：

　　从来太子堪监国，若使行军号抚军。此日流离国难守，无军可抚愧储君。

话分两头。且说玄宗既留下太子，车驾向西而进，来至岐山，讹传贼兵前锋将至。玄宗催趱众军，星夜驰至扶风郡宿歇。众士卒因连日饥疲，都潜怀去就之志，流言频兴，语多不逊。陈元礼不能挟制，玄宗甚以为忧。秦国桢奏道："众心汹汹之际，非可以威驱势迫，当以情意感动之。"玄宗然其说。

适成都守臣贡常例春彩十万余匹至扶风，玄宗命陈列于庭，召众将士入至庭下，亲自临轩宣谕道："朕年来昏耄，任托失人，以致逆贼作乱，势甚披猖，不得不暂避其锋。卿等仓卒从行，不及别父母妻子，跋涉至此，劳苦已极，此由朕政之不德所致，心甚愧之。今将入蜀，道路阻长，人马疲瘁，远行不易，卿等可各自还家，朕自与子孙及中宫内人辈，勉力前往。今日与卿等别，可共分此春彩，以助资粮。归见父母妻子及长安父老，为朕致意，幸好自爱，无烦相念也。"言罢，涕泪沾襟。众人闻言伤感，亦都涕泣，叩头奏道："臣等死生，愿从陛下，不敢有贰。"玄宗亦挥泪不止，良久起身入内，犹回顾众人道："去留听卿，不忍相强。"秦国模在后宣言道："天子仁爱如此，众心岂不知感？"于是众人大哭而出。玄宗命陈元礼，将春彩尽数给赏于军士，流言自此顿息。正是：

　　三军一时忽欲变，谁说威尊命必贱？不用势迫与刑驱，仁心入人心可转。

军心既定，玄宗即于次日起驾，望蜀中进发。行至河池地方，蜀郡长史崔圆前来迎驾，且说蜀土丰稔，甲士全备。玄宗欢喜，即令于驾前为引道。即入蜀境，路过一大桥，玄宗问是何桥，崔圆道："此名万里桥。"玄宗闻言，恍然点首道："一行僧之言验矣，朕可无忧矣！"你道甚么一行僧之言？原来唐朝有一神僧，法名一行，精通天文历法，曾造浑天仪覆矩图，极为神妙。其数学与袁天罡、李淳风不相上下。玄宗尝幸东都，与他同登天宫寺西楼，徘徊瞻眺，慨然发叹道："朕抚有此山川，必得长享无虞方好。"因问一行道："朕得终无祸患否？"一行道："陛下游行万里，圣寿无疆。"玄宗当时闻此言，只道是祝颂之语，谁知今日远行西川，所过此桥，恰名万里，因想一行之言，至今始验；又想他说圣寿无疆，可知朕躬无恙，所以心中欣喜说道："朕可无忧矣！"正是：

万里桥名应远游，神僧妙语好推求。幸然圣寿还无量，珍重前途可免忧。

当下玄宗催趱军士前行，不则一日，来至成都驻跸。其殿宇宫室，与一切供御之物，虽都草创，不甚齐整，却喜山川险峻，城郭完固，贼氛已远，且暂安居。只是眼前少了一个最宠爱的人，想起前日马嵬驿之事，时时悲叹。高力士再三宽解。韦见素、韦谔、秦国模、秦国桢等俱上表，请亟为讨贼之计。玄宗降诏，以皇太子分总节制，然都不即使出镇，特敕永王璘充山南东道岭南黔中江南西道节度都使，以少府西监窦绍为之傅；以长沙太守李岘为副都大使，即日同赴江陵坐镇。又诏以太子充天下兵马大元帅，领朔方、河北、平卢节度都使，收复长安、雒阳。

那知此诏未下之先，太子已正位为天子了。你道如何便正位为天子？原来太子当日渡过渭水，来到彭城，太守李遵出迎，以衣粮奉献；至平凉阅监牧马，得几万匹；又召募得勇士三千余人，军势稍振。时有朔方留后杜鸿渐、六城水陆运使魏少游、节度判官崔漪、度支判官卢简金、监池判官李涵等五人，相与谋议道："太子今在平凉，然平凉散地，非屯兵之所。灵武地方，兵食完富，若迎请太子至此，北收诸城兵，西发河陇劲骑，南向以定中原，此万世一时也。"谋议即定，李涵上笺于太子，且籍朔方士马甲兵粟帛军需之数以献。杜鸿渐、崔漪亲至平凉，面启太子道："朔方乃天下劲兵之处，今吐蕃请和，回纥内附，四方郡县俱坚守拒贼，以俟兴复。殿下若治兵于灵武，移檄四方，收揽忠义，按辔长驱，逆贼不足屠也。臣等已使魏少游、卢简金，在彼葺治宫室，整备资粮，端候殿下驾幸。"广平王、建宁王，俱以两人之言为然，于是太子遂率众至灵武驻扎。

过了数日，适河西司马裴冕奉诏入为御史中丞，因至灵武参谒太子，乃与杜鸿渐等定议，上太子笺，请遵大驾发马嵬时欲即传位之命，早正大位，以安人心。太子不许道："至尊方驰驱途道，我何得擅袭尊位？"裴冕等奏道：

"将士皆关中人，岂不日夜思归？其所以不惮崎岖，远涉沙塞者，亦冀攀龙附凤，以建尺寸之功耳。若殿下守经而不达权，使人心一朝离散，大勋不可复集矣！愿即勉徇众情，为社稷计。"太子犹未许允，笺凡五上，方准所奏。天宝十五载秋七月，太子即位于灵武，是为肃宗皇帝，即改本年为至德元载，遥尊玄宗为上皇天帝。裴冕、杜鸿渐等，俱加官进秩。

正欲表奏玄宗，恰好玄宗命太子为元帅的诏到了。肃宗那时方知玄宗车驾已驻跸蜀中，随即遣使赍表入蜀，将即位之事奏闻。玄宗览表喜道："吾儿应天顺人，吾更何忧？"遂下诏："自今章奏，俱改称太上皇。军国重事，先请皇帝旨，仍奏闻朕。俟克复两京之后，朕不预事矣。"又命文部侍郎平章事房琯，与韦见素、秦国模、秦国桢赍玉册玉玺赴灵武传位，且谕诸臣不必复命，即留行在，听新君任用。肃宗涕泣拜领册宝，供奉于别殿，未敢即受。正是：

　　宝位已先即，宝册然后传。授受原非误，只差在后先。

后来宋儒多以肃宗未奉父命，遽自称尊，谓是乘危篡位，以子叛父。说便这等说，但危急存亡之时，欲维系人心，不得已而出此；况玄宗屡欲内禅传位之说，已曾宣之于口，今日肃宗灵武即位之事，只说恪遵前命，理犹可恕。篡叛之说，似乎太过。若论他差处，在即位之后，宠嬖张良娣，当军务倥偬之际，与之博戏取乐，此真可笑耳！正是：

　　若能不以位为乐，便是真心干蛊人。

然虽如此，即位可也，本年便改元，是真无父矣。若使此时邺侯李泌早在左右，必不令其至此。后人有诗叹云：

　　灵武遽称尊，犹曰遭多故。本岁即改元，此举真大错。
　　当时定策者，无能正其误。念彼李邺侯，咄哉来何暮？

闲话少说。且说当日天子西狩，太子北行，那些时为何没有贼兵来追袭？原来安禄山，不意车驾即出，戒约潼关军士勿得轻进。贼将崔乾祐顿兵观望，及军驾已出数日之后，禄山闻报，方遣其部将孙孝哲，督兵入京。贼众既入京城，见左藏充盈，便争取财宝，日夜纵酒为乐；一面遣人往雎阳报捷，专候禄山到来。因此无暇遣兵追袭，所以车驾得安行入蜀，太子往朔方亦无阻虞。此亦天意也。正是：

　　左藏不焚留饵贼，遂教今日免追兵。

禄山至长安，闻马嵬兵变，杀了杨国忠，又闻杨妃赐死了，韩、虢二夫人被杀，大哭道："杨国忠是该杀的，却如何又害我阿环姊妹？我此来正欲与他们欢聚，今已绝望，此恨怎消！"又想起其子安庆宗夫妇，被朝廷赐死，一发忿怒；乃命孙孝哲大索在京宗室皇亲，无论皇子皇孙，郡主县主，及驸马郡马等国戚，尽行杀戮。又命将宗室男妇，被杀者悉剜去其心，以祭安庆宗。禄山亲临设祭。那日于崇仁坊高挂锦帐，排下安庆宗的灵座。行刑刽子聚集众尸，方待动手剜心，说也奇怪，一霎时天昏地暗，雷电交加，狂风大作，刽子手中的刀，都被狂风刮去城垛儿上插着，霹雳一声，把安庆宗的灵位击得粉碎，锦帐尽被雷火焚烧。禄山大惧，向天叩头请罪，于是不敢设祭，命将众尸一一埋葬。正是：

治乱虽由天意，凶残大拂天心。不意雷霆警戒，这番惨痛难禁。

看官听说，前日玄宗出奔时，原要与众宗室皇亲同行的，因杨国忠谏阻而止。今日众人尽遭屠戮，皆国忠害之也，此贼真死有余辜矣。正是：

一言遗大害，万剐不蔽辜。

当日众尸虽免剜心之惨，然凡禄山平日所怨恶之人，都被杀戮；还道："李太白当日乘醉骂我，今日若在此，定当杀之！"又凡杨国忠、高力士所亲信的人，也都杀戮。朝官从驾而出者，其家眷在京，亦都被杀。只有秦国模、秦国桢的家眷，俱先期远避，未遭其害。内侍边令诚投降，以六宫锁钥奉献。禄山遣人遍搜各宫，搜到梅妃江采苹的宫畔，获一腐败女人之尸，便错认梅妃已死，更不追求。天幸梅妃不曾被贼人搜去，上皇归后，因得团圆偕老。可笑杨妃于仓惶被难之时，犹怀嫉妒，谏阻天子，不使梅妃同行，那知马嵬变起，自己的性命倒先断送了。后人有诗云：

自家姊妹要同行，天子嫔妃反教弃。马嵬聚族而歼旃，笑杀当初空妒忌。

禄山下令，凡在京官员，有不即来投顺者，悉皆处死。于是京兆尹崔光远、故相陈希烈，与刑部尚书张均、太常卿张垍等，俱降于贼。那张均、张垍，乃燕国公张说之子也，张垍又尚帝女宁亲公主，身为国戚，世受国恩，名臣后裔，不意败坏家声，一至于此！

父爵燕国公，子事伪燕帝。辱没燕世家，可称难兄弟。

禄山以陈希烈、张垍为相，仍以崔光远为京兆尹，其余朝士都授以伪官，其势甚炽。然贼将俱粗猛贪暴，全无远略；既克长安，志得意满，纵酒婪财，无复西出之意。禄山亦心恋范阳与东京，不喜居西京，正是：

贪残恋土贼人态，妄窃燕皇圣武名。

未知后事如何，且听下回分解。

第九十三回

凝碧池雷海青殉节　普施寺王摩诘吟诗

词曰：

谈忠说义人都会，临难却通融。梨园子弟，偏能殉节，莫贱伶工。伶工殉节，孤臣悲感，哭向苍穹。吟诗写恨，一言一泪，直达宸聪。

调寄《青衫湿》

自古忠臣义士，都是天生就这副忠肝义胆，原不论贵贱的。尽有身为尊官，世享厚禄，平日间说到忠义二字，却也侃侃凿凿，及至临大节，当危难，便把这两个字撇过一边了，只要全躯保家，避祸求福，于是甘心从逆，反颜事仇。自己明知今日所为，必致骂名万载，遗臭万年，也顾不得。偏有那位非高品，人非清流，主上平日不过以俳优畜之，即使他当患难之际，贪生怕死，背主降贼，人也只说此辈何知忠义，不足深责；不道他倒感恩知报，当伤心惨目之际，独能激起忠肝义胆，不避刀锯斧钺，骂贼而死。遂使当时身被拘囚的孤臣，闻其事而含哀，兴感形之笔墨，咏成诗词，不但为死者传名于后世，且为己身免祸于他年。可见忠义之事，不论贵贱，正唯贱者而能尽忠义，愈足以感动人心。

却说安禄山虽然僭号称尊，占夺了许多地方，东西两京都被他窃据，却原只是乱贼行径，并无深谋大略，一心只恋着范阳故土，喜居东京，不乐居西京。既入长安，命搜捕百官宦者宫女等，即以兵卫送赴范阳，其府库中的金银币帛，与宫闱中的珍奇顽好之物，都辇去范阳藏贮。又下令要梨园子弟，与教坊诸乐工，都如向日一般的承应，敢有隐避不出者，即行斩首。其苑厩中所有驯象舞马等物，不许失散，都要照旧整顿，以备顽赏。

看官听说，原来当初天宝年间，上皇注意声色。每有大宴集，先设太常雅乐，有坐部，有立部。那坐部诸乐工，俱于堂上坐而奏技；立部诸乐工，则于堂下立而奏技。雅乐奏罢，继以鼓吹番乐，然后教坊新声与府县散乐杂戏，次第毕呈。或时命宫女各穿新奇丽艳之衣，出至当筵，清歌妙舞。其任载乐器往来者，有山车陆船制度，俱极其工巧。更可异者，每至宴酣之际，命御苑掌象的象奴,引驯象入场,以鼻擎杯,跪于御前上寿,都是平日教习在那里的。又尝教习舞马数十匹,每当奏乐之时,命掌厩的圉人,牵马到庭前。那些马一闻乐声,便都昂首顿足,回翔旋转的舞将起来,却自然合着那乐声的节奏。宋儒徐节孝先生曾有《舞马诗》云:

开元天子太平时,夜舞朝歌意转迷。绣榻尽容骐骥足,锦衣浑盖渥洼泥。才敲画鼓预先奋,不假金鞭势自齐。明日梨园翻旧曲,范阳戈甲满关西。

当年此等宴集,禄山都得陪侍。那时从旁谛观,心怀艳羡,早已萌下不良之念。今日反叛得志,便欲照样取乐。可知那声色犬马、奇技淫物,适足以起大盗觊觎之心。正是:

天子当年志太骄,旁观目眩已摇摇。漫夸百兽能率舞,此日奢华即盗招。

那时禄山所属诸番部落的头目,闻禄山得了西京,都来朝贺。禄山欲以神奇之事,夸哄他们,乃召集众番,赐宴于便殿。对众人宣言道:"我今受天命为天子,不但人心归附,就是那无知的物类,莫不感格效顺。即如上林苑中所畜的象,见我饮宴,便来擎杯跪献;那个厩中的马,闻我奏乐,也都欣喜舞蹈,岂非神奇之事!"众番人听说,俱俯伏呼万岁。那禄山便传令,先着象奴牵出象来看。不一时,象奴将那十数头驯象,一齐都牵至殿庭之下。众番人俱注目而观,要看他怎么样擎杯跪献。不想这些象儿,举眼望殿上一看,只见殿上南面而坐者,不是前时的天子,便都僵立不动,怒目直视。象奴把酒杯先送到一个大象面前,要他擎着跪献。那象却把鼻子卷过酒杯来,抛去数丈。左右尽皆失色,众番人掩口窃笑。禄山又羞又恼,大骂道:"孽畜,恁般可恶!"喝把这些象都牵出去,尽行杀讫。于是辍宴罢席,不欢而散。当时有人作诗讥笑道:

有仪有象故名象,见贼不跪真倔强。堪笑纷纷降贼人,马前屈膝还稽颡。

禄山被象儿出了丑,因疑想那些舞马,或者也一时倔强起来,亦未可知,不如不要看它罢,遂命将舞马尽数编入军营马队去。后来有两匹舞马,流落在逆贼史思明军中。那思明一日大宴将佐,堂上奏乐;二马偶系于庭下,一闻乐声,即相对而舞。军士不知其故,以为怪异,痛加鞭垂。二马被鞭,只道嫌他舞得不好,越发摆尾摇头的舞个不止。军士大惊,榻棒交加,二马登时而毙。贼军中有晓得舞马之事者,忙叫不要打时,已都打死了。岂不可笑?正是:

象死终不屈节,马舞横被大杖。虽然一样被杀,善马不如傲象。

话分两头,不必赘言。只说禄山在西京恣意杀戮,因闻前日百姓乘乱盗取库中所藏之物,遂下令着府县严行追究,且许旁人讦告。于是株连蔓引,搜捕

穷治，殆无虚日。又有刁恶之人，挟仇诬首，有司不问情由，辄便追索，波及无辜，身家不保。民间虽然无日不思念唐王，相传皇太子已收聚北方劲兵，来恢复长安，即日将至；或时喧称太子的大兵已到了，百姓们便争相奔走出城，禁止不住，市里为之一空。贼将望见北方尘起，也都相顾惊惶。禄山料长安不可久居，何不早回雒阳；乃以张通儒为西京留守，安忠顺为将军，总兵镇守关中；又命孙孝哲总督军事，节制诸将，自己与其子安庆绪，率领亲军，又诸番将还守东都，择日起行。却于起行之前一日，大宴文武官将，于内府四宜苑中凝碧池上，先期传谕梨园子弟，教坊乐工，一个个都要来承应。这些乐工子弟们，惟李谟、张野狐、贺怀智等数人，随驾西走，其余如黄幡绰、马仙期等众人，不及随驾，流落在京，不得不凭禄山拘唤；只有雷海青托病不至。

那日凝碧池头，便殿上排设下许多筵席。禄山上坐，安庆绪侍坐于旁，众人依次列坐于下。酒行数巡，殿陛之下，先大吹大擂，奏过一套军中之乐，然后梨园子弟、教坊乐工，按部分班而进。第一班按东方木色，为首押班的乐官，头戴青霄巾，腰系碧玉软带，身穿青锦袍，手执青幡一面，幡上书"东方角音"四字，其字赤色，用红宝缀成，取木生火之意；幡下引乐工子弟二十人，都戴青纱帽，着青绣衣，一簇儿立于东边。第二班按南方火色，为首押班的乐官，头戴赤霞巾，腰系珊瑚软带，身穿红锦袍，手执红幡一面，幡上书"南方徵音"四字，其字黄色，用黄金打成，取火生土之意；幡下引乐工子弟二十人，都戴绛绡冠，着红绣衣，一簇儿立于南边。第三班按西方金色，为首押班的乐宫，头戴皓月巾，腰系白玉软带，身穿白锦袍，手执白幡一面，幡上书"西方商音"四字，其字黑色，用乌金造成，取金生水之意；幡下引乐工子弟二十人，都戴素丝冠，着白绣衣，一簇儿立于西边。第四班按北方水色，为首押班的乐宫，头戴玄霜巾，腰系黑犀软带，身穿黑锦袍，手执黑幡一面，幡上书"北方羽音"四字，其字青色，用翠羽嵌成，取水生木之意；幡下引乐工子弟二十人，各戴皂罗帽，着黑绣衣，一簇儿立于北边。第五班按中央土色，为首押班的乐宫，头戴黄云巾，腰系密蜡软带，身穿黄锦袍，手执黄幡一面，幡上书"中央宫音"四字，其字以白银为质兼用五色杂宝镶成，取土生金，又取万宝土中生之意；幡下引乐工子弟四十人，各戴黄绫帽，着黄绣衣，一簇儿立于中央。五个乐官，共引乐人一百二十名，齐齐整整，各依方位立定。

才待奏乐，禄山传问："尔等乐部中人，都到在这里么？"众乐工回称诸人俱到，只有雷海青患病在家，不能同来。禄山道："雷海青是乐部中极有名的人，他若不到，不为全美；可即着人去唤他来。就是有病，也须扶病而来。"左右领命，如飞的去传唤了。禄山一面令众乐人，且各自奏技。于是凤箫龙笛，象管鸾笙，金钟玉磬，秦筝羯鼓，琵琶箜篌，方响手拍，一霎时，吹的吹，弹的弹，鼓的鼓，击的击，真个声韵铿锵，悦耳动听。乐声正喧时，五面大幡，一齐移动，引着众人盘旋错纵，往来飞舞，五色绚烂，合殿生风，口中齐声歌唱。歌罢舞完，乐声才止，依旧各自按方位立定。禄山看了心中大喜，掀髯称快，说道："朕向年陪着李三郎饮宴，也曾见过这些歌舞，只是侍坐于人，未免拘束，怎比得今日这般快意。今所不足者，不得再与杨太真姊妹欢聚耳。"又笑道："想我起兵未久，便得了许多地方，东西二京，俱为我取。赶得那李三郎有家难住，有国难守，平时费了许多心力，教成这班歌儿舞女，如今不能自己受用，倒留下与朕躬受用，岂非天数。朕今日君臣父子，相叙宴会，务要极其酣畅，众乐人可再清歌一曲侑酒。"

那些乐人，听了禄山说这番话，不觉伤感于心，一时哽咽不成声调，也有暗暗堕泪的。禄山早已瞧见，怒道："朕今日饮宴，尔众人何得作此悲伤之态！"令左右查看，若有泪容者，即行斩首。众乐人大骇，连忙拭去泪痕，强为欢颜。却忽闻殿庭中有人放声大哭起来。你道是谁？原来是雷海青。他本推病不至，被禄山遣人生逼他来。及来到时，殿上正歌舞的热闹，他胸中已极其感愤，又闻得这些狂言悖语，且又恐喝众人，遂激起忠烈之性，高声痛哭。当时殿上殿下的人，尽都失惊。左右方待擒拿，只见雷海青早奋身抢上殿来，把案上陈设的乐器，尽抛掷于地，指着禄山大骂道："你这逆贼，你受天子的厚恩，负心背叛，罪当万剐，还胡说乱道！我雷海青虽是乐工，颇知忠义，怎肯伏侍你这反贼！今日是我殉节之日，我死之后，我兄弟雷万春，自能尽忠报国，少不得手刃你等这班贼徒！"禄山气得目瞪口呆，一句话也说不出，只教快砍了。众人扯下举刀便砍，雷海青至死骂不绝口。正是：

　　昔年只见安金藏，今日还看雷海青。一样乐工同义烈，满朝愧此两优伶。

雷海青已死，禄山怒气未息，命撤去筵席，将众乐人都拘禁候发落。正传谕时，忽探马来报：皇太子已于灵武即位，年号都有了。今以山人李泌为军师，命广平王、建宁王与郭子仪、李光弼等，分统军马，恢复两京。又报令狐潮屡次攻打雍丘，奈雍丘防御使张巡又善守，又善战，令狐潮屡为所败。禄山闻此警报，遂下令即日起马回东京，另议调遣军将应敌。其西京所存宫女宦官、奇珍顽物，及一切乐器与众乐人，尽数带往东京去。

临行之时,禄山乘马过太庙前,忽勒住马,命军士将太庙放火焚烧。军士们领命,顷刻间四面放起火来。禄山立马观之,火方发,只见一道青烟直冲霄汉。禄山方仰面观看,不想那烟头随即环将下来,直冒入禄山眼中,登时两眼昏迷,泪流如注,不便乘马,另驾轻车而去。自此禄山害了眼病,日甚一日,医治不痊,竟双瞽了。正是:

　　　　逆贼毁宗庙,先皇目不瞑。旋即夺其目,略施小报应。

禄山至东京后,二目失视,不见一物,心中焦躁,时常想要唤那些乐人来歌唱遣闷;又因雷海青这一番,心中疑虑,不敢与他们亲近;欲待把他们杀了,又惜其技能,且留着备用。

　　且说雷海青死节一事,人人传述,个个颂扬,因感动了一个有名的朝臣。那臣子不是别人,就是前日于上皇前奏对钟馗履历的给事中王维。他表字摩诘,原籍太原人氏,少时尝读书终南山,开元年间进士及第,天性孝友,与其弟王缙,俱有俊才。王维更博学多能,书画悉臻其妙,名重一时,诸王驸马,俱礼之为上宾。尤精于乐律,其所著乐章,梨园教坊争相传习,曾有友人得一幅奏乐画图,不识其名,王维一见便道:"此所画者,乃霓裳第三叠第一拍也。"当时有好事者,集众乐工,奏霓裳之乐;奏到第三叠第一拍,一齐都住着不动,细看那些乐工,吹的弹的敲的击的,其手腕指尖起落处,与画图中所画者,一般无二。众人无不叹服。天宝末年,官为给事中。当禄山反叛,上皇西幸之时,仓卒间不及随驾,为贼所获,乃服药取痢,佯为瘖疾,不受伪命。禄山素重其才名,不加杀害,遣人伴送至雒阳,拘于普施寺中养病。王维性本极好佛,既被拘寺中,惟日以禅诵为事。或时闲坐,想起昔年上皇梦中,见钟馗挖食鬼眼,今禄山丧其二目,正应此兆。如此看来,鬼魅不久即扑灭矣,独恨我身为朝臣,不及扈从车驾,反被拘困于此,不知何时再得瞻天仰圣。

　　正在悲思,忽闻人言雷海青殉节于凝碧池,因细询缘由,备悉其事,十分伤感,望空而哭。又想那梨园教坊所习的乐章中,多是我的著作,谁知今日却奏与贼人听,岂不大辱我文字?又想那雷海青虽屈身乐部,其平日原与众不同,是个有忠肝义胆的人,莫说那贼人的骄态狂言,他耳闻目见,自然气愤不过;只那凝碧池在宫禁之中,本是我大唐天子游幸的所在,今却被贼人在彼宴会,便是极伤心惨目的事了。想到其间,遂取过纸笔来,题诗一首云:

　　　　万户伤心生野烟,百官何日再朝天?秋槐叶落空宫里,凝碧池
　　头奏管弦。

　　王维这首诗,只自写悲感之意,也不曾赞到雷海青,也不曾把来与人看。不想那些乐工子弟,被禄山带至东京,他们都是久仰王维大名的,今闻其被拘在普施寺,便常常到寺中来问候。因有得见此诗者,你传我诵,直传到那肃宗行在。肃宗闻知,动容感叹,因便时时将此诗吟讽。只因诗中有"凝碧池"三字,便使雷海青殉节之事愈著。到得贼平之后,肃宗入西京褒赠死节诸臣,雷

海青亦在褒赠之中。那些降贼与陷于贼中官员，分别定罪。王维虽未曾降贼，却也是陷于贼中，该有罪名的了。其弟王缙，时为刑部侍郎，上表请削己之官，以赎兄之罪。肃宗因记得凝碧池这首诗，嘉其有不忘君之意，特旨赦其罪，仍以原官起用，这是后话。正是：

　　他人能殉节，因诗而益显。己身将获罪，因诗而得免。

且说禄山自目盲之后，愈加暴戾。虐待其下，人人自危；且心志狂惑，举动舛错。于是众心离散，亲近之人，皆为仇敌矣。所谓：

　　恶贯已将满，天先褫其魄。

未知后事如何，且听下回分解。

第九十四回

安禄山屠肠殒命　南霁云啮指乞师

词曰：

　　逆贼负却君恩重，受报亲生逆种。家贼一时发动，老命无端送。渠魁虽殄兵还弄，强帅有兵不用。烈士泪如泉涌，断指何知痛？

　　　　　　　　　　　　调寄《胡捣练》

君之尊犹天也，犹父也；而逆天背父，罪不容于死。然使其被戮于王师，伏诛于国法，犹不足为异。唯是逆贼之报，即报之以逆子。臣方背其君，子旋弑其父，既足使人快心，又足使人寒心。天之报恶人，可谓巧于假手矣。乃若身虽未尝为背逆之事，然手握重兵，专制一方，却全不以国家土地之存亡为念，只是心怀私虑，防人暗算，忌人成功，坐视孤城危在旦夕；忠臣义士，枵腹而守，奋身而战，力尽神疲，疼心泣血，哀号请救，不啻包胥秦庭之哭，而竟拥兵不发，漠然不关休戚于其心，以致城池失陷，军将丧亡，百姓罹灾，忠良殒命，此其人与乱臣贼子何异？言之可为发指！

且说安禄山自两目既盲之后，性情愈加暴厉。左右供役之人，稍不如意，即痛加鞭挞，或时竟就杀死。他有个贴身伏侍的内监，叫做李猪儿，日夕不离左右，却偏是他日夕要受些鞭挞。更可笑者，那严庄是他极亲信的大臣了，却也常一言不合，便不免于鞭挞。因此内外诸人，都怀怨恨。禄山深居宫禁，文

武官将稀得见其面。向已立安庆绪为太子,后有爱妾段氏,生一子,名唤庆恩。禄山因爱其母,并爱其子,意欲废庆绪而立庆恩为嗣。

庆绪因失爱于父,时遭箠楚,心中惊惧,计无所出,乃私召严庄入宫,屏退左右,密与商议,要求一自全之策。严庄这恶贼,是惯劝人反叛的,近又受了禄山鞭挞之苦,忿恨不过。平日见庆绪生性愚呆,易于播弄,常自暗想:"若使他早袭了位,便可凭我专权用事。"今因他来求计,就动了个歹心,要劝他行弑逆之事;却不好即出诸口,且只沉吟不语。庆绪再三请问道:"我目下受父皇的打骂,还不打紧,只恐偏爱了少子,将来或有废立之举。必得先生长策,方可无虑,幸勿吝教。"严庄慨然发叹道:"从来说母爱者子抱,主上既宠幸段妃,自然偏爱那段氏所生之子,将来废位之事,断乎必有。殿下且休想承大位了;只恐还有不测之祸,性命不可保。"庆绪愕然道:"我无罪,何至于此?"严庄道:"殿下未曾读书,不知前代的故事。自古立一子,废一子,那被废之子,曾有几个保得性命的?总因猜嫌疑忌之下,势必至驱除而后止,岂论你有罪无罪?"庆绪闻言,大骇道:"若如此则奈何?"严庄道:"以父而临其子,惟有逆来顺受而已。"庆绪道:"难道便无可逃避了?"严庄道:"古人有云:小杖则受,大杖则走。此不过谓一家父子之间,教训督责,当父母盛怒之时,以大杖加来,或受重伤,反使父母懊悔不安,且贻父母以不慈之名;不若暂行逃避,所以说大杖则走。今以父而兼君之尊,既起了忍心,欲杀其子,只须发一言,出片纸,便可完事,更无走处,待逃到那里?"庆绪道:"此非先生不能救我!"严庄道:"臣若以直言进谏,必将复遭鞭挞,且恐激恼了,反速其祸,教我如何可以相救!"庆绪道:"我是嫡出之子,苟不能承袭大位,已极可恨,岂肯并丧其身?"严庄道:"殿下若能自免于死亡之祸,便并不致有废立之事矣!"庆绪道:"愿先生早示良策,我必不肯束手待死!"

严庄假意踌躇了半晌,说道:"殿下,你不肯束手待死么?你若束手,则必至于死;若欲不死,却束不得手了。俗谚云:君要臣死,不得不死;父要子亡,不得不亡。说便如此说,人极则计生。即如主上与唐朝皇帝,岂不是君臣;况又曾为杨妃义子,也算君臣而兼父子了;只因后来被他逼得慌了,却也不肯束手待死，竟兴动干戈起来，彼遂无知我何，不但免于祸患，且自攻城夺地，正位称尊，大快平生之志。以此推之，可见凡事须随时度势，敢作敢为，方可转祸为福；但不知殿下能从此万无奈何之计，行此万不得已之事否？"庆绪听说低头一想，便道："先生深为我谋，敢不敬从？"严庄道："虽然如此，必须假手于一人，此非李猪儿不可，臣当密谕之。"庆绪道："凡事全仗先生大力扶持，迟恐有变，以速为贵。"严庄应诺，当下辞别出宫，恰好遇见李猪儿于宫门首，遂面约他："晚间乘闲到我府中来，有话相商。"

　　至夜李猪儿果至，严庄置酒肴于密室，二人相对小饮。严庄笑问道："足下日来，又领过几多鞭子了？"李猪儿忿然道："不要说起，我前后所受鞭子，已不计其数。正不知鞭挞到何日是了？"严庄道："莫说足下，即如不佞忝为大臣，也常遭鞭挞；太子以储贰之贵，亦屡被鞭挞。圣人云：君使臣以礼。又道：为人父，止于慈。主上恁般作为，岂是待臣子之礼？岂是慈父之道？如今天下尚未定，万一内外人心离散，大事去矣！"李猪儿道："太子还不知道哩！今主上已久怀废长立幼、废嫡立庶之意，将来还有不可知之事。"严庄道："太子岂不知之？日间正与我共虑此事。我想太子为人仁厚，若得他早袭大位，我和你正有好处，不但免于鞭辱而已。怎地画个妙策，强要主上禅位于太子才好。"李猪儿摇手道："主上如此暴厉，谁敢进此言，如何勉强得他？"严庄道："若不然呵，我是大臣，或者还略存些体面，不便屡加挞辱。足下屈为内侍，将来不止于鞭挞，只恐喜怒不常，一时断送了性命。"李猪儿听说，不觉攘臂拍胸道："人生在世，总是一死，与其无罪无辜，俯首被戮，何如惊天动地做一场，拚得碎尸万段，也还留名后世！"

　　严庄引他说出此言，便抚掌而起，说道："足下若果能行此大事，决不至于死，到有分做个佐命的功臣哩！只是你主意已定否？"李猪儿道："我意已决，但恐非太子之意。他顾着父子之情，怎肯容我胡为？"严庄道："不瞒你说，我已启过太子了。太子也因失爱于父，怕有祸患，向我说道：'凡事任你们做去罢。'我因想着足下必与我同心，故特约来相商。"李猪儿道："既然如此，事不宜迟，只明夜便当举动。趁他两日因双眸作痛，不与女人同寝，独宿于便殿，正好动手；但他常藏利刃于枕畔，明晚先窃去之，可无虑矣！"言毕作别而去。

　　次日，严庄密与庆绪约会。到黄昏时候，庆绪与严庄各暗带短刀，托言奏事，直入便殿门来，值殿官不敢阻挡。禄山此时已安寝于帏帐之内，不妨李猪儿持刀突入帐中，禄山目盲，不知何人；方欲问时，李猪儿已揭去其被，灯火之下，见禄山袒着大腹，说时迟，那时快，把刀直砍其肚腹。禄山负痛，急伸手去枕畔摸那利刃，却已不见了，乃以手撼帐竿道："此必是家贼作乱！"口中说话，那肚肠已流出数斗，遂大叫一声，把身子挺了两挺，呜呼哀哉了。时肃宗至德二载正月也。可恨此贼背君为乱，屠戮忠良，虐害百姓，罪恶滔天，今日却被弑而死。乱臣受弑逆之报，天道昭彰。后人有两只《挂枝儿》词说得好，道是：

　　安禄山，你做张守珪的走狗，犯死刑，姑饶下这驴头。却怎敢恃兵强，要学那虎争龙斗。你不是狼子野心肠，人道是猪首龙身兽，到今日作孽的猪龙，也倒死在猪儿手！

　　安禄山，你负了唐明皇的宠眷，不记得拜母妃，钦赐洗儿钱。怎便把燕代唐，要将江山占？可笑你打家贼的鞭何重，那禁他斫大腹的刀太尖。则见你数斗的肠流也，为甚赤心儿没一点！

禄山既被杀，左右侍者方惊骇间，庆绪与严庄早到，手中各持短刀，喝叫不许声张。众人一则平日被禄山打毒，今日正幸其死。二来见庆绪与严庄作主，便都不敢动。严庄令人就床下掘地深数尺，以毡裹其尸而埋之，戒宫中勿漏泄。次早宣言禄山病骤危笃，命传位于庆绪。于是庆绪僭即伪位，密使人将段氏与庆恩缢死，伪尊禄山为太上皇，重加诸将官爵，以悦其心。过了几日，方传禄山死信，命众臣不必入宫哭灵，密起其尸于床下。尸已腐烂，草草成殓，发丧埋葬。严庄见庆绪昏庸，恐人不服，不要他见人。庆绪日以酒色为事，凡禄山所宠的姬侍，都与淫乱；凡大小诸事皆取决于严庄，封他为冯翊王。严庄以庆绪之命，使伪汴州刺史尹子奇引兵十三万攻睢阳城，睢阳太守许远求救于雍丘防御使张巡。

且说张巡在雍丘，那南霁云与雷万春，已投入麾下为郎将。当车驾西幸之时，贼将令狐潮来攻雍丘，张巡率南、雷二人，及诸将佐，悉力拒贼。令狐潮与张巡原系旧同学，因遣使致书，申言夙契，且云："天下存亡未卜，守此孤城何益？不如早降为上。"张巡部下有大将六人，亦劝张巡出降。张巡大怒，设天子画像于堂，率众朝拜涕泣，谕以大义，众皆感奋。张巡乃斩来使，并斩劝降六将，于是人心愈坚。拒守既久，城中缺少了箭，张公命作草人千余，蒙以黑衣，乘夜缒下城去。贼兵惊疑，放箭乱射，遂得箭无数。次夜，仍复以草人缒下，贼都大笑，更不为备。张巡乃选壮士五百人，缒将下去，径到贼营。贼出其不意，一时大乱，弃营而奔，杀伤甚众。

令狐潮忿怒，亲自督兵攻城。张巡使雷万春登城探视。时万春因传闻得其兄雷海青殉难的消息，十分哀愤，才哭得过，便咬牙切齿的上城来，方举目而望，不防贼兵连发弩箭。雷万春面上连中六矢，仍是挺然立着不动。令狐潮遥望见，疑为木偶人，及见其用手拔箭，流血被面，方询知是雷万春，大为骇异。正是：

　　草人错认是真，真人反疑为木。笑尔草木皆兵，羡他智勇具足。

少顷，张巡亲自临城，令狐潮望着楼上叫道："张兄，我见雷将军，知足下军令矣！然知天道何？"张巡说："足下未识人伦，安知天道？你平日也谈忠说义，今日忠义何在？勿更多言，可即决一胜负。"遂率兵与战，兵皆奋勇争先，生获贼将十四人，斩首八百余级。令狐潮败入陈留，余众屯于沙涡。张巡乘夜袭击，又大破之，奏凯而回。

忽探马来报说："贼将杨朝宗，欲引兵袭取宁陵，断我归路。"张巡乃分兵守雍丘，自引兵将星夜至宁陵，恰直许远亦引兵到来，遂合与贼战，昼夜数十回合，大破杨朝宗之众，斩首数千级。

捷音至行在，肃宗诏以张巡为河南节度副使，许远亦加官进秩，仍守睢阳。至是尹子奇来攻睢阳，许远因兵少，遣使至张巡处求救。张巡以睢阳要地，不可不坚守，乃自宁陵引兵三千至睢阳，合许远所部兵不过七千人。张巡与南霁云、雷万春等数将，并力出战，屡次得胜。张巡欲放箭射尹子奇，奈不识其面，乃以蒿为矢射去，贼兵疑城中箭已尽，遂将蒿矢呈于子奇。于是张巡识其状貌，命南霁云射之，中其左目。正是：

禄山两目俱盲，子奇一目不保。相彼君臣之面，眼睛无乃太少。

自此许远将战守事宜，悉听张巡指挥。张巡真是文武全才，不但善战，又极善谋，行兵不拘古法，随机应变，出奇制胜。其生性忠烈，每临战杀贼，咬牙怒恨，牙齿多碎。却又能于军务倥偬之际，不废吟咏。因登城楼，遥闻笛声，遂作军中闻笛诗云：

苕莞试一临，敌骑附城阴。不辨风尘色，安知天地心。

门开边月近，战苦阵云深。旦夕更楼上，遥闻横笛音。

闲言少说。且说许远向于睢阳城中，积军粮百余万石，后被宗藩虢王巨调其半分给他郡，不由许远不肯。因此睢阳城中粮少。到那时渐已告匮，每人日只给米一二合，杂以茶纸树皮为食。贼兵攻城愈急，造为云梯，其状如虹，使勇卒三百立于上，推梯临城，欲便腾入。张巡预知，使人于城墙潜凿三穴，俟梯将近，每穴出一大木，以一木拄定其梯，使不得进；一木上有铁钩挽住其梯，使不得退；一木上置铁笼盛火药，发火焚之，梯即中断，梯上军士都被火烧，跌落地而死。贼兵又作木驴攻城，张巡命熔金汁灌之，登时消铄。凡此拒守之事，俱应机立办，贼服其智，不敢来攻；但于城外列营围困。张巡、许远分城而守，与众同食茶纸，亦不复下城。那时大帅许叔冀在谯郡，贺兰进明在临淮，俱拥兵不救，而临淮与睢阳尤近，张巡乃命南霁云赴临淮借粮，乞师援救。

霁云领命，引三十骑出城突围而走，贼众数万挡之，霁云直冲其众，左射右射，矢无虚发，贼皆披靡，遂出重围。至临淮，见贺兰进明涕泣求救。谁知进明素与许叔冀不睦，恐分兵他出，或为所袭；二来又心怀妒忌，不欲许远、张巡成功，竟不肯发兵，亦无粮米相借。说道："此时睢阳当已失陷，我即发兵借粮，亦无及矣！"霁云道："睢阳死守待救，大兵速去，必不至于陷；若果已失，我南八男儿，请以死谢大夫。"进明只不允。霁云奋然道："睢阳与临淮如皮毛之相依，睢阳若陷，即及临淮，岂可不救？"说罢仰天号恸。进明爱其忠勇，意欲留之，乃用温言抚慰，且命设宴款待，奏乐侑酒。霁云大哭道："仆来时，睢阳城中，已不食月余矣，今即欲独食，安能下咽！大夫坐拥强兵，并无分灾救患之意，岂忠臣义士之所为乎？"因发狠，自咬下一指，以示进明道："仆已不能达主将之意，请留此指以示信，归报主将与同死耳！"一时指血泪血，有如泉涌，座客俱为之挥涕。进明决意不救，又度霁云不可留，竟谢遣之。此真千古可恨之事，所以至今张睢阳庙中，铜铸一贺兰进明之像，裸体绑缚，跪于阶下，任人敲打，来泄此恨。后人也有两只《挂枝儿》说得好，正是：

  进明呵，你也食唐家禄否？人望你拯灾危，冒险的求救；谁知你拥强兵，竟不能相救。不曾见你兴师去，倒要将他勇士留。可怜那南八男儿也，十指儿只剩九。

  进明呵，你不顾千年的唾骂，任南八苦求救，只不听他，眼睁睁看他将指头儿咬下。他当时临去空咬指，我今日说来亦咬牙，好把你睢阳庙里铜人，也尽力的狠敲打！

  南霁云自临淮奔至宁陵，与偏将廉坦引步骑数百，冒围至睢阳城下，与贼力战，砍坏贼营，方得入城门。城中人闻救兵不至，无不号哭，或议弃城而走。张巡、许远婉言晓谕众人道："睢阳乃江淮保障，若弃之而去，贼必长驱东下，是无江淮也。况我众饥疲，即走亦不能远，徒遭残杀耳！临淮虽不来相救，诸镇岂无一仗义者？不如坚守以待之。但是城中绝粮，何忍留尔众同受饥寒，今任尔众自便。我二人为朝廷守土，义当以身守之，不敢言去也！"众人闻言感激，愿同心竭力，以守此城。茶纸食尽，杀马而食；马食尽，罗雀掘鼠而食；雀鼠亦尽，张巡杀其爱妾，许远烹其家僮，以享士卒。人心愈加衔感，明知必死，终无叛志。

  又挨过了数日，军将都羸瘦患病，不能拒守，贼遂登城。张巡西向再拜道："臣力竭矣！不克全城以报朝廷，死当为厉鬼以杀贼！"今盛京慈仁寺，所塑青魃菩萨，赤发蓝面，口衔巨蛇，如夜叉之状，云即张睢阳自矢所为厉鬼像也。城既破，张、许二公及诸将俱被执。尹子奇将许远解赴雒阳，张巡与南霁云等共三十六人皆遇害。张巡至死，神色如常，万春、霁云俱骂不绝口而死；其余三十余人，亦无一肯屈节者。后人有诗赞曰：

  张巡先殒固尽忠，许远后亡亦矢节。从死不独有南雷，三十六人同义烈。

  睢阳失陷三日之后，河南节度使张镐救兵到来。原来张镐闻睢阳危急，倍道来援，犹恐不及，先遣飞骑驰檄谯郡太守闾丘晓，使速引本部兵先往。闾丘晓素傲狠，不奉节制，竟不起兵。及张镐至，城已破三日矣。张镐大怒，令武士擒闾丘晓，至军前杖杀之。正是：

  恨不移此闾丘杖，并杖临淮狠贺兰。

未知后事如何，且听下回分解。

第九十五回

李乐工吹笛遇仙翁　王供奉听棋谒神女

词曰:

　　声音入妙感仙家，月夜引仙槎。只嫌笛管未全佳，吹破共嗟讶。更惊弈理通仙道，决胜负数着无加。止将常势略谈些，国手已堪夸。

调寄《月中行》

　　人生世上，不特忠孝节义与夫功勋事业、道德文章足以流芳后世：垂名不朽，就是那一长一技之微，若果能专心致志，亦足以轶类超群，独步一时；且其艺既精妙入神，不难邀知遇于君上，致感动于神仙，使其身所遭逢之事，传为千秋佳话。

　　却说张镐既杖杀闾丘晓，即移书于贺兰进明，责其不救睢阳。恰闻朝廷有旨，命张镐镇临淮，着进明移驻别镇。张镐乃率兵攻打睢阳城，与尹子奇大战。子奇正战之间，忽然阴云四合，寒风扑面，贼众都闻鬼哭神号之声，空中如有鬼兵来冲突，一时大乱，四散狂奔。正是：

　　　　死为厉鬼忠臣志，须信忠魂自有灵。

尹子奇兵溃，只得弃了睢阳城，退奔陈留；谁想陈留百姓，恨其荼毒睢阳，痛惜忠良被害，遂出其不意，杀将起来，斩了尹子奇，开城迎降。张镐安民已毕，分兵留守；一面引众回镇，一面将睢阳死难诸臣，具表奏闻朝廷。恰好上皇有手诏至肃宗行在，命褒录死节之人。

　　且说上皇在蜀中，眼前少了个杨妃，常怀愁闷。那些梨园子弟，又大半散失，供御者无多人，更加不快。还亏有高力士日夕侍侧，时为劝解。及闻安禄山焚毁祖庙，杀害宗室，残虐臣民，遂抚心顿足，十分哀痛。随又传闻禄山已死，乃叹恨道："朕恨不及手自寸磔此贼也！"

　　因追念故相张九龄，昔年曾说禄山有反相，不宜宥其死，此真先见之明，当时若从其言，何至有今日之祸？于是特遣中使往曲江，致祭于其墓，御制祭文一道，手书付中使赍赴墓前宣读。其文云：

　　　　惟卿昔者曾有说言，谓安禄山反相昭然，不宜宥死，宜亟歼旂。朕听不聪,轻纵巨奸,既宽显戮,更予大藩,酿兹凶祸。追悔从前,卿今若在,朕复何颜!追念老臣,曷胜涕涟。特遣致祭,侑以短篇,嘉卿先见,志吾过愆。尚飨。

上皇既遣祭张九龄,且厚恤其家,因即降手诏,命朝臣查录一切死难忠臣,申奏新君,并加恤典,不得遗漏。

又闻雷海青殉节于凝碧池,不胜嘉叹。张野狐因乘机启奏道:"梨园旧人黄幡绰,向羁贼中,今从东京逃来,欲请见驾;只因失身陷贼,恐上皇爷欲加之罪,故逡巡未敢。"上皇道:"汝等俳优之辈,安能尽如雷海青这般殉节?失身贼中,不足深责。黄幡绰既从贼中来,必知雷海青殉节之详,朕正欲问他,可便唤来。"左右领旨,即将黄幡绰宣到。幡绰叩首阶前,涕泣请罪。上皇赦其罪,问道:"雷海青殉节于凝碧池之日,你也在那里么?"幡绰道:"此事臣所目睹。"上皇道:"汝可详细奏来。"幡绰便把那安禄山如何设宴奏乐,众乐工如何伤感坠泪,禄山如何要杀那坠泪的,雷海青如何大哭,如何抛掷乐器,骂贼而死,一一奏闻。上皇叹息道:"海青乃能尽忠如此,彼张均、张垍辈,真禽兽不若矣!"因问幡绰道:"汝于此时亦曾坠泪否?"幡绰道:"触目伤心,那得不坠泪?"

时内监冯神威在侧,向日幡绰曾于言语之间戏侮了他,心中不悦,奏道:"此言妄也。奴婢闻人传说,幡绰在贼中,把安禄山极其谄奉。禄山在宫中梦纸窗破碎,幡绰解云:此为照临四方之兆。禄山又梦自身所穿袍袖甚长,幡绰又为之解云:此所谓垂衣而天下治。如此进谀,岂是肯坠泪者?"上皇即问幡绰:"汝果有此言否?"那黄幡绰本是个极滑稽善戏谑的人,平日在御前惯会撮科打诨,取笑作耍的,那时若惊惶抵赖,便没趣了,他却不慌不忙,从容奏道:"禄山果有此梦,臣亦果有此言;臣因禄山有此不祥之二梦,知其必败,故不与直言以取祸,只以巧言对之,正欲留此微躯,再睹天颜耳。"上皇道:"怎见得此二梦之不祥,汝便知其必败?"幡绰道:"纸窗破者,不容糊做也。袍袖长者,出手不得也。岂非必败之兆乎?"上皇听说,不觉大笑,遂命仍旧供御。正是:

闻之既堪为解颐,言者自可告无罪。

自此上皇时常使黄幡绰侍侧,询问东西二京之事。幡绰恐感动圣怀,应对之间,杂以诙谐,常引得上皇发笑。

忽一日,又有一个梨园旧人到来。你道是谁?却是笛师李谟。原来李谟于圣驾西行时,同着一个从人奔走随驾,不想走迟了,却追随不及,失落在后。遇着哥舒翰的败残军马冲来,前路难行,急慌慌的奔窜,一时无处逃匿,只得权避入一山谷中。其中有古寺一所。寺僧询知是御前供奉之人,不敢怠慢,因留他暂寓,一连住了五七日。一夕月朗风清,从人先自去睡了,李谟心中烦闷,且不即睡,又爱那风清月白,徘徊观顽了一回,便向行囊中取出平日那枝所吹的笛儿来，独自步出寺门，在一大树之下石台上坐着，把那笛儿吹起。真个声音嘹亮，响彻山谷。才吹罢，遥见园林中走出一个彪形大汉，大踏步行至前来，仔细视之，乃一虎头人也。李谟大骇，那虎头人身穿一件白裆单衣，露腿赤足，就寺门槛上箕踞而坐，说道："笛声甚妙，可再吹一曲。"李谟那时不敢不吹，只得按定了心神，吹起一套繁靡之调。虎头人听到酣适之际，不觉瞑然睡去，横卧于槛上，少顷之间，鼾声如雷。李谟欲待跨入寺门槛去，又恐惊醒了他不是耍处；回首四顾，没处藏身，只得将笛儿安放草间，尽力爬上那大树，直爬到那极高的去处，借树叶遮身，做一堆儿伏着。

不移时，虎头人醒来，不见了吹笛人，即懊悔道："恨不早食之，却被他走了。"遂立起身来，向空长啸一声，便有十余只大虎，腾跃而至，望着虎头人俯首伏地，状如朝谒。虎头人道："适有一吹笛小儿，乘我睡熟，因而逃脱。我方才当槛而卧，量彼不敢入寺，必奔他处，汝等可分路索之。"众虎遂四散奔去，虎头人依然踞坐不动。约五更以后，众虎俱回，都作人言道："我等四路追寻不获。"正说间，恰值月落斜照，见有人影在树。虎头人笑道："我道有云行雷掣，却原来在这里！"乃与众虎望着树上，跳身攫取。幸那树甚高，跃攫不及。李谟此时却吓得魂不附体，满身抖颤，几乎坠下，紧紧抱着树枝。正在危急，忽闻空中有人大喝道："此乃御前之人，汝等孽畜，不得猖獗！"于是虎头人与众虎一时俱惊散。少间天曙，仆从来寻，李谟方才下树。且喜那笛儿原在草间无损，仍旧收得。正是：

　　箫能引凤，笛乃致虎。岂学虞廷，百兽率舞。

李谟受此惊恐，卧病数日。病愈之后，方欲起身，适有旧日相知的京官皇甫政，新任越州刺史，因赴任途次，偶来山寺借宿，遇见了李谟，各叙寒暄，问李谟："将欲何往？"李谟道："将欲西行，追随大驾。"皇甫政道："近日西边一路，兵马充斥，岂可冒险而行？不如且同我到越州暂住，俟稍平定，西行未迟。"李谟应诺，遂别了寺僧，随着皇甫政迤逦来至越州，即寓居于刺史署中。那越州有个镜湖，是名胜之处，皇甫政公事之暇，常与李谟到彼观览。李谟道："湖光可人，尤宜月夜。"皇甫政点头道："我亦正欲为月夜泛湖之游。"乃于月明之夜，具酒肴于舟中，约集僚友，同了李谟泛湖饮宴；但见月光如水，水光映月，放舟中流，如游空际，正合着苏东坡《赤壁赋》中两句，道是：

　　　　桂棹兮兰桨，击空明兮溯流光。

众官饮酒至半酣，都要听李谟的妙笛，说道："昔年勤政楼头一曲笛音，止住了千万人的喧哗，天下传闻绝技。今夕幸得相叙，切勿吝教。"皇甫政笑道："李君所用之笛，我已携带在此了。"众官都喜道："可知妙哩！"李谟谦逊了一回，取出笛儿吹将起来，其声音之妙，真足以怡情悦耳，听者无不啧啧称叹。

一曲方终，只见前面有扁舟一叶，一童子鼓棹而行，船上立着一个老翁，口中高声的叫道："大好笛音，肯容我登舟一听否？"众人于月下视之，见他：

　　　　数髯瑟瑟，一貌堂堂。野服葛巾，绝似仙家妆束；开襟挥麈，
更饶名士风流。果然顾盼非凡，真乃笑谈不俗。

众官看了，知其非常人，不敢轻忽，即请过大船中，以礼相见。老翁道："山野之人，多有唐突，幸勿见罪。"众官揖之就坐。那老翁道："偶游月下，忽闻笛声甚佳，故冒昧至此，欲有所陈。"李谟道："拙技不足污耳，承翁丈闻声而来，定是知音，正欲请教大方。"老翁道："顷所吹者，乃《紫云回》曲也。此调出自天宫，今尊官已悉得其妙，但婉转之际，未免微涉番词，何也？"李谟惊叹道："翁丈真精于音律者！仆初学笛时，所从之师，实系番人。"老翁道："笛者，涤也，所以涤邪秽而归之于雅正也，岂可杂以番调邪？宜尽脱去为妙。"李谟拱手道："谨受教。"老翁道："尊官所吹之笛，是平日惯用的么？"李谟道："此笛乃紫纹云梦竹所造，出自上赐，正是平时用熟的。"老翁道："紫纹竹生在云梦之南，于每年七月望前生；但今年七月望前生，必须于明年七月望前伐，若过期而伐，则其音窒；先期而伐，则其音浮。适间细听笛音，颇有轻浮之意，当是先期而伐者。但可吹和平繁靡之音调，若吹金石清壮之调，笛管必将碎裂。"众官听了，都未肯信，李谟口虽唯唯，也还半信半疑。老翁道："公等如不信，老朽请一试之。"说罢，便取过李谟所吹的笛儿，吹起一曲金石调来，果然其声清壮，可以舞潜蛟而泣嫠妇。李谟与众官都听得呆了。及吹至入破之时，众人正听得好，忽地刮剌一声，笛儿裂作两半，众方惊叹信服。老翁笑道："损坏佳笛，如之奈何？老朽偶带着二笛在此，当以其一奉偿。"遂向衣裾中取出二笛，一极长，一稍短，乃以短者送李谟道："便请试吹。"李谟接过来，略一吹弄，果然应手应口，迥非他笛可比，心中欢喜，再三称谢。

皇甫政笑道："从来说宝剑赠与烈士，红粉寄与佳人。老丈既以敝友为知音，何不并将那一枝惠赐之？"老翁道："非敢吝惜？其实那一笛，非人间所可吹者；即使相赠，亦未必能吹。"李谟道："小子愿一试之。"老翁便把

那笛递过来，李谟吹之再四，都不入调，且亦不甚响亮。老翁道："此非人间笛，固未易吹也。"李谟道："此笛量非老丈不能吹，必求赐教。"老翁摇头道："人间吹不得。"李谟道："人间吹了便怎么？"老翁笑道："尊官前日山谷中所吹，不过是人间之笛，尚有虎妖闻声而至；今于湖中吹动那一笛，岂不大惊蛟龙乎？"众人闻言，都道："不信有这等事。"老翁道："诸公如必欲吹，老朽试略吹之；倘有变动，幸勿惊讶。"于是取过那笛来，信口一吹，其声震耳，树头宿鸟惧惊飞叫噪；到五六声之后，只见月色惨黯，大风顿作，湖水鼓浪，巨鱼腾跃，举舟之人大骇，都道："莫吹罢！莫吹罢！"老翁呵呵大笑，收过了笛，起身告别，众人挽留不住。李谟道："还不曾拜问尊姓大名。"老翁笑道："前宵于空中喝退虎妖者即我也，不须更问姓名。"言讫，耸身跃入小舟，童子鼓棹如飞，顷刻不见。众人又惊又喜，都赞叹李谟妙笛，能使仙翁来降。正是：

笛既能致虎，亦复可遇仙。虎因畏仙去，仙还把笛传。

李谟自得了仙翁所授之笛，其技愈精。皇甫政因他是御前侍奉的人，不敢久留，打听得路途稍通，遂赍送盘费，遣发起行。不则一日，来到蜀中。先投谒高力士，引至上皇驾前朝见。上皇怜其间关跋涉而来，赐与衣帽，仍令供御。李谟将途中遇仙之事，从容启奏。上皇本是极好神仙的，闻其所奏，十分叹异。高力士因奏道："老奴向闻翰林院弈棋供奉王积薪，亦曾于旅次遇仙。"上皇道："此事朕所未闻，王积薪今在此，当面问之。"于是传旨，宣王积薪。

且说那王积薪乃长安人，原是世家巨族的后裔。从幼性好弈棋，屡求善弈者指教，遂成高手。少年时曾与一班贵介子弟四五人，于长安城外一个有名的园亭上宴会。正酣饮间，勿有一人乘马至园门首下了马，昂然而入，看他打扮，不文不武，对众举手笑道："诸君雅集，本不当来吵扰，止缘渴吻，欲得杯酒润之，未识肯见赐否？"王积薪见其器宇轩昂，知非恒辈，不等众人开口，先自起身迎揖，逊之上座。那人也不推辞，便就坐了。积薪取大杯，斟酒送上。那人接来饮讫，叫再斟来。王积薪一面再斟酒，一面供他举箸。那些众少年尽是贵公子，平日不看人在眼里的，今见此人突如其来，又甚简傲，俱心怀不平，不知他是何等人，又不敢向前问他。其中一少年，乃举杯出令道："我等各自道家世，其最贵显者，饮三杯，请客先道。"那人笑道："吾请先饮三杯而后言。"积薪便令童子快斟酒。那人连进三杯，起身出席，举手向众人道："我高祖天子，曾祖天子，祖天子，父天子，本身天子。"说罢，大步出门，上马疾驰而走。众人方相顾错愕，早有内监与侍卫等人，策着马来寻问。原来那时玄宗常为微行。这一日改换衣装，出城闲顽，因偶与众少年相遇。次日，命高力士访知，那敬酒的少年是王积薪，特召入见，厚有赏赐，且云："诸少年自矜家世，真乞儿相，汝独大雅可喜。"因命送翰林院读书，后知其善弈，遂令为弈棋供奉。正是：

不因杯酒力，安得侍君王？

王积薪有此遭遇，日侍至尊。及安禄山作乱，车驾西幸之时，多官随行。积薪带着一个老仆，随众奔走；奈蜀道险隘，每当止宿时，旅店多被贵官占住，积薪只得随路于民家借宿。一日迂道，大宽转沿山溪而行，不觉走入一荒村。时已薄暮。那村中只有一家人家，茅舍三间，柴扉半掩。积薪主仆扣扉求宿。内里走出一个老婆婆来，说道："此间只老身与一个媳妇儿住着，本不该留外客在此；但舍此更无宿处，客官可权就廊檐下宿一宵罢！"积薪谢道："只此足矣！"婆婆取些茶汤与几个面饼来供客，叫了安置，关了柴门，自进去了。积薪听得他姑媳二人各处一室，各自阖户而寝。

积薪主仆卧于廊下。老仆先已睡着，积薪转辗未寐。忽闻那婆婆叫应了媳妇，说道："良宵无以消遣，我和你对弈一局如何？"媳妇应道："既如此甚妙。"积薪惊异道："乡村妇女，如何知弈？且二人东西各宿，如何对弈？"便爬起来从门缝里张看，内边黑洞洞，已皆灭烛矣，乃附耳门扉细听之。闻得婆婆道："饶你先起。"媳妇道："我于东五南九置子矣！"停了半晌，婆婆道："我于东五南十二置子起矣！"又停了半晌，媳妇道："我于西八南十置子矣！"又停了半晌，婆婆道："我于西九南十四置子矣！"每置一子，必良久思索，夜至四更，共下三十六子，积薪一一密记。忽闻婆婆笑道："媳妇你输了，我止胜你九枰耳！"媳妇道："我错算了一着，固宜败北。"自此寂然。

天明启扉，积薪整衣入见，看那婆婆鬓发斑斑，丰采奕奕，绝不似乡村老媪。积薪请见其媳，婆婆即呼媳妇儿出来相见，你道那媳妇怎生模样？

虽是村家装束，自然光彩动人。举止安闲，不啻闺中之秀；丰姿潇洒，亦如林下之风。若遇楚襄王，定疑神女；即非蓝桥驿，宛似云英。

积薪相见过，即叩问弈理。婆婆道："我姑媳无以遣此良宵，偶尔对局，岂堪闻于尊客？"积薪再三请教，婆婆道："弈虽小数，其中自有妙理。尊官既好此，必善于此，今可率己意布局置子，使老身观之，或当进一言相商。"乃取棋局置子出来，积薪尽平生之长布置。未及四五十子，只见那媳妇微微含笑，对婆婆说道："此客可教以人间常势。"婆婆遂指示攻守杀夺、救应防拒之法，其意甚略，然皆平时思虑所不及。积薪更欲请益，婆婆笑道："只此已无敌于人间矣！大驾已前行，客官可速往。"积薪称谢而别。行不十数步，回头看时，茅舍柴扉都已不见，方知是遇了仙人，不胜叹诧。正是：

弈通太极阴阳理，妙诀从来原不多。好向人间称莫敌，笑他空烂手中柯。

积薪自此弈艺绝伦。当日上皇因高力士言及，特召积薪面询其事。积薪把上项事奏闻，黄幡绰在旁，听了插诨道："弈称手谈，那家妈妈媳妇，却又口著,真是异事。"上皇笑道:"常人之弈,以手为口,必须目视;不若仙人之弈,以口为手,不须用目也。"积薪道:"臣常布置其姑媳对弈之势,虽罄竭心思,推算其所言九枰胜负之说,终不可得。"上皇道:"此必非人间常势,存此以待后之识者可耳。"高力士道:"积薪昔年饮酒,曾得遇圣人;今日弈棋又遇仙人,何其多佳遇也。"上皇道:"李谟所遇吹笛仙翁,积薪所遇弈棋姑媳,总是仙人,但未知是何仙。此时若张果老、叶法善、罗公远辈有一人在此,必知其来历矣!"

正闲谈间,肃宗遣使来奏言,永王璘谋反,称帝于江南。上皇大怒,命速遣将讨之。不一日,有中使啖延瑶,赍奉肃宗告捷表文,奏称广平王与郭子仪屡胜贼兵,又得回纥助战,已恢复西京。今即移兵东向,将并恢复东京矣。上皇大喜。正是:

且喜耳闻好消息,会须眼看捷旌旗。

未知如何复两京,且听下回分解。

第九十六回

拚百口郭令公报恩　复两京广平王奏绩

词曰:

感恩思报英雄志,欲了平生事。因他冤陷,拚吾百口,贷他一死。友朋情谊犹如此,何况为臣子?亲王奏凯,全亏大将,丹诚共矢。

调寄《贺圣朝》

从来能施恩者,未必望报,而能图报者,方不负恩。战国时的侯生,对信陵君说得好,道是:"公子有德于人,愿公子忘之;人有德于公子,愿公子无忘之,无忘之者,必思有以报之也。"孔子曰:"以直报怨,以德报德。"夫报德不曰以直,而曰以德者,报德与报怨不同;报怨不可过刻,以直足矣;且怨有当报者,有不当报者,有时以报为报,有时以不报为报,皆所谓直也。若夫德是必要报的,不可不厚报的,说不得个他如此来,我亦当如此答。一饭之恩,报以千金,岂是掂斤估两的事?我当危困之时,那人肯挺身相救,即时迫于事势,救我不成,他这段美意,也须终身衔感;况实能脱我于患难之中,真

个生死而肉骨,我到后来建功立业,皆此人之赐。此等大恩,便舍身拚家以报之,诚不为过。推此报恩之念,其于君臣之间,虽不可与论报施,然人臣匡君定国,戡乱扶危,成盖世之奇勋,总也是不忘君恩,勉图报效而已。

却说肃宗自灵武即位后,即令郭子仪为武部尚书,灵武长史李光弼为户部尚书北都留守并同平章事,又特遣使征召李泌。那李泌字长源,京兆人氏,生而颖异,身有仙骨。幼时常闻空中有仙乐来相迎,其身飘飘欲举,家人共相抱持。后来每闻音乐,家人即捣蒜向空泼洒,自此音乐渐绝。至七岁,便能吟诗作赋,更聪慧异常。

上皇开元年间,下诏召集京中能谈佛老者,互相议论。有一童子姓员名俶,年方十岁,与众问答词辨无穷。上皇嘉叹,因问员俶:"外边还有与你一般聪慧的童子么?"原来员俶乃是李泌的姑娘所生,与李泌为中表兄弟,当下便奏说:"臣母舅之子李泌,小臣三岁,而聪慧胜臣十倍。"上皇即遣中使召之。李泌应召而至,朝拜之际,礼仪娴雅。其时上皇方与燕国公张说弈棋,遂命张说出题试之。张说使赋方圆动静,李泌请言其略,以便措辞。张说指着案上棋枰说道:

方若棋局,圆若棋子,动若棋生,静若棋死。

说罢,张说还恐他年太幼,未能即解,又对他说道:"此是我借棋以为方圆动静之喻,汝自赋方圆动静四字,不可泥棋为说也。"李泌道:"这晓得。"即信口答道:

方若行义,圆若用智,动若骋才,静若得意。

张说听了,大为惊异道:"此吾小友也!"因起身拜贺朝廷得此神童。正是:

堪使老臣称小友,共夸圣主得神童。

上皇厚加赐赏,命于翰林院读书;及长,欲授以官职。李泌再三辞谢,乃赐与太子为布衣交,太子甚相敬爱。李林甫、杨国忠都忌之,李泌因遂告归,隐居颍阳。至是肃宗思念旧交,遣使征至行在,待以宾礼,出则联骑,寝则对榻,事无大小,皆与商酌。欲命为右相,李泌固辞,只以白衣随驾。

一日,肃宗与李泌并马而出,巡视军营。军士们窃相指道:"黄衣的是圣人，白衣的是山人。"肃宗微闻此语，因谓李泌道："艰难之际，不敢以官职相屈；但且衣紫，以绝群疑。"遂出紫袍赐之，李泌只得拜受，肃宗即令左右为之换服。李泌换服讫，正欲谢恩，肃宗笑道："且住，卿既服此，岂可无称？"乃于袖中取出敕书一道，以李泌为参谋军国元帅府行军长史。李泌犹固辞，肃宗道："朕非敢相屈，期共济艰难耳。俟贼平，任行高志。"李泌拜受命。

肃宗欲以建宁王倓为大元帅，李泌道："建宁王果堪作元帅，然广平王居长；若建宁王功成，岂可使广平王为吴泰伯？"肃宗道："广平王系冢嗣，何必以元帅为重？"李泌道："广平王未正位东宫，今艰难之际，人心所属在于元帅，若建宁大功既成，陛下即欲不以为储贰，彼同功者，其肯已乎？太宗、上皇即其事也。"肃宗点头道："卿言良是，朕当思之。"李泌退朝，建宁王迎谢道："顷传闻奏对之言，正合吾心，吾受其赐矣。"李泌道："殿下孝友如此，真国家之福也。"于是肃宗以广平王俶为天下兵马大元帅，郭子仪、李光弼等所部之军，俱属统率。

时李光弼驻防太原，其麾下精兵俱调往朔方，在太原者仅万人。贼将史思明等共引兵十余万人来攻城，诸将皆议修城以待之。光弼道："太原城周四十里，修之非易，贼垂至与兴役，是未见敌而先自困也。"乃令士卒于城外凿濠以自固，掘坑堑数千。及贼攻城于外，光弼即令以坑堑中掘出的泥土增垒于内，为守御。贼围攻月余，无隙可乘。光弼访得钱冶内有铸钱的佣工兄弟三人，善穿地道，以重赏购之，使率其伙伴，掘地道以俟贼。有贼将于城下仰面侮骂城上人。光弼即遣人从地道拽其足而入，缚至城上斩之，自此贼行动必低头视地。光弼又作大炮，飞巨石，每一发必击死几十人，贼乃退营于数十步外。光弼遣使诈称城中粮尽，与贼相约刻期出降。史思明信以为真，不复为备。光弼暗使人穿地道，直至贼营，支之以木；至期使二千余人，走马出城，恰像要去投降的一般。贼方瞻望喜跃，忽然营中地陷，压死者无数，贼众惊乱，官军鼓噪而出，斩杀万计。史思明乃引众纷纷遁去。光弼上表奏捷。广平王正以太原要地被围，欲遣兵往救，因得捷报而止。

郭子仪以河东居两京之间，得河东而后两京可图。时贼将崔乾祐守河东，郭子仪密使人入河东，与唐官陷于贼中者，约为内应，内外夹攻。崔乾祐不能抵敌，弃城而逃，子仪引兵追击，斩杀其众，乾祐仅以身免。河东遂平。正是：

　　　　从来郭李称名将，战守今朝各奏功。

肃宗以郭子仪为天下兵马副元帅，正谋恢复两京，忽闻报永王璘反于江陵，僭称帝号。原来永王璘出镇江陵，自恃富强，骄蹇不恭。及闻肃宗即位灵武，乃与部将属官等共私议，以为太子既遽自称尊，我亦可据有江表，独帝一方。正在谋议起事，肃宗恶其骄蹇，诏使罢镇还蜀，永王竟不奉诏，至是举兵反，自称皇帝。思欲招致有名之士，以为民望。闻知李白退居庐山，距江陵不远,遣使征之。李白辞不应赴。永王使人伺其出游,要之于路,劫取至江陵,欲授以官。李白决意不受。永王不能屈其志,但只羁縻住他,不放还山。

肃宗闻永王作乱,一面表奏上皇,一面遣淮南节度高适、副使李成式,共引兵征讨。时内监李辅国阴附宫中,张良娣专权用事,那降贼的内监边令诚,因为贼所忌,乃自贼中逃至行在,依托李辅国图复进用。李泌上言道:"令诚以宦官蒙上皇委任,外掌兵权,内掌宫禁,而贼至即降,且以宫门锁钥付贼,如此叛逆,罪不容诛!"肃宗遂命将边令诚斩首,为降贼者示警。于是李辅国奏称:"原任翰林学士李白,现为逆藩永王璘谋主,宜诏刑官,注名叛党,俟事平日,按律治罪。"

你道李辅国为何忽有此奏?只因李白当初在朝时,放浪诗酒,品致高尚,全不把这些宦官看在眼里,所以此辈都不喜他。今辅国乘机劾奏,一来是私怨,二来迎合朝廷显诛叛党之意,三来怪李泌奏斩了边令诚。他今劾奏李白,见得那文人名士,受过上皇宠爱的,也不免从逆,莫只说宦官不好。当日肃宗准其奏,传旨法司。

却早惊动了郭子仪,他想:"昔年李白救我性命,大恩未报,今日岂容坐视?"遂连夜草成表章,次日即伏阙上表。其表略云:

> 臣伏睹原任词臣李白,昔蒙上皇知遇之恩,将不次擢用,乃竟辞荣遁隐,高卧庐山,斯其为人可知。今不幸为逆藩所逼,臣闻其始而却聘,继乃被劫,伪命屡加,坚意不受,身虽羁困,志不少降;而议者辄以叛人谋主目之,则亦过矣。臣请以百口保其无他。
>
> 白故有恩于臣,然臣非敢以私恩为白游说也,事平之后,当有众目共见者可为援证;倘不如臣所言,臣与百口甘伏国法。

肃宗览表,命法司存案,待事平日察明定夺。

后来永王璘兵败自尽,该地方有司拘系从逆之人,候旨处决,李白亦被系于浔阳狱中。朝廷因郭子仪曾为保救,特遣官查勘。回奏李白系被逼胁,与从逆者不同,罪宜减等。有旨李白长流夜郎,其余从逆者,尽行诛戮。至乾元年间,诏赦天下,李白乃得放归。行至当涂县界,于舟中对月饮酒大醉,欲捉取水中之月,堕水而卒。当时江畔之人,恍惚见李白乘鲸鱼升天而去,这是后话。正是:

有恩必报推英杰,无罪长流叹谪仙。英杰拼家酬昔日,谪仙厌世再升天。

此事表过不题。

且说肃宗既以广平王为元帅,即欲立为太子。李泌道:"陛下灵武即位,止为军事迫切,急须处分故耳;故立太子,宜请命于上皇,不然后世何由知陛下不得已之心乎?"广平王亦固辞道:"陛下尚未奉晨昏,臣何敢当储副?"肃宗因此暂停建储之事。建宁王私语李泌道:"我兄弟俱为李辅国、张良娣所忌，二人表里为恶，我当早除此害。"李泌道："此非臣子所愿闻，且置之勿论。"建宁不听，屡于肃宗前，直言二人许多罪恶。二人乃互相谗谮，诬建宁欲谋害广平，急夺储位，激怒肃宗，立即传旨，赐建宁王死。李泌欲谏阻，已无及矣。可惜一个贤主，被谗殒命。想肃宗居东宫时，为李林甫所忌，受尽惊恐，岂不知戒；今巨寇未灭，先杀一贤子，何忍心昧理至此！后人有诗叹云：

　　信谗杀其子，作俑自上皇。肃宗心忍父，可怜建宁王。

　　不记在东宫，时恐罹祸殃。何今循故辙，谗口任翕张。

　　君子听不聪，佳儿被摧戕。遗恨彼妇寺，寸磔宁足偿！

至德二载，肃宗驾至凤翔，命广平王与郭子仪等出师恢复两京。子仪以番人回纥的兵马甚精锐，请旨征其助战。回纥可汗遣其子叶护领兵一万前来助战，肃宗许以重赏。叶护请于克城之日，土地士庶归朝廷，金帛子女归回纥。肃宗急于成功，只得许诺，聚朔方等处军马，与回纥西域之众，共一十五万，刻日起行。

李泌献策，拟先攻范阳，捣其巢穴。肃宗道："大军既集，正须急取长安，岂可反先劳师以攻范阳？"李泌道："今所用者皆北兵，其性耐寒而畏暑，今乘其新至之锐，攻已老之师，两京必克。然贼收其余众，遁归巢穴，关东地热，春气一发，官军必困而思归。贼休兵秣马，伺官军一去，必复南来，是征战之未有已时也。不如先用之于寒乡，除其巢穴，贼退无所归，然后大兵合而攻之，必成擒矣！"肃宗道："此言诚善，但朕定省久虚，急欲先恢复西京，迎回上皇，不能待此矣！"遂不用李泌之言，兵马望西京进发。

行至长安城西，列阵于澧水之东。李嗣业领前军，广平王、郭子仪、李泌居中军，王思礼统后军。贼众数万，列阵于澧水之北。贼将李归仁出挑战，子仪引前军迎敌，贼军尽起，官军少却。李嗣业肉袒执戈，身先士卒，大呼奋击，立杀数十人。于是官军气壮，各执长刀，如墙而进，贼众不能抵当。都知兵马使王难得，被贼射中其眉，皮垂遮目，难得手自拔箭，扯去其皮，血流满面，力战不退。贼伏精骑于阵之东，欲击官军之后，子仪探得其情，急令朔方左厢兵马使仆固怀恩引回纥兵，突往击之，斩杀殆尽。李嗣业又引回纥兵出贼阵后，与大军夹击，王思礼亦引后军继进，并力攻杀；自午至酉，斩首六万余级，贼兵大溃，余众退入城中，一夜嚣声不息。至天明，探马来报，贼将李归仁、安守忠、田乾真、张通儒等俱已遁去。广平王遂帅众入西京城，百姓老幼，夹道欢呼。

叶护欲如前约，掠取金帛子女。广平王下马，拜于叶护马前道："今方得西京，若便俘掠，则东京之人，必为贼固守，难以复取了。请至东京，乃如约。"叶护惊跃下马答拜，跪捧王足道："愿为殿下即往东京。"遂与仆固怀恩引了西域及本部之兵，从城南过，更不停留，径向东京进发。众人见广平王为百姓下拜，无不涕泣感叹。

　　为民屈体非为屈，赢得人人爱戴深。番众亦因仁义感，不缘贪利起戎心。

广平王驻西京三日，即留兵镇守，自引大军东出。捷书至行在，百官称贺。肃宗即日具表，遣中使啖廷瑶赴蜀奏闻上皇，请驾回京复位。一面遣宫人西京祭告宗庙，宣慰百姓；一面以快马召李泌于军中。李泌星驰至凤翔入见，叩问何故召见。肃宗道："朕得西京捷报，即表奏上皇，请驾东归复位，朕当退居东宫，以尽子职。未识卿意以为何如？欲急召面询。"李泌愕然道："此表已赍去否？"肃宗道："已去。"李泌道："还可追转否？"肃宗道："已去远矣，为何欲追转？"李泌咄嗟道："上皇不肯东归矣！"肃宗惊问何故。李泌道："陛下正位改元，已历二载，今忽奉此表，上皇心疑，且不自安，怎肯复归？"肃宗爽然自失，顿足道："朕本以至诚求退，今闻卿言，乃悟其失。表已奏上，为之奈何？"李泌道："今可更为群臣贺表，具言自马嵬请留，灵武劝进，及今克复两京，皇上思恋晨昏，请即还宫，以尽孝养。如此则上皇心安，东归有日矣。"肃宗连声道是，便命李泌草表，立遣中使霍韬光入蜀奏闻。

不则一日，啖廷瑶自蜀回，传上皇口谕云："可与我剑南一道自奉，不复归矣。"肃宗惶惧无措。数日后，霍韬光还报，言上皇初得皇帝请退东宫之表，徬徨不能食，欲不东归；及群臣贺表至，乃大喜，命食作乐，下诰定行期了。肃宗大喜，召李泌入宫告之道："此皆卿之力也！"因命酒与饮。是夜留宿于内，肃宗与之同榻而寝。正是：

御床并坐非王导，帝榻同眠胜子陵。

李泌本不乐仕进，久有去志，因乘间乞身道："臣已略报圣恩，今请仍许作闲人。"肃宗道："卿久与朕同忧，朕今将欲与卿同乐，何忽思去？"李泌道："臣有五不可留：臣遇陛下太早，陛下宠臣太深，任臣太重，臣功太大，迹太奇。有此五者，所以断不可留也！"肃宗笑道："且睡，另日再议。"李泌道："陛下今就臣同榻同卧，尚不允臣所请，况异日香案之前乎？陛下不许臣去，是杀臣也！"肃宗惊讶道："卿何疑朕至此？朕岂是欲杀卿者？"李泌道："杀臣者非陛下，乃五不可也。陛下向日待臣如此之厚，臣于事犹有不得尽言者；况他日天下既安，臣未必能尚邀圣眷，尚敢言乎？"肃宗道："卿此言，必因朕不从卿先伐范阳之计也。"李泌道："臣不因此，臣实有感于建宁王之事耳。"肃宗道："建宁欲害其兄，朕故不得已而除之耳。"李泌道："建宁若有此心，广平当极恨之；今广平王每与臣言其冤，为之流涕。况陛下昔欲用建宁为元帅，臣请用广平，若建宁果有害兄之意，宜深恨臣，乃当日以臣为忠，愈加亲信，即此可察其心矣。"肃宗闻言，不觉泪下道："卿言是也，朕知误矣，然既往不咎。"李泌道："臣非咎既往，只愿陛下警戒将来。昔天后无故鸩杀太子弘，其次子贤忧惧，作黄台瓜词，其中两句云：一摘使瓜好，再摘使瓜稀。今陛下已一摘矣，幸勿再摘。"李泌这句话，因知张良娣忌广平王之功也，常谗谮他，恐肃宗又为其所惑，故言及此。当下肃宗闻言，悚然道："安有是事！卿之良言，朕当谨佩。"李泌复恳求还山。肃宗道："且待东京报捷，朕入西京时再议。"

自此又过了几日，东京捷报到了，报说贼将自西京战败后，收合余众保陕城，安庆绪遣严庄引兵助之。郭子仪与贼战于新店，叶护引本部兵追击其后，腹背夹攻，贼兵大溃，尸横遍野，贼将弃陕而走。子仪遣兵分道追击。严庄奔回东京，劝安庆绪弃东京城，率其党走河北，临行杀前被擒唐将哥舒翰等三十余人，独许远自刎而死。子仪奉广平王入东京城，出府库中物与叶护，又命民间助输罗锦万匹与之，免于俘掠，百姓欢悦。正是：

大帅用番兵，贤王赖名将。土地得恢复，其功同开创。

肃宗闻报大喜，即具表遣韦见素入蜀奏捷；随后又遣秦国模、秦国桢往成都迎接上皇。一面择日起驾，先入西京，候上皇回銮。

李泌上表，请如前谕。恳放还山。肃宗知其去志已决，乃降温旨，许其暂归。李泌即日谢恩辞朝，隐居衡山去了。后来广平王嗣位，复征李泌出山，又历事两朝，正有许多嘉言善策，都不在话下。最可惜肃宗不曾从其先伐范阳之计，以致两京虽复，贼氛未殄，安家父子乱后，又继以史家父子之乱，劳师动众，久而后定。究竟安禄山既为其子庆绪所杀，而庆绪又为其臣史思明所杀，而史思明又为其子朝义所杀，乱臣贼子，历历现报。这些都是后话，如今且只说上皇还京之事。正是：

前日兴嗟行路难，今朝且喜回銮稳。

未知如何，且听下回分解。

第九十七回

达奚女钟情续旧好　采苹妃全躯返故宫

词曰：

缘未了，慢说离多欢会少，此日重逢巧。已判珠沉玉碎，还幸韬光敛耀。笑彼名花难自保，原让寒梅老。

调寄《长命女》

大凡人情，莫不恶离而喜合，而于男女之间为尤甚。然从来事势靡常，不能有合而无离，但或一离而不复合，或暂离而即合，或久离而仍合，甚或有生离而认作死别，到后来离者忽合，犹如死者复生。此固自有天意，然于此即可以验人情，观操守。彼墙花路草，尚且钟情不舍，到底得合，况贵为妃嫔者乎！使当患难之际，果不免于殒身，诚可悲可恨，若还幸得保全此躯，重侍故主，岂不更妙。且见得那恃宠骄妒的平时不肯让人，临难不能自保；不若那遭妒夺宠的，平时受尽凄凉，到今日却原是他在帝左右，真乃快心之事。

话说肃宗闻东京捷报，即遣太子太师韦见素入蜀奏闻上皇，复请回銮。随后又遣翰林学士秦国模、秦国桢前往迎驾。秦国桢奏言东京新复，亦当特遣朝臣赍诏到彼，褒赏将士，慰安百姓。肃宗准其所奏，乃仍命中使啖廷瑶与秦国模赴蜀，迎接上皇。改命秦国桢以翰林学士，充东京宣慰使；又命武部员外郎罗采为之副，一同赍诏往东京，即日起行。

那罗采乃故将罗成的后裔，与秦国桢原系中表旧戚，二人作伴同行，且自说得着。罗采对国桢说道："当初先高祖武毅公有两位夫人，一窦氏，一花氏，各生一子，弟乃花氏所生一子一支的子孙。那窦氏所生一支，传至先叔祖没有儿子，只生一女，小名素姑，远嫁河南兰阳县白刺史家，无子而早寡，守志不再醮，性喜的是修真学道。得遇仙师罗公远，说与我罗氏是同宗，因敬素姑是个节妇，赠与丹药一粒，服之却病延年。今已六十余岁，向在本地白云山中一个修真观中焚修。彼处男女都敬信他。自东京乱后，不见有书信来，我今此去，公事之暇，当往候之。"国桢道："他是兄的姑娘，就是小弟的表姑娘了。弟亦闻其寡居守节，却不知又有修道遇仙的奇事，明日到那里与兄同往一候便了。"当下驰驿趱行。

不则一日，来到东京，各官迎接诏书，入城宣读。诏略云：

　　西京捷后，随克东京，且见将帅善谋，士卒用命，国家再造，皆卿等之力也。已经表奏上皇，当即论功行赏，所有士庶，宜加抚慰，其未下州郡，还宜速为收复；城下之日，府库钱粮，即以其半犒军，毋得骚扰百姓。又访有汲郡隐士甄济，及国子司业苏源明，向在东京，俱能不为贼所屈，志节可嘉。其以济为秘书郎，源明为考功郎知制诰，即着来京供职。其降贼官员达奚珣等三百余人，都着解至西京议处。

原来那甄济，为人极方正，安禄山未反之时，因闻其名，欲聘为书记。甄济知禄山有异志，诈称疯疾，杜门不出；及禄山反，遣使者与行刑武士二人，封刀往召之，甄济引颈就刀，不发一语。使者乃以真病复命，因得幸免。那苏源明原籍河南，罢官家居；禄山造反之时，欲授以显爵，源明以笃疾坚辞，不受伪命。肃宗向闻此二人甚有志节，故今诏中及之。当时军民人等闻诏，欢呼万岁，不在话下。

且说秦国桢与罗采宣谕既毕，退就公馆，安歇了两日，即便相约同往访候罗氏素姑。遂起身，至兰阳县，且就馆驿歇下。至次日，二人各备下一份礼物，换了便服，屏去驺从，只带几个家人，骑着马，来至白云山前，询问土人。果然山中深僻处，有一修真观，名曰小蓬瀛。观中有个老节妇，在内修行，人都称他为白仙姑。土人说道："这仙姑年虽已老，却等闲不轻见人，近来一发不容闲杂人到他观里去。二位客官要去见他，只恐未必。"罗采道："他是我家姑娘，必不见拒。"遂与国桢及家人们策马入山，穿冈越岭，直至观前下马。见观门掩闭，家人轻轻叩了三下，走出一个白发老婆婆来，开门迎住，说道："客官何来？我们观主年老多病。闭关静养，有失迎接，请回步罢！"罗采道："我非别客，烦你通报一声，说我姓罗名采，住居长安，是观主的侄儿，特来奉候姑娘，一定要拜见的。"那婆婆听说是观主的亲戚，不敢峻拒，只得让他们步入。观中的景像，果然十分幽雅。有《西江月》词儿为证。道是：

炉内香烟馥郁，座间神像端凝。悬来匾额小蓬瀛，委实非同人境。双鹤亭亭立对，孤松郁郁常青。云堂钟鼓悄无声，知是仙姑习静。

那婆婆掩了观门，忙进内边去通报。少顷出来，传观主之命，请客官于草堂中少坐，便当相见。又停了一会，钟声响处，只见素姑身穿一件蓝色镶边的白道服，头裹幅巾，足踏棕履，手持拂子，冉冉而出。看他面容和粹，举止轻便，全不像六旬以外的人，此因服仙家丹药之力也。正是：

少年久已谢铅华，老年修真作道家。鬓发不斑身更健，可知丹药胜流霞。

罗采与秦国桢一齐上前拜见。素姑连忙答礼，命坐看茶。罗采动问起居，各叙寒暄。素姑举手向国桢问道："此位何人？"罗采道："此即吾罗氏的中表旧戚，秦状元名国桢的便是。"素姑道："原来就是秦家官人。"说罢，只顾把那"秦"字来口中沉吟。国桢道："愚表侄久仰表姑的贞名淑德，却恨不曾拜识尊颜，今日幸得瞻谒。向因山川间阻，以致疏阔，万勿见罪。"于是国桢与罗采各命从人，将礼物献上。素姑道："二位远来相探，足见亲情，何须礼物？"二人道："薄礼不足为敬，幸勿麾却。"素姑逊谢再三，方才收下，因问："二位为何事而来？"罗采道："我二人都奉钦差赍诏到此。请问姑娘前日贼氛扰乱之时，此地不受惊恐么？"素姑道："此地幽僻，昔年罗公远仙师，曾寄迹于此。他说道当初留侯张子房也曾于此辟谷，居此者可免兵火，因指点我来此住的。我自住此，立下清规，并不使俗人来缠扰。因你二位是我至戚，我又忝居长辈，既承相顾，不妨随喜一随喜。"便叫那老婆婆与几个女童，摆上点心素斋来吃了，随即引着二人，徐步入内边，到处观顽。

只见回廊曲槛，浅沼深林，极其幽胜。行过一层庭院，转出一小径，另有静室三间，门儿紧闭，重加封锁，只留一个关洞，也把板儿遮着。二人看了，只道是素姑习静之所。正看间，忽然闻得一阵扑鼻的梅花香。国桢道："里边有梅树么？此时正是冬天，如何便有梅香，难道此地的梅花开得恁早？"素姑微微而笑，把手中拂子，指着那三间静室道："梅花香从此室之中来，却不是这里生的，也不是树上开的。"罗采道："这又奇了，不是树上开的，却是那里来的哩？"国桢道："室中既有梅花，大可赏顽，肯赐一观否？"素姑道："室中有人，不可轻进。"二人忙问："是何人？"素姑道："说也话长，原请到外厢坐了，细述与二位贤侄听。"

三人仍至堂中坐下。素姑道："这件事甚奇怪，说来也不肯信，我也从未对人说，今不妨为二位言之。我当年初来此地，仙师罗公远曾云：'日后有两个女人来此暂住，你可好生留着。二女俱非等闲之人，后来正有好处。'及至安禄山反叛，西京失守之时，忽然有个女人，年约三十以外，淡素衣妆，骑着一匹白驴，飞也似跑进观来。我那时正独自在堂中闲坐，见他来得奇异，连忙起身，扶住他下驴。他才下得来，那驴儿忽地腾空而起，直至半天，似飞鸟一般的向西去了。我心中骇异，问那女人时，他不肯明言来历，但云：'我姓江氏，为李家之妇，因在西京遭难欲死，遇一仙女相救，把这白驴与我乘坐，叫我闭了眼，任我行走，觉得此身行在空中，霎时落下地来，不想却到这里。据那仙女说，你所到之处，便且安身，今既到此，不知肯相容否？'我因记着罗仙师的言语，知此女子必非常人，遂留他住在这静室中，不使外人知道，也不向观中人说那白驴腾空之事。那女人自在静室中，也足不出户。我从此将观门掩闭，无事不许开。不意过了几日，却又有个少年美貌的女子，叩门进来要住。那女人是原任河南节度使达奚珣的族侄女，小字盈盈，向在西京，已经适人。因其夫客死于外，父母又都亡故，只得依托达奚珣，随他到任所来。不想达奚珣没志气，竟降了贼。此女知其必有后祸，立意要出家，闻说此间观中幽静，禀知达奚珣，径来到此。我亦因记着罗仙师有二女来住之言，遂留他与那姓江的女人，同居一室之中，闭关静坐，只在关洞里传递饮食。两月之前，罗仙师同着一位道者，说是叶法善尊师，来到此间。那姓江的女人却素知二师之神妙，乃与达奚女出关拜谒。叶尊师便向空中幻出梅花一枝，赠于江氏说道："你性爱此花，今可将这一枝花儿供着，还你四时常开，清香不绝，更不凋残，直待还归旧地，重见旧主，享完后福，那时身命与此花同谢耳。'自此把这枝梅花，供在室中瓶里，直香到如今，近日更觉芬芳扑鼻。你道奇也不奇。"

秦、罗二人听了，都惊讶道："有这等奇事！"因问："这二位仙师见了那达奚女，可也有所赠么？"素姑道："我还没说完。当下罗仙师取过纸笔来，题诗八句，付与达奚氏说道：'你将来的好事，都在这诗句中。你有遇合之时，连那江氏也得重归故土了。'言讫，仙师飘然而去。"国桢道："这八句怎么说，可得一见否？"素姑道："仙师手笔，此女珍藏，未肯示人。那诗句我却记得，待我诵来，二位便可代他详解一详解。"其诗云：

避世非避秦，秦人偏是亲。江流可共转，画景却成真。
但见罗中采，还看水上苹。主臣同遇合，旧好更相亲。

二人听了，大家沉吟半晌，国桢笑道："我姓秦，这起两句倒像应在我身，如何说非避秦，又说秦人偏是亲？"素姑道："便是呢，我方才听得说是秦家官人，也就疑想到此。当日达奚女见了这诗句，也曾私对我说，在京师时，有个朝贵姓秦的，与他家曾有婚姻之议，今观仙师此诗，或者后日复得相遇，亦未可知也。这句话我记在心里，不道今日恰有个姓秦的来。"罗采道："这一发奇了，如今朝贵中姓秦的，只有表兄昆仲，赫赫著名，不知当初曾与达奚女有亲么？"国桢沉吟了一回，说道："此女既有此言，敢求表姑去问他一声，在京师的时节住居何处？所言姓秦的朝贵是何名字？官居何职？就明白了。"素姑道："说得是，我就去问来。"遂起身入内。少顷欣然而出，说道："仙师之言验矣！原来所言姓秦的，正是贤表侄。他说向住京师集庆坊，曾与状元秦国桢相会来。"国桢听了，不觉喜动颜色，道："原来我前所遇者，乃达奚盈盈，几年忆念，岂意重逢此地！"便欲请出相见。素姑道："且住，我才说你在此，他还未信，且道：'我既出家，岂可重提前事，复与相会。'"罗采笑道："表兄昔日既有桑间之喜，今又他乡逢故，极是奇遇，如何那美人反多推阻。你二人当初相会之时，岂无相约之语？今日须申言前约，事方有就。"国桢笑道："此未可借口传言。"遂索纸笔，题诗一首道：

记得当年集庆坊，楼头相约莫相忘。旧缘今日应重续，好把仙师语意详。

写罢，折成方胜，再求素姑递与他看。

盈盈见了诗，沉吟不语。素姑道："你出家固好，但详味仙师所言，只怕俗缘未断，出家不了，不如依他旧好重新之说为是。"看官，你道盈盈真个立志要出家么？他自与国桢相叙之后，时刻思念，欲图再会；争奈夫主死了，母亲又死了，族叔达奚珣以其无所依，接他到家去，随又与家眷一同带到河南任所，因此两下隔绝；今日重逢，岂不欣幸？况此时达奚珣已拿京师去了，没人管得他。只是既来出了家，不好又适人，故勉强推却；及见素姑相劝，便从直应允了。国桢欣喜，自不必说；但念身为诏使，不便携带女眷同行，因与素姑相商："且叫盈盈仍住观中，等待我回朝复了命，告知哥哥，然后遣人来迎。"当下只在关洞前相见，盈盈止露半身，并不出关。国桢见他丰姿如旧，道家妆束，更如仙子临凡；四目相视，含悲带喜，不曾交一言。正是：

相思无限意，尽在不言中。

是晚秦国桢、罗采不及出山，都就观中止宿。素姑挑灯煮茗，与二人说了些家庭之事，因又谈及罗公远这八句诗。国桢道："起二句已应，却那画影一句，也不必说了，其余这几句却如何解？今盈盈虽与江氏同居，行将相别，却怎说江流可共转？"素姑道："那江氏突如其来，所乘之驴，腾空而去；看他举止，矜贵不凡，我疑他是个被谪的女仙，只是罗仙师道：'达奚有遇合之时，连江氏也得归故土。'此是何意？"

二人闲话间。只见罗采低头凝想，忽然跌足而起，道："是了是了，我猜着的了！"素姑道："你猜着甚么？"罗采低声密语道："这江氏说是江家女李家妇，莫非是上皇的妃子江采苹么？你看诗句中，明明有'江采苹'三字。他便性爱梅花，宫中称为梅妃。前日传闻乱贼入宫，获一腐败女尸，认是梅妃，后又传闻梅妃未死，逃在民间。或者真个遇仙得救，避到这里，日后还可重归宫禁，再侍上皇，也像达奚女与秦兄复续旧好一般。不然，如何说'主臣同遇合'呢？"国桢点头道："这一猜甚有理。但据我看来，表兄姓罗名采，诗语云：'但见罗中采，还看水上苹。'却像要你送他归朝的。"素姑道："若果是江贵妃，他既在我观中，我侄儿恰到此，晓得贵妃在这里，自然该奏报请旨。"罗采道："只要问明确是江贵妃，我即日就具表申奏便了。"素姑道："要问不难。他见达奚氏矢志不随那降贼的叔叔，因此甚相敬爱，有话必不相瞒，我只问达奚，便知其实了。"当晚无话。

次日，素姑至静室中见了盈盈，说话之间，私问道："小娘子，你不日便将与江氏娘子相别了。这娘子自到此，不肯自言其履历。他和你是极说得来，必有实言相告，你必知其详，毕竟是谁家内眷？"盈盈笑道："他一向也不肯说，昨日方才说出。你莫小觑了他，他不是等闲的女人，就是上皇当日最宠幸的梅妃江采苹哩！我正欲把这话告知姑娘。"素姑闻言，又惊又喜，顿足道："我侄儿猜得一些不错。"

看官听说，原来梅妃向居上阳宫，甘守寂寞；闻安禄山反叛，天下骚然，时常叹恨杨玉环肥婢，酿成祸乱；及贼氛既近，天子西狩，欲与梅妃同行，又被杨妃阻挠，竟弃之而去。那时合宫的人，都已逃散。梅妃自思："昔日曾蒙恩宠，今虽见弃，宁可君负我，不可我负君。若不即死，必至为贼所逼。"遂大哭一场，将白绫一幅，就庭前一株老梅树上自缢。

气方欲绝，忽若有人解救，身子依然立地，睁开眼看时，却是一个星冠云峨的美貌女子立在面前。梅妃忙问："你是那一宫中的人？"那女子道："我非是宫中人，我乃韦氏之女，张果老先生之妻也，家住王屋山中。适奉我夫之命，乘云至此，特地相救。你日后还有再见至尊之时，今不当便死。我送你到一处去，暂且安身，以待后遇。"遂于袖中取出一个白纸摺成的驴儿，放在地上，吹口气，登时变成一匹极肥大的白驴，鞍辔全备，扶梅妃骑上，嘱咐道："你只闭着眼，任他行走，少不得到一个所在，自有人接待你。"说罢，把驴一拍，那驴儿冉冉腾空而起。梅妃心虽骇怕，却欲下不能，只得手绾丝缰，紧闭双眸，听其行止。耳边但闻风声谡谡，觉得其行甚疾，且自走得平稳。须臾之间，早已落地，开眼一看，只见四面皆山。驴儿转入山径里，竟望小蓬瀛修真观中来，因此得遇罗素姑相留住下。当时不敢实说来历，素姑又见那白驴腾空而走，疑此女是天仙，不敢盘问。

那罗公远诗中，藏下江采苹三字，他人不知，梅妃却自晓悟；今见诏使罗采姓名，与诗相合，盈盈又得与秦状元相遇，诗中所言，渐多应验，又闻两京克复，上皇将归，因把实情告知盈盈，要他转告素姑，使罗采表奏朝廷。恰好罗采猜个正着，托素姑来问；当下盈盈细说其事。素姑十分惊喜，随即请见梅妃，要行朝拜之礼。梅妃扶住道："多蒙厚意，尚未报谢，还仗姑姑告知罗诏使，为我奏请。"素姑应诺，便与罗采说知。

罗采与国桢商议，先上笺广平王，启知其事；广平王遂于东京宫中，选几个旧曾供御的内监宫女，都到观中参谒识认，确是梅妃无疑，乃具表奏闻。罗采亦即飞疏上奏，疏中并及国桢与达奚盈盈之事，竟说盈盈是国桢向所定之副室，因乱阻隔，今亦于修真观中相遇，虽系降贼官员达奚珣之族女，然能心恶珣之所为，甘作女冠，矢志自守，其节可嘉。肃宗览表，一面遣人报知上皇，一面差内监二人，率领宫女数人，赴白云山小蓬瀛迎请梅妃速归故宫，候上皇回銮朝见；并着该地方官厚赏罗素姑，仍候上皇诰谕褒奖；又降诏达奚盈盈，即归秦国桢为副室，给与封诰。

那时国桢与罗采别过了素姑，起马回朝。中途闻诏，即差家人速至修真观中传语盈盈，叫他仍唤达奚珣家人仆妇女使随侍，跟着梅妃的仪从，一齐进京。当下梅妃与盈盈谢别了素姑，即日起程。梅妃自有内监宫女拥卫，香车宝马，望西京进发。盈盈与仆从女使们，亦即随驾而行。梅妃车前，有内侍赍捧宝瓶，供着那枝仙人所赠的梅花，香闻远近，人人叹异。梅妃子临行时，手书疏启，差中使星夜赍奉上皇驾前呈进。正是：

　　昔日楼东空献赋，今朝重上一封书。

未知后事如何，且听下回分解。

第九十八回

遗锦袜老妪获钱　听雨铃乐工度曲

词曰：

　　人逝矣，宝髻花钿都委地。锦袜独留余媚，见者犹惊喜。
　　万里归程迢递，正追思往事，被雨滴愁肠碎碎，愁歌曲内。
调寄《归国遥》

　　凡人于男女生死离别之际，不但当时的悲伤，不可言论，至事后追思，更难为情。倘那人竟如冰消雾散，一无流遗，徒使我望空怀想，摹影拟形，固极悲楚，若还那人，平日服御顽好之物，留得一件两件，这些余踪剩迹，一发使人触目伤心。此即旁人不关情的，犹且慕芳踪而愿睹，观遗物而兴嗟；何况恩爱宠幸之人，平时片刻不离，一旦变起意外，生巴巴的拆开，活刺刺的弄死，其悲痛何可胜言！到后来痛定思痛，凡身之所经，目之所睹，耳之所闻，无一不足以助其悲思，于是托之歌咏，寄之声音，此真以歌当哭，一声一泪。

　　话说梅妃自小蓬瀛修真观中，起行回西京，临行之时，先具手疏，遣内侍赴蜀进呈上皇。原来上皇在蜀中也常思念梅妃，因有人传说："贼人曾于宫中获一女尸，疑是梅妃之尸。"上皇闻此信，只道梅妃已死，十分伤感。时有方士张山人在蜀，上皇召至宫中，命其探幽冥索，访求梅妃魂魄所在。那张山人结坛默坐一日一夜，回奏言："臣飞魂遍游三界，搜访仙魂，俱无踪影。"上皇怅然道："芳魂何往耶！若梅妃之魂可访，则太真之魂意亦可访，今皆不可得矣！"因挥泪不止。高力士见上皇悲思甚切，乃求得梅妃画真一幅进呈御览。上皇看了嗟叹道："此画像绝肖，惜不活耳！"展看再三，御笔亲题绝句一首于其上云：

　　　　惜昔娇娃侍紫宸，铅华懒御得天真。霜绡虽似当年态，怎奈秋
　　波不顾人。

自此上皇时常展图观顽。

　　后又有人说："梅妃并不曾死，前所获死尸，不是梅妃之尸。"上皇闻之，疑是散失民间，乃下诏军民士庶，有知妃子江采苹所在者，即行奏报候赏；或有遇见奉送来京者，予六品官，赐钱百万。诰谕方下，恰好肃宗见了罗

采的表章，遣使来奏闻。那时上皇已发驾起行，途次得奏，龙颜大悦，传旨罗采等俟驾回京颁赏，江采苹着回宫候见。过了一日，梅妃所遣的内使，亦途次迎着车驾，随将梅妃的手疏进献。其疏略云：

> 臣妾自楼东献赋，多有触忌。荷蒙圣恩，不加诛戮，幸得屏处，以延一息；凄凉之况，甘之如饴。客岁之夏，逆贼犯阙，乘舆西狩，事起仓卒。圣心眷妾，欲与偕行，有言间之，使俟后命。事势既蹙，后命不及。当此之时，举宫骇散，妾之一命，轻于鸿毛，殉节投环，气已垂绝。忽有仙姬，从空而降，手为解救，绝而复苏。询厥所由，来自王屋，韦家女子，张果老其夫。云奉夫言，指妾远逋。袖出纸驴，化为骏骑，乘以行空，顷刻千里。任其所止，则在兰阳。白云深处，蓬瀛道院，中有女冠，实系节妇。素姑罗氏，公远族属，讶妾来踪，疑以为仙，引处奥密，奉事惟谨。妾亦韬晦，不与明言。有与同处，达奚闺秀，秦姓所聘，状元侧室。二女同居，人莫能知。前此公远，预言罗姑，谓有二女，暂来即去，各归其主，当在异日。两月以前，罗师忽来，所同来者，叶师法善。赠妾以梅，从厥攸好，阆苑天葩，常花不谢。更吟诗句，字里藏机。罗秦二使，访亲而来。妾缘达奚，因秦及罗，藉以奏报，适符仙语，奇迹怪踪，妾所身经，敢具手疏，上达天听。残喘余生，不宜再渎，邀恩格外，许归故宫。旦夕之间，与梅同落，随逐花魂，渺焉空际；较之惨死，何啻天渊？是所深幸，夫复何求？若蒙异数，不忘旧眷，俾兹朽质，重睹天颜。有如落英，复缀枝头，非敢所期，伏候明诏。临疏涕泣，不知所云。

上皇前得肃宗奏报，已略知其事，今见梅妃手疏，更悉芳衷，深为叹异，送温旨批去，云：

> 贤妃遇难自经，具见殉节之志；仙女临期相救，正因矢志之诚。千里行空，异焉蓬瀛之托迹；一枝寓意，美哉花萼之留香。朕方观画题诗，索芳魂而不得；卿已逢仙赠句，卜嘉会于将来。种种奇迹，历历动听，斯皆真诚感召，故有遇合因缘。今其遄返紫宸，勿复徒悲清夜。缅怀旧眷，伫俟新恩。

中使赍旨，驰报梅妃。此时梅妃已至西京，承肃宗之意，入居上阳宫了。

上皇行至凤翔府，传命护从军士，将衣甲兵器，都交纳凤翔府库中。李辅国奏请肃宗发精骑三千迎驾。及驾将到，肃宗率百官出都门奉迎，百姓遮道罗拜，俱呼万岁。肃宗俯伏上皇车前，涕泣不止；上皇亦涕泣抚慰。肃宗奏请避位，上皇不允。时肃宗不敢穿黄袍，只穿紫袍，上皇立命取黄袍，令内侍与肃宗换了。车驾即日至太庙告谒，因见太庙残毁，仰天大哭，臣民无不感伤。告谒毕，车驾回朝。肃宗步行御车，上皇屡却之，方乘马傍车而行。上皇顾谓诸臣曰："朕为天子五十年，不自见为尊；今为天子父，乃真尊之至耳。"诸臣皆俯首称万岁。上皇车驾入朝，不御大殿，只就便殿，暂只下谕："朕尊为太上皇。以南内兴庆宫为娱老之所，朝廷政事，不复与闻。"后人读史至此，谓上皇纳甲兵于府库，是何意思？肃宗子迎父驾，却用精骑三千，又是何意？有诗叹云：

甲兵输库非无意，父子之间亦远嫌。迎驾只须仪从盛，何劳精骑发三千？

上皇既至兴庆宫，即召梅妃入宫见驾。梅妃朝拜之际，婉转悲啼。上皇意不胜情，好言慰劳，即以所题画真与看。梅妃拜谢道："圣人之情，见乎辞矣，臣妾虽死，亦当衔感九泉。"因又把当日投环，遇仙避难，逢仙之事，面奏一番，道："妾若非张果老先生使其妻远来相救，安能今日复见天颜？"上皇道："昔年朕欲以玉真公主与张果老为婚，他坚却不允，原说有妻韦氏在王屋山中，不意你今日蒙其救援。那纸驴儿想即张果老巾箱中物也。"梅妃又将叶法善所赠梅花，呈于上皇观览。上皇见花色晶莹，清香袭人，不觉惊异道："你得此仙梅，庶不愧梅妃之称矣！"梅妃又将罗公远诗句奏闻道："此诗虽赠达奚女，而妾得罗采奏报之事，已寓于中。"上皇点头嗟叹道："罗公远昔曾寄书与朕，说安不忘危，这安字明明说安禄山；又寄药物名蜀当归，是说朕将避乱入蜀，后来仍当归京都。仙师之言，当时莫解其意，今日思之，无有不验。我正在这里想他。"

梅妃回奏，言罗采与罗素姑就是他的戚属。上皇遂传命，加罗采官三级，赐钱百万；封罗素姑为贞静仙师，赐钱二百万，增修观宇。又命塑张果老、叶法善、罗公远三仙之像，于观中虔诚供奉。梅妃又念达奚盈盈同处多时，互相敬爱，情谊不薄，因奏请上皇，以虢国夫人旧宅赐与居住，这正应了罗公远诗中'画景却成真'一句。当初盈盈把虢国宅院的画图，与秦国桢看了，隐过了自家的事，谁想今日就把那画图中的宅院赐与他，却不是弄假成真？

当下秦国桢接到了盈盈，一面告知亲兄秦国模，不说是旧好，只说在修真观中相遇，承罗采为媒两个订定的。国模因他已奉旨准娶，便也由他罢了。盈盈就于赐第中，与秦国桢相聚，重讲旧情，这一段的恩爱，非可言喻。有一曲《黄莺儿》为证：

重会状元郎，上秦楼，卸道装，从今勾却相思账。姓儿也双，名儿也双，前时瞒过难寻访。笑娘行，今须听我低叫耳边厢。

原来秦国桢的夫人徐氏，就是徐懋功的裔孙女，极是贤淑，因此妻妾相得，后来各生贵子。国桢与哥哥国模，俱以高官致仕。盈盈常得入宫，谒见梅妃。又常遣人往候罗素姑。那罗素姑寿至百有余岁，坐化而终。此皆后话，不必再说。

　　且说梅妃当日朝见上皇过了，便要辞回上阳宫。上皇道："朕年已老，无人侍奉，得卿相叙，正好娱我晚景，如何还要到上阳宫去？"梅妃道："臣妾自翠华西阁得侍至尊，触忌遭谴，自分永弃，今以未死余生，复觐天颜，已出望外。至于侍奉左右，当更择佳丽，以继前宠。妾衰朽之质，自宜退避。"说罢，挥泪如雨。上皇亲手抚慰道："向来与卿疏阔，实朕之过；然珍珠投赠，未始无情，今当依仙师'旧好从新'之语，岂忍弃朕别居？"梅妃见上皇恁般眷顾，乃遵旨留兴庆宫，与上皇同处。正是：

　　　　杨花已逐东风散，梅萼偏能留晚香。

　　上皇复得梅妃侍奉，甚可消遣暮年，但每常念及杨妃惨死，不胜悲痛。前自蜀中回京，路过马嵬，特命致祭，彼时便欲以礼改葬。礼部侍郎李揆奏云："昔日龙武将士，因诛杨国忠，故累及妃子。今欲改葬故妃，恐龙武将士疑惧生变。"上皇闻奏，暂止其事；及回京后，密遣高力士潜往改葬，且密谕：若有贵妃所遗物件，可以取来。高力士奉了密旨，至马嵬驿西道之北坎下，潜起杨妃之尸，移葬他处。其肌肤已都销尽，衣饰俱成灰土；只有胸前紫罗香囊一枚，尚还完好。那紫罗乃外国贡来冰丝所织，囊中又放着异香，故得不坏。力士收藏过了。又闻得有遗下锦裤袜一只，在马嵬山前一个老妪钱妈妈处，遂以钱十千买之。

　　原来杨妃当日缢死于马嵬驿中，匆匆瘗埋。车驾既发，众驿卒俱至驿中打扫馆舍。其中有一姓钱的驿卒，于佛堂墙壁之下，拾得锦裤袜一只，知道是宫中嫔妃所遗，遂背着众人，密自藏过，回家把与母亲钱妈妈看。那个妈妈见这裤袜上用五色锦绣成一对并头合蒂的莲花，光彩炫目，余香犹在，便道："此必是那亡过的妃子娘娘所穿。这样好东西，不容易见的哩！"正看间，恰有个邻家的妈妈走过来闲话，因便大家把顽了一回。于是传说开了，就有那好事的人来借观，这个看了去，那个也要来看。钱妈妈初时还肯取将出来与人瞧瞧，后来要看的人多了，他便索起钱钞来，越索得越多，越有人要看，直索至百文一看。那妈妈获钱几及数万，好不快活。原来杨妃的裤袜，有名叫做藕履。你道那藕履二字如何解？这因杨妃平日，最爱穿绣莲裤袜。天子常戏语之云："你的裤袜上，正宜绣着莲花，若不是莲花，何故内中有此白藕？"杨妃因此自名其裤袜为藕履。不想身死之后，遗下一只于驿庭，为众人之所争看，倒作成那钱妈妈着实得利。后来刘禹锡作《马嵬行》，也说及那遗袜之事。道是：

　　　　履綦无复有，文组光未灭。不见岩畔人，空见凌波袜。

邮童爱踪迹，私手解挈结。传看千万眼，缕绝香不绝。

又有人说，那遗袜毕竟有时消毁，不能长留于世，亦殊不足看。有诗云：

锦袜传观只一时，凌波今日有谁知？不如西子留遗迹，人到灵岩便系思。

当下高力士闻遗袜在钱妈妈处，将钱来买。钱妈妈不敢不与。力士把这锦裤袜与那紫罗香囊，一并献与上皇履旨。上皇见了这二物，嗟悼不已，即命宫人藏好，闲时念及，常取来观看叹惜。梅妃欲排遣圣怀，令高力士访求旧日那梨园子弟来应承。

一夕，上皇乘月登勤政楼，凭栏眺望，烟云满目，追思昔日此楼中盛事，恍如隔世，不觉怆然，因抗声而歌道：

庭前琪树已堪攀，塞外征人殊未还。

歌未竟，只闻得远远地亦有歌唱之声。上皇静听良久，虽听不出他唱些甚么，却觉得音声清亮，回顾左右道："此歌者莫非也是梨园旧人么？"高力士奏道："此或是民间男妇偶然歌唱，未必便是梨园旧人。昨闻黄幡绰已病故，梨园旧人供御的，亦渐稀少了。"上皇闻奏，愈觉怆然道："朕近日所作《雨淋铃》曲，幡绰唱来最好，今不可得闻矣！"时李谟、张野狐二人侍侧，力士因奏言此二人的技艺，亦不亚于幡绰。上皇遂命野狐，将《雨淋铃》曲奏来，李谟可吹笛和之。二人领旨，野狐顿开喉咙唱将起来，李谟即将仙翁所赠短笛相和，音声清彻，真个如怨如慕，如泣如诉，足使近听增悲，远闻兴慨。

看官，你道那《雨淋铃》曲，为何而作？当时上皇自成都起驾回京，路途之间，思念杨妃，满腔愁绪。至斜谷口，值连雨经旬。车驾过栈道，雨中闻车上铃声，隔山相应，其声甚觉凄凉，因顾黄幡绰道："你听这铃声何如？朕愁耳听来，甚是不堪。"幡绰便插耳听道："这铃儿大不敬，当治罪。"上皇道："你又来作戏了，铃声如何是不敬？"幡绰道："铃声如话，臣独解之，但不敢奏闻。"上皇晓得他是戏言，便道："汝尽管说来，朕不罪汝。"幡绰道："臣细听其声，明明说道'三郎郎当''三郎郎当'，岂非大不敬？"上皇闻言，不觉失笑，于是采其声，为《雨淋铃》曲，以自写其郎当之意。正是：

雨声铃响本凄凉，愁耳听来更断肠。叹息马嵬人已香，三郎空自怨郎当。

次日，上皇与梅妃闲话，谈及归途中闻铃声而兴感的事，因道："朕那时正心绪作恶，忽得小蓬瀛之信，顿开愁绪。"梅妃道："妾闻上皇正下诰访求，妾身乃知圣心不弃旧人，衔恩无地。"

正说间，内侍传到肃宗的表章，为欲请命赦宥两个降贼的朝官。正是：

欲屈皋陶法，愿施尧帝仁。

未知后事如何，且听下回分解。

第九十九回

赦反侧君念臣恩　了前缘人同花谢

词曰：

　　天王明圣，臣罪当诛。恩流法外，全生更矜死，赖宫中推爱。
　　岂意宫中人渐惫，看梅花飘零。无奈佳人与同谢，叹芳魂何在？

调寄《忆少年》

　　古人云：求忠臣必于孝子之门。又云：移孝可以作忠。夫事亲则守身为大，发肤不敢有伤；事君则致身为先，性命亦所不顾。二者极似不同，而其理要无或异。故不孝者自然不忠，而尽忠者即为尽孝。古者尚有其父不能为忠臣，其子干父之蛊，以盖前愆者；况忝为名臣之子，世受国恩，乃临难不思殉节，竟甘心降贼，堕家声于国宪。国之叛臣，即家之贼子，不忠便是不孝，罪不容诛，虽天子思想其父，曲全其命，然遗臭无穷，虽生犹死了。倒不如那失恩的妃子，不负君恩，患难之际，恐被污辱，矢志捐躯，却得仙人救援，死而复生，安享后福，吉祥命终，足使后人传为佳话。

　　却说上皇正与梅妃闲话，内侍奏言："皇帝有表章奏到。"上皇看时，却为处分从贼官员事。肃宗初回西京时，朝议便欲将此辈正法。同平章事李岘奏道："前者贼陷西京，上皇仓卒出狩，朝廷未知车驾何在，各自逃生，不及逃者，遂至失身于贼，此与守土之臣，甘心降贼者不同。今一概以叛法处死，似乖仁恕之道。且河北未平，群臣陷于贼中者尚多，若尽诛西京之陷贼者，是坚彼附贼之心了。"肃宗准奏，诏诸从贼者，姑从宽典。后因法司屡请正叛臣之罪，以昭国法，上皇亦云"叛臣不可轻宥"，肃宗乃命分六等议处。法司议得达奚珣等一十八人应斩，家眷人口没官；陈希烈等七人，应勒令自尽；其余或流或贬或杖，分别拟罪具表。肃宗俱依所议，只于斩犯中欲特赦二人。那二人即故相燕国公张说之子原任刑部尚书张均，太常卿驸马都尉张垍。

　　你道肃宗为何欲赦此二人？只因昔日上皇为太子时，太平公主心怀妒嫉，朝夕伺察东宫过失纤微之事，俱上闻于睿宗，即宫中左右近习之人，亦都依附太平公主，阴为之耳目。其时肃宗尚未生，其母杨妃，本是东宫良媛，偶被幸御，身遂怀孕，私心窃喜，告知上皇。那时上皇正在危疑之际，想道："这件

事,若使太平公主闻之,又要把来当做一桩话柄,说我内多嬖宠,在父皇面上谗谮。不如以药下其胎罢!只可惜其胎不知是男是女。"左思右想,无可与商者。时张说为侍讲官,得出入东宫,乃以此意密与商议。张说道:"龙种岂可轻动?"上皇道:"我年方少,不患子嗣不广,何苦因宫人一胎,滋忌者之谗言?吾意已决,即欲觅堕胎药,却不可使闻于左右,先生幸为我图之。"张说只得应诺,回家自思:"良媛怀胎,若还生子,非帝即王,今日轻易堕胎,岂不可惜?且日后定然追悔。但若不如此,谗谤固所不免。太子已决意欲堕,难与强争。他托我觅药,我今听之天数,取药二剂,一安胎,一堕胎,送与太子,只说都是堕胎药,任他取用那一副。若到吃了那安胎药,即是天数不该绝,我便用好言劝止了。"至次日,密袖二药,入宫献上道:"此皆下胎妙药,任凭取用一副。"

上皇大喜,是夜尽屏左右,置药炉于寝室,随手取一剂来,亲自煎煮好了,手持与杨氏,谕以苦情,温言劝饮。杨氏好生不忍,却不敢违太子命,只得涕泣而饮之。上皇看了饮了,只道其胎即堕,不意腹中全无发动,竟沉沉稳稳的,直睡至天明,原来到吃了那剂安胎药了。上皇心甚疑怪,那日因侍睿宗内宴,未与张说相见,至夜回东宫,仍屏去左右,密置炉火,再亲自煎起那一剂药来,要与杨氏吃。正煎个九分,忽然神思困倦,坐在椅上打盹,恍惚之间,见屋宇边红光闪闪,红光中现出一尊神道,怎生模样?

　　赤面美髯,蚕眉凤眼。身长约一丈,披一领锦绣绿罗袍;腰大
　可十围,束一条玲珑白玉带。神威凛凛,法貌堂堂。疑是大汉寿亭
　　侯,宛如三界伏魔帝。

那神道绕着火炉走了一转,忽然不见。上皇惊醒,忽起身看时,只见药铛已倾翻,炉中炭火已尽熄,大为骇异。

次日张说入见,告以夜来之事,且命更为觅药。张说再拜称贺,因进言道:"此乃神护龙种也!臣原说龙种不宜轻堕,只恐重违殿下之意,故欲决之于天命。前所进二药,其一实系安胎之药,即前宵所服者是也。臣意二者之中,任取其一,其间自有天命。今既欲堕而反安,再欲堕则神灵护之,天意可知矣!殿下虽忧谗畏讥,其如天意何!腹中所怀,必非寻常伦匹,还须调护为

是。"上皇从其言，遂息了堕胎之念，且密谕杨氏，善自保重。杨氏心中常想吃些酸物，上皇不欲索之于外，私与张说言之。张说常于进讲时，密袖青梅木瓜以献，且喜胎气平稳。未几，睿宗禅位。至明年，太平公主以谋逆赐死，宫闱平静，恰好肃宗诞生；幼时便英异不凡，及长出见诸大臣，张说谓其貌类太宗，因此上皇属意，初封忠王；及太子瑛被废，遂立为太子。正是：

　　　　调元护本自胎中，欲堕还留最有功。又道仪容浑类祖，暗教王
　　子代东宫。

张说因此于开元年间，极被宠遇。

　　肃宗即位时，杨氏已薨，追尊为元献皇后。他平日曾把怀胎时的事，说与肃宗知道，肃宗极感张说之恩。张家二子张均、张垍，肃宗自幼和他嬉游饮食，似同胞兄弟一般。张说亡后，二子俱为显官，张垍又赘公主为驸马，恩荣无比，不意以从逆得罪当斩。肃宗不忘旧恩，欲赦其罪。却因上皇曾有"叛臣不可轻宥"之谕，今若特赦此二人，不敢不表奏上皇；只道上皇亦必念旧，免其一死。不道上皇览表，即批旨道：

　　　　张均、张垍世受国恩，乃丧心从贼，此朝廷之叛臣，即张说之
　　逆子，罪不容逭。余老矣，不欲更闻朝政，但诛叛惩逆，国法所
　　重，既来请命，难以徇情，宜照法司所拟行。

你道上皇因何不肯赦此二人？当日车驾西狩，行至咸阳地方，上皇顾问高力士道："朕今此行，朝臣尚多未知，从行者甚少。汝试猜这朝臣中谁先来，谁不来？"力士道："苟非怀二心者，必无不来之理。窃意侍郎房琯，外人俱以为可作宰相，却未蒙朝廷大用，他又常为安禄山所荐，今恐或不来。尚书张均、驸马张垍，受恩最深，且系国戚，是必先来。"上皇摇首微笑道："事未可知也。"及驾至普安，房琯奔赴行在见驾。上皇首问："张均、张垍可见否？"房琯道："臣欲约与俱来，彼迟疑不决，微窥其意，似有所蓄而不能言者。"上皇顾谓高力士道："朕固知此二奴贪而无义也。"力士道："偏是受恩者竟怀二心，此诚人所不及料。"自此上皇常痛骂此二人，今日怎肯赦他！

　　肃宗得旨，心甚不安，即亲至兴庆宫，朝见上皇，面奏道："臣非敢徇情坏法，但臣向非张说，安有今日？故不忍不曲宥其子，伏乞父皇法外推恩。"上皇犹未许，梅妃在旁进言道："若张家二子俱伏法，燕国公几将不祀，甚为可伤；况张垍系驸马，或可邀议亲之典。"肃宗再三恳请，上皇道："吾看汝面，姑宽赦张垍便了。张均这奴，我闻其引贼搜宫，破坏吾家，决不可活。"肃宗不敢再奏，谢恩而退。上皇即日乃下诰云：

　　　　张均、张垍，本应俱斩，今从皇帝意止将张均正法，张垍姑免
　　死，长流岭南。达奚珣于逆贼安禄山奏请献马之时，曾有密表谏
　　阻，今止斩其身，其家免入官，余俱依所拟。

诰下，法司遵诰施行，张均遂与达奚珣等众犯，同日俱斩于市。正是：

昔日死姚崇，曾算生张说。今日死张说，难顾生张均。

当初张说建造居住的宅第，其时有个善观风水的僧人，名唤法泓，来看了这所第宅的规模，说道："此宅甚佳，富贵连绵不绝，但切勿于西北隅上取土。"张说当时却不把这句话放在意里，竟不曾吩咐家人。数日后，法泓复来，惊讶道："宅中气候，何忽萧条，必有取土于西北隅者！"急往看时，果因众工人在彼取土，掘成三四个大坑，俱深数尺。张说急命众工人以土填之。法泓道："客土无气。"因叹息不已，私对人说道："张公富贵止及身而已，二十年后，其郎君辈恐有不得令终者。"至是其言果验。后人有诗云：

　　非因取土便成灾，数合凶灾故取土。卜宅何须泥风水，宅心正直吾为主。

闲话少说。只说上皇自居兴庆宫，朝政都不管，惟有大征讨、大刑罚、大封拜，肃宗具表奏闻。那时，肃宗已立张良娣为皇后。这张后甚不贤良，向从肃宗于军中，私与肃宗博戏打子，声闻于外；乃潜刻木耳为子，使博无声。其性狡而慧，最得上意；及立为后，颇能挟制天子，与权阉李辅国比附，辅国又引其同类鱼朝恩。

时安、史二贼尚未殄灭，命郭子仪、李光弼等九节度各引本部兵往剿，乃以宦官鱼朝恩为观军容使，统摄诸军，于是人心不服。临战之时，又遇大风昼晦，诸军皆溃。郭子仪以朔方军断河阳桥守东京。肃宗听鱼朝恩之言，召子仪回朝，以李光弼代之。子仪临发，百姓涕泣遮道请留，子仪轻骑竟行。上皇闻之，使人传语肃宗道："李、郭二将，俱有大功，而郭尤称最，唐家再造，皆其力也。今日之败，乃不得专制之故，实非其罪。"肃宗领命，因此后来灭贼功成，行赏之典，李光弼加太尉中书令，郭子仪封汾阳王。

子仪善处功名富贵，不使人疑忌，虽握重兵在外，一纸诏书征之，即日就道，故谗谤不得行。其子郭暧尚代宗皇帝之女升平公主。尝夫妇口角，郭暧道："你恃父亲为天子么？我父薄天子而不为。"公主将言奏闻天子，子仪即囚其待罪。天子知之，置之不问。又恐子仪心怀不安，乃谕之曰："不痴不聋，做不得阿家翁。儿女子闺阁中语，不必挂怀。"其历朝恩遇如此。子仪晚年退休私第，声色自娱，旧属将佐，悉听出入卧内，以见坦平无私。七子八婿，俱为显官；家中珍货山积。享年八十有五，直至德宗建中二年方薨逝。朝廷赐祭、赐葬、赐谥，真个福寿双全，生荣死哀。《唐史》上说得好，道是：

　　天下以其身为安危者，殆三十年；功盖天下而主不疑，位极人臣而众不嫉；穷奢极欲，而人不非之。自古功臣之富贵寿考，无出于其右者。

这些都是后话，不必再述。

且说上皇常于宫中想起郭子仪的大功，因道："子仪当初若不遇李白，性命且不可保，安能建功立业？李白甚有识英雄的眼力，莫道他是书生，只能作文字也。"此时李白正坐永王璘事，流于夜郎。上皇特旨赦归，方欲使朝廷用之，旋闻其已物故，不觉叹息。梅妃常闻上皇称赞李白之才，因想起前事，私语高力士道："我昔年曾欲以千金买赋，效长门故事，汝以世间难得才子为辞；若李白者，宁遽逊于相如乎？"力士道："彼时李白尚未入京，老奴无从访求。且彼时贵妃之宠方深，亦非语言文字所能夺。若不然，娘娘《楼东》一赋，岂不大妙，然竟不能移其宠。"梅妃点头道："汝言亦良是。"

正说间，内侍来禀说，江南进梅花到。原来梅妃服侍上皇之后，四方依旧进贡梅花；但梅妃既得了那枝仙梅，把人间凡卉，都看得平常了。这仙梅果然四季常开，愈久愈香，花色亦愈鲜洁，梅妃随处携带把顽。

忽一日早起，觉得那花的香气顿减，花色也憔悴了，把手去移动时，只见花瓣儿多飘飘零零的落将下来。梅妃惊骇道："仙师云：我命当与此花同谢。今花已谢矣，我命可知。"自此心中恍惚不宁，遂染成一病，卧床不起。太医院官切脉进药，梅妃不肯服药，道："命数当终，岂药石所能挽回？"上皇亲来看视，坐于床头，遍体抚摩，执手劝慰道："妃子偶病，遂尔瘦损，还须服药为是。"梅妃涕泣道："臣妾自退处上阳，自分永弃，继遭危难，命已垂绝，岂意复侍至尊，得此真万幸。今福缘已尽，仙师所云，与花同谢，此其期矣！妾死之后，那枝仙梅留在人间，难以种植；若然殉葬，又恐亵渎，宜取佛炉火焚之。"上皇道："妃子何遽言及此？"梅妃道："人谁无死。妾今日之死，可称令终，较胜于他人矣。况妾死后，性灵不泯，当人佳境，谅无所苦。但圣恩如天，图报无地，为可叹恨耳！"上皇道："以妃子之敏慧清洁，自是神仙中人，但何由自知身后的佳境？"梅妃道："妾前宵梦寐之间，复见那韦氏仙姑于云端中，手执一只白鹦鹉，指谓妾道：'此鸟亦因宿缘善果，得从皇宫至佛国，今从佛国来仙境，何以人而不如鸟乎？汝两世托生皇宫，须记本来面目，今不可久恋人世，蕊珠宫是你故居，何不早去？'据此看来，或不致堕落恶道。"上皇垂泪道："妃子若竟舍朕而仙去，使朕暮年何以为情？"梅妃就枕上顿首道："愿上皇圣寿无疆，切勿以妾故，有伤圣怀。"言讫，忽然起身坐，举手向空道："仙姬来了，我去也！"遂瞑目而逝。正是：

　　昔日纵教梅下死，胜他驿馆丧残躯。于今幸与花同谢，还与芳魂到蕊珠。

上皇不意梅妃一病遽死，放声大哭。高力士极力劝慰。上皇道："此妃与朕，几如再世姻缘，今复先我而逝，能无痛心？"遂命以贵妃之礼殓葬，又命其墓所多种梅树，特赐祭筵，自为文以诔之。其略云：

　　妃之容兮，如花斯新。妃之德兮，如玉斯温。余不忘妃，而寄意于物兮，如珠斯珍。妃不负余，而几丧其身兮，如石斯贞。妃今舍余而去兮，身似梅而飘零。余今舍妃而寂处兮，心如结以牵萦。

上皇记念梅妃的遗言，即命将这一枝仙梅，以佛炉中火，焚化于其灵前。说也

奇怪,那梅枝一入火中,香气扑鼻,火星万点,腾空而起,好似放烟火的一般。那些火星都作梅花之状,飞入云宵而没。正是:

　　仙种不留人世,琪花仍入瑶台。

昔人有以枯梅枝焚入炉中,戏作下火文。其文甚佳,附录于此:

　　寒勒铜瓶冻未开,南枝春断不归来。者番莫入梨花梦,却把芳心作死灰。恭惟炉中处士梅公之灵,生自罗浮,派分庾岭。形如槁木,棱棱山泽之癯;肤似凝脂,凛凛雪霜之操。春魁占百花头上,岁寒居三友图中。玉堂茅屋总无心,调鼎和羹期结果。不料道人见挽,遂离有色之根;夫何冰氏相凌,遽返华胥之国。瘦骨拥炉呼不醒,芳魂剪纸竟难招。纸帐夜长,犹作寻香之梦;筠窗月淡,尚疑弄影之时。虽宋广平铁石心肠,忘情未得;使华光老丹青手段,摸索难真。却愁零落一枝春,好与茶毗三昧火。惜花君子,你道这一点香魂,今在何处?咦!炯然不逐东风去,只在孤山水月中。

　　且说当日肃宗闻知梅妃薨逝,上皇悲悼,遂亲来问慰;即于梅妃灵前设祭,各宫嫔妃辈,也都吊祭如礼。只有皇后张氏托病不至。上皇心甚不悦,因对高力士说道:"皇后殊觉骄慢。"力士密启道:"内监李辅国阿附皇后,凡皇后之骄慢,皆辅国导之使然。"上皇愕然曰:"朕久闻此奴横甚,俟吾儿来,当与言之。"力士道:"皇后侍上久,辅国握兵权,其势不得不为优容,所以皇帝亦多不与深较。太上即有所言,恐亦无益,不如且置勿论。"上皇沉吟不语。正是:

　　顽妻与恶奴,无药可救治。纵有苦口言,恐反为不利。

未知后事如何,且听下回分解。

第一百回

迁西内离间父子情　遣鸿都结证隋唐事

词曰:

　　最恨小人女子,每接踵比肩而起,搅乱天家父子意。远庭闱,移宫寝,尊养废。晚景添憔悴,追思旧宠常挥泪。魂魄还堪寻觅来,遇仙翁,说前因,明往事。

调寄《夜游宫》

百行莫先于孝，而天子之孝，又与常人之孝不同。孟子云：孝子之至，莫大乎尊亲；尊亲之至，莫大乎以天下养。尊之至，方为孝之至。顽如瞽瞍，而舜能尽事亲之道，故孔子称之为大孝。迨乎后世，偏是帝王之家，其于父子之间，偏是易起嫌疑，易生衅隙。此不必皆因亲之不慈、子之不孝，大抵多因势阻于妻子、情间于小人。即如唐肃宗之奉事上皇，原未尝不孝；上皇之待肃宗，亦未尝不慈，却因媳妇骄悍，宦竖肆横，遂致为父的老景失欢，为子的孝道有缺。乃或者云：上皇当年听信谗言，一日杀三子，且纳寿王之妃杨氏为贵妃，有伤伦理，后来受那逆妇逆奴的气，正是天之报施，往往如此。上皇与杨妃，原因宿世有缘，所以今生会合，其他诸人，或承宠幸，或被诛戮，当亦各有宿因，事非偶然。此系仙翁所言，见之逸史，今编述于演义之末，完结隋炀帝、唐明皇两朝天子的事，好教看官们明白这些前因后果。

话说上皇自梅妃死后，愈觉寂寥，又因肃宗的皇后张氏骄蹇不恭，失事上之礼。上皇且闻宦官李辅国内外比附弄权，心上甚是不悦，要与肃宗说知，教他严加训饬。高力士再三谏阻，上皇只是忍耐不住。一日，肃宗来问安。上皇赐宴，饮宴之际，说了些朝务。上皇道："从来治国平天下，必先齐其家。今闻阉奴李辅国附此宫中，怙势作威，汝知之否？"肃宗闻言，悚然起应道："容即查治。"上皇道："此时若不即为防禁，恐后将不可复制。"肃宗唯唯而退。原来那皇后恃宠骄悍，肃宗因爱而生畏，不敢少加以声色。李辅国掌握兵权，阿附张后，恃势弄权。肃宗虽亦心忌之，却急切奈何他不得，故虽承上皇严谕，且只隐忍不发。正是：

　　堪笑君王也怕婆，奴乘婆势莫如何。小人女子真难养，一任严亲相诋诃。

肃宗便隐忍不发，那知上皇这几句言语，内侍们忽私相传说，早传入李辅国耳中。辅国密地启知皇后，各怀怨怒，相与计议道："上皇深居宫禁，久已不预朝政，今何忽有烦言？此必高力士妄生议论，闻于上皇故也。力士为上皇耳目，当图去之，更须使官家莫要常与上皇相见，须迁上皇于西内为妙。"自此肃宗欲往朝上皇，都被张后寻些事情阻隔往了。

上皇所居南内兴庆宫，与民间闾阎相近，其西北隅有一高楼，名长庆楼，登楼而望，可见街市。上皇时常临幸此楼，街市过往的人遥望叩拜。上皇有时以御膳余剩之物，命高力士宣赐街市中父老，人都欢忻共呼万岁。李辅国便乘机借端密奏肃宗道："上皇居兴庆宫，而高力士日与外人交通，恐其不利于陛下。且兴庆宫与民居逼近，非至尊所宜居。西内深严，当奉迎太上居之，庶可杜绝小人，无有他虞。"肃宗道："上皇爱兴庆宫，自蜀中归，即退居于此，今无故迁徙，殊拂逆圣意，断乎不可。"辅国见肃宗不从其言，乃密启张后，使亦以此言上奏。肃宗恐惊动上皇，也不肯听。张后忿然道："此妾为陛下计耳，今日不听良言，莫叫后日追悔！"说罢，拂衣而起。

肃宗默默含怒，适又偶触风寒，身上不豫，暂罢设朝，只于宫中静养。辅国遂乘此机会，与张后定计，矫旨遣心腹内侍及羽林军士，整备车马，诣兴庆宫奉迎上皇，迁居西内，请即日发驾。上皇错愕不知所谓，内侍奏称皇爷以兴庆宫逼近民居，有亵至尊，故特奉请驾幸西内，皇爷现在西内，候太上驾到。上皇心下惊疑，欲待不行，又恐有他变。高力士奏道："既皇帝有旨来迎，太上且可一往，俟至彼处，与皇帝面言，或迁或否，再作计议。老奴护驾前去。"上皇无奈，只得匆匆上辇。高力士令军士前导，内侍拥护銮舆缓缓行动。

将至西内，只见李辅国戎服佩剑，率领军士数百人，各执戈矛，排列道旁。上皇在辇上望见，大惊失色。高力士见这光景，勃然怒起，厉声大喝道："太上皇爷驾幸西内，李辅国戎服引众而来，意欲何为？"辅国蓦被这一喝，不觉丧气，忙俯伏奏道："奴辈奉旨来迎护车驾。"力士喝道："既来护驾，可便脱剑扶辇！"辅国只得解下腰间佩剑，与力士一同护辇而行。力士传呼军士们且退，不必随驾。既入西内，至甘露殿，上皇下辇，升殿坐定，问："皇帝何在？"辅国奏道："皇爷适间正欲至此迎驾，因触风寒，忽然疾作，不能前来，命奴辈转奏，俟即日稍痊，便来朝见。"上皇道："皇帝既有恙，不必便来，待痊愈了来罢。"辅国领旨，叩辞而去。

上皇叹息，谓高力士道："今日非高将军有胆，朕几不免。"力士叩头道："因太上过于惊疑耳，五十年太平天子，谁敢不敬？"上皇摇首道："此一时，彼一时。"力士道："今日迁宫之举，还恐是辅国作祟，皇后主张，非皇帝圣意。"上皇道："兴庆宫是朕所建，于此娱老，颇亦自适；不意忽又徙居此地，茕茕老身几无宁处，真可为长叹！"上皇说罢，凄然欲泪。后人有诗叹云：

　　三子冤诛最惨凄，那堪又纳寿王妻？今当逆妇欺翁日，懊悔从
　　前志太迷。

李辅国既乘肃宗病中，矫旨迁上皇于西内，恐肃宗见责，乃托张后先为奏知。肃宗骇然道："毋惊上皇乎？"张后奏道："太上自安居甘露殿，并无他言。"肃宗方沉吟疑虑间，李辅国却率文武将校等，素服诣御前俯伏请罪。肃

宗暗想："事已如此，追究亦无益。"且碍着皇后，不便发挥，又见辅国挟众而来请罪，只得倒用好言安慰道："汝等此举，原是防微杜渐，为社稷计。今太上既相安，汝等可勿疑惧。"辅国与将校都叩头呼万岁。后人有诗叹云：

　　父遭奴劫不加诛，好把甘言相呴嚅。为见当年杀子惯，也疑今日有他虞。

那时肃宗病体未痊，尚未往朝西内；及病小愈，即欲往朝，又被张后阻住了。一日，忽召山人李唐，入西殿见驾。肃宗抚弄着一个小公主，因谓李唐道："朕爱念此女，卿勿见怪。"李唐道："臣想太上皇之爱陛下，当亦如陛下之爱公主也。"肃宗悚然而起，立即移驾往西内，朝见上皇；起居毕，上皇赐宴，没甚言语，惟有咨嗟叹息。肃宗心中好生不安，逡巡告退。回至宫中，张后接见，又冷言冷语了几句，肃宗受了些闷气，旧病复发。

上皇闻肃宗不豫，遣高力士赴寝宫问安。肃宗闻上皇有使臣到，即命宣来。那知张后与李辅国正怨恨高力士，要处置他，便密令守宫门的阻住，不放入宫。遣小内侍假传口谕，教他回去罢。待力士转身回步后，方传旨宣召；力士连忙再到宫门时，李辅国早劾奏说："高力士奉差问疾，不候旨见驾，辄便转回，大不敬，宜加罪斥。"张后立逼着肃宗降旨，流高力士于巫州，不得复入西内。一面别遣中官，奏闻上皇，一面着该司即日押送高力士赴巫州安置。可怜高力士凤膺宠眷，出入宫禁，官高爵显，荣贵了一生，不想今日为张后、李辅国所逐。他到巫州，屏居寂寞，还恐有不测之祸，栗栗危惧。后至上皇晏驾之时，他闻了凶信，追念君恩，日夜痛哭，呕血而死。后人有诗云：

　　唐李阉奴多跋扈，此奴恋主胜他人。虽然不及张承业，忠谨还推迈群伦。

此是后话。

且说上皇被李辅国逼迁于西内，已极不乐，又忽闻高力士被罪远窜，不得回来侍奉，一发惨然。自此左右使令者，都非旧人，只有旧女伶谢阿蛮，及旧乐工张野狐、贺怀智、李谟等三四人，还时常承应。一日，谢阿蛮进一红粟玉臂支，说道："此是昔日杨贵妃娘娘所赐。"上皇看了，凄然道："昔日我祖太宗破高丽，获其二宝：一紫金带，一红玉支。朕以紫金带赐岐王，以红玉支赐妃子，即是物也。后来高丽上言本国失此二宝，风雨不时，民物枯瘁，乞仍赐还，以为镇国之宝器。朕乃还其紫金带，惟此未还。自遭丧乱，只道人与物已亡，不意却在汝处。朕今再睹，益兴悲念耳！"言罢不觉涕泣。

又一日，贺怀智进言道："臣记昔年，时当炎夏，上皇爷与岐王于水殿围棋，令臣独自弹琵琶于座侧。其琵琶以石为槽，鹍鸡筋为弦，以铁拨弹之。贵妃娘娘手抱着康国所进的雪猧猫儿，立于上皇爷之后，耳听琵琶，目视弈棋。上皇爷数棋子将输，贵妃乃放手中雪猧猫跳于棋局，把棋子都踏乱了，上皇爷大悦。时臣一曲未完，忽有凉风来吹起贵妃领带，缠着臣巾帻上，良久方落。

是晚归家，觉得满身香气，乃卸巾帻贮锦囊中，至今香气不散，甚为奇异。今敢将所贮巾帻，献上御前。"上皇道："此名瑞龙脑香，外国所贡。朕曾以少许贮于暖池内玉莲朵中，至再幸时，香气犹馥馥如新，况巾帻乃丝缕润腻之物乎？"因嗟叹道："余香犹在，人已无存矣！"遂凄怆不已，自此中怀耿耿。口中常自吟云：

> 刻木牵丝作老翁，鸡皮鹤发与真同。须臾舞罢寂无事，还似人生一世中。

其时有一方士姓杨，名通幽，自称鸿都道士，颇有道法。从蜀中云游至西内，闻得上皇追念故妃，因自言有李少君之术，能致亡灵来会。李谟、张野狐俱素知其人，遂奏荐于上皇，召入西内，要他作法，招引杨妃与梅妃魄魂来相见。通幽乃于宫中结坛，焚符发檄，步罡诵咒，竭其术以致之，竟无影响。上皇不怪，咨嗟道："前者张山人访求梅妃之魂而不得，因其时梅妃实未死故也。今二妃已薨，而芳魂不可复致，岂真缘尽耶！"通幽奏道："二妃必非凡品，当是仙子降生。仙灵杳远，既难招求，定须往访。臣请游神驭气，穷幽极渺，务要寻取仙踪回报。"

于是俯伏坛中，运出元神，乘云起风，游行霄汉。只见云端里有一只白鹦鹉，展翅飞翔，口作人言道："寻人的这里来。"通幽想道："此鸟能知人意，必是仙禽。"遂随其所飞之处而行，早望见缥缈之中，现出一所宫殿，那鹦鹉飞入宫殿中去了。看那宫殿时，但见：

> 瑶台如画，琼阁凌空。栋际云生，恍似香烟霭霭，帘前霞映，浑疑宝气腾腾。果然上出重霄，真乃下临无地，景象必非蜃楼海市，规模无异蓬岛瀛洲。

通幽来至宫门，见有金字玉匾，大书"蕊珠宫"三字。通幽不敢擅入，正徘徊间，忽见二仙女从内而出；一穿绣衣，手执如意，一穿素衣，手执拂子。那绣衣女子把手中如意指着通幽道："下界生魂，何由来此？"通幽稽首道："下界道士，奉唐王命，访求故妃魂魄，适逢灵禽引路，来至此间，幸得见二位仙娥，莫非二仙娥即杨太真、江采苹乎？"绣衣仙女笑道："非也，我本郭子仪之小女，河伯夫人也。"通幽道："河伯夫人，如何却是郭公之女？又如何却在此间？"绣衣仙女道："昔日吾父出镇河中时，河流为患。吾父默祷于河伯，许于河治之后，以小女奉嫁，及河患既平，我即无疾而卒。我父葬我于河神庙后，我遂为河伯夫人。此事世人所未知。"指着那素衣仙女道："此位乃内苑凌波池中的龙女，昔日上皇曾于梦中见之，为鼓胡琴，作《凌波曲》，醒来犹能记忆，因立龙女庙于凌波池上，即此是也。龙女与河伯有亲，我常得与相会。后来龙女被选入蕊珠宫，我因是亦得常常至此。那梅妃江采苹，宿世原是蕊珠宫仙女，两番谪落人间，今始仍归本处。他尘缘已尽，今虽在此，汝未可得见。那杨阿环宿孽未偿，幸生人世，以了尘缘，却又骄奢淫佚，多作恶孽。今孽报正未已,安得在此?汝欲访他,可往别处去。"通幽道:"梅妃既不可见,必须访得杨妃踪迹,才好复上皇之命,望仙女指示则个。"素衣仙女道:"你只顾向东行去,少不得有人指示你。"说罢,拉着绣衣仙女,转步入宫去了。

通幽果然趁着云气望东而行,来到一座高山上,说不尽那山上的景致。遥见苍松翠柏之下,坐着三位仙翁:二仙对弈,一仙旁观。通幽上前鞠躬参谒。二位辍弈而笑,通幽叩问二位姓氏,那坐上首的仙翁道:"我即张果老,此二人即叶法善、罗公远也。我等与上皇原有宿因,故尝周旋于其左右;奈他俗缘沉着,心志蛊惑,都忘却本来面目,故且舍之而去。他今已老矣,嬖宠已都丧亡,也该觉悟了。却又要你来访求魂魄,何其不洒脱至此?"通幽道:"梅妃在蕊珠宫中,弟子适已闻之矣;只不知杨妃魂魄在何处,伏乞仙师指引一见,以便复上皇之命。"张果老道:"你可知上皇与贵妃的前因后果么?"通幽道:"弟子愚昧,多所未知,愿闻其详。"张果老道:"上皇宿世,乃元始孔升真人,与我辈原是同道。只因于太极宫中听讲,不合与蕊珠宫女,相视而笑,犯下戒律,谪堕尘凡,罚作女身为帝王嫔妃,即隋宫中朱贵儿是也。贵儿再世,便是大唐开元天子了。"通幽道:"朱贵儿何故便转生为天子?"张果老道:"贵儿忠于其主,骂贼殉节而死。天庭最重忠义,应得福报,况谪仙本宜即复还原位的,只因他与隋炀帝本有宿缘,又曾私相誓愿,来生再得配合,故使转生为天子,完此一段誓愿。"

通幽道:"请问朱贵儿与隋炀帝有何宿缘?"张果老道:"炀帝前生,乃终南山一个怪鼠,因窃食了九华宫皇甫真君的丹药,被真君缚于石室中一千三百年。他在石室潜心静修,立志欲作人身,享人间富贵。那孔升真人偶过九华宫,知怪鼠被缚多年,怜他潜修已久,力劝皇甫真君,暂放他往生人世,享些富贵,酬其夙志,亦可鼓励来生悔过修行之念。有此一劝,结下宿缘。此时适当隋运将终,独孤后妒悍,上帝不悦,皇甫真人因奏请将怪鼠托生为炀帝,以应劫运。恰好孔升真人亦得罪降谪为朱贵儿,遂以宿缘而得相聚,不意又与炀帝结下再世姻缘,因又转生为唐天子,未能即复仙班。"通幽道:"贵儿便转生为唐天子了,那炀帝却转生为何人?"张果老笑道:"你道炀帝的后身是谁,即杨妃是也!炀帝既为帝王,怪性复发,骄淫暴虐。况有杀逆之罪,上帝震怒,只判与十三年皇位,酬其一千三百年静修之志。不许善终,敕以白练系颈而死,罚为女身,仍姓杨氏,与朱贵儿后身完结孽缘,仍以白练系死,然后送去阴司,候结那杀逆淫暴的罪案。当他为妃时,又恃宠造孽,罪上加罪。如今他的魂魄,正好不得自在,你那里去寻他?"

通幽道:"原来有这些因果,非仙师指示,弟子何由而知?但弟子奉上皇之命而来,如今怎好把这些话去回复?"张果老沉吟未答,叶法善道:"上皇也不久于人世了。他身故后自然明白前因,你今不妨姑饰辞以应之。"通幽道:"饰辞无据,恐不相信。"罗公远笑道:"你要有凭据,还去问适间所见的二仙女,不必在此闲谈,阻了我们的棋兴。"正说间,遥见一簇彩云,从空飞来。叶法善指着道:"你看二仙女早来也!"言未已,云头落处,二仙女向前与三仙讲礼罢,回顾通幽笑道:"你这魂道士,还在此听说因果么?"张果老道:"我已将杨妃的两世因果与他说来。但他必欲亲见杨妃,以便复上皇之命,烦二仙女引他到彼处一见罢!"

二仙女领命,复引通幽驾云,望北而行,须臾来至一处。但见:

愁云幂幂,日色无光;惨雾沉沉,风声甚厉。山幽谷暗,浑如欲夜之天;树朽木枯,疑是不毛之地。恍来到阴司冥界,顿教人魄骇魂惊。

那边有一所宅院,门上横匾大书"北阴别宅",两扇铁门紧闭,有两个鬼卒把守。二仙女敕令鬼卒开门,引通幽入去,只见里面景象萧瑟,寒气逼人。走进了两重门,遥见里面一妇人,粗服蓬头,愁容可掬,凭几而坐。仙女指向通幽道:"此即杨妃也,你可上前一见,我等却不该与他相会。"

通幽遂趋步进谒,杨妃起身相接。通幽致上皇之命,杨妃悲泣不止。通幽问:"娘娘芳魂,何至幽滞此间?"杨妃涕泣道:"我有宿怨,又多近孽,当受恶报。只等这些冤证到齐,结对公案,便要定罪。如今本合囚系地狱候审,幸我生前曾手书般若心经念诵;又承雪衣女白鹦鹉,感我旧恩,常常诵经念佛,为我忏悔,因得暂时软禁于此。多蒙上皇垂念,你今去回奏,切勿说我在此处,恐增其悲思,只说我在好处便了。"通幽道:"回奏须有实据,方免见疑。"杨妃道:"我殉葬之物,有金钗二股,钿合一具,是我平日所爱,前托雪衣女衔取在此。今分钗之一,盒之半,以为信物可也。"言罢,即取出钗盒付与通幽收了。通幽沉吟道:"此二物亦人间所有,未足为据;必得一事,为他人所未知者,方可取信。"杨妃低头一想道:"有了,我记得天宝十载,从上皇避暑骊山宫,于七月乞巧之夕,并坐长生殿庭中纳凉,时已夜半,宫婢俱已寝息,我与上皇密相誓心,愿世世为夫妇。此事更无一人知道,你只以此回奏,自然相信。"通幽再欲问时,只见二鬼卒跑来催促道:"快去!快去!"通幽不敢停留,疾趋出门,二仙女已不见了。

一阵狂风,把通幽吹到一个所在,定睛一看时,却原来就是适间那山上,见三仙依然在那里弈棋,方才收局哩!张果老呼通幽近前说道:"你既见杨妃,讨了凭据,可回去罢!"通幽道:"还求仙师一发说明了梅妃江采苹的前因,好一并回奏。"张果老道:"梅妃即蕊珠宫仙女,也因与孔升真人一笑,动了凡念,谪降人间两世,都入皇宫:在隋时为侯夫人,负才色而不遇主,以致自尽;再转生为梅妃,方与孔升真人了一笑缘,却又遭妒夺宠,此皆上天示罚之意。后固临难矢节,忠义可嘉,故得仙灵救援,重返旧宫,复从旧主,正命考终,仍作仙女去了。"

通幽又问道："朱贵儿与隋炀帝有私誓，遂得再合；今杨妃与上皇也有私誓，来生亦得再合否？"张果老道："贵儿以忠义相感，故能如愿；杨妃无贞节，而有过恶，其私誓不过痴情欲念，那里作得准？即如武后、韦后、太平、安乐、韩、秦、虢国等，都狂淫无度，当其与狎邪辈纵欲之时，岂无山盟海誓？总只算胡言乱语罢了。"通幽道："如今武后、韦后等诸人，以及反贼安禄山等的魂魄，都归何处？"张果老道："武后乃李密后身，故杀戮唐家子孙，以报宿怨，还是劫数当然。独可恨他荒淫残虐，作孽太甚，今已与韦后、太平、安乐等，并当时那些佞臣酷吏，都堕入阿鼻地狱，永不超身。至如反贼安、史辈，与那助逆的叛臣、致乱的奸相，以及本朝前代这些谗妒的不仁的后妃宦竖，都是一班凶妖恶怪，应劫运而生，生前造了大孽，死后尽入地狱，万劫只在畜生道中轮回。此等事未可悉数。你今回奏，只说杨妃所言，竟说他也是仙女，不必说他受苦，更须劝上皇洗心忏悔，勿昧前因。若能觉悟，至临终时，我等还去接引他便了。"言讫，把袖一挥，通幽却在方台上惊醒。

宁神定想了一回，摸衣袖内，果有钗钿二物；遂趋赴上皇御前启奏，将张果老所说的前因，都隐过不题，只说梅妃、杨妃，俱是那蕊珠宫仙女，梅妃未得一见，杨妃却曾见来，据云："上皇系仙真降世，与我有缘，故得聚会。今虽相别，后会有期，不须悲念。奉劝上皇及早明心养性，千秋万岁后，当仍复仙真之位。"因将钗、盒献上为信。上皇看了，虽极嗟叹，却还半信半疑。通幽再把七夕誓言奏上，说道："臣亦恐钗、盒未足取信，更须一言，贵妃因言及此。但此系私语，并无人知，以此上奏，必不疑为新垣平之诈也。"上皇闻言，呜咽流涕，乃厚赏通幽而遣之。后来白乐天只据了通幽的假语，作《长恨歌》，竟道杨妃是仙女居仙境，遂相传为美谈。那知其实不然。正是：

讹以传讹讹作诗，不如野史谈果报。阿环若竟得成仙，祸善福淫岂天道！

上皇自此屏去纷华，辟谷服气，日夜念诵经典。至肃宗宝应元年，孟夏月明之后，偶弄一紫玉笛，略吹数声，忽见双鹤飞来，庭中徘徊，翔舞而去。时有侍婢宫媛在侧，上皇因对他说道："我昨夜梦见张果老、叶法善、罗公远三位仙师来说，我宿世是元始孔升真人，谪在人间，已经两世，今命数已终，特来接我到修真观去修行，忏悔一甲子，然后复还原位。今双鹤来降，此其时矣！"遂命具香汤沐浴，安然就寝，谕令左右："勿惊动我。"至次早，宫媛及诸嫔御辈，俱闻上皇睡中有嬉笑之声，骇而视之，已崩矣。正是：

两世繁华总成梦，今朝辞世梦初醒。

上皇既崩，肃宗正在病中，闻此凶信，又惊又悲，病势转重，不隔几时，亦即崩逝。张后意欲废太子，别立亲王。李辅国杀张后，立太子，是为代宗，于是辅国愈骄横。后来辅国被人杀死，这刺客实代宗所使也。那安、史辈余贼，至代宗广德年间，方行殄灭。代宗之后，尚有十三传皇帝，其间美恶之事正多，当另具别编。看官不厌絮烦，容续刊呈教。

今此一书，不过说明隋炀帝与唐明皇两朝天子的前因后果，其余诸事，尚未及载。有一词为结证：

闲阅旧史细思量，似傀儡排场。古今帐簿分明载，还看取野史铺张。或演春秋，或编汉魏，我只记隋唐。隋唐往事话来长，且莫遽求详。而今略说兴衰际，轮回转，男女猖狂。怪迹仙踪，前因后果，炀帝与明皇。

调寄《一丛花》